圖書在版編目(CIP)數據

珂雪齋集 / (明) 袁中道著;錢伯城點校. —上海:上海古籍出版社,2019.2
(中國古典文學叢書)
ISBN 978-7-5325-9099-5

Ⅰ.①珂… Ⅱ.①袁… ②錢… Ⅲ.①中國文學—古典文學—作品綜合集—明代 Ⅳ.①I214.82

中國版本圖書館 CIP 數據核字(2019)第 022404 號

中國古典文學叢書
珂 雪 齋 集
(全三册)
[明] 袁中道 著
錢伯城 點校
上海古籍出版社出版發行
(上海瑞金二路 272 號 郵政編碼 200020)
(1) 網址:www.guji.com.cn
(2) E-mail:guji1@guji.com.cn
(3) 易文網網址:www.ewen.co
上海展强印刷有限公司印刷
開本 850×1168 1/32 印張 52.375 插頁 18 字數 880,000
2019 年 2 月第 2 版 2019 年 2 月第 1 次印刷
印數:1—1,800
ISBN 978-7-5325-9099-5
I·3350 平裝定價:198.00 元
如有質量問題,請與承印公司聯繫

袁中道手迹

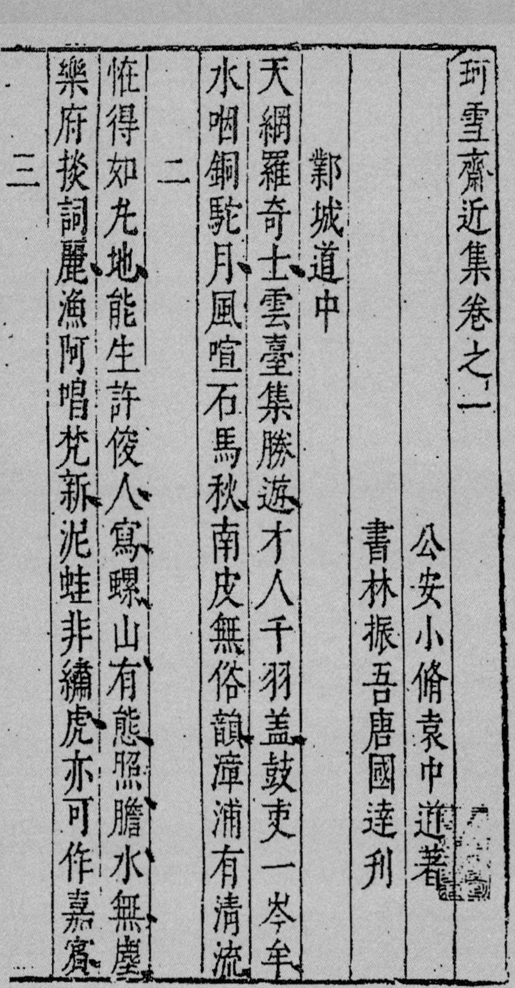
珂雪齋近集卷之一

公安小脩袁中道著

書林振吾唐國達刋

鄴城道中

天綱羅奇士，雲臺集勝遊。才人千羽蓋，鼓吏一岑牟。水咽銅駝月，風喧石馬秋。南皮無俗韻，漳浦有清流。

二

恠得如花地，能生許俊人。寫螺山有態，照膽水無塵。

三

樂府揆詞麗，漁阿唱梵新。泥蛙非繡虎，亦可作嘉賓。

明萬曆刻本《珂雪齋近集》書影

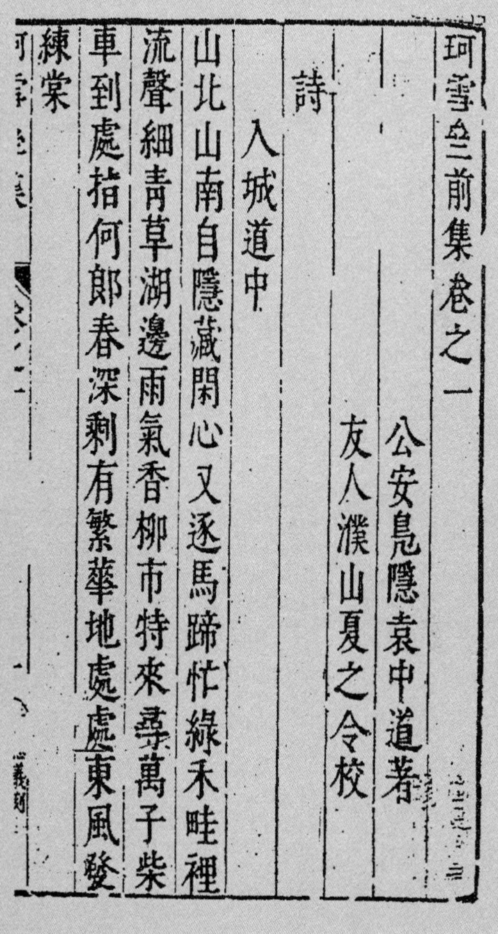

珂雪齋前集卷之一

公安凫隱袁中道著

友人濮山夏之令校

詩

入城道中

山北山南自隱藏閑心又逐馬蹄忙綠禾畦裡流聲細青草湖邊雨氣香柳市特來尋萬子柴車到處指何郎春深剩有繁華地處處東風發練棠

明萬曆刻本《珂雪齋前集》書影

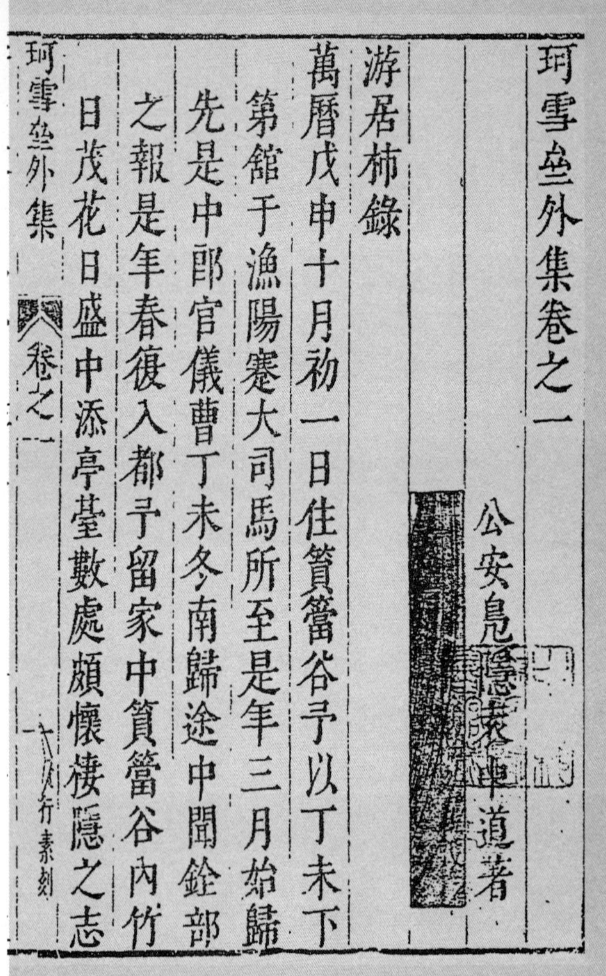

珂雪齋外集卷之一

公安袁中道著

游居柹錄

萬曆戊申十月初一日往篔簹谷予以丁未下第館于漁陽蹇大司馬所至是年三月始歸先是中郎官儀曹丁未冬南歸途中聞銓部之報是年春復入都予留家中篔簹谷内竹日茂花日盛中添亭臺數處頗懷棲隱之志

珂雪齋外集　卷之一　一　大[illegible]行素刻

明萬曆刻本《珂雪齋外集》書影

珂雪齋集選卷之一

公安袁中道著

社友一思錢伯甫校

詩

入城道中

山北山南自隱藏閑心又逐馬蹄忙綠禾吐穗流聲細青草湖邊雨氣香椰市特來尋萬子柴車到處指何鄉春深剩有繁華地處處東風發練棠

明天啓刻本《珂雪齋集選》書影

珂雪齋遊居柿錄卷之一

公安鳧隱袁中道著

萬曆戊申十月初一日。住篔簹谷。予以丁未下第。館于漁陽塞大司馬所。至是年三月始歸。先是中郎官儀曹。丁未冬南歸。途中聞銓部之報。是年春復入都。予留家中篔簹谷內。竹日茂。花日盛。中漆亭臺數處。頗懷棲隱之志。

靜居數月。忽思出游。蓋予篔簹谷中。甚有幽致亦可以閉門讀書。而其勢有不能久居者。家累逼迫。外緣應酬。熟客攪擾。了無一息之閑。以此

清茗緣室抄本《遊居柿録》書影

前言

一

這裏，呈獻在讀者諸君面前的這部書——珂雪齋集，是明代公安「三袁」兄弟之一袁中道的全集，包括他的詩、文、雜著、遊記、書札和日記。公安派「三袁」：大哥袁宗道，字伯修；二哥袁宏道，字中郎；袁中道是最小的弟弟，字小修。三袁兄弟的名字每易相混，原因是三人的名字裏面各有「中」字或「中」字的諧音。大哥宗道與三弟中道幾乎同音，二哥宏道則以其字中郎著稱，又有一個「中」字。因此人們習慣用字稱呼他們。

三袁兄弟中，小修享年最長，著作的數量也最多。萬曆四十四年（一六一六），小修四十七歲，這一年，他經過二十多年的場屋之苦，好不容易考取了進士，使他喘過一口氣，如他自説的「叨得一第，聊了世法」（與愚菴），或換一個説法，「卑卑一第，聊了書債」（寄王以明居士），這時他想到有必要清理一下自己積年所寫的詩文，爲自己的文集做一個總結了。他給朋友錢受之，也就是有名的錢牧齋（錢謙益），寫了一封信，其中寫道：

弟前歲（指萬曆四十二年）一病幾殆，故取近作壽之于梓，名爲珂雪齋集。蓋弟有齋名珂雪，取觀經「觀如來白毫相如珂雪」意也。近轉覺其冗濫，不欲流通，正思取一生詩文之精警者，合爲一集。時方令人抄寫，完後當寄一帙受之，爲我序而傳之可也。日記係另一書，目下亦未可出耳。詩文之道，昔之論氣格者近于套，今之論性情者近于俚，想受之悟此久矣。

這段話分解開來，含有幾件事情：一、説明將文集取名珂雪齋集的由來。珂雪，謂玉與雪，以喻潔白。佛經所用，也是這個意思。小修信佛，所以他强調這個名詞乃是取之于觀經（即佛説觀無量壽經簡稱）以珂雪形容如來佛相的一句話。二、看出小修對自己一生寫了那麽多的詩文，有一個比較清醒的估價，「近轉覺其冗濫」，這是十分愛惜自己羽毛的話，因此打算選其「精警者，合爲一集」，且已着手。這應該就是後來在新安郡學刻印的珂雪齋集選二十四卷，這是作者經過删汰而自定的。小修原來的詩文，遠不止此數。這只要看他答蔡觀察元履書所説「檢少時詩文，先後幾四十餘卷」，即知倍于此數。三、這部珂雪齋集選，作者原來想請錢牧齋作序，「當寄一帙受之，爲我序而傳之」，但此事未曾實現，現在通行留存的這部詩文集只有作者自己寫的序言。四、除詩文外，作者自述還有一部「日記」，但「係另一書，目下亦未可出耳」，其時尚未考慮刊行。按這部「日記」，即遊居杮録，後來作爲珂雪齋外集，也是在新安刻印的。五、在經歷了明代中後期長達數十年之久的文學革新與守舊之爭後，小修用兩句話概括了公安派與復古派之間的争論，這就是信中説的「昔之論氣格者近于套，今之論性情者近于俚」。復古派講求氣格，鑽進了因襲模擬的死胡同；公安派主張發抒性情，但流于鄙俚淺俗。應當説，這算得上是持平之論。其時伯修、中郎早逝，公安派主將自然非小修莫屬，他能看到并直言本派之短，這正是小修通達高明之處。關于小修在這方面的一些見解與議論，下面還要專門談及。

牧齋對小修這封信有無答覆，不得而知，即使有，也没有留存下來。但列朝詩集小傳裏的袁中道傳，牧齋記下了他與小修的一段對話，却正好是與小修此信提出的幾件事相呼應的：

余嘗語小修：「子之詩文，有才多之患。若游覽諸記，放筆芟薙，去其強半，便可追配古人。」小修曰：「善哉，子能之，我不能也。吾嘗自患決河放溜，發揮有餘，淘鍊無功。子能爲我芟薙，序而傳之，無使有後世誰定吾文之感，不亦可乎？」小修之通懷樂善若此，而余逡巡未果，實自愧其言。

牧齋高才卓識，目光如炬，他的議論見解爲同時人所欽服，所以小修要請他删定文稿，「序而傳之」。但這兩件事，牧齋都未能做到。值得注意的是，牧齋對小修作品的評論，説他的遊記之類，有一半需要「放筆芟薙」，不必保留，未免要求過苛。牧齋這篇小傳寫于小修身後，他應該看到珂雪齋集選是已經小修自己删定的，不能要求他再「放筆芟薙」了。小修現存的遊記，包括遊居柿録（這其實也是一部排日作記的遊記），是小修作品的一個重要組成部分，不可否認這些作品大都寫得色彩絢爛，文情并茂，引人入勝，足以傳世。要説「才多之患」，牧齋自己也是不免的，看他的初學集、有學集，各都是一二百萬字的巨著，長篇短章，巨細不遺，真要「放筆芟薙」，也不是不可有所删落的。恐不僅牧齋，别的名家文集亦莫不如此。比較下來，牧齋稱小修「通懷樂善」，倒不是虚語。

二

小修的文學見解，主要表現在三個方面。

第一個方面是闡發公安派的文學觀，這就是反對剽竊雷同，主張發抒性靈。他把中郎倡導的文學革新之功，比之于唐代韓愈的「文起八代之衰」，認爲這乃是文學發展的必然趨向。

他説：

文章之道，本無今昔，但精光不磨，自可垂後。唐、宋于今，代有宗匠。降及弘、嘉之間，有縉紳先生（指前七子），倡言復古，用以救近代固陋繁蕪之習，未爲不可，而剿襲格套，遂成弊端。後有朝官（指後七子），遞爲標榜，不求意味，惟傚字句。執議甚狹，立論多矜。後生寡識，互相效尤。如人身懷重寶，有借觀者，代之以塊，黄茅白葦，遂徧天下。中郎力矯敝習，大格頽風。昔昌黎文起八代之衰，亦非謂八代以内，都無才人，但以辭多意寡，雷同已極，昌黎去膚存骨，蕩然一洗，號謂功多。今之整刷，何以異此。（解脱集序）

小修覺得這樣説還不够，還需要進一步强調搜討心靈的重要性，不怕奇，不怕變，甚至不怕缺陷，只要有自己的真面目，詩文的精光就出現了，就足以垂之不朽。請看他寫的下述一段話：

自宋、元以來，詩文蕪爛，鄙俚雜沓。本朝諸君子，出而矯之，文準秦漢，詩則盛唐，人始知有古法。及其後也，剽竊雷同，如贋鼎僞觚，徒取形似，無關神骨。先生（指中郎）出而振之，甫乃以意役法，不以法役意，一洗應酬格套之習，而詩文之精光始出。……至于今天下之慧人才士，始知心靈無涯，搜之愈出，相與各呈其奇，而互窮其變，然後人人有一段真面目溢露于楮墨之間，即方圓黑白相反，純疵錯出，而皆各有所長，以垂之不朽。（中郎先

生全集序）

小修認爲，模仿是詩文的大敵，不唯復古派的古不能模仿，即是革新派的新也是不能模仿的。他要求世人服膺中郎，但「請胸中先拈却袁中郎三字，止作前人未出詩文，偶見于世」。因爲中郎也不能學，「不得其源，而強學之，宜其不似也；要以衆目自虛，衆心自靈，不美不能強之愛，不愛不能強之傳」（引語同前）。反模仿，即是主性靈。性靈因人而異，但離不開一個「慧」字，發揮到極致，便產生公安派所崇尚的趣：

凡慧則流，流極而趣生焉。天下之趣，未有不自慧生也。山之玲瓏而多態，水之漣漪而多姿，花之生動而多致，此皆天地間一種慧黠之氣所成，故倍爲人所珍玩。至于人，別有一種俊爽機穎之類，同耳目而異心靈，故隨其口所出，手所揮，莫不灑灑然而成趣，其可寶爲何如者！（劉玄度集句詩序）

趣是公安派標舉的一種出之于自然的高級文學成就，中郎也一再提到趣，他說「詩以趣爲主」（西京稿序）。又說：「世人所難得者唯趣。趣如山上之色，水中之味，花中之光，女中之態，雖善說者不能下一語，唯會心者知之。……夫趣得之自然者深，得之學問者淺。」（敍陳正甫會心集）小修所發揮的，就是中郎的理論。

但是，小修固然是公安派文學的倡導者與鼓吹者，却不一味爲本派叫好，他對公安派的功績與弊病，看得很爲清楚。他的文學見解的第二個方面，便是能跳出本派之外，對公安派的功過作出客觀的評價。首先，他認爲「天下無不變之文章，有作始自有末流，有末流還有作始。其變也，皆若有氣行乎其間，則爲變者與受變者皆不及知之」（花雪賦引）。變總是進步的，但至末流就停滯了，又得再變，這在公安派也不能例外。他說：

國初何（景明）、李（夢陽）變宋、元之習，漸近唐矣。隆、萬七子輩亦效唐者也，然倡始者不效唐諸家，而效唐一二家，若維若頎。外有狹不能收之景，内有鬱不能暢之情，迫脅情境，使遏抑不得出，而僅僅矜其彀率，以爲必不可踰越。其後浸成格套，真可厭惡。後之有識者矯之，情無所不寫，景無所不收，而又未免舍套而趨于俚矣。（蔡不瑕詩序）

小修在這篇文章中，還特别指出「今人好中郎之詩者，忘其疵；而疵中郎之詩者，掩其美。皆過矣」。中郎的弊病，除這裏所説的俚，還有易。「多抒其意中之所欲言，而刊去套語，間入俚易」（答須日華水部）。所謂俚易，换句話説，即是「境無不收，情無不寫，未免衝口而發，不復檢括，而詩道又將病矣」（阮集之詩序）。這最後一句是已經見到公安末流的結論。在小修的心目中，「天下之文，莫妙于言有盡而言無窮」（淡成集序），而公安派末流所能做到的，只是取中郎「少時偶爾率易之語，效顰學步，其究爲俚俗，爲纖巧，爲莽蕩。譬之百花開，而棘刺之花亦開；泉水流，而糞壤之水亦流。烏焉三寫，必至之弊耳」（中郎先生全集序）。這一批評是中肯的，而出之于作爲公安派領袖人物的小修，不妨説小修的自我批評精神還是很不錯的吧。

第三個方面，小修不但批評了公安派從一個極端跳到另一個極端的弊病，而且也批評了後公安派而起的竟陵派的弊病。在公安派趨向末流的時候，竟陵派崛起，標舉深幽孤峭爲宗旨，轉移了當時文壇的趨向。這也是一種變，但由于走的是俚率僻澀的路，因而愈變愈下，求深而彌淺，求新而轉陳，其弊又甚于公安派末流。這點小修在竟陵派盛行時已看到了，并且準備給以揭露抨擊。牧齋記載他的話説：「小修又嘗告余：『杜之秋興，白之長恨歌，元之連昌宫詞，皆千古絶調，文章之元氣也。楚人（指竟陵派的鍾惺、譚元春）何知，妄加評竄，吾與子當昌言擊排，點出手眼，無令後生墮彼雲霧。』蓋小修兄弟間師承議論如此。」牧齋接着對于後來世人把公安派降與竟陵派等同看待，一律排斥，表示不能同意。他説：「而今之持論者，夷公安于竟陵等而排之，不亦過乎！」（列朝詩集小傳袁中道傳）他的立論的根據，即是小修對竟陵列朝詩集小傳袁中道傳派的嚴厲批評，雖然小修没有來得及將他這些意見寫成文章。

從以上三方面的議論來看，小修可稱一個有眼光、有見地的文學家。只是過去他的文名爲其兄中郎所掩，受人重視不够。其實他是可以與中郎相頡頏的，至少文學見解方面不弱于中郎。

三

要瞭解小修的文學思想與文學成就，必須先瞭解他所受當世的影響。他生平最服膺的兩位人物，給他的影響也是最大的，乃是其兄中郎及他們兄弟奉之爲師的大思想家李卓吾。小修是這樣推尊他們二人的：「本朝數百年來出兩異人，識力膽力，迥超世外，龍湖、中郎非歟！然龍湖之後，不能復有龍湖，亦不可復有龍湖也。中郎之後，不能復有中郎，亦不可復有中郎也。」（答須水部日華）中郎對小修的影響自不用多説，李卓吾則是他的思想啓蒙老師。他有一段與李卓吾對話的記載：

昔晤龍湖老人于通州，予問當如何作工夫。龍湖曰：「參話頭。」予曰：「某子甲半生參話頭，而了無消息者，何也？」龍湖曰：「不解起疑也。夫疑爲學道者之寶，疑大則悟亦大。予近來尚有餘疑，可惜不遇大作家，痛與針劄一番耳。」（書月公册）

李卓吾拈出一個「疑」字，作爲啓導，下面小修便談了自己的體會：「予心佩其言，見世之學者終日恬然，其稍敏捷者，隨口領略，自謂已得。始知老子（指卓吾）所謂不解起疑者，真有見也。古人云：薄福之人，不生于疑。又云：不疑言句，是謂大病。今看古人因緣，其穿鑿者無論矣，稍有所見，淺者作逗塞情識會，深者作探竿影草會，作仙人手中扇會，遠之遠矣。」他的結論是：「疑者參之寶也，理者參之仇也。所悟在理，必不得力，從門入者，不是家珍耳。」疑便是對一切傳統的觀念與説教表示懷疑，進而作出獨立的探索與獨自的判斷。這種懷疑、探索與判斷的精神，正是這個時代反傳統的新興思潮的精神，成爲公安派反對復古派的思想理論支柱。要知道，李卓吾不僅是公安三袁兄弟思想上的前驅，同時也是文學上的前驅。小修寫的李温陵傳，是珂雪齋集中的杰作之一，其中有寫到卓吾文學的地方：

> 所讀書，皆抄寫爲善本，東國之秘語，西方之靈文，離騷、馬、班之篇，陶、謝、柳、杜之詩，下至稗官小説之奇，宋、元名人之曲，雪籐丹筆，逐字讎校，肌擘理分，時出新意。其爲文不阡不陌，抒其胸中之獨見，精光凜凜，不可迫視。詩不多作，大有神境。

這裏可見，卓吾讀書評論，作詩作文，都是一空依傍，獨抒己見。公安派所奉行的，也就是這條宗旨，不過更有發展，如提倡「性靈」即是。小修在兄弟中受之于卓吾的，恐更要多一些。他在卓吾殁後寫給梅國楨的信中説：「自覺心疏膽薄，終亦無益于世。悔往者親遇至人，不能細心窺其機用之妙，用世出世，都成當面蹉過，良可嘆也！」（與梅衡湘）其中所謂「至人」，指的就是卓吾。他雖説未能細心領悟卓吾的用世出世機用之妙，其實他説這話，已經是領悟到卓吾思想行爲的真諦了，否則他就説不出這樣的話。當然，領悟是一回事，實行又是另一回事。小修立身處境條件不同，有自己的思想行爲準則，不能要求他做卓吾同樣的事。

小修早年的詩，大抵衝口而發，以平易率直爲主，因此意境造句都頗淺近，而少含蘊。這點小修很有自知之明，他自謂「大都輸寫之致有餘，鍛鍊之功不足，都無言外之意，而姑吐其意中之所欲言」（答蔡觀察元履）。又説：「至于作詩，頗厭世人套語，極力變化，然其病多傷率易，全無含蓄。蓋天下事未有不貴藴藉者，詞意一時俱盡，雖工不貴也。」（寄曹大參尊生）質直淺露而少鍛鍊含蓄，這原是公安派的通病，中郎尚能以才情救之，小修才情不及中郎，自然又得下中郎一等。中郎對小修的詩，曾有一段評論：

大都獨抒性靈，不拘格套，非從自己胸臆流出，不肯下筆。有時情與境會，頃刻千言，如水東注，令人奪魄。其間有佳處，亦有疵處，佳處自不必言，即疵處亦多本色獨造語。然予則極喜其疵處；而所謂佳者，尚不能不以粉飾蹈襲爲恨，以爲未能盡脱近代文人氣習故也。（敍小修詩）

這段話寫于萬曆二十四年（一五九六），小修是年二十七歲。中郎出于對「粉飾蹈襲」的痛恨，出語每易偏激，因此對小修的「疵」——「勁直而多懟，峭急而多露」，也持贊賞的態度。他在同一文中又説：「大概情至之語，自能感人，是謂真詩，可傳也。而或者猶以太露病之，曾不知情隨境變，字逐情生，但恐不達，何露之有？……且燥濕異地，剛柔異性，若夫勁直而多懟，峭急而多露，是之謂楚風，又何疑焉！」

但是，中郎的主張，弊病很多，只可奏效于一時，難以行之于久遠，小修也未能信從到底。中年以後，小修的詩風就開始轉變了，有意識地轉向了幽深奇崛。寫于萬曆三十五年（一六〇七）的一首，雨變詩，就是小修詩風轉向奇崛的具有代表性的作品，這年他三十八歲。這是首長詩，可節録一段：

長安風俗近好奇，不愛塵土愛漣漪。但喜宅中多貯水，那聞牀下便穿池。使君躡屐趨衾裯，小婦登牀送酒卮。酒後耳熱仰天卧，屋漏直滴口邊髭。浮牀忽如青雀舫，謂是蔡姬蕩耶非。未聞滿朝拂衣去，胡爲家家水上載西施。莫是盡學東平籍，壞壁頹牆任闞窺。釜中聞喚喁，灶下聽鼓吹。郇成分宅今多見，樓緩同餐誼更稀。昨聞張京兆，置妻八尺梯。自上梯邊爲畫遠山眉。又見待詔金門狂李白，長安市上醉淋漓。天子呼來不上船，自稱臣今爲水師。煙波釣徒張志和，不復泛家浮宅霅霅間，只來銅駝陌上坐釣磯。謝安不造浮海裝，海道近日在金閨。天子有道公卿賢，胡爲乘槎學宣尼。或云天子怒，公卿罰作陛楯郎，皆令立雨中，不及侏儒有休時。又云歲星精是小兒，上帝付與三天司命咨，却來銀潢恣遊嬉。雕雲屑雷，檄龍命鴉，引水作花溪。致令天河水奔潰，茫茫陸地走蛟螭。

這種詩體，在公安派諸作家中是罕見的。事實上，豈止小修有變，就是中郎，也不是一成不變。小修曾指出，中郎秦中之遊後，「所著遊記及詩，渾厚藴藉，極一唱三嘆之致，較前諸作，又一格矣」（中郎先生行狀）。又説中郎「學以年變，筆隨歲老，故自破硯以後，無一字無來歷，無一語不生動，無一篇不警策」（中郎先生全集序）。這都説明小修、中郎隨着年歲的增長，學識的積累，閲歷的豐富，已不滿足于早期的遊戲俳諧、率易淺露之作了。其中，小修轉變的自覺性，表現更爲明顯。

小修的散文，其成就實勝過于詩。文中有幾篇傳記，如梅大中丞傳、李温陵傳、江進之傳、趙大司馬傳略等，生動敍述人物的聲音笑貌，并忠實反映社會現實，皆是有分量的作品。遊記是小修的專長，他用的是畫家重筆烜染的手法，山情水意，濃塗細抹，各盡其宜。中郎的書札是有名的，小修在這方面也不遜色。小修的書札，很有個性，但因功名不遇而發的牢騷話也不少，儘管文字如何尖新活潑，這些話説得多了，也會使讀者生厭。

四

小修生于隆慶四年（一五七〇），卒于天啓三年（一六二三），終年五十四歲。伯修壽四十一歲，中郎壽四十三歲。袁氏三兄弟，小修的年壽最長了。但兩位兄長功名早達，伯修二十七歲舉會試第一，中郎二十五歲登進士第。小修則遲至四十六歲對科第已幾頻絶望時，方考取進士。所以中年以後，他詩文中的失意自傷情緒是相當濃厚的。

中郎曾經這樣描寫他這位弟弟：

蓋弟既不得志于時，多感慨；又性喜豪華，不安貧窘；愛念光景，不受寂寞。百金到手，頃刻都盡，故嘗貧；而沈湎嬉戲，不知樽節，故嘗病；貧復不任貧，病復不任病，故多愁。愁極則吟，故嘗以貧病無聊之苦，發之于詩，每每若哭若駡，不勝其哀生失路之感。（敍小修詩）

小修這人，少年時以豪俠自命，走馬擊劍，呼盧喝雉，常聚衆痛飲達旦。中年後嗜酒縱慾，事後又不斷後悔，經常自責。答錢受之書説：「自念生平，無一事不被酒誤。學道無成，讀書不多，名行不立，皆此物爲之祟也。甚者，乘興大飲後，兼之縱慾，因而發病，幾不保軀命。」這類自怨自艾的話，在遊居杮録中也多處寫到。伯修、中郎的早逝，從病情看，與酒色也是有關的。他們雖然不像小修那樣嗜酒如命，但各有姬侍數人，不自檢束，因而致病不起。小修得年稍長，也不過中壽罷了。

五

小修的詩文，刊刻行世，最早是中郎于萬曆二十四年（一五九六）在吴縣爲他所刻的詩集。見敍小修詩所云：「弟小修詩，散逸者多矣，存者僅此耳。余懼其復逸也，故刻之。」這本詩集，未知卷數，今已不傳。隨後，他的詩文都由自刻，大抵是隨得隨刻。如説：「新刻詩二卷，附寄覽。此集共十餘卷，今尚在校刻。承兄見教，弟已不多把筆，然前此諸作，尚是敝屨遺簪，不忍棄去，不得已典衣市宅，壽之于梓。雜著中頗有發千古所未發者，六月中可畢功，當附便羽寄入京華也。此外又有素史二册，極可觀。」（答王章甫）又如：「拙詩一册，舊刻二種請教。」（答董思白太史）像這種寄呈已刻詩文求教的話，在給朋友的書信中是屢見的。小修現存的詩文，包括珂雪齋前集、珂雪齋近集、珂雪齋集選以及遊居柿録，都是他在世時即已刻印傳世的。現合爲一集，總名珂雪齋集。

附帶一説，珂雪齋近集後附有袁祈年詩二卷，祈年是小修之子，出繼伯修。關于其人其詩，牧齋亦有記載評論：「小修子祈年，字未央，余改字曰田祖。出爲後于伯修，舉鄉書。詩筆有家風。秀而不實，余深痛之！」（列朝詩集小傳袁中道傳）祈年早夭，所以牧齋「深痛之」。祈年的詩「有家風」，但顯然是不能同他的父輩相比擬了，有的流於輕佻浮薄，已不能免於公安末流之譏。但作爲研究公安派文學流變的一種資料，還是可以一看的，所以仍附印在這部珂雪齋集的後面。

錢伯城　一九八五年十月，于上海

珂雪齋集版本及校點説明

袁中道所著詩文及雜著多種，皆其在世時手定，中若干種曾單行，此于中道致友人書中屢稱「近刻寄覽」、「拙稿求教」云云可知。後始彙刻，名珂雪齋集，取觀無量壽經所云「觀如來白毫相如珂雪」意（見本書卷之二十五答錢受之）。其單行各種未見，今所傳珂雪齋集有下列四種：

（一）珂雪齋近集十卷，附袁祈年詩一卷。祈年，中道子，出繼與兄宗道者。此本無序文，不詳刊刻年月。卷一有「書林振吾唐國達刊」字樣。考集中詩文乃萬曆三十六年（一六〇八）至四十三年（一六一五）作品。然據所附祈年詩偶成有句云「予今二十五」，按祈年生于萬曆二十一年（一五九三），則此時當爲萬曆四十五年（一六一七），此本或即刻于是年。

（二）珂雪齋前集二十四卷。名爲「前集」，實即「全集」，據自序刻于萬曆四十六年（一六一八），所收詩文即至此年爲止。自序云此集之刻乃「結向者修詞之局，以存過雁之一唳」。遊居柹録卷十三萬曆四十六年重陽後一條亦云：「珂雪齋近集已刻成，凡二十四卷，刻工頗精，自念過雁一唳，已畢吾事，此後任意揮灑可也。」所云「近集」，應作「前集」。每卷卷首皆列校者姓氏（亦有部分闕者，留有墨釘），疑爲友人或門弟子捐資助刻藉以附名之報。中道有答須水部書云：「仁兄此番……行裝蕭然，弟所深知，故刻敝集弟口不言及者，不欲以此累清郎也，乃令分遺過厚，令弟心大不安矣。」此中道刻集得友人資助之證，可藉覘明人自費公助刻書風尚。各卷所列校者姓氏，爲研究中道交遊及公安派絶好資料，特彙輯如下（上字下名）：濮山夏之令、芝亭張汝懋、郎公秦鎬、景謨汪宗文、試可程仕進、申之程從申、誠之吴文明、長馭汪元羲、師摯汪元臣、仲輝吴翔鳳、瑞生吴家鳳、公儀洪正朝、如晦程明哲、君用吴時文。

（三）珂雪齋集選二十四卷，天啓二年（一六二二）刻。中道自序云：「予詩文若干卷，外集若干卷，刻于新安。後官太學博士，攜之而北。及改南儀曹，遂留京師。已付友人汪惟修南歸舟中，不意行至河西務，偶有火變，板遂毁。」此本係就前集基礎有所增删，故曰「選」。其增者爲萬曆四十六年後之作品。二書更張不大，詩文編排次序及格局，幾全相同，卷數亦同。自此本出，近集與前集之流傳遂稀。集選各卷校者姓氏，計有下列數人：一愚鄒得魯、尚于江中行、仁甫艾從熙、秉玉吴士璋、佩玉吴士坤、希仲孫尚賢、于善黄廷舉、景先翁逢春、惟修汪從教、申之程從申、均啓朱士泰。

（四）珂雪齋外集遊居柿録十三卷，天啓四年（一六二四）刻本，無序跋，但卷三、卷八及卷十一後分別有「天啓甲子上元前三日」、「元宵後一日」及「上元後四日」「夏大鵬校于承恩禪寺」

附記。書名「柿録」不經見，按「柿」同「林」，木片，柿録實札記别稱。中道家居出遊，見聞瑣事，隨筆札録，雖非排日作記，然均有年月日可按。寫于萬曆四十四年（一六一六）之答錢受之書云：「日記係另一書，目下亦未可出耳。」所指即此書。一九三五年上海雜誌公司據此書排印，逕易名袁小修日記（阿英校點），遊居柿録原名幾湮没無聞。據集選序稱「外集若干卷，刻于新安」，似此書應有萬曆刻本，未見。此天啓刻本亦傳本極稀。此外尚有鈔本流傳，都爲十二卷本，疑即從萬曆本傳録，蓋第十三卷爲至徽州府學紀事，萬曆本尚未及刻入也。

本書之編輯校點，即彙合以上四種版本，而以前集作爲底本，合編爲珂雪齋集。近集佚出詩一首，文十五篇，集選佚出詩五十八首、文六十四篇，全部補録，編入相應卷數。總計卷之一至八爲詩，卷之九至二十二爲文，卷之二十三至二十五爲書牘；遊居柿録十三卷；附録一爲袁祈年詩（包括楚狂之歌、小袁幼稿、近遊草、德山雜詠）。附録二爲題名袁中道編撰柞林紀譚，載李温陵外紀。全書正文三十八卷，附録二卷，共四十卷。

本書基本不作校記。唯各本間有異文，涉及整句整段文字改易，顯示作者前後修改痕跡者，則爲列出。原本常有誤字，如澧之作灃，戟之作戰，舂之作春，祟之作崇，是皆確無可疑者，即逕爲改正。又多有同音異義之字混用不分者，如藉籍、爲謂、常嘗、梁粱之類，皆據各字所在句中音義，爲之區别改正。異寫字則一律予以統一。上海雜誌公司袁小修日記排印本每則以中文數字編號，甚便查閲，今取其法，唯改用阿拉伯數字置于每則第一字之首，每卷編號自爲起迄，以便檢索。

本書所用版本：前集及近集係原中央圖書館藏書，臺灣偉文圖書出版社影印；集選係上海圖書館藏書；遊居柹録係復旦大學圖書館藏書。承美國芝加哥大學馬泰來教授惠寄前集及近集影印本，上海圖書館、復旦大學圖書館慨允使用館藏善本，一書之成，端賴衆助，併此致謝。

一九八四年八月錢伯城識于上海

珂雪齋集目録

前　言……一
珂雪齋集版本及校點説明……一
珂雪齋前集自序……一
珂雪齋集選序……一

卷之一

入城道中……一
武昌坐李龍潭邸中贈答……一
送同舟歸州人……二
晚過黑牛渡 二首……二
村居喜社友李素心至……二
九日……三
沙頭曲 四首……三
朝耕 二首……四
郊行 二首……五
飲駕部龔惟長舅宅中，盤飧甚涼，戲嘲……五
秋日校射……六
西郊别業 三首……六

醉卧野舍朝歸……七
送人遊鄂 二首……七
寄彭長卿，蜀人，家荆而寓鄂……八
哭少年……八
别洪生……八
龔惟用舅謝諸生歸隱贈……九
小竹林……九
有感 三首……九
寒食郭外踏青，便憩二聖禪林……一〇
雨中坐中郎齋頭，時中郎往弔田棟野，并聞張謺者吹笛……一一
春遊曲 四首……一一
花樓曲 四首……一二
哭田生 二首……一三
泊繡林……一四
繡林阻風遠望……一四
赤壁……一五
過洞庭君山……一五
泛洞庭……一五
夜泊……一五
阻風登晴川閣，予兩度遊此，皆以不第歸……一六
别李龍潭……一六
大别山懷李龍潭，兼呈王子……一六
菩提寺 二首……一七
别山風雨，得丘長孺書 二首……一八
贈别耿子 二首……一八
秋夜寄中郎……一九
過孔子問津渡……一九
麻城道中 二首……一九
長孺齋中有述……二〇
重九同丘長孺過李卓吾精舍……二一

過沙河作石子歌……二一
飲長孺齋中，分得無字……二一
行路難……二一
得中郎書……二二
武昌逢潘景升……二二
感事示人……二三
今夕行，同丘長孺、王大壑諸公賦，時有別意……二三
雨中病甚不得發，示長孺，時長孺亦病……二四
黄鶴樓……二四
送王生歸荆州……二四
贈人……二六
李坪遇郝生……二六
過赤壁 二首……二六
泊黄州……二七
蘄州道中，并懷王大壑，時大壑往荆州……二七
潯陽琵琶亭賦……二八
月……二九
江行絶句同丘長孺，并示無念 五首……二九
李陽看月有所思……三〇
曉行同丘長孺賦……三一
曉行……三一
江行……三一
江上示長孺……三二
遊牛首山……三二
同丘長孺登雨花臺……三三
焦茂直偕數人飲流波館中，時已有別意……三三
拙藁呈馮開之，并系以詩……三四
攜酒登清涼臺……三四

贈別謝五 …… 三四
靈谷寺 …… 三五
泊龍江示長孺 二首 …… 三五
呂城 …… 三五
登虎丘戲爲歌行變體示長孺 …… 三六
由吳入越，舟中無營，偶思吳中名人，信筆爲頌，爲泰伯、季札、伍員、要離、梁鴻 五首 …… 三七
初至錢塘至日 …… 三九
悶酌示長孺、無念 …… 三九
大佛頭示長孺，時長孺新著衲衣 …… 三九
冬日湖上 四首 …… 三九
紀夢 二首 …… 四一
嘉興同張、徐二公夜飲，登樓泛舟，復以琴聲相娛有述 …… 四一
病中 三首 …… 四二
流波館宴集，時楊舜華病起同長孺諸公賦 …… 四二
深公病大作，予亦病，夜述示長孺 三首 …… 四三
大人壽日，時寓石城 …… 四四
潯陽阻風 …… 四四
景升弧辰日，因攜張瑶光、劉水碧同方子公郊遊，時微雨，憩洪山寺 …… 四四
鄂中丘長孺宴客有述 …… 四五
咄咄 …… 四五
下第詠懷 二首 …… 四六
曉 …… 四六
仙桃鎮 …… 四六
風雨舟中示李謫星、崔晦之，時方下第 三首 …… 四七

卷之二

習池……四九
途逢八舅口占……四九
襄陽道中題署……五〇
昆陽……五〇
南陽道中 二首……五〇
河南道中題壁寄伯修兄……五一
黃河聞雁 二首……五一
夜入燕境……五二
喜傅仲執、王幼度至有述 三首……五二
今夕行贈別繡林張斗槎……五三
長歌送中郎之吳門，兼呈江長洲……五三
悶坐 二首……五四
雲中梅中丞招飲城南精舍，醉後登臺有述，兼呈羅天池、唐仲文……五五
午日吳典史邀飲鷗江王孫園有述 二首……五五
遊陽和坡……五六
遊恒山宿甕城驛……五六
初至恒山紀燕……五六
登嶽 二首……五七
李大將軍宴上聽胡樂有述……五七
哭若霞……五八
別岳州羅生……五九
燕中別大兄 二首……五九
燕中早發，黃太史慎軒、陶太史石簣祖于城外，席上賦作……五九
衛河別宋公，時其子有溺水之變 三首……六〇
嘉祥懷龔惟學母舅……六〇
舟中偶懷同學諸公，各成一詩……六一
梅大開府克生……六一

黃太史昭素……六二
陶太史周望……六二
顧太史湛菴……六二
李户部夢白……六三
月夜黃河……六三
清河……六三
過金山懷丘長孺……六三
吳縣……六四
登上方和江明府……六四
放歌贈人……六五
內寄……六六
答……六七
短歌……六七
看黃道元詩册有寄……六八
詠懷 七首……六八
同顧司馬沖菴虎丘看月，兼懷梅開府克生……七〇
爛柯山石梁……七一
小桃源別蔣蘭居銓部還閩 二首……七一
齊雲山……七二
立春……七三
送顧孝廉晉甫再入都謁選校官 二首……七三
別中郎……七四
舟發吳門，夜坐對新月……七四
別閩中謝生……七四
謝時又有虎丘之約……七四
寒山寺老僧取祝、王諸公真蹟佐酒有述……七五
偶于丹陽逢江進之、中郎，進之尋古寺治酒相邀，并有村童佐酒，席上作……七五
無錫夜汲惠山泉烹茶，時方讀華嚴，

戲作……七五
惠山夜坐……七六
將至金陵……七六
江午 二首……七六
過蘄州哭王伊輔秀才 四首……七七
小竹林贈别傅叔睿……七八
初逢中郎真州 二首……七八
讀子瞻集，書呈中郎……七九
問方子病……七九
遊棲霞，同中郎及景升、長孺、中夫 二首……七九
述别爲吾友丘長孺……八〇
幻影閣爲崔才人賦……八〇
懷潘景升……八一
静海寺阻風憩僧舍……八一
秣陵曉發同蕴璞 二首……八一
贈别梅子馬督木北上……八二
寄伯修……八二
戲贈善印章程生從軍……八三
再别袁中夫……八三
别蕴璞往通州訪司馬顧公……八四
思鄉……八四
哀殤詩 二首……八四
寄梅開府衡湘，兼呈宏甫先生……八五
廣陵道中晚行……八六
閑遊同中郎，時在廣陵渡口……八六
喬光禄宅夜集……八六
黄駕部新攜廣陵姬北上……八六
短歌戲贈沈飛霞山人，山人年七十新買妾……八七
無錫雪霽郊行……八七
江長洲見訪寶林寺有述……八七

王百穀招飲即席贈……八八
寶林寺歲暮 四首……八八
別慧卿……八九
送中郎入都中……九〇
豔歌……九〇
送汪生擕家謁寶應之元君廟……九一
侯師之席上同謝在杭諸公分韻得草字，分體得七言古……九一
春日同侯師之、詹淑正遊天寧寺，便飲師之水閣即席賦……九一
玉湖漁父歌贈周叔隱山人，山人善丹青……九二
醉歸……九二
贈詹淑正……九二
侯師之邀飲玉蘭樹下，醉往城西看桃……九三
張子邀酒江上草堂……九三
再過師之水閣……九三
夏苦雨呈卓吾子 三首……九四
哭開美姪兒，時年八歲，卒於揚州……九四
寒食郊遊……九五
謝在杭司理以改郡寓真州，予訪之旅齋有贈……九五
戲贈詹生入道……九五
雨坐天寧寺，時將同卓吾子遊秣陵，以雨不果……九六
永興寺看竹……九六
棲霞……九六
同袁中夫、蒼麓、無學遊中峰澗道上……九六
棲霞別袁中夫 三首……九七
同臧顧渚、謝在杭、秦京避暑天寧寺樹下 三首……九八

同謝在杭、李季宣避暑何氏水亭，分韻得何字、三字 二首……九八
偶過侯師之園中逢唐君平……九九
贈别詹淑正之晉陵赴吴采于之約……九九

卷之三

夜泊……一〇一
失婢……一〇一
泊清河懷真州諸丈……一〇二
清河道中有懷……一〇二
夜泊……一〇二
中秋舟中看月 二首……一〇二
十六日看月……一〇三
彭城 二首……一〇三
徐州夜泊有懷……一〇四
臨清逢程生持家書至……一〇四
静海縣道中傷宋二郎，是二郎溺處 二首……一〇四
重九醉作……一〇五
别方子……一〇五
同中郎登尊經閣……一〇六
雙寺……一〇六
早起……一〇六
至日……一〇七
即事……一〇七
中郎生日同大兄……一〇七
美人臨鏡 四首……一〇八
除日……一〇九
除夕……一〇九
當衣戲作……一〇九
燈市口占……一一〇
人日中郎齋中戲作……一一〇

同黃昭素、昭質及兩兄夜飲顧升伯齋 三首 …… 一一〇

愁 二首 …… 一一一

養雞 …… 一一二

作字 …… 一一二

春日坐伯修齋中聽室內禪誦精勤感賦 …… 一一三

元宵 …… 一一三

春日 …… 一一三

西直門外野飲 …… 一一四

中郎廣陵姬卒于都，至雙寺禮懺，時顧湛菴、李湘洲二太史俱在 三首 …… 一一四

太學偶作 …… 一一五

諸陵月下示潘尚寶 二首 …… 一一五

暮春長安郊遊 二首 …… 一一五

西山道中 …… 一一六

見骷 …… 一一六

長歌送謝在杭司理之東昌 …… 一一七

得勝門浄業寺看水，同黃庭翠、黃慎軒兄弟、鍾樊桐兩兄 …… 一一八

高梁橋 …… 一一八

再遊 …… 一一八

同謝于楚、謝在杭、伯修、中郎火神廟小飲看水 二首 …… 一一九

晨起 …… 一一九

梁都事鳳池招飲韋公寺 二首 …… 一一九

四月十八日西直門觀士女 …… 一二〇

送李湘洲太史齎詔至吳越便道還家 二首 …… 一二〇

天壇小酌，時送黃慎軒之南陽 …… 一二一

送三舅夾山至太原任 …… 一二一

黃慎軒置酒西直門溪上，招秦京、夾

山舅兩兄有述 …… 一二一
長安道上醉歸 …… 一二二
别顧太史開雍，時册封周藩取道回吴 …… 一二二
飲談太僕宅分韻得上字 …… 一二二
午日同鍾樊桐、黄慎軒、方子公、秦京、伯修、中郎崇國寺葡萄林分韻得掃字 …… 一二三
贈别牟鎮撫南歸 …… 一二三
追送丘長孺郊園，值重城已閉，雷雨大作，馬上口占 …… 一二四
送丘長孺南還 三首 …… 一二四
得丘長孺密雲書 …… 一二五
登盤山 …… 一二五
入都迎伯修櫬，得詩十首，效白 十首 …… 一二五
遊西直門柳堤上，時伯修已逝 …… 一二八
扶伯修櫬以水涸候水止東昌官舍，呈司理謝在杭 …… 一二八
西陵别慎軒居士還蜀 二首 …… 一二九
同慎軒赴劉元定諸君子之約，于圓通閣分韻得池字 …… 一二九
江上别平倩，凄然墮淚有述 二首 …… 一二九
三游洞 …… 一三〇
贈劉元定 …… 一三一
元定齋中别秦京諸君子 …… 一三一
西陵諸公送至峯寶山道中有作 …… 一三一
峯寶路 …… 一三一
從夷陵峯寶山至玉泉道中示同遊羅玉檢 二首 …… 一三二
宿玉泉 二首 …… 一三三
題關將軍祠 …… 一三三

聽泉 二首 …………………… 一三三
鄭少泉年七十五訪我玉泉覓詩，即席贈 …………………… 一三四
重過關將軍祠二偈 二首 …………………… 一三四
柳浪館 七首 …………………… 一三五
初至村中 九首 …………………… 一三七
送死心入山 …………………… 一三九
入村 …………………… 一四〇
村行 …………………… 一四〇
癸卯元日步中郎湖上韻 二首 …………………… 一四〇
過伯修墓 …………………… 一四一
哭壽亭舅，舅學佛精進，無病而卒，時予病卧法華蘭若 …………………… 一四一
入都過禿翁墓 三首 …………………… 一四一
出都門道中 …………………… 一四二
襄城道中題逆旅，寄示兩弟 …………………… 一四二
南陽邸中飲同年羅子 …………………… 一四三
入村步中郎韻 三首 …………………… 一四三
又步中郎韻 …………………… 一四四
晚酌中郎限韻 …………………… 一四四
月夜同兩叔、僧偏虚泛舟荷葉堰 二首 …………………… 一四四
送僧北去尋師 …………………… 一四五
送吴生 …………………… 一四五
贈魯印山 三首 …………………… 一四五
秋日攜妓遊章臺寺，同林伯雨諸公 …………………… 一四六
送徐元叔遊太和 …………………… 一四七
送彭長卿遊秦訪陳別駕 …………………… 一四七
登大士塔九日同林伯雨、傅叔睿 …………………… 一四七
哭趙尚書，尚書死於宗室之變，予感尚書國士之知，聞而傷之 …………………… 一四八

歸篔簹谷逢蘇潛夫，得灰字…………一四八
別蘇潛夫分得江字…………一四八
又即席分得星字…………一四九
夜坐梔子樓讀杜詩分韻 二首…………一四九
送郝公琰東下…………一五〇
壽中郎兄…………一五〇
五弟初度…………一五〇
又和中郎兄韻…………一五〇
次東坡聚星堂雪詩韻…………一五一

卷之四

梅花 三首…………一五三
乙巳元日試筆呈中郎 二首…………一五四
曾長石太史以詩寄，率爾次韻…………一五五
梔子樓苦雨…………一五五
送蘇中舍雲浦北上…………一五五
游章臺寺，同中郎、傅仲執諸公 三首…………一五六
午日沙市看龍舟 四首…………一五六
同龍君超諸公遊便河，得橋字 二首…………一五八
又步君超韻…………一五八
龍君超招飲章臺，賦得看花臺三韻 三首…………一五八
送水部葉寅陽還朝排律二十七韻…………一五九
送王囫圇…………一六〇
別陶不退，時陶有長子病死瘞於此，分手悽然，故有此贈…………一六〇
壽湘山孫給諫五十 四首…………一六一
龍君超過訪篔簹谷，即席有贈…………一六二

哭江督學進之 …… 一六二
歲暮游江上 …… 一六二
陶孝若、謝于楚偕來賦贈，于楚自蜀至，而孝若游吴 …… 一六三
别謝于楚東下 …… 一六三
雁字 十首 …… 一六三
新亭成即事 …… 一六六
送王以明南都應試 …… 一六六
書三月初一日事 …… 一六七
偶有俗冗入郡别篔簹谷 二首 …… 一六八
江北道中 二首 …… 一六九
初至沙市張園苦雨 …… 一六九
壽吴人沈翁 沈居郢 …… 一七〇
送張聚垣三兄還晉，時以其先司徒公之喪入郢市梛木，寓此聚首，甚相愛也 …… 一七一
寓郢述懷 四首 …… 一七一
長石、何思二太史過公安，長石用杜韻作詩，因次其韻。二公皆訪仙歸 二首 …… 一七二
步長石過公安韻，時將值生日 …… 一七三
又步長石舟中韻 …… 一七三
得慎軒居士無病消息志喜 二首 …… 一七三
篔簹谷暑中即事十絶 十首 …… 一七四
打桃有懷園主人王官谷 二首 …… 一七六
送吴生東歸 …… 一七六
送彭長卿北遊 …… 一七七
賦得風林纖月落 七首 …… 一七七
七夕同彭長卿、中郎 …… 一七九
雨中夜酌彭生 …… 一七九
月夜同中郎至柳浪 …… 一八〇
灌洋道中 …… 一八〇

江上聽董五歌……一八〇
曉坐……一八〇
沈生置酒林伯雨園，以病不至，同吴
　未央、徐楚楚賦得秋字……一八一
早發公安有感，書呈中郎……一八一
荆門早發遊惠蒙泉……一八一
泉上有黄山谷、黄平倩大字偶題……一八二
麗陽驛……一八二
宣城道中……一八二
道中聞柴車聲賦……一八二
襄陽道中 二首……一八三
襄陽道中逢龍君御，時有出塞之行
　……一八三
贈龍君御僉憲備兵甘肅 二首……一八四
裕州道中……一八四
鄴城道中 十首……一八四
銅雀硯歌爲黄觀察賦……一八七
中郎有鄭州憶伯修詩，感賦呈中郎，
　并示方平……一八八
涿州訪頓年丈園中……一八九
送李酉卿參知湖州 二首……一八九
密雲寄別四弟 二首……一八九
別陳孝廉……一九〇
太保蹇令公一見辱以國士知，率爾
　投贈，共得七言律八首……一九〇
密雲署中贈別周子還里……一九三
送人新授材官南歸……一九三
署中聞蟬 三首……一九三
蔣子厚、真長、尚之看新月，時子厚
　新自都中來此……一九四
夜月 二首……一九四
蔣子厚以詩投贈，訊以詩旨，予非其

人也，書此志答……一九五
夜……一九五
即事 二首……一九六
曉……一九六
有懷……一九六
惠安伯張公園中芍藥盛開，可十萬餘本，同顧升伯、李湘洲二太史、中郎諸公往賞之，有作……一九七

卷之五

感懷詩 五十八首……一九九
檀州書院有龍爪槐，枝葉婆娑，蔭覆數畝，詩以紀之……二二一
阻水……二二一
凌總戎招飲北極樓……二二一
京師雨大注，曾長石太史以詩來，因屬和……二二二
別中郎南歸，時偶值嫂及庶嫂之變，櫓車雙發，不勝酸楚，離別之情可知，因賦詩十首……二二三
送張雲影還山 二首……二二五
送方子公附中郎舟南歸……二二五
贈別朱上愚銓部予告南還 三首……二二六
中秋漁陽道中 四首……二二七
壽蹇令公 四首 期爲八月十七日……二二八
即事 三首……二二九
月……二三〇
落葉……二三〇
夜讀……二三〇
靜坐……二三一
九月塞上已雪 三首……二三一
聞丘長孺武場被落志感……二三二

閒步……二三二
懷中郎 二首……二三三
夜酌……二三三
至日晨起感懷……二三三
祈年姪以書來訊，兼寄近作，殊可觀；且云家園花木益茂，因喜而有述，并寄之，不更作報
章也 八首……二三四
懊惱曲，代友人賦 十五首……二三六
即事……二三九
雨變詩戲作，萬曆丁未夏京師霖雨不止，城中如江河，官舍民居皆塌，因賦……二四〇
題劉將軍壁上畫水歌 二首 文武……二四一
初春德州署中劉户部元定席上 二首……二四二
小園即事……二四三
初秋 二首……二四三
醉歸……二四三
送胡叟東汀入蜀……二四四
步顧山人韻奉酬 二首……二四四
將發，顧山人席上得清字，同傅叔子……二四五
禮泠雲上人塔……二四五
王龍嶼繡林江閣值雪雜詩 六首……二四五
曾長石太史以短歌三首見別，步韻奉答，時予憂路梗回棹，故末及之
三首……二四七
附曾太史長石贈詩 三首……二四八
沙市舟行……二四九
姚生舟中……二五〇
除夕 二首……二五〇

澧陽晚泊……二五〇
澧陽道中……二五一
曉行……二五一
早春鼎州梁山道中……二五一
入德山同龍君超 四首……二五二
入桃花源四首，步中郎韻 四首……二五三
附中郎入花源詩 四首……二五四
仙蜕石 二首……二五五

卷之六

穿石望新湘溪諸山……二五七
又回望穿石……二五七
過新湘溪……二五七
水心巖……二五八
雪中望諸山……二五八
雪中別水心崖……二五八
君御隱園即席奉答并次其韻……二五八
德山別楊西來……二五九
洞庭雨中……二五九
八百湖 二首……二五九
彭山人洞庭遇盜，賦此謔之……二六〇
沈冰壺水部招飲庾樓……二六〇
江風……二六〇
雨泊東流縣，登淵明祠 二首……二六一
登采石磯……二六一
李白祠……二六一
又題祠壁……二六二
舟中看采石……二六二
江行逢龔表弟……二六二
哭茂直焦二兄十首……二六二
蠹魚行戲贈程全之……二六五
大會詞客于秦淮，賦得月映清淮流，

分韻得八庚……二六六
登金山……二六六
哭陶石簣學士……二六六
蔣墅晚發……二六七
篁川即事示函伯 四首……二六七
初至甘露夜坐……二六八
夜月甘露凌雲亭……二六八
甘露寺中秋……二六九
贈張伯瑜……二六九
過瓜洲吊蕭啓元……二六九
同潘穉恭閒步……二七〇
中郎邸中除夕……二七〇
黄粱祠逢張金吾 三首……二七〇
臨漳道中……二七一
遊百泉 三首……二七一
登九山……二七二
將至襄中……二七二
隆中分得從字，同于野、于林、中郎兄賦 二首……二七二
飲于野王孫謝公巖，同于林、中郎兄賦……二七三
送羅伯生之柳州别駕任，初爲茂州判，皆近邊……二七三
贈公琰……二七四
往玉泉八嶺山道中示寶公……二七四
合溶曉發道中 二首……二七四
玉泉山居……二七五
山遊……二七五
遊青溪同度門 五首……二七五
贈鬼谷道士……二七六
除夕傷亡仲兄，示度門 二首……二七七
正月四日紫蓋道中懷度門……二七七

度門得響水潭，將結菴作鄰，志喜六首……二七七
遊龍泉胡文定墓上……二七九
登九子……二八〇
遊智者洞還道中值雨……二八〇
再遊青溪……二八〇
青溪道中看山口占……二八〇
鳴鳳山 三首……二八〇
山上飲……二八一
鹿苑山……二八一
山行懷中郎……二八二
岳陽樓 三首……二八二
君山 三首……二八三
岳陽晚眺……二八四
別王石洋……二八四
登舟，舟在三穴橋 五首……二八四
蘇雲浦侍御還里，時先兄中郎將移櫬入里，故中及之 三首……二八五
即事……二八六
送雲浦按山西……二八六
合溶道上……二八六
涔陽道中 三首……二八七
山遊口號……二八七
五月十三日玉泉道中，此日爲關公誕日……二八七
堆藍 三首……二八八
乳窟同無跡、伏之閒步 二首……二八八
玉泉夏日山居 四首……二八九
贈李次飛 次飛少爲開士。……二九〇
王給諫將有卜居東南之志，予秋來亦有遊興，會間共有山行之約，有述……二九〇

九溪陳君垣茂才世萬户，父以死事加爵，恥武不就，以文謁予，口占贈別 …… 二九一
哭慎軒黄學士 十首 …… 二九一
九日登中郎沙市宅上三層樓 二首 …… 二九四
又登樓 …… 二九四
由草市至漢口小河舟中雜詠 六首 …… 二九五
登舟吟效白 …… 二九六
漢陽感舊 …… 二九七
贈別梁觀察遷浙江右轄 …… 二九七
觀音閣夜話 …… 二九八
秋日同巨源、伏之、世高遊洪山 三首 …… 二九八
九峯戲作 …… 二九九
與世高、廓虚上人夜話 …… 二九九
登洪山絶頂 …… 二九九
遊九峯寺 …… 三〇〇
九峰絶頂 二首 …… 三〇〇
黄鶴樓 …… 三〇〇
再遊黄鶴樓 …… 三〇一
登漢陽東門城 …… 三〇一
寄慰石洋居士，兼訂匡山之約 …… 三〇一
欲遊沮漳，治一小舟已成，志喜 …… 三〇二
送澧州守秦中費君入覲 …… 三〇二
醉歌 …… 三〇二
野鶴 …… 三〇三
梅花鵲巢。園中梅花盛開，有雀巢於花間，予冬來抱病，疏筆研久矣，見此偶有詩興，并命無煩弟及未央、述之和焉 二首 …… 三〇三
大德寺元畫羅漢 …… 三〇四

過崔晦之山居，兒子能吟予詩偶作 …… 三〇四
正月初四日從公安至三穴橋，登新舟往遊鼎、澧，時病初愈 …… 三〇四
澧州晤蔡大參元履，投贈並志謝 二首 …… 三〇四
澧州逢毛氏大姊以避盜至 …… 三〇五
德山閒步 …… 三〇五
德山懷君超 …… 三〇五
李長叔水部以使事至鼎，晤于楊文弱席上，時一別廿餘年矣。長叔猶記辛卯下第，阻風泊漢川民舍，予語同行人曰：「此處流水孤村，寒鴉數點，景亦自不惡，特吾輩懷抱自作祟耳。」長叔言之，予猶依稀記憶，回首往事，升沉存亡，有如一夢，因把筆次其事，書之扇頭 …… 三〇六
贈文弱令祖可亭翁 …… 三〇七
贈文弱 …… 三〇七
德山閑步 …… 三〇七
花源道中紀遊，并示文弱 十首 …… 三〇八
贈別文弱 二首 …… 三一一

卷之七

花源道中 …… 三一三
山中曉行 …… 三一三
書周子册，中有中郎手蹟 …… 三一四
將往太和由草市發舟 …… 三一四
三湖 …… 三一四
湖中 …… 三一五
宜城道中 …… 三一五
襄中懷先兄中郎 …… 三一五

由樊城早發 …… 三一六
武當 二首 …… 三一六
太和山中雜詠 八首 …… 三一六
贈别吴水部還朝 …… 三一九
須水部日華邀飲龍山落帽臺 二首
時方繕修。 …… 三一九
送張廣文歸桃源 …… 三二〇
早春入村 二首 …… 三二〇
早春書懷憶蘇雲浦 …… 三二〇
竹鶴詩 …… 三二一
送李謫星遊衡山，寄呈李湘洲
太史 …… 三二一
贈歸田老人 …… 三二一
書卷 …… 三二二
雲浦請告成却寄 …… 三二二
王别駕以明居士致仕還山有贈 …… 三二二
寄丘遊擊長孺塞上 …… 三二二
病中漫興 八首 …… 三二三
夏道甫有杜姬之戚，爲作悼亡詩 二首
…… 三二五
月印上人書雜華爲作歌 …… 三二六
燈下有感 …… 三二六
蔡元履廉訪駐節辰、沅，率爾寄懷
二首 …… 三二七
甲寅除夜與眷屬共持蔬素有述 二首
…… 三二七
園居 …… 三二八
入村 …… 三二八
晚溪 …… 三二八
送盛少尹東下 …… 三二八
元宵贈散木舅 …… 三二九
龔晦伯表弟齋中夜話，悼念八舅 …… 三二九

同以明至二聖寺閒遊，并送月公東下……三二九
春日遊石洲，同吴長統、龔遴甫、張景星賦……三三〇
園居……三三一
閒步……三三一
江行……三三一
入郡……三三二
夜泊沙市……三三二
寄沂州守李玉圃社兄……三三二
須日華署中同鄧少府石田、朱奉常上愚小飲，時日華榷事竣將作嵾遊……三三三
戲贈毛太初……三三三
眇仙瞽而美，別予二十年矣，曾贈以詩，今仍題一絶扇上贈之……三三三
偶題沙彌扇……三三四
有感……三三四
送須日華遊嵾山……三三四
吴長統至柳浪哭中郎有贈……三三四
度門屢遣人問病，兹復來，且寄詩二首，因步其韻答之 二首……三三五
閒步承天寺……三三五
朱奉常上愚招飲郊園賦 二首……三三六
塔橋春遊 二首……三三六
春遊四絶……三三七
張相墳……三三八
別須水部日華還朝……三三八
題潁中卷……三三八
題文華王孫小像……三三八
贈別關外侯……三三九
登仲宣樓 四首……三三九
湘城歌……三四〇

天皇寺孫太史鵬初偕令子雙玉、士先小集，有述……三四一
陳七洲詩人孫出家爲僧號虚白，賦此贈之 四首……三四一
登雄楚樓同諸王孫……三四二
夏道甫小園……三四三
鄧田仲、王維南邀飲落帽臺，懷須水部……三四三
飲小泉王孫園……三四三
題瀛洲王孫像 四首……三四四
題王維南像……三四五
口占壽夔亭王孫……三四五
壽沅洲王孫……三四五
寄龍君御……三四五
汪師中自花源來，得龍溷公、楊弱水消息，喜而有贈 四首……三四六
無題……三四七
上愚枉舟中看渡有述……三四七
舟中逢武昌胡季常 二首……三四七
戲贈張心蘭……三四八
遊便河……三四八
予居舟中數月矣，沈褒中使君書來見訊，以少伯、玄真事相況，且云無西子、樵青得無少寂寥否，兼致酒米之具，走筆答之 二首……三四八
草市舟中……三四九
沙橋……三四九
太白湖……三四九
題王弘釣魚……三四九
三湖雜詠 七首……三五〇
訪蘇潛夫于小龍湖賦贈 三首……三五一
送僧達止遊峨眉……三五二

居沮、漳有懷郡伯吴表海先生 …… 三五二
三義河水大漲，同寶方、達可二僧泛舟 …… 三五二
沙市水漲，時六月杪矣，居民猶競渡，口占 …… 三五三
初入沮、漳步達可韻 二首 …… 三五三
沮漳道中 …… 三五三
舟起 …… 三五四
紫蓋道中 …… 三五四
至紫蓋寺 …… 三五四
紫蓋道中值雨 …… 三五五
途中遇雨口占 …… 三五五
初至度門晤跡公 …… 三五五
送達可還蜀 …… 三五五
玉泉金粟菴中夏日桂花忽開二枝，度門以偈來，走筆答之 …… 三五六
遡溪 …… 三五六
遡沮漳還郢 …… 三五六
未央姪應省試，口占贈别 四首 …… 三五六
無題，效徐庾體 二首 …… 三五七
三湖泛舟 二首 …… 三五八
遊山偶與客語成句 …… 三五八
汪隣漁園書事 …… 三五九
送人至太和 …… 三五九
送金仲粟入蜀 …… 三五九
荆門道上 二首 …… 三五九
小藍橋 …… 三六〇
麗陽道中 …… 三六〇
襄陽嘲李伏之 …… 三六〇
伯和王孫席上 …… 三六一
九日過裕州，州守許倫所卧病，口占一絶 …… 三六一

朱仙鎮五絶……三六一
周藩竹居宗侯宛委山房賦贈……三六二
贈阮太沖，太沖以先人嗣宗墓在尉氏，故移家居焉……三六二
淇縣道中值雪……三六三
途中口占……三六三
琉璃橋口占 四首……三六三
喜花兒……三六四
桃花曲……三六四
即事……三六五
步君御韻贈歌者……三六五

卷之八

米仲詔湛園夜集看梅花，分得七青韻……三六七
邀君御、修齡諸公小集淨業寺，并送李增華水部南還……三六七
喜君御先生過宿次韻……三六七
同君御、修齡諸公夜飲米仲詔宅，分韻得豪字……三六八
修齡邀遊西苑有述……三六八
送修齡按貴州，時苗部未平……三六八
白大行五石出使周藩有贈……三六九
君御過宿口占……三六九
書許翁册……三六九
海淀李戚畹園大會詩八首……三七〇
後湖觀蓮，同龍君御、楊修齡、馬康莊、仲良兄弟、蕭爾先飲……三七二
西湖看荷花寄客……三七二
飲劉白石鏡園……三七二
過史金吾玉泉山莊口占題壁 三首……三七三
住中峯寺……三七三

碧雲寺……三七四
卧佛寺 二首……三七四
古刹有感……三七五
送藩參君御先生至晉……三七五
七夕集米友石勺園 二首……三七五
池上樓詩爲張見一賦……三七六
題宛陵吴思每尊公遺像……三七六
壽丁年伯……三七六
梁中秘尊人榮封卷……三七七
湖上……三七七
送張收之赴銅仁府幕，兼寄郡貳張
昭余……三七七
候考館無期，南歸良鄉道中書懷……三七七
過督亢……三七八
涿鹿邸中獨坐……三七八
易水 二首……三七八
金臺……三七八
涇陽驛步龍君御壁間韻……三七九
途中懷先兄中郎……三七九
晉州署中與郡伯李素心夜話……三七九
邢臺令君王九生席上……三七九
黄粱祠……三八〇
夜坐成安署中懷吴表海觀察 二首……三八〇
大名贈别郡伯陶葛閬……三八一
焦大令涵一邀遊大伾山大伾寺，山
下即黄河故道，今湮 二首……三八一
焦大令涵一邀遊浮丘山園……三八二
朝歌晤翁承爀步原韻奉荅……三八二
河上謡四首……三八二
渡黄河……三八三
過鄭州……三八三
禹州晤楊文弱于曹純原憲副席上……三八四

游鹿門寺，同蔡丈人、余溶之　三八四
還里懷兩先兄　三八四
上元日無煩弟宅中看燈　三八五
周調九過訪山園，即席贈别　三八五
將至玉泉，公安道中　三八五
浣市　三八五
松滋道中　三八六
過松滋江亭，次子美韻二首　三八六
鄧茂才調元初度偶贈　三八六
贈龎玉渚　三八七
鄧心還園　三八七
一柱觀　三八七
枝江道中　三八八
趙枝江鳳鳴邀游紫山，即席賦　三八八
哭亡友宜都劉孝廉玄度十首　三八八
徐從善手定玄度遺文授予，感而有贈　三九一
登宋山，相傳宋女修真處也 三首　三九一
過張無盡墳偶題　三九二
將往玉泉，宜都道中　三九二
從善宅中有贈　三九三
初至玉泉晤無跡　三九三
别跡公　三九三
光澤掌藩見招，有玉蘭二樹盛開　三九三
贈張叔曜　三九四
艾仲美貽予以九品青蓮衣，因作青蓮衣歌志謝　三九四
酒間口占贈汪惟修　三九五
飲五弟天花館　三九五
入都門，辭大人墓四言六章 六首　三九五
襄陽史郡伯夢斗召飲文選樓　三九六
襄陽令君王莪雲招飲文選樓　三九七

黄廣文招飲文選樓……三九七
夏日過伯和王孫齋中和壁間黄太史韻……三九七
書淇縣公署壁……三九八
豫讓橋……三九八
保定署中初度……三九八
滹沱懷晉州守李素心社丈……三九八
工部署中遇繕部郎李增華偶賦……三九九
工部署中偶成……三九九
贈劉玄暉 二首……三九九
口占送龔滄嶼大行表弟使福藩 二首……四〇〇
射圃看西山短歌……四〇〇
送阮同年集之大行使閩 四首……四〇〇
改教疏下部有作……四〇一
哭白五石大行……四〇二
赴西陵侯宋伯亨席有作……四〇二
淨業寺獨坐……四〇二
劉百世鏡園七夕，先夜風雨大作……四〇二
壽王翁……四〇三
送李仲達赴南康司理任……四〇三
報國寺老松……四〇三
報國寺……四〇四
姜翼龍先生偕元配胡夫人雙壽詩……四〇四
又 代……四〇四
巩華城南樓 二首 内即皇邸。……四〇四
法雲寺……四〇五
病餘偶成……四〇五
贈鹿苑吕居士……四〇六
黄山八景詩爲張給諫華東賦 兔柴……四〇六
超然洞……四〇六

對仙樓……四〇七
柿泉……四〇七
問偈山房……四〇七
坎井……四〇七
佛跡石……四〇八
虎頭崖……四〇八
壽陳眉公六十……四〇八
贈蕭封公……四〇九
將赴新安任，出都門……四〇九
雄縣道中……四〇九
過鄭州城……四〇九
白溝河……四一〇
德州張民部鍾石署中，同馬遠之分韻。予曾訪舊友劉元定飲此……四一〇
馬郡伯北海招飲泛舟……四一〇
馬郡伯遺予墨竹……四一一
趵突泉，兼呈大中丞李夢白、直指畢東郊二先生 四首……四一一
千佛寺 寺前正對華不注。……四一二
靈巖……四一二
登岱宗 十首……四一三
登岱還，柬州守侯佩之……四一五
文宇王孫園同少府龔我醒、司理呂豫石見所貞白隔歲預作上元之宴，即席賦……四一六
題會稽女子詩跋 三首……四一六
嶧山 二首……四一七
郵亭見亡友白爾亨壁間詩感賦……四一八
全椒道中……四一八
香泉……四一九
采石 二首……四一九
姑熟溪……四一九

雨泊采石 二首 …… 四二〇
除日采石阻風，兼柬曹元甫 …… 四二〇
采石歲暮即事 二首 …… 四二一
戊午元日采石舟中試筆，時值大雪 …… 四二一
雪中登峨眉亭 …… 四二一
雪中讀夏濮山歙浦詩有作 …… 四二二
峨眉亭懷曹元甫 …… 四二二
雪霽放舟東下 二首 …… 四二二
上元日李大中丞順衡席上聽新聲賦贈 …… 四二三
揚州早發 …… 四二四
廣陵重會吴季美，值其五旬初度，賦此贈之 …… 四二四
送方子公兒子思純 …… 四二四
蕪湖早發入新安 …… 四二四

由蕪湖入新安道上雜詠 四首 …… 四二五
初至新安，李謫星招飲泛舟，同王孝廉穉吕、程茂才孔達 …… 四二六
潘景升招飲山寺，即席賦 …… 四二六
王穉吕招飲泛舟，同謫星 …… 四二七
汪僑孫園中看桃花，同郝公琰、謝禹仲 …… 四二七
聞王穉吕攜二妙遊如意諸寺，賦寄 …… 四二七
首夏買舟邀夏濮山明府泛河西，并遊太平寺，雨中有述 …… 四二七
梧桐洞小飲 …… 四二八
落石，赴丁貞白招，同丁孺三、孔達、惟修 …… 四二八
同張令君芝亭社兄泛舟話舊 …… 四二八
齊雲 …… 四二九
飲丁孺三碧霄樓，同程試可 …… 四二九

鄭村訪秦京兄 二首 …… 四二九

汪長馭師摯園 …… 四三〇

步至王將軍園 …… 四三〇

初度，同秦京及諸公泛舟 二首 …… 四三〇

夏令君元配胡孺人挽章 四首 …… 四三一

績溪道上 …… 四三二

夏日同湯祭酒霍林、同年詹翀南、潘景升、孫晉仲兄弟遊敬亭山 …… 四三三

詹日至、劉旭招飲澄江亭，即席賦 二首 …… 四三三

赴句曲送校士 …… 四三三

游三茅山 …… 四三四

畢東郊見召郊園，有述 二首 …… 四三四

秋日同程彥之、程如晦、汪惟修往游霞山 …… 四三五

邀王先民、彥之寶相寺食齋有述 …… 四三五

同先民、彥之寶相寺食齋，便往聶仙墓 …… 四三五

宛陵哭林兵憲楞朋先生 …… 四三六

黃山 四首 …… 四三六

同諸公至曹元甫郊園 …… 四三七

遊水西寺 …… 四三七

壽虞大椿翁七十 …… 四三八

午日汶溪觀競渡，大會松蘿社諸君子二律，用真韻 二首 …… 四三八

登齊山 …… 四三九

池陽宛陵參謁回將北發，偶兒子祈年自楚來省，同日會于金陵長干里，喜而有作 …… 四三九

舟次宿遷，聞遼左信，送眷屬南歸，示兒子祈年 二首 …… 四四〇

喜徐辰叟同入燕次韻 …… 四四〇

西山圖……四四〇
梅花勁骨卷 二首……四四一
壽人翁媪……四四二
南赴禮曹任，步須日華韻……四四二
同同年兄弟吴元無、申維烈、姜季捷飲于魏仲雪齋中，仲雪賦詩成，予屬和，時有結社之約……四四二
壽范封君……四四三

卷之九

送觀察周公遷光禄少卿序……四四五
送邑大夫方公歸田序……四四八
贈東粤李封公序……四四九
壽潘太碩人八十序……四五一
壽安遠令田近薇七十序……四五二
壽孟溪叔五十序……四五四

壽南華居士序……四五五
壽大姊五十序……四五七
壽桃源張母序……四六〇
壽裕吾鄒公偕元配張孺人七十序……四六二
壽同年吴全父尊人隱君序 代……四六五
壽懿所沈翁七十序……四六七
枝江大令趙鳳白初度序……四六九
贈崔二郎遠遊序……四七一
送石洋王子下第歸省序……四七三
送蘭生序……四七五
曹醫序……四七六
送葛道士序……四七七
送吴生遊豫章序……四七八
解脱集序……四七九
四牡歌序……四八一

卷之十

傳心篇序……四八三
劉玄度集句詩序……四八四
南北遊詩序……四八五
蔡不瑕詩序……四八六
花雪賦引……四八七
王伯子岳遊序……四八八
助道品序……四八九
阮集之詩序……四九〇
石頭上人詩序……四九一
余給諫奏議序……四九二
吴表海先生詩序……四九四
崔公超擬十九首小序……四九五
徐樂軒樵歌序……四九六
餐霞集小序……四九七
牡丹史序……四九八
程晉侯詩序……四九九
于少府詩序……五〇〇
殷生當歌集小序……五〇一
苦海序……五〇二
龍湖遺墨小序……五〇二
福井先生集序……五〇四
劉性之孝廉詩序……五〇五
陳無異寄生篇序……五〇六
鄖水素言序……五〇七
王天根文序……五〇九
袁長房文序……五一〇
馬遠之碧雲篇序……五一一
成元岳文序……五一二
瞿起田制義小序……五一二
申維烈時藝序……五一三
李仲達文序……五一四

淡成集序……五一五
翁承爔文序……五一六
王維果文序……五一七
二趙生文序……五一八
悦習上人小序……五一九
三和上人養母堂詩序……五二〇
送虚白請經序……五二一
送圓公請藏序……五二一

卷之十一

送茂實李子貳開州序 途中作寄……五二三
偶遊圖小序……五二四
劉玄度雲在堂集序……五二五
宋元詩序……五二七
應天武舉鄉試録序……五二九
應天武舉鄉試録後序……五三二
贈同寅汪練泉司校武陵序……五三五
郡伯劉公守新安三載報最序……五三七
壽吴母陳太碩人七十序……五四〇
賀畢封公偕元配孫孺人八秩序……五四二
西清集序……五四五
徐中丞未焚草序 代……五四七
徐田仲文序……五四九
宗鏡攝録序……五五〇
程申之文序……五五一
潘方凱墨譜序……五五一
方瀹玄墨譜序……五五二
中郎先生全集序……五五二
夏道甫詩序……五五五
使查稿小序……五五六

卷之十二

清蔭臺記……五五七
遠帆樓記……五五八

杜園記……五五九
塞遊記……五六〇
聽雨堂記……五六一
遊荷葉山記……五六三
柳浪湖記……五六四
白蘇齋記……五六五
遊高梁橋記……五六七
西山十記……五六八
記二……五六八
記三……五六九
記四……五七〇
記五……五七一
記六……五七一
記七……五七二
記八……五七三
記九……五七四
記十……五七四
自柞林至西陵記……五七五
三遊洞記……五七八
篔簹谷記……五七九
荷葉山房銷夏記……五八〇
遊荷葉山居記……五八二
灃遊記一……五八四
灃遊記二……五八五
灃遊記三……五八七
過藥山大龍山記……五八八

卷之十三

遊德山記……五九一
遊桃源記……五九三
東遊記一……五九八
記二……六〇〇

記三……六〇〇
記四……六〇一
記五……六〇二
記六……六〇三
記七……六〇四
記八……六〇五
記九……六〇六
記十……六〇七
記十一……六〇九
記十二……六一〇
記十三……六一一
記十四……六一二
記十五……六一二
記十六……六一三
記十七……六一四
記十八……六一五
記十九……六一六
記二十……六一七
記二十一……六一八
記二十二……六一九
記二十三……六二〇
記二十四……六二二
記二十五……六二三
記二十六……六二四
記二十七……六二五
記二十八……六二七
記二十九……六二八
記三十……六二九
記三十一……六三一

卷之十四

遊石首繡林山記……六三三

遊龍蓋山記……六三四
石首城内山園記……六三五
過真州記……六三六
南歸日記……六三七
硯北樓記……六六一
捲雪樓記……六六二
金粟園記……六六三
楮亭記……六六四
西蓮亭記……六六五
從沙市至度門記……六六六

卷之十五

遊玉泉記……六六九
鬻玉泉松桂庵記……六七二
玉泉閒遊記……六七四
堆藍亭記……六七五
玉泉閒遊記……六七六
閱玉泉詩碑記……六七七
遊青溪記……六七八
遊鬼谷記……六八〇
遊紫蓋記……六八一
遊龍泉九子諸勝記……六八二
由玉泉至高安記……六八四
遊鳴鳳山記……六八五
遊鹿苑山記……六八七
遊君山記……六九〇
遊岳陽樓記……六九一
柴紫庵記……六九二
爽籟亭記……六九四
玉泉拾遺記……六九六
遊洪山九峯記……六九七
後堆藍亭記……六九九

前汎鳧記……七〇〇
泊夢溪記……七〇二
再遊彰觀山記……七〇三

卷之十六

涉小洞庭記……七〇五
後汎鳧記……七〇六
再遊花源記……七〇八
遊靈巖記……七一一
遊太和記……七一三
太和後記……七一九
西山遊後記……七二一
高梁橋……七二一
極樂寺……七二一
西湖……七二二
裂帛泉……七二二
中峯庵……七二三
帝王廟……七二三
香山寺……七二四
碧雲寺……七二五
洪光寺……七二六
臥佛寺……七二六
法雲寺……七二七
趵突泉記……七二七
大明湖記……七二八
靈巖記……七二九
遊岱宗記……七三〇
遊嶧山記……七三二
采石度歲記……七三三
遊黃山記……七三五
關廟記……七三七
龔春所公傳……七三九

萬瑩傳……七四一

卷之十七

關木匠傳……七四五
一瓢道士傳……七四六
回君傳……七四八
石浦先生傳……七五〇
梅大中丞傳……七五四
李温陵傳……七六三
江進之傳……七六九
潘去華尚寶傳……七七二
趙大司馬傳略……七七四
袁氏三生傳……七七九
高士傳……七八一
吴龍田生傳……七八三

卷之十八

権荆關工部主事趙公去思碑記 代……七八五
創立黄柏菴田碑記……七八七
石頭菴碑記……七八八
重修華嚴菴碑記……七八九
重修寂光寺碑記……七九一
玉泉寺十方禪堂碑文……七九三
良鄉竇店萬壽禪院碑記……七九六
妙高山法寺碑文……七九七
吏部驗封司郎中中郎先生行狀……七九九
廣濟寺寶藏禪師行實……八一〇
亡堂兄論道誌銘……八一三
曾登二姪壙記……八一四
上林苑魯公心印墓石銘……八一五
袁母鍾太孺人墓誌銘……八一七
新安吴長公墓表……八一八

明孝子可齋汪公墓表……八一九
贈淑人林母許氏暨長公汝誠祔葬墓誌銘……八二三
户部郎中張公墓誌銘……八二七
静亭龔公墓誌銘……八三〇
賀雲峯公元配荆孺人墓誌銘……八三一

卷之十九

告伯修文……八三五
祭潘尚寶雪松文……八三八
祭羅二郎文……八四〇
祭孔令君文代……八四一
告十弟簡田文……八四三
告中郎兄文……八四四
祭龍太夫人文……八四六
祭魯上林文……八四七
祭王年伯憲副文……八四八
祭李母咼太孺人文……八五〇
趙太宰祭文代……八五二
祭吴懷寶文……八五三
祭漢壽亭侯文代……八五四
祭亡妾周氏文……八五五
代湖上疏……八五六
白衣寺緣疏……八五八
智者堂募田疏……八五九
普仰寺大士殿乞檀文……八六一
募鑄沙市觀音閣丈六金身疏……八六二
龍堂寺藏經閣乞檀文……八六三
當陽報恩寺募藏經文……八六三
當陽紫蓋寺講經檀文……八六四
荆州天皇護國寺募接待檀文……八六六
重修義堂寺檀文……八六七

當陽玉泉寺柴紫庵募接待田文……八六八
募修油口武安王廟文……八六九
募修刻木觀殿文……八六九
募修大林寺禪堂小引……八七〇
募沙市大江南岸草菴文……八七一
金粟社疏……八七二
紫蓋寺孝先閣緣疏……八七三
募修慈泰寺西方大士殿緣疏……八七四
智者緣引……八七五
應天武試程策一道 并問……八七六
江南災異考……八八一

卷之二十

聖人之喜怒不繫於心論 會試……八八五
主術……八八八
名教鬼神……八九一
人心……八九三
論史……八九五
明民……八九七
賞罰……八九九
用人……九〇一
論性……九〇三
論學……九〇四
死不死……九〇六
殺禍……九〇七
擬上軫念山東饑荒，發帑金十六萬，倉米十二萬，特差御史一員前往賑濟，務令人人沾被德意，廷臣謝表……九〇九
貞魂志……九一一
天皇寺瑞像辨……九一五
青溪雷……九一七

金陵街石……九一八

卷之二十一

王開府相贊……九二一
顧先覓贊爲題……九二二
大士贊……九二二
潘生覓贊爲題……九二二
吴正子像贊……九二三
汪氏叟婦像贊……九二三
香猪贊……九二四
行路難……九二五
書王伊輔事……九三三
書人帖後……九三四
書雪照册……九三五
書唐醫册……九三六
書雪照存中郎花源詩草册後……九三九
書顧讓侯册……九三九
書青蓮庵册……九四〇
書隣漁子册……九四一
書怡山蓮社圖後……九四一
書月公册……九四二
書瑞雲老衲册……九四三
書見微請經册……九四四
書葛洪井上毘盧閣造像册……九四四
書名公便面册……九四五
題米元章畫竹卷後……九四六
書澄公修天王寺册……九四六
書方平弟藏慎軒居士卷末……九四七
書黄筌花鳥册……九四七
書學人册……九四八
書靈寶許金吾先園圖後……九四八
題崔受之册……九四九

書黃平倩楷書心經後……九五〇
書僧玄指册……九五〇
蘇叔子字說……九五一
書東坡洋州詩後……九五一
書雪箏册後……九五一
書唐宜之浄土册……九五三
書王伯文印章册……九五三
書天與公册……九五四
書遊玉泉記後……九五四
書東倭志後……九五五
書戒殺文後……九五五
書李習之文後……九五五
書梁諸王傳後……九五六
書竇十郎傳後……九五六
書出師表後……九五七
書罵坐……九五七
平倩歸去來詞跋……九五七
黃學士隆中詩跋……九五八
題知幻卷……九五九
傳神說……九五九
書遊山豪爽語……九六〇
菩薩二乘說……九六一
飲酒說……九六二
書族兄事……九六四
書王尚夫事……九六五
禪門本草補……九六六
書齊雲十方菴册……九六八
書海陽社册……九六九
書禮巖册後……九六九
書黃平倩緊婁那贊後……九七〇
書五台續白蓮社册後……九七〇
書玄澈卷……九七一

書熊校官册後……九七一
書管仲姬畫跋……九七二
書胡從朴遺事……九七二
書雲澤先生遺事……九七三
書試茶十首後……九七四
試墨法……九七四
梅花道人竹跋……九七五
周恭肅公畫跋……九七五
次蘇子瞻先後事……九七六

卷之二十二

導莊……九九三
逍遥遊……九九三
齊物論……九九五
養生主……九九八
人間世……一〇〇一
德充符……一〇〇三
大宗師……一〇〇四
應帝王……一〇〇八
心律……一〇一一

卷之二十三

報伯修兄……一〇二九
寄李龍湖……一〇三一
答開府梅衡湘……一〇三二
答陶石簣……一〇三三
答陳布政志寰……一〇三四
寄同學……一〇三六
與梅衡湘……一〇三六
與丘長孺……一〇三七
答鄒南皋……一〇三八
與丘長孺……一〇三八

答蘇雲浦……一〇三九
與黄愼軒……一〇四〇
與曾長石……一〇四〇
與王石洋……一〇四一
答長石……一〇四一
與雷何思……一〇四二
答吴本如……一〇四二
寄李夢白……一〇四三
沈何山……一〇四四
復李孟白……一〇四四
寄陶石簣……一〇四五
與蔡槐亭……一〇四六
答董思白太史……一〇四七
答左心源御史……一〇四七
答張聚垣……一〇四八
寄中郎……一〇四九
又……一〇五〇
寄黄愼軒……一〇五〇
張雲影……一〇五二
報二兄……一〇五二
雲影……一〇五三
劉元定……一〇五三
報二兄……一〇五三
又……一〇五五
又……一〇五五
寄長石……一〇五六
復羅生……一〇五七
寄都門友人……一〇五七
寄李參政夢白……一〇五七
寄藴璞上人……一〇五八
答無跡講師……一〇五九
答寶慶李二府……一〇五九

寄蘇雲浦……一〇六〇
寄丘長孺……一〇六二
答潘景升……一〇六二
寄陶不退……一〇六三
與劉計部……一〇六四
與雷太史……一〇六四
與曾太史……一〇六五
答雲浦……一〇六六
與夏道甫……一〇六八
寄雲浦……一〇六九
與長孺……一〇六九
寄王章甫……一〇七〇
寄顧太史……一〇七〇

卷之二十四

寄周憲副海門……一〇七三
寄錢太史受之……一〇七四
寄黄春坊平倩……一〇七五
與雷何思……一〇七五
寄雲浦……一〇七六
答曾太史……一〇七六
寄寶方……一〇七七
又……一〇七八
寄八舅……一〇七八
寄四五弟……一〇七九
寄孔令君……一〇七九
寄怡山……一〇八〇
寄八舅……一〇八〇
寄六侄……一〇八一
寄祈年……一〇八一
寄五弟……一〇八二
寄李謫星……一〇八三

寄王章甫……一〇八三
答夏道甫……一〇八四
答黄駕部取吾……一〇八四
寄尹夷庚……一〇八五
寄潘景升……一〇八五
寄曾聲子……一〇八六
寄祈年……一〇八六
寄寒灰禪師……一〇八七
寄林伯雨……一〇八七
寄八舅……一〇八八
寄夏道甫……一〇八八
答葛寧宇……一〇八九
答錢受之……一〇八九
寄劉元定……一〇九三
答錢受之……一〇九三
寄曹大參尊生……一〇九四
寄長孺……一〇九五
又……一〇九五
寄陶不退……一〇九六
寄梅長公……一〇九六
答無跡……一〇九七
寄長孺……一〇九七
寄楊制科文弱……一〇九八
寄無跡……一〇九八
答王勁之……一〇九九
寄龍君御……一〇九九
復段公……一一〇〇
寄雲浦……一一〇一
答王伯雨……一一〇一
寄須水部日華……一一〇二
答無跡師……一一〇二
答李宗文……一一〇二

答吴開府本如……一一〇三
答王太學維南……一一〇四
答李布政夢白……一一〇四
答范吏部太蒙……一一〇五
答錢太史受之……一一〇六
答袁無涯……一一〇七
答須日華水部……一一〇七
答王天根……一一〇八
答李伏之……一一〇九
寄長孺……一一〇九
答蔡觀察元履……一一一〇
答道甫……一一一二
答須水部日華……一一一二
答夏道甫……一一一四
答王章甫……一一一四
答雲浦……一一一六
示祈年……一一一六
寄許裕州倫所……一一一七
寄周儀曹野王……一一一七
答朱奉常上愚……一一一八
寄楊文弱……一一一八
寄王勁之……一一一八
寄寒灰……一一一九
答秦中羅解元……一一二〇
示學人……一一二一

卷之二十五

答李夢白布政……一一二七
答須水部……一一二七
寄李當陽……一一二八
寄雲浦……一一二八
答度門……一一二九

答夏道甫……一一二九
答王天根……一一二九
答沈水部……一一三〇
與段幻然……一一三〇
答蔡觀察元履……一一三一
寄黃慎軒長公……一一三三
賀蘇憲副 代……一一三四
答韓求仲……一一三五
答陶孝若……一一三五
與愚菴……一一三六
答丘長孺……一一三六
寄王以明居士……一一三七
與四弟五弟……一一三八
答陶不退……一一三八
答王天根……一一三九
寄度門……一一三九
答蘇雲浦……一一四〇
答周侍御……一一四〇
答錢受之……一一四一
答李開府夢白……一一四二
答李百藥……一一四三
答馬遠之……一一四三
寄吳觀我太史……一一四四
答段二室憲副……一一四四
寄吳表海觀察……一一四五
寄度門……一一四五
寄受之……一一四六
寄君御……一一四六
寄仲暘……一一四七
餞茅老師請啓……一一四七
寄不退……一一四八
與梅長公……一一四八

與黃取吾……………………一一四九
與無念……………………一一四九
答蹇素業門人……………………一一五〇
寄戴巴縣忠甫……………………一一五〇
寄石洋……………………一一五一
又……………………一一五一
寄修齡……………………一一五二
答趙茂才……………………一一五三
答吴表海憲副……………………一一五三
與南陽宗侯伯和……………………一一五四
寄楊侍御……………………一一五四
寄蕭元恒侍御……………………一一五五
寄君御……………………一一五五
答杜總戎……………………一一五六
寄君御……………………一一五六
寄李開府孟白……………………一一五七
寄汪大司馬静峯……………………一一五八
又……………………一一五八
又……………………一一五九
柬王尚寶蘂淵……………………一一六〇
寄李百藥……………………一一六〇
寄李開府……………………一一六一
答畢直指東郊……………………一一六一
又……………………一一六二
寄李開府……………………一一六三
答吕弱石司理……………………一一六三
寄王季木……………………一一六四
寄汪静峯大司馬……………………一一六四
寄吴揚州……………………一一六五
寄陳解元……………………一一六六
答夏濮山……………………一一六六
答李夢白……………………一一六七

答蔡觀察……一一六八
答德州守謝容城……一一六九
答張休寧……一一六九
寄沈益吾……一一七〇
答方駕部……一一七〇
寄顧開雍……一一七一
答謝青蓮……一一七一
與錢受之……一一七二

遊居柹録

卷之一……一一七五
卷之二……一一八七
卷之三……一二一五
卷之四……一二五七
卷之五……一二八三
卷之六……一三〇五
卷之七……一三三一
卷之八……一三五七
卷之九……一三九一
卷之十……一四一一
卷之十一……一四四五
卷之十二……一四六九
卷之十三……一四九三

附録一　袁祈年詩

楚狂之歌……一五〇九
入村 四首……一五〇九
舟行 三首……一五一〇
村居閒題……一五一一
余王氏姐亡，聞之拊膺大叫，命筆聊書此歌以寄哀思，不暇文耳……一五一一
秋日閒題……一五一一
懷友人……一五一二

步王天根韻有感 二首 …… 一五一二
花樓曲 二首 …… 一五一二
夢上天擬李長吉 六首 …… 一五一三
哭謝通明 二首 …… 一五一四
讀雁山圖敍志 二首 …… 一五一四
同謫星先生遊石洲 …… 一五一五
戲李本濟先生樓外樓 二首 …… 一五一五
晚看梅花因寄黄慎軒太史 二首 …… 一五一五
戲金魚有作，寫一紙投水中贈之 …… 一五一六
貧怨 二首 …… 一五一六
同王穉玉、謝成侯夜坐 …… 一五一六
同王居士望萬人塚 …… 一五一七
滇人楊生老病，予遇之道路，悽然不忍，作述答二篇以傷之 二首 …… 一五一七
苦旱 …… 一五一八
余園竹盡逝，不存一箇，四月六日晨起偶書二絶挽之 二首 …… 一五一八
壽王老師 二首 …… 一五一八
映高樓苦雨 …… 一五一九
山間瀑布 …… 一五一九
夜宴友人宅值雨 …… 一五一九
同家大人宴 …… 一五一九
答沈青門兼自悲 …… 一五二〇
家舅氏居梁山之南三世矣，忽於辛亥秋杪逝去，僅賦詩一章哭之 …… 一五二〇
有一節二没作一詩嘲之 …… 一五二〇
青溪山水奇絶，王居士至其地悵然而返，居士係村落人 二首 …… 一五二〇
與謝通明江邊敍別 …… 一五二一
又 …… 一五二一

壬子夏偶擬明宋諸名家詩，非予真
面目也，即謂非未央之詩
亦可 五首 …… 一五二二
自舟中登岸偶成 …… 一五二三
上硯北閣，天氣朦朧，禾色方青，時
五月十有三日也 …… 一五二三
哭張安世 四首 …… 一五二四
李宗文有書寄予，兼求予所著竹話
二首 …… 一五二五
映高樓即事 …… 一五二五
戲贈桃源周生 …… 一五二五
張老師初度六月初五日也，老師
買新姬未久 …… 一五二六
黃太史慎軒與先君爲生死交，辛丑
冬先君歸葬於荷葉山之西，太史
素車白馬，便道而來，恰如其期，
此亦非偶然也。己酉予甫十七，
偶拈筆作梅花詩，一蜀僧至，遂寫
扇頭以貽先生，先生頗賞之，復予
書曰：李賀小兒猶能倒韓侍郎之
屐，況有才如君者乎？予不覺失
笑。壬子夏，先生歿，爲位而哭
之，如父執禮。夫自古才人崛起，
天下寒士依以揚聲者多矣，至於
以一身而爲父子兩世之知己者，
蓋屈指不一二也，敢作數語以哭
之 四首 …… 一五二六
舟中自澧陽歸 三首 …… 一五二八
入村 四首 …… 一五二八
寒食 …… 一五二九
苦雨 …… 一五二九
青樓曲 八首 …… 一五三〇
明月怨擬古 二首 …… 一五三一
月 …… 一五三二

保母吴氏病甚，予方在澧陽，友人強留予飲，雖擲五白六赤，未免面笑而心泣矣，歸果歿。保母于我其職止一傅婢耳，其恩則猶母也，哀至時漫作數語以自悲 …… 一五三二
夢與中郎先叔談，覺來只記秋亭二字二首 …… 一五三三
映高樓即事 …… 一五三三
潛江有一謝老先生，晚年子殺人，爲仇家所逼，投于淵。往聞淵中有青魚，近千年矣，鼓鬣噴波，雖童稚皆得見之，往來出没，漁人莫不能得。忽一日魚偶不見，不見而先生生。先生自幼浴，委蛇盆中，有洋洋圉圉之狀。及得第，爲杭州倅，每浴必閉門焉，執巾跳躍，自濡自沫，其聲如石鐘鏜鎝，如輕雷激波，如乳蝦噴響，如漁子逆灘。妻氏隙而窺之，驚愕不敢言。未幾年任滿，致政南還，以兒子故溺于淵。溺于淵，而魚復出矣。小袁曰：天下事之難知如此。始信幽怪録、搜神記之類，蓋非虚語也。昔南宋有一學士，弱冠即負時名，下筆即膾炙人口，記其前爲白馬，吏乘之入驛，瓦礫傷其蹄，痛入心髓，遂死，故平生不忍騎，騎亦不鞭，遇敗崖碎石間，即下拾之，恐傷馬足，房舍重重去其門限，亦此類也。嗟乎，人羊往來，此安可與腐儒道哉！命筆作一絶 …… 一五三三
壽田順菴八十，余友雄甫祖也四首 …… 一五三五

寄友人 二首 …… 一五三五
一山人貧甚，以生平未到館娃宮爲恨 …… 一五三六
高牧仲遣僕送予辭之 …… 一五三六
露坐 …… 一五三六
勸伯韜建舍 …… 一五三六
有舊館閉半年矣，作此自嘲 …… 一五三七
與友人夜入郢 三首 …… 一五三七
右述袁石公代青溪道士見招 …… 一五三七
小袁幼稿
遊黄山 二首 …… 一五三八
劉園即事 …… 一五三八
中秋病中偶成 二首 …… 一五三九
柳浪湖與述之話舊，適有一歌者至 …… 一五三九
舟中即事 七首 …… 一五三九
送張廣文歸桃源 …… 一五四〇
寄友 …… 一五四一
古樹 …… 一五四一
送師至金陵請經 …… 一五四一
浄檀即事 …… 一五四二
與田子別六年矣，偶遇之途間，走筆賦贈 …… 一五四二
芙蓉館即事 …… 一五四二
謝通明寓中讀譚友夏詩偶成 二首 …… 一五四二
鵲巢梅上 二首 …… 一五四三
玉泉呈家君 …… 一五四三
洪山寺同張景星賦 …… 一五四四
送僧歸廬山，時予亦思南遊 四首 …… 一五四四
與友人論遊山 二首 …… 一五四四
樓上偶成同述之賦 …… 一五四五
有感 二首 …… 一五四六
仲春同友人夜宴看花臺，忽憶元微 …… 一五四六

之吠聲沙市犬之句，謂友人曰：前巷中歌纂纂唱嗚嗚者，尚不如豹犬之清越也。因捧腹數回。爾時仰視銀灣，俯眺煙樹，天地如淨瑠璃，心脾爽然。乃與友人論月，各得月之三昧，此數首，則予所謬論者也 四首 …… 一五四七
招提同伯柔夜坐 …… 一五四八
丁未六月水漲坐柳浪館作 二首 …… 一五四八
簡袁無涯 …… 一五四八
無題 五首 …… 一五四九
喜友人至 …… 一五五〇
寄友人 …… 一五五〇
一道士好遊山不好住山，詩以箴之 …… 一五五〇
澧陽舟中偶成 …… 一五五〇
柳浪湖即事，時江水正漲 …… 一五五一

偶成 …… 一五五一
山中寄王九天根 …… 一五五一
淨檀偶成 …… 一五五一
別蕭生 …… 一五五二
八月蘇雲浦先生初度 …… 一五五二
壽桃源張老師之母八十 …… 一五五二
送蕭生遊天門 …… 一五五二
月夜步入招提 …… 一五五三
王九將至金陵，便舟訪予公安 …… 一五五三
庚戌夏日懷友夏 …… 一五五三
近遊草 …… 一五五四
月夜過湖 二首 …… 一五五四
德山偶成 四首 …… 一五五四
武陵道中，時予將有衡陽之役 二首 …… 一五五五
贈建中上人兄弟 …… 一五五六
辭德山走衡陽 …… 一五五六

自嘲 …… 一五五六
晚泊 …… 一五五七
偶成 二首 …… 一五五七
龍陽舟中 …… 一五五七
沅江湖畔 …… 一五五八
天心湖 二首 …… 一五五八
沅江遇盜返棹作 三首 …… 一五五八
客有嘲予遇盜者，賦答 二首 …… 一五五九
過常武别楊西來 …… 一五六〇
予未辭君平、孝若諸子，行踰梁山六十里，復爲所追返，有賦 …… 一五六〇
夜飲梁山下 …… 一五六〇
梁山懷西來 …… 一五六一
懷花蕊 …… 一五六一
澧陽别楊文弱 …… 一五六一
德山雜詠 …… 一五六二
金剛塔 …… 一五六二
善卷臺 …… 一五六二
桂園 …… 一五六二
孤峯頂 …… 一五六二
白龍井 …… 一五六三
寶藏閣 …… 一五六三
竹徑 …… 一五六三
楚望亭 …… 一五六三

附録二　柞林紀譚

柞林紀譚 …… 一五六五

珂雪齋前集自序

袁子曰：六經尚矣，文法秦、漢，古詩法漢、魏，近體法盛唐，此詞家三尺也。予敬佩焉，而終不學之；非不學也，不能學也。古之人，意至而法即至焉。吾先有成法據於胸中，勢必不能盡達吾意，達吾意而或不能盡合於古之法。合者留，不合者去，則吾之意其可達於言者有幾，而吾之言其可傳於世者又有幾？故吾以爲斷然不能學也，姑抒吾意所欲言而已矣。抒吾意所欲言，即未敢盡遠於法，第欲以意役法，不以法役意。故合於古法者存，不合於古法者亦存。總之，意中勃鬱，不可復茹，其勢不得不吐，姑倒囷出之以自快，而不暇擇焉耳。豈誠謂我用我法，而可目無古人爲也？

夫古之人豈易言哉！昔宋子京自謂五十後奉詔修唐書，細觀古人文字，迴看五十年前所作，幾媿汗欲死。予自十七八歲即知修詞，幾三十年矣，每取舊作視之，四五行後，若荆棘列楮墨間，置之惟恐不速。益覺古人千不可及，萬不可及，其媿汗欲死，又不啻子京已也。

然吾所以不及古人者有故：少志進取，專攻帖括；中年尚遭擯斥，竭一生精力，以營箋疏。避羣迎笑，至於夢腸嘔血。四十以後，始得卑卑一第。博古修詞，偷晷爲之。本不仗習，何由工巧；浮涉淺嘗，安能入微。此其不及古人者一也。古人詩文，皆本之六經，以遡其源；參之子史百家，以衍其派。流溢發滿，中弘外肆。吾輩於本業外，惟取涉獵，一經不治，何論餘書。或如牖中窺日，或如顯處視月。此其不如古人者二也。古人研京十年，練都一紀，盡絕外緣，爲深湛之思。今者雖有制作，率爾成章，如兔起鶻落，決河放溜，發揮有餘，淘鍊無功。此其不及古人者三也。古人慶弔餞送之文，實情真境，不尚浮夸。作者不以爲嫌，受者不以爲過。近時獻諛進熟，不啻口出，少不稱揚，便同譏刺。自惟骨體靡弱，未能免俗，雖抒性靈，間雜酬應。此其不如古人者四也。少忝聞道，有志出世，至於操觚，輒懷利刀切泥之嘆。嘗欲息機韜穎，遁跡煙雲。故未仕前，大半居山，所作多偶爾寄興，模寫山容水態之語。而高文大册，寂然無有。此其不如古人者五也。

夫豈惟古人，即本朝諸君子，各有所長，成一家言，敢自謂超乘而上之邪？每思此道，亦自無涯，甫涉其樊，而頭顱已不待矣。兼之頻歲移徙，中間散佚已多，所存什五，荒野固陋，常欲付之祖龍一炬。而名根未忘，不忍棄擲，謬謂千古詞人之於詞，亦猶慈父之於子也。子息託體於形氣，文章亦受孕於靈腑。才不才各言其子，則工不工亦各言其詞。慈父不以子之不皆才也而棄之，詞人又豈以辭之不皆工也而廢之哉？夫父或溺愛，而以不才爲才；或苛責，而以才爲不才。文章之道，己憎人愛，己愛人憎。箕畢殊好，未能自定。故賅而梓之，亦不敢有去取也。

嗟乎！吾向者無一事非任也，吾今者無一事非讓也。以出世言，已將超悟讓之人，退而修香光之業矣；以用世言，已將經濟讓之人，退而處仕隱之間矣。至於立言一事，向者雖不能窮其變化，而未常無此志也。今且以經國垂世讓之人，不惟不強合古之法，而亦不肯奢用己之意矣。然則此之梓也，豈欲流通，妄冀有述，聊以結向者修詞之局，以存過雁之一唳，而使後來不復措意此道已爾。盡釋夫不能負不必負之擔，而嬉嬉焉爲盛世百不思百不能之愚人，以終其天年，吾從此閒矣。吾計定矣，吾願畢矣！萬曆戊午五月午日，鳧隱居士袁中道書於新安郡校之卧雪齋中。

珂雪齋集選序

予詩文若干卷，外集若干卷，刻於新安。後官太學博士，攜之而北。及改南儀曹，遂留京師。已付友人汪惟修南歸舟中，不意行至河西務，偶有火變，板遂燬。又一年，惟修與友人刻予所選詩若干卷，且成，問序於予。予曰：詩莫盛於唐，顧唐之所以稱盛者，正以異調同工，而究竟不害其爲可傳耳。杜工部之沉着，李青蓮之俊快，兩者其勢若相反，而其實各從所入，以極其才，至於今光燄不磨。夫豈惟諸君子以正聲鳴，即任華、盧仝、李賀、孟郊輩，皆相與角奇鬬巧，峥嶸一代。當時之詞人，亦未嘗以其偏枯而詆之，而廢之，此唐之所以盛也。大都天地間之景物，與人心中之情態，千變而未始有極，修詞者堂堂正正，奇奇怪怪，如蒐璧採寶者然，以共扶造化未開之倪，以共鳴一代風雅之盛，不亦可乎！夫卮言俚語，信口而出，滔滔莽莽，無復檢括，是固無足道。若夫摭故詘新，喜同惡異，拘執格套，逼塞靈源，此其病，與偭背規矩者正等。予詩不敢望諸作者，而要之攄其意所欲言。譬之囿者，香色皆絶，固爲奇觀，即有色而香減，有香而色減，皆宇宙之精華所寄，原不同於蔓草散木，或亦無害其爲可傳者。予姑聽其流布焉，而并爲之序。天啓二年重九日，鳧隱袁中道撰。

珂雪齋集卷之一

入城道中

山北山南自隱藏，閑心又逐馬蹄忙。綠禾畦裏流聲細，青草湖邊雨氣香。柳市特來尋萬子，柴車到處指何郎。春深剩有繁華地，處處東風發練棠。

武昌坐李龍潭邸中贈答

比來三食武昌魚，今日重留静者居。我有弟兄皆慕道，君多任俠獨憐予。尊前鸚鵡人如在，樓上元龍傲不除。芳草封天波似雪，捲簾對雨讀新書。

送同舟歸州人

漢陽江頭水正白，青翰舟裏送歸客。好雨打帆漢川涯，北風吹草潛江陌。黑牛渡口生紅日，襄江兩岸火雲出。夜眠灘上愁蚊蚋，早起舟中畏梳櫛。三湖漾漾見澄波，月明漁浦唱湖歌。綠樹蒼蒼山隱見，細看却是江陵縣。青林數點水中洲，轉入花源曲曲流。暑中最宜河朔飲，與君一上仲宣樓。

晚過黑牛渡

涼風吹細浪，返照射平原。何處來笑語，垂楊渡口喧。

其二

日晚東風息，輕舟移淺水。船頭露幘坐，岸上笑相指。

村居喜社友李素心至

吾友素心人，清標獨絶羣。名理維摩詰，學書王右軍。吾家深山裏，客徑長苔紋。不隨流俗意，匹馬訪白雲。雅喜故人來，對酒即成醺。微風入林薄，松子落紛紛。晚來花氣重，一室嗅清芬。譚詩入古邃，論心到夜分。我有新著作，一一盡呈君。寂寞後來者，誰能定我文？

九日

經年夢不到繁華，自拂窗塵自煮茶。病入九秋惟有骨，人來三逕總無花。霜林逐雨鱗鱗墮，曉雁隨風故故斜。晝掩柴關啼絡緯，阿誰送酒到陶家。

沙頭曲

十里梨花雪，人家逐水移。黄牛書到早，朱雀信來遲。夜月聞金縷，春風沸竹枝。女兒重意氣，何用錢刀爲。

其二

上我鬱金堂，薰籠爇好香。數錢憐姹女，擲果愛傌郎。西浦千層雪，長干一地霜。桃花人不見，桃浪渺茫茫。

其三

朝對平沙雪，暮看遠浦霞。鹿頭懸几席，帆角打琵琶。笑語雜檣燕，風濤灑砌花。同鄉如借問，但道不歸家。

其四

春色在斜陽，憑欄鬬晚粧。縈沙江霧重，掃岸水風涼。見舫知來客，聞音辨遠鄉。不通三摺語，難採九衢香。長安語有三摺語。

朝耕

荷鋤出茅屋，月色白如素。過林滴雨聲，一天好霧露。東方猶未光，燦燦動霞路。不覺叱牛聲，驚起雙白鷺。

其二

半夜來原田，月落天將曉。溪流涓涓鳴，今年雨水好。前種已生苗，萬事毋如早。解軛唤大兒，牽牛食露草。

郊行

步出城南路，田家又一時。道傍新雨過，緑草嫩鵝兒。

其二

瘦馬踏踏蹄，長途無止息。偶過舊行橋，渾如舊相識。

飲駕部龔惟長舅宅中，盤飧甚涼，戲嘲

春城三月雨如注，老蛟欲捲箕舌去。千門萬户雨聲中，袁安僵卧那能住。我來謝仁祖，不向陶胡奴。山羊肉美特相詣，花下同傾酒一壺。盤中蕭瑟水晶鹽，籜龍詰曲風雨寒。君非山中人，胡爲有黄精。五侯招客多奇異，精食不供井大春。飲君酒，向君笑。幾時吾得傍東山，何年却出趙州道，買得江南一疋絹，爲我寫出平原面。一杯澆向河陽塵，千秋痛哭石季倫。北邙再覓王孫屍，刺繡繡出孟公身。世上英雄居何土，可憐豪士成今古。中郎無處作醉龍，平樂居然思繡虎。繡虎往矣不復生，百年

肝膽向誰傾。人生會須如過客，胡爲含意卒未申。昔時李白有佳句，掀髯爲君吟數回。烹牛宰羊且爲樂，會須一飲三百杯！

秋日校射

淺草雪沙洲，蕭蕭萬里秋。琱弓白玉靶，寶馬赤茸鞦。天迥披雲浄，江澄抱月流。如猿空有臂，何日取封侯。

西郊別業

枕江一片地，即此足幽棲。楓攢智者社，柳覆孟公堤。山好登臺見，林深去路迷。宦婚如可謝，端坐老城西。

其二

城西聊卜築，幽意絶囂塵。寺近僧同飯，村荒虎傍人。浣花輕雨浄，點水幻霞新。不遠前溪路，扁舟學釣綸。

其　三

踈柳剩煙霧，高松帶薜蘿。白沙晉代寺，青草漢朝河。雲影團菰米，風香冷敗荷。蒼山前日是，衰鬢後來多。

醉卧野舍朝歸

林外馬蹄疾，林邊鳥語閒。晨風霜裏樹，初日霧中山。了自無愁況，猶然有醉顔。爛紅楓似錦，踏葉扣柴關。

送人遊鄂

萬里□山道路長，如雲踪跡兩茫茫。我以秋初還夏口，君從雪裏渡瀟湘。

其　二

不識□門可曳裾，雪中人去渺愁予。最是禰衡多意氣，經年漫滅友人書。

寄彭長卿，蜀人，家荆而寓鄂

故人一別隔瀟湘，楚水連天路渺茫。寄語長卿休墮淚，荆州原不是家鄉。

哭少年

山城如在井中坐，每值花開愁難那。風流年少解閑遊，我能嘯歌君能和。平康前日雪如練，憶昔與君遊芳甸。極目平原白不分，忽拆清流聲濺濺。醉裏出遊醉裏歸，劃然一笑便分飛。重到山城花似雪，不見儇郎空自悲。白雪楊花滿路津，家家閉户惱新春。偶看垂柳思張緒，奪我尊前錦繡人。

別洪生

洪生鬚鬢旬且七，往還千里如咫尺。幾回言歸却不歸，今朝愁死回鄉邑。瀟湘之水何浩浩，春潮夜雨潯陽道。人生奔波幾時休，送君江上令人老。

龔惟用舅謝諸生歸隱贈

黄鷄唱罷慘無歡，萬事勞人轉覺難。君自愛看高士傳，予今欲溺腐儒冠。朝耕西嶺雲千畝，夜釣南湖月一灘。身似閒鷗心似水，纔離火宅便輕安。

小竹林

没地棠梨一寸菌，海桃紅似女兒唇。花中覓路偏多曲，竹上題詩歷幾春。白日狂歌來酒伴，清宵僊梵響僧隣。南村亦有遊行地，止是枯松百歲鱗。

有感

予意非爲俠，胸中不可平。且須憑獨往，那復問横行。愁來無後日，淚盡是前程。不堪到歲暮，寒鳥叫江城。

其二

分財多自與，叔也知其貧。志遠輕微事，疑來泣古人。潯陽愁李白，易水哭蘇秦。塵土餘生在，摧殘任苦辛。

詹尹今何在，聊與計行藏。幸不填溝壑，予將遠遁亡。孤鴻迷積雪，隕籜帶嚴霜。但有傭春地，那愁道里長。

其三

寒食郭外踏青，便憩二聖禪林

江城緜邈大江邊，江上大道直如弦。芹泥時點朱藤杖，遊絲忽挂珊瑚鞭。日荒野曠溪蛙鬧，溪畔閒花共迎笑。已見緑草侵黄埃，還從古塚尋新道。古塚鱗鱗紛無數，白日昭昭君安去。朱顔皓腕不復生，石麟玉馬埋何處。今年還新新還故，寒風一片白楊樹。莎長孟公隄，藤遮安遠寺。依稀山内白蓮菴，恍惚碑中青葉髻。頹垣斷壁傍蒼藹，肅肅古貌我當拜。屋塵暗淡埋玉函，鈴風蕭瑟摇旛帶。禪堂詩社亦何有，古鐘千歲絶龍紐。況復人生非金石，能保形質不衰朽。我自未老喜逃禪，塵緣已灰惟餘酒。一生止用麯作家，萬事空然柳生肘。終日譚禪終日醉，聊以酒食爲佛會。出生入死總不聞，富貴于我如浮雲。

雨中坐中郎齋頭，時中郎往弔田棟野，並聞張瞽者吹笛

寂寞空堂晝掩扉，朱欄紅藥看花飛。晨風忽到千家暝，急雨初來數點稀。青草黃腸人永别，素車白馬客孤歸。人生到此天寧論，一曲山陽淚滿衣。

春遊曲 郢中。

總以堂堂去，何容緩緩歸。隔溪鶯對語，掠水燕雙飛。野草香沾屐，修篁翠濕衣。山花一樹好，遊女採來稀。

其　二

春在畫橋頭，殷紅照碧流。幾迴看去馬，一笑蕩輕舟。夜月梨花夢，春風燕子愁。願爲原上草，歲歲藉芳游。

其　三

粧爲阿誰新，新來却避人。笑寧藏便面，絢已印輕塵。打鳥穿山曲，尋花傍水

津。緋桃飛已盡，今日又重春。

其四

指點層臺事，前人佐酒觴。塵塵無故蹟，歲歲有新粧。綺閣多凡鳥，荒榛出異香。羅敷他自好，不肯嫁君王。

花樓曲

春歸春不歸，春事幾年稀。杜曲梨花謝，雕梁燕子飛。歌愁生畫扇，舞淚染羅衣。數里青門路，人傳錦繡圍。

其二

避客似迷藏，將無是故鄉。龍鬚存舊席，雀尾罷新香。有誓不傳曲，無心更理粧。白頭房老在，灑淚憶君王。

其　三

且莫弄琵琶，王孫在北家。秦宫催侍酒，小玉倦傳茶。好謝尊前客，忙移砌上花。買愁不買笑，含淚上香車。

其　四

破瓜年幾許，苦欲作羅敷。碧玉何須玉，緑珠不用珠。虚堂塵寶瑟，空帳冷流蘇。明日蕭郎問，兒今已嫁夫。

哭田生

人生不四十，何以歸山麓？生平性温良，親朋盡一哭。酒杯猶未拭，殘花尚綴木。前書一行字，明明在園竹。山城少韻人，扃户遂成俗。夜半來扣門，應惟君也獨。從此絶招呼，終日坐兀兀。

其二

昔日與子友，終日共徘徊。今日子爲鬼，半夜怖其來。我豈怖子哉，幽明會難諧。去年在京師，有物撲入懷。以爪塞子鼻，大噱不得開。魍魎攝人魂，子言我心猜。果也青楓根，寂寂殊可哀。

泊繡林

我從湖海賦東征，四月春潮總不平。萬里臨流方浩蕩，雙峯如繡自逢迎。濤來欲裂千年石，山斷斜連數尺城。安得輕風生五兩，君山一點漸分明。

繡林阻風遠望

雨中新柳净江頭，燕子穿花立釣舟。東去湖湘多大澤，春來天地少安流。南平驛路何時盡，北渚風烟渺自愁。石壁沉沉收落日，一痕漁火動沙洲。

赤壁

青山遠遠白雲屯，垂柳依依江水濱。此去黄州仍有蹟，不知赤壁果誰真。遠峯曲裏藏僧寺，亂石中間貯釣人。但使終朝長對酒，葛巾應不换綸巾。

過洞庭君山

颭水一花開，枯清絶點埃。秦皇巡海去，漢武射蛟來。見水經注。萬頃無消雪，千年不住雷。金堂迷處所，凡骨豈僊才。

泛洞庭

風日今朝麗，依巖一汎流。奇雲生别浦，芳草媚中洲。日月飄零恨，乾坤簸蕩愁。翻思源發處，清淺只觴舟。

夜泊

前途白霧障，游子暮何之。寒士招風雨，勞人諳險夷。吹水沾衣桁，飛沙入酒卮。但留皮骨在，遠路豈嫌遲。

阻風登晴川閣，予兩度遊此，皆以不第歸

苦向白頭浪裏行，青山也識舊書生。相逢誰勝黄江夏，不死差強禰正平。天外雲山金口驛，雨中楊柳武昌城。漢濱父老今安在，只合依他隱姓名。

别李龍潭

湖上暫徘徊，明從此地回。今年君不死，十月我還來。娱老書成蠹，絶交徑有苔。忘機君已久，鷗鳥莫相猜。

大别山懷李龍潭，兼呈王子

漢陽江頭一帶青，武昌燈火亂繁星。此時對酒懷知己，高山流水孰堪聽。去年六月訪李生，抱病僵卧武昌城。武昌城内日鑠地，與君相遇王孫第。金杯玉罍無顔色，藥裹牀簣少意氣。見子聰明更有情，蒼茫一别正愁人。予既别子歸去來，李亦抱痾武昌城。自昔豪士多寂寞，往往身令造化猜。今年三月復東遊，訪李再過古亭州。

龍潭十月同笑傲，虎溪千古失風流。老去英雄轉惆悵，握手相別淚相向。匹馬黄泥道上歸，青山滿目淚沾衣。武昌一片垂楊樹，政是懷人愁絶處。翩翩行旅各東西，款款輕刀自來去。我登大别山，還望西陵道。落日煙霞迥不分，江水東流何浩浩。東望鳳凰雲，西眺鸚鵡草。對此踟躕不能去，同心離居令人老。此時政見王生面，重逢爲我開華宴。一尊與子細相論，轉憶去歲實銷魂。人生會合未可期，雲開星散令人悲。今朝對酒遂教醉，風塵賴爾慰相思。

菩提寺

避人兼避地，多事轉多憂。憐着數莖髮，纏成百段愁。黄金囊已脱，白骨願難酬。墨墨誰堪訴，敲壺涕泗流。

其　二

莫問心中事，愁來鬢有華。三旬藏地肺，一水隔天涯。閒淡尋方丈，疎狂過狹邪。欲歸歸未得，不是爲無家。荆州一名地肺。

别山風雨，得丘長孺書

重食武昌魚，還從漢口居。千峯江上雨，一紙故人書。困極舌空在，柔來指不如。何當同子逝，髡髮事空虚。

其二

近書看不得，讀罷淚雙流。細雨連天暗，西風動地愁。失時離骨肉，多難仗朋儔。五岳行如決，臺生願共遊。

贈别耿子

西風吹棹過江濱，買酒烹魚與細論。海内諸公盡在眼，因君一問嚮時人。

其二

送子磯頭載酒歌，白雲芳草會無多。一聲别去飛相似，不見輕帆見逝波。

秋夜寄中郎

明月何光潔，蟏蠨挂在户。百感入帷牀，一夢生毛羽。青山幾萬重，泠泠到石浦。依依中郎門，冉冉分賓主。相見嘻以笑，相論歌且舞。真情出肺肝，高議窮今古。言多不能記，分别尚縷縷。萬事多反覆，三言成市虎。愁極能殺人，爾胡守此土？茫茫八荒間，可以爲户宇。未亂復哽咽，歧路悵難吐。魂淚公安城，人淚武昌滸。

過孔子問津渡

日初出，山初入，山煙迎旭帶微紅，溪柳含露試新緑。斷橋縱横山之下，一泓清流細細瀉。古碑依稀雜苔蘚，大書當年問津者。泉水將淚過此津，暗想天涯失意人。西風年年吹路草，鐵馬石驂亦應老。前山黄霧愁殺人，回頭却問山東道。

麻城道中

天雨乍霽雲乍拆，馬首諸山齊獻碧。崪嵂突兀何處峯，淡冶鮮妍可憐色。長途遥遥無止息，北風夜起轉愁疾。馬鈴當當送殘日，烏鴉千點占墳側，我有新愁寫不得。

其二

山骨鱗鱗忽起脊，中間尺餘馬蹄跡。只道山石碎馬蹄，誰知馬蹄能穿石。莫言此石太辛苦，南山石閲北邙土。石深一寸土無數，馬上兒郎方笑語。

長孺齋中有述

丘生爲家何落魄，丘生爲詩好氣骨。建安以上今再見，開元而下不曾讀。五七言律多精巧，絶句長歌古來少。幽燕將帥氣沉雄，深山松柏韻蒼老。高齋日上花拂地，隱几焚香逐字句。磊塊頗露烈士腸，步驟真得古人氣。我于此道久用力，妙處只合唐人跡。不能超乘復漢魏，此技安敢與君敵。看君詩，爲君留，酒行數過寂無聲，牙板忽動發清謳。龍香之撥鳳尾槽，玉串珠走幽泉流。笑謂三郎且飲酒，寂寞身後吾何有。一腔熱血一寸心，雪花寶刀夜夜吼。徒步風塵無用身，羊溝鷄鬬馬能走。明日城南大會獵，不識三郎肯從否？

重九同丘長孺過李卓吾精舍

每逢佳節思鄉國，今日登臨興惘然。浪蹟乾坤餘鬢髮，西風日夜换山川。三時作客花前淚，萬事灰心醉裏禪。獨喜窮交多意氣，天涯兄弟倍相憐。

過沙河作石子歌

河水清，照見石，照見石子如珠玉，晶晶瑩瑩好顔色。水淺淺兮石片片，水底依稀照人面。切莫照人頭上白，世上知心難再得。

飲長孺齋中，分得無字

明月挂林隅，芳筵酒夜呼。佳詩唐世有，新語晉朝無。世外依禪伯，人中溷酒徒。那能文字飲，明燭待當罏。

行路難

黄安路，沙浩浩。曠原荒日少行人，斷坵古塚尋新道。上有昏霾之高松，下有蕭瑟之秋草。草色傷心不復生，遊子飄飄萬里行。仄徑懸巖無終極，瘦馬西風少氣力。日沉沉兮將落，石鱗鱗兮磅礴。仰登青天兮俯黄泉，十步九步愁顛連。極目高低少人住，巉石斷處將安去。草蟲哀鳴滿山坧，敗瓦傷心叢老樹。風浩浩兮襲衣裳，出没空山愁虎狼。日暮相逢不見面，如屑之山旁一線。下有淙淙千尺澗，我欲度此魂魄散。行路難，難如此。傳語天涯客遊子，鬼國茫茫未可止。

得中郎書

業已爲游子，何須問始終。家人已死看，父母未生同。帶雪寒山潔，懸雷夏瀑雄。阮宣遺願在，巢許揖高風。

武昌逢潘景升

散朗如髯幾，愁顔見頓舒。片言成白社，五字宛黄初。楚館閒聽肉，秋江日饌魚。天星樓上好，讀盡古今書。曲中有天星樓。

感事示人

譚鋒纔起便銷魂，和雨和愁到耳根。青眼變時休道故，黄金散盡少知恩。生來不信多交態，久後方驚類市門。子抱新愁予舊恨，一同流淚對芳尊。

今夕行，同丘長孺、王大壑諸公賦，時有别意

斗酒會，武昌城。歌遞代，舞縱横。武昌今夕無限情，爲君高歌今夕行。一葉飄零寄武昌，武昌城外暫相羊。黄軍浦口同飛蓋，芳草洲頭共舉觴。九陌三市公子宴，五白六赤少年場。紫蟹如土不值錢，擎出滿盤帶雪霜。結伴追歡到此夕，天涯兄弟皆來客。我輩意氣本豪雄，尊前況有新相識。今夕何夕興翕習，子夜徵歌聲轉急。擊劍人逢擊筑人，有情笑與無情泣。天星樓上花枝粲，采珠拾翠杯無算。傳説陸郎秣班騅，繁絃急管雜哀嘆。君不見黄牛峽朱雀道，山色蒼蒼水浩浩。此時相逢不盡醉，東西别去令人老。時坐客有至吴蜀者。

雨中病甚不得發，示長孺，時長孺亦病

雀鼠驚纔定，陰陽患共侵。虚堂懸病榻，偃卧看愁霖。不信鴻前足，翻成葉後心。只今遊半載，尚在漢江潯。

黄鶴樓

水經注謂戴顒遊此，蓋誤以京口之黄鶴爲此地也。故末句及之。

積雪滿天地，憑欄竟日留。青山文命廟，芳草正平洲。漢浄穿巖出，江雄撼郭流。蟻蜂南北市，鳧雁往來舟。黄鶴名相似，丹徒跡可求。如何注水牒，訛作戴公遊？

送王生歸荆州

嗟乎王生，與子同來不同歸，漢水湯湯日夜悲。飲子酒，攬子衣，江上浩歌淚欷歔。子好酒色不顧家，一縣盡笑其所爲。丈夫從之妻兒疑，子弟從之父兄笞。我于子行爲中表，念子飄零知者少。戟髯雄譚頗不凡，使酒駡坐亦自好。季子方貧少黄

金，練裙空有故人心。留得一片交情在，交到白頭應不改。去年我有不平事，儒生相看盡相棄。髯向酒間出大言，言雖麤疎好意氣。我聞此言雙淚下，顛狂合受衆人駡。不信慷慨悲歌人，乃在椎埋屠狗者。坐是相愛不能忘，時時結伴酒人場。如花少女紛相戲，日日花前共買醉。叱撥鳴鞭白日原，叵羅傳呼芳草地。子于衆中多酒失，我常憐之爲護恤。明知亦是尋常人，止因一語成相識。今年我向荆州市，市上春花照春水。攜子三月苦留連，只在荆州花市眠。男兒生不成名胡不樂，絶似冠蓋遊宛洛。誰言花市無酒錢，日暮還典金跳脱。章華臺畔草生煙，枇杷門外花飛幕。白晝横行誰敢問，鄱陽暴虐酒中作。千秋亭下惱癡人，侍側之豪心膽落。不歸偕至鄂州城，窮愁病苦一時生。往返西陵三四月，命薄處處少人悦。我今遂學黄鵠飛，秋云暮矣憺忘歸。更欲攜子千里遊，無錢難以苦相留。武昌十月初一日，送子江頭翻掩泣。荆山荆水望無極，秋原秋日少顔色。嗟呼王生送子歸！饑有食，寒有衣，閒但覓酒伴，莫畏衆人譏。衆人譏子無他醜，不過爲百畝之田不能守。我亦爲子熟思之，萬事變遷理亦有。君不見金谷園定昆池，當時豪華無與比，今日紅塵空爾爲！金錢如山不食亡，令人却笑黄頭郎。萬事悠悠同逝水，漢寢唐基亦如此。創家老翁爲子孫，布衣脱粟憔悴死。人生百年如過客，彈指已見頭早白。但得常常剩酒錢，身世何用苦悽迫。吾家中郎頗好事，杯酒不飲喜人醉。西歸子有酒主人，東行我向何處置？

贈人

白浪白于馬，輕舟過漢濱。花香薰几案，山果中冠巾。忍受王孫飯，聊爲易水貧。君看羊叔子，不是昧心人。

李坪遇郝生

似隨南適雁，哀唳到瀟湘。坐我舟中榻，拭君衣上霜。詩思渾李洞，禪語效支郎。且拂尊前淚，西陵是故鄉。

過赤壁

浩浩長江接遠空，帆飛猶自飽東風。吴山魏水原堪恨，況是今朝煙雨中。

其二

半生寥落暗悲傷，百病相侵守一牀。事業于今那敢問，只祈年壽勝周郎。

泊黄州

落盡郊花青女怒，雲脚黏江迷往路。何人共對雪堂尊，無處更覓柯丘樹。棲霞樓畔北風惡，濤聲和雨中宵作。客子聞之已不眠，病夫僵卧何曾着。斷雁一聲霜共墮，此時愁人披衣坐。泛泛一葦有何歡，五兩呻吟相唱和。自古江山似女兒，才人傅粉與書眉。安黄貼翠須好手，癭瘤也作妖韶姬。頑石枯葦復何相，止有煙江無疊嶂。當時但誦和仲文，只疑此地如天上。

蘄州道中，并懷王大壑，時大壑往荆州

下雉諸山接天碧，生雲濛濛塗雨色。北風蕭瑟吹衣裳，雨氣乍來滿江黑。四顧船頭白淼茫，浩波起立似人長。兩岸蓼花看不定，江盡依稀見蘄陽。流水石橋環古木，可是長鬚王郎屋。枇杷門外久荒蕪，莫向仲宣樓下哭。君西我東如相避，捫虱雄譚何可續。江夏有人禱鸚鵡，早擲琵琶返黄鵠。

潯陽琵琶亭賦

寒江欲雪先無色，起視廬阜如聚墨。九疊樓前九點山，令人可望不可即。白馬素車慘不張，麻姑書信斷潯陽。飄飄一葦復何適，踟蹰且向江頭立。江頭忽見破亭子，西風淅淅愁崩圮。古瓦鱗次亂水衣，白日狐兔同棲止。石碑剥落衰草地，遺蹟不知何年記。題名半已蝕塵埃，依稀認得琵琶字。鐵撥鵾絃隨淚瀉，三載飄零老司馬。豈云昵昵兒女懷，多才固是多情者。龍尾道中行路難，虎溪橋上看巑岏。一片雄心銷不盡，流泉聲裏坐燒丹。冶情苦向覺前送，陳根忽遇春風動。笑去顰來總是真，彊作男兒亦何用。傳説龍門有故墳，遊人澆酒氣成雲。物换星移風雅盡，亭上何人更酹君。江上風生撼古樹，日暮客子自來去。潯陽渡口那得留，乃是愁人今古斷魂處。不獨司馬泣江水，當年李白亦如此。古往今來如轉轂，豪士遞來此地哭。我亦飄零困遠遊，忍貧忍病到江州。江州無主走碌碌，囊無一錢餘病骨。伶仃楚痛寫不得，獨向廬山看山碧。不及蝦蟆陵下女，江頭猶有新相識。

月

清江慘慘大江干，出没雲霞夜未闌。涷浦不堪霜共墮，中宵只與水争寒。關河潋灩愁中斷，人影婆娑病裏看。此夜呻吟渾不住，故園猶自説平安。

江行絶句〔一〕同丘長孺，并示無念

天涯兄弟共行舟，病子呻吟日未休。我自多虞甘薄命，如何酷令兩人愁。

其二

江頭明月散清輝，一葉漁舠雪裏飛。可惜清光看不得，嚴霜先上病人衣。

其三

雨過魚龍氣尚腥，輕鷗旅雁集沙汀。前頭惡浪奔如雪，乍見姑山一點青。

其　四

一身痛苦不堪愁，孱僕哀呼夜未休。爾我相關如手足，五更聽雨淚雙流。

其　五

病骨初甦暖氣微，薄衾如紙曉霜肥。朦朦旭日人猶卧，夢裏驚傳黄石磯。

〔一〕集選無「絶句」二字。

李陽看月有所思

李陽月，漸漸明，明月依依送我行。昨日冷冷東流雪，今夜却向李陽白。李陽驛邊蘆荻洲，估客淒其坐船頭。吴歌子夜伴月明，誰人不動故園情。故園畫閣月明裏，瑣窗前面清如水。檢罷刀尺拜團欒，深深拜月祝平安。那識長干月不同，是處多霜還多風。豈惟病苦無消息，九月寒衣不寄得。四顧李陽白一片，江樹茫茫江煙斷。軋鴉猶有上去船，嘹喨忽見南來雁。憶昔看月何翩翩，結伴三河俠少年。吴歌楚舞酣中夜，不到烏啼不肯眠。今日淒涼餘短髮，嚮來俠氣幾曾發。李陽江上月一輪，獨向舟中照病骨。病骨如柴不可支，今宵對月漫成悲。早知看花身成病，踏月何用訪雪兒。

曉行同丘長孺賦

依稀不似舊塵寰，大地茫茫浩白間。總令乾坤成水月，遂教煙霧失江山。人衝瘴雨淹淹病，夢入關河泠泠還。已過南天千萬里，深閨從此斷刀環。

曉行

肅肅帶霜征，煙開岸漸明。病人親曉日，客子愛冬晴。遠樹横江過，亂帆貼水行。下灘風漸好，轉盼失山城。

江行

棼絲夢不斷，欹枕看晴川。霧露帆檣濕，雲霞草木鮮。水生漁子笑，風到榜人僊。楊柳誰家舍，依山種稻田。

江上示長孺

萬里滄江一葉舟，歷盡楚尾與吴頭。八分山下八分院，九疊峯前九疊樓。水上煙巒鏡裏眉，因餐秀色愛舟遲。青山乍喜逢尤物，男子猶欣遇大兒。大兒生計何其拙，苦吟只對寒江雪。愛作煙雲顧虎頭，山經水牒搜遺缺。世事悠悠無假真，爲語丘遲休苦辛。君看古來布衣士，生前得名有幾人。往往衣食無所託，饑寒轗壈終其身。羅友陶潛豈不奇，嚮日倚門作乞兒。數百年間骨已朽，新詩始落詞人口。身後虛名有何益，不如生前一盃酒。文章得失出寸心，天下後世幾知音。獨餘匠心得意處，自歌自舞淚沾襟。丘郎于今極貧賤，縱有新詩人不見。詩成只合付名山，百年應得布人間。

遊牛首山

石欄竹藥劇峥嶸，樓閣巖泉不記名。西竺幾年人共至，南唐今日樹長生。天邊落照千重暈，霧裏長江一線明。徙倚罡風渾不住，枯松老柏滿山聲。

同丘長孺登雨花臺

登高臺，大荒顧，天邊江白如横素。金陵城内萬人家，金陵城外好松樹。江上氣連山上雲，城中煙接城外霧。分明望見南門道，高箱寶馬塵浩浩。一代復一代，城郭人民改。三吴風流已不存，六朝花草今何在。星移物换空惆悵，彈指已成百年上。瓦官寺裏支道林，石頭城上王丞相。丞相亡，支公死，江左風情東逝水。華屋山丘幾千年，有無踪蹟暮生煙。煙草連緜又一時，雨花臺上漫成悲。君看二百年來事，也自今古堪垂淚。鳳闕龍陵遥相對，霓旌樹旆紛紛隊。金粟幾年見龍媒，橋山何處尋劍佩。石門鬱鬱刻佳城，可是前朝戚里墳。金脱玉壺都向夜，銅麟石馬獨饒雲。富貴豪華皆黄土，坐使荒臺閲今古。臺北笙歌臺南哭，人生哀樂如轉轂。縱使千年能幾何，虚名虚利空奔波。不登雨花臺，不知行樂好。生不行樂求富貴，試看雨花臺上冬來草。歌止此，莫太哀，荒城日落風吹灰。與君急尋桃葉渡，今夜好傾三百杯。

焦茂直偕數人飲流波館中，時已有别意

未面已相識，對譚豈不歡。只愁緣漸熟，又使别時難。賦就霜初下，尊移月未

殘。謝公調馬路，明日且盤桓。

拙藁呈馮開之，并系以詩

鈴索聲閒學士廬，有人彈鋏不爲魚。實言門下新知我，願出山中舊著書。海内久推皇甫謐，近臣誰薦馬相如。斯文佳惡休辭訂，早晚知君鬢已疎。

攜酒登清涼臺

醉死便埋我，江山足萬年。飛雲環衆嶺，如月亘長川。大冶歸西日，繁鱗入夜天。金陵千億户，俯看一區煙。

贈別謝五

旅食金陵歲已殘，水枯桃葉驗天寒。同爲浪子予尤遠，都是窮途爾更難。世路錢刀欺短鋏，酒人日月付長干。如何相識輕相別，不共横塘泛木蘭。

靈谷寺

入門忽已失西東。十里人穿松樹中。敗壁頹牆真是古，清泉寶砌果然工。梧楸漢寢冬猶緑，禾黍前朝日正紅。誰識半山即此寺，問僧始憶宋荆公。

泊龍江示長孺

半日不停行，猶然建業城。樓臺兩岸火，煙霧萬家聲。夜泊霜吹勁，天欹月路明。今宵既禁酒，何以却愁生。

其二

浪跡何曾定，行行又水濱。深閨燈下語，凍浦月中人。情死王郎淚，魂來倩女身。悲思桃葉渡，燦燦夜光新。

吕城

落葉滿天地，居然歲暮心。小河舟聚集，曉雨市昏沉。抖擻勞文字，盤旋付枕衾。不晴亦不雪，何苦只陰陰。

登虎丘戲爲歌行變體示長孺

登山門，忽見一方積雪封三尺，乃是生公説法之古石。古石如雪又如素，中間突出無枝樹。兩山擘開名劍泉，深碧應有蛟龍眠。風之來兮何浩浩，登山望見吴門道。吴門女兒字莫愁，牽予同醉樓上頭。勸我酒，爲我歌，歌曰年命兮不再，走犬長洲今安在。宛其死矣復誰知，白虎來踞安用之。歌既終，日西傾，姑蘇城西暮霞生，照見千林與萬林，爛爛皆如火樹明。我醉臨風一長嘯，吴水吴山發大叫。誰是夫差臺，爲我澆一杯。人生歡樂能幾年，麋鹿來遊亦偶然。白頭老翁弄濤如弄雪，誰識江山近來不屬越。萬事悠悠如陳土，空令閑人笑今古。但使一見西施好顏色，破國亡家亦消得。酒泛瀾兮沾衣，我今醉矣憺忘歸。歲既晏兮孰華予，登山臨水令人悲。亂曰：雀癡必，魴何爲，彼頷下者逝而逝而！

由吴入越，舟中無營，偶思吴中名人，信筆爲頌，爲泰伯、季札、伍員、要離、梁鴻

古公貪天下，泰伯乃出奔。寂寞文身地，隱逸自生存。今古惟勢利，安知父子恩。聖賢已如此，流俗何足論。

其　二

吾愛吴季子，丰骨何僊僊。南面稱王位，視之獨夷然。拂衣大笑去，歸耕原上田。桂以香自焚，膏以明自煎。富貴豈不樂，針氈安可眠。太上固有經，後身而身先。無以身爲者，其身乃能全。衆人先其身，尊貴娱歲年。風起塵忽飛，殺身不可延。棲枝餘茂樹，滿腹剩長川。一丘足自適，餘皆可棄捐。安與危相伏，利與害相連。寄言董燎子，性命那得堅。

其　三

伍員出昭關，吹簫向吴地。隱忍圖報讎，頗有丈夫氣。知子莫若父，太傅亦何

智。剛毅而忍詾，斷盡終身事。

其四

闔閭得吴國，乃爲王子災。要離慷慨士，不惜身命摧。知己固不易，妻子良可哀。一家親骨肉，眼見化成灰。白日照吴原，陰風自東來。提劍出門去，去去莫徘徊。馮不顧身世，豈復問泉臺。男兒一片心，舉世盡疑猜。倘有知心人，性命如塵埃。我有一口劍，鞘之不曾開。芙蓉好花鍔，年年任沉埋。孰是相知者，寇讎安在哉？以此區區身，捨之爲君裁。

其五

志士求知心，栖栖到白首。福如梁伯鸞，今古爲稀有。可憐舉案人，即是金石友。同心而同居，高賢兩相守。富貴等鴻毛，功名不挂口。漂泊隨遠遊，全生甘卑詬。人生得此婦，終不厭奇醜。

初至錢塘至日

淡煙薄霧散湖濱，誰道湖中獨有春。好買三杯酬勝節，喜添一線與遊人。盈盈朔雪何時墮，點點梅花有信新。只恐酒錢容易盡，禰衡刺敝不療貧。

悶酌示長孺、無念

不能兩日不扁舟，風雨沉沉獨倚樓。倒峽翻盆差足快，吹絲噴沫劇生愁。辟支老宿無長舌，遊冶兒郎有敝裘。只怪一壺容易盡，寧知餅恥爲囊羞。

大佛頭示長孺，時長孺新著衲衣

金園正在雪湖傍，結伴穿雲到上方。竹葉攜來收勝地，稻畦裁就禮空王。湖南白日湖西雨，户外青山户裏牆。此地可居饒景物，顛毛落盡亦何妨。

冬日湖上〔一〕

委練重橋接，煙雲畫不成。交光惟刹影，互答有泉聲。木落鷲峯瘦，花稀愛水清。山川與黛粉，尤物總關情。

其二

寒鏡誰拋得，相攜共泛槎。水中涎燕尾，簾裏織桃花。雁齒危梁次，裙腰大道斜。蘇公堤更好，古澹勝繁華。

其三

曲曲皆含雪，峯峯盡吐蓮。龍蛇同寶地，纓足共珠泉。女隊皆疑俠，游裝也效禪。湖心梵唄響，知是放生船。

其四

雙峯餘落照，游侶織如梭。人去存香草，舟來換綺波。馴魚常遶楫，熟鳥不歸柯。每遇歌聲動，頻頻喚奈何。

〔一〕集選無冬日二字。

紀　夢

前途黯黯，不知何處。黑水洋洋，無筏可去。上不見天，下不見地。猛犬狺狺，當道迎吠。四望無人，復尋故路。依依故鄉，黑黑松樹。登堂不聞聲，入帷不見人。草茂茂兮滿庭，風蕭蕭兮四生。有耶無耶心驚，入不親兮出不明。冉冉兮迷其處所，魂之歸兮汗如雨。

其　二

歲云暮矣，我心憂苦。長年作客，田園荒蕪。百口伊何，不飽饘粥。顑頷滿室，生死莫卜。日月何遒，悲哉淹留。愁來不絶，如絲之抽。歸不可得，病不可瘳。拔劍砍柱，泣泗横流。

嘉興同張、徐二公夜飲，登樓泛舟，復以琴聲相娱有述

霜色乍來霧乍侵，當堦竹子太蕭森。改衣脱帽狂初發，投轄傳尊夜正深。煙雨樓前千頃月，鴛鴦湖畔數聲琴。使君地主能相醉，半減蕭條歲暮心。

病中

何意春初病，糾纏直到今。痛來霜割骨，鬱極火焚心。攬鏡龍鍾貌，支牀劍戟林。終宵眠不得，人亦厭呻吟。

其二

白日忽西駛，凍雲自北來。江潮含雨雪，海氣瘴樓臺。半載窮天盡，孤帆逐臘回。如何行路苦，豎子更相猜。

其三

追思太不平，辛苦令魂驚。一鬼飄吴越，千山任死生。天涯兒女淚，歲暮父兄情。殘臘眈眈盡，尚留鐵甕城。

流波館宴集，時楊舜華病起同長孺諸公賦

歲暮蕭蕭建業城，流波尊酒若爲情。客中相愛渾同氣，病起重逢類隔生。墮珥

遺簪人盡醉，落花依草句先成。何須枚發能甦骨，珠串當筵體自輕。

深公病大作，予亦病，夜述示長孺

堦下曉霜侵，窗前鈎月沉。一燈横直榻，雙臥短長吟。可憐歲已暮，不意病逾深。西去波如雪，南留米似金。

其二

朔風滿天地，與君何所之。健來猶忍耐，老去費支持。夜鼠時窺燭，霜烏忽亂枝。呻吟寐不得，恨殺漏聲遲。

其三

一居連病榻，只是鬬悲呼。父母正遥遠，如來定有無。黑風吹水立，白浪撼山孤。妬殺秦淮渡，桃根正倚爐。

大人壽日，時寓石城

堂上何所有，爛爛錦氍毹。白髮二大家，含飴笑于于。香氣薄如霧，初日上廉隅。盈盈太史步，冉冉中郎趨。大姊新迎歸，盤中履與襦。小弟抛書回，短衣走庖廚。停午迎賓從，冠蓋何閑都。東堂迎親串，西堂盛文儒。樂飲既云湑，起舞平頭奴。共賦客毋歸，寧知夜將徂。西陵遊蕩兒，萍飄萬里途。歡燕不侍側，生子不如無。石城楊柳岸，日暮野踟躕。涕泣復涕泣，去住未可圖。多謝世上人，生子莫懸弧。

潯陽阻風

日晚雲加黑，爐寒火不紅。天時客子異，村樹故園同。買酒錢都盡，加衣篋又空。昏昏尋枕簟，人在亂愁中。

景升弧辰日，因攜張瑶光、劉水碧同方子公郊遊，時微雨，憩洪山寺

斷峯開水面，密樹隱山門。春至風猶勁，朝來雨易昏。文章壽者相，名姓世中

尊。況復生如夢，乘時問酒樽。

鄂中丘長孺宴客有述

今日天大雨，取醉莫踟躕。飛蓋集衆賓，投車恣奇娛。來者無新故，但坐不相呼。盈盈三五少，的的散芙蕖。目成動矯靨，顏色一何愉。仰視櫛巾髻，俯看亂衣襦。引滿遞代酬，蟬聯次第徂。杯中無遺瀝，几上少停壺。九光散白火，微喧動坐隅。雨聲若飛濤，歡笑與之俱。悄然若啣枚，側耳聽吴歈。豪哉佳公子，歌喉似飛珠。上場演新曲，國工良不如。形容本妙麗，白面微髭鬚。盤龍金僕姑，進退好規模。四坐俱擊節，諸妓暗嗟吁。縱樂放情意，取適焉知餘。時光難再得，惜費亦何愚。千秋萬歲後，青苔潤頭顱。

咄咄

咄咄那堪道，年年白首新。土埋陳寶劍，烏啄病麒麟。荒日將歸夜，西風未死身。無憂慚達者，欲哭近癡人。

下第詠懷

人生能幾何，愁思鬱肺肝。行年二十五，慘無一日歡。生長愛豪華，長劍與危冠。寶馬黄金勒，賓從佩珊珊。時兮竟寂寞，小弟空無官。竄伏蓬蒿内，妻子嘲饑寒。

其二

宿昔愛慷慨，惻然憐窮友。常云我富貴，子不憂百口。所以衆友朋，青雲常矯首。一旦蹶霜蹄，如失左右手。相視皆下淚，予可免愁否。

曉

曉光開野浦，暾日上寒衾。振蓬霜軋軋，入樹雨淋淋。乍轉陽和氣，微甦慘淡心。遥看松橘里，酷似故山林。

仙桃鎮

奈何愁脈脈，重以雨沉沉。屢來熟地里，不厭笑天心。宿霧魚鹽市，寒霜橘柞林。幸餘脾尚健，對雨酒頻斟。

風雨舟中示李謫星、崔晦之，時方下第

風雨苦淹留，靜言泣泗流。早知窮欲死，恨不曲如鈎。紅葉遮鄉路，白蘋逗遠舟。嗢嗢沙上雁，得意永無憂。

其　二

雲黑暮飛征，霜天慘不明。功名三見逐，事業百無成。永夜彷徨坐，前村慟哭聲。塵沙多苦趣，第一是書生。

其　三

詹尹何須問，吾生定陸沉。友朋依傍意，兄弟愛憐心。老矣雲霄事，哀哉鸞鳳音。長宵寐不得，絡緯伴孤吟。

珂雪齋集卷之二

習池

繫馬緑楊枝，倚欄看碧池。水流鳴玉雪，魚戲蕩鬚眉。蘇嶺青當户，襄江自到籬。山川叢聚處，極與隱人宜。

途逢八舅口占

浩浩煙沙中，馬首忽相遇。如何白面郎，憔悴倏非故。假若不聞聲，泛泛等行路。去矣勿重陳，風塵易老人。

襄陽道中題署

叔子千年石，夫人萬古城。北風吹細草，微雨灑行旌。野署封狐窟，荒園凍鳥鳴。不知牆畔菊，秋去爲誰榮。

昆陽

猶是南荆部，經旬未出疆。古祠銅馬帝，踈樹伏龍崗。沙起蒸成霧，蓬飛飽帶霜。倒戈奔象兕，大戰憶昆陽。

南陽道中

十里一踟躕，五里一徘徊。嚴霜沾我衣，北風入我懷。昔時宛洛地，冠帶安在哉？側身一以望，千里見黄埃。

其二

青女忽相薄，嚴霜代白露。凄風自北來，吹沙作煙霧。嗟哉遊蕩兒，四時長道路。徒令鄧仲華，啞啞笑遲暮。

河南道中題壁寄伯修兄

三朝離宛洛，五日潁川過。踏沙晴放馬，縱酒夜聽歌。遠浦明如雪，晴山碧似螺。今年臘事近，帶性渡黃河。

黄河聞雁

北風泠泠吹幽谷，白雪如山寒相逐。銜煙帶月路萬千，影落黄河第幾曲。勸君莫復往南國，網羅航航在爾側。北地雖寒暫棲遲，坐待陽和三月時。

其二

遠辭故國向他鄉，迢迢結伴到瀟湘。微雲淡月天將曙，嘹嘹嚦嚦自成行。行中俱是好兄弟，時來各自異遭際。亦有致身足稻粱，赤沙青草閒遊戲。亦有飄零病苦身，西風忽墮驚弦淚。傷心且莫問前程，結伴投林又一城。廣武山頭雲浩浩，黄河漸窅不聞聲。

夜入燕境

馬上三千里，今朝是北燕。一星初導月，萬柳盡傳煙。玉律吹灰地，金臺索駿年。如何蘇季子，易水泣流漣。

喜傅仲執、王幼度至有述

隻身遊長安，寥落稀朋輩。市無擊筑人，屠狗何足愛。天風知我心，吹子至燕塞。好尋桃李蹊，次第訴磊塊。

其二

少小志功名，及時以爲寶。十年不得志，慟哭長安道。子如上春花，我若含霜草。同調不同命，鬱鬱傷懷抱。所恃金石心，盟之以終老。

其三

南山有鳳凰，愛與鵷鶵聚。誰使北山鳥，而來強攀附。嗟予駑下姿，無以追高步。鄂渚有良盟，寘我雁行數。兄事田先生，弟畜灌仲孺。誼重而恩深，私心良獨懼。悠悠世上人，輕薄等飛絮。貧賤誓笠馬，情同金石固。一旦遠致身，掉臂不相顧。古道今人難，感此淚如雨。兹舉諒不然，勉旃共歲暮。

今夕行贈别繡林張斗樣

今夕是何夕，痛飲桃李蹊。旁若無人者，樂極忽成悲。樂莫樂相知，悲莫悲相離。相見即相離，何似不相知。長安行路難，予亦思苦住。爲貪易州酒，留連不能去。不惜君遂别，惜君歸太遲。迢遞三千里，政是歲暮時。歲暮無不可，青女疇能那。帶雪過梁苑，踏冰渡黄河。明發初獻歲，歸家應上春。繫馬臺邊草，青青迎遠人。明年二三月，予往南求友。君思遊秣陵，可得相逢否？若論客遊道，還是南中好。山水既清奇，居諸亦易了。作客不厭南，作官不厭北。北方雖苦寒，官高冷亦熱。

長歌送中郎之吴門，兼呈江長洲

車匝匝，劍離離。門前馬，向南嘶；知將别，慘且悲。昔來雨雪飛，今去柳依依。

同來半載不同去，孤蹤流落將安之？念我飄零不遇時，出門人人笑狂癡。所以寂寞快心意，因君知我勝自知。可憐同氣復同聲，不似人間俗弟兄。歡笑惟恐不須臾，何況遥遥千里程。春明門外往來道，風起沙飛煙浩浩。金觴玉筯不能御，紅亭碧草苦相惱。間關御苑囀黄鸝，二月風光倍慘悽。北望雲山含雪色，南去車馬踐花泥。日暖遊絲縈薄霧，露晃時挂廣陵樹。行蹤一任東風吹，吹到亭亭車蓋處。遊山船上散花光，豔陽三月到金閶。我昔維舟吴門市，河上嚴霜割清水。肘柳叢生泣病人，楓橋零落悲遊子。虎丘席上賓從盛，予也何人問名姓。當筵忽發令君書，一時坐客皆欽敬。徐家園子赴佳集，笙歌簫管娱華日。盛筵每向石竇開，畫舫忽從竹裏出。半天風雨響瀑布，曲水流觴酣日暮。迅湍跳珠濕荷衣，度曲飛杯紛無數。奇譚密語同臭味，臨歧握手何意氣。雲開星散那可云，寥落雙魚不復寄。君今行行入吴門，人外交契樂難言。郢中白雪何當和，江左清譚今復存。

悶坐

沉沉雞犬喧，冉冉日就暮。據梧未頃刻，百愁倏來聚。不獨起悲哀，時復懷恐懼。人生一時間，忽如草頭露。何故不由新，何新不成故。悲哉好景光，寂寞無佳趣。

其二

依依春明柳，團團如翠蓋。陽春日以化，我愁方未艾。燕中多紅塵，飈起市茫昧。但恐煙沙氣，結轖爲身害。何不發飄風，吹我入吴會。

雲中梅中丞招飲城南精舍，醉後登臺有述，兼呈羅天池、唐仲文

笙簫隱隱下禪堂，五月登高一望鄉。流落喜依嚴節使，逢迎重見蔡中郎。牛羊日暮千家戍，禾黍風薰百戰場。極目平原思校獵，時清何處射天狼。

午日吴典史邀飲鷗江王孫園有述

玉節金觴邸第開，菖蒲新酒共徘徊。蔬園鬱鬱都堪饌，械水悠悠信送杯。輕雨忽從天外至，好風先自樹梢來。此時浪飲丁都護，澆盡千年楚客哀。

其二

絶塞風生捲怒埃，雲埋日脚釀輕雷。紫衣年少吹簫去，白馬將軍躪柳回。寶蓋高軒新宛洛，繁弦急管舊平臺。同貧同調休辭醉，别後相思亦可哀。

遊陽和坡

豈是桃源地，灣環仄徑通。泉飛終古雪，樹釀一山風。杏子當筵緑，花枝照水紅。到頭絶去路，四壁倚天中。

遊恒山宿甕城驛

莫向并州憶舊歡，客身今夕過桑乾。青松凛凛千年駁，白火熒熒四壁寒。南北窮交情乍好，東西野語夜初闌。斯遊若待完婚嫁，老死名山未許看。

初至恒山紀燕

插漢千層壁，穿山十里流。天中飛寶閣，松上度驊騮。綺席峰顛設，金杯日暮留。邦君易地險，康樂喜同遊。

登嶽 今祀恒山，在真定。

石脂天外削芙蓉，北極居然第一峯。作鎮永留秦朔塞，逃名不受漢登封。前山絮絮雲辭壁，衆壑陰陰雨洗松。呼吸止應通帝座，好投竹杖化飛龍。

其二

縹緲玄宫獨據尊，碧峯如袖正迎門。振衣臺上新陽色，飛石巖邊過雨痕。北去千山侵大漠，平開一壑貯中原。故園修竹何方是，今夜瀟湘入夢魂。

李大將軍宴上聽胡樂有述

長空月色濺冰花，碧眼胡兒吹胡笳。嚶嚶喁喁如嘆息，一時坐客皆流涕。忽出破陣樂一聲，慘如鬼哭陰風生。此樂尋常不敢作，作時戰馬俱哀鳴。胡姬窈窕百餘人，辮髮垂肩若魚鱗。窄袖長衣穩稱身，當筵微笑口含琴，綽約連蜷動嬌音，間關宛轉若私語，忽如流鶯囀春林。繁椎年少好顏色，低頭含情窺坐客。胡女歌，胡婦舞，起看明月侵街午。雙拍應節繞堦行，一拍一跳最有情。可憐乍陰復乍陽，猛然交頸類鴛鴦。離合遠遞太無那，雙雙藉草盤連卧。舞罷角聲何淒楚，百餘壯士鳴大鼓。鳴大鼓，發清吹，將軍起送金屈巵。明月沉沉忽已落，今夜方知塞上樂。

哭若霞

若霞者，雲中妓也，姓崔氏。美風儀，性情温潤，穎悟超人。凡有技藝，一見輒解，尤工書畫蘭竹，喜琴聲。年二十二遂亡。若霞未亡二年前，發願書大乘經一百卷，至九十餘卷而病，遂不及卒業以死。死之時猶持筆作字，手顫不能書，乃取琴彈一曲，翛然而逝，悲夫！予遊雲中，若霞死已二年，尚未殯。暇日同諸社友過其故宅，敗瓦殘燈，不覺泫然。訪其所書經，已四散，僅見案上一部，筆畫精嚴，無一字苟，令人肅然起敬也。因口占一詩，令後世知有若霞云耳。

聞説風流事，淒其淚滿巾。鴛鴦酬宿世，鸚鵡憶前身。月去無留影，花亡不住春。舊書經一卷，一半已成塵。

别岳州羅生

愁看碧草映紅亭，馬首青山幾萬層。好似胡天南去雁，傳君一字到巴陵。

燕中别大兄

霜飈來有信，大火去未歇。白日已沉西，暮矣胡不發。朋簪慘分攜，况乃肉與骨。靈閣御輕風，射堂看新月。感此忽如夢，淚下流汩汩。

其　二

辭家就薄宦，一身三千里。阿萬既云亡，止有金鑾子。今我復遠遊，伶仃從此始。何以娱歲年，學道了生死。何以度風塵，登山與臨水。猶有素心交，朝夕譚名理。忍淚成一笑，人非鹿與豕。

燕中早發，黄太史慎軒、陶太史石簣祖于城外，席上賦作

北闕上書事已非，秋風匹馬又東歸。春明門外千條柳，幾見官人送布衣。

衛河别宋公，時其子有溺水之變

垂楊覆長堤，蟬聲啼不止。可惜掌中珠，一旦赴流水。

其二

鴻雁苦戀羣，送我三千里。我不殺卿兒，卿兒由我死。

其三

衛水日夜流，骨肉知何處。草裹一長揖，灑淚向西去。

嘉祥懷龔惟學母舅

我昔寓京華，佯狂溷酒徒。世人不我知，惟君獨憐予。陽春二三月，飛絮遍九衢。騎馬穿花市，啣杯過酒壚。浪謔略卑尊，貲財通有無。骨肉固已定，感恩各有殊。夙昔負俊才，論文掃野狐。公安一片地，從此闢荒蕪。後進知風雅，始讀秦漢書。餘波潤親串，雀起耀鄉閭。獨君命偃蹇，儒冠閲頭顱。一擲南歸淚，三千北上途。窮年相奔逐，有如轉轆轤。賦性偏慈仁，慷慨快分疏。一受友朋託，周匝類身圖。偶然意投合，指囷仍寄帑。魯肅給公瑾，樓緩泣呂嫗。所以千金家，近來漸空虛。仁者必有後，此言良不渝。如何年半百，青廂望轉孤。耳鳴行陰騭，薄命遭苦荼。未免有情種，能不爲嗟吁。淪落就微官，銅章綰一區。豈有窮猿意，聊以了爲儒。六月風捲沙，揚塵變髭鬚。我出居庸關，君駕燕趙車。匆忙一分手，淚落似連珠。我反過淮泗，君尚淹楚吴。青雀赴順流，何乃太徐徐。此邦民淳朴，事簡足自娱。吏術通仙道，官衙似隱居。勾漏鍊丹砂，葉令飛神舄。印牀落棗實，廨舍長春蔬。排衙捎雲眼，脱冠坐日晡。整琴授桃葉，寫字付官奴。是處産麒麟，嘉祥名非誣。新有田種玉，佇看鳳將雛。予欲俟高駕，歸心日夜徂。大火既西流，秋風透征裾。霜團日以密，楓葉日以疎。明月照流水，波文皓漣如。客子隻身遊，前路多憂虞。安得一會面，少使愁腸舒。

舟中偶懷同學諸公，各成一詩

梅大開府克生

少年慕瑰奇，喜讀英雄記。今見過量人，掀髯譚世事。平時只坦夷，當幾見淵邃。臨枰無後機，入險有餘地。天下要太平，只消囊應智。予本貧賤人，上座感高義。邯鄲無秦師，侯生報不易。

黄太史昭素

西川静者流，胸懷極瀟灑。袈裟襯朝衣，高齋如蓮社。文章絶雕搜，源深波任瀉。苦參不休心，再來似非假。慧業與禪心，不在蘇公下。

陶太史周望

丘山視死生，埃塵睇榮貴。癯質載清心，居然有道氣。秋月凛孤光，芳蘭在寒卉。怪石響清泉，差足比風味。石火電光身，惟君獨也畏。人以謂温和，我以爲果毅。

顧太史湛菴

走馬雲中歸，逢君于古寺。一見無寒暄，縱譚天下事。高踪薄路蹊，慧眼超文字。俯視世間人，厭厭皆如睡。

李户部夢白

地官神僊姿，齒牙湧文藻。夫人惟不言，一言我三倒。稟氣極清和，臨事見蒼老。薄俗不能移，大是心腸好。

月夜黄河

中天一月射黄河，水有清光月有波。歸鳥依枝情漫切，枯魚失水淚偏多。無錢莫問彭城酒，有恨休聽碧玉歌。獨倚牙檣細惆悵，藕花香盡奈秋何。

清　河

楓林蕭瑟帶寒煙，入夜鳴榔倍慘然。人逐雁行投暗浦，舟隨竹箭下青天。飄零綺帳顔如月，羞澀金罇酒似泉。南北東西辛苦盡，不知猶有阿誰憐。

過金山懷丘長孺

憶昔丘公子，招攜上小舠。分財憐仲叔，併服類羊桃。初日金山霧，微風大海濤。故人不可見，灑淚向江臯。

吴縣

莫道官牙俗，山中闃寂同。庭前有麗樹，日暮起微風。露冷驚階鶴，燈明悦草蟲。室家得所止，萬慮一時空。

登上方和江明府

今朝風日麗，來朝安可必。飛蓋出胥門，横塘芳樹密。吴門多冶遊，沙棠耀華日。長橋亘緑山，鳴瀾間寶瑟。捲簾鏡清溪，翡翠染波色。流澌結荇菱，中洲漾灘鷗。邦君雖紛龐，高才有餘隙。放舟枕石湖，吴歌佐吴醳。隱隱山上亭，青青湖上陌。遊人半山歸，禽鳥喧日夕。杖策楞伽巖，詢訪伴孃宅。棘樹叢古丘，芳草蔽文石。振衣向窮顛，日暮恣遊適。月下太湖明，霧中西嶺碧。裂眦入神州，杖底窮震澤。東南天地間，浩浩貯虚白。積潦爲大海，波光浸几席。壯觀放情意，遠眺恣歡懌。徜徉雲漢中，忽如鳥生翮。今夕是何夕，得陪謝公屐。明月濯我魂，清酒養予魄。度曲佐飛觴，藏鈎肆佳劇。攜手有餘歡，惻然憶往昔。憶昔會飄風，吹作吴門客。逢我賢主人，慷慨成莫逆。時光忽如電，彈指三秋易。感此霜露零，傷彼歲華擲。貧病仍囊秋，憐我無奇策。何以酬知己，千杯良不惜。

放歌贈人

金閶九月露爲霜，太湖澄碧涵波光。蕭瑟山中木葉脱，飄零塘上藕花香。有客遥夜悲行路，絡緯鳴壁蟲吟户。枯魚無水憶波瀾，風掃芭蕉晝掩關。却言七月遊武林，湖上芙蓉豔不勝。越女紅裙朝送酒，詞客朱弦夜鼓琴。留連湖上兩月歸，可笑樂極忽生悲。青眼故人何處是，緑林狂客漫相欺。不死乞食到吴中，誰信貧工病更工。可憐一掬飄蓬淚，留來滴向館娃宫。偃蹇一命細于絲，爲臂爲肝只此時。愁人參苓新藥裹，妬他桃李好花枝。吴地繁華翻寂寂，秋來更漏轉遲遲。無情只傍青蠅客，有恨難聽白紵辭。牀頭繡澀芙蓉劍，案上塵封金屈卮。委頓了無一日歡，轉覺人生行路難。竹皮冠在能欺髪，犢鼻裩亡不耐寒。黄金嬌客終難媚，白雪新詩且自看。愁人相對愁難道，愁極朱顔一夜老。驥子鹽汗委黄泥，鳳凰折脚眠荒草。升沉苦樂詎有常，造物儱侗那可曉。時光冉冉不我待，雙鬢如漆能常在。人生功名無定期，蟻旋偶與腥羶會。豈以七尺浪奔馳，一發不中便息機。相贈媿無繞朝策，第一韶華莫虛擲。五白六赤遊俠場，初七下九行樂日。賓從刻燭詩千篇，男女雜坐酒一石。興來得意恣遊遨，飄風吹作天涯客。影落三江與五湖，遊戲宛洛醉京都。走馬彎弓出九邊，登山涉水過三吴。春花秋月儘可度，最是宅邊桃葉渡。夜飲朝歌劇可憐，繁華極是傷心處。領略東風快放顛，任罵輕薄惡少年。閒來乞食歌妓院，竿木隨身掛水田。沉湎放肆絶可笑，鄉里小兒皆相誚。君不見擘天金鵄啖老龍，榆枋小鳥難同調。

内寄

散如花四飛，疾如水東注。花落有定時，水流無住處。君家婦難爲，難爲復難訴。一旦出門去，去去如脱兔。饑寒與存亡，棄擲不復顧。如彼敝芒鞋，着破棄道路。零落被人譏，勉強支門户。家無健男兒，百事費置厝。五月王使歸，開緘見尺素。賀君得佳偶，慇懃圖好住。京師盛繁華，遊戲窮日暮。丈夫行胸臆，那復問醜陋。否泰惟君身，何敢恣嫉妒。但恐終不歸，年華從此誤。九月露爲霜，思君冀良晤。古人亦有故，故者毋失故。念妾薄賤姿，無能移高步。兒女漸成人，終日相思慕。

答

肅肅秋風暮，凜凜蟋蟀吟。志士無歡顔，行人多苦心。結髮爲夫妻，相愛兩相知。年少逐功名，別子向天涯。悲哉我命薄，迍邅無達時。譬彼秋來草，零落少光輝。含淚出門去，逶迤到京畿。北走雲中塞，南浮過泗沂。貧窮只一身，千里覓相識。沽頭逢水厄，清淵遭盜賊。忽如鳥傷弓，臨河空悽惻。所喜性命堅，漂零走吳國。新人小家女，苦欲攀貴德。只喜修容儀，不解相將息。白玉刻橄欖，持贈不堪食。百爾費經營，那能不相憶。因我衣裳穿，憶卿十指尖。因我無中衣，憶卿機上絲。因我瘦入骨，憶卿刀頭肉。留滯非我意，我意願早歸。早晚北風發，輕舟疾于飛。遲則臘月初，定不到明春。但爲備美酒，歸來娱佳賓。

短歌

松樹參天枝特出，老去松毛不遮禿。鸛鶴朝來時一至，踏枝不穩摇雙翅。隨風榆筴響鈴鈴，偶遇楊花一路行。堦下且去看鬭蟻，世間萬事只如此。

看黄道元詩册有寄

滿把是珠璣，如何不救饑。昔年聞姓字，今日望容輝。遠客能無淚，諸侯孰可依。齋頭玳瑁麈，閒着待君揮。

詠懷

大堤有垂楊，鬱鬱垂新緑。北風一以至，蒼然换故木。四時遞推遷，時光亦何速。人生貴適意，胡乃自局促。歡娱極歡娱，聲色窮情欲。寂寞奇寂寞，被髮入空谷。胡爲逐紅塵，泛泛復碌碌。

其二

隴山有佳木，採之以爲船。隆隆若浮屋，軒窗開兩偏。粉壁團扇潔，繡柱水龍蟠。中設棐木几，書史列其間。茶鐺與酒臼，一一皆精妍。歌童四五人，鼓吹一部全。囊中何所有，絲串十萬錢。已饒清美酒，更辨四時鮮。攜我同心友，發自沙市邊。遇山躡芳屐，逢花開綺筵。廣陵玩瓊華，中泠吸清泉。洞庭七十二，處處盡追攀。興盡方移去，否則復留連。無日不歡宴，如此卒餘年。

其　三

遊行山澤間，隱隱見奇光。覘之無所有，一翁踞石梁。炯炯雙眸碧，摇摇兩耳長。見我嫣然笑，贈我一玉厢。啓之得異書，乃是素女方。此方多奇異，返老能强陽。

其　四

鬱鬱城南田，縈縈起枯槁。秋死春復生，人命不如草。草死有生時，人死無還期。寂寞歸長夜，魂魄將安之。獨有無生術，可以慰此悲。

其　五

大運無終盡，細柳不常灼。金樽盛美酒，鬱鬱胡不樂。以手摸頭顱，隆隆一具骨。暫時屬我身，誰知非我物。轉盼忽如電，微軀戢一木。烏鴉鳴其上，青蛙叫其足。白蟻如白粲，行行相蝕駁。

其　六

世道交相喪，忠義遞代出。纍纍矜名子，禍來空嘆息。事機多倚伏，藏身亦何拙。人皆種香蘭，我獨種荆棘。香蘭有人鋤，荆棘老道側。

其　七

幻妄呈諸友，沉淪無究期。天人豈不樂，花冠有萎時。理事互圓融，取舍息奔馳。窅然吾喪我，忽若夢所爲。

同顧司馬沖菴虎丘看月，兼懷梅開府克生

生公之石一掌平，白淨忽如一方雲。明月出林影墮地，冰上交加荇藻文。四角隱隱歌聲起，清和圓美氣氤氳。蟬聯珠綴無斷時，但恨雙耳難遍聞。紅去紅來渾不住，此地從來無日暮。七尺氍毹揀地鋪，鋪向笙歌鼎沸處。主人有酒百餘瓶，興來飛杯不知數。高人一見眼自明，不在區區新與故。紅林漸疎聲漸静，燦燦天中分月路。大言小言及諧言，沛若黄河水東注。拔劍翻酒酒污身，咄哉誰是英雄人。上馬横槊

下馬詩，曹家父子我所欽。只今海内真名士，爾與麻城梅客生。梅也權奇渾不測，司馬膽氣號絶倫。詞賦文章雅亦敵，滚滚千言好筆力。爾曹天下有事時，囊底餘智能了得。梅今尚作韝上鷹，却放司馬入山林。水田瀟灑挂軍持，青山處處訪名僧。泛舟來採太湖色，又向虎丘看明月。虎丘明月天下奇，況是同心好相知。酒寒再熱爲君醉，今夜剛纔半夜時。

爛柯山石梁

白馬渡平川，青鞋踏暝煙。霧中認寶塔，葉裏見金田。遮樾松團密，檀欒竹韻傳。心空惟此地，石破是何年。浮屋隆隆起，飛梁冉冉懸。入林凝片月，隔嶺取微天。雲起連環合，風生箭括穿。過山鳥不礙，入鏡樹尤妍。谷解學人語，碑堪供客眠。遥望荷斧者，或恐是神仙。

小桃源别蔣蘭居銓部還閩

纖草羊腸路，牽衣向此間。許君休哭世，謝傅且還山。脱網遊魚樂，開樊去鳥閒。武夷九曲水，處處好追攀。

嘿嘿乾坤意，勞勞可自由。奈何真是寶，不繫以爲舟。雲黑千層雪，灘青百丈流。高堂有慈母，不敢苦淹留。

其二

齊雲山

予家大江側，常往江上遊。江中有文石，磊磊忽成洲。形質甚玲瓏，文理甚奇麗。置之水盂中，居然成玩器。身如指頂大，尚足稱奇異。況此萬仞山，峯峯巧相媚。粧施雲霞重，組練波文細。初入桃花源，桃溪水深碧。展詰如撲幘，疑有真人蹟。石破爲天門，炯如一輪月。老樹十餘尋，枝幹藏霜雪。倚巖作石廊，朱欄何縱橫。清泉自天來，撒珠色晶晶。玉屏儼列屏，鐘鼓自天成。絢爛香罏峯，不傍衆峯生。仰看晴雪巖，石梁皎且瑩。紫雲忽垂天，霞彩爍人睛。不雨漫峯飛，點滴自成聲。三姑誰家女，寶髻何累累。五老皆拱立，一老忽欲語。列嶂難殫述，一一皆妍妙。如馬忽如龍，光潤復奇峭。我來遊齊雲，愛玩不能舍。睹此佳麗迹，却億相似者。大小不同形，要之等妖冶。細評震旦山，此山實清麗。謝家好女郎，王家佳子弟。濯濯見風韻，有態復有色。米顛若見之，但恨懷袖窄。

立春

飄泊成何道，蹉跎又一春。今年如不轉，芳草也嘲人。融雪簷前滴，寒梅署裏新。北風莫便住，吹我上江濱。

送顧孝廉晉甫再入都謁選校官

昌亭送客上長安，白鵠雲生市曉寒。不信兩年渾道路，何來三釜也艱難。花開驛路飄紅雪，柳夾漕河噴緑瀾。此去頭顱休見讓，今年穩着進賢冠。

其二

冉冉青驪逝水侵，偶抛羅薜乞朝簪。張融何必知階級，方朔由來愛陸沉。湘水故人悲寂寞，名都舊侣快招尋。春來京洛堪遊戲，莫漫悲歌梁甫吟。

別中郎

千里攜妻子，相依又半周。君留塵浩浩，我去水悠悠。往事猶懷悸，人言轉覺愁。浪遊今已倦，吾欲老林丘。

舟發吴門，夜坐對新月

茂苑千家密，横塘樹影齊。長橋羣犬吠，深夜小兒啼。蹙浪風初定，奔樓月向低。明河迷上下，斜舫易東西。夢草來吴會，滋蘭復楚畦。兩年渾不住，三匝又移棲。

別閩中謝生

經歲金昌住，悽悽柳色殘。買舟載酒易，作客送人難。麗日酣原草，微風弄水瀾。長年休造次，留取片時歡。

謝時又有虎丘之約

鬱鬱春江柳，青青上客衣。停舟聊一醉，與子敍分飛。騷雅原無命，東南孰可依。虎丘今日飲，望遠當身歸。

寒山寺老僧取祝、王諸公真蹟佐酒有述

一杯了一卷，展玩到宵分。字好挑燈看，名從墮地聞。虎賁懷舊貌，釵脚見奇紋。身自非蕭翼，蘭亭忍賺君。

偶于丹陽逢江進之、中郎，進之尋古寺治酒相邀，并有村童佐酒，席上作

野鳥覆軍持，人來僧未知。夢魂不到處，風雨乍收時。禪榻閑官帽，村歌鬧酒巵。休辭今夕醉，展臂又分離。

無錫夜汲惠山泉烹茶，時方讀華嚴，戲作

笠蓋覆青甕，提來三兩升。好茶烹一盞，供養看經僧。

惠山夜坐

酒是惠山泉，茶是惠山水。山色平拖藍，春月更和美。畫船開兩軒，月色入船裏。對月舉酒杯，侍兒亦可喜。如此好景光，端無復睡理。

將至金陵

水到金陵闊，白光四面浮。淋漓横浦樹，笑語渡江舟。日隱渾無色，風來可自由。不遊龍虎地，誰識帝王州。

江午

讀書忽已倦，冥坐虛無裏。風起舟壓濤，濆濆來入耳。一夢入深松，櫓聲復驚起。瞥見兩岸山，淡冶真可喜。楊柳發嫩緑，雨後益娟美。擕有虎丘茶，并饒惠山水。聞香不見色，齒牙風詡詡。此江獲此樂，止有玄真子。

其二

山色本宜遠，坐來玩山色。水聲却宜近，兩耳聲瑟瑟。棐几照人面，吴箋瑩于雪。官奴解乞書，遠山能磨墨。何必八法工，一往亦奇絶。興盡拋紙筆，隨意呼太白。風日轉清麗，山色更和悦。塊然忽已醉，甘卧向枕席。

過蘄州哭王伊輔秀才

精悍猶堪掬，誰謂泉下人。美鬚同謝客，大鼻類陳遵。曾不得三十，無由贖百身。錦心與鐵腕，腸斷已成塵。

其二

祝我何嗟及，斯人不永年。墳深新碧緑，書淺舊丹鉛。遊女悲遺鈿，市兒駡負錢。家亡遊蕩子，父母可能憐。

其三

生有青雲志，何來竟不伸。公車亡主父，易水哭蘇秦。濁浪城邊噴，黄花陌上新。素車與白馬，踟躕大江濱。

其四

筆下渾無敵，癡來也有情。揚雲腸出地，阮籍哭傷生。雨氣寒朝舫，風來響夕城。天亡陸公子，不待著書成。

小竹林贈别傅叔睿

鹿床深處且從容，吾子風流不易逢。張緒通身如嫩柳，謝郎五字似芙蓉。月來池上花光浄，雨過園林竹露濃。若使前生非大士，如何一見問空宗？

初逢中郎真州

三十不如意，升沉自此分。窮途誰似我，貧策是依君。桐乳鳴枯葉，鴻聲泣夜雲。休詢别後事，辛苦不堪聞。

其　二

龍子抛殘豆，鵷雛厭故枝。有官君尚棄，失路我何悲。月下詩千首，花前酒一巵。飄零終不恨，同氣足相知。

讀子瞻集，書呈中郎

登朝便與禍相黏，塵世功名到底甜。直到海南天盡處，桄榔樹下憶陶潛。

問方子病

三日不相見，蕭騷鬢有華。典衣供藥餌，含淚懺煙花。秋雨空堦葉，霜天午夜鴉。由來貧病裹，百倍想還家。

遊棲霞，同中郎及景升、長孺、中夫

寶地層層勝，遊人個個閑。金杯穿曲水，檀板響空山。松老添霜甲，石癯綴錦斑。朝躋與暮宿，彈指也開顔。

其二

曉起霏煙雨，登山一逕新。路窮逢水脈，葉盡見峰身。松下閑尊宿，石邊卧醉人。得同良宴會，大抵賴沉淪。時予以下第至此。

述别爲吾友丘長孺

哀哀一孤鴻，飛急向東逝。傷哉金石交，三載乃相遇。相遇能幾何，一見不復雙。子尚滯西陵，我遂往鑾江。鑾江不忍别，復有攝山行。攝山不忍别，逐子至冶城。冶城不忍别，十日淹江頭。飲子清泠酒，卧子木蘭舟。酸心一夜風，舉目三千路。别矣可奈何，含淚入城去。

幻影閣爲崔才人賦

亭亭一株樹，幹老葉何媚。微風倏來摇，好鳥時一至。君家高閣排雲路，如何閣上種松樹。細看似是名人筆，蒼老遒勁好骨力。近代恐無此好手，逼而視之尋款識。

乃是君家一方壁，瑩浄光滑作雪色。上有樹影紛若織，以暗取之乃可得。嗚呼天地大矣誰能測！

懷潘景升

十里江頭罷遊冶，裹足長吟曙窗下。終日望君君不來，一夜江風捲白馬。黄鵠磯頭寡鵠淚，新鶯閣畔新鶯醉。未必重爲燕子樓，莫是錢刀巧相避。紅絲赤仄吐青雲，黯淡指下龍鳳字。安得仙人子母丹，資君結客與遊戲。黑雲匝地江水濁，相别依稀又晦朔。分明望見走長干，天風吹髭挂巾角。

静海寺阻風憩僧舍

不仗石尤力，何緣到佛居。案頭閒草字，架上亂抽書。帶霧擘佳茗，和霜摘野蔬。曉寒貧旭日，移几就階除。

秣陵曉發同藴璞

樹聲俄寂寞，天氣轉澄鮮。曉月鋪衾上，江流咽枕邊。凄凉時斷夢，揺蕩恰宜眠。忽起披衣望，山山罩白煙。

其二

燕子初辭去，江涯四望無。撥霜雙槳急，破月一舟孤。野店雞争叫，沙灘雁亂呼。自憐無一事，着處與僧俱。

贈别梅子馬督木北上

名士安卑官，居然有狂意。入甲豈非龍，何必垂天翅。祝融不受職，朝廷多災異。我上救時策，官不録一字。書生徒苦心，報國恨無地。今爾督木來，勾當公家事。奔走莫云勞，小大皆朝吏。十月茱萸灣，相牽同一醉。官散束縛輕，何妨入酒肆。一傾三百杯，陶然卧鑪次。萬里從兹行，天風捲雪至。

寄伯修

幾向天京度歲華，玉堂金馬已如家。每從退食燒沉水，時借名園看藕花。鬢髮侍兒修五戒，平頭奴子演三車。懶殘數語君知否，小弟無官也不嗟。

戲贈善印章程生從軍

程生入門微啓齒，洞石金刀響袖裏。往往開石如開泥，有時飲酒如飲水。修幹大耳面如盤，初逢不信是寒士。飛雪入眼風割皮，謏謏忙忙走城市。方子貧困已依人，生來却有依方子。自言少年頗豪邁，氣力一身五石大。三尺寶刀一丈矛，走馬彎弓事事會。眼見東南苦爭戰，身抱奇策無人薦。屠龍之技不忍埋，北去從軍趨海甸。一自倭奴肆無狀，玩弄中朝股掌上。何人解恥越甲鳴，君思萬里親乘障。從來布衣有奇才，不必區區將與相。近讀塘報我漸張，斬首百級賊膽喪。天子親頒内府金，二十餘萬給邊將。賞罰得宜士赳赳，坐見海上平小醜。男兒何處覓封侯，乘時急取關白首。

再別袁中夫

長日躭歡賞，分離忽在今。冷風吹日淡，苦霧瘴山深。乾笑悽于哭，牽衣口共瘖。蕭蕭同病意，河上有哀音。

別藴璞往通州訪司馬顧公

竿木從兹去，迢迢雲水深。曉霜滑石路，積雪隱珠林。八法驚神手，五言見苦心。海門雖寂寞，是處有知音。

思鄉

雙淚落燈前，思鄉夜不眠。好風石浦柳，新月斗湖蓮。茶會團隣老，花樓舞少年。誰憐瓜步客，歲暮阻江邊。

哀殤詩

絲髪猶纏篋，金錢宛繫衣。命隨渠略盡，魂逐蕣華飛。瑟瑟風如剪，沉沉日不輝。縣西一尺土，零落竟誰依。渠略即朝生也。

其二

終朝懷抱物，失去也堪哀。書臂珠三字，繫裙玦一枚。乳唇何日動，星眼幾時開。想得投胎日，原爲索淚來。

寄梅開府衡湘，兼呈宏甫先生

中丞膽略世無二，單騎曾監西寧事。劍戟林中吐笑言，賊虜雙膝自到地。身是天朝鎖鑰臣，不重太守重書生。中郎倒屐迎王粲，北海忘年拜禰衡。烽絶塵銷胡漢歡，五月榴花照馬鞍。是日幕府宴上客，邊廷父老路傍看。玉河娟娟數行柳，怪蟒纏衣親送酒。兜甲鱗鱗耀日光，偏裨材官繞前後。公子席前禮法卑，侯生座上形容醜。錦袍紅氊大樹下，珠弓羽箭獵平野。半天雪影墜雙鴻，一簇紅雲走萬馬。醉後一揖城南曲，我向長安載碧玉。渭水一泓沸於湯，黄河千里飛如瀑。青衫典盡赤仄羞，十月邗溝一痛哭。館娃宫前草樹青，燕子磯頭暮雨生。江潮送我至溢浦，水冷沙寒聞雁聲。盤渦吼怒江門水，却向三徑拾梧子。明月如珠不肯收，重乘一舸向揚州。秋風冷冷颯衰鬢，鳳凰失羽麒麟病。手中白酒失朝昏，杖底青山無遠近。窮來最感故人恩，夢中時發邊城信。北望代雲忽如蓋，青年聞已出關外。自古英雄急相知，投老爲君走邊塞。杜陵狂夫老更狂，惟餘嚴武能相愛。中郎匹馬走京國，我欲偕行過塞北。三遊西湖不及春，却坐湖上候花色。收淚遠寄雲中書，白雪欲來天乍黑。

廣陵道中晚行

間一熟林色，猶然識井煙。犬聲喧暗樹，雁陣落荒田。撥火譚生事，投瓊得酒錢。夜深聞客語，起視月澄川。

閑遊同中郎，時在廣陵渡口

藥雨淋淋暗送秋，雁行飄泊又邗溝。一雙皂帽穿花市，無數黄柑耀酒樓。落日雲霞江左樹，晚風簫鼓北來舟。朱簾處處藏鶯燕，未審何人是莫愁。

喬光禄宅夜集

遇酒必陶然，況逢地主賢。鷓鴣香繡幕，鸚鵡散高筵。門客詼堪絶，兒郎慧可憐。月來見醉影，吾亦笑吾顛。

黄駕部新攜廣陵姬北上

東方千騎有輝光，六轉蹁躚淮海陽。身逐彩雲秦玉女，手持赤管漢仙郎。飛花遠映三珠樹，螺墨初陳九子祥。晝鵲雙雙從此去，黄河渭水也生香。

短歌戲贈沈飛霞山人，山人年七十新買妾

雪花皓皓一城白，徧尋不見飛霞宅。窮巷深處蒲葦門，雪壓殘書何蕭索。昔見尊字想君貌，道是如花一年少。豈意崎嶮絶可笑，酷似怪石點奇竅，又如老樹雪幹霜藤露孤峭。此等俱以古質勝，置之丘壑真爲妙。巉巖吐雲枯枿華，發爲文章有清調。心精不朽即兒孫，尚書中郎那可弔。司空婢子老隨身，詩人年暮轉多情。閒當更爲圖枯木，付之荷葉待添丁。

無錫雪霽郊行

倚酒寒郊望，川原白漸分。偶坐溪邊石，細看冰上文。林中來夜色，天際點晴雲。名姓無人識，相忘燕雀羣。

江長洲見訪寶林寺有述

諸侯孰可依，明公雅相敬。辛苦走吴門，青女實爲政。肅肅霜風寒，冷冷冰力

勁。策杖息珠林，六鑿暫清浄。藤陰雪尚凝，果落鳥乍競。之子枉高駕，温玉森相映。屈指相逢期，歲月已五更。我猶楚諸生，君猶長洲令。電光日月華，蟬翼文章命。鬱鬱復何爲，惟酒可怡性。

王百穀招飲即席贈

俗裏爲僧舍，城心作隱居。樹晴多戲鳥，冰泮有遊魚。安石情常在，何公肉漸除。自知非賦客，不敢問藏書。

寶林寺歲暮四首〔一〕

同雲冉冉歲將徂，寒影蕭條落五湖。白髮老親傷蕩子，紅顔少女怨狂夫。衝風入室燈時滅，啼鳥還巢客倍孤，椒酒辛盤誰與辦，霜蔬聊且付僧厨。

〔一〕四首，集選作三首，無第四首。

其二

烏藤寂寞寄祇林，歲月催人客恨深。再刖不收雙淚盡，三旬初到一毛侵。凍雲猶自含殘雪，微日那能破積陰。住世參禪無一了，夜來愁聽海潮音。

其　三

姑蘇舊是少年場，此地僧貧寺久荒。野烏乍來翻定水，蒼苔直欲上禪牀。且將白骨消塵習，未有黄金飾鬧裝。雨雨風風催歲暮，愁來獨自伴支郎。

其　四

歲事蹉跎又一周，年華不爲少年留。有衣堪典寧辭醉，無客相依轉自愁。東閣梅開懷遠信，南園草長怨閒遊。春禽不識人惆悵，故故緜蠻樹上頭。

别慧卿

終日怕言别，牽衣忽此時。紅顔傷患難，清淚盡分離。玉釧沽名酒，羅巾覓贈詩。鳳凰橋上柳，欲折不成枝。

送中郎入都中

十年不得意，常覺天地窄。往往困極時，依君即奇策。行爲修八行，居爲治一石。錢刀稍有餘，任意取無惜。一草一露滋，萬物無終厄。令我若無君，誰與收魂魄。本擬逐君行，雅語消晨夕。楊子百尺波，飄飄寄一宅。南倭方有警，緩急要籌畫。買姬復買居，且作廣陵客。長安塵污人，吾已鑒疇昔。微雨洗垂楊，青青漸廣陌。黄河沸如湯，渭水一片白。萬里從兹分，含淚看挂席。

豔歌

七香車甫臨，九子蒲新織。秋波有時注，羅帷忽自匿。侵鬢眉常顰，破粉淚初拭。貧家無粧束，天然少雕飾。三十復何求，攜去北山北。鸞臺可扶杖，遠山可磨墨。不能效胡叟，焉敢望韋陟。若比陶徵士，好酒微兼色。細觀閒情賦，此趣亦應識。纖手捧鑿落，終身窮亦得。

送汪生攜家謁寶應之元君廟

河橋垂嫩柳，微雨浣仙舲。夕食青精飯，朝繙赤甲經。篆煙香暗水，錦纜出花汀。霓曲何當譜，侍兒仔細聽。

侯師之席上同謝在杭諸公分韻得草字，分體得七言古

兩日不踏三徑草，苦愛君家流水好。不知何以饒酒錢，買酒烹葵共傾倒。客子顛狂不類賓，主人調笑渾忘老。席前雙屐走康侯，衆裏一呼驚彦道。相期醉舞與狂吟，肯負暈檀并齒皓。銀甲聲殘仍促歌，金羊銷盡還嫌蚤。置驛投車亦有人，所欽未必在文藻。百罰深杯我不辭，此翁坦率好懷抱。楝花風盡豔事稀，多愁春光不易保。君不見真州城北桃千樹，前日紅酣今漸少，如何不飲愁天曉。

春日同侯師之、詹淑正遊天寧寺，便飲師之水閣即席賦

珠林閒共往，草閣笑相迎。江北無雙士，春來第一晴。飛花黏石榻，舞蝶憩楸枰。日暮不歸去，貪聽流水聲。

玉湖漁父歌贈周叔隱山人，山人善丹青

漁翁把釣秋江裹，時出蘆洲過沙嘴。晚來曬網霞明山，曉起鳴榔月照水。不愛湖中鱖魚好，只愛山蒼水浩浩。時向桃花浦口眠，常在流水聲中老。周郎泠泠有清致，早歲即抱幽棲志。胸内常懸湖泖情，舌端只吐煙霞字。有時縱筆寫波濤，千峯萬壑窮幽邃。浦上漁翁似阿誰，我道周郎自貌自。城市冉冉塵百丈，此君宜置滄洲上。即使世間少風波，誰似輕舟穿柳浪。洞庭之山太湖汜，目送青山不設餌。只少樵青與漁童，不然何異玄真子。時山人新失僕。

醉歸

大醉春江上，歸來日已斜。踞牀觀野史，汲水試新茶。語燕時穿户，棲雞忽趁花。一聲驚假寐，少婦理琵琶。

贈詹淑正

霜毛蝟結照綸巾，楚楚行遊江水濱。書法半傳諸弟子，老來常哭舊恩人。衆中

郢曲聲誰和，酒後虞初話有神。堤柳似眉潮似雪，與君爛醉廣陵春。

侯師之邀飲玉蘭樹下，醉往城西看桃

豈宜不醉見春殘，況有名園可共歡。忽見雪花如掌大，似催巵酒向脣乾。銜霄只覺雲頭黑，照夜還同月色寒。此地濯魂仍不住，桃花如錦又同看。

張子邀酒江上草堂

青山如黛水痕明，芳草油油帶笑迎。微雨數番清廣陌，桃花一夜爛春城。香蔬緑甲河豚麵，蚤韭銀絲蛤蜊羹。日暮移尊沙上坐，醉看江左放新晴。蜊讀利。

再過師之水閣

閒來日日共盤桓，草閣留賓未整冠。流水也應熟面貌，清談不用費杯盤。檻花堤柳催春事，微雨輕風作夜寒。嘆我飄零君又老，相逢莫惜酒巵乾。

夏苦雨呈卓吾子

暑路今將半，寒威了不除。室窪常着屐，夜漏屢移書。柳重低無色，花愁泣未舒。不能三五步，游衍將焉如。

其二

已覺雲車緩，翻嫌鸛井陳。雨聲常動地，晴色只調人。伏枕思無賴，攤書字不真。若非數斗酒，何以度昏辰。

其三

石破天長漏，滂沱總不休。電疑屯帳外，雷只在牀頭。古屋墻闉塌，花渠水亂流。雨師宜息駕，吾欲覯青牛。

哭開美姪兒，時年八歲，卒於揚州

福來無一毛，禍至常累累。寄居未踰年，哭聲何曾止。臘月哭虎兒，三月哭開美。蒼天胡不憐，淚豈黄河水。百年會歸盡，似此亦大駛。阿叔雖在兹，阿爺三千里。只怪夜夢惡，寧知大兒死。哭爾更痛兄，傷心逾吾子。

寒食郊遊

白楊風起四郊寒，青草黄沙蓋綺紈。似此有人呼不應，奈何得酒勸難乾。數騎寶馬嘶香霧，一簇紅衫下遠巒。古柏亭亭堪避雨，莫因潑火斷餘歡。

謝在杭司理以改郡寓真州，予訪之旅齋有贈

從來妬女惡紅粧，且束賢冠寄遠鄉。少食東方愁粟米，無家蘇子息桄榔。齋頭甲石屯雲霧，壁上殘碑見漢唐。却笑當年蕭少府，盡除花草種衰楊。

戲贈詹生入道

朝花晞露燭殘膏，頭上濃霜染二毛。何胤暮年擬斷肉，沈郎老去懺分桃。書來蠆尾多禪偈，鎔却魚腸作戒刀。時起蒲團滅往事，掀髯猶帶舊飍豪。

雨坐天寧寺，時將同卓吾子遊秣陵，以雨不果

照泥星出濕頻頻，早夏蕭條似早春。牛首燕磯將戒路，雨師風伯漫清塵。石欄浣浣流花淚，槐葉森森護鳥身。窗下一篇閑自讀，喜君年老有精神。

永興寺看竹

芳園十畝傍山池，翠竹千竿護短籬。莫以青鞋踏嫩笋，且將白袷掛低枝。雲梢曳玉風來處，節粉生香籜破時。不見此君今已久，山僧休訝出林遲。

棲霞

遥望山容翠可親，閑雲應得似閒身。溪聲鳥語如迎客，竹影松陰乍冷人。雀尾旋薰衣上汗，乳泉新洗胃中塵。科頭散髮從疎放，此地由來無主賓。

同袁中夫、蒼麓、無學遊中峰澗道上

伊蒲飯罷好登臨，竹氣花煙晝也陰。松子墮來風謖謖，鵓鳩啼處雨淋淋。遥看

怪石心先往，久坐長橋話漸深。莫倚身輕先度嶺，沿途細細有泉音。

棲霞別袁中夫

嘉穀茁寒原，飛霜折其穎。志士不遇時，遭兹世路梗。羊腸在户庭，久矣心忘郢。流落萬山中，日暮伴修嶺。我來如兄弟，我去惟形影。憂若能傷人，吾子年不永。

其二

夕來丈室眠，朝逐伊蒲食。宛似苦行僧，戒忍絶聲色。吾欲勸子藏，高才可華國。吾欲勸子出，命途多阨塞。吾不能策吾，奇謀安可得。

其三

窈窕巖壑奇，沉鬱雲林盛。大火欲流金，山中獨清凈。山上松有濤，山下泉有韻。澄波朱魚遊，緑樹黄鸝映。梵音可當歌，佛語以調性。展轉爲子謀，此地且遊泳。

同臧顧渚、謝在杭、秦京避暑天寧寺樹下

除却閑行百事慵，小童日抱一枰從。乍看密樹疑深嶂，偶度危橋得好峯。池水紋生涼瑟瑟，火雲樹起幻重重。經聲響處尋開士，曲徑無人竹影濃。

其二

深林箕踞謝衣裳，暑路何曾到上方。枰裏鳳文書荇藻，壚中松韻戰旗槍。薰風樓閣鐘聲細，晚日池臺樹影長。況是同人霏玉屑，坐令心地轉清涼。

其三

槐陰竹影亂禪牀，彈指飈風滿院涼。亂石生雲迷海岸，疾雷驅雨過江鄉。奇峯忽散天如拭，晚日重來樹有光。乘興共移池上酌，藕花泣露散幽香。

同謝在杭、李季宣避暑何氏水亭，分韻得何字、三字

青槐覆素波，蟬聲不厭多。石肌寒小簟，水氣浄新荷。且向溪邊醉，同聽樹下

歌。晚風來細細，鈎影漾微蛾。

其　二

散髮芳池上，薰風至自南。幾人知縱飲，何樂勝清譚。蓮色紅侵閣，槐陰緑滿潭。月來涼更好，深夜任沈酣。

偶過侯師之園中逢唐君平

緩步代乘軒，迷花坐小園。雲生千嶂墨，風到萬人喧。客久多新識，交深許放言。竹中纔欲醉，月已照衡門。

贈别詹淑正之晉陵赴吳采于之約

我向真州作酒客，日與詹生傾一石。有時大叫復狂吟，醉中往往説夙昔。當時長安好意氣，袁絲爲兄灌夫弟。飛蓋乍隨墨士場，鳴鞭又指金吾第。天堦明月浄如拭，一人豪歌千人嘿。飛龍厩馬借來騎，五陵年少看顔色。大篆小篆信手塗，一礫一波好筆力。白璧黄金取次來，緩急猶能捐赤仄。塵飛飈起罷風流，狺狺猛犬令人愁。

四明狂客還故丘，身亦拂衣出帝州。楚水吴山作浪遊。芙蓉爲帶女蘿裙，贏得身閒似野雲。金管既邀新賦客，玉魚重送故將軍。肝膽空自向人盡，眼前寂寞平原君。花溪鹿牀傍江村，寒潮日夜打柴門。市人不重宜官衲，衫上月餘無酒痕。一字尋丈千字赤，維揚賈子見不懌。婚嫁既逼少烏羊，舉頭問我我無策。晉陵吴郎吴季札，舊日與君稱莫逆。好客滿堂獨憐君，排山轉海應無惜。有髯如戟聲如鐘，看來未必常困阨。江水茫茫雲頭黑，我欲挽留留不得。見君故人早言旋，馬首遥遥予將北。

珂雪齋集卷之三

夜泊

千里愁空闊，一尊破寂寥。山城同小嶼，秋水在層霄。未雨雲先濕，微風樹也搖。流波照醉影，雙頰湧紅潮。

失婢

驚波千里路，渺渺一行舟。無處尋如願，何人伴莫愁。琵琶絃任斷，鸚鵡語頻求。未受泥中怒，胡爲不我留？如願亦婢。

泊清河懷真州諸丈

碧天無際夜沉沉，三户寒煙水没林。纖月有情窺獨影，流波如語伴孤吟。淮南木落人皆散，河上風高秋漸深。欲識相思腸斷處，蘆花洲渚静聞砧。

清河道中有懷

驚如孤雁淚如波，記得飄零減翠娥。古戍仍懸新皓月，秋風還咽舊黄河。熒熒夜火閑刀尺，寂寞香閨罷綺羅。不是頓忘前日約，年來生計太蹉跎。

夜泊

揀沙寒雁弄微喧，蘆裏疎燈辨遠村。河水秋生千渚没，天風暮起萬帆奔。旋敲石火燃香篆，更買湖菱佐酒樽。獨倚牙檣閑騁望，流波蕩月漸黄昏。

中秋舟中看月

微雨先除道，卿雲漸擁輪。居然同白晝，只是較清新。流水光堪掬，垂楊浄可人。留連不忍別，長夜與相親。

其二

匝地都無翳，停空轉覺明。波寒魚乍躍，樹白鳥時驚。北酒猶能苦，漁歌也自清。久看成慘切，原野盡秋聲。

十六日看月

尚未經城市，先窺客子船。露零知魄冷，雲去愛光鮮。密樹深深黑，流波燦燦燃。中秋雖過了，今夜月纔圓。

彭城

明月照彭城，秋風號大澤。清淚灑黄河，凄凄念往昔。三年如一夢，依然嗟流落。今年算明年，無算不成錯。何以展迴腸，金罇無停酌。

其二

澄空接素波，晴雲亦何綺。浦口樹沉沉，明月從中起。静夜爇金罏，餘香散流水。

徐州夜泊有懷

難忘飄泊向天涯，清露盈盈滴露華。故國有樓同燕子，野源無地問桃花。微雲點綴迎初月，秋水晶瑩染暮霞。獨立汀洲無一語，只將如意畫寒沙。

臨清逢程生持家書至

一騎沙中至，聞聲是故人。面顏衝赤日，衣袂染黄塵。百苦驚魂路，三秋病肺身。莫辭今夜醉，鞍馬也勞神。

静海縣道中傷宋二郎，是二郎溺處

荒岸鳴蘆葉，敗垣叢老樹。北風吹野原，蕭蕭如歲暮。渭水依然流，垂楊已非故。人生孰無死，子死無墳墓。感此百年哀，傷哉一時誤。不忍見迴波，徘徊向歧路。

其二

寒生古木凋，日暮陰飇發。海水白茫茫，何處收汝骨。遊魂復何歸，隨波常出没。秋深哭冷風，夜水弔寒月。無方得汝活，淚下流汩汩。

重九醉作

泛泛聞波濤，蕭蕭矚原藪。海門屯朔風，渭水無停柳。久酣忘曆日，訊人是重九。傳觴懷兄弟，戲馬思朋友。九後佳節稀，那能不醉酒。何必盛盤餐，蟹匡在吾手。何用繞梁歌，宫商信吾口。陶然成一醉，甘卧直至酉。不知日已沉，醒問天明否。

别方子

長安日暮北風起，寒氣中人身似水。北里吹笙西第鍾，總之不到書生耳。莫學師宜寫大字，無人將錢還酒肆。莫將華裾蔽朱門，骨體由來少圓媚。愁貧愁病銷光景，搔首問天天不省。破寺月冷不成眠，獨向寒堦踏瘦影。何止長安行路難，窮來都是摩天嶺。我有良謀欲送君，伐去顛毛學戒忍。

同中郎登尊經閣

雀巢樓閣户長封，簷外霜鱗幾樹松。三市吹沙成霧瘴，九朝積草似山峯。粉黏楮墨留魚蹟，塵擀樽罍見兔踪。不是廣文官獨冷，負暄未許話從容。

雙寺

客至經堂少，花藏丈室多。額題天女字，幡剪漢宫羅。冬結團開士，晨齋薦達磨。塵沙不到處，風日也清和。達磨誕日。

早起

架上亂抽詩，梳頭不厭遲。訛書如掃葉，酒夢似棼絲。拾火添香篆，分醪潤墨池。長安名利客，鐘動已奔馳。

至日

封門殘雪未全消，小室如螺坐寂寥。但使甕中饒赤米，不須天上怕青腰。安心合用書千卷，促睡還宜酒一瓢。莫道愁腸如線長，添來愁日減愁宵。

即事

只將文字送餘生，興到狂歌繞案行。舊集檢來猶意恨，遠函發去也身輕。孤燈焰冷花難結，破灶煙銷鳥亂鳴。生計總非名與利，若爲流落鳳凰城。

中郎生日同大兄

閉門掃客塵，曉窗布初旭。置酒向華堂，千杯猶未足。肩隨三兄弟，少年同誦讀。無夜不聯牀，寒雨滴疎竹。十年隱顯分，風塵各自逐。萬里看愁雲，千金重遠牘。每當良燕時，飲酒如食蓼。飄風吹入燕，一堂聚骨肉。并飛不羡鴿，同餐豈厭藿。自解吴門銅，辛苦狥微禄。妻子嘲饑寒，不飽侏儒粟。同時通籍者，大半策高足。階級不知融，拙迂難解俗。宦途寧有涯，世眼真碌碌。不見下筆時，新詩如濺玉。盡掃野狐涎，不作前人僕。精光萬丈長，雄文從此復。學道罷馳求，終作人天目。治世與出世，修慧亦修福。所得夫如何，行藏那用卜。

美人臨鏡

鳳背輕羅裹，陳來試曉粧。笑顰私愛惜，肥瘦暗平章。髮豈因膏滑，眉寧待畫長。有時呼小玉，皓齒耀清光。

其二

薤葉依稀印，香繩取次鬆。睡眸猶少力，酒暈不銷濃。髻就山争出，眉成月又重。若非形與影，未必肯相容。

其三

端詳不厭頻，一見一回新。命薄還愁我，魂銷豈待人。對擎窺後影，遠立視通身。忽向臺邊看，泫然念太真。太真爲温嶠。

其　四

自是儂偏好，非關爾有情。半毫皆檢點，一笑也逢迎。和粉時沾淚，移釵乍作聲。粧臺曦影過，第二月還生。

除　日

漸近和風漸遠霜，客心久矣盼春陽。盤花簇柏千門麗，躍馬飛車九市忙。麻米僅同開士供，裙簪全減侍兒裝。縱然燕地多憔悴，魂夢無心入故鄉。

除　夕

旋烹蔬甲佐辛巵，休問當筵肉與絲。石火許時成老大，鸞刀不啓學慈悲。聊舒一笑寬羈僕，獨對孤燈念小兒。午夜尊前重展卷，試看今歲幾多詩。

當衣戲作

十年事交遊，相知滿都邑。獨有當衣人，可以救緩急。扣門彼即應，抱質我無澀。兒女豔歲時，取來片時襲。歲去貧復來，還入他家笈。似我遊蕩兒，暫歸行復出。豈不畏子錢，聊救眼前疾。從來着未暖，應是無蟣虱。

燈市口占

下馬即摩肩，空行兩三步。有如天將雨，羣蟻團道路。歡呼落旱雷，簾泊騰花霧。靚粧走幻霞，鳴騶過朝露。間闊諸友朋，今日皆相遇。皇皇各有求，我心乃無注。偶逢未見書，停行聊一顧。

人日中郎齋中戲作

我酒寧可千日止，不可一飲酒不美。尊前若無同醉人，未傾三盞興都已。入春七日別酒壺，苜蓿先生忽見呼。望見酒盞君先醉，蕉葉那能及大蘇。一人獨飲成悽惻，手把秘磁無氣力。不如移几向晴簷，坐攬春宮春柳色。但教長作竟日譚，醉固自佳醒亦得。

同黄昭素、昭質及兩兄夜飲顧升伯齋

九市有煙蘿，同參日漸多。高文真二陸，名理詎三何。紙室屯濃甲，霜堦疊拗柯。狂奴存故態，對酒即高歌。

其二

豈是頻頻聚，清流念景光。只憐天有月，不怕夜飛霜。一笑冠纓絶，新譚舌本香。檢心無箇事，翻爲酒瓊忙。

其三

且聽酒罏鳴，騰騰非俗聲。喜譚能早至，戀飲獨遲行。燭暖花尤豔，人高僕也清。酣來如夢裏，踏月少分明。

愁

自買愁人做，其如始願何？傭奴貧轉悍，字妾病偏多。二月花猶死，三春風欠和。東隣方送葬，徹夜挽郎歌。

其二

不敢望繁華，單祈足米麻。忙來欣有病，貧極羨無家。封户三旬雪，埋書一寸沙。回思故國裏，緑草繡江涯。

養雞

京師有故人，饋我家雞一。利距復高冠，文錦好顏色。拍翅常高鳴，飛牆及入室。墮羽上書牀，爪痕印寶瑟。侍兒云殺之，殺之供晚食。俄聞礪刀聲，泫然三嘆息。滋味我可賒，性命他實急。抛書走中厨，止之煩呵叱。餘怖猶未已，側身躲昏黑。啾啾籠中鳥，欲飛有羽翼。涎涎繒中魚，逢水即藏入。我欲聽其去，鸞刀逃不得。不如且置之，長作塒上物。莫云人口多，一盂減幾粒。

作字

濃寒不釋冰，春來硯猶醉。今日天晴明，墨和可作字。我字不入法，聊恣一時戲。心閒手勤時，間亦多遒媚。作詩惟佇興，作字亦任意。未常強心爲，雖拙大有致。

春日坐伯修齋中聽室内禪誦精勤感賦

家緣逼窄道緣微，經卷香鑪事永違。望遠也應同止觀，懷人或恐像皈依。可憐和淚看花發，只自停針妬燕飛。春後夢多常見汝，葛衫麤似水田衣。

元宵

何處嘈嘈動管絃，清輝入户淨堪憐。不辭踏月隨兒女，只覺慵歡像老年。十里靚粧光照地，一城燈火氣薰天。繁華近日無心戀，歸去挑燈夜坐禪。

春日

道書除却眼難開，早歲強陽取次灰。入閤漸遭家犬吠，出門大喜醉人推。遠山凹處猶藏雪，春夢歸時始見梅。近日頗精人間世，全生大抵要無才。

西直門外野飲

白日無光天欲泣，北風吹水水皆立。直捲塵沙入雲霄，下界茫茫失都邑。樓外高岡漸漸平，道是元時上都之古城。阿閣重樓虛想像，荒墳如粟森相望。日暮大道少行人，馬嚼青草卧原上。

中郎廣陵姬卒于都，至雙寺禮懺，時顧湛菴、李湘洲二太史俱在

香銷粉破恨層層，合有金釵篋有繒。昨日檢來無用處，都將施與念經僧。

其二

濃雲香霧繞蓮臺，朱炬煌煌鏡裏開。金鐸乍摇梵唄沸，檀湯親與灌如來。

其三

伊蒲飯罷數聲鐘，積雪輝輝白照松。今日虛勞學士至，無人解點密雲龍。

太學偶作

日射柏林如膏沐，拜罷欲出不得出。長髯堂吏喝班散，黑頭蛆子靴聲戰。出門擲去老頭巾，獨着短衣城外行。奪得健兒弓在手，一箭正中雙飛禽。

諸陵月下示潘尚寶

野客無名隷奉常，朱藤皂帽踏清光。石橋印月深深雪，松鬣摇風暗暗香。官道馬嘶燈火密，長陵鐘動履聲忙。祠臣誰帶煙霞氣，白髮鬖鬖尚璽郎。

其二

泉聲碎碎鳥關關，並馬林中也自閑。一縷霜光明御道，萬重枝影暗深山。笑譚皆是天人際，交誼寧居季孟間。莫嘆鼎湖龍去久，丹臺君是舊仙班。

暮春長安郊遊

暮春春始偏長安，楊柳青青拂水端。若似江南春太蚤，而今那得嫩條看。

其二

水亭箕坐兩三人，湖面晶晶柳帶新。夜色遠來休道去，忍將白水换紅塵。

西山道中

馬上看山失馬鞭，雲開數朵似青蓮。昔遊上谷曾經此，流水石橋路宛然。

見骷

千金買一笑，桃李可憐色。一朝委黄塵，秋墳傍路側。棺槨爲冷風，墓田方稼穡。尚有遺骨存，野犬啣入棘。朝廷軫亡骸，昨下焚骷敕。招集五百僧，爲作大功德。荒垣争拾取，填集蔽原隰。腦骨雖然存，下頷久已失。頂如掛藤匏，中縈一線泐。不知横波者，内孔巨可怵。齒齶尚連顱，疎疎與密密。依稀向人笑，想像舊時食。外理青苔封，中空黄土色。見之還自摸，寧無似此日。生前百憂煎，畢竟何所得。先看頗悲哀，久之解愁鬱。等是歸于盡，飲酒吾當力。

長歌送謝在杭司理之東昌

真州寺裏有嘉樹，雙去雙來幾朝暮。竹裏一枰池畔杯，鎮日清言忘暑路。蓮花塘上浮舟醉，一曲未終雷雨至。笑語濤聲兩不分，是夜歡呼欲動地。紅袖清波如眼前，屈指便成一年事。長安陌上忽相逢，青衫瘦馬損標致。風起揚沙蔽赤日，無事只坐如螺室。曾向西郊一度游，畢竟所得不償失。回首舊歡如夢寐，荒荒忽忽分南北。我向槐市作諸生，君擁千騎下東國。難忘攜手伽藍道，一言平子成三倒。海内豈無文采人，往往輸君心腸好。清詩水裏出芙蓉，忘機海上下鷗鳥。得固欣然失不悲，愛君常有佳懷抱。眼底行藏那足計，冠帶場中偶人戲。吾生百歲亦有涯，豈以花月易名位。有口不解訴暄寒，圓珠規璧吐新義。有手不解揖俗人，指端只出銀鈎字。濁者是涇清者渭，世人自賤吾自貴。高軒偏載腐客顔，錦衣常裹俗腸胃。東昌司理也清閑，高巖鬱鬱水潺潺。踏歌長日呼春草，寫字何妨喚遠山。誰道文人不習吏，狂如羅友襄中治。近則和仲遠醉吟，所之政績照當世。即如君家謝安石，一生不脱登山屐。胡塵百萬蔽天來，譚笑聲中破大敵。何況一郡如斗大，枋榆那須煩勁翮。近日中官蔽川陸，察及雞豚算車軸。臨清市兒攘臂呼，聞説官民相殺戮。二百年來無此事，此後應須興大獄。重處却畏人心摇，輕之又怕朝綱辱。君爲李官職平反，自能調停寬所屬。豈肯薄收强項名，要須實救一方哭。縱君淡泊薄功名，政成虎爪自相速。

得勝門浄業寺看水，同黄庭翠、黄慎軒兄弟、鍾樊桐兩兄

南人得水便忘憂，兩日三番水際遊。花露沾衣濃似雨，潭風着面冷於秋。拖莎帶荇流何急，擲雁抛鳧浪未休。天外畫橋橋上柳，祇疑身在望湖樓。

高梁橋

覓寺休辭遠，逢僧不厭多。一泓春水疾，十里柳風和。香霧迷車騎，花枝耀綺羅。半年塵土胃，滌浣賴清波。

再遊

灣環窮野徑，忽到水中央。聽雨魚兒慧，梢波燕子忙。馬來沙耀雪，人坐草黏香。爲愛溪流急，移尊向石梁。

同謝于楚、謝在杭、伯修、中郎火神廟小飲看水

作客尋春易，遊燕看水難。柳花濃没地，鷗貌静隨湍。拜謁何如醉，塵沙豈似瀾。石橋明樹裏，真不像長安。

其二

不敢望浮舟，聊欣漱浄流。噞魚摇碧瓦，浴鶩蕩朱樓。既已觀瀾至，當爲待月留。難忘分手處，清淚灑揚州。

晨起

醉境直連夢，朦朧暗自猜。行堦方識雨，訊客始知雷。濕柳數聲滴，泫花一朵開。向人曾乞竹，宜趁此時栽。

梁都事鳳池招飲韋公寺

去天纔尺五，喬木宛山莊。流水忽如話，松花時一香。密篠堪代幄，欹石自成

牀。獵葉風初至，紛紛下海棠。

其二

有蹊皆委曲，是水必瀠洄。獨與石酬酢，惟餘僧往來。酒多酣侍史，花盛逮重臺。不獨林園勝，參軍有俊才。

四月十八日西直門觀士女

選樹安歌席，沿溪列酒杯。水邊千騎去，霧裏萬人來。激調傳山谷，濃香染草萊。斜陽簫鼓近，士女戒壇回。

送李湘洲太史齎詔至吳越便道還家

欲將登眺付王程，絶似清泉縱涸鱗。銅馬署中頒詔使，錢塘江上看山人。水流花落經年夢，寫偈安禪過去身。回思京華名利客，日埋塵裏不如塵。

其二

清夢經年到聖湖，喜啣黄紙下東吴。山膚飽漬千行字，岸草香分五夜爐。越國才人如竹箭，湘中石子像樗蒲。蹉跎未附仙舟去，空混長安飲博徒。

天壇小酌，時送黄慎軒之南陽

松陰各散步，佳處便招呼。不有一杯酒，其如千里途。閟宫生燕麥，羽士採龍鬚。宛洛堪游戲，休嗟雁影孤。

送三舅夾山至太原任

寧將七尺付塵緣，總以山資賴俸錢。問俗有時惟採藥，退堂無事只參禪。龔生漫學蜘蛛隱，陶令權收秫米田。邸舍蕭然何所有，定驅草木餉朝賢。

黄慎軒置酒西直門溪上，招秦京、夾山舅兩兄有述

同心即骨肉，蜀楚詎容分。澗水年年去，松風刻刻聞。旋波如笑靨，錦石似螺

文。日暮將安去，天邊是雨雲。

長安道上醉歸

天堦十里霧濛濛，醉後依稀似夢中。棲樹寒鴉一背月，戀槽歸馬四蹄風。椶櫚暗暗藏禪寺，鈴柝沉沉護漢宫。訊罷騶人無一事，流星如火耀晴空。

别顧太史開雍，時册封周藩取道回吴

細雨沾長道，垂條濕去旌。時平天使貴，官冷客裝輕。泛月來沙海，踏花渡柳城。風塵還着眼，亦自有侯嬴。

飲談太僕宅分韻得上字

長安九陌秋霖漲，何必解憂惟佳釀。高齋亦近尺五邊，沉沉緑樹疑深嶂。紆羲迴月幹孤危，屯風宿雨聲悲壯。誰言樹色不堪餐，拗鐵虬枝浮酒浪。小杯細碎大煩持，巨觥入手神先王。脱冠跣足我先之，海内久矣知吾放。邇來只是肆沉湎，日退詩腸進酒量。酷似新豐狂馬周，天上紛紛逃五臟。何況主人能愛客，疎燈寒雨倍清曠。疾雷子夜夾奔濤，豪勢詎能敵高唱。我馬今宵惜障泥，醉即倒向禪牀上。

午日同鍾樊桐、黄慎軒、方子公、秦京、伯修、中郎崇國寺葡萄林分韻得掃字

禪室也不寬，且喜常常掃。竹子不成林，一根兩根好。藥欄無豔花，嫣然種香草。雖無曲水池，灌餘成小沼。山僧不解禪，只是貌蒼老。朋友不甚多，人人好懷抱。盤餐不過豐，園簌鮮可飽。酒未必如澠，苦洌香且皎。要言不在繁，一字使人倒。縱無大快活，何處有煩惱。

贈别牟鎮撫南歸

丈夫不得意，投筆且從戎。劍學白猿叟，書傳黄石公。還山村樹緑，立馬渚蓮紅。莫似牟居士，逃名説苦空。牟融。

追送丘長孺郊園，值重城已閉，雷雨大作，馬上口占

若爲聽雨不聯牀，獨立西風泣雁行。雲釀怒雷人病悸，山啣殘日馬知忙。鳳城久已歸煙霧，魚鑰焉能鎖肺腸。此夜莫愁閑對語，也應十句九袁郎。

送丘長孺南還

文人情性武人裝，鬧帶花衫大羽囊。鬻宅典田重出塞，臂鷹牽犬復還鄉。身穿通邑千人看，馬度秋原百鳥藏。莫向前途猶久滯，吳姬釀酒待君嘗。

其二

秋園彈指即天涯，忍見霜風墮藕花。乍北乍南長作客，且行且獵便還家。姑留綠鬢圖生事，莫戀青山失歲華。松下一尊衣濺淚，馬前八拜面沾沙。

其三

仗君爲我解愁腸，九夏銷來閃電光。梵寺看花三日雨，射堂踏月五更霜。譚宵

徹曉寧辭倦，醉死重生不計場。今日飄零南北去，夢魂長繞紫游韁。

得丘長孺密雲書

夏來長夢汝，顔色慘無歡。今日寄書至，果言行路難。人情堪痛哭，病體欠平安。祇恐今番會，豪遊興已闌。

登盤山

遍山無穩石，數步有鳴泉。絶壁争呈瘦，濃松亂綴妍。筇移頻下果，衲破不藏煙。若欲搜尋遍，還須一二年。

入都迎伯修櫬，得詩十首，效白

痛死慰生淚暗垂，一身多病不堪支。斷腸客路三千里，極目羈魂十二時。江上雪來雲片黑，河洲風重雁行遲。榱崩棟折蕭條甚，路上行人也自悲。

其　二

縱是石人也慘情，難聽一宅斷腸聲。老親淚盡惟流血，小弟心孤欲喪生。白日奄奄寒古渡，長江浩浩響空城。今朝易水悲歌去，送客白衣盡濕纓。

其　三

一室先亡有用人，死如可代豈留身。揚名君好娱慈父，多藝予堪事鬼神。楓樹有枝猶帶血，征袍多淚易沾塵。驅車宛洛如流水，不及腸中百轉輪。

其　四

也曾兄弟話行藏，萬不關心到死亡。種德無兒悲伯道，傳家有女羨中郎。四旬莫究多生願，一木横埋未了腸。官冷負多田又少，將來何以活孤孀。

其　五

賦就争誇白雪工，幾人曾羨黑頭公。買田結社言猶熱，擲綬還山話竟空。數縷蒼煙雲外寺，一團黃霧馬頭風。長安北去三千里，多少青山涕淚中。

其　六

鈴柝沉沉上帝州，不知我者爲何憂。浩歌臨水水爲泣，和淚看山山更愁。瘦馬風嘶停古道，夜鳥鬼語集荒坵。今生幸得爲兄弟，萍水重逢又逐流。

其　七

重門如墨壓荒村，馬上逢人不忍言。帶雪寒鴉爲吊客，逆風蘆管唱招魂。須知沙劫煙霞伴，不比尋常骨肉恩。從此不知人世事，西山南畝度晨昏。

其　八

難忘聽雨愛憐情，日暮含悽過古城。一片雪來和淚落，幾行雁過喚愁生。天人竟萎花冠色，仙骨虛聞瓅子聲。笑語衣冠渾在眼，如何令我叫亡兄。

其　九

五天使者苦相催，長夜悠悠更不回。山客也曾招隱士，遊魂今始賦歸來。晚風沸水人心急，落日燒林鳥語哀。我眼半枯身半死，旁人猶作計偕猜。

其　十

魂來入夢訴還鄉，豈不懷歸道里長。銷帶典衣還客負，賣書鬻硯作行裝。晚風竹葉刀刁話，暮雨梨花冷澹香。莫怪多情頻下淚，死生大海路茫茫。

遊西直門柳堤上，時伯修已逝

依然垂柳覆長堤，落日沉沉萬樹西。惟有水聲渾不似，當初如笑近如啼。

扶伯修櫬以水涸候水止東昌官舍，呈司理謝在杭

西去空悲道路長，揚沙渭水變非常。客程此日投齊地，寡婦終朝哭杞梁。入室衝風吹涕淚，繞簷驚電照悽惶。謝安故是多情者，不是同胞也斷腸。

西陵别慎軒居士還蜀

霜楓如雨灑征衣，勝侶而今會漸稀。帝子已安仙客去，鶴羣無主道人歸。灣灣水姤蠶頭法，片片雲呈塵尾機。不是倚門親在舍，西陵那忍遽分飛。

其二

獨向千峯頂上行，大峨何日更尋盟。夢來白馬緣非幻，老去青山約定成。亂葉掃雲秋路淨，疎鐘答月夜郵清。自憐不及黄牛峽，三暮三朝繞客程。

同慎軒赴劉元定諸君子之約，于圓通閣分韻得池字

覓得危樓話少時，八窗明處見山奇。都緣江水能開鏡，故使巫峯盡約眉。空國人來聽説法，堵牆客繞看臨池。金礡峽過無知己，坐隕霜光也不遲。

江上别平倩，淒然墮淚有述

交情直到此，兄弟也難侔。胞乳雖然共，肝腸未必投。葉黄歸峽路，雲黑渡江

舟。不死終相覓，寧辭道阻修。

其二

逝鬼已難作，生存復遠離。可憐一掬淚，分作兩番悲。天盡人歸處，山空影過時。臨行衣帶斷，饒得別遲遲。偶有斷帶事。

三游洞 時送黄太史平倩至夷陵，別後與劉元定諸公遊此。

洞在大江邊，背江疑不妙。天生下牢溪，繞洞益清奥。兩山夾深泓，桃花源宛肖。江水雖洋洋，此地轉幽窱。譬彼學道人，沉修貴不耀。石乳滴成峰，柱洞竦孤峭。皺駁凛陳鱗，枅臼吐餘竅。疾流鋪石灘，水石遇成笑。循溪不厭深，奇峰如相召。蒼壁湧雷文，朱霞染霧嶠。仰面見天梁，駭走俄大叫。霜石踏人影，始知月來照。生平不聞猿，今夕聞猿嘯。別死與離生，猿也如相弔。太清不可留，乘月理歸棹。

贈劉元定

作人影亦好，入座去猶香。柳也學張緒，石能醉米郎。性于學道近，心爲著書忙。兄弟今零落，含悽托雁行。

元定齋中別秦京諸君子

西望瞿塘淚滿巾，峽州猶自滯孤身。客中逢客多知我，離上生離更苦人。良夜燭殘清影亂，霜堦月落醉言真。他時柳浪能如約，煮筍烹葵也不貧。

西陵諸公送至峯寶山道中有作

草短風高日漸西，離魂又被萬峯迷。乍飄木葉同珠絡，直剪平原作稻畦。即袈裟。死友范張人已別，仙舟李郭事尤齊。青山也解留行客，四出濃雲逗馬啼。

峯寶路

峯寶路，縱復斜，黄葉紛紛如雨花，諸公飲酒我飲茶。茶一盞，酒數巵，夜堂明燭話須臾。馬首明朝更有誰，醉者不悲醒者悲。當初伴侣滿長安，稻麻竹葦輕相看。自經别死離生後，始覺人生聚會難。事從難得始知珍，心孤往往易爲親。白波江上剛分手，黄葉山頭又别人。

從夷陵峯寶山至玉泉道中示同遊羅玉檢

冠蓋集修衢，分袂意泠泠。日午方成行，馬蹄踏人影。似魚下重淵，如雀起高嶺。高嶺忽已夷，流水中間之。下馬聽清泉，與子坐石磯。男兒七尺身，寧爲妻子羈。終當遊五嶽，長揖與世辭。我慙尚子平，君如臺孝威。此語泉石聞，毋爲流水嗤。

其二

望岫難息心，行緩意彌速。明月豈不來，浮雲蔽之没。夜度猢猻沖，暗嶺臨深谷。齒齒亂石坡，微軀付馬足。不復問升沉，俯仰諳髣髴。疾風吹草鳴，飀飀如有物。行人且莫驚，靈山虎不毒。我爲智者來，伽藍自驅逐。亂葉晃微燈，隱隱見茅屋。磴窮幃忽開，流泉如轉轂。疎鐘下層巒，餘音繞山麓。

宿玉泉

山是天台眷，泉通印度源。寶冠妍楚蜀，珠沫濺乾坤。衲子都如石，樵人不辨猿。英雄無限淚，收拾付空門。地即關公授命處。

其二

葉落不成寐，披衣步福庭。水寒幾化雪，月晃欲無星。洗耳秋堂磬，灰心子夜經。幾時菴乳窟，泉響一生聽。

題關將軍祠

一腔血盡了生緣，静向山中禮法筵。人道肝腸能死國，我言肋骨好參禪。澗巖震怒如雷地，草水淋漓易雨天。日暮鳥啼人跡斷，自搜殘碣自嘗泉。

聽泉

一月在寒松，兩山如畫朗。欣然起成行，樹影寫石上。獨立巉巖間，側耳聽泉響。遠聽語猶微，近聽濤漸長。忽然發大聲，天地皆蕭爽。清韻入肺肝，濯我十年想。

其二

山白鳥忽鳴，石冷霜欲結。流泉得月光，化爲一溪雪。月色入水滑，水紋帶月潔。疾流與石争，山川爲震裂。安得一生聽，長使耳根悦。

鄭少泉年七十五訪我玉泉覓詩，即席贈

手中松子十圍强，曾侍僧雛頂盡霜。尚自啣杯同李白，不須食乳學張蒼。雲霞興到諸峯遍，風雨譚生徹夜狂。心内無營即大藥，癡人錯料有仙方。

重過關將軍祠二偈

雄藍設色水潺湲，浮世興亡一笑間。鼎足三分彈指折，忠魂千載王名山。

其　二

侵天荆棘掛人衣，幾箇能開生死圍。三世如來血性漢，大刀響處是禪機。

柳浪館

鎮日無人至，層溪與閉關。幻雲作佛事，流水寫僧顔。歸鷺千團雪，長楊一派山。夜深纖月落，清梵山林間。

其　二

盤礴從吾好，有頭不贅冠。衣裳迎客易，神契到人難。薪斫和烟樹，茶烹帶月湍。水邊成一笑，世界果然寬。

其　三

睡起西窗暮，輕舟出釣磯。蛙沉萍忽散，螢到草先輝。拂地楊枝重，封天粳稻肥。未須愁夜色，新月照人歸。

其四

何須求世上，此地有雕胡。鶴到花千樹，僧歸月一湖。聞香遮戒律，觀影悟空無。宴坐深林下，天風自拂鬚。

其五 湖中有等死堂。

息心無一事，何樂可相如。等死堂中客，放生池裏魚。禪牀鳴翡翠，唄語雜芙渠。花鳥餘情在，勘來不用除。

其六

過橋三五次，門徑宛村莊。曲水纏茅屋，深楊護粉牆。雨煙荷葉浄，風露稻花香。未可全無事，疏經也學忙。

其七

匝地芙蓉國，遮天楊柳城。僧雛爲弟子，農老作先生。曆尾傳占法，書頭寫稻名。池堤全得月，露坐二三更。

初至村中

淨業前生也不常，而今報得樹千章。深松老栗如爭臘，粳稻芙蓉只鬭香。遠水夕陽光瀰瀰，青林白月冷荒荒。前村犬吠聲如豹，宛似王維華子崗。

其二

禪牀頻逐樹陰移，隣叟行來犬亦隨。月下獨遊形澹漠，水邊假寐夢淋漓。閒看歸鶴投何處，偶憶騎羊到此時。趁取今秋天氣好，寬寬鑿箇放生池。

其三

十年救火事奔忙，慚愧青山舊草堂。聽盡歌聲樵唱好，看完花卉稻芒香。永無躍馬登舟興，也學占雲射雨方。桃葉桃根今尚在，早拋舞髻效村粧。

其　四

歷盡繁華始愛貧，布袍芒履混村民。止爲荷葉山頭樹，又作柞林潭上人。鳥不傷弓寧縱翮，魚經勞尾也收鱗。從今飽噉長腰米，任運騰騰即浄因。

其　五

出行獨有鸞臺隨，緩步于于百不思。餘食好將施鳥雀，閑情猶自護花枝。侍兒也唱無生偈，隣叟來吟清泰詩。竹水竹風涼太過，略收暑氣應天時。

其　六

半是經行半是眠，清風宜碎月宜全。黄雲紫霧新禾稼，碧水丹山好墓田。俗客罷來因斷肉，柴門不閉爲無錢。而今轉憶陶弘景，不得微官却得仙。

其　七

心内安閑身也輕，十年覷破蕣華榮。冷雲冷雨銷三夏，香水香山過一生。池上坐禪魚乍躍，花前説偈鳥争鳴。醒來不作攢眉事，夢裹依然是笑聲。

其八

逐處奔馳昨已非，今朝息盡百年機。人從緑樹千重出，鳥隔青天一寸飛。八口飽餐菰米飯，全家都着芰荷衣。客郵暫宿無多事，池上青蓮望我歸。

其九

頓除何肉漸休糧，箇是居山第一方。有口止歌招隱曲，此心不是貯愁囊。旋斤修竹爲行伴，新禮喬松作樹王。冉冉逐塵嗟世苦，波波求法嘆僧忙。

送死心入山

只欲歸山去，敷蒲坐幾春。短藤新衲子，長爪舊文人。虚谷重經字，空潭貯定身，死心久已死，去住若爲真。

入村

出郭方知霧，登舟始辨風。水生蝦眼赤，霞過雁翎紅。浣渚喧游女，蘆洲息釣翁。人家蒼翠裏，鮮豔一株楓。漁人云蝦眼赤則水漲。

村行

藤杖扶身健，綿袍到膝輕。蕎花銀粟漲，楓葉火山明。引客譚因果，觀天校雨晴。今年秋事好，晚稻倍生成。

癸卯元日步中郎湖上韻

曉起一湖雲，穿雲鷺一羣。溪楊眉黛色，灘石指螺紋。可惜題橋去，難同帶索耘。朗吟霞上作，風雨夜深聞。

其二

點也柴車駕，聊從汗漫游。尋人穿柳市，放艇過沙頭。紫柏遮南垞，蒼筠護小洲。世情休自好，閒適豈宜休。

過伯修墓

行過冢子崗，步入白楊林。白楊十萬樹，一葉成一聲。芳草爾勿生，下有錦繡人。草枯有榮時，子往無歸辰。入夜遲魂來，有懷欲具陳。阿鶩久已嫁，毋爲懷苦辛。

哭壽亭舅，舅學佛精進，無病而卒，時予病卧法華蘭若

莫過西州路，羊曇哭斷腸。法門何苦楚，道侶轉凄涼。急雨飄青焰，迴風戰白楊。五更扶病坐，生死幾迴忙。

入都過秃翁墓

巖電似雙眸，昨宵來入夢。驅車且暫停，三步腸應痛。

其二

威鳳不潛羽，蛟龍罷隱鱗。網羅躭躭至，何處可藏身。

其三

馬鬛有新封，淒其荒草裏。雖無要離墳，也近荆卿水。

出都門道中

夢草和村緑，懷雲帶舍蒼。夭桃無斷雨，姹竹有鮮香。拜衲學空觀，逢仙覓睡方。縱然登第去，也只爲人忙。

襄城道中題逆旅，寄示兩弟

鈴鈴車馬送昏朝，欲雨濃雲慘不銷。盤裏有魚家漸近，眼前無水路還遥。烟沙猶自迷行色，風柳何曾暢舞腰。寄語王孫休濡滯，故園青桂久相招。

南陽邸中飲同年羅子

一聲殘滴下疎楊，和露和烟浣客裳。駑馬無心遊宛洛，故人相對是瀟湘。春來藥裏閒花事，雨後蔬盤照酒觴。屈指羅含居漸近，叢蘭開處滿山香。

入村步中郎韻

林碧間溪紅，夢魂愛此中。掃堦聊貯月，芟竹爲疏風。蔽日荷花盛，遮天粳稻豐。鸞臺隨我去，社約赴村翁。鸞臺，司空圖婢。

其二

頭白與顔紅，難忘是里中。柳方酣重露，松忽話微風。地僻衣冠略，年登宴會豐。萬緣聊放却，且學信天翁。

其三

霞染一村紅，人煙湖雪中。松梢留澹日，山口漲幽風。栗里一生醉，花源累世豐。夜深鸛鶴起，咳笑似衰翁。

又步中郎韻

茆屋臨花澗，居然萬里橋。自從知橘隱，不喜見蜂朝。樹長棲雲葉，藤抽帶雪條。悠悠名利者，路遠馬蹄遥。

晚酌中郎限韻

好攜仙人杖，同飛力士鐺。坐闌山氣重，話斷水聲明。晚岫雲車變，秋埸月浪盈。道緣欣漸熟，夢裏講無生。

月夜同兩叔、僧徧虚泛舟荷葉堰

買得蜻蜓舫，嬉遊荷葉中。暗林白釀月，秋水碧澄風。露重衣先濕，花繁棹未通。煮魚兼送酒，溪上立村翁。

其二

山僧能鼓櫂，稚子解飛樽。蕩月忽成字，流波如有言。禾深羣鳥宿，花墜小魚吞。暗暗垂楊裏，棹敲沽酒門。

送僧北去尋師

獨向秋風杖短藤，葉中乍見五臺燈。支郎已解藏身法，知在深山第幾層。

送吴生

吴生才技人不識，幾分秦青幾分白。有時不請或自歌，強之以歌必不得。莫道司窮必有神，人情到處易爲親。聰明頗欲推君富，意氣抵死留君貧。悲哉秋聲動人耳，送子登山復臨水。我有醫貧第一方，珍重不肯爲君語。

贈魯印山

青山深處萬株松，松下僊人孺子容。十載不來棲隱地，雛成老鶴竹成龍。

其二

秋來濃月上高梧，花下楸枰傍酒壺。竹里辛夷渾在眼，不須重畫輞川圖。

其三

陶家楊柳謝家山，絕斷飛塵鎮日閑。檀板一聲歌一疊，頓教白髮换朱顔。

秋日攜妓遊章臺寺，同林伯雨諸公

飛蓋入青林，篁影一園碎。鬱鬱新藤蘿，沉沉舊粉黛。香魄久已銷，花魂豈堪溉。惟有主地神，曾識細腰隊。七盤舞西荆，楊柳學餘態。君王射兕弓，入地成光怪。羅綺萬年灰，伊蒲十畝菜。風日甚清和，同來一改佩。蹟往韻不隨，流風還我輩。一曲佐清尊，洗却陳感慨。鸜鵒各呈工，鏤竹破烟靄。爲樂貴及時，風景好玩愛。新故疾相乘，何處覓見在。至時即去時，飛鳥不能賽。信是黄面人，可以當我拜。

送徐元叔遊太和

聞説嵾山境，鬟峯帶乳泉。靈蹤秦好畤，春殿漢祈年。向意徧尋嶽，雄心首愛玄。慧人初入道，才子早遊仙。夕食青精飯，朝繙赤甲篇。沙星横浦耀，霧雨别峰懸。鬱鬱胎芝秀，煌煌火棗然。有歌皆是雪，無岫不成蓮。採得金光草，來供阿母筵。

送彭長卿遊秦訪陳别駕

六十猶行役，南平作故鄉。灞陵惟積雪，渭水少輕霜。老乏澆花地，貧無養鶴糧。故人存笠馬，不用嘆羊腸。

登大士塔九日同林伯雨、傅叔睿

大江積雪横，九十九洲明。楓柳千門色，琵琶一郡聲。演車無舊義，調馬有新情。萸酒芙蓉社，重尋世外盟。

哭趙尚書，尚書死於宗室之變，予感尚書國士之知，聞而傷之

白髮尚書死可惜，可惜不死向疆埸。高帝豢養十萬孫，恩窮法盡少奇策。老臣歷練三十年，大才偏能理煩劇。豈有吴楚七國難，啓口陷胸勢何逆。赫赫大牙開府堂，空懸赤棒誰鬬格。是日白晝忽無光，漢江波跳啼鬼魄。事關國體豈容輕，草莽書生重哽咽。去年射策上都門，下走王郎勞係轖。首難乃是真龍孫，踘蹸袖却含光鐵。素旐摇摇逐西風，髑髏堆前飛凍雪。漢江重勒羊公碑，不用墮淚只墮血。

歸篔簹谷逢蘇潛夫，得灰字

濃香試冷灰，一笑出章臺。粉黛情初盡，煙嵐眼乍開。雨尼佳客去，竹愛主人來。風葉殘霄夜，禪鋒送酒杯。

別蘇潛夫分得江字

動是明年聚，愁看子夜缸。亂鐘來近寺，小月出寒江。治習聊同白，禪心久似

龐。語深難造次，竹影映西窗。

又即席分得星字

帆影寒沙下，人離草不青。圓來纔似月，散去已如星。飄葉遮歸路，回風逗遠舲。别懷迷却好，宜醉不宜醒。

夜坐梔子樓讀杜詩分韻

厭酒親書帙，焚香静誦詩。窮來神自王，亂後語尤悲。漏轉燈花落，風摇竹桁危。篇中饒酒字，讀罷憶清巵。

其二

蕉若文章伯，千秋一老翁。灰冠崇漢夏，禮樂奉周公。墮地心何壯，穿天字未工。我思焚紙筆，端坐事虚空。

送郝公琰東下

有客采蘭還，嘯歌夜出關。雨中三澨水，雪後九華山。怪石添詩格，寒花學道顔。秦淮春事好，留滯嘆緣慳。

壽中郎兄

伴水依山又一時，卯君和仲喜追隨。清齋抵足何辭老，緑鬢休心尚恨遲。修竹乍同高士韻，怪崖難比道人奇。太玄自賞誰能信，當代重推杜甫詩。

五弟初度

一門七業藝垂成，第五於今總並名。春草堂中多麗字，天花樓上有新聲。養來綺石添斑駁，種得寒梅已縱橫。更喜老親常住世，日長不必羨爲兄。

又和中郎兄韻

才情一石弟兄分，兄弟居然五色雲。終似王家人有集，每同謝客夢成文。花前對舞霞千片，月底吹笙鶴一羣。自古食蔗應食尾，小冠杜子倍多聞。

次東坡聚星堂雪詩韻

夜窗冷冷鳴枯葉，不識封林一天雪。東郭先生太耐寒，枕上開窗叫欲絕。積巘明溪三尺強，十萬龍孫皆磬折。一迴只向水邊飛，數片俄從衣上滅。快雪今朝逢快人，戰冷深杯如電掣。擊竹成歌飄成舞，可是青腰親縷纈。凍浦寒塘洗肺腸，紛紛萬事如塵屑。石外裂蕉如有人，長尾寒禽只一瞥。三徑不掃絕來蹤，兄弟燔枯相講說。雪收微月乍窺林，庭下梅枝如拗鐵。

珂雪齋集卷之四

梅花

怪石巉巖間，蕭然一株在。素質與清心，不逐羣芳隊。衆人愛此花，此花豈宜愛。譬如覲大士，只合斂容拜。獨存煙霞姿，了無妖韻態。神契渺難參，風領絶塵外。

其二

何地無名花，第一論標格。豔色與濃香，等是花臧獲。我欲忻賞之，只是難招客。浄名作上賓，莊周處下席。阮宣何點輩，行酒充厮役。若無世外人，吾寧爲花惜。天上俗仙娥，勿來爲花厄。

其三

朝來花底坐，微香染清醉。清醉猶未已，冷然成佳寐。瞥見四圍山，萬仞直拔地。玲瓏萬竅空，苔文綴深翠。山徑響石渠，珠泉自天墜。澹月來山腰，流波湛寒淚。途逢一高僧，邀我岩中寺。坐我白石牀，語語天外事。譚鋒尚未終，驚鶴一聲至。依然花下人，清香來撲鼻。

乙巳元日試筆呈中郎

生計今粗定，停游且住家。坐眠常隱竹，杖履不離花。魚鳥專三徑，金湯付五車。夭桃春水漲，湖上試新槎。

其二

石篁無俗葉，浪柳有清絲。通績非同調，王裴屬異枝。乳和三教義，戕解一朝詩。去去煙林畔，吞花未許遲。

曾長石太史以詩寄，率爾次韻

園竹遲佳客，庭梅憶道人。交情同水乳，會合係星辰。花送三番信，湖銷一半春。夜堂聽雨好，莫負暫閑身。

梔子樓苦雨

不是絶來客，清溪久漲門。室中人隱几，樓外雨翻盆。倚柱悲紅樹，開窗見緑村。病餘持酒戒，契闊對青尊。

送蘇中舍雲浦北上

蘿月松雲一枕清，塵緣催促赴王程。只將九陌飛沙氣，換去三湖捲雪聲。衆裏且收牙後慧，行來宜似耳中鳴。閑時獨步城西社，忍見蒲桃抱蔓生。予與伯修諸公舊結蒲桃社。

游章臺寺，同中郎、傅仲執諸公

走馬蹊猶在，鳴牛路不遥。沉蒼存古柏，净緑漲新苗。香跡傳騷代，荒城想閏朝。青青牆畔柳，還似美人腰。

其二

鼎沸人煙盡，澄湖素練開。雨清調馬路，月上看花臺。地僻千畦菜，僧貧一院苔。鐘聲日暮起，松梵有餘哀。

其三

風月淒清夜，時時見楚王。姹魂憑鄭袖，孌鬼侍龍陽。蔽日旋臺樹，遮天繞殿篁。興亡飛鳥跡，定裹訊支郎。

午日沙市看龍舟

旭日垂楊柳，傾城出岸邊。黄頭郎似鳥，青黛女如仙。龍甲鋪江麗，神裝照水鮮。萬人齊着眼，看取一舟先。

其二

水犀神手出，天雁疾星來。捲雪蛟精怒，回風羯鼓催。一標如掣電，萬笑似奔雷。何處妖嬈女，靚粧又上臺。

其三

倏忽青龍吼，翻身截逝波。攪江摇地軸，激水濺天河。態似七盤舞，聲同九辯歌。黑雲樓閣起，風雨奈游何。

其四

苦極皆成笑，歡來忽變嗔。萬橈同一臂，雙眼要分身。洶湧嗟江勢，剽輕嘆楚人。弄潮休羨越，盤馬莫誇秦。

同龍君超諸公遊便河，得橋字

率爾翻成樂，裙簪藉小舠。遠林纔出寺，深柳欲藏橋。明月迎團扇，流波染素蕉。偶來穿水曲，咫尺便爲遥。

其二

晚風來細細，薄露浄輕綃。近岸添新樹，前溪識舊橋。杯飛常帶雪，歌罷忽生潮。不獨煙林勝，阿龍故自超。

又步君超韻

總是高陽侶，何妨便脱簪。春雲妖女態，秋水慧人心。一字凰求曲，三千鳥嗽金。晚來涼月上，人影散花陰。

龍君超招飲章臺，賦得看花臺三韻

不敢辭炎暑，良朋會面難。風流存語笑，方略見杯盤。地敞風柯亂，庭空浪壁寒。荷花真是好，能得幾人看。

其二

此地舊繁華，林香路不賒。傾囊羞異品，通國揀名花。埋玉千封亂，飛鞭一道斜。餘情聊粉黛，結習總煙霞。

其三

炎極且登臺，涼風動地來。尊前飛冷雨，箸下起驚雷。八笏藏紅袖，三衣染緑醅。滂沱遮笑語，但見口頻開。

送水部葉寅陽還朝排律二十七韻

竹箭才名舊，梅花氣格清。襟懷黄叔度，名理鄭康成。北闕通金籍，南陵佐水衡。江濤如踴躍，郢樹也芬榮。國算重重密，關條暗暗輕。祇因憂利病，不忍問奇贏。酌水寧言潔，投香恥近名。誅求無宿淚，絃管有新聲。堤柳千門雪，崖花五月鶯。估舟朝釃酒，商女夜彈筝。祝鼇偏祠廟，謳歌滿士氓。妙綜酬物累，蕭静謝塵纓。每好深湛思，常懷玄澹情。素縹羅几案，蒼翠撲簷楹。峙嶽還同静，澄州可似瑩。想沉穿月脅，學博下星精。寶鏡寧疲照，洪鐘不倦鳴，大言羅百氏，一字倒諸生。妙悟開心筏，先機閲世枰。郢歌全是雪，楚寶豈須珩。拭土干將泣，披衣驥子驚。皀飛欣北極，鵠立悵南平。雲壑秋容變，霞江晚市晴。朱幡穿下雋，白馬出溢城。署粉經年别，郵籤二月程。予慚北海跡，君似蔡公迎。何以酬明德，清修不負盟。

送王囫圇

擲去塵緣盡，古人不似公。五男勞栗里，一婢擾司空。髮豈須方黑，顔寧待酒紅，莫愁今夜雨，明月在壺中。

别陶不退，時陶有長子病死瘞於此，分手悽然，故有此贈

旋風戰葉滿江鄉，瘞玉埋蘭獨慘傷。十九年來悲萬子，千秋亭下哭潘郎。楚天路盡無鴻雁，鬼國山深怕虎狼。八載飄零辛苦盡，且尋松菊舊柴桑。

壽湘山孫給諫五十

墮地名遂重，還山賦更工。無涯白雪字，有限黑頭公。調馬尋新路，澆花出故宮。道人閑適久，堦藥似顔紅。

其　二

欲知張楚甚，家世步騷壇。葉葉珥貂易，人人著籍難。春華敷麗藻，秋柏凜高寒。玉簡金書在，齊驅日月丸。

其　三

歸山何所事，躡屐與乘槎。青草湖邊雪，朱陵洞口花。鬚眉澄水石，文字染煙霞。却笑裴丞相，中年鬢已華。

其　四

凌雲陳羽獵，畫地講甘泉。日月何當霽，煙蘿未穩眠。心應沙共赤，鬢與石長玄。大藥何須問，名臣半是仙。華容近赤沙湖，有玄石山。

龍君超過訪篔簹谷，即席有贈

征袍常帶五陵塵，江柳江花隨分春。寶劍高車來陸賈，長頭大鼻坐陳遵。一天霽月偕佳客，十畝新篁勝主人。斗算才情石算酒，閑時光景健時身。

哭江督學進之

蜀客傳來信已果，西望三川淚萬顆。天下寒士盡呑聲，使君心腸熱如火。興到常時信口哦，愁來不解將眉鎖。十五年前老制科，乍開乍落槿花朶。憶昔飄零館娃宫。倉忙一見深憐我。老馬難忘紵衣恩，贖子百身無不可。滄江九月捲霜波，水冷不見西來柁。身後寂寞爲君寬，有薪尚喜佳兒荷。

歲暮游江上

白沙江上踏沙回，閑逐兒童步沼臺。寒鳥也應喧歲暮，好花如不待春來。春糧分給胡居士，治酒頻召符秀才。目疾小康重病肺，千般濃想盡成灰。

陶孝若、謝于楚偕來賦贈，于楚自蜀至，而孝若游吳

山城生霧徑生苔，忽地詩人過草萊。響屧廊邊遲月去，浣花溪上踏香來。三千煙柳摇湖月，十萬風篁遶屋雷。自喜追隨同述作，果然陶謝是天才。

别謝于楚東下

碣石宫前話别忙，秋風忽到輞川莊。虚留客子登山屐，祇看貧家繞屋篁。帆逐治雲歸建業，人隨雪水下潯陽。誰言白髮無公道，投老而今鬢未霜。

雁字

僧有作雁字詩者，衆詫以爲難。予乃與中郎坐橘樂亭中角此題，自晨至午，各得七言律十首，都無一字同者。雖遠近離合之間，不能悉窮其變，而比物屬詞，差勝于蹇澁不能出口者耳，因悉存之。

雲漢溪藤萬丈長，規煙裁雨下瀟湘。有時密密排千點，何處匆匆墜一行。凌月乍同王矯勁，隨風忽作旭顛狂。果然寫出秋思曲，青草湖頭夜夜霜。

其二

先後參差結搆同，同排筆陣向湘中。畫波隱現沉沉霧，使轉輕盈細細風。書去書來愁雨雪，文成文滅付虛空。偶然霞氣侵天路，仙篆丹砂燦爛紅。

其三

倒薤懸針點碧煙，依行燕雀似旁箋。路經練瀆重多態，影落巴江兩鬬妍。龍躍天門隨變化，蚓縈秋草失翻翩。慇懃寫就清秋曲，譜向江南十五弦。

其四

苦向西風憶斷羣，聯翩兄弟總能文。行分勢布剛辭渚，髮縷絲騫盡入雲。河北峯巒生墨氣，江南田畝展羅紋。盈盈六幅瀟湘水，都作羊欣白練裙。古人詩中有羅紋田。

其五

翩翩文采出烟蘿，電激龍盤勢更多。數點忽留如想像，一行纔起便吟哦。朝衡白月都垂露，夜宿青溪盡偃波。鋒鍔不須淩厲甚，前途尤恐大張羅。

其六

形容天上逼高寒，南斗闌干北斗殘。芳草池邊縈草易，白沙洲上畫沙難。疾徐總以昏朝變，肥瘦還須遠近看。宋玉宅邊逢燕子，緘書一字報平安。

其七

霞布雲舒縱復横，祇爲過去要留聲。時和氣潤行偏好，日燥風炎陣未成。頡史也須稱弟子，宜官何處拜先生。前途若向長沙去，代我修書問屈平。

其八

動如得意静如憂，力倦心慵且暫休。何用十年工八法，只將一字傲千秋。密來乍可同梁鵠，忙處還應效史游。不是衡陽過不得，金書玉簡好淹留。

其九

星河滅後見文章，妙處拖雲更挾霜。偶傍草邊尋鄭叟，閒過齋裏笑蕭郎。九霄已自懸珠玉，百口何須足稻粱。可是湘川多怪鳥，欲將封事上鸞凰。

其十

水作心情霞作衣，多能肋骨少能肥。煙籠雨暗青重殺，月冷霜寒白更飛。忽畫一橫詮易象，乍飄三點露禪機。江南儘有淋漓地，何事風塵要北歸。

新亭成即事

量來八笏已周遭，左寘莊周右楚騷。寬築垣牆圍笋竹，虚張弓矢護含桃。深林得月偏多影，小水經風也作濤。擲下萬緣書癖在，强如嵇鍛與劉髦。

送王以明南都應試

細雨春帆一笑開，潯陽九派起風雷。井生飽貯紛綸字，蘇子摩成游説才。有月便尋調馬路，無錢莫上散花臺。黄金館裏虚前席，只待譚天辨士來。

書三月初一日事

歲三月清明，玄在過我屋。自云能迎神，請焚香沐浴。竹箕啣木屑，花菓燦燈燭。篆符赤煌煌，浩唱迎神曲。倏忽燈無光，陰風來謖謖。題云是阿舅，夾山列仙籙。云口不能言，書之爾試讀。自我之云亡，已經幾寒燠。因果理無差，所修悉蒙福。上帝念我賢，毋忝一方牧。仙位列崇班，瀟然少拘束。朝覲清泰光，暮食衆香粟。邑中已死魂，我眼悉能矚。伯修慧根深，青蓮已受育。吉翁福業牽，人間享尊禄。官谷念未熟，胎胞還再宿。我有臨終書，托嗣子付囑。先死亦大難，爾曹宜勉勗。無論墮泥犂，諸皐亦極酷。夜臺冷荒荒，燐火照幽獨。不見生時人，青楓林下哭。神明好升濟，白業要純熟。家有小男兒，煩君爲青目。已能學拜跪，婚姻宜可卜。意中頗戀戀，雖去未免俗。昔時百尺樓，今已鬻天竺。哀哉樓上書，流落失卷軸。阿鶩既已嫁，嫁去我所欲。家門既孤寒，仗扶持是祝。語多不能記，大都念骨肉。言及小男兒，箕如以頭觸。我初疑非真，恐是游魂屬。窮以世外機，語語令我伏。鐵鎚生異證，泥船海不覆。香象帖天飛，白牛五隻足。開口注箭鋒，非舅那能速。我乃拜跪言，雙淚流簌簌。西華著練衣，孝標以文督。結交尚應爾，何況我自出。阿弟失父時，如我在母服。小者僅四歲，大者不盈六。舅時念黄口，撫養同顧復。愛我有智慧，長與異書讀。昔同客長安，助金買燕玉。謔笑忘形骸，寬假緣愛篤。三爲小縣令，函牛鼎烹鶩。念我不能忘，時時寄遠牘。受恩百倍深，人心豈土木。藐諸漸長成，甥等自親穆。虚空有鬼神，我言敢食不。剥喙如我謝，欲去復彳亍。急雨蕭蕭來，迴風摇窗竹。

偶有俗冗入郡别篔簹谷

棲隱剛旬日，柴桑又去陶。隨人偷筍竹，任鳥食櫻桃。習静牀初熱，箋書筆未勞。豈因無客至，三徑長蓬蒿。

其二

細囑灌園者，吾忙返舊居。没堦花莫掃，侵徑草先除。雀乳防傷竹，燕泥怕點書。盆池勤守護，恐有鸖窺魚。

江北道中

長途只傍水，聽水立江邊。撲面楊花雪，薰衣麥穗烟。遠帆行似住，深樹斷猶連。芳草平于掌，僮眠牛也眠。

其　二

逢僧知寺近，玩水愛溪遥。户户尋蘆筍，村村入柳條。長堤隨獨馬，夜浦話雙樵。數點澆花雨，飛塵冷冷銷。

初至沙市張園苦雨

春晴暖日薰苗麥，僕夫脱衫走阡陌。一夕豆花雨淋淋，穿屋浸堦勢太劇。朝如扃户絶來賓，夜似移牀避刺客。隔院琵琶不得聞，手把殘書愁脈脈。須臾天怒墨沉酣，千山萬山失青藍。擲海倒江夾雷電，聲如項羽破章邯。月額雨來雨相續，犂鋤生耳那須卜。塌井頹牆勢必然，令我翻愁篔簹谷。書生耳目無所寄，瀟瀟只有數竿竹。枳殻籬破垣牆倒，應有人去損寒玉。移植參天亦自難，忍把斧斤截嫩緑。不能迂闊效庾郎，怕惱偷兒自藏伏。世事牽我出牆東，故園花竹自膏沐。蕪徑破窗緑暗暗，漏聲如語伴幽獨。停午細雨絲絲生，勉着高屐寺裏行。僧房寂寂門都閉，乍聽圍碁落子聲。

壽吴人沈翁　沈居郢。

紫極長生國，朱陵大隱鄉。看雲懷震澤。聽水愛瀟湘。盛德披銀字，高情潤玉章。美言成市好，尺宅治生良。馬足何妨數，鷗機久已忘。譽應浮口頰，寒不到心腸。影好人人見，耳鳴事事藏。木奴存俠策，甕牖笑書囊。康伯逃名地，君公避世牆。河成九里潤，雨澍萬家凉。花木高柔室，雲霞摩詰莊。鵲頭朝看帖，雀尾夜焚香。譜石三千甲，栽筠十萬行。請雲遮洞壑，郵水試旗槍。八節灘新就，五侯鯖許嘗。寘身隨下澤，玩世逐高陽。投去陳遵轄，分來陸賈裝。室中青玉案，門外紫游韁。蘿月催乘屐，松風對舉觴。清尊邀劍客，寶瑟沸蘭堂。北里歌鐘細，南皮賦燭長。春秋依社老，日月付仙郎。九子蒲還在，雙珠樹已芳。既能歌白雪，不用祠黄羊。入夢真龍子，分毛自鳳凰。衣冠來北闕，奏牘似東方。宛國離離血，延津燦燦光。有封寧是素，不醉也堪狂。紫陌從生浪，黑頭未許霜。遲予三紀後，煙水共徜徉。

送張聚垣三兄還晉，時以其先司徒公之喪入郢市槨木，寓此聚首，甚相愛也

何期白首論交情，聽雨居然似弟兄。戒去鸞刀非佞佛，毀來雞骨莫傷生。人銜曉月辭沙市，馬逐奔星度柳城。倉卒已申僑札分，南山石爛不寒盟。

寓郢述懷

人皆有一癖，我癖在冶游。饒乏無前心，計算苦不周。中夜起長嘆，百慮如絲抽。萬事無巨細，逼迫乃成憂。憂來如春雨，日夜苦無休。以此一寸歡，博彼萬斛愁。

其　二

篋衣質已盡，驅日竟無策。暮入慚妻兒，朝出慚賓客。忍恥告時人，人乃翻見責。早知逼迫難，何用隨手擲。自不重黄金，黄金肯相索。嘿嘿不能言，仰面看

山碧。

其三

十年稟曇戒，枯草如治性。春風一以至，草生更繁盛。追思卧柞林，六鑿頗清淨。邇來逐繁華，歡多愁亦併。不獨損令名，所憂在疾病。猛日爍根荄，力與春風競。

其四

十萬修竹圍，中有數間屋。竹色暗春窗，蕭蕭一人讀。風過響琳瑯，雨至如膏沐。世事苦泥人，一月幾回出。可憐林蘭花，無人伴幽獨。

長石、何思二太史過公安，長石用杜韻作詩，因次其韻。一公皆訪仙歸

修竹封天翠，澄江抱郭寒。玄言浮齒頰，仙氣在眉端。訪嶽盟初定，登朝興總闌。大丹如可就，鷄犬逐劉安。

其二

住馬問劉營，追隨弔古城。霸圖雖已盡，江怒幾曾平。亂世孫曹事，清時屈宋名。新詩奇僻甚，山水發才情。

步長石過公安韻，時將值生日

擅招雷電泛江湖，謫作金門漢大夫。尚有丹砂生唾霧，總無白雪染頭顱。登山且喜身常健，出世還欣調不孤。燒筍留君君竟去，腐儒寧似郇公厨。

又步長石舟中韻

劉郎浦口阮郎歸，閬苑蒸霞滿薜衣。李泌身輕辭世染，休文腰瘦懺前非。人銜曉月聽潮去，帆逐分風帶雪飛。莫道長生學不得，離家三月貌能肥。

得慎軒居士無病消息志喜

決定知無病，西僧近面來。乾坤留道眼，河嶽護仙才。好雨兼風至，繁花間竹開。懶殘無誑語，計日聚燕臺。

其二

西來傳好事，起舞發狂顛。白社何多幸，蒼生定有緣。維摩聊示疾，弘景久成仙。禽鳥知人意，驩聲入管絃。

篔簹谷署中即事十絶

三杯薄醉拂桃笙，一枕風牕夢也清。天氣晚涼新浴後，葛蕉紈扇竹中行。

其二

新笋俄然過醉時，長成拂雨帶雲枝。更芟老竹千千個，編作花蹊曲曲籬。

其三

枇杷林裏間冬青，池水正迎橘樂亭。旋築小臺看乳月，更將竹斷取浮萍。斷如蟹斷之斷。

其　四

姹草靈花到處叢，堂前止剩一方空。當門斫去芭蕉樹，透過深林冷冷風。

其　五

翻江一夜雨滂沱，門外油河長白波。隔水酒人呼不得，自傾家釀自狂歌。

其　六

只許山僧對此君，柴門久已斷人羣。梅花奥裏孤節至，不是寒灰是冷雲。二俱高僧。

其　七

都無蚊蚋到禪房，幬帳何曾掛竹牀。水冷石寒藏不住，癡人錯料有仙方。

其　八

炎蒸日午氣如烹，潛入深林自在行。忽有濃雲西角起，忙穿竹徑已飄傾。

其　九

擲江風散晚雲開，沉水星河遶一臺。半夜前林飛翮響，柳浪湖上爆聲來。浪音郎。

其　十

朝烟暮月幾迴新，世事何容到齒唇。三伏不曾還内閣，金鈴猧子吠來人。

打桃有懷園主人王官谷

和枝帶葉不沾塵，丹頰猶存一面春。只道種桃容易等，而今不見種桃人。

其　二

大兒撼樹小兒忙，入草鳴階打石牀。拾取新桃三百顆，清茶沉水薦王郎。

送吴生東歸

一葉凌流去，江聲伴寂寥。酒澆溢浦月，歌逆海門潮。箋字文都滅，刀環約已遥。惟餘春雪在，生計未蕭條。

送彭長卿北遊

何處無游子，君行太可憐。老人年七十，北地路三千。夜雨投沙海，西風立渭川。餘生難自遣，豈不愛高眠。

賦得風林纖月落

宿鳥棲枝定，淒清趁晚涼。深林生衆響，密葉釀微光。竹露熒熒滴，花渠澹澹香。樓臺濃霧裏，薄雪在西廊。

其二

不辨烟林色，惟餘灌木歌。片時緘寶匣，無計挽修娥。樹影徐徐滅，星文漸漸多。溪楊歷亂處，螢火欲燃波。

其　三

一縷穿阿閣，盈盈傍露條。似隨枝上下，如與葉飄搖。入樹烟嵐重，侵階水氣銷。何人閑伴我，清坐轉無聊。

其　四

萬竅刀刁怒，一鈎冷澹斜。分妍與柳葉，墮粉着梨花。開士虚持貝，仙源不認家。靈妃歸路疾，先爲掃塵沙。

其　五

摇竹難留照，亭梧尚有光。倚垣學顧盼，隱葉效迷藏。乍有芭蕉破，如聞桂子香。封姨休造次，無忌怕凄涼。無忌，月中仙人。

其　六

澹澹荒荒夜，蕭疎畫不成。金箏千樹響，銀甲一痕明。紅葉將收淚，白楊只戰聲。何須重秉燭，静默坐西清。

其七

綬去琉璃國，端居人意孤。林青山鬼笑，露冷夜禽呼。天地隨明滅，松篁乍有無。夜闌風更起，滂湃湧江湖。

七夕同彭長卿、中郎

清譚閑送可憐宵，竹户斜通宛轉橋。白水青林秋澹澹，好風凉月夜蕭蕭。貧來治客傷時序，老去詩人怨寂寥。驚鳥不鳴更漏静，如聞銀浦弄輕潮。

雨中夜酌彭生

我唱君須飲，君歌送我觴。蜀聲多俊快，楚調也飛揚。繞屋奔雷怒，欺燈閃電光。片時風雨寂，明月在迴廊。

月夜同中郎至柳浪

清極轉蕭條，朱門傍曲橋。月溪千畝浄，風柳一湖摇。鳥語歌中亂，蓮香笑裏飄。老僧眠復起，披衲走茶寮。

灌洋道中

野店午雞鳴，編堤木槿榮。帶牽長荇密，梭擲小舟輕。水落存洲背，天空見樹城。捍江無上策，原隰少生成。

江上聽董五歌

沙市女兒不解歌，聽君一曲似韓娥。黄雞唱罷人初醉，江上東流奈樂何。

曉　坐

好風生樹露生臺，獨看明河步幾回。殘月朦朦穿殿角，近鐘纔罷遠鐘來。

沈生置酒林伯雨園，以病不至，同吴未央、徐楚楚賦得秋字

豈學元龍卧，腰肢怯隱侯。月來不待夜，風至易成秋。寫石花枝瘦，窺池鶴韻幽。良宵兼勝友，無主也堪留。

早發公安有感，書呈中郎

大旆清笳逆曉風，青山新别住山翁。難忘園竹千竿緑，忍看湖楓十里紅。喜懼關心椿雪裏，悲歡滿目雁行中。也知悟得圓通法，官署長林一樣同。

荆門早發遊惠蒙泉

出城即是水，何不昨宵游。可惜好明月，空然照碧流。試茶分衆啜，寫字被僧留。若比康王谷，峯巒略欠幽。

泉上有黄山谷、黄平倩大字偶題

濺珠噴雪沁心凉，瞥見銀鈎掛石梁。千古一雙黄太史，不知誰解木樨香。

麗陽驛

滿眼巉巖路，稍平聚落依。緑疇纔麕集，赤地便烏飛。風急催霜至，雲繁接日歸。豈因愁朽蠹，僑也損牆圍。

宣城道中

幾日羊羹路，能添鬢上華。南來愁怒嶺，北去悵飛沙。枳殼編籬密，楓林繞屋遮。久晴行役好，只是困田家。

道中聞柴車聲賦

肅肅百里見平疇，風吹草根原野秋。車聲軋軋不肯休，欲出不出澁難抽。利刀刺割鋭且遒，下灘之水咽不流。吴中女兒好聲喉，忽發清嗔雜歌謳。莫是青腰彈箜篌，中樹葉落鳴颼颼。羈官遊子馬上愁，酸風入眼淚雙流。古道黄昏我心憂，白雪如山在前頭，何不歸來走道周。

襄陽道中

積雪在平沙，澄潭宛宛斜。剪齊十萬樹，墨布兩三家。金子明籬落，楟蒲漾水涯。楓林紅不盡，散作一天霞。

其　二

風煙猶楚蜀，音語帶周梁。人學養魚法，家傳種樹方。雪梨作茗飲，霜柿代餱糧。滚滚蹄輪接，玄宫與帝鄉。

襄陽道中逢龍君御，時有出塞之行

已盡瀟湘路，同班聲子荆。漢臣重出塞，才子更譚兵。楯鼻書奇字，鐃歌有正聲。偶然看舉止，令我念亡兄。君御與伯修甚肖。

贈龍君御僉憲備兵甘肅 君御前倅秦中。

風流儒雅漢仙官，笑靖胡沙學謝安。十載旌旗重出塞，早年詩賦已登壇。別他漁浦花千樹，度盡函關雪萬盤。邊地近來痌瘝甚，知君不用惠文冠。

其二

大漠陰山逆路遥，雪花亂點漢臣貂。前茅虎旅傾秦甲，後帳鶯雛盡楚腰。香茗閣中書露布，管絃聲裏破天驕。邊人佇望從軍樂，竹馬迎歌何暮謡。

裕州道中

千古中原路，蕭條似大荒。朝廷急賦税，刺史歎流亡。原兔藏烟突，春禽乳畫梁。從來嘯聚地，招撫有遺崗。

郟城道中

天網羅奇士，雲臺集勝遊。才人千羽蓋，鼓吏一岑牟。水咽銅駝月，風喧石馬秋。南皮無俗韻，漳浦有清流。

其　二

怪得如丸地，能生許俊人。寫螺山有態，照膽水無塵。樂府掞詞麗，漁阿唱梵新。泥蛙非繡虎，亦可作嘉賓。

其　三

只作詞場看，何人不可傳。霸圖無永歲，文字有長年。甄女蒲陳怨，何郎粉唱玄。至今臺上瓦，和墨尚生妍。

其　四

看碣墜羲和，鳴鞭下峻坡。人悲臺榭少，孤喜墓田多。山出濃鬟嶂，溪流錦石波。英雄無俗氣，解道酒當歌。

其五

司馬門前醉，翻成泰伯賢。文章勞反胃，世路歎磨錢。五字銷奇氣，千杯送壯年。英雄韜不盡，一箭兩禽連。

其六

若話丹臺事，乘除理亦然。兩龍成霸業，一虎作神仙。天上無愁酒，人間有限年。阿甄雖婉麗，不及玉妃妍。

其七

驅馬莫匆匆，慧人聚此中。塵沙搏粉黛，車斗算英雄。散火妖啼月，旋空鬼戰風。三臺猶可數，何處問離宫。

其八

山是才人宅，地爲霸主鄴。流星傳璽綬，飛電轉神州。玉帳春鶯在，金題海燕留。青青陵上草，天子永無憂。

其九

白日不回照，夜臺或有春。交蘆學鳳嘯，委木蜕龍鱗。沙陣迷歸騎，石皴嚙去輪。冬衣猶未授，何處問針神。

其十

乍有雨聲至，蕭蕭見白楊。山川存舊韻，草木嗅餘香。野寺鐘聲月，官橋石路霜。重臺猶可陟，無奈遠遊忙。

銅雀硯歌爲黄觀察賦

魏帝當年愁寂寞，半謀征戰半行樂。自言朝露去時多，高築三臺結綺閣。西園才子唱新詩，南國佳人藏綉幙。玉柱金題化爲烟，至今碧瓦臺邊落。當時英雄好文雅，山川佳麗草木冶。風流詞藻氣薰蒸，遺瓦猶堪供揮灑。留與人間作結鄰，鳳味龍尾不如塵。晉院唐宫收不盡，猶餘一片在荆榛。野人將來獻使君，手自摩挲辨款文。笑道古人作事異，一瓦重来十八斤。珍重付與老鈴下，高齋盤礴任揮寫。行草八分信手塗，一泓春霧自傾寫。寫罷解衣發大叫，雪花墨光相照耀。中書歡喜廷珪嗔，遠山袖手微微笑。一朝醉我漳江畔，尊罍中間誇古玩。長髯堂吏雙手擎，文綾未展先稱讚。果然古物無如真，潤澤光瑩眼未見。不用琱琢自精堅，先朝物力那能算。笑謂使君英雄客，四十方面門列戟。肥腸巨孌有用人，大纛高牙勢赫奕。只今邊徼要奇才，走馬横槊出疆場。斗大鵲印肘後懸，安得蕭閑伴冷石。前年長安會大蘇，蠆尾銀鈎世所無。一從傳予運腕法，自笑端不讓官奴。行草翩翩入勝場，只是濡筆少精良。光滑由來不受墨，骨粗又苦損毫芒。使君劍戟尚紛馳，獨我清閑好臨池。慇懃擲與米顛去，便是貧兒暴富時。

中郎有鄭州憶伯修詩，感賦呈中郎，并示方平

君在我未貴，常念我貧賤。我貴已有期，君容不可見。五十非上壽，不能延漏箭。道上白頭人，滚滚如沙霰。有鬢不待玄，有顏不待變。回思一生事，急急如飛電。昔時授餐館，粉壁猶未换。道旁嫩楊柳，曾識舊顏面。忍蘖以待蔗，蔗尾終如幻。同官三四人，亞卿列朝殿。天上好亨塗，只是少壽算。貴賤不足論，長年殊可羨。百里千里程，十聲九聲歎。生存好兄弟，永作白頭伴。形影相追隨，莫效離羣雁。

涿州訪頓年丈園中

家世爲廉吏，無多負郭田。豈能凋素業，只是守青編。一水如凝雪，千峯盡吐蓮。入門莎不剪，名士韻蕭然。

送李酉卿參知湖州

金節新頒出九天，春明南去草芊芊。鏡中鬢髮如螺黑，腰下金章似火燃。千里泛家臨水國，萬人遮馬看神仙。建牙吹角渾閑事，聞道而今是少年。

其二

文人例合住湖州，墨妙飛英續勝遊。紫橐仙曹辭畫省，黑頭連帥領諸侯。春山繞郭朝乘屐，遠水浮空夜上樓。才大官閒多韻事，畫眉盤馬亦風流。

密雲寄別四弟

錯料今生事，蹉跎又一春。夢腸才欲盡，鎩羽淚猶新。老矣吾何計，歸歟爾未貧。故園風物好，珍重侍嚴親。

其二

幕府方留客，那能送汝行。艱難别愛弟，涕淚望都城。野館濃花氣，春塘沸水聲。親朋如借問，投筆欲從征。

別陳孝廉

同是蕭條易水年，兩人幕府共牀眠。山游且學鄒從事，米價難支白樂天。杯裏楊花胡地雪，夢中芳草錦城煙。陸郎已上班騅去，帶草離離伴鄭玄。

太保蹇令公一見辱以國士知，率爾投贈，共得七言律八首

三朝元老帝長城，胸貯雄邊百萬兵。太尉領軍陪漢相，上公分陝護周京。卿雲不散投戈色，夜雨猶聞洗甲聲。白袷青編無一事，蕭然還是舊書生。

其二

天家鎖鑰重漁陽，親遣元臣鎮塞荒。白羽扇中麾屬國，青油幕底拜降王。鶯花煖送千門雨，介胄寒生六月霜。身事累朝關社稷，中宵私語跪焚香。

其三

大旆春隨柳帶翻，建牙吹角幾寒暄。惟將安静酬君父，止以清廉畀子孫。署裏葵蔬開視圃，邊垣禾黍盡成村。浣花溪上思垂釣，師相那能避主恩。

其四

塞北重欣借寇君，琵琶曲裏説功勳。校書百帙高連屋，種柳千行翠入雲。魯國到門諸弟子，漁陽迴席舊將軍。太平銷盡干戈氣，閒却袁家倚馬文。太保曾督學山東。

其五

早年節鉞便登壇，歷盡羊腸幾百盤。怒擲千金酋長哭，密誅三校悍兵安。梧楸局外吹毛易，劍戟林中任事難。白髮老臣憂世道，艱危未必是呼韓。

其　六

戟枝入樹帶春鶯，坐看邊峯雨後清。萬卷每同袁伯業，千杯不讓鄭康成。山程幸逐登臨屐，月夜熟聞函道聲。止恐三台虚上相，尚書尺一要來迎。

其　七

屹然全似魯靈光，虎峙龍盤狐兔藏。處世心同羊叔子，立朝歲比郭汾陽。止將文酒銷戎隙，懶把笙歌貯畫堂。擬報國恩歸未得，夢中常到午橋莊。

其　八

經營南北閱年華，聞説活人事已奢。棨戟門庭傳素業，瑶環仙子吐奇葩。千枚簡策同何氏，七葉金貂事漢家。尺宅寸田堪不朽，何須粒棗大如瓜。

密雲署中贈别周子還里

中人之仕少良謀，輕將朝市换林丘。下澤爲車款段馬，鄉里善人稱少游。令公轟下士如雲，掃門行炙上將軍。驍騎材官可唾取，君却掉頭如不聞。自言身世無所羨，離家既久思鄉縣。有頭慵着進賢冠，有手懶控大羽箭。夜踏月光聽水泉，朝銜浩露看原田。歸去閉門教兒子，長養山中草木年。

送人新授材官南歸

漁陽古署花不掃，終日踏花聽新鳥。覓得靈文苦伊吾，拭眼明窗手自草。古言直心是道場，天真不琢絶機巧。紅塵赤日出燕關，西川猶自在天杪。告身一束也風流，進賢輕不到人頭。書生燈火幾年載，猶帶儒冠着敝裘。君不見，袁小修！

署中聞蟬

乍聞聲切切，便覺樹深深。長日幽人意，空山静者音。不妨雜畫角，聊與伴瑶琴。吸露絶塵滓，吟成擲地金。

其二

高柳孤鳴處，千聲一息時。風來傳静院，雨過沸新枝。此地聞孫嘯，何人唱楚詞。清秋猶自遠，宋玉漫成悲。

其三

話來清切處，不必用宫商。只益青山静，能添白日長。翼隨雲氣薄，聲帶露華香。千古文人習，叨叨苦自忙。

蔣子厚、真長、尚之看新月，時子厚新自都中來此

月與人同瘦，輕寒向晚生。薄施風樹影，澹咽水泉聲。盡祛周何累，稍如維迪清。嘿然亦自好，時有暮禽驚。

夜月

遲月月升林，涼風細細發。莫教塵想生，點污松邊月。

其二

明月在松枝，光凝枝上露。和光和露寒，沁入心脾去。

蔣子厚以詩投贈，訊以詩旨，予非其人也，書此志答

風雅久迷津，文體歸酬應。塵務一經心，天分總爲病。俗腸非慧業，媚世少高韻。畫肉不畫骨，筆底失神駿。出水芙蓉鮮，寧與雕搜並。花月及江山，千秋寫不盡。愈出乃愈新，發硎精光映。道人無剩技，所樂在閒静。不雜烟火塵，泉石爲正令。二何與弘景，吐詞韻秀甚。積迷忽以開，此心如明鏡。萬象絶搜求，按指發海印。公主擔夫争，大娘舞劍迅。小技需神悟，况與騷壇競。努力窮其源，珠泉吐清詠。聊作洗金鹽，此道予不佞。

夜

不復思文字，披衣帶月行。粉牆松樹影，静夜柳枝聲。獨酌忽成醉，無家也自清。閉門孤寂處，贏得會無生。

即事

五更車柱雨，積水未全銷。初日穿深樹，曉風清石橋。淺池窺獨鶴，密葉沸叢蜩。鸚鵡金籠貴，能無念碧霄。

其二

巖岫知何意，烟雲常自生。静餘苔少跡，秋信樹多聲。謝客山容健，王微病骨清。不知緣底事，飄泊在檀城。

曉

不識是何鳥，天明話百般。枕邊聞掃葉，夢裏説游山。除慾先除慧，學禪且學閒。覺來開眼處，無事到心間。

有懷

拭盞清光後，陳琴浩露初。竹棲常至鶴，池養自來魚。江氏十莖草，班家萬卷書。小園數畝地，歸去理葵蔬。

惠安伯張公園中芍藥盛開，可十萬餘本，同顧升伯、李湘洲二太史、中郎諸公往賞之，有作

廿畝畦塍地，栽蔬已是繁。如何幽徑轉，但見雪濤翻。纈子難分色，旋心不辨痕。揚州花事減，那得似名園。

珂雪齋集卷之五

感懷詩五十八首

署中無事，誦讀之暇，默然枯坐。四壁光瑩，偶有所思，提筆書之。念故感今，醉語囈言，參差不倫。不忍棄寘，命僕從壁上録出，共得詩若干首。

朝見日東生，暮見日西没。日没樹影藏，日出樹影發。移牀隨樹影，披衣任散髮。荇帶走瀠迴，紫苔波滑滑。人心若清涼，炎曦似冷月。

其　二

天意忽欲雨，諸山起翠靄。一峯緑油油，忽出青藍外。倏然晝昏黑，九域起甘霈。花溪曲曲流，都赴石橋會。石渠流不迭，激激發大籟。宿雨藏密葉，欲往不能盡。

其　三

沿溪兔目繁，綠柳枝垂鏡。雨過出曦陽，蟬聲更熾盛。別有急音聲，切割如刀刃。倏然成穩眠，金磬出予定。

其　四

望風風不來，望雨雨不至。惟餘疾雷聲，不測皇天意。垂柳入電光，金枝變青翠。疾若阿歘國，一現失明媚。何必對金樽，佳茗作荷氣。不用逐陳編，默坐有清致。枕簟易餘涼，齁齁成佳睡。

其　五

少時有雄氣，落落凌千秋。何以酬知己，腰下雙吴鈎。時兮不我與，大笑入皇州。長兄官禁苑，中兄宰吴丘。小弟雖無官，往來長者遊。燕中多豪貴，白馬紫貂裘。君卿喉舌利，子雲筆札優。十日索不得，高卧酒家樓。一言不相合，大罵龍頷侯。長嘯拂衣去，飄泊任滄洲。

其六

步出居庸關，水石響笙竽。北風震土木，吹石走路衢。蹀躞上谷馬，調笑雲中姝。囊中何所有，親筆注陰符。馬上何所有，腰帶五石弧。雁門太守賢，琵琶爲客娛。大醉吹案起，一笑捋其鬚。振夜恒山頂，拭眼望匈奴。惟見沙浩浩，羣山向海趨。夜過虎風口，馬踏萬松株。我有安邊策，譚笑靖封狐。上書金商門，傍人笑我迂。

其七

北登恒山頂，車蓋雲茫茫。中心忽愁思，思我兄中郎。去去信馬首，幾山窮薊疆。潞河沙浩浩，衛水流湯湯。清淵飲美酒，彭城待秋光。黄河迅竹箭，忽若鳥飛翔。含淚拜漂母，流落歎韓王。五日芙蓉水，送我到維揚。不見雷塘路，不聞瓊花香。舊橋二十四，塵土撲衣裳。金焦望海闊，梁溪酌泉涼。錦纜青雀舫，忽已到金閶。追尋聽雨樂，清譚殊未央。

其八

清譚未云幾，邸舍厭高眠。凌雲振羽翮，吾志欲遊僊。聞道天子鄣，真人下九天。道引八百人，同日凌紫煙。是事有與無，我欲訪幽玄。泛舟西子湖，澹水豔紅蓮。螺嵐幻諸峯，玲瓏發巧妍。振衣嚴陵灘，曲折愛清漣。水中石齒齒，山上草芊芊。朝度芙蓉嶺，嶺與天相連。空山無人處，花落流涓涓。白月上衣裳，畫沙坐水邊。訪之無要領，一笑九華顛。潯陽十二派，震怒響山川。瀟湘急雨裏，白浪打行船。復歸舊棲隱，掃梧弄筆研。

其九

輕帆止江涯，家山在煙霧。振衣入郭門，城池已非故。朱門湧清波，長堤亘衢路。手植門前柳，虧蔽成高樹。道逢小兒子，長揖向阿父。入門眷屬驚，猛犬狺狺怒。昔時攜手人，大半先朝露。感舊有餘悲，歎逝傷情愫。

其十

山村松樹裏，欲建三層樓。上層以静息，焚香學薰修。中層貯書籍，松風鳴颼颼。右手持淨名，左手持莊周。下層貯妓樂，寘酒召冶遊。四角散名香，中央發清謳。聞歌心已醉，欲去轄先投。房中有小妓，其名唤莫愁。七盤能妙舞，百囀弄珠喉。平時不見客，驕貴坐上頭。今日樂莫樂，請出彈箜篌。

十一

昔時舊酒人，傾尊定酒帥。一吸百餘盞，酒徒皆羅拜。是夜月如晝，大堤共于邁。狂歌若奔雷，長江吼滂湃。居民不得眠，親黨皆嗔怪。精悍在面顏，零落舊壇會。回首憶當年，咋指以自戒。

十二

阿香皎如月，阿雪温如玉。湘文校書郎，七絃彈黄鵠。芙蓉詫腴五，水僊寫癯六。金閶憐慧卿，鳳凰橋上哭。章華歌者玉，梅花清芬馥。回首看朱樓，恍然猶在目。金石尚且摧，何況粉黛速。多半玉鈎斜，青楓根下宿。發願誓空王，清淨以自勗。稽首告天妹，我情成土木。今生則已矣，來生莫相逐。

十三

一自入情緣，棘蓬忽身墮。愁令不耐生，恨令不顧禍。竦身出重圍，天蘿挂衣破。幸然除熱惱，清淨已心諾。既向棘中出，不回棘裏卧。南山有危峯，瀑泉如雷過。開牕聽水聲，掃地焚香坐。

十四

偶景青蔥下，崖岫弄峭清。倏聞懸雷響，自爲勝九成。世樂豈不樂，不如清泠雲。孫孃亦自好，不能留許生。茗華富文藻，晞也無復情。如何馮敬通，不知出塵纓。終日房櫳裏，耳聽布穀鳴。

十五

雲户蔽岫寢，欒危對桂榮。秫芝浮霜淨，剪松沉雪清。憐肌蓄骨髓，寶氣愛精神。腐鵷看粱錦，土石視侯卿。哀哉夸毗子，膏火日縱橫。生滅攬夢寐，途長空苦辛。

十六

回數八襆先，兄弟長安陌。阿大官詞林，銀榜侍經席。白面漆髭鬚，三騣馬赫弈。中郎列虎闈，簪袍映列柏。予時爲諸生，時時分米赤。伯也有新居，是舊江陵宅。前有抱甕亭，後齋名蘇白。堦前種花竹，森森無遺隙。春日弄微暄，簷下坐歡適。兄云家門盛，伯仲繼通籍。獨子時不遇，萬里鎩羽翮。予云兄無言，萬事怕嘖嘖。即此是盛時，此盛恐難益。但恐後視今，今翻爲奇跡。此言猶未寒，伯也歸寂寞。蒲桃林不改，零落碎圭璧。欲哭近婦人，感歎坐終夕。

十七

友于有至情，傷哉王景玄。阿謙一以逝，拊心祇自憐。昔時寶三光，割嗜以祈年。今也惟速化，不望世間延。感此淚如雨，零落彌歲年。會合亦有期，定志在青蓮。

十八

鳳神緣戢羽，麝走爲遺香。如何英靈士，耿耿露寒鋩。激鍛多大韻，搏黍見顛狂。世路雖嶮巇，藏身亦乖方。山北與山南，白石可爲糧。流連塵網中，哀哉罹禍殃。回首五松橋，譚易析毫芒。惟有聰明泉，流水常湯湯。發言潛寶契，一室閉蒙莊。書存人已往，撫卷有餘傷。

十九

龍章與鳳質，叔夜何清遠。神明忌太遒，流俗惡狂嬾。坦非鄰險地，險者疾其坦。馴即非龍性，龍性豈求免。揆景奏鳴琴，一曲消憤懣。以此七尺身，頓令網羅管。胡不從公和，藏身何太簡。楊氏欲見招，翩然不復返。衣冠雖已潛，常在黄馬坂。

二十

古人重結交，意氣身相許。抽心有至情，鼎鑊不足語。曹敞收吴章，脂習哭文舉。郭亮葬李固，胡騰埋竇武。豈不畏死生，攘臂赴砧俎。交情重丘山，忍令無處所。何人無緩急，夜半難扣户。扣户猶且難，安能挑乳虎。慷慨有餘哀，擲杯以中柱。

二十一

夜夢大峨嶺，積雪天際頭。爽氣入心脾，清冷透衣裘。山下有高士，圭璧凛清修。輕財若箠籜，重誼等山丘。名理羅二氏，技藝綜九流。晤對萬山中，清言可消憂。我欲從之往，惜哉無扁舟。安得生羽翼，凌風以遠遊。

二十二

朝亦對青山，暮亦對青山。青山不知名，常在牕櫺間。我欲登此山，見之不得攀。洗塵一日雨，忽似美人鬟。謝公調馬路，惆悵感心顔。

二十三

朝出古北口，暮歸漁陽道。馳馬走平原，箭如餓鴟叫。習習耳後風，醉餘發長嘯。呼韓過不先，琵琶餘歌笑。壯志久已銷，百城從所好。

二十四

愚者願爲知，知者願爲愚。知者多計算，一息幾百馳。古來飲酒賢，陸沉心中悲。心中何所悲，了了嬲神思。奈此了了何，溷之以酒卮。酒多寧不病，幸忘了了知。李云嗜非甘，樂取其昏迷。分別不留行，渾沌近無爲。此是似現量，猶可遣歲時。現量況于真，不樂復何之。

二十五

栗里有醉石，平泉有醒石。醉石令人醉，是非總消釋。醒石令人醒，恩怨生劍戟。是非既消釋，宇宙何不適。劍戟可傷人，迴刃亦自刺。所以栗里子，一笑易其簀。平泉無主人，魂兮歸不得。醉石可爲珍，醒石宜棄擲。

二十六

月額雨相續，人皆愁雨苦。我有千卷書，不愁千日雨。雨氣冷楹軒，開牕玩今古。親與古人譚，丹鉛代麈塵。有時抉皮膚，昭昭見肺腑。文錦勝天孫，快舌類鸚鵡。只此十笏地，無日不歌舞。珍重謝天公，無妨作霖雨。

二十七

墨子行十笈，姬公朝百篇。采梠閑暇日，牛衣記誦年。古人急典籍，窮困且益堅。安坐蠹衣食，何不親韋編。姸皮裹癡骨，張口坐雲煙。弘景亦有言，才鬼勝頑僊。此理通出世，毋爲惜丹鉛。卯金能博學，上帝遣人觀。

二十八

六經爲粱肉，子史爲鼓吹。百家及稗官，海錯羅珍奇。譬若延大賓，庖廚萃膏腴。飽後江瑶柱，亦能佐酒巵。煌煌銀印文，妙理抉玄微。可以開心眼，華梵非所知。持衣在得領，索食重療饑。如何郊天鼓，必用麒麟皮。腐儒八十宗，穿鑿亦何爲。鑿井失美源，有若天南箕。

二十九

貴耳賤其目，千古同一揆。親見揚子雲，名邇位尤卑。覆甕視太玄，抵掌笑其愚。張率假沈約，虞訥頓稱奇。虬之清思賦，託名乃見知。文章有定價，世眼迷真僞。馬髀及牛頭，嘈嘈以相師。世名何足取，留之待來兹。千秋無贋本，惟餘碧落碑。

三十

山禽味以短，水禽味以長。箕畢殊嗜好，朱紫異文章。千古才人習，任情以雌黄。好之則爲羽，惡之則成瘡。子才重沈約，不爲彦升臧。魏收慕任昉，抵掌笑沈郎。俗態胡爲爾，三斗貯爛腸。心如諸葛秤，那能輕低昂。大海控八河，一味少參商。

三十一

修詞有慧脈，妙處在生動。非法非無法，寫照阿堵重。小夫嗇才情，託法以自控。大音無細響，嗤之爲豪縱。徐熙花寫生，新意出時衆。黄筌妬其能，出格以爲諷。

三十二

人多悲秋氣，我獨愛秋聲。洞庭一夜脱，蕭瑟有餘清。梧葉飄空堦，隨風走且鳴。草間啼絡緯，蟋蟀嚮四楹。大化遞遷流，日月徂且征。萬卉漸零落，刻露見山岑。豔豔繁華色，枯槁不復侵。譬如學道者，披剥見天根。

三十三

日暮望遥山，絳霞散林野。如雪如素練，晃耀亂山赭。白者移過樹，乃知是人也。暮色蒼然至，牛羊皆來下。萬物盡有歸，擾擾何爲者。

三十四

少小讀詩書，志欲取青紫。命也可如何，七上七迴否。棄置如蓬麻，誰憐一段綺。紉絲出藕腸，剥膚洞石髓。過眼一蚊虻，參差逮暮齒。膏腴傳世間，資潤後來士。拾取牙後慧，翩翩見雀起。自憐射雕兒，控弦無虛矢。何爲獨流落，刺頭入故紙。

三十五

黄金高築臺，樂毅爲燕客。三星聚虛危，管仲走即墨。當其濩落時，所憂在朝夕。一旦乘風雲，時主望顔色。何代無奇才，欲飛無羽翮。治世詘雄圖，流落在草澤。不解作駢語，終身墮荆棘。流汗負鹽車，困窮理亦劇。一見解紵衣，長鳴淚雙滴。

三十六

終軍棄其繻，郭丹投其符。昇僊橋上客，攜賦入神都。升沉指顧間，弩矢耀鄉閭。惜哉瑰奇士，年年泣窮途。末世網目密，不采布衣愚。低頭營疏箋，霜雪點頭顱。英鋭宜蚤用，老矣難馳驅。

三十七

千古相如才，千古相如遇。當其不偶時，親着犢鼻袴。一朝見明主，視草承天顧。更有黄衣翁，倩作大人賦。鬼神亦憐才，才高鬼神慕。餘芳襲後來，寘之高士數。慢世未必然，文采爲士附。

三十八

夷羊既在牧，飛鴻滿路歧。割鼻以餡口，息主能無危。洛陽銅雀聲，久矣絶鳴期。秣馬金閨歌，志士有餘悲。子陽識桃亡，知伯悟炙遺。大者蔽泰山，小者如列眉。顧瞻周道衰，費子亦何愚。豈憂河水濁，不如清淚滋。沸波欲止潮，徒爲梟鳥嗤。

三十九

貧窮難久處，憔悴苦心神。親友既疎遠，妻兒或反脣。中郎著九惟，自歎星值貧。應璩遭霖雨，得粟復虞薪。機檎已見謀，一飽復無辰。尺帛不得貸，易水哭蘇秦。人生固有命，天地豈不仁。志士百鍊剛，固窮以爲珍。口腹安葵藿，烹飪非所營。落毛以蔽體，羅綺非所親。但令心無累，聊以適此生。

四十

陳蕃所憩家，已定玄籙期。華歆夜聞語，懸記北陵時。鍾山一丘土，萬日前已推。人生數有定，何必苦奔馳。飲水亦有司，貪求復奚爲。所以物外人，淡然少思惟。自心徒冰炭，定命豈可移。勸君息妄想，毋爲路鬼嗤。

四十一

孔雀愛珠毛，終爲羅網嬰。靈龜白銀骨，亦以災其身。陵雪戒長塗，滅蹟必無因。鴻鍾既在御，豈能消聲塵。人苦名不高，名高益苦辛。世亂求退難，羅網躭躭陳。南山有隱地，子孫何避秦。已矣復何言，退藏以爲珍。

四十二

昔我先邵公，高誼凌千春。皎懷若白雪，直節似朱繩。四世承素業，曰惟儉與仁。路中悍鬼者，驕奢隤家聲。密飯行綘道，率以自圮傾。乃知安恬素，實爲保世珍。吾家有夏甫，亂世解藏身。土室誦貝葉，千秋爲典刑。

四十三

夢入梅花嶺，行至萬松處。松聲如奔濤，喬木葉虧蔽。重湖得日色，晃耀蕩遠素。好鳥一聲來，清寐倏非故。憶之不能忘，塵鞅催上路。三徑倏已荒，欲往非朝暮。

四十四

一别篔簹谷，荒蕪心常切。小阮八行來，園林轉茂密。入門石容古，垂籐不落格。行至竹香徑，新笋成高節。微風一以至，萬竿響琴瑟。來禽與枇杷，森森皆結實。含桃多布子，采之得一石。黄柑壓樹繁，甘美殊可啜。八月木樨開，香風十里徹。臘月梅花放，冷冷一天雪。衆卉不勝書，大抵皆茁發。止是無主人，寂寞誰賞適。覽此令人歡，南歸興勃勃。如何走塵沙，不還衆香國。

四十五

家有百畝田，膏腴可以耕。家有十畝園，竹樹何蕭森。老農以爲友，老圃以爲隣。二十七種菜，庾郎昏度晨。肉食由來鄙，葵蔬養性靈。道旁有秘藥，名載于僊經。金鹽與玉豉，可以致長生。

四十六

初日照燕市，爍爍若緋桃。劇藕縈天絲，羅綺不勝驕。銅駝集冶子，金馬羅賢豪。濯龍門外車，日暮恣遊遨。趙李經過樂，歌舞無昏朝。一歲復一歲，韶華易爲銷。人語暫時歇，鬼語復嘈嘈。鬼語復何道，九陌生人勞。九陌生人勞，土盡槐根高。

四十七

天門平旦開，綺羅朝市盈。白馬桃花綬，拱揖似羣真。尚冠羅戚里，履道聚公卿。堂堂槐與棘，軒軒入承明。紫貂映霜雪，呵殿似雷聲。不知輿上誰，見之心膽驚。燕市多飆風，常吹陌上塵。一層塵已去，一層塵又生。

四十八

盛衰不可常，閱世惟山丘。豈待華表鶴，歸來慘離憂。譬如日及花，朝夕零陌頭。四世青廂史，五代赤泉侯。一朝時運改，蕭瑟如凜秋。蟲念春螿泣，鴟爲腐鼠愁。富貴若常在，樂應屬爽鳩。

四十九

九衢喧漸静，日暮動歌鐘。冠帶各相索，寘酒會羣公。水陸陳異品，美醞清若空。子夜騏馬啖，澹脆間醇醲。妙舞清歌輟，閒房坐從容。翩翩周小史，有如日在東。和顔善調笑，清冷體柔豐。如何青桂樹，寂寞伴揚雄。獨餘書帶草，冉冉隨輕風。

五十

時平才士貴，仕路渺雲霄。乘時策高足，毋爲沉下僚。有如指日輪，無蹟自成高。有若乘風御，不往自迢遥。但知問升沉，誰覺素顔凋。君看龍尾路，磚石砌堅牢。朝綦成窪跡，石泐磚有銷。今朝耀黻綬，三綵桃花嬌。設撥與沈榆，轉盻不相饒。宦途亦有涯，念此使人焦。

五十一

朝爲魏其客，暮爲武安賓。昨日長平吏，今朝拜冠軍。時來手可熱，鶴蓋晝成陰。紫軿塞門巷，意氣何繽紛。一朝勢零落，雀羅冷户庭。綺席厚蒼苔，蹊路草青青。輕薄逐暄寒，蟬翼未爲輕。徒令旁觀者，蒼狗笑人情。

五十二

西北有高樓，望見連雲宅。黄棘北焕間，寘第無遺隙。金盞與玉盞，門前羅晝戟。五婦呈奇峯，三侯羅怪石。鬱鬱雁翅檜，森森珠子柏。亭臺無復改，惟見主人易。今日金吾館，明朝侍中室。所以築夫言，致令郭令泣。寘鐵爲門闕，路鬼笑額額。

五十三

中夜起望氣，異氣何氤氳。黄者爲金膏，白者爲玉英。惟有銅錢氣，矗矗如青雲。錢氣如青雲，此語毋乃真。君看青銅子，行樂四時春。陌上飛紫燕，矯首凌蒼旻。

五十四

燕趙多冶女，初日照芙蓉。粉黛失顔色，羅綺怯柔豐。粧成度新曲，鶯燕娱芳叢。冶遊誰家子，騎馬若飛龍。日暮上高堂，琵琶出簾櫳。左手興奴好，右手曹綱工。今日樂云樂，但醉莫匆匆。君看桃李花，暫盛終隨風。郊外白楊路，十里馬鬣封。牧兒坐其上，狐兔穴其中。枯骨當時在，小語面發紅。

五十五

吴國有館娃，楚國有章華。不聞香水溪，惟見金鐙花。綺羅氣銷盡，皆爲空王家。赤華藏貝葉，青豆貯袈裟。乃知色爲空，塵土悟豪奢。

五十六

天弓架日箭，遥遥射四時。人命非金石，傷哉露易晞。阮籍與陶潛，世累瀟然離。此情難擺落，迷之以酒巵。積金東澗士，選客屬大虚。流珠雖在龜，對月常歔欷。世人如犬羊，時至任烹胹。豈有慧心人，能忘生死悲。麥化宜以灰，痛飲亦何爲。

五十七

人生貴不朽，不朽亦非名。寂寞身後響，枯骨詎有靈。嗟彼啖名客，生時苦怦營。前有杜武庫，沉碑入漢津。後有顏尚書，鏤石寄高深。七尺爲塵土，贊毀寧我親。别有不朽方，欲言難語卿。火布怪曹子，蝦鬚駭滕生。

五十八

何必蒸靈芝，何必潤澧泉。何必晞朝陽，何必綏五弦。一心苟不生，萬化無虧全。不捉疑索蛇，毒怖豁心田。不求網吹滿，終日樂陶然。我有養生術，無身亦無年。扣之不即應，露柱語便便。

檀州書院有龍爪槐，枝葉婆娑，蔭覆數畝，詩以紀之

幕天茵地錦屠蘇，龍種居然萬卉殊。聊借籐蘿藏火甲，欲摶星斗作明珠。冰霜屯結寒池館，鱗鬣開張入畫圖。莫怪婆娑須拄杖，中郎醉後要人扶。用蔡中郎醉龍事。

阻水

白浪黏天蛟龍怒，激水濺城向東注。不待麗玉彈箜篌，如此風波將安去。莫言留滯在漁陽，并州也不是家鄉。且向龍爪槐下飲，受用清秋一夜涼。

凌總戎招飲北極樓

兵戈散盡古漁陽，有客相延看大荒。胡地諸山如拜舞，漢關列岫自飛翔。閑持杯酒觀雲變，斜倚欄杆嗅雨香。留得庾樓風景在，他年來此醉秋光。

京師雨大注，曾長石太史以詩來，因屬和

等閒塵土變清流，鳥爪傴人笑不休。履道宅中惟貯水，善和坊裏好行舟。高車何處來驚坐，曲室差宜貯莫愁。恒雨恒暘公等事，漂城陷邑我忘憂。

別中郎南歸，時偶值嫂及庶嫂之變，檣車雙發，不勝酸楚，離別之情可知，因賦詩十首

患難催人別，重尋舊薜蘿。綺琴傷鳳靡，寶瑟怨鸞吪。夜月寒燕市，秋風撼潞河。臨歧悲骨肉，此地客魂多。

其二

束髮爲廉吏，饑寒不自存。那能甘豹隱，頗亦仗魚軒。蒿里歌相續，春曹席未温。同來不共返，南國費招魂。

其　三

秋輝冷射堂，蒲社草荒涼。笛裏纔思舊，閨中又悼亡。白波喧建業，紅樹染潯陽。未病先儲藥，生平解老莊。

其　四

牛衣君自念，蛇膽我難尋。萬里工程苦，兩河秋氣深。戍煙生夜浦，巢影露寒林。花草雷塘路，凋殘舊日心。

其　五

少別與長別，應無不散筵。生來薰白業，家世種青蓮。了却鴛鴦夢，閑尋鷗鷺緣。也知憐稚子，不娶效先賢。

其　六

憂來不下淚，笑裏帶傷神。霜葉如羈客，秋天似去人。休心憑宦拙，省事任家貧。柳浪湖邊水，排愁看逝鱗。

其　七

漸與道人似，歸來梅鶴清。竹風秋院浄，水月夜湖明。掃地焚香坐，栽花種柳行。世緣雖寂寞，贏得會無生。

其　八

一夕皆星散，令予何所依。邊風如夜哭，塞草重寒威。老定連牀約，貧催異國飛。必懲蘇氏事，白首要同歸。

其　九

掃塵一夜雨，割葉滿天霜。雁也思離北，儂胡不憶鄉。騷人歸夢澤，鼓吏滯漁陽。去住都難決，徐徐葺草堂。

其十

家有文中子，真宜老醉鄉。啣杯捐世法，蒔藥辨仙糧。筮仕緣焦革，開山祀杜康。尊兄知勝韻，憑世笑顛狂。

送張雲影還山

還山棲隱去，静坐任雲封。長爪仙人氣，休糧道士容。捲簾千畝雪，當户一株松。莫道無姬侍，雙鬟雨後峯。

其二

大事止如此，端居巖岫中。心應同水色，耳只貯松風。軟草譚邊緑，閒花定裏紅。由來稱浄土，癖潔不妨空。

送方子公附中郎舟南歸

懶持禰刺向侯門，南北相依念舊恩。囊裏無錢詩卷在，老來多病酒腸存。一天白月澄山市，幾朵黄花豔水村。我已不能隨雁陣，賴君清弈伴晨昏。

贈别朱上愚銓部予告南還

心澹官憑熱，神閒應不忙。百函鷩佐史，半字識盧郎。秋水迎僊佩，閒雲貯客裝。九流需藻鑑，隨雁别瀟湘。

其二

少年專赤縣，無處不攀輪。西子湖邊雨，神僊枕畔春。黑頭台輔貴，白屋滯才伸。應向叢臺過，還思用趙人。公初爲邯鄲令，後令錢塘。

其三

豈惟張楚國，經世借名流。犀利銷奇氣，深沉見老謀。朗吟千戍月，大醉兩河秋。天上神僊吏，山川總勝遊。

中秋漁陽道中

悔别丹谿與碧莎，黄沙拂面鬢先皤。閒隨獵馬穿荒磧，怕見寒鴉綴瘦柯。明月總圓無賞處，邊風乍起奈秋何。篔簹谷裏芬香夜，清露團團湛碧波。

其　二

半生那解淚霑巾，顧影飄零萬里身。乍别鶺鴒如隔歲，欲親僮僕也無人。心孤不忍衝鴻陣，骨冷何堪伴桂輪。前日緑華芳草地，而今枯槁作灰塵。

其　三

八特羊羹走峻坡，照人白髮是溪河。醒來鷹隼盤雲上，怒後驊騮激電過。修嶺西横無漢樹，短牆北去有胡戈。并州欲住猶難住，敢望家山舊薜蘿。

其　四

紛紛黄葉下城池，疲馬重裘走路歧。沙岸總因霖雨塌，原莎不受勁風吹。如何芬馥中秋夜，翻似蕭條暮歲時。三十八年塵土命，祇將明月照奔馳。

壽蹇令公　期爲八月十七日。

生懸長矢射胡塵，屢代承天一柱身。欲識朝多深厚福，但看邊有老成人。時無害馬銷戎隙，口不譚兵擾塞民。舊日關門親種柳，于今摇曳漾河津。

其二

鼓角無喧歷歲年，醉翁華髮映池蓮。新分桐酒延賓從，盡採鐃歌入管弦。雁帶朱霞穿畫戟，桂團明月照清筵。衡門幕府何分别，元老功成即是僊。

其三

是日紅雲繞帝州，蘂珠天上賀長秋。先持絳節朝宸闕，後閃朱旗見徹侯。醻酒普沾雞鹿塞，彤弓新出鳳凰樓。懸知社稷金甌固，黄髮干城足老謀。

其四

不隨蒲柳豔韶光，石幹銅柯傲雪霜。周室耆年推尚父，漢家儒吏重張良。燈花欲奪秋輝色，戟葉時聞桂子香。天下安危需壽者，如今休話午橋莊。

即事

鎮日支頤望遠嵐，葳蕤重鎖似春蠶。花前懶學陶公醉，夢裏欣逢釋子譚。草淺牛羊迷塞北，煙圍竹樹憶江南。故園橘柚垂垂耀，不得親分一味甘。

其二

易水飄零淚染貂，那堪紫塞遇青腰。北來刀尺無消息，南去帆檣久寂寥。覓醉幾曾儲竹葉，試書何處有芭蕉。只宜脱却儒冠去，閒逐胡兒看射雕。

其三

日穿松樹射閒身，戟外青山看漸真。定裏鳴禽如喚客，秋來遊蟻也拋人。陶詩細讀愁何在，莊語重箋意更新。最喜塞垣消息到，黄花一帶虜無塵。

月

明月涼如水，樹影湛湛動。遮天露霧深，入面風稜重。步楹時獨行，老眼倦讀誦。閒却好清言，只是無人共。不如擁毳眠，細作青山夢。

落葉

商風忽以至，遮天蔽城郭。只此數株樹，能禁幾迴落。葉去獨空枝，誰與伴寂寞。轉盼失青林，參差見朱閣。一歲等閒休，飛花尚如昨。葉落不離地，我行眇天末。感歎步空堦，不住旋竇絡。隨風時一行，騰地如小雀。

夜讀

雪藤陳麗字，銀燭照秋毫。硃點生紅燄，沉箋沸緑膏。葉聲如遇雨，茶響似奔濤。只作山中看，何須更鬱陶。

静坐

擲却殘書去，端居萬慮忘。邊風無晝夜，塞月帶冰霜。鐘斷猶餘韻，爐寒不受香。如何當此夕，啼鳥也潛藏。

九月塞上已雪

昨夜尚餘星，隨風舞不停。當牕山已白，拂户樹猶青。隱几寒披氅，烹茶預洗瓶。縱晴無處去，撥火玩殘經。

其二

亂舞迷天地，窺簾入幌斜。中槐猶隱葉，著菊尚疑花。候冷先傳塞，夢寒不到家。欲知邊地苦，親自到龍沙。

其三

欲蔽飛狐道，横遮飲馬泉。楊花如昨日，稷雪已殘年。老怯衝風看，愁思帶酒眠。寒威應不減，聚墨似胡天。

聞丘長孺武場被落志感

事事每如此，濃想倏成夢。盛年已不還，常作窮途慟。劉郎有書來，九箭九迴中。射策乃剩技，文章翻無用。豈有倚馬才，不能壓餘衆。瑰奇輕彀率，毋乃太豪縱。近事不可知，白黑殊瞢瞢。馬肆不收龍，鷄羣常落鳳。命也可如何，造物工調弄。李白謫僊人，低頭丐薄俸。燈下聞落第，我身亦爲重。家累日漸多，所憂在朝饔。子貴我亦邅，富貴幾時共。老來怯奔波，吾志甘抱甕。世途亦有涯，萬事覺前送。展轉不能眠，牕月松枝動。

閒步

且莫辭游衍，無風塞上稀。鳥争松子落，霜减藥苗肥。入洞苔侵屐，攀巖棘罥衣。日斜容易墜，峯頂尚輝輝。

懷中郎

黑雲釀雪亂山高，夢裏明明見節旄。孤客廣陵淒夜月，一帆溢浦濺秋濤。歸來應喜存三徑，悼逝將無長二毛。萬里遼陽稀客至，尺書空自憶江臯。

其　二

偶逐塵沙憶濯纓，蒲騷若見眼先明。魚游鳥逝如歸興，水落山空似宦情。墮地幾曾經歲別，涉江動是半年程。腐儒筆研成何事，歸去山中學耦耕。

夜　酌

不須座客滿，酒至自傾壺。喈荇如堪拾，牕松似可圖。傾醪歸碧石，投棗入紅爐。吒吒燈花語，家書到也無。

至日晨起感懷

沙上濃霜雪未消，亂鴉鳴處轉無聊。黃簾緑幕終何事，紅蘂青緹又一朝。風裏傳來殘鼓角，夢中失去舊漁樵。故園履襪何時寄，目斷南雲信轉遥。

祈年姪以書來訊，兼寄近作，殊可觀；且云家園花木益茂，因喜而有述，并寄之，不更作報章也

挑燈看遠牘，喜逐八行生。筆札存風氣，文章漸老成。賞心成一醉，訊使到三更。小阮非凡品，窮途慰步兵。

其二

非復少王郎，多年識豫章。好懲鷩粉蝶，莫佩紫羅囊。細挹沾衣潤，常披入室香。東京袁世貴，修謹不如楊。

其三

紛紛薄俗子，棄擲莫爲隣。過似聞家諱，譚如延大賓。衣冠存古朴，文字尚清新。努力圖生事，棄時等棄身。

其　四

癡叔秋來健，狂蹤一寄聲。抛書學走馬，飲酒似行兵。素業慚先輩，高文讓後生。蒲騷猶未到，眼目已先明。

其　五

塞垣非腹裏，念我客漁陽。大將不生事，邊人今小康。胡騎多北徙，戎事畢秋防。未忍言歸去，令公恕酒狂。

其　六

鄉物將來好，雖輕路已賒。衣單須大布，酒渴仰真茶。半世長爲客，無宵不夢家。懸知書到日，緑蕚正敷花。

其　七

報道園林勝，依然摩詰莊。古梅如見雪，新竹似聞香。石冷穿雲屐，池虚泛月鷀。有山不用買，何故滯他鄉。

其　八

幸有春爲伴，南歸樂事奢。十莖珍異草，九錫寵名花。掃葉開吟徑，磨苔出釣槎。游囊無長物，一束爛雲霞。

懊惱曲，代友人賦〔一〕

揚州夢覺到如今，洛浦蕭條舊錦衾。流水高山難再遇，止緣同調倍傷心。

〔一〕集選無代友人賦四字。

其　二

青驄白馬渡江涯，劇藕晴絲滿碧沙。記得大堤十字曲，穿心一道過他家。

其　三

珠簾斜倚太輕盈，秋水梅花沁骨清。欲識泥人魂斷處，當場一曲似春鶯。

其　四

郎心不道折花枝，妾意寧同擲果姬。水裏戎鹽膠裏色，一班風味少人知。

其　五

今朝喜不上徘場，自煮春茶自爇香。見説郎來飛舞甚，私將金串治壺觴。

其　六

江邊水底送金杯，子夜紅氍浸緑苔。嗔道與人頻見促，教他歸去我行來。

其　七

翩躚體態似驚鴻，鸚鵡由來慧業同。默默不言能解意，可憐心曲太玲瓏。

其八

清言密室罷歌聲，郎頰粲花舊有名。酬得來機渾未易，看他譚笑似風生。

其九

他家席上錯稱呼，心裹懷人碧作朱。聽説相如詞賦好，自誇眼内有明珠。

其十

眼角纔逢逸興生，通宵不惜酒巵傾。竹林近日蕭條甚，粉黛叢中覓步兵。

十一

自傷零落在歌樓，桃葉閒悲團扇秋。話到將來歸結處，清眸劍戟淚雙流。

十二

欲隨蘇晉去逃禪，浣却紅蓮種白蓮。聞説城西範大士，與郎隨分送金錢。

十三

懷人曾到小池臺，絢履盈盈印緑苔。穿過竹中渾似燕，一聲嬌笑帶香來。

十四

醉餘花蘂壓青鬟，飲興風騷未易删。猶記西園明月夜，滿堦花影鹿胎班。

十五

幾時嫁去事寧王，易水聞言淚染裳。富貴不來蘇季子，令他生拆繡鴛鴦。

即事

五畝家園晝揜扉，不知何苦費心機。悔爲抱葉寒蟬計，願逐啣蘆旅雁歸。柳浪湖邊波豔豔，梅花廊裏雪輝輝。八行昨日傳家去，早拭溪頭舊釣磯。浪音郎。

雨變詩戲作，萬曆丁未夏京師霖雨不止，城中如江河，官舍民居皆塌，因賦

長安風俗近好奇，不愛塵土愛漣漪。但喜宅中多貯水，那聞牀下便穿池。使君躡屐趨衾榻，小婦登牀送酒巵。酒後耳熱仰天卧，屋漏直滴口邊髭。浮牀忽如青雀舫，謂是蔡姬蕩耶非。未聞滿朝拂衣去，胡爲家家水上載西施。莫是盡學東平籍，壞壁頹牆任闚窺。釜中聞喚喁，竈下聽鼓吹。郈成分宅今多見，婁緩同餐誼更稀。昨聞張京兆，寘妻八尺梯，自上梯邊爲畫遠山眉。又見待詔金門狂李白，長安市上醉淋漓，天子呼來不上船，自稱臣今爲水師。煙波釣徒張志和，不復泛家浮宅霅苕間，只來銅駝陌上坐釣磯。謝安不造浮海裝，海道近日在金閨。天子有道公卿賢，胡爲乘桴學宣尼。或云天子怒，公卿罰作陛盾郎，皆令立雨中，不及侏儒有休時。又云歲星精是小兒，上帝付與三天司命咨，却來銀浦恣遊嬉。雕雲屑雷，檄龍命鴉，引水作花溪。致令天河水奔潰，茫茫陸地走蛟螭。方朔是傴才，不宜如此癡。又云箕子陳五行，惟水一行天所滋，其餘四行可寘之。水爲天淫氣，多則爲禍基。披香女博士，能免唾且嗤？道路老人言，臣心信且疑。近日上帝怒靈祇，天地反目不相宜。天公不

念地祇卑，尊寵荓翳困地維，致令四海横流五嶽夷。地上蒼生皆爲魚，地上諸蒼生，俱是上帝兒。猛虎不噬兒，天心豈不慈。天若無地無所承，將令天軸亦下虧。星斗燦燦沉海底，一半皆爲蛟龍齝。小臣不勝哀，再拜以陳詞。日月是君子，荓翳小人資。荓翳肆毒虐，日月不揚輝。下土昏昏無所見，白晝沉黑陽光微。荓翳柔而害物，破人室家，圮人屋廬，致令四海多浮屍。犬不安竇，鷄不安塒，所遭之處立殘破，金石雖堅亦摧危。上帝信荓翳，好惡毋乃欹。雷霆本是上帝印，荓翳盜去市天威。將來乞印不得印，湯湯之水入玉墀，未央駘蕩無孑遺。臣願上帝逐荓翳，信日月，收豐隆，和地祇，當令珠囊叶慶，四海安覆盂。臣言猶如敗鼓皮，願帝止輦收臣愚。

題劉將軍壁上畫水歌　文

天明風静氣微和，澄江金斗熨織羅。有時商飈微微發，一漚纔起萬漚多。清風徐來黄州水，木葉微脱洞庭波。水雲魚鱗布天上，天色波心相蕩漾。素練疊開流冷光，桃笙乍展縈輕浪。呷唼游魚應不驚，凫容鷗貌静相向。欣見澄清舊碧流，却挂將軍壁上頭。誰將小李將軍手，貌得吴淞一段秋。十年顔面悲塵滓，對此漣漪堪洗耳。乞得葛彊并州刀，剪取瀟湘入袖裏。

其二　武

千百年來畫活水，道子以後無良工。手摸疑有霆隆蹟，止與印板爭雌雄。黄筌知微窮水變，興到疾走筆如風。急湍洪濤滿天地，怕見崩屋勢洶洶。此圖妙得古人意，倒海排山盪碧空。鯨吞鯢怒如咫尺，蕭然寘我滄海東。吴國三千水犀手，射之不得空挂弓。六月火雲掣飛電，將軍對此開華宴。瞥然一見洗炎蒸，不須更用龍皮扇。

初春德州署中劉户部元定席上

一見話青州，登壇絶獻酬。客從今夕至，酒是去年留。白乳龍湫浄，蒼官鳥道幽。喜君微點綴，隨意有滄洲。

其二

不作他人看，深齋話夜分。兒郎皆踴躍，童僕也歡欣。素業存寒士，青山憶冷雲。撥煩名已著，白社漫邀君。

小園即事

滴瀝一園露，帶露野花香。買鵝爲鶴伴，芟竹作蘭牀。怪石新移檻，小舟初下塘。漸于巾幘遠，露頂卧深篁。

初秋

微涼宿陰林，頓覺煩暑退。登臺對清池，過螢停鶴背。静夜發嘯歌，隣犬數聲吠。

其二

臺上人正醉，池中鶴正睡。浩露漸深林，鶴驚人亦去。

醉歸

水氣抱柴扉，林陰夜凛冽。風至如有人，芭蕉一聲裂。暗暗梅花廊，殘月如凝雪。

送胡叟東汀入蜀

少年意氣何軒舉，誼重財輕如糞土。指囷寄帑不足言，口未開時心已許。而今老來生事微，故交已故新交稀。蒼狗游雲同世態，夜半扣門應者誰。楚尾吳頭歸未得，一帆又作江干別。七十老人憐愛子，不怕灩澦堆邊雪。一片熱腸我最憐，風塵少有如公賢。他日西華來見我，葛衣脱去與純綿。

步顧山人韻奉酬

十五春秋別，清狂興宛然。王維詩裏畫，蘇晉酒中禪。老健贏高貴，雄心長暮年。一帆寒雪裏，吹笛過湘川。

其二

父子爲臺向，休嗟僮僕親。縛綦尋石遍，倚杖看雲新。癖盡惟餘醉，技多豈救貧。故園曾種樹，千尺長龍鱗。

將發，顧山人席上得清字，同傅叔子

去住皆爲客，明朝又遠征。驚風花亂影，怯月雁流聲。不淺庾公興，難澄叔子清。今宵戒綺語，相對話無生。

禮冷雲上人塔

班竹經廂在，癭楠佛像存。毳猶温木榻，雲已冷山根。怪石常來牖，寒潮自掃門。淒涼禪友盡，宿草染啼痕。

王龍嶼繡林江閣值雪雜詩

小樓枕石根，波浪濺簷瓦。遊客莫憑欄，大江在其下。

其　二

濃寒輟校書，晨酒宿顏面。隱几不成眠，静聽水石戰。

其　三

皓然滿一洲，洲畔千檣列。不見舟中人，但見舟上雪。

其　四

賓從亦何喜，水石亦何怒。日暮絶來舟，江心雙白鷺。

其　五

以手掬江流，取之滌硯瓦。尊罍稍遠牕，莫被過帆打。

其　六

江光本自白，皎雪滿天地。江流本有聲，兼之猛風至。

曾長石太史以短歌三首見別，步韻奉答，時予憂路梗回棹，故末及之

魚甲浪中清，馬蹄沙裏濁。近希子固遠玄真，一生專以水爲樂。不須窮渤流，不用遍靈嶽。近水近山入眼來，回視家園已齷齪。兼之高人玉屑飛，耳目都清那忍歸。十日淹留謝朓宅，此是浮家第一適。弟勸兄酬有餘歡，君寧作主我寧客。

其　二

山水雖勝人兀兀，安得方舟走吴越。看君神骨何輕清，一泓寒泉流皎月。馬煩羊羹等世路，幾人白首能如故。知君愛我豈凡情，松箭真堪保歲暮。持藤躡屐幾春秋，剩水殘山非壯遊。惟憐別我同心友，獨立滄洲豈禁愁。

其　三

江籟常吹沙雪古，一帆又指劉郎浦。浪打冠巾雨濺眉，岸上相逢渾欲舞。口言青女正愁人，未可輕舟離李姥。荆州有李姥浦。依舊登山山上樓，猛風吹浪帶山流。波

濤盜賊皆可懼，人言愁時我始愁。且復斯須語，已歸寧急去。換却遠遊作近遊，當筵有曲還須顧。石頭沙頭好放船，盡把行裝作酒錢。子瞻漫道吾從衆，米老如今不辯顛。

附曾太史長石贈詩（一）

小修自燕還，輒復有吳越之遊，過余言別，爲留數日，而贈之以七言歌行三首，時萬曆戊申冬仲也。

在山泉水清，出山泉水濁。韻士畸人身不貲，一生偏以出爲樂。羽翮望三山，襟懷屬五岳。孫郎閉户太拘攣，袁安卧雪猶齷齪。昔日都門春雪飛，勞勞亭上羡君歸。今日江頭一葉輕，開樽却復快君行。看君意氣盈太宅，君行我住知誰適。秋燕春鴻去住殊，由來鴻燕總如客。

二

怪哉此出何突兀，夢魂久已飛吳越。雪山晴擁廣陵濤，霜鏡寒懸太湖月。江南故是舊遊路，神王那解分新故。桂苑菱歌任放浪，紅樓朱箔堆朝暮。我懷鬱鬱幾經秋，與君同夢不同遊。吴鈎祇合爲君贈，越唱其能解獨愁。

三

繡林山下石枰古，江濤人立劉郎浦。坐石披雲日幾回，發狂大叫兼歌舞。醉後盧敖叩太清，夢中李白遊天姥。眼前便是岳陽樓，沅湘日入大荒流。離情何似長流水，酒興能消萬斛愁。君山留君語，晴川趣君去。臘月水鱗舠不容，黄鶴疑君亦返顧。最喜圖書載滿船，療貧絶勝一囊錢。區區富貴知餘事，惟囑南宫莫太顛。

〔一〕據近集補。

沙市舟行

苦愛煙波好，濃寒亦泛舟。驚濤傾酒盞，團雪上貂裘。聊博臨渦醉，難爲拾石留。閒悲陵谷變，江浪悉成洲。

姚生舟中

君偉滕元發，我閑張志和。寒林攢渡口，積雪貯巖阿。故着紅衫好，直衝白鷺過。算來人世樂，誰勝住煙波。

除夕

如何將盡夜，沙際尚維舟。不是謝康樂，定然許遠遊。村肴饒菜甲，山火點松毬。巧避城中事，閒忙得自由。

其二

最厭俗諠譁，枯清耐水涯。夜燈分獵火，年酒散樵槎。軟草依洲淨，長松逐嶺斜。僊源真是好，隔歲想桃花。時予將遊桃源。

澧陽晚泊

少入繁華路，晚于疎澹宜。水禽無俗夢，巖石抱幽姿。浪繞蜂衙市，風屯鳥爪枝。四句今已至，獨往莫遲遲。

澧陽道中

崇竦存孤岫，澄鮮異濁河。松離天不遠，石隔水無多。僧寺全依澗，人家半住坡。牛鳴寧幾里，慚愧到巖阿。去余里甚近。

曉　行

小舟穿澗曲，欹笠數諸峯。曉霧江干柳，初曦巖際松。石鋪如錦礫，水罩似輕容。今之銀條紗類。蕉籜千山色，纔開第一重。

早春鼎州梁山道中

擔風握月爲春忙，桐帽椶鞵野客裝。山芋入盤存藥氣，松毛着火帶脂香。纔離僧寺遮天樹，又見人家暎水篁。近日有文新誓墓，永同逸少問金堂。

入德山同龍君超

芳屐隨春至，鶯花伴寂寥。臺基肇帝世，山有善卷臺。樹臘始唐朝。嶺竹煙常暗，溪梅雪未銷。霏微昨夜雨，若爲洗塵囂。

其二

青鞋莫便去，花片點山坡。竹路都忘遠，鶯聲不厭多。得江還大叫，選石忽狂歌。處處堪雲卧，空閒蘿薜阿。

其三

桂老知何代，鶯啼不計雙。經行紅染屐，晏坐緑沉窗。貪竹緣依路，嫌松爲礙江。山深田幾畝，花裏吠僊尨。

其四

層巖開佛舍，紆嶺閉禪關。啼鳥金丸轉，陳柯錦石班。高臺重覽矚，遠水幾灣環。誰作公超霧，都成米芾山。

入桃花源四首，步中郎韻

不是偕春至，由來節序温。修篁常引道，姹草欲封門。水脈鳴千畝，山嵐滴一村。未須愁夜色，梅雪照黄昏。

其二

寂寂聞啼鳥，逢人或是僊。一丸堪塞路，千嶂總圍田。浩露朝鋤月，微風夜耨煙。過橋尋洞口，夾道有花燃。

其三

直捫煙蘿入，石門半掩關。花深迷古洞，泉墜響空山。獨往能輕骨，長閒即駐顔。誰言僊路遠，咫尺在人間。

其　四

尋源那肯止，僊榻可能分。白灑千層雪，紅燒十里雲。春儲魚子飯，秋采女蘿裙。誓不離丘壑，羣真耳盡聞。

附中郎入花源詩

溪雨濯雲根，花林水氣温。睡鸞常守月，僊犬欲遮門。緑壁紅霞宅，丹砂石髓村。人中幾甲子，洞裏一黄昏。

其　二

白頭丫髻子，花裏去如僊。鳥弄雲霞栅，人耕芝朮田。庚年看紅藥，生死在蒼煙。認着鑪香去，瞿童火尚然。

其　三

花石當雲闢，驛門臨水關。何年騎馬客，踏斷採芝山。古井沈煙霧，空潭洗面顏。丘陵一變海，一度到人間。

其四

洞外一長揖，人僊從此分。看君如水影，要我以溪雲。花氣熏崖户，霞光繞茜裙。往來江海上，鸞鶴冀相聞。

仙蛻石

霞泐雲封幾萬年，圓珠方璧媚澄川。清清之水鱗鱗石，道是僊人好墓田。

其二

如崩如綴又如搴，骨理沉蒼色更妍。長爪王孫無妄語，幾回天上葬神僊。

珂雪齋集卷之六

穿石望新湘溪諸山

嵐彩縈爲佩，春花繡作裳。中懸一片鏡，照見萬山粧。盤繞髻雲出，淺深眉黛長。芙蓉青朵朵，彷彿似聞香。

又回望穿石

日暮將安去，天邊起怒雷。回頭望江口，香象截流來。

過新湘溪

壁壁皆生動，盤旋不厭多。近山存遠態，高嶺有迴波。四展烟屏障，全收水縠羅。仙人真狡獪，幻出巧巖阿。

水心巖

濯濯春花颭水開，丹砂翡翠冷金苔。百年三萬六千日，一日還應繞百迴。

雪中望諸山

青蓮花間白蓮開，萬簇千攢入眼來。別有銷魂清豔處，水邊雪裏看紅梅。

雪中別水心崖

小舫周三匝，依然繫石根。水中峯雪影，天外壁波痕。易別桃花洞，難忘魚網村。貪看山意態，寒沍也如温。

君御隱園即席奉答并次其韻

怒猊渴驥等行游，那問初春與暮秋。溪上縠羅迎畫舫，尊前劍戟射清眸。雲煙過眼誰能障，宫殿隨身不用謀。盡買花源成小墅，祇憑竿水一漁舟。

德山别楊西來

山水發幽情，一月鼎州道。來如抉石猊，去若穿雲鳥。楊子素心人，一見輸懷抱。送我到枉山，先期入窅窈。固是山靈留，亦緣交情好。梨花流水邊，一笑破枯槁。夜雨滴僧寮，數作平子倒。人生貴知心，定交無暮早。看君有靈骨，蕭然出塵擾。花源山水佳，兹行尚草草。遲我二三年，偕子資幽討。久住魚網溪，高登石囷表。九疑九向背，一一窮縹緲。金堂玉室間，于焉可終老。

洞庭雨中

一葉輕舟汎汎鳧，捲簾大地總虚無。只將千頃鵝溪練，寫出營丘驟雨圖。

八百湖

如雪一湖水，繞湖黄菜花。高臺新柳色，圍着兩三家。

其　二

黄菜黄無極，新黄汁染天。安能湖變酒，一醉藉花眠。

彭山人洞庭遇盜，賦此謔之

郢國有貧客，遭時苦不利。終歲惟出遊，逢人但覓刺。止見攢眉出，未見舒眉至。若是帶笑歸，決定無此事。既空鼎州裝，復下潭州淚。如何赤沙間，更與緑林遇。盜與君無緣，君正盜所忌。盜賊若逢君，盜亦大失意。張眼看空笥，憐君也發喟。

沈冰壺水部招飲庾樓

春樹緑無極，十里暗郊原。不辨章華寺，微露枇杷門。緩飲遲新月，開軒翫治雲。庾宅無所屬，今屬我與君。庾樓乃庾信宅。

江　風

江風吼怒雷，浩浪渺無極。小艇落盤渦，惟餘兩點黑。

雨泊東流縣，登淵明祠 東流即彭澤舊址。

山縣雨聲裏，一城静似眠。怒雷時繞地，浩浪不離天。釣艇雲根着，垂楊石竇穿。醒魂今在否，囊底有沽錢。

其二

陶家無俗蹟，風雨也須來。木主生寒菌，石牀繡冷苔。庭空榆葉暗，城古刺花開。何事不沈飲，東流豈再回。

登采石磯

山徑倚江欹，綦舄鄰五兩。鬱葉藏朱櫺，門草深餘丈。松裏出石巉，峯頭聞水響。萬山盡約眉，譜眉向水上。佇思謫仙人，山川留其爽。歸舟呼酒尊，長嘯發清賞。

李白祠

淺水雲根繫釣槎，芳蹊詰曲逐江斜。祠前緑樹猶唐世，户外青山即謝家。忽有好聲難辨鳥，乍聞香氣不知花。遥看怪石都無路，松裏參差駁霧霞。

又題祠壁

李白祠前草自生，青松無主亂禽鳴。獨餘沸水崩崖處，猶帶驚天動地聲。

舟中看采石

登嶺窮遥峯，下山玩近岫。一葉過山根，始知此山瘦。數丈忽中泐，芳草如錯繡。巖下萬竅空，漁翁實其竇。竇中絶來蹊，小舟繫左右。緬想此中人，六鑿應不鬬。

江行逢龔表弟

黑雲滿汀洲，亂石走江岸。舟子識熟舟，波裏欣相見。昨夜夢君來，今日同歡宴。蓬雨滴江鳴，訊問直達旦。關心惟老親，一語託君便。游子甚平安，無恙舊顔面。

哭茂直焦二兄十首

淪落已無天，如何命不延。逢時偏處後，薄命獨居先。寒月窺蘿户，秋風罷錦絃。東坡猶未艾，遽失小斜川。

其二

圭璧隨心唾，椒蘭竟體芳。全家稱孝友，舉國重温良。經折才尤老，論交誼獨長。頻年絶訊問，忽去斷人腸。

其三

人誰不有死，子死倍堪嗟。弟病煩調藥，親衰仗理家。先霜悲異卉，殿雪嘆凡花。感此心灰冷，餘生付釣槎。

其四

有客傳消息，頻年體未平。方書爲本業，大散作和羹。止訝偏多病，何期遽隕生。早知成永別，飛度石頭城。

其　五

珍珠橋上路，一步一酸辛。極目繁華地，傷心錦繡人。無方留蠆尾，永不近龍脣。入骨交情在，千年豈化塵。

其　六

若話亡來事，蕭條亦可憐。青蠅傷弔客，白雪散遺篇。阿鶩今存否，童烏竟肓然。惟期慧業在，才鬼勝頑仙。

其　七

少年耋麗藻，艱苦閲星霜。曹植思傷胃，揚雲夢出腸。銀鈎猶未燥，縹帙尚餘香。雨夜千秋話，于今憶不忘。

其　八

好學誰能似，光陰惜轉丸。鋭牀成夙志，焠掌戒偷安。魂去誰招得，書存欲續難。應爲八法死，不遇五靈丹。

其九

夾池仍翠竹，暎沼自長楊。止是虞貧賤，何曾算死亡。龜羅延伏臘，虬甲露文章。逝者凌雲去，生存苦未央。

其十

佳麗六朝地，我來慘百憂。懶行調馬路，不上落星樓。趣隔言常在，莎陳淚未休。青蓮遺願重，永劫共薰修。

蠹魚行戲贈程全之

程生讀書號書癡，輿馬途塘總不知。老眼隔書僅分寸，墨花常是染鬚眉。自言百事總澹然，不願成佛不願仙。惟願死作老蠹魚，遊戲金題玉躞間。隨我嬉遊長干道，一束靈文自懷抱。鵾弦鐵撥閒伊吾，桃葉桃根皆大笑。歸來夜夜對燈檠，夜静惟聞金石聲。胸中千卷飽欲死，一任饑腸汩汩鳴。世人自苦君自樂，死作蠹魚亦不惡。

他年飽噉神仙字，與汝相將跨雲鶴。

大會詞客于秦淮，賦得月映清淮流，分韻得八庚

暝色來鍾岫，清輝出冶城。人隨歸鳥静，光逐暮潮生。未照烏衣巷，先穿朱雀桁。水寒漁艇息，露冷酒船横。密樹沉沉黑，雕欄粲粲明。七盤迷舞態，百囀試歌聲。桃葉桃根過，還須鼓檝迎。

登金山

萬派迴江勢，孤標插海門。水風悲日夜，潮雪濺乾坤。點啜清泉醉，摩抄冷石温。何年濤浪竭，拔地看山根。

哭陶石簣學士

昔從白社後，得奉紫芝顔。叔度陂千頃，顔淵桂一山。寒潭同朗潔，枯木比虚閒。道眼能餘幾，飄然去世間。

蔣墅晚發

宿病塵塵減，新秋漸漸涼。月寒千畝濕，樹暗幾家藏。近岫隨烟没，良苗帶水香。櫓柔渾不住，夢裏過朱方。

篁川即事示函伯

曲阿傳古澹，此地益清幽。畫閣酣深樹，文欄織淨流。移來銀浦色，分得洞庭秋。梧子溪邊去，穿花一蕩舟。

其二

覓徑依紅藥，登臺罥紫蘿。易澄惟月浪，難静有風柯。弛罟恣魚戲，忘機任鳥歌。雕胡堪共飽，不用玉山禾。

其三

澄鮮秀媚處，宛似雪堆莊。荷葉遮書屋，流波濺筆牀。屯雲寒古石，照水淨新篁。且莫回橈去，青溪曲正長。

其四

不喜同金谷，將無似輞川。石倉儲異字，薤葉寫新篇。聽水俄成韻，看雲忽悟禪。倚樓頻眺望，白馬浪光天。

初至甘露夜坐

夜深絕頂也須攀，水月相遭第一關。帶雪寒流爭赴海，橫江薄霧不遮山。空門風物何辭澹，病後心情且是閑。顛史已歸香國去，海天墨戲在人間。

夜月甘露凌雲亭

繞郭峯巒好，訊僧不記名。長潮風轉勁，近海月尤明。野鶴迎霜唳，山鐘帶葉聲。一從多病後，刻刻想無生。

甘露寺中秋

秋節無佳月，何如坐撩扉。静鐘清肺病，哀唄冷心機。楚國雙魚斷，秦關一雁飛。塵勞方未艾，湘水幾時歸。時中郎主試秦中。

贈張伯瑜

少小不沾羅綺氣，青緗貪識揚家字。爾雅蟲魚窮性情，神農本草辨精細。肘後常繫活人方，寸田尺宅作生事。邇來喜讀竺西書，百八胡珠手中沸。我老最愛陶弘景，棄去紅塵伴靈嶺。積金東澗付芟除，十賚爲爾驅毛穎。

過瓜洲吊蕭啓元

只道生離苦，誰將死信傳。家貧緣愛客，宦拙爲嫌錢。吴酒雷塘路，燕歌杜曲筵。天堦温語後，會合竟無年。

同潘穉恭閒步

一逕穿溪去，溪窮得小園。僧歸黄葉寺，人語白沙村。肺病猶疎酒，心交不擇言。十年纔晤對，頻過莫辭煩。

中郎邸中除夕

塵土霏霏换鬢玄，拋他浪柳幾迴眠。來雲依日同今夕，漏石分沙想去年。去年餘夕澧州。柏子重拈閑意味，桃花入夢舊因緣。只將終夜瓶笙響，誤作山頭百乳泉。

黄粱祠逢張金吾

仙祠在何許，垂楊大道口。道旁逢故人，下馬飲杯酒。

其二

馬上一千里，今朝見柳絮。樹下何處郎，宛然似張緒。

其　三

入山真是好，無奈治情深。安得盧生夢，銷除未了心。

臨漳道中

秀麥好顏色，土膏舊綺羅。古墳因作堡，官道漸成河。榆葉垂垂墮，桃花漸漸多。道途荒落甚，寶瑟不聞歌。

遊百泉

五里芳菲路，依山雪一湖。鮫珠鳴石礫，鸞尾走菰蒲。乳水烹茶淨，深潭照影無。餘生何所願，汎汎此中鳧。

其　二

日光來映射，潭底幻雲霞。凡石皆成怪，陳苔盡綴花。小橋通竹院，流水響山家。一樹棠梨雪，深深没釣槎。

其三

偏愛青巖下，瀠洄湛碧波。峯巒添秀媚，花鳥倍靈和。藻鬣涵冰鏡，石璣隔霧羅。近泉三百畝，到處玉山禾。

登九山

九子依稀似，攀躋莫厭勞。泓渟衛水淨，刻露太行高。選石登巖遍，郵泉試茗遥。東峯多帶土，何不種夭桃。

將至襄中

處處桃花路，家家枳殼籬。蔬畦鳴暗滴，麥壠發香吹。山好連雲動，沙明與雪疑。莫將愁意緒，污却繡城池。

隆中分得從字，同于野、于林、中郎兄賦

攀谿泉是導，度嶺鳥難從。一户丸泥閉，千巖籜筍重。雲中來饁婦，花裏見耕

農。何客偏饒舌，呼人作卧龍。

其二

睠此幽居勝，居然見隱才。數椽山郭蔽，十畝水縈迴。火井催人出，魚梁罷客來。惟餘抱膝處，冷石繡蒼苔。

飲于野王孫謝公巖，同于林、中郎兄賦

郭外田堪種，城邊山好登。陰巖泉細細，高閣嶂層層。石長碑文瘦，藤深壁髓凝。酒闌還授簡，賦月主人能。

送羅伯生之柳州别駕任，初爲茂州判，皆近邊

十年槐市魯諸儒，轉眼行邊漢大夫。粤嶠山川多秀媚，瀟湘烟雨正虚無。神刀已歷千番淬，老驥寧辭萬里途。好似弈棋真國手，末贏數子便非輸。

贈公琰

欲雪寒江氣象昏，征衣猶帶浪花痕。可憐千里尋知己，不見中郎見虎賁。

往玉泉八嶺山道中示寶公

棘林脱去任西東，蓋紫堆藍杖履中。許邁入山魚得水，蕭家遺墓鳥呼風。眼觀碧岫無勞白，顔照青溪儘駐紅。一笠一瓢堪自老，是何俗物管城公。後梁陵墓多近此山。

合溶曉發道中

居人忙歲暮，野客正山行。溪岸月無色，板橋霜有聲。分沙寒水淨，積鐵冷峯迎。禾黍皆陵鬣，昭丘久已平。

其二

如兹幽邃地，能隔幾由延。野渡繩爲楫，樵筐背代肩。山頭雙樹好，嶺外一僧緣。但任年相逼，游人不問年。

玉泉山居

小閣枕鳴泉，青松覆峻嶺。刁刀一夜風，泉聲在山頂。

山　遊

近嶺翠層層，遠山望正窅。老僧上絶顛，先道一聲好。

遊青溪同度門

且莫攀巖去，拖藍十里泉。飛流鳴古雪，淨色似秋天。秀媚依溪寺，淋漓帶水田。不圖鄉國内，見此好山川。

其　二

初曦明嶺路，草木有餘欣。曲曲貯秋水，山山學夏雲。亂橋縈澗脈，九子露峯紋。已過緋桃洞，仙凡自此分。

其三

儘有幽棲地，堪怡草木年。逢巖思結屋，愛水欲求田。白甃石蹊淨，青螺壁影妍。飛禽不到處，猶自有樵煙。

其四

爲尋禽向侶，閒逐老聲聞。洞灑桃花墨，石書竹葉紋。緩移康樂屐，細玩郭熙雲。安得常無事，深山伴鳥耘。

其五

巖洞裏珠城，重門取次行。千年凝雪隱，一炬幻霞明。溜乳盤空變，冰蓮蹴地榮。仙源知不遠，流水隔蓬瀛。

贈鬼谷道士

桃花洞口老劉郎，斑鹿胎冠紫布裳。巖臼積泉充道饌，石垣捍土種山糧。采來野橡分猿食，上得危峯似鳥翔。説客已收名利志，欲依丹鼎駐年光。

除夕傷亡仲兄，示度門

夢中也不料兄亡，温語慈顔竟渺茫。骨肉可憐零落甚，獨來山裏伴文郎。

其　二

乞取前生舊衲衣，永同魚鳥遂沉飛。從今海内無知己，不向深山何處歸。

正月四日紫蓋道中懷度門

野客遊山興，還隨春草生。近雲遮馬過，遠雪照人明。西嶺眉如疊，南田掌似平。斷鴻零落甚，仗有道林兄。

度門得響水潭，將結菴作鄰，志喜六首

岫色當門易，泉聲繞屋難。飛濡鮮草木，發響撼峯巒。正好風前聽，偏宜月下看。從兹溪畔石，常有兩蒲團。

其二

買山隱不妨，勝境借支郎。木杓當珠瀑，荆柴近乳房。奔雷無晝夜，曳練幾星霜。止隔一泓水，輪蹄有底忙。

其三

巖曲宜穿屋，山頭好結亭。松濤猶有住，泉語更無停。共鼓離絃曲，同聽没字經。卜隣非細事，法侣悵晨星。

其四

清流何切切，不比俗筝琴。愛此圓通耳，貽之淨妙音。響來神矯健，唤起定昏沉。便是王官谷，何須策杖尋。

其五

閒來尋石坐，偶爾破雲行。雪色同溪色，松聲戰水聲。掃苔安硯几，就乳寘茶鐺。不復精禪講，聽泉過此生。

其　六

不愛師文字，愛師高且真。爾寧慚惠遠，我欲効遺民。貝葉收雄辨，蓮花結淨因。繞溪三百踊，吾喜得吾鄰。

遊龍泉胡文定墓上

長袖風如折，寒林翳古丘。徑荒麋跡亂，堦淨鶴翎留。風氣有時息，松聲不肯休。春王正月裏，一盞酎康侯。

登九子

多時餐黛色，逼視益孤清。切玉鋒端過，盤鴉髻上行。雪明雙水合，雲展萬峯平。重見山尤物，移予選勝情。池州九子山，劉禹錫云：「自是天地間一尤物。」

遊智者洞還道中值雨

柱杖閒穿冷翠圍，青山奇怪樹芳菲。藤垂寶絡深遮洞，水學書文亂蝕磯。柳影初曦迎客至，桃花暮雨送人歸。衝泥更向亭邊去，帶濕新嵐色上衣。

再遊青溪

體爲登山倦，石橋一醉眠。澄潭深可畏，碧乳淨須憐。海湧流慚活，蘇門色讓玄。不知住此者，何福可消泉。

青溪道中看山口占

雲輕石常重，石每不如雲。石態若如雲，不與諸石羣。昔者郭河陽，畫石得三昧。如雲畫家難，兹山等熙繪。馬上看起伏，撲衣生冷翠。頻玩發清顛，遂爲石所醉。

鳴鳳山

繡嶺重重裹，淙流曲曲環。撲天砂翠色，拔地鼎彝山。石上桃花麗，壇邊鶴使閒。翅頭乘興往，且住莫愁還。

其　二

危峯何秀媚，寘几亦爲珍。欹處微生樹，滑來不受塵。割雲鋒鍔利，沐雨鬖鬖新。好時田堪買，明年稱道民。

其　三

游客且從容，山程細玩峯。晴巒生墨繡，仙宇住針鋒。破壁常愁墮，羃雲每被封。青蓮千萬朵，莫比俗芙蓉。

山上飲

濃雲起尊前，雨足森森去。灑酒入雲中，人間聞酒氣。

鹿苑山

鹿溪纔入眼，匝地爛雲迎。七度桃花水，十重翡翠城。安能營數笏，便可娱餘生。誓欲新蘭若，和公作證盟。此山即陸法和舊邸也。

山行懷中郎

流水淙淙逝，青山簇簇新。不知歸去後，舉似與何人。

岳陽樓

四望波無極，封天雪未銷。始驚三楚大，欲辨九疑遥。水氣澄炎國，濤聲接海潮。君山在咫尺，鞭石好成橋。

其二

白浪滿天地，孤舟何所之。水明魚眼怒，風緊蛤帆移。積練瑩雙戒，跳丸轉二儀。欲清名利火，來對淨琉璃。

其三

巴陵共舉杯，湖貌待風開。一葉隨流去，千帆結陣來。蕭清延羽客，震蕩孕騷才。斷雁飄零甚，寒汀叫轉哀。

君山

顥氣盈坤軸，安能判水空。更無山作障，直與海爭雄。芥子煙雲地，扶摇日夜風。欲知丹在鼎，看取旭輪紅。

其二

草青微露色，沙赤已潛洲。夜坐常如月，山居不異舟。龍孫垂萬部，鴨脚歷千秋。總與仙都似，高真也愛遊。

其三

十里迂迴路，茶香勝酒香。千畦拳石隱，萬鶴一松藏。斑竹偏多筍，黄柑可薦觴。軒轅臺上好，擬老白雲鄉。

岳陽晚眺

下無波浪上無雲，積水長空兩不分。雙合江湖摇地肺，九迴向背織峯文。髻螺雉尾陳香案，檣櫓蠅頭寫練裙。日晚拋絲磯上者，幾人閒静得如君。

別王石洋

粘天濁浪濺征衣，驚雁那堪兩處飛。君爲友朋真不薄，我亡兄弟欲何依。烏林浦上慇懃去，青草湖頭痛哭歸。皓首相莊無異約，入山同採首陽薇。

登舟，舟在三穴橋

涸盡白石源，揚塵久非故。澄潭貯菱蒲，尚認油江路。

其二

古路小蘭若，餉茶愧少錢。渴時一杯水，三管筌篌天。

其三

斗大夫人城，城中摇燕麥。止應泐石街，曾印香絢跡。

其四

雨到漩渦密，風吹蘆葦開。前溪成一笑，船載小船來。

其五

撒手鋪魚網，舟欹忽亂流。觀其游戲意，可以不須舟。

蘇雲浦侍御還里，時先兄中郎將移櫬入里，故中及之

忽聞驄馬近，喜極淚雙流。死友今將至，靈車應不留。畫樓空乳月，宿草又傳秋。猶記分離語，山公在勿憂。

其二

我哭直隣死，君愁亦應深。九言黄父會，千里素車心。鶩妾終煩嫁，龍脣永絶音。知交零落盡，不忍更商参。

即事

斜陽燒近林，林内鳥聲急。嫩緑漲平疇，一翁背手立。

送雲浦按山西

豸冠换却鹿胎巾，且擲龍湖舊釣緡。河上忽來周柱史，晉中偏用楚才人。封天碧岫侵緹扇，映水夭桃點畫輪。酬了國恩同隱去，堆藍山裏作佳隣。

合溶道上

朝辭炎火宅，夜度幻霞關。水後尋新路，雲中認熟山。危峯仍秀色，逋客漸塵顔。寂寞吾何怨，求閒已得閒。

澇陽道中

雨過烟尚凝，濤響江彌靜。順水一帆風，舟師如入定。

其二

人家多種樹，溪上稻麻密。素練已昏黄，下見樹影黑。

其三

夾路刺花繁，斜陽鳥語沸。雨餘溪水深，僮立渡牛背。

山遊口號

天色欠晴明，山行艱杖屨。樵人説不妨，南上一枝雨。

五月十三日玉泉道中，此日爲關公誕日

千山萬山雨忽至，大珠小珠溪裏沸。此是關公洗刀雨，沾身也帶英雄氣。疾雷

先雨雨如露，停車且認玉泉樹。志士奇窮避地時，將軍血戰灰心處。

堆　藍

朝自堆藍去，暮自堆藍還。堆藍無所慮，只慮樹遮山。

其　二

不愛山上石，不愛山上樹。惟愛樹抱石，稜稜有媚趣。

其　三

夢裏識松聲，醒餘聞鳥唱。慵來忽步簷，拭眼數山浪。

乳窟同無跡、伏之閒步

乳窟忽成行，臨流有茂樹。隔溪苔壁寒，拾石渡溪去。

其　二

掃石主敷蒲，聽泉客倚杖。老僧貌寂然，獨坐松根上。

玉泉夏日山居

好花留住惡莎焚，趁雨還宜種此君。别壑水來如鬭水，他峯雲過似邀雲。閒同天上三禪樂，戲草山家十賚文。月館露臺蕭静夜，巖端松唄幾迴聞。

其　二

幻雨奇雲弄晚天，伊蒲飽後罷安禪。溪籐欲倣堆藍岫，竹杖頻穿疊雪泉。移得雲根和乳滴，採來仙掌帶霞鮮。峯頭趺坐忘歸去，九子青如九朵蓮。仙掌，玉泉茶名。

其　三

水宜當户石宜臺，布置居然小隱才。紫蓋山僧遺筍至，清溪道士餉茶來。編籬已覺朝榮活，布砌猶欣夜合開。彈指三生如夢幻，子雄遺願在天台。隋袁子雄曾于天台寺爲智者搆講堂。

其　四

乳窟前頭一徑斜，小橋雁齒到山家。孤流震地飛濃雪，絕壁連天灑幻霞。十里青松多似韭，千年白蝠大如鴉。客來未有盤餐具，旋汲新泉旋采茶。

贈李次飛 次飛少爲開士。

遊遍東南勝，堆藍共隱藏。鉛華情漸盡，煙水興偏長。聲愛漁阿梵，書傳狸骨方。再尋調馬路，難辨舊支郎。

王給諫將有卜居東南之志，予秋來亦有遊興，會問共有山行之約，有述

禽尚相逢意正投，枇杷門下不悲秋。未來玄岳峯頭醉，先向朱陵頂上遊。朝愛嶺霞同躡屐，夜貪湖雪共乘舟。回思碣石譚天事，時鳥候蟲一笑休。

九溪陳君垣茂才世萬户，父以死事加爵，恥武不就，以文謁予，口占贈別

有客嘯歌至，翛然美丈夫。願爲門下士，不作羽林孤。丹葉楓遮路，白蘋水滿湖。君雖不好武，予又恥爲儒。

哭慎軒黄學士

世道何時泰，名賢取次徂。普天寒士泣，通國正人孤。繡虎終潛穴，靈凰竟隕梧。信來身仆地，含淚老僧扶。

其二

我已亡兄弟，孤鴻日夜悲。君今復去我，年老更依誰。夜雨披衣坐，西風動地吹。餘生遊興盡，誓不到峨眉。

其　三

閲人頗不少，慧業幾能儔。妙悟兼三教，旁綜及九流。世祈斟大斗，身已付寒丘。白馬應相待，寧辭路阻修。

其　四

體彙四時備，技分十輩多。博聞窮爾雅，妙跡繼靈和。細雨天人泣，陰雲魍魎歌。已謀磨鏡去，不畏峽風波。

其　五

自聞來紫極，終日望黄牛。國少和平福，士多坷壈憂。梧風終夜響，蕉雨一天秋。豈獨懷恩紀，蒼生望未酬。

其　六

易理通神契，玄言細襞分。尊前圖地脈，掌上辨星紋。北藥難弘景，真書窘右軍。名塗少不賤，多藝孰如君。

其七

奪盡江山秀，傷哉埋此人。詩思通漢魏，才氣逼周秦。紫閣行成幻，黄壚信竟真。從今佳蹟少，遺墨倍堪珍。

其八

少欲辭婚宦，欣然慕阮宣。冶心泥上絮，塵事火中蓮。自絶青娥癖，非關白骨禪。孔明雖淡泊，竟亦不延年。

其九

北闕談心處，西陵泣别時。常欽行古澹，猶記貌慈悲。青李遂無帖，朱絃永斷絲。神遊定何所，夢裏報予知。

其十

恩義丘山重，相從恨不能。典衣放野鳥，賒米飯名僧。神理終難昧，佛天應可憑。兩兄常入夢，今又贈良朋。

九日登中郎沙市宅上三層樓

滿眼傷心處，誰能上此樓。林煙迷蜀道，帆影識吴舟。硯北人何在，江南草又秋。茱萸空到手，欲插淚先流。

其二

西瞻巴子國，北眺庾公臺。林影依沙淨，濤聲觸岸迴。魚龍存霸氣，山水發騷才。故侶何人在，餘生亦可哀。

又登樓

登樓祇益愁，愁極且登樓。細雨江南樹，濃烟渡口舟。飛塵千萬户，出水兩三洲。猶記好光景，裙簪沙際遊。

由草市至漢口小河舟中雜詠

陵谷千年變，川原未可分。長湖百里水，中有楚王墳。

其二

日暮黑雲生，且依龍口住。小舟裙作帆，笑語過湖去。

其三

自發桃花浪，白蘋尚滿湖。欲知今歲水，但看垂楊鬚。

其四

銜月漁舠去，鳴榔欸乃多。自身非墨子，也不厭朝歌。

其　五

旭日乍停舟，岸行兩三步。登舟且遲遲，白沙好淨路。

其　六

明月漸潛波，衝風蹙水面。快哉順水船，好看船邊岸。

登舟吟效白

九陌飛塵奈樂何，纔登小艇便高歌。未周春夏秋冬節，已歷沮漳江漢波。怕邇鉛華熟舊習，全憑山水起沉疴。欲知火宅非清淨，試看居家詩幾多。予春夏泛舟沮漳及江，今又浮漢水。

二

白蘋寒水白沙洲，一段蕭蕭莽莽秋。露柳霜楓攢小市，曉風微月送輕舟。勞勞城闕終何事，泛泛江湖儘自由。水態已多山貌少，武昌先作九峯游。

漢陽感舊

泊天白浪淨無塵，惟有孤巒塞去津。芳草偏憐衡處士，桃花不夢息夫人。江頭鼓枻機全息，漢上題襟跡已陳。屈指光陰今二紀，無情癡淚漫沾巾。志載漢陽有桃花夫人廟，即息夫人也。

贈別梁觀察遷浙江右轄

鼎呂聲名重，圭璋德器優。朱繩遵道檢，白雪凜清修。淡泊南陽志，汪洋叔度流。瑣闈無草在，易水有碑留。伏闕多危論，匡時見老謀。北垣韜指略，南極著風猷。寬博敷條教，光明徹蔀幽。百城膏雨日，一署冷霜秋。操比衡嶷峻，恩同漢沔悠。清湘無怪鳥，繁楚失全牛。歌舞方江域，旌麾又越州。列藩專大國，東海領諸侯。五長旬宣夏，十聯屏翰周。山光迎畫扇，水氣映仙舟。政暇頻登涉，公餘有唱酬。行春看柳陣，問俗對潮頭。智井還思浚，葑田或再籌。大才寧急試，時事要相求。經畫參官府，營綜及滋陬。高牙來雁塞，彤矢出龍樓。謬託通家誼，深懷明德稠。康成常念馬，蘇子不忘歐。濃影資餘葉，洪膏借一漚。感來三百踊，非作大人遊。

觀音閣夜話

日暮將安去？危欄且共凭。尊前金口樹，窗外漢陽燈。古廟思文命，沉橋説霸陵。月寒波淡淡，相對兩三僧。

秋日同巨源、伏之、世高遊洪山

醒却穠華夢，來爲冷石遊。紆迴緣緑嶂，枕籍見紅樓。雪影江天淨，林烟沙渚浮。倚欄神頓爽，信矣癖山丘。

其二

已尋蘿薜徑，漸遠市朝塵。緑樹深藏寺，蒼松健對人。樓臺驚物力，煙水賫閒身。迦葉無餘習，歌吹任北鄰。

其三

石存前代駁，楓飽累朝霜。鑿岫嵌珠塔，登天列畫廊。重湖何皎潔，大地總清涼。彈指十年事，山靈識酒狂。

九峯戲作

江水連湖水，遍地是瀟湘。九峯九朵蓮，宛在水中央。花心梵王居，峙立如蓮房。松竹似花鬚，含裹弄芬芳。遊人戲花中，欲出旋已忘。清夜篝燈語，似聞蓮花香。

與世高、廓虚上人夜話

恰好瀟清意，僧貧豈是貧。竹聲醒客夢，松火照人親。村芋猶堪煮，園茶尚未陳。各談山水勝，無計可分身。

登洪山絶頂

遊客嫌荒落，孤籐泠泠過。遥天秋更淨，大地水偏多。正好茵雲卧，還爲扣石歌。不須重點綴，粉黛染煙蘿。

遊九峯寺 先無念禪師道場。

紆迴窮盡水煙鄉，九點青山一寺藏。塵覆瓶衣思大士，髯張弓矢拜昭王。直依巖壁爲紺殿，高出雲霄起畫廊。藻井香厨遺制好，前朝物力也非常。

九峯絶頂

獅子巖邊去，千峯不辨雲。誰能拔樹障，盡與露山紋。浩浪明雙柳，晴煙見八分。莖柴宜此處，松火儘堪焚。雙柳，溪名；八分，武昌山。

其二

終日探佳麗，安能遺髻鬟。粉墻陽邏市，墨壁富川山。掃石安蒲淨，依松啜茗閒。人耽金碧好，此地有誰攀。

黄鶴樓

登臨絶主客，清寂倍堪留。水國無多地，江聲益壯秋。青山孤繞郭，芳草盡潛洲。楚稔關天下，民魚亦可憂。今年大水。

再遊黄鶴樓

買看山水興猶清，閑逐兒童樓上行。窗外鐘聲大别寺，杯中堞影漢陽城。峯連建業何曾斷，浪接瀟湘總未平。小艇犯濤如履地，果然水戰利南兵。

登漢陽東門城

朱欄照水殷，此地扼江關。芳草思名士，濃雲識字山。飛流何日定，到海幾曾還。擾擾千家沸，煙蓑一老閒。

寄慰石洋居士，兼訂匡山之約

留得餘生在，升沉豈足顰。雲霄爲選客，煙水作嘉賓。湓浦流聲壯，匡廬瀑布新。且依鬼谷子，何苦學蘇秦。

欲遊沮漳，治一小舟已成，志喜

性如魚鳥愛沉浮，夢到煙波也不愁。江漢自雄多惡浪，沮漳雖小足清流。青蓮國裏看雲坐，白雪灘頭照水遊。已似張融無片瓦，差同陶峴有三舟。

送澧州守秦中費君入覲〔一〕

甘雨和風溉澧城，千門絃管沸春聲。滋蘭種蕙名同馥，漏石分沙德似清。岳色雲開隨去馬，河流冰泮照行旌。仙郎燕罷忙脂抹，騎竹兒童郭外迎。時令子正赴春闈。

〔一〕據近集補。

醉歌

危樓峨峨插天半，天邊江雪露清倩。未辨桃花扇裏人，先見一室桃花扇。畫欄展轉紅袖攀，壯士髯鬭美人鬟。夜半酒客皆咋指，將軍已奪崐崙關。末句用中郎酒評語。

野鶴

野鶴立苗田，見人驚欲起。低飛數丈餘，依舊下田裏。

梅花鵲巢。園中梅花盛開，有雀巢於花間，予冬來抱病，疏筆研久矣，見此偶有詩興，并命無煩弟及未央、述之和焉

天上無愁侶，移居白玉堂。應知來驛使，偏愛繞靈芳。泠泠依深雪，亭亭噪夕陽。仙葩絕匹耦，不用架橋梁。

其二

三匝從今定，瑶華第一柯。占隨鱗片亂，躍下鹿胎多。尾好還疑爇，舌香也解歌。東君消息好，終作大羹和。鵲尾，爐名。

大德寺元畫羅漢

開匣手拊識元絹，衣上水紋流淡淡。大耳長眉眼爍人，近觀不見遠觀見。模糊無處尋題字，守僧都不知年歲。開山長老舊傳言，西方神僧自貌自。

過崔晦之山居，兒子能吟予詩，偶作

三戟何曾異短籬，最憐荷葉滿庭池。欲知不淺通家意，稚子能吟老父詩。

正月初四日從公安至三穴橋，登新舟往遊鼎、澧，時病初愈

病逐寒威散，歡隨春草生。親朋絕故侶，煙水締新盟。大漢龍孫國，東吴虎女城。時清無阨塞，隨意作山行。孱陵街有遺城，係孫夫人築。

澧州晤蔡大參元履，投贈並志謝

高牙雄峙楚雲阿，戟外層峯聚米多。白石紫蘭同道氣，赤沙青草擬恩波。片言

也帶周秦色，大鼎能調夷夏和。欲識百城無害馬，茶山深處有謳歌。

其二

三秀仙人湘水涯，等閒唾霧總丹砂。登朝早已陳千牘，問俗何曾廢五車。飛蓋蘭江看錯繡，停舟茹浦愛分沙。憐才重見裴觀察，水竹遥存處士家。

澧州逢毛氏大姊以避盜至

瓔珞昨呈夢，蛛絲偶到裾。水荒多盜賊，山館暫寧居。住世貧兼病，同生姊共予。勝遊親説與，不用大雷書。

德山閒步

棕笠桃絲杖，層峯取次緣。緑筠依白水，清響答鳴泉。臺迥舒高嘯，松欹供假眠。暖風桃李路，日暮又歸船。

德山懷君超

一帆重過湖，枕衾依鷗鷺。日暮見煙林，維舟枉山住。尚識桃花蹊，熟認竹陰路。策杖上孤峯，倦倚枇杷樹。老眼倦遠矚，況乃多煙霧。俯過枉人灣，緑葉藏丹素。樓閣倏已新，遊人已非故。昔時賞心地，今日斷腸處。慧業豈不深，薰修俟晚暮。治習未消除，再來將無誤。鼜舟送雋人，漏箭不能住。造物亦太獰，敢怨不敢怒。身如失羣雁，煙水動哀訴。

李長叔水部以使事至鼎，晤于楊文弱席上，時一別廿餘年矣。長叔猶記辛卯下第，阻風泊漢川民舍，予語同行人曰：「此處流水孤村，寒鴉數點，景亦自不惡，特吾輩懷抱自作祟耳。」長叔言之，予猶依稀記憶，回首往事，升沉存亡，有如一夢，因把筆次其事，書之扇頭

人生寧有幾，一別廿年期。流水煙村處，秋風暮雨時。升沉何足問，會合也堪奇。若不從君飲，桃花笑我癡。

贈文弱令祖可亭翁

雪堆莊外小停舟，耆舊欣然一笑留。洞裏生涯黄石老，朝中圖畫赤泉侯。漢靈帝令蔡邕畫赤泉侯楊喜五代將相圖。煙霞有癖欣同調，杖履如飛怯共遊。已約漁郎偕避世，年年花底奉觥籌。

贈文弱

餘生誓不係塵纓，望見青山眼倍明。敢以晚研同尚子，只將夙悟讓班生。眉端常帶堆藍色，夢裏欣聞瀑布聲。白社舊交零落盡，與君世外締新盟。晚研、夙悟見謝康樂山居賦。

德山閑步

飽後煙巒緩緩登，鏗然閒杖一枝藤。未能免俗聽山鳥，旁若無人壯野鷹。時有野鷹掠食。花裏怪崖添秀媚，竹間流水太清澄。眼中誰是煙雲伴，且對忘機土木僧。

花源道中紀遊，并示文弱

一帆走朱陵，揚風如飛箭。忽枉故人書，藹藹遲相見。我行亦何常，去住惟所便。青山與良友，等爲心所戀。急呼舟人止，舟迴艤枉岸。重作武陵客，再拾桃花片。

其二

攜手上層樓，雪涼灑江津。隔岸夭桃花，十里紅爍人。有如謝公妓，可望不可親。開軒來遠黛，寘酒羅佳賓。我媿爲父黨，宿悟班嗣隣。笑殺輕薄子，白頭常如新。

其三

武山何坦迤，樹裏見樓閣。試酌武溪源，清爽心神豁。停舟閱古碑，辨析窮奧博。一里雙魚梁，數部鈞天樂。

其　四

渌蘿如篆刻，鋒刃駁雲霧。下臨百尺潭，丹碧寫練素。沿溪望前村，都似避秦處。停舟入花源，攜筇臨水步。桃花千樹紅，花深迷往路。帶月石間流，夜深響瀑布。清坐澹忘歸，一山滴浩露。

其　五

漁仙水石聚，撥苔尋洞蹊。洞後如鐵甕，欲往無丹梯。穿石儼象王，截流渡江湄。共坐石中央，萬山盡約眉。

其　六

新湘溪迴環，欲往疑無路。山色似攢蓮，水文如束素。溪上兩三家，非仙有仙趣。山神聞予言，明年當來住。

其七

怪崖水中央，往路臨無底。左耳屬于垣，右袂影沉水。山水實清新，胡爲拚一死。下崖復登舟，維舟溪山址。白石爲茵席，明月巖邊起。夜深潭水碧，清澄徹骨理。亂石蹲潭邊，森然若奇鬼。

其八

拭眼看危峯，狂呼欲墜笠。常苦膽量劣，可玩不可即。望岫遽息心，刀劍視層級。昔日伯功曹，聞鼓以被襲。登城數覘賊，遂言膽可習。旬日逐子行，竦身凌嶪岌。徘徊雲漢間，身輕等絕粒。懊子化健兒，誰謂老夫力。憶從中郎遊，常矜勇莫及。九原誰可作，三嘆有餘泣。

其九

初日照怡溪，舟行窮水派。溪水碧可憐，下似有光怪。山溪苦相依，山轉溪亦邁。舍舟覓舴艋，清淺見鱗介。石骨忽縱橫，溪流轉滂湃。山膚似鼎彝，拾石以相賚。疾流蝕石文，懸針與倒薤。濤勢礨玉屑，上沸如有械。小舟忽已窮，跣行縛履芥。揭衣水至膝，力盡興無敗。行至龍角亭，旋將衣履曬。漁夫皆莞然，樵子亦發喟。

其十

水行繼以陸，重藺恣登眺。靈巖無好膚，空中而多竅。洞與洞相連，珠曲暗有道。溪流縈洞中，迴環出深奧。乍見雪文蝕，又聞水聲鬧。蛇行入重門，虛空發光耀。緑萼一粲然，毛女爲前導。朽骨載腐肉，揠衣畏泥淖。明明桃花源，隔水可呼叫。欲往不得前，緣慳空自弔。

贈別文弱

良緣不再合，心期會無因。年非盛壯時，百感增酸辛。骨肉既相捐，良友亦中分。西瞻峨眉雪，東眺禹穴雲。中夜念往昔，五内忽如焚。一朝山水間，對子有餘欣。圭璧慙温潤，蘭蕙失清芬。獵石終無厭，餐霞亦已勤。我有新著作，一一盡呈君。寂寞後來者，誰能定我文。

其二

西京楊與袁，煌煌世貴盛。朱衣與華輦，前後相輝映。袁氏較繁華，不如楊清令。謙謙君子德，之子可欽敬。春葩有餘妍，冬柏有餘勁。持此爲模範，歸以誡子姓。

珂雪齋集卷之七

花源道中

飛花十里染緇衣，回首漁仙舊釣磯。山點湘溪狐女黛，水横穿石象王威。芙蓉城裏看新月，翡翠峯頭望落暉。周鼎商彝崖色似，繞來千匝不思歸。

山中曉行

秀壁牽人往，途崎步轉輕。初曦千葉影，浩露一山聲。頗厭桃花俗，偏憐石骨清。風柯與谷鳥，相對話無生。

書周子册，中有中郎手蹟

大恩不報已千秋，纔見牙籤淚暗流。金剪書存情脈脈，玉樓人去恨悠悠。丹雞白犬盟常在，紫府瑶臺願莫酬。世事總來如夢幻，與君皓首話薰修。

將往太和由草市發舟

枇杷門外足風塵，且辦遊裝學道民。好鳥弄聲如姹女，奇雲作態似仙人。同居濁世非無事，得到青山别有因。清暑臺邊千丈水，楚王遺蹟定誰真。清暑臺在今三湖内，見水經注。

三湖

分風隨意往，一葉似飛翔。水上霞尤麗，波中草更芳。茭芽堪入饌，菰米可爲糧。中有荷花蕩，開來五里香。

湖中

半是征程半當遊，一帆自在不驚鷗。茭蒲滿澤圍孤渚，楊柳遮門繫小舟。曬網偶成漁聚落，采菱忽動棹歌謳。滄桑不待麻姑説，彈指紅塵换碧流。

宜城道中

寶馬重嘶冠蓋鄉，此生端的爲山忙。一泓素練蒲稍淨，千里黄雲麥穗香。宋玉墳邊花正好，齊髡驛外草尤芳。數錢姹女爐頭望，索取金沙酒味嘗。

襄中懷先兄中郎

五嶽同遊誓未忘，一簾獨往淚千行。青山到處悲王粲，明月曾經照謝莊。蘇嶺雲開濃似黛，襄江春漲沸如湯。尋思舊日經行處，鳥語花飛總斷腸。王仲宣樓并謝公巖，皆此中佳處。

由樊城早發

荷衣鳩杖道民裝，閒客遊山也似忙。柹葉滿村春晝暗，薔薇夾路曉風涼。逼來峯色神先醉，互答泉聲話正長。欲界仙都真在此，右軍何處問金堂。

武　當

天柱居然龍鳳姿，羣峯屏息似追隨。聚沙灑墨三千界，駭緑驚紅十二時。春樹不遮石骨瘦，夏雲猶讓壁紋奇。幽崖別有棲真地，皓首黄冠亦未知。

其　二

青巖何地不追攀，終隔仙凡未易班。隘處尚容千佛子，分來可作百名山。秦敦漢鼎存膚骨，瑶草瓊枝作鬉鬟。誰道此中靈液少，雷奔雪沸水潺湲。

太和山中雜詠

浪説三山與五城，而今親自到蓬瀛。珠宫恰好針鋒住，琪樹偏從石竇榮。貪看嶺雲繚壁色，喜聽谷水墜潭聲。芒鞋竹杖經行處，梨棗煌煌箇裏生。

其二

霞外仙標絶品題，吴峯越嶠隔雲泥。瓊樓寶閣傷心麗，複道危梁過眼迷。樹底濃陰清石徑，巖頭爽籟震山溪。好乘三五團圞月，天柱峯前一杖藜。

其三

靈境經年入夢魂，不知何嶽更稱尊。山爲函夏諸丘長，帝是軒轅有道孫。見真誥。楚澤秦川羅下界，日兄月姊貯天門。晴空萬里塵氛淨，一縷卿雲玉座存。

其四

向平何用苦栖栖，此地餘生足隱棲。櫟栗子分狙母飯，榔梅花發道人妻。破雲緩步千盤路，帶月頻聽九渡溪。止恐搜尋終未徧，不愁無處問刀圭。

其五

煙眠月宿漸沉酣，邃壑崇峯任意探。不礙繁華隨點綴，有情汙垢盡包含。朝曦北嶺生濃翠，細雨南巖發異藍。七十二仙佛弟子，青山依舊隸瞿曇。

其六

煙霞金碧兩氤氳，異草奇葩處處芬。仙梵一山泉外冷，静鐘千院夜深聞。樹如大士胸前絡，峯似天孫錦上雲。日暮五龍南畔望，横披一幅李將軍。

其七

九朝物力鬭嶙峋，氣象居然逼紫宸。金龜有祠空陋漢，寶雞作畤轉羞秦。露壇月館蕭清夜，秘殿深宫豔冶春。莫怪繁華異寂寞，由來天子作仙人。

其八

彌天絶壁鳥難通，也有平疇萬壑中。陸賈買來同好畤，胡寬營處似新豐。割雲入眼千年翠，照水消魂十里紅。自是上真棲隱地，安容降禮作三公。

贈别吴水部還朝

青縑重夜襞，赤管仍朝擎。一去蘭常馥，重來柳更榮。浪花迷建業，葉雨下湓城。蒼壁予將隱，空懷縞帶情。〔一〕

〔一〕近集末二句作「虎爪旌高節，將無借鑑衡」。

須水部日華邀飲龍山落帽臺 時方繕修。

名山何必是崇高，歲暮登臨興也豪。雄楚望沙羅几席，堆藍蓋紫照旌旄。誰能公隙耽遊屐，自古詞人例水曹。粧點煙雲須韻士，忍將名跡付蓬蒿。雄楚望沙，俱荊樓名。

其二

不爲登高一望鄉，煙霞奇幻助飛觴。萬家生齒今天府，千里平原古戰場。柴紫峯頭雲浩浩，枇杷門外樹蒼蒼。豫遊譚笑敷文藻，前輩風流話亦香。

送張廣文歸桃源

且芟書帶草，重覓釣魚磯。白日瞿童鼎，朱霞萊子衣。夏泉添谷響，春雨縱桃肥。如此神仙國，三公也合歸。

早春入村

不知昨夜雨，但覺野莎生。百里茭蒲國，千秋狐兔城。雲分山寺出，風約渡舟橫。水照遊人影，棕藤且自清。

其二

莫負煙雲約，頭顱雪易侵。切泥塵世事，畫水道人心。帶月穿瓜渚，踏花出柞林。祇因春事早，垂柳緑沉深。瓜渚柞林，皆村地名。

早春書懷憶蘇雲浦

鏡中霜雪漸盈頭，檢點閒忙仔細籌。二十四番中令考，六千三萬醉鄉遊。和雲松葉遮茆屋，照水梅花覆釣舟。屈指今年行樂事，龍湖人在好相求。

竹鶴詩

王太學維南鶴，夜失一足，次早以竹代之，遂起舞，今尚存。

王郎王子晉，仙禽馴几案。臨風幽唳圓，照雪殊毛燦。怪哉忽如夔，委頓良可嘆。豈因華表歸，偶值青城難。真類王駘兀，又同鑿齒半。世少紉骨膏，將有吪靡患。定煩龍爪書，瘞之焦丘畔。仙驥遇醫王，琳琅以續斷。彈指起摧殘，長鳴竦修幹。龍躍與鳳蹌，星離復霧散。睠此淩霄姿，終爲耳目玩。鶴膝既可代，何難長羽翰。王郎格外人，庭軒忍相絆。何不效支郎，縱之入雲漢。

送李謫星遊衡山，寄呈李湘洲太史

春雨春帆別故鄉，衹緣名勝在衡陽。花深湘浦千重色，米到長沙五里香。寶洞開雲遊爽豁，簾前灑雪坐清涼。鄴侯休自悲留滯，殘老相期話未狂。

贈歸田老人

青陽日去素顔凋，豈以雲林換市朝。松柏難栽難得待，擬將十畝種芭蕉。

書卷

三徑絶綦跡，拂階草帶青。静聽虚谷籟，卧看北山醒。宿鳥時驚竹，殘花尚凍瓶。齋中何所有，一卷淨名經。

雲浦請告成却寄

喜擲賢冠與世辭，丙丁綬作釣魚絲。阮宣有地惟栽竹，庾叟爲家半是池。但採雕胡堪自老，只盟鷗鳥豈相疑。春來應有山遊興，准備椶鞵步步隨。

王别駕以明居士致仕還山有贈

菖蒲潭上叟，貌得海山歸。戀壑鱗深逝，貪雲鳥健飛。社添新酒盞，篋取舊荷衣。五嶽遊如決，予當逐孝威。

寄丘遊擊長孺塞上

胡風獵獵捲旌旗，舊是詞壇一健兒。老去關山羈定遠，夢中花鳥媚丘遲。閒持服匿澆情緒，新譜琵琶寄別離。鄉里善人款段馬，少遊行徑報君知。

病中漫興

家計雖貧未奪稰，近來多病遂閒居。撫琴一室山皆響，吮墨頻年草似書。自散鉢齋供慧鳥，新敷盆藻護文魚。小勞亦是調身法，雨後園蔬手自鋤。

其二

山園十畝半新篁，嫁棗疏葵也似忙。豈以心灰分去住，總緣身病決行藏。空階月灑花枝雪，静夜寒添鶴背霜。歌扇舞裙都委却，那伽妙定一爐香。

其三

青苔泠泠照柴扉，也有閒人伴息機。棗柏先生移錫至，煙波老叟擲綸歸。玄言不怕知音少，碧落從來贋本稀。燕雀相逢堪自得，懶隨黄鵠薄天飛。

其　四

豔隕芳銷春又秋，雁王鹿女共夷猶。偶穿竹葉煙中徑，來坐梅花水上樓。冷石寒汀鷗鳥夢，金題玉躞蠹魚遊。亦從藥裹關心後，閒却湖邊小釣舟。

其　五

風篁能笑亦能言，玄對經年静掩門。定裏空書懲往事，老來夢哭念深恩。雄心已逐煙雲散，綺習猶餘筆硯存。春水桃花還有興，一函先達武陵源。

其　六

塵事何曾掛笑顰，閒時一杖步花茵。無才永定山中計，有病催成道者身。冒雪出雲朝絮絮，殘霞逗日夜鱗鱗。近來微有歆心處，調象于今漸已馴。

其　七

緑琴入匣任塵封，老去逃人興轉濃。馬氏由來譏畫虎，葉公原不愛真龍。閒聽谷口懸雷瀑，細數山南破墨峯。知己可憐凋喪盡，盤桓空對一株松。

其八

世緣終淺道情深，況是頭顱老漸侵。白社六時銷晚節，朱陵四擇悟良箴。雕沙畫石他生習，點雪銷冰近日心。膚骨總宜雙澹漠，不妨皓首寄珠林。天台家有思公「朱陵四擇」語，重説法也。

夏道甫有杜姬之戚，爲作悼亡詩

巧慧緣偏薄，驕嗔命太輕。鴛鴦纔罷繡，鸚鵡尚呼名。水月存遺態，溪花定別情。木樨香畔語，忽忽似三生。

其二

綽約誰能似，聰明劇可憐。點茶方易曉，養紙法難傳。不忍名香草，何堪對杜鵑。鸞釵猶在篋，銷作誦經錢。

月印上人書雜華爲作歌

覺行互嚴圓頓宗，流入支那東復東。波流瓶瀉無窮盡，上函猶在水晶宫。一言半偈豈輕聞，前人爲法已慇懃。木葉山花書妙義，紙皮骨筆記靈文。烏焉三轉即成馬，解坑都學悠悠者。試看仙人吴彩鸞，蠅頭細字山中寫。蜀中藏經多仙人吴彩鸞寫，見小蘇詩。上人舞象德瓶全，真如紅火吐青蓮。才韜不賦碧雲句，心冷何須白骨禪。五載朱陵念漸休，無妨城市更遨遊。文字知得非文字，杖底青龍鈔可留。心聞已返雙荷裹，海印還生十指頭。窗外寒花作清供，鎮日無人香穗動。眼看柹葉幾迴秋，積得毛君十八甕。誰將宗教分兩路，虚空穴耳難安厝。已知悟得雜華因，只在心手相忘處。

燈下有感

幾同揮麈話無生，青李何妨一寄聲。越射隴遊悲世路，南箕北斗嘆交情。衝風中燭花難結，凍雨侵香穗不成。野老看來存古意，丹鷄白犬締新盟。

蔡元履廉訪駐節辰、沅，率爾寄懷二首

卿雲珠雨竚神州，炎塞邀天使節留。逸典從來窮酉室，清時不忍話壺頭。峒山聚墨層層嶂，溪水穿花曲曲流。邊事承蜩官署静，閒來摇筆註春秋。用杜元凱事。

其二

萬山深處擁旌旗，潕溆桃花問俗時。草檄文章真爾雅，磨崖詩句太幽奇。夷人不借黄龍誓，鬼國能歌白雪詞。數載茂陵閒卧病，登臨空自想追隨。

甲寅除夜與眷屬共持蔬素有述

相對伊蒲案，椒花罷舉觴。龍鱗松火笑，兔褐乳泉香。大喜身猶在，相攜隱不妨。豈因新守歲，脅已久辭牀。

其二

蕭然絶衆籟，深夜鳥移枝。久已悲遲暮，那能豔歲時。淡粧偕隱便，蔬食住山

宜。塵網還相係，春風又到籬。

園居

潦草支塵事，閒僧不用邀。聞山皆欲去，愛雪只愁銷。春近忙移樹，溪平好作橋。詩文三百卷，全似許由瓢。

入村

好似催耕鳥，逢時一度來。煩心隨水息，睡眼得松開。古屋深黄葉，閒窗照紫苔。今年春色晚，池上未舒梅。

晚溪

鷄闌村市喧，棹動曉星滅。怪得夜衾寒，推蓬霜似雪。

送盛少尹東下

世途不可問，之子復歸田。聾丞尚不罷，何況少且賢。努力勤公家，晚餐夜省眠。亦知清白好，愛名不愛錢。修塗方欲騁，倏已遇迍邅。虎爪板不下，鷄棲車頓懸。榆枋已非遠，控地益堪憐。輕舟賦歸去，春岸草芊芊。飛濤溢浦雪，疎樹廣陵烟。棲遲豈不樂，壯士未華顛。魯國有男子，江上獨潸然。

元宵贈散木舅

同雲苦雨暗亭臺，未有瑶華照酒杯。佳節風光雖不似，歡場懷抱也宜開。時移入眼無陳物，老懶隨君作散材。歲歲願如燈上影，兒童指點説重來。

龔晦伯表弟齋中夜話，悼念八舅

華堂金菡萏，夢裏舊歡娱。尚作羊曇哭，難呼彦伯盧。殘燈寒縞帶，鴻雪照茶爐。慚愧山公在，嵇生後不孤。

同以明至二聖寺閒遊，并送月公東下

初曦照柳浪，微寒猶宿樹。長堤直若弦，隱隱珠林路。石浦衣帶流，清淺立鷗鷺。過橋竹引蹊，嫩緑藏丹素。主閉寂中關，客移閒裏步。檀乳宿衣文，金疊生唾霧。應真龍眠圖，海濤楊惠塑。額珠久已尋，浮囊宜謹護。必來山中人，同歸山内住。春江送葦浮，秋水憶杯渡。蓮花漏催人，努力莫遲暮。

春日遊石洲，同吴長統、龔遴甫、張景星賦

大江噴雪濤，中有走龍錦。江漲移宿儲，水落發新廩。未終滄浪歌，已到仇池境。尤物自成圖，華蟲新上袗。五采亂紛披，千絲相鉤引。苔裏駁奇形，潭中出幻影。乍凝蟻錑膠，微傅解錫粉。越雋空青深，磨嵯丹砂炳。冉冉吹雲氣，沉沉潑墨瀋。竇手旋螺圓，天女鬘鬟靚。磊落間疑星，迸裂忽成笋。風來飛乳燕，雨過出蒸菌。輕縠障樗蒲，薄烟罩鐘鼎。棗葉三山峯，針鋩九子嶺。瑩膚吐夏雲，餘竅出春蚓。閣筆翡翠牀，支髮珊瑚枕。絢爛玉妃裙，突兀聖僧頂。張口若有言，合臚似欲哂。連翻列弟兄，鉤連隨牡牝。可供道開餐，能填五鹿吻。何緣異質文，似亦分靈蠢。寢陋大可怖，姹穉還堪愍。是日天氣和，良朋俱不請。一笑上錦灘，盡人離舴艋。羣少滿衣裙，老眼須詳審。終日苦搜尋，得寶在俄頃。徘徊坐水邊，甲乙互相品。骨清急宜收，膚好也須屏。別有野逸趣，寘之無等等。自縛居士律，二勒湯代飲。歸來日已西，玩弄失光景。懷抱有餘欣，一夜遂忘寢。二勒湯見白集。

園居

獨自穿疎樹，誰能玩晚霞。蒼筠嘯士館，白鹿鍛翁家。雨過尋新菌，風停掃積花。故人書不至，春帶幾迴賒。

閒步

舟居翻愛步，三里傍江斜。山雨猶藏樹，溪風忽聚花。穿雲閒揀石，折柳坐書沙。望望夭桃色，層城一片霞。

江行

江上白霧生，無風先有氣。纔登一葉舟，便覺心無事。遠浦静無人，魚蠻各占地。水邊樹色濃，雨後沙文細。柳下一僧歸，近村知有寺。春來弄燠寒，彈指四時異。黑雲忽釀風，波起蛟龍戲。暫入蘆花林，不測候天意。

入郡

豈有塵緣迫，臨流聊自娛。尚存瓶裏雀，仍汎水中鳧。夾岸黄花照，連天細草鋪。餘生閒自好，敢作舊歡呼。

夜泊沙市

宿世疑鷗鷺，舟居減舊痾。濤平春市印，日暮客檣多。照浦濛濛月，鳴崖澹澹波。無心學詠史，閒自唱漁歌。

寄沂州守李玉圃社兄

春草懷人意，萋萋滿道周。郢中無和客，泗上有康侯。魯國壇邊醉，王家池上留。秋來持赤管，聽雨續燕遊。

須日華署中同鄧少府石田、朱奉常上愚小飲，時日華權事竣將作蔘遊

行馬沙洲寂，遊龍草徑荒。深林藏古署，畫舫列長梁。野逸存茅屋，幽清對草塘。梨開猶藴雪，梅老尚餘香。玉蕋依何遜，芳蘭挹謝莊。銀鈎鴉亂壁，細衮蠹酣牀。楚勝尊前話，吴泉飽後嘗。鮹湖魚自好，鶴澤鳥相將。陶令籃輿醉，戴公野服狂。體痊閒意味，時予病初愈。官滿澹思量。抉石猊方怒，排雲鳥欲翔。莫言清簡甚，也爲看山忙。郡域外有白鮹湖。

戲贈毛太初

相看倏忽過知非，手植青松今幾圍。莫道今年容漸瘦，君容雖瘦稻田肥。

眇仙瞽而美，别予二十年矣，曾贈以詩，今仍題一絶扇上贈之

蕭郎鬢已皤，舊識笑枯槁。相遇盡如卿，我容猶未老。

予舊贈詩云：「墮馬盤來晚更新，黯然無語似傷神。止愁一顧能傾國，故遣秋波不射人。」眇仙尚能誦之，故筆于此。

偶題沙彌扇

烏衣巷口兒，解道空門好。莫遇韓昌黎，巾簪誤賈島。

有感

翠竹朱桃作四隣，徑生苔駁几生塵。彌天佛法侯門去，誰肯山中問故人。

送須日華遊簩山

春風披拂楚江湄，夜夜烟嵐入夢思。詞客去時梅惜别，清郎行處鶴來隨。時署中偶有鶴至。亭臺已浣渚宫俗，洞壑難忘簩嶺奇。蠟燭潤邊千丈水，山靈應乞解嘲詩。

吴長統至柳浪哭中郎有贈

世路今如此，栖栖何所爲。柳浪來一哭，萍跡轉堪悲。苔積茵花徑，塵生汎月池。孤貧齊墮淚，之子淚偏垂。浪音郎。

度門屢遣人問病，茲復來，且寄詩二首，因步其韻答之

煙雲隨處是，世外幾閒人。一水藏清唄，千峯繞定身。橋邊猶有笑，鏡内已無塵。疾病頻相問，咨嗟法眷親。度門有「拭鏡」樓，取秀師偈中語也。

其二

大散初辭藥，羸軀漸捨籐。徹靈存泡沫，回首駭風燈。歲月誰能係，神明不易升。入山無再計，棲楯即同憑。

閒步承天寺

三十年前住此中，入門還聽舊時鐘。古殿風高盤鸛鵲，空堦月朗沸兒童。措大如鯽穿廊廡，庾信羅含何處所。莫言寂寞少譚人，黄家片石猶堪語。寺有黄魯直碑。

朱奉常上愚招飲郊園賦

密葉柴關寂，繁籐徑路幽。聚山成九子，疊石是三侯。秘閣筠光照，修渠蔬雪流。主人絶俗累，方略見林丘。

其二

都無穠冶氣，水石發清姿。一角聊施寺，用徐勉事。千畦盡作池。入林熟鳥認，鼓枻慧魚隨。墅内窮名理，無心對弈棋。園東角有小蘭若。

塔橋春遊

流水石橋路，踏花舊勝場。七盤來冶女，三鬧集兒郎。馬滅塵猶在，人移草尚香。渚宫十萬户，狂走爲春忙。

其二

三里朱桃逕，游人織似梭。水邊時見舞，樹外忽聞歌。猶恨花枝少，誰驚馬鬣多。道人别有嗜，谷鳥與風柯。

春遊四絶

桃花扇底步逍遥，野外鴛鴦態轉嬌。日暮游人齊注目，一枝春色過河橋。

其　二

溪邊無處剩芳莎，西日沉沉奈樂何。青雀舟中傳宋臘，夭桃枝下舞曹婆。見元集。

其　三

無端歌笑總如狂，傾國踏花鼎沸忙。急雨數通朱鷺響，衆中知是汝陽王。

其　四

草色淋漓花色燃，古墳作案醉留連。芳魂日夜聽歌舞，偏道揚州好墓田。

張相墳

牛眠童起嘻，共捽石人耳。豎子莫狂喧，江陵公在此。

別須水部日華還朝

移沙取石貯輕舟，清泠何曾似宦遊。春雪歌成辭郢里，梅花落盡別揚州。東風自護桓公樹，明月誰登庾信樓。兄弟凋殘知己別，枇杷門外淚交流。

題穎中卷

眉上山光杓白泉，南參北訪問因緣。石霜舊有宗風在，枯木堂中白練禪。

題文華王孫小像

微濤生偃蓋，植杖意欣然。莫是聽漁梵，將無憶酒泉。衣沾嵐氣滴，神泠瀑流懸。洲渚蘆花好，還添泛月船。用趙王孫子固事。

贈別關外侯

詞人不合到荆州，苦雨淒風只敝裘。桃李凋殘春又老，勸君莫上仲宣樓。

登仲宣樓

久矣承平日，登臨壯郢疆。水邊三市潤，樹裏萬家藏。南浦笙歌沸，西園劍舄忙。驅車行樂好，游子不思鄉。

其二

如掌神臯地，微茫一縷川。日酣朱甍閣，春老緑沉田。古墓隆還伏，遺城斷又連。不須詢往跡，朝市有移遷。

其三

悽惋王孫賦，含情託怨嗟。人徒驚繡虎，君豈類泥蛙。嘹嚦衝風雁，飄零帶雨花。毛班知幾許，喪亂委泥沙。

其四

百戰干戈地，難尋季漢碑。清漳無往跡，朱檻又今時。閏國刊題額，才人借藻思。好文兼好武，猶憶小由基。樓爲高季興之望沙，陳堯咨作守改今名。陳善射，號小由基。

湘城歌

湘城十里極方幅，城中無人春草緑。幾從蘭若望層城，偶值門開一寓目。憶昔賢王信天牖，文藻聰明窺二酉。丹砂不事淮南仙，平樂寧同東阿酒。左列六經右史籍，東平爲師河間友。琉璃硯匣常隨身，翡翠筆牀不離手。分藩赤社近三湘，不踏霜露守金牀。漢家刀筆胡相迫，天上鈎鈴永隔房。葳蕤自鎖百雉城，身騎白馬繞城行。焰盡珠樓還寶閣，灰埋乳燕與嬌鶯。嗚鞭直入紅雲裏，火光三昧真龍子。隆準天人亦有靈，白面書生胡乃爾。誓將闔宅付灰塵，不用天智玉裹身。要離尚有埋魂塚，感王遺事淚沾巾。屈指已經九皇帝，空城寂寂門常閉。隆慮爲臺污處池，辟邪天禄溝中棄。石竹花開野徑幽，龍鬚草長無人薙。葵麥離離兔鹿肥，每歲采來供大祭。叢楚豈無青兕藏，英魂應挾彤弓至。赤纛朱龍火中仙，追隨或是宋無忌。空城荒草令人悲，古木蕭條屯朔吹。只今風雨陰霾夜，城上猶聞鐵馬嘶。

天皇寺孫太史鵬初偕令子雙玉、士先小集，有述

風雅今耆舊，相將過柏堂。寺舊有柏堂。松枝爲麈尾，碑石代繩牀。阿育容如故，僧繇畫已亡。乘閒來豎義，屢照借清光。

陳七洲詩人孫出家爲僧號虛白，賦此贈之

寂寞才人後，飄零異代孫。猶堪傳慧業，切莫厭空門。世隔藏書散，家貧故硯存。草堂遺蹟好，努力遡禪源。

其二

回首箕裘事，蕭條實可悲。開松求寶劍，鑿柱取遺詩。尚食文人澤，猶蒙國士知。中郎存意氣，倒屣事堪追。孫鵬初太史與其祖善，甚念之，并贈以詩。

其　三

出家男子事，祖武漫思繩。辛苦區中匠，優游世外人。水聲生慧性，林影悅閒身。莫自悲寥落，如來棄轉輪。

其　四

送汝依耆舊，棲山道亦尊。無求真釋子，不拜是沙門。日永伊蒲送，天寒衲被温。椒園蘭若好，六字度晨昏。時送之依寶方。

登雄楚樓同諸王孫

千里平原地，得山如得寶。此樓西窗外，八嶺出林杪。雖無疊嶂奇，淡冶亦自好。城内千萬户，黄棘北焕道。霧棟與雲楣，櫛比呈工巧。高廂隨寶馬，日夜塵浩浩。城外見緑郊，倩林依白沼。是時方田作，數點春畦小。天下久矣乎，生齒樂羲皞。莊院如蟻封，松柏似蒿草。白晝寂無人，蛙鳴沸隍藻。欲雨緑暗村，微茫類初曉。憶昔楚文王，丹陽險可保。却從沮漳内，移出江漢表。去此十餘里，郢城基可考。章華清暑臺，三湖恣登眺。白波昔揚塵，變遷笑烏爪。孟老導沮漳，三海連浩淼。至今西北路，尚有水縈繞。予好攬奇勝，輿圖恣探討。試說與王孫，如天寶父老。千古舊戰場，英雄跡已眇。雖異魯愍時，頗同甫潦倒。日暮歌鐘發，落花深不掃。相牽理金尊，聊以澆憂惱。

夏道甫小園 園有垂柳。

張緒當門立，婆娑映水斜。郪泉新試茗，是日飲惠泉水。稅地遍栽花。冶習如春草，閒情等幻霞。何妨兒輩覺，天際想琵琶。

鄧田仲、王維南邀飲落帽臺，懷須水部

蠟屐穿花至，佳人眇一方。題碑猶未燥，種柳已成行。山水開生面，亭臺宿異香。郪程經晦朔，屈指到維揚。

飲小泉王孫園

別業居城市，灣環盡碧波。清笳穿細柳，芳檝避新荷。燈下青猊舞，尊前白緒

歌。看君真愛客，能不住煙蘿。白紵亦名白緒。

題瀛洲王孫像

十里花開水滿湖，深山深處静敷蒲。欲知七寶金輪種，看取張弓掛矢鬚。唐太宗鬚能張弓掛矢。

其二

少年結客氣如雲，走馬三河俠少羣。近識塵緣如夢幻，桃花消息問靈芸。卷上畫一禪僧對坐。

其三

如雨飛英下曲池，山空恰與道人宜。而今莫問生前事，對面清談果是誰。

其四

桃花洞口路分明，流水奔巖似有聲。彷彿金仙來共語，長生不話話無生。

題王維南像

可是山中客，蕭然世外姿。蘭芬生劍舄，石色泠鬚眉。硯北閒刊帖，花前醉譜詞。總因耽八法，衫上墨淋漓。

口占壽夔亭王孫

淮南鴻寶事誰傳，閒適從來可駐年。花下數通朱鷺響，汝陽原是飲中僊。

壽沅洲王孫 園有修月堂。

不逐凡緣老，瀟然物外春。身爲修月户，家有掃花人。香茗風情麗，煙雲供養新。何須尋火棗，尺宅淨無塵。

寄龍君御 時住漁仙寺。

今日龍君御，前生馬伏波。重來尋洞壑，偶爾寄煙蘿。凱曲爲漁梵，戎衣作釣簑。一丘胡置汝，西塞有干戈。

汪師中自花源來，得龍濶公、楊弱水消息，喜而有贈

桃源洞口試漁竿，鏡裏濃鬟取次看。顏似朱霞鬚似雪，青山真勝紫金丹。

其　二

胡麻香飯也慇懃，終戀渚宮返故林。自是花源留不住，迷津未必似劉歆。歆即花源後問津者。

其　三

揚帆拾月過溪頭，馬伏波巖怪石留。逐虎咒龍開洞壑，喜君親見謝康侯。時龍濶公于伏波巖前後開得古洞數處。

其　四

笑羹難作世人緣，藥裏蕭條伴草玄。清白可憐楊御史，不能贈汝買山錢。

無　題

錦鴛憔悴舊容顔，獨倚金籠鎮日閒。笑殺秃鶬湖畔鳥，斜風細雨伴魚蠻。

上愚枉舟中看渡有述

晴沙十里綺羅圍，人語濤聲沸晚暉。君自忘機親海鳥，我方縛律屏江妃。穿花乳燕凌波去，戲水獰龍帶雪飛。幻雨奇雲隨過眼，玄言相對麈頻揮。

舟中逢武昌胡季常

蜀雪消時泛楚臺，郢江日夜似奔雷。瞥然遇着滕元發，獨立扁舟破浪來。

其　二

上無片瓦下無塵，流水聲中遇道人。西塞山頭遺蹟在，泛家浮宅好相隣。季常家近西塞。

戲贈張心蘭

四海覓知己，豈敢輕故鄉。故鄉尋故人，有似捉迷藏。面顔不得親，況乃輸中腸。誰知十萬户，中有一女郎。女郎具慧心，出口成宫商。好客愛文藻，閒情寄茗香。予已學無生，不逐少年場。蕭然聲色外，聊以銷景光。我非鶖蛱蝶，君豈野鴛鴦。一枰龎了却，攜子訪金堂。

遊便河

十里濃陰路，殘鶯佐酒巵。過橋添柳色，近岸損花枝。頗恨舟行疾，偏嫌月上遲。天皇蘭若在，披草覓遺碑。

予居舟中數月矣，沈褒中使君書來見訊，以少伯、玄真事相況，且云無西子、樵青得無少寂寥否，兼致酒米之具，走筆答之

名山久已廢烏籐，老愛滄江雪萬層。西子樵青無處着，月明閒對兩三僧。

二

青春朱夏艤江湄，苦戀煙波去路遲。尊酒正空瓶米竭，使君恰送二千絲。

草市舟中

每遇經行處，常深吊古情。已迷夏水水，猶見郢城城。

沙　橋

了了見潛魚，且來橋畔坐。沙橋名尚存，不見仙嬪墓。仙嬪，元微之婢也，葬於此。

太白湖

太白自蜀來，江陵當暫止。應過此湖邊，往媾雲夢女。

題王弘釣魚

本非釣魚人，聊以寄瀟湘。意不在釣魚，在看釣魚者。

三湖雜詠

百里茭蒲路，田田亂水涯。新荷香自好，不必待開花。

其二

湖水發清光，了如秋月炯。若無荇藻文，不似月中影。

其三

朝冶波中日，晚凝雪上霞。平湖三百里，一半是荷花。

其四

宗炳輟衡游，三湖投老住。來年高築臺，題曰卧遊處。

其五

曬網起歌謳，采蓮聞語笑。嬉遊水煙中，信也漁家傲。

其　六

遠水布煙林，波中數點黑。有如新繪圖，飽墨尚餘濕。

其　七

急將江上舟，來作汎湖用。夜宿萬花中，濃香入睡夢。

訪蘇潛夫于小龍湖賦贈

聚落雖然住，何曾異泛家。掃門千丈雪，出水萬株花。漁浦通僧寺，遊舟亂釣槎。不須重點綴，煙水也繁華。

其　二

畚土添花徑，防湖漲柳渠。黄蘆親睡鴨，碧水伴嬉魚。沼墨知臨帖，松鱗驗著書。重追宗炳跡，新築卧遊居。宗少文舊築室三湖。

其三

貯水恣魚戲，蓄林任鳥騰。詩招千里客，禪致五方僧。開眼琉璃觀，潛身鷗鷺朋。團圞龐老宅，别有一枝燈。

送僧達止遊峨眉

巴水千層雪，孤藤何所之。一從良友逝，不忍話峨眉。

居沮、漳有懷郡伯吴表海先生

沮漳江上作漁翁，鈴閣猶遲一紙通。白社有心邀范寧，青山無路伴羊公。春風夏雨酣南國，嵐字煙書遍渚宫。試看停車親種柳，于今摇曳大堤東。

三義河水大漲，同寶方、達可二僧泛舟

閒隨淨侣坐輕舠，張緒婆娑盡没腰。水上山城如島嶼，西來帆影在雲霄。朱欄翠袖新江閣，細雨垂楊舊板橋。喜有高僧荼説法，謾勞遊女箟相招。末句書所見。

沙市水漲，時六月杪矣，居民猶競渡，口占

等閒滄海變楊塵，九陌茫茫倦問津。六月已殘猶競渡，楚人終是愛靈均。

初入沮、漳步達可韻

苦愛堆藍秀，沮漳六月遊。水程全失夏，山夢不藏愁。積練明村市，濃陰聚釣舟。南朝居士地，無主也須留。地名百里洲，即陸法和住處。

其二

三年柴紫夢，今日遂閒遊。山屐同無着，峯鬟似莫愁。懸雷初發水，激矢兩來舟。莫怪西風惡，煙村自可留。江湖間舟相掠而過，名曰「兩來」。

沮、漳道中

漁歌入耳夢難成，一曲清流起濯纓。槳後圓渦如酒靨，舟頭沸水似茶聲。古郢久已迷三國，三國時，襄陽走荆州道由此。遺址猶能辨萬城。欲訪荆山居士第，茫茫江浪

與雲平。

舟起

一夜翻盆雨，朝來旭日新。待風閒估客，防水聚村民。菰米家家飯，楊枝處處薪。白頭無再計，沮上老漁人。

紫蓋道中

直馬萬山頭，雲如潑墨起。斯須走怒雷，擊散一天雨。

至紫蓋寺

流水乍停聲，松風漲山谷。急登正法樓，聊豁平原目。大江百里外，晃耀如可掬。澹澹江南山，雨後新膏沐。顛末發深藍，白雲纏其腹。夜色漸蒼然，猶能辨松竹。明月出疎林，積水浸原麓。山行忌夜猜，還愁耳生軸。六月抱雲眠，畏寒不畏燠。

紫蓋道中值雨

不測滂沱馬首來，東生西没走驚雷。朝霞已識非晴兆，夏霧由來是雨媒。縱有松陰難障蔽，急尋樵舍莫遲回。片時雲淨天如拭，新沐山容朵朵開。

途中遇雨口占

莫是銀河綻，雲端發怒濤。牧兒藏石竇，樵子戴松毛。皮骨聽羸馬，泥沙任弊袍。卧游今尚未，跋涉敢辭勞。

初至度門晤跡公

猶有餘生在，重忻見故人。不眠相對夜，幾死可憐身。風雨全侵笈，泥沙欲滿巾。家園何足戀，白首侍天親。

送達可還蜀

聞説蠶叢路，炎天亦有冰。看山親雪嶺，聽水過嘉陵。用懷素事。雲氣穿疎葛，石聲出瘦藤。他年兜率悦，詎止解文僧。

玉泉金粟菴中夏日桂花忽開一枝，度門以偈來，走筆答之

法契緣非淺，閒花亦偶開。若無徑山老，難得子韶來。詩中有狀頭語，故用子韶事。

遡溪

初曦明乳窟，新霽愛溪澄。飛瀑連花墜，欹巖帶樹崩。杖驚棲棘鳥，水隔送茶僧。山頂多松韻，披蘿取次登。

遡沮、漳還郢時予將治裝北上。

沮漳清淺石磷磷，百里鳴蟬沸緑津。唾取賢冠旋擲去，必來溪上作漁人。

未央姪應省試，口占贈别

風静江如拭，行行黄鵠船。兩家惟一子，榮别也淒然。

其二

造物酬陰德，朝廷急異才。捷音吾久得，五月桂花開。

其三

努力追前輩，開門待汝榮。未能離世網，安敢薄功名。

其四

雋後登黄鶴，揮毫騁藻思。誰言崔顥後，樓上更無詩。

無題，效徐庾體

鎮日平臺使，嘈嘈口似簧。防身愁意緒，避客病梳粧。野鳥寧無侶，山花各自香。肯同劉碧玉，偷嫁汝南王。

其二

豈是桑中約，前程自忖量。寧甘賣餅者，不肯事寧王。

三湖泛舟

得水頻須泛，蘭橈一笑開。朱霞僧遠寺，緑霧吕仙臺。滿月燒林出，秋風疊浪來。不眠明夕在，清夜且徘徊。

其二

晚風自送小船行，行過菰蒲乍有聲。共指遠林獵火起，不知月向此中生。

遊山偶與客語成句

逢山即便遊，不必匆忙去。四十餘年忙，所忙成何事。

汪隣漁園書事

依稀景物類田家，緑柳長橋一水斜。未到重陽先落帽，總因籬菊蚤開花。

送人至太和

輕粧淡抹似仙娃，眉鬬青山臉鬬霞。白玉壇邊私自語，無人知是懺煙花。

送金仲栗入蜀

忻逢旋惜别，密雨暗江干。我望長安遠，君悲蜀道難。黄牛千丈雪，白帝萬重灘。幸有知交在，應憐范叔寒。

荆門道上

漸遠南平路，峯巒拂袖迎。劫灰隨處有，楚雨偶然晴。山郭還堪憩，石田亦可耕。清時無阨塞，人踏虎牙行。

其二

三國荆襄道，沮漳舊往來。虎牙真是險，驛路幾時開。地瘠須刀火，年荒盡草萊。惠蒙泉自好，掬水洗塵埃。三國時襄陽至荆州路，俱由當陽。

小藍橋

一片桃花别樹頭，泥乾風亂不能休。藍橋已度人何在，古木蕭蕭水亂流。

麗陽道中

歷盡羊腸路，崎巖尚未平。野柑霜後耀，秋草雨中生。西去山皆破，東來水乍明。斜陽須策馬，佳酒想宜城。

襄陽嘲李伏之

三年不到鹿門寺，一日遊完峯上山。兒女情多清趣減，幾人忙裏解偷閒。

伯和王孫席上

每經瘦俗便咨嗟，不合生他殷麗華。今日尊前疑頓解，幾迴大笑倚琵琶。

九日過裕州，州守許倫所卧病，口占一絶

九日萸尊欲對誰，雁行飄泊不堪悲。天涯兄弟重相聚，又是匡牀伏枕時。

朱仙鎮五絶

先朝名將典刑存，分閫從來大帥尊。天子自臨猶不拜，金牌誰敢到轅門。

其　二

收却金牌走戰場，麾軍直復舊封疆。迴戈急斬奸臣首，迎取君王入汴梁。

其　三

乘勝長驅靖虜塵，中原日月可重新。康王如狃偏安計，五國城中問主人。時欽宗尚存。

其　四

可憐大業壞垂成，龍象翻依兔徑行。畢竟南朝多否運，堂堂虎將學書生。

其　五

官道垂楊只瘦柯，黄沙日夜變芳莎。遊人一掬冤魂淚，灑向前朝舊運河。祠前即宋運河。

周藩竹居宗侯宛委山房賦贈

城裏煙巒入畫圖，仇池有穴到蓬壺。峯頭忽上峨峨髻，洞口頻穿曲曲珠。瑶草瓊花薰寶帳，漆書銀字照金鋪。莫驚譚笑敷文藻，劉向原爲漢大儒。

贈阮太沖，太沖以先人嗣宗墓在尉氏，故移家居焉

豈有佳公子，胡爲客大梁。先人存釜鬵，遺跡久荒梁。披棘尋珉碣，依雲築草堂。千秋思醉骨，坏土有餘香。

淇縣道中值雪

霏霏忽蔽天，楊柳尚餘妍。城郭方飄瞥，郊原已皓然。共山添澹冶，淇水益澄鮮。正作干時客，高眠愧昔賢。

途中口占

人言行路難，我言行路閒。雨餘拖碧玉，細看太行山。

琉璃橋口占

飛沙十里障燕關，身自奔馳意自閒。日暮郵亭還散步，琉璃橋上看青山。

其　二

餘霞猶自宿林丘，煙蕊嵐翻天際頭。十里長橋瑩似雪，一泓清水帶冰流。

其三

寒泉日夜洗塵埃，無數青蓮水外開。滚滚遊人橋上過，幾曾着眼看山來。

其四

斜陽嵐彩照清流，五色妖霞水上浮。獨倚危欄成一笑，北河猶自有南舟。

喜花兒

曉粧理罷下堦遲，寒鴉軋軋鳴凍枝。簾外斑騅向門嘶，不是兒郎卻是誰。雪花如掌滿天地，偏郎來處是此時。暖酌一杯邉寒酒，中間一朵喜花兒。

桃花曲

燕山十月弄寒威，簪裙相索夜無歸。十五女兒鬭芳菲，桃花馬上桃花衣。下馬入門笑相向，天外遊絲同蕩漾。暖飲三杯雪花酒，衣上桃花在面上。

即　事

水沉滿爇對青娥，只説因緣不唱歌。天女持齋居士肉，祇緣身是病維摩。

步君御韻贈歌者

香濃花豔酒猶清，静聽何戡度曲聲。總是鳳城春事晚，風前猶自有新鶯。

歌。話到圓通處，風塵奈爾何。

同君御、修齡諸公夜飲米仲詔宅，分韻得豪字

纔動歌鍾興便豪，左持大白右持螯。非關楚國多才子，自是詩人例水曹。四壁石林雲乍破，一簾花影月初高。共知治習泥邊絮，沈約何須懺袖桃。

修齡邀遊西苑有述

鷺羽追隨出廣途，誰知清禁有江湖。浮空皓雪瞻銀浦，入樹黄雲辨蕊珠。寶閣乍停山轉淨，瓊臺欲上徑尤紆。峨峨魚甲仙都物，羞殺秦松號大夫。

送修齡按貴州，時苗部未平

小醜無端抗僻陬，惠文冠在好虔劉。決然髮去難容虱，誰敢刀存不買牛。車逐火雲歸夢澤，旆飛寒雨下黔州。多艱時事須公等，莫問漁仙渡口舟。

白大行五石出使周藩有贈

白也維揚俊，論交快此生。夏雲詞闘治，秋水骨同清。屐跡追靈運，輶程了尚平。信陵席上客，爲我問侯嬴。

君御過宿口占

古廟無人草色濃，夜深寒雨滴杉松。十年湘水飄零客，今夕同聽長樂鐘。

書許翁册

燕趙有奇士，被褐懷珠玉。一發即息機，頣神居巖谷。隱德徐穉流，上行庾詵屬。九畹惟滋蘭，百畝只種竹。白波盟鷗鷺，青山友麋鹿。欲知著書多，但看松鱗木。仙不訪雲來，禪不叩西竺。閒學陶徵士，北窗卧已足。老學袁伯業，青編常誦讀。更有萊妻賢，偕隱安林麓。種德如耳鳴，貞淳挽澆俗。閲風桐乳巢，豐隆何用卜。七業迭雲興，朱衣與華轂。既饒何氏簡，復贏崔家笏。西第敞華筵，姹花映醽醁。下有弄雛人，黄髮笑相逐。天欲酬潛德，賚之以異福。優游地行仙，永算無須祝。

海淀李戚畹園大會詩八首

滿目塵沙塞路蹊，夢魂久已憶山棲。誰知煙水青溪曲，只在天都紫陌西。鎮日浮舟穿柳澗，有時調馬出花畦。到來賓主紛相失，總似仙源徑易迷。

其　二

百尺飛橋宛轉欄，聞香照影且盤桓。蹊邊忽遇三侯石，杖底驚逢八節灘。仙驥止同家鶩狎，國花長作野蔬看。雨餘山翠濃如滴，玄對還宜上露壇。

其　三

沉緑殷紅醉曉暉，入林花雨潤羅衣。盤雲只覺山無蔕，噴雪還疑水有機。遂與江湖爭皓淼，可憐原隰總芳菲。何妨攜襆同棲宿，煙月留人詎忍歸。

其　四

追隨鷺羽到山阿，梓澤蘭亭未許過。移得好花通禁苑，引來飛瀑自銀河。微風嘯徹梢雲竹，輕雨香添帶露荷。野逸繁華都不礙，纔聞灌木又聽歌。

其五

雁翎檜覆虎紋墻，夾道雕欄織畫梁。錦石三千呈翡翠，珠樓十二繞鴛鴦。林端御水偏明媚，霧裏西山半隱藏。但喜追隨同沈謝，何知池館是金張。

其六

久矣煙波願未酬，何期浩蕩泛清流。江南豈有千人帳，薊北今饒萬斛舟。錦柵蘭橈穿別浦，繁絃急管過中洲。一灣淨水菰蒲緑，宛似瀟湘曲裏游。

其七

煙雲纔見已顛狂，把臂清林趣更長。語鳥自能清熱惱，流泉端的洗塵忙。石無甲乙皆呈怪，花有新陳不斷香。尺五天邊饒洞府，嬾隨逸少問金堂。

其　八

枝中見舞水邊謳，盤馬登樓復蕩舟。不但稻麻羅國卉，直將車斗算名流。披陳奥妙皆龍勝，描寫煙嵐盡虎頭。佳會欲歸還訂約，芙蓉花滿再追游。

後湖觀蓮，同龍君御、楊修齡、馬康莊、仲良兄弟、蕭爾先飲

如何韋杜曲，有此芙蓉池。雨至緑先暗，風來紅盡披。深畦藏冶鳥，卧樹走歌兒。亦愛無花處，浮空雪浪奇。

西湖看荷花寄客

十里清流洗客塵，銷魂芳豔滿湖濱。秋來亦自堪行樂，只恐荷花不待人。

飲劉白石〔一〕鏡園

湖上樓臺映雪明，佳人招醉芙蓉城。柳枝幸不遮山色，荷葉偏能益雨聲。遲月

且登高閣坐，穿花更棹小舟行。長安豈是煙波地，戲水觀魚愜野情。

〔一〕白石，集選作百世。

過史金吾玉泉山莊口占題壁

偶親碧岫容，忽共清泉話。大喜輞川莊，歸予杖履下。

其二

看竹不問主，子猷大有韻。若逢佳主人，那忍不相問。

其三

名園共韻人，缺一皆成俗。山水有清音，還宜絲與竹。

住中峯寺

宛宛磊珂路，森森松柏林。當風眠谷口，背日坐山陰。仰視星辰大，俯看煙霧深。晚嵐侵骨冷，未許薄衣衾。

碧雲寺

寶磴山全琢，璇題日并懸。金鈴長護果，石臼遠郵泉。鴨脚葵含雪，漁竿竹裊煙。市廛如火炙，洞裏冷難眠。銀杏亦名鴨脚葵。

卧佛寺

山深晝寂寂，危塔冷斜陽。萬畛香爲國，千圍樹是王。殿前有娑羅樹，經云娑羅樹王。覓泉源更遠，尋石徑偏荒。數里新篁路，將無似楚鄉。

又

别嶂都如舞袖披，林含雪霰夏尤宜。和雲種菓全無地，分水澆花不到池。閒日閒身同客至，老農老圃問僧知。殿前千尺無名樹，猶是開元大曆枝。

古刹有感

泉自悲鳴花自開，窗書鳥迹徑生苔。精藍占去爲池館，一歲何曾幾度來。

送藩參君御先生至晉

雄才豈合伴樵漁，旌旆悠悠入舜墟。九塞風塵終借箸，二陵煙雨暫停車。雲邊康樂朝乘屐，帳底征南夜注書。莫憶仙源棲隱處，中條山色照人裾。

七夕集米友石勺園

聞説園林勝，雖忙也愛遊。到門惟見水，入室盡疑舟。綦舄凌香雪，尊罍映綺流。藕花猶自好，宋玉漫悲秋。

其　二

不趁佳時至，其如勝地何。看山真是近，得水最爲多。衣桁來沙鳥，書牀避露荷。也忻吟灌木，不礙更聽歌。

池上樓詩爲張見一賦

青山在城市，紅塵霏煙雨。近嶂吐新眉，澄潭流淨乳。枕巘置臺榭，開徑爲場圃。風柯有清音，霜葉代屢舞。千里裹糧游，得之在步武。飲食烟巒俱，無勞攀躋苦。客兒猶是客，寧若君爲主。未能忘曲蓋，寧久與山伍。張君素心人，水石爲肺腑。若入蓮社中，必爲遠公取。美哉池上樓，日夕可揮麈。他年得追游，爲作山居譜。

題宛陵吴思每尊公遺像

九京人去邈千秋，堂上丰神尚可求。宛似扶笻歸近岫，猶如欹笠盼飛流。仙翁事業閒鷗伴，令子文章倚馬儔。隱德清風堪不朽，漢家空貌赤泉侯。

壽丁年伯

鷗鳥閒盟了不猜，水紋山氣静徘徊。寶琴在室名珠柱，緗帙成書號玉杯。家近淮南花似雪，門迎江水浪如雷。稱觴此日須捫酒，令子新從上苑來。

梁中秘尊人榮封卷

陵霞高韻著華陽，鶴轡將雛集帝鄉。手結牛衣劉處士，銘傳龍骨漢仙郎。紫泥乍映蒲筠字，蒼玉新鳴薜荔裳。鷄樹鳳池清切處，當堦紅藥助稱觴。

湖　上

十里丹樓似落霞，一湖寒雪浸人家。芙蓉斷處輕風過，盡寫徐家没骨花。

送張收之赴銅仁府幕，兼寄郡貳張昭余

夜郎明月冷蕭蕭，薄宦還驚去國遥。路入五溪山萬疊，憑君傳語問龍標。

候考館無期，南歸良鄉道中書懷

桑乾清淺石粼粼，霧裏西山看漸真。喜作江南題柱客，羞爲丞相掃門人。來時書劍猶秦士，去日旌旄已漢臣。莫怪榮歸翻下淚，可憐不逮白頭親。

過督亢

斷橋流分卧枯楊，千里飛沙草色黄。督亢如何稱勝地，荆卿持去釣秦王。

涿鹿邸中獨坐

旋風乍起似驚濤，馬鐸郎當伴寂寥。莫嘆長途無火食，官槐墮葉儘堪燒。

易水

流水沸雪曉湯湯，古岸傾頹草樹僵。此水何緣逢俠客，至今兩字尚餘香。

其二

葉聲纔寂雁聲哀，一道清泉去不迴。游客豈宜輕此水，曾經壯士洗塵來。

金臺

蕭條三户冷炊煙，凍浦流冰韻悄然。十載築臺親禮士，如何止得一人賢。

涇陽驛步龍君御壁間韻

千里飛沙蔽夕陽，松楸久已失青蒼。愁逢朔塞千層雪，夢斷深閨五夜香。載筆無緣隨左馬，開畦有日晤求羊。等閒抛却塵緣去，尋取山中褐布囊。用陸龜蒙事。

途中懷先兄中郎

墮地何曾遠別離，難忘官路並行時。通宵麈塵眠嫌早，冒雨登山到恨遲。奮筆偶然矜寫字，分箋時復鬭聯詩。如今寂寂長途去，急管繁笳止益悲。

晉州署中與郡伯李素心夜話

鬚拂飛沙衣拭塵，久勞魚尾暫休鱗。盤餐豐溢安遊子，更漏分明重主人。華燭開筵新意味，寒燈書掌舊艱辛。雞壇兄弟今誰在，相看重驚現在身。

邢臺令君王九生席上

西川才子專城居，國士門邊且住車。沁雪滿斟刁氏酒，帶霜新膾濟泉魚。當筵不住霏佳屑，秘帳懸知有異書。話到爲民親切處，傳家家譜尚然疎。邢臺亦有百泉，濟水見處。

黄粱祠 門外有池。

楊葉滑官道，溜痕塌古城。荷花雖冷落，潭水益澄清。堦下遒柯影，幬中出鳥聲。到鄲天尚早，一拜吕先生。

夜坐成安署中懷吴表海觀察

惜别五花館，音徽詎忍忘。吴猶存季子，世尚有中郎。楚雪都成帙，秦風漸滿囊。鹽車流汗日，剪拂意何長。

其二

豈但懷恩紀，仁風暢郢畿。蕭然留劍去，不肯載書歸。旅館濃霜氣，空堦冷月輝。玄言人已遠，對酒悵分飛。

大名贈别郡伯陶葛閬

夢裏忽來魏博鄉，扶風太守舊名郎。蒲團坐處嫌僧鬧，尺牘來時怕客藏。清淨自成經世法，虚閒别有養生方。年來好聚香光侣，卜築真宜共楚湘。陶工書。

焦大令涵一邀游大伾山大伾寺，山下即黄河故道，今湮

歷歷煙巒到轉遲，朝酣乘興躡幽奇。低回禾黍豐柔處，想像波濤震怒時。石裏青林偏秀媚，苔中緑字尚淋漓。變遷陵谷尋常事，定有征南舊日碑。

其二

飛杯倚石瞰興亡，風起雲生草木僵。八相不遮曇跡冷，九河失道禹功荒。岸紋隱約存原隰，石骨參差寫宋唐。大伾向聞今得見，冥搜寧問客程忙。

焦大令涵一邀遊浮丘山園

中宵猶自到山顛，最喜峯巒在市廛。衛水晚縈衣帶雪，伾雲晴散寶爐烟。不須燈火聊親月，盡輟笙歌好説禪。姑射城頭忻一醉，總緣茂宰即神仙。

朝歌晤翁承孍步原韻奉答

桃葉頻年別，朝歌此夜心。飛騰期宿昔，留滯到如今。萍海呈瓊字，浮湖出越吟。久疎文酒會，衛水一披襟。

河上謡四首

北風吹岸沙，千里捲塵霧。白日不停留，遊人何處住。

其二

黄河岸接天，日暮走平澤。曠野少居人，魂消獨往客。

其　三

今日捲蓬程，當初攜手路。河梁一雁鳴，是我傷心處。

其　四

日暮北風生，刀刁號萬竅。似歌復似啼，逆風蘆管嘯。

渡黄河

如雪寒沙千里平，猛風雖盡浪猶驚。草經青女全無色，雁過黄河別有聲。騎馬久無浮宅夢，倚蓬忽動蕩舟情。可憐廣武山常在，寂寞誰知豎子名。

過鄭州

乍遠黄河九曲紋，管城孤塔掛斜曛。圃田寂寂存秋草，京水悠悠起暮雲。林錦村中尋相國，鐵鎗寺裏憶將軍。褰帷隨意飡山色，南北暄寒已漸分。

禹州晤楊文弱于曹純原憲副席上

不須揮灑發新函，把臂煙霞興已酣。雙屐欲凌嵩少雪，兩眉猶帶武山嵐。最欣明燭添人喜，稍厭清歌間我譚。況是主君今繡虎，相逢那忍不停驂。

游鹿門寺，同蔡丈人、余溶之

入山不見寺，禮佛乍聞泉。七疊飛晴雪，千年劃冷煙。乍沾行客袂，長伴老僧禪。耆舊多佳韻，臨流列綺筵。

還里懷兩先兄〔一〕

誰言故國下仙軺，鴻雁飄零骨已消。石浦河邊雲寂寂，柳浪湖畔草蕭蕭。酒壇詩社基猶在，佛國天宮路已遥。記得當年行樂事，鶴兒歌曲犬兒簫。

〔一〕集選題下有「效白」二字。

上元日無煩弟宅中看燈

浮雲洗盡望舒來，緑蕚當門藉鹿胎。十丈蜃樓迎劍佩，九微花鎖照尊罍。氤氳忽作公超霧，笑語如驅漢朔雷。午夜翻嫌絃管鬧，攜筇閑步吕仙臺。

周調九過訪山園，即席贈别

花關無俗轍，之子住行軒。謁客書全滅，酬恩劍尚存。月瀾清到骨，梅蕊豔消魂。時紅梅盛開。五嶺何時返，予將入薊門。

將至玉泉，公安道中

圭組雖然係，煙蘿未忍忘。買田償舊諾，種樹試新方。經雪江尤淨，依流草易芳。棲遲吾豈敢，聊以浣塵裝。

浣市

流水縈孤市，寒煙重近林。游人來到此，浣却利名心。

松滋道中

搴帷對蜀雪，最喜路臨流。樹暗鳩兹國，沙明燕尾洲。魚蝦村市集，雞黍隱人留。原不馳名利，逢山即便休。

過松滋江亭，次子美韻二首

濁浪彌天地，低回過此亭。映山松更緑，臨水草先青。棘裹碑難問，舊有斷碑。雲端路漸經。春晴猶未穩，點點照泥星。

其二

煙霞獨往處，轍跡暫閒時。路轉逢江數，雲停得岫遲。未成辭禄計，先遂買山私。塵網如長繫，回頭視此詩。予有終老玉泉之志。

鄧茂才調元初度偶贈

不復營塵事，優遊草樹青。看山來月嶺，聽水過江亭。月嶺、江亭俱邑勝地。結子花千樹，將雛鶴一庭。贈君杜陵語，甘作老人星。子美過松滋詩有「甘作老人星」之句。

贈龐玉渚

髯也超羣甚，清言獨啓予。家鄰一柱觀，腹貯九丘書。古紙藏經笥，名花雜圃蔬。懷蛟終變化，努力上公車。玉渚家藏澄心堂紙，并牡丹一種甚大。

鄧心還園 鄧所居朱市名煙霞里。

偶過煙霞里，徘徊摩詰莊。峽山當硯几，字水濺書牀。語鳥隨歌拍，飛花妬舞粧。何須譚拜袞，玩世似東方。

一柱觀

一柱傳來久，名區自可留。經營依雪水，移置向芳洲。山尾蠶叢道，溪連虎渡流。峽峯如劍戟，翻愛此平疇。

枝江道中

楚國丹陽路未賒，峯巒斷處又平沙。溪深不障斕斑石，梅老猶餘冷澹花。水氣漾洲全似月，山嵐收雨盡成霞。風煙如此今方到，悔不從前細泛槎。

趙枝江鳳鳴邀游紫山，即席賦

姹松不斷緑，導我上山顛。峽水如堪漱，春洲恰好眠。送雲辭近岫，指雨過平川。小邑煩名士，絃歌滿市廛。

哭亡友宜都劉孝廉玄度十首

楚國饒才子，君才未易過。常驚思入地，最愛口懸河。嗣續偏愁少，文章只恨多。長生誇秘訣，靈驗竟如何。

其二

束髮爲良友，雲霄每共期。楚宫頻徵逐，燕市苦追隨。起舞聞雞夜，高譚捫虱時。話來親密處，難可告妻兒。

其　三

大韻超繩墨，醞雞那得知。買田同陸賈，捨宅似王維。土木形骸古，風霜字句奇。文人雖不祀，好語即佳兒。

其　四

白猿誇異術，青鳥詫奇傳。九籥高譚道，三乘浩説禪。門門皆曉了，事事欠精研。畢竟英雄氣，何須效瓦全。

其　五

芥不污滄海，瑕難損夜光。分財猶有仲，假蓋豈無商。可笑生鴉雀，羣譏死鳳皇。通人別具眼，寧問俗雌黄。

其　六

才士原無命，蕭條孰與君。有人爭絶產，無子護遺文。清浦千層雪，丹山五色雲。我來人已逝，撫景内如焚。

其　七

人行無細謹，磊落亦堪奇。小器輕朱勃，多方學惠施。伐桃千古恨，埋玉一時悲。淚以哀鴻盡，重來哭故知。

其　八

身後遂如此，登庭益痛酸。升天生未易，入地死猶難。破壁留遺像，空堂貯冷棺。幸餘文集在，檢點爲君刊。時尚未葬。

其　九

西風吹敗屋，狐兔走靈牀。一劍非難挂，孤舟何處藏。賢妻忻徵士，慧女羨中郎。度曲青衣在，聞歌淚幾行。

其十

欲廢袁崧記，難經陸抗城。情輕姬輟哭，誼重友吞聲。文集編纔就，梵宮搆未成。再來如有意，切勿似蕭生。許玄度後身爲蕭詧。

徐從善手定玄度遺文授予，感而有贈

瓶雀難遮事竟休，全憑良友足千秋。蠅頭蠆尾行行認，鳳羽龍鱗字字收。竊注不須愁郭象，訂文久已託楊修。燈前手授慇懃甚，纔見標題兩淚流。

登宋山，相傳宋女修真處也

近岫眉初約，遥峯黛漸開。芝田存瓦礫，鶴徑長莓苔。人應隨神女，山原接楚臺。陸城寧寂寞，紅粉亦仙才。

其二

輕煙彈指淨，平野入朝暾。小水如江婢，羣山信蜀門。丹泉窺去冷，鏡石坐來温。披棘尋蘭若，癯僧忽似猿。

又

丹井泉雖在，仙媛跡已荒。何如祠宋玉，千古重詞場。

過張無盡墳偶題

相業千秋笑，佛燈萬古傳。口門予苦窄，不解代君詮。

將往玉泉，宜都道中

隔歲堆藍約，穿雲未可遲。山寒忻日炙，人醉愛風吹。碧嶂交圍處，清泉亂語時。盡言跋涉苦，閒適許誰知。

從善宅中有贈

繡虎雕龍志未酬，養魚蒔藥隱林丘。宅邊山氣陰晴市，門外泉聲日夜流。秋浦煙雲棲李白，伏川花鳥媚高柔。春來景物真堪醉，結子桃飛十二樓。

初至玉泉晤無跡

盡謝紅塵事，來尋白社盟。區中潛寶契，人外有交情。水月非凡色，松風豈俗聲。法門最小弟，不用過溪迎。

别跡公

空門猶幸有知音，握手松關去住心。願爾長年如寶掌，遲予廿載卸華簪。六時禮佛身常健，十笏依巖住漸深。投老别離非細事，忘情亦自淚沾襟。

光澤掌藩見招，有玉蘭一樹盛開

曳履西園願不違，蒼官籬下看芳菲。銀灣浩浩潮爭墜，珠樹亭亭鶴盡歸。豈與寒梅同寂寞，長如霽雪有光輝。靈香國裏真憐客，一片時隨酒斝飛。

贈張叔曜

懶作干時客，相依閱歲華。態寧同蛺蝶，情欲締梅花。得句如抽筍，學書逼畫沙。若逢游覽勝，亦解貌煙霞。

艾仲美貽予以九品青蓮衣，因作青蓮衣歌志謝

園客仙絲世無二，天孫機上呈工緻。剪取吴淞一段秋，移時即證發光地。緑窗刀尺響嬋娟，何必裁衣效水田。金針不繡凡花草，只貌西方九品蓮。豈是尋常穠冶色，異瓣殊鬚寫不得。天畫依然萬八千，曹家針神皆嘆息。四大淤泥忽清爽，娑婆彈指成安養。清泰佛是諸佛尊，青蓮花是蓮花長。着來蕭散道場行，不羨天衣六銖輕。似瞻寶網交羅色，如聆頻伽和雅聲。此衣能醫熱惱疾，終日聞香不破律。帝女龍裳總俗胎，王恭鶴氅皆凡質。他年好作金方客，寶池熤熤光相射。披衣直向空中游，朝嬉滿月暮香積。白下仙郎世外姿，意匠經營也太奇。老來共作香光侣，披向山中禮六時。

酒間口占贈汪惟修

一局公然列宦流，何如斗酒取涼州。又策斑騅作遠遊，小婦歡喜大婦愁。時有姬在京華。春燈夜雨對金尊，深譚往事尚消魂。平原門下三千客，幾個知恩解報恩。惟修舊有患難，予救之，故云。

飲五弟天花館

紫柏翎遮屋，新楊線拂墻。歸禽無静舌，暮蕊熾穠香。散步勞偏適，傳杯興偶狂。莫辭乘月醉，雁羽又分行。

入都門，辭大人墓四言六章

吁嗟大人，逝矣何所。未見兒出，但見兒處。

其　二

赫赫大人，神其可度。既見兒處，亦見兒出。

其　三

後有塲圃，恐驚靈宅。兒已夷之，永種松柏。

其　四

後有井竈，恐驚靈宅。兒已平之，永生葵麥。

其　五

兩兄之仕，時與願違。豐碑未立，以俟兒歸。

其　六

兒今行矣，何日遄歸。樹影已滅，淚猶沾衣。

襄陽史郡伯夢斗召飲文選樓

層樓指顧興飛揚，秀媚煙雲冠楚疆。入座青山傳晚黛，捲簾白雨送新涼。低回季漢干戈跡，彷彿南朝楮墨香。羈客却忻鄒潤甫，追隨叔子峴山陽。

襄陽令君王莪雲招飲文選樓

才大公多暇，清言共倚樓。看雲成快雨，變夏作涼秋。峴首嵐如滴，魚梁水亂流。高情欽父黨，予豈草玄儔。

黄廣文招飲文選樓

巖壑偏多態，游人眼亦忙。昨宵看急雨，今日送歸陽。人語隨煙寂，山容待月粧。無雙江夏士，文藻佐飛觴。

夏日過伯和王孫齋中和壁間黄太史韻

最忻停馬足，得暫與鷗羣。古柏偏藏雨，初篁漸住雲。百城聊自快，二斗任人分。深媿泥蛙客，難追繡虎文。

書淇縣公署壁

淇園有竹舊知名，伐矢填河跡最明。偏指王芻殊未允，支離真笑鄭康成。

豫讓橋

清流澌淛見蒲根，吞炭先生跡尚存。委質自然輕一死，何須國士始酬恩。

保定署中初度

征軺正值射弧辰，郵舍一尊共浣塵。此日燕關乘傳客，往年湘水泛舟人。都無角黍添蔬席，尚有榴花照葛巾。南北東西聽任使，如今莫話自由身。

滹沱懷晉州守李素心社丈

十載蹉跎共敝裘，專城今作漢康侯。八行好付滹沱水，一夜隨流到晉州。

工部署中遇繕部郎李增華偶賦

仙曹偶爾奉清揚，鳴佩追隨鴛鷺行。嗜水也忻爲水部，愛山猶喜作山郎。文書歷落蠶頭字，帶舄氤氳燕寢香。彈指桃花源上别，梅花署裏又相將。

工部署中偶成

八座遲來署冷清，人聲依約亂禽聲。慵來偶向庭堦立，指爪閒敲革帶鳴。

贈劉玄暉

走馬彎弓出玉關，長城一縷挂青山。漢家文法牛毛密，莫效陳湯斬虜還。

其　二

青驄白馬健兒裝，大醉徘徊古戰場。秦月漢關那久住，桃花結子待劉郎。

口占送龔滄嶼大行表弟使福藩

金符玉册下天門，伊闕黄河帶礪存。長袖飛來閒覽眺，洛陽猶自有名園。

其二

王程閒作看山人，澹遠情懷迥出塵。磨墨小鬟堪送日，無心更問洛川神。

射圃看西山短歌

誰家肯作看山樓，射圃無遮粗可游。西山夏雲有無裹，西山難與夏雲比。玉狗金雞畫不成，烟蔎嵐翹故故生。青山未能除冶習，幻出美人如有情。須臾風起天如掃，依然冷碧天容好。

送阮同年集之大行使閩

小阮知予勝自知，經年相見又相思。却憐雁羽分行日，正值西風脱葉時。

其二

澹月微霜弄早秋，才人出使太風流。煙書嵐字縹囊滿，處處青山顧虎頭。

其三

相逢唾霧總煙雲，禽向終偕襟乍分。閩海山川不共賞，一緘煩寄武夷君。

其四

邸舍常餘三日香，王程躡屐與飛鷁。堪殮燕玉妖韶甚，休啖王家十八娘。

改教疏下部有作

懶慢偷全病後身，豈爲龍性果難馴。東方宦跡惟逃世，司馬家傳不治民。鳩計一莖聊適性，鵬營萬里枉勞神。深秋鼓棹烟波去，依舊登山涉水人。

哭白五石大行

把臂西園歲甫周，不堪消息自通州。神清未是人間物，思苦遂爲性命憂。文考夢中呈魍魎，賈生室裏兆鵂鶹。中郎去後君隨逝，帝所相逢好唱酬。白詩學中郎。

赴西陵侯宋伯亨席有作

林樾真無暑，追隨竟夜留。荷花爲麈尾，酒案代游舟。霞布依城寺，烟縈映水樓。主人多勝韻，才子漢通侯。御河不敢用舟，以釀酒者盛水之案如長盆，可坐十人，名曰酒案。

淨業寺獨坐

城西湖水剩清涼，古寺淩波樹幾行。十里芙蓉通太液，一方蒲荻宛瀟湘。都無久雨妨行樂，忽有輕風伴坐忘。假寐偶然呼不醒，貪他魂夢也生香。

劉百世鏡園七夕，先夜風雨大作

着意尋花花事稀，昨朝猶自飽芳菲。風波欲冷黄姑約，草木全彰白帝威。繞郭遠山傳暮景，窺林乳月弄微輝。亦知投轄留賓意，河朔年來興漸非。

壽王翁

澍雨息游龍，絶塵停駃驥。歸來兮山中，山中釀可醉。已悟蜘蛛隱，遂同鷗鷺戲。風吹褐布囊，山冷霞紋被。倚藤瀑流雄，欹笠峯容媚。陳琴愛不絃，作詩喜無字。三萬六千朝，無朝不把臂。睠望林間人，非仙有仙致。

送李仲達赴南康司理任

匡廬天下勝，勝處在南康。宿有烟霞志，今來水石鄉。畫輪沾瀑雪，緹扇擁山光。公隙都無事，箋書與爇香。

報國寺老松

古寺尋松幾度游，炎威乍到冷颼颼。孤株欲上還中止，老幹旁挐不肯休。虎倒龍顛爭氣象，犬年羊月紀春秋。大夫空領秦家爵，何似山僧骨韻幽。此松元時物也。

報國寺

渭城人去且從容，曲徑離離亂草封。古刹依稀如小縣，危樓彷彿似高峯。雲翎霧羽千章柏，鳳翥龍騫幾樹松。日暮憑欄虚閣裏，直西雲岫翠重重。

姜翼龍先生偕元配胡夫人雙壽詩

清時黻佩歲年高，眼底龍文與鳳毛。長舉人間青玉案，不須天上赤霜袍。千巖秀色爭迎杖，萬壑泉流盡泛桃。九百九枚何蔄在，金貂七葉漫雄豪。

又 代

家庭朝典世爭傳，霧嶠雲莊閲歲年。王謝兒孫皆著藻，劉樊伉儷總登仙。青藜紫橐風雲接，赤界黄書日月懸。經術由來崇漢代，當年萬石漫稱賢。

鞏華城南樓 内即皇邸〔一〕。

積嵐藏野市，流水繞高墉。玉砌朱桃墜，金鋪碧草封。亂山遮塞北，一罅走居庸。漸覺塵緣淨，將追禽向蹤。

〔一〕集選無此四字。

其二

不遠神京路，遂親漠朔天。南瞻雙闕樹，西認九陵煙。帝邸龍鱗耀，軍儲雀尾連。漢關曾一度，屈指已多年。城外運舟畢集。

法雲寺

直北西山曲，峯巒似劍鋩。近皴飛雨點，高嶺入星光。西水浸茶竈，東泉繞飯堂。雙流鳴玉雪，滚滚赴魚梁。

病餘偶成

身入羶途已二年，銅烏蓄口罷譚禪。浮名應作高官障，多病翻成静者緣。風過蔬畦交薤字，雨清石徑盛苔錢。昨宵忽作家園夢，笑上東湖舊釣船。

贈鹿苑吕居士

長安擾擾利名場，幾見蓮花出水香。解得西江一口吸，有家不必付清湘。

黄山八景詩爲張給諫華東賦

兔　柴

眼底非凡界，何須向僻陬。天孫分秀嶂，地媪賚清流。爽豁峯巒峻，紆迴洞壑幽。殷懃擣藥使，此處即丹丘。華東步山間，有兔突起去，視其處形勢最勝，定爲别墅，因名。

超然洞

金堂如有待，玉室許誰來。春水桃爲導，仇池穴正開。千山分點墨，萬井辨飛埃。邃秘還虚朗，光明近帝臺。

對仙樓

莫向蓬瀛去，焚香坐此樓。鳥鳴知晝夜，花發辨春秋。赤鯉真人過，斑龍姹女游。功成須早至，黄石待留侯。

杮泉

秋容無限好，散步暢幽居。獨倚酣霜樹，來觀沸雪渠。汲泉聊漱齒，拾葉且臨書。若把寒潭比，君心較澹如。

問偈山房

齋後游山好，悄然轉覺親。曇磨無半字，童子漫東詢。白月田中鷺，紅羅扇裏人。知君深薦取，端坐鳥啼春。

坎井

和雪惟添冷，浮花衹益香。廉泉同皎潔，孝水共清涼。蔬甕何辭抱，槹機久已忘。山家存素朴，奢侈笑銀牀。

佛跡石

愛此玲瓏質，鏗然觸瘦筇。移來元鹿苑，分得自鷲峯。幻竅霞紋市，奇皴雪浪重。佛魔都不用，看作兔狐蹤。

虎頭崖

突兀都無地，凌虚小寘齋。不爭龍尾道，偏愛虎頭崖。去只邀雲伴，來應得鳥偕。卧游亦自好，宗炳静澄懷。

壽陳眉公六十

湖泖生來作道民，扁舟皂帽幾經春。逃名怕作仙人障，息影真成静者身。十畝蔬畦書薤字，數椽茅屋繞松鱗。華陽猶自慚高隱，輕與時君問答頻。

贈蕭封公

擲却毛錐鬢尚玄，閒攀碧岫遡清泉。身藏何必留文字，機息真宜對酒船。柳市投車高會客，銅街躍馬小遊仙。八蕭宦業兒曹事，爛醉花前不計年。

將赴新安任，出都門

喧極翻成静，悠然出帝畿。人因南去喜，春在臘前歸。風軟貂猶謝，晴酣羽尚揮。不須吹玉律，到眼盡芳菲。

雄縣道中

纔出江南路，遂逢蘆葦村。遠山真似睡，近水忽如言。古邑惟蔬圃，荒垣見樹根。雁行乘傳侶，蕭瑟一人存。

過鄭州城

燕南垂兮趙北際，中央不合大如礪。當時公孫併幽州，自云此中可避世。避世兼思避此身，傳呼盡用健婦人。袁家鼓角天中至，城内兒郎心膽驚。蕭蕭易水帶冰流，北風吹沙動地愁。追思悲歌慷慨士，荆卿過去又田疇。

白溝河

寂寂黄沙去，誰言翠輦過。可憐張叔夜，哭死白溝河。

德州張民部鍾石署中，同馬遠之分韻。予曾訪舊友劉元定飲此

尚不迷松徑，猶然識柳衙。暗城纔吐月，凍樹盡生花。共和尊前雪，同瞻眉上霞。回思池水滿，荷葉擁浮槎。

馬郡伯北海招飲泛舟

不意塵中軫，能爲物外游。南來纔見水，冬煖一浮舟。沙鳥隨歌拍，冰枝雜酒籌。時艱真可慮，猶幸有康侯。

馬郡伯遺予墨竹

拔地神清健，淩霄骨格清。可知文氏派，不獨在彭城。

趵突泉，兼呈大中丞李夢白、直指畢東郊二先生四首

按牒尋流杖幾穿，鵲華原畔見靈淵。祇疑伏地烹砂火，能作騰空沸雪泉。龍女捧珠同日月，天孫飛乳潤山川。無端出没呈奇變，畫手猶難吴道玄。

其二

獨立石梁看幾迴，雲蒸霧委逼人來。天生珠樹聯翩映，地涌蓮花次第開。一部鼓吹喧晝夜，三分鼎足震風雷。泉有三。下流水性翻同火，魯國儒生仔細猜。

其三

草樹全呈白帝威，水花泉蕊更芳菲。嶺頭蹋躍非關咒，漢上淋漓不用機。忽地

喧騰遮客語，有時翔舞上人衣。中宵如傍銀灣宿，骨冷魂清夢不歸。

其　四

泉上閒聽野老言，果然往復徵乾坤。涓涘昔作鮫珠滴，滂湃今同軸雨翻。偶爾靈源迴地脈，都由福曜在天黿。會看甘液從茲澍，賜履山河總被恩。

千佛寺 寺前正對華不注。

疊疊煙雲地，何妨近市廛。城中湖弄雪，甸外水生煙。前嶺囊錐出，層峯鐵甕懸。今朝華不注，偏與我周旋。

靈　巖

秀媚山巒傍岱宗，天孫縷結翠重重。石花珂蕊深藏寺，蠟淚螺烟巧作峯。一勺已嘗法定水，千章真愛朗公松。數年赤地飛泉斷，我欲潭邊起睡龍。

登岱宗十首

岳勢同雲氣，天然秀冶稀。冰獰添瀑韻，樹蜕益山威。地軸孤峯盡，羲輪午夜輝。層稜骨理别，不必較芳菲。

其二

穴底窗猶遠，珠中曲莫偕。前人踏皂帽，後侣戴青鞋。九地陰霾墊，三天瘦削崖。飛禽難到處，隱室似鳩柴。

其三

不遠蓬玄路，攀躋莫厭勞。剪峯成蕊葉，插漢盡波濤。大海環三界，中原僅一毛。由來天下小，況復此山高。

其四

近水如飛縷，遥封似列村。孤高呈海蜃，尊特壓天黿。射首同鬟婢，徂徠豈弟昆。古人饒目力，曾此見吳門。

其　五

千秋填海曲，五岳重神房。典禮從三代，尊崇歷九皇。石消遺字隱，地老舊壇荒。人主通天事，儒生不敢詳。

其　六

風日今朝好，遍游按舊圖。攀崖忘失脚，入洞倦垂顱。疥壁錐何厲，污雲墨盡塗。秦碑差可語，有字不如無。

其　七

天際瞻蒼翠，今宵此處眠。近人山月皎，照壁海霞鮮。瑟瑟穿崖樹，熒熒帶雪泉。何須尋玉簡，夢已告長年。是夜得佳夢。

其八

淩冰雙屐緩，撥雪一藤艱。偶到黄花洞，重逢翠羽山。龍章前作闕，鳳質後爲關。蔗尾居然似，游人且莫還。

其九

極目神皋地，蕭條滿大荒。祈年何切切，遍雨竟茫茫。青帝非無意，蒼生合有殃。主人供酒食，三嘆不能嘗。

其十

莫話登封事，民艱值此時。巢梁無故燕，依井有新葵。好雨同甘露，嘉禾等瑞芝。三公神秩貴，福國竟如斯。

登岱還，柬州守侯佩之

歷險皆平善，相看賀一巵。峯巒隨客到，神骨有誰知。九子寧尤物，三峨失秀眉。主人應仲遠，模寫益新奇。

文宇王孫園同少府龔我醒、司理呂豫石見所貞白隔歲預作上元之宴，即席賦

處世忽如夢，爲歡貴及辰。同偷忙裏適，共賞臘前春。枝蕊千燈映，繩竿百戲陳。主人富麗藻，詩畫總清新。

題會稽女子詩跋

予過兗東一古驛中，見壁間有字云：「余生長會稽，幼攻書史，年方及笄，適於燕客。嗟林下之風致，事腹負之將軍。加以河東獅子，日吼數聲。今早薄言往訴，逢彼之怒，鞭箠亂下，辱等奴婢。余氣溢填胸，幾不能起。嗟乎！余籠中人耳，死何足惜，但恐委身草莽，湮没無聞，故忍死須臾，候同類睡熟，竊至後亭，以淚和墨，題三詩於壁，并序出處。庶知音讀之，悲余生之不辰，則余死且不朽。其一曰：銀紅衫子半蒙塵，一盞孤燈伴此身。恰似梨花經雨後，可憐零落舊時春。其二曰：終日如同虎豹游，含情默坐恨悠悠。老天生妾非無意，留與風流

作話頭。其三曰：萬種憂愁訴與誰，對人强笑背人悲。此詩莫把尋常看，一句詩成千淚垂。」予覽之不覺泫然，猶冀其未必死也，因作三詩書其後。

枉讀新詩淚滿巾，近踪燕越好追詢。將軍應是饒錢癖，急把黃金贖慧人。

其二

含情一字淚千行，蘭玉心情錦繡腸。買入五湖舟裏去，山花水月細平章。

其三

安能長伴虎狼游，日夜摧殘命合休。女鬼冤讎誰報得，幾回怒髮對吴鈎。

嶧山

乍愛堆雲秀，還驚累卵危。仙書遺斷墨，帝弈雨殘棋。禹跡孤桐寺，秦功大篆碑。生居文藻國，名勝尚多奇。

其二

澮煙呈異色，古溜發奇章。依土何須蔕，彌天盡欲翔。微欹忻有宇，中斷嘆無梁。試望層顛上，石帆幾葉張。

郵亭見亡友白爾亨壁間詩感賦

是我同聲友，維揚一俊人。春花生齒頰，秋水作精神。訪岳盟何在，憂時墨尚新。漏鍾三十六，定數漫悲辛。丙辰春，予在京華，爾亨邀予城西極樂寺晤言。爾亨時年三十六，謂予曰：「予往得一異夢，夢至帝所，詢以壽。帝曰汝試聽我殿前鐘聲。予即静嘿聽之，擊至三十六而止。予曰：壽止三十六耶？帝無言，但令予歸。今年予三十六矣，恐定數不可逃也。」至秋病，歸而逝，得年果三十六。

全椒道中

高峯已下日，凹處尚留明。深嶂傳燈火，暗橋沸水聲。風緊車尤嘯，石獰馬忽驚。香泉知不遠，急去洗塵纓。

香泉

如此温泉沸四時，不須凡火也稀奇。可知清泰如來國，定有蓮花七寶池。

采石

風起浪噴巖，宫商幻餘竅。青林作冶粧，大江爲寫照。雪花忽飄瞥，謝家山已皓。依巖一夕眠，骨冷絶夢到。彷彿青蓮魂，登頂發清嘯。曉起弄新晴，千山濃雪耀。

其二

清寂何曾似宦游，鷗鳧結伴此溪頭。祇緣柳下安卑秩，仍效玄真作隱流。雨急漁翁剛住釣，風來估客共維舟。謝家山色居然好，不得移棲且暫留。

姑熟溪

雪霽山日生，光輝發皓白。小舟覓故人，謝家山咫尺。溪行向南去，屢顧戀采石。寒林夾清渠，澄潭晒網集。魚鷹沙上行，嘴似珊瑚赤。曝背忽成眠，此中莫喻適。

雨泊采石

銀竹漫江來，菁林如翠羽。不愛采石月，偏愛采石雨。

其二

盤旋小舟中，閒話雨聲裏。舒襆即成牀，卷襆即成几。

除日采石阻風，兼柬曹元甫

竹箭走西陵，忽過天門嶂。稷雪亂飄揚，微吟寄小舫。千頃白鷗波，中有青蓮相。風驅雲盡飛，山約水彌壯。峯似寫眉煙，松窮偃蓋狀。時倚依巖樹，細聽觸石浪。薄宦亦何爲，所志在清曠。北來塵路窮，仍得遂微尚。除日峨眉亭，兹游亦何暢。寂寞更何辭，所喜絕塵鞅。我有同心友，塊處抱悽愴。如此秀山川，未得偕禽向。結伴固有時，兹來未可望。水泊予所安，君無憂旅況。

采石歲暮即事

秀冶堪怡目，凌冰一上臺。吴山隨雨没，蜀雪打巖回。松秃横蒼幹，石文繡紫苔。我藏數斗酒，聊以薦仙才。

其二

積水明村市，孤山塞古津。臘殘無霽日，歲暮少閒人。麻米陳清供，鷗鳧作近隣。故園梅正好，不上小烏巾。

戊午元日采石舟中試筆，時值大雪

纖塵不到小舟邊，天賚餘生簡澹緣。有寺有樓何異宅，非官非隱亦疑仙。愛山恰好添鮮色，作客同忻兆稔年。鳥跡人蹤都滅盡，攜筇一拜李青蓮。

雪中登峨眉亭

載雪來山頂，遊蹤亦太豪。壓林披竹柏，迷險犯波濤。尚覺江身濁，微分岫影高。截流飛一葉，得失嘆毫毛。

雪中讀夏濮山歙浦詩有作

唐聲久不作，大雅見斯篇。玄澹同摩詰，清靈近浩然。才情寧作我，法度更從先。一帙蓬窗下，微吟雪滿船。

峨眉亭懷曹元甫

昔讀太白詩，君才依然是。每思太白顔，君貌分明似。快哉峨眉亭，水急石齒齒。宿露一朝開，謝家山盡蕊。何必懷故鄉，青山洵爲美。況有素心人，風味如蘭芷。一廛寄煙嵐，終當共吾子。

雪霽放舟東下

初曦粲粲泮蓬冰，慈姥山頭水更澄。兩岸雪山相照耀，千帆結陣走金陵。

其二

濤聲滂湃似奔雷，兩道飛蓬水上開。雪裏鍾陵天外影，牛頭纔過燕磯來。

上元日李大中丞順衡席上聽新聲賦贈

今宵良宴會，綺席試春風。芳草迎裴令，穠華擁謝公。珍厨傳郇國，名酒敵新豐。三雅杯纔設，九微火正烘。交光奪滿月，奢帶剪長虹。妙選平頭冶，時翻樂府工。燈明花更麗，肉好竹難同。乍落直穿地，俄騰仰注空。輕盈飄弱絮，銛健挽强弓。獨出絲抽繭，曹喧蕊聚蜂。呢喃和喜燕，嚦喉寫驚鴻。響激珠頻串，音殘縷未終。度針喉巧幻，裹鐵調圓融。銀竹迷鳴箭，金羊積豔蟲。兜尊花霧裏，象板雨聲中。酪薦奴茶茗，腴删帝筍菘。騷壇親徵曲，幕府舊平戎。且倚鸞臺醉，安知麟閣功。九邊酣戰罍，三徑息英雄。按拍譚奇正，臨枰話守攻。文章裁白紵，韜略課青僮。歡駐千莖緑，閒留兩頰紅。鄴侯生鎖骨，弘景晚方瞳。何幸逢投轄，無煩嘆轉蓬。廣陵當卜築，杖屨侍仙翁。

揚州早發

煙水緣何熟，經旬只住舟。隨風登采石，帶雪出揚州。春後寒猶重，江南草漸柔。閒情久已澹，勝侶覓沙鷗。

廣陵重會吴季美，值其五旬初度，賦此贈之

邗溝重把臂，玄鬢向來人。曦日隨他换，煙雲娱此身。壯年先入道，囂跡豈關神。遲我爲臺向，同遊世外春。

送方子公兒子思純

猶作無家客，重逢淚不乾。多年亡父母，何計緩饑寒。破柱尋書失，開松覓劍難。終懷丘首志，清水載遺棺。時將往臨清載其父旅櫬還。

蕪湖早發入新安〔一〕

豈擬長宦耳生輪，勞尾魚今暫息鱗。冠帶場中爲隱士，煙嵐國裏作官人。和雲

竹葉陰森路，泛水桃花豔冶春。欲覓漁郎何處是，數家鷄犬隔重津。

〔一〕自此首至本卷末各詩，皆據集選補。

由蕪湖入新安道上雜詠

春水平田鷺一羣，黄花陌上野香薰。若爲雨霽猶屯霧，總以松多易染雲。洞拂古莎來鹿女，原留新跡過山君。馬蹄閒踏蕭森影，夜月朝曦兩不分。

其　二

長途一縷蝕山腰，靄至時逢伐木樵。地僻乍存三兩户，溪多何止百千橋。小園處處花相接，遠岫重重雪未消。半壁已驚千丈落，登峯猶自路迢遥。

其　三

幾迴披葉與穿花，于役登臨望已奢。驛路只隨晴雪去，山城常被晚嵐遮。何村不是王官谷，到處堪爲處士家。石骨鱗鱗溪練疾，故將竹筏代遊槎。

其　四

春鳥啼來不諳名，桃花叢裏吠龍清。欲登山塔都無路，未見溪河先有聲。棗葉幾何人亦住，鴣頭直上馬猶行。巉巖滿目餘阡陌，處處樵蘇間耦耕。

初至新安，李謫星招飲泛舟，同王孝廉穉吕、程茂才孔達

煙雲歸散吏，風日媚游舠。偶過花間寺，頻穿柳外橋。遠山猶見雪，近水乍聞潮。對酒成狂笑，天都路不遥。

潘景升招飲山寺，即席賦

繞城山態欲飛翔，石路鏗然到上方。雨勒夭桃猶斂蕚，煙籠姹竹漸聞香。窮來尚喜存龍性，話裏重新泣雁行。廿載别離今把臂，頭顱白盡舊潘郎。

王穉吕招飲泛舟，同謫星

景物居然勝，頻遊也不妨。六川孤澗納，十寺一峯藏。花好催春酌，山深聚楚狂。隔舟香霧裏，聽曲指王郎。太平十寺，俱在一山。

汪僑孫園中看桃花，同郝公琰、謝禹仲

古園猶自佇穠華，覆户石楠竹徑斜。留得豔陽晴半日，同看紅樹燦餘花。篋中緗帙班生宅，門裏春山謝眺家。雷作雨媒剛數點，飛杯忍負赤城霞。

聞王穉吕攜二妙遊如意諸寺，賦寄

莫億江南青翰舟，螺山縠水且夷猶。到來蕭寺名如意，攜得佳人字莫愁。西嶺雲開存黛色，前溪雨過帶花流。燕鶯即是烟霞伴，禽尚何須向外求。

首夏買舟邀夏濮山明府泛河西，并遊太平寺，雨中有述

繞郭存佳勝，追隨樂未央。最忻臨練浦，猶喜近韶光。錦纜牽何處，青溪曲正長。

煙嵐藏市井，山水設金湯。草樹明烏嶺，樓臺倒紫陽。溪鱗空裏隊，巖蘂鏡中香。新筍充肴核，殘鶯佐酒觴。倉皇俄電笑，砰隱忽雷裝。不畏驚濤立，還忻快雨涼。濃雲移鳥道，疊雪震魚梁。駁蝕尋高岸，淋漓入道場。過橋聞瀑，覓徑得修篁。杯爲留賓拚，蔬緣愛主嘗。軒楹重徙倚，丘壑細平章。君出燦花論，予慚錦繡囊。文章窮酉穴，膏液儼庚桑。拭眼看鵬翼，含情託雁行。再期明月夜，芳谷共徜徉。

梧桐洞小飲

雨雲隨馬去，雪瀑濺衣來。忽到梧桐洞，同傾竹葉杯。

落石，赴丁貞白招，同丁孺三、孔達、惟修

山是何年破，石猶此地留。雙溪分燕尾，孤嶼出鰲頭。欹笠觀霞壁，停杯看雪流。欲知登覽興，銀竹在衣裘。

同張令君芝亭社兄泛舟話舊

不向華堂沸竹絲，茗甌松麈話離思。相逢畫舫歡娛地，轉憶名場枕藉時。雨過

淵淵鳴皓雪，雲開疊疊露蒼眉。垂天羽翼君先起，倦鳥今纔占一枝。甲辰會試與芝亭同坐一草蓬下，蒼眉見桓玄衡山賦。

齊雲

尤物從來九子聞，兹山奇幻更誰羣。三姑絶似三珠樹，五老居然五朵雲。列鼎陳敦存岫骨，飛朱灑墨寫巖文。滂沱頃刻翻霞壁，雨韻泉聲兩不分。

飲丁孺三碧霄樓，同程試可

依巖懸畫閣，客至似飛翔。南牖騰蒼壁，西窗暗綠篁。入泉歌易隱，敵雨笑偏狂。爛醉休言去，敷蒲有石牀。

鄭村訪秦京兄

仗履辭城市，清言了不聞。一丸長謝客，十里遠尋君。治習同秋草，詩思尚夏雲。新安多旅士，野鶴在雞羣。

其　二

十里新篁路，殘鶯尚可聞。溪迴如導我，山轉忽逢君。撫景思隨會，臨文憶子雲。舊交惟爾在，若爲久離羣。時同閱黄太史平倩集。

汪長馭師摯園

宛轉欄如導，檀欒徑合斜。門中看石壁，水底見山花。世業聊存素，天成豈鬭奢。中郎曾倒屣，廿載舊通家。其尊人景謨，先兄中郎門下士也。

步至王將軍園

忽忽忘簪帶，扶籐信所如。畏人思入壁，休眼罷觀書。竹長斜穿屋，泉多亂注渠。榴花時墮水，錯認是朱魚。

初度，同秦京及諸公泛舟二首

何處堪怡悦，名藍聚水西。利錐逢快友，文練出清溪。上客全寒素，微官半隱棲。決雲還縱壑，魚鳥任高低。古云：「汝潁之士利如錐。」京，汝南人，故云。是日放生。

其二

我本無公事，那能不泛船。肯將閒日月，孤却秀山川。戲水生能悦，浮家歲合延。君看鼓楫者，偏得喚長年。

夏令君元配胡孺人挽章四首

書黛螺猶在，返魂藥已稀。雖忻膺鳳紙，難報卧牛衣。秉筆誰相泣，攀轅不共歸。遺奩無一物，惟有舊支機。

其二

夫子真循吏，魚軒亦大賢。釜塵常莞爾，鞭葦也潸然。漫話耕鋤事，先慳黻佩緣。桐鄉他日祀，兼酎小君前。

其三

怪鳥偏追逐，祥鸞早棄捐。高柔妻短命，馮衍室長年。花發先凋蕙，琴揮忽斷絃。悼亡休太苦，潘鬢漸非玄。

其四

百里淹鸞鳳，雲霄自此翔。蓮心偏共茹，蔗尾不同嘗。哀旐辭黄嶺，悲笳出紫陽。笥中留畫扇，遺願有仙郎。

績溪道上

風好忽成寐，醒聞雲碓音。松陰生隱趣，禾氣發鄉心。百轉惟逢水，千盤不過岑。匆匆乘傳去，未許話登臨。

夏日同湯祭酒霍林、同年詹翀南、潘景升、孫晉仲兄弟遊敬亭山

勝地炎蒸也合來，竹陰花影繪蹊苔。難逢黄蘗咨心要，且對青蓮問酒杯。梘嶺似眉穿樹出，宛溪如練繞山迴。綦藤到處還祠廟，異代偏憐謝朓才。山下即黄蘗之廣教寺。

詹日至、劉旭招飲澄江亭，即席賦

分沙漏石愛清流，泛宅人同練上遊。他日有緣來往此，未營居室且營舟。

其二

清譚長日麈慵揮，霞綺江澄發妙機。地主才情勝孔顗，齒牙不借謝玄暉。

赴句曲送校士

餘睡猶在目，殘夢入潺湲。山深滴霧露，侵晨弄微寒。亂峯圍沃壤，禾穗亦已

繁。微官無遠慮，身勞心所安。束帶非有苦，不敢話歸田。散步綺畛間，豈復異鄉園。聊作無心雲，異患何能干。

游三茅山

鼎足峯巒峙，青蒼撲近郊。兩宮如列縣，孤頂似居巢。松閣風猶勁，蒲潭草已交。雁行零落盡，不忍話三茅。

畢東郊見召郊園，有述

別業枕巖阿，追隨鷺羽過。千山喧送雨，一室靜聽歌。夜色先歸竹，秋聲只在荷。主人偏嗜水，十畝半煙波。

二

北海杯曾共，西園酒亦同。興添風葉裏，譚劇雨聲中。流馬存燈影，屠龍試火攻。東山安石在，怒臂笑胡戎。是日觀巧燈及械炮。

秋日同程彥之、程如晦、汪惟修往游霞山

扶藤如渴驥，水陸歷金湯。溪路先辭暑，風柯已變商。蓋飄陳菓落，衣染澹花香。標建蒸霞麗，濤鳴疊雪涼。裂雲成大道，絕澗起飛梁。臂接同猿飲，身輕似鳥翔。雉城分仔細，虎節辨微茫。樓閣霄端接，閭閻井底藏。孤峯祠火帝，十刹奉空王。神木天呈瑞，文波地發祥。新安千古勝，大好憶蕭皇。

邀王先民、彥之寶相寺食齋有述

出郭崎嶔甚，稍平寶地留。松遮禪院寂，竹隱唄聲幽。蘇晉長齋至，戴顒野服游。口閒聊豎義，莫嘆祖庭秋。

同先民、彥之寶相寺食齋，便往聶仙墓

支藤閒一日，聊作六時仙。寺外竹相接，林中楓欲燃。慵來憑古木，渴至漱寒泉。却嘆丹成客，猶然有墓田。

宛陵哭林兵憲樗朋先生

乍聞辭世夢魂驚，逐月奔星到宛城。鼓角罷喧人吏散，几筵空設兔狐鳴。江南無福留慈父，塞北多艱需老成。伯道已傷絶胤子，可憐相繼喪門生。林爲先兄門下士，時梁觀察惺田亦下世。

黄山

東南佳麗氣，幻出此山形。壁壁姿神活，峯峯骨法靈。雨收新綻蕊，霧墮淨舒屏。軒后真仙眼，搜奇建福庭。

二

天孫縷纈就，帝子琢磨成。拱揖存容止，迴環具性情。絶奇直一死，得到慶餘生。莫便歡呼極，經途總化城。

三

名以軒皇著，基從邃古開。游仙天子至，招隱帝王來。朱鳥猶鳴樹，玄猿尚嘯臺。夜深光怪起，海底盡丹材。

四

鴣雀頭邊過，蓮花片上眠。西瞻溢浦雪，東望廣陵烟。追琢嗟丹壁，鋒鋩駭筍田。貎山多溢語，此地愧難詮。

同諸公至曹元甫郊園

紅塵欲染鬢毛班，博得登臨半日閒。柳路略嫌遮采石，柴門恰好卓青山。良朋不請爭飛蓋，清謔無端也破顏。江表煙雲君已飽，可能黄海一追攀。

遊水西寺

纔出城闉便見松，水西如畫且移筇。逃禪天子曾留偈，吐舌沙門尚有鐘。近澗溶溶圍古寺，前山疊疊湧高峯。風光到此堪怡悦，況有良朋載酒從。

壽虞大椿翁七十

漢室公卿貴，誰同谷口真。文章歌白雪，行履踐朱繩。徵夢楓猶異，入懷蛟已神。鷗機忘不設，龍性健難馴。秖以書爲稼，惟餘道未貧。篇中生李杜，膝下走荀陳。野逸尋鳬鷺，功名託鳳麟。將雛來歙浦，選勝過郭濱。令子珪璋彦，經時社稷臣。學抒何必仕，澤究不須身。杲日千門曉，和風萬井春。歌謠喧下邑，誦祝沸編民。似水皆趨海，緣江實起岷。螺山陳茁筍，綺澗共鮮鱗。軒后銚猶在，容成跡又新。終符蝶叟語，久視似靈椿。

午日汶溪觀競渡，大會松蘿社諸君子二律，用真韻

游龍凌駛水，舉國沸通津。何以經千載，猶然念楚人。近山明几案，疊水濺冠巾。喜逐雞壇後，珠盤插又新。

其二

叔夜由來懶，陶潛不厭貧。爲誰牛馬走，還我薜蘿身。白社添新侣，青山識故人。脂車予自喜，分袂也沾巾。

登齊山

何處非尤物，攀蘿豈憚勤。山空純是洞，石怪盡如雲。遠岫迷天塹，長江隱地紋。秋來秋浦好，惆悵雁離羣。

池陽宛陵參謁回將北發，偶兒子祈年自楚來省，同日會于金陵長干里，喜而有作 時遼陽邊報甚急，京師戒嚴。

奔星逐月爲微官，山上紅塵水上瀾。千里楚吴悲異地，一朝父子聚長干。欲行欲住身謀拙，無餉無兵國步難。得汝故園將母去，小臣戀闕敢偷安。

舟次宿遷，聞遼左信，送眷屬南歸，示兒子祈年二首

北風吹水撼孤城，送子南歸百感生。白首登朝逢禍亂，黑頭失意過清平。爾衝濤浪還湘浦，我逐干戈走帝京。千古袁家稱大族，祇緣歷代有忠貞。

其二

牽衣念汝拜頻頻，骨肉分飛淚滿巾。家值萍飄須長子，時當板蕩要忠臣。駛波欲逗南歸客，寒雁猶憐北去人。不似大蘇遷謫日，斜川尚得侍昏晨。

喜徐辰叟同入燕次韻

雞壇舊日和詩篇，字羽分暌今又全。長樂鐘聲同夢裏，西山雪色共尊前。聊耽粉署談心樂，暫緩青巖抱膝眠。七子最先徐幹至，著成中論挾風煙。

西山圖

爽氣果然佳，終朝看不足。何如貌此山，嵐霧指中出。

梅花勁骨卷

李碩人，少習歌舞，長肄琴書，不作野外鴛鴦，願爲閣中鵜鶼。青驄白馬，夫壻自居上頭；養紙薰衣，翔風堪爲房老。已而所天既逝，不忍偕亡。銅母木奴，頗資部署；杞兒桂子，尚借支撑。一經已兆于仙郎，九原何慙于阿父。甫乃居家學道，處俗志真，借浮囊以自嚴，寶德瓶而不毁。舞裙歌扇，永作篋巾之塵；經卷藥爐，長爲世外之伴。真月上之高足，而大士之淨妹也。予心欽焉，故有斯作。

寒風吹雪漫山丘，綠萼瑶華韻更幽。寶瑟罷彈愁脈脈，錦衾無侶恨悠悠。和丸投杵情難盡，埋粉沉香願易酬。自有青蓮堪度世，不同燕子咽危樓。

其　二

斫却龍槽斷却絃，不隨人去有因緣。香銷久已拋雙夢，骨冷何曾異九泉。念佛且憑樊素口，書經不用薛濤箋。永將身命歸清泰，誰羡珠宫窅窈仙。

壽人翁媪

市兒金爲活，賢人德爲食。不見萬石君，簪裙光照國。翁婦偕隱淪，負戴同棲逸。煙汀浴鳧紋，水嶼飄鶴翼。九百九十枚，忽然到門側。試看弧帨辰，粲粲金文色。

南赴禮曹任，步須日華韻

烽火三韓恨未休，東風先洗哭時憂。浮家汎宅真吾事，調馬書眉不解愁。道侶舊推蓮社長，老來新拜醉鄉侯。也知仕隱非忘世，盛際陶唐有許由。

同同年兄弟吴元無、中維烈、姜季捷飲于魏仲雪齋中，仲雪賦詩成，予屬和，時有結社之約

空齋雨夜共依棲，絶似寒禽揀一枝。孤客不逢棠棣酒，五年嬾賦菊花詩。袁羊敏速無佳句，衛玠清羸有妙思。勝地良辰休負却，珠盤歃後試新詞。

壽范封君

緑髮方瞳一丈夫，登山涉水嗔人扶。不貪斗米荒三徑，自愛扁舟泛五湖。嘯雪歌雲銷節序，剪松沉柏養頭顱。匡時事業兒曹在，且逐長生問酒壺。長生，范長生也。

珂雪齋集

〔明〕袁中道　著
錢伯城　點校

中

上海古籍出版社

珂雪齋集卷之九

送觀察周公遷光禄少卿序

蓋任事之難其人也久矣，非才之難，而實心爲國者少也。天下承平日久，張不勝弛，無法無弊，竇乃萬端，方森森焉如不櫛之髮，而我奈何晏然避生事之名，欲以無事處之。古之君子，居一官則畢能其官，勞怨不問。興百世之利，鋤屢代之害，若其家然。後之人身在局中，而反漠然若局外人。明不足也，而文之曰渾厚；膽不足也，而文之曰鎮静。其究歸於無毁無譽，安然得所欲以去，若傳舍然。夫涉灔澦者恃長年，走羊腸者恃御師。今率拙任事，而巧避事，天下事復誰望？居恒謂中外亦多故矣，即肘掣未至不可爲，何遽使實心爲國者，寥寥如角。及觀監司周公，然後知天下未常無人也。

公起家爲劇縣令，以直道不容於時，擯斥家食者數十年，而最後乃佐楚臬，分治江、漢之間。公爲人，慷慨有氣節，義所當爲，迅如鷙鳥之發，百步不留行。剛腸疾惡，不可旁撓。家居既久，動心忍性之餘，骨力愈堅，見地愈卓，明習當時之故異。日者，楚藩之有煩言也，公曰：「楚且變！」已而果然。會以一重臣來，人謂楚事弭矣。公曰：「變未艾也。」已而又然。凡公所以料楚策楚者甚工，而惜乎不獲用。然公於羣藩控御有法，始以恩信服之而不可，則用法。藩蔑法不下，楚所以逆鎖之甚多。往有名家青衿子奴，與藩卒搏，卒不勝，呼其宗之羣不逞者，直破其門，入其室，擊青衿幾斃，辱及其孥。其家擊建鼓以聞。公掀髯曰：「是不畏漢法耶！」立逮其魁數十人至庭中，數其罪，以次受罰皆如令。闔宗環立戟下莫敢譁。終公之任，無跳梁者。公之控御多此類。武弁紈袴藪，其篆，惟力是視。公任其良，稍不檢，褫黜立至。程以訓練，多精兵。而屯賦爲武人，陸海朱紫，其籍莫可詰，乃一一爲稽覈，得其乾没者治之。屯政清異。

時當事者受他指，拓郡城若干丈，地污惟貯潦水，又於形家不宜。二十餘年來，屢欲復，屢以築室止。公朝建議，夕設版，不浹月，遂如故址。復濬其隍若干里，以達于漢，民益便之。郡東北，舊楚王臺榭在焉，皆浩浩乎匯爲湖，湖漸淤爲腴田，豪家食而不税。公覈不税之田若干畝，籍爲賦。郡爲孔道，郵騎項背接，自播變以來，郵卒不堪命者求去；代以新，新者復行金錢祈脱，否則逃去。十餘年來，聚訟鼎沸。有司仰屋歎。公曰：「吾得之矣！」乃以前淤賦增馬價，於是故者爭出受事；前所呶呶者，俱寂無聲。公又謂江、漢環抱此郡，如人脈理，不可使不會。昔孟忠襄西引沮、漳之水入漢，而後荆東北有水險。是時江水，鶴穴入湖，而與漢合；今穴閼不復合矣，試爲石閘，以時啓閉。且海可閘，何疑於江？議成，將受事矣，而會公遷去。

議者僉謂，今天下邊腹多事，何不即寘公于建牙開府之地，以少展其逸足。而今以貳光禄，毋其以函牛之鼎爲臛雞用耶？愚謂當事者姑以此爲津梁耳，行且大用公。且公之屈也久矣，不大伸，何以酬大屈哉？乃愚則重有感于公爲令時事也。追思權門薰轑之時，寒燠惟其呼吸，赤側朝行，則寶書暮下。人有以是爲公地者，而公如不聞。遊龍輿馬自長安來，典衣奴子横索金錢，不得則禍立至。人有以是爲公危者，公亦如不聞，謂我爲縣官牧養小民耳，豈以脂膏易一官。然公卒以是詘。蓋至既遭賈傅之遷，旋下敬通之詆，人固謂直道之果不可伸也。及一轉盼之間，向之炎炎隆隆者，已化爲冷風，爲浮煙，況傴僂而稱掃門人哉？而公之風節久而愈彰，以不用而鬱爲大用，今且津津乎未有涯，又安見直道之果不可伸也。嚮使公俯首而事馮子都、王子方輩，可以唾取要津。即不然，而與世浮沉，斂其强項之氣，亦不至濩落如往時。然公即不濩落如往時，而求完其節，全其品，以伸爲今日之用無有也。天道倚伏之機，人事去取之衡，亦可識矣。如公者，非百世之師也歟？公之功名，必且爲國之大臣，光禄其津梁耳。天子且重用公，日可俟矣。

送邑大夫方公歸田序

雖有異才清操，命不值則不亨，此非人力也。南唐馮贄云：「早知窮達有命，悔不十年讀書。」豈惟事科舉，即宦途可知也。公以文章宿儒，棄去令予邑，百廢皆興。然前此江不溢，至是水大漲，破城郭。前時歲不甚歉，二三年輒大饑，公行村落中自賑之。小民輒公發富民廩，爲盗不可治。倖門吏胥，公力搜剔，然奸猾山積。公爲民日以羸瘦，貧次骨。然天變人情若此。且公釋科舉而宦遊，以爲可以稍行其志矣，而卒不伸，非命也歟？民貧，度支無從出，過客不滿意，則譙訶隨至，以爲公似强項者。孰知公之淳謹甚也！

夫送迎之不周，水患之至，城郭圮，倉廩虚，猾民反噬，盗賊多有，此其治狀之可見者也。若夫撫凋瘵如赤子，進之衽席，惟恐傷之，此心之不可見者也。寘其不可見者，而摘其可見者，宜矣何憾！公獨不憶初下車時語予事也？公舉於乙卯，夢人曰：「首春官則仕。」以此屢試屢詘，至丙戌三十餘年矣，不得已，乃宦得公安，實爲予兄首制科年也。公甫得公安，大驚曰：「吾夢所謂首制科乃宦者，其驗歟！」考其時，予兄皆未生也。定命如此，夫復何逃？豈進有命，退無命乎？公歸矣！予事科舉無效，惟有志讀十年書。魏武有言：「老而能學，惟予與袁伯業耳。」公才高學博，歸而澆花種竹，與古人爲伍，亦安往而不樂哉？夫州縣之徒勞，則自古嘆之矣。

贈東粤李封公序

古之隱君子，不得志於時，而甘沉冥者，其心超然出塵弢之外矣，而猶必有寄焉然後快。蓋其中亦有所不能平，而借所寄者力與之戰，僅能勝之而已。或以山水，或以麯蘗，或以著述，或以養生，皆寄也。寄也者，物也。借怡于物，以内暢其性靈者，其力微，所謂寒入火室，暖自外生者也。故隱者貴聞道，聞道則其心休矣。惟心休而不假物以適者，隱爲真隱。陶元亮之隱也，差適矣，今讀其詩，殷憂内結，至于生死遷變之際，每每泫然欲涕，而姑借酒以降之，又安能樂？然則自漢以後，以道隱而自適其窮者，一邵子耳。邵子洞先天之秘，觀化于時，一切柴棘，如爐點雪，如火銷冰，故能與造物者爲友，而遊於温和恬適之鄉。彼惟不借力於物，而融化于道，斯深於隱者也。後之繼者，其惟白沙先生乎？邵子有言：「學不至樂，不可言學。」白沙之學，近於樂矣。樂生於覺者也。夢中悲歡喜戚，無端糾纏，忽然一覺，而窅莫得其所在。故白沙洞明心地之後，處窮處達，無往而不適。是之謂樂得其道，而内不受物之弊鎩，豈待排豁焉。白沙蓋邵子以後一人也。

東粵李公，少懷物外之志，始抱異才，唾取軒裳，而竟不得大伸于時，僅就一博士以老。人固以此爲公侘傺，而公暢然自若。甫得一官而去之，閉門偃息，泊然無營。或曰此質行長者也，或曰隱君子也，或曰此古達者也。皆非也。公蓋學白沙之學者也，其于休心忘累之境，有所遇焉，故終身淪落而無悶。死生無變于己，而況人事之倏得倏失者乎！則近時之以道隱者，公又一人焉，而豈若借適於物者流，力戰於牢騷不平者哉！雖然，隱，顯跡也。非聞道不能隱，非聞道又豈能顯？而能以道隱者，必能以道顯者也。特抱道者，嗇于用而不及展；而稍稍見諸用者，又矜於氣而不化。假令堯夫、明道輩，得伸其用，真儒作用，必大可觀。近代文成一出，功施爛焉。性地之所發揮，概可知已。則白沙與公，皆能以道顯諸用，而不及顯者也。

古之君子，抱此道者，以其真自適，而出其餘緒以及天下。當吾世而不及試，則留以俟後之人。後之人有能行吾道者，道在天下，即吾之精神在于天下，又何必身有之。今公之哲嗣，置身鏡衡之司，旦暮且陶鑄天下。學公之學，行公之志，畢公所未抒之事業，公之隱而未及顯者，今且津津乎大顯矣，是又邵子與白沙未有之遭也。道德具于生前，而榮華集於身後，赫赫綸綍，下賁泉壤。即不足爲公加損，而益以見天之久定，吾道之終亨矣。此予所以樂爲述也。

壽潘太碩人八十序

天子鄣之間，數有人譚羽化之術，且曰龍沙之期至矣。所云八百人者，散於天下，而其主盟爲導師者，今在新安萬山之中，蓋唐、宋間人也，或隱或顯，緣合者遇之。予聞而異焉，且疑焉，曰：「真耶幻耶？是不必研踵繭足而至者，可立決也。」至新安覓之，無影響。涉重嶺，至婺源，而主於去華潘君之舍。

去華有別墅，名小桃源，山水清勝，館予其間。初語予以因果報應之事，令我惴然怖；已語予以升濟神明之説，令我暢然喜。久之，若爲孺子可教也，乃語予以先天大易之學，令我霍然若有所悟。十日之内，往復不可勝記。大略聆之如牙頰之有丹砂也，如身在清涼之國，而舉胸中柴戟之苦，濯濯乎隨輕風而化也。浩浩焉不飲而酣適，不歌舞而暢快。蓋自有生來，予始知世間有朋友之樂矣。

已而修登堂拜母之儀，去華曰：「吾母今年八十矣，公來適與期會，緣也，可無一言？」予曰：「予之來也，蓋欲有所遇，而不意其幻也。然今則有所遇矣。昔淨名依於忠孝，今去華登朝抗疏，爲名御史；出而佐郡，爲良有司；歸而養母，嘻嘻爲孺子。慕其忠孝大節如是，而又于盈虛消息之理，灑然而自得，忘苦而忘年，尚當于世上求之歟？是役也，予見世外人焉，并見易遷宮中人焉，不可謂不遇也。予不得更作世間語也。」遂書之以爲祝。

壽安遠令田近薇七十序

邑中諸田，號爲大姓。有善人焉，是謂寅山翁，以其力食數百人，旁絕姬媵，生子十一人。十一人者，皆能成立。其中又有善人焉，是謂近薇君。萬曆之二十四年，近薇君以邑令懸車於家，年七十矣。寅山翁固無恙也。稱觴之日，其皤然于上，神明遒然，望而知爲地行仙者，翁也。冠進賢冠，雙鬢猶玄，顏若渥丹，目無旁睨，足無失步，于于然若有所慕，如孺子色者，近薇君也。或斑斑，或二毛，褎衣大冠，揖讓而前者，諸季也。高冠長裾，其來如林，蹌蹌于下者，君之諸子侄，與諸孫也。諸子稱觴于七十二之父，已奇。七十者又稱觴于九十二之父，則又奇。九十二之父，精神矯健，與七十之子幾不辨，則又大奇矣。

古言世德，不言世壽，然而世壽未有不本于世德者。生也晚，不習寅山翁事，若近薇君，則固所耳而目之者。寅山翁治家嚴，君事之尤宛。問安之頃，翁如甘卧，君以足嘗地始行。翁老脱一齒，君走太和，禱於神，齒復生，人皆以爲孝感。君雁行既多，百計訓誨，以安親心。少年負才氣，可取一第，竟格于數，以明經爲邑博士。久之名大起，遷爲令。數年後，念老親在堂，急解組歸，蕭然無長物。跡君行事，豈不亦篤行君子也哉！且夫天生敦龐渾厚之人，不有極富極貴以酬其隱德，則必以非常之壽償之。君之天性孝友，口亦不自言，人亦不必知。夫某事孝，人知之；某事友，人知之，未忘膻也。其事有涯，其道屬陽，陽則宣洩已盡，其所得之名，亦足償其實，故往往無厚報。若夫孝矣，人不知其所以孝；友矣，人不知其所以友，闇然而已。其事無涯，其道屬陰，陰則翕聚不散，故天常以隱福賚之。

所謂隱福，益又異矣。公卿將相，顯福也。眷屬團圓，歡娱壽考，隱福也。世之公卿將相，雖云炳燿，然其所大不足者，常在父子兄弟之間，與夫壽命延促之中。外若尊貴，内實勞苦，雖樂不真。若使父母在堂，兄弟無故，身其康强，老而不衰。良田廣宅，協長統之言；閒居事親，窮安仁之樂。有陶徵士之逸，而無其酷貧；有榮啓期之壽，而多孫子。雖少炎炎隆隆之勢，其受享已多，而取之天者，亦已腆矣。里人有乞福於帝者。帝曰：「若欲極富與極貴乎？」曰：「不願也。」曰：「然則何願？」曰：「不願富，願得中人之産以養生；不願貴，願得百石之禄以逮親。清安無事，壽至百歲，野人之所需也。」帝乃大笑曰：「富貴任君取，若此，乃上界仙都之樂，吾不許也。」凡極富貴與極安樂壽考，人所不得兼，而天之所不能忘也。今君居富貴之中，而又享安樂壽考之福，非有隱德，孰能堪之。予以謂寅山翁與君，皆當百歲無疑也。凡人稱人百歲者皆諛。翁九十二，視聽不衰；君七十，如五十許人。以天道人事考之，皆不百歲不止者。君聞之，其能無抵掌而進一觴否？

壽孟溪叔五十序

有居數區，倚山傍湖，竹木環焉，喬松千株。有田數千畝，不減下時，歲收不知水旱，魚蝦如土，薪不待伐，養馬四十餘蹄，丁鏃郭椒倍之。有别館，貯伎兒，不離絲竹，居然仲長統所云，而豪華不啻焉。村里蕭寂，多溪刻甕牖之子，誰與享此者，眼前獨見孟溪叔也。叔喜自適，善治生，歲以其餘費，家道不盈亦不落。然豪爽好客，食啖兼數人，精力强健。予嘗笑曰：「如叔者，素問、難經俱閒物，真可付祖龍。鵲、倉諸公，當于何處生活？」今年五十矣，非惟意興如三十許人，即面貌居然是也。昔伏波薄少遊之言，至見飛鳶跕跕水中，始憶之。幸而功成，即以爲過少遊矣。然年老貪功不置，觀其撟一足而視戰鬬，亦殊可憐。吾又未知所謂勝少遊者，果安在也？

予家世農夫，産業膏腴，先王父、叔王父，享田間之樂。春初即了公事，終歲縣役不至門，惟相與飲酒晏笑而已。後稍知讀書，予伯兄、仲兄，相次列賢書。然兩兄有書來，皆云仕宦苦甚，機關械其内，禮法束其外，不似昔日坐大槐下樂也。若予爲博士弟子，每入試，頭鬚爲白。人生幾何，而能堪之？視叔真天上人。叔且百歲，此别有異福，原不可以養生之常理論。第不知如侄輩者，何時得擲却經生事，奉杖履於湖山間也。

叔聞言大笑，乃謂予曰：「阿叔日來，愈知調馬。」遂呼兒取馬來，至則超騰而上，一鞭競指湖上，若飛煙，頃之不見，又頃之復還，下馬振衣，顧予及諸客曰：「何如？」遂相牽入中堂，痛飲達旦。

壽南華居士序

予少時遊武昌，與西陵丘長孺等結文酒之歡。記九月九日，大會詞客酒人於洪山，方分韻賦詩，忽有客，長身修髯，騎紅叱撥，鳴鞭而過，絶影奔塵，忽已不見。羣少年皆騎駿馬尾之。已忽還，下馬入酒筵，不問主客禮，徑就座，食啖兼人，議論風生。諸詞客少年，皆屬目卑下之，惟恐不得當。予謂長孺曰：「客何爲者也？」長孺曰：「此吾友新安夏南華也。」予稍稍與之語，心異之。坐是得交于南華，且習熟其人，大約倜儻自好。雖操奇贏，而折節爲處士長者之行。家世温厚，而鄙爲纖嗇，愛念光景。自奉養，略如楊王孫。以其暇，飲酒聽歌，調馬釣魚，山屐水棹，觴月尋花。蓋自有生以來，未嘗一日作顰眉蒿目事也。予自念，窶人子終日伊吾，志愛豪華，不得少行其胸臆，私心向慕之。已別去，與南華不復相聞。經諸升沉變態，幾二十餘年。予亦灰心學禪。

今年結蘭若於玉泉，偶南華小阮道甫，顧予山齋，乃訊及南華近事。道甫曰：「叔氏近日心厭世紛，歸依安養，三藏靈文不輟于目，六字真言不絶于口，依然道人行徑矣。」予歎曰：「有是哉！人生在世，須如弈碁，要看最後數着。若貪世樂，而無所歸宿，即非佳結局也。然世上山澤之癯，耳絶美聲，目絶美色，口絶美味，彼皆境緣不合，而不得不舍喧而入寂耳，非真能忘情者也。枝葉暫除，而根株自在。有如春草，隨時輒發。又如水之遏逆已久，則其瀑流也必甚。惟豪華之子，久在世塵而生厭離者，其銷除在根株，而其力最大，一厭永不復生。此古人所謂火中蓮也。今南華久處羶薌之地，而晚年乃能厭去。且身體康强，萊妻白首相莊，兒孫羅列，書種相繼，于人間世之福，已極完備。而晚年又得禪定解脱之樂，如此結局，此皆天生異福，不可多得。世間大富貴人，形雖可觀，神多勞瘁，爲世累忙，不知辨道，亦無暇辨道，至老桎梏，何足欣慕。予有此願，不意南華之先我也。今南華六十矣，前此享世間濃冶之樂，後此享世外清寂之樂，不知與五陵裘馬儒衣僧帽之顧阿瑛，有少分別否也？」道甫曰：「叔氏今年六十，期在二月之二十日，將往稱壽，乞居士一言。」予曰：「予所與君言者，足矣。」即次其語以祝。

壽大姊五十序

予同母兄弟四人，其一爲姊。姊兄伯修，而弟中郎及予。少以失母，故最相憐愛。記母氏即世，伯修差長，姊及予等皆幼，時居長安里舍。龔氏舅攜姊入城鞠養。予已四歲餘，入喻家莊蒙學。窗隙中，見舅抱姊馬上，從孫崗來，風飄飄吹練袖。過館前，呼中郎與予别。姊於馬上泣，謂予兩人曰：「我去，弟好讀書！」兩人皆拭淚，畏蒙師不敢哭。已去，中郎復攜予走至後山松林中，望人馬之塵自蕭崗滅，然後歸，半日不能出聲。後伯修偕曹嫂入縣讀書，姊與中郎予皆依兄嫂，育於庶祖母詹姑。每寒夜，姑燔枯，呼四人坐。伯修喜談説古今事，姊喜聽，惟恐語止，自煮茶餉之。伯修復説鬼神奇怪事，緣飾之以相恐嚇。姊與予皆膽薄，燈火明滅，風吹紙窗，真如有物至，大駭啼而走。伯修拊掌大笑爲樂。如此以爲常。以故姊於經史百家及稗官小説，少時多所記憶。曾與中郎及予至廳堂後，聽一瞽者唱四時採茶歌，皆小説碎事，可數百句。姊入耳即記其全，予等各半。姊性端重，匿影藏聲，一一遵女戒。獨好文，强記夙悟。大人每見而嘆曰：「惜哉不爲男子！」及長，歸于毛氏。姊夫毛太初，少失怙廢儒，課農桑治生。姊少長外家，親見外大父龔公爲連帥方伯。諸舅起家孝廉制科，貴顯赫奕。外母及妗子輩，戴珠佩玉，服羽翟，金翠陸離。中表兄弟多文士，蘭雪其姿，珠璣爲唾霧。而己顧爲田家婦，縞綦操作，頗能以命自安，無天壤王郎之憾。事姑孝，待妯娌和，馭下寬而有法，中外稱其賢。每鬻者過門，度外所與直少詘，或從後扉益之。太初喜置田畔之田，贏其直以購，不足則取給簪裙，無難色。後園課臧獲，種松數千株，昔時童阜皆爲緑雲嬌姹。居家茹蔬飲水，至儉；而客至則酒肉相屬，皆醉飽去。故數十年無纖芥鬭訟事。太初創家，出對客則胡盧大笑，入室則焦家計，兩眉蹙合可作髻。而姊以達生之理曲解之，時爲破顔一笑。

自伯修、中郎論學，與他人言多不省，惟姊有深解。中年欲棄家冗入道，勸太初置妾，代司筦鑰。而太初惜錢，不肯鬻妾；又畏多生兒女，爲身累。及連生丈夫子三人，長皆督之學，冀其收朱藍之益。爲請明師，厚其供億，而私益其贄。故諸子學儒皆成，以次入鄉校，可望科第。伯修、中郎，相繼取青紫，出則八行相望于道，歸則迎之室中晤言。深冀晚歲聚首之樂，而先後不禄。姊與予痛念骨肉，各抱病一年幾隕，至去歲始相賀更生。

夫以姊之德性智慧才略，使爲男子，其取功名及文章事業，何遽出兩兄下，而竟泯泯閨閣，實可歎。然以人世福緣論之，姊固有偏饒者。伯修無子，子予子，而姊有三男矣。中郎有子，未見其冠婚及入校，而姊見幼男冠婚入校矣。伯修、中郎皆不及見孫，而姊長孫今十餘歲矣。其尤有不忍言者，五十人世常耳，伯修得年僅四十一，中郎四十三，皆不及望五。而姊今已届期，後來尚未有涯，則姊不可謂非厚福也。

夫世爲女子者，恨不爲貴人妻。然吾觀貴人一登科第，即謀置侍妾，棄故憐新，强者仇，弱者怨。追隨宦轍，老尚跋踄，亦復何快。今姊夫婦相莊無間言，諸子于于色養，歲時伏臘，兒女團圞，取酒脯炰鯉爲歡笑。姊固聞道者，亦欣然享田間之樂。

況諸子皆可進取，富貴且逼人，何憂門户。弟近有志棲隱，欲以未了之志，付兒曹竟之。歲以一棹過之字湖，走刀環，泊肉步河，覲姊於碧水蒼山之中，共話無生，而修香光之業。天乎！其或以慳於兩兄者，而盡以畀我兩人，未可知也。言至此，向之淚宿于睫而欲出者，又不覺隱隱作歌笑聲矣。姊聞之，其爲我歡然而進一匕耶？

壽桃源張母序

士之屈首受書，願食國家之禄者，雖爲行道，概以逮親爲榮。幸而得逮，則升斗勝鍾鼎焉。故古人云：「累茵列鼎，不如鷄豚逮親存也。」顧自漢、唐、宋之時，有薦舉，有辟召，經明行修者，不見用于朝，不獲已，齎青油幕下一士，猶得以禄爲養。故古之禄逮親也易。近日仕進之路甚狹，刀筆不屑爲，科第多徼天幸。其廩于上庠者，積日累月，或至華顛，乃得一班一級。其爲親者必上壽，乃得沾一日之養。故今之禄逮親也難。雖然，士有高才邃養，不早致青雲，而次且膠序之間，最後乃沾一命，其得于天者誠嗇，若不能不感嘆于遭逢。〔一〕然吾觀世之身都將相者，其得意在豐隆顯赫之中，而其所大不得意者，或在家庭骨肉之際。甚至有望玉關而不得入，懷平泉花鳥而數十年不歸者，況望舞衣弄雛之樂乎！〔二〕

桃源懷白張君，以明經司校予邑，即不大伸于時，已離隱而仕矣。夫既離隱而仕，則靡鹽之王事與可畏之簡書，交迫而不得自遂。乃先生官孱陵，去桃源不數百里，以板輿迓太孺人于學舍。以爲隱也耶？則君冠進賢冠，繫博士之篆，落落纍纍，而稱觴于太孺人之前，取上方之禄，以供滫瀡，不同山澤之癯，憔悴陸沉者之所爲。以爲仕耶？則無會稽簿書之勞，無奔走送迎之苦，以鞅掌其神明。常取晨凫夜鯉，早韭晚菘，目曙之而手薦之，以效一日之歡，然則君固處于仕非仕隱非隱之間者也。處于非仕非隱之間，既無妨于公家，而得以自遂其隱衷，此固王侯將相所深願而不可得者，玆非慈祥善事也耶！

昔桃花源上，世傳爲神仙之宅，獨蘇子瞻以爲未有仙而啓鸞刀者，蓋亦隱人也。吾安知所謂隱人者，非即抱德含和，已至期頤，而神明愈健，如太孺人其人者耶？吾又知于于睢睢老親之前者，非即貞淳慈祥，内無機心，而外無機事，如懷白先生父子兄弟其人者耶？即以爲例皆農也，又安知非小仕而大隱，始仕而終隱，遺榮逃名，而不以仕進顯者耶？故吾謂南陽劉子驥輩，亦可以息心問津矣，此豈非仙源中人也，而他求也哉！

太孺人閫德母儀，所以致人間之福祉者，不具書。獨次先生所以得自伸于太孺人者以祝，以見處仕隱之間，逮親之禄，如此之愉快也。

〔一〕「若不能」句，據近集補。

〔二〕近集此下有大段文字如下：「夫終身枯槁田間，蒿牀蓬月，以葵疏養，而不足于甘毳，人子憾焉。已爲貴遊，或不值親存，即親存矣，又苦心邇而跡遐，不得目矚之而手薦之，以致其無已之慇懃，此亦孝子所爲疚也。若桃源懷白張先生之于太孺人，其所遇獨奇。人有云：先生少有異才隱德，可唾取青紫，而竟落落。晚以明經司校，平平耳，何奇之有？予曰：昔仲由以不拜官而仕爲樂，邴曼容不欲過六百石，何則？誠不欲豐于遇而儉于志也。先生下帷窮經，其爲博士弟子員，不知幾春秋，而太孺人健飯無恙也。待次于膠庠，久之籍于朝，而太孺人健飯無恙也。初分校秭歸，繼司校敝邑，而太孺人健飯無恙也。且夫遊必有方，爲隱者言也，一入仕途。」

壽裕吾鄒公偕元配張孺人七十序

自東越揭良知，以開天下學者，若披雲見日矣。而數傳後，始有借解悟之說，以恣其無町畦之行者。曾不知真見真修，如車轂鳥翼，如凌雲之臺，不可累黍有輕重也。昔之專言修者，病在執糠粕，遺神理，以影爲月，以礫爲珠，不得千聖易簡直捷之宗，同于冥行。而後之專言悟者，執其圓通無礙之理，以盡棄其檢押。至于今日，猶可謂碧落碑無贋本耶？至空疎也，而目考亭爲支離；至放逸也，而鄙正叔爲木偶。弊亦甚矣。自非二三大儒，持躬行實踐以救之，將安所極。不肖麄聞道，久而見專言知者之遺行，深有慨於心。故每見篤行君子，輒神羡而力跂之。若吾鄉裕吾鄒公，真可謂人倫之師表也矣。

公生而沉雅，藏穎于樸。祖莊簡，而父雲岑公。年八歲，出爲伯父銅仁君後。積習名教之餘，不作綺紈子態。日下帷誦讀，漂麥流粟，莫喻其專。先生雖極博乎，而非聖之書有戒，日取關、閩、濂、洛之微言，細研求之。如是者有年，以爲學道而不實體之人倫物理之間，猶能言之鸚鵡耳。故兢兢乎大德小物，不敢失尺寸。自其少時，依依銅仁君膝下，以色養。銅仁君渾忘其無子。奉諱後，竭力事雲岑公。雲岑公蘭玉茁起，而公於其間，鎮以沖和，倡兄弟以讓。嘗嘆曰：「胡越可相穆，況于同生？」公居平所行無顯微，一乘律度，曉暢古今禮制，酌而遵之，中繩合墨。尤於語言爲兢兢，終其身不爲雌黄之詞。與人言温然，惟恐傷之，于于乎不見有喜愠之色。蓋寘身珪璋，不受物之温濩，而盡泯圭角。飲和醉醇，無自賢自聖之習，故一鄉莊而愛焉。禮爲人後者，降其所生之服。而公曰：「情所不容已，禮之所開也。吾豈源虞竹而生空桑者？且肅皇懿訓，獨非功令耶？」蓋公有名諸生間已久，科第可唾取，履守制。人或淹驁人之鳴爲公惜，而公志期必伸，先後處苦塊者十餘年，其至性如此。公潛心經術已久，發爲文章，深厚爾雅，而受詘于時目，竟蹶一第。次且膠庠間，久之應貢額。人尚有競之者。公夷然以不競處之。筮仕爲司訓，徘徊溆浦、澧陽間，不敢厭薄其官，切切以淑士作人爲志。雖邇來師道日衰，而公力維之。于宴人子，不惟却其贄，而且恤其緩急。所入俸至涼薄，猶捐而飭學宫之闕。若文昌閣名宦鄉賢之頹者，皆一新之。

夫以公之學，而僅見於一校，誠爲可惜。然使公得主張世道，其所顯設何異，此則謂公爲大有用之儒亦可。公淳心藻修，已爲里中耆舊，而所遭逢又奇。元配張孺人爲石首文簡公從女。家世簪纓，而孝慈貞静，爲緑窗之縫掖。故公自少至老，得一意下帷，不問家政。且不以室人交謫之故，而易其操履，卒成篤行君子之名，亦孺人有以助之也。公既棄官，息影林泉，静養自娱。與孺人白首相莊，神明遒健若仙，今年偕七十矣。以德釀壽，若持左券。而長公全玉，文行卓絶，其未鳴未躍者，相繼而起。值弧帨之辰，藹藹然稱觴于下，戚里豔之，共攜尊罍往祝，而徵言于予。予惟先生篤行中澹之所堅，儉之所留，静之所斂，和之所迎，謙之所益。不言養生，而養生在其中。與孺人雖百年可也，何借於祝。獨不肖謬謂天下有志於道者，多鶩於知，以遺其行。東越致良知之旨且日晦，而公守先王之道，凝之以德，如耕有畔，如車有馭，屹然爲吾道砥柱。使後生小子，有所矜式，而不至於猖狂自恣，則當爲世道慶，又不獨一家已也。故不辭而爲之序。

壽同年吴全父尊人隱君序 代

予今年校士禮闈，得一卷，閱之氣温而才治，已知其爲國器。及發牘視之，乃吾鄉吴伯子全父卷也。全父少有聲諸生間，爲名孝廉，錦綺其腸，珪璋其行，予耳之已素。至是復捷南宮，人皆謂全父擅雕龍繡虎之才，復有焠掌鋭牀之勤，固宜唾取一第。而不知全父之貴也，有由來矣，全父蓋成于義方之教者也。予居里閈，習知全父之尊人敬宇翁，蓋近古隱君子云。翁少習經生業，屈首受書者有年，可以拾青紫矣，而竟以數奇不酬。乃韜光鏟彩，去之而隱，絶跡城市，有終焉之志。昔南朝宗少文先生，有志五嶽，棲遯朱陵；及其後也，築室江陵之三湖，大略與翁今所居相近。蓋湖上黏天浴日之波，清人肺腑，故少文不難舍煙嵐而親波雪。而翁遺世就閒，與卧遊老人千載同其神契，是真不媿隱君子也矣。翁雖盟鷗鷺而紉蘿薜乎，而猶嘆曰：「吾豈甘心忘世者，枯守丘樊，而忘巖廊耶？且不及身見之，而安可靳之後人爲也。」始課全父昆仲以學。全父燁燁露其鋒穎，翁教之尤力。十餘年間，全父號能文章，已而售於鄉，已而售於南省，如取諸寄。竟貴矣，皆翁有以成之也。

翁之成全父也有二：有顯以教成之者，有隱以德成之者。語云：「白玉不琢，孰爲珪璋。」即使全父慧悟夙成，而非翁淬之砥之，染以朱藍，潤以霧露，又安能自致于青雲之上。故世有重繭百舍以求師，而今得之廷闈之間，竟借陶鑄之力，以蜚聲藝苑，而爲國寶，此所謂顯以教成之者也。翁之淳德貞修，孝友著於家，恭讓著於鄉，不啻若郭有道上行先生之流，已爲吉人矣，天所福也。況束髮伊吾，擁百城而貯五車者幾何年，卒蓬户蒿牀以老，而無纖芥發抒于時，此其鬱而未暢者，非全父孰竟之。凡潛德博學之報，不在其身，必在其子孫，古言之詳矣，此所謂隱以德成之者也。顯者取之人事，而隱者取之造物，天人合併，此全父所以貴也。予睹之前，而知全父所以貴；予逆睹于後，而又知翁所以壽矣。

夫以翁之息機養和，不言養生，而養生在其中，此自能爲期頤百年者。但全父且試爲令矣，無問異日者爲天下造福，即今取一邑而噢咻之，不難以春風風，而夏雨雨，拊摩其痌瘝，而寘之衽席。諺云：「千人所祝，豈不蒙福。」舉千萬人，舉手加額，以歌舞全父，而并祝其所自出；翁之祉不且日升而月恒乎！則全父能自貴，而力能使之貴者，翁也；翁能自壽，而力能昌其壽者，全父也。土膏榮樹，自本及華，翁之于全父是也，所以貴也。春雨潤林，自葉流根，全父之於翁是也，所以壽也。惟翁之植根者深，而知全父之貴無涯；惟全父之布澤者遠，而知翁之壽愈無涯矣。

往讀范文正公所著燕山翁傳，初已窘於算而蹇於嗣矣，及後耳鳴之德，稠疊深厚，未幾而五丈夫子，並列清華。且也名注丹臺，位充仙真。文正公豈志怪者哉？天人之際，其不爽也久矣。翁之德，不後燕山；而造物者，亦必以燕山之報報之。則自今以後，不獨全父乘時大用，爲經世名臣；而未鳴未躍者，且相繼起矣。翁亦不必譚長生沖舉之事，而真佛真仙，即在尺宅寸田中矣。此真吉祥盛事，予所願見而樂爲述者也，故不辭而爲之敍以祝。

壽懿所沈翁七十序

沈褒中先生之権荆關也，予始得附交遊末。見褒中直而不激，清而不苛，私謂夫夫也，雖有天挺豪傑之資，其亦出于積習名教之餘者歟？蓬生麻中，不扶自直，沾衣霧露之潤，豈虛也哉！如褒中所語懿所公事，真敦行君子，可以風世之浮澆者矣。

公舞象即遭島夷之難，從其尊人間關避寇。倥傯戎馬之間，不廢伊吾，卒以藝文著。補博士弟子，試皆異等。值門户中落，公于誦讀之暇，營綜家政，以佐其尊人，令坐享息影之逸，如此者有年。是時士人方以靡麗相高，而公獨守其故步，平澹爾雅，若陶、韋之詩，寶常之琴勘，色澤繁音，獨存神理，而世反詘之。于是乎子雲有守玄之志，君平懷棄世之感。及褒中兄弟共薦賢書，公之長公亦列庠校，而公始棄去筆硯，慨然有志少文、向平事矣。

公既擺落世緣，復遭元配劉孺人即世，益趨静寂。閒抽架上諸書展玩送日，閒則與後生輩商榷義理，肌擘理分，繭絲牛毛，皆退而服其精也。公與子姪間語及少時遭患難，爲無義人所齮齕，幾不自存，與公所以茹苦而曲濟之狀，則不覺淚涔涔下。夫然後知公之學問，得于動忍之餘者爲多。古人有云：「能施食于人者，常饑者也；賜之車馬而辭焉者，不畏徒步者也。」天之鍛鍊豪傑，多在拂意之境。使公少處華腴，動輒無梗，其識練行純，未必如今日也。居常嘆古人若馬伏波之在戎行，見烏鳶跕跕墮水中，若不能忘少遊鄉里善人之語，及功成而始笑之，此自有志用世者宜耳。然鄉里善人亦豈易也哉！世有事業赫奕，而内之無以自慊于隱衷，外之無以共對于天下者。有鄉里善人，庸德庸言，而大之格天地，感鬼神，皆在焉。吾未見勒竹帛而垂鼎彝者，果能勝款段下澤中人否也。馬少遊鄉里善人之語不足以盡公，而鄉里善人所苞孕而變化者，亦何所不具，則即謂公爲鄉里善人也亦可。

且夫大苦大樂，相代而有者也。有顯赫之大樂，隨有勞攘之大苦，造物者往往不慳。若夫無苦無樂，一種恬適安閒之趣，造物者恒不輕畀。即得之而不應享者，若有物擾之使徙。故左琴右書，前場後圃；煙雲足以怡目，葵蔬足以供客，舟車足以代步；兒孫滿前，老年康泰，雎雎于于，如此者近百餘年，雖無炎炎隆隆之景，而身閒心安，號爲隱福。彼矍鑠翁，蹻一足而臨矢石之時，視此果何如也。又況文種不絕，昌熾可待，後來且項背接耶！若是則公以隱德膺隱福，天之所以厚公者至矣，其殆方興未艾也。值公弧辰，褏中欲得予言以祝，予遂取其聞于褏中者而稍潤色之，以薦一觴云。

枝江大令趙鳳白初度序

東越良知之學，大行于江以西，而廬陵尤得其精華。蓋東越之學，以悟入之，以修守之。近世一二大儒，於本體若揭日星，而其行事之迹，未免落人疑似。惟塘南先生，廣大緜密，庶幾兼之。予未得親炙其人，而幸讀其書以私淑。往者居都門，聚首論學，各從所入。是時廬陵又有異人出焉，王氏性海是也。性海專主禪，而塘南先生則主儒。予等初同性海之禪，及其久也，始覺兩家源一，而門庭設施，決不容相濫。益信塘南先生之儒，能該禪而不事禪，有合陽明先生不肯逗漏之旨。故此後奉塘南先生爲繩尺，無異議。後來學侶星散，譚者如毛，參究者如角。至于今日，楚中則譚者亦如角。予口如銅烏，不復向人商及性命事矣。

今年將往玉泉，取道鳩兹，過古丹陽。邑侯趙公一見傾注甚密，叩之以學，則瓶瀉雲興，往復無滯。予駭焉疑焉，已而訊其師承，即予素所服膺塘南先生門下士也。予乃歎曰：「有是哉！夫未見其人，讀其書，猶可觸發以有成也，而況親行於霧露之中，獲其沾衣之潤者乎！」發篋而見其詩若文，皆濬發於性靈，風水相遭，而成瀾漪者也。察其治，清淨恬夷，行所無事，不言而物自綜焉。總之，得中行獨復之資，而有所依歸；密受其爐錘之妙，從虛明中流出，爲真文章，爲真政事。予始心折意暢，而幸吾道之猶有人也。

或者，猶以侯遇不暢道爲恨。予曰：昔堯夫隱於蘇門百泉，蓋終身未常仕也。濂溪以舅蔭得一官，徘徊下吏，蓋仕而未常仕也。程朱諸儒，少行其志，而不安於朝，蓋仕而未常竟其仕也。古之君子，求其可以隱可以仕者耳。遇合命也，何足掛胸臆哉！且侯取一邑而噢咻之，治一國與治天下異乎？入麄入細，皆是經綸，侯不作差別想也。予又見兩郎君，文皆如龍泉、太阿，不可逼視。意侯所塞取于造物者，當盡攄于諸郎君乎？此固理數之所必然，而侯亦不作此期必想也。夫素位居易之學，侯聞於塘南先生者詳矣，得於塘南先生者深矣，予又何贅焉。會侯弧矢之辰，適與予遊屐相值，其門人等共乞言于予。予與侯於塘南先生，或親炙，或私淑，皆爲門下士。臭味同之，詛下容以默也，故直抒其意所欲言者以祝。

贈崔二郎遠遊序

崔户部元白，宦甚清貧，蚤世。令子二人，皆善予。二郎與予同歲，少復同學相狎也。二郎少孤而慧，衣冠語言，有名家子風；性拓落，不任治生，間之遊冶，不數年，饘粥之田漸廢。予友王伊甫秀才，大度士，少有俊朗之目，失意至荆，偶逢二郎，訊予。二郎曰：「君友小修也，則君即小修也。」予時東遊未還，二郎遂視如予。王少俊，喜狹斜遊，資盡，憔悴江上。二郎亦已四壁，爲轉貸資之以歸。歸數月，王卒。二郎罄其家以償，遂赤貧。予歸，謂二郎曰：「怨乎？」曰：「其人佳士，若存者必不我負，何怨！」有人曰其家可償，二郎趣火其券。後遊於蘄，至其家，哭之絶痛。二郎熱腸多此類。然家日益貧，讀書不成，力耕無田，去而遊。人曰非策。予曰：「夫夫也才，豈能老牖下！夫人不期而負之，必有不期而厚之者。況我元白素心人也，茫茫宇宙，必有故人。無鬼論可憑，絶交書亦可怖。羊舌、郈成，何世無之，四方可食，立槁胡爲！」

嗟乎！憶予與二郎二十四五時，視錢如糞土。與酒人四五輩，市駿馬數十蹄，校射城南平原；醉則渡江走沙市，卧胡姬壚旁，數日不醒。實酒長江，飛蓋出没波中，歌聲滂湃。每一至酒市，轟轟然若有數千百人之聲，去則市肆爲之數日冷落。予是時易言天下事，謂富貴可唾手致。嘗語二郎：「若無憂貧，吾猶能爲樓君卿之給吕公。」

今四五年來，予以文章不見收於有司，南北奔走，僅存皮骨，妻子自不能給。近又以家難，北走長安，風雪中忽見二郎於燕市，寒色可掬。予時已深厭繁華，趨空寂，罷綺語，親貝葉，持戒竇，自不飲酒，又無酒可飲。二郎復不喜譚世間事，惟一見，向香光室中，啞然枯坐，寒灰槁木，古廟香罏以去。偶譚及往事，予于定中，亦爲之張目，不能無沈休文之懺。而二郎則已覺涔涔然爲之泣下。天下事之不可知，盛衰欣戚之變，繁華轉盼之空，無爲寂静之樂，予與二郎於此蓋若恍然有所悟焉。

送石洋王子下第歸省序

予少喜遊，所之輒與其知名士往來，故交遊幾徧天下。而其相與最久，相知最深者，毋如石洋王子。王子少年，才甚高，氣甚豪，眼中不可一世；而一見予，即欣然定白首之交。凡予少年不羈之行，放蕩之語，屑人目而震人耳者，王子獨絶愛之。故予之時文散佚者多矣，而王子片語隻字皆收之以成帙。甚矣，王子之知予也！王子與予，皆有志于出世之學，而王子較切，即區區功名，直欲一了以完世緣耳。南山之南，北山之北，安往而不得貧賤者，是王子有所不可于世，即不難脱屣去矣。而又若有所跼蹐不能捨者，何也？則以母夫人在堂故也。予以謂王子入山之興，真未可輒動也。

太夫人以清淑之氣，篤生王子，其隱德人未必知，鬼神知之矣。王子而不達，天將何以報耶？即王子芥視一第，而天之生才，與天所以報德之意，其事理有不得不然者。若夫入山之事，即予亦素籌之矣。山之蒼蒼，水之咽咽，吾欣然而會心矣。偶一念至，曰：「母氏得無憶我耶？母氏得無憶我苦耶？」則心之隱痛，憑憑然不可拔矣。留則與至情違，歸則與初心違，奈何哉！曇氏之制出家也，必問曰：「爾父母聽許否？」其授戒也，又必問曰：「爾父母聽許否？」又問曰：「爾爲長子否？」如長子，則欲其奉父母，延宗祀，不許其出家與授戒也。佛之重孝也如此。無論太夫人膝下一王子耳，決不容舍之而去，即才如王子，終當經世用世，了不朽事，豈灰槁山中之人！

往年予亦修香光之業，自覺功名已灰冷矣。伯修去家，大人絶苦，予偶拈筆爲時義，大人見之嘆曰：「此是我破鬱丹也。」予乃發憤下帷，曰：「苟可以慰吾親者，即頭目腦髓，吾不難捨，況此熟用之意根，有何難穿鑿耶！」故每撰一義，窮日之力，通於夢寐。去年大人六十，兒輩設酒筵，招歌舞，欲以娱大人。大人曰：「爾但偕兩弟來作舉業二首，吾脾自開，勝於歌舞酒筵多矣。」父母恩深，既見其生，亦欲其可，此實人情也。今稍可藉手報大人矣。

予與王子交，皮膚脱盡久矣，豈復用華語耶？王子之才，百倍于予；而其攻苦，或少讓予，以此遲予三年耳。世之舉者亦多矣，其文字豈能勝於王子？然此雖小技，政不厭精，願王子且將詩賦及持誦等事，少停三年，打併精神，歸向一路。如雞抱卵，如猫捕鼠，使心華開敷，承蜩轉丸，三年而業成，爲瞿唐，爲王薛，爲今之馮具區、吴無障諸公，何不可哉？以此藉手報太夫人，太夫人之愉快，又可知也。此皆太夫人之意，予固推其意以爲太夫人壽，而并以券王子云。

送蘭生序

予年十八九時，即與中郎結社城南之曲，李孝廉元善與焉。三人下帷爲文章，皆搜雲入霞，意氣豪甚。是時有龍子者，亦讀書浦上，修眉皙面，温如也。龍子與予年相若，予弟畜之，且相勉以舉子業。每乘月泛石浦中，步長橋，醉嘯南樓，聽雞聲則狂舞相誡，意一第可唾取。無何，中郎舉於鄉，成進士。予與元善，復共修業。庚子，元善始舉於鄉；又三年，而予始附北賢書。屈指與龍生聚首之期，幾十八九年。每過城南，見茂林修竹，宛如一夢。即修眉皙面抵掌而譚笑者，俱如夢中人矣。

今年，龍子以八行來，予從竹間讀之，見其斐亹有致，且云：「生昔之爲君友也，知君之終不忘我。吾友蘭生，佳士也，年少而列膠庠，吾愛之重之，欲以言遺之，而又不欲以輕言遺之。蘭生讀君之文，愛君之才，予知君之終不忘我也，且必不吝我所欲得之言，而以之衮蘭生也。」予讀而笑曰：「此予髫年交也。夫謂予言可以重人，予自輕矣。雖然，吾終不可以不報龍子。」

夫龍子固耳目夫城南社中事也。城南之社，中郎以二十舉於鄉，廿四而成進士。隨取即獲，有若承蜩。乃元善則已苦矣，予則更苦矣。吾願蘭生之效中郎，毋遊湖山間則攜之。道士好酒，膂力絕人，醉則侮人，撲人於地以爲樂。一日，醉撲予，飽予拳，額破血出幾死。

今年與道士聚，予食伊蒲，而道士亦戒酒矣。追思向日流湎光景，真同醉象，殊可怖也。稍語以性命之學，道士亦僻信焉。予曰：「君妻子之念若何？」道士笑曰：「已矣！今之大顯貴人有志者，尚欲棄家學道，況少君久隕，鸞臺寂然者乎？諺所謂癩作禿也。」道士老，有志沖舉，欲入衡山修靜。予曰：「君過宗少文遠矣。昔少文結宇朱陵，以老病終於郢之三湖。今子已老，去江陵而入朱陵，蛇虺之與居，魑魅之與伍，飲食藥餌，一切皆無。乃能悍然居之，子健甚，宗少文實不如。」道士意稍懈，乃云：「吾姑往焉。往而不可，以君爲歸矣，君莫厭我。」予曰：「諾。」遂書數語與之，併以爲後會券云。

送吴生遊豫章序

匡廬秀甲天下，而近在江上，非人跡所難至者。予每過湓浦，輒欲遊而輒不果。五嶽之中，惟恒山最遠，予少年即得至焉，而獨不至匡廬，豈非緣閡耶！凡遊山者，決必往之志，毋爲人撓，毋爲風雨寒燠阻，則蔑不至矣。今吴生且遊豫章，慎毋若予之失匡廬也。

雖然，世之高賢，近之可以獲霧露之潤，往往以交臂而失之者，多如予之于匡廬也。今之豫章，古之鄒、魯，主張名理，揚扢風雅者，項背相接，而予神交者跡或遺焉。則緣之所閡，何獨匡廬！吴生少學詩歌，近有志學問，正孜孜求師友時也。行矣，毋失名山與名人哉！

解脱集序

兄中郎，長予兩歲，少相友愛。兒時同讀書村之杜家莊上，講誦之暇，私相商確，至今思之，頗多異語。稍長，移居城中，修治城南别業，偕余與四五友人，遊息是處。語言奇詭，興致高逸。每至月明之夜，相對清言，間及生死，泫然欲涕，慷慨欷歔，坐而達旦。終不欲無所就，乃刻意藝文，計如俗所云不朽者。上自漢魏，下及三唐，隨體模擬，無不立肖。自謂非其至者，不深好焉。

公車之後，乃學神仙。偶有異人傳示要領，勤行未久，尋亦罷去。及我大兄休沐南歸，始相啓以無生之學。自是以後，研精道妙，目無邪視，耳無亂聽，夢醒相禪，不離參求。每於稠人之中，如顛如狂，如愚如癡。五六年間，大有所契，得廣長舌，縱横無礙。偶然執筆，如水東注。既解官吴會，於時塵境乍離，心情甚適。山川之奇，已相發揮；朋友之緣，亦既湊和。游覽多暇，一以文字爲佛事。山情水性，花容石貌，微言玄旨，嘻語謔辭，口能如心，筆又如口。行間既久，遂以成書。余以濩落，依之真州，相見頃刻，出所吟咏，捧讀未竟，大叫欲舞，作而笑曰：高者我不能言，其次我所欲言，格外之論我不敢言。與兄相别未久，胡遽至此！彼文人彫刻剪鏤，寧不爛熳，豈知造物天然，色色皆新，春風吹而百草生，陽和至而萬卉芳哉！

夫文章之道，本無今昔，但精光不磨，自可垂後。唐宋于今，代有宗匠。隆及弘嘉之間，有縉紳先生倡言復古，用以救近代固陋繁蕪之習，未爲不可。而剿襲格套，遂成弊端。後有朝官，遞爲標榜，不求意味，惟仿字句，執議甚狹，立論多矜。後生寡識，互相效尤。如人身懷重寶，有借觀者，代之以塊。黄茅白葦，遂遍天下。中郎力矯敝習，大格頹風。昔昌黎文起八代之衰，亦非謂八代以内，都無才人；但以辭多意寡，雷同已極。昌黎去膚存骨，蕩然一洗，號謂功多。今之整刷，何以異此。中郎位卑名輕，人心不虚，未必能信。昔鍾士季年少時，常作一紙書與人，云是阮步兵，便字字生意；既知是鍾，謂不足道。又虞訥素輕張率之詩，隨作隨詆；託言沈約，便相嗟稱。耳貴目賤，今古一揆。今篇籍俱在，試虚心讀之，非獨文苑之梯徑，儻亦入道之津梁焉。

四牡歌序

學古詩者，以離而合爲妙。李杜、元白，各有其神，非慧眼不能見，非慧心不能寫。直以膚色皮毛而已，以之悦俗眼可也。近世學古人詩，離而能合者幾人耳，而世反以不似古及唐爲恨。昔人疑徐吏部不受右軍筆法，而體裁似之；顏太保受右軍筆法，而點畫不似。解之者曰：徐得右軍皮膚眼鼻耳，所以似之；顏得右軍筋骨心髓，所以不似也。故曰：恒似是形，時似是神。世眼以貌求，宜嗤其不似古也。

元定詩初學漢魏六朝，字櫛句比，置之選中，幾於亂真。屢變而精光始出，信筆揮灑，乃見詩人之致。予謂天生才不盡，人亦各有所長。元定之才，諸體皆入其藩，而五言古尤爲勝場。如飲酒詩二十首，天趣横生，離陶而能合陶，庶幾得其筋骨心髓者也。唐人既多五言，至七言律體，諸家不多作。今人動爲七言，篇章繁蕪，殊可厭惡，皆欲工而皆拙，此政今人之病也。用其所長，一門深入，不足以垂世乎？吾與元定交最暱，相知最深。元定之生也，實有所自來，至今不昧。

夫以阮籍、陶潛之達，而於生死之際，無以自解，不得已寄之于酒。杜武庫之事業，顔真卿之忠義，終不能忘情於遷化之際，而沉碑刻石，不得已寄之於名。予皆憐其志，而哀其不知解脱之路。元定生而守先人素業，爲人愷悌温良，秀美而文。居官日，下帷讀書，無異寒士。所之營綜，極有方略，此非乘願力而來者歟？今與予相聚，察其意，泠泠有塵外之想，而時時作利刀切泥之嘆。故知元定宿願，定不止于作文章功名之士而已。予于此一竅，稍有所入，雖道未勝習，而仰青天見白日，實不爲遠。彼此各老大矣，後當挫鋭息機，相與究竟此事可也。

珂雪齋集卷之十

傳心篇序

心者何？即唐虞所傳之道心也。人心者，道心中之人心也。離人心，則道心見矣。道心見，則即人心皆道心矣。見道心故謂之悟，即人心皆道心則修也。悟到即修到，非有二也。聖賢之學，期於悟此道心而已矣。此乃至靈至覺，至虛至妙，不生不死，治世出世之大寶藏焉。而世謂儒門無此學術，奉而歸之於禪，則大可笑已。有宋諸儒，雖所見不同，然未有不見此道心者也。世間高明之士，所以輕宋儒者有故。心體本自靈通，不借外之見聞。而儒者爲格物支離之學，其沉昏陰濁莫甚焉。心體本自瀟灑，不必過爲把持。而儒者又爲莊敬持守之學，其桎梏拘攣莫甚焉。世間之大知慧者，豈肯米鹽瑣碎，而自同木偶人哉？宜其厭之而趨禪也。

然以此概諸儒焉則過矣，周茂叔、程明道、邵堯夫輩，實是悟向上一路，未易可測也，朱晚亦入悟。國朝白沙、陽明，皆爲妙悟本體。陽明良知，尤爲掃踪絶跡。兒孫數傳，盜翻巢穴，得直截易簡之宗，儒門之大寶藏，揭諸日月矣。閑日裒爲一集，使欲悟堯舜之道心者，從此路入，不必求頓悟於禪門也。

劉玄度集句詩序

子瞻與介甫同遊蔣山，介甫指案上硯，共集句。子瞻即朗吟曰：「巧匠鑿山骨。」介甫不能續，乃曰：「且趁天色，窮覽蔣山之勝，不須作此冷淡生活。」時同遊二客背語曰：「荆公困人伎倆，今日頓盡。」予謂子瞻亦機鋒偶觸，令齒牙間得利耳。使有所以應之而復角，吾亦不能保其後如何也。集句政自難。一咄嗟之頃，而倒腹笥，以冀一遇，要令宫商合調，如出一手，即子瞻猶難之，況介甫乎？

吾友劉玄度，少時即與予作忘形友。應試入郡，則同寓君章宅畔。每月夜，坐大壀上，譚或至達旦。自是十數年，一遇玄度于稠人之中，甫一戟手，即隱隱有譚勢。拉至空處，風雨波流，娓娓數百車，遂無一字重者。蓋予退而心服玄度之慧也。凡慧則流，流極而趣生焉。天下之趣，未有不自慧生也。山之玲瓏而多態，水之漣漪而多姿，花之生動而多致，此皆天地間一種慧黠之氣所成，故倍爲人所珍玩。至于人，别有一種俊爽機穎之類，同耳目而異心靈，故隨其口所出，手所揮，莫不灑灑然而成趣，其可寶爲何如者。

予與玄度交二十餘年，初聆其譚，久之讀其文如其譚，久之讀其詩如其文。又久之，而觀其滑稽慢戲之詞，溢於詩文之餘者，其天趣正爾横生。今年復出閨情集句七十首示予。予曰：此蘇子瞻、王介甫所難者也。予與玄度交二十餘年，而知玄度不盡乎！

南北遊詩序

有一時，即有一時名士，以爲眼目，若鳳麟芝菌，爲世祥瑞。無其人，則國家之氣運，亦覺闇然而無色。夫名士者，固皆有過人之才，能以文章不朽者也。然使其骨不勁，而趣不深，則雖才不足取。昔子瞻兄弟，出爲名士領袖，其中若秦、黄、陳、晁輩，皆有才有骨有趣者。而秦之趣尤深。吾觀子瞻所與書牘，娓娓千百言，直披肝膽，莊語謔言，無所不備，其敬而愛之若是。想其人必風流蘊藉，如春温，如玉潤，不獨高才奇氣爲子瞻所推服已也。

予友陶孝若，淡泊自守，甘貧不厭，真有過人之骨。文章清綺無塵坌氣，真有過人之才。而尤有一種清勝之趣，若水光山色，可見而不可即者。以故中郎於諸君子中，尤敬而愛之。其詩風味，亦近似中郎，蓋染香潤露，有不言而喻者。予嘗比之於秦太虛，中郎亦以爲然。孝若年尚壯，精于舉子業，獨不肯數入場屋，曰：蓬首垢面，項帶竹篗子，如弄蛇兒，容頭過身，非丈夫所爲。以故至門牆，復彳亍不入者屢屢。最後爲廣文，自謂嘗鼎一臠，非欲充腸，能具八口饘粥，即飄然矣。甚矣，孝若之能自貴也！予今年若不得意，已買得一舟，自拚入舟中，泛泛瀟湘、龍茹間。孝若少涉宦途，其急來登予舟以逃名焉。

蔡不瑕詩序

詩以三唐爲的，舍唐人而別學詩，皆外道也。國初何李變宋元之習，漸近唐矣。隆萬七子輩亦效唐者也。然倡始者，不效唐諸家，而效盛唐一二家，若維若頎。外有狹不能收之景，内有鬱不能暢之情，迫脅情境，使遏抑不得出，而僅僅矜其彀率，以爲必不可踰越。其後浸成格套，真可厭惡。後之有識者矯之，情無所不寫，景無所不收，而又未免舍套而趨於俚矣。

僕束髮即知學詩，即不喜爲近代七子詩。然破膽驚魂之句，自謂不少，而固陋朴鄙處，未免遠離於法。近年始細讀盛唐人詩，間有一二語合者。昔吾先兄中郎，其詩得唐人之神，新奇似中唐，溪刻處似晚唐，而盛唐之渾含尚未也。自嵩華歸來，始云吾近日稍知作詩。天假以年，蓋浸浸乎未有涯也。今人好中郎之詩者忘其疵，而疵中郎之詩者揜其美，皆過矣。近姪子祈年、彭年，亦知學詩。予嘗謂之曰：若輩當熟讀漢魏及三唐人詩，然後下筆。切莫率自矜臆，便謂不阡不陌，可以名世也。夫情無所不寫，而亦有不必寫之情；景無所不收，而亦有不必收之景。知此乃可以言詩矣。

近日蔡不瑕氏，偶至篔簹谷論詩，且出近作相示。不瑕清夷恬澹，胸中無半點塵俗氣，故其爲詩，妍妙春融。不瑕年甚少，即未窮其變化，已自具詩人丰骨。山中清寂，取漢魏三唐諸詩，細心研入，合而離，離而復合，不效七子詩，亦不效袁氏少年未定詩，而宛然復傳盛唐詩之神，則善矣。

花雪賦引

天下無百年不變之文章。有作始，自有末流；有末流，還有作始。其變也，皆若有氣行乎其間。創爲變者，與受變者，皆不及知。是故性情之發，無所不吐，其勢必互異而趨俚。趨於俚，又將變矣。作者始不得不以法律救性情之窮，法律之持，無所不束，其勢必互同而趨浮。趨于浮，又將變矣。作者始不得不以性情救法律之窮。夫昔之繁蕪，有持法律者救之；今之剽竊，又將有主性情者救之矣。此必變之勢也。變之必自楚人始。季周之詩，變於屈子。三唐之詩，變於杜陵。皆楚人也。夫楚人者，才情未必勝於吳越，而膽勝之。當其變也，相沿已久，而忽自我鼎革，非世間毁譽是非所不能震撼者，烏能勝之。湘中周伯孔，詩文抒自性靈，清新有致。近以花雪賦示予。予嘆曰：湘水澄碧，赤岸若霞，石子若樗蒱，此騷材所從出也。其中孕靈育秀，宜有慧人生焉。其人皆能不守故常，而獨出新機者，有首爲變者，出則不憚世之毁譽是非，而褰裳從之矣。伯孔其一也。伯孔所作賦，秀潤淹雅，多出新意，不同世匠。

予少時亦喜作賦，然每成，輒慚恧不敢出，其不如伯孔遠甚。中年欲作兩京賦，以揚厲本朝之盛，竟爲舉子業奪去。今漸老矣，此願終歸荒廢，謹以本朝第一闕典付之伯孔，伯孔其努力成之。守其必不可變者，而變其可變者。毋捨法，毋役法爲奇，無徒嘲詠花雪，作不磊落事可也。

王伯子岳遊序

天下之質有而趣靈者莫過于山水，予少時知好之，然分于雜嗜，未篤也。四十之後，始好之成癖，人有詫予爲好奇者。昔吾村有老人焉，一日不醉，則目眩手戰，皇皇若疾。夫此老人者，豈誠慕荷鍤漉葛之美而效之哉？疾病所驅，勢不容已。予之于山林也，亦若是而已矣。自中郎去後，雖有游興，幾同流波之曲。

今年夏，晤伯子于仲宣樓下，則其山水之趣尤勃勃不能自已。予始嘆世無無耦者。伯子每遇名勝，即欲移家居焉。已而遍遊吴越，凡吴越之佳山水，無不躡其幽遐。予雖好遊，常以冗奪。而伯子遊履所至，常淹留歲月，以濟其山水之欲，則其清勝之韻，不啻數倍于予已也。夫以朱陵之勝，近在楚國，予屢欲往，終不果。而伯子于秋濤方壯之時，涉洞庭之危波，直造祝融、迴雁之上。所至爲詩以紀之，模寫煙雲，幾與七十二峯爭奇較麗。則伯子之于山水，予直當北面而師之，又不當以雁行請也。近日從衡嶽歸來，客居花源，寄予霞上之什。予取而讀之，始自媿游履之隘，揮灑之拙，而且幸禽尚之世有其人也。故喜而書數語於其首。

助道品序

山水之樂，能濯俗腸；飛仙之語，能損塵機；厭苦之情，能動離想；盛衰之感，能陳幻理；鬼神之狀，能興冥懼。有一於此，皆可存之，觸目沃心，漸除熱惱。不論唐文梵策，正史稗册，有見即入，都無紀律。惟繁華之旨，進取之篇，朝家事故，不入雲霞；俗情是非，有點松石。自有流布，姑從刊落。自萬曆丁未爲始，日有增加，動遊静止，無息不陳。道人之樂，孰有加焉。

阮集之詩序

國朝有功於風雅者，莫如歷下。其意以氣格高華爲主，力塞大曆後之竇。於時宋元近代之習，爲之一洗。及其後也，學之者浸成格套，以浮響虚聲相高；凡胸中所欲言者，皆鬱而不能言，而詩道病矣。先兄中郎矯之，其意以發抒性靈爲主，始大暢其意所欲言，極其韻致，窮其變化，謝華啓秀，耳目爲之一新。及其後也，學之者稍入俚易，境無不收，情無不寫，未免衝口而發，不復檢括，而詩道又將病矣。由此觀之，凡學之者，害之者也；變之者，功之者也。中郎已不忍世之害歷下也，而力變之，爲歷下功臣。後之君子，其可不以中郎之功歷下者功中郎也哉？每以此語示人，輒至河漢。惟吾友阮集之，深相契合。

集之才甚高，學甚博，下筆爲詩，本之以慧心，出之以深心，而尤不肯以輕心慢心掉之，予甚心折焉。大端慧人才子，其始也，惟恐其出之不盡也；其後也，惟恐其出之盡也。集之束髮爲詩，亦屢變矣。至是雖不爲法縛，而亦不爲才使。奇而不囂，新而不纖，是力變近日濫觴之波，而大有功於學中郎之詩者也。夫昔之功歷下者，學其氣格高華，而力塞後來浮泛之病。今之功中郎者，學其發抒性靈，而力塞後來俚易之習。有作始，自宜有末流；有末流，自宜有鼎革。此千古詩人之脈，所以相禪于無窮者也。予自度不能竟此道也，微集之其誰與歸？

石頭上人詩序

石頭初作詩，步趨唐律；已晤中郎，始稍變其故習，任其意之所欲言，而不復兢兢盡守古法。世之譽者半，毁者大半，而石頭不屑也。予聞而歎曰：石頭真不朽人也。天下之傳者，皆有意於傳者也，一有意於傳，則避世譏彈之念重，而精光不出矣。今石頭之集具在，其精光爍人目睛者，豈文人學士所可及耶？彼其視世間之毁譽，如飛蚊之過于前，而不能爲之動也。巖頭云：「一一從自己胸臆中流出，蓋天蓋地。」有旨哉！

記二十年前，與中郎同會石頭於維揚，彼此論禪不契，遂大駡而別。今又會於都中，故人零落，伯修、中郎皆下世，昔之駡者，相視而淚數行下矣。嗟乎！石頭之學問日進，而予則日以退。石頭能不棄而復駡予，予肯作駡會耶？近又讀四悉堂詩，采中郎之意，而更變化之。予且惡自見其詩，則予之日以退，豈獨禪哉？信乎石頭可不朽矣，而予亦當附之以傳，故述數語于首，使後世知序石頭之詩者，公安袁小修名中道也。

余給諫奏議序

古人謂人才當以氣節爲主。予謂以氣節名，非士君子之得已也。節持於氣，氣也者，如火然，發而莫已其燄者也。昔子輿言養浩然之氣，而猶龍氏則云專氣致柔。若一主剛，一主柔者。不知天下方波流茅靡，其氣餒甚，故子輿欲其伸也。天下方囂凌誶角，其氣張甚，故猶龍欲其詘也。此但以氣之主與客論，非以剛柔論也。顧天下世道之責，不屬於委靡之小人，而屬於一二三剛毅之君子。惟爲君子者，其氣激而不平，名根太重，成心不化，以至龍戰玄黄，其害孔亟。然後知猶龍之論，爲切骨之譚也。

瑶圃先生有擔當天下之才，而其氣足以鎮之。寄鋒刃於沖粹，藏光芒于希夷。初試爲令，治行爲天下第一。既入諫垣，遂能言人所不能言，言人所不敢言，而不言其不必言。舉是非磨戞之譚，一切泯之，甚得風議諫諍之體。人知其言之切當，而不知其氣之平也。其養之者素矣。養其心于至虛至静，而氣受節焉。毋抑而陰，毋亢而陽，蓋具中行獨復之資，而學問足副之。所謂有德之言，其發脈如此其深長也，豈取辦于臨時也哉！居恒謂今日論諫，亦極難矣。昔人與諷而少直。第所謂諷者，亦必上下相覿，機神偶合，其轉移之妙，蓋有出于唇吻之外者。而今釜鬲若此，則諷果可用耶？上之人，方且以此嘵嘵者别爲一曹，以力與之勝，即蒙死竭知，究竟歸於不復省覽而止。如唐陸敬輿之時，天下之安危禍福，捷于反掌，故激切之説可行。而今有其機而無其形，無可怵而有可玩，總弁髦視之矣，即直亦何所用也。諷直之道兩窮，戞戞乎若水投石，奈何哉！先生于此際，以不容已之心，而持其敢言之氣，爲徑爲宛，隨機而發。不起念于人我異同，不植根于毁譽是非，雖未必見諒于君父，而決可無愧於幽獨矣。先生其真有道者耶！

昔蘇子瞻以諫鳴于時，其愛君憂國之疏，可謂激切矣。已而自云：此制科人之習氣，比之于時鳥候蟲，譬如雷鳴震驚百里内，草木開發，而寂然卒歸于無有。若子瞻者，其度量遠矣。先生居禮垣，知無不言，舉朝號爲通達國體，而退然常若不足。且曰精誠不能動，而存此呶呶者何也。彼其視氣節爲何物，而肯留之胸中也哉？然予等則謂先生之奏疏，獨存子輿氏所秉之正氣，而盡化猶龍所黜之客氣。不激不隨，名根盡祛，成心不有，其氣節本于性術。如是是大有益于世道人心者，存之以爲一代不刊之書可也，又何必襲焚草之故事乎？是爲序。

吴表海先生詩序

先兄中郎之詩若文，不取程于世匠，而獨抒新意。其實得唐人之神，非另創也。然學之者，往往失之。蓋中郎别有靈源，故出之無大無小，皆具冷然之致。近時惟成安吴表海先生，初學歷下諸公之詩，無一語不肖者。久而厭之，偶見中郎詩，嘆曰：「此實先獲我心！」遂棄去舊習，盡抒其意之所欲言，采中郎之意，而變化之。夫抒其意之所欲言，亦已至矣。此非詘夫言有盡而意無窮者也。言有盡而意無窮，古人謂水中鹽味，色裏膠青，決定是有不見其形者，即三百篇不多得也，漢魏十九首庶幾近之。盛唐之合者不數人，人不數首，而況中晚乎？才人致士，情有所必宣，景有所必寫，倒囷而出之，若決河放溜，猶恨口窄腕遲，而不能盡吾意也。而彳亍，而囁嚅，以效先人之顰步，而博目前庸流之譽，果何爲者？予觀表海先生郢中詩，及近日捶鈎諸作，是真能抒其意所欲言者。顧情境有所必達，亦有所必汰，如江發岷山，萬派千流以赴峽；而峽山常束而堤之，使無旁溢。故先生之詩，雖不盡受法於三唐，而亦不濫觴於宋元，所謂採中郎之意，而變化之者此也。

嗟乎，先生與中郎之同者，豈獨詩哉！中郎神情超卓，不受世之纏糾。而先生亦頡頏于世，獨往獨來，不與俗爲俯仰。此其骨同也。中郎去吴時皆貸而後裝，而先生自居官以來，守其素業，其去郢也，蕭然無異寒士。此其操同也。中郎少有陵霞之致，雖圭組中，亦戀蒼壁清泉。而先生所至，登山臨水，飛蓋躡屐，醉墨淋漓。此其趣同也。有此三者，其發源處，已如水乳之合矣，豈獨詩哉！天奪中郎，不予之下壽，使之登峯造極；而先生來祉方新。古人云：「人不可以無年。」則先生所造，詎有涯也。予辱先生國士之知，讀近作欣然有會于心，故僭爲之引。

崔公超擬十九首小序

三百篇之不能不漢魏也，漢魏之不能不六朝也，六朝之不能不三唐也，三唐之不能不宋元也，變化日新，而其氣日薄。故氣也者，默行于宇宙之間，雖慧人才子，極其力而不能留。十九首者，取漢魏間詩人最合作者，合爲一類，其氣妙得三百篇之遺，所謂一唱三歎，言有盡而意無窮者。吾友崔公超氏，才氣無雙，輒不得意于時；都門無雖公超亦不知妙合至此，真王仲宣之虎一毛也。予喜郢之有詩人也，故爲識數語于首。事，取十九首擬之。夫才與時不相耦，而淒怨自生，若秋風之入蘆管，蕭蕭焉，瑟瑟焉，

徐樂軒樵歌序

清水丹山之間，有隱君子，姓徐名吉民，別號樂軒居士。居士少業儒，以數試不利，遂去諸生，懷終隱之志。日以種德爲事，周人之急，不啻身有之。依范文正公故事，創義田義塾。諱言人過，喜稱人善。又善蒔藥，故得藥物最真，凡乞者即與之，以治病多效。得一奇方，必普傳於人。凡數百里内，僧刹道院，力可新者，皆竭力爲之。居士雖外託沉冥，而好讀書，所著奇書最多，遇友人佳詩及文字，即壽諸石。所居近滄滸溪，種樹數十萬株，如雲封霧接。居士跨蹇往來其間，與田夫野老，坐草萊，説耕耘事。手種茗，不啻天池、虎丘。家釀醇酒，清洌異常。居士性不多飲，少飲即酣暢，任意瀟灑。久之裒集成帙，自號曰樵歌云。

嗟乎，詩之累於應酬也久矣！居士隱於樵，故謝絶一切人間應酬。凡意之所不欲言而不得不言，與口之所不欲言而不得不言者，居士皆無有。故落筆即有煙雲之趣，依稀與陶元亮、王無功相似。今春，予由當陽玉泉得晤居士，一見歡然訂交。蓋

居士與予友劉孝廉玄度最相知。及玄度之没也，多方搜求遺集，編次以授予。朔望必奠，譚及必泣，其急友誼如此。樵乎，樵乎，其真有隱德俠骨者耶！後之人讀樵歌，居士之清標逸致，亦可想見其一斑也。

餐霞集小序

以夢爲真乎？六如之一耳。以爲幻乎？則古之文士，有夢蛟，夢鴛，夢筆，夢錦，而文思奇進者。謂之幻，不可也。顧以異夢發藻思者，雕蟲之士宜然。今杜大將軍日章，少以韜鈐起家，致位將帥，九塞倚爲長城。而忽兆朱霞之夢，豈天下太平未艾，欲公舍弧矢而親筆硯，將以文詞垂不朽歟？抑古之通才，不妨兼長，欲公立功立言，兼而有之，而一洗隋陸無武絳灌無文之譏歟？此其夢非幻也，公亦不作夢會也。公於夢覺之後，藻思日新，遂取「餐霞」以顔其齋，與賓客酬唱其中。久之，裒爲一集。予取而讀之，求所以擬之者而不可得也，則宜莫如霞。

今夫霞，旦暮所常有，人人所共見者也。而變變化化，奇奇怪怪，固不必赤城之所標，閬風之所蒸，而皆有異彩奇葩爍人目睛。至平常，至絢爛；至絢爛，至平常。天下之至文，無以加焉。美哉霞也！觀霞則知公之什矣。雖然，霞之卷舒無常，而天體自如。試於霞外觀之，而後知變變化化，奇奇怪怪，皆雲日映射之氣偶成，而倏有倏無者耳。古之名將，知此道者，其惟清涼、無礙兩居士乎？噫，予又安得根器如公者，而與之譚此道哉！

牡丹史序

天地間之景，與慧人才士之情，歷千百年來，互竭其心力之所至，以呈工角巧，意其餘無藴矣。然景雖寫，而其未寫者如故也；情雖洩，而其未洩者如故也。有苞含，即有開敷；有開敷，又有苞含。前之人以爲新矣，而今視之即故；今之人以爲新矣，而後視之又故。甚矣，造物之工巧無窮極也。何以知之？以亳州之牡丹知之。牡丹之盛於洛陽，其種繁矣，其名夥矣，其色爛矣，歷代之所譜者詳矣。以視今亳州之所産，其種其名其色，新故大不相侔也。今且月異而歲不同矣。奇奇怪怪，變變化化，造物者若不能自秘其工巧，以聽人之轉移，而日獻奇貢豔于人耳目之前。以前視今，故者復新；以後視今，新者又故。然則牡丹之變，豈有極乎？

吾友薛公儀氏，少世其家，博學洽物。閒適之餘，方略見于花事，窮其變態，著而爲史。比前輩所譜，又新之新者也。予取而讀之，與公儀晤談者累日，且歎心業畫師，不可思議至此，與造物何與焉。公儀素通禪理，爲予首肯者久之。因漫書于史之首，志不忘云。

程晉侯詩序

詩文之道，繪素兩者耳。三代而上，素即是繪；三代而後，繪素相參。蓋至六朝，而繪極矣。顔延之十八爲繪，十二爲素。謝靈運十六爲繪，十四爲素。夫真能即素成繪者，其惟陶靖節乎？非素也，繪之極也。宋多以陋爲素，而非素也。元多以浮爲繪，而非繪也。國朝乘屢代之素，而李何繪之，至于今而繪亦極矣。甫下筆，即沾沾弄姿作態，惟恐其才不顯而學不博也。古之人任其意之所欲言，而才與學自聽其驅使。今之人反以才學爲經，而實意緯之，故以繪掩素，而繪亦且素。然而無色，膩靡而無足觀，予重有慨焉。

新安自伯玉先生能繪其素，而人工爲繪，文章日盛，其究令繪掩素。吾友程晉侯不然，匠心獨造，而不爲才與學所驅使，其殆有靖節之意乎？靖節處于非仕非隱之間，而卒歸于隱。初應辟除，而未嘗逃之；既惡折腰，而未始即之。彼其于世外澹也，故其爲詩如其爲人。今晉侯跡大類于陶，皆得恬澹之趣者也。故其詩深厚雋永，可以救世之靡靡浮夸者焉，予所以樂爲述也。

于少府詩序

凡天下之易見者，非其至者也。深山大澤，巍巍耳，浩浩耳，而其中蓄泄雲雨，包藏珍奇，無所不有，而卒未常見其所有，所以爲大也。華陽于公某，貳吾郡有年，其守甚嚴，其才甚恃。當是時，公惟留心民瘼，拮据郡政，而未嘗言及詩也。即闔郡人士，皆知公之爲良有司，而不知其爲詩人也。丁巳秋日，督木至都，晤予，出其所賦詩數百篇見示。予得而讀之，大驚曰：詩人也。詩之爲道，繪素已耳。三代而上，繪即是素；三代而下，以繪參素。至六朝，繪極矣，而陶以素救之。近日文藻日繁，所少者非繪也，素也。公之詩本于性情，骨色相合，蓋有陶靖節之遺風焉，信乎其爲詩人也。

昔蘇子瞻居杭時，毛澤民爲下寮，偶以選去。一日聆其所作小詞，嘆曰：「郡有詞人，而我輩不知，其罪大矣！」即遣人追還，與定交，且爲延譽。予不敢望子瞻，公之才豈啻澤民，乃樂道人善，則不敢不心子瞻之心焉。予故極口曰：公真詩人也。抑公佐郡，治行最著，可以調矣，而久不調。督木之役頻年，徘徊江路，進寸退尺，人之所大不堪者，而公怡然處之，無幾微抑鬱之色。發爲聲詩，和平爾雅，一唱三嘆，公之性情幾于有道者，豈獨詩人已哉！此予以樂道之，而願爲之引以傳也。

殷生當歌集小序

才人必有冶情，有所爲而束之，則近正，否則近衰。丈夫心力强盛時，既無所短長于世，不得已逃之游冶，以消磊塊不平之氣。古之文人皆然。近日楊用修云：「一措大何所畏，特是壯心不堪牢落，故耗磨之耳。」亦情語也。近有一文人酷愛聲妓賞適，予規之。其人大笑曰：「吾輩不得志于時，既不同縉紳先生享安富尊榮之樂，止此一縷閒適之趣，復塞其路，而欲與之同守官箴，豈不苦哉！」其語卑卑，益可憐矣。飲酒者有出於醉之外者也，徵妓者有出於慾之外者也。謝安石、李太白輩，豈即同酒食店中沉湎惡客，與鬻田宅迷花樓之浪子等哉？雲月是同，溪山各異，不可不辨也。雖然，此亦自少年時言之耳，四十以後，便當尋清寂之樂。鳴泉灌木，可以當歌，何必粉黛。予夢已醒，恐殷生之夢，尚栩栩也。

殷生負美才，其落魄甚予，宜其情無所束，而大暢於簪裙之間。所著詩文甚多，此特其旁寄者耳。昔周昉畫山水人物皆佳，而世獨傳其美人。此集之行，抑亦周昉美人類也。殷生行年如予，必當去三關而杖孤藤，模寫山容水態，從予於碧水青山之間。日可俟矣，予淬眼望之矣。酸腐居士袁中道書。

苦海序

人心如火，世緣如薪。可愛可樂之境當前，如火遇燥薪，更益之油矣。若去其脂油，灑以清涼之水，火亦漸息。吾嘗見人閱除書，則進取之念愈熾；睹廣柳，則謀生之意少灰。乃知心隨境變，可用吾斡旋之法。是以修行之人，常處逝多林中，借其無常之水，以消馳逐奔騰之火，此亦調心第一訣也。袁崧好唱挽歌，蓋亦有意。彼慧人也，姑借之以耗壯心，而世目之爲癖，則過矣。

予往馳求多端，妄念不息，取古今詩篇閔生傷逝之語，都爲一集，命曰苦海。當如炎如爍之時，而一歌之。念歲日之無幾，感繁華之不永，霹靂火化爲清冷雲矣。每有斯病，用斯方輒愈。更須廣其傳，以救衆生之熱惱，實檀度中事也，故存之。己酉秋日，凫史袁中道書于舟中。

龍湖遺墨小序

昔蘇子瞻爲人，性無忮害，樂道人善，宜無軋於世矣。而當時惡之者，直若甘心焉而無罪。其後萍飄嶺海，僅得生還。訊所以致禍之故，多不可解，豈亦命數適與之會歟？龍湖先生，今之子瞻也，才與趣不及子瞻，而識力膽力，不啻過之。其性無忮害處，大約與子瞻等，而得禍亦依稀相似。或云二公舌端筆端，真有以觸世之大忌者。然歟，否歟？然子瞻生平所著作，自宿州符下之後，半入蛟宫。其臨池揮灑之餘，爲人藏於複壁者，猶不能保。直至宣和之世，上章道士指爲奎宿，然後始弛蘇文之禁。當龍湖被逮後，稍稍禁錮其書，不數年盛傳於世，若揭日月而行。則本朝之寬大，與士大夫之淳厚，其過宋朝也遠矣。諸刻之餘，其隨意游戲楮墨間，往往秘藏於小友之篋，若夏道甫所貯種種，尚未經人耳目者，真可寶也。

道甫客西陵，與龍湖來往最久。此老以嗔爲佛事，少不受其訶斥者；而待道甫温然，惟恐傷之，則道甫爲人可知。蓋龍性雖不可馴，而見人一長，即抽揚不容自已。如予之麄疎，尚憐而以國士遇之，況道甫乎！昔子瞻集行，而巢元修、王子立、子敏、潘邠老輩，皆得託以有聞於後世。如道甫能自致不朽者無論，若予之名姓，且將附此老諸刻以傳，則予亦不可謂不幸也。因喜而爲之引。

福井先生集序

蓋予少時，誦福井先生詩，而知其爲才人也。已得先生疑菴諸集讀之，而後知先生爲學問中人也。先生少具穎異之才，下筆數千言立就。安世嘿識，世叔强記，殆無以過焉。顧其所爲歌詩，不唐不宋，直攄其意之所欲言，蓋無心於雕龍繡虎之名，而獨一其志於學。乃先生之學，不浸淫於二氏，而一稟緇林爲繩尺。又親見當時之聚徒講學者，徒鸚鵡其舌，質之生平，如鏤冰畫空，都非真實。故一一具諸履踐，以其身爲主璋。乃世或曰先生晚達，蓋功名富貴中人也；或曰篤行君子也。皆非也。當江陵相公盛時，先生與爲布衣交，温蠖其跡，而潔白其心。以先生爲介也耶，則每計偕往來平津邸中爲上客，卒未常畏其薰轑，急逃之以爲高。以先生爲通也耶，則其指日回天之勢，稍暱就之，功名可唾取。而先生白首乃得一第，浮沉郎署間，竟未常獵取一班一級以没。彼時與槐柳齊列者，見馮子都、王子方輩，作刺刺可憐色，而不足以當先生之一盼。春蠻腐鼠，豈堪點其胸次。蓋鷗機雖忘，龍性難馴，不可得而親疎榮辱，先生于道也幾矣！

昔子瞻有言：「人生如國手碁，末後略贏數子，便是勝局。」先生少時，侘傺不遇，人或有賈島孟郊之嘆，而晚年不驟用世之志，竟取青紫。馬文淵所云「窮且益堅，老當益壯」者，非先生烏足當之。先生著作甚富，其涉於風雲月露者盡汰之，獨存數種，而以疑菴名其篇。夫疑者，悟之因也。昔楊慈湖於學大悟一十八遍，小悟不計其數，蓋屢疑而屢悟也。故儒門之學，慈湖最爲光明。先生以疑自居，非苦心於學者，烏足知之，則先生於道已深矣。先生之孫世臣，從游中郎先兄之門最久，極得其沾衣霧露之潤，是不媿先生之箕裘者。手持是集示予，予略述其梗概歸之。若先生行事之蹟，具中郎邑乘中，已有虎頭傳其神矣，兹不復贅云。

劉性之孝廉詩序

予每至沙頭別館修業，則常與性之偕。予性在動静間。一月内，常以其半沉思苦誦，抄書校書；以其半飲酒看花，調馬泛舟。性之伺予動則去，伺予静則來。性之蓋生而静者也。性之築室水畔，日以讀書搆文爲事。凡此中舉孝廉者，多逐逐居間以自潤。性之獨絶足不詣公門，天性孝友，且以其身爲珪璋。故江陵稱文行兼至者，必首性之。

一日，過我園中，爲予大書「讀書萬卷，種竹千株」八字，弈弈飛動，大有米南宫筆意。予向知其能文，不知其妙于書也。又一日，出一箑，寫己詠懷詩數首，步趨唐人，清冷悽惋有致。予向知其能書，不知其嫺于詩也。予偶過其書室，見架上緗帙爛然，其案頭子史等書，皆逐字丹鉛，訓釋精核。予向以爲性之直涉獵以資筆鋒耳，又不知其沉酣古史，博洽大雅之若斯也。天下士豈易知哉！無論性之之才之學，深植厚儲，纖毫無所發抒於世，即其清修雅飭，恂恂然如處子戒衲，而年僅四十，竟以無兒，此尤天道之不可知者也。初，性之眇右目，已左目復病。予見而調之曰：「君非饒于目者，愼之！」久之，萬方醫治，竟不痊。夫文士進取，全賴此阿堵，即不得志于時，猶借覽矚古今以娱餘年，乃壯歲即坐長夜中，咨嘆愁苦，殷憂憤鬱，竟至發病而隕，悲夫！性之既下世，其友劉孝廉元之輯其遺詩示予。詩雖不多，然文不佻，質不俚，亦可以傳矣。予故悽然爲題此數語于首。性之名安仁，世居江陵沙市，萬曆庚子科舉人。

陳無異寄生篇序

六一居士云：「風霜冰雪，刻露清秀。」以山色言之，四時之變化亦多矣，而惟經風霜冰雪之餘，則别有一種勝韻，澹澹漠漠，超於豔冶穠麗之外。春之盎盎，百花獻巧爭妍者，不可勝數，而梅花獨於風霜冰雪之中，以標格韻致，爲萬卉冠。故人徒知萬物華於温燠之餘，而不知長養於寒冱之時者，爲尤奇也。由此觀之，士生而處豐厚，安居飽食，毫不沾風霜冰雪之氣，即有所成，去凡品不遠。惟夫計窮慮迫困衡之極，有志者往往淬勵磨鍊，琢爲美器。何者？心機震撼之後，靈機逼極而通，而知慧生焉。即經世出世之學問，皆由此出，而況舉業文字乎？

吾友無異，少遭困阨，客寄四方，益自振。下帷發憤，窮極苦心，發爲文章，清勝之氣，迥出埃壒。若葉落見山，古梅着蘂，一遇慧眼而兼收之，固其宜也。然予每會無異于長孺座上，嘿嘿而親之，私自念此非經風霜冰雪之餘，有以消磨其習氣而然歟？古人有言：「能推食與人者，嘗饑者也；賜之車馬而辭焉者，不畏徒步者也。」若畏饑而憚步，則天下事其吝爲之，怯爲之，不亦多乎！無異嘗天下之難者也，必無難天下事矣。予以此券無異焉。

鄖水素言序

予友周季清諱廷旦者，江右名士，與予遊于太學，最相知賞，後同舉。季清氣宇，淹雅沖夷，文采豔發，予甚遜之，乃季清則極口稱：「吾有同門友劉大玳者，道人之氣，文人之藻，予不及也。」予問：「所謂門者，何門也？」曰：「塘南王先生也。」予乃謂：「陽明之學，傳之淮南而後，近惟塘南先生悟圓而行方，實爲嫡派，予私淑之久矣。君與大弢同出其門，則臭味我三人同矣。」然以大弢不即見爲憾。屬大弢司校予邑，予從漁陽歸，乃獲晤大弢，且讀其文，信矣吾友所云道人之氣，文人之藻者不誣也。叩其學，皆于此道已深入焉。

予乃竊嘆曰：譾譾如予者，不是論矣。季清大弢深入名理，而旁溢爲經生之技，其緒餘耳。乃皆彳亍公車，而不即酬，真可嘆也！一第糞土也，然亦有不可解者。時一學子從旁言曰：「公不見燕賈堅射牛事乎？少時能令不中，今老大矣，正可中之。然則諸公之不即遇，乃賈堅少年之射，能令不中時也。今射較劣于少時，正可中也。諸公之時皆至矣。」予笑曰：有是哉！少時才氣太盛，而過其的，容有之。予近與季清文益斂，大弢之文豐約中度，濃纖適宜，詘法伸才之病盡矣，一第何疑！

今大弢復往郢水習業，業日益工。又攜予社友伯學諱習魯者以往。伯學才氣，季清之流也，是行也必相與了經生事，而畢力于王先生之學，無俟券矣。

王天根文序

天根與予兄弟，最相知愛，而其好先兄中郎詩文也獨甚，逐字丹鉛，以自賞適。去年試省城，有二三詞客譏訶中郎詩，以爲不肖唐者。天根嘿不應，乃取中郎詩之最肖唐者，别抄爲一册，及書之箑間，以示諸詞客曰：「此類何代人詩？」諸詞客曰：「上者盛唐，次亦不失中晚。」於是天根大笑曰：「此即袁中郎詩，諸公以爲全不肖唐者也。公等草草一覽，見有一二險易語，遂以爲中郎病，而其實肖唐人之神骨者最多，遍讀而深入之自見。」諸詞客乃始稍稍服。

予家居，有傳此事于篔簹谷者，予躍然曰：「世固不乏侯芭矣！」然天根又豈直好之哉，固身有之也。天根喜讀書，下筆爲詩賦，及小言短章，天趣皆奕奕毫楮。〔一〕所謂文人之藻，韻士之趣備矣，宜其嗜中郎深也。〔二〕昔黄魯直云：「老夫之書，本無法也。但觀世間萬緣，如蚊蚋聚散，未常一事横于胸中，故不擇筆墨，遇紙則書，紙盡則已，亦不計工拙，與人之品藻譏彈。譬如木人，舞中節拍，人歎其工，舞罷又蕭然矣。」此語極有會。眼前有與言此者，非天根而誰？天根時義，火候已到，如行舟者，百物俱備，支篙以待，風至即飄然矣。舟中信筆書此，揮灑略有意，亦狗知之合也。

〔一〕近集此下有「且也煙霞成癖，丘壑棲神」二句。

〔二〕近集全異，另作「若夫學舉子業，神理色澤，貞幹異藻，交映互發，而屢上不收，真不能無疑于造物。雖然，世豈有才如天根，而長貧賤者乎？遇合固自有時，即得失亦無足爲天根重輕。獨中郎之所以自適，與世之所不能知中郎者，别有出于詩文之外，予稍稍得領其緒。俟天根了此一局後，相與商確究竟。夫天根豈汩汩世榮以老者哉？予静居堆藍山中，引領望之。」

袁長房文序

予生平以朋友爲命，而尤以兄弟中之朋友爲命。自兄弟中之朋友往，而予幾不欲留人間矣，塊處柴紫山中。偶無跡師自匡山來，袖一函示予。發之，則蘄州袁長房寄予書也，中多譚經世出世之事，娓娓數千言。予大奇之。今年予入都門，長房復來訪予，與予言，意致大相合，甚破予岑寂之懷。

蓋予先世，自江右徙蘄黄間。今蘄之近郭，猶有先人釜鬵存焉。遡其本源，長房猶雁行也。意者，天憫予老而寂寥，復賚以兄弟中友朋之樂乎？自是數與往還，得盡讀其詩文，蓋望而知其爲慧業文人也。已復出其舉子業見示。予謂此小技耳，出其緒餘，得時可以駕矣，胡爲穿心出腸，怒鬼嗔人，一至此乎！天之生才實難，而吾輩日披剥其華蕚，發露其情態，窮極其工巧，暴殄天物不可，而況暴殄天之才乎？以長房之才，天下事何不可爲。願沉蓄之，專凝之，静俟之而已，此外别有事在。長房饒家學，予不復言之矣。

馬遠之碧雲篇序

不肖少時沉酣於舉子業，不自寶惜意根，持鋒穎以與造物戰，而不勝，始逃之山水間。蓋六七年以來，不親筆硯，亦不知此道當作何語矣。今年入都，逐隊操觚，覺斷綆枯井，殊無微瀾。惟得治城舊社友馬遠之文，讀之靈潮汩汩自生，始知天地之名理，與人心之靈慧，搜而愈出，取之不既。蓋遠之爲人，有逸韻，饒俠骨，急友朋，愛煙嵐，故隨筆出之，自仙仙然有異致。所謂一一從肺腑流出，蓋天蓋地者也。夫畫家重逸品，如郭忠恕之天外澹澹數峯是也。世眼不知，乃重許道寧輩金碧山水，不亦謬乎！吾觀遠之之文，鹽味膠青，若有若無，比之忠恕之畫，氣類自同。今欲取合世眼，降格作道寧輩濃膩之筆，吾固知遠之不爲，亦不願遠之爲之也。遠之行矣，試以此語商之同調者。

成元岳文序

時義雖云小技，要亦有抒自性靈，不由聞見者。古人云：「一一從自己胸臆中流出，自然蓋天蓋地。」真得文字三昧。蓋剪彩作花，與出水芙蓉，一見即知，不待摸索也。

讀元岳兄諸製，無論爲奇爲平，皆出自胸臆，决不剿襲世人一語。一題中每每自闢天地而造乾坤。予于此道，亦號深入，而不能不心折于元岳，則惟其真耳。予一晤元岳，見其長身偉幹，鬚髯如戟，聲如洪鐘。與之語，輸瀉胸懷，毫無城府，已知爲天地間奇偉男子，將來事業必能獨抒精光，不寄人頷下者，予以其文卜之。夫有真文章，自有真人品，真事功。海挖八河，必無異味，予以券元岳矣。

瞿起田制義小序

瞿文懿公與先兄伯修先生，俱舉南宫第一人。後文懿公之仲子星卿先生，及伯修仲弟中郎先生，皆深入舉業，文字窮其工巧，而科名不能嗣也。不肖繼中郎起，于此道稍有所窺，天下皆期其能爲伯修；而星卿令子起田，甫弱冠，文名震天下，世又以爲必繼文懿之武。及丙辰，予與起田皆見收，而等不能嗣往跡也。嗟乎！予屢蹶於場屋，復遭家難，無心進取，逃之堆藍、蓋紫間，日以聽水看雲爲樂。不得已有所結撰，直如郭忠恕繪事，聊作天外遠山，澹澹數峯而已，宜其不能嗣伯修也。若起田年方二十餘，全盛之氣，注射語言，精悍犀利，穿心出腸，而亦不能繼文懿，豈亦命耶！毋亦如賈堅之射牛，力贏而過其的耶？或又如曹家繡虎，才太高，詞太華，而反不能及父兄耶？今起田諸作在，可按睹也。記往時此地有蒲桃社，伯修、中郎諸人，與起田伯父洞觀先生，相與有所討採。予亦得與聞焉，而恨未能究竟之也。今幸與起田共了經生事矣，伺塵冗少暇，當與細商之。起田饒家學，其必有以益予也夫。

申維烈時藝序

今歲，予與維烈同舉，且同門也。初意維烈不過能雕章繪句，如近所稱文士者耳；及讀其奏牘并制舉藝，具一種絶世之資，而工力足以副之。出之有源，布之成彩，人見得之甚捷，而不知其焠掌鋭牀，冥搜玄想，其苦亦有未易言者，始知其爲積學士也。迨久與之處，見其温然噓人以元氣，而凛然寘身于律度，淡而不華，静而不窕，其殆得萬石君數馬門風者歟？如河東柳氏諸賢出於積習名教之餘者歟？予甚心折焉。追思予如維烈之年，正擊劍燕市，走馬塞上時也。騁其一往之氣，莫知檢押。直經幾番動忍之後，始不敢易言天下事。而維烈年甚少，而見甚老；才甚華，而行甚實。則予之不及維烈，豈獨文字之技乎？氣識大不如也。

記日者與維烈聚談，一客忽謂予曰：「無生之學何好，而君家兄弟酷嗜之？」予曰：「霹靂火中，安可一刻無此清冷雲也。」維烈頷之，若有會者，曰：「予將歸而從事焉。」先儒有言：「舉業是人生一厄，過了此關，正好理會性命。」夫儒釋之戰凫乙也久矣，今維烈既了帖括緣，且不即試爲吏，歸而宴坐青山碧水之中，沉思而静研之，其果同耶異耶？出世之與用世，果有二耶？三年而後，以訊維烈，其必有以開予也夫。維烈且歸，出所刻時藝，欲予弁數語于首，予遂書此以券。

李仲達文序

陶祭酒石簣每論予文云：「時文之妙，全在曲折轉換之間。子才雖大，學雖博，而去之轉遠。」予心佩其言，輒極力求合，而轉不肖也。今觀仲達之文，一幅之内，煙波萬狀，如書家小字得大字法，如畫家咫尺之間具千里萬里之勢。禪門亦云：「于一毫端，現寶王刹；坐微塵裏，轉大法輪。」皆小中現大意也。仲達真慧業文人，妙得此理三昧，而偶示一斑于此技者耶？回視予文，不免露麄豪抗浪本色，其不如仲達遠矣。昔人謂銅將軍鐵綽板歌蘇長公「大江東去」，不如十四五妖韶女子唱柳耆卿「楊柳岸曉風殘月」，雖與此道迴別，然亦極有會，覽者當自得之。

淡成集序

天下之文，莫妙於言有盡而意無窮，其次則能言其意之所欲言。左傳、檀弓、史記之文，一唱三歎，言外之旨藹如也。班孟堅輩，其披露亦漸甚矣。蘇長公之才，實勝韓柳，而不及韓柳者，發洩太盡故也。詩亦然。三百篇及蘇李河梁、古詩十九首，何其沉鬱也。陳思王、謝康樂輩出，而英華始漸洩矣。杜工部、李青蓮之才，實勝王維、李頎，而不及王維、李頎者，亦以發洩太盡故也。舉業文字，在成弘間，猶有含蓄有蘊藉。至于今，而才子慧人，蜚英吐華，窮其變化，其去言有餘而意不盡者遠矣。雖然，由含裹而披敷，時也，勢也。惟能言其意之所欲言，斯亦足貴已。楚人之文，發揮有餘，蘊藉不足。然直攄胸臆處，奇奇怪怪，幾與瀟湘九派同其吞吐。大丈夫意所欲言，尚患口門狹，手腕遲，而不能盡抒其胸中之奇，安能囁囁嚅嚅，如三日新婦爲也。不爲中行，則爲狂狷。效顰學步，是爲鄉愿耳。

李宗文氏，楚之名士也，採楚名士之文，裒爲一集。予得而閲之，大都能言其意之所欲言，皆楚人本色也。近日楚人之詩，不字字效盛唐；楚人之文，不言言法秦漢，而頗能言其意之所欲言。以爲揀擇太過，迫脅情景，而使之不得舒真，不如倒囷傾囊之爲快也。本無言外之意，而又不能達意中之言，又何貴於言。楚人之文，不能爲文中之中行，而亦必不爲文中之鄉愿，以真人而爲真文。觀於宗文氏之所集，可以知楚風矣。

翁承孅文序

予己酉遊秣陵，結冶城大社，皆海内名士，承孅與焉。是時予氣尚鋭，筆尚銛，視一第直唾取耳。乃明年，復落春官。自此後，頻遭患難，遂棄而入山，以看雲聽水爲工課。間一爲時義，忽忽如夢中語。逐隊入棘，直遊戲耳。反見收於當事，此殊不可解。承孅氣之鋭，筆之銛，百倍于予。頻年得賢書，則先覓承孅名，竟不可得，心尤惑之。邇者予南歸，偶晤於朝歌，以酒洒予，出近日行卷見示。骨愈健，才愈藻，穿心出脅，視昔有加焉。承孅酒間慷慨悲歌，欲舍此毛錐，持弓矢立功塞上。予悲之壯之，而決承孅之必遇合也。

何者？予昔惟河清之不可俟，故有披髮入山之志。承嫰今亦惟雄心之不可降，故作投筆從戎之談。此皆厭於局中已極，而欲逃於局外者也。欲逃於局外，無兢兢必得之心，故其神反閒，而其機反活。所爲採寶種樹，獲於無意者，非此類耶？予是以決承嫰之必遇合也。獨不聞賈堅之射牛乎？曰：「臣往者力能使之不中，今正可中之。」夫能使之不中者，豐于力而踰其的也。惜吾力以俯就的，何難一雋。予親試之矣。繼予而起者，必承嫰也夫！

王維果文序

予少不量力，持其意根，與造物戰。以屢不售，愈厲。記往日習藝春草堂下，有兩耦不屬，至枕上沈思暝去。兩耦化爲兩國，相角竟夜。甫覺，則兩耦又在心目間矣。甚矣，予之苦也！乃頭顱種種，其效止此耳。始知才人早貴，信乎有命。今年，與予友王維果，同獲一第。及訊維果習藝時事，其苦殆有甚焉，相與咨嘆久之。顧予賦性疎放，雖苦心時義，然時時有一發息機之意，其中多爲走馬泛舟，看花度曲所雜。而維果根性沉著，坐卧一處，焚膏繼晷，如此者不知歷經寒暑。故其爲文有深湛之思，肌劈理分，洞胸達臆。視予所作，未免如銅將軍鐵綽板唱蘇長公「大江東去」

詞耳。

蓋維果舉業三昧，得之於澹也，靜也，密也。夫澹者，欲之壘也；靜者，事之嶽也；密者，物之綰也。今維果且出而吏矣，持此三者以往，天下事何不爲。況艱難辛苦，嘗之已久，古人有言：「賜之車馬而辭焉者，不畏徒步者也。」予且與維果以當年下帷之苦，移之爲國爲民。維果唱，予竭蹷後之矣，一第云乎哉！

二趙生文序

予過丹陽，晤趙大令鳳白，聽其論議，讀其制作，皆深入名理。扣之，乃知其少而聞道，故隨其謦咳，皆具三昧。所謂真龍一滴之雨，與尋常溪澗者不同。及過其衙齋，見兩仙郎千里、罔叔，清標泠泠出塵。以其近作舉業示予，讀之大都于時文中出古法，具見彈丸脱手之妙。予甚心折焉。蓋鳳白才極妍，學極深，次且一第，予甚憐之。及見二郎君，故知造物者靳之有以也。無論後來鳴躍相繼而起，即鳳毛麟趾，産于一門，此豈尋常之福也哉！夫楚人之文有骨，失則傖；吴人之文有態，失則跳。予每欲以楚人之質幹，兼吴人之風致，而不可得也。今觀千里、罔叔諸作，其近之乎？

予兄弟三人，皆麄知文，而其始，實先君子啓之以學。學之時，不論華言梵册，種種搜求。蓋久之欣然有遇，如雷開蟄户。近思先君子之教予三人，不寬不嚴，如染香行露，教之最有風趣者也。今鳳白浸漬於學已久，又以之啓嵒叔、千里，故其文詞，出于心地明白之後，尋常經生家不同，惟寒門父子當日授受，稍稍似之耳。今之廬陵，古之鄒魯，其中如鳳白父子，大未易得也。會新文成，予遂喜而書數語以弁其首。

悦習上人小序

渚宫天皇寺悦公，自稱悦習道人。或云「悦習」，孔氏之旨也，於釋門何所？予曰：兹寺之在梁也，張僧繇於柏堂中畫十哲像，人疑問之。僧繇曰：「終當賴此。」其後魏人毁江南諸寺，惟此寺以十哲像獲免。經千百年，此寺猶巋然者，孔氏庇蔭之也。後之居此者，不忍忘釋氏，其忍忘孔氏哉？惟不忘孔氏，若欲自附于孔氏之徒者，則「悦習」之稱，所以志恩報也。豈誠以釋濫儒？雖然，釋氏亦云禪悦，云修習，無二理也。饒德操曰：「欲爲仲尼真弟子，須參達磨的兒孫。」予則曰：「欲爲達磨的兒孫，須參仲尼真弟子。」

三和上人養母堂詩序

儒者言孝詳矣。孔子孝經作而卿雲現。動天地，感鬼神，莫大於是。三教門庭異耳，其重孝等也。考之道書云：居日中爲仙王，月中爲明王，斗中爲孝弟王。斗中真人曾至黄公家，云吾將下衍忠孝之經，即許公遜也。獨釋氏出家，人疑其逃戚屬，而匿影空谷。作此解者，未深讀貝葉耳。授戒者，不聽長子，不聽父母不許可者，豈以强世？故經云：「大孝釋迦文，累劫報親恩，積因成正覺。」予欲採貝葉中言孝者，輯爲釋氏孝經，未暇也。

三和真公，以母老，構養母堂於寺，奉侍之外，朝夕薰以佛法。母以天年吉祥終。人聞而大賢之，多爲詩歌讚嘆盛美。而其徒寂子，採而集之，以傳於世。一以解儒者爲釋氏不養親之疑；一以爲釋門養親者之式，俾有老親無人贍奉者，皆得如真公故事。且叢林中擇木涅槃諸額，具有定制，人無敢輕爲增益。而養親一堂，不妨以意起，予故特書之，俾千載而下，精舍中有養親堂者，知自三和真公始也。

送虚白請經序

公安有成七洲先生者，嘉隆間一才士也。久屈首鄉校，意不自得。北走長安，謁江陵相公，以危言動之不相中，爲詩歌譏之。江陵大怒，以法繩之。歸竟流落不振以死。七洲雖死，而其名逾重。一傳而子孫不能讀其父書，即先人著作已不存其半，與任昉之東里西華，張祐之桂兒杞兒等耳。而有孫虚白，爲儒復不成，去而爲僧，稍稍能傳其慧業。予見而憐之。虚白有志出世，數問所以爲僧者于予。予曰：禪與詩，一理也。汝詩人之後也，姑與汝以詩論禪。汝祖詩，體無所不備，而其源實出於雅頌，則三百篇非乎？夫曇氏之教，華嚴諸經，佛語也，三百篇也。瑜伽師地、起信、大智度論，菩薩語也，漢魏詩也。支那撰述，若生、肇、台、賢，及五宗諸提唱之篇，皆諸老宿語也，三唐詩也。詩必窮經，禪可舍經而旁及枝蔓也乎哉？虚白曰：「然。」遂有志讀經，而往秣陵首請華嚴。

送圓公請藏序

萬曆庚子，中郎以儀曹南歸，覓一道侣於無跡法師。無跡以高足圓象對。中郎曰：「禪伯乎？」曰：「非也。」「義虎乎？」曰：「非也。」曰：「安所取焉？」曰：「是本色道人，修徧吉行者也。」中郎曰：「足矣。」遂偕之而南。未幾於邑二聖寺創一接待堂，以爲僧郵，而請圓公主之。圓公待諸方，愷悌樂易，至則如歸；而又有控御才，以故叢林大振。且于三藏，瓶瀉也而囊束之，隱其慧而惟木叉是寶。蓋久之，中郎益服跡公爲知人。

自中郎逝，而圓公不忍逝中郎也，凡西歸時所囑者，數年間一一了之。獨請藏一事，猶蹉跎未之舉。會中郎逝，而圓公亦病。病良已，謂予曰：「吾終不忍逝吾友也。設吾友在，吾諾以貝葉者三四年矣，而竟寂然乎？今之寂然者，逝吾友故也，圓之罪也。」遂擇日走西陵請藏，而且曰：「檀者吾不辭也，不檀者吾不强也。吾知爲逝友請藏而已矣。」遂行。

珂雪齋集卷之十一〔一〕

〔一〕本卷各篇皆據集選補。

送茂實李子貳開州序 途中作寄。

江陵李子茂實以闖藩有事都門，遷開州貳，過予曰：「予歸矣。三湖湖雪黏天，實宗少文卧遊之所。予家其中，煙波入夢已久，豈能常僕僕鞅掌下吏？予歸矣。」袁子曰：「茂實，昔闖中税璫之變，璫患苦闖民，民雀起火之。璫急帥其黨數百人，皆甲彎弓，持刀劍走出。民各鳥獸散，急趨開府牙，撞其門，入室持開府項領，劫至一别署要約。藩使者聞變往，爲民所擁，車枳不得入，乃命茂實入傳言璫。時刀刃如雪耀兩階，以袖披其刃，血涔涔下。至璫前，傳藩使語甚切。璫意稍解。復從刀劍林走出，是日茂實幾殆。予往聞此頗壯茂實有男子氣，猶能爲國家任事。乃今忽作山中之語，殊失望。藩理爲州貳，誠不足酬勞意。當事者或未悉閩中事，朝廷不負人，茂實急去！昔人有薄其州者，一人獨賀曰：『天下海棠無香，惟此處海棠有香，實佳處也。』語雖謔，而有致。吾聞牡丹之盛，舊稱洛陽，今惟開州與亳州最盛，奇幻百出。茂實以向者幾死之身，今來吏隱其地，春來花事盛開，一笑爲歡，豈不快哉！毋遽話及宗少文臥遊事也。」茂實睨予而笑曰：「諾。」遂行。

偶遊圖小序

天下無無偶者，即遊覽亦然。有尚子平，則臺孝威爲之偶；有王右軍，則許玄度爲之偶。當山水會心之處，有互相忻賞者，其懷更暢勝於嘿然而無可舉似者十倍。顧覓侶政自難。忙不與吾之閒相契，則不可侶；閒不與吾之閒相值，則亦不能侶。不得已而攜笻孤往，亦寂寞甚矣。

吾友穉呂有勝韻，躡屐必窮幽遐。偶至新安，攜兩才人徘徊於黄山、白岳之間。夫求之友朋中不可得，而今得之粉黛，即閨閣中便有孝威、玄度其人者。與之爲雲霞之侶，此真有異福，是可歌也，可繪也。人生幾何，若嘗得此，又何羨蔡中郎所畫赤泉侯將相圖耶?

劉玄度雲在堂集序

此吾友宜都劉孝廉玄度詩也。玄度名芳節,别號恒沙,少工舉子業,試輒高等。萬曆丁酉,舉楚鄉試第二人,屢困公車。癸丑試文已收,以答掄相策内極口張江陵相業,而譏諷今之執政,多危語,遂寘之乙榜中。歸益發憤讀書。乙卯秋,至沙市,感微病而卒,得年僅五十。凡數娶無子,後娶雷太史何思妹,亦竟無子。玄度少即穎異,八行七步,不足喻其敏速。自舉業外,詩賦古文詞,下筆立成。以筆代舌,旁及西方之書,仙玄之秘,天文地理,五行占卜,星相反角,無不曉了。不喜與俗人譚,遇可語者,瓶瀉波流,窮日夜無複語。時與石首曾長況、夷陵雷何思,皆鼎峙稱楚才。兩人起家爲史官,而玄度頻年鎩羽,竟未脱青衫以没。嗟乎!玄度年五十爾,無論經世學術,抑塞未酬;即修詞一途,浸浸乎其未有涯也。而遽止此,豈非命哉!

初,玄度與予最相洽,每會輒極言肺腑,凡妻子所不得聞者,予兩人皆可吐露。歲乙卯,邀予同上公車。八月,次沙頭待予同行。已而病,謂逆旅主人曰:「小修何不至?可爲我江干望之。」病亟,猶喃喃,而予不知也。竟不起。予至沙市,逝已二日矣，哭之絶痛。予業已治裝北行，不及送其櫬還。至丙辰，叨一第，乞假歸。十餘日，即走宜都弔之。敝幄暗室，風燈明滅，冷氣逼人。嗣事頗有紛紜，予言之當事，稍有緒。而其友人徐從善，手其遺草數十卷授予。予泣而諾之以梓。時鄉里小兒，頗有謗訕語。從善以質予。予曰：「凡聖賢居鄉，純全無瑕，則鄉人化而忘言。庸衆居鄉，同其波流，則鄉人安而忘言。惟有一種豪士，筆鋒既銛，口角復利，不肯溷俗，俗亦惡之，此其所以不理也。況玄度具非常用世之才，不得發抒於世，而稍用之治生，以賣文修贄之儀，生而息之，即數致千金，可謂異才。特其人也稍巧，而其出也稍嗇。伏川之宅常營，好時之田頻鬻。欲身名俱泰，而鄙甕牖，其疵不無。而豈於大節有損益哉！」

予入都謁選時，篋中凡有三集：一爲先兄中郎全集，一爲玄度集，一爲予集。既改校職，念天下剞劂之工，毋如新安，偶有闕即投牒求之。既至官，私自念曰：中郎集雖有殺訛，已行於世。予集雖未行於世，而時尚可待。酌之，玄度爲急。乃朝入校而夕鳩工焉，凡五月而書成。予僭去其繁蕪，存其菁華，共得十四卷。玄度曾取杜陵過松滋詩「雲在意俱遲」句，以名其堂，因以自名其集，遂仍之不復改云。

大都玄度急于一第，以少酬其志，故一生精神，用之時藝；而以其餘力，旁及詩文。是以輸瀉有餘，淘鍊不足；性靈應酬，合併而出。然其雕龍吐鳳之才，吞牛射虎之氣，一段精光，自不可磨滅，豈與效顰學步者等哉！玄度無所不淹貫，而尤長佛理。中年捨一宅爲蘭若，行雖不合于俗，而所交皆海内名士，不可指數。至身没之日，斗樞張公、上愚朱公、健吾佘公、森墨凌公、崐岑楊公、叔睿傅公，皆爲下羊舌之淚，而料理其嗣事。如徐從善者，楚之隱君子也，與玄度爲素交數十年。玄度逝，祠之于家，朔望必祭。至收輯遺文，雖隻字不遺，有嗣續者，能如是乎？玄度得士如此，真可以瞑目矣。

宋元詩序

詩莫盛于唐，一出唐人之手，則覽之有色，扣之有聲，而嗅之若有香。相去千餘年之久，常如發硎之刃，新披之蕚。後來宋元諸君子，其才情之所獨至，爲詞爲曲，使唐人降格爲之，未必能過。而至于詩，則不能無讓。如常建破山寺「竹徑通幽處，禪房花木深」之句，歐公自謂終身擬之不能肖。子瞻乃謂公厭粱肉而嗜螺蛤，非也。文章關乎氣運，如此等語，非謂才不如，學不如，直爲氣運所限，不能强同。故夫漢魏之不三百篇也，唐之不漢魏也，與宋元之不唐也，豈人力也哉！然執此遂謂宋元無詩焉，則過矣。古人論詩之妙，如水中鹽味，色裏膠青，言有盡而意無窮者，即唐已代不數人，人不數首。彼其抒情繪景，以遠爲近，以離爲合，妙在含裏，不在披露。其格高，其氣渾，其法嚴。其取材甚儉，其爲途甚狹。無論其勢不容不變，爲中爲晚，即李杜諸公，已不能不旁暢以極其意之所欲言矣，而又何怪乎宋元諸君子歟？

宋元承三唐之後，殫工極巧，天地之英華，幾洩盡無餘。爲詩者處窮而必變之地，寧各出手眼，各爲機局，以達其意所欲言，終不肯雷同勦襲，拾他人殘唾，死前人語下。於是乎情窮而遂無所不寫，景窮而遂無所不收。無所不寫，而至寫不必寫之情；無所不收，而至收不必收之景。甚且爲迂爲拙，爲俚爲獶，若倒囷傾囊而出之，無暇揀擇焉者。總之，取裁肸臆，受法性靈，意動而鳴，意止而寂。即不得與唐爭盛，而其精采不可磨滅之處，自當與唐并存於天地之間。此宋元詩所以刻也。

吾觀宋元諸君子，其卓然者，才既高，趣又深，於書無所不讀。故命意鑄詞，其發脈也甚遠，即古今異調，而不失爲可傳。後來學者，才短腸俗，束書不觀，拾取唐人風雲月露皮膚之語，即目無宋元諸人，是可笑也。蓋近代修詞之家，有創謂不宜讀宋元人書者。夫讀書者，博采之而精收之，五六百年間，才人慧士，各有獨至。取其菁華，皆可發人神智；而概從一筆抹殺，不亦寃甚矣哉！自有此說，遂爲固陋慵嬾者託逃之藪。書既不必讀，斯亦不必存，然則宋元諸集，可遂聽其散佚澌滅，而不復問也耶？

當宋初有九僧之詩，其佳語寘之唐集中不可辨，自中宋時，已不復存。陸放翁稱潘邠老之詩，以爲妙不可及，而潘集今亦無從得睹。黄山谷集，極口江陵高荷工於學杜，而志已逸其名。予往往見宋元書畫題咏之語，極有佳詩，而或有人無集，或有集無其詩。以此知宋元之詩，其不存者極多。今尋什一于千百之中，自當共寶之，密購之，明揭之，使斯文不終淪喪，而乃作不必讀不必存之語何哉？宋元書畫，猶有博古好事之家存之，于今不朽；而詩獨少表章之者，真成闕典。新安潘氏，苦心購求宋元諸集梓之，欲使兩朝文字，與三唐共垂不朽，是數百年來一大快事也，於予心極有合焉。故不辭而僭爲之引。

應天武舉鄉試録序

萬曆戊午冬十月，復有武校之役。江左六郡材官良家子，集于龍山之下。屬直指田公，持斧新至。公念疆埸多事，急需異才，以襄時艱。與備兵使者張公相約，殫精搜羅，功令加毖，躬按其騎射。已策其方略，令理官某等程之。某等祇奉公命，字櫛句比，得其中竅者上之于公。公偕張公竭目力而甲乙之，共得若而人。是役也，防之至嚴，遴之至精。而其竣也，禮之又加重，燕宴優渥，幾與文試等。一時觀聽者，無不踴躍。某濫竽與校，宜有言盟士。

竊惟五方風氣異宜，士亦各有長技，可以致用。江左山川秀冶，所苞孕者，概多智慧靈穎之士。以當戎行，則深謀秘計，能以寡擊衆，弱爲强。故江左未必能與天下角力，而天下亦不得與江左角智。昔烏林、淝水之戰，皆以江左硯北書生，譚笑指麾，大摧强敵。今醜虜横行，連破堡邑，以國家全盛之力，環視而莫能禦。豈疆埸之臣，尚無深謀秘計，可以制勝歟？此正江左人士用其長技時也。比者觀諸士騎射，與五方或無以異。及閲所陳方略，策成敗勝負之數，有若列眉，肌擘理分，覺其識力圓而心機細，意必有如瑜如安者出，可以伐敵謀而報國恩乎！此某所以踴躍三百，而不寐也。今諸士且進而上之司馬，浸浸嚮用矣。一當閫寄，取諸懷而抒之，何難制勝。而某猶惴惴焉，操不必然之慮者，人之智慧，若利刀然。瑩之鍊之，以俟剸割，故無堅不靡。不自寶惜，用以切泥，泥無所成，刀日益損。然則士虞冥悍無智，既智矣，又虞其開圓融之械，役聰明于紛用，而令智刃日以鈍也。情慾薰其心，利害怵其慮，窺瞰縈其志，名根掣其肘。舉思通鬼神奪造化者，止以規便身世，爲逢時應緣之用。龍泉、太阿，化爲鉛刀，而久之一割且莫效矣。此某所以爲江左人士慮者也。曹劌有言：「肉食者鄙，未能遠謀。」夫豈謂肉食者例無謀哉？天下惟堅忍澹泊之士，靈機以震撼而出，故其謀慮深長。紛紛繁華濃郁，最能弱英雄之骨，而塞慧人才士之竅。世以拂意開之，以如意塞之者多矣。劌之所鄙，正爲此輩耳。乃説者曰：下若無欲，上亦安能使之？故子産難無欲，而思因人之欲以成功。夫因人之欲以成功，此用人之機秘，而非士所以自待也。上可使貪，而士何可以貪受使？上可使詐，而士何可以詐受使？士不能爲德驥神駿，使上之人絜其羈絡，隆其芻粒，居之華閑，飲之清泉，以伸其一日千里之用，而乃令其縶之餌之，獲雉飼雀，獲兔飼鼠，姑以收其捍鷙之長。上之待士者不太恕，而下之自待者不太卑乎？士何不從至澹至慤中，裕爲經綸；而乃舍康莊，走間道，苟且以收錐刀之效爲也？張子房、諸葛武侯，由涵養抒爲智略，其脈絡隱隱可尋。後之爲將者，不能自制其奢欲，而藉口于元功之郭汾陽。彼居不賞之地，不得已而穢其跡耳，豈誠聲色貨利中人哉？士當始進之日，某不敢以詭遇獲禽之説相質，惟是養其智刃以遠謀，而澹然無欲，以濟時艱，以成光大之業，則此舉信能爲國家得人。主司之割榮已多，毋不自愛其長技，而翻爲强有力者所姗笑也，則幸矣。

應天武舉鄉試録後序

蓋天下輕武久矣，校于鄉國，率視爲故事。今年孟冬，復當比江左武士，屬御史臺田公初至。公精明練達，事無小大必虔至，武試尤爲兢兢。與兵憲張公，心同壹志，躬策其勇力；已試其智略，而命理官某等，入而程之，戒以無濫無苟。某等刑官也，唐虞之時，兵刑合爲一，故蠻夷猾夏，咨之士師。今者屬夷不靖，廟堂將用征伐之刑，誠得人以剪除之，即所以明刑，某等之職也，敢不竭其心力，祇承公命。比得其售者上之，公披閱窮日夜，雁齒次第其尤者若而人。事竣，集而享之，藹然待之以禮。公若曰：「天之生才實難。今雕章繪句，侈風雲月露之形者，猶以爲才而憐之；況士氣能吞胡，智能控虜者，可輕視歟？且承平日久，武衰已極，人耳不聞鼙鼓之聲，目不見旌旗之形，一有事，兒啼而走耳。方且唾笑武夫，等之沙礫，即武士亦惴惴然若寒雞之在棲。吾故鄭重其事，令人知工武者，其道亦自光榮，以稍發其振作之機，而鼓其怠，以備緩急。蒲葵可以增價，轉移亦自不難。」此公之意也。

夫公以璽書代天子巡陪京，亦至崇重矣。草莽之士，一旦進之宇下，叮嚀慰藉，不啻若父兄師保。接之加禮，享之加籩，其一段愛才得士之至誠，中心溢于面貌，即旁觀者無不踴躍鼓舞，而況士親受之者乎？公殷殷若此，豈欲爲門牆盛桃李哉，不過欲得干城之真才，以襄時難耳。良驥剪拂，仰天長鳴；匹夫媵母，致命一餐，況于壯士！則士亦安得晏然已也？夫天下無事，蘭錡虛設，叱撥不御。爲武臣者，方適志于狗馬聲色之娱，揀腴而食，借光而衣，爲園梓澤，買田好時，獵取大帥，慶流苗裔，何其樂也！天下多事，强寇闌入。爲武臣者，或攻或守，擐甲枕戈，梳風沐雨，勁敵在前，爰書在後，榮則九天，辱則九地，又何瘁也！樂之時，才與不才爲一；瘁之時，才與不才爲二。才與不才爲一，此庸人所以高枕，壯夫所以扼腕也；才與不才爲二，此庸夫所以喪膽，壯夫所以揚眉也。何者？天下庸庸之福，志士所不享，意亦欲有所建豎于世，使功勒景鍾，名著春秋耳，豈其戀棧豆而貪芻草以老？假使抱不世之略，而約結不伸，長處塵足之間，止備溲渤之用，日月幾何，頭顱忽已不待，此古人所爲聞雞聲而起舞，見髀肉而淚下也。故才與不才爲二之時，乃可以見其才，人之所深喜也。蓋天下不朽之業有三，德不擇隱顯而立，言不擇常變而立。惟曰功曰武功，則非乘時不可。故曰時者，事之興也。

安危治亂，有若循環。成康之際，猶必四征不庭，況在後世！夫敵國外患，天之所以鍛鍊人主也。然有一變之來，則必借智勇之士襄之，於是乎武臣積輕之勢，有時變而爲重。天下之事勢，不得不重武臣，而武臣又不得不自重。彼其不可重者，終必處其輕；而其可重者，後乃不失其重。故處重武之時，武臣自操其可重之權，以受天下重，爲長城，爲鼎吕，天下始欲輕之而不可。然則武臣未受重之榮，先已處重之任，天下且責以重之實。一或不可重，身家不問，當如國何？夫豈惟不重而已，時可乘也，亦大可畏也。火之所不能焚者，天智之玉；石之所不能靡者，湛盧之劍。驗雞必羊溝，驗馬必蟻封，士其勉之！

邇者，建業東南之間，白氣亘天，若虹匝月。占者曰：「此蚩尤旗也，王者有大征伐則見。」考之漢武建元初年，蚩尤旗見，後遂大征强虜，以報平城謾書之讎。衛霍諸將雀起，破天山，赭蒲類，殺虜首級百萬。雖漢士馬亦多物故，而漠北無王庭。傳至昭宣之間，邊徼晏然，竟爲屬國。然則蚩尤旗出，雖中國兵戈之象，實胡運衰微之兆也。意者天啓我皇上，張皇六師，以誅此妖螟之虜歟？夫漢武之失，在改文景之恭儉，而不在雄才大略。跡其天怒所震，不難傾天下之財以養兵，不難羅天下之士以任將，而又不惜通侯富貴之賞，以鼓舞天下，故可以成功。今虜衰之象復見矣，皇上之機亦將動矣，必且發帑金養士，起廢棄謀國，懸高爵厚秩，待諸功臣。士于此但患不能爲衛霍等，何慮功名？且天象示于江左，意此中必有智勇兼長，能受皇上驅使者也。士其勉之！乘時有爲，自爲可重，以建勳業而報國恩，即所以報田公也。愚言止此矣。

贈同寅汪練泉司校武陵序

萬曆戊午春，予以司郡校至新安，一時僚友多賢者，予竊喜共事有人，而尤與汪君練泉善。汪君皖人，以高才博學名其鄉，久之詘於場屋，乃以明經分校新安。其人清修雅飭，珪璋其行，不可澄擾，同黄叔度；與人交，若飲醇酒，同周公瑾；而娓娓玉屑，又同坐上之車武子。予一見訂爲素交。甫二月，而有武陵司校之遷，一交臂而失之，予竊憾焉。然予實於練泉私有忭也。

夫士君子筮仕，原不擇地。顧薄宦者，其地稍善，乃可安其身家，以辦職業。趨苦舍樂，情也乎哉？新安山水最勝，黄山三十六峯，仰插雲霄，傳爲軒轅羽化之地；而武陵亦爲軒轅鑄鼎處，故至今稱爲鼎州。總之爲仙靈窟宅，則練泉於煙雲之區，亦大有緣矣。然新安豪盛甲于天下，凡吏此者，皆有集菀之名，而其實不然。在司校者尤甚，其寥落蕭弊之象，有蠻煙瘴雨之鄉所必無者。炊桂饌玉以爲居諸，上漏下濕以爲館舍。士子甫入黌序，大半不至校，爲師者毫無徐遵明影質之意。第職在造士，欲稍稍有所訓誨，即索一識面不得。其門隸皆爲鬼爲蜮，把持學政，視堂屬如小兒；於諸弟子私啖之而公蔽之，格不相見，以行其奸。凡校師筍輿在道，雖負薪者亦與之抗，稍不讓，惡言隨至。所謂富人子，輦金居間，重幣徵文，皆入四方貴人寄公之囊；而分訓之庭，即歲時未有以一筐一螺相問遺者。予初至，同寅數人，間有饑寒之色，甚至涕泗欲解組去。新安以莞名，而司校者乃如此。若武陵，予所舊遊，其情境即不善，亦何至如新安者，此予所以於練泉私有忭也。

微獨此也，今天下人文日盛，而學校之法則日衰。祖宗造士之典已廢，司校者皆如南箕北斗，虛而無用。韻士處此，于逐隊拜跪之外，惟有看山聽泉，稍可以自娛。昔朱紫陽先生，每遇佳山水，即迂道數十里必至。常攜銀鑾容斗許，登覽則沾醉以助遊興。遭其所居位，皆諫諍牧守之地，故汲汲風議經畫不少暇，使其居非仕非隱。若予輩，則青鞋布襪，無日離煙雲矣。

夫新安與鼎州，皆有佳山可遊。第新安之山，以陸不以水，裹糧甚難，躡屐甚艱，住足無郵。無論六六之峯，不可遍至，即往天都、硃砂一寓目焉，亦自不易。故宦此者，多望岫息心。若武陵、桃源之山，皆在水上，影落清溪；如排當彝鼎，呈奇獻巧。遊者但買一鸕鷀舟，後載薪米，前載書畫，遡武水之源，飲崔婆之井，望綠蘿，過白馬，訪桃花之津，玩瞿童之鼎，躡水心而攀怡望，皆可於舟中坐收之矣。即未必如黃山之奇崛，而以便于游與不便于游者較之，則寧舍彼取此。此予所以尤爲練泉忭也。

今練泉行矣，有此勝地，復便於游，其趣寧減紫陽。況士之居世，如帷燈匣劍，其光芒自不可遏。以練泉之品與其才，當事者必自知之。一旦寘諸民社倥傯之地，欲求一日登臨之樂，豈可得哉！予武陵友人楊修齡先生，及其令子文弱先生，皆韻士也，方家食，往晤時幸以此語質之。

郡伯劉公守新安三載報最序

經世之道，方圓已耳。方以持世也，圓以調世也。方之內自具圓，而圓實不離方。如人之形體，有常伸者以爲幹，而曲折宛轉，惟其所使。古之大臣，其行己治人，雖方圓互用，而居平左繩右墨，未常肯少毀其方而趨圓。惟世道安危治亂之機，有其藏不得不密，而其用不得不宛者，始未免匿其方而用圓，以圖其成。夫至于匿方而用圓，則亦非君子之得已也。蓋天下之紀綱法度，以方守之則可振，而以圓通之則易壞。末世之人心風俗，以方隄之猶可挽，而以圓導之則益潰。孔子不觚之歎，正爲當時之執政日舍方而趨於圓也。良以其所爲圓者，不以融客氣，而以消正氣；不以通物情，而以狥私情。故居身爲隨爲同，荏若無骨；而倖而用世，且不啻若螻隨食化，喦逐波遷，其害可勝道哉！

汝南劉公，中州之正人君子也。其心平，其氣和，其度謙沖。其質所儲，而學所充，何嘗不方爲體，圓爲用。而予密窺其治新安也，則若斷斷乎持之以方，何者？自昔公旦謹毖，君陳和中，與時變化，豈容株守。如今日之新安，則宜以方治者也。新安民封利而尚氣：利所在不難取利，氣所在又不難舍利。凡其使鬼役神，陰陽幻變，可以撓吾權者百出。而吾復開一線圓融之路，吾意在必行，而彼且巧中巧託，以撓吾行；吾意在必止，而彼且巧中巧託，以撓吾止。于是乎有善不得賞，而爲善者怠；有惡不得罰，而爲惡者横。私意日熾，公道日廢，其何治之與有？公妙得治道之肯綮，與風俗積痼之處，而一切救之以方。公以方見于治者，如日月映射，巨細必入。而其大者，即如餽遺之禮，宜俗情所不廢也，公至而幣物絶陳；燕享之禮，宜俗情所不廢也，公至而觴豆罷御。讞決有居間之書，考校有汲引之牘，宜俗情所不廢也，公至而門庭草生，私函如掃。諸如此類，斤斤乎真如處女之守閨儀，而戒衲之寶德瓶者，何也？意誠無樂暱就乎圓，以毁吾方也。夫安知享我者，不乘吾圓，以啗我方，持之而貞操，不柔于染指矣。夫安知治我者，不乘吾圓，以取我方，持之而直節，不靡于進熟矣。夫讞之衡本平，校之鑑本明，而毋如乘吾圓者之能欹我眩我。方持之，而曲直之衡不移，良楛之鏡不翳矣。以至意所欲興，圓者或受掣焉，而方則必興；意所欲革，圓者或受臾焉，而方則必革。譬如三峽之水，奔雷捲雪以至，而以危峯峭壁捍之，自受束而無旁溢。故自公蒞政以後，人始知天下有必不可廢之公道，有必不可遂之私情。宇宙間自有不愛一錢之清吏，不畏强禦之男子。以至于今，月要歲計，聿成一段光明正大之業。利必舉，害必除，豪强盡鋤，寃抑盡雪，寒素盡收，權不旁貸，澤不下壅，清静寧謐，一郡大治。此孰非公不毀方爲圓之所貽也，其造福豈有涯哉！

且新安非紫陽先生生身地耶？公少讀紫陽之書，今復治紫陽父母之邦，故直以紫陽之學治之。夫紫陽固一生用方者也，當始進時，即極言虚名之士不可用。知台州，即劾奏時相王淮所親信之人。入見，即抒上所厭聞誠正之説。知漳州，即決言經界可正，而不爲豪右寓公所挽。當孝宗朝，陛對者三，上封事者一，而皆痛詆大臣近習不少貸。以至慶元之際，扶掖忠直，而履侂胄之虎尾不顧，又何其方也。夫士君子植身砥世，爲士守道，爲官守官。治天下，則實心任天下之事；治一郡，則實心愛一郡之民。健骨剛腸，山峙鼎立。其視目前之功名富貴，無異飛蓬隕籜之隨飈風也；其視流俗之榮辱是非，無異蚊虻之聲忽而過其耳也。何至恡春蜜，憐腐鼠，而苟且以狥人爲哉！不陵不援，正己無求；詭遇獲禽，王良所耻。千古聖賢之脈絡皆然，何但紫陽。若公者，洵能以紫陽之學，治紫陽父母之邦，而真無媿於讀紫陽之書矣。況今日之世道，其趨于圓融也已極。祖宗權于天理人情之中，而垂爲典制，歲月寖久，後人狃安計便，反以私爲經，而公爲緯。圓于狥私者謂之通達，方于奉公者謂之迂拙。故政府六曹之用，舍弛張莫適爲主，甚且要路之竿牘如山，倖門之金錢如海，胥吏之狡獪如神，先朝典制，日以夷陵。苟且因循，長此安窮！誠得如公者，以紫陽之學爲治，而移其治一郡者，以宰天下，以爲波流茅靡之砥柱，而迴其毀方瓦合之狂瀾。紀綱法度可振，人心風俗可迴，是斡旋世道之一大機局也。中外已知公品望治行，此舉旦暮耳，何快如之。公守新安，三年政成，諸博士不遠千里遣使徵言于予。予雅悉公之治狀，其孅政不可枚舉，姑取其不毁方而爲圓者，特表而出之，以爲近日經世者式。

壽吴母陳太碩人七十序

新安吴氏兄弟，賈於楚，皆以質行稱。而長公雲臺君，尤修儒者之行，與予及予兄中郎，并吾友侍御蘇雲浦皆相善。自中郎宦都門，恒以營綜家事託之，緣其人有心計，而真實可仗。十餘年間，予值門户中單，人或言袁氏且衰，獨長公曰：「有小修先生在，袁氏不衰。」所以緩急而曲應之者，不遺心力，與中郎在時無異。予私心感之。予愛舟居，長公數至舟中存予，常云：「值先生方家食，予得侍杖屨湖山。一旦登制科，不入讀中秘，或爲理爲令于新安，則子民分隔，不復如今日狂笑晤言光景矣。」予曰：「我已訂盟湖山，公忽呈海鷗色何也？」不數年，予果得一第，果不得讀中秘書，會名次應爲令，予不樂民社，棄去，乞一校得新安。予作一字與長公曰：「地則如公所期，官則冗散，不妨晤言狂笑光景也。」

值予到新安，長公亦從楚中來。予方往秋浦，便道遊白嶽，過長公里，見其山水清麗，真棲隱勝處。已修登堂拜母之儀，并見其新産佳兒。予摩其頂爲字之。長公曰：「向與先生聚首，今宦乃得新安，一奇也；得新安不復拘于文法，得優游晤言如往時，二奇也；予僻處山中，得旌旄枉顧，且正值予母七十設帨之辰，三奇也。先生能無一言哀之耶？」予曰：「世之孝其親者，知以甘毳稱觴，酒食徵逐已矣。乃今乞予言以祝，長公之孝，豈與俗同？予即不文，奚辭！」

以予所聞：陳碩人女則婦職母道備矣，諸德具而吉祥來集。今且神明遒健若仙，此能自爲壽考百年者，何俟祝哉！抑予家世農，猶吴世賈也。先王父力行隱德，而王母余姑佐之。王父即世，王母代理家政。歲祲不責子母，盡焚其券。不數年，而先封公生伯修、中郎及予。伯修、中郎皆早貴，向之農者，化而爲儒，且奕奕顯貴矣。里中人往往云袁氏之興，多余姑之隱德致之，非虚語也。王母親見諸孫顯貴，壽近百歲。今太碩人佐養齋公，好行其德，不啻如予王母。昨見長公所生兒子，虎頭犀額，非常兒也。又諸昆所生諸子，皆多穎異，下帷讀書。吴之賈，且化而爲儒，如予家之化農爲儒，必且相繼鳴躍而起，遠勝寒門兄弟。而太碩人親見諸孫貴顯，壽近百歲，且不啻如予王母，予且拭目俟之矣。予與吴長公兄弟，誼屬通家，故不摭遠事，而即以予家太母事爲祝。長公曰：「善哉！是吾母氏之私願也，先生祈望及此，何衮如之！」予遂次其語而張之壁，以畢長公之請。

賀畢封公偕元配孫孺人八秩序

予司校新安，取道東國，晤孟侯畢先生于大明湖上。先生珪璋其行，守官若處女，屬二東災沴，所以補救之法萬端，卒使安堵。已讀其文章，粲花繡虎，法控才而出之，三不朽之事具矣。是行也，予得見岱宗，并見一代偉人，心竊快之。私自念天生全才實難，江出岷，河出崑崙，遡其所出，必自有源，豈偶然哉！蓋至新安，從二三長者游，而始知先生尊人瑞堂翁之賢也。翁少穎異甚，其學敏于應世叔，專于高文通，故少而業成，名著膠庠。于舉業外，工爲聲詩，不作大曆以後人語。初念鄉曲不可以蓋賢豪也，故捨之而遊槐市。已又念帖括不足以役壯夫也，故捨之而就薄宦。不以仕爲仕，而以仕隱；不以浮沉爲仕，而以利人濟物爲仕。謁選得武寧簿，不鄙夷其民而噢咻之，澤同畏壘，愛比桐鄉。會天都、練水，時入夢寐，雖張融不知階級，而李宣不甘吏冗，始有拂衣之志矣。翁既歸，益務清修，以衾影敦密行，以數馬刻鵠門風教子孫。而遠性逸情，風疎雲上。戴顒竹樹，繁密天然；庾詵園亭，山池居半。每暇攜鼓吹一部，嘯歌山水間。峯色川光，掩映杖履；鳥語泉聲，嚀闐絲竹。所至醉墨淋漓。高貴而嘉親寒素，耆舊而樂獎後進。四方遊客才士，至多引入社。一語之佳，激賞不置。凡山水登臨，文酒賞適，如此者數十年如一日，翁蓋盛世之天民也。予所見瑞堂翁之賢如此。蓋居新安又久之，漸習其中外事，而始知瑞堂翁元配孫孺人之賢也。

孺人生有異質，及長日誦萬言。迨歸瑞堂翁，事尊章以孝，待諸姒以讓，庀家政以儉，遇諸側室以寬，而撫諸姬子以慈。畢氏世清白，止有書萬卷。孺人與翁，相對繙閱，互徵故實；時有唱和，清綺絶倫。蓋婦也而友。瑞堂翁有四方之志，孺人督孟侯先生及諸子以學，章句之外，辨析微義，諸子不負笈而學成。蓋母也而師。故中外稱孺人爲緑窗中儒者。采古人嘉言善事，勤而行之。心同皓雪，履若朱繩，居然真儒也。東魯微言，既已沉酣；西方奥旨，間復提唱。華梵互證，權實交參，又居然通儒也。嘗稱大道之要，悟須實悟，證須實證，算沙數寶，無益身心，則又居然真禪也。夫古今閨彦，有文采者相望，然或豐于才，嗇于德；或豐于德，嗇于福。而孺人兼之，此彤管中所罕覯者。予所聞孺人之賢又如此，夫然後悟孟侯先生之所以賢也。夫蓬生麻中，不扶自直，而况于天挺豪傑，庭闈間親近朱藍，沾霧露，而不成其爲聖賢者乎？且先生諸雁行昆季，皆有文有行，鳴躍者且相繼起，甚矣畢氏之盛也！會先生以直指晋少京兆，還里，值孺人壽登八十。明年瑞堂翁亦躋大耋。先生偕諸昆，效舞衣弄雛之歡，閭里皆豔慕之，相率稱觴以祝，而徵言于中道。

中道曰：予至新安，遊黄山，見三十六峯，皆如碧玉聳峙，刻雲鏤霧。及諸村落間，一一如花源、虬池，意此地爲仙靈窟宅無疑。及覓所爲容成子、許宣平、何仙媛其人者，而窅然未之有也。比遊城市間，耳目瑞堂翁及孫孺人事，然後知火宅塵勞中，自有真仙。而予求之于草衣木食之流，過矣！夫翁與孺人，其生也有自來。燕脂之芝示兆，龍女之祥入夢，是爲仙骨。天上無不識學之仙，翁與孺人，皆博極羣書。有所揮灑，語帶煙霞，是爲仙才。翁游行山澤，嘯歌怡性；孺人趺坐一室，焚香静息，是爲仙趣。若夫翁與孺人，積善修德，何可勝書。要以族人託父于夢，竟養其老；孺人事姑，割肉以療，尤其格天地感鬼神者，是爲仙行。夫仙家之要，尤以行爲主。昔讀范文正公記竇公事，初艱于嗣，而後多賢子貴子；初厄于算，而後至期頤百年。皆自積行中來也。初未嘗譚長生沖舉之術，而云著籍天曹，虚東華真人之位以待，則亦自積行中來也。文正公豈好奇者哉？故予謂翁與孺人之即真仙也，以行必之也。況孟侯先生，望日以隆，旦暮振覈中外，爲天子社稷臣。皆以素所聞于翁與孺人者，抒而出之，則翁與孺人之行，又豈一身一家之行已哉！其澤愈遠，其仙品愈超，即驂鸞鶴而出灌頂陽神，猶之小術耳。予何幸躬逢其盛也，謹焚香濡墨，次其見聞，臆語以祝。

西清集序

予以司校新安，取道東國，登岱後二日，直指畢東郊先生以一劄并所著西清集示予。予取而讀之，歎曰：「先生之詩若文，與泰山之泉，何以異哉！」泰山之泉，大者雷轟霧逝，細者吐玉霏珠，人見之直以爲隱者枕漱之用，而不知其用之大也。夫山之上下與前後之泉，不可勝紀，而以予目所經見，傍仙臺之水，出而爲汶；白龍池之水，出而爲漾；桃花源之水，出而爲泮；黃峴之水，出而爲梳洗河，而皆會于汶，以濟國家轉漕之用。計神京之命脈，倚辦東南之財賦，而藉于東國一縷之漕河。若非泰山諸泉之水，轉輸流通，國家豈有賴焉？故以無用而爲大用者，泰山之泉是也。今觀先生之詩若文，其滂湃激射，幽咽涵澹者，不猶泉之聲也耶？其瀑雪界練，乳碧膏澄者，不猶泉之色也耶？若夫片語隻字，皆屬心精。詮理而抉性命之奥，論事而發治安之秘。其文之有關于世道人心，不與泰山之泉，係神京之命脈者等耶？予友李公夢白云：「東國災沴，予苦負擔，若非畢公同心竭力，豈克有濟。每見其具疏之時，神明惻怛，可貫金石，信乎其爲仁人也。」李公之言如此。蓋先生仁心爲質，而機用足以副之，自是公孫僑、羊叔子、杜元凱一流人。至于文章一道，天特賦以敏捷之才，若繡虎七步，倚馬萬言。故率然揮灑，口能如心，筆能如口，隨其大言小言，而一段精光不可磨滅，又何必練都研京，然後不朽耶？

夫修詞之道，古以爲必窮而後工。非窮而後工，以窮則易工也。坎壈之士，內有鬱而不申之情，外有迫而不通之境，直抒其意所欲言，而以若愬若啼，動人心而驚人魂矣。若身處夷泰，心境調適，如水平而波瀾自息，山平而峯巒不起。昌黎所云「窮愁易好，恬愉難工」者，豈不然哉？今先生少取高第，致位通顯，方爲天子社稷臣，不可謂不亨矣；而倥偬之隙，博羣書而騁雄才，見景即事，如攝燈取影，如決河放溜。遇方成圭，在圓爲璧，此豈非才人之所尤難者耶？昌黎爲王公大人，氣滿志得，故文章之作，常有所不暇。今先生視富貴如草芥，于霹靂火中作冷雲相，何氣滿志得之有？屬東國多難，先生不啻痌瘵在身，旦暮惴惴然，惟憂民命之難甦，而國恩之無以報。彼羈旅草野者，不過憂其一身一家，而先生舉一世一國之憂，皆集于己之一身。此其心更苦，而其發于篇章者，更爲痛切。是于恬愉之中，而未始無愁嘆之音。鏗鏘發金石，幽眇感鬼神，真經世垂世之文章也。豈與坎壈之士，寒蟬鳴而秋蟲號者等哉！夫泰山主生物，爲五方司命，先生之仁似之。尋且以沖氣噓拂萬品，爲斯世紓鬱導和，豈獨詩若文同于泰山之泉已也。予邇年得見異人，得登名山，而又得讀此異書，亦一大快也。謹次其心所欲言者如左。

徐中丞未焚草序 代

天下治亂之分，君子小人已耳。乃世謂亂之生，小人成之，而實因君子激而釀之，此殊不然。夫君子與小人，若水火之不相入也。立朝共事，其是非可否，關乎一世之安危利害。攻之稍不力，排之稍不極，則其説伸，而其人用，安得不争？争矣，安得不激？若先畏激之害，而委曲調停，避者逾避，則進者逾進。究竟小人得志，而終亦必不能容君子。夫小人者，所志在富貴耳。患得患失，而終歸于無所不至。彼與君子處兩不相容之地，而期于必勝以保其身家，而持其禄位。一朝操柄在手，又安顧昔之寬我貸我，而少紓衣冠之禍爲也？乃世之論曰：東漢之君子，以激亂漢；元祐之君子，以激亂宋。曾不知漢、宋之小人，其所以徘徊觀望，而不即至于大決裂者，惟是在朝君子以正氣公論持之，故能以一絲繫九鼎之重，而使之少延耳。嗟呼！天有春夏秋冬，而不息之元氣常在；國有存亡安危，而不易之公論常存。如日月經天，千古不磨，又未可以成敗利鈍論也。且是是非非，無論往代，即自草昧以來，疊起疊止，如雲移波駛。幸天地祖宗之靈，有小人出而熒之，則有君子出而捍之，于今幾三百年矣。雖少有釁隙，而旋即底定，夫然後知國家養士數百年，正人君子後先相望，非往代所敢望萬一者。

東粤徐公，以名儒居激揚之地，所列皆關天下大計。屬士紳間有持異議，遥制朝權者，公折以正論，肌擘理分，以去就争之，不少假借。何則？畏其似也。夫天下真君子易知也，真小人易知也。今小人而文之以君子，外托君子之理學事功，而實爲羶薌之地，浮薄者又從而和之，自非極力排擊，衣冠之禍且不可知。此徐公所以苦心力諍者也。公今者敭歷中外，爲社稷臣矣。即氣節一端，何足以盡公。雖然，公論之在天下，不可一日泯没。公可以不有，而天下必不可無。若蘇子瞻欲破沾沾自喜者之執，而以其生平論列，自爲制科人之習氣。比之于時鳥候蟲，則亦已過矣。邪正是非，關係國脈，此何事也，可輕易乎？今公之諫草具在，使天下讀之者，知小人黨與初成，當力散其合，而撲其燄，則煬蠹可除。毋避激之一字，而相與優游以養禍也，則幸矣！

徐田仲文序

庚戌計偕，予與李長蘅、韓求仲、錢受之諸公，結社修業。田仲與焉。時韓與錢皆收，而予等被落。及丙辰，予幸叨一第，而長蘅與田仲復被落如故。予稍自幸其遭，而深爲二名士抱屈。亦猶韓錢二社友，向者抱予等屈也。雖然，以予之駑下，猶倖而收矣，況田仲與長蘅乎？

予吏隱黄山白岳間，數與田仲往還，其意氣如昔，而文鋒益利，若刀刃之出于硎。予因決田仲之必收也。然則向者予之倖售，造物者直以我爲雍齒，而存酇留以待蕭張耶？田仲孝友之節，甚爲鄉邦所重，主司取斯人，即爲國家得一正人君子矣，世道之幸，于田仲何有。田仲且行，草草書數語行卷上，并以質之長蘅如何？

宗鏡攝録序

中郎先生以儀曹請告歸邑，斗湖上有水百畝，碧柳數千株環之，名爲柳浪。畚土爲臺，築室其上，凡三楹，中奉大士，兄與弟各占左右一室讀誦。癸卯予北上，中郎塊處，乃日課宗鏡數卷。暇即策蹇至二聖寺，寶所禪室晏坐，率以爲常。偶有名僧館于柳浪，見中郎甘卧，至辰常高歌一詩而醒，因竊歎曰：「閻浮提覓此胸中無事人，定不可得也。」既讀宗鏡久，逐句丹鉛，稍汰其煩複，撮其精髓，命侍史抄出，因名爲宗鏡攝録。會寒灰、寄公自吴中來，因住柳浪，取讀之，見其詞約義該，遂自抄一過攜去。中郎逝後，寫本貯于家，亟思流通。而寄公忽以刊本至，詢其由，則寄公手授李公夢白。李公酷愛之，付沈君豫昌捐貲鏤行者也。予歎曰：是書也，減去録中數萬言，而全書畢具。爪甲粗删，血脈自如。今獲行於世，其功德學人不淺，真快事也。龍勝有言：「衆生心性，有如利刀。用以切泥，泥無所成，刀日益損。」予等逐逐世緣，并鏤畫世間文字，皆切泥相也。追思中郎，謝去塵囂，高卧柳浪，于貝葉内研究至理，是真善用其利刀者耳。今讀此録，見其心機沉細，想像當日居柳浪閒静光景，不覺有餘慕焉。雖然，就中尚有一處譌訛，著斯録與節此録者，俱未拈去，請識法者辨之。

程申之文序

申之既得徙中山水幽蒨，謂予曰：「予將買之而隱。」予笑曰：「子非隱者也。子之文，清而貴，綺麗而無枯槁之氣，實金華殿中語也。豈山中之人哉！子有可以棲隱之地，而時不當隱，心不肯隱，其才又不容隱。然則此一片地，終當付之山樵野老，鶴怨而猿啼有日也。予故曰子非隱者也。」夫豈惟徙中不能留申之以隱，而其山水之清美，且足以發靈慧之性，而助其深湛之思。今申之此篇，皆徙中之所得也，果可隱耶，果不可隱耶？數年之後，予以瓢笠入黄山，取道徙中，欲於是處覓申之也，豈可得哉？謹書之以券。

潘方凱墨譜序

蘇子瞻晚年佳紙墨俱用盡，爲之慨嘆者久之。予少年頗多雜嗜，不蓄楮墨。近日校新安多閒暇，勉爲人作書，始多用墨，始知重墨，始能辨墨。然予所言辨墨者，以能辨人也。友人潘方凱，其人爲真人，故其所製墨爲真墨。予得其墨，即用之不必辨，如拆旃檀，片片皆香。嘆近日墨林耆舊，俱凋落矣，惟方凱在耳。古之有所締造垂名後世者，皆多韻士，如韋仲將、李廷珪、潘谷，豈俗人哉！方凱詩文俱清新，此自胸中有丘壑者。主張風雅之士，不可失斯人，并失斯人之墨也。

方瀹玄墨譜序

歐公晚言書畫有益，而子瞻以佳紙墨用盡爲苦。古人于染翰濡毫之趣，其自得也如此。當予少時，爲舉子業，汲汲書行卷字，免起鶻落，聊以應世而已，亦何論墨之佳惡。行年四十，稍工臨池之技，爲人書箑，始稍稍知墨之可貴，然亦未常得佳墨也。司校新安，有餽佳墨者，并得試墨法，自信可爲墨之伯樂。乃于書室中取楮墨次第之，而以門人瀹玄所製爲甲。予嘗謂古之工一技而垂名後世者，皆多韻人致士，如韋仲將、李廷珪，豈俗人哉！瀹玄工舉子業，并詩文皆有致，今所製墨，不惟見其慧心，而誠心爲質，甚可欽也。予漸老矣，惟文字習氣未除，所藏瀹玄墨最多，雖不得仙，亦足以豪矣。

中郎先生全集序

中郎先生，少具慧業，弱冠成進士，即有集行世。其敝篋集，爲諸生、孝廉及初登第時作也。錦帆集，令吴門時作也。解脱集，以病改吴令遊吴越諸山水時作也。廣陵集，去吴客真州時作也。瓶花集，爲京兆授爲太學博士補儀曹時作也。瀟碧堂集，請告歸臥柳浪湖上六年作也。破硯集，再補儀曹出使時作也。華嵩遊集，官銓部典試秦中往返作也。蓋自秦中歸，移病還山，不數月而先生逝矣。其存者，仍爲續集二卷。先生詩文如錦帆、解脱，意在破人之執縛，故時有遊戲語；亦其才高膽大，無心於世之毁譽，聊以抒其意所欲言耳。黄魯直曰：「老夫之書，本無法也。但觀世間萬緣，如蚊蚋聚散，未嘗有一事横於胸中，故不擇筆墨，遇紙則書，紙盡則已，亦不暇計人之品藻譏彈。譬如木人舞中節拍，人稱其工，舞罷又蕭然矣。」此真先生言前意也。然先生立言，雖不逐世之顰笑，而逸趣仙才，自非世匠所及。即少年所作，或快爽之極，浮而不沉，情景大真，近而不遠，而出自靈竅，吐于慧舌，寫于銛穎。蕭蕭冷冷，皆足以蕩滌塵情，消除熱惱。況學以年變，筆隨歲老，故自破硯以後，無一字無來歷，無一語不生動，無一篇不警策。健若没石之羽，秀若出水之花。其中有摩詰，有杜陵，有昌黎，有長吉，有元白，而又自有中郎。意有所喜，筆與之會。合衆樂以成元音，控八河而無異味。真天授，非人力也。天假以年，不知爲後人拓多少心胸，豁多少眼目！恐亦造化妬人，不肯發洩太盡耳。甫四十餘而即化去，傷哉！

先是家有刻不精，吴刻精而不備。近時刻者愈多，雜以狂言等贋書，唐突可恨。予校新安，始取家集，字櫛句比，稍去其少年未定之語，按年分體，都爲一集。嗟乎！自宋元以來，詩文蕪爛，鄙俚雜沓。本朝諸君子，出而矯之，文準秦漢，詩則盛唐，人始知有古法。及其後也，剽竊雷同，如贋鼎僞觚，徒取形似，無關神骨。先生出而振之，甫乃以意役法，不以法役意，一洗應酬格套之習，而詩文之精光始出。如名卉爲寒氛所勒，索然枯槁，而杲日一照，競皆鮮敷。如流泉壅閉，日歸腐敗，而一加疏瀹，波瀾掀舞，淋漓秀潤。至于今天下之慧人才士，始知心靈無涯，搜之愈出；相與各呈其奇，而互窮其變，然後人人有一段真面目溢露於楮墨之間。即方圓黑白相反，純疵錯出，而皆各有所長，以垂之不朽，則先生之功於斯爲大矣。諸文人學子泥舊習者，或毛舉先生少年時一二三遊戲之語，執爲定案，遂謂蔑法自先生始。彼未全讀其書，又爲贋書所熒，無足怪耳。今全集具在，請胸中先拈却「袁中郎」三字，止作前人未出詩文，偶見於世，從首至尾，亶目力而諦觀之，即未深入，亦可淺嘗。有法無法，歷然自辨。何乃成心不化，甫見標題，即摇頭閉目不觀，而妄肆譏彈爲也！至于一二學語者流，粗知趨向，又取先生少時偶爾率易之語，效顰學步。其究爲俚俗，爲纖巧，爲莽蕩，譬之百花開，而棘刺之花亦開；泉水流，而糞壤之水亦流。烏焉三寫，必至之弊耳，豈先生之本旨哉！

總之，先生天縱異才，與世人有仙凡之隔。而學問自參悟中來，出其緒餘爲文字，實真龍一滴之雨，不得其源，而强學之，宜其不似也。要以衆目自虛，衆心自靈。不美不能强之愛，不愛不能强之傳。今美而愛，愛而傳者，已大可見矣，亦無俟後來之子雲也。先生之學，以闇然退藏爲主，其所造莫可涯涘。生平作人，沖粹夷雅，同于元氣。若得志，可使萬物各得其所。其作用於作令佐銓時，微露其一斑，惜未竟其施，别有紀載，兹不復贅云。

夏道甫詩序

士之有趣致者，其于世也，相遠莫如賈，而相近莫如詩。夏道甫少挾數千金之貲，賈於西陵、荆郢之間，究竟不能名一錢而止。其于賈也，可謂奇窮矣。即新安之人，亦以爲至愚至拙，莫道甫若也。雖然，自李龍湖居西陵，少當其意者，所相與無不譏切唾駡，而于道甫獨極其愛惜，若篋玉韜珠，温然惟恐傷之。每嘆曰：「道甫，韻人也！」及予會梅客生、丘長孺輩，亦莫不曰：「道甫，韻人也！」然則道甫所大不得于新安之人者，而獨一二高賢私相賞譽，此何故耶？今出其詩一握示予。予曰：「此道甫之所以窮也！」彼其神情静嘿，日與造物者游，而欲其美奇贏商多寡也，豈不謬哉！然則道甫之遠者日遠，而近者日近矣，可喜也，故不辭而弁其首。

使查稿小序

萬公瞻明，燕之才士也。雖身爲帝壻，而精進向學，無異寒素。自其少時，即以文藻著名，邇者天子御極，特遣親臣祭告孝陵。公受命行，於是發潞河，過齊魯，泛河淮，躡廣陵，渡大江，憩秣陵。睹六朝之遺事，攬先朝之壯圖，隨處揮灑，皆極詞人之致。昔之連姻帝室，若杜征南之博洽，謝莊之麗藻，質之于公，殆不止與之方駕已也。若宋時李駙馬遵勗，深于性命之學，與楊大年相師友，至今稱宗門徹悟者。遵勗而外，不多及。雖蘇黄輩，猶然文字禪也。予不及大年遠甚，而公可以爲遵勗者，儻悟第一義，則遵勗所稱，指雲屏之翠嶠，訪雪嶺之清流者，正可激揚宗乘，寧直模寫山容水態已耶！公以爲何如，幸有以開我。

珂雪齋集卷之十二

清蔭臺記

長安里居左有園，多老松。門内亘以清溪，修竹叢生水涯。過橋，槐一株，上參天，孫枝皆可爲他山喬木。其餘桃李棗栗之屬，鬱然茂盛。内有讀書室三楹，昔兩兄與予，同修業此處。兩兄相繼成進士，舉家皆入城市，而予獨居此。夏日無事，乃於溪之上，槐之下，築一臺。臺爲青槐所覆，日影不能至，因名之曰「清蔭」，而招客以樂之。雖無奇峯大壑，而遠岡近阜，鬱鬱然攢濃松而布緑竹，舉凡風之自遠來者，皆宛轉穿於萬松之中，其烈焰盡而後至此；而又和合於池上芰荷之氣，故雖細而清泠芬馥。至日暮，著兩重衣乃可坐，俯觀魚戲，仰聽鳥音，予意益欣欣焉。乃大呼客曰：「是亦不可以隱乎！」

遠帆樓記

邑中無培塿之山，獨江水自天而下，捲雪轟雷，爲天下雄觀。予謂峯固有飛來者，今秦蜀之間，開眼皆山，安得峙一峯于此，與江流相吞吐乎？昔嘗遊光黄間，酷愛其層峯疊嶂，而其土人則又曰：「吾安得千里一曲之水，而日觀之。」蓋物珍於罕得久矣。然以大江之洋洋，即山與水不相湊合，亦有終日觀而不厭者。予性嗜水，不能兩日不遊江上。嘗醉卧沙石間，至夜猶不去。

萬曆壬辰，有龍陽人以舟載樓而鬻者，大人鬻而建之宅右，而令予居焉。登而望之，則大江横亘其前，浩浩乎，洶洶乎，昔所謂煩步履而後得者，一旦坐而致之几席。凡江北之煙樹，沙上之遊人，了了可數。其風帆之往來者，出没於青槐緑柳之中，或疾如馬奔，或緩若雲停，或千帆争出，或孤篷自振，或滿插雲霄，或半移疎樹。顧而樂之，曰是可名爲「遠帆樓」也。

逾月，有一妓來，與之登樓，熟視樓而泣下，因問樓所由來。予答以鬻之龍陽人。妓乃愀然曰：「噫嘻！此妾夫君别駕劉公樓也。公既家居，愛聲色，畜伎甚多，妾其一也。終日於樓上教歌舞，絲肉代奏，歡宴窮日夜。公既死，妾之香火兄弟皆散去，而妾身亦流落爲遊妓。孰知樓亦遠移至此？」因指白板扉上所畫花卉數種，謂予曰：「此妾與女伴某竊公筆而戲爲之者也。」以袖拂拭，言與淚俱。予乃調之曰：「汝獨不能學盼盼乎？」妓收淚笑曰：「燕子樓被人買去，盼盼將安居耶？」

予因念此樓，在劉公時爲歌舞喧闐之所，至予寂然，惟破書敗紙，堆列案間，安有所爲青蛾皓齒者乎？則此樓亦大流落，獨妓耶？然予又思，樓中雖蕭條，而樓外江景甚佳，但得堤不崩，帆之遠者不日以近，使予得安然居之。讀書之暇，繼以眺望；不望不已，繼以沉酣。自酌自醉，自歌自舞，亦未嘗不適之，而又何羨焉，則謂樓之未始落莫也亦可。樓凡三楹，凡三月畢功，而予姑記之，以識歲月。

杜園記

杜園在長安里中，園周圍可二里許，有竹萬竿，松百株，屋六楹。門外有塘，塘下有田二百畝，畜大魚，可待賓客。雜果可食。篠簜荆棘，刈東西生，刈西東生，可代一年薪。去車湖半里許，湖畔饒水草，可以養牛馬。若夫聽松濤，玩竹色，奇禽異鳥，朝夕和鳴，則固幽然隱者之居也。萬曆癸巳，邑中水勢甚惡，予乃稍加葺治，移家居焉。村中寂静，無人往來，嘗獨行于水竹之間，意甚冷然。因憶往年同中郎及龔散木讀書此處，散木甚詼諧，時林中偶藏一虎，常聞吼嘯，垣牆不甚高，皆懼之。方静夜共坐堂上，伏案了文字，而散木作假虎面，被繡被，跳躍其下，幾爲怖絶。今便是七八年前事，忽忽如昨日耳。虎之藏也，緣林中多短竹，搜剔之，使竹根踈踈然如櫛，不惟虎不能藏，亦可以增其秀色也。

此園之先出於杜氏。杜氏有竹亭翁者，善治生，一草一木，皆其手植，故松竹至今獨茂，其意亦欲爲數百年計。至其孫不肖，舉以鬻之，而今爲予有。至于予家貧性奢，好招客，不耕不畜，皆非貧家所宜。此園朝夕且將轉而鬻之他人，而況于予之子若孫乎？然予聞古之君子，非顯即隱。今予年方二十餘，心躁志鋭，尚在隱顯之間。若至中年不遇合，隱顯便分，其能長偃蹇庠序耶？其能走數千里外，爲商賈爲遊客耶？又安所得錢買山而隱耶？此時將安歸哉，則有此園可居也。眼前雖貧，姑忍之，殆未可鬻。夫予所以戒鬻者，自戒也。若欲以之戒子若孫，是又一杜翁也。

塞遊記

初，梅中丞鎮雲中時，過聽龍湖老人語，且得予南遊稿讀之，甚激賞。聞予在伯修邸中，數以字見召。予以書貽之，曰：「明公廐馬萬匹，不以一騎逆予，而欲坐召國士，胡倨也？」後梅公以符至，始於四月終自都門發。明日，過昌平，出居庸關。關路在兩山中，如一衖。山上危石壁立，雜以丹碧之華，古木叢生。傍巖有泉，曰琵琶峽，流聲汩汩。酈道元曰：「濕餘水出上谷居庸關東。溪之東岸，有石屋三層，其户牖扇扉悉石也。蓋古關之候臺矣。」今所見者，即道元所云濕餘水也。出關至土木，爲先朝北狩處，徘徊久之。已至上谷，見山隆隆起，訊之，爲摩笄山。昔趙襄子以姊妻代王，因取代，姊遂摩笄自刺。予謂此簡主志也，恒山之望何爲哉？自土木至上谷，嶺出左掖，長城蜿蜒嶺上，如一縷素絲。以暑夜行，月色如晝。行至荒野，草色無際，月益白。有黑雲從後起，上薄月。從者曰：「疾雷猛雨至矣！去堡尚遠，無可避者，當奈何？」急策馬，雷聲從馬首落，電光鑠人目睛。時以月爲命，度雲之不至月者僅丈許。正憂悸，忽有聲自西北來，激怨哽咽。郵卒曰：「此胡笳也，去堡近矣！」頃之至堡，月隱，雨如傾。明日霽，見道旁田作者，宛似江南。又明日，抵雲中。梅公候予于大寺。

聽雨堂記

乙未，中郎令吴，念兄弟三人或仕或隱，散於四方，乃取子瞻懷子由之意，扁其退居之堂曰「聽雨」。十月，予往吴省之，見而歎曰：吾觀子瞻居宦途四十餘年，即顛沛流離之際，室家妻子瀟然不在念，而獨不能一刻忘情于子由，夜牀風雨之感無日無之，乃竟不得與子由相聚也。嗟乎！宋自仁宗以後，皆非治朝也。子瞻之骯髒好盡，子由之狷介寡合，皆山林之骨，非希世取功名之人也。古之君子，有一人知之，則可以隱。夫孰有子瞻與子由兩相知者？以兩相知之兄弟，而偕隱於山林，講究性命之理，彈琴樂道，而著書瑞草、何村之間，恐亦不大寂寞也。而乃違性乖質，以戰於功名之途，卒爲世所忌，幾至於死。彼黄州之行已矣，元祐初既得放歸陽羨，當此時，富貴功名之味，亦既嘗之矣；世路風波之苦，亦既歷之矣；己之爲人，足以招尤而取忌，亦大可見矣，肱已九折矣。或招子由至常，或移家至許，或相攜而歸，使不得遂其樂於中年者，庶幾得遂于晚歲，亦奚不可。胡爲乎招即來，麾即去，八年榮華，所得幾何？而飄零桄榔之下，寂寞蜒島之中，瀕海相逢，遂不得與子由再見，此吾之所不曉于子瞻者也。夫人貴自照。陶潛之可仕而不物，以其性剛耳。子瞻度海以後，乃欲學陶，夫不學之於少，而學之于老，是賊去而彎弓也。

今吾兄弟三人，相愛不啻子瞻之於子由。子瞻無兄，子由無弟，其樂尚減于吾輩。然吾命薄，或可以免於功名。獨吾觀兩兄道根深，世緣淺，終亦非功名之品。而中郎内寬而外激，心和而跡孤，尤與山林相宜。今來令吴中，令簡政清，了不見其緐，而其中常若有不自得之意。豈有鑒于子瞻之覆轍，彼所欲老而學之者，中郎欲少而學之乎？如是則聽雨之樂，不待老而可遂也，請歸以俟。

遊荷葉山記

予別丘墓三年矣。今年夏，始與二弟至里中拜於松楸，而憩於先居。先居傍有荷葉山，喬木千章。今日諸叔偶不見召，日暮無事，乃與二弟步於山中。擇高阜處，藉草而坐。因思兒時常騎羊來此，每一至，不啻如四五十里外，而今視之，數步耳。山之蒼蒼，水之晶晶，樹之森森，自少至長，習而安之，不見有異。今偶遊焉，而覺其幽静蓊鬱，愛玩不能舍去。久矣夫，予之在城市也！

俄而月色上衣，樹影滿地，紛綸參差，或織而簾，又寫而規。至于密樹深林，迴不受月，陰陰昏昏，望之若千里萬里，窅不可測。劃然放歌，山應谷答，宿鳥皆騰。噫嘻！予生于斯，長于斯，遊戲于斯，二十餘年，而猶有不盡之景乎？徘徊欲去，而有聲自東南來，慷慨悲怨，如嘆如哭。即而聽之，雜以轆轤之響。予乃謂二弟曰：「此憂旱之聲也。夫人心有感于中，而發于外。喜則其聲愉，哀則其聲悽。女試聽夫酸以楚者，憂禾稼也；沉以下者，勞苦極也；忽而疾者，勸以力也。其詞俚，其音亂，然與旱既太甚之詩，不同文而同聲，不同聲而同氣。真詩其果在民間乎！」語終，而天風夜起，歌聲漸近。二弟無言，予亦嘿嘿。聲之悲怨，有加于初；嚮之歡適者，化爲悽愴矣。遂相與踏月而去。

柳浪湖記

郭外西南柳湖與斗湖，一湖也，長堤間之，爲大道達於南門，其内爲柳浪。柳浪匯通國之水，穿橋入於斗湖。柳浪實湖也田之，然常浩浩焉。獨其中稍阜者，幾四十畝，可田，絡以堤。堤内外皆種柳及楓，帶以渠，渠樹之内始爲田。田之内，地較阜，復爲堤周之，堤上復種柳。堤之内，前爲放生池，種白蓮，亭臨之。後漸阜爲臺，臺之上，則柳浪館在焉，爲室三楹，環以梁。臺上及渠内外，皆種柳。凡堤之襲者三，渠之襲者二，樹之襲者六，若笋蕉，若陣若城，翠碧醞釀，不知紀極。放生池堤外，右有窪地，不可田。築横堤與田隔，中種紅蓮。水中有洲，爲室三楹，以待名僧及過客也。右爲小堤以出，是爲門徑。左爲小堤，達於柳浪館。欲泛舟，則繞臺下，從右出橋下，達於放生池。盤旋亭前，折而右，穿橋至紅蓮池，繞僧舍而西，穿於後渠。後渠西可達斗湖，水最闊。返棹仍後渠達於左。左既，則前望見臺上朱欄畫梁隱隱。繞而右，復還後渠，過僧舍，從紅蓮池舊路歸焉，可二里許。日午，渠内無曦暘，濃樹遮樾，參差見碎天，水清徹底。此柳浪大略也。暑中，中郎與予，坐卧其中。晨起，偕數僧塵譚，倦則泛舟。月夜尤佳。常有一客苦熱，夜來避暑，忘襆襥；夜半，凍欲絶。樹凡萬株，種楓柳者宜水也。楚中柳色，止一月黄落；入秋，楓葉紅酣如錦。土人云：「後有篔簹，前有柳浪。」篔簹爲予居，柳浪爲中郎别業也。

白蘇齋記

伯修賦性整潔，所之必葺一室，掃地焚香宴坐；而所居之室，必以「白蘇」名。去年買一宅長安，堦上竹柏森疎，香藤怪石，大有幽意。乃於抱甕亭後，潔治静室。室雖易，而其名不改，其尚友樂天、子瞻之意，固有不能一刻忘者。詩云：「惟其有之，是以似之。」予謂惟其似之，是以好之也。夫不能似之而好之，則其好之也爲浮。蓋予少而侍伯修山中，長而依于宦邸，歷求其生平，與兩公真有大同焉者。吾觀樂天、子瞻爲人，大約皆真實淳篤，不立城府。而伯修亦温良重厚，胸中無半毫鱗甲，是其心同也。樂天典大郡，所攜不過天齋石、華亭鶴、折腰菱；晚年買履道里宅，至鬻駝馬。子瞻雖處顛沛，不輕受人絲毫，無田可歸，竟至流落。而伯修賦性梗介，泊然自守，雖居官十餘年，無異寒士，終不以隻字干人，是其操同也。若夫醉墨淋漓於湖山，閒情寄託於花月，借聲歌以寫心，取文酒以自適，則樂天、子瞻蕭然皆塵外人。而伯修少有逸興，愛念光景，躭情水石；塵鞅之暇，招攜二三儁人，或高齋聽雨，或射堂看月；城内外刹菴，遠自西山，以至上方、小西天諸處，鼓舞同侣，遍往登臨，是其趣同也。樂天、子瞻，其文詞皆爲一代宗匠；而伯修少時，操筆便有新意。予遊天下多矣，若詩律之脱而當，文字之簡而有致，亦未能有勝伯修者。過此以往，又焉可量，是其才同也。樂天、子瞻，雖現宰官之身，皆契無生之理；而伯修參訪既久，偷心久絶，是其學同也。其不同者，兩公矯矯諫諍，覺風節外見耳。然是時，樂天身爲諫官，子瞻起家制科，皆有議論之責。今伯修方侍春宫，育養元良，旦暮陶鑄天下，養其身以大有所用；豈其出位而言，效制科人之習氣，以爲極則乎？假使伯修爲諫官，其又肯默然耶？是亦未嘗不同也。昔子瞻亦自以爲出處老少，同于樂天，蓋庶幾此翁晚年閒適之樂，而老爲逐人，卒飄泊于蜑塢僚洞之中，竟不得與樂天同樂，蓋有故矣。樂天當朋黨甫動時，即奉身而退，爲散官，爲分司；而子瞻自元祐以後，徘徊公卿間，如食蔗然，曾不爲引决之計，故宜未幾而禍生也。樂天懷知足之情，子瞻多幹世之意，然而禍福之幾，亦可畏矣。今伯修官漸高，禄漸厚，然每見必屈指謂予曰：「吾數年内歸矣。」嗟乎，伯修近日所欲同，而吾輩亦必欲其同之者，其尤在白乎，其尤在白乎！

遊高梁橋記

高梁舊有清水一帶，柳色數十里，風日稍和，中郎拉予與王子往遊。時街民皆穿溝渠淤泥，委積道上，羸馬不能行，步至門外。

於是三月中矣，楊柳尚未抽條，冰微泮，臨水坐枯柳下小飲。譚鋒甫暢，而飈風自北來，塵埃蔽天，對面不見人，中目塞口，嚼之有聲。凍枝落，古木號，亂石擊。寒氣凛冽，相與御貂帽，著重裘以敵之，而猶不能堪，乃急歸。已黄昏，狼狽溝渠間，百苦乃得至邸。坐至丙夜，口中含沙尚礫礫。

噫！江南二三月，草色青青，雜花爛城野，風和日麗，上春已可郊遊，何京師之苦至此。苟非大不得已，而僕僕於是，吾見其舛也。且夫貴人所以不得已而居是者，爲官職也。遊客山人所以不得已而至是者，爲衣食也。今吾無官職，屢求而不獲，其效亦可睹矣。而家有産業可以餬口，舍水石花鳥之樂，而奔走煙霾沙塵之鄉，予以問予，予不能解矣。然則是遊也宜書，書之所以志予之嗜進而無恥，顛倒而無計算也。

西山十記

出西直門，過高梁橋，楊柳夾道。帶以清溪，流水澄澈，洞見沙石。藴藻縈蔓，鬣走帶牽。小魚尾遊，翕忽跳達。亘流背林，禪刹相接。緑葉穠鬱，下覆朱户。寂静無人，鳥鳴花落。過響水閘，聽水聲汩汩。至龍潭堤，樹益茂，水益闊，是爲西湖也。每至盛夏之月，芙蓉十里如錦，香風芬馥，士女駢闐，臨流泛觴，最爲勝處矣。憩青龍橋，橋側數武有寺，依山傍巖，古柏陰森，石路千級。山腰有閣，翼以千峯，縈抱屏立。積嵐沉霧，前開一鏡，堤柳溪流，雜以畦畛。叢翠之中，隱見村落。降臨水行，至功德寺，寬博有野致，前繞清流，有危橋可坐。寺僧多業農事。日已西，見道人執畚者，鍤者，帶笠者，野歌而歸。有老僧持杖散步塍間。水田浩白，羣蛙偕鳴。噫，此田家之樂也，予不見此者三年矣！

記二

功德寺循河而行，至玉泉山麓。臨水有亭，山根中時出清泉，激噴巉石中，悄然如語。至裂泉，泉水仰射，沸冰結雪，匯於池中。見石子鱗鱗，朱碧磊珂，如金沙布地，七寶粧施，蕩漾不停，閃爍晃耀，注於河。河水深碧泓渟，澄澈迅疾，潛鱗了然，荇髪可數。兩岸垂柳，帶拂清波。石梁如雪，雁齒相次。間以獨木爲橋，跨之濯足，沁涼入骨。折而南，爲華嚴寺，有洞可容千人，有石牀可坐。又有大士洞，石理詰曲，突兀奮怒，較華嚴洞更覺險怪。後有竇，深不可測。其上爲望湖亭，見西湖明如半月，又如積雪未消。柳堤一帶，不知里數，嫋嫋濯濯，封天蔽日。而溪壑間民方田作，大田浩浩，小田晶晶。鳥聲百囀，雜華在樹，宛若江南三月時矣。循溪行，至山將窮處有庵，高柳覆門，流水清激。跨水有亭，修飭而無俗氣。山餘出巉石，肌理深碧。不數步見水源，即御河發源處也，水從此隱矣。

記　三

自玉泉山初日霧露之餘，穿柳市花弄，田疇畛畦間，見峯巒迴曲縈抱，萬樹濃黛，點綴山腰，飛閣危樓，騰紅酣緑者，香山也。此山門徑幽遐，青松夾道里許，流泉淙淙下注，朱欄千級，依巖爲刹，高傑整麗。憩左側來青軒，盡得峯勢。右如舒臂，左乃曲抱。林木綉錯，伽藍棊布。下見麥疇稻畦，潦壑柳路，村莊數疏，點黛設色。夫雄踞上勢，撮其勝會，華榱金鋪，切雲耀日；肖竹林於王居，失穢都之瓦礫，茲刹庶幾有博大恢弘之風。至于良辰佳節，都人士女，連珮接軫，綺羅從風，香汗飄雨，繁華鉅麗，亦一名勝。獨作者騁象馬之雄圖，無丘壑之妙思，角其人工，不合自然。未免令山澤之癯，息心望岫。然要以數十年後，金碧蝕於蛛絲，堦砌隱於苔蘚，遊人漸少，樹木漸老，則恐茲山之勝，倍當刮目于今日也。

記　四

從香山俯石磴，行柳路不里許，碧雲在焉。刹後有泉，從山根石罅中出，噴吐冰雪，幽韻涵澹。有老樹，中空火出，導泉于寺，周於廊下，激聒石渠。下見文礫金沙，引入殿前爲池，界以石梁。下深丈許，了若徑寸，朱魚萬尾，匝池紅酣，爍人目睛。日射清流，寫影潭底，清慧可憐。或投餅於左，羣赴于左；右亦如之，咀呷有聲。然其跳達刺潑，遊戲水上者，皆數寸魚；其長尺許者，潛泳潭下，見食不赴，安閑寧寂。毋乃靜躁關其老少耶？水脈隱見，至門左奮然作鐵馬水車之聲，迸入於溪。其刹宇整麗不書，書泉，志勝也。或曰：此泉若聽其噴溢石根中，不從龍口出；其巖際砌石，不令光滑，令披露山骨；石渠不令若槽臼，則刹之勝，恐東南未必過焉。然哉！

記五

香山跨山踞巖，以山勝者也；碧雲以泉勝者也。折而北，爲卧佛峯。轉凹，不聞泉聲，然門有老柏百許森立，寒威逼人。至殿前，有老樹二株，大可百圍。鐵幹鏐枝，碧葉虬結；紆羲迴月，屯風宿霧；霜皮突兀，千癭萬螺；怒根出土，磊塊詰曲。叩之，丁丁作石聲。殿墀周遭數百丈，數百年以來，不見日月。石墀整潔，不容唾。寺較古，游者不至，長日静寂。若盛夏宴坐其下，凛然想衣裘矣。詢樹名，或云娑羅樹，其葉若蔌。予乃折一枝袖之，俟入城以問黄平倩，必可識也。卧佛蓋以樹勝者也。夫山刹當以老樹怪石爲勝，得其一者皆可居，不在整麗。三刹之中，野人寧居卧佛焉。

記六

背香山之額，是謂萬安山，刹庵綺錯之中，有寺不甚弘敞。而具山林之致者，翠巖也。門有渠，天雨則飛流自山顛來，巖吼石擊，濤奔雷震，直走原麓，洞駭心目。刹後石路百級，有禪院，四周皆茂樹。左右松柏千株，虬曲幽鬱，無風而濤。好鳥和鳴於疎林中，隱隱見都城九衢，宫觀櫛比。萬歲山及白塔寺，了了可指。其郊坰之林烟水色，山徑柳堤，及近之峯巒疊秀，樓閣流丹，則固皆几席間物。出門，即爲登眺；入門，即就枕簟。雖夜色遠來，猶可不廢覽矚。有泉甚清，可煮茗，遂宿焉。風起，松柏怒號，震撼衝擊。枕上聞其聲，如在揚子舟中，駕風帆破白頭浪也。予遂定計，九夏居此，以避長安塵矣。

記七

既棲止翠巖，晏坐之餘，時復散步，循澗西行。攀磴數百武，得庵，曰中峯。門有石樓可眺，有亭高出半山，可窮原隰。牆圍可十里，悉以白石壘砌，高薄雲漢，修整中雜之紆曲。堦磴墀徑，石光可鑑，不受一塵，處處可不施簟席而卧，於諸山中鮮潔第一。刹中僅見一僧，甚静寂。予少憩石樓下，清風入户，不覺成寐。既寤，復循故澗。澗涸，而怪石經於疾流衝擊之後，墮者，偃者，横直卧者，泐者，背相負者，欲止未止，欲轉不獲轉者，猶有餘怒。其岸根水洗石出，亦復皺瘦，崚嶒崎嶮，陷坎罅中。松鼠出没，凈滑可人。舍澗而上碧峯，得寺曰弘教，亦有亭可眺也。有松盤曲夭喬，膚皴枝拗，有遠韻。間有怪石。佛像清古，亦爲山中第一。降復過翠巖，循澗左行，山口中爲曹家樓，有橋可憩，竹柏駢羅。石路宛轉，可三里許。青苔紫駁，綴亂石中。牆畔亦多斧劈石，骨理甚勁。意山中概多怪石，去其土膚，石當自出。無奈修者意在整齊，即有奇石，且將去天巧以就人工；況肯爲疏通，顯其突兀奮迅之勢者乎？絶頂者亭，眺較遠，以在山口也。此處門徑弘博，不如香山，而有山家清奥之趣，亦當爲山中第一也。

記八

予欲窮萬安絶頂之勝，而僧云徐之，俟微雨灑塵，乘其爽氣，可以登涉，且宜眺矚也。一宿而微雨至，予大喜曰：「是可遊矣！」遂遡澗而上，徘徊怪石之間，數步一息。于時宿霧既收，初日照林。松柏膏沐之餘，楊柳浣澣之後。深翠殷緑，媚紅娟美。至于原隰隱畛，草色麥秀，莫不淹潤柔滑，細膩瑩潔，似薤簟初展，文錦乍舖矣。既至層顛，意爲可望雲中、上谷間，而香山、金山諸峯，遮樾雲漢。惟東南一鑑，了了可數。平疇盡處，見南天大道一縷，捲霧噴沙，浩白無涯。或曰：此走邯鄲道也。捫蘿分棘，遂過山陰。憩於香山松棚庵中，松身僅五尺許，而枝幹虬結，蔽於垣内。下有流泉，清激聲與松風相和。松花墮地，飄粉流香。時晚煙夕霧，縈薄湖山，急尋舊路以歸。

記九

依西山之麓而刹者，林相接也。而最壯麗者，爲鮑家寺。寺兩掖，石樓屹立，青槐百株，交蔽修衢，微類村莊。殿榭果松僅四株，而枝葉婆娑，覆陰無隙地。飄粉吹香，寫影石路。堂宇整潔，與碧雲等。于弘教寺之下，又得滕公寺，石垣周遭，若一大縣。其中飛樓相望，五十餘所。清渠激于户下，雜花靈草，芬馥簷楹。别院宛轉，目眩心迷。幽邃清肅，規駁娑而摹未央。噫，衍之之紀伽藍盛矣！中州固應爾，燕薊號爲沙磧，數百年間，天都物力日盛。王侯貂貴，不惜象馬七珍，遂使神工鬼斧，隱軫山谷。予游天下，若金陵之攝山牛首，錢塘之天竺、净慈，誠爲穢土清泰。至于瑰奇修整，無纖毫酸寒之氣，西山諸刹，亦爲獨步。玉環、飛燕，各不可輕。雖都人有擔金填壑之譏，然赫赫皇居，令郊坰間，皆爲黄沙茂草，不亦蕭條甚歟！王丞相所謂「不爾何以爲京師」者也。

記十

居士曰：予遊山，自西山始也。或曰：居士年二十時，即從長江歷吴會，窮覽越嶠之勝。北走塞上，登恒山石脂峯，望單于而還。而乃云遊山自西山始何也？居士曰：予向者雅好山澤遊矣，而性愛豪奢。世機未息，治習未除。是故目解玩山色，然又未能忘粉黛也；耳解聽碧流，然又未能忘絲竹也。必如安石之載攜聲妓，盤餐百金；康樂之伐木開山；子瞻之鳴金會食，乃慊于心。而勢復不能，則雖有山石洞壑之奇，往往以寂寞難堪委之去矣。此與不遊正等。今予幸而厭棄世羶，少年豪習，掃除將盡矣。伊蒲可以送日，晏坐可以忘年。以法喜爲資糧，以禪悦爲妓侍。然後澹然自適之趣，與無情有致之山水，兩相得而不厭。故望煙巒之窕窈突兀，聽水聲之幽閑涵澹，欣欣然沁心入脾，覺世間無物可以勝之。舉都人士所爲聞而不及遊，遊而不及享者，皆漸得于吾杖屐之下，于于焉，徐徐焉，朝探暮歸，若將終身焉。然後乃知予向者果未嘗遊山，遊山自西山始矣。

自柞林至西陵記

歲在壬寅，將歸先伯修之櫬於壠，期以仲冬六日。且迫矣，而黄太史平倩以玉泉書來，曰：「不肖歸矣！家大人日夜望我，巴山之興甚濃，惟是此回，必欲了吾儒性命大事。急望兩兄發藥，非不欲就見，此中自有故。且山中清寂無囂，尤可作竟日譚。

儻伯修襄事既迫，尚能素車白馬，一哭松楸間也。」中郎與予得書而嘆曰：「異哉，交情通於夢寐直至此乎！」先是春初，中郎夢伯修歸，見大人云：「兒非黄平倩來，必不去。」大人問：「平倩今安在？」曰：「在近處，可令二弟往迎，必偕來也。」覺而以語予。予曰：「東朝新建，平倩方侍講幄，何得歸？即歸而迂道至此，豈能即與葬期值耶？」已而平倩果請告歸，歸至玉泉，以書聞，果與葬期相值。中郎果往玉泉迎之，而平倩果至，皆如夢。平倩書未至之前一夕，予夢至一寺中，黄葉如雨。俄聞呵殿聲甚厲，有人曰：「黄公至。」予即往迎之，則平倩在前，伯修隨之。予見伯修貌皙甚，逼視之，一比丘也。入門即失比丘，而與平倩相嚮拜而哭，醒時猶哽咽不休，旦而玉泉書至矣。及平倩至，與予相嚮而哭伯修，皆如夢中事也。平倩既以仲冬一之日至邑中，以四之日登壠，爲伯修誌墓。以六之日視伯修掩土，爲之妥靈。事畢，痛哭于墓而去，即以是日發自柞林。留中郎治墓，而予送之。

明日，發自孱陵，宿于松滋。凡四日，而抵西陵。至西陵之夜，霜月晶晶，平倩與予披衣夜行，始蕭然有别意。平倩曰：「予少時溺于文人習氣，欲以風雅命世，後漸有遊仙之興。自宦於京師，得聞性命之學，然終旁皇於長生無生之間，而未有定也。丁酉入都，得遇君家兄弟，力爲我拔去貪着濁命之根，始以清泰之樂引我。既又得聞向上大事，從知解稠林中出，如掃葉，如撥筍，今始坦然知歸。政如游燕者，的知從周鄭道上以往。予今自思，六年中奔走長安道，亦良苦。然亦緣此舍迷津而入正路。今歸山中，去忙就閒，亦差快矣；而舍霧露之潤，入枯寂之鄉。是回也，望我以世情者如毛，望我以道情者如角。哀哉！予未知所歸矣，居士何以策我？」予曰：「學問之衰也，不惟索真悟者難，即索真疑者亦自難。以暫時岐路爲到家消息，高明者率踵此病。不肖不敢望天下有真悟者爲我師，尤望天下有真疑者爲我友。則不惟居士需不肖，不肖亦需居士也。居士即不能來，我豈不能就居士耶？數年以後，幸以一瓢一榻俟我，我不食言也。」平倩曰：「如此，則不肖之幸也。且大峨亦爲天下一名勝，安可不一至耶？」是夜以別緒，展轉不成寐，各賦二詩志別。曉起，赴元定諸君子圓通閣之約，因得與平倩聚。又明日，始與平倩別於江上，悽然淚下。

凡孱陵至西陵道上諸山，不甚岩㟧，水尚平衍，無可觀覽者，故不書。惟與平倩聚首四夕，無夕不譚，無譚不關性命，極可聽也，而語又多不勝書。書兩家交誼之神，與吾兩人分攜之情者，令千載而下，知吾輩生死道德之交，迥與俗情不同也。此予記意也。

三遊洞記

泛舟於江，西上水之曼衍者，忽自山止，路幾窮。旁睨有兩山，夾江若練，如從大道折入永巷中。山奇高，水奇深，是爲入蜀第一峽也。峽右之山，有阜特起，舍舟而陟之，覓所爲三遊洞者。或曰：「洞在陰。」予怏怏曰：「洞與水背耶？無能爲也。」過山上劉封城，數武而下，聞水聲幽悄，與江聲相呑吞，則下牢溪之水，繞洞迸入於江。山在江與溪之間，若牆，西去不知其極也。東峙峽口，山突止，而山背之面下牢溪者，其半忽横裂，如人張口，即爲洞。洞在絶壁，不可至；而裂之處，若人下唇微豐者。故人從洞後，緣之以達於洞，而未至洞數步，又若口角然，故須蛇行，乃得度。既至，乃知其負江面溪。溪之上，又爲山。溪水與石子相薄，瑟瑟然，戛戛然。江聲滂湃，聽宜遠，溪聲涵澹，聽宜近。江也大，溪也僻，習静於僻也，宜面背誠當。甚矣，予之淺也！

洞外少狹而中寬，其上石乳下滴，積千百年，反騰而上，以挂於頂。若怪松不見顛，若風中淚蠟，若細腰長人森然立，若垂楊柳婆娑委地。參差以列若屏，遂有房與皇也。洞之中，又有小洞數十，若蜂房，皆可趺坐。出有斜路，可達於溪。兩岸石根甚瘦，有大石出水上，可坐。西行深入兩山間，或如塑壁，人馬蟲魚之跡了了；或如鐘鼎鑪竈，其上或如石梁。水從梁下淙淙下注，其竅奧玲瓏之形，丹碧斑駁之色，奇甚。土人或未之見也。

搜尋未央，而山上有聲，清刻慘切，聞之腸痛。或曰此猿嘯也，「巫峽啼猿數行淚」，信矣。月已上，水石汩汩，猿聲逾多，慘然不可久住。乃覓故路以達于舟。洞名「三遊」，始於元及白，偕其弟爲三。元白偶聚於此，亦苦別，然猶得偕遊。而吾輩兄弟朋友，蕭然星散，是非獨洞之不幸，乃予之不幸也。時同遊者爲元定劉君、雲連羅君兄弟，皆西陵名士。

篔簹谷記

篔簹谷週遭可三十畝，皆美竹。門以內，芟去竹一方，縱可十丈，横半之。前以木香編籬，植錦川石數丈者一，芭蕉覆之。有木樨二株，皆合抱，開時香聞十餘里。薝蔔、黄白梅各二株。有亭，顔曰雜華。林旁有室，曰梅花廊。總以竹籬絡之，而籬外之前後左右，皆竹也。於籬之西，雜華林之後，有竹徑百武。又芟去竹一方，縱可三十丈，横三之一。有亭三楹，顔曰浄緑。後有堂三楹，名曰籜龍。其後爲燕居小室。總以牆絡之，而牆外之前後左右，皆竹也。于牆之西，浄緑亭之後，又芟去竹一方，縱可十丈，衡半之，種黄柑四株，皆合抱，歲下柑實數石，甘美異他柑。有亭曰橘樂，亦以籬絡之。而籬之前後左右，皆竹也。

竹爲清士所愛，然未有植之幾數萬箇，如予竹之多者。予耳常聆其聲，目常攬其色，鼻常嗅其香，口常食其筍，身常親其冷翠，意常領其瀟遠，則天下之受享此竹，亦未有如予若。飲食衣服，纖毫不相離者。予既以腴田數百畝易之王氏，稍與中郎相視點綴，數年間遂成佳圃，而中郎總名之曰篔簹谷云。

荷葉山房銷夏記

予久不上丘墓，甲辰五月從三穴挂帆，抵柞林，息于杜園竹中。明日過荷葉山房，少時兄弟聽雨處也。諸叔皆來聚飲。醉則步稻畦間，聽流泉汩汩，甚快。未幾，中郎攜衲子寒灰、雪照、冷雲至，皆東南名僧，偶集於香光社者。中郎同諸衲聚於荷葉山房，予宿於喬木堂。早起，共聚山房前大槐樹下。飯後，過梅花奥，度騎羊濶，入萬松林，登臺望湖水晶晶，樹影甚濃，風蕭蕭至。諸叔攜茶來，共讌笑，即于松陰下午餐。飽後，穿萬松中，至珊瑚林，僧能煮新茶以供。日已西，各歸浴。晡時坐莊前稻場上，可五畝，農人浄治如虎丘千人石，而瑩潔過之，共對薰風坐。諸衲頗有問難，中郎大爲激揚。至夜分，薄有寒意，乃入。三月内，率以爲常。有人召，亦量往。予歸莊多醉，時從夢中聽笑言，不知作何語也。

叔蘭澤，有十畝池，白蓮盛開，荷葉皆數丈餘。予帥諸弟共架一浮梁於萬花中，可容十餘人。日取碧筒飲酒，佐以蓮房，荷柄皆出人頭上如蓋。入夜香愈熾，殆非人境。

一日，偶行萬松林中，見日斜，松陰盡覆水上。予曰：「是可泛也。」遂買一舟置其中，冷雲能爲榜人，乘月來遊，甚至月落始歸。至若孟溪、車臺、杜園、冢子山，皆與諸酒人出没之處。詩則問作，多次中郎韻。閑則諸衲伸紙，予縱筆作大字。此外非遊則嗒坐。三月内，更未常面一俗客，作應酬事也。八月，中郎偕諸衲走德山，而予攜一酒人走黄山，始别去。然此會實生平銷夏第一樂也。

嗟乎！予兄真今之子瞻，予媿子由，然其不欲相捨同也。當子瞻一入仕途，追思鄉土，念在瑞草橋邊喫瓜子爆豆，何可得也。今中郎迫于嚴命，且有四方之志；而予明年亦上公車，世途羈人如此，銷夏之樂，不知更可得否。中郎曰：「『有田不歸如江水。』彼政坐無田耳。吾輩有此數畝，歸計亦易，他年決可不作兩處。」予遂退而援筆記之，使見之則憶此樂，毋如蘇家兄弟陽羨、許下事也。

遊荷葉山居記

予出山久矣，戊申暮春自漁陽歸。半載，始復上先人丘墓。從三橋登舟，維于孟溪，即長安里也。登岸緩步，過珊瑚林。往中郎夢與予至此地，破一山壁而入，見峯巒皆若珊瑚。後于此建小蘭若，以「珊瑚」名，志所夢；且欲老來兄弟聚首，辦清泰業也。少憩，穿荷葉山，山中喬木參天，松濤瑟瑟。息于先居，寂寂無人至。予閒步廊廡間，拂塵埃，看柱壁上字。堂左白板扉，有數行字，大略記陽雀布穀鳴之早晚，及旱澇雨雪疏數之期。皆農家語。此予王父左溪公筆也。語雖朴，而有法，筆亦遒勁，書於嘉靖二十六年，至於今幾七十年矣。王父世農家，然爲人慷慨輕財。嘉靖二十四五年間，大祲，人相食。王父散財二千餘金。後來稍稍豐隆，皆其隱德貽也。於廳上右柱間有字數行云：「伯修、沖修于此，録子史碎金記。此時正午，風和氣爽，自挈酒一壺，自斟一醉。是年孺修應省試，止伯季在家修業。此月每晨作書義一首，各臻妙境矣。」此先太史兄伯修筆也，記是年爲萬曆乙酉鄉試。孺修即中郎，沖修即予，蓋少年未定字也。是時伯修年二十六，中郎十八，予十六。中郎赴省試，予以病留家塾。

記伯修書柱時光景，依然在目。明年，伯修遂首南宮。予等相繼出山，今其期不踰二十五年，而伯修長逝，已七八年矣。可嘆也！

後堂板扉上，又有字數行云：「漢高云：『登萬歲後，魂魄猶思沛中也。』余自戊子冬離此，旅泊十五年，夢中每在此地。癸卯冬，與散木買舟，將入德山，偶經過小憩，輒爾流連。遂命諸僮，剪松誅茆，構小室松風澗之後，闢地拓圃。明年移家居之，將遂老焉。與諸叔痛飲荷葉山下，濫醉三萬六千回，吾願畢矣，不復知人間有三公也。」後又書云：「構小室之日，王路庵僧來辭，將歸吴；附一紙，乞王百谷書額。門榜荷葉山房，次松風澗，堂榜浄緑堂。斜月廊在堂之後，梅花之右，取李羣玉詩也。花之西，葺小室曰梅花奥。百谷老矣，未知健飯否。諸額未知何時見還。且未知此字到時，余室皆落否也。書此以俟。」復有書云：「丁未入村中，諸扁久至，而予室未成，且不知何日果此願也。」此皆中郎筆也。前所書俱癸卯年，後書則丁未。中郎頗有山棲之志，入都聊復了宦蹟耳。而銓曹之命下，恐山居之志未易輒遂也已。

步至中郎荷葉山房中，前有水一曲，清泓可愛。松櫟俱茂盛，古槐參天，梅花初吐蕚。此地乃伯修少時修業處，二十舉於鄉，抱病，復養痾于此。栽花種竹，習養生家言，甚覺閒静。後來仕宦，皆外號爲得意，而奔忙倥傯，求山居之適，不可得矣。嗟乎！予本農家，祖父皆世享田間之樂，後來相繼出山。伯修爲從官，遂不復再見此地，今已久去世。中郎與予，方逐逐世路，未知税駕，不知將來得秉耜山間，了夢中一段公案否也。因復書數語于柱，以志不忘云。時萬曆戊申，除夕先一日也。

澧遊記一

去予里孟溪一舍，爲涔水，楚詞所云「涔陽極浦」者也。兩岸多垂楊，漁家櫛比，茂樹清流，真可銷夏。出班竹大士浦，即涔水入澧之處。按澧水出充縣西歷山，今九溪是也。至慈利，與漊水會，稱漊澧。至石門，與渫水會，稱渫澧。至澧州，與涔水會，稱涔澧。過此至安鄉，與澹水會，稱澹澧，王仲宣所云「悠悠澹澧」者也。澧居江沅之中，與九水分源合派，以赴洞庭。而虞喜以爲江沅別流，誤矣。獨禹貢導江有「東至於澧」一語，吾友雷太史何思疑今江路不蒙，作公安志序，曾拈以問中郎。中郎亦未及答。至今思之，當懷山襄陵之時，雲夢一壑，故江身不可復辨。禹之導水，必于高阜之處有山可識者，乃可施疏瀹之功。自夷陵以下，高阜而多山者，宜莫如澧。由澧導之，從九江以至東陵。九江，今沅湘九水是也；東陵，今巴陵也。江偕九水入洞庭，以趨潯陽，雲夢始出；而江洪之在雲夢中者，始了了可辨，江始分而爲二。酈道元注水經，於江陵枝迴洲之下，有南北江之名，即江水由澧入洞庭道也。陵谷變遷，今之大江，始獨專其滂湃；而南北之跡，稍稍湮滅，僅爲衣帶細流。然江水會澧故道，猶然可考，無足疑者。

從涔澧交會之處，西上十餘里，有千家之聚，名曰津市。對岸爲彰觀山，道書四十四福地，宋明道中黄范二仙飛昇處也。其水直下千尺，洞見石底。石上緑苔如鬚鬣，如長帚尾，隨風蕩漾，潛鱗動介，翕翕可拾。昔酈道元謂「茹水注澧，漏石分沙」。茹水出今慈利龍茹山，注于澧，去此甚遠。所謂漏石分沙者，湛然無以異也，則凡澧皆然，不獨茹溪矣。層峯相接處，唇忽出，人家住其上，松柏蓊鬱。艤舟閒步樹中。枕山阿有寺，倚崖臨流，喬松曲抱。涉顛見領掖諸山，松雲嬌姹。惟此如小兒頭上髻，樹不能障，可望遠水如聚雪。此處山空水碧，去予里至近，行年四十，乃一至，豈非以入華陽國中，被以邸第之名，故令福地埋没，遺之蠟屐外耶？可歎也！

澧遊記二

從山下易小舟上灘山，前有洲如月。水依山傍，洲成九曲。洲上楊柳森秀，山間尤多偃蓋之松。從此水益清，了了見礫石。灘上流聲瑟瑟。已至澧，遊城北龍潭寺，即龍潭信道場。前有焚經臺，即周金剛焚青龍疏抄臺也。寺面大溪，水道甚遠，有辛夷樹四五株，皆合抱。昔德山參訪龍潭，一滅燭而大事了畢；後來一棒，蓋天蓋地，皆從此中流出。觀古人授受之際，妙處如石女兒，如石羊駒，豈得草草匆匆。有靈骨者，不妨見鞭影而行。其或未然，請竭一生之力，忘食忘寢，微細研求，或可通其一綫。久參者，未可直呼爲格外消息，恬然不復問也。

入城，依睥睨行，至遇仙樓少憩。宋乾道中，喬守逐遇吕仙于此，故爲樓以識其事。樓跨城臨水，望遠近諸山，如列髻可數。其下爲仙明洲，亦曰仙眠。相傳回道人醉岳陽，飛渡洞庭，于此地藉草酣眠，故洲得其名矣。仙無所不至，而獨戀戀此邦，意者人間穢濁，上真厭惡。此邦濱於洞庭，從萬頃雪濤中，峙此煙雲世界，宜爲仙人之所棲託。圖經號爲神仙窟宅，有以也。昔茂陵劉郎，老不解事，作妖妄一語，遂爲千古腐儒口實。如回道人舊蹟，昔賢遇之，誌載之，故老能言之，豈盡屬古强蔡誕語哉？

近嘉隆間，去此百餘里觀國山，有女真荀瑞仙者，修道山之赤霞洞。初田間婦耳，遇一媪，啖以異草，遂絶火食。其後冰心朗徹，洞明教典，發言奇中，神于蓍蔡，不可枚舉。嘉靖末，遣使者下尺一敦請之，不至，微示以攀髯之兆。次年，龍馭上賓，卒如其言。後年近百歲，尸解而去。今相去不過三十餘年耳，澧中父老猶有親領其謦咳者。予舅龔夾山及老醫陳生，與予言其晤對事甚悉。甫一見，即與夾山譚學，陳生譚素問，若故相識。予謂此女黄冠，即不敢望南岳夫人萼緑華等，亦何減易僊宫中諸淑媛也。由此觀之，神仙之事，有耶無耶？以爲有，而搴裳濡足，輕信方士幻化之譚者，固無足取；以爲無，而排斥之者，其見亦魏文火布、滕修蝦鬚類也。

仙眠洲上有亭，即李羣玉詩人水竹居。詩人詩思，清逸而冶，真所謂居住沅湘，宗師屈宋，楓江蘭浦，蕩思摇情者也。坐洲上，看水紋如練，聲等哀玉，爲之徘徊不能去。予謂遊人曰：「今日面對者，皆文山綺水；神交者，皆禪宗仙伯詩人，亦一奇也。」有客曰：「仙禪目所未見，近於荒唐，不若詩人真實。」予曰：「皆真實也。昔李羣玉以詩鳴，于今千餘年矣，而更無有人追步之者。若直以目所未見求之，即詩人亦荒唐矣。」相與大笑，浮白數十而歸。

澧遊記三

涉蘭江，觀於繡水，遂泛舟往遊彭山。江底有蘭，居民曾有見之者，楚詞所云「江有蘭」也。過金鴨灘，灘水上沸，奔雷轉石，聲聞四五里。近山前爲沅洲，楚詞所云

「沅有芷」也。捨舟登山，息于祠中。户外遠近峯巒，雲崩霧裂。予謂遊侶曰：「此隱隱者，皆何山也？」游侶曰：「澧爲煙雲之聚，而其最勝者，南有藥山，即惟儼禪師見月長嘯處也。上有清泉怪石，靈花異草。西南有浮山，即浮丘子採藥煉丹處也。清玉之壇，白鹿之水，淙淙四注，泠泠清人肌膚。西北有太清山，即李凝陽仙人得道處也。遠澗飛巖，靈泉秘洞，尤于諸山爲甲。至於夾山、燕子山等，皆肩隨踵接，羽翼煙嵐。居士久住于此，一一以蠟履收之可也。」予曰：「有是哉！予將擇其勝而老焉。」會遊侶多乞書者，予略揮灑數紙。獨遊山後，見澄江如委練，侍兒取石下擲，山背滑不受石；石不得住，數跳而入江，激濤若雪，以爲樂。下山，飲于老梅樹下。月上，始登舟歸。山以唐高祖子李元則爲刺史，有善政，民祠于此，故名。元則先以奢汰得過，後改玉，遂爲循吏。蓋文采不及東阿，而政事過之，可祠也。

過藥山大龍山記

將爲鼎州之遊，渡河十里許，漸入萬山中，青松拂面。過清化驛，見山色波頭起伏，遠黛可餐，如撥筍解籜。經藥山，山尤竦秀，以其上多芍藥，故名。即李太守翺問法儼師處也。翺通名理，工文詞，獨詩不多見，僅見此「雲天瓶水」一絕，然矢口即成佳句，亦足見爾時詩道之盛。餘如藥山者甚多，都不暇訊其名。數日來，山路升若梯雲，俯若繘井，每自下面上，至兩山相接，中開一罅之處，則前山忽躍而出。一日中數隱數現，如相與爲迷藏之戲。

至大龍驛，信步閒遊過橋，流水淙淙，遠望山松如城。訊樵人，則曰此榮邸園也。喬松夾道十餘里，流水繞其前，長橋跨之。溪澗迴環，中峯壁立，兩山環抱，袖褰帷合，層不可數。彌入彌深，爲松梵鳥聲所誘，澹然忘歸。頃十餘里，依山傍林，時有田疇。漸近繡壁千丈，有若屏几。深林陰肅，悲風忽起，林葉皆鳴。遂尋舊路歸。按此故祖庭也，當法道勝時，與藥山皆爲選佛之場，各寘雲郵，以待瞻風之客，而今遂爲王家幽宫矣。豈盛衰各自有時，抑五葉飄零，永絶唱導者耶？噫，自青鳥之説行，而天下之名山洞壑，青豆赤華之舍，幾無完膚。其已夷爲瓦礫，鞠爲茂草者，猶有可原；甚乃有寶地無恙，珠林不改，而拽紺容，拆璇題，夷窣波以藏枯骨者，吴越之間，相習成風，始無論法道平沉，相教磨滅；而點涴煙雲，攘據峯巒，將使巖棲谷飲之士，何所歸乎哉？可爲永嘆！

珂雪齋集卷之十三

遊德山記

沅水竹箭而下，經枉渚，其上爲德山。楚詞云：「朝發枉渚兮，夕宿辰陽。」酈道元云：「沅水東歷小灣，謂之枉渚。渚東里許，便得枉人山。」即此山也。捨舟登山，有老樹五六株，盤結石巖中，根磊磊爲怪石。門徑依山傍澗，澗水流入沅，雨後作雪瀑。澗外松柏蓊鬱，乃榮邸釜鬵處也。可百武爲塔院，門内有斷碑一，依稀見「無事于心」數字。禮塔守僧，喃喃塔長再來之讖。量之，今果二寸餘。出院，山徑坦迤，竹樹駢羅。里許至寺，寺内古柏二，如青石，一峯上飾瓔珞，千年物也。殿甚壯麗，與渚宫羅含宅相伯仲。四維皆山，如虎落圍之。後有平園老人詩碑。其左掖嶺上皆修篁，無隙地。予閒步竹中，思年來江南之竹，無處不竊，惟此地檀欒如故。居此者，無論巖壑之勝，即終日晤對此君，目視浄緑之色，耳聽哀玉之響，而飽食其筍，亦足以老矣。日已暮，遂至殿左青蓮社。夜飲，予謂遊侶曰：「世外之法，有窮而必變者，棒喝是也。何者？人心貢高日甚，道念日微，行之不益其狂，則滋之謗。乘此時而通以清泰之樂，最爲穩實。今有練達開士行之矣。」

夜中雨滴竹葉，時復鏗然。曉，枕上聞黄鸝聲，入耳圓滑。起視，初日出松中，一山皆霧露。出殿右掖，遍嶺仍多修竹，間以古樹。下嶺得少平地，有老桂三株，可菴。復登嶺覓孤峯路，稍倦，則倚竹息。時有流泉出竹中，與風篁相和。屢跻始至善卷臺，善卷即舜時粃糠九五，遠遁巖谷者也。臺可望遠，其近者爲善卷村，即其耕耘之處。雲林霧畦，隱畛相望。下有小河，名釣灣，以卷常把釣于此得名。酈氏所云「披溪蔭渚，長川逕引」者，是此水矣。此水一縷，直通茶山。每歲茶户載茶從此出。兩岸多峯巒，旁溪若織，甚可泛。從臺北登孤峯頂，大江積雪，圍繞郡城，若浮芥。梁山擔覆其後，隱隱接武山。餘則煙雲枕籍，不可復識。孤峯下引，若龍象之飲于江，其鼻端方營浮圖未成。大都山以樹而妍，以石而蒼，以水而活。予之施施山間也，遇老樹槎枒則少立；遇石骨峻嶒則少坐；遇嶂披樹斷，遠見江色，如鬘鬟之對明鏡，湛然發其妖蒨，則爲之終日徘徊而不忍去。此山惟孤峯可瞰江，得一佳練。若于此以窮其朝朝暮暮之變態，快矣！復尋舊路歸蓮社。

遊侶問予曰："善卷之讓天下也，于佛法何居？"予曰："昔調御之丈夫，莫不塵三輪而芥七寶。後來學之者亦往往高謝世榮，棲神巖壑。良以骨超名利五欲之外，籠不住而呼不回者，始可以擔荷此事。若垂涎薌羶，柔同繞指，惙春蜇，嚇腐鼠，而可以修出世之業，我未之聞也。如善卷輩真可與共學矣。"是夜，遂別山靈歸舟。

遊桃源記

己酉春孟，客鼎州，山雨日來，至是霽。予曰："此天所以賚遊人也。"遂從上石櫃買舟遊桃源。過槐花堤，風颯颯上帆。兩岸時有老梅，繁英晃耀。初欲遊桃源，好事者謂桃花未開，景物不妍。予曰："今梅花正開，以一梅抵十桃，不亦可乎！"時新柳嫣然作嫩緑色，長條漸垂。已忽聞沸水聲如雷，則魚梁也。魚梁若方橋之半，又如棧道，故亦名梁棧。而上危下欹，逐處皆以細杉爲柱，密若魚網。惟前若蝦鬚，縛柳爲之，近狹遠闊，導魚入梁也。一里許凡三魚梁，每一梁則有怒濤疾聲。然其所以得魚狀甚慘，予惡聞之也。

漸望見河洑山，至山下，暮矣，但聞流泉聲汩汩入夢。曉登山，即武山也。自德山遡江而西，兩岸皆平疇沃野，山盡伏，至是始稍稍起。武山不甚高，而峯巒曲抱，不識山顛所在。屢陟始見山閣軒窗，又折而南，乃見山門，前對大江。孟浩然所云「水迴青嶂合」者，即此地也。下山，至山脚石根上少息，石色如赬霞。右一石，如人吐舌；左一石，如郎當舞袖。兩石中間，有泉淙淙下注，石子小洲墳起，即武水之源也。石如舌者，旁爲千萬年水所嚙，横泐而成洞，可蛇行入。其下多餘竅如袖者，緣袖而下，石多爲水所穿，水痕中可坐掬江流，大魚時擲。中郎記此處，但云「霞石映緑潭甚麗」，是時水漲不見石根故也。然此石佳處正在根，非水落石出不見。

十餘里過鄒溪，漸近桃源縣。山欲起而復伏，如馬受御而未即駛，如帆將挂而未即張，如鸞翔鳳翥欲往而尚有待也。夜宿邑之近郭，微雨滴瀝，甚爲山程憂。曉霽，急往學宫石墀上看山。前此自武山來，山之欲起而復伏者，至是兩岸之山始大起。其穎秀玲瓏，竦峭瘦削，若有鋩刃，不可迫視者，即緑蘿山也。舟過山下，見一壁中泐，其半落水，苔蘚蝕剥，骨甚遒勁。酈氏所云「頽巖臨水，浮響若鐘」者，信不虚也。此後山勢，欹側冶媚。又十餘里，江漸狹，山坡間時有人家，竹樹駢羅。至白馬江，雪濤掀舞，震蕩峯巒，湔浣草木，所謂「白馬浪光天」也。

由渡口入花源，行亂山中，幾迷路。久之，見一門，有斜徑可陟，乃花源後户。其上即瞿童瀹鼎池也，梅花五六株，如積雪照耀空谷。時渴極，飲清冷酒數盞，并以酹花。池上室宇甚敞，道士皆閉門不出。殘碑不可讀，遂由宮右小徑以達于宮，萬山圍繞，了無出路。日已斜，急從馳道上行。至一處，夭桃夾道，可半里許。兩山中裂若永巷，内有亭可憩。前有池，流泉鏗然，如玉雪鳴。時山行七八里，倦極，五内皆熱。忽聞泉瀉澄潭，心脾頓開，煩火遂降，乃知泉石之能療病也。共取泉水吸一盂。循水脈行，漸涉漸高，凡八九級。其級去下遠者，則水若瀑布，忽落地，有聲甚怒。石爲水所齧蝕，崚崚深碧，若靈壁英石。又上數百步，左壁有小碑一，爲苔蝕，蓋古洞也。洞門爲亂草封閉，莫能入。守僧云曾以長竿探之，莫知其際。然此洞實見成，不必穿鑿者，但除去莎草，自可漸通人跡。此中無好事者，空令康樂笑人。或云山腹皆空。度此穴即仙都矣，恐有仙靈呵護之，終古不得開也。陟級又百步，兩山愈狹，上有石池，流泉洶湧，下注欲崩。崖亭十笏許，據石小飲，欲再窮泉脈，而磴甚危，不可復升。遂尋舊路下，至前夾道夭桃處。山僧曰：「過半月，則數里紅酣，爍人目睛矣。」予恨不能待也。出山口，時有紅梅。至水溪已暮，入舟中，與遊侶夜飲投瓊，正得一二五四，真所謂「一二士入桃源」也。相與大笑。

曉辭花源，出水溪口，山皆伏，是爲鈔蘿村。左右遠山疊疊，皆在數十里外。與遊侶弈，一枰未終，而舟人呼曰：「看山！」訊之則仙蜕石也。蓋至仙蜕石，而兩岸之山又起矣。石數千百丈，側立水中，皆霞紋，雜以緑蘚，若劈若裂，鍾鼎几案，龍鳳象馬之形，種種具備。磊磊入潭，亭亭直上；顛或外窺，根復内却。仰而睇之，既已爪削，不受一塵。捷猿莫攀，飛鳥靡託。理絶穿鑿，而方洞壘壘。内有黄腸，俗云仙蜕。仙與非仙，不可知，要之必鬼工也。里許至漁仙寺，閣覆洞外，可眺遠山。旁又有洞二，云伏波避暑室。過洞，三峯錯峙，石理斑爛。旋螺而上，間有隙地可室。别漁仙，山漸伏。登舟，天風大作，珠雨隨之。飛帆破浪，頃刻十餘里。俄雲霧中，見有一峯，亭亭若鬟髻者，訊之則穿石也。蓋至穿石，而兩岸之山又起矣。一壁峙水上，作精鏐色，中穿如大圓鏡，望前山疊疊，若有視瞻性情，甚可愛玩。登舟回視之，宛似香象截流而渡。亂石出水中，大類突星灘。日已暮，雨漸注，遂維舟亂石中。至曉，雨不止。予起披衣坐，淋淋滴篷窻有聲。一舟人皆熟寐，甚清寂。

晨後稍霽，乃留舟穿石，覓一小舠，攜健夫數人以往。去穿石十餘里，漸近鏡内所見諸山，夾道林立。浣濯之餘，妖倩百出。入雲巖，壁皆千峯萬峯攢簇而成，咫尺皆有波瀾，曲折瀠洄，翻成動物。蓋山遠易於取態，至近而態不失者絶少。惟此一帶山，愈近愈活。至清湘，溪水頻爲山所約，欲窮去路。山至此如障如城，如千葉青蓮，如畫中所稱「陁子之頭，道子之脚」，無不具備，實爲佳山水之聚。恨夙生福薄，不得于此溪畔作漁郎也。近仙掌巖，山又稍稍伏，凍雨大作，微霰四集。濃寒中人，呼酒敵之。甫十餘行，俄見有若博山爐孤峙水上者，訊之則水心巖也。蓋至水心巖，而兩岸之山又起矣。巖四周直上如削，不挂纖塵。骨理沉蒼，砂翠爛然。遶壁澄潭，若有蛟潛龍蟄，可怖。日已暮，舟小不堪住。近巖有溪曰魚網，亦曰怡望，溪畔有人家可宿。移舟以往，黑夜隱隱見兩岸石突兀如虎豹，尤可畏。至則葦門草舍土窟，燔枯而坐，共取酒劇譚，醉眩卧案上。覺則天已黎明。聞青衣大叫曰：「雪深三寸矣！」急起視之，遠近諸山，皆在雪中。登舟，繞巖數匝，巖色照人。石級爲雪封，不得上，然大約匝而觀之，已窮其勝，不必登也。往中郎與予言花源道上之勝，戲謂：「此生得住魚網溪上，每日棹小舟繞巖十匝，吾願畢矣。」誠哉，是言也！魚網溪穿山中，如九曲珠，較之清湘溪更僻，真可居也。自水心巖以上，山復伏，望遠山一帶，高寒峭倩。兩岸之山復大起，然灘水愈難上，薪米漸不支，遂唱返棹。時日色漸霽，照耀諸山，如爛銀海中飛波騰浪；又如羊脂玉，以巧手雕刻硯山筆牀。反至穿石，復登故舟。舟疾如飛，夜宿桃源縣。

大約水上看山，惟三峽與花源耳。三峽雄奇，花源秀邃。三峽，馬史也；花源，班漢也。三峽，子美詩也；花源，摩詰詩也。第瞿唐、灩澦之勝，常以險奪；而此地一舟汎汎，無風濤之怖。若以一小樓船載書畫，攜酒核，邀二三勝友，終日盤桓其中。友山客而侶漁仙，快可知矣。歸即於澧浦治看山舟，歲歲來作花源遊客，山靈實聞予言！是行也，以春孟廿二日丙午發舟，至廿六日辛亥返棹。遊侶爲龍君超、王吉人、郝公琰也。

東遊記一

予以萬曆戊申春，自都門歸，居家一年餘矣。篔簹谷中，修竹日茂，淨緑數十畝，泠泠照人。中又增臺榭數處，真可閉門讀書，優遊卒歲。而其勢有不能久居者，家累逼迫，外緣倥偬，俗客溷擾，了無閒時，以此欲離家遠遊。一者吴越山水，可以滌浣俗腸。二者良朋勝友，上之以學問相印證，次之以晤言消永日，人生有幾，當趁色力健時了之；一旦老病漸侵，即效宗少文卧遊故事，亦已寂寞矣。遊志既決，復細籌遊程所宜。蓋向者鬻舟而行，往往入境會心，可以久淹者，多爲長年輩促之解維，不得自由。不若自製一舟，載琴書樽杓，邀良朋數人，泛泛水上。緩急險夷，惟己所便，亦大快事也。

昔張思光無宅可居，權牽小舟往來，太貧吾不能爲。陶峴置三舟，一載賓客，一載糗糧，一載妓樂，與孟雲卿輩優遊湖、泖、江、漢之間，當時號水仙，太奢吾亦不能爲。惟張志和汎家浮宅，嬉遊霅苕，自稱煙波釣徒；趙子固常以一舟泊沙渚間，看夕陽晚霞爲樂。吾慕而欲效之，乃自往沙頭，鳩工治舟；度兩月，可遂吾事。而會有以小樓船鬻者，急秤直易之。木理甚堅，且有軒窻，可恣覽眺。乃命工稍加葺理。不數日，舟中所宜有者皆備。泛而樂之，而自名之曰泛凫，用楚詞「泛泛若水中之凫，與波上下，偷以全吾軀」語也。

泛泛隨波，屈生非不知其樂，但宗國受難忍之辱，旁觀抑鬱，自不容苟延。予幸生太平之世，少未立朝，不與人家國事，偷以全軀，正其事也。或曰：「太平之世，全軀何用於偷？」予曰：全軀誠不待偷，而軀之閒，則待偷也。試觀人世逐日奔波，大者鵬營甚曠，小者蝗旋不息。鈎鎖連環，老而益甚，直至瞑而戢之一木，則已矣。然則生斯世也，何人肯容人閒，何人肯自閒，又何時可閒？自非一種慧人，巧取密伺，如偷兒之竊物，閒恐未必得也。故予非偷以全軀也，偷閒也。抑又思之，予既不能處忙若閒，又不肯捨閒就忙。苟心本愛閒，而境常值忙，心境相違，必交戰而不自得。神情窘迫，而飲冰發狂之病隨之；則謂偷閒，即所以全軀也亦可。

遊舟既成，乃移之公安江滸，運舟中裝。遂以三月之十八日己亥，從公安發舟。

記二

彩石洲去公安十里，州上石出異彩，往往隱現不常。近日始緜亘里許，燦爛水涯，大約如坡公所稱怪石。或如瑪瑙，或如玉，或如瑟瑟，或光亮如琉璃，或紅黄透明如霞彩，或青緑隱見如山水雲氣，或如指螺紋，或如玳瑁，如刷絲。宋杜綰云：「松滋溪水出五色石子，正與真州瑪瑙石不異。」公安去松滋不遠，今此洲上石，似較勝之。往與伯修、中郎遊洲上，伯修拾得數枚，一類雀卵，中分玄黄二色。一類圭，正青色，紅紋數道，如秋天晚霞。又一枚，黑地有金彩，有山水人物。伯修初甚寶惜，後意闌，以賚予。南北旅遊，齋頭清供散佚，今遂不知所在。時水漲，微見其脊，憑舟軒騁望，一瞚已失之矣。

記三

鶴穴，即九穴之一也。昔江漢于此處交會，久已塞。近議開，開之誠便，第往時洩江流以平其怒者，口有十三，穴有九。今盡夷，而以一穴受之，夏秋江水暴漲，所損必多。況數百年來，所損以予江者，盡成膏腴。今一開，必且付之洪濤，怨咨叢起，終成道旁之築，無能爲也。宋書：桓玄在荆州，與刺史殷仲堪行至鶴穴。一老翁驅青牛，形色瓌異，桓即以所乘牛易取。至靈溪，駿駃非常。因息飲牛，牛徑入江水不出。然則今荆州之郝穴，乃鶴穴也，作郝穴誤。

記 四

墨山，其色如墨，又如一靈壁石，横峙江上，可數百里，江水隨之曲折。故行兩日餘，山間出舟左右。蒼壁中，時有雲母，日射之，煜煜鑠人目睛。追憶萬曆癸巳，伯修、中郎與予，同至西陵訪友過此。予行間著東遊記，極言此山之奇。蓋予時年少，未見諸名勝也。後甲午、丁酉，兩度應省試，皆由漢，不由江，重見此山，已隔十七年矣。光陰如駛，追思聚首之樂，何可得也。楚詞「馳余車於玄石」，似即此山。然志載玄石又在墨山之北，則玄石與墨山非一山也。華容東山亘百餘里，接石門山，石門又與墨山相接。昔張岳陽謂「二山相連，中有禪堂道觀，天下絶景」，其詩所謂「雲與峯萬變」者，即此地也。何時裹糧深入，一一窮其奥乎！墨山窮處，有一峯，多磊磊之石，畫家所云礬石是也。其極高處，有一石如彈丸，寘于山顛若累棋，可怖。按水經：「江水經石首竹畦之後，即至下雋。」而縈繞墨山左右，皆不書，豈亦有遺漏耶？下雋，即岳陽也。

記五

巴陵西江口，沅湘等九水於此會江。春夏間，江流甚雄，九水却避，故匯而成壑，是謂洞庭湖。湖畔見君山，如長眉一抹，隱見雪浪中。山海經云：「洞庭之山，帝之二女居焉，出入多飄風暴雨，每每遊者多以風惡返棹。故人呼爲有緣山。」所云二女者，乃天帝之二女，非堯二女也，譌訛久矣。秦皇赭山，世多傳之，而酈氏云「漢武于此射蛟」，不知何據。至如王子年金堂玉女之説，亦甚荒唐。獨謂屈原以忠見斥，乃赴清泠之淵，神遊天河，精靈時降湘浦，楚人謂之水仙，立祠此山，漢末猶存。則予深感其言。夫當時銷金鑠骨之夫，化爲輕塵，爲泠風，甚且爲攝山之怪蟒；而屈子侘傺一時，没而賓於帝所，嬉游湘浦，作羽化仙，則忠臣之利亦大矣。今山上以祠柳秀才，殊無謂。予謂當追兩漢事，祠屈子，而題曰水仙。歲取謦中之田，爲之蒸嘗，用宋玉、景差等配享，以獎忠魂，而奉千古詞人之祖，亦楚中一大典也。當事者何不以聞之？且屈子傲骨冶才，遠性逸情，具見騷中，當必饒煙雲山水之趣者；非此千頃雪濤，及九疑諸山秀色，不堪爲之供養。不然，神不歆也。王子年之言，足爲忠魂吐氣，政不當幻視之矣。此山有石穴，潛通吳包山，郭景純所云「巴陵地道」者也。客聞此，詫以爲奇。予曰：「如人身中關竅，皆可相通，何遠之有？自蟣虱視之，則以爲遠耳。」客有省。

記六

巴陵峙江湖之間，於雪濤中舌偃而出，亦楚中秀媚國也。其磯以城陵山得名，下此爲彭城磯，玉潤水入江處。又東爲白螺山，即水經所謂「江水又東逕白螺山南」者也。白螺，一魁父丘耳，載於經。而墨山蜿蜒天際，江水瀠之，經與注皆略而不書，何也？豈古之水道，微有不同耶？水經注「又東得鴨欄口」，昔吳建昌侯孫慮作鬥鴨欄於此，陸遜諫止之，今仍存磯名。風帆甚駛，一瞬已過。烏林、赤壁，隱隱見亂石鱗次，魏武之敗，正是此地。所謂走華容道者，即今監利也，以是時監利、石首、公安，皆名華容矣。赤壁下爲陸磯口，磯以陸水得名。又東爲魚嶽山，有水從中出江，乃景水也。山原在大江中，楊子洲南，今去水已遠，在平地矣。獨江上之山，自君山以後，城陵、鹿角，奔騰天際。及過臨湘，千峯疊疊，意即所云魚梁、象骨、大雲、響山諸名勝乎？帆腹飽甚，皆不及覽矚而去，惜哉！

至嘉魚，望城上有山，山上喬松十餘株，亭亭如偃蓋。癸巳夏，伯修、中郎與予同過此，便訪李給諫太清。給諫往以上封事，廷杖數十幾死，罷官家居。相與同登此山，飲於大松下。屈指十三四年，而伯修與太清俱逝矣。使俱在者，太清不滿六十，而伯修不滿五十耳。人命脆薄如此，可歎！

記七

黄鶴樓舊者已燬，今新創者，其壯麗稍不如舊，然樓外風濤萬狀，捲雪激石猶故也。考水牒大略近鸚鵡洲，尾爲船官浦，一名黄軍浦，吴將黄蓋屯軍處，往來商舟之會。今金沙洲正是黄軍浦，東即黄鵠山，其下爲黄鵠岸，岸下舊名鵠灣，正今黄鵠磯也。或曰山磯皆爲黄鵠，而樓何獨以黄鶴名？予曰：「鵠與鶴，一也。鵠即鶴音之轉。」漢昭時，黄鵠下建章宫太液池，而歌乃名黄鶴。今京口有黄鶴山。而宋史戴若思傳内則云京口之黄鵠山。可知鶴鵠二字，古人通用。獨酈道元注江水，謂：「鄂之船官浦，東即黄鵠山，林澗甚美，譙郡戴仲若野服居之。」則甚謬。按戴顒，世居會稽剡縣，後以病，就醫吴下。時宋衡陽王義季鎮京口，長史張邵與顒姻好，迎來止黄鵠山。山北有竹林精舍，林澗甚美，顒憩于此。今京口鶴林寺古竹院，即其遺蹟，與江夏之黄鵠山，了不相涉。道元因黄鵠二字偶同，遂妄引其事。甚矣，著作之難也！

此處舊有南樓，宋朝最盛，所謂「鄂州南樓天下無」也。下瞰南湖，芰荷彌望。中爲橋，曰廣平，翼以水閣，觀山谷「十里芰荷」之句，則秀媚可知。爾時黄鶴樓僅存遺址，近日黄鶴樓稱盛，而覓南樓之蹟，不可得矣。惟城中有湖，猶種蓮花，四圍穢濁，寧堪遊覽。一盛一衰，各自有時也。下樓出城，過黄鵠磯，入水月亭，四面用垣牆封之，豈惡見波光浩淼耶？

記 八

黄州，即古邾也，楚宣王滅邾居此，後爲黄歇封邑。子瞻曰：「黄州去州十五里，有女王城，圖經以爲春申舊城，非也。春申封于吳，今無錫惠山有春申廟遺蹟，可據。」乃昔人又云：楚都申郢，故黄歇封于春申，如齊之孟嘗，魏之信陵，趙之平原，各在其地。黄爲春申，故城皆始封也。謂之春者，蘄春、壽春是也；謂之申者，申光之間是也。其必兼二城封焉，如田之食嘗薛耳。後楚并吳，秦侵申郢，楚遷壽春，歇始請吳之故封以居。然行相事，未嘗去國。立廟者，後人追作之也。其語更核矣。夫楚子之在丹陽，山川重襲，如龍在淵，如虎在穴，遷於郢中，漸已無險可據。彼徒垂涎於門外之吴越，而虎狼之秦，已操戈而入其後扉。蓋至于君由郢遷壽春，相由黄遷吴門，無用之土地逾廣，上流之險阻逾失。所謂楚境横天下者，適以速之亡耳，哀哉！丹陽今枝江，一云秭歸。

記　九

赤壁原在嘉魚，此名赤鼻，所云斗入江中，石室如舟者也。内有子瞻祠，臨水有石亭。蜀雪未漲，去江稍遠，舊傳有徐公洞。圖經云是徐邈，定非魏徐邈也。山巘深處，稍有洞痕，祠内藏諸石刻，臨摹展轉失真。向見乳母碑，是近年出土者，的是公手筆，惜不在。祠下有龜石，即白龜渚，以爲毛寶事，非也。寶守邾，爲石虎將張格度所陷，死城中。以放龜獲祐者，寶部下無名士也。讀子瞻賦，覺此地深林邃石，幽蒨不可測度。韓子蒼、陸放翁，去公未遠，至此已云是一茆阜，了無可觀。危巢棲鶻，皆爲夢語。故知一經文人舌頰，老秃鶬皆作繡鴛鴦矣。大約宋時城稍下，與武昌對岸，赤壁不依城，間有竹樹，猶存野意。今城跨赤壁，其半在城内爲闤闠，較往時更爲喧囂。命人取龍泉水烹茶，甚佳。

記十

東坡舊在州東門外，稍平曠處，忽起一壟，內有雪堂，有居士及四望三亭。南有小橋，取「莫忘小橋流水」句也。東有暗井，取「走報暗井出」句也。丘壑趣深，故極意點綴，以成棲隱之樂。如所云「流水暗泉」，特依稀有之耳。坡西舊有竹林，號南坡，宋時屬古氏物。夫東坡尚不可尋，況南坡乎？追思子瞻遷謫于此，年近五旬，已思爲終老之計。故孜孜求田，曾欲鬻定襄田矣，欲鬻荆南頭湖田矣，而皆不遂也。不特此處也，一生如鵲，繞樹三匝無依。曾欲鬻匡山田矣，欲鬻金陵田矣，欲鬻伊川田矣，欲鬻泗上田矣，欲鬻白沙田矣，欲鬻浮玉田矣，而皆不遂也。嘗自云：「吾無所求於世矣，惟須二頃田，以充饘粥耳。而所至訪問，終不可得。豈吾道方艱難，雖一飽不可輕得也耶？」甚矣，其困躓也！惟陽羨田，自嘉祐二年唱第錫宴，與蔣魏公接席，遂約卜居。後倅錢塘，委親戚單生成之。海上歸來，遂以爲終老之所，後亦竟未享也。受世網羅，東移西徙，欲優遊無事，遂北窗東皋之樂也，豈可得哉！

予謂世間自有一種名流，欲隱不能隱者。非獨謂有挾欲伸，不肯高舉也。大都其骨剛，而其情多膩。骨剛則恒欲逃世，而情膩則又不能無求于世。膩情爲剛骨所持，故恒與世相左，其宦必不達。而剛骨又爲膩情所牽，故復與世相逐，其隱必不成。於是口常言隱，而身常處宦。欲去不能，欲出不遂，以至徘徊不決，而嬰金木，蹈網羅者有之矣。夫惟骨剛而情不膩者，乃能耐寂寞，而可以隱。耳能耐寂寞，而不須絲竹；目能耐寂寞，而不須粉黛；口能耐寂寞，而不須肥甘；身能耐寂寞，而不須安逸；門户能耐寂寞，而不須光榮；名姓能耐寂寞，而不須稱揚。可以躬耕，可以力鋤，可以牧犢，可以傭舂，可以爲監門卒，可以爲淘河夫，可以一布障前後，可以寒夜無被，可以沿門作乞兒，可以任兒子之蓬頭歷齒，而了無愧怍。可以死無植骨之所，而任烏鳶螻蟻食。猛拚此苦，而後能伸其志節，作世外人。龍戢其鱗，鳳濳其羽，九天九淵，安往不適。豈與櫪中之馬，臂上之鷹，較苦樂哉！昔淵明骨剛而其情不膩，故能保其隱。樂天骨剛情膩，而持之于口，故能免禍。子瞻骨甚剛，情少膩，而舌端筆端，其鋒正不可當，宜其有嶺海之行也。雖然，其爲剛骨等也。骨若不剛，則不得爲名士矣。吾輩當保其剛骨，制其膩情，而更力持于舌端筆端，庶汎汎長作水上之凫，而閒可偷，軀可全也。睹東坡舊蹟，不覺喃喃若此。東坡有知，聞之或比于説鬼之妄言歟！

記十一

欲過武昌，訪寒溪九曲之勝，以雨不果。惟向江上望西山，煙嵐隱隱。黄州得武昌而妍，子瞻之謫，賴有此也。此地原名東鄂，孫權以魏黄初元年，自公安徙此，改曰武昌，治袁山，東即樊山也。至黄龍元年，權遷建業，始命將屯守。晉惠帝永寧中，于此置江州，太尉庾亮所鎮也。則庾樓正在此地，不在潯陽；若荆州之庾樓，乃屬庾信。子美所云「庾信羅含俱有宅」者，非庾亮也。

過道士洑，見怪石一壁，蒼藤緑莎糾結，倩媚韶秀。近洑爲西塞山，山突出江，懸巖如削，激湍傳籟，即「桃花流水鱖魚肥」處也。其右爲回山，有洞三：上洞出雲，中洞出水，下洞出風。元結所云「異泉」者在焉。自此一路，兩山夾岸，峯巒瘦削，依稀與桃花源上諸山相似，但層疊處不及耳。蘇子瞻曰：「蘄州溪山乃爾秀邃耳！」非虚語也。楚中看山，自三峽後，便及此處矣。風順不暇泊蘄州，過富池。富水發青溢山，注於江，上多市笛竹簞者。竹本笛材，以作簞，亦名薤葉。

記十二

過龍平，望見廬山，半入雲裏，頗有往遊之興。因取中郎記讀之，不覺神飛。至江干，急覓筍輿往遊。而遊侶皆云：「夏火按節，山行暑甚，不若急走吴越，覓一淨藍消夏。此地往來必經，無難再至，徐之可也。」予善其言，遂暫住江上，遠餐其色。緑擁藍堆，馬逝帆張，亦自快人。或問山何以「廬」名。予曰：「此亦千古未析之疑也。」據豫章舊志，則廬裕本姓匡，其父佐漢定天下而亡，漢封裕於鄱陽，曰廬君。兄弟七人，皆好道，修真此山，故山以「廬」名，從其姓也。據遠法師志，又謂殷周之際，有匡裕先生者，棲止此山，時人呼爲神仙之廬，因以名山，從其居也。據周景式則曰周武王時人，屢逃徵聘，廬於此山；後來羽化，惟空廬存，故人以名山，亦從其居也。予觀山海經海内東經曰：「廬江出三天子都，入江，彭澤西。」此書創自大禹，遠矣，山以所姓所居得名，江復何説？山水相依，故有此稱，酈氏之説當矣。若其山上之康王谷，乃周康王，非楚康王也。周自成王以後，天子好遊，多在江南。竹書紀年，其跡可考，以康王遊匡廬，故其地有釗城，康王名也。昭王效之，而有膠舟之禍。穆王效之，而車轍馬跡遍於天下。今作楚康，大誤。又今新安黄山，有水出彭蠡，名曰廬源，與經合。則廬江、廬山之名已久，三代而上，非秦漢間名也。

記十三

琵琶亭，即白司馬淚濕青衫處也。名人託跡之地，江山千載猶香，何乃寂寂至此！近日學詩者，纔把筆，即絶口不言長慶。如琵琶行，使李杜爲之，未必能過。大都元白之警策處，亦自有李杜；李杜之流暢處，亦自有元白，未可輕議也。或曰樂天學道者，然讀其詩，於得失之際，何介介也？予曰：夫未免有情。榮謝辱來，其始何得無動。蓋至徘徊東西林，躡飛雲履，仰看山，俯聽泉，築草堂，鑿蓮池，則遷謫之感，頓爲冰雪矣，寧同長戚戚者？予觀樂天，從此地漸躋華膴，年纔五十餘耳，即退求散地，爲尹輒去，拜刺史不出。方太和、開成、會昌間，士大夫對壘交爭，磨戛不休，罹其事者，多爲嶺海萬里之行；而樂天優游履道里宅中，卧天竺石，玩華亭鶴，種折腰菱，聽霓裳曲者數十年，此其先幾之哲，亦何可及。姻虞卿而不累其事，暱元牛而不附其黨；重于裴公，而不受其恩；妬於李文饒，而不重其怨。入羣不亂，涉水不濡，幾於有道者。而猶以得失介介議之，過矣。子瞻有云：「處患難不戚戚者，此特愚人無心肝耳，于道何曾夢見？」此等處，非慧業文人不解也。

記十四

泊湖口，遠望石鐘、幞頭諸山，所謂真山作假山者，恨不得遊也。石鐘二：一曰上鐘，一曰下鐘。叩之鏗然生韻，自成宫商，迥異常石，故以鐘名。而子瞻直謂水石相搏之聲，此眕臆語耳。及後自海南歸，爲人跋其所作石鐘記云：「錢塘自靈隱至上、下天竺，谿行兩山間，巨石磊磊如牛羊，其聲空礱然，真若鐘聲。乃知莊生天籟，無所不在。」則亦自知其語之誤矣。雖然，誤赤壁而得一賦，誤石鐘而得一記，淋漓一時，芳潤千古，其誤何可及也！

以過瑠關，尼一日，看諸山出雲幻甚。日暮，步柳林，入古廟，一叟煮茗共坐，説年來事，如天寶父老也。

記十五

湖口山勢生動，望彭蠡積雪連天，直與赤沙、青草相伯仲。曰宫亭神甚靈，能分風擘流。往時丘文莊夫人入都過此，夜半夢一神人語之曰：「我戚編修闌也。明日湖中大風，隻艫無存。我與汝夫君爲同官，誼相關切，特來救汝，可移登岸。」醒即捨舟移棲古寺中。俄頃風大作，揚石飛沙者一日餘，湖中舟皆覆溺，而夫人得免。文莊知之，上聞于朝，遣使諭祭，而自爲文以告。大略謂世人相與，稍涉利害，即掉臂不顧，甚且不難下石；而太史于冥冥之際，不忘故人，拯其妻子，情深誼重，可媿澆俗。有味哉，其言之也！戚字文湍，死爲水神于此。今其文具在集中，文莊大儒，舌理七重，不作幻語，著無鬼論者觀之。

記十六

辰巳解纜，而北風正勁。予曰：「此處無風波，未常不可住也。」飯後，同步柳林，見山色秀甚，自潯陽至此，未嘗斷也。初見其層峯疊嶂，誤以爲九子，訊之土人，非也。土人亦不盡悉其名，但依稀云某歷山，某花山，不可得而詳也。然其玲瓏秀冶，亦可父匡廬而兄九子也。

歸舟自念，此中無一事心上，泊然無營。即此無營時，百不思想，便是吾輩大休歇處。于此不知受享，是當面蹉過也。有事勞心勞形，既不快矣；及無勞心勞形之事，而復紛紛馳求，攀東緣西，豈非世間苦人？然攀緣境界已熟，一時走虛閒路上，亦殊不易。

石尤少定，且行，雷雨復至。泊舟東流北門小港中，見石磯上有亭軒。訊人，則陶公菊江亭也。趨視之，垂柳出石罅中，婀婀可愛。

記十七

兀坐舟中，偶讀唐詩，意欲取三唐諸家所作，凡山心水興，登眺遊覽，語帶煙霞，同于畫工者，都爲一集。不雜之一切應酬詩中，庶閒時一披玩之，耳目皆清，腸胃悉浣。至金陵，當即令善書者寫出。凡予讀書，非選書則一字不入。蓋泛泛讀書，覺無頭緒。然選書非静僻不能，以選書全用精神深入故也。予往在署中，鎮日選書抄書，故有助道品、傳心編等書，明窗浄几之下，字字丹鉛。十二時中，容易消遣，心機頗細，每有著作，一麾而成。及入燕還楚，便入喧鬧之場。篔簹谷中，非不清寂，然晨起梳櫛後，纔看數語，非有不料之人來，即有不意之事至。酒人狎友，近鄰遠客，嬲之不置，絶之不能。以故選書抄書之事遂廢。近日入舟中，應酬遂絶，連日清寂殊甚，選詩以當卧游，以此銷日，最快。

記十八

東流發舟，過黄石磯。磯最高處有小蘭若，垂柳隱隱。至安慶，古龍舒地也。城外有浮屠，頗壯麗。近李陽驛有小渠者二，石峙其中。小舟左右出入，垂楊覆渠，人家對住，真棲隱處也。驟雨復至，住太子廟前，白水青林，亦足娱人。且謂遊侶曰：「我拚此生住舟中，舟中即是家。他不可得，清閒二字，必可得也。」遠遊訪友，俱非大不得已事，可止則止，不强爲之。我自去年十月登舟，即欲追步張玄真、趙子固、陶峴水仙諸公，永無塵沙之興矣。今日雨滴江中，晶晶如撒珠，有鮮魚可市，且共醉陶一觴也。

雨霽穿烏紗夾，望九華山色，皆爲霧蝕不見。昔劉夢得常愛終南、太華，以爲此外無奇；女几、荆山，以爲此外無秀。及見九華，始悔前言之失也。予屢過此，愛玩之，不得一至。今日風雨如此，應難躡屐，直爲慳緣。或曰山遠視，真爲尤物，近則塊然，理或然也。自繁昌至磯口可四十里，爲夾江。碧柳緑蒲，時有人家，可泛。日晡過魯明江，即今所稱魯港也，以魯仲明居此，故至今稱魯港矣。

記十九

梁山兩山，據岸若雙眉。東曰博望，西曰梁山，亦名峨眉，太白所謂「天門中斷」者也。至采石，艤舟其下，亂石磊砢，拜太白先生於祠。老檜陰蔽堂前，皆千百年物。傍水有峨眉亭，望青山如鏡内約眉，妖蒨澹冶。所稱尤物者，寧獨九子？世俗多言李白于此醉泛舟，見月影，俯而拾之，遂溺死，故此地有捉月臺。昔李陽冰作太白草堂集序云：「陽冰試絃歌當塗，公疾革，函草藁枕上授簡，俾爲序。」又李華作太白墓誌，亦云：「賦臨終歌而卒。」乃知俗言不足信也。大約白生于蜀，婚于楚，久居於齊魯徂徠山，蹇於長安，浪遊於燕、晉、岐、邠之郊，轉徙金陵秋浦，卧於匡廬，囚於潯陽，流於夜郎。得釋，徘徊江上，卒于當塗，此其更涉之大概也。以爲匡廬人，及山東人、秦人者，皆非。其實蜀人也，生于彰明之青蓮鄉。大匡山有讀書臺、隴西院，即其故居。去蜀後，有妹名月圓，前嫁巴子，留不去，死葬鄉内，墓去今隴西院百步。唐梓州刺史碑及緜州刺史高柷記，去白未遠，實有可據。

夫生前則人人欲殺，死後則處處相争，可發一笑也。此地一名牛渚，即温嶠燃犀處，與和州對岸。隋韓擒虎平陳，宋曹彬下南唐，及本朝取建業，皆從此渡，以江面較狹也。然微風起，輒生巨浪。劉賓客「蘆葦晚風起，秋江鱗甲生」，謂此磯也。下臨澄潭，石骨空中多竇，漁翁竇之，以小舟繫其旁，往來清絶。

記二十

金陵從上清河過江東門，繞城而往，兩岸時有人家，朱欄翠袖嫣然。楊柳茂鬱，間以蘆葦。過長橋二，泊於南門，望見大報恩寺塔，金碧陸離，直插天外。獨步往至長干里寺内，杉柏陰森，碧瓦朱垣鱗接，正殿俱燼之火。緬想遺制，真規祈年未央，後來物力已衰，不能復也，所存者浮圖耳。此浮圖爲諸塔之祖，乃孫權赤烏初，康僧會入中國，以精誠感舍利，遂建此塔，原名長干寺塔；至國朝，改爲報恩。後塔頂欹斜，萬曆庚子、辛丑間，僧雪浪正之，費頗不貲，今巋然儼立尊嚴矣。

登塔可三級許，盡金陵之勝。城内黄屋鱗次，鍾陵、牛首、栖霞可數，以踵疲遂下。過瀔上亭，其前即舊放生池也，没於中貴，今祠部復之。刹雖以回禄廢，然其旁楹及庫房尚存。他境視之，俱可作殿堂者。昔宣律師静坐，有天人至曰：「弟子姓王名璠，大吴之蘭臺臣也。」會師初至江南，世主未能深信。後感希有之瑞，立此塔廟。闞澤、張昱，亦是天人，入其身中，令其答對諧允。今業在天，弘護佛法。按此，則闞張實是此中金湯，安可無一瓣香也。俟與好事商之。

記二十一

步入城南門，街俱以青石砌，如鏡光瑩，傳聞以六朝豐碑爲之，予謂此或曩代事耳。昔魏文取兩漢碑爲九華殿基，識者已知當塗之德不長。宋天聖中，詔營浮圖，姜遵在永興，毁漢唐碑之堅好者，以代甎甓。當時一縣尉，投書具言不可，至于叩頭流血。遵後雖遷一官，大爲朝士所笑。況在聖朝，寧有兹事，不足信也。

登舟，穿文德橋，兩岸畫閣朱樓，流丹騰緑，姹草植於楹檻，文石羅于几席。翠袖凌波，雲鬟照水；青雀之舫，霞騰鳥逝。凡過橋三四，至珍珠橋登岸，步上雞鳴山，即雷次宗舊講肆也。山門依巖，朱垣夾道，松柏陰鬱。少憩憑虚閣，望鍾陵山色及玄武湖，水光晶耀，樹如螺黛。青溪故道，隱隱可尋，發源鍾山，匯爲玄武湖，由潮溝流入城中，直接秦淮。凡七曲，北門橋及竹橋、大中橋等七橋，其遺蹟也。至宋時已淤塞，止存一曲矣。復登舟尋故道，盪舟者愈多。至秦淮曲折處，疑即舊所云汝南灣者。昔陸慧曉家於灣前，張融牽舟卜隣。劉瓛兄弟，并居其間。水有異味，共酌飲之，視吾輩煮茗相對，已豪奢矣。

日未下舂，捨舟而步，出城外縱觀蘭若。天界寺門内古柏老檜，沉寒逼人，殿閣擬于皇居。其餘青豆之舍，三十六所，文楠爲柱，白石爲牆，明窗潔案，浄不容唾。竹色騰緑，佳果駢列。僧雛文弱，多解點茶焚香，讀肇論，臨黄庭，閒曉音律，碧雲紅樓之藻，時亦有之，不及遍至。偶至一菴，中有玉蘭二株，可五六圍。有定窑大士一軀，乃嘉靖初年寺中鋤地所得，細腰梵像，清慈不俗。碧峯寺石頭菴，正與天界對，中有一園，皆修竹，潤汩汩穿竹中。過橋，依潤行可百步，始入法堂。時新篁作嫩緑色，照曜几案。主僧舊知也，爲予收拾一室，以待閒來清坐。蓋予家園亦有竹萬部，夏來如沁雪，無阮宣之隱操，故捨之而出。至此觸目琳瑯，乃不啻故園。則予于此君，亦大有緣矣。今江南竹多葤，瓦棺諸處，皆蕭然無一竿存者。此地獨蒼翠如故，亦殊異。

記二十二

自買一小舟，由城壕入。舟中望鍾山，翠色撲人衣袂，蓋雨後發其葱蒨故爾。時屬競渡之節，五色龍舟飛渡水滸，弄舟者多美少年。舟裝一色，分部角勝，簫鼓若沸，歌笑聲動天地。自桃葉渡口上下可五六里許，士女相邀觀渡。水閣櫛比，中如珂雪，外織雕欄。繡簾半鈎，珠翠隱隱。或載酒畫舫，流漣清波。其舟皆四列軒窗，上起重樓，麗甚，水文作丹砂瀾。夜静，方聞清歌，玉碎珠串。

予值初度，是夜有治客于曲中治具爲祝，不能却其意，一往寓目焉。過新鶯之閣，步霞城之社，皆解以芙蓉養紙，柳絮裁詩。真徐陵所云「琉璃硯匣，鎮日隨身；翡翠筆牀，無時離手」者也。嗟乎！予少年時，煙霞粉黛，互戰而不相降。遡煙霞，則入煙霞；近粉黛，亦趨粉黛。中年以後，煙霞趣重，粉黛習輕。一歲中，半住静藍，常偕清泠，以消煩鬱，近來頗覺都無事矣。而偶對此境，如雷開蟄户，春萌草色，若不能自止者，豈無生力微，不能消除耶？抑外境太强，能令飲光起舞，一角失通耶？豈予所云剛骨膩情者，亦名人之常態耶？第以舍塵入道，期此生盡遮染習，鏤之肌骨，比于書紳誓墓；而脱口未終，旋已背之。無問人笑鸚鵡之舌，而捫心自反，寧不内媿？古人解理之後，期盡今時，必如蓮花出水，不着一滴，乃爲諦當。至于安那般那之禪，白骨流光之觀，亦非多事。正以攀猿渴鹿，釋此不除，若舍道人本色行徑。而乃云依憑名教，酷非所屑，欲世人知之濠上所未解也。歸舟無事，書以志戒。

記二十三

天微雨，長干道如拭。乃與游侶步至高座寺、雨花臺覓石子。至梅子岡，尋安石墓，不得。或云晉時葬于此，後移之宜興九鵶口矣。客有話安石作土山擬東山事者。予曰：「安石，煙霞骨也。當其棲隱東山，與王右軍、支遁遊處，辭吏部郎，作書絶范尚書，爲叔夜之後一人。朝廷嚴以禁錮，已得遂其隱情，自謂當于兹焉老矣。及出秉機軸，從容而杜移鼎之奸，宴衎而清斷流之寇。功愈高，而陵霞之韻愈切。至於築土以像故隱，營墅列館，栽花種竹，蓋未常一日忘東山也。昔孫仲益記湖山，謂王公貴人，思振纓上之塵於泉石而不得，則畫寒林雪竹、黄蘆睡鴨於團扇曲屏，以供耳目之玩。土山之擬，幾於效愚公故事，益又甚矣。其後避道子、國寶之讒，出鎮廣陵，築新城，造泛海之裝，欲經略粗定，取道還東，蓋亦未常一日忘東山也。孰知白雞兆夢，金鼓罷鳴，而東山之卧，竟齎志没矣。」

嗟乎！居不賞之地，挾震主之威，而狐兒鼠子，從中嬲之不置。若非望重氣平，心跡明白，則上蔡之犬，華亭之鶴，其事且不可知。欲求如陶元亮之優游晚節，乘謔而去也，安可得哉！信乎出易處難，而隱福之未易享也。予謂安石别有絶人之量，故不顯其剛骨；而情之膩，則與白、蘇諸公等。乃其用世之妙，決非白、蘇諸公所能及。蓋古今事業，有從才出者，有從氣出者。惟安石從韻來，至簡至輕，若山光水色，可見而不可攬。自汾水喪堯以來，别有一種玄澹脈絡，春風沂水，即其流派。無事之事，不治之治，不言而綜。所謂藏出世于經世者也。至于詩文之技不多見，若有遜白蘇者。然作簡文謚議，桓大將軍比之碎金，見虎一毛，已知其斑。數日來，見金陵秀壁如林，憶江左名士如沙，而所玄對者鍾山，神交者謝安石也，是亦一快也！

記二十四

舟遊燕子磯，過清涼臺、石頭城、獅子、石灰諸山，宿於草鞋夾，雨大注。晨，雨霽，過弘濟寺，舟泊燕子磯關壯繆廟前。兩山如雙袖，一奉佛，一奉壯繆，溪流間之。是日相傳爲壯繆生辰，傾國士女，皆來謁神。予趁遊人未集，登燕子磯，拾級而上，攀朱欄登亭，大江縈繞，一拳峙水端。與遊人指點金陵形勝：鍾山自東北而展旆於西南，大江自西南而委練於東北；覆舟阻其後，聚寶當其前；青龍、石砲掖其左，石頭、三山踞其右；而秦淮以一縷横其中。大略漢後郡城，皆在淮水南；六朝宮城，皆在淮水北，而近覆舟；楚、秦、隋、唐之城，皆在淮水西北，而據石頭；揚、吴以後之城，皆跨淮水南北，而近聚寶；本朝因山距淮，盡乎四極。此其大略也。

下山過橋，兩山忽開鏬若門。踰門，寺依巖傍江。石壁間乳懸若蜂房蠟淚，大如楊惠之所塑楞伽壁也。登閣，江流浩淼，壁欲落，閣欲浮去，似難久住者。午後遊人倶集，兩山皆綺羅，無隙地，笙歌鼎沸。日將暮，予移舟歸，見遊人往者方如織。宿于石頭城，即吾家妙德先生授命處也。機事不密，父子倶隕，可爲雪涕。石色如鐵，雜苔斑，微月中視之，真類虎踞。

記二十五

將往遊牛首，涉原隰，見大江積雪浩然。憩於鐵心橋。暑甚，息古寺中，松柏鬱然，門徑風勢襲人。復行十餘里，登山至寺門，足幾不能前。蓋山之背金陵而南向者，獨此刹。故行至山足，尚不識寺所在，屢攀躋乃見，樓閣枕藉。既入寺，陟一重堦，陰風凛然。至白雲梯，下酌清泉，登梯過大銀杏樹下，樹亦千年物。記萬曆癸巳歲來遊此地，甚嘆兹樹之奇，故予有「南唐今日樹長生」之句，今十七年矣。登殿禮如來，西行至禪堂，憩關公殿内，閉門看塔影倒垂，予殊不訝其奇，以佛法廣大，不足奇也。歷層級，至辟支洞。洞甚陰森，其殿已頽，然西望大江如積雪。此中微加點綴，實爲山中第一勝也。

東過留雲閣，穿老松中，歷石磴半里許，至文殊洞。煩暑憊甚，甫入洞，涼沁骨。予夜夢一法師講法華經，至予少經一部。予出金請經。會文殊洞中久不燃燈，予施數鐶；因念此中酷暑内時時作秋色，便可居此度九夏也。至方丈，僧請看歷代祖師像，多恢奇肥碩。時暑極，僧曰：「塔上可避也。」由方丈東行數百步，得塔，凡涉一層則漸涼；抵層顛，風勢襲人，等風穴。前望獻花巖如在几席。右則長江帶之，左望山口，人家田疇，林陰水色，令人作棲隱想。後則山松鬱然，時露怪石，峻峻有媚趣。久之乃下，至一僧舍，據山水之勝，烹茗少坐。尋白雲梯，出山門高嶺上，看大江落日，亦一雄快。月色冷冷，歸飲卧。

晨起，緣牛首山嶺走祖堂，牛首不見前山秀色者，以祖堂一嶺爲之障也。過嶺，從寺脇入，息於閣中。至山門，涼風襲人。走獻花巖，入洞少憩；登方丈閣上，望牛首青豆之舍可數也。登山過伏虎巖，其上有閣，亦可坐，江雪逾近。歸飲閣上，月色出萬松中，清絶。

記二十六

久居石頭菴，忽移至舟中。時畫舫新修，甚浄。岸上竹樹陰翳，涼風乍起。久不宿舟中，不知其樂。至此登舟風便，一瞬抵燕子磯。登燕子亭，罡風吹衣，有寒色。下逾溪，至弘濟寺。兩山夾處，風尤厲。息於天王殿前婆羅樹下，樹與燕京西山卧佛寺正同，其種皆從西域來者。閣正對西，斜陽爍巖石，浪光晃耀。至山門前，近一中貴墳，有石路可坐。即于此取道，往遊棲霞。途中黛色層疊，包絡田疇。入山穿喬松巉石中，息於蒼麓禪室。樓後開窗，見斷巖有落勢。躡山徑石梁，尋中峯澗道，幽清如故；而山石稍加穿鑿，略損其致。至乳泉、聽泉，下至千佛巖，巖架以閣，重牆圍繞，甚莊嚴。酌品外泉，過方丈，入大殿禮佛。時日如炙，急往覓天開巖，息于珠泉。過般若臺，坐叢桂下。行亂石澗邊，石多如太湖者。喬松夾道，遠望巖壑，了不可測。抵巖，巖石巉巉。數月前，忽中裂一片塞路，爲好事者刻禹碑，作石牆寘之。歸，納涼于白蓮池上。時白蓮盛開，香風滿一山。暮宿山中。

記二十七

舟中望金山，萬派争流，一拳孤峙。息于水月樓，登妙高臺，風濤際天，簸蕩川岳。東望大海，水氣浩白無際。信哉，大地皆水輪持也！

予謂游侣曰：聞江深五里，則山之出水者無幾。其果本豐而末鋭耶，抑上如荷葉之浮，而下如荷柄耶？往聞之故老云：昔有一小沙彌，面如鬖，喜入水，或經晝夜不出。偶一日沉江底，以手摇山柄大動。山上人皆驚，訊之，始知此沙彌所爲。衆詬之，遂入水去。相傳爲龍沙彌。由此觀之，山下信如荷柄。經江水千萬年洗磨駁蝕，必有奇竅異色，待滄海揚塵時，來一觀之，當不減碧玲瓏耳。第以一柄載豐顱，樓閣磊珂其間，江水怒濤，日夜剥削不休；而海風常如毗嵐，晝夜噓吸飄摇，恐荷柄忽折，將奈何？頗爲山中人危之。

下至山門，見前有亂石浮水上，相傳爲郭璞墓。考金華楊氏洞天記云：中國洞天，名不載於籍者尚多，金山龍遊寺其一也。昔張安道守滁，入瑯琊山藏經院，得木匣，乃楞伽經也。見經中字跡，忽然汗下，了知前生是知藏僧，寫經未終而化。遂續書其後，字跡宛然，無異前生。乃付子瞻鏤行。子瞻居此，與佛印元公同入梓，名曰再生經。今繙經室猶存。

時倦甚，偃卧樓上，取泉水烹茶。按中泠泉原在江心，此山上井中水也，正宜出惠泉下。蓋以中泠爲第一者，乃劉伯芻耳。陸羽所品，首廬山康王谷水簾水，而居南零第七。故謂慧山爲二泉者，但次康王谷水，非次南零也。羽别水有神識，豈伯芻所敢望，當以羽言爲正。張又新刺永嘉時，過桐廬江，至嚴瀨，以茶試水甚佳，云去楊子、南零遠甚。至永嘉，取仙巖瀑布用之，亦不下南零。嚴灘水品最殿，皆勝南零，則呼爲第一泉者誤矣。真南零尚然，況井中水哉！山僧遺以豉，予笑曰：「憶子瞻齋廚法豉之句，則金山豉自元公以來有之。然元公道法不傳，而豉法獨傳，可謂善轉食輪者。」或云陸機所云「末下鹽豉」，即此，秣末通也，則其來更遠矣。

日已没，散步迴廊下，欄外滂湃者，即蜀雪也。遍覽壁間詩，惟張祜、孫魴二詩真成獨步。祜詩實遠過徐凝，而不見取于樂天。惟杜牧之守秋浦，酷愛其詩。祜不應詔辟，老于曲阿，性嗜水石，蓋詩人之有骨而有致者。而唐書不爲立傳，殊可恨。魴，江西南昌人，畫工子也。

記二十八

篁川去市可里許，踰平疇，行柳巷中。始至園，園内彌望皆水，周遭可三里。中因島嶼爲樓閣。過小鑑湖，岸上望水色澹澹。數折入柏巷，抵霞標閣。閣外皆植桃，故以「霞標」名。後軒臨水，水外長堤，多植梧桐芙蓉，開窗則遊魚漾泳。復循故路至小鑑湖畔，泛小樓船，過月榭，遠望朱欄若魚網，曲折水上。過橋登鑑閣，罡風襲衣。閣下小飲，寘酒樓船，夜泛，遂宿焉。晨起，天氣澄清，棹小舟從霞標閣右軒登舟。沿堤碧梧翠柳，紫薇花處處爛然。半里許，過第五橋，涉桃花渡。又里許，至篁川莊，門迎流水。中有秘室書閣，可居眷屬。循莊右掖，行曲溪，復回棹，穿小橋，入湖中，望鑑閣峙水心。過月榭及大石橋，遡曲溪，至霞標閣後登岸。是日始憶今歲有計偕之役，孝廉船已有北上者。念吴越山水，非草草可了，宜割愛以俟後來。暑氣未減，姑静坐篔川數日，以俟中秋後取道入都。志既定，乃發舼舟還楚。蓋漕河不宜此舟也。囑舟人及還楚僕從曰：「此去都門，得失未可必，然問則可必也。謹視吾舟。桃花水生，吾攜吾問歸矣。」篔川主人爲賀中秘虚谷，并令子孝廉函伯。

記二十九

甘露寺，乃唐寶曆中李衛公建，以資穆宗冥福。時甘露降兹山，故名。舊有多景樓，面山背海，爲天下甲觀，五城十二樓不過也。會昌五年毁天下寺宇，此寺以祝釐得不毁。晉及六朝畫板，俱移其中。其藏經是六朝人書，卷尾列「晉王總持」名，煬帝字也。平江南，鳩集于寺，題跋具存。李衛公祠有手植檜。宋哲宗元祐間，盡燬於火。江南從此遂絶晉筆，所存者惟衛公鐵塔，及米元章浄名齋耳。後屢加修飭，莫還舊觀。今日江山如故，而荒落尤甚。訊浄名齋，亦迷其跡矣。元章時寺有仲宣長老與之爲禪友，蔣穎叔亦以詩相往來，當是了元一輩人，而此中無知者。

登北固，過天津泉，從右腋屢陟至山門，見大江浩浩，風帆往來。金焦孤峙水上。禮如來殿上。前山疊疊，大江出其右。過三山閣，實爲一山勝處，白水緑洲，平疇稻畦茸茸。晚風甚勁，或曰此長潮風也。山門題榜，爲「天下第一江山」，晉陵吴琚筆。琚南宋人，書學米老逼真，畫亦然，所著有雲壑集。門前若大堤，竹箭叢生其下。半里許，至前山，如象鼻迴繞。尋舊路歸，散步鳳凰池畔。依山頗有泐石，雲襞霧裂，類假山，即很石處也。穿槿籬歸。是夜爲中秋，月不明。數月内天旱，無夜無月。至中秋，人人思賞清輝，而月色却爲雲揜，乃知如意未可易得。

記三十

鶴林寺久廢，陸尚書五臺諸公復之。東坡和刁景純、柳子玉光字韻詩，皆箝牆上。景純名約，家有藏春塢；子玉名瑾，子瞻姊夫，亦能詩文，見孫覿、岳珂書。覿字仲益，晉陵人，曾見其所作華山記、湖山記，皆佳。又有子瞻草書，止七八字，甚類醉翁亭記筆法。蓋老坡沾薄醉後放筆能爲此體，惜不全耳。其中宋元蹟頗多。高宗書七佛偈，尚存其一，字頗類魯直。過古竹院，即「竹院逢僧話」地也，竹色甚蒼翠。前山名黄鶴，宋書爲黄鵠，一名戴公山，以戴仲若居此，宋武帝所云「東巡當宴戴公山下」者也。子瞻遊鶴林詩有「戴公山下野桃香」句，其蹟甚明。史稱竹林甚美，即今竹院，人因李涉「竹院僧話」句，遂謂竹院始此，而不知即戴公竹林精舍也。修一統志者，不列之流寓，於黄鶴山下，都不著其事實；近輯廣輿記者，亦不載。夫戴公隱德琴心，所之山川生韻，酈道元等尚取以文楚中之陋，而此中係棲息之地，乃不一表識，可笑！夫江左慧人，多在建業，京口已自寥寥，復堪遺耶？其右爲濂溪書院，中有小蓮池，可少憩。濂溪跡不宜在此，以嘗問道於鶴林僧壽堂故爾。昔米元章愛此中松石沉秀，願死後作寺伽藍；至易簀時，故像頓毁，後人因而奉之，作袍笏像。予謂衆香國裏來，衆香國裏去，此等去來，當是浄土中人，恐不止作伽藍也。意者菩薩護法，無所揀擇歟？

日未下春，將取道往招隱，覓黄長睿學士釜鬵。訊之僧云，此中已久不識矣。長睿名伯思，邵武人。學問該博，著有東觀集一百卷，今東觀餘論，乃其片甲一毛。其人深通禪理，跋寶王論，有深解。臨終修念佛三昧而化，葬於招隱山麓。李伯紀誌其墓甚詳。大都與米顛相伯仲，而精核過之。書法初傚歐虞，後出入鍾王間，亦當不遜米者。今元章之跡昭然，而長睿藏舟處竟不可尋，與戴仲若隱居同一湮滅。非二公之不幸，乃江山之不幸也。他日有緣，于此處立精舍以祠三公，爲江山補此闕典，當令過此者，三日猶香，一大快也。

記三十一

焦山有野意，大勝金山，獨瘞鶴銘之疑未決，欲親往勘之。蓋此銘諸家若聚訟，以爲王右軍書者，蘇子美也；以爲顔魯公書者，歐陽公也；以爲顧況書者，沈存中也；以爲陶隱居書者，黄長睿也；以爲諸公皆非，而別有隱君子書者，董逌也。惟黄魯直斷乎以爲非右軍不能，謂爲大字之祖。龍爪遺法，歐、虞、顔、柳諸公，僅得其髣髴，津津乎不啻口出。魯直于書學極深，似有可憑。近世名士以爲據茅山志，顧況居菖蒲潭，自號華陽真逸，銘字是況無疑。不知銘石後有貞觀王瓚書，已學其體，況去貞觀年尚遠，何得先有此書？百聞不如一見。今風色如此，其緣又慳，可歎也。或曰此時水未落，銘石亦不可見。遂返棹。

珂雪齋集卷之十四

遊石首繡林山記

大江自三峽來，所遇無非石者，勢常約結不舒。至西陵以下，北岸多沙泥，當之輒靡，水始得遂其剽悍之性。如此者凡數百里，皆不敢與之争。而至此忽與石遇，水洶湧直下，注射拳石。石崿崿力抵其鋒，而水與石始若相持而戰。以水戰石，則汗汗田田，滮滮淠淠，劈之爲林，蝕之爲竅，鋭之爲劍戟，轉之爲虎兕，石若不能無少讓者。而以石戰水，壁立雄峙，怒獰健鷙，隨其洗磨；簸蕩之來，而浪返濤迴，觸而徐邁，如負如北。千萬年來，極其力之所至，止能損其一毛一甲，而終不能囓骨理而動齦齶。於是石常勝，而水常不勝，此所以能爲一邑砥柱，而萬世賴焉者也。

予與長石諸公，跻其顛，望江光皓淼，黄山如展旆，意甚樂之。已而見山下石磊磊立，遂走磯上，各據一石而坐，静聽水石相搏，大如旱雷，小如哀玉。而細睇之，或形如鐘鼎，色如雲霞，文如篆籀。石得水以助發其妍，而益之媚，不惟不相害，而且相與用。予嘆曰：「士之值坎壈不平，而激爲文章以垂後世者，何以異此哉！」山以玄德娶孫夫人于此，石被綈錦，故名。其下即劉郎浦。是日同遊者，王中秘季清、曾太史長石、文學王伯雨、高守中、張翁伯、王天根也。

遊龍蓋山記

邑南郊外，山如龜背起，至龍蓋始極尊特，如象蹲。予與遊侣數人，插紅緣其鼻而登其顛，近帶江流，遠視華容、東山、玄石諸山如潑墨。昔張岳陽謂此中禪堂道觀，天下絶境。今觀其沉沉盤鬱，信然。

嶽廟側有李衛公祠。公征蕭銑時屯兵處也。公提兵從陝州攻江陵，不踰時，銑即面縛，未嘗頓兵此地。豈南下嶺南桂管，取道瀟湘時耶？公爲唐元功，此其嚆矢。其後平公祏，破頡利，擒吐谷渾，事業日盛，恩寵亦極，文宗時，其五世孫彦芳上家藏遺物及詔書，其一爲平蕭銑時所賜于闐玉帶，其函内有詔一紙，曰：「有晝夜視公疾，大老嫗來，吾欲熟知公起居狀。」權德輿常讀太宗手詔，至流涕曰：「君臣之際乃爾耶！」想見草昧用人，同心同德景象，人臣何以不思盡力！然公于神堯時，尚存告變之嫌。方兵次峽州，非許紹力請，亦以逗留死矣。功名之際，可畏哉！公平定江南，以寬大行之，于此地有恩澤，法宜祠。與今黄山祠謝晦，梁山祠梁松大異。而廟宇頽然，可嘆也。

山左下有徑路，可達石頭庵，即予禪友冷雲隱處。冷雲居中郎柳浪最久，學已有所入，未五十而亡。窣坡蕭瑟，甚可念。庵後見南山亂石一壁，石浪滂湃，亦佳。

石首城内山園記

繡林之顱枕江，其趾坦迤，半在城。故背城而居者，其後皆有山可眺望。長石宅後，即爲山，陟其顛，則兩山峯巒，列髻而出，江流晶晶。其下有石楠一株，最古，取以名其館。草萊叢生，甚朴野，然實爲覽矚勝處。其右數十家外，得王太學養盛園，中有亭，望南山草木了了。其後最近繡林之顛，遊人鬚眉可見。而水石相搏之聲，淙淙入耳。其中石骨披露處，鐵壁繡苔，饒古意。其右數十家外，爲王中秘季清園，門徑有方塘，貯水可十畝。老桂數十株。半山有亭，壽藤一大壁，作殷紅色，雜以碧緑。盤石一具，可弈。有石洞可容數十人，今封閉，未敢開。由洞外登山，松下怪石鱗鱗，望龍蓋最近。江流益闊，帆影可攬。

夫城市櫛比之地，得數畝種花竹足矣，安望有山。即有山，亦未必與水相湊。而今者大江復浩然繞山而出，不杖履而具登眺。飲食起居，與山水相偶，此亦有異福。予家公安爲水所嚙，不適有居。而先世村落，又與此相近。中郎方外居沙頭，予謂不若此地之富煙雲也。入都當細商之。萬曆戊申仲冬朔日。

過真州記

真州，即古白沙地也。城濠帶引，白波晶耀，極可泛。萬曆戊戌，予曾客此。詢舊遊，半已化去。城中有寺曰天寧，内有浮圖，爲尉遲敬德建。下有僧舍，頗潔。門外茂樹十餘株，舊與吴興臧顧渚、閩人謝在杭，同納涼其下，文酒賞適甚快，題曰嘉樹林。墨瀋如新，已十二年矣。後殿有井，即東坡井也。東坡宦轍，屢次真州，欲往陽羨，皆不果。初自黄移汝，道出南都，晤張安道，以二生經授之，託以流布。是時方上書乞居陽羨，住真州俟命，爲書此經。内有禪室，即其書經處也。得旨一月後，登州之命旋下，未得至陽羨也。儋耳北還，子由已定居許下，不欲老年兄弟，復作兩處，再次此地，令人往陽羨鬻田，東北行裝。而商之程德孺輩云：「相忌者多，北行漸近都門，必不得静。」以此遂定計居陽羨，霜露溘至，卒於常州顧塘橋之孫氏宅，竟亦未得至陽羨也。田間之樂，託之空言耳，悲哉！子瞻云：「老境兄弟，不得相聚，此天也，吾其如天何！但此行避害省力，于計爲得。」予謂當深文刻責之時，士大夫動以唇吻得過，多難畏人，固其宜也。然使放歸陽羨之命下，即高卧不起，約子由爲長往計，則夜牀風雨之樂，可以再尋，何至作桄榔樹下人哉！比之後來，更覺省力。惜乎不早決也。

大士閣内所供伽藍，爲昭明太子，訊之都不知其始末。蓋此地近建業，于時南朝刹宇最盛，青宫或有勝願，未可知也。與鶴林寺米顛，共是慧業文人，正堪作對。出寺數百步，爲學舍，泮池極皓淼。原爲資福寺基，十年前一長令奪以爲學，後來頗有異應，予不欲言之矣。凫史曰：予去此十餘年耳，昔年素封之家，夷爲窶人。喬木漸摧，亭臺異主，遊雲幻變，豈待華表鶴來也哉！可嘆也！

南歸日記

庚戌春，試事既畢，形神俱憊。念汎汎一鳧，何所不適，而自苦如此？會中郎予告還楚，予遂附之而南，時二月廿四之庚午日也。客有留予候捷者。予曰：「捷則書負已畢，嶽遊方始；若其不捷，登山涉水，亦無害也。」驅之出春明，憩於盧溝橋。望西山及翠微諸山，猶帶殘雪。冰泮，水涓涓流。據志，其下即古桑乾水也。考桑乾發源馬邑之金龍池百斛泉，至盧溝，會於天津。盧溝河出太原之天池，伏流至朔州馬邑，從雷山發爲渾泉，會桑乾河。則桑乾、盧溝，派同源異，非一水矣。桑乾出馬邑洪濤山，水經名㶟湍水，又名灅水。大都燕之水多發源于晉，而歸於瀛。晴則稺流可揭，雨後奔雷轉石，不可以舟，寘梁亦多衝擊。惟此橋以全盛之物力爲之，壯麗堅固。昔人謂趙州石梁，望若初月出雲，長虹飲澗。予謂今盧溝足以當之。止梁鄉敝郵，寒甚。辛未，雪大作，次于邑。壬申，冒雪行，過琉璃橋，可三里許，其下即古所云聖水也。按水經注：「聖水出上谷，東逕玉石山，過良鄉縣，逕羊頭阜，合於涿水、桃水，至河間入海。」一統志則云：「自房山龍泉峪流至霸州，入拒馬河。」而予曾考會典所載，琉璃河自磁家務發源，潛流地中，至良鄉東入渾河者也。詳核莫如國典，當以爲正。止涿州，得賢書報被落。初頗不快，久之稍定。予謂中郎曰：「昔陶弘景四十内期作尚書郎，蹉跎不得，遂隱居茅山。今弟年亦四十餘，升沉之事，已大可見，將從此隱矣。」中郎曰：「自汝兄承乏此官，人見其熱，予但見其苦，方知嵇康、王微甚近人情。大人在堂，勢難遠遯故園，青溪紫蓋之間，當與汝誅茆而老焉。行矣，勿復自僡！」按涿州即古涿鹿地，黄帝與蚩尤大戰處也。或云在今朵顔三衛之地，未知孰是。此地有展臺，乃燕昭展禮下士處，與黄金、蘭馬之臺，並爲禮賢勝蹟。爾時招徠方士，無遠不至，不欲令諸侯之客伺隙燕邦，故修連下都，館之南垂。展臺獨處其南，於蹟爲核。易水之上，又有昭王求僊臺。三峯騰雲入霞，合煙罩霧。雄心大略，不惟規遷故鼎，并欲沖舉霄漢，爲穆滿之後勁，作祖龍之前茅矣。城東數十里，爲督亢陂，荆軻所賫之圖也。昔時號爲神皋，他邦豔之，故以爲秦餌。

癸酉，雪猶不止，止定興。甲戌雪霽，西望山色甚秀冶，即上方、紅螺巘諸勝。止安肅。乙亥，風大作。官道頗多楊柳，如巷陌，冰枝凍枿，宛似郭河陽鳥爪畫。午抵保定府清苑縣，古上谷地也，以境内有清苑河，故縣名。漢爲樂鄉地，高祖封樂毅後于此。宋初爲保州，置林木，以限胡。蓋永平北接三衛，南濱海，東迫朝鮮，爲京師左掖。保定控制飛狐、倒馬，聯絡紫荆，負居庸，障西山，帶易水，爲京師右掖，實號雄輔。近城一舍，有郎山、松山，髻立穎峙，松梵相和。丙子，憩涇陽驛，止慶都，拜堯母墓，墓如崇阜，正方。登其顛，望一城如小盂。西北諸嶂墨布，則唐縣、完縣山也。予舊閲靈臺碑，堯母塚又在山東濮州，地名成陽。帝王世紀曰：「堯葬濟陰成陽。」今濟陰小成陽，俗諺囚堯城，正其藏舟處。地里志云：「成陽有堯塚，靈臺南一里，爲堯母慶都陵，稱曰靈都。水澤通泉，出印頰魚。西五十步，爲中山夫人祠，堯妃也。漢延光四年，祠唐堯於成陽，歷代多于此祠堯。」的然可據。予謂成陽爲堯陵，無可疑者；然冀方爲堯始封地，故其母葬於此，靈都之蹟，緣堯塚而附會者也。若許慎謂堯母爲天帝之女，寄伊長孺家，年二十九無夫，出觀於河，赤龍負圖而至，遂孕堯。夫堯爲帝嚳子，豈云無父？復以其事影響於漢，蓋漢儒好圖讖喜作幻語如此。

三月初一日丁丑，過清風店，涉唐河。河發源靈丘縣山谷，經此流入滱水，一名倒馬關水。憩定州，古中山也。至州學，觀子瞻雪浪石，黑質而白章，奔騰如浪。盛以蓮花盆，周遭刻銘，字未經摹榻，神理甚完。記書銘時爲哲宗紹聖元年四月二十日辛酉，至閏四月初三日，即有英州之命，連謫惠州，涉海外，流離顛沛，從此而始，可爲一嘆。公既被謫，文字皆遭廢錮，雪浪之名，曠而不問。至元符末，始有儋耳北歸之命。明年，張芸叟守中山，方葺治雪浪齋，重安盆石，作一詩寄公。而公於是年夏謝世矣。芸叟即謫郴州，印碧蓮耦根，以詫北人者，亦一韻士也。旁有槐，中空外裂，亦數百年物。前廡下刻王摩詰竹，又有雪庵書六言詩。元至正大德間，有僧雪庵，以大字楷書名世，其臨蘭亭爲牟大理、趙子昂所賞。予曾見其所書茶榜，頗傚子瞻。過劉禹錫陋室。漢景帝子封中山，子孫世爲中山人，即禹錫之鼻祖也。後其七世祖名亮者，爲元魏冀州刺史，已遷洛陽，則子孫不復居中山矣。唐書于禹錫傳中止云「自言系出中山」，不言其生長此處。意陋室者，後人追作之也。

止新樂。戊寅，過趙清河蓮花店，店爲水圮。舊見芙蓉滿溪，今併無水。憩伏城驛。止真定，古恒山郡，漢避文帝諱，改常山。城中空闊如郊野。天寧閣有大士像，高七十餘尺。庚子歲，曾一至，前有殘碑，覺文字奇麗，甚似六朝人筆。日已暮，不暇遊。郡背恒嶽，面滹沱，故舊以名。昔石晉棄兹嶽契丹，宋不能復，而託辭於飛石，以文其陋。今嶽已屹然内地，而祀典猶襲曩制，殊無謂。弘治時，馬端肅公上言，嶽故在渾源州，即當從渾源以祀。而倪文毅在禮部，不能從。説者以爲恨。予客雲中，曾往遊焉。飛石遺穴尚存，十餘年前，有好事者往曲陽量之，穴與石不差分寸，亦甚可異。五嶽惟北嶽不易至，予少時即得遊，而餘四嶽者，至今缺然。再蹉跎，則少文卧遊之期近矣。今幸而閒，歸去即首至朱陵，決不食言。此郡城郭規制，亞于神京。説者謂京師當有四輔，大略宣府爲北輔，永平爲東輔，保定爲西輔，而獨無南輔。河間、臨清太遠，非真定烏足當之？第以宣府、保定諸處，皆宿重兵，而此地獨詘防衛，稍宜增兵，則過矣。夫保定地迫塞上，故多建衛。屯兵真定，去塞遠，去河南、山東近，猶之腹内也，非屬要害，何必養兵以疲民。先朝自有深意，非書生所知。

己卯，渡滹沱。周禮曰滹池，又古文或作亞沱。秦詛楚文中所云「亞駞大神」，即此水也。黄伯思謂即秦之烏氏，而董逌據顧野王之記，以爲在靈丘，且云一名滱水，乃九澤之一。則是以滱水爲滹沱，其謬妄可笑尤甚。夫滱水之源，在今大同渾源州恒山南七十里，合温泉水至定州，與倒馬關水合，正野王所謂出于靈丘者也。滹沱之源，在今太原繁峙縣東北三十里泰戲山，俗名小孤。經曰：「泰戲之山，無草木，多金玉，滹沱之水出焉。」其源相去千里，何得混而爲一。或曰：秦之乞靈，必于封内；自穆公十一年，已取晉靈丘，滱水在焉，因而致詛，似亦有據。予曰：王官涑川，久屬秦封，滹沱所經也，何必靈丘之滱。野王等疎於地志，不足憑也。夫此土滹沱爲川，配之恒嶽，豈云細流。桑欽作水經，于濡易等水皆所不遺，而獨遺之，尤所不解。若其赫赫神靈，能猝合堅冰，以應帝王，比之擘流分風，亦何以異。秦詛雖譎，蓋亦有故。然詛楚未幾，絶秦亦至矣。

過蘇味道故里，眉山之蘇，實源于此，故子由以名其集。止欒城。春秋寧武子舊封。庚辰，過廉頗里，憩於趙州院，有吴道子畫水壁，洶洶作奔屋之勢。凡畫水者，手捫似有污隆，俗筆皆然。此或名手臨摹耳。院舊以大士名，亦云東院，即從諗師説法處也。師，曹州郝鄉人，姓郝氏，童稚時參南泉，已能作「孟春猶寒」語。早歲即登壇説法。而諸方傳有「八十行脚，老而有疑」之語，不知出何典教。雖云疑而悟，悟後復疑者，入理之常，然非所論於趙州老人也，當再考之。出城，過石梁，飛虹跨水，舊爲名勝。昔僧問諗師：「久向趙州橋，到來但見掠彴。」師云：「汝見掠彴，不見趙州橋。」掠彴，以木横水之名，一名榷，書作略彴，今傳燈作掠，恐誤。

過王莽城，止柏鄉，古鄗邑。是日有饋南和「刁酒」者，清洌如泉，當爲北酒第一。予盡一小甕，中郎飲一盞，頃之醺然矣。春已深，今日方見嫩柳緑莎，江南之興勃勃。辛巳，風大作，揚沙道中，民多菜色。見臨城界石，即子瞻所云「南還必返從臨城道上，望西山草木可數」者也。西山即太行，今日沙霧，不見秀色，殊可恨。止内丘。壬午，風愈勁，礫石皆飛。中郎極言太子巖之勝，即蓬鵲山也，一名龍騰。相傳扁鵲將虢太子採藥于此，故名。天色陰霾，不果遊。止順德，古邢地。項羽立張耳爲常山王，居信都，更名曰襄國，正是此地。五胡石勒都焉。依太行，阻漳水，石季龍于此起大武殿，高數十丈。其趾以文石綷之，下穿伏室，藏衛士。皆漆瓦金鐺，珠簾玉壁。又起靈風九殿於顯陽殿後，實以妖冶，今皆迷其跡矣。

癸未，過宋璟墓，碑爲顔魯公書，今不存。客曰：「世傳宋廣平梅花賦，得徐庾體，曾見否？」予曰：「此賦於宋時已不存矣。昔廣平沉下寮，作此賦呈蘇味道，大爲延譽，馴致通顯。唐皮日休酷愛之，擬作桃花賦，今賦具存，殊俚俗，無致語。恨不得廣平賦讀之耳。」昔宋史慶長遍尋之唐人制作中，如姚鉉所編唐文粹，蜀本唐三百家文粹、唐七十家大全集，及文苑英華、唐人花木音樂賦十餘卷，皆不得，惜哉！則知古人制作不傳者甚多，如王無功稱薛收白牛溪賦：「嵯峨蕭瑟，揚班之儔。」無功自著河渚可居賦，仲長先生謂「可與白牛連類」，而皆不存。雖然，廣平等皆不藉賦以不朽者也，而賦且藉之以不朽。故梅花賦之名存，則梅花賦存。今賦之存者甚多，而不如此三字之常入人耳也。則謂賦至今存亦可。

過沙河，積沙如雪，亦名湡水。至鷄澤，與洺水合。是日，始見含蕚桃李。渡洺水，源出太行，出至鷄澤，與沙水合，皆入滹沱。止於關。唐建中中，李抱真大戰田悦處也。飲洺酒，比刁酒清而少腴。甲申，風日清和，歲儉甚，游女多攀楊柳，采其苗。憩黄粱祠，壁詩多作醒時亦夢時語，殊可厭。昔爛柯以淹爲速，黄粱以速爲淹，此于至理，亦極有會。止邯鄲，登叢台，趙都也。昔信陵救趙，邯鄲釋圍。觀魯連不受帝秦之賞，則先生未去趙也。信陵于此時汲汲尋毛薛，而于先生不聞有投分之語，何哉？豈蹤跡孤清，不可致耶，抑信陵交臂而失之耶？此地春秋六國時饒冶女，莫不吹竽鳴瑟，清歌妙舞，以徧入諸侯之宫。而不韋遂由之以移嬴祚。予謂不韋入姬于宮，至大期，始生政。大期者，十二月也。豈有入宮十二月，始生子，而猶謂其自呂生哉？唐虞之佐，其後世代有天下，而發祥於祖龍之身，天之所興，豈可倖得。如以牛易馬之説，史通謂沈約故造奇説，以誤前代。而元行沖推尋易馬之讖，乃魏昭成帝名犍者，實繼晉後，與元帝事無關，著論明之。此則暖微不實之一驗也。呂之猾，姬之泆，政之酷，固宜得此語。而白帝之子，亦天所授，不可以誣。故不容不辨。昔讀伽藍記，載僊隱趙逸之言云：「自永嘉以來，二百餘年，建國稱王者十有六君，皆遊其都邑，目擊其事。國滅之後，觀其册書，皆非實録。以此例知編册所載，衮則萬善畢集，鉞則衆惡咸歸，未可盡信也。」日暮，閒步城中，滿目戚施，不聞寶瑟，但咿咿聽柴車聲。因思古今異時乃爾。然則今廣陵，庶幾古邯鄲乎？

乙酉，入中州界，稍見岡巒，楊柳垂絲，桃杏盛開。止磁州，舊滏陽，以地有鼓山，亦名滏山，故名。鼓山上有二石如鼓，相傳鼓鳴則有兵起，一名神鉦。金胡礪鼓山常樂寺碑載高洋駱駝入山取尺八等事甚幻。寺名竹林，爲聖僧所居，亦猶匡盧之竹影寺也。天地大矣，不足深論。丙戌，道中崇阜相望，相傳魏武疑冢，凡七十二。渡漳河，漳源有二：濁者出上黨長子縣西發鳩山，從林縣入境；清者出上黨沾縣大黽谷，亦名鹿谷，從涉縣入境。俱合流經臨漳、館陶入衛河。諺云「走馬渡漳河」，言水來之速也。此水，西門豹、史起引以灌田。魏武攻鄴，以之圍城；及都鄴後，引水逕銅雀臺下，入城東注爲長明溝。石季龍於鄴正南，投石於河，以起飛梁，費千億萬，而功卒不就，亦水至駛急故爾。憩豐樂鎮，止彰德，即魏都也。後趙石虎、前燕、後魏、北齊皆都焉。操因漢祚，本都洛陽，以譙爲先人本國，許昌爲漢所封，長安爲西京遺跡，而鄴爲王業本基，故並修飭如陪京者，號曰五都，以備巡幸。三台者：一曰銅雀，二曰金虎，三曰冰井。洛陽有銅雀，鳴則天下大稔。台名或取于此。昔小陸案行至此，與兄平原書云：「台上奇變無方，常欲問曹公，使賊得上台，而公但以奇譎避之，若焚台，當若何？此公似亦不能止。」予謂如曹公者，天縱以奇譎之機智，已如抱干將、太阿于肺腑。而屬天下多事，死生存亡，判于呼吸，日耦此境，以淬洗而磨礪之。故其寒芒迫之愈生，鍊之愈熟。不惟用之戰勝攻取之際，即生前遊覽，身後釜鬵，亦皆嚴爲備而密爲防。如三台之蹟，陽登眺而陰爲險阻，至異代猶云鄴有三台之固，則其營綜之妙可知。第考其一生之始終，要皆巧於營台類也；皆知有營台，而不計有焚台類也。曹公營台者也，司馬懿焚台者也。司馬懿營台者也，五胡焚台者也。天地間陰陽而已矣。陽爲德，陰爲機，合之乃成。偏於陽者，能方不能圓，能顯不能晦，往往幾事不密，以害及其身；偏於陰者，疑鬼疑神，九天九地，傷宇宙之和，來造化之忌，故雖幸而集一時之事，而赤族滅門之禍，不旋踵而隨其後。曹公雖譎，尚存微陽，故時有敗露。如司馬懿者，狡獪宿成，而又日與曹公周旋，密窺見其手眼，若光魄青藍，陰乎其陰。雖曹公亦不能出其彀中，真可謂千古神奸。然兩家子孫，不數傳而盡污刀砧矣。營台焚台，速於轉盼，天道恢恢，可畏也哉！石季龍初承石勒之業，居于襄國，其後移都於鄴，增飭三台，更起台殿四十餘所。若赤橋、紫陌之宮，翡翠、玳瑁之樓，閣道相屬，連甍接吻。徙洛陽鍾虡、九龍、翁仲、銅駝、飛廉之屬於鄴，其意亦未常不爲後世計也。然而積穢盈惡，罄竹莫書，竭波難洗。死之後，十三子二十八孫，身首皆分，無一存者。此不過梟獍耳，又出曹、馬下矣。往年過此，有顯貴人出一瓦相示，云是銅雀，視之則贗物也。銅雀瓦工人姓名皆八分書，非俗筆，極易辨。因與論古瓦可爲硯者，銅雀前已有羽陽宮瓦矣，其後多東魏北齊物，而不知者概云銅雀。瓦有二：曰筒瓦，曰板瓦。皆脂以胡桃，光明不蘚。其上有細紋，爲琴紋，鉛粉和泥，久之錫花見，故其上有錫花。又有古磚，亦可爲研，大者方四尺，上有盤花鳥獸文，千秋萬歲字。其紀年，非天保則興和，蓋東魏、北齊也。近時東魏北齊物，亦不可得，況銅雀乎？蘇易簡作硯譜，以青州紅絲石爲第一，而列銅雀古瓦研于下品。即真者亦非佳物，況于贋者？後此君以一硯遺中郎，偶爲小史所碎，其料與今瓦無異，相與大笑。甚矣，人之好贋也！城東北有韓陵山，魏高歡破爾朱榮處，子昇爲碑。徐陵所云「韓陵一片石可語」者。當謀榮時，子昇持詔出宫，遇榮問之，直云「敕」，顔色不變，可謂神膽。子昇具絶世之才，昔人稱其陵顔轢謝，含任吐沈，楊遵彦亦云「才行兼美」，而生遭亂世，卒有吞穤之禍。梁武所謂「恨我詞人，數窮百六」者也。

丁亥，過羑里，以羑水得名。水出蕩陰縣西北，地爲殷之圜土。夏曰夏台，殷曰羑里，周曰囹圄。樂録云：「文王囚於羑里，太顛、閎夭、散宜生之屬，往見之。文王矉右目，拊其腹，蹀其足。於是諸臣知其意，急搆美女重寶，以獻紂，而文王返國。」即此水上也，其語頗不經矣。戰國策：「文王拘于羑里，武王羈於玉門。」吕氏春秋亦云：「文王不忘羑里之醜，武王不忘玉門之辱。文王既没，武王載木主以伐商。」玉門之辱，竟在何時，殊不可詰。憩湯陰，古蕩陰，公子椎殺晉鄙處。過浣衣里，拜嵇侍中墓。惠帝征齊王潁〔一〕，敗績，侍中致死，血濺帝衣。侍中，即康子紹也。昔山公薦紹賢侔郤缺，且通音律，請爲秘書郎。帝曰：「如卿所云，乃堪爲丞，何止爲郎！」只此一語，可死矣。一腔熱血，自當付之朝廷矣。夫絲竹，鄙事也，而山公以登薦剡。曠達不羈，今之所鄙爲輕浮者也，而裴叔則曰：「使廷祖爲吏部尚書，可使天下無遺才。」故知知人未易，別有神眼。止宜溝。

戊子，過子貢故里，渡淇水，水清澈見石子。源出王屋，入黄河。憩有斐亭。按淇澳之詩，毛陸二家箋，以爲菉乃王芻，竹爲扁竹，皆草，非竹也。然淇園有竹，其來久矣。昔漢武塞決河，斬以爲楗。寇恂爲河内，伐以爲矢。謝靈運山居賦及謝莊竹贊，皆指淇上。毛陸之説，頗覺拘泥。予記班彪志曰：「淇園，殷紂之竹箭園。」又不始衛武公矣。傳云：「淇衛箘簬。」淮南子曰：「以烏號之弓，貫淇、衛之箭。」則又不始寇河内矣。總之，淇園自有竹，又自有王芻、扁竹。道元兩存之，近是。過殷墟，止淇縣，即古朝歌地。舊傳邑號朝歌，墨子迴車。而論語讖曰：「邑名朝歌，顔淵不舍，弟子掩目，宰予獨顧，由蹷墮車。」夫聲無駐耳之跡，耳無留聲之地，古人所以致嘆于好奇也。己丑，見路人採榆葉食之，取嘗甚甘。陽城屑榆爲粥，即此。渡蚚脛河，紂斮朝涉處，淇水之别流。過板野，一名坶野，詩所云「坶野洋洋，檀車煌煌」者也。有殷大夫比干墓，舊有碑，今折。止衛輝，殷紂都也。

庚寅，迂道往輝縣，遊百泉。近縣有白雲山，登之可望原隰。止于邑。辛卯，出邑西門，桃李芳菲，秀麥盈疇。五里許，至蘇門山下百泉，泉傍山根，若平湖。息於泉畔書院。有亭台，竹篠叢生焉。已泛舟，水面可百餘畝，逐處皆泉。如玉串上濺，踴而徐逝；如急雨乍至，跳珠走沫；如天星倒垂，動摇可摘；如遊魚吞浪，呷唼有聲；如瀹茶將熟，蟹眼亂沸。求其數，惟大梵天子知四天雨點者，或了然耳，何止千百。蓋其水澄澈見石底，萬年苔及菰蒲生其上，隨水蕩漾，嫩緑縹碧，時露石板如緑霧。石以水活，水得石澄，而日光暎射，以發其妖倩。皆若以磨嵯之丹砂，越巂之空青，而粧施之。不惟礫石有璣珠之形，雖枯枿陳莎，亦化爲翟毛翠羽。微風忽至，驚紅撼緑，爍人目睛，摇蕩心魂，其幻變莫可詰矣。近山下泉，上沸尤多，爲湧金台，子瞻書。舟折而右，登清輝閣，聞水聲贔怒蛟騰。捨舟過瀆祠，即衞源。登邵子棲隱處。邵子，范陽人，其父古，愛百泉山水，遂卜居。慶曆間，邵子過洛陽，愛其山川風俗之美，有移居志。嘉祐七年，王宣徽尹洛，就天宫寺天津橋南五代節度使安審珂宅故基，以郭崇韜廢屋餘材，爲屋三十間，迎邵子居之。遂與富公諸人遊。後富公令其客孟約市對宅一園，皆有水竹花木之勝。夫以百泉之秀美，而更移居洛中，舍静就喧，豈以寥寥無友故耶？

其右爲嘯台，嵇叔夜遇孫登地也。叔夜家白鹿山下，去共最近，常采藥于此，與登遇。登，邑人也。登所言「才高識寡」，固已逆知叔夜之不終。使叔夜深味其言，而蚤作散髮採薇之事，或可以免。或曰叔夜臨刑，悼廣陵之莫傳，此曲果自製歟，抑古調也？予曰：古調也，一名止息。昔應璩與人書云「聽廣陵之清散」，傅玄琴賦云「馬融覃思于止息」。德璉季長俱在康前，則其來久矣。劉潛琴議云：「杜夔妙於廣陵散，嵇中散就其子猛求得此聲。」是授受有據。而好奇者或云黄帝伶人，或云月華亭鬼，皆屬幻妄。乃韓臯又以衿臆創爲瞽説，以爲魏晉之際，代德將王。王凌、毌丘儉、文欽、諸葛誕，相繼爲揚州都督，咸有匡復之謀，皆爲司馬懿父子所誅。康以揚州故廣陵地，故其曲曰廣陵散，言魏國散亡自廣陵始。止息者，晉雖暴興，旋即止息。其音哀怨悲激，隱於鬼神，以避世禍。臯皆不知爲古人遺曲，妄稱叔夜自撰，故有斯訛。新舊唐書采而録之，奇而不典，豈足傳後。禆史載會稽賀思令月下見叔夜，爲傳此曲。則是廣陵散後未絶也。今書屋中祀宋諸大儒，何不于此處建一室以祠叔夜？下數百步，即爲公和土窟。公和以楊駿之逼，去此止洛陽，知其必敗，詐死。楊氏葬之洛陽北邙，其後常見形黄馬坂上，作書寄洛中故人。以生死爲遊戲，實雲霄之勝賓，寧可以常情測。

還，飯於書院。中郎曰：「此共城稻也。」取水試茶，在中泠、惠山間。日已暮，宿霧盡收，始了了見太行，若雕刻人馬虎豹、花鳥蟲魚之屬，甚可愛玩。中郎朗吟曰：「黄花白鹿知名寺，荆浩關仝得意山。」皆太行山中勝處，去此不遠，惜不得遊也。憩於一山家，墅有樓可眺。山行倦，瞑坐少時，但覺天紳四至，滂沱不休。院外梨花，盛開如積雪。壬辰，遊九山，山去邑十里，上亦多斧劈石，以上有九峯，故曰九山，亦曰共山，共伯和所居也。昔周厲王出居于彘，共伯和攝王位，故改元共和。厲王死，太子靖返國，共和遂歸共。魯連子云：「和有至德，尊之不喜，發之不怒，逍遥得志于共山之首。」莊子云：「許由娱於潁陽，共伯得乎共首。」謂此山也。共和讓王，高蹈之跡與許由同；而馬遷不惟不列之傳，乃指共和紀年，爲周召共和之故，亦太疎矣。登絶頂，望太行，山形藻甚。中郎見云：「近此有三湖寺、侯趙川、盤谷，皆奪繪事。」予曰：「即往一遊。」中郎曰：「吾眷屬多，不能久客此爲州縣擾。候他日野服籐杖，攜子共來未晚。」癸巳，止新鄉。

乙未，渡黄河。河中見廣武山楚、漢大戰處。中郎曰：「此即連嵩、少諸山者也。」宿滎澤。穆天子傳曰：「甲辰，天子浮於滎水，奏廣樂。」一水東北流，即黄雀溝，謂之雀粱。丙申，鄭州途次有流水，云即賈魯河。止於州。丁酉，憩郭店，即楊朴乘牛往來處。朴常入嵩山，搆思爲歌詩，與魏野齊名。既被召，爲謔語辭去，作歸耕賦見志。真宗朝諸陵，道出鄭州，賜以束帛。夫隱士文士，皆國家之鬚眉也，舉世貪功名如膏火，亦宜禮一二隱逸之士，以奬恬静。所謂不踐之地，無用之用。邈矣此道，永不復追矣。近店有謝花城，不知何以名。今邑内大隗山畔，又有御花園，相傳爲黄帝種花處。涉黄水，出太行黄泉，所謂黄崖水也，東至鄭城，北入於洧。止新鄭。戊戌，次於邑，遊於溱洧，子産乘輿渡人處。按洧出西山，至近郊，溱乃合流。溱水源出密縣，即澮水也，亦名鄶水。水南經鄶城，春秋小國，爲鄭所併。史伯答桓公曰：「若剋虢鄶，皆君之土。所謂前莘後河，左洛右濟，王丕騩而食澮洧者也。」其水平時，深及馬腹。夏秋間雨，則山水泛漲，高十餘仞，奔騰而下，不可以橋。子産乘輿濟人，時月無紀，豈其十一月、二月，不成杠梁，止假乘輿哉？此高文襄碑中意也。全文見本邑子産祠碑，不具録。過橋，登鳳凰臺，上有塔，詢不知所自。己亥，涉溱洧。始見油菜黄花鬱然，路若深溪，兩岸壁立，皆千古人跡蹄輪所成，積雨注焉。過潩水，源發大隗山，即具茨山也，亦名大隗，黄帝問道處。岸畔僊姑洞，從土穴達於顛，得平坦地，有數椽。塵鞅倦極，多暫停焉。昔文潞公守許，作修竹園，有竹二十畝，引潩水灌其中，即此水。晚至禹州，其城北爲潁水，石梁整潔可愛。水經：「潁水經陽翟縣北。」即此地也，其尾入淮。宿署中，修竹翠柏，宛似江南人家別業。予歲甲午曾住此，月中飲青桐下，今十七年矣。

庚子，天微雨。垂楊嫩緑，官路作麯塵色。止襄城。辛丑，涉汝水。水出魯陽之大盂山黄柏谷，東至堯山西嶺下分流，一爲汝，一爲滍。堯山，今伏牛山。説苑曰：「襄城君始封之日，服翠帶玉，徙倚於流水之上。」即是水也。城始以周襄王居之，故名襄城。楚盛周衰，蠶食中原，此城即爲楚地，所謂「楚王城畔，汝水東流」者也。前爲首山。按天下名山六，而三在中國，一爲首山。往曾遊焉，都無奇峯異嶂，不知何以雁行靈嶽，豈以鼎湖重耶？此山接紫雲山，中一竇如永巷，古置關。楚之險，正在此。近方城山，故曰「楚國方城以爲城」。又云楚争强中國，多築列城於北方，以逼華夏，故號爲万城。唐勒曰：「我是楚也，世霸南土，自越以至葉垂，弘境萬里，故號万城。」然楚有方城，又别有万城，因「方」「万」二字相似，故楊用修疑方城即爲万城，非也。万城在今當陽。盛弘之云：「葉東界有故城，聯絡數百里，號爲方城，一曰長城。」其無基築處，則連山相接，而漢水亘其間。是時列國各築長城，故楚亦有之。方城在葉，此其一徵。左傳襄公十六年：楚及晉戰于湛水，楚師敗績，遂侵方城之外。湛水正近昆陽，方城在葉，此又一徵也。壬寅，路多磽确，涉醴水，止舊葉。按醴水出南陽雉衡山，水經注：「醴水又東過葉縣北。」即此處也。其地有王喬飛舄遺蹟。僊中有三王喬：一周太子晉，名王子喬；一食肉芝者，與漢葉令爲三矣。去此三里許，有喬墓。喬已僊去，不應復有馬鬣，豈所謂殯琅玕之華，而更營丘墓者耶？昔黄魯直曾爲此縣尉。又城南三百步，即省禪師道場。傳燈録所謂「葉縣省」也。今三户蕭然，安睹浄藍？憩於保安驛，光武昆陽大戰處。此路兩山映帶，西掖之山稍近，翠色撲人，峯巒起伏，不知果何山。東掖山稍遠，然展旆飛簷，嶽嶽有生氣。止裕州。癸卯，過博望驛，即張騫故封。

甲辰，止南陽，夜話。坐客云：「嚴光會稽人，光武未嘗遊會稽，不知何以爲故人。」予曰：「嚴光南陽人，以避亂客會稽。」考之任延傳云：「天下新定，道路未通，避亂江南者，皆未還中土。如董子儀、嚴子陵，延皆待之師友之禮。」可知光爲流寓。然子陵娶梅福季女爲妻，豈避亂會稽後始娶妻耶？今人因後漢之誣，遂以本地高賢爲産于他方耳。乙巳，渡淯水。水經注：「淯水又南逕宛城東。」即此地也。張繡反曹公，公長子昂遇害，在此水上矣。曹公料無遺策，乃以一婦人之故，致令骨肉隕亡，身幾不保，慾令智昏耳。中郎聞予言，曰：「天下何事不被紅顔壞也？營綜世事猶然，況有志出世者乎？」止林水。沿路枳殼編籬，已有襄中風景。

閏三月初一日丙午，過光武故里，憩于范蠡鄉，即宛之三户地。是時文種爲宛令，范蠡佯狂，故曰：「范蠡吠于狗竇，文種見而拜之。」吴楚春秋謂楚平王時，文種爲宛令，佯狂不治事。則二人皆狂矣。豈當時楚人皆狂，而以不狂者爲狂乎？抑見楚風不競，而托逃之也？夫覆楚沼吴，無非楚才。楚釋其才，以資他國之用，悲夫！越絶書謂伯嚭以霸王之氣，見於地户，故子胥挾弓矢以干吴王，遂要大夫種入吴。後又云地户之位，非吴即越，乃入越，竟致越霸，卒如其言。昔三星聚虚危，而管鮑投齊；霸氣見地户，而范文入越。其地爲南陽同，其事同矣。止新野。丁未，涉白河，即淯水，從南陽經新野、沙堰等處入漢。此後多崇崗巨巒，便與中州異矣。止呂堰。戊申，沿路多木香花，開如錦幄，風色甚惡，不見襄中諸山。近樊城，始了了。渡浮橋，息於城外邸舍。晚，步城西大堤，遊龜山，上有擦擦石，古砌台。唐詩云：「騁望臨香閣，登高下砌台。」即此處也。郡人多以三月三日遊其上，上有先主亭。山石甚佳。風大作，不及遊。己酉，遊謝公巖，巖即謝希逸遊處。時希逸爲江夏王義恭太宰長史，領遊擊將軍，隨鎮襄陽。性躭山水，每政隙，即出遊于此，至今稱謝巖矣。出城三里，過大堤，秀麥盈疇，初日映射千山，遥見樓台隱現緑樹中，甚秀媚。入門爲堂三楹，堂後即巖也，石壁下覆。有若修廊，紫藤上蔽。清泉時注，沾濡巾屨，真浩然所謂「石渠流雪水」也。崖色冷碧，有若積鐵，時出冶雲幻霞。上勒數行字，乃趙清老祭陣亡將士文。予謂遊侣曰：「當亂離之時，此地爲大戰場，雖欲一刻有泉石之樂也，豈可得哉！」折而右上，數十武，得小閣。閣畔有徑路登崖，上有樓可望漢水，白沙晶晶，晃人目睛。有洞有室有皇，可枕席上俯挹素瀨。下巖，取道峴山之阿，有墮淚碑遺跡。碑文爲蜀人李安所撰，一名興初。爲孔明宅碣，其文善；及爲羊公碑，時人始服其才。遊峴石寺，登山穿松林中。至朝陽洞，石壁披剥，雲霧甚秀，稍爲室廬所蔽。中有石，即疊翠石。又半里許至寺，寺之上爲洞，隆隆若夏屋。旁石壁有字，依稀可識，爲胡旦、謝泌、陳堯咨、竇學，下闕一字。胡宦此即卜居。謝正守襄，陳方守荆，皆名士也。右有石，亭亭獨立，摇摇欲墮，即峴石。石畔有石几石榻，榔梅覆之。晚回謝巖小酌。

庚戌，作隆中遊。過檀溪寺，即玄德躍馬處。寺已敝，惟有二柏，纓絡纍纍。此地舊有鴨湖，上承沔水，與檀溪相通，灌於習池。是襄陽城西往皆浩然巨浸，今爲平陸矣。數里有的盧塚。古今多少人，類皆夷滅無聞，而的盧塚墓猶存，名同天壤不朽。的盧亦何可及。當天下多事，不惟勇將謀臣項背相望；而追風躡電之足，聯鑣接轡以供疆埸之用。是時操有絶景，洪有白鵠，布有赤兔，飛有玉追，幾與八駿争奇。至孫權合肥之戰，亦借霜蹄一躍，以絶危梁。夫太平無事之時，不糞田則鹽車耳，安所騁其奇！故知世亂，而後戰將名馬顯。戰將名馬顯，而世道又可知矣。初玄德之投曹也，曹公贈以驄馬，使自至廐選之。歷名馬以百數，莫可意者。次至下廐，有的顱馬，委棄莫視，瘦痒骨立。玄德撫而取之，衆莫不大笑。其後奔荆州，聞騰躍事，衆乃服。則玄德固具伯樂之鑒矣。馬之躍也，其所以報知己恩耶？十餘里至萬山，爲杜征南沉碑處，與峴山、紫蓋山爲三峴。王仲宣居此山間。山枕襄水，飛流注射；隔岸白沙如雪，緑樹封天。其中有井，即王粲井也。井有石欄，唐初移置於襄州刺史官舍，而爲文以識之。故王粲石井欄記有二：一于頔撰，胡證書；一甄濟撰，彭朝議書。于頔豪雄，且通禪理；而甄濟即狂瘖不仕禄山者也。夫仲宣之在當時，羈旅流落，不爲劉荆州所重；其登樓作賦，直若怨若訴，若無以自容于天地間者。及至異世，無論片甲一毛，世所共珍；雖區區一無用之井欄，比之于敦彝鍾鼎，相與尊而奉之，而爲文章以侈大其事。則甚矣，才士之貴也！過慶壽寺，寺極華整。

走隆中，即伏龍山也。万山緣江詰曲南走，至伏龍山隱隱若龜背起；山口西向如一甕。其中含裹羣峯，流泉界道；古木蒼藤，封天蔽日；奇石巉巉，巖洞突兀。景有八，所謂：三顧堂、六角井、古柏亭、躬耕田、梁甫崖、抱膝石、老龍洞、小虹橋、半月溪、野雲庵也。訊所云草廬處，已爲王家幽宮矣。大約因山爲牆，因水爲池，因崖爲屋，因夷爲田。不出户，而山中所宜有者皆備。極邃極廣，極清極腴，孔明擇而居之，可謂神眼，可見隱才。後世以「躬耕南陽」一語，遂疑其蹟在南陽；不知兩漢皆以南陽郡爲荆州刺史治，荆襄皆隸焉，南陽其總轄郡名。故耆舊傳或稱荆州，諸葛孔明自稱曰南陽，有以也。習鑿齒去孔明不遠，其寄桓秘書曰：「西望隆中，想卧龍之吟。」縷縷皆襄中事，明明如此，何復致疑。且考漢初平元年，魏已得南陽，遣將屯樊城，以窺荆襄。至十二年，先主始見孔明於隆中，其不應涉敵境而訪賢也，亦明矣。若夫殷芸小説謂孔明所居乃「南陽之墟耳，非南陽也」，其説似亦無據。出隆中已暮。

辛亥，過習家池。泉從後山來，灌一小池，匯于門外大池。其上爲鳳山，前見鹿門，漢水環之。隆中幽邃，此處爽豁，皆棲隱之勝地也。水經注大略言沔水承鴨湖，逕峴山，至習池。習郁依范蠡養魚法，作大陂一，長六十步，廣四十步，中起釣台，列植松篁。則當時習池之水，通於漢沔洪流，不直取給於泉。又云作石洑，逕引大池水于宅。北作小池，楸竹夾路，蓮芰覆水，是山季倫遊宴處，即今門外池也。舊志此山名卧龍山，上有望海亭，又云鳳凰山，泉名鳳泉。訊之故老，云往時習家之水，通渠南流，灌田無數。自嘉靖中南狩承天，清道者盡夷其渠，泉渠委瀉於大江，殊可惜也。按子美故宅，亦在習池上。其右爲谷隱寺，寺已敝。走麥畦中看古碑。過潼口，從此至宜城，數十里即古所云冠蓋里，今惟禾黍，時有殘碑耳。止宜城。壬子，道中兩山出左右掖，生動淡冶。止麗陽驛。癸丑，山路崎嶔，雨色黯黯。止石橋驛。散步畦間，見農夫播種者，頗覺田間之樂。

甲寅，從石橋發，絲雨若織。止荆門。遊惠蒙泉，泉在西門外，過橋度山足，有雙泉出山下，匯於池。泉上沸若珠，大約同蘇門百泉云。泉上有黄魯直所書「惠泉」「蒙泉」字，近黄平倩亦書此二字。過象山書院，門外流水從石橋落於澗，聲甚震裂，雖旱潦如常。至唐安寺，佛頂上舊有珠，光耀爍人，今惟一存。日已暮，不及細觀。乙卯，雨不止。晚稍霽，共坐墀上，望山色。新月照人。丙辰，過虎牙關，楚之喉舌也，石凛凛如刀劍。過卓刀泉，其土黑，名爲墨城，壯繆曾卓刀于此，故名。今荆州近玉泉，亦有麥城，正壯繆授命處。墨麥二字訛也。止建陽驛，驛宇摇摇欲墮，予乃移宿逆旅。丁巳，過龍陂橋。此地有龍陂，古天井水也，以有龍見于其中，故曰龍陂。昔楚文王自秭歸徙都于此，即今紀南城，城南有赤坂岡，下有瀆水，名曰子胥瀆，蓋吴師入郢所開。謂之西京湖，其水注于龍陂，一名楊水，北會三湖，經清暑、章華諸台，入於沔。楚都于此，今尚有郢城，崇阜極多。所云莊王釣臺者，猶有可識。其臺榭在今三湖，化爲洪流，陵谷波塵，變幻自然。暮止郡城。次沙市，登汎鳧舟。逐塵鞅中月餘，心神匆冗，百節皆痛。忽登舟，萬里捲雪，寒月照水，身爲之輕。至三月十五日庚申，渡江見大人于息心堂，止篔簹谷。

自發軔至抵家，凡五十餘日，以途中遊山故淹。偕行二孝廉，爲李素心名學元，弟雪里名致道。袁子曰：予自去歲春仲别篔簹谷，今始還，已一年餘矣。天能慳予以榮，不能奪予閒也。谷中竹萬竿，翠色欲滴。暇則登汎鳧，走沮漳，於紫蓋、青溪之間覓一息影之地，吾願畢矣。夫安知慳我者之非福我也哉！

〔一〕齊王穎應作成都王穎。

硯北樓記

萬曆庚戌夏，中郎請告歸楚，卜居沙頭；得敝樓葺之，名之曰硯北。予問其故。中郎曰：「昔通人段成式云：『杯宴之餘，常居硯北。』夫人生閒適之趣，未有過于身在硯北，時親韋編者也。我昔居柳浪六年，日擁百城，即夜分猶手一編。神甚適，貌日腴。及入宦途，簿書鞅掌，應酬柴棘，南北間關，形瘁心勞，幾不能有此硯北之身。今幸而歸矣。中年以後，血氣漸衰，宜動少静多，以自節嗇。山水雖適，跋跡亦苦，此亦宗少文築室江陵，息影卧遊時也。然而寂處一室，又未能即效寒灰古木之事，勢不能無所寄以悦此生。柳下之鍛，叔夜所以寄也，吾不堪勞；麯蘖之逃，元亮所以寄也，吾無其量；白鵠何嘗之調，戴仲若所以寄也，吾不解操。若夫貯粉黛，教歌舞，以耗壯心而遣餘年，往時猶有此習，今殊厭之。昔裴公美一生醉心祖道，而晚年托鉢歌妓之院，自云可以説法度人。白樂天亦解乘理，至頭白齒豁，時攜羣粉狐往牛奇章宅中鬭歌。有何好？而自云『天上人間，無如此樂』。雖云遊雲幻霞，無所汙染，然道人自有本色行徑。湯能沃雪，雪盛湯凝；火能銷冰，冰强火滅。出水乖蓮花之質，切泥損太阿之鋒。以此爲寄，是以漏脯止饑，雲白已渴也。吾必不爲。然則吾之所寄體，惟此數千卷書耳。陶弘景謂人生解識，不能周于天壤。區區惟恣五欲，實可愧恥。挂冠神武，遂居積金澗之松風閣，孜孜披閱。此吾師也。往周旋龍湖老子，見其老不廢書，人或規之。老子曰：『他日青蓮池上，諸大士娓娓竪義，我以固陋，張口雲霧，此幾許苦痛事！』人以爲謔，吾實心佩其言。今而後將聚萬卷于此樓，作老蠹魚，遊戲題蹤。興之所到，時復揮灑數語，以疏瀹性靈，而悦此硯北之身，吾志畢矣。吾計定矣！此予命名意也，弟其爲我記之。」予曰：「諾。」遂退而次其語爲記。

捲雪樓記

質有而趣靈者，莫如山水，而常苦其不相湊，得其一，即可以送目而娛老。昔宗少文懷尚平之志，欲結宇衡山，而其後竟止江陵，立宅三湖上。豈非深山道遠，飲食藥餌俱艱，于老人不宜；而三湖皓淼之波，粘天蕩日，亦可借其秀潤，以暢性靈耶？荆州百里，無培塿之山，而惟大江自蜀來，浪噴波騰，爲天下奇觀。

中郎卜居沙市，既治一樓曰硯北以瞰江，其前尚有隙地。一日梯而自登其脊以望，大笑曰：「吾事濟矣！」遂于樓之前復植兩楹，承霤而出之，如頭上髻，始盡得江勢。舉江自蜀趣吴，奔騰頹疊，澄鮮朗耀，震蕩大地，淹潤河山者，悉歸几席之下。凡巴西之遠峯，夢南之芳草，九十九洲，乍隱乍現。千帆競舉，驚沙坐飛；棹歌漁唱，接響互答；霽雨旦暮，煙景萬狀。於是中郎登而樂之，而謂予曰：「宗少文棄衡山而止江陵也，有以也哉！」時暑路方升，九市如炙，而登此樓，則大江如積雪晃耀，冷人心脾。故不待其成，日夕遊焉，而字之曰「捲雪」。

金粟園記

中郎既定居沙頭，約予卜築共住。予曰：「弟意在山中。」中郎曰：「吾爲汝籌之熟矣。昔戴仲若初居桐廬，晚住丹徒；宗少文初居衡山，晚住江陵。二子豈舍寂入喧，頓改隱操哉？人各有所宜也。身非道開，難嚼石子；體類王微，常須藥物。許邁雖逝，猶勤定省；伯鸞雖簡，尚存室家。王許之契難尋，惠莊之譚何託。展轉思之，此地爲便。且吾與汝亦漸老矣！自伯修即世，我兩人已不勝斷雁之悲，而今豈可又作兩處？蘇家陽羨、許下事可鑒也。」

予心善其言，卜之數月，不就。而會大士塔下，有以一園鬻者。其地稍僻，而其直甚省，且有花木園亭之娱。遂欣然成之。既成，乃除瓦礫，剪草萊，去承霤陰翳之宇。前有桂一株，虯龍矯矯，上干雲霄，每開香聞數里。後有藕花塘，可百畝，水氣晶晶。臨水有臺，可亭。中有書屋二，竹柏雜花具備。而門臨長渠，桃花水生如委練，垂柳夾之，可以盪舟。中郎過而呼予曰：「清波綠樹，何減深山，是亦不可以隱乎！」其中樹以木樨爲甲，故名之金粟園云。庚戌七夕，中道自記。

楮亭記

金粟園後有蓮池二十餘畝，臨水有園，楮樹叢生焉。予欲寘一亭納涼。或勸予此不材木也，宜伐之而種松柏。予曰：「松柏成陰最遲，予安能待？」或曰種桃李。予曰：「桃李成陰，亦須四五年。道人之跡如遊雲，安可枳之一處？予期目前可作庇陰者耳。」楮雖不材，不同商丘之木，嗅之狂酲，三日不已者。蓋亦界于材與不材之間者也。以爲材，則不中梁棟枅櫨之用；以爲不材，則皮可爲紙，子可爲藥，可以染繒，可以頮面，其用亦甚夥。昔子瞻作宥老楮詩，蓋亦有取于此。

今年夏酷暑，前堂如炙。至此地，則水風冷冷襲人。而楮葉皆如掌大，其陰甚濃，遮樾一臺。植竹爲亭，蓋以箬，即曦色不至，并可避雨。日西驕陽，隱蔽層林，啼鳥沸葉中，沉鬱有若深山。數日以來，此樹遂如飲食衣服，不可暫廢，深有當于予心。自念設有他樹，猶當改而植此，而況已森森如是。豈惟宥之哉，日將九錫之矣！遂取之以名吾亭。

西蓮亭記

篔簹谷中有亭曰朋石，舊主人王君堯名，以前有怪石，故取褚伯玉傳中「朋于松石」意也。予得之，以亭正向西，不可銷夏，移之雜華林後。前有睡香一本，縈蔓數畝，每開可數千萬朵，芬香酷烈，遂名此亭爲紫蓬萊，以此花亦名紫蓬萊也。谷中亭館既多，而此亭三方皆美箭逼霤而生。每筍出時，如盤如盂者，多茁亭中，至棟而止，不得遂其翔翥之勢，意甚惜之，欲去亭以蕃竹。而紫蓬萊爲竹根所穿，亦槁死。予既買園沙市，常依中郎，不數至篔簹。會金粟園後蓮花盛開，日暮香愈熾，意欲使花氣通于夢寐，將營一室，而力不支。乃拆紫蓬萊亭于塘上，名之曰西蓮，以此花名西番蓮，又名千葉蓮，每一朵其瓣層疊而不結實，人家多植之盆池中，未有栽于池塘，蔓衍數里者，幾可呼爲芙蓉湖。其蓋最高，緑騰一方，而雨至沓沓作朱鷺聲，甚可聽。予方修香光之業，故以西蓮名，并志觀想。

亭成而中郎過焉，謂予曰：「此亭已大得通。」予笑曰：「非謂其有神足耶？」中郎笑，已而又曰：「此亭酷似主人。」予曰：「何也？」中郎曰：「主人好遊，移徙不常，而字號亦數數改易，惟此亭酷似之。」予笑曰：「此後方類主人。何者？〔一〕主人從此好静，而此亭亦永不移矣。」中郎摇首曰：「未必。」予曰：「何必？」復相與大笑，而置酒落之，時庚戌秋七月十五日也。

〔一〕何者，近集作「中郎曰何也，予曰」。

從沙市至度門記

萬曆庚戌秋，兄中郎方家居，相約爲玉泉遊；且欲結廬買田，老于其間。病中猶喃喃不置。至九月，中郎逝矣！予憂傷之餘，疾病大作，且不堪家冗鞅掌，計惟有逃之山水間，可以息業養神；而老父在堂，又不忍遠遊。其與故里相近者，無如玉泉，始決然定必往之計。

遂以杪冬，從金粟園曉發。過龍山，即孟萬年落帽處，荒臺野草，淒涼不勝。江陵城大略在今郢城之間，其西有棲霞樓，近瞰江流，其地與八嶺山相近。故老云今八嶺山一寺中，有「古龍山」三字。乃悟龍山即八嶺山也。山雖坦迤，尚具峯巒，故萬年公隙頻遊，顧景賞適。此臺似蕭梁貴人釜鬵，恐非遺趾。里許爲大暉觀，頗存喬松茂樹。已見八嶺山，蜿蜒騰躍。久不見山，爲之眼明。止合溶圓臺山彌勒閣，相傳即粲霞觀舊址，唐玉真公主建。其碑爲陳宗遜撰，唐遠書，今皆無有。所云合溶，即沮漳二水合流處也。仲宣登樓作賦，不在江陵襄陽，正是當陽。然今之當陽，近沮而遠漳，非舊邑址也。古治蓋在沮漳交會之間，水經注極明。則王粲登樓，正是此地。安得好事者創一樓于此，以破千古之疑。

晚，渡河，走當陽。溪河清澈見底，近縣，山色葱翠。飯於城外報恩寺。行山中二十餘里，至度門，晤無跡法師。地即神秀法師修静處，爲玉泉下院，塔址僅存，瓦礫磊砢。傳燈録載師葬龍門，其實寂於龍門，葬於當陽。張丞相説所撰碑文具見，可考也。憶元微之宿度門詩「門臨溪一帶，橋映竹千重」，「諸巖分院宇，雙嶺抱垣墉」諸句，可想見度門之勝。步大通殿遺址，正面溪。溪出玉泉山西，至此與玉泉會。上有三郎廟，即關將軍平祠也。跡公爲中郎故人，相見不覺淚下。初中郎逝之夜，跡公夢中郎冠佩至山，曰：「跡公，吾從此居山中矣！」醒而訝之，已而訃至。自中郎去後，予無夜不入夢。十日前，都無入山意，偶夢中郎偕予至玉泉，命予登殿拜如來。次夜又夢。予不忍作夢會，始定山中之志。此來當遵遺命，卜築煙霞，作一祠以妥其靈，不止遊覽已也。

珂雪齋集卷之十五

遊玉泉記

出當陽城西，踄重阜，見諸山矗負象崻；而其中一峯，尊特竦秀，氣宇如玉，姸美如冠者，即玉泉山也。其上時有異氣，非烟非霧，如兜羅緜，與諸山特異。山以泉得名，故二十里外即得泉，爲入沮道，皆莽莽修澗。至已公嶺下，西泉之水，繞度門而出，會于玉泉，其水較洪。岸畔多石，水始汩汩有聲。從此兩掖多坦迤之山，泉出其左，遊人不復與泉相捨。時見磚埒，皆先朝所修馳道。近寺得嶺，如龜背起，村市駢列。逾此如一竇，諸山左右障，泉聲始厲，噹右壁半落如赤霞。左爲諸山窮處，得圓阜，以積鏐治窣坡其上，中如永巷，是謂寺門。入門，泉自東來帶寺，有危橋。正殿依山如屏，兩峯袖遶，上有「智者道場」四字，黄太史筆。昔智者從天台歸荆州，登紀山，望當陽，山色如藍。上有紫雲，輪囷如蓋，遂杖策孤征。過玉泉，至青溪，欲建道場，意嫌迫隘，遂還玉泉，止金龍池，趺坐枯樹中。致關公皈依，冥建福庭，湫潭千丈，化爲平址，棟宇焕麗，巧奪人目。昔王遵立水，匏子堤完；真主應運，滹沱冰合。世法猶然，況人天眼目百靈護持者乎！當時尺一有「事出神心，理應望表」語，而畫家亦傳關將軍起玉泉圖，良亦有以。其後北秀復居此地，天后作檀越，金榱玉題，侔於鬼工，是固一時也。宋明肅劉后蜀人，少隨其父入都過此，僧慕容禪師見而異之，爲之禮；及撫育仁宗，正位長秋，大加護持，重爲嚴飾，是又一時也。浸至近代，僅存一殿，欹側欲顛。跡公居度門，傷其荒蕪，有志繕修，北走神京，大開講肆。時黄平倩及予兄弟三人過之，跡公言及此寺，幾欲墮淚。於是平倩、中郎，各草一疏。不盈一朞，宫府朝野，金錢纍集。其始終營綜，中郎極爲苦心，今遂焕然，復還舊觀。雖不同當時之靈秘，亦大有異緣。

山後一壁，舊多喬木，作殿時伐以資用，正如剪髮紉衣，甚可悼惜。近禁采屢年，穉松嬌姹，能增黛色。寺址固龍湫也，雖累土爲基，今尚如珠在函。拾級登後山，始可瞰遠，尚存大士閣基。夫殿不毗陽，以含沖氣；閣不毗陰，以矚原隰。闕一不可，姑待來者。殿左有吴道子畫大士碑，作天男像，衣褶最古。殿右爲藏經閣，尚方新頒，金疊爛然。左右各一池，清泉從殿後出，匯爲池，注於玉泉。或云那伽之宫在焉，故一山皆泉，甃之以種芙蓉最佳，相傳即金龍池。出護世殿，得前橋，復與泉遇。東行二百餘步，爲乳窟，窟中石作珂色，懸乳如蠟淚。前一壁，如幻霞，玉泉之水嚙其根而復出，時作壯籟。其絶壁有坎相當，云前人穴以架閣，下隱隱有字，盡駁。予謂：「是張孟及元微之所書，自可惜；若是俗筆，能疥煙霞，冰霜苔蘚亦大解意。」憶元微之遊此山詩云「松門接官路」，則當時官路原在門外；曰「泉脈過僧房」，則當時僧房正對清泉，流水周于户下，光景可想。今重牆圍裹，惟恐見泉，乃知填蟬翼帖，規方竹杖者，何代篾有！

過洞，兩崖多石骨，較狹，屢以石丸渡。至響水潭，有巨石亘溪中，去地丈餘，泉從石墜，忽作大聲；墜而復躍，激爲浪花濤雪，沾濡衣履。山行稍倦，童子以蒲團從坐泉上。稍瞑目，疾雷破山，急雨隨之，大似振秦皇帝驅山鐸也。過此兩崖愈狹，霤泉以出，石骨爲泉所蝕，作篆籀文。乃捨溪，復上山徑，至關侯廟前，水始寂，是謂泉源。過橋撫掌，皆如珠串上沸。侯所封，當爲漢壽之亭侯，而宋紹興中洞庭漁人網得一印，文爲「壽亭侯印」，不知何故。豈唐宋間不識字人，作贋物以入神廟者耶？廟外列名人詩碑，依稀見張孟等字，不暇讀。去廟數十步，泉聲甫寂，而石浪逼人矣。

道有二：其左即走鼉叢道也；其右往智者洞，諸嶂圍之，從一罅入，如花源。道旁怪石磊磊，色或如墨如煙，可坐可卧。其立而欹者，下可逃雨。右嶺上爲宋修傳燈録院，今廢。又里許，至智者庵，旁爲智者洞，石理甚堅，若夏屋。洞下有井，與大江爲盛衰，春水漲，通於玉泉，爲洪流。緣洞後登山，石欹不受足，屢跲；至一處稍夷，即朝曦閣舊基。萬山層疊，中忽見山口，近林遠水甚暢。跡公以予議復之，以祠中郎。覺孤危難住，下至智者洞右，得少平地，乃喜曰：「蘭若在是矣！」相與少坐洞中。予謂跡公曰：「此地似于吾邑人有緣。」蓋智者亦公安人也。智者俗姓陳，父名起祖，梁封益陽侯，居公安。以公安即舊華容地，故亦曰華容人。有二子：長曰鍼，次曰道光。道光即智者。其母夫人釜鬵在公安牛頭里，今猶稱聖母塔。旁有智者所建報恩寺，其爲邑人無疑。若祠中郎於此，則信乎與邑人大有緣矣。尋舊路歸，復於乳窟看月。泉得月，如一溪濃雪。晚宿於講經臺。

鬻玉泉松桂庵記

方晏坐講經臺，覓杖出遊，而跡公自度門來，云：「智者洞前，地狹不可結茆。偶聞寺西有一處，舊名松桂庵，今已毀爲蔬圃，若以數鐶易之，可作練若。」予大喜，欣然同往視之。從玉泉中峯，別開一嶂，突然而止，即爲庵基。左右小山圍繞，前一山如列屏。自庵基後登山，不百步，即可望遠近諸山。予曰：「玉泉寺形勢極佳，但爲諸山包絡，如在井底。故卓庵處必擇可遠眺者，斯正其地也。」昔張志和扁舟湖泖間，自號煙波釣徒，後其兄鶴齡憂其往而不返，作松桂草堂招之。予性癖舟車，數年間，惟汎汎水上，差與志和相似。今游興漸倦，意在隱山，此庵之名，真若爲予設矣。即以直，呼寺長老鬻之。

夜，至講經臺，與跡公夜話。跡公曰：「兹殿之初修也，長信所檀二千餘金，幾爲一猾商以計取去，使非中郎至，今安得有殿。無論其始終護持營綜之苦心，即此一事，玉泉宜有特祠，豈獨居士私情宜爾。」予曰：「昔米元章臨逝，自云衆香國裏來去，而至今傳爲鶴林伽藍，生前愛其山石沉秀故也。中郎悟修兼至，自宜分身入流。然大士護法，無所揀擇，且屢屢兆夢，安知不與關公同作金湯也哉？此山亦名柴紫，舊爲應真翔集之處，別有微細世界，非肉眼所見。净妙中陰萃止於此，何必安養。今既得此地以妥逝者之靈，而不肖亦誓畢此生住山，不敢云薰修，但掃地焚香，作一老廟祝足矣。」是夜，布置庵中所建立事，不成寐。

玉泉閒遊記

住山飽後，即持杖閒行。偶風日清和，呼老衲同步山門外，立泉田間。予曰：「將田之半，鑿爲渠，引泉水其中，作放生池，中種芰荷。不一年，香風襲人矣。」天下惟活水難得，惜無好事者。過鐵塔，至玄帝廟，是爲玉泉左掖之山。嶺上之松風與溪下之泉響相競。行近溪，則松風爲泉聲隱；從嶺脊上行，則松風喧甚，泉聲亦少隱。至一荒畦中，望九子如刻畫，諸山中惟此中獨有芒刃。昔秋浦九子，劉禹錫謂之「尤物」。此山甚秀媚，堪作九子虎賁。其後稍坦夷者，箕山也，俗名許由山。許由之跡，在今登封嵩少之下。近山有負黍亭，故馮敬通顯志賦曰「求善卷之所在，遇許由于負黍」，與此地都不相涉，豈因其山之名偶同，而附會之耶？左有危坡，可下聽泉。臨流忽見青石磊砢，石爲泉所穿，城深渠大，類蟲書鳥篆。泉從渠下注，聲響若鐘，因呼爲石鐘峽也。坐峽畔，近僧以茗來云：「到處覓不得。」口中復喃喃，爲泉聲所遮。復東行澗中，可五十餘步至繡石澗。澗兩岸皆奇石，緑苔附生，秀縟若錦綺。石中時有軟莎，葉如長瓜，依稀似仙掌茶，嘗之味亦甘香。其上多突出，可避雨。復倚石坐，水爲兩岸石所束，故流疾而聲愈不平。石爲千萬年疾流所擊，奇形異態百出。

過此爲雙石關，以有二石相耦如門。又十餘步，爲獨石關，一童子以石丸渡，至響水潭，若奔雷矣。復取山徑而西，過漢壽廟里許，有青石突出如蓋，乃樵人逃雨石也。近洞有樵家，牆外青石如碧煙，石隙紅杏兩三株盛開。不數步，又有青石四周如牆，中圍數笏地，可作静室。蓋玉泉前山以泉勝，此處以石勝，色皆類英石。然玉泉之水，實爲天下絶奇，而石稍劣，故此處不以石名。方欲窮山後之勝，而山雨數點至，遂歸。

堆藍亭記

予既得庵趾於玉泉之右，其後即爲嶺。上嶺百餘步稍夷，可十笏餘，望見西南一帶山色，層峯疊疊，蕩漾天際。近南諸山，樹木沉鬱，有若鬉鬟。疑智者所云「堆藍」，即是此處。予曰：「是可亭。」遂以伐木誅茆之費，付寺居士成之。方亭未成時，予率一日三五過，不揀疾風飛雪，甚至夢寐中若或見之。初閲龍藏，或一日既一函，已爲看山減其半。强爲程課，亦弗能。蓋未嘗一刻忘堆藍也。不數日，走紫蓋，望江南諸山秀絶，然念堆藍山色不去心。住一日夜，即歸。又數日，爲友人招入城赴酒席，絲肉競奏，予耳如不聞。有與予喃喃語者，予口亦未嘗加答。人以予爲神癡，或别有所思，不知予之未常一刻忘堆藍也。

歸來輿中，見亭將成，如遲故人，不及入室，即往登眺。日就暮，藍氣愈深，有如飽墨筆蘸浄水中，墨氣浮散水面，自成濃淡。予愛玩之甚。嗟乎！予顛毛種種矣，少年嗜好，消除殆盡。惟此尤物，好之愈篤。兼之泠泠煙雲，可以消除名利、嗜慾、熱惱，助發道心，是予勝友也。白首相對，決不作屢月之别。若異日者，爲世路奔忙，疎此勝友，是謂負心寒盟。髯將軍神靈在兹，是罰是殛，必不予赦！亭既成，即以堆藍名焉。以萬曆辛亥正月之始鳩，二月末竣事。以易成也，故先庵成之，既成，記其歲月如左。

玉泉閒遊記

堆藍亭既成，日清坐亭中，惟聞松聲鳥聲，及嶺上叱牛聲也。會伏之李生至，同步西山間，怪石如林，可趺坐。望峯頂，石巉巉出緑樹中，大有媚趣。予方覓得一石，趺坐看後山，而李生前至一處，大呼曰：「奇！」予遥問之曰：「能不失吾九子耶？」生曰：「正在阿堵。」予急往從之，盡見遠近山色，而九子如青蓮濯濯出水中，若卜一小蘭若，極一山之勝。時山中數十里内，窅無一人。俄一兔一麃，掠予而過之。風屯叢楚中，颼颼鳴，頗有於菟之懼。日向暮，復還亭上，看西山晚嵐。夕陽映射，薄霧縈拂，益其葱倩，如墨花盤鬱不散。予謂李生曰：「此真王維破墨山也。」是夜遂夢見玉泉山上，復出一山若寶冠。又見此山化爲一舟，飛行虚空云。蓋夢覺同趣，予頗爽然自快矣。

閲玉泉詩碑記

武安廟前有碑亭，乃前賢遊山詩碑也。其首爲張曲江與孟浩然詩。曲江爲荆州長史時，辟浩然爲從事，數遊此處，其詩真與藍堆比色，珠乳同清矣。其次爲白樂天詩，所云「新葉參差影，殘鶯三兩聲」者，甚有致。然考之乃遊東都玉泉，非此地也。東都出城三十里，有玉泉山。樂天分司東都，故常往遊。其閒遊詩有云：「嵩洛供雲水，朝廷乞俸錢。閒道山榴發，明朝向玉泉。」觀嵩洛句，玉泉之在東都可知。又有「玉泉紅躑躅」及「湛湛玉泉色」等詩，若屬當陽，則此詩亦宜收矣。樂天不宦荆州，由九江移忠州，從水道往，故有遊三遊洞詩，未經玉泉。其次爲常建詩，乃題破山後禪寺院詩，亦非玉泉。又其次爲五代僧齊己詩，此公本世外人，而曳裾侯門，故其詩無韻。子瞻比于亞栖之字，良有以也。歐陽公註杜詩「巳公茅屋下」，以爲齊己，大誤。

已，唐末五代僧，安得與子美同時？子美詩中「巳公」，當别是一人。至今沿歐公之説，指此處巳公嶺，爲巳公茅屋處，皆訛甚。昔元微之謫江陵士曹，屢遊玉泉、度門，有詩四五首，極清妍，而碑不收。錯誤遺落，總之未經入目耳，吁！酈道元注水經至博洽，其注沮水，備言青溪之美。玉泉之水，大于青溪，同入沮，而注不載。陸羽茶經，不及玉泉仙掌。此間勝美，遺失者良多。不獨詩也。

遊青溪記

去玉泉五里許，入一音寺界。一音寺亦智者所建，峯巒甚多，總名爲一音寺巖也。翔舞飛騰，已異玉泉。中有兩峯特起，若象王迴顧。下有聚落，背山臨流，正玉泉青溪中。路訊一音寺址，云正在巖顛，今廢矣。可四五里許，始入青溪諸山之界，裂霧奔雲，姿態橫生。昔游桃花源上，酷愛其山勢生動，天外浪壁層層，以爲稀有。今見此山，不啻故人。生平有山水癖，夢魂常在吴越間，豈知眉睫前有青蓮世界乎？夫論峯勢，玉泉最爲尊特；若其層疊多態，起伏回環，吾不能不愛青溪諸山。少年見妖姬，高士見山色，雖濃淡不同，其怡志銷魂一也。

已近寺，忽見清流一泓，滂湃噴舞，是謂青溪。青溪之跳珠濺雪，亦無以異於諸泉，獨其水色最奇。蓋世間之色，其爲正也間也，吾知之，獨於碧不甚了然。今見此水，乃悟世間真有碧色，如秋天，如晚嵐。比之含煙新柳，則較濃；比之脱籜初篁，則較淡。温于玉，滑于紈，至寒至腴，可掬其飧。至其沉鬱深厚之處，螭伏蛟盤，窅不可測。入寺後，折而右，步至龍女廟，即青溪發源處。昔僧法琳于此作論，龍女來聽，因祠之。祠前有方廣地，最宜聽水。相傳泉發源同江，故與江水共消長。然石中出泉，至冬猶滂湃，尤諸泉所無。泉之上有峯一壁，若燭淚下注，駁蝕巉巉可畏。其色朱碧相宣，霞雪雜出，皆千萬年雨溜所成。

爲洞二：大士洞徑路斗絶，惟卧雲洞在道旁，若夏屋可居，即琳法師著論處。元又有卧雲禪師居之，故亦名卧雲洞。洞邊石磊磊，色碧而中空，酷似太湖之佳者。與度門覓一卓庵處，後倚危石，前臨九子。晚飲龍女廟前。按水經注：「青溪水出縣西青山，之東有濫泉，即青溪源也。」以源出青山，故曰青溪。今人殊不知濫泉、青山名。盛弘之云：「稠木傍生，凌空交合，危樓傾嶽，恒有落勢。風泉傳響於青林之下，巖猿流聲於白雲之上。游者常若目不周翫，情不給賞。是以林徒棲託，雲客宅心，多結道士精廬。」即此地也。則青溪之勝，其來久矣。秣陵亦有青溪，發源鍾山，水光山色，遠不及此。而此處名不甚顯，題詠亦少，豈非以其僻哉？侯景叛時，陸法和正住青溪，與南郡朱元英論兵事。蓋青溪固居士往來處，亦宜祠。

遊鬼谷記

自青溪至鬼谷，道中多磊磊之石，石色沉碧，空中而多竅，其文如竹葉鳥跡。過嶺入溪中行，溪石爲千百年雨溜所洗，皆如雪色。至鬼谷洞前，三峯如砌。入洞門少憩，道人持炬火前導，見洞上皆旋螺作殘雪色，其下若龜文，所謂蓮花池也。水下注，淙淙有聲。傍池行，入兩重石門，蝙蝠若雞鶩綴其上，即所謂「飲乳泉而長生」者，見火皆起，或墜水中。至前一小門，道人蛇行而入，會炬煙薰人目，遂退。共唱佛陀，淵淵作金石響。道人云：「洞左有桃源、三郎及石柱洞可遊。」不半里，至桃源洞，入洞皆大叫。其中若大廈，上爲亂雲封砌，盤溜蹴乳，閃爍變幻。中隆起一案，若佛龕。三郎洞較狹於桃源，而深過之，亦用炬入，重門大類鬼谷。石柱洞蘿棘封門，猿接而上。中有千年石乳若柱，此洞有水不可往，然水極清湛。覓路下，沿溪復從故道以歸鬼谷。按拾遺記亦云歸谷。昔儀秦問先生何國人，答曰：「吾生于歸谷。」古史云鬼者，歸也。鬼谷舊跡，今在登封縣，蘇張皆洛人也，此亦附會矣。

遊紫蓋記

住玉泉。入春數日，走度門，商略遊事，首紫蓋。度門老不能從，與僧寶所偕。沿途多峻嶺，回望玉泉甚尊特。其後爲青溪、茅平諸山，上帶殘雪，日光映射。寶公云：「大似晴雲映覆山巒。」予曰：「雲色稍陳，不若雪色之鮮霽照人也。」過聖水寺，相傳葛稚川鍊丹，于此取水。又數里，爲吴王墳，岔隆隆起。吴王不應葬至此，豈「吾王」之訛耶？楚都在沮、漳間，宜此地有王家陵墓。所云昭丘者，皆相去不甚遠也。此地望沮漳兩岸之樹，分行交樾，不可紀極。路從山後以達於寺，蓋自太行、少室、伏牛、玄嶽諸山蜿蜒而行，至此地忽止。其前平原千里，江南諸山，皆可指數。若天日晴明，可望見江上風帆。數月來，滿眼峯巒，忽見平曠如掌，亦覺爽豁。

往時有客自玉泉、青溪、紫蓋來者，吾即問三山孰佳。答曰：「皆佳，不能優劣。」及予親至，然後知品題煙雲，非慧人不能，大都紫蓋寬博，玉泉尊特，青溪秀媚。紫蓋門户也，玉泉堂皇也，青溪園囿也。遊者以漸而入，彌深彌妍。若欲紫蓋爲青溪，是以亭臺花木之娱，而責之懸旛列戟之處，亦少藴藉矣。此山爲三十六洞天，以南北二山，四垂如蓋，林石皆紺，故名紫蓋。予自山後嶺上來，不見垂蓋之美，而林石亦無紺者。所云「緑水甘聲」，亦僅存眢井耳。山頂有僊祠，即葛稚川鍊丹處。予記列僊傳，煉丹紫蓋乃葛稚川祖葛僊公玄，字孝先，非稚川也。孝先跣行，屈氏二女作履施之，後分餌丹，二女皆僊去。至云山主爲劉綱、樊夫人，劉綱爲上虞令，亦非是中人，不應作山主。俱誤甚，宜正。寺肇基於遠法師，天皇悟從荆州天皇寺移居此。往時樹木極茂，後盡伐去。今新栽松，嬌姹如緑雲，寺僧等頗嚴守護。不過十餘年後，又成佳叢林矣。

夜，宿於藏經樓下。曉，送寶所歸公安。予歸玉泉，行嶺上，復望見遠山晴雪，殊快。至聖水寺，從徑路趨玉泉。輿中於諸山外，見玉泉屹立，有若久客望故鄉，暢適不可言喻，豈非宿緣?過金家溪畔兩水合流處，得一小庵，少憩。過此，山峯多茂樹，無童者。踰光石嶺，石浄滑不受塵。下嶺即玉泉寺田，松謖謖，水涓涓，窅無出路。復踰嶺，以達於寺。

遊龍泉九子諸勝記

出當陽城外，渡沮水，不數里入山口如户，遂行于日夕所望黛色中也。二十餘里，至龍泉寺，憩于胡康侯墓。康侯，武夷人，官湖南提舉時，爲蔡京所惡，去官而隱。

所云「築室漳濱者」，意即此時。子宏等後徙居衡山。康侯慷慨勁節，易退難進。故其言曰：「浮世利名，如蠛蠓過眼耳。」夫士固未有不超然利名之外，而可與共學者也。墓前手植松猶存，屈鐵偃蓋，微風即濤。松下泉甚清湛，所謂龍泉者也。四周皆坦迤之山，函寺其中，青松如蔓鬟蔽之。山後有洞名遠公洞，梯之乃可登。寺開基於遠法師，故洞以之名。案僞秦建元九年，遠隨安公南遊樊沔。及秦將苻平寇并襄陽，道安爲朱序所留，乃分遣徒衆，各隨所至。遠于時與弟子數十人，南適荆州，蓋舊時襄陽入荆之路，取道沮漳。遠公錫之所至，即成蘭若，此其一也。然考遠傳所云龍泉精舍，乃在潯陽。此之傅會，得無又同箕山許由類耶？寺舊以古松勝，近時負笈來此者，取以爲薪，日益濯濯。緣此方人士朴野，見如來、大士，則呼曰胡神；見圓頂方袍者，則呼曰楊墨。奴隸使之，鄙視其居。百年來頗沾昌黎原道篇之澤。而寺僧亦不知有律儀，屠沽治生，自比于蒼頭奴子甘心焉。予猶記陶學士石篔爲予言：村落中有老僧，居積致富。後其孫往雲棲寺聽講，老僧聞之不悦，告石篔曰：「近日孫輩不守治家本業，舍正崇邪，往聽講經，真可怪異！」石篔聞之絶倒，嘗舉以爲笑。觀此，則彼類中尚自冥然，何況儒生法門，衰替有由，不足怪也。

曉，出山。沿途峯色空翠，撲人衣袂。左清漳而右曲沮，望九子山，亭亭卓立。

登陟已倦，揀石而坐。諸山絶似蓮花，此峯又蓮花出水之最高者。遊侶曰：「昔李白易秋浦之九子爲九華，居士于此山何惜一字衮之？」予曰：「九子之名，何嘗不佳，自是李白俗氣不除耳。予又安可爲渾沌書眉！」下山，從燕子沖至何仙姑洞。仙姑衡州人，不應在此。路甚險，洞皆碎石合成。出燕子沖，如户闥忽開。沮水當其前。渡沮水，至彰鄉，拜關將軍墓前。公首已入魏，此其肢體也。予謂公既敗北，荆州業已屬吴。權釋公以結於劉，而共拒操，劉必我德，公必思報。此亦一奇也。夫曹公非有君人之度者也，然下邳之降，果畏之而不殺歟，抑愛之也？公于此時如几上肉耳。曹公聽其去，而不窮追；視權得而即殺之者，果何如哉？則謂曹公有君人之度，亦可。案彰鄉今在沮水上，去漳水尚遠，而水經注以漳水歷彰鄉，爲關公授命之處，訛也。

由玉泉至高安記〔一〕

山中春已深，天氣和暢，高安諸山之興勃勃。遂以正月癸酉，從玉泉早發。山中野花盡開，沿途青李及棠梨花皆如雪。至一音寺，山如象王排立。過青溪，溪水碧乳沉渟，别有異氣，浮於水面。至龍女廟前，試茶。上卧雲洞，以所攜遊山帳，寘洞外共坐。從洞旁攀蘿捫石，可半里許，至海潮洞。前度來，諸洞俱到，獨未至此。大略如楊惠之所塑楞伽壁也。一山皆青石，如太湖中空多竅，扣之鏗然有聲；若剪去草萊，一一剔出，玆山勝乃不啻，惜無好事者，竟寂寂沉埋耳。

過寺，至青溪舖，見羣山如破雲枕藉者，白巖寺山也。昔郭河陽畫石如雲，此山曲折迴環，起伏變幻，大類遊雲生動。述異記載荆州青溪、秀壁諸山，山洞多乳窟。則此山當名秀壁，今遂逸其名。然秀壁之名，非此一帶山不足當之。山路漸隘，從一竅入如永巷，兩山壁立，時有泉聲。石上苔文繡蝕，如排當彝鼎。至木瓜舖，石益奇古。過墨匣溪，極秀邃。雨漸至，覓所謂木瓜庵者不得。復行二十餘里，皆穿峽山。大約予生平看山，多土石間雜，無純石者。今日始見之。往在京師，曾見大李將軍棧道圖一幅，純是設色青綠山水，頗疑不經見。今乃知所貌者，皆此等山石類也。峽盡得沮水，山水相依，路盡左擔。晚渡水，宿高安城外慶壽寺。

〔一〕高安，集選題與文皆作遠安。

遊鳴鳳山記

渡沮水，行可三里，近鳴鳳山。兩山石壁竦秀，滑不受塵，水從中出，已心奇之。

溪也。兩山夾道如積鐵，皆拔地插天。膚骨總石，如削之壁，時有凹凸花。其凹處容塵，如爪甲泥，吐竹篠雜華，丹碧爛然，溪水縈洄間之。其東爲獅子巖，爲招仙巖。巖如墨汁灑成，陡健浄滑，飛鳥靡託。上有巖洞，明堂秘室具備，傳爲仙人所居。西有數峯，連石柱峯，深翠殷紅，又加翡翠，屏障東峯；忽折而北，鷲頭特起，寺憑之將斷，復絡一小峯。出其右，即法華臺也。大約兩掖之山，皆有長袖下垂；中爲重門，溪水繞袖，出東西無定。凡四渡水，而後至寺，寺已敝。出寺登法華臺，見後山疊疊生動甚佳。然此山中，觸目皆砂翠之色，入耳總笙鏞之音。攬之不盡，窮之愈出，何必借妍遠山。下臺倚石柱峯下行，渡水至繡鐵峽，以山色如繡鐵也。從峽中忽見三峯西峙，青翠照人。總之，此山不獨骨理玲瓏，縮之皆可作硯山筆牀，而別有一種妖冶之色，似雪又濃，似霞又澹。皆若以南海之蟻錐，始興之解錫，越嶲之空青，磨窒之丹砂，而粧施之。又渡水，始見山後户，丸泥可塞。復還至繡鐵峽，涉水得少平地，望前三峯麗甚。于此處作一蘭若，最勝。

從此緣至寺後嶺上歸，寺有石碑，已殘闕，不可讀。山上多鹿，故山曰鹿苑，溪曰鹿溪。志云：「上多鹿疃。」詩云：「町疃鹿場。」毛萇云：「鹿跡。」説文云：「町疃，禽獸所踐處。」訊之僧云：「今殊不見有鹿，惟獮猴數月一來，千百爲羣，旋即去。」山舊產茶，故曰青溪水，鹿苑茶。凋敝後，茶園皆廢。昔荆山居士陸法和初居江陵之百里洲，繼居邑之紫石山，後乃卜築此處。嘗云：「吾著脚名山多矣，未有秀邃如鹿苑者。」蓋因峯爲牆，因水爲池，因巖爲室，因隘爲門户，不修飾而自極煙雲之美。法和擇而居之，可爲神眼。後來開府郢州，似未嘗久居此也。昔臺城之難，爲千古學佛者口實。然此大士一出，而剪其羽翼，侯景之首，旦暮至江陵矣。彼殺學佛者，而即爲學佛者所殺，可云佛法無靈驗哉？萬回、杯渡之流，圓珪、七辛之輩，其跡或出野乘；而大士呼風役鬼之奇，正史揭而書之，以爲不可信，則臺城之事，亦不足信矣。法和居江夏，大聚兵艦，欲襲襄陽入武關。梁元止之。法和以空王佛所與主上有香火因緣，應有報至，故來拯解耳，何以致疑。夫以空王佛所同學之友沙劫，不忘拯其患難，至於萬不可救然後已，尤大士中之有俠骨者哉。予欲於繡鐵峽上治一室，以祠法和，而徐議佛宫。聞夷陵雷太史亦有此志，俟其歸相與圖之，毋使荆州出此一大神聖，任其香火寂寂也。

遊君山記

萬曆辛亥暮春，漢陽王子以弔中郎至，予感其意，送至岳陽，同遊君山。以風逆，泊舟南津港。質明，東風細細，波平如掌。初日甫出，與王子方舟進發，過編山。水經注云：「編山多篦竹，與君山對峙，孤影若浮。」今作艑，非也。甚童，都無竹。頃之抵山足，見喬木蓊鬱，虧蔽天日，黯黯含雪霰氣。兩掖之山，如垂長袖，怪石磊砢，飲水而下。寺内鴨脚四株，唐宋以來物也，上巢白鶴數百，遠視之如玉蘭花。正殿亦壯偉，後爲藏經樓。左廡祠柳毅秀才，作健兒裝。西去穿喬木中，新篁緑色照人。蓋遠視此山，直似長眉一抹。入其中，求所謂十二螺者，亦不得，都爲老樹壽藤所遮，仿佛見污隆耳。然曲徑中，竹翠茶香，雜花芬馥，極紆迴有幽致，宛似江南佳麗名園。過軒轅臺，此處可覽湖中之勝，惜以文昌閣封之。復行竹石中，登酒香亭，其下乃走鼎、澧諸州道也。還至寺左掖髻上，得朗吟亭，望長沙、湘潭，去帆如陣。上有古松數株，陡健清人肌骨。共坐其上看水。大約天水一色光景，乃此山尋常受用，然亦不能于此外覓一奇語，能模寫其澄鮮也。步至湘妃廟，穿林中，忽得曠野平田，極有野趣。入廟中，了無一人。閲古碑，頗喃喃皇英事。不知帝女者，乃天帝之二女，非堯二女也。自秦以來，譌訛久矣。

晚，復至山口，覓石踞坐，看水上雲變。予謂王子曰：「天下惟夏雲最奇，而湖上之夏雲尤奇。蓋八百里之水氣，上蒸空界，淋淋漓漓，生生動動，極百物之態，窮雕鏤之巧。昔米老謂於瀟湘得畫景，蓋謂湖上雲物異也。吾又安得一椽竹中，聽水觀雲，以娱餘生耶？」是夜王子大有卜築之意。水氣清冷，不成寐。晨起，定一庵趾在寺之右，近軒轅臺，雙髻曲抱，竹樹駢羅。猛風乍作，趣别山靈，一帆走岳陽樓下。

遊岳陽樓記

洞庭爲沅湘等九水之委，當其涸時，如匹練耳；及春夏間，九水發而後有湖。然九水發，巴江之水亦發，九水方奔騰皓淼，以趨潯陽；而巴江之水，捲雪轟雷，自天上來。竭此水方張之勢，不足以當巴江旁溢之波。九水始若屏息斂衽，而不敢與之争。九水愈退，巴江愈進，向來之坎竇，隘不能受，始漫衍爲青草，爲赤沙，爲雲夢，澄鮮宇宙，摇蕩乾坤者八九百里。而岳陽樓峙於江湖交會之間，朝朝暮暮，以窮其吞吐之變態，此其所以奇也。樓之前，爲君山，如一雀尾鑪，排當水面，林木可數。蓋從君山酒香朗吟亭上望，洞庭得水最多，故直以千里一壑，粘天沃日爲奇。此樓得水稍詘，前見北岸，政須君山妖蒨，以文其陋。況江湖于此會，而無一山以屯蓄之，莽莽洪流，亦復何致。故樓之觀，得水而壯，得山而妍也。

遊之日，風日清和，湖平于熨，時有小舫往來，如蠅頭細字，着鵝溪練上。取酒共酌，意致閒淡。亭午風漸勁，湖水汩汩有聲。千帆結陣而來，亦甚雄快。日暮，砲車雲生，猛風大起，湖浪奔騰，雪山洶湧，震撼城郭。予始四望慘淡，投箸而起，愀然以悲，泫然不能自已也。昔滕子京以慶帥左遷此地，鬱鬱不得志，增城樓爲岳陽樓。既成，賓僚請大合樂落之，子京曰：「直須憑欄大哭一番乃快！」范公「先憂後樂」之語，蓋亦有爲而發。夫定州之役，子京增堞籍兵，慰死犒生，邊垂以安，而文法吏以耗國議其後。朝廷用人如此，誠不能無慨于心。第以束髮登朝，入爲名諫議，出爲名將帥，已稍稍展布其才；而又有范公爲知己，不久報政最矣，有何可哭？至若予者，爲毛錐子所窘，一往四十餘年，不得備國家一亭一障之用。玄鬢已皤，壯心日灰。近來又遭知己骨肉之變，寒雁一影，飄零天末，是則真可哭也，真可哭也！

柴紫庵記

玉泉右掖之山，一峯直下，如象鼻突止。即爲庵，有堂三楹，曰浄名，以祠護法居士者也。舒其後霤，爲小室二：一居僧，一予自居。堂中望前山如繡屏，墀下有木樨一株，可十圍。每開，香清一山。其右牆外，小室三楹，爲香積，周以虎落。庵之後，所云「象鼻突止」者，瞰之皆石骨，鑿一洞，曰幻霞，以其中有霞紋也。可容一案四人，清涼沁骨。從洞右登山，緣鼻而上，可百步，得亭曰堆藍。圍以牆，穴以通風。望西南山色，如墨花淋漓。惟九子在西北，稍爲樹蔽其鍔。庵門外，左有小臺，聽玉泉水聲甚厲，可望後山，怪石老樹，游雲弄姿。堂中所祠者，上爲維摩詰，左爲武安，右爲伯修、中郎。近得西川黄太史平倩之訃，予哭而祠之。平倩長伯修六歲，故位在伯修上。海内交遊多矣，獨祠數公者，以皆有功德于玉泉者也。即有功德于玉泉，而非道德文藻無遜前三公者，亦不敢濫祠。後度門之意，以雷太史何思，生平護持玉泉甚力，亦得附位在中郎下。創始於萬曆辛亥春，會以他事歸；至壬子六月初四日落成，而總名之曰柴紫，以玉泉亦名柴紫山也。

予即以此日，從講經臺移至庵。向來居重垣内，如螺如繭，至是始與山色泉聲親。每日晨起，淨名堂中閲龍藏，午至幻霞洞，清坐焚香。晚登堆藍亭看山，以爲常。意甚樂之。嗟乎！予之來山中，從困衡中計之已熟，拚捨百丈游絲而至，蓋將終身焉。何者？道不在定，定爲道鎧。故古人舍喧入寂，假澄波以貯慧月。吾輩豈可逐逐紛囂，妄語那伽，如醉象之無鈎，似野馬之不御，此其宜居山者一也。鬼谷有言：「抱薪趨火，燥者先然；平地注水，濕者先濡。」外境之爲水火也，亦大矣。而以燥濕之習氣與偶，政恐入𩰤常新，難同浣布；騰波不住，有媿蓮花。燃濡隨之，害豈有極。故知涉事難守，離境易防，此其宜居山者二也。蘭香石堅，羽飛鱗沉，各有至性。吾一觸塵纓，周旋世事，若枳若棼，形神俱困。乍對疊疊之山，湛湛之水，則胸中柴棘，若疾風隕籜，春陽泮冰。昔人睇棨戟爲險道，走巖壁若康莊，信非欺我，此其宜居山者三也。謬許多生慧業，有志編摩，常欲取東國之靈文，西方之秘典，綜其萬派，匯歸一源，作後世津梁。中年馳鞅名利，垂情花月，羽陵蠹集，硯北塵生。自非偶影青巒，莫酬此志，此其宜居山者四也。世煩我簡，簡則疑傲；世曲我直，直則近訐；同固投膠，異或按劍。夫骨體如此，世路如彼，則采藥煮石，亦足以老矣。豈可臨砧刀而嘆秀芝、憶唳鶴哉！此其宜居山者五也。然則居山之事，吾志久定，吾計永決，終不捨此更逐世路矣。庵成，紀其梗概，而并勒五宜居者，以爲心盟。

爽籟亭記

玉泉初如濺珠，注爲修渠，至此忽有大石橫峙，去地丈餘，鄣泉而下，忽落地作大聲，聞數里。予來山中，常愛聽之。泉畔有石，可敷蒲，至則趺坐終日。其初至也，氣浮意囂，耳與泉不深入，風柯谷鳥，猶得而亂之。及暝而息焉，收吾視，返吾聽，萬緣俱却，嗒焉喪偶，而後泉之變態百出。初如哀松碎玉，已如鵾弦鐵撥，已如疾雷震霆，搖蕩川嶽。故予神愈静，則泉愈喧也。泉之喧者，入吾耳而注吾心，蕭然泠然，浣濯肺腑，疏瀹塵垢。灑灑乎忘身世而一死生。故泉愈喧，則吾神愈静也。夫泉之得予也，予爲導其渠之壅滯，除其旁之草萊，汰其底之泥沙。濯足者有禁，牛馬之蹂踐者有禁。予之功德於泉者，止此耳。自予之得泉也，舊有熱惱之疾，根于生前，蔓于生後，師友不能箴，靈文不能洗；而與泠泠之泉遇，則無涯柴棘，若春日之泮薄冰，而秋風之隕敗籜，泉之功德于我者，豈其微哉！泉與予又安可須臾離也。

故予居此數月，無日不聽泉。初曦落照往焉，惟長夏亭午，不勝爍也，則暫去之矣。斜風細雨往焉，惟滂沱淋漓，偃蓋之松不能蔽也，則暫去之矣。暫去之，而予心皇皇然，若有失也。乃謀之山僧，結茆爲亭於泉上，四寘軒窗，可坐可卧。亭成而嘆曰：「是驕陽之所不能驅，而猛雨之所不能逐也！與明月而偕來，逐夢寐而不捨，吾今乃得有此泉乎！」且古今之樂，自八音止耳，今而後始知八音外，别有泉音一部。世之王公大人，不能聽，亦不暇聽。而專以供高人逸士，陶寫性靈之用。雖帝王之咸、英、韶、武，猶不能與此泠泠世外之聲較也，而況其他乎！予何幸而得有之，豈非天所以賚予者歟！於是置几移襆，窮日夜不捨，而字之曰爽籟云。

玉泉拾遺記

居玉泉月餘，蘭若粗修，復規寺中所宜有者。殿後有大士閣已廢，復之可以望遠。蓋寺以名勝甲天下，而無一登眺看山之所，于事理甚不可。殿前有泉，從山後來匯于池，宜甃之種蓮；而于護世殿左右，各爲一室一池，郵此水入焉，使日夜淙淙汩汩，稍盈則出，而注於玉泉，是一快也。門外有田二十餘畝，可深其半，引泉出入其中，作放生池。由乳窟往關侯廟前，右泉而左爲山足，泉路漸崩，去山足已近。若令人運雜石磊砢其間，使僅可通人跡，而車馬艱於來往，其勢不得不取趙太守所改故道，庶山中清寂無囂，是亦一快也。廟東去數百步，渠内多石骨，爲水所蝕，依稀皆如擘窠大字，其上有田一區，前作一茶庵，以飲往來人；而後臨水，作一小室，使開窗即聽水聲，看水色，是又一快也。夫此皆予心規之，而格于力者，其果終有落成時耶？其亦有躭山水之趣者，能來此助予否耶？

嗟夫！予于世間之聲色，非淡然忘情者也，又非能入其中而不涉者也。自多病以來，稍悟寒蠶、火蠶以涼燠異修短之故，急思逃之。而其勢又未能割，則取世外之聲色以與之戰，而期必勝。蓋其始猶兩持不決，及其久也習之，新者故，故者新。回思向時與塵務相弊鎩，以丘山之苦，易毫髮之樂者，真如狂如醉，追悔莫及。始知予于山水間，亦有至性焉。特隱現于磨戞之中，不得自遂，如膠粘鵬羽，絲縛驥足。而今從披剥後，愈入愈深，大暢其意之所欲。忻忻然，目對堆藍積翠之色，自謂毛嬙、西施不如也；耳聆轉石奔雷之聲，自謂韓娥、宋臘不如也。不惟學世外之道者，宜遵遠離之行，而寡欲養生，賞心怡神，莫妙于此。予賦命奇窮，不知何緣得有此福，快矣，快矣！顧居山中，豈能安坐無營，稍稍點綴，以破寂寞，非所謂秀媚精進者乎？安得復如予者來此，與之共娛此生，是又一大快也。予何幸如之！

遊洪山九峯記

入鄂以來，鬧入酒社，覺神明不快，甚欲以烟雲浣之，遂作洪山九峯之遊。出城，黄葉如雨，官道旁爲洪山。入寺門，古松四株，霜皮虬枝，健甚。息左掖官舍，望八分山了了。大江如雪，晃耀天地；秋水未退，盡世界皆波濤也。繞塔登山顛，見道旁怪石鐫前代人字，已泐不可讀。既至顛，望武昌萬家若蜂房浮雪浪中。據石而譚者久之。下山至東巖寺，已敝。夜，篝燈閒譚，人境清絶。

曉，從洪山發。不數里，青青之山，澹澹之水，出左右腋。憩於關侯卓刀泉，喬松鬱然。過此，山愈層疊，了不知九峯所在。忽從山口如永巷，始見朱碧委藉，山間九峯，環抱一寺，如蓮花之裹蓮房；而松楓雜立，若花鬚矣。寺極整潔，凡伽藍所應有者，無不具備。尤宜雨，以處處皆有迴廊，不須屐蓋也。守僧出無念師衲衣并鉢履之屬。予曰：「此非所急。」急從迴廊至獅子石，登山頂，始窮山水之勝。猶爲松樹所蔽，不甚暢。予曰：「此處得一高閣，則九峯之美備矣！」於樹中見一處，粉牆隱隱，僧曰：「此陽邏也。」

下山，復走前山望水，武昌、漢陽江色，宛然在目。松中據蒲安坐，渾忘人世。大都此中諸峯環抱，極爲幽邃，而軒敞稍不足。記李習之常言：「虎丘池水不流；天竺石橋無水，靈鷲擁前山，不可遠視；峽山少平地，泉出山無所潭。」天地間之美，其闕陷大都如此，豈獨茲哉！山門外有小廟，予問故。僧曰：「昔楚藩遣人爲無念擇地，至前山，欲定爲基。有老人云無念道場尚須深入，因以手指其處，忽不見。後以聞無念。念公曰：『此姓周，名某，死社於此者也。』」今仍以爲伽藍矣。予初來時，煩火正灸，入山數日，身心灑然。中郎有言「名山如藥可輕身」，信哉！

後堆藍亭記

堆藍亭既落成，予以侍大人藥餌歸去。又一年，大人棄孤去。讀禮之暇，復走山中，得再有此亭。亭兩翼，松長數尺餘，盡遮山色；惟前一面，堆藍如故。山僧曰：「有異獸至者二」。予曰：「昔曇氏制戒沙門，不輕入山，冒霧露，犯虎豹。彼輕其身如沙塵，尚不欲以諸横戕其身也。吾方欲借此身根，爲千生資糧，安得不鄭重焉。」亭内翼以窗櫺，今易之牆，穴以通風。亭外翼以短牆，前爲級，可十五六步。三面皆牆，而一路據險，庶安坐無恐怖，月夜可留宿。其所以易成者，以寺門外有伏甎數千片。考之，乃宋劉太后粧閣甎也。太后爲蜀人，少失父母。舅龔姓者，攜之入都。過此寺，有慕容禪師者，見而奇之。後入太子宫，養育仁宗，修此寺，因爲粧閣其間。久而圮，于今幾六百餘年矣，而甎完整堅厚，叩之作金石聲。古人作事，不苟如此。

嗟乎！予去年營此亭時，行藏尚未可定。聶政有言：「老母在，政身未敢以許人也。」予亦曰：「老父在，予身未敢以許山也。」今老父以天年終，予遂踐山靈往昔之諾。三年之喪，一切娱樂事皆遮；惟看山聽泉，味淡而趣輕者，應不在所禁。誦讀悉罷，惟貝葉不拘。予察其安于心，合于禮，而行焉。豈惟三年，即終身可也。亭改後，與無跡師及李伏之日納涼其上，而予姑記之以識歲月。時萬曆壬子季夏之望也。

前汎鳧記

天下之樂，莫如舟中。然舟之在大江也，雖汪洋可觀，而其驚怖亦自不少，故樂少而苦多。惟若練若帶之溪，有澄湛之趣，而無風濤之險，乃舟居之最恬適者也。予自萬曆己酉，市一小樓船，曰汎鳧，取離騷「汎汎發水中之鳧」意也。遂自沙頭發，過鄂渚、九江，抵秣陵。當其波光皓淼，遠山點綴，四顧無際，神閒意適；或駕長風，一刻百里；或汎明月，積雪照人，曷嘗不快。然石尤不息，淹滯無時；中流風惡，徘徊彳亍，而不得泊，時時有性命之憂，則尤有大不適者。蓋舟之樂，常以苦妨。故自庚戌以後二年，汎鳧幾爲剩物矣。

今春乃以舟從虎渡轉入三穴橋小河，時四月矣，兩岸楊柳森疎，開牕臨水，讀書作字。凡三日，過故松楸而還。從來舟居之樂，無逾此者。豈非以有臨流之適，而無風濤之足畏歟？嗟乎！予少年心浮志躁，内多煩火，家居目若枳而神若錮；獨看山聽泉，則沉疴頓消，神氣竦健，可以度日。故予非好山水也，醫病也。往族有老人，每日至辰巳間不得酒，則面若死灰，四肢掉戰，必得酒乃已。夫此老人之終身于酒也，豈誠知漉巾荷鍤之美，而效之哉？疾病所迫，勢不容已也。予之于山水也，亦若此老人矣。然山行多勞，不若舟居之逸；而大江之險，又不若小河之適爲較恬也。予從此得計矣。

河雖小，四季常流，又直抵衡山。從本邑斗湖堤陸行二十里，至三穴橋，即登舟。兩岸多垂楊柳，凡五十里而抵予生長之村，有輞湖可泛。湖邊人家，多喬松茂竹，去予先居一里許，去予杜莊半里許。湖周圍十餘里，水光皓然而不深，甚深者没侏儒。景物可怡，月餘不厭。從湖入河，順流七十餘里，至彰觀山下，山勢雖坦迤，而深邃委曲，喬松百萬，間有怪石。冬春之間，水清澈見底，大約如富春江上。其西上三十餘里，即爲澧州。州遠近多佳山水，若夾山、洛浦，俱爲禪林名勝；而太清、太浮，爲神僊窟宅。自非半年不能涉險奥，飽煙雲也。東下得嘉山，又一舍，至洞庭湖岸。得順風，傍岸挂帆，半日即入鼎州河矣。息於德山，山多篁竹，清邃可愛。西上即爲鼎州。鼎州以上，一日可抵桃花源，一入青蓮世界，無便出理，不必以日月計也。東下即爲走衡嶽道。嶽，予尚未遊，然太虚靈臺、朱陵寶洞，山經遊紀所載，尚恐不敢模寫萬一，或待予而啓其秘也。予計定矣，予志得矣！

吴越之舟，居非不樂也，而阻大江。江上六千里，非有大不得已事，冒險何爲？惟此千里綀溪，實予怡情養壽之地，必不羨夫乞鑑湖一曲者也，有何所障而待乞也哉？每歲如春遊，則二月寓鼎、澧，三月四月遊衡、疑，四月終即入玉泉避暑。秋遊則八月寓澧、鼎，九月十月遊衡、疑，冬則家居避寒。樓舟二：一敝者，載糧食，宿僕從；一自居，貯書畫，及一二賓客，鼓吹一部。往來煙雲間，二三十年足矣。

泊夢溪記

津市新舟成，將遊吴越，值虎渡涸，不得出。予曰：「有朱陵舊願可償也。」遂以癸丑初春四月發舟，次于孟溪，即予故里。登岸步至珊瑚林，入荷葉山，老樹漸盡。至先居，苔錢滿地。其左爲嚶鳴館，愚兄弟三人少年修業處，廢沼荒台，日以零落。省隣居兩叔後，拜於丘墓。今年覓數片碑石，封識其間。袁氏之興，兩制科相承，不滿二十年耳。移居城市，東徙西遷，日不暇給，何皇及先人烏兆也哉？

時久不霽，見午日烘原野間，快甚。復至孟溪登舟，泛楊冶灣，憩岸上高阜處。長安、穀昇兩村之樹，封天蔽日。日晡順流而還。追憶十年前，與諸叔縱飲此地，一吸百盞，如得霜鷹。而今少飲即休，則少壯異時，喧恬殊趣也。此間無山有水，至夏秋間，滿目皆水矣。正欲于此處作一小亭，會河邊人家有麥地，欲易數鐶，遂欣然成之。蓋予性癖好舟居，此處多種楊柳，維舟其下，便是清涼國也。

此地原名孟溪，當是居人姓。或曰夢溪。記昔沈存中常夢至一小山，花如覆錦，喬木蓊鬱，溪水繞其下。晚居南徐，得地於丹陽，宛如夢中，遂以夢名溪。故所著有夢溪筆談。予屢夢至一處，有小莊院，彌望皆水，荷葉遮門。此地卜築成，宛如夢中矣，則名爲夢溪亦可。

再遊彰觀山記

舟次澧之闗山，步于山間。草中間有怪石，水邊石尤突兀，有若浮梁者。其上有飛泉下注，四時不絶。闗山之上，爲彰觀山，兩山夾立，萬松鱗次。中有山路，泉水出焉，乍洪乍細，可二里許。山逾深，諸峯若象兕嶒踞，喬松十里，遮蔽天日。訊樵者，云上有寧極觀。時日已暮，徘徊樹中，語客曰：「有以也！夫道書之四十四福地，黄、范二僊鍊丹處也。山勢幽邃，泉流注射，宜爲幽人所棲託耳。」客曰：「今爲藩封釜鬵，塵涴青山矣。」予曰：「非屬藩封，安得封天之樹，爲青山介冑耶？」步出山口，遇僮僕鵠立，云：「登山覓不得而還。」予嘆曰：「甚矣，僕之孱也！從我于山水間二十年矣，豈有聞泉聲不遡其源，而他往者哉？以後遇登山，凡有泉處，即循水而覓予蹤，必可得也。」蓋此處有二山：一爲闗山；闗山之上，乃爲彰觀山。予昔遊時，誤以闗山爲彰觀矣。

登舟數里，聞灘水聲，舟師不知水道，至灘不可上，急登岸，時已昏黑。依岸行，見一樵人。予呼之，其人急走，意以予爲盜也。後又一樵者至，尾之，予問曰：「此間有居民否？」樵者曰：「從此過河，即宋家渡，亦一聚落。」遂至渡口候舟。

珂雪齋集卷之十六

涉小洞庭記

洞庭之濱，有小聚落，曰麻河，漁家數十户櫛比。時將過湖，舟人不熟湖路，乃覓一舟，二人爲導。雨止成行，穿小港中，舟人云：「此青茅窖也。」凡湖中小曲曰窖。十餘里，過一小湖，舟人云：「此白頭湖也。」復從岡巒中穿一曲，舟人云：「此掘子窖也。」又五六里，舟人曰：「從此出口，則爲馬頭湖及帽湖，二湖相連，可四十里。今從小曲中出，地名七星窖，可不必由馬頭湖，而直走帽湖。」予嘆曰：「若非熟舟人，即成七聖道矣。」

出七星窖，至帽湖，白水封天。可二十里，走常德岸，所謂侯家港也。此屬洞庭小曲，至三四月，則蕩然一壑。予以其名不馴，直呼之爲小洞庭焉。洞庭觀水，最爲雄奇。然宇宙間，數百里一片軟嫩芳草，翠緑嬌姹，與水色相漾，方知古人云「洞庭芳草連天」非虚語也。

後汎鳧記

僕少如健犢子，自經父兄之變，百感横集，體日羸瘦。今年始覺大有老態，或長夜不眠，耳中日夕如轟雷，雙手酸痛，雙膝常畏寒，夜作楚尤甚。略有酒慾，即發血疾。兩兄皆早世，僕隱隱有深怖。自念精血未耗之時，猶不敢以進取争衡造物，況今疲然龍鍾。已矣，已矣，從今絶意於仕宦之途矣！少有才名，或以止於一孝廉爲憾；然同學諸人，有才不減於予，學力數倍于予，而以一諸生終者有矣。僕所得已多，亦復何憾。孝廉粗有體面，可支門户；早完公租，不涉閒事，可以不到公門半步，州縣亦自敬重。上擬不足，下擬有餘，亦可安心卒歲者也。僕於中外骨肉，由登第至蓋棺，皆親見之。作宦之味，亦歷知之矣。大約以多欲求遂，故不得不處於忙也，而其實未常不厭忙也。以厭忙故，亦結想於閒地，而其實又未能閒也。有事厭事，無事生事，奔波一生，即高明者卒皆然耳，僕久已覰破矣。然此時又豈能閒，偶與忙之地相左，而與閒之境相近，則且舍忙而取閒，固其宜也。不幸性躭煙水，每見清泉流水，則怡詠終日。故自戊申以後，率常在舟，于今六年矣。一舟敝，復治一舟。凡居城市，則炎炎如炙，獨登舟即灑然。居家讀書，一字不入眼；在舟中，則沉酣研究，極其變化。或半年不作詩，一入舟，則詩思泉湧。又冗緣謝而參求不輟，境界遠而業習不偶。皆舟中力也。

去年治一舟，欲走吴越。與錢受之諸公約，必來聚首。自臘月來多病，不離藥餌。新正始漸愈，然種種老態，不以年變，直以月遷。且大江之中，風濤百端。當此禁網嚴密之時，自荆至吴，舟税如織。所之，巾廂皆遭盤詰，胥徒謾駡，令人駭愕。茫茫三千里長江，一片愁水耳。知交中韻士即是貧士，富人多非韻人。僕賦性如此，豈肯開口求人。故作客居諸亦自不易。況宿疾偶發，數千里外何人看視，以此東行之念漸止。適所製舟，又在邑之三橋，虎渡水涸，不得出江；必由洞庭趨岳陽，用與江會。不若且走湖内。遂以正月四日至三橋登舟，走澧浦。水秀而狹，無諸險難。飲食日益，沉痾漸愈。至先人故里，見襟帶江湖，有數畝可以築臺御風，穿池種荷，因以數金易得。當止息不遊之時，維舟柳下最便，先居去此一里，稍稍修葺，可以安住。杜園去此數百步，多松竹，可以閒遊。左里許有珊瑚菴，右里許有浣花菴，亦可暫息。父兄俱亡，獨兩叔髫年知愛，相見即驩然永日。有閒叟王吉人輩可以伴行。僕有饘粥之田，可取租四百餘石，以其半贍城中妻孥，以其半爲村中及舟中資糧。歲有銀租近百金，以十分之二付城中妻孥作蔬具，以強半給予遊玩度支。又沙市有一宅，社友蘇直指曾諸以直，若得此，再治田數百畝。僕于窮人中，亦足以豪矣。支派既定，但飯來張口，有若神鴉，何俟僕僕更求人乎！

春以一舟爲主，一小舟爲伴，載書史糗糧，走澧州，過小洞庭，至德山，遊桃源，登衡山。秋以小舟走沮漳，至玉泉，上遠安。夏冬則歸村園，或偶一至城市。其中相近山水，若九溪，若華容，皆可細往。僕之生計定於此矣。將取古今舟居之人，若張融、張志和、陶峴、趙子固等，外及釋子船子、中峯輩，作一煙波外史。恨書少未能集全，然亦粗有其概。恨我不見古人，恨古人不見我，非虚譚也。過洞庭，帽湖中白波千頃，芳草連天。與崔晦之偶道及，因書而識之，示不忘焉。

再遊花源記

湘中有舟來，言道上荒甚，乃以衡遊俟之秋稔，次於鈞灣，且歸。適楊子文弱，相期聚首江樓。時景陵李長叔工部，亦以使事至鼎，晤間遂共作桃源遊。時癸丑二月之十二日也。從江樓下，三舟並發。長叔舟中客爲沈仲敏，文弱舟中客爲賀景明、陳仲韜，予舟中客爲崔晦之。或能歌能弈，能書詩。是日，過武山，次延溪渡。明日，過桃源縣，至綠蘿山下。諸峯纍纍，極爲瘦削。至白馬、雪濤處，上有怪石。登舟皆踞坐。泊水溪，與諸公步入花源。

至桃花洞口，桃可千餘樹，夾道如錦幄，花蘂藉地寸餘，流泉汩汩。遡源而上，屢陟彌高。石爲泉水嚙，皆若靈壁、將樂。水忽從數丈下墜，擊石鏗然有聲。已至山竇，有亭可坐。泉從上落，匯於小池，其上遂不可攀。有老道人從石壁上復緣而下，欲見其捷，失足仆地。衆皆笑。其右爲大士閣，未暇遊。從石級下，可數百武，走桃花觀，有「桃川佳致」四字勒石上，爲劉禹錫題。馳道亦整潔，間有杉松。邑人士江伯通、張阿蒙諸公攜酒宫中，攜得村伶一部佐酒。予乃竊步馳道間，至桃花下，月色轉朗耀，花香薰人，藉地而坐。頃之，文弱亦至，相顧大笑曰：「已較遲八刻矣！」茵花啜茗，歡笑移時。諸客亦有至者，乃登大士閣，月下千山皆如煙霧。夜已深，尋故路，出水溪，長叔已先至舟，意倦游不欲前，遂分袂，悽然有別意。

晨從鈔邏村中，獨與文弱進發。過澄溪，望遠峯穎秀甚。至仙蜕石，石如鐘鼎羅列水上，森然壁立可畏。間有磊砢水間者，遂停舟，據之而坐。登舟里許，爲漁仙寺，山溪秀邃，竹樹駢羅，茅屋數家。内有净石一小峯，極可登眺。過平疇，至寺，寺内祠伏波將軍，作健兒狀。不知文淵韶秀如畫。後有洞，依以爲閣，已圮。然洞中石理甚蒼古，苔紋蘚碧，以手拊之如玉。其左側爲洞者三，皆可坐。四峯攢立若筍，其隙可登，有小泉鳴草間。峯形如旋螺，每旋輒有少許地，屢折乃止，皆可瞰江。四面如鐵甕，中可作一静室。共意峯頂必有異，滑不可上，披草棘，旋覓寘足處，極力乃得至顛。望諸山，皆疊疊有迴波。日已晡，尋故路歸舟。萬山如蓮縈繞，水光浩白，月色皎潔。乃共坐舟頭小飲，夜卧酣適。醒時，日上舟窗矣。

起望穿石，亭立水上，若雲鬟高髻，興殊不可遏，既至若在軒轅鏡中坐也。外若鐵牆壁峙，遠山波流花簇，妖冶動人。自辰至午，留連不忍去。已登舟，近新湘溪，山勢迴合，不見去路。溪山至此，争奇獻妍。間有人家，恨不與結隣也。過仙人巖，不及上。至水西巖，已暮，其古色照人，正與予所見高安、鹿苑等。泊舟巖下，道人猿飲而至，欲登其顛，有難色。文弱曰：「凡卓菴處，必自有途徑可至，請先往。」予乃以布裹身，令兩人曳之至顛，見山巒益飛舞。度已暮，不可久留，循故路下。已下，仰視病悸。昔伯孝長聞戰鼓之音，懼而閉户，蒙被自覆；漸登城而觀，言：「勇可習也。」予從此習勇矣。至魚網溪畔，石板上布席坐飲。魚網原名怡望，中郎改今名，豈聲相似訛耶？然魚網政自佳。是夜，月如畫，觸目皆山色水聲，相對皆閒人，覺身輕甚。中夜，予獨起卧沙石間，念吾兄中郎存時，每以遊屐相角。昔年遊此，未及陟顛，中郎舉以爲笑。今已陟顛矣，不知歸去後，舉似與何人也，不覺淚下者久之。

夜中月色水聲，清人肌骨，不成寐。曉念魚網溪色浄緑，不可名狀，其中必有異。乃放舟入溪，溪口即有磊磊石壁，砂翠爛然；老樹茂竹，便娟媚人。可二里許，溪中石板若敷茵可步。大舟不可往，乃覓小舟。巖溪相依，若戀戀不捨者，至十餘曲後，水石間出。石爲水所蝕，若龜魚仰面昂首，出没水間。灘聲雷轟，霏珠濺雪，小舟復不可往。乃步行壁下，溪水浸巖中斷，復不可往，則跣而過。凡三四渡，有灘，浩浪掀舞，相與濯足。望前溪叢樹中，有小亭。漁人曰：「此龍角亭也，下有龍湫。」急往改衣少息，偶有鄉民陳姓者，以雞黍至，感其意，爲之飽。訊溪所止，則云：「兩山相合，中縈一帶，可二百里許。」予曰：「此真避秦處也恨無小舟，不能窮其源耳。」相與步歸。至舟，日向午，遂理歸棹。一瞬數十里，去花源一牛鳴宿焉。

遊靈巖記

遊花源後，從陬溪入小河，至蘇溪舍舟而陸，遡小溪行，即靈巖洞中所出泉也。數息老樹下。近巖數里，見山峯波騰，秀媚特甚。至寺，泉聲益厲。予不暇入寺，先之洞。見洞中冷然，石雲排當怒立，即欣然一笑曰：「不虛此來矣。」洞縱可數百丈，横可數十丈。中有一溪，淵深不可測。其上常有雨點下滴，若融雪響。大都一洞皆千年溜乳所成，窮工極變，色如陳雪。佛大士及鐘鼎象兕花鳥之類，以意模之，皆得其彷彿，正不必真似也。予乃屏息静觀。從遊者呼云：「急來看洞後石變！」予曰：「徐之。如啖佳珍，須少咀嚼耳。」頂上時作稻畦文，其乳下注而中止者，如懸挂衲衣，摺理下垂。已杖而上，復過一竅，即爲洞之後户。見緣溪石理，如洞庭湖中軟浪疊砌而成，石脂注於泐隙，如乳雪旋螺上覆，忽若一鐘。然取象可種種，不獨鐘也。其溪可以盆舟入，若蛇行；過此一重關，其中必有異。予輩膽薄，失此靈境。悲夫！

起坐洞後平地上小飲。僧云：「新洞亦去此不遠，蓋數年間，偶崩出一石門。」往瞰之，更大于此，其石理亦相類。特昏黑，須火炬而入。急令人縛炬數十，各持杖往。至洞口，泉聲汩汩，亦有一溪。以炬前，予等相尾而入。有室，有皇佛大士及象馬犀兕之屬，種種呈態。其流聲，至深入益厲。蓋由此洞暗入前洞也。炬既而還，洞口石摇摇欲墜，殊可怖。其右即爲桃花洞，一洞皆水，惟亂石錯立水上，可步往。其中有門，水從門中出。予曰：「桃花洞口，名不虛也。過此水竇，即避秦人矣。極力蛇行而入，必得吾願。」乃去帽脱衣，以手據水上，直趨竇中。文弱亦欲從，晦之諸公大呼曰：「毋往，毋往！」予曰：「何哉？豈慮吾入而不復出耶？吾年已四十餘，頭顱種種，視世味已如咀嚼。若避秦人住此中，樂不可支矣，莫吾阻也！」晦之曰：「子欣動而厭静，今以一舟放浪江湖，有何不樂。一入其中，爲避秦諸人留，或强以仙妹相匹，花源雖廣，周迴不過數百里，他年迷路不復得出，有若桎鎖，空自悔耳。」予曰：「避秦人皆仙伯也，凡仙人居山中者，去來自如，别有路可至上界他方。豈真同血肉凡軀，可拘之一處者？」言已復走入，去穴不數步，而從人大呼曰：「有蛇，有蛇！」予始大駭，疾趨還，恨靈仙之永隔，悲弱志之不厲，涕泗横如而出。至寺晚食。復步至前洞，見石竇中一小碑，上額篆唐朝奉題靈巖，字有「分明便是桃源洞，不見溪中流落花」語，餘書石者，不悉記。予謂靈巖山不足觀，而其中包藏靈怪，正如一樸茂人，胸中含裹無窮麗藻耳。獨寺中狼藉，不堪住。夜坐殿前小飲，亦自成歡。

遊太和記

萬曆癸丑暮春，予自花源歸，作太和遊。從草市發舟，至襄中，陸行三日，而抵山下。道上山色泉聲，已泠泠非人世矣。息於楚藩蘭若，以首夏初九日丁酉登山。過謝家橋，經草店。此後馳道整潔，松杉夾路，菴觀櫛比，朱户隱見。至沖虚菴，流泉細細，溢於衢路。上有檜一枝，開落花如金粟，即山中亦僅此一株，不見多也。上仙關，兩山多竹篠。至玉真宮，穿松杉中，有石橋三四處，皆如碧玉粧砌。其上爲玄岳門，如一竇，方回之泥可封也。過此則煙雲金碧，輝映萬狀矣。夾道古杉千株，過元和觀，溪水争流，其左即走玉虛宮中道也。以玉虛宮需之異日，急從中路行。有危坡，稍見野意。不三里，夾道濃陰，山或左右擔。至迴龍觀，見天柱諸峯，若刻若鏤。歷老君、關公廟，及太子坡，皆修潔。過平臺，下十八盤，石墀不受一塵，樹影尤濃。聞流水聲厲甚，即龍泉觀前橋也。臺路有三：一爲周行，即走紫霄南巖，登天柱者。入溪即走九渡澗，中至玉虛巖、瓊臺觀道也。其上爲紅門，即太上、八仙、羅公院諸處，可抵瓊臺者。予舊聞之中郎云：「太和瓊臺一道，疊雪轟雷。遊人乃云此山詘水，殊可笑。」予拉遊侶，請先觀水，爲山靈解嘲。乃行澗中，兩山夾立處，雨點披麻斧劈諸皴，無不備具，灑墨錯繡，花草爛斑。怪石萬種，林立水上，與水相遭，呈奇獻巧。大約以石尼水而不得往，則匯而成潭；以水間石而不得朋，則峙而爲嶼。石偶詘而水贏，則紆徐而容與；水偶詘而石贏，則頹疊而吼怒。水之行地也迅，則石之靜者反動而轉之，爲龍爲虎，爲象爲兕；石之去地也遠，則水之沉者反升而躍之，爲花爲蘂，爲珠爲雪。以水洗石，水能予石以色，而能爲雲爲霞，爲砂爲翠；以石捍水，石能予水以聲，而能爲琴爲瑟，爲歌爲唄。石之趼避水，而其巖上覆，則水常含雪霰之氣，而不勝冷然；石之顱避水，而其顛内却，則水常親曦月之光，而不勝爛然。如此者凡二十餘里，抵玉虚巖。巖若青玉，下覆樓閣，流水遶之。喘息稍定，復下穿澗，水稍狹，流愈壯。百武一息，即揀石而卧。一日間行住食息，皆對怪石；爪齒纓足，俱費乳雪。生平觀水石之變，無暢於此者。又三十餘里，始與水稍疎，得中瓊臺，新毁于火。然望天柱、蠟燭諸峯，無論巖巒之奇，即百萬碧樹，緑光浮動射人。其絶壁巖棲者，隱隱樹中如蜂房，間多披裘念一之夫，餌芝煮石，咽氣殞和，永絶梯磴，獨耦煙雲，以待羽化者。至上瓊臺，日已暮，遂止焉。其後爲瓊臺峯，若一髻前指，即所謂外朝峯者，陳希夷修道處。

曉辭瓊臺，過外朝峯，從天柱後户入，登山謁帝。望七十二峯，皆如屏息拱立，髻盤鬟繞，雲駛霧騰。亦不暇問其孰爲七星、三公、千丈、萬丈等也。記荆州圖經云：「峯首狀博山香爐，亭亭遠出。」又南雍州記云：「有三磴道：上磴道名香爐峯。」蓋後人易香爐爲天柱，而以其副峯爲香爐云。游侶問玄帝所自出。予曰：「黄帝之子昌意，娶蜀山之女，生高陽氏，居弱水之鄉，陶七河之津，是爲玄帝也。役御百神，召致雷電，乘結元之車，周旋八外，諸有洞台之山，陰宫之丘，皆移安息之石封而填之。鑄羽山之銅爲寶鼎，以獻于神峯，大約與黄帝鑄鼎首山事同。陶貞白與楊許諸仙往來，親得其説而紀之，尚有可信。若夫浄樂國王之説，俚甚，無足存者。自古山澤之癯，沖舉者多，惟帝王絶少。而黄帝祖孫，皆鼎成乘雲，歸于帝鄉，似别有家學脈絡。彼秦皇、漢武，不得其術，而以腐骨望神仙，以淫胎飲浩露，宜乎踈天親地，究歸玄壤也。今黄帝之蹟相望，而玄帝隱于盲説，悠悠無知者，予故備爲拈出。」是日徙倚山上，神醉煙嵐。自念躡屐久矣，大都自然勝者，窮於點綴；人工極者，損其天趣。故野逸之與濃麗，往往不能相兼。惟此山骨色相和，神彩互發。清不槁，麗不俗。人言五岳不堪伯仲，良有以也。

謁帝，復下天門，舍輿而步，與游侣約毋匆匆。見山骨稜稜，雲破霧裂，則少住。見兩山忽豁，千峯髻出，則少住。見古木蕭蕭，柯韻悠揚，石橋流水，悄然如話，則少住。惟畫棟文楣，即掉臂而過之，以所不足者，非此物也。至南巖，巖石若駁雲，外覆爲循廊，以達宫門。殿宇壯麗甚，殿後依巖爲諸院宇，亦若修廊。積鐵冷金中，時出雪溜蘚斑，朱藤蔓絡。廊外緑峯照耀，見雨瀑如白龍蜿蜒而行。至聖父母殿前，望天柱，氣宇如王。息于棋亭。步至捨身巖，杉松滿路，皆數十圍。山行倦甚，至曉猶不能興。天昏昏作雨，再至南巖宫後石巖下看山。遂行過雷洞，至太子巖，石亦奇峭，有泉淙淙下滴。杉松皆數十圍。下至紫霄宫，宫殿所不論。其後爲展旗峯，前爲禹跡池，泓然沉碧，有水亭可憩。上爲福地殿，不及登。仍至九渡澗，抵平台，雨大作。覓舊路，暫歸蘭若。

明日霽，始作玉真、五龍之遊。從元和觀折而東行，路未修飭，有野致。山巒平衍，田疇龜折。近玉虛宫，松杉茂密。有大溪匯衆流界道，石橋壯麗，即九渡澗及諸澗下流也。溪繞宫右，兩岸道院櫛比，時有小橋，儼若村里小市。過宫門，壯等宸居。昔文皇以十餘萬衆，鑿石開道，繕治宫殿，皆屯集于此地。凡十二年，而後落成，故此地亦名老營矣。乘霽走九龍，不及入。沿途多平原曠野，至九龍行宫，有老松深柏。飯後，着笠子登輿。一老道人睨予而笑，訊之，則曰：「此後山陰，樹影交加，無曦日也。」乃擲去笠子而行。至此易夷爲險，山路頗多怪石，濃陰遮蔽，好鳥和鳴。近仁威觀，流水轟然。沿途溪水四至，真與九渡澗争雄，時有瀑布。過磨針澗，流水交會震厲，皆青羊澗、桃源澗水匯合處也。蓋蠟燭澗之水，下匯爲溪，其地坦迤，無所遮越，游人不惟聞其聲，多餐其色。此地兩山中蝕一縷路，深林菁茂，白晝似宵，驕陽疑月。青羊、桃花諸澗之水，四面奔流，如草中蛇，如絖中線，疾趨而過，不知其所之。故遊人不見水色，但聞水聲。風林雨澗，互答相和，荒荒泠泠，殆非人世。抵五龍門，列紫柏二株，其徑九曲。過榔梅臺拜殿前，雕欄刻石，皆若碧玉。墀下五井，各一色。又有日月二池，一黛一赭。昔陳希夷習静瓊臺峯，見二老人數數來，訊之，則曰：「我五龍峯下日月池中龍也。」即此池矣。飯于道人舍，見南巖騰緑鶩紅，大似小李將軍一幅横披。已命一小黄冠爲導，至自然庵張三丰修煉處。有上賜衲衣。又行五里，至山後，路窮多支以木。于石竇得洞，即長生巖也。有道人，辟穀已十九年，貌甚腴。分予以熟製蒼朮數餅，甚甘。訊之，不言。日已暮，遂還宫中。按此地自唐貞觀中，均州守姚簡禱雨，有五龍見於此，建五龍祠。逮至元，始修飭，改爲五龍宫。至本朝，始極其盛。人皆知陳希夷于此修道，不知殷長生、房長鬚、李玉溪、馬明生、田蓑衣之徒，皆于此仙去者也。是夜，月色皎甚，開窗了了，見南巖燈火，不成寐。

曉，尋舊路歸，始入玉虚宫，周遭類一大縣。其中虬柱龍梁，雲榱藻井，砌以文石，覆以碧瓦，綺寮雲接，飛閣霧連。其外金字銀書之亭，真官選客之宇，皆可爲他山宫殿。其左右道宇玄院，綺錯棋布；幽宫閟室，千門萬户。流水周于堦砌，泉聲喧于几席。姹花異草，古樹蒼藤，駢羅列植，分天蔽日。海上三山，忉利五院，依稀似之。若夫山裏田間，泉周塍外。花裏有耕耨之客，雲中聞鳴吠之聲。能使芙蓉城中失其芳妍，桃花源上讓其幽邃矣。息於望仙宫，目不暇覽，情不周翫。遂策杖而出，訊之老道人，云此即異時武當縣也。出宫後，返玉真，入涉其概。步至松杉間，與游侶評山。予曰：「吾胸中已有粉本。大約太和山，一美丈夫也。從遇真至平台爲趾，竹蔭泉界，其徑路最姸。從平台至紫霄爲腹，遏雲入漢，其杉檜最古。從紫霄至天門爲臆，砂翠斑爛，以觀山骨，爲最親。從天門至天柱爲顱，雲奔霧駛，以窮山勢，爲最遠。此其軀幹也。左降而得南崖，皺煙駁霞，以巧幻勝。又降而得五龍，分天隔日，以幽邃勝。又降而得玉虛宫，近村遠林，以寬曠勝。皆隸於山之左臂。右降而得三瓊台，依山傍澗，以淹潤勝。又降而過蠟燭澗，轉石奔雷，以滂湃勝。又降而得玉虛巖，凌虛嵌空，以蒼古勝。皆隸于山之右臂。合之，山之全體具焉。其餘皆一髮一甲，雜佩奢帶類也。」遊侶曰：「君真山之顧虎頭矣！」是夜，復止於蘭若。明日，至均州買歸舟云。遊侶者，貴竹楊孝廉、襄中余茂才、漢陽王章甫也。

太和後記[一]

太和之山，無所不有，分之爲洞天福地者，當不知其幾。今欲一覽而窮其勝，此其神情，何關山水。夫欲盡其要眇，雖山中黄冠，有不及至者。要以涉其梗概。太淹或不能留，太速又有不愜。覺日來遊屐尚有所遺，都由山徑不熟，故瞶瞶耳。令予再至，則知遊矣。

請以八日爲期：朝從迎恩宮發，徐行於龍泉、九渡之間。日中而止紫霄。覽紫霄畢，以其餘力，及七星、寶珠諸處，而勝可窮也。朝從紫霄發，徐行于摘星、天門之間。日中而止太和謁帝。覽太和畢，以其餘力，及清微、朝聖諸處，而勝可窮也。朝從天柱發，徐行于天門、摘星之間。日中而止南巖。覽南巖畢，以其餘力，及歘火、不貳諸處，而勝可窮也。朝從南巖發，徐行於仙侶、青羊之間。日中而止五龍。覽五龍畢，以其餘力，及自然、長生諸處，而勝可窮也。朝從五龍發，徐行于磨針、仁威之間。日中而止玉虛宮。覽玉虛宮畢，以其餘力，及仙衣、圜堂諸處，而勝可窮也。朝從玉虛宮發，折而右，徐行于九渡、淵默之間。日中而止玉虛巖。覽玉虛巖畢，以其餘力，遡蠟燭澗諸處，而勝可窮也。朝從玉虛巖發，徐行于中、下瓊臺之間。日中而止上瓊臺。覽上瓊臺畢，以其餘力，及外朝峯諸處，而勝可窮也。朝從上瓊臺發，徐行于太上、八仙間，日中而止遇真。覽遇真畢，以其餘力，及沖虛、元和諸處，而勝可窮也。竭此八日之力，即不必盡發其隱伏，而亦可以無遺憾矣。

是故游侶宜少，恐其撓也。僕從亦宜簡，恐其囂也。輿人宜健，且與之飽，恐其力盡，尼予行也。山資宜多，且宜先授，以近日山中貧甚，猝不能給客也。果餌宜儲，恐偶枵也；山志宜攜，恐有遺也。皆遊具也。又彼所欲得於客者祈禳，至一宮，則姑曲狥其願，而我得以其隙作鎮日遊，是又遊訣也。若夫久住于此，以窮其變態，則又在好事者。

〔一〕近集題作書太和記後。

西山遊後記

高梁橋

都門之盛，皆在西郊，則以西山之山，玉泉之泉，磅礴淋漓，秀媚逼人故也。泉水遡橋繞隍，入於大内，最爲清激。過橋，楊柳萬株，夾道濃陰，時時停驂照影，不忍去。佛舍傍水，結搆精密。朱户粉垣，隱見林中者不可數，真令人應接不暇。客曰：「此何如山陰道上？」予曰：「山陰似郭熙，此似黄筌。」

極樂寺

寺臨水，有垂楊，婀娜甚。殿前松四株，遮樾一㞚，松香鳥語，寂寂不見一人。步至寺左國花堂，花已凋殘，惟故畦有霪隆耳。癸卯歲，一中貴修此堂，甫落成時，漢陽王章甫寓焉。予偶至寺晤之。其人邀章甫飲，并邀予。予酒間偶點白兔記，中貴十餘人皆痛哭欲絶，予大笑而走。今忽忽十四年矣。堂左有三層樓，望西山，惜樹封之，僅見其髻。左禪堂後，有喬松一株，霜皮鐵葉，可入繪事。

西湖

出西直門，即不與水相捨，乍洪乍細，乍喧乍寂，至是匯爲湖。湖中蓮花盛開，可千畝，以守衛者嚴，故花事極盛。步長堤，息于龍王廟，香風益熾。去山較近，繞湖如袖。至功德寺，水漸約，花事亦減，多腴田，若好時也。功德寺門景極佳，内已燬。

裂帛泉

泉從玉泉山脚石根出，流聲甚壯。溢爲渠，了了見文石，沁泠徹骨。依山瞰泉，原爲昭化寺基，寺已廢。予謂像法，至今日盛極矣，山陬海澨，莫不備極莊嚴。至西山一帶，寶地相望，此處於京師最近，山稜稜有骨，水泉涵澹，極爲秀冶，而聽其凋殘，且夷而爲場圃。剎固亦有幸有不幸歟！其隣即爲史園，正泉所出也，有亭在焉。石色泉聲，大類虎丘劍池，以水活，故勝之。緣竹徑而上，如龜背，上有堂三楹，可望遠。後有洞，陰森甚。燕中不蓄竹，此地獨盛。夜宿其中，風大作，如廣陵潮生時也。

中峯庵

西山別嶂忽開，如兩袖之垂。其左爲帝王廟、翠巖寺、曹家樓，其右爲弘教寺，而其中峯爲中峯庵。庵據最高處，望原隰如在几前。自門至堂，皆以精石砌之，浄不容唾。前有樓，可以御風；左有亭，可以遲月，松花秀美。坐其下，音韻悄然。記庚子夏，中郎與予同居此處。是時飯伊蒲而持木叉，自以謂得休心忘緣之樂矣。久之而復攖世累，未汰染習，豈識及而骨柔歟？抑初心易猛，而久長難持歟？今日對此山靈，實有媿焉。西山刹宇雖多，惟此地清寂可住，予遂移襆于此，作消夏計也。

帝王廟

廟不甚弘敞，但以精石累砌極工。中以石貌五帝、三王、列代賢聖儒先之像，此正德間一中貴人惑世浮屠矯而爲之者也，其志亦近正。予謂帝王自有朝廷崇祀之典，私祠之適成其褻。不知西山自有闕典，即不祠浮屠，亦未始無可祠者，特人不讀書耳。按漢王氏有五侯，乃譚、商、立、根、逢時也。五侯中，王譚實爲貞臣。譚雖封侯，而不肯事鳳。水經注：王譚不同王莽之政，子興生五子，並避時亂，隱居涿郡西山。光武即位，封爲五侯：元才北平侯，益才安喜侯，顯才蒲陰侯，仲才新市侯，季才爲唐侯，所謂中山之五王也。此五侯以貞節封，比前之五侯，清濁不同矣。本傳：譚倨不肯事鳳，不輔政而薨。子仁嗣，仁素剛正，莽内憚之，令人奏就國。後遣使迫守令自殺。是不同王莽之政者，譚之後又有子仁，所云興者，豈即仁之弟耶？因兄死而相率避亂，正相因也。惟仁受王莽之誅，而後光武義而封其後。然則譚抗王鳳，仁抗王莽，興子五人，並能沉冥飄然遠去。是譚之一門，父子祖孫，忠貞大節，不亦卓然名臣也哉！夫五王俱以高隱居西山，則西山以五王重矣。此山正苦無古蹟，有如此懿美之跡，而志不知採。又五王俱有忠義大節，法宜祠，舊禮官不以上聞，皆固陋甚矣。若以此廟爲西山五王祠，極當。

香山寺

香山門徑寬博，喬木夾道，流泉界之，依山污隆，以爲殿宇。殿前古松二株，虬龍詰曲。左來青軒，如衫袖忽開，盡見原隰。寺後有藏經閣，石路浄潔，高松列植，四望比來青較遠。其旁青豆赤華之舍數十處，多植偃蓋之松，引流水周其霤下。自非久淹，莫得寓目矣。此地較諸山爽塏，陽明可居。而遊騎雜遝。圓頂方袍者，見人來，其貌甚恭；而其速客去之意，隱然眉睫間。且追隨不舍，命之去復來，亦殊敗人意也。

碧雲寺

寺泉出石根中，有聲。石壁色甚古，亭其前，爲聽水佳處。泉繞亭而出，流於小池，種白蓮千本，鮮潔澄浄，便覺紅蓮未能免俗。塘前有穉竹一方，嫩緑可愛。予家園中，翠竹萬竿，視此如小兒頭上髮耳。然小竹嬌姹，亦自有致，況在燕中，尤爲難得。竹之前爲銀杏二株，盤曲蔭蔽數畝。其左爲洞，一若夏屋，可坐。泉繞之而出，達于青豆之舍，流泉鳴於廡下。至殿前，而泉始大，爲方塘，石梁界之，養朱魚萬尾，紅爍人目。泉從左達于梁，聲始宏。復有危橋，下爲修澗。寺較隘于香山，而整麗過之。其中雲梁霧洞，緑窗青瑣；牛筋狗骨之木，鷄舌鴨脚之菜，往往有焉。嘉靖庚戌，北虜欲入此寺，竟不能。文而堅故也。寺僧多鮮衣怒馬，作遊閒公子之態。住此者雖快，亦可畏哉！

洪光寺

寺内結構，不異他寺，獨門外盤道絶奇。凡十餘盤，每盤半里許，夾道濃柏，有如列屏。即亭午，不見曦日。予每窮一盤，即坐石上，不忍别去。此銷夏第一處也。但畜犬甚獰，頗妨往來。凡招提内多畜犬，則其僧之道行可知。何以故？以護家之念太重故。

卧佛寺

寺在深山中，絶澗乃得寺。以崒波爲門，殿前古樹二株，其孫枝皆可爲他山喬木。詢僧，云婆羅樹。昔如來示寂於婆羅樹下，此其遺種也。予遊燕子磯，見寺外有二樹，亦類此，而差小。豈皆西來之種耶？寺西有泉注於池，池上有美石一具，色如碧玉。遡泉行，極遠，多美箭佳樹，宛似江南。聞此泉水，最宜養花，故僧舍多爲中貴所據，郵泉以注於畦畛之間，花事最盛。寺中一老僧，亦以養花自給，有餘即以施往來行脚者。予昔年遊此，但驚詫喬木之奇，未見石與泉也。天下事以偶過眼而失之者多矣，獨此哉！

法雲寺

法雲寺在西山後，去沙河四十里。遠視之惟一山，逼近則山山相倚如笋籜，皺雲駁霞，極其生動。其根爲千年雨溜洗去，石骨稜稜。每山窮處，即有小峯如筆格。法雲寺枕最高處，乃妙高峯也。近寺有雙泉，鳴于左右。過石梁，屢級而上，至寺。門内有方池，石橋間之，水泠然沉碧，依稀如清溪水色。此雙泉交會處也。其上有銀杏二株，大數十圍。至三層殿後，乃得泉源。西泉出石罅間，經茶堂兩廡繞霤而下；東泉出後山，經蔬圃入香積而下，會于前之方塘，是名香水也。山石雖倩，更得此水活之，其秀媚殊甚。有樓，可卧看諸山。右有偃蓋松，可覆數畝。

故老云：金章宗遊覽之所，凡有八院，此其香水院也。金世宗、章宗俱好登眺，往往至大房山、盤山、玉泉山，而其中有云「春水秋山」者，章宗無歲不往，豈即此地耶？按此山即居庸關諸山之面，與天壽山相接，中開一罅，即居庸關也。

趵突泉記

予南來入東國界，李開府夢白遣使者逆於路曰：「君本吏隱，不妨迂數舍一晤故人。」予諾之，意不欲入城，先以館詢。開府曰：「館在趵突泉上，此中荒落甚，姑以一勺水相供養耳。」既至，未及飯，即走泉上。泉凡三，逆騰而上。遠視之，若三鶴翔舞；若白蓮大于車輪，盛開水涯。近即之，其下如有伏械，令其躍而過顙；如有洪爐，日夜烹煉，急而湧沸，聲聞數里。旁有草類蒲，時已入臘，秀碧可餐。或曰此温泉也。按泰山之北，齊東南諸谷之水，匯於黑水之灣，至渴馬崖而隱，五十餘里，復於此見。昔人有棄糠於黑水之灣者，至此得之。此其上源也。舊傳水北流入城，爲大明湖，湖水東北流注華不注山下，匯爲鵲湖，而入大清河，以歸於海。今此水不復入城。至大明湖，宋劉豫時自城北導之入小清河，不經華不注山下，而鵲湖遂涸爲一片塵土矣。此下流之變也。予謂水就下，而今翻成炎上之性，即蘇門百泉，滚滚上沸，如星如珠，未有湧起三四尺，若此之盛者也。請格物先生示之。

大明湖記

湖在郡城内西北隅，一名西湖。其半猶浩白，一壑可泛；而其半爲規菱藕之利者，畦分塍列，如白地明光錦，變爲百結衲衣，殊可惋惜。夫此湖之源，舊出於濼者也。今濼已徑從城外入小清河，而此水之所取給者，僅藩封内珍珠、濯纓諸小泉耳。

然則其爲巨浸如故也，豈湖中自有泉脈耶？夫湖不出於濼，而入於濼；濼不入大清，而入小清，谷之變也。珍珠泉有二，南珍珠泉已塞，惟北珍珠泉從藩府中入於湖。舜泉舊亦入湖，古人所云「清涵廣陌，冷浸平湖」者，今已索然惟見一勺。又城西金線泉，澄徹見底，中有金線一道，隱起水面。其水入濠，不入湖。

靈巖記

靈巖在岱之背，若堂皇。後有秘室。遠望之，峯巒簇花攢蘂，青翠照人。予曰：「此天孫之所縷纈也。」從雞鳴山畔入，十里如永巷。東爲朗公山，塞之無出路，故其山最静寂。予自崓山道上來，見諸山起伏，巧幻之甚。且早寒，業已沾醉，至靈巖，曚曚如夢中遊，然猶記其葱菁淹潤之狀。

其制詭異，扃而不可入者，公輸所遺之五花殿。其殿右有樹數十圍，而色若珂若鐵，陡健癯立者，曰法達所植之柏。其衣褶作稻畦文，覽之沉碧，扣之錚錚有聲者，曰從地湧出之鐵袈裟。其出於石罅，作大聲，灌于方沼，有亭覆之，可坐可掬泉者，曰甘露亭。其仰視石骨稜稜，喬松鬱鬱，可望而不可往者，曰此山之巔。其東峯有山如人，拱而欲語者，曰朗公石。甘露泉現已復隱，經香積而出，匯爲小池，分爲二井者，曰卓錫，曰雙鶴二泉。其豐石最古，泐而不可讀者，曰唐開元十三年梁升卿碑。其宋元人詩字極多，而可讀可覽者，曰蘇子瞻兄弟詩及金党懷英字。若夫偃蓋倒生之樹，青豆赤華之舍，磊砢枕籍，滿山彌谷，依稀入眼，則予已忘之矣。

夫此巖也，望之嵐彩墨氣，浮于天際，則其色最靈。玲瓏駁蝕，虛幻鮮活，空而多竅，浮而欲落，則其骨最靈。側出橫來，若有視瞻性情，可與酬酢，可與話言，則其態最靈。其山之最爲穎慧者歟？吁，巖之所以爲靈也！

遊岱宗記

岱宗，遠視之如雲氣生動。其右有山，麗焉幾欲與岱争秀冶，而微讓其高寒者，傲來也。至山足，始知傲來别爲一山云。從山足過高老橋，澗聲汩汩。其上爲水簾洞，巨石歙其腹，受水如織。又其上爲歇馬崖，爲黄峴石，石作黄色，泉淋漓道上，路更夷。已復躡，有大石數畝受水，中峯諸泉注焉，聲如旱雷。又其上爲宋真宗御帳。五大夫松僅餘一。右爲朝陽洞，有亭俯視傲來，煙藥可摘，信天孫之美媵也。至是始盡見中峯全壁。石上出松，松下出泉，骨勁色蒼，了無寸土，惟餘遊人爪甲泥耳。出大小龍峪，登盤道。盤在中峯與丈人峯之中，一縷上縈，磴道直懸。應仲遠謂「後人見前人履，前人見後人頂，如畫重累人」者，今殊不然。輿也而繩曳之，首反居下，足反居上；後人躡前人首，前人載後人足，如倒懸重累人畫，可爲怖絶。磴窮，爲天門，直謂嶽祠，在此針鋒上耳。

東去益寬敞如村落，爲道院。已爲御香亭，爲元君廟。後嶺若玉几可憑，而左爲長巒繞之。當其前者爲五花石，若人以廣袖自障其面，五花石遂同五指爪焉，高而邃，孤而不露質。此又東爲玉女泉，又東行爲公署，上爲東嶽廟。後有洞，即桃花洞也。洞左唐玄宗摩崖銘在焉，右蘇頲書，爲俗書掩之。西去爲孔子巖，爲西天門。折而復東，上爲玉皇頂，有石突出，山之高竟此。後望黄花洞，峯巒秀冶甚，如大家廣庭之後，復爲小圃，美石奇樹，布置幽倩。其前爲秦無字碑，若方幢然。從日觀峯看徂徠山、汶水。已游仙人橋、捨身崖、五花巖而止。

夜宿寒甚。雞三唱，執炬披重裘，登日觀峯，候日出。久之，下正昏黑，上已明。又久之，了了見壁上字。日一縷出海波間，已漸如半規，拋擲不定，乍浮乍沉。海水如羅縠，作碧色。初意蒙氣太甚，不得見日出，今始快，遂下。

袁子曰：斯游也，予憾焉。泰山以泉勝，自山足至大小龍峪，遠見瀑流，近聞水聲，而今皆凝爲堅冰，一憾也。山下有石經峪，八分書金剛經於石，水流波礫間甚奇；李斯篆在山上公署内，予皆登山後閲志始知之，而未及見，二憾也。黄花洞爲山後户，其峯巒洞壑，至幻至邃，而路爲冰雪封，不得往，三憾也。然亦有極快心者，窮冬沍寒之時，天氣晴霽，宛若上春，甚快。凡欲觀日者，多值陰晦，余一至即見之，又甚快。自予在濟上劇譚以後，輿中忽有所豁，胸中諸疑，涣然冰泮；故此番登山，止是登山，更無别想，則又生來一大快也。夫天下事，又何必一無所憾，而後爲快？則謂斯游爲快游也亦可。

遊繹山記

繹山，滿山皆小石鳞次，作濃墨色，而霞氣縈之。人之游者，如以數斛蒼璧小璣，堆積於地，而羣蟻盤旋其中，因其隙爲往來。有隙則前，無隙則止。總之，石與石相依，而忽有竇，則爲徑。石與石不相接，而上復有一石榷之，則爲橋。石窪而受塵土，若人爪甲中泥，略可以容根荄者，則爲樹。石捍水而使之止，則爲池。石避水而縱之流，則爲泉。石詘而土稍嬴，則爲亭。石詘而土大嬴，則爲郵爲祠，爲佛氏之宫。石下虚而上欹，則爲巖爲洞，爲前賢讀書處。此其大略也。

昔人游此，云兹山之石，不相連屬，方圓平欹，各各異象。其高大者數十丈，小者亦數丈。如屋覆，如偃蓋，如走丸，如斧劈，如抵壁，如累棋，如馬首，如巾敷几筵，如砌如累，如戲擲。其大可訝者，絶頂一丸，高數十丈，欹置乎石，下臨不測，有可轉而不轉之勢。或曰神戲爲之，理或然也。繪諸石變，已窮於此，予不能再爲彷彿矣。

其跡之最古者，曰孤桐寺，有古桐尚存。其次爲郝文公祠，司寇子淵講堂。秦爲李斯嶧山碑，即子美所云「棗木傳寫」者，亦寂然無有。昔李陽冰于李斯嶧山碑得小篆法，其後見仲尼吴季札墓字，便變化開闔，如虎如龍。則仲尼書法之妙，亦何可言，極李斯輩一生氣力，不能入其彀中矣。繹與嶧同，道家洞天之一也。

采石度歲記

予從北來，入新安，徘徊東國幾兩月。至鳩兹，候憑不至。或曰校職也，可不須憑。予曰：「此功令也。今典制日隳，事事遷就，吾方傷之，而敢弁髦之歟！況時方考校，微有羶薌，急去是爲贄往也。不若一帆走吴越，從越入新安爲便。」遂於錢水部悝復乞得二舟，以十二月之廿七日，泊采石，入姑熟，晤同年曹元甫。元甫留予度歲，予意在金陵。

天復雨，冒雨行至采石，已暮。明日，風雪大作。予曰：「即此可住，依千古詞人李太白共度歲，亦不寂寞也。」扶筇至太白樓下，有古柏二株。登樓，見謝家青山疊疊出其左，而大江浩白出其右。其前則姑熟之堵坡可拾也。西行益高，得神祠者二：五通仙人祠，門迎江水，白光襲人衣裾，始見喬松偃蓋者數株。又西得古寺，寂寂無人。瀕江行，松益健，可數十株。從山頂直下，如吐舌浮水上，得蛾眉亭，江聲益厲。見天門山，如兩眉隱隱，大石二搖搖欲墮，上有千年苔蘚，斑爛五色，采石所由名。瘦骨稜稜，竅竇百出。繩腰稍下視，輒病悸。更上可數百步，如鼻準，得高廣之亭。自此視絶頂，如美人頭上髻，喬松蓊鬱如鬟。時雪紛紛下，入舟中卧。明晨，雪滿千山矣。

除日，見居民持酒脯，走五通仙人祠者如織，而太白祠中瓣香寸楮無有，爲之一笑。是日，予設席于太白像前，置大觥奉之；而予與遊侶坐其旁，歌呼爲樂。入暮，雪益盛，皆大醉。置酒樓下，令舟人僮僕聚飲。舟人有少年，能唱弋陽腔者，亦自流利可喜。歸舟，多仆雪中不能起。元日，踏雪拜太白於祠，有彩蝴蝶一，翩翩然來，不知是何祥也。游侶曰：「蝶，文象也。雪中見蝶，冷而文，苜蓿先生似之矣。」其真所謂類應者耶！

遊黃山記（一）

循歙浦里許，即見黃山雲門峯，鋒鍔甚利，已與諸山仙凡隔也。游人乍見之，有若山靈遣一使以逆客者。倚山傍溪，行松篁影中，可一舍，至山口，嶺復見之。至芳村，躍而左右。近湯口，乃隱。有若三速客而退者。從此得大溪，聲甚洪。前有三峯，壁立如美丈夫，修而瘦削，色如濃煙，則紫石、硃砂、老人三奇峯也，有若雁行序立以遲客者。湯寺在焉，溪間之。過溪遡硃砂峯足，得湯泉，香潔爲溫泉冠。浴後倚壁行，過瀑布三。復踰溪，息蓮花菴，望諸峯，蝕于霧。復走溪中，爲藥銚，黃帝之所烹鍊也。爲白龍潭，水石磨戛聲甚奇。舍溪，遡老人峯足，過虎頭巖，聽鳴絃泉。泉從峯顛下注于溪，石壁中刦，瀑掛虛空，淙淙有聲，殊快耳。自湯寺至此，山溪間一部水樂，隱然賓初至而絲竹喧也。已登山，硃砂峯出其右，老人峯出其左，如相介以引客者。循硃砂泉至硃砂菴，霧甚深，微見峯端草木。至硃砂巖少息，游人云：「每至此則盡見天都峯，今爲霧隱矣。」予嘆曰：「毒哉霧也！遮蔽峯巒，害至此乎！」俄蒼頭曰：「曜靈現矣！」予曰：「微陽不能破積霾也。」語未終，而霧忽下墜，日輪當空。天都一峯，如張圖畫，有若主人屏息良久而出見客者。游人皆拊掌大叫。

予偶足肋拘攣，乃坐草間，以手捫足，而目注視天都峯不置。大約亭立天表，健骨崚嶒，其格異。輕嵐澹墨，被服雲烟，其色異。玉温璧潤，可拊可飡，其膚異。咫尺之間，波折萬端，其態異。無爪甲泥，而生短松如翠羽，其飾異。夫道子之脚，陁子之頭，皆貌吾所常見之山耳。若貌此，翻覺太奇，不似山矣。頃之霧墜，諸山盡出。蓮花峯依稀與天都相似，而夭麗過之。天都尊特，蓮花生動。予極力躡天都，窮而至文殊院前，石屏正天都與蓮花紉接處也。下至蓮花洞，觀丞相源諸峯，汲而上，如破壁入，梯棧錯出。息蘭若中。左爲天都峯，而桃花諸峯肩隨之；右爲蓮花峯，而青鸞諸峯肩隨之。若客子初就賓席而與主人相酬酢者。其前墜霧，化爲大海，諸峯點綴其上。予嘆曰：「快哉霧也，非是不名海矣！」

降而西屏出右腋，面蓮花而背天都，奇峯之附于蓮花者，可數也。近蓮花峯，登其頂，如蟻旋花片上。已至，風厲甚，不能久立，乃下。于是蓮花峯窮，大悲頂出右掖，面獅子峯而背蓮花，奇峯之附于獅子峯者，可數也。自文殊院、玉屏至此，兩山盡合，則足倦于嘗地；兩山微合，則目廉于取天。絙之升，縋之降，梯之出，捫之度；或游空爲魚，或四據爲犬，而甚之且虞爲鬼，過此無險矣。一木之怪，一石之肖，予多閉目不觀，以非所以重此山也，從平得奇。

北上光明臺，三十六峯皆見，如登廣漠之庭，主人皆出而與客相酣暢者。自三十六峯外，無名之峯巒亦奇。真所謂輿臺廝養，皆仙才也。已經前海門，至鍊丹臺、鍊丹峯，翠微、仙掌諸勝所縈繞也。已過平天矼觀後海，飛來石幢、寶塔諸勝所縈繞也。已至石筍矼，始信諸峯所縈繞也。三海諸峯如縷，石筍如琢；三海如鐘鼎，石筍如劍戟。總之至奇至幻，至靈至活。態窮百物，體具七情，如諸大士爲主，而各出神通變化以娱客者。松谷菴以泉勝，借妍石筍。取道出丞相原、聖燈菴諸處，皆如秘室小閲可憩客者。將出山，九龍泉自山下作壯籟，如賓去而以鼓角送也。循舊路歸，向迎者送至歙浦而別。

〔一〕本篇據集選補。

關廟記〔一〕

萬曆己酉，予初冬計偕入都門。夜中夢關公至予家，坐上坐，予等以次見。其首一人，先見而跪，所言者場屋事，乞公爲隱匿。公怒曰：「此何事，可匿也！」叱之去。其後又一人見，亦跪，不記所言者何事。最後予見，公下而相揖，自稱「治生」，且云：

「田事宜爲料理，其人髮尚不宜薙。」遂别去。明年，予不第歸。至十月，走玉泉，其常住田皆爲俗僧鬻出；而一居士頗不善，欲髡髮以溷玉泉。予急止之，方悟關公語也。關公實授命于此地，且歸依智者，役鬼神治宫殿，靈也固宜。其首言場屋事，分明丙辰會榜事也。獨不解「治生」之説何故。予始建一蘭若，自揣與公必有異緣云。

庚申，予官太學，與都人士于鰌言及此事。鰌云：「先父丙辰三月晦日，偶沾風寒；至望日，始得汗。呼予兄繼鰐等曰：『異哉！予夢出東便門里許，見新柳數株，蘆舍一二間，中爲關帝，冕旒黄袍如生，呼予飲以勺水，曰飲此可活。受而飲之，忽醒而汗，今有生望矣。但不知關帝何以露居？』乃命鰌等尋求。至東便門外十里許，地名轆軸口，柳樹葦棚，宛如先人口中語。歸而語之。先人曰：『俟病痊，當經始之。』後以飲食不節逝矣。今鰐等不忘始願，即其地粗搆門殿，以供帝。其兩廡後殿，以住大檀。」予素感關公之神，聞此益加悚惻。公初時猶有武人之習，後受戒護法之入流分身，以度有情，其事甚多，又不止示夢已也。于公，名某，字某。生平正直，即去也亦自有佑助，決無沉墜。予固樂爲之記，而以予所夢附焉。

〔一〕本篇據集選補。

龔春所公傳

龔氏世耕谷昇之里，至春所公，始讀書爲儒。公名大器，爲諸生時，即拓落有大度，人稀見其喜慍之色。家酷貧，舌耕猶不給，環堵蕭然。公于于然，略無幾微侘傺。性舒緩，善詼諧，雖至絶糧斷炊，猶晏然笑語。其發奇中，令人絶倒。或横逆之來，人大不堪者，公受之怡然，旋即忘之，不復省憶也。爲諸生，屢試皆高等，而連躓場屋。凡應試者，多先榜歸。公獨徐徐候榜出，閲罷，徐徐看新孝廉赴宴，買賢書數册，然後束裝。失意者或藏匿避人，公獨與得意人無異。歲以爲常。至四十餘，始舉于鄉。赴公車，同事者以年老慢易之，曰：「公即當謁廣文選，遷一老別駕足矣，何得同我輩上春官乎！」公笑而謝之。如此者數四，竟笑而謝之，無忤也。然公即以明年成進士，授刑部主事。嗣後佐廣西、江西、浙江、南直隸藩臬，爲河南布政使。皆平易近民，所之號爲「龔佛」。始若汶汶，久多去後之思。

公不爲苛清矯激之行，又素儉，所得禄入，自營産業之外，分給族人。居家時聞政有不便民者，公即入告邑長令，語甚激切。長令素重其人，悉聽之。邑俗悍，即鄉之貴者，或名之。于公獨否。是時公仲子久舉於鄉；公季子舉進士，爲大行，拜監察御史。公之女孫，予伯兄，舉會試第一，爲太史。予仲兄亦成進士。偶皆集于里，公以藩長致政歸，年七十餘矣。每至四節之會，簪袍爛然，人以此榮之。公能詩，與諸子諸孫唱和，推爲南平社長。一日，孝廉、御史，偕予兄及諸甥游石洲，以公老，難於往來，弗約。已至洲，方共飲酒，拾石子；俄見雪浪中，有小舠迅疾而下，中有一老翁，踞胡床，指麾江山，旁若無人。互相猜疑，逼視之，則公也。舟已近，公於舟中大呼曰：「何爲遂棄老子耶！」登洲，即於洲上舞拳數道，以示勇。諸人皆大笑極歡。至夜深，乃歸。各分韻紀游，公歸詩已成，即於燈下作蠅頭細字書之。明日黎明，遣使持詩，徧示諸人，俱以游倦晏起，不得一字，皆大笑。年八十三，以無疾而化。

次子仲敏，字惟學，性愷悌温良，聞人緩急，不啻若己有之。少有俊才，博覽羣書。萬曆癸酉，舉于鄉。所爲文規秦藻漢，邑人風氣爲之一變。自後邑中始有以文章起家者，皆公發其端。既謁選，得山東之嘉祥令。期年大治，訟庭寂然，下簾焚香，課士子經術。以憂去，起補太原。當事者以嵐縣獷不可治，特薦公爲之。三爲令，皆鬻産以供官費，家遂貧。其平易近民，如其父，廉乃次骨。所之百姓愛之，真如父母，去則祠，竟卒于嵐。卒之日，百姓數千人，皆痛哭於堂下，呼聲震地，堂欲爲崩。公未卒之前數日，預知死期，自作書以貽弟及甥。去來坦然，若有得者。公好仙學，喜爲黄白術，竟不就。旁通天文地理醫卜百家之學，所著嘉祥縣志，詳贍典則，爲通人李卓吾、焦太史諸公所賞。

仲慶字惟長，萬曆己卯年舉于鄉，明年成進士。授行人，行取御史，以建言謫磁州判，終兵部郎。竟淹抑不獲大用。公愷悌愛人，如其父兄。生平不喜言人之短，見人言人隱事，則顰蹙曰：「爾親見之耶？」其渾厚皆天性也。爲人沈静，獨喜畜書，至數萬卷，躬自校讐。司理汝南時，無所事事，惟遣善書吏數十人，録陳文耀所藏古今書數百部。中年絶意仕進，日以讀書爲事。大愛種花，所植異花草數百種。曾于河北見垂柳，婆娑委地，即遣人取一枝回種之，其好事如此。晚年斷葷血，好布施，亦以無疾卒。有遯菴集。

外史氏曰：甚矣，龔氏之多長厚也！有石慶、劉寬之風焉。卒享壽考，子孫昌熾，有以也。生死之際，可以觀人。嵐縣公之卒也，通邑之人皆狂走，曰：「惜哉，善人死矣！」及駕部卒，人悼惜之，多有泣下者，可不爲仁人乎！古人所爲嘆不言之蹊于桃李也。

萬瑩傳

昔馬遷傳伯夷，深悲夫爲惡者得福，爲善者得栽，以爲天道不可知，而不得已乃歸之後世名。夫貧賤困苦，在于生前，而乃遥遥焉望身後餘響以自快，不亦迂而不切歟！嗟乎！覺皇之書未盡傳于中國，雖生死之理，鬼神魂魄之説，見于易傳諸書；而俗儒無遠識，不能通曉，直謂人之没也，終同于草木瓦礫。善惡報應，僅在一世之中。而當時之慧人，見一世之中，或有酬有不酬，感憤怨懟于天，無可奈何，欲取效于名。其果若所言，則古今受禍之慘，如顔杲卿一門被殺，岳武穆父子遭刑，天將遂已耶？若一世遂已，則爲惡之極，生享富貴，而老牖下，如李林甫與秦檜者，天又將遂已耶？若其不止于一世，而前因後果在于後，善人受酷報，惡人享重福，誠有如馬遷所疑。善者雖蒙轉盼之戮辱，而貽河沙之吉祥。惡者雖享石火之浮榮，而遭萬劫之荼毒；是一世之中，禍非禍，福非福。使馬遷聞此，不將消其磊塊不平之氣，而灑然樂，躍然喜耶？

予里中有萬先生者，名瑩，字時徹。少工文詞，一試有司不酬，即歸隱里中教授。于書無不讀，歷代史自首至尾，皆能成誦。授書時，五經中有闕三四葉者，一寫無遺；中所音釋，不誤一字。旁及陰陽、堪輿、農圃、醫術、命禄，無不曉了。卜筮尤精，通數學。作詩有佳語。爲人淳厚，生平無一妄語，亦不知世間何者可好。予族叔輩會飲，有譚及孌童事者，大駭曰：「世間乃有此怪事耶！」頳面而走。家無産業，爲童子師，日得米無幾。又有高鳳癖，不能治生，家赤貧，朝不保夕。一婦蓬髮垢面，見欲嘔。頗多子，皆蠢愚，赤脚歷齒。雖奇寒，身穿大布如籐，一生惟向人乞殘履著。屋欹斜，其半見天，雨至竟夜遷徙。無垣壁，方晝卧室中，有人自嶺上來者，了了見之。老年愈貧，百方乃得一棺。未逾月，一子乞食。嗟乎！以彼其文行如是，而遭此茶苦，其能逃於馬遷之所疑乎？

逾年，予族叔夢一人騶從如今縣丞簿狀，叔屏立道側窺之，則時徹也。叔問之，時徹曰：「上帝憐我貧苦，今爲社神矣。」遂覺。予叔爲人極正直，不妄語，其言可信。後鄉人多有夢之者，於是共爲立廟，祀以爲社。凡水旱病疾，禱之有應。予以謂社職雖卑，然亦難。聰明正直者爲之，食數十家，所享亦不薄。且夫同時之豪富者，及爲公卿將相者，受福已過，罪業山積，相牽入波吒呼號之獄；而時徹已爲一官，廟祀人間。吾以是知爲惡之果獲禍，而爲善之果獲福也。

珂雪齋集卷之十七

鬭木匠傳

鬭木匠，名廷福，少與諸匠伍，無所知名。予族有傭病死，傭亦豪族也，唆傭兒爲證，以訴于官。廷福方持斧鑿，爲人架屋回，聞之，夜入城。至旦，私呼傭兒飲，攜出城；可四五里，復與飲。傭兒醉，夜乃卧之破廟中。是日晡，縣官訊兩家獄。傭家倉卒失其兒。縣官曰：「若狀言有子可證者，今安在？」傭家無以應。縣官以爲欺己，反得罪。明日，傭兒還，事已定，無所用之。知爲鬭廷福所爲，予族大德之，里中乃始知有鬭廷福也。

里中柞林潭邊，有麥田數百畝，初爲予家有。有周姓者，云是己産，連年搆訟。予家厭訟，乃賤其直，以與一霍姓者。於是兩家大争。麥熟時，周乃覓勇士數十人往刈。周人刀挺備至，顛踣滿野。正困苦時，廷福爲人伐木回，過見之，不平，大怒，持手中斧向之。周人皆走，立殺其魁一人。霍氏懼，知周必訴于官，度廷福且走，已當獨罪；乃急呼與飲，既至，霍棲其門。廷福笑曰：「我爲公抱不平，殺人至死，罪自我當之。若走，非男子也！」周果訟霍于官，不及廷福。縣官訊兩家獄，廷福從旁出曰：「殺人者闞廷福也。周強霍弱，廷福一時見不平，提斧殺之。大丈夫自殺自當，豈以禍及平人，霍氏無罪！」縣官壯而憐之，授以意，令以主謀歸霍氏。廷福不易辭，縣官不得已，定如律。每年訊，上官皆疑之；凡經歷十餘訊，竟不易辭，卒死獄中。廷福不識一字，亦不知何者爲義俠。然其抱不平，至死不撓，大有男子氣。今世士大夫遇小小利害，即推委他人，以寬己責，況生死之際乎！彼所謂讀天下之書者也。鄉人曰：「囚耳，烏足道！」予曰：「士大夫慷慨就義，即呼之曰忠臣，曰義士；惟曰囚耳，囚耳，此所謂真意氣也！」

一瓢道士傳

一瓢道人，不知其名姓，嘗持一瓢浪遊鄂岳間，人遂呼爲一瓢道人。道人化於澧州，澧之人漸有得其踪跡者，語予云：道人少讀書，不得志，棄去走海上從軍。時倭寇方盛，道人拳勇非常，從小校得功至裨將。後失律，畏誅，匿於羣盜，出没吴楚間。久乃厭之，以貲市歌舞妓十餘人，賣酒淮揚間，所得市門資，悉以自奉。諸妓更代侍之，無日不擁豔冶，食酒肉，聽絲竹。飲食供侍，擬於王者。又十餘年，心復厭之，亡去，乞食湖湘間。後至澧，澧人初不識。既久，出語顛狂，多奇中。發藥有效，又爲人畫牛，信口作詩，有異語。人漸敬之，饋好衣服飲食，皆受而棄之。人以此多延款道人。

道人棲古廟中，一日，於爐灰裏取金一挺付祝云：「爲我召僧來禮懺。」懺畢，買一棺，自坐其中，不覆；令十餘人移至城市上，手作拱揖狀，大呼曰：「年來甚擾諸公，貧道别矣！」雖小巷間無不周遍，一市大驚。復還至廟中，乃仰卧，命衆人曰：「可覆我。」衆人不敢覆，視之，已去矣。遂覆而埋之。舉之甚輕，不類有人者。予聞而大異焉。人又問曰：「審有道者，不宜淫且盜；淫且盜者，又不宜脱然生死。」予大有疑。」以問予。予曰：「予與汝皆人也，烏能知之？夫濟顛之酒也，三車之肉也，鎖骨之淫也，寒山、拾得之詬也，皆非天眼莫能知也。古之諸佛，固有隱於猪狗中者，況人類乎！子與予何足以知之哉！」

回君傳

回君者，邑人，於予爲表兄弟，深目大鼻，繁鬚髯，大類俳場上所演回回狀。予友丘長孺見而呼之謂「回」，邑人遂「回」之焉。回聰慧，躭娛樂，嗜酒，喜妓入骨。家有廬舍田畝，蕩盡，遂赤貧。善博戲，時與人賭，得錢即以市酒。邑人皆惡之。予少年好嬉遊，絶喜與飲。邑人以之規予曰：「吾輩亦可共飲，乃與無賴人飲何也？」予曰：「君輩烏足與飲！蓋予嘗見君輩飲也，當其飲時，心若有所思，目若有所注，杯雖在手，而意别有營。強爲一笑，隨即愀然。身上常若有極大事相絆，不肯久坐。偶然一醉，勉強矜持，關防忍嘿。夫人生無事不苦，獨把杯一刻差爲可樂，猶不放懷，其鄙如何！古人飲酒，惟恐不舒，尚借絲竹歌舞，以瀉其懷，況有愁人在前乎！回則不然，方其欲酒之時，而酒忽至，如病得藥，如猿得果；如久餓之馬，望水涯之芳草，踣足驕嘶，奔騰而往也。耳目一，心志專，自酒以外，更無所知。于于焉，嬉嬉焉，語言重復，形容顛倒，笑口不收。四肢百骸，皆有喜氣。與之飲，大能助人歡暢。予是以日願與之飲也。」人又曰：「此蕩子，不顧家，烏足取！」予曰：「回爲一身蕩去田産。君有田千頃，終日焦勞，未及四十，鬚鬢已白。回不顧家，君不顧身。身與家孰親？回宜笑子，乃反笑回耶？」其人無以應。

回有一妻一子，然率在外飲，即向人家住，不歸。每十日送柴米歸，至門大呼曰：「柴米在此！」即去。其妻出取，已去百步外矣。腰繫一絲囊，常虛無一文。時予問回曰：「虚矣，何以爲計？」回笑曰：「即至矣。」既實，予又謂曰：「未可用盡。」回又笑曰：「若不用盡，必不來。」予曰：「何以知之？」曰：「我自二十後，無立錐田，又不爲商賈。然此囊隨盡隨有，雖邑中遭水旱，人多饑焉，而予獨如故。予自知天必不絶我，故終不憂。」予曰：「善。」

回喪其子，予往慰之。回方醉人家，招之來，笑謂予曰：「絶嗣之憂，寧至我乎？」相牽入酒家，痛飲達旦。嗟乎！予幾年前性剛命蹇，其牢騷不平之氣，盡寄之酒；偕回及豪少年二十餘人，結爲酒社。大會時，各置一巨甌，校其飲最多者，推以爲長。予飲較多，已大酣，恍惚中見二十飲人，皆羅拜堂下。時月色正明，相攜步斗湖堤上，見大江自天際來，晶瑩耀朗，波濤激岸，洶湧滂湃。相與大叫，笑聲如雷。是夜，城中居民皆不得眠。今予復以失意，就食京華，所遇皆貴人，不敢過爲顛狂，以取罪戾。易州酒價貴，無力飲。其餘内酒、黄酒，不堪飲。且予近益厭繁華，喜静定，枯坐一室，或有兩三日不飲時。量日以退，興日以索。近又戒殺，將來酒皆須戒之，豈能如曩日之豪飲乎？而小弟有書來，乃云餘二十少年皆散去，獨回家日貧，好飲日益甚。予乃嘆曰：「人不堪其憂，回也不改其樂！賢哉回也！」

石浦先生傳

先生名宗道，字伯修，楚之公安人也。其上世世爲武弁，自蘄、黄徙荆，屯田于邑之長安里。至曾祖處士公，負氣，以武勇聞。正德中，天下亂，羣盜起湖湘間，公以兵法勒里中子弟自衞，盜賊不敢至。長令壯之，署以賊曹，所擒捕甚夥。後賊盜報讐者數百人突至，公逐之於雙田，盡殲之，水爲之赤。子左溪公，改其先行，斌斌爲退讓君子；性慷慨，周人之急，每得糶直，擇其贋金擲之，秤金于人，昂則喜。嘉靖中，邑大饑，公出母粟二千石，金千兩，以饑盡焚其券，家遂落。明年，予大人七澤公生。有老奴竊歎曰：「活寶出矣！」後娶方伯公女，實爲吾母龔孺人，生先生。

初，先生降生之夜，祖母余夢一美人頭自天飛來，若今所畫天人菩薩之飾，寶絡交垂，以襟承之。甫覺，而先生生，實嘉靖庚申二月十六日也。先生生而慧甚，十歲能詩，十二列校。見鄉先達祠，曰：「吾終當俎豆其間。」二十舉于鄉。不第歸，益喜讀先秦、兩漢之書。是時，濟南、瑯琊之集盛行，先生一閲，悉能熟誦。甫一操觚，即肖其語。弱冠，已有集，自謂此生當以文章名世矣。性躭賞適，文酒之會，夜以繼日。踰年，抱奇病，病幾死。有道人教以數息静坐之法有效，始閉門鼻觀，棄去文字障，遍閲養生家言。是時海内有譚沖舉之事者，先生欣然信之，謂神仙可坐而得也。移家長安里中，栽花薙藥，不問世事。癸未，大人强之赴試，行至黄河而返。還至荆門，舍于逆旅，夜半夢有神人語之曰：「公速起！」如是者三，先生醒，復寐。神人又語之曰：「公何不起？吾老人爲公特來，何得不見念也？」微以杖敲其足，足隱隱痛，擁被大呼而出。甫出屋崩，牀碎爲塵。人以此識先生非常人。然先生亦翻然若有所悟，曰：「吾其以幾死之身，修不死之道也！」歸而妻死，不復娶。大人强之娶，則娶田家女，曰：「吾求可與偕隱者耳。」先生習静久，體氣愈充。大人謂之曰：「昔浄名依于忠孝，自古之沖舉者，豈盡枯槁耶！」先生曰：「諾。」時復拈筆爲制舉義，窮工極變。丙戌，遂舉會試第一，年甫二十七耳。

先生官翰院，求道愈切。時同年汪儀部可受，同館王公圖、蕭公雲舉、吴公用賓，皆有志於養生之學，得三教林君艮背行庭之旨，先生勤而行焉。己丑，焦公竑首制科，瞿公汝稷官京師，先生就之問學，共引以頓悟之旨。而僧深有爲龍潭高足，數以見性之説啓先生，乃遍閲大慧、中峯諸録，得參求之訣。久之，稍有所豁。先生於是研精性命，不復談長生事矣。是年，先生以册封歸里。仲兄與予皆知向學，先生語以心性之説，亦各有省，互相商證。先生精勤之甚，或終夕不寐。逾年，偶于張子韶與大慧論格物處有所入，急呼仲兄與語。甫擬開口，仲兄即躍然曰：「不必言！」相與大笑而罷。至是，始復讀孔孟諸書，乃知至寶原在家内，何必向外尋求。吾試以禪詮儒，使知兩家合一之旨。遂著海蠡篇。既報命，旋即乞歸。七八年間，先生屢悟屢疑。癸巳，走黄州龍潭問學，歸而復自研求。

戊戌，再入燕。先生官京師，仲兄亦改官，至予入太學。乃於城西崇國寺蒲桃林結社論學。往來者爲潘尚寶士藻、劉尚寶日升、黄太史輝、陶太史望齡、顧太史天峻、李太史騰芳、吴儀部用先、蘇中舍惟霖諸公。先生見地愈明，大有開發。當是時，海内談妙悟之學者日衆，多不修行。先生深惡圓頓之學爲無忌憚之所託，宿益泯解爲修同學者矯枉之過，至食素持珠，先生以爲不可，曰：「三教聖人根本雖同，至于名相施設，決不可相濫。」于時益悟陽明先生不肯逕漏之旨，其學方浸浸乎如川之方至，而先生卒矣！

先生素切歸山之志，以東宫講官不獲補，僅得三人。先生曰：「當此危疑之際，而拂衣去，吾不忍也。」是時，東宫未立，中外每有煩言。先生聞之，私泣于室，體經病後，遂不堪勞。自丁酉充東宮講官，鷄鳴而入，寒暑不輟。庚子秋，偶有微恙，强起入直，風色甚厲，歸而病始甚。明日，復力疾入講，竟以憊極而卒。先生爲人修潔，生平不妄取人一錢。居官十五年，不以一字干有司。讀書中秘，貧甚。時鄉人有主銓者，謂所知曰：「我知伯修貧，幸主銓，可爲地，千金無害也。」所知以語先生，先生笑而謝之。某邑令以三百金交，期爲汲引，竟不發函，急還其人。時予偶見，問何令。先生秘之，竟不知爲何如人也。生平却百金者累累，或饋遺至十金，則惶愧不受。卒于官，棺木皆門生斂金成之。檢囊中，僅得數金。及妻孥歸，不能具裝，乃盡賣生平書畫几硯之類，始得歸。歸尚無宅可居，其清如此。

然先生爲人平恕，亦不以此望人，且自多也。興致甚高，慕白樂天、蘇子瞻爲人，所之以「白蘇」名齋。居官，省交遊，簡酬應，蕭然栽花種竹，掃地焚香而已。每有月，則邀同學諸公步至射堂看月，率以爲常。躭嗜山水，燕中山刹及城内外精藍，無不到。遠至上方、小西天之屬，皆窮其勝。詩清潤和雅，文尤婉妙。然性嬾不多作，著有白蘇齋集若干卷。先生得年僅四十一，有兩子一女，皆先後卒，竟無子，以予子祈年爲嗣。蓋壽不如樂天，而無子則似之矣，傷哉！先生與同學友黄公輝交若兄弟，先生死，黄公哭之甚慟。及葬，黄公請告，迂道登壠哭之，爲誌其墓。逾年，先生舊社友董公其昌視學政，因諸生之請，祠於學宫，卒如其素志云。

中道曰：先生平粹縝密，而遇事燭照。萬曆丁酉、戊戌間，有東倭關白之警，時議封貢。先生歎曰：「石尚書其不免乎！」李卓吾刻藏書成，先生曰：「禍在是矣！」已而皆然。如此者不可枚舉，大都量與識皆全者也。天不假以年，未得盡抒其用世之略，惜哉！先生書法遒媚，畫山水人物有遠致；作小詞樂府，依稀辛稼軒、柳七郎風味。舊有傳奇二種，置之笥中，爲鼠子嚙壞，鳳毛龍甲，竟不存于世，可爲永歎！

梅大中丞傳

梅大中丞名國楨，字客生，楚之麻城人也。少俊朗，有大韻，能詩文，善騎射。既舉於鄉，遂挈家客長安。久滯公車，無意仕進，鏟采埋光，無復圭角。嘗曰：「人生自適耳！依憑軌跡，外張名教，酷非所屑。」常與海内之文人詞客，花月晨夕，分題賦詠，爲騷壇主盟。遊金吾戚里間，歌鍾酒兕，非公不歡。筆札唇舌，爲世所榮。孟公驚坐，樓緩合鯖。下至三河年少，五陵公子，走馬章臺，校射平原。酒後耳熱，相與爲裙簪之游。調笑青樓，酣歌酒肆。布衣楚製，出入市廛。摩挲鐘鼎，賞評書畫。大鼻長髯，有若劍客道人之狀。識者固知公愛憐光景，耗磨壯心，與俗沉浮，不用繩檢。而外夷内朗，宏量沉機，真謝安石、張齊賢之流也。

癸未登第，鳴琴畿輔，笑譚視事，不令而戢。邑多中貴，數擾條教。公詘其言，崇其禮，皆畏悦以去。入覲，騎駿馬，帶長弓，控羽箭；偕侍史蒼頭十餘人，作健兒裝。沿途逐狡兔，射野雀。他邑令值之大駭，以爲探丸人，熟視則公也。以政最，入爲御史。壬辰春，寧夏逆賊劉東陽、許朝、哱拜、哱承恩、土文秀等，忿巡撫党馨裁制叛卒，特起殺之，遂據城掠堡反。督臣魏學曾以變聞，朝廷旰食，公上封事，大略言：「賊不足畏，獨虞秋高馬肥，勾虜入犯，禍且不細。爲今計者，惟擇驍將扼虜，使不得入，而後賊可攻。臣見大將李如松，父成梁，弟如柏等，俱足智勇，無忝崇文、李愬。且世受國恩，可使也。」上許之。諸言者畏李氏跋扈，不宜拒虎進狼，議論鼎沸。

公又上封事曰：「臣見寧夏猖獗，必得名將，以專其任。時雖豪傑如雲，各有鎮守，惟退閑宿將李成梁父子，素有威望，紀律嚴明。諸子家丁，武勇可任。雖寧夏哱承恩父子，號爲勇健，而不知李氏父子之遠出其上也。諸臣乃慮其勢重生患，有拒虎進狼之憂，臣于此亦念之熟矣。李氏父子即爲狼子野心，自取覆滅，但當防之於遼東握兵之時，而不當防之於廢棄離任之後。況昔則危疑不安，而今明主洞察矣。不以疑之之日，肆其不肖之心；而於信之之日，反爲赤族之計。其愚悖速禍，又出劉東陽、哱拜下矣，謂成梁爲之乎？臣非不知諸臣之心爲濟臣之所不及，非相悖也；但用人之道，疑則勿用，用則勿疑。上而疑下，必不肯盡與之權；下畏上之疑，必不敢盡行其志。將領因疑而不受節制，士卒因疑而不聽號令，忌者因疑而得肆其讒，敵人因疑而得行其間。欲專制也，人曰：『非有異志，何以不待奏報？』欲撫惜也，人曰：『非有異志，何以要結人心？』欲行法也，人曰：『非有異志，何以立威？』欲待釁也，人曰：『非有異志，何以觀望？』或與監軍謀而不合，人曰：『非有異志，何以不聽約束？』或與督撫期而先發，人曰：『非有異志，何以不與同心？』服而舍之，則曰：『何故縱有罪以市恩？』抗而盡誅之，則曰：『何故多屠戮以冒賞？』脅之而使其自殺，則曰：『攘以爲功。』困之而致其遁逃，則曰：『縱以生患。』無功則以爲怠玩以養亂，有功又以爲妄報而欺罔。首尾牽制，手足束縛。古如王翦、樂羊，或請田宅而後行，或借機杼以自況。以孫權、周瑜，義同骨肉，必拔劍破案，而後成功。況未有深信之素，而又示以猜疑之端乎？臣固云：今之將士，殺身不足以成名，剖心無由以自白。邊事之壞，所從來久矣。伏望陛下斷之宸衷，博採輿論。成梁父子稍有可疑，速罷其權，別爲調遣。如萬萬可以相信，方可虛心任之。臣自外吏，入廁台班，雖懷狗馬之心，未效涓埃之報。若疑徒市私恩，不顧國計，願與成梁馳赴寧夏，同心討賊。不必加以別銜，假之重任。但憑陛下威靈，生平忠義。賊知歸命，則臣爲陛下之使，奉揚恩赦，以安反側。負固不服，則臣爲陛下之將，披堅執鋭，爲士卒先。平定之日，一切事宜付之魏學曾等，聽其安輯，以靖地方。臣與成梁即日還朝，止求自明，不敢言功。儻中途事定，聞報即返；若其不捷，軍法在焉。何止薦舉非人之罪，又何至以臣之罪貽他人哉！兵機所在，關係重大。臣初聞變，即知此賊非魏學曾等所能定；今見此舉動，又知非此時紛紛者之所能辨也。臣之所望在陛下一人耳，惟陛下自以疑信決其用舍。若曰姑以試之，而使成梁不敢自專，則功不可成，患不可測。臣不若先受狂譟之誅，以免誤國之罪也。」疏入，人皆服其才，壯其氣。

上乃命如松往，而公監其軍。公乃與如松馳寧夏城下。時賊嬰城自守，外示卑順，以緩我師；廣結虜衆，以爲聲援。意待秋高虜集，肆其不逞。公以一受降白旗，豎之城南。虜聞公至，乃索見公，面陳歸順。公許之。東陽、許朝等梯城而下，劍戟鱗次，刀鋩耀日，城上皆控弦挽弓以俟。公單騎而進，與東陽執手折論，神意安閑，詞語慷慨。許朝露刃擬公，公笑而受之，賊不自知其膝之下也。然賊意終奸狡甚，欲求鐵券，世守西夏。公悉力攻城，因風縱火，燬其南樓。曲招降人，以安反側。引水灌城，會守將失防，決隄功遂不終。然賊益懼，所恃者虜耳。延至初秋，虜達數萬，果自沙湃大入，斷我糧道。賊遣通官二人，爲虜鄉導，餽虜金帛充溢，及部落奸人皆有贈遺。又括城中女子千人啗虜，令虜來取，虜以故樂爲之用，所至守將不能禦。至韋州慶陽，殺人民，奪牛馬無數。虜渡河，從李剛堡入，離城僅三十餘里。公曰：「事急矣！欲待督撫傳示，緩不及事。」麾下將李如樟挺身願往擊虜，公壯而遣之。李如松等諸將，奮勇擊虜，斬獲過當，我軍歡聲動地。虜敗去，賊大失望。當是時，賊失外援，自知必死，然詭言朝廷有招安詔，爲諸將所匿；諸將欲盡殺城中人，以怖居民，故皆爲堅守。公度賊勢，城中尚可支一年，若至嚴冬，此地酷寒，我軍不得屯；又恐勾虜復入，至生他變，大可慮也。

季秋八日之夜，忽有三人來營中，云諸賊以重陽悉入大城寘酒；南城空虛，可入也。蓋寧夏城有二重，分南城、大城云。諸將不之信，以聞公。公曰：「時不可失也。」覘之，果無城守；急令李如樟等上南城。公繼至。時餘將多次且，總兵牛秉忠年七十，賈勇先登。公從城上語曰：「老將軍登城矣，諸將何怯也！」遂相次上城。公念衆未易約，一妄殺則大城死守，不可復得。乃大呼云：「生擒者論功不以級！」凡我軍生擒一人，即予紀録，而仍縱其人，所全活者數千人。城中大喜，然炬照視，盡設香案，遂得南城。賊勢益孤，我軍從北關攻大城益急。賊以南城居民子女親戚之在大城者，盡縛之寘長干上。南城居民痛哭訴之公，諸將皆愕然，無可爲策。公令指揮董正誼呼謂賊曰：「監軍已往取許朝之女、劉東陽之母矣！若不釋放，亦如之！」賊聞傳呼良已，人心始安。仍示以未殺降人，賊黨驚喜。

公廉知許朝、劉東陽等意欲獻城，而憚哱氏父子強，其中可間也。乃覓居民與哱相識者，得一人曰李登，令其行間，持諭字往哱所曰：「若併劉許，罪可贖也。」哱見之，果戟手哭曰：「吾父子生矣！」召其黨畢邪氣等計議，須得符印公據，乃如約。登至，公密與免死劄，付入城。時賊土文秀自作逆後，屢有歸順獻城之心。劉東陽知之，乃僞病，託文秀後事。文秀入問疾，遂殺之。哱承恩至南門，殺許朝父子。畢邪氣至北樓，見劉東陽，未及語，頭已墮地。哱氏父子至南門，以殺賊告。公遂開城門，嚴申軍令，不得妄殺一人。城中皆解甲焚香，以迎王師。公念事之殷也，脅從頗多；渠魁既誅，餘可寬貸。各賊家丁，宜分屬諸將標下，撫以恩惠，皆爲有力健兒。哱氏父子，即不可赦，宜寘囹圄，以俟天誅，庶人心不復驚擾。而各賊資財，足供賞軍之用。刀刃不血，保全一國生靈，實奇功也。而督臣忽有傳示云：「本日内不殺哱氏父子及諸從賊者，以賜劍從事！」遂盡殺哱氏及家丁等。軍卒争功，恣意劫奪，賊賄悉被抄略，居民蕭然一空。公殊憾之。以賊平聞，公不自居功，賞獨後，僅晉官，廕一子金吾百户不世。然天子心知公能。明年，遂陞大中丞，開府雲中。時虜王款塞，公以静鎮之。公嘗曰：「婦姑亦有溪勃，何況華夷？當事者遇有争，無偏輕重，可潛消邊釁。」每遇華人盗夷物者，寘之法無貸。公一日大出獵，盛張旗幟，令諸將盡甲而出，校射大漠。縣令關揚怪異之，曰：「今秋成出獵，多損稼，公乃多事矣！」後數日，得虜諜云：「虜欲大入犯，以有備中止。」關令乃嘆詫公機用之神也。諸遊客走塞上者，多以竿牘來。主者致諸將校，將校無所出，斂戍卒餽之。公曰：「吾安能以養健兒者，媚無益之客子！」卒不數見也。公清廉，又耳目長，諸將領不敢過爲朘削邊卒以飽。督宣府時，扯酋遣人送良鐵數十斤，云虜中某山，忽産此鐵。公不報，但命工鑄爲劍，淬磨甚精。及虜來市，公禁諸邊勿與鐵鑊。虜衆大譁。公出劍示虜使曰：「前者虜王所遺鐵，中國殆未有。爾國幸有佳者，何用此方下産也？」虜衆聞之，歸怨扯酋。扯酋詞屈，乃遣人來白云：「某知罪矣！前鐵實中國市來，虜中安得有此，聊爲誇耳。」公曰：「我以至誠待爾，此後勿復作此狡獪！」仍命以鐵鑊與之。公雖令虜不敢欺，而每遇虜饑，輒以賑濟，與華人不異，故虜皆感泣。酋王稱之爲父，其忠信行於蠻貊如此。後以憂歸田。既除服，不及起用而卒。

公性坦夷，外寬内嚴，終身不見有喜愠之色。毁譽當前，不復致辨。倥偬之中，愈見暇整。綜理綿密，筆硯皆有方略。口無臧否，忽出一言，其人立見。飲啖兼人，後房姬侍繁多，亦無華飾，頗有夏侯妓衣之誚，公夷然不屑。文辭甚典腴，詩有奇氣，不多作。尺牘工巧甚。喜射，至老不倦。每會燕，多以寒具爲的，與賓僚共射之。晚通禪理。女澹然以孀爲尼，公不之禁。澹然戒律甚嚴，于道有入，父子書牘往來，頗有問難。

方公之開府雲中也，予時客長安，公以字來訊。予答以學道未契，汲汲求友。公復以書來云：「貫城之旁，有日中之市焉。雖無奇瑰異物，而抱所欲者，各恣取以去，求友亦若是耳。公欲于此處求友，顯靈宫古柏，婆娑委地，作虬龍形。東便門外，柰子花如錦幄，可容二十餘人。晉陽庵中，有唐鑄觀世音相。沙窩水葛道士毬，順城門守門老中官射，亦不佞數十年内所得友也。公儻欲之，便以相贈。」其持論蓋如此。後邀予至雲中晤言。予少時有奇氣，相見直坐上坐，捫虱而譚。公待之益恭。每有所論，公退而疏之。一詩成，公曰：「真才子也！」嘗于水磨河寘酒，大合樂，泛舟，辨論鋒起。公自謂數十年來無此樂。率將佐出獵，公與予並馬笑譚，千騎圍繞，笳管清路，呼聲震地，箭如餓鴟叫。抵暮而歸，燈火晃耀，居民摩肩以視。大略如子瞻遊西湖，從湧金門外入也。予偶與諸狎客野飲，公忽至，遂共坐，與諸人調笑，略無忤意，亦不問姓名而去。

一日暇，公謂予曰：「料理堂事，入衙偃卧，令兩婢搥背，便過一日。真可謂無事。」予曰：「公于此道，曾有所入否？」公曰：「我昔聽方湛一講論，有所入，至今灑然。」予曰：「護生須是殺，殺盡始安居。公未搗其巢穴，而遽爾安居，未可也。」公曰：「殺之何由？」予曰：「此拔刀自殺者也。或于文字上殺，或于朋友聚譚時殺，或于無義語上殺。皆殺機也。若是，則吾欲公厭事矣。」公曰：「善。」公於是深研悟理。予自雲中别後，不復再晤。不意公遂去世，竟未圖一合併。已矣，已矣，何時復見此偉人也！

袁子曰：世之名位，蓋前定焉。公爲孝廉時，時大冢宰王公，爲子覓禮經師，未得。王公夫人夜夢一人，謂之曰：「公子師，麻城梅孝廉也。」其人官爵，與堂上主公同。」頃之，即見孝廉坐堂上，長髯而鼻如拳。寤以告王公，王公明日往謁麻城劉大金吾守有曰：「公邑有梅孝廉否？」劉公曰：「有之，不佞兒女姻也。」王公即託劉金吾延之。後王公與公飲，夫人竊窺之，長髯大鼻，依然夢中人也。王公後乃語梅公以故，公遜謝。一日，王公對賓僚言此事，曰：「梅大將來名位，未易涯也。」少宰王公篆曰：「孝廉已非壯年。即明年得第，至八座亦須近三十年，耄矣。時恐不得待也！」

次年，公即成進士，爲縣令。未滿十年，爲大中丞，晉少司馬。所贈官，正與冢宰同。夢中之言，不其符乎？梅公初無子，近六十乃生子，不殺之報也。

李温陵傳

李温陵者，名載贄。少舉孝廉，以道遠不再上公車。爲校官，徘徊郎署間，後爲姚安太守。公爲人中燠外冷，丰骨稜稜。性甚卞急，好面折人過。士非參其神契者，不與言。强力任性，不强其意之所不欲。初未知學，有道學先生語之曰：「公怖死否？」公曰：「死矣，安得不怖！」曰：「公既怖死，何不學道？學道所以免生死也。」公曰：「有是哉？」遂潛心道妙，久之自有所契，超于語言文字之表。諸執筌蹄者，了不能及。爲守，法令清簡，不言而治。每至伽藍，判了公事，坐堂皇上，或寘名僧其間。簿書有隙，即與參論虚玄。人皆怪之，公亦不顧。禄俸之外，了無長物。久之厭圭組，遂入雞足山，閲龍藏不出。御史劉維奇其節，疏令致仕以歸。

初與楚黄安耿子庸善，罷郡，遂不歸，曰：「我老矣，得一二勝友，終日晤言，以遺餘日，即爲至快，何必故鄉也！」遂攜妻女客黄安。中年得數男，皆不育。體素癯，澹於聲色；又癖潔，惡近婦人。故雖無子，不寘妾婢。後妻女欲歸，趣歸之。自稱「流寓客子」。既無家累，又斷俗緣，參求乘理，極其超悟。剔膚見骨，迥絕理路。出爲議論，皆爲劍刀上事。獅子送乳，香象絕流，發詠孤高，少有酬其機者。子庸死，子庸之兄天台公，惜其超脱，恐子姪效之，有遺棄之病，數致箴切。公遂至麻城龍潭湖上，與僧無念、周友山、丘坦之、楊定見聚。閉門下楗，日以讀書爲事。性愛掃地，數人縛帚不給。衿裾浣洗，極其鮮潔。拭面掃身，有同水淫。不喜俗客，客不獲辭而至，但一交手，即令之遠坐，嫌其臭穢。其忻賞者，鎮日言笑；意所不契，寂無一語。滑稽排調，衝口而發；既能解頤，亦可刺骨。所讀書，皆抄寫爲善本。東國之秘語，西方之靈文，離騷、馬班之篇，陶、謝、柳、杜之詩，下至稗官小説之奇，宋元名人之曲，雪籐丹筆，逐字讎校。肌擘理分，時出新意。其爲文不阡不陌，抒其胸中之獨見，精光凜凜，不可迫視。詩不多作，大有神境。亦喜作書，每研墨伸紙，則解衣大叫，作兔起鶻落之狀。其得意者，亦甚可愛，瘦勁險絕，鐵腕萬鈞，骨稜稜紙上。一日，惡頭癢，倦於梳櫛，遂去其髮，獨存鬢鬚。

公氣既激昂，行復詭異。斥異端者，日益側目。與耿公往復辨論，每一札累累萬言，發道學之隱情，風雨江波，讀之者高其識，欽其才，畏其筆。始有以幻語聞當事。當事者逐之。于時左轄劉公東星，迎公武昌，舍蓋公之堂。自後屢歸屢遊。劉公迎之沁水，梅中丞迎之雲中，而焦公弱侯迎之秣陵。無何，復歸麻城。時又有以幻語聞當事。當事者又誤信而逐之，火其蘭若。而馬御史經綸遂躬迎之于北通州。又會當事者欲刊異端，以正文體，疏論之，遣金吾緹綺逮公。初，公病。病中復定所作易因，其名曰九正易因。常曰：「我得九正易因成，死快矣！」易因成，病轉甚。至是逮者至邸舍，匆匆公以問馬公。馬公曰：「衞士至。」公力疾起，行數步，大聲曰：「是爲我也！爲我取門片來！」遂卧其上，疾呼曰：「速行，我罪人也，不宜留！」馬公願從。公曰：「逐臣不入城，制也。且君有老父在。」馬公曰：「朝廷以先生爲妖人，我藏妖人者也，死則俱死耳，終不令先生往，而己獨留。」馬公卒同行。至通州城外，都門之牘尼馬公行者紛至。其僕數十人，奉其父命泣留之。馬公不聽，竟與公偕。

明日，大金吾寘訊。侍者掖而入，卧於堦上。金吾曰：「若何以妄著書？」公曰：「罪人著書甚多，具在，于聖教有益無損。」大金吾笑其崛強，獄竟無所寘詞，大略止回籍耳。久之，旨不下，公於獄舍中作詩讀書自如。一日，呼侍者薙髮。侍者去，遂持刀自割其喉，氣不絶者兩日。侍者問：「和尚痛否？」以指書其手曰：「不痛。」又問曰：「和尚何自割？」書曰：「七十老翁何所求？」遂絶。時馬公以事緩，歸覲其父。至是，聞而傷之曰：「吾護持不謹，以致于斯也，傷哉！」乃歸其骸于通，爲之大治冢墓，營佛刹云。

公素不愛著書，初與耿公辨論之語，多爲掌記者所録，遂裒之爲焚書。後以時義詮聖賢深旨爲説書；最後理其先所詮次之史，焦公等刻之于南京，是爲藏書。蓋公於誦讀之暇，尤愛讀史，於古人作用之妙，大有所窺。以爲世道安危治亂之機，捷于呼吸，微于縷黍。世之小人，既僥倖喪人之國；而世之君子，理障太多，名心太重，護惜太甚，爲格套局面所拘，不知古人清浄無爲，行所無事之旨，與藏身忍垢，委曲周旋之用。使君子不能以用小人，而小人得以制君子。故往往明而不晦，激而不平，以至于亂。而世儒觀古人之跡，又概繩以一切之法，不能虚心平氣，求短于長，見瑕于瑜。好不知惡，惡不知美。至于今接響傳聲，其觀場逐塊之見，已入人之骨髓，而不可破。於是上下數千年之間，别出手眼。凡古所稱爲大君子者，有時攻其所短；而所稱爲小人不足齒者，有時不没其所長。其意大都在于黜虚文，求實用；舍皮毛，見神骨；去浮理，揣人情。即矯枉之過，不無偏有重輕；而舍其批駁謔笑之語，細心讀之，其破的中竅之處，大有補于世道人心。而人遂以爲得罪于名教，比之毁聖叛道，則已過矣。

昔馬遷、班固，各以意見爲史。馬遷先黄老，後六經；退處士，進游俠。當時非之。而班固亦排守節，鄙正直。後世監二史之弊，汰其意見，一一歸之醇正。然二家之書，若揭日月；而唐宋之史，讀不終篇，而已兀然作欠伸狀，何也？豈非以獨見之處，即其精光之不可磨滅者歟？且夫今之言汪洋自恣，莫如莊子，然未有因讀莊子而汪洋自恣者也。即汪洋自恣之人，又未必讀莊子也。今之言天性刻薄，莫如韓子；然未有因讀韓子而天性刻薄者也。即天性刻薄之人，亦未讀韓子也。自有此二書以來，讀莊子者，擷其勝韻，超然名利之外者，代不乏人；而申韓之書，得其信賞必罰者，亦足以強主而尊朝廷，即醇正如諸葛，亦手寫之以進後主，何嘗以意見少駁遂盡廢之哉？夫六經、洙泗之書，粱肉也；世之食粱肉太多者，亦能留滯而成痞。故醫者以大黄蜀豆瀉其積穢，然後脾胃復而無病。九賓之筵，雞豚羊魚，相繼而進；至於海錯，若江瑶柱之屬，弊吻裂舌，而人思一朵頤。則謂公之書爲消積導滯之書可；謂是世間一種珍奇，不可無一，不可有二之書亦可。特其出之也太早，故觀者之成心不化，而指摘生焉。然而窮公之所以罹禍，又不自書中來也。

大都公之爲人，真有不可知者。本絶意仕進人也，而專談用世之略，謂天下事決非好名小儒之所能爲。本狷潔自厲，操若冰霜人也，而深惡枯清自矜、刻薄瑣細者，謂其害必在子孫。本屏絶聲色，視情慾如糞土人也，而愛憐光景，於花月兒女之情狀，亦極其賞玩，若借以文其寂寞。本多怪少可，與物不和人也，而于士之有一長一能者，傾注愛慕，自以爲不如。本息機忘世，槁木死灰人也，而于古之忠臣義士，俠兒劍客，存亡雅誼，生死交情，讀其遺事，爲之咋指斫案，投袂而起，泣淚橫流，痛哭滂沱，而不自禁。若夫骨堅金石，氣薄雲天，言有觸而必吐，意無往而不伸。排搨勝己，跌宕王公。孔文舉調魏武若稚子，嵇叔夜視鍾會如奴隸。鳥巢可覆，不改其鳳味；鸞翮可鎩，不馴其龍性。斯所由焚芝鋤蕙，銜刀若盧者也。嗟乎！才太高，氣太豪，不能埋照溷俗，卒就囹圄，慚柳下而愧孫登，可惜也夫！可戒也夫！公晚年讀易，著書曰九正易因。意者公于易大有得，舍亢入謙，而公遂老矣，逝矣。公所表章之書，若陽明先生年譜及龍谿語録，其類多不可悉記云。

或問袁中道曰：「公之於温陵也，學之否？」予曰：「雖好之，不學之也。其人不能學者有五，不願學者有三。公爲士居官，清節凛凛；而吾輩隨來輒受，操同中人，一不能學也。公不入季女之室，不登冶童之牀；而吾輩不斷情慾，未絶孌寵，二不能學也。公深入至道，見其大者；而吾輩株守文字，不得玄旨，三不能學也。公自少至老，惟知讀書；而吾輩汩没塵緣，不親韋編，四不能學也。公直氣勁節，不爲人屈；而吾輩怯弱，隨人俯仰，五不能學也。若好剛使氣，快意恩讎，意所不可，動筆之書，不願學者一矣。既已離仕而隱，即宜遁迹名山，而乃徘徊人世，禍逐名起，不願學者二矣。急乘緩戒，細行不修，任情適口，鸞刀狼藉，不願學者三矣。夫其所不能學者，將終身不能學；而其不願學者，斷斷乎其不學之也。故曰：雖好之，不學之也。若夫幻人之談，謂其既已髡髮，仍冠進賢；八十之年，不忘欲想者，有是哉？所謂蟾蜍擲糞，自其口出者也。」

江進之傳

江進之，名盈科，楚之桃源人也。公生於農家，稍長，知刻苦讀書，有異才。天性孝友，肫誠無忮害。自爲諸生，名已隆隆起。乙酉，舉于鄉。壬辰，舉於南宫，爲長洲令。長洲固劇邑，公專以恩信治之，不爲掊擊。初若無奇，久之皆不忍欺。其與民語，若父子然，温温惟恐傷之。諸縉紳居間牘如山，度其不甚撓法者從之，不盡格也。或不從，拂其意，以疾聲厲色加公，公亦不怒，好言謝之。公雖居貧，然視財如糞土，士大夫過者如歸，皆歡然以去。其于寒士，尤加噓植，曰：「我嘗寒士之苦久矣！」所薦山人遊客，公不爲峻拒；其有才者，曲禮下之，甚至分俸以遺。公固貧，爲令久，益貧。

是時予中兄中郎，爲吳縣令。中郎治吳嚴明，令行禁止，摘發如神，獄訟到手即判，吳中呼爲「升米公事」，縣前酒家皆他徙，徵租不督而至。亦不自發封，私牘没塵土内數寸不啓。無事閉門讀書，往來無翕翕熱。公直以純真爲治，積蠹亦不盡除，租訟或少需，黎明而起，以火從事。然兩縣皆大治。公與中郎遊，若兄弟。行則並輿，食則比豆。迎謁行役，以清言消之，都忘其憊，若江文通、袁淑明云。上官至，有小酬應，不必中郎知，公皆代爲之。即具獄當事者，當事者付吳令平反；即吳令有所平反，公不爲嫌，曰：「吾向者訊果誤。」或當事者向公才吳令，公聞之若甘露灑而清風拂也。公好作詩，政事之暇，與中郎大有唱和。中郎所作錦帆、解脱諸集，皆公爲敍，文如披錦，爲一時名人所歎。中郎以病去吳，公如失左右手。

久之，公補銓曹，不能具裝。然好施，行時往嘉禾一相知者，貸得數百金，分餽知友寒士，一日都盡。後有人中傷之者，遂改廷尉正。人爲公惜。公曰：「自吾爲諸生時，望不及此。及爲吏，治煩劇處，耳目紛拏，心思營怦，頭鬚爲白。幸不遭褫逐，承乏廷尉。廷尉事省，吾素有述作之志未竟，今可如願，吾志畢矣。」以故公益閉門讀書，暇則爲詩文。詩多信心爲之，或傷率意，至其佳處，清新絶倫。文尤圓妙。予伯兄、仲兄及予，皆居京師，與一時名人于崇國寺葡萄林内，結社論學，公與焉。公住一古寺中，每出拜客，騎款段馬，革帶閣馬骼上，搜雲入霞，兩目直視，以手畫㶉鶒上，觀者異之。公體素羸，有血疾。後以苦思逾甚，主試於蜀，後陞按察司僉事，視蜀學政，公竟卒于蜀，得年僅五十。公之氣量，不驚不怒，是宜大用。即不獲大用，亦必長年，何遽奪之壽耶？自爲令時，多所負，其子禹疏以賻金稍稍完之，尚十不一二。甚矣，貧吏之苦也！公所著述甚多，行于世，兹不具述。

外史氏曰：古之詩文大家籍中，有可愛語，有可驚語，亦間有可笑語。良以獨抒機軸，可驚可愛與可笑者，或合并而出，亦不暇揀擇故也。然有俚語，無套語。俚語雖可笑，多存韻致；套語雖無可笑，覺彼胸中，爛腸三斗，未易可去。是以文人有俚語，無套語也。人情好檢點，見其有可笑語，遂不復讀其可愛可驚之語；而彼無可愛可驚并無可笑者，專以套語爲不痛不痒之章，作鄉愿以欺世。當時俗人，因無可檢點，反以加于真正文人之上。及至百年後，人心既虚，其可愛可驚之精光，人争喜之；并其可笑者，亦任之不復加刺，故共相推尊。而彼作鄉愿之詩者，無關顰笑，有若嚼札，更無一篇存于世矣。以此詩文不貴無病，但其中有清新光燄之語，獨出不同于衆，而爲人所欲言不能言者，則必傳，亦不在多也。若唐之王摩詰，可笑者少；孟浩然、李白已不無矣。子美尤多。雖可笑，亦自有韻，如「家家養烏鬼，頓頓食黄魚」

之語是也。險諢亦不宜輕作，要以大家無害。進之詩可愛可驚之語甚多，中有近於俚語者，無損也。稍爲汰之，精光出矣。

潘去華尚寶傳

潘去華，名士藻，徽之婺源人也。少以文行著稱。舉孝廉，久滯公車。幾五十，乃第，出爲金華理官，以風節聞。徽爲御史，抗疏，謫爲廣東幕官。徘徊郎署間，後官尚寶卿。公性至孝，母八十餘矣，飲食起居必親，時于母前跳躍如小兒狀。每晚，至母房，坐卧榻前，説日中事，喃喃不寘，以爲常。人比之弄雛人也。其學重敦行，喜道人善。與人語，多依于善惡徵應。其言隱隱獲福，害人自害之事，有味乎其言之也。自官尚寶時，署中無事，乃潛心玩易，每十餘日玩一卦。或家中静思，或拜客馬上思之。不論閒忙晝夜，窮其奥妙。每得一爻，即欣然起舞，索筆書之。青衿疲馬，出入廛市，于于徐徐，都忘其老。

公愷悌樂易，尤愛友朋，所交皆一世名士，若焦弱侯、李龍湖諸公，皆爲世外之契。晚交伯修、中郎及予。有人問中郎于公者，公曰：「若斯人者，可與言天人之際矣。」嘗曰：「學問須消，消不盡遂成見聞之痞。一切驕矜之色，從此痞生，可不慎哉！」尤有人倫之鑒。有一士慧甚，公曰：「佳處俱在面膚，非凝道器也。」聞中郎著書，公曰：「有所見不必拈弄筆硯，且自藴而藏之。見定身閒，不得已而言焉可也。」公好仙，有乩仙降于公家，與問答皆中理解。或時下天篆，作龍飛鳳翥之勢。其言曰：「五陵八百地仙之期已近，公其一數。」又指海内名士某某，皆已登仙籍。公殊信之。其言甚多，皆天中事，大約近似陶隱居之真誥云。又言前世下士之文人才子，多爲仙吏，某人今轉某職。語新奇，娓娓可聽。後愚兄弟每與公言，多婉以止之，欲其舍渺茫而專心性命之學。久之，公亦不復信，惟究心于易。

然公修幹骨立，目如炬光，開口見舌，瀟然自得，大有仙人之致。若其忠孝大節，無媿古之真君子。其卒也，寘身于丹臺紫府，豈異事哉！白樂天謫九江，作廬山草堂，著飛雲履，鍊服食藥，幾成而鼎敗。古今之慧人，欲出生死而不得其徑，多有好之者。或云此自胎骨帶得，亦一種清勝卓絶之習，不同凡俗也。然樂天晚年，大悟禪理，而公亦深于易，乃知向之所慕直寄耳。追思伯修居從官時，聚名士大夫，論學于崇國寺之蒲桃林下，公其一也。當入社日，輪一人具伊蒲之食。至則聚譚，或遊水邊，或覽貝葉，或數人相聚問近日所見，或静坐禪榻上，或作詩。至日暮始歸。不逾年，伯修逝，公亦逝。其餘存者，亦多分散。

去年，予以計偕至，過伯修長安街上舊第，忽憶當時下馬入門，呼「大兄在否」之狀，淚如雨傾，半日不能言。及過公手帕市第，痛之無異伯修。後以訪人，偶至蒲桃林，緑葉碧實如故，而同學諸友，無一在者。感歲月之如駛，念壽命之不常，又不覺淚涔涔下也。公卒于秣陵，母尚在。公甚孝，其死而不瞑目者，或以此夫！所著書尚未得讀，不知已入梓否。比至南都，當從其子覓之。公卒之次年，中郎與予祠伯修與公于柳浪。又數年，予略爲之傳。

趙大司馬傳略

萬曆中，兩宫三殿皆災，九邊供億不給，外帑空虚。天子憂匱乏，言利者以礦税啓之，乃以内侍充礦税使，分道四出。皆奸惡武弁上其事，以無賴中使名請，詔可，則中使爲主，而武弁及奸人輔之流毒。其使楚者，爲陳奉，市井博徒，最無行者也。建節至楚，所至如逐梟獍，士人皆持瓦礫禦之，有司不能禁。禦之勝者，終不敢入其境；不勝者，乃入據之。久之爪牙漸多，亦無敢禦者。遂建牙開府於武昌，而歷巡郡縣。其出皆建旄頭，設虞無前茅，車馬供帳，擬于王者。奉冠危冠，著翔魚獰龍服，佩使者綬，八座牽挽，幾二十餘人，若天子步輦狀。稱者皆曰「千歲」。得淫奴妻，據爲婦，與同卧起。采倡爲鬟婢。所之皆曰「千歲國太輿」。民間愕笑，云：「黄門善淫耶？」蒼頭廬兒，鞭撻郵吏，重者死。每至郡縣，雖厚咯其左右，猶不免考索。不肖長令，或嗅其靴鼻。吴越大猾，及市井惡少年，皆行金錢竄役籍中：或主奏記，或主謀議，或主出入。私置名字甚多。又於諸郡邑布列徵税官，雖小市亦有五六七人。其曹數十人，朝爲傭屠，夕即冠進賢冠，建高車黄蓋，出入里門，軒軒然。直撞入郡縣，刻剥建鼓，至堂皇詬怒。稍與抗，即告之奉，上疏以抗旨逮。水陸誅盈，搜肉見骨。下至雞豚蔬果之屬，皆遭攘奪。富民以資雄者，税官即奏記奉，某邑某富民塚墓地生金可採，當如旨掘伐。富民懼，傾家入資賂税官，乃得罷。或云得古覆藏，及非法御用等物，匿不報官；乃用三木囊頭令承。富民無可訴，傾家行金錢。其相讎者，及有小睚眦者，籍其讎家資數獻奉。奉遣人逮之，將籍其家，皆傾家行金錢祈免。三楚富兒殆盡，括十乃進一奉，奉又僅上一。諸税官緣引日益多，民坊酒食，皆不敢徵錢。漿酒霍肉，占歌舞妓，或强淫民子女，甚有污儒生妻，而捽儒生幾死者。民皆怨恨思亂。

壬寅，奉居武昌舊帥侯邸，若古藩鎮，大作威福。金錢日至無算。奉大喜，寢有他志。民不堪剥刻，遂變，共起誅之，燔其居。奉急從後垣走入藩府獲免。居民縛其左右數百人，皆投之大江。漢陽人聞之，皆相聚縛其使，亦如武昌。每投一人，兩岸居民皆拊掌大笑爲樂。投三四日不盡。得奉姪兒，不復投，令其四據如犬，行入水死。皆大笑。諸郡悉攘臂起，縛稅使殺之。殺奸人無數，官不能禁。後當事者諭武昌民曰：「汝等魚肉稅使，獨不念宦此者耶？宦此者皆多方活汝，設死奉輩，上震怒，首逮宦此者，是汝害活汝者。」民少戢，奉始出上疏，列變事。天子仁聖，不忍誅楚民，而庇奉，撤奉歸，乃遣一大臣往鎮撫之。時少司空趙公可懷，修兩宮甫竣，天子心知其能，乃以楚事委公。乘急傳往，十餘日而至，護奉以歸，而安慰楚民，變不日而戢。

公遂以大司馬留楚。而楚藩適積金貲進獻，諸宗不逞者譁曰：「是皆膏脂吾曹者！」率其黨數百人，至漢陽奪之。事聞憲使，憲使急遣賊曹率驍騎盡縛之，三木琅璫，寘獄報公。時已暮，公病累月，少差。明日起視事，出教屏諸侍衛，不令直侍，惟鈐下書記數人。公坐堂皇，三司使者環列，逮攫金宗人以入。公起至溜下，欲訊之，稍俯躬，宗人爲魁者遂以手械急擊公首。公仆，立殺之。餘宗俱起，徧擊諸使者，皆踰墻走，亦有中傷者。諸宗人乃呼其黨入楚府，欲殺王，有備獲免。諸宗既殺大臣，素不知法，曰：「是我家吏，殺之何害！上怒，賜帛止矣。」殊恬然。事上聞，天子大怒，寘諸宗於死，而悼愍公特甚，贈賻有加焉。公素練達，見刑人宜列侍衛，不知何以盡撤之，豈謂虜可單騎説，况此輩乎？然是皆膏粱小兒，不識國憲；又隆準子孫，久無加桁楊纏金木者，急而爲變，公何詎不知？是皆天也。初公中丞邸生瑞蓮及連理瓜，皆以爲瑞，而乃爲之災，悲夫！公之四子茂才與予善，之楚宿玉泉寺，夜夢大鷹飛空，忽有物碎其首。鷹揚，武功也，大司馬其兆也；碎首，凶徵也。公是時晉大司馬，卒如之，其兆先也。嗟乎！

楚國號天府，自肅皇帝入繼大統，實爲湯沐邑。百餘年來，休養生息，其殷富甲於天下。丁酉以後，災異漸起。黄鶴樓雄峙武昌，一日無故自火，延燒千家。黄鵠之磯，民淘眢井者，一人入不出，一人繼之，曰：「如有他虞，我撼繩鈴，急上我。」其人入，見前人死，傍有大穴，有火光。俄一人冠方山冠，著絳袍，持刃來逐之。其人大呼撼鈴，起駭幾死，甦爲人言如是。聞之監司，欲夷其井，一夜自滿。有狐從漢陽門入，陰雨作人哭，尋之無有。民間見龜蛇大鬬，後龜蛇俱死。自此以後，水旱饑饉相仍。逾年，税使至，破壞全楚，如虎傅翼，搏人而食。爲捶死及逼死者無數，其後民殺其黨與幾千人。明年，諸宗攫金之變起，殺一大臣，隆準子孫伏斧質者數人。舉昔之通邑大都，號爲繁華淵藪，車擊帷接，鐘鳴鼎食之第，黏屣調瑟之家，今皆厭厭然有荒涼岑寂之象。富賈困於稅，皆棄故業。農夫亦爲積逋所困，不復聊生。而朝中之名士大夫，此十年中相繼而死。往時八座九棘，不下數十人；今或有一人兩人，人文亦漸凋落。豈一方之氣運有盛而有衰歟？抑天地之數，由亨入困之象，將見於天下，而首徵于全楚歟？其果人事有以致之歟？然以楚之厄數，而適中之于公，亦深可悼矣。

公名可懷，字□□。少成進士，爲令。由比部主事爲御史，歷中外，至大中丞。秉節鉞者，幾二十年。而後由工部侍郎出督楚，晉大司馬。公爲官清次骨，蔬食布衣如寒士，絶賂遺。生爲名臣，死于事，壽六十餘，無憾矣。獨吾于公事，而因于楚地致三嘆焉。天下之平也久矣，民兢兢奉法，馴撓易使。上之人乃始玩易，等於草芥，極其蹂踐不之恤。民於是始怨。民雖怨而終不敢有他志者，以其不可制之竅未開，而犯上之事不慣也。久之積怒，稍一逞焉。既逞，而上之人其勢又不容，厚有所誅。一方如是，他方復如是。彼奸民乃漸覺上之易爲犯也，即犯之，而亦終無奈我何也。即捐數人之命以存法，而必不能徧誅我也。爲吏所窘亦死，饑寒亦死；而爲盜者，其去死尚遠。黨多則必不能我制。當斯時，民之竅開矣，殺機大動矣，亦慣爲之矣。同惡相助，以泄其憤，而苟延其命爲盜，爲大盜，法度紀綱，從此不振。東擊西生，西擊東生。向之至微至賤，見吏卒而汗下，有司捶之至死不敢出一語者，今始覺其如虎如狼，悍猛而不可制。故知爲上者，決不可令民窺其不能制之故，而使之敢爲惡也。陳奉雖暴璫，亦奉天子命者，然逐之殺數千人而不詰。不詰誠仁，而于以下承上之國體，亦少損矣。今滇中復然。噫！吾懼奸民之窺之也，急收礦税，庶免夫！予于公事，因傷楚事焉，亦漆室之憂也。

袁氏三生傳

伯修有子曰登，年十三歲。小時聞修浄業則喜，好以十氣念佛法鐫圖施人。萬曆辛卯，伯修官京師，中郎以公車至，兒病癖不治且死，語人曰：「請二叔來。」中郎至，兒曰：「我將往，叔可助我念佛。」兒危坐念數百聲，中郎及伯修皆助之。兒又曰：「我氣急，不能全念也，專念『南無佛』可耶？」曰：「可。」復念百許聲，已大笑曰：「蓮花至矣！」家人子悉奔來視。登愀然曰：「蓮花皆缺矣，室中得無有污穢之者乎？」詢之，果有婢子當浣濯者，斥之出，則又笑曰：「蓮花復圓，一一花上有如來。如來至，兒其行矣！」遂合掌翛然而逝。

中郎有女曰禪那，年十四歲。性沉静，聞佛法，欲受戒。父母曰：「兒女身，且適人，不得具戒也。」女遂深厭女身，嘗誓于佛前曰：「願弟子速脱女身，生安養國，不樂五濁世也。」每拜佛，則祈早死。讀法華、華嚴，皆通大旨。數以所疑問中郎，悉出意表。中郎大駭。經半歲餘，女遂病不治。未亡之前四五日，冥然如逝者久之，後甦曰：「我方至一所，世界皆作五色，樓閣欄楯，莊嚴莫比。我欲往。彼處曰：『此非汝居，可速返。』是以還也。」亡之日，晨即謂人曰：「我以今日往，可請三叔來，助我念佛。」予往助之。俄頃，又曰：「專念上品蓮花，爲父母也。」已令人以香薰衣，着完即逝。

予有子曰海，年四歲。生一年餘，即知膜拜趺坐，自後專以念佛爲戲。兒生，予已入都門。庚子下第歸，方見頭顱隆隆起，慧甚，若成人。十月中，予夜偶夢菩薩數十人，冠寶冠，皆來乞兒；乞得即擁兒以往。予醒，即呼室人語之。語未終，而乳兒者疾來呼曰：「兒夜半忽蹶然起，自云：『我身上痛！』即自念佛百餘聲，夜遂不瞑至今。」大異焉，旦而寘之卧内，痘也。兒病内熱甚急，則自念佛，呼人助之。度苦急則哀籲念佛；見人少停，即以手抓其面促之。凡二三日，以念佛代呻吟。後數日，亦不復痛，惟不能食耳，遂逝。

初禪那未亡之半年前，壻家爲毛氏，其子小病，榻於母側，夜半忽夢至一處，見一車紺幰，載一女子，一丈長餘金色人導之而西。子從旁諦觀之，金色人曰：「此汝婦也，與汝無緣！」語畢而去若飛，遂汗下而醒，呼母告之。後半年聞訃。禪那亡時，謂予曰：「我已至蓮花池上，今年兒家尚有一人往生。」問之何人，笑而不答。不知所指者，謂伯修耶，抑即海也？

上生居士曰：伯修素參求心地，至庚子歲，壁上多書「無常」「迅速」字，日夕禮拜。十月中，小病即逝。予親見三生事，又痛念伯修之亡，欲歸山持淨業，而所志不堅，復出應世緣。自此塵習日長，將來不知稅駕得無自媿兒女子耶？暇日哀次其事，用以自警焉。

高士傳（一）

高士者，金楠名，友梗字也。友梗少以博士諸生入太學，工古文辭。則效先民，其檢已周，其待人惠。孝弟謙恭，彬彬儒者，則人中之粹美者耳，而孑孑然高之何也？曰：友梗雅愛靜居，不耦城市，常尋幽奇。得松蘿山，劃然長嘯，有終焉之志。庀材修建蘭若，莊嚴大士象。念僧貧，置常住田二十畝。又創寄蘿菴，施僧。而己誦讀其中，嵐煙之與親，松竹之與伍。霹靂火中，未嘗一日無清泠雲也，則其高之也固宜。曰：友梗得無爲有爲功德者乎？曰：非也。友梗寄跡禪室，焚香晏坐。手大易一編，窮四聖之微，覓無文之始。一夕，夢神人畫一圖相示之，覺而曰：「道在是矣！」即以「讀易」名其齋。凡生平細疑，一切皆破。舉天地之奥妙，往古來今之晦秘，人情事變之隱伏，無不了然。居歲餘，智地益微，取内典祖燈徧參之，皆如水乳合。友梗蓋以大易爲主，而貝葉不廢，即文字般若，猶其下也。所謂居世内而游世外者，此也。曰：友梗得年僅三十一，何悟之深，壽之促也？曰：古之悟道者，神有所契，形有所遺，亦無貴於長年耳。沈存中云：其鄉人有精支干，自言年三十餘後讀楞嚴有得，遂立化。友梗悟道已深，彼其視此生也，猶脱桎梏也。翛然而往，翛然而來，何足營其神哉！

友梗之跡在松蘿者，不獨爲福田利益也，其沁雪餐霞一段高致，直可遐想。而後來啞羊之徒，私鬻山中千章之木，爲通邑所逐，因而返噬檀越。此無論泥犁有報，而忘恩負義，漢家三尺能宥乎？予署海陽印，親勘此事，因以王法佛法治之；并晤友梗弟柯，始盡識友梗生平，蓋今之人古之道也。山川如故，芬芳不泯，是可敬也。因爲之傳如左。

〔一〕本篇據集選補。

吴龍田生傳〔一〕

太史公之傳貨殖也，則曰「巧者輻輳，拙者瓦解」。夫盈詘決于巧拙，是其柄在人，而不在天矣。而以予觀之，往往有失之巧，而得之拙者。巧以詐，拙以誠。誠之所在，能轉造物者也。賈爲機變六藪，而亦以誠得之，人可不誠歟？予于吴君龍田事有感焉。

吴君諱文明，字誠之，龍田其别號也。少即食貧，無所倚籍。父遠羈，而弟幼，止母在耳。公去儒而賈，年十三。囊中僅數金，乃間關江湖間，冒霜露，犯虎狼者屢屢，竟一一如所策。公爲人淳朴，人往往負之。受廛廣陵，其侶盡噬其有，公竟委之去。又屢爲豪猾所傾，亦不與争。竟以誠壹故，生計大振。近三十始室，定居廣陵。異日，中貴人漁獵民間，附之者得冠進賢，取黄金如瓦礫。人以邀公，公笑曰：「此雪中狻猊也，獨不虞羲和出耶？」竟閉門謝之。其後隆隆者皆敗，人以此服公卓識。公賈也，而行實儒。父奔走四方，數奇，歸而坐擁上腴，與母氏于于在堂，公蒸蒸色養。已相繼去世，哀毁甚。體親志，撫育幼弟，屢予以貲，而屢負之；公無幾微侘傺，待之如故。弟之妻艱于育，公禱于神，願以妻所孕者代。已而弟舉一男子，而己妻所生，竟不育。族弟夫己氏者，公資之，亦屢負公；公怡然不爲意。妹胥赤貧，頻有所貸，不責償；胥亡，養寡妹終身，白首無間。公四十，連舉丈夫子，長擇明師訓誨之，皆精舉子業，相繼入庠校。公雖定居廣陵，而不忘梓里，竟歸新安，恢復先業。里中兒素封者皆落，而公以徹貧起，治宅同伏川，鷰田等好時。伯子叔子，皆爲博士弟子，恂恂詳雅，出入光耀里閈。人不異公才，而推公之德，爲淳誠之報也。由此觀之，公巧耶拙耶？

予校新安，視其邑篆，見富厚者多勝氣；一受侮，則不難傾家貲以求伸，率以此敗。視公之有犯不校，誠通國之人瑞也。公外朴拙，而胸中了了。中郎游廣陵，公樂與親近，嘗云：「吾雖游于賈，而見海内文士，惟以不得執鞭爲恨。」中郎亦愛其貞淳，有先民風，與之往還。每得中郎一紙，即什襲藏之。予過廣陵，待之如中郎。以二子納贄從游。予校新安，長君竟入新安校。是時公爲人所負幾千金，夜飲與予言之。予曰：「昔予家世殷富，後予弟兄以經術起家，遂漸減。夫富于文藻，與富于貲財，常不並立。世固少揚州鶴也。」公怡然，自浮三大白云。予見公以拙誠昌其家，始悟太史公巧拙之語，言人而不言天，啓世間浮囂之竇。每欲以言紀之。近過廣陵，公亦索數語不朽，曰：「吾失之中郎矣，可更失之小修耶？」予曰：「諾。」遂次其事爲生傳云。

〔一〕本篇據集選補。

珂雪齋集卷之十八

榷荆關工部主事趙公去思碑記 代

水部伯玉趙公，居署中數有建白，調便宜，皆鑿鑿切政要。當事者才之。乙巳，奉命來視荆關。既受事，惻然念商民當巨璫虐燄之後，杼軸蕭然，乃斟酌於法與例之間，謂法本寬，例主嚴，昔用例破法，今因例立法。用例破法，其法猶存；因例立法，例即成法。是以舟木之算，本有定額，而令遂累變于額之外。雖賦不啻往時，亦宜消息之，令重困少紓。必例與賦而俱增，則一路之厄，何時而已也。乃頒爲定制行之，大要在詘例以伸法，以蘇息商困爲主。其于商民也，若慈母之于嬰兒，無不可以情求。凡一切密于例而可以情通者，皆力行之以便氓。受事數月，荆關大治。川、淮之商，謳歌于市。

予聞之而歎曰：此故吴門常熟令也！天下之劇而難治者，莫如吴令。予昔令吴矣，追思夫蜎集塵沓之狀，牛毛繭絲之竇，浮雲蒼狗之態，左方右圓之苦，使予至今病悸也。爲令者，欲孤行一意，則旁撓者百出。稍巽愞，則介弟與方城外之尹，低昂不敵。少裁抑，虎視且眈眈至。予令數年，心窮力盡，不勝弊鍛，日夕飲冰，竟抱病以去。海虞之繁劇，數倍吴門，物情殆有甚焉。而公治之若丸蜩。予不及與公共事，而聞之于公共事者。即如瀕海之田，爲海若所没，而糧存民間者計萬石。公悉清其桑田之在滄海者，勿籍。搜微剔隱，達上調下，備苦極心。公爲政多此類。其于毁譽利害，了不寘懷。而久之衆口祝誦者，靡間言。政成，而萬姓安之。

予之不及公也遠矣！居恒謂令之作令者，苦其心志，拂亂其所爲，無不有焉。此亦動心忍性之場也。人情事變之内，真學問出其中。調停宜，處寘周。急而徐應之，囂而静鎮之，疎而密綜之，險而平待之，觸而虚遊之。此不獨關于才，而政關于養。信若是，則天下事何不可爲。予知公之大事業，且取足于作令之中而有餘，況區區荆關乎哉！夫以鄧文潔公爲人，其品有若威鳳祥麟，而公師之。瞿太守洞觀持身凜於冰雪，而公友之。公之師友，淵源有自，宜其養之粹也。此方之商民銜恩德者，思俎豆公，而乞文于予。予知公之器，必且大用也，故次其語書之石，以券于後。公名國琦，南昌人，舉萬曆乙未進士。

創立黄柏菴田碑記

禪人無念，麻城人，名深有，十餘歲徧參諸方。口無味，身無衣，足無履者，幾三十餘年。凡宗門大老，若遍融、雲外、大安、大方輩，靡不咨扣。後卓錫於麻城之龍潭。久之，復厭喧，寄棲商城之黄柏山。山勢博大崇聳，迥無人跡。念公見而愛之，涉其顛，復睹平衍，乃曰：「是可田。」訊之山下民，則曰此商城張太學地也，歲久不治，已同石田。念公曰：「田雖荒可墾。」僧衆居此，參禪念佛之暇，令其開荒種畦，可足一年糧，且可藉此爲終老計。」于時龍湖偕來，本色衲子，安分度日，不爲虛浮無忌憚之行者。居此山，剪荆棘，治蓁楚。虎豹與居，猿穴與伍。數年後，佛殿僧舍，麤可居住。衲子躬耕身鋤，自種自食，無求於世，居然有古叢林之風。

予聞而喜之。嗟乎！十方檀施，極非細事，耕種而食，雖較勞苦，而食之無媿。且古大善知識，皆親自鋤田栽菜，腰鎌荷鍤，不以爲苦。後來學者纔有一知半解，便思坐曲菉牀，受人天供養。次者旰旰飽食，塔帽長衣，燒香煮茶，作山人治客之態。耕種之事，愈所棄而不爲。末法衰替景象，於此可見。今黄柏如是，是何異古百丈、黄蘗乎？又聞其上麋鹿多踐田苗，僧架屋夜守，佛聲浩浩，山答谷應。四季有野菜黄精可食。予又聞而喜之。昔五祖演云：「今年一寺莊田，顆粒不收，不以爲慮。惟一千五百衲子，一夏舉一古德機緣，竟無一人發明，深爲可憂。」今黄柏山中諸衲子，其有能發明此事者，有耶無耶，或有所待耶？皆未可知。然近日狂禪熾盛，口譚現成，一切無礙者，項背相接。與其豁達，空以撥無因果，真不如老實修行，念佛持戒之爲妥當也。願念公嚴立藩籬，與此清浄道侶，老於此山。其有施施然爲無忌憚之狀，言無忌憚之言，行無忌憚之行，口角圓滑，我慢貢高者，不許停此山一時一刻！庶幾兒孫相傳，法堂之草永不復生矣夫！

石頭菴碑記

冷雲與予兄弟爲方外交者有年，始同居法華菴，後同住柳浪及智者林。往來荷葉山珊瑚林中，冷雲皆在焉。冷雲貌樸中慧，於般若氣分，所得甚深。中郎亦謂：「六七年間，吾所遇衲子如林，見地超卓，可與言者，寒灰、冷雲數人而已。」甲辰夏，同往荷葉山房，朝夕激揚，嘯傲水邊林下甚適。是時冷雲衲履外無長物，意翛然也。俄而請古佛三尊，寘山房供養。中郎微笑曰：「冷雲從此多事矣！」將去村中，又營一木篋寘佛。中郎又微笑曰：「冷雲此去，且攜侍者來矣！」未幾，果攜一徒來柳浪。

中郎又微笑曰：「未已也，冷雲且住菴矣。」

未幾，冷雲果住一菴於繡林龍蓋山下。予問中郎何以知之，曰：「有佛則必有供佛之地，奉佛之人。一法既立，諸法並起，理所必然，無足疑者。」予曰：「冷雲固不當蓄徒住菴也耶？」曰：「不然。世之學佛者，動云我必入山，及至入山，衣食艱難，不堪寂寞，又復出山矣。學求悟明心地已耳。能悟明心地，則行也可，住也可，閙也可，忙也可，入王城亦可，日近宰官大臣亦可。心地不明，即走入深山窮谷之中，猿狖之與居，草木之爲食，空自憊耳，何益之有？人年老多病，須得一安居之處，用數人役使代勞，早晚有檀越護持，麤衣淡飯，不至乏闕。以此安心辦道，此亦要緊事。常情如此，佛法亦只如此，平平淡淡，無大奇特也。」

冷雲於心地法門，久已有所入，潛行密用，渾俗和光，以樂餘年已矣。其菴爲吾宗兄兑峯、蒓巖所寘，以供慈氏。背江面湖，峯巒秀出，蒼松古柏，號爲鬱葱。菴外復有山地，歲供伊蒲，皆袁氏施也。冷雲於吾袁氏，真可謂有緣矣。

重修華嚴菴碑記

佛心徧一切處，故佛之神奇亦徧一切處。雖徧一切處，而種種殊妙之相，非衆生自浄其心，則不能見。何者？譬之月然：有水則現，無水則不現；水浄則現，水不浄則不現。若使衆生心水都浄，佛則自現。故水有時而不現月，是水之咎，非望舒咎。衆生有時而不見佛，是衆生咎，非導師咎。予觀浮提之内，全浄全見，乍浄乍見，叩之而靈，呼之而應者，其跡森如也，予數數耳目焉。

荆門羔里，舊有華嚴菴，歲久傾圮，斷垣荒草。菴僧妙光真公，見而愍之，告之十方檀越，皆寂無應者。惟曾生省慨然許諾，時方無子，真公爲誦大士經一藏。一夕，曾君齋居，夢中隱隱若蒙摩頂記者，醒如甘露之濯，遂益踴躍，施菴基山園二十五畝，常住田若干畝，造大士殿一，大士像一，及四十八願如來像。已復造前殿二，并刹門。方欲呼陶師埏冶，而偶掘地，聲隆隆，得伏磚萬片，上有「天監七年」、「十三年」字，蘭若遂成。予聞而異焉。伽藍莫盛於梁，是豈欲刹而未成者歟？抑有所待歟？夫安知閉覆者之非發覆者歟？人間千年，天上彈指，貯之取之，願王之所持也，何疑哉？且世之以如意丐大士者，亦多矣。大士之於衆生等一子想，何擇焉，而有應有不應者，夙垢有重輕，而居心有浄穢也。

今真公深修浄行，作徧吉眷；而曾君質行長者，深信三寶，宿障輕微。政如澄潭可以受月，扣之靈，呼之應，非以浄心會浄緣歟？夫能浄一切心，心垢盡除，則可以毫端寶王，微塵法輪，皆非稀有事。區區勝緣，何惑焉。今之學者，局於聞見，毛舉梁事，以爲修福不蒙福。不知彼以攘奪心行有爲行，宜其及也。不罪己心不浄，而言如來不靈，惑矣！不然佛之慈愍，一切無不至焉，當此法乘凋謝之時，何不舒光垂耀，以聳動不信者之耳目，而使之依歸乎我？惟是佛心普入於衆生之心，而衆生不能自浄其心，以見佛心，故至於今寂寞焉。乍見乍隱，如阿欽國然，是可歎也！蓋至於希有之緣，俛失之而俛得之，是衆生之浄根未壞，故如來之靈跡不隱。若曾君之與真公所覯，比於優曇，可易得哉！予固不辭，而爲之記。

重修寂光寺碑記

寂光寺者，舊爲蜀中精藍，周遭可一舍許。山巒清刻，獻妍挺秀；流泉帶引，涵澹澄澈，映照雲林，傾瀉畦畛。煙耕露耨，常聞沸水之聲；礫石流金，不借飛雨之潤。若夫古木亭亭，翠竹娟娟，朝曦夜月，飄粉流香。檀欒之音，常與梵唱相和；輞川、花源，未之能比。自寶地彫零，金湯失護；象馬罷施，豺虎横據。四柱九城，銀題玉礎，青豆赤華，綺林紺閣，一切鞠爲塵莽，蕩然不存。又況牛筋狗骨之木，雞頭鴨脚之菜，皆已飄爲冷風，而化爲飛燼矣。見之傷心，聞者驚骨。爰有衲子真權，住精進林，被忍辱鎧，不惜身命，復此道場。托妙嚴於世主，庇佛法以王法。於時乃有宰官大士，不忘遺囑，或秉節鉞以護持，或居禁林而悟道。若子瞻、無盡之屬，韋臯、嚴武之流，皆力爲主持，頓還舊觀。構木爲刹，引水成池，珠林寶坊，森然完具。如月重圓，如鏡重輝。三川緇素，嘆未曾有；九域魔子，聞之迴心。

嗟夫！如來製戒，偷律最嚴。至於沙門所有，雖一縷一鉢，犯之則墮泥犂。何者？謂其人屬淨侶，事關辦道故也。今之竊占伽藍者，使淨衆無依，行人失所，相教迷跡，佛道平沉。故丘山罪積，永絶升拯。然而窮其所以，不盡由白衣造也。今淨宇復矣，怨結解矣，金容聖像，儼然具矣，佛殿僧舍，漸有章矣，四事備矣。翠竹清泉，洗我心目，皆爲助道品矣。住此大衆，正好修行辦道，莊嚴佛土。其有立志參求，發明心地，使五祖演不死，昭覺勤復生，最其上也。或修香光之業，或精貝葉之文，又其次也。縱令智慧無聞，定力不具，而朝梵暮唄，不絶課誦，三衣伊蒲，不失僧相。則天龍自護，四衆自欽，雖有強魔，豈敢輕覷。如或前人立法不嚴，後來寫烏成馬。居此寶地，盱盱醉飽，長養兒孫。院名則爲袈裟，覓嚫則傳瑜伽，資財則曰衣鉢，見客則曰施主，逢人則曰弱門。牧豕於鐘鼓樓邊，繫馬於金剛膊上。鎖鑰不嚴，付與措大讀書；鐘鼓嬾擊，寄之遊食沙門。諸如此類，俱於清淨地上，爲獅子蟲，其罪與向之竊占伽藍者，不差毫髮。内魔既多，外魔得便，其復爲荒田野草，未可知也，可不怖哉，可不謹哉！

夫當其廢也，所憂者僧無寺。僧無寺，罪不在僧。及其興也，所憂者寺無僧。寺無僧，害復歸寺。吾觀真權，氣骨不凡，宛有大人之相。既已興復此地，當廣延名宿，共作佛事。縱不能使此中後來緇侣，傳佛心燈，續佛慧命，亦當遠則伏牛之規，近摹雲棲之法，著之畫一，永爲遵守，則庶幾不失再造法壇意也。若避跡他往，付之庸流，則前此拚捨三尺功德，盡付唐捐。努力，努力，無負宿志！予最無似，竊附諸公護持之後，謹以此言施之山門，比於七珍。若夫廢興之由，諸公悉之，予不復言矣。

玉泉寺十方禪堂碑文

萬曆中，去當陽玉泉之一舍許，沮漳合流之間，有居士名曰乘舟，字慈航，姓任氏。初爲豪俠自喜之行，後乃頓改初服，歸心三寶，以其居爲粥飯舍，以待四方之行脚者。壬寅歲，西川黄太史平倩先生、公安袁吏部中郎先生，訪無跡法師於玉泉，過居士之廬，目睹其修檀度也而嘉之，且謂之曰：「玉泉爲天下四絶之一，今法門草深矣，即行脚者，竟無一棲息之處。居士何不以此願迴施於堆藍勝地，庶垂永久乎？」

居士合爪曰：「諾。」

是時度門法師無跡方有勝願修玉泉大殿，居士亦與效一臂之力。殿垂成矣，居士乃謀於玉泉住持，於大殿右有空閒處，薙草去石，以爲菴基。取黄、袁二公及諸宰官居士所檀者，遂先立十方堂一處。十方行脚者，始有寧宇。并鬻田四百餘畝，以爲供衆資。行之數年，居然藥山往日僧郵光景矣。居士復歎曰：「自大殿修成，金像緝容，光明照耀，佛寶具矣。十方菴成，往來龍象絡繹不絶，僧寶集矣。夫未有三寶不全，而可以成阿練若者！」乃備資糧，與無跡法孫法宜入京，同請龍藏。時無跡法門白衣弟子宋侍中，得無跡老人書，多方效力，遂得如願。自是法寶燦然畢萃矣。三寶既具，叢林一新，即垂之千百年，可以不毁。而居士念年已遲暮，恐前後不相繼，有負宿願，覓所以不朽者于予。

予曰：斯地也，爲十方設也。諸宰官居士不得而有也；玉泉常住不得而有也；既慈航居士亦不得而有也。夫諸宰官居士輩行檀度于十方，即有結白社之緣者，豈乏買山之資，而戀戀此一袈裟地爲也？故曰宰官居士不得而有也。玉泉香火之田，自前代以來，于今不絶，則袈裟院中各有資生之業，既無一粒一盂以及十方；而諸宰官居士所共設以待十方人者，又可認爲寺中物乎？故曰即玉泉常住，亦不得而有也。

十方堂之設，雖慈航有所檀施，而諸宰官之檀施爲多，慈航因而卒成之耳。既爲十方常住，即當擇十方之高賢爲主，而己不與；蓋古人創修一處，必不久居，不惟一餐一宿，桑門遺風，亦以避借他自利之嫌故也，故曰即慈航居士亦不得而有也。夫今之檀施宰官居士，固皆深信因果者也，其有指既捐之財爲己物者，固萬萬無有；設異世之後，宰官居士之子若孫，有不識祖父遺意，而妄認一草一木者，予以謂佛法不容也，即王法亦不容也。今玉泉見在本寺之僧，亦皆知有因果者也，其有指十方之叢林爲本寺物者，固萬萬無有；設異世之後，相繼之比丘弟子，有懷貪心而認十方之一草一木以爲己寺有者，予以謂佛法不容也，即王法亦不容也。今慈航居士任氏俗門之子姪，亦皆知有因果者也，即居士之施於僧者，俗不得與，而況非居士一人之施乎？則於睥睨助道之資，破壞和合之衆者，固萬萬無有；設易世之後，任氏之子姓有懷貪心，而竊認一草一木以爲任氏物者，予以謂佛法不容也，即王法亦不容也。夫明有護持，幽有鬼神。今宰官居士固爲此地金湯，後之相繼者，豈無人乎？敢有紊十万法堂規制者，三尺具在，誰能庇之，此明有護持不可干也。夫此地非武安王精靈顯赫地歟？王無所不在，而實宅神于此，且職司護法，誰能容壞法之人？考之雲溪友議，載玉泉有三郎祠，即關三郎也。人之誠敬者，彷佛似睹之。廚中先嘗食者，頃刻掌痕出其面。

雖近時不聞肸蠁，而冥冥誅殛，實屬神威。如往年乾没玉泉大殿貲財，立取凶夷者，可鑒也。此幽有鬼神，不可犯也。以此觀之，即有欲爲菴中之蠹者，且將息心焉。諸蠹既絶，而慈航惟擇一十方高僧以授之，以完黄、袁二先生付囑遺意，即與浩劫同久可也，何必别求所以不朽也哉？會慈航來覓記于予，予遂書此意以勒之石，并以告見在未來若僧若俗知有因果者云。

良鄉竇店萬壽禪院碑記

國朝定鼎燕都，天下皆輻輳而走金臺之下。其喉舌之最要者，無如良鄉南二十里有地名曰竇店。昔竇建德爲唐驅除，發難涿郡，故此地有遺城。雖僅存土阜，而人猶據其城以名店。呼爲豆店者，訛也。竇店南有萬壽禪院，其後枕房山，煙雲層疊，極爲秀媚。而其前爲走神京孔道，日夜蹄輪鼎沸，雨汗袂帷。凡過此者，皆得沾甘露醍醐之味，而其中殿堂樓閣，涼軒燠室，叢林所宜有者，無不具備。問誰爲檀主，則大侍中楊西山居士是也。

居士宿植善因，不昧沙劫普度之願。雖處膏脂之中，而具木叉戒寶精進，沙門有不及者，自念六度中，檀度爲先，遂捐貲締造；且舉上方所賚，并宫禁所施者合營之。

一櫨一枅，一畦一徑，一草一木，皆其心畫手揮，無不精妍。夫世之行檀有及一人數人者矣，有及一村者矣，有及一邑者矣，有及一國者矣，有半天下者矣。今此地爲五方之大湊，俱灌注而入神京，則已盡乎天下。以盡天下之往來者，而皆受居士之檀，則居士之功德可勝言哉！悠悠薰轑者，皆欲爲千萬年之計。金櫰銀題，石門鐵限，然不久而已爲荒田野草。即唐宫漢殿，今復何存？如竇建德之流，尤其么麽不足齒者耳。惟如來之珠林寶地，千古不磨。孰爲常住，孰爲變滅，有識者于此，亦可灑然悟矣。此居士所以矻矻營綜，不忘資給者也。且也我明建都，居大河之北，以控制夷虜，襟帶山海，其形勝非曩代所能及。聖子神孫，相綿且億萬世。惟國祚無窮，則輻輳此地者亦無窮。而此精舍中之檀施，其功德亦與之無窮矣。此予所以樂爲記也。

妙高山法寺碑文

西山之北，接天壽山，而其中爲居庸關。此處山色蒼翠，山壁騰翔，披麻雨點之皴，較之前山尤勝。其中嶷然隆起，直插霄漢者，曰妙高峯。妙高峯之下，爲法雲寺。傳之故老云：昔金章宗萬幾之暇，騁目此地，設六院以資游覽，皆極泉石之勝。其一爲香水院，即今之法雲寺也。寺有二泉，皆從石罅中出，匯爲洪流。初如濺珠，漸似懸帛。嘗之若帝臺之漿，嗅之作旃檀之氣。故以「香水」爲名。而寺據之前代碑石，寂然都不可考。惟正統間有劉侍中昺曾一修葺，其遺石龕可識，而漸已荒廢，蕪没於寒煙衰草，不復成阿練若矣。

大侍中乘鸞宋公，憫火宅之難安，棄禁籞而獨往，以伊蒲代粱肉，以糞掃易綈錦。嘗經行山曲，愛此水石之勝，遂以買山之錢，經始繕修。此地有優婆夷吴瓚爲之助緣，時同侶以聞于上。錫之帑金，賫之靈藏，於是昔之荒蕪者，化爲精藍。殿堂樓閣，無不具備。

西泉經茶竈，繞中霤而出。東泉過香積，繞外垣而出，合爲朱魚之池，界以白石之梁。又數折，而爲飛橋，滂湃而走山下。雖山中古樹蓊鬱，巖石磊砢，而實泉爲靈液，較之他山獨秀，則古之以「香水」名院也固宜。卜築得此，真於煙雲有緣矣。時鸞公雖已選勝于兹，而撥草瞻風之志不輟。方且南北參訪，遍遊名山。予謂古之禪客，當其心地法門，未得悄然，則三山九到，不厭其勞，宜行也。及其歲年將至，灰息御心，則古木寒灰，不厭其靜，宜住也。古人云：「未有久住不行，未有久行不住者。」豈虚語哉！如是，則鸞公雖行，而將來棲止之地，端在于此。

予雖有四方之志，而帝都尤仕者所必至，則與鸞公香火因緣結于異日，未可知也。鸞公本師爲予友當陽度門誨公，誨公數數稱鸞公之賢，而予更嘉其浮雲富貴，糠粃名利，大非予輩之所能及也。故不辭而樂爲之記。

吏部驗封司郎中中郎先生行狀

萬曆庚戌九月初六日，中郎先生卒于家，得年僅四十三。親戚鄉黨如失所怙，中外寒士哭失聲者數十人。弟中道少先生二歲，少同塾，長同校，以失母蚤，倍相憐愛。後先生宦遊南北，中道皆依之如形影不離。自先生示病，即日禱于神，求以身代。已而逝，中道痛不欲生，遂得血疾，幾死，乃逃之玉泉山中，排愁破涕。及痛定，欲哀次先生遺事，以求海內二三鉅公爲志銘，以垂不朽。而每執筆，輒痛絶，屢欲書而屢中止。則囑姪彭年草創。彭年曰：「姪也不文，即文也，而丁未以後事稍知之，丁未以前事皆未知也。且大人在世時，不能一息離叔父，則始終知大人者，非叔父而誰？」予不得已，收淚而直述之。

按先生姓袁名宏道，楚之公安人也。其先世從江右徙蘄黄間，遭世亂離，譜牒莫詳。至洪武中，爲戍卒，屯田公安之長安里。曾祖處士公諱暎，以任俠聞。祖處士公諱大化，慷慨然諾，有獨行君子之德。歲祲，捐數千金活人。子諱士瑜，自稱七澤漁人，即先生父也。七澤公儷於龔，是爲龔太安人，邑河南左布政使龔公諱大器女。生三男子：長曰宗道，季曰中道，先生其中子也。

先生之生也，太母于夢月入懷，故小字曰月。少時即具倍年之覺。年四歲，着新履，舅龔孝廉呼謂之曰：「足下生雲。」先生即應聲曰：「頭上頂天。」孝廉大駭。八歲，龔太孺人即世，先生不數哭，一哭即痛絶，人以是知其有隱慧焉。總角，工爲時義，塾師大奇之。入鄉校，年方十五六，即結文社於城南，自爲社長。社友年三十以下者，皆師之，奉其約束，不敢犯。時于舉業外，爲聲歌古文詞，已有集成帙矣。

戊子，舉于鄉，主試者爲山東馮卓菴太史，見其後場出入周秦間，急拔之。明年，上春官。時伯修方爲太史，初與聞性命之學，以啓先生。先生深信之。下第歸，伯修亦以使事返里，相與朝夕商確。索之華、梵諸典，轉覺茫然。後乃于文字語言意識不行處，極力參究，時有所解，終不欲自安歧路，恃爝火微明，以爲究竟。如此者屢年，忘食忘寢，如醉如癡。一日，見張子韶論格物處，忽然大豁，以證之伯修。伯修喜曰：「弟見出蓋纏，非吾所及也。」然後以質之古人微言，無不妙合，且洞見前輩機用。白雪田中，能分鷺鳥；紅羅扇外，瞥見仙人。一一提唱，聊示鞭影，命名曰金屑。時聞龍湖李子冥會教外之旨，走西陵質之。李子大相契合，贈以詩，中有云：「誦君金屑句，執鞭亦忻慕。早得從君言，不當有老苦。」蓋龍湖以老年無朋，作書曰老苦故也。仍爲之序以傳。留三月餘，殷殷不捨，送之武昌而别。先生既見龍湖，始知一向掇拾陳言，株守俗見，死于古人語下，一段精光，不得披露。至是浩浩焉如鴻毛之遇順風，巨魚之縱大壑。能爲心師，不師于心；能轉古人，不爲古轉。發爲語言，一一從胸襟流出，蓋天蓋地，如象截急流，雷開蟄户，浸浸乎其未有涯也。

壬辰，舉進士，不仕，復與伯修還故里。家居石浦之上。偕外祖春所龔公及舅惟學、惟長輩，終日以論學爲樂。當是時，伯修與先生，雖于千古不傳之秘，符同水乳，而于應世之跡，微有不同。伯修則謂居人間，當斂其鋒鍔，與世抑揚，萬石周慎，爲安親保身之道。而先生則謂鳳凰不與凡鳥共巢，麒麟不共凡馬伏櫪，大丈夫當獨往獨來，自舒其逸耳，豈可逐世啼笑，聽人穿鼻絡首！意見各不同如此。已復同伯修與中道遊楚中諸勝，再至龍湖晤李子。李子語人，謂伯也穩實，仲也英特，皆天下名士也。然至于入微一路，則諄諄望之先生，蓋謂其識力膽力，皆迥絶於世，真英靈男子，可以擔荷此一事耳。

乙未，謁選，爲吴縣令。先生始以其學試之政。人皆謂吴門繁劇，而先生超脱，或足以困先生。乃先生灑然澹然，不言而物自綜，事自集。吴賦甲於天下，猾胥朱紫其籍，莫可致詰，飛灑民間，溢於額。而不知先生一目了然，摘其隱射之條若干，呼猾胥曰：「此何爲者？」胥不敢欺，皆俯首曰弊。凡十餘詰，皆不敢隱，皆俯首曰弊。先生俱寘之法，而清額外之征凡巨萬，吴民大悦。又不拆征收之封，惟苛兑者，許民告白之，而以其所赢代輸者爲傾瀉費。上官聞而便之，以其例下諸邑，悉如吴縣。先生機神朗徹，遇一切物態，如鏡取影，即巧幻莫如吴門，而終不得遁。故遁詞恒片語而折，咄嗟獄具，吴人謂之「升米公事」。自非重情，無所罰贖，杖之示懲而已。以故署門酒家蕭條，皆移去。縣胥隸之類，或三四爲曹，共一役，不食縣官，惟借公事漁獵里閭。先生揀其宜用者食之，無所差遣，終日兀坐，不能餬口，皆逃去歸農。有屢投匿名牘者，先生出見縣前占星人，覺黠甚，念必此人也。呼來占星一紙，視手跡與匿名牘無二，訊之立伏。其妙於得情皆此類。先生爲令清次骨，才敏捷甚，一縣大治。宰相申公聞而嘆曰：「二百年來無此令矣！」居常不發私書，塵覆函數寸。待過客無所闕乏，然亦不甚豐腆。日中蕭然無事，與客酒弈爲歡。曾以勘災出，徧遊洞庭兩山，虎丘、上方，率十餘日一過。期年，而政已成。會吴中有天池山之訟，先生意見與當路相左，鬱鬱不樂，遂閉門有拂衣之志。值先生偶病瘧，又家中有書來云詹姑病危。初先生幼失母，育於庶祖母詹姑，戀慕之甚。先生聞此，去志愈決，凡七具牘解官。

而當事者才之，不聽。吴民聞其去，駭叫狂走，凡有神佛處，皆懸幡點燈建醮，乞減吴民百萬人之算，爲詹姑延十年壽，以留仁明父母。其得人心如此。而先生終不肯留，乃置弩於錫山以待命。當事知其不可强，姑令予告養病，俟病痊補教職。

先生既得請，聞詹姑病已愈，且囑之毋歸。而大人亦云：「世豈有二十八而懸車者？」先生不敢返楚，乃爲人貸得百金，爲妻子居諸費，而走吴越，訪故人陶周望諸公，同覽西湖、天目之勝，觀五泄瀑布，登黄山、齊雲。戀戀煙嵐，如饑渴之于飲食。時心閒意逸，人境皆絶。先生與石簣諸公商證，日益玄奥。先生之資近狂，故以承當勝；石簣之資近狷，故以嚴密勝。兩人遞相取益，而間發爲詩文，俱從靈源中溢出，别開手眼，了不與世匠相似。總之發源既異，而其别于人者有五：上下千古，不作逐塊觀場之見，脱膚見骨，遺蹟得神，此其識别也；天生妙姿，不鏤而工，不飾而文，如天孫織錦，園客抽絲，此其才别也；上至經史百家，入眼注心，無不冥會，旁及玉簡金疊，皆採其菁華，任意驅使，此其學别也；隨其意之所欲言，以求自適，而毁譽是非，一切不問，怒鬼嗔人，開天闢地，此其膽别也；遠性逸情，瀟瀟灑灑，别有一種異致，若山光水色，可見而不可即，此其趣别也。有此五者，然後唾霧皆具三昧，豈與逐逐文字者較工拙哉！

戊戌，伯修以字趣先生入都，始復就選，得京兆校官。時伯修官春坊，中道亦入太學，復相聚論學，結社城西之崇國寺，名曰蒲桃社。踰年，先生之學復稍稍變，覺龍湖等所見，尚欠穩實。以爲悟修猶兩轂也，向者所見，偏重悟理，而盡廢修持，遺棄倫物，偭背繩墨，縱放習氣，亦是膏肓之病。夫智尊則法天，禮卑而象地，有足無眼，與有眼無足者等。遂一矯而主修，自律甚嚴，自檢甚密，以澹守之，以静凝之。

己亥，遷國學助教。庚子，補禮部儀制主事。數月，即請告歸。歸未幾，伯修下世，先生感念，絶葷血者累年，無復宦情。時于城南得下窪地，可三百畝，絡以重堤，種柳萬株，號曰柳浪。先生偕中道與一二名僧共居焉。潛心道妙，閒適之餘，時有揮灑，皆從慧業流出，新綺絶倫。而游屐所及，如匡廬，如太和，如桃花源，皆窮極幽遐，人所不至者無不到。發于詩文，煙嵐溢毫楮間。蓋自花源以後詩，字字鮮活，語語生動，新而老，奇而正，又進一格矣。時陶石簣有書來云：「聞足下田居甚樂，有大心腸以玩世，有硬心腸以應世，有窮心腸以忍饑，真非吾中郎不辦。此昭素有寬腸，弟有窮腸，總輸兄一硬字耳。」蓋實録也。先生居山六年，自覺入真入俗，綽有餘力，而大人亦冀其一出，以結世局。丙午，乃偕中道入都，補儀曹主事。曹務清簡，蕭然無事，偕諸客文酒賞適。

丁未秋，李安人卒于邸，乃以存問蒲圻謝公之便，送柩潞河。歸至中途，得銓部報。先生歸覲封公。以戊申春暮入都，補驗封主事，攝選曹事。猾吏多舞文，屬當急選之期，故事，掣籤時，凡瑣尾事皆曹郎躬爲之，吏無敢近者。一老吏忽排闥而入，曰：「每次大選，例與都吏一二美缺，今有某驛缺已予都吏百金矣，幸以見與。」先生目攝之，叱之出，私念曰：「銓事一至此乎！」時攝銓者，爲少宰楊公時喬，方病卧旅中。先生往問病，私語以猾吏某把持銓政，主事誓爲國家除此大蠹。楊公曰：「吾輩身爲大臣，受制胥吏，切齒久矣。但此輩内結中官，外恃姻黨，設有不測，爲累不淺。慎之，慎之！」會猾吏私一姻戚，已罷官，而仍留之，刻報中。先生廉得其故，大憤曰：「如此則銓柄盡歸此輩矣！」時主者擬以疏聞，而後逮治之。先生曰：「此胥吏也，但寘之于法，以一知會疏上，則疾雷不及揜耳，雖有奧援，將安用之！」遂如言具疏，而猾吏未知也，入署傲然自如。先生令兩隸持之，曰：「去！送汝入刑部，汝不得活矣！」即時繩之以往。猾吏錯愕不知所爲。已而疏下，竟以欺罔坐重辟。蓋吏部事權，久已旁落吏胥，此輩率長子孫其中，引繩批根，憑藉狐鼠，傳舍堂屬，陰爲把持。稍不可，則興謡造謗，麾之出，如振槁，率卑下之以爲常。其主案老吏，司屬少有以疾言厲色加者，至是稍惴惴云。

先生始立年終考察書吏之法，疏云：「外官三歲一察，京官六歲一察，又有不時之糾，此輩獨否，則尊崇反在京秩上矣，彼何所畏而不爲惡！故歲終有考察之法，可者留之，不可去之。」疏上報可，命有司如議行，更立刑具，同于諸曹，不法者不時扑責。楊公居牀第，聞先生處此猾吏事，蹶起而嘆曰：「此吾所切齒腐心者也，今能如是，吾死瞑目矣！」公病亟，招先生謂之曰：「此中陰氣逼人，借公陽明，來此少壓邪氛耳。」又曰：「吾佐銓四年，未見一實心任事君子，每竊歎曰：朝廷之上，如斯而已乎！今得公矣，國家之福也，惟自愛。」遂逝。其後太宰孫公丕揚，繼主銓政，未熟近日銓規。偶推升教職，有南北中三籤，以便選人，太宰見之，謂郎中薛公芳曰：「銓法惟公，安得分別遠近，隨意規避？今後不必揀地方爲南北爲中，但掣出即是。」薛郎中曰：「此法已上疏，允行多年，實爲穩便。」孫公老，耳微重聽，依稀聞上疏字，曰：「汝與我抗疏争論乎？我歷事累朝，但知奉行故事而已。今屬官曲意狥情，壞朝廷法，反使堂上官一摇手不得，何其横也！」推案而起。司官皆錯愕不知置對，先生從旁高聲曰：「郎中謂明公大臣，不當親細事，芳爲明公代勞，非有他意也。」孫公色微霽，口誦「不親細事」四字，怒遂解，已謂蕭少宰雲舉曰：「適言不親細事者何人？何沉雅也？」蕭公曰：「此公安袁宏道，名士也。」蓋此後孫公知先生爲大用器，甚重之，部中一切事，稍稍可密用轉移之法矣。

己酉，先生主試秦中，試官以避嫌，不過搜求。先生曰：「豈可以一己之功名，忽多士之進取！」故通場皆閲，所取士大半得之落卷中。及出榜，多名士，其録爲天下第一。先生典試後，與左轄汪公可受，密以道相證，遍遊秦中諸勝，歷中嶽嵩山，登華山絶頂而還。所著游記及詩，渾厚藴藉，極一唱三歎之致，較前諸作，又一格矣。

庚戌，中外官例應取者，留京暫受部銜，以候選取。時候行取者七十餘人，以久在邸次，求太宰早題。孫公云：「原疏無行取等字，何乃不安其官，遽欲逼迫本部，躐取清華耶！」急命該司取原疏來。疏已失，止得疏稿，上果無「行取」字，止有「聽候選取」四字而已。孫公怒甚，曰：「是以我爲耄也！老夫即具疏治此諸人欺罔之罪！」諸司官力解不得。先生適在火房卧，夢太宰披襤褸衣，匆忙走出，己挽之。醒聞此事，私嘆曰：「言路之塞久矣，太宰豈可復上此疏，助之否隔？且大招紛紜，甚不宜。」急草一札至孫公處曰：「暫受部銜，乃近日權宜之計，以上久惡言官，得旨甚難，故姑諱行取，以選取代之。今天下事已如轉石拔山，若不委曲通融，事何由濟，惟明公念之！」太宰得札，意始解。先生之善爲調停，多此類也。先生攝考功事，一時清流，多見拔擢。居吏曹凡二年，偶曹務稍暇，攜一二三賓客，出游城西，以水聲林影相娱。少宰蕭公聞而歎曰：「他人作吏部，閉門惟恐見客。袁吏部不拒客，客亦不能爲累。此等風流韻致，真當于古人求之耳。」會考功事竣，遂給假南歸孫公别時咨嘆，幾欲泣下，念年已老，後不及與共事也。

途次，偕中道游百泉，及遍覽襄中之勝。時公安已爲水嚙，不適有居，先生乃定居江陵沙市。傾囊及市去公安宅，易得一居，欲修葺之，迎養封公其中。治一樓，名曰硯北，取段成式「杯瀝之餘，常居硯北」意也。樓之前作一小樓，凡三層，可望江，名曰捲雪。先生宦況漸冷，有意棲遲，遂定卧遊之計。其學亦日趨平淡，常語中道曰：「吾覺向來精神，未免潑散。近日一意收斂，樓成，每日坐三炷香，收息静坐。」又曰：「四十以後，寘粉黛，縱情慾，便非好消息也。」語多如此，不悉記。然大約悟達以後，不欲廢息業養神事也。至八月中秋後，微動火。九月初五日晚，尚與姪祈年譚時藝。至初六日早，以血下注不起矣。去若坐化者。哀哉！

先生識見爽豁，機用圓妙。有知之者，謂其識如王文成，膽如張江陵，假之以年，天下事終將賴之，而不逮下壽以歿，天下惜之。生平事封公甚孝。兩異母弟安道、寧道，爲封公所愛者，先生居宦時，極力厚之。念母氏少坳，止有一姊一弟，皆有無相共。尤重友誼，憫孤寒，如丘坦買武功爵不給，立解腰中銀帶助之。寒士有覓書尺者，即爲推挽。爲吴令，不取一錢，貸而後裝。居官十九年，不置升合田。生平不見人過，有過輒爲掩蓋。門客有負之者，卒亦善遇之。好山水，喜譚謔。不能酒，最愛人飲酒。意興無日不暢適，未見其一刻皺眉蒿目。居柳浪六年，睡或高歌而醒。好修治小室，排當極有方略。

所著詩文：始有敝篋集，乃作諸生、孝廉及初登第時作也；繼有錦帆集，令吴門作也；繼有解脱集，吴門解官，與陶石簣諸公游吴越諸山作也；繼有廣陵集，棄吴令就教，暫攜妻子寓儀真作也；繼有瓶花齋集，則爲京兆，授爲太學助教，及補儀曹時作也；繼有瀟碧堂集，則六年高卧柳浪湖作也；繼有破硯齋集，則再補儀曹作也；繼有華嵩游草，則官吏部典試秦中往返作也。蓋自秦中歸，爲明年庚戌，而先生逝矣。其存者仍爲二卷，外有批點韓、柳、歐、蘇四大家集、宗鏡攝録、西方論、檀經删，皆行于世。

先生生于隆慶戊辰之十二月初六日，卒于萬曆庚戌之九月初六日，享年僅四十有三。妻李氏，封安人，成都太守李公台孫女，先先生卒。子二：長彭年，嫡出，娶羅氏，庠生；次岳年，側室出，聘蘇氏，即蘇御史雲浦惟霖女，蓋中郎逝後，念遺孤而許字之者也。女二：長許聘雲浦第二子，次許聘雲浦弟生員惟霑長子。以萬曆壬子十一月□□日，與李安人合葬於刀環村法華寺之原。弟中道哀傷中直述其事，百不既一，伏惟大君子採而誌之，幸甚！

廣濟寺寶藏禪師行實

寶藏禪師者，名能躅，河間獻縣劉氏子。少有出塵之韻，生十一親亡，即自禮戒壇大千禪師，披剃受具戒。志行修整，藏穎於朴，識者知爲法器。既聞念佛法門，遂宵旦植立，諸根静寂，骨瑣撐住，有若木偶。趾久而腫，血涔涔流，見者膚戰，師怡自若。歷七寒暑，忽有所豁，昏悶波停，解源濬發，愈起參證之心。值道途凶荒，飲水續命，行至曲陽，已七日不食。乞至一嫗舍，嫗怒，以杖擊之，踣不能興。頃甦，强起入一古寺，寺長老憐而粥之，且留之。師不爲住，遂乃聞雞戒行，問法于乾河溝通天禪師。鞭影露而逸足騰，天澤沾而種子茁。秋潭月影，静夜鐘聲。念力不散於考擊，静境無摇於波濤矣。

自冬徂春，一夜獨坐至旦，有若刹那。偶聞雲板聲，身心豁然粉碎，遂立成一偈，有「忽然深入悟門開」之句。未搜貝葉之文，少授銀印之記，而心華洞開，性月朗耀，斯豈同于文字依通，點綴虚空者耶？通禪亟止之曰：「勿復道！」蓋知有解易狂，恐爲魔攝也。後過弘州，立禪會僧捽之户外。是夜大雪，僧晨起開户，見師立雪中，冰雪虬結敝衲；大驚，始延之入，呼火燎衣，進食焉。後聞楞嚴，悟徹心之旨；復于煉魔道場執事，精進三月，再得定相，身心輕安。未幾，走終南山，依孤月禪師者四年。既乃永謝喧囂，入終南僻絶人境之處，竹樹蔽樾；乃分披行百餘里，獲一小室，茅茨石壁，僅庇風雨。蛇虎之與居，魑魅之與伍。師所擕米不盈斗，日掘山蔬以食。入之圭椒，幽寂阻曠，人跡都絶，極意禪修，草色四青。還過孤月，勸之曰：「定水澄清，孤月朗印。此時得旨搜文，如逢宿識。從上佛語，可爲印證。勉旃行矣，毋躭闃寂！」遂入京師，參龍華通講主崇壽秀法師，多所付授。乃歎曰：「孤月謂我是矣！」

師既定慧雙修，理事互顯，泉石緣深，欲返初服。嘗云：「古人得旨之後，或巖棲樹宿，或刀耕火種，或腰鐮荷鍤，或執爨負米，甘受枯淡，不辭辛苦。自百丈建立伽藍，已非頭陀樹下遺旨；況高門大宅，畜養兒孫，以爲世業哉！吾道德不如古人，學問未能入廛。蓋頭一把茅，終當在山石間耳！」而瞻禮之徒，堅請皈依，以爲我師人天法眼，爲道亡軀。當薙法堂之草，復燃祖燈之燄；豈同麞之獨跳，不顧後羣？乃遂住廣濟寺焉。此刹號稱巨麗，而師破衲糲食，無異山居。寂静寧一，澹泊無營；不扣無聲，甫擊呈響；語必會宗，言妙赴機。將歸西時前三日，邀集諸方念佛。至日念佛三千聲畢，奄然坐化，面如金色，跏趺龕內。師生于隆慶己巳，卒于萬曆壬辰，壽八十四。高足仁平等奉師金身德勝門外鷹房內，塔于觀音菴後。

嗟乎！定慧一也。大定即慧，妙慧即定。然學者以定入慧，往往坐黑山之下，作鬼窟之計。即有光景，未離意識。而以慧入定者不然。其始不重息念，而重起疑；其始不重止念，而重得悟。起疑則窮妄根，未始不可息念，而不以息念爲的也。得悟則獲定源，未始不能止念，而不以止念爲則也。始而以息念爲的，則將止動歸止，止更彌動。既而以止念爲則，則有出有入，不名大定。彼鬱頭藍弗所修之定，報在非想，還墮三有者，此類是也。此參門之所以重，而悟門之所以急也。顧自大慧一派，深掃嘿照。後來學者，既無苦參之功，概以定爲邪禪。踰分過頭，承虛接響，而其實情猿攀緣，意馬踍跳。古人云：「若不安禪定慮，到此終須茫然。」藥病何常在人哉，在人哉！夫惟息心靜念，如溈山所爲，研究至理，以悟爲則，斯近之矣。若師者，其真能以定入慧者乎？是亦今之藥也已。師辭世已十年餘，其曾孫大倫者，戒行高僧也，痛念祖德，不宜没泯，特請予摭其行實。世有無盡居士，必能銘湛堂矣。

亡堂兄論道誌銘

王父之系，惟父叔。父五男皆學；叔四男，其三耕，一從學，即兄也，故叔奇愛之。兄名論道，字叔彝，長予五歲。髫年與中郎及予同學，爲文有異語。後予漸與之角。未幾，中郎舉于鄉，予亦廪諸生。而兄尚未入膠庠，欲棄去者數矣，予勸之學，竟得補博士弟子。中郎成進士，獨予村居，與兩叔蘭澤、雲澤及兄爲文社。兄性樂易温良，人見之則喜。口吃，席間不多語，出語即令人笑欲絶。兩叔性豪喜飲，家有美酒，喜庖事。兄與予爲之客，數過從。每會，始猶寂寂；兄至，笑聲鼎沸矣。予數治具酬兩叔，兄貧不能辨，數調之，始具盤餐。以調故，飲逾適，叔與予逾不起以困之。偶酒將盡，入謀之婦，忽聞外笑語聲，頓足曰：「又狂笑矣，奈何，奈何！」蓋慮多笑，則酒易銷，飲愈多也。

不數年，兄病。病後不赴社。予等每飲，爲之淒然不樂。病亟，私謂予曰：「我病且死矣！婦少，當促父早嫁之，毋留室中也。」予泣謂之曰：「兄病易治耳，如何便及後事？度有不諱，弟聞嫂有身，若女耶，當不舉，趣嫁之；男耶，我當子之。兄勿慮也。荀、鍾異姓兄弟，鍾猶然爲荀嫁阿鶩，況我與兄？且不必至此。明日當令人入邑市參，兄其自愛！」已而竟不起。以嘉靖丙寅生，至是萬曆辛卯，得年僅二十有七。卒後數月，字得男。予欲子之，嫂氏誓守其子不嫁。即以其年八月，葬之車臺湖上。銘曰：其前爲湖，飛帆駛也。惟西有洲，予等流觴，縱飲地也。青林白水，岸若赤霞。魂如有知，嬉游孔嘉！

曾登二姪壙記

伯修十七得男，初夢曾參啖之以棗，遂字曰曾，其期如大人生伯修也。是時大人年三十四，得孫，又生而穎異如伯修，大人愛之尤。伯修己卯舉于鄉，年二十，復得一男曰登。清令不及曾，而愿樸過之。二兒生數年，而母曹卒，育于祖姑。自伯修公車不第，歸侍大人，居長安里中。夜暑坐荷葉山房前，池上古槐參天，星摇摇出池底。大人呼兩孫遞揎膝，命之屬對，多類詩人語。大人益驚異。予十餘歲，讀野史，喜談説。兩姪自家塾歸，則覓阿叔道古事。予益緣飾之，詫兩姪。兩姪皆躍。夜半言鬼神，益爲可愕語，兩姪皆捫耳大叫。予長姪六七歲，若兄弟然。

丙戌，伯修中會試第一人，讀中秘書，攜兩兒至都。伯修時年二十七歲，曾已髮垂肩，把筆作時義，有奇語。同年皆賀伯修曰福人。曾眉目如刻畫，心中了了，人謂衛虎復生。己丑，伯修持節使楚，便道歸省。攜兩兒歸，皆屹屹有奇氣。伯修命予教之。性強梁，一無所畏，獨畏予。辛卯，大兒遂病癖，萬方終不能愈。已小兒亦病。伯修使期滿，欲請告，念大人不及封，遂攜兩兒往。至都門數月，大兒卒；又半月，小兒亦卒。

小兒卒爲辛卯冬，中郎計偕往，親見小兒死時事也。未卒前半日，謂人曰：「爲我請二叔來。」中郎至，則曰：「我欲往，叔來助我念佛。」又曰：「我氣急，不能全念也，專念南無佛可乎？」中郎曰：「可。」於是闔家人皆爲誦佛號。已而欣然曰：「蓮花至矣！」已而又大笑曰：「如來至矣！一房皆花，花上皆坐如來。」語終，而家人子悉奔來視。登愀然曰：「蓮花皆闕矣，豈有不浄婦人乎？」訊之，果有婦人當浣濯者，逐之去，而蓮花如故。遂合掌翛然而逝。訃音自京來，大人與予哭之絶痛。伯修遂請告攜其櫬歸。曾生丙子，卒辛卯，十六歲；登生己卯，卒辛卯，十四歲。皆葬長安里舍旁，塋去母姑墳可十步。

上林苑魯公心印墓石銘

萬曆戊子，中郎舉於鄉，時年二十。予年十九，尚共居長安荷葉山舊第。涔河魯鴻臚印山，偕其子心印來稱賀。時心印又少予三歲，肌如玉雪，鬒髮修眉，娟好可愛。癸卯，予舉於鄉，去戊子十六年，予訪印山父子於涔河里第。心印肥碩強壯，松停柏峙，居然偉丈夫。較前蒼老，且愈沉靜。少時頗疑其非壽者相，今可無虞，心竊喜。會其子已成長未婚，予有弱息，遂字焉。蓋魯氏世豐厚，然取息甚輕，里人無怨。印山以文酒自適，有花木園亭之娛，興致翩翩不俗。而心印真淳篤實，渾厚細密。生男穎慧，又知向學。予知魯氏之澤未衰，故欣然締好。丁未，予下第，寓漁陽，則印山已辭世。予從漁陽歸，聞心印病甚，不數月，而父子相繼亡矣。傷哉！

心印性静定，寡笑言，不好玩弄。長日静坐，旁絶妾媵，頗知節嗇，暗與養生之旨合，而不壽，可嘆也！少能文，印山翁艱子息，不令其苦學，遂入貲爲上林署丞。印山翁去世，心印哭之過痛，病緣此又甚，可憫。公諱□□，號心印，其先爲承天景陵人。有魯文秀者，爲祭酒魯文恪公弟，以貢司訓澧陽，遂家焉，宅于涔水。至西溪公始大饒。印山起家諸生，業不就，入貲爲京秩，稍顯貴矣。先世皆有隱君子之德，後之人知向學，魯氏其未艾也。公生于萬曆壬申，卒于萬曆戊申，得年僅三十七。父即印山翁，母□氏。妻劉氏，司農大夫福井先生女孫。男一，名焞，即予壻。女某某。今以戊申臘月三十日葬於馬湖之陽。公與予髫年相與，又爲至戚，且有隱德焉，是可皆銘。銘曰：静者延，胡無年？仁者延，胡不全？豈其天！

袁母鍾太孺人墓誌銘

先王父左溪公，弟爲松峯公。兩王父慷慨然諾，周人之急，其德相若。其少壯艱子，而晚得令子，亦相若也。嫡或後字，或不字，而側室生丈夫子各一人，又相若。生予父者爲余氏姑，生予叔者爲姑，其賢又相若也。先王父嫡於丘，而余姑事之得其歡心。先叔王父嫡於田，而姑事之亦得其歡心。其婉順相若。先王父之嫡久厭其家政，而以余姑代。先叔王父之嫡久亦厭其家政，而以姑代。其才相若。嫡晚生子，而乳嫡之子如其子；嫡無子，而乳他姬之子如其子。其不妒相若。先王父即世，而予父不知有家，得下帷讀書，補博士弟子員。先叔王父即世，而予叔不知有家，得下帷讀書，補博士弟子員。其母儀相若。及其老而强健，疊見諸孫成立，余姑及見予輩成立，并予輩子。姑及見宗伯弟輩成立，并宗伯弟輩子。其福祉又相若。年皆至八十，余安詳而逝，神明不亂，若有道者，其考終又相若也。

嗟乎！袁氏之興，皆有賢母焉。世道日降，而彊悍嫉妬則相若耳。鳳靡鸞吪，鴟梟叢集，可嘆也。按狀：姑笄而事松峯公，後生予叔一人，名錦，諸生。孫二人：名宗伯，諸生；宗夔，儒士。孫女一人，適曹近臣。曾孫五人：詹生、達生、樂生、永生、衛生。曾孫女二人，皆幼。姑生于嘉靖壬辰年三月初一日，卒于萬曆庚戌年九月二十五日，享年七十有九。今以本年十二月二十六日祔葬於松峯公之側，而姪孫中道爲之銘。銘曰：蘭生香，石生堅。姑之賢，本于天。德無虧，壽亦全。懿行在，彤管編。鬱葱葱，嘆此阡。名與銘，億萬年。

新安吴長公墓表

自新安多素封之家，而文藻亦附焉，黄金贄而白璧酬，以乞衮于世之文人。世之文人，徵其懿美不得，顧指染而潁且爲屈，相與貌之曰：「某某能爲義俠處士之行者也。」蓋予睹太函、弇州諸集所臚列者，私心厭之。故自予操觚有類此者，輒謝絶，不忍以塵吾籍。今所論著具在，有稱「某爲義俠處士者」耶？乃吾友王天根，獨數數向予稱新安吴長公之行。

長公諱元詢，字允卿，柏軒其别號也。世居歙，先世以好義聞，至長公益著。以貲雄，而糞土其貲，廉取之而奢于與。其生待哺，没待瘗，從囹圄而出之衽席者，不可勝數也。有友人張姓者，負官物，幾斃杖下。公捐百餘金出之。從弟澍，客死資陽，負數百金，公代償其負，而更歸其葬。凡中表兄弟及知交輩，取於公之笥中若寄也。公爲人有剸決才，遇事以片言剖之，人無不心折。惜其不大用，而僅用之魚鹽之市。且德豐而壽不大昌以没，没之日，知與不知，皆爲泣下。間相與語曰：「孰奪予長公？奪長公，是奪予生也！」其爲不言之桃李若此。予聞天根言而善之。

會天根以其弟國祚狀來，欲予表而出之。予曰：「如所言，某某義俠處士之語，又將出予籍矣。惡膻腥而操鸞刀耶？」天根曰：「不然。夫物有真贋，世多譽嫫母以夷光，而未始無真夷光也。徽義俠處士之贋者，而併其真者遺之。重己之文，而遺人之行，不可。」予曰：「若其真也，則其人爲真人，而予文爲真文矣。」自予操觚來，無輕稱人爲義俠處士者，而獨吴長公一人。則吴長公之爲人可知。長公家世及其子子皆質，詳載志傳中甚悉，予姑不言及，而獨表而出之曰：新安真義俠處士吴長公之墓。不知可以衮吴長公否也？

明孝子可齋汪公墓表〔一〕

忠孝者，開國承家之元氣也。西京大族，楊、袁最盛。然楊不以華輦盛也，袁不以朱衣盛也，在世有忠臣孝子而已矣。夫忠必有所乘而後顯，孝則無不可以自盡。

孝也者，闇修而自内有耀者也。昔讀史，見唐越國公汪諱華，爲一方康侯，乃亢厥宗。至宋，而有司農卿叔詹公，爲聞人。子若海公，當靖康時所上麟書，慷慨激烈，震驚天下；策恢復大計，如指諸掌，而世竟不能用。詢其生，皆歙之西沙溪人也。自後汪氏多顯者。至本朝二百餘年來，而孝子可齋公生焉。夫忠孝一也，可齋公惟偶詘於時，得以成其純孝；其與若海公實易地皆然者，豈不奕奕忠孝世家也哉！

可齋公名塤，字節之。父龍谿公，諱燿，爲郡諸生。母潘氏。龍谿公事二尊人以孝聞，事伯兄尤謹，非其案不食；未至，必忍餒以待。一日母病，籲禱至夜分，憊甚。潘孺人請少休，公不輟。俄玄蜂集於衺，忽散去，不知是何祥也。時龍谿公年四十，尚未有子；尋舉公，始知玄蜂爲蟄振兆云。公既生，玄蜂復集於寢，構房甚巨，滋生繁衍。人欲畀炎火，龍谿公不可，祝之，尋徙去。其異如此。公生而有至性，絶意經生事，壹意敦行，善事父母，髫年即知事事聚順。一日父病癰，醫莫能治。公搏顙神天請代，口吹藥於管傅其上，復以舌舐而蕩之。如此者凡百餘日，竟瘳。嗟乎！石建以手浣廁牏，至今傳爲至孝。若公之吮癰，且百餘日不懈，豈不更難矣哉！侍母病，經月不解帶。已而父復病，公晝夜劬勞。父命二弟更番代，公曰：「老人呻吟牀笫，兒敢求佚？佚在身，苦更積於心矣！且侍病必踐更乃能，弟少弗諳也；必強力乃勝，弟羸弗堪也。」終不肯少有消息。至父母繼逝，公皆隕絶而蘇；哭泣之聲，路人皆爲愴悽。昔人如程堅悲號，櫪馬聞之亦爲垂淚，暫輟芻草。吴隱之兄弟，九祭九哭，其弟遂至隕命。方之于公，殆無媿焉。公涕泣中，於含歛等事，覃極心力。窀穸之後，徘徊墓所，不忍遄歸。草已宿矣，而血涔涔猶新也。歲時伏臘必痛，有物必薦，言及必淚。數十年如一日。春秋七十，諸子謀稱觴。公聞之曰：「是我大人病癃年也。一念及此，肝腸若割，敢衎衎燕享以自適歟！」蓋其愛慕之情，至老不衰，如此真可謂孝子矣！

夫存也者，所以帥衆善也。一孝立，而積美之源已濬。如海控八河，終無二派。公嘗收責汝潁間，從兄以家督分異。公聞而悲傷，至萬不可挽乃已，此豈非孝子事乎？夫孝子不欲使親者化而疎也。公分異之際，令從兄取羸，而己與二弟取詘，曰：「彼食指繁，而我輩寡。」此亦孝也。孝子不商有無，羡而歸之，皆三世以上之一人也。公初受室時，歸潘孺人之粧奩服物於衆帑，而纖毫不留閨閤，此亦孝也。以孝子無私畜也。從兄病瘍，則親爲之拭膿血，傅藥物。二弟繼卒，一姪復病，公殷憂終日，以至於病。此亦孝也。夫孝子惟孝，故能友。分痛於根株，而憫枝葉之易凋落也。公好施予，而不任德；有營建，則身代衆役，而必任勞。衆枉以事質公，而使人不争，皆孝也。孝子修身和衆，軌世化物，而無忝於所以生也。室中火，諸受德者皆救之如不及，曰：「天乎，何禍善人！」火應聲而息。此孝之格於天也。郡邑大夫以賓禮禮公，公屢謝後一往。楚中丞張公謫歙時，采而志之儒林。繼劉公以嘉賓額其門。孝之所以感於人也。公信孝子矣！年七十九，而以壽終。没寧歸全，孝之成也，何憾哉！

予友秦京客歙，主於汪公令子良鍾所，語予曰：「良鍾以狀乞言於君時，涕泣不能自勝，等於初没。」予嘆曰：「鄙諺有之：『簷有滴，循故跡。』觀於公之令子，益信！」乃予於公，則重有感焉。自科舉之學興，而孝衰矣。爲子者，舞象時即已習章句，志取功名。小學問視温凊，寘之不講。稍長竭蹶試事，卒卒無暇。一得功名，爲之父者曰：「此能昌吾家者！」而一切可不問也。子亦曰：「吾能昌其家者！」而一切可不問也。爲父者，或陽受其光榮，而陰安其牴牾。爲子者，驕心盛氣，雖尊人前未常少戢。戀戀榮華，親老病以至於死，都不關情。一日聞變，遄歸乾哭數聲而已。又今閭巷之民，見顯貴人則羨而畏之；見仁人孝子，且詬之輕之，不啻瓦礫。人情逐逐勢利如此，豈異夷虜耶！吾於汪公事有感焉。彼惟棄科舉之學，而竭力事親。今之人古之道也，是大有益於薄俗者也，可無表揚哉，可無表揚哉！

〔一〕本篇據集選補。

贈淑人林母許氏暨長公汝誠祔葬墓誌銘〔一〕

福唐林樗朋先生，以乙未成進士，出先兄石浦公之門。先兄無禄早世，先生注存寒門，無間存没。已先生以備兵使者，治兵江左，不肖中道亦叨一第，改司新安郡校，獲出先生宇下。見先生于宛陵，略分晤言。一日，袖中出一紙曰：「此亡室許淑人及亡兒國焕狀也。淑人奄忽已久，亡兒繼之。以需卜吉，故蹉跎未葬，每疚于懷。丁巳冬葉，相國有書來云：『已得善地，又值葬期，時不可失也，宜以許淑人葬，而長君祔之。』予得相國書，涕淚漣如。屬臺使者報命，以予加秩，備兵江左如故。一官匏繫，竟不獲量移還里，親淑人與兒襄事，痛悼何言。涕淚中草此一紙，皆質言無粉辭也。子其爲我誌而傳之。」中道曰：「銘石所以光泉壤垂不朽也，夫豈無名公鉅卿在，而以付之一青氈小吏耶？」先生曰：「予思先師不可見，今見子即彷彿見先師也。故徵詞于子，以存通家關切之誼。且子實文，何必名位？」中道曰：「此先生之厚也。即不文，亦安敢辭？」及取狀讀之，文生于情至矣，不肖又何言？

按狀：淑人，邑許翁模女也。許自宋以後，爲邑著姓。近世有博士公名廷禮者，以儒顯。再傳及翁。翁固長者，其元配爲韶郡伯周公坤從女，方嚴有志操，舉子輒殤，僅一淑人，故憐愛之尤。翁通支干之學，且云女後來必貴，無輕字。會先生年始十二，即受知邑令。南陵許胤峯先生，延同其子研席。令才先生，爲擇婦。富翁争欲壻先生。會令以中言去，或謂富室曰：「青衿家兒饘粥不給，毋爲苦女也。」議遂寢。歲丁丑，許翁過里塾，孰視先生，歸語周孺人曰：「爲女得佳壻矣。」遂介塾師陳議姻，封公以貧辭。許公復介陳師袖二十金以助納吉，始成聘。辛巳，先生年十九，補邑諸生。冬，淑人來歸。數旬分異，淑人自理家政。初，許翁負貸家，有以十三歲女償者，議爲淑人媵。翁感其子母分離苦狀，遂不忍而寘之。後淑人成婦，所媵婢幼小，躬自操作，無倦色。甫八月，先生薦賢書。人始服許翁爲知人。已先生上春官，輒不利。家本貧也，先生狷介自守，跡絶公門。欲授徒，又無應者。以故爲孝廉後，家愈貧。或火已舉，粲猶在市。秋風至，而笥無完衣。孺人處之怡如也。客至家，無斗筲，展轉典質，以供盤飧。布置極有方略，始知淑人之賢也而才。淑人凡再産子女，不育。庚寅，長公國焕生，病不能乳，索里媪飼之，減衣食給媪，歲忍饑凍以爲常。己丑，先生復不第，貧愈甚，常歲暮無見糧。封公輒分所貯二鍾以贍。淑人曰：「君幸有薄宦可禄養，乃反分大人餐何也？」先生心善其言。壬辰，復蹶南宫。已乞廣文選，諸人以年尼之，遂中止。歸而淑人頗不怡。是年春，復有娠，愀然曰：「日者言予今歲支干當厄，自思若寘側室，或可免。君又貧，將奈何！今此懷中者，得無促予年乎？」先生訝之，謂淑人何作此不祥語，竟以冬仲之十一日産女，感寒疾而逝。計其生甲子某年某月，年裁三十耳。

孺人既圽，長公甫四歲。逾年，先生上春官，度無可屬長公者，乃繼室于鄭。乙未，成進士。丙申，授梧州推官，以家從，尚攜里媪鞠養。以失母早，憐愛之，不令攻苦。丁未，長公年已十八，娶李孝廉某女。長公性沉毅，有健骨，而與人處沖和平粹。喜素澹，無華飾。先生居官貧，長公猶然同窶人子。薄有陳乞，託繼母鄭孺人以請。先生亦喜長公寧静澹泊可令終。戊戌，舉一子。乃忽有長沙賦鵬之感，念壽命不得長，皈心西方之教。飯依蒲數年，體漸羸。先生多方喻之，不改，若有宿願者。至辛亥臘月二十四日，竟亡。長公字汝誠，以還朴爲號，得年僅二十二。乃壬子二月所生子，亦竟以痘殤矣。蓋林先生之言曰：「當予貧賤時，亡妻許淑人飲水吞蘗，艱難萬狀，予實心傷之。而猶若可以相慰者，謂雲霄有期，苦之日短，而樂之日長也。徼天幸，予取青紫，而淑人已不待矣。淑人即世，予感賢妻棄捐，悼亡不衰，而猶稍稍自寬者，以吾兒在也，吾兒在即淑人之一脈在。而吾兒又早逝矣！兒既下世，予痛兒并痛淑人，雖不能如延陵之忘情，然不肯爲卜子之過情者，以吾孫在也。吾孫在，則淑人與兒一綫之脈常在。而吾孫又相繼夭矣，傷哉！淑人跼蹐窮困之苦，既備嘗于生前；而骨肉夭折之慘，復疊見于身後。生無一日之歡，没無一脈之留，天乎，何使吾妻至此極也！予今者雖邀國恩，位藩臬之長，亦不卑矣；然形若甘而神甚苦，真不如田夫野老，夫耕妻鋤之爲適也；居鄉里，教養子孫，分甘含飴之爲快也。伶仃悽楚，一雁天來，予鄉夢轉深矣。」

中道聞言而嘆曰：「天道真不可解！世間爲敬通、孝標之室者何限，率躋上壽。而温良愷悌，内明外順，如淑人者，得年僅三十而止。游閒公子，鮮衣怒馬，驕奢侈汰，以憂父母者不死；而謹守素業，珪璋其行，居則尸坐，出則偶影，如長公者，不及二十餘而已冥然爲夜臺客矣，天道豈可復致詰哉！夫以淑人、長公之賢，理宜自昌其壽；即不然，以偶詘其算于身者，贏而集于後人之身無疑也。而今皆不然。則質之盈虚消息之天，尤爲不可解者。雖然，自先生筮仕以來，先後以官青曹，贈安人；以官浙藩，參上課，加贈淑人。不貴地上，而貴地下。煌煌綵綸，亦可以賁九京矣。淑人父母先後隕，凡棺衾送終之資，皆仰給先生。即淑人之族，從無不肺腑視之，閲存没如一日。則先生所以報許翁知人之明，與所以待許氏者，其恩亦已厚矣。淑媛哲嗣，附名臣以不朽；春秋蒸嘗，奉嫡長而不替。地下有知，固可以瞑目也。夫先生既感葉相國之言，以淑人同穴之願，推及于長公，使魂魄相依，以某年某月某日葬于斗坑之陽。謂不肖中道，粗能世亡兄石浦公家學，命之爲誌。中道謹據狀書之，而系以銘。」銘曰：荆棘蕭艾，叢生道傍。惟蘭與蕙，隕不待霜。蓮有薏，共茹之；蔗有尾，不同嘗。吁嗟可傷。夜臺有知，母子相從。猶勝生者，形孑孑而神慞慞。千秋萬歲，靈其毋恫！

〔一〕本篇據集選補。

户部郎中張公墓誌銘〔一〕

萬曆癸卯，予與霸州張公念燕同舉，共出澤州張先生之門。予始得晤公，時年少，修眉娟好。其後南北異地，不復親。庚戌，公成進士，予等濩落，然猶幸師門有人，爲之慶喜。公取上第，起家户曹，爲司餉臣。予以丙辰成進士，公督北平餉。己未，予以新安授遷太學博士，公以戊午役竣還朝，冀可追隨公，復晤言爲歡。乃公又以九月乞差還。至臘月，訃音至矣。以同門之友，竟不一再晤，可嘆也！計得年僅四十六耳，傷哉！庚申，將歸公佳宅，令子主敬以狀來。公佐計部，爲社稷臣，擘畫極有方略，即微門友安敢辭。

按公原出清河，始祖始離村而城。至祖守魯，爲郡諸生，以文著。生其尊人燕城公符，廪于庠，及貢而卒。生三子，長即公。公名士雅，字德純，念燕其别號也。生之夕，母顧太安人夢緋衣人攜一孺子曰：「此汝子，名引孫。」覺而與燕城公言之，喜曰：「此必蕃吾後！」遂名。七八歲時，穎異甚。十六與其弟士奇，同補博士弟子。是年燕城公即世，哀毁甚至。癸卯，捷于鄉。庚戌，成進士。壬子，除户部主事，管京廪。故事：家具倚辦，卒因上下其手。公立革之，一切鼠㾖皆塞。所上便宜，書于版，列署中爲式。乙卯，視北平餉。北平餉七萬，民運僅四萬，餘皆京運，甚坻滯。歲仰給不得，多鼓譟。公竭心力致之。東虜蹷起，張甚，徵求甚急。公枝梧以濟國恤，三年節省七萬，不私入而公出之，以抵正餉。當事者才之。至戊午，役竣還部，而公病作矣。已而愈。明年，以顧太安人八十，乞歸里。是時病雖痊，而根株尚在。諸故人見公歸，歡甚，日過從宴會，酒肉相屬。公勉應之，貌怡然而神甚傷，病日以甚。至臘月初四日，不起矣。

公白晳清虚，望之如鶴在雞羣。事八十之母，不啻孩提。待族屬以恩，閭里汎愛之，雖三尺童子，無敢媟。他如劉都諫，師也；北平司理劉晉，朋友也。聞訃皆于甫得第時，以百金助歸，其高誼若此。生平喜飲酒，月明之夜，與故人豪飲爲歡笑，留連光景，中年彌篤。又喜讀書，公隙手不釋卷。已入仕籍，烟霞之夢常在。自歸來欲息影怡性，而已不待矣。

公生于□□□□□□□□，卒于萬曆四十七年十二月初四日，享年四十有六。弟二：士奇，廩生；士瞻已故。配田氏，封安人。子一，即主敬。女二：一適郡諸生劉雲舉子諸生劉宗揚；一字郡諸生苗本立子。孫二：長瑄，次長樂，俱主敬出。以庚申年□月□日葬于□□村之塋，從遺命也。予念同門友，即不親暱，而知之有素，是不可不銘。銘曰：以公爲無意世耶，胡爲以文人之藻澤，兼吏事之精研？以公爲有意世耶，胡爲謝康莊而不騁，望下壽以中捐？嗚呼豈其天！世算則詘，令德自延，文士脩士，胡獨不然？京兆者阡，億斯萬年！

〔一〕本篇據集選補。

静亭龔公墓誌銘〔一〕

公名仲安，字惟静，别號静亭，楚之公安人也。予外大父方伯公龔春所之季子。公舉嘉靖丙辰進士，後買姬于燕，得高氏。己巳，官江西吉安僉憲，始生公，故名曰安。公生而媚美慧異。春所公自維揚大參，陞河南布政使，便道返家。公時年十二歲，髮若鬒漆，肌如玉雪，金冠靓服，高視闊步。予等目攝之，不敢與之語。自中州罷歸，年十四矣，始得與公同學，文字奇拔。年十六，而入黌序。娶于毛。毛氏豐厚粧奩，豔冶甚。里閈慕之。

公食啖兼人，精力敏穀。時或發憤下帷，號爲「書蠹」，結搆爲文，夢腸反胃。時或迎致賓客，酒肉相屬，鄭莊置驛，班嗣聚戲。時或種樹養魚，栽花薙竹，謝客山居，辟疆園圃。時或肥馬輕裘，長弓寶劍，射獵平原，箭如餓鴟。時或伊蒲爲食，水田爲衣，高譚性命，躬行檀度。時或持籌心計，以守兼創，買田好時，營宅伏川。心之所到，才亦稱之。意有所懈，忽爾轉變。行年四十餘，而無蒿目皺眉之事，蓋天人也。

初，方伯公在時，自稱南平社長。舅甥兄弟皆顯貴，聚則簪袍爛然。乃其後也，相繼夭没。惟公屹然支持門户，龔氏猶然不衰。公長予一歲，少年意氣相洽，每杯酒讌笑，無不耦偕。猶記月明之夜，與散木舅于堤居大墀上，互作商羊之舞，如此竟夜。每談及，輒舉以爲笑，而今已矣！公試楚不利，入貲試燕，皆不利。惟癸卯舉燕中乙榜。終身强壯無病，一病遂卒，得年僅四十六。生子某某。予爲之銘。銘曰：公志大而不售，才伸而遇詘。以富隱而非其心，故散財而不積。埋照于酒，藏身于弈。有文無名，有詩無集。乍聚忽散，永于此宅。

〔一〕本篇據集選補。

賀雲峯公元配荆孺人墓誌銘〔一〕

萬曆己酉夏，予客金陵，丹陽賀仲子懋廉以文贄予。予至丹陽，過蔣墅，晤其叔虚谷先生，及虚谷令子函伯，相得甚歡，因與函伯共修業。明年，函伯先鳴，予丙辰始得一第。追念虚谷先生所以衣食我，病而藥餌我，及行囊亦函伯視我，蓋未嘗一息忘也。已而虚谷先生逝矣，大恩不報，徒自嗚咽耳。今年冬，偶函伯以其伯母荆孺人狀來。予讀之曰：「有以也！夫家世隆崇，亦由中外多君子以相贊助也。予雖不文，安敢辭。」

按狀：孺人姓荆氏，父前商河令斗南公，祖母姜氏。斗南公與孺人夫雲峯之父觀察公同游庠，定僑札之交，故以孺人諾雲峯公。少時明慧甚，斗南公每夜飲歸，輒莊以待。斗南公異之，且云：「曷不爲巾幗男子！」年十七，歸雲峯公。是時姑鄧安人已逝，觀察公宦游，父封户部，春秋高，聽子孫拆爨。孺人遂亢家政，井井有條。每念不逮事鄧安人，蒸嘗必泣。雲峯公少清羸，不治産，孺人代爲綜理，故得壹意于文章，無一刻離縹囊青箱之業。又耳目清嚴，無雜嗜以熒其神。至今年已逾六，猶吐納津津，皆孺人力也。己卯，雲峯公登賢書，數試南宫不第，孺人安之，無纖毫交謫意。己丑，雲峯公病燕邸，遣子捷往視。孺人偕兩幼男禮斗七七，往返浹兩月而歸，人咸爲積誠所致。

丁未，雲峯公謁選得福安令。公既秉羔羊素絲之節，不以一縷一勺累民間。而孺人以絖絣機杼佐之，無異家食，故得不廢箸。會有島夷之訛，孺人泣曰：「相夫子于邑，邑存與存，邑亡與亡，天也！」無怵而止。雲峯公忤隣守，守中之。孺人欣然以歸。癸丑，雲峯公病脾，夫人治湯藥，至廢寢食。公愈，而孺人以憊，遂卒。

孺人子，惠而有方略。姒華孺人，艱于子。壬午，始舉一子，生而氣息不屬。孺人多方拯之，竟獲生。張安人即世，子函伯甫三齡。虛谷先生有四方之志，不暇内營。孺人多方周恤。故兩人皆謂：「母實活我！」孺人性勤儉，而好施與。長齋事佛者四十餘年，梵宫禪侣，仰備檀施不絶，蓋天性也。其待諸子，恩煦之而以義，有失必訓，解而立止。會病子僨殁，一慟而劇。傷哉！子勳等奉其尊人命，以十二月十二日之吉，葬于獅子山新阡，而予爲之銘。銘曰：先民仕隱，實惟陶潛。與之同志，翟也稱賢。雲峯公仕，嘗鼎即捐。栖遲衡泌，頗仗魚軒。大德小物，孺人實兼。世所云福，亦既綿綿。白雲幽石，緑篠清漣。藏舟于兹，億萬斯年。

〔一〕本篇據集選補。

珂雪齋集卷之十九

告伯修文

萬曆庚子十一月初一日弟中道謹修治齋茗，撫膺大叫，告于亡兄伯修先生之靈曰：伯修，伯修！兄如何便長逝耶！自失母之後，兄弟姊妹四人，伶仃孤苦。我時年最小，視兄如父也。里舍書房中，三人相聚講業，夜窗風雨，未常一日不共也。門户凋零，幸而兄致身青雲，數十年以内，家門昌熾，無一髮一毛非兄賜也。蕞爾之邑，不知有所謂聖學禪學，自兄從事于官，有志于生死之道，而後我兄弟始仰青天而見白日矣。

嗟乎！自兄少年取科第，人皆爲兄榮，不知兄心之獨苦也。十二而入鄉校，人皆爲兄榮，然不數年而慈母亡矣。十九而薦鄉書，人皆爲兄榮，然不數年而身嬰大病，萬死一生；連年牀蓐，一鬼不化；稍得平復，嫂氏捐棄；兩兒一女，煢煢然若黄口之鷇，啾唧於危巢矣。二十七而中會試第一人，入讀中秘書，人皆爲兄榮，然不數年而曾姪、登姪相繼而亡；以至情篤厚之父，撫如蘭如玉之子，一旦化爲異物矣。三十六而致位宫坊，夷猶銀牓之間，人皆爲兄榮，然嗣續窅如，僅有一女，復嬰慘毒，至於蚤世，自此身畔無一脈矣。外之所謂榮者，浮名也；兄之所自受者，實憂也。浮名顯而實憂暗，故人皆謂兄之處亨，而不知其不盡然也。功德天，黑暗女，半步肯相離哉！然兄雖有獨苦，而猶幸有弟兄聚首，同氣同心。故前年二兄與弟至京師，朝夕晤言，商榷學問，泯解修行。兄亦欲斷世緣，歸田自適。而官累相迫，踟躕未定。遭皇長子憂危之際，講官乏人，雞唱而起，風霜嚴厲。外勞其形，内勞其心。即二兄與我，亦竊爲兄憂之，然未常遽憂及性命也。不意我與二兄歸未一月，而聞兄病矣。又未數日，而聞兄病不起矣。

哀哉，痛哉！吾兄之賢，而竟客死三千里外耶！窅無嗣續耶！寡婦三人，孤燈弔影，流寓京華耶！哀哉，痛哉！嚴親在堂，大姑在室，何以死也？著書未成，何以死也？學道未了，何以死也？雖然，兄之爲人，清白好修，砥礪名行。事可與天知，語可對人言，無一念不真實，無一行不穩當。小心翼翼，周詳縝密，自入仕途十五年，未見以一字干人。不欺暗室，不媿衾枕。身死之日，一貧如洗，棲身一室，尚未能具。守官守道，有如處女。少年清心遠性，風晨月夕，興致軒舉。兒女態少，煙霞趣多。自公之暇，玩弄水石，所之栽花種竹。兄之品，仙品也。學道已入信位，已窮解路。雖不能如張無盡、楊大年之徹底乾浄，而比之白樂天、蘇子瞻，決不出其下，明矣。何虞沉墜哉！

浦西房瀕近大江，依兄在京之約，二兄已折去，立于斗上。二兄浦東房，謹慎堪住，其正房内甚整，以安家眷甚便。浦中雖有水患，差無盜賊之憂；斗上無水，而有盜賊之憂，孀居浦中爲宜。斗上于二兄對門地上，弟已將兄正房立于其上，此中復爲一宅避水，庶洪水盜賊皆無憂也。胡嫂已有孕，天必不絶善人，定是男子；若是男子，弟當與二兄竭力撫之，當百倍逾于吾子，皇天后土，今日實聞此言！其或非男子，當隨嫂氏之意，諸兄弟中取一子之賢者繼嗣。天之不淑，目前兄弟中後嗣皆蕭條。弟有兩子，前有一子甚慧，復夭傷矣。兄分田原有五百石租，今與大人商之，當以京師房價置買五百石。家中每年若有一千石穀子，可以無憂饑寒。每年差役，二兄與弟輪管。若二兄往京師，弟當專管，決不以纖毫煩累嫂也。大人初聞信幾絶，後能以理自遣。大人老矣，老年失貴子賢子，又值祖母之變，子亡母逝，同于一日，舉家皇皇，情實難堪。然二兄與我及四弟、五弟，此後當竭力聚順，以娱其餘年。詹氏祖母在二兄處，亦不俟兄憂也。白蘇齋集未成，當爲删定，卒成十卷，定可不朽。

今弟以臘月初三日往迎靈柩。哭死悲存，剜心之愁萬種；踏霜割雪，斷腸之路三千。途中願我兄保佑扶助，無逢災患。更願示異夢靈跡，以堅信心。弟無任撫心痛哭，悲淚翹誠之至！

祭潘尚寶雪松文

公之心術如青天皎日，光明洞徹，開口見膽，無一毫覆藏迴互之意，真出世之器也。公之孝行，老而愈篤，終身孺慕，遊戲歡娱，如老萊子。友于敦睦，鄉間化之。愷悌樂易，豁大爽快。聞人一善，譚之津津，而有餘味。見人之惡，不喜評駁。恤孤窮，憐酸寒，慷慨樂施，視人之患難，不啻己身，夜半叩門必應，真大修行之品也。公之襟懷，灑灑落落，蕭蕭散散。事過而不留心，終其身無蒿目皺眉之時，于于然如嬰兒赤子，真出塵之度也。公之識見，破庸夫之恡執，信格外之奇變，人所最難信者，公亦能信之，真絶人之慧也。公之學，少處貧窮困厄，晚得一第，偃蹇留滯；於動心忍性之餘，窺見天命之倪。數年以來，苦心玩易，悟盈虚消息之理。青衫瘦馬，欣然而有餘快。公之學，真仙儒之脈也。

予兄弟少公二十餘歲，公一見以道相信，遂訂忘年之交。長安崇國寺葡萄社中，與家伯修、劉明自、黄慎軒諸公，相聚論學。凡有礙室而不徹者，予兄弟以數語發揮之，公則躍然而喜，以爲益我。而予兄弟數年前，貢高我慢之氣，皆日銷化于公春風之中，而不自覺。公喜譚飛仙之事，其語稍不經，然公酷信之。或者以爲公病。昔白樂天謫居匡廬，亦有志于服食羽化之術，終以不就，蓋亦英雄之常態。公近年漸不復信，惟究心易傳。予兄弟數數以禪理誘之，亦歡然若有所契。嘗令我爲講楞嚴，且相約曰：「君當至桃源，我當與君論易，君爲我説禪也。」自後公以使事歸，予兄弟亦相率南。友朋四散，不勝離合之感。孰知不數月，而公去。又未一月，而伯修去矣！

公有老母在堂，六十歲兒不及送母入土，真爲割腸，哀哉，痛哉！公之視予兩人兄弟也，與伯修一也。公與伯修死，而予兩人失二長兄矣。伯修之于予兩人，友朋也，與公亦一也。伯修與公死，而予兩人失二良友矣，哀哉，痛哉！聞公訃之後閲月，夢公寄書來，其中有云：「吾生平獲友朋四人之力，其二人爲君家兄弟。以此功德，今生善處矣。」公之精靈，死而不忘友朋如此，神理豈詎昧乎！今予兄弟已絶世念，隱居斗湖。其中有亭，今已祠伯修及公于中，公可頻相過。無他供養，惟有青山緑水，楊柳芙蓉耳。念佛學道，生死無二，同生淨土，共作眷屬，尚饗！

祭羅二郎文

二郎竟逝耶？往時遊武昌，尊大人出弟拜予。予見其風神玉立，甚愛之，常以手撫其頂曰：「此佳兒也！」予姊有愛女擇婿，予謂無如弟者，因結兩姓之歡。及漸長，讀書慧悟過人。至弱冠，文字日益佳，尊大人始信予言不謬。前年再見之，毛氏甥女已字，弟風格韶秀甚。予謂弟功名可唾手，羅氏其興矣！即予姊亦諄諄謝予，謂得快婿。蓋弟有隱疾，予不知也。後尊大人令從學於篔簹谷，苦心甚，每一文成，幾至嘔血。予甚愛其才藻，而深服其勤，且覺其漸瘻，勸令節勞。弟不之止，未幾而弟病矣。其病症不佳，予已知其不救，不待今日也。天生美才，竟已矣夫！予眼中頗能識人，皆不可憑，不知造物者果何意也？

記予往遊武昌，大病。尊大人所以視我者無不至。每下第，則惟空囊，常仰給于尊大人。予久困場屋，思所以報之未得。見弟美秀而文，欲陶鑄早成，取富貴，以申我報答一念。故予望弟者，我知之，弟知之，即尊大人亦未必知也。我嬾于人事，似簡略不經意者；又久困，不能報尊大人，而欲以教弟者報之。今弟又蚤逝，我又困公車間，奔走南北。予亦老矣，豈終爲負心人哉！古人云「一飯必報」，尊大人于我，豈直百飯也！已矣，已矣，更將何以報也？又予同母止得兄弟三人一姊。予念姊無可以厚之，爲得快婿。今弟死，所以厚姊者，翻成淒涼之景矣！予今客蹇太保纛下，未能歸奠子墓，但時時感舊恩，念亡友，慘骨肉，悲幼孀。讀書之中，或至斫案大叫，覓取易州酒數斛，排愁破涕而已。二郎，二郎，弟如有靈，當自知我！

祭孔令君文 代

哀哉，如公之不壽，真不可解，予等真欲詰之造物而無由者！公既取科第，茹蓼之苦，受于五十年前；而食蔗之樂，宜安享于五十年後者。而今殊不然，此其不可解者一。〔一〕公雖居官，有如寒士，自常禄外，纖毫不取。政成三年，而囊橐如洗，不能名一錢。夫啬取于人者，宜豐其祉于天，而今也尚書虎爪之板幾下，而先已不禄，此其不可解者二。公資用甚淡，膻腥之味，不薦於前；粉黛之姬，不列於室。飽伊蒲如頭陀，妻禪悦如衲子。妙合長生養年之旨，而竟亦不壽，此其不可解者三。天乎第矣，第而永榮之可也；不然不第矣，而使之安享故里，考終正寢，亦可也。胡爲乎啬之數十年，而晚予一第；甫得一第，不數年而卒于官。歷黄牛、白馬之波，而始得至赤甲、

白鹽之下，蕭蕭丹旐，茫茫烟水，路人猶爲泣下，而況受其恩紀者乎？此其不可解者四。〔二〕

邑中否運漸至，去年失袁中郎，今年又失慈父母。天乎，不令爲善者息耶！前年予等計偕晤中郎，詰所以得賢父母之故。中郎曰：「予以邑事廢弛之甚，曾乞一制科于當事者，當事者諾之。然實不熟孔令君，無專乞意也。令君宜爲司理，而掾史舞文，置之令籍中。唱名時，令君以宜爲司理意白之當事。當事者心知受掾史欺，託袁中郎相乞之意以解。即予亦竟不復明之也。」中郎言之，予等始知之。然予等知之，而公仍未知也，今且逝矣。夫公宜爲司理矣，乃得令，又得公安令。以百孔千瘡之邑，三年勞瘁，神傷體憊。邑民何幸，而公則已苦矣。此造物之尤不可解者也。意者惟蘭玉在堂，將來聯翩取科第，以報善人耶！歲云暮矣，一帆寒雪，予等祖送國門，涕淚如雨。哀哉，哀哉！〔三〕

〔一〕近集下有「公之爲慈父母也，合一邑而乳哺之。至如催科一事，往年鞭扑無遺力，公至而輸將惟恐後，軫念小民，若將傷之，諺云千人所祝，豈不蒙福。仁者之壽，非公家司寇語耶？而今若此，此其不可解者二」。自此以下二、三、四皆遞增。

〔二〕近集下有「試以此五不可解者問之造物，不知造物將何以應也」。

〔三〕近集下有「尚饗」二字。

告十弟簡田文

萬曆辛亥十一月之吉，愚兄中道謹告于簡田十弟之靈曰：哀哉吾弟！人誰不死，誰無夭折？獨汝既舉孝廉，先七十餘歲老母而死，使其乍慶乍吊，如登樓去梯，此幾許苦痛也。況變出意外，家道貧窘，乃以汝所製伯母之棺，先以瘞汝。此棺係汝三千里外硯田舌耕所得，奔波年載，乃成兹事。汝自謂禄養尚遥，恐老人難待，借此聊申人子一念，誰知今日汝先將去！愚兄知汝雖在九泉，亦必斷腸傷心，千劫不化也。已矣，已矣，哀哉吾弟！豈謂汝直心爽懷，乃得此酷報耶？愚兄家貧，不能代汝市一佳木，中有深愧。又恐老人當此光景，未能久延。不得已，以十三金易一棺，以備緩急。設伯母壽考未艾，愚兄稍有寸進，必當市一佳木，以慰汝心，決不食言。其汝所留市棺之資，及少吊賻，付素心親家掌管，稍得利息，供八口饘粥。有我及諸異姓兄弟在，決不令汝孤孀十分淒涼。汝若有知，稍自排豁。哀哉吾弟，言與淚俱，弟其鑒之！

告中郎兄文

萬曆壬子五月初一日，弟中道敬以葵蔬之具，致祭于六休兄之靈曰：哀哉吾兄！去世之期，已歷三紀，而弟尚無一言哭吾兄也。弟非不言也，自兄庚戌九月初六日下世，弟于初九日得血疾，幾至不起。醫者云鬱極所至，一哭必大嘔不止，有性命憂。弟以兄爲命，相隨地下快矣，何更求生？而又有不得不求生者，則以堂上有大人也。大人年已七十，初喪伯修，既喪吾兄。弟又溘先朝露，令老人何以爲懷？弟是以勉強排遣，藥餌不效，則走之玉泉山中，看山聽泉，期日久日忘，以消此苦懷，庶宿疾不發。凡一年餘，弟始有生望，而大人以哭子斷腸逝矣。痛哉，痛哉！大人既逝，弟料理後事，及營功德完，始念子職粗盡，乃敢爲一言以哭吾兄。哭吾兄而觸舊病而死，隨大人與兄于地下，猶羽化也。

嗚呼！吾兄三不朽事業已成，而浸浸乎其未有涯也，乃遽逝耶？以出世，則得千古不傳之髓，而盡離蓋纏；以用世，則圖不見不聞之功，而盡泯朕跡；以垂世，則傳古人修詞之神，而盡去勦襲。此弟所深知，而兄所自負者也。學問兼悟修矣，而或疑其道不勝習；營綜兼明瞻矣，而或疑其嬾不耐事；詩文極清新矣，而或疑其以才軼法。此亦弟所深知，而兄所不自白者也。自己酉冬、庚戌春秋半載，時時聚首。論學，則常云須以敬持，以濬守。論用世，則常云須耐煩生事厭事等病。論詩文，則常云我近日始稍進，覺往時大披露，少藴藉。此則弟獨知之，而兄所爲日新而不已者也。不息者道，無盡者生。經歷諸位，磨鍊習氣。天上人間，隨意寄託，何憾，何憾！

世間父子兄弟，寧有異情；但兄于弟，知己感恩，更自不同。追思種種譽弟之語，或以溺愛溢美，弟不敢遽信，而亦不敢不勉。顧資學俱劣，百分不及兄；而懶不耐事之跡，則肖之。近日家難，體復多病，雙眼以出淚過多，不能看細字；略思慮，心中怔忡不寧，如人捕狀。雙膝常苦寒。夜則恃鼠子爲伴。每應酬少勞，則火從兩頰起滿大宅，間發血疾。結習所使，惟看山色聽泉聲，則沉痾爲之一洗。以此遵兄遺命，于玉泉修一蘭若祠兄，而已修静其中。念種種業緣，于此生總似啖劍吞椒。近更欲留色身，教養後生，有所闡發，補二兄最後一段光明，故急走入山。玉泉精舍已有次第，尚平平耳。清溪水色如碧玉，鹿苑諸山如破雲裂霞，宛如向所見李大將軍青緑山水，視吴越諸山，便如妖姬之視老嫗。鹿苑尤奇，有七渡流水至寺，即陸法和舊邸，因山爲牆，前後有山穴爲門户。使得兄寓目，賚以妙墨，不知山川作何等暎發，惜不令兄見之！彭年詩文，大有驚人語，雖微有冶習，無損英特。第二男已作虎子跳地矣。家計麄安，無可慮者。今束裝入山，玉泉舊傳爲諸仙翔集之處，幽明雖隔，兄必來止，弟尚不寂寞也。嗚呼哀哉！

祭龍太夫人文

當今大江之南，神仙之宅，有二龍焉，皆以文章蜚聲爲世聞。人人固嘆維楚有才，而不知由太夫人訓也。太夫人匹于龍也，淑德貞操，爲士女範，而才足以副之。渠陽公爲詞人，爲清吏，不復問家人生産，而寄之太夫人。公既坳，伯子仲子世其學，亦不復問家人生産，而聽之太夫人。太夫人婦德母儀之餘，營綜家政，下至一草一木，悉有方略。故龍之屢世不家于官，而且得以肆力于文章者，太夫人成之也。

仲子早達，予等未得數數款接，而獲奉教于伯子。伯子事二親以孝聞，雅志承歡，都忘仕宦。自渠陽公家居，遂十年不上公車。公坳，而伯子孺慕愈切，不欲以三公之貴，易庭闈一日養，將肥遯終身焉。乃太夫人見伯子未達，則泣簌簌下也，曰：「兒屈首受書，亦宜乘時仕進，出爲國華。今爲我兩人使汝過年不着一進賢冠，汝則孝矣，謂老人之慈何？且所以不仕者，或謂親老多恙，不能離側也。我耳聰目明，飲啖如少時，汝詎爲我百年慮耶？」伯子兒啼不敢答。而會仲子分憲秦中，仲子官久淹抑，漸顯榮，雅欲以禄養；而太夫人亦欲入秦中，使伯子不復戀廷闈，而入燕。伯子泣言老人不宜往塞上，語殊切；而太夫人語益莊，且曰：「豈無笋鯉，禄食爲榮。我體甚健，無憂行役。設不幸西方有事，或猶能築夫人城以報國恩也。汝第北矣！」於是仲子將太夫人如秦，而伯子始不得已而游燕。

伯子至燕，冀有可以慰太夫人者，即迎板輿南歸，以盡色養；而機會不遘，留滯金臺。無何，太夫人之訃至自秦中矣。傷哉，傷哉！訃至，伯子以不得永訣爲憾，痛不欲生。不肖輩屬雁行之末，往而慰之，謂伯子曰：「仲子之侍養於秦也，養志也，孝也；兄之北走燕也，養志也，亦孝也。而太夫人之不幸於秦也，則爲慈也。母慈而子孝，生者無媿，而逝者可瞑目矣。且人生寧有終不離别時耶？」伯子乃忍淚治裝，而不肖等遂次其所稔知者，以奠太夫人。太夫人有靈，聞通家子姪真切無華之語，其或者欣然而進一匕也耶！

祭魯上林文

湛湛涔水，實生賢哲。外隱丰稜，中含隱德。愷悌温良，玉潤蘭茁。睠此吉人，静沉含嘿。數馬門風，效彼萬石。幼而岐嶷，恂恂雅飭。雖謝春華，預卜秋實。庭闈色養，孺慕肫切。犬馬絶叱，瀡髓腆潔。友於至情，忻忻朝夕。閭稱長者，待火非一。扣門能應，時其緩急。雖處温厚，盡絶華習。綺羅不親，布素自適。珍味罕御，葵蔬自給。宛若寒士，淡漠幽寂。出遊槐市，人指圭璧。升之上庠，聲名赫奕。仕爲近臣，卿貳清秩。棄禄奉親，弄鶵遺則。如龍之蓊，尺寸始陟。如日之升，崦嵫未迫。奈何荼苦，一朝隕絶。檣隕於晨，梓槁於夕。棟折榱崩，人悲鬼泣。藐焉之孤，誰與培植？

嗚呼哀哉，難問蒼天！謂静者壽徵也，而如君之鄭重老成，亦復無年。謂仁者壽徵也，而如君之温和樂易，歲亦不延。謂清心寡欲者壽徵也，而如君不入季女之室，不登冶子之牀者，亦不獲下壽，而遂棄捐。豈哲言之我欺，抑宿業之相纏？獨以釋氏之理照之，生無惡因，則去不出人天；雖藏舟之太速，庶化去之翛然。若夫生等忝爲瓜葛，休戚是關。無俟郿成之分宅，惟隕羊舌之洏漣。英英令嗣，實惟象賢。不敢憑無鬼之論，庶相與左提右挈，以無媿於先前。嗚呼哀哉，尚饗！

祭王年伯憲副文

公之行若朱繩，藻同白雪。孝友著家，婣睦著鄉，陶鑄及後學，此猶其常者耳。

惟以一介書生，而經歷者皆疆埸之事，苦心營綜，所之底定。則大有古儒將之風，非文墨吏所敢望萬一者。一試之於播州，當楊酋甫平，兵火之後。室廬破，城郭圮，積尸滿野。公披荆棘，冒瘴嵐，繕修鳩集，掩骸收骨，招還捕亡。使封豕長蛇之區，漬浸王風。此公之功在西川者也。再試之於鞏昌，所治即爲松山，去郡千里，去虜僅隔一垣。公枕干戈，冒鋒鏑，築受降之城，嚴斥堠之警。卒使胡塵不起，邊民安堵。此公之功在西塞者也。三試之於滇南，值鳥騰霄跳梁，人以往官爲陷穽，而公慨然任其敭歷，反側自定。賊乘考績入省之隙，謬以令公不復再來，輒敢攻城屠邑，所之披靡。公聞變奮然，親提大兵直擣巢穴，殲其渠魁，斬首虜數十級。此又公之功在六詔者也。

公起家博士，由司理而少府，而大府。所至輒著勘定之績，且晉貳外臺屬。滇黔多事，中外方倚重於公，而公竟以盡瘁逝矣！公之長公士皇，與不肖把臂定交，同遊漢浦，指一亭曰：「老父且拂衣矣。弟作此娱之，幸賚以佳名。」不肖即顏曰「春酒」，雖取李白「此江變爲春酒」之語，而實重在介眉壽，以樂高年。今春長公同成進士，諄諄命草一記。不肖方欲採習侍中、龐德公之逸韻，作優游林間之語，而今變爲傷逝悼往之文矣，傷哉，傷哉！舉觴然之□亭，不以奉公之杖舃，而以迎公之櫘車；亭中之酒，不稱觴於几筵，而僅酬之於地下。令子宮錦方爛五方之霞，而麻衣已染斷腸之血。使公不得目見之，而竟托之於不可知之冥漠。此所爲心折骨驚，泣泗漣如者也。雖然，位居監司，秩不卑矣；壽逾六秩，齒不少矣；士皇已登甲第，諸孫濟濟鳴躍者且接踵起，後人不爲不昌熾矣。大丈夫尚欲馬革裹屍，畢命沙場，況爲王事盡瘁，而終不勝呻吟牀第，死於兒女子之手者乎？公真可以瞑目矣，可以瞑目矣！尚饗！

祭李母咼太孺人文

嗚呼哀哉！太母之子不肖也，中郎嫂氏李安人之母也，友人素心兄之母也，而其實猶吾母也。不肖年六歲失慈母，時與中郎、素心俱從學於素心叔李公鍾衡。太母於中郎爲壻，素心爲子，而於不肖無異視也，見即泣而撫摩之，飲食之。三童子相依若胞乳兄弟，入太母之室，如入家閣，而渾忘其母爲誰氏母，兒爲誰氏兒也。太母父爲咼雲中先生，故大儒。太母少習詩書，多識前言往行。每三兒至室，或燔枯而坐，太母語以古今忠臣孝子之事，及經史疑難之旨，瓶瀉波流。我時最小，猶能記憶。嗟乎！太母于素心宜耳，于中郎亦宜耳；不肖不過里閈親戚之子，而視之不啻已出，此其恩豈尋常耶！

太母有知人之鑒，嘗謂袁氏兩兒不凡，小兒亦自斐然，終當共取青紫。已而中郎早貴，素心次之，不肖又次之，皆如太母之言。夫以太母煦育之恩如彼，賞識之哲如此，而其報則纖毫未嘗食也。中郎官甫達，即與嫂氏俱棄世。姑無論所以報太母者，蘭摧玉折，徒令太母目爲腫，而淚爲枯耳。不肖又晚得一第，未沾升斗，終無一縷一匕之具，少伸烏哺一念。惟冀素心五馬專城，三年政成，得以綸音珈服，少爲教子光榮，而太母不能待矣！痛哉，痛哉！得太母之訃，并念吾母。念吾母，而更念母之所以母我者，不覺淚浪浪沾衣襟也。痛哉，痛哉！

太母爲人剛毅，有志操，嫺治家，豐儉有節制。初時窘甚，久而漸裕。健翁以此不問生産，終日嬉遊里閭，攜枰覓弈，早出醉歸，人呼爲地仙，則皆太母之貽。太母待素心慈而嚴，故素心終身守繩墨律度，不敢少肆；居官清簡縝密，寬嚴適中，爲良有司。諸孫循循雅飭，皆遠大器，則亦惟太母之教。太母晚斷葷血，奉曇氏法最精勤，皆決烈丈夫所爲，自是香臺寶樹下人。不肖少暇，當詮次其事，垂之不朽，庶幾與孟、陶、范、計諸媛同一芬芳，聊以報高深於萬一耳。因素心兄歸，稍具蕪詞，以鳴哀籲。太母有知，尚其鑒之。尚饗！

趙太宰祭文　代〔一〕

公膺嶽降，早爲世祥。聯翩雀起，赫奕雁行。弱冠通籍，製錦若陽。來惟飲水，去止留牀。暫棲粉署，直踄烏臺。白簡霜雪，紫襆風雷。柄人奪情，舉國鼎沸。公惟正色，薰轑阻愧。手中鐵畫，寫知爲去。千古綱常，不可廢墜。當事銜公，柏府邅迍。十年不調，介石常貞。黄扉餤消，久屈乍伸。京兆作貳，廷尉持平。赫赫建牙，大江之表。海氛不作，川鯨如掃。入掌烏臺，高懸赤棒。貴戚斂手，皇威以壯。旋副司空，即貳冢卿。枌榆元老，同司用人。世無滯才，簪笏一清。拂衣歸去，未及五旬。雪裝煙駕，剪柏裁筠。于于弄雛，藹藹飲醇。五年復起，紀綱留都。秋官虚席，以待公徂。倭訌之役，以媾易攻。客發其私，震怒皇衷。公也執法，及于寬政。老臣何知，惟守律令。不合則去，大臣所宜。角巾野服，徑返烏衣。閲歷諸艱，徘徊列曹。倏南倏北，俄野俄朝。竟伸孝養，無憾終天。上未忌公，許國愈堅。爰起爽鳩，復司衡照。一言枘鑿，田野高嘯。大臣之節，難進易退。砥柱乾坤，浮雲富貴。老成凋謝，耆舊遯藏。惟公屹然，作魯靈光。五年家食，復還朝堂。統均舊任，百鍊彌剛。嗔非顔竣，笑豈謝莊。散同爲和，轉否爲康。天驕不靖，亂我邊疆。節鉞無人，舉國皇皇。公帥諸臣，叩閽陳詞。皇心感動，多所允依。世道否隔，轉石拔山。正借碩人，以襄世艱。六載考成，閉門不出。三朝元老，久荷天禄。疆場多事，主憂臣辱。轉圜之難，可爲痛哭。竟染沉痾，卒于憂鬱。臨終一疏，慷慨激烈。比干尸諫，臣心已竭。嗚呼哀哉！世多事矣，哲人逝矣。棟折榱崩，將安討矣。謁兹黄髪，豈復有愆。天不憖遺，館舍頓捐。某等夙承訓誨，共遵矩繩。庶幾步趨，免于沉淪。孰意奄忽，化爲星精。公去已矣，世道誰歸！大小臣隣，蕭條可悲。嗚呼哀哉，尚饗！

〔一〕本篇據集選補。

祭吴懷寶文〔一〕

萬曆乙未之歲，予以社友陳志寰爲新安守，魯樂同爲海陽令，相約爲山澤之遊。至此聞商山之勝，特杖籐往。時予方爲布衣，而公一見即與訂交，置酒于山園，下榻于蘭若。共餐山色，互賞泉音，予呈以觀桃擊竹之偈，盟鷗訂鷺之什。公擊節賞嘆，眉宇欣然。比一分手各天，雲樹窅如，凡二十餘年。予叨一第，以不闇民社，乞新安一氈，冀與公班荆道舊，話二十年前磊塊之腸，而聞公逝矣！淡淡者山，洋洋者水，居然猶可領略，而公已不見矣！嗚呼傷哉！

公心同皓雪，行若朱繩。孝友肫篤，尤重天倫。家受其庇，國誦其仁。待而舉火，無間疎親。魯肅、公瑾，指囷救貧。樓緩、吕公，依以終身。哲人爲善，惟日不足。黄金散盡，聲名則穀。所貽子孫，藏書連屋。手自校讎，儲以誦讀。嗚呼哀哉！鄭公業有田百畝，而食常不周，公也似之。魏武有言：「老而能學，惟予與袁伯業耳。」公又同之。嘉言善行，留以不朽。人非金石，誰能長久？炙雞絮酒，聊申友誼。庶幾三步，腸痛可愈。嗚呼哀哉！

〔一〕本篇據集選補。

祭漢壽亭侯文 代〔一〕

今古忠義，相望如雲。誰若我公，超逸絶羣。生既烈烈，没有令名。誰若我公，千古英聲。遺澤不泯，尸祝相承。誰若我公，率土尊親。山陬海澨，蒸嘗不忒。國廟家祠，咸思來格。何以致之，惟此正氣。名曰浩然，塞乎天地。不欺暗室，不愧三光。支撑氣化，提挽綱常。扶劉一念，后土皇天。羞賓魏武，恥媾孫權。辭曹數語，炳炳烺烺。心在人中，日在天上。已抉心精，洞明靈腑。誰淺視公，但云公武。猗歟我公，實兼三教。春秋大典，宣聖心要。公皆上口，已入其奥。扶正鋤魔，心與天通。丹臺紫府，翼贊玄功。驅逐怪龍，蘭若是構。玉泉汝上，木叉曾受。爲豪爲傑，亦聖亦賢。不朽事業，惟公也全。今上賢明，久握金鏡。胡塵屢清，鯨波頻浄。小小瘡痏，旋發旋定。非公擁翼，安底寧静。赫赫威靈，皇衷式敬。徽號聿加，冕紱斯盛。緬惟小子，承乏此邦。景仰大節，寤寐羹牆。每思斯人，良心則同。偶爾感激，此衷有公。勵之頃刻，失之從容。百鍊純剛，敢不自力。稍有不戒，賜譴賜殛。新安之民，粗知敬共。其頑可矜，其氣可用。風俗移人，智争力競。惟陰牖之，使歸中正。雨暘時若，旱潦無頗。招祥去祲，玉燭以和。驅癘逐邪，人免災痾。萬山之陽，祠宇斯在。潢汙蘋藻，聊志仰戴。公其鑒之，公其饗之！

〔一〕本篇據集選補。

祭亡妾周氏文〔一〕

維汝之貌，如花如月。維汝之心，如冰如雪。動必以禮，言不妄發。衣無染污，字有楷法。事我五月，予則南歸。汝身有孕，涕泣沾衣。勸我早至，予亦含悲。還家數月，忽得汝帖。正月不來，生死永隔。予心驚訝，何乃不祥。正月初三，速上舟航。白波如山，予不之怖。二漏入城，以圖一晤。予見甚喜，汝心亦快。看汝之孕，身日以大。三月初八，奇痛汝腹。胎大産艱，子竟不育。舍子救母，母病遂篤。十四之夜，奄奄就木。嗚呼哀哉！年方十七，如日初升。一周即别，何異朝生。汝之將死，口内更僕：「與君爲婦，一年不足。痛念恩情，禮懺念佛。」嗚呼哀哉！懺事已完，送汝邗溝。汝命作碑，鐫石于丘。一載夫婦，春風一度。我年已老，蓮臺相聚。嗚呼哀哉，尚饗！

〔一〕本篇據集選補。

代湖上疏

公之寓齊安也，非以黄安耿布衣故耶？布衣死，周公友山可與論學，遂住維摩菴。已龍湖芝佛院僧無念名深有者，時時來問學。公爲此兩人無歸意，然念維摩菴在麻城城中，喧鬧非静者居，遂至無念龍湖上，住錫聚佛樓下。樓在芝佛寺右，淨潔可居也。公罷官時，有迎公於焦山及白下者，後又有迎公於沁水者，公感其意，皆欲往矣，而皆不果。公且老倦遊，將欲置骨湖上，始作佛殿。殿中有塔，即公欲置骨處。塔外丈六金身，并兩旁觀音殿，皆費不貲。殿則已麤完矣。

今年會公，公且有遺世之意。予竊念公少而有朋友之癖，不論居官懸車，皆如是也。生平不以妻子爲家，而以朋友爲家；不以故鄉爲鄉，而以朋友之故鄉爲鄉；不以命爲命，而以朋友之命爲命。窮而遇朋友則忘窮，老而遇朋友則忘老。至於風雨之夕，病苦之際，塊處之時，見故人書，則奮然起舞，愁爲之破，而災爲之消也。以公之不能一日忘朋友如此，然龍湖一片地耳，其所與居與游之人，心如鳥雀，形同木偶，雖有一二可語者，未必深知公者也。不得已尚勉強與之周旋，況乎黄安之哲人萎矣，公何以不他往，而必此之居也？南北中原，亦有豪傑；既不欲死于假道學之手，又不欲死于斯世所稱爲豪傑之手，則將誰死哉？豈以爲白下猶亭州，亭州猶焦山，焦山猶沁水乎？可疑也，可憾也。自是公且以求朋友老矣，求朋友死矣。如是則龍湖一片地，固可居也。

予以公終身求友，而不使食朋友之報不可；且公置骨之所，豈可草草若是！即欲捐負郭以助成，奈獨力難辦；遂以求之四方君子，倘有慷慨之士，大心之人，深信因果，少知交道者，或自千金以至一金皆可。至若齷齪俗子，原不求之，勿得輕書，以濫此籍也。

此文久失去，後有龍湖僧至柳浪者，册子上有此一首，因復録出。記無念深公至邑中，予作此欲爲卓翁了蘭若事，公聞而不可曰：「我素作人，不輕受人施，何用此！但此文是我意中事，他日作碑文用。」此後公亦遠遊，蘭若爲當事者所焚，一片瓦礫地矣，安望豐石哉！偶料理舊集，因復識其後。

白衣寺緣疏

都門之北，刹宇相望，其西南則否。近鐵匠衚衕内有番教僧者，臘高戒嚴，欲發心修治大士蘭若，然所費不貲，不得不借力于十方勝緣。予因説偈以告諸善信云。偈曰：廣博無邊大士身，一一塵中悉皆有。河沙無量諸衆生，一一毛孔普徧入。一月普現一切水，水若無滓月了了。若使衆生心水浄，明月大士應時呈。大士衆生光光攝，非一非二不相離。癡人恨不見大士，我知大士實不去。如彼杲日照大地，盲者不見非日咎。慈悲普應衆生聲，我知大士亦不來。如彼澄潭印月色，昔本非無今非有。或現童男童女身，或現天人神鬼身。或生福德智慧男，或産端正有相女。種種感應隨願至，我説皆由一心造。若謂心外有大士，是人不解如是法。稽首十方大檀越，大士感應不思議。一聲一念超業網，何況莊嚴起蘭若。南閻浮提有大緣，剛強衆生悉調伏。茫茫苦海無涯涘，惟有大士爲舟楫。大則布金小圭撮，無非上妙好福田。前途資糧宜早辦，時乎時乎不可失！

智者堂募田疏

四民各食其力，惟釋氏獨否。然釋氏之類，亦自不同。其處而自爲衣食，長兒孫者，名曰袈裟院。此輩率耕植桑麻，服役輸將，與齊民無異，特少數莖髮耳。亦不勞韓夫子「人其人，廬其居」矣。其出而一瓢一笠，雲遊方外者，僧曰行脚僧，其隨在所止處，名曰十方堂。凡十方堂中僧，與袈裟院者不同，乃不肖人與異人叢集之藪也。彼其應真賢聖，遊行世間，作人福田者無論，即如參訪知識，三上九到，深信因果，博通藏教之類，皆異人也。若其不肖人，號獅子身中蟲者，其害亦止于其類。叢林中當家老衲，一見即識之，亦不與作緣。是十方堂中，異人概多，不肖人亦少矣。然袈裟院中僧，不遠出，游行百里則宿舂糧，不必代爲之慮。惟行脚最苦，或終日不得餐；霖雨凍雪，則委頓不得前，甚至填溝壑者有之。夫使其盡不肖人也，尚當惻然憐之，而況多英靈衲子出世丈夫也哉！當法道盛時，如德山、藥山，激揚一處，皆有郵傳，以致四方學者。宋時猶然，惟近日寥落耳。

歲庚子，予與中郎南歸，偕者爲無跡法師高足寶方，其人真實謙下廉潔，念此地爲通衢，往來朱陵、峨眉之間者踵相續，欲創一接待之所，而未有處。乃中郎與壽亭舅共以前所鬻二聖寺藏經閣爲之。予更施堂三楹。歲輪一人，出粟百石爲主，外募百石，簏可支一年。于今已三四載矣。寒有舍，饑有食，病有藥餌。吴越之老宿，宗門之龍象，亦欣然而至，居然勝叢林也。衆又謂出粟煩，不若鬻田數百畝，永付常住接衆。天奪吾伯修，并夾山、壽亭舅，故白社之緣尚需異人耳。不然朝議夕行之矣，何用呶呶向人爲哉！至于今日主此事者，僅得壽亭舅、中郎與予，安得不值四方緣也。

邑中信因果者甚衆，願與之大修檀度，作未來津梁。自一畝以至百畝，或捐田，或捐資，無不可者。夫有田不以貽子孫，而以之結十方緣，事覺迂緩。然吾觀世人，祖父拮据辛苦，焦心苦形，以數百畝貽子孫；身未寒，而已鬻之他人，甚則數畝墓田，亦爲他人有。古人云：「子孫自是天地間一蒼生，世人看得忒真耳。」然則子孫之于祖父，非路人，則讎人矣。愛之惟多作好事以貽之，何必土田哉！羅含、王維，皆捨居宅；趙清獻公，晚常飯僧。彼皆高賢，豈爲謬幻。諸公共成盛事，結香火因緣可也。

普仰寺大士殿乞檀文

天下名勝，無如東南之秣陵、虎林。夫秣陵、虎林之所以稱勝者，非獨以其金湯壯麗，閭井殷盛已也；實以山川秀媚，甲于天下。乃其山川秀媚，所以甲于天下者，又不獨以其疊疊之山，湛湛之水已也；實以鷲頭、鶴林之寶地，赤花、青豆之精廬，項背相望，粧點湖山。假使秣陵無長干、天界、牛頭、燕子諸刹，則秣陵不勝矣；假使虎林無上下天竺、龍井、淨慈諸刹，則虎林不勝矣。楚中江陵沙市，其地殷富，爲五方之大湊，不下于秣陵、虎林。即無東南層峯疊嶂，而大江之水，縈洄曲抱；九十九洲，星列棊布。乃世之遊人客子，譚吴越則色飛，而譚沙市則黯然者何也？夫有之用實，實隣俗；無之用虚，虚隣清。沙市士有社，商有廛，工有肆，止有居，客有郵，實之以爲用者，可謂備矣。獨爲佛舍者僅二，而日汙之削之。所謂無用之用，清虚之境，爲河山浣洗俗氣者，何其蕭然也！則其遠不及秣陵、虎林也固宜。

今夫人面之有眉，至無用也。其不如目司視，耳司聽，鼻司臭，舌司嘗之有用也審矣。而眉乃以其無用者，踞于耳目口鼻之上，而獨處其尊。有美丈夫于此，以爲吾有耳目口鼻足矣，安所需無用之眉，而剪除之，汙垢之，有不至投礫者乎？沙市固輿地中之美丈夫也。士農工商，各有寧居，諸根備矣。獨普仰、龍堂二寺，爲沙市面上之雙眉，而今者日以殘破夷削。甚且有如眉裹於巾幘之中，而不復舒。至于普仰大士一殿，以喧雜故，致付南陵使者。眉嫵既壞，不復成妍。沙市日就寢陋，亦覽勝者所深惜也。夫因果之説，聚沙剪楮，皆爲勝因，無俟言矣。即以一方形勝，竟無一佳蘭若，以爲瞻敬衍息之地，真成闕典。願同緣者即捐所剩莊嚴鴨脚大士舊日道場，爲此方修飾眉宇，得如秣陵、虎林之萬一，則幸甚矣！

募鑄沙市觀音閣丈六金身疏

沙頭接引之塔，於梵教爲窣堵坡，於吾教爲文宿。有老耆舊云：此地若舟，塔若帆，趨於江，若掛帆而去者。須得一丈六金身作鎮，乃可以留屯沖氣，含貯靈脈。不惟像教不至消歇，即宦此士此者，虎爪之板頻來，尺木之翥相望，恒必由之。且夫石函鐵券，神州天府；玉海金堤，東南上都。琵琶飯甑，措大鯽魚，豈不殷盛。邇年以來，漸虞淪落。若夫煌煌朱邸，槁易秋蓬；赫赫黄扉，燼速流火。下至龍門頻點，雁塔稀題。良由載輕，不禁浪泊；江門不扃，地肺横摇。非人天導師宿願深弘，必不能鎮礎浮囂，彈壓大地。時有修徧吉行者，欣然以爲己任，且謂此地精銅如土，不減南山。海内靈相，從兹冶鑄者，項背相屬，而境内闕焉，何知出聚沙童子下也。予偶過塔下，聞而善之，拜書其事，以告行檀度者。

龍堂寺藏經閣乞檀文

釋家正法雖衰，象法猶存。其蹂踐狼籍，污穢荒蕪，未有若沙市之龍堂者也。寺舊有藏，寺僧欲修閣貯之。予問之曰：「閣之成不難，但不知閣成之後，諸比丘能不以五辛氣薰蒸此閣，能不乘沉酗入此閣否？」僧曰：「近日諸僧，麄知戒相。若閣既成，而破律如故者，王法律法，俱所不容。」予又問之曰：「能不使無知商賈，攜妓來遊閣下，污三寶地否？」僧曰：「閣成即設禁約，亦可止也。」予又問之曰：「能不使措大帥諸猢猻占作書房，抄竊貝葉否？」僧曰：「近日諸賢，亦知護法。即有欲占作書房者，寧不惜身命守之，可無慮也。」予曰：「能如是乎？」予之疏。

當陽報恩寺募藏經文

佛法僧三點，如∴三點，非一非三。至乎後世，金銅土木即佛也，圓頂方袍即僧也，楮墨文字即經也。未有三者不具，而可稱阿蘭若者。名寺大刹，法藏凋殘，耆年高僧，多請于上方，煌煌貝葉，傳之不朽。若今之時，可謂盛矣。即深山邃谷中，有志衲子，亦多以貝典不具爲憾。予以此知佛法之漸明也。或曰：「學佛在參求耳，不立文字，曷取文字？」予曰：「古之悟道者，多由文字。圭峯從圓覺發悟，玄沙從楞嚴發悟。如此類者甚多。文字何礙，人自爲文字礙耳。」玉泉已有藏，獨報恩闕焉。老衲閱空，戒德精嚴，居報恩，百廢俱興。予所謂有志衲子是也。夫修一切功德者，須得其人，乃能成如意果。幸有閱空能爲人作福田，布種植根，正其時也。行檀度者，其速成之，無怠！

當陽紫蓋寺講經檀文

蓋聞大道虛玄，雖超文字；而此方教體，實用音聲。故宗説兼通，行解並進。如鳥兩翼，如車雙輪，歷代以來無偏廢者。至于今日，雖祖庭秋晚，法堂草深，而講席之盛，莫如神京；名理之傳，旁逮吴越。惟遐方奥渫，此道闕焉。在守儒家之三尺者，不難用丸泥塞其門户；而一二有識者，則又謂補偏救弊，王道之所不廢。何者？三教門庭不同，歸於使人爲善。故貝典之設，不惟性命之旨，可以超出塵勞；即因果之説，亦可化導頑冥。懲噎廢食，豈通論歟？

當陽紫蓋寺者，峯巒泉壑，荆、郢間一洞天也。始則葛仙公煉丹，啓三芝九籥之秘；繼則天皇悟雨法，傳一花五葉之宗。盛衰遞遷，久矣凋謝。邇年以來，一二開士漸修律儀，解浮囊之可珍，知德瓶之足寶。鴟夷絶跡，狶豗不聞。且也登其殿，則聖相爛浮檀之金；啓其閣，則貝葉標銀印之記。三寶麁具，練若改觀。予以撥雲瞻嶺，憩於三藏閣下，偶語開士曰：「聖朝頒此靈文，非徒束之高閣；正欲住山衲子借此法雨，溉彼心畦。且令聞者見者，一歷耳根，永爲道種。若何重重扃閉，付之脈望已也？」諸開士云：「微居士言，僧等固欲請之。屬有所需，未能也。」

予歸未及年，而山中道侣過我椒園，以講事見詢，且曰：「資糧粗備，不敢辭十方之檀，而亦可不全資於檀，考時可矣。」予曰：「時乎，時乎，此中有異緣焉！蓋有大護法之宰官，有真説法之沙門，然後可以成此勝事。今邑侯以菩薩心，行方便事，參王法以佛法，寓出世於治世，教中金湯，非公而誰？所謂大護法者，非歟？至于本邑度門法師，古之生、肇類也。南北經筵，隨地雨法。今者高謝塵囂，歸隱空谷。彼非如麞獨跳，不顧後羣者。若慇懃啓請，必不憚宣揚，自當使天花亂澍，頑石點頭。所謂真説法者，亦其人矣。若一二士大夫，般若甚深，解悟已久，深厭塵土，醉心煙霞。俟講席甫開之日，必且尋桃花而問津，分青豆以半座。予是時亦當從邑中師儒孝廉文學之後，觀龍象之蹴踏，聆箭鋒之交注，則真能聽法者，亦自有人焉。此予所謂異緣者也。時乎，時乎，不可失也！」諸開士欣然如命，乃定以初春之吉，肇舉盛事，而令予書其顛末，以告十方諸檀越云。

荆州天皇護國寺募接待檀文

唐初荆南有二寺：一名天皇寺，一名天王寺。其住持二人，皆名道悟。居城西天王寺者，嗣馬祖，其法嗣爲龍潭信。信後爲德山鑒。自德山一棒，如雲如雨，至今鼎州香火之盛，甲於天下。而不知一瓣香，尚當屬之今西城天王寺也。其居城東天皇寺者，嗣石頭，其法嗣爲慧真，文賁幽閑，即今城東護國寺是也。傳燈録不深考，乃以天王、天皇合爲一寺，二道悟合爲一人，而以龍潭、德山爲天皇道悟之脈，謬矣。今城西天王寺久已不存，而屹然獨峙，惟天皇寺耳。昔盛今衰，可慨也哉！

袁子曰：人知釋之福儒，而不知儒之能庇釋也。兹寺在梁也，張僧繇畫十哲於壁，人頗疑之。及魏人滅法毀教，江南諸刹，無得免者，寺竟以先哲免難。此儒能庇釋之明驗也。今寺漸荒落，法堂前草深一丈，去天皇悟時光景遠矣。夫近時之士大夫，皆誦法孔氏者也，所望創僧廬，市僧田，以招致撥草瞻風諸龍象者，亦惟誦法孔子諸賢是賴。則儒之能庇釋也，不信然哉！若夫佛之庇儒，與庇一切有情，大恩難報，鴻毛丘山，予不復言之矣。

重修義堂寺檀文

邑之勝，萃於里，里之勝，萃於先人墓田之間。先人墓田之間，有古刹焉，雄峙於蒼山碧水之中，亦勝蹟也。自伯修爲諸生時，從父叔伏臘上塚墓，見其傾圮，輒懷修葺之志。及出仕，爲從官，其志益堅。然欲待官稍高，禄稍厚時成之。已而伯修往矣，十五年之間，即先人馬鬣之處，華表翁仲，闃然無有，況能及佛舍乎？蓋忽然無異電光之一耀也。

予少有奇氣，每見此刹，輒自念我不久當富貴，或爲國家邊陲上建少功業，盡以上方所賜緡錢，及每歲禄入，修葺此地。請於朝易以報本之額，以資先夫人冥福；然後辭將相印歸田，向寺前銀杏樹下，作一老頭陀。此予志也。今予之顛毛亦既種種矣，天下事可復知乎！顧此刹不獨伯修、中郎及予願修葺之也，自吾叔蘭澤、雲澤先生，攜諸弟來此修業，皆欲修而皆有所待。夫待之誠是矣，必有所待，而後成乎？俟河之清，人壽幾何！且伯修不既貴顯乎，而猶然抱空願也。故曰：「需者，事之下也。」今族中里中，衣冠日盛，而刹中又多戒僧，以其時考之，則可矣。顧其费不貲，非一人一家一族，一方一邑之所能辦也。用重者舉輕，豈不然乎？乃分遣戒僧乞於四方之大檀越焉。若夫前因後果之説，信而有徵，予不復言之矣。

當陽玉泉寺柴紫庵募接待田文

柴紫庵在玉泉寺右掖，别開一嶂，其中有堂，祠法門金湯有功德於玉泉者，若黄平倩先生及予伯兄伯修、仲兄中郎諸公。其開山卜築，則予以緜力爲之者也。既落成，以付之度門跡公之孫玄徹宣。逾年，玄徹告我曰：「凡蘭若者，具三寶者也。今佛殿修矣，藏典備矣，獨往來雲水聖賢，尚無一粥飯棲息之地。山僧欲竭力募數百畝田，以贍行者，謹謀之居士。」予乃語之曰：「宣上人，爾祖起自草萊，徒步上國，立談而使玉泉頹墮之梵宫，化爲寶地珠林。至于汝，又何難置數百畝之田，爲十方鬻飯資也哉？良工之子，恥不爲箕，勉之矣！」上人色力强健，營綜極密，而於財利纖毫不苟，是可以作十方主人者。予嘉其志，美其事，而更以告之行檀度者。

募修油口武安王廟文

千古忠烈之魂，其靈爽毋如王者。王雖事蜀起晉，而半生精力，皆盡于荆。則王之神，雖無所不遍，而荆尤忠魂所樂棲之地也。荆之祠王也，宜當烏林之役以後，昭烈棲身公安，而屯兵於邑之油河口。今之孱陵城，即孫夫人築也。王業艱難之始，王與諸將同心戮力，枕戈待旦之處，尤忠魂之所不能忘者，則油口之祠王也尤宜。且油水發源白石山，至公安出江，漢時尚爲巨浸。桑欽著水經，列於水牒。今雖淤塞，而三國之遺蹟尚存，則王之廟，其從來遠矣。今近江亦有吕蒙廟，一圮之後，竟無一人發心修葺之者；而王之廟，自漢以來，屢壞屢飭。一順一逆，向背昭然，人心之不死可見。今王之廟又漸圮矣，王之靈爽千年常在，而公安顯忠慕義之良心，亦必不隨油水而俱塞，其共成之哉！

募修刻木觀殿文

丁蘭者，河内人也。母殁，蘭以木刻母貌，祀之甚靈，喜愠呈色。隣人借鋤，蘭適他出，妻稟之母，母色不允，妻辭之。隣人知其故，過抶木人。蘭歸，見母貌不怡，訊之妻，大怒，手刃其隣人。事聞于官，逮之。蘭辭木人，木人墮淚。逮者以聞，官神而貸之，遂上聞於朝，竟荷朝奬。天下以其孝格鬼神，相與尸而祝之，至於今不絶。事該三教，不宜專屬之道門，第以至德精誠，上帝所欽，諸仙所重，即屬之道門可也。此觀之所由起也。

里中舊有觀，殿堂已圮。先舅静亭公施屋一所，議拆去樹立，而舅氏亡矣。表弟晦伯等，不忘父志，竟如原議，有丁公不没其親之遺意焉。第繕修之費，尚自蕭然，不能無望於孝子仁人。蓋二氏之説，儒者之所不譚。故其不施也，非慳也，以衛教也。今大孝蒸嘗之所爲，儒門之所首重，正諸儒攘臂捐財時也。急相與共出金錢刀幣，以廣大其室宇，而恢廓其垣墉，使一邑之人，皆曰儒者之舉動果何如哉！向爲闢邪則主慳，今爲崇孝則主施。慳施得宜，所以爲儒者也。是疏出，而觸發一邑孝子之心，舉數十年鬱而未施之財，乘此可施當施不忍不施之處，而盡出之。此一片地，當與濯龍、青羊諸處同一華整矣，何幸如之！

募修大林寺禪堂小引〔一〕

謂予與廬山有緣耶？生四十五年矣，尚未見此山真面目也。謂無緣耶？而山泉之勝，常歷耳根，即今下大林如來金相，曾與效一臂之力，雖謂之有緣可也。予棲心香光之業久矣，安知非遠公舊法眷也。得天根居士書，并讀其疏，益令人神往，是必山水清靈之處，有必不可無此一結構者。當其目矚心怡之時，有若饑渴之于飲食，惟恐其成之不速也。會心山水者，當向此趣。予雖貧，不難典衣鬻書，以供大廈一木。其他愛山水，并深信因果者，幸助成之。

〔一〕本篇據近集補。

募沙市大江南岸草菴文〔一〕

大江之險，甲于天下，非漢水、黄河可比。猛風乍起，渡者多致不戒，可怖可愍。第大江誠險，而人多迫之以即于險，何者？當江風大起時，渡者徘徊江干，勢無復歸之理，而又無棲息之處。小人輕命，即冒風以渡，故致有不戒。使江上有一棲息之地，晝食夜眠，則可候風微以渡，不逕登舟，何至沉溺。予居舟最久，頗知風候。凡風起大者，或七晝夜不休。然鷄鳴時，其勢必少衰，至辰巳時復健。故渡者息于此候鷄鳴渡江，即百不失一。然則此一片地，數間屋成，不知每歲救多少生命，所關非淺。

凡營功德當于急者，往時苦舟小，邑鄒君次江，愬之陳君鳳宇，作兩大艑，渡者稱便。若再有一菴可候風，則大江雖險，而人事皆備，無有迫之以即于險者，此亦一大快也。念浄居士與今十方菴主川公，大有此志。造菴比造舟費更少，其事必易成。陰德勝果之説，皆此中人所常聞，必有大發心者，予姑書之以告。

〔一〕本篇據近集補。

金粟社疏

金粟社者，予沙頭別業也。自中郎卜居於此，予亦鬻此園，相依爲娱老計。無何，中郎逝矣，予始還公安，不數來沙頭，勢不能兼有此園，欲轉鬻之人。而念一草一木，皆己所植；前林後池，足寄情賞，不欲其落俗子手也。始鬻之雲浦居士。雲浦居小龍湖，不數來沙頭，意又不欲虚此園也，乃延僧雪照卓錫其中。雪照從吴入楚，往年依中郎最久，參求已有入路。自其居此，稍稍葺理之，花徑藤格，明堂秘室具備，居然精藍矣。已念既有勝地，欲偕二三静侶，結參禪念佛之社，始不負雲浦居士置庵初心。或曰：「結世外之社者，宜居深山，此地在聚落中，未免喧囂耳。」予曰：「喧寂在心，不在地也。有來此者，閉門即山中矣，何必走枯槁無人之處也哉！口言入山，入山定在何時，徒抱空願，而荏苒不得住。業海催人，頭顱難待，可畏也。昔宗少文既輟衡遊，即于此地築室；羅君章性厭官署，亦于此地息影。彼俗士尚于此鬧中得静，況學無生者乎！」遂相與定爲社，以招致静侶。無問沙門及宰官居士，有真心辦道，願入此社者，即列名于册，俱以入社之早晚爲次序。願久住者聽，願暫住者聽。但得十餘人，屏去塵勞，共來聚首。參禪者參禪，念佛者念佛，則蘭若不虚設，而法堂無蔓草矣。此外有不能久暫住，而願附一名于册以待緣合者，亦聽。

嗟乎！自雲棲顯浄遮禪，其法最爲諦當。然二三有智慧者，亦須通徹一線，乃可修行。故浄不可不顯也，而禪亦何可盡遮也，是在唱玄者察其根器之所宜而已矣。若于此處披沙得金，偶有二三英靈丈夫，將佛祖寶藏，一時拈出，延續慧命，不至斷絶，是深報佛恩也，其何幸如之！社中沙門則雪照爲主，宰官居士則雲浦居士爲主。是二人，皆深明大事而兼修密行者，是可依也。至于安居之堂奥，與逐日之資糧，别有定議，兹不贅。

紫蓋寺孝先閣緣疏

紫蓋寺，寺也，而其上有仙祠。夫佛與仙有二乎哉？劉向作列仙傳，云七十二人已載佛經，而真誥紀諸仙弟子，或學仙，或學佛。在如來亦自稱曰金仙，曰忍辱仙。則二氏原自一家，而世儒乃紛紛爲鼂乙之戰，誤矣。但紫蓋仙祠所奉，實有譌訛。列仙傳鍊丹紫蓋，屈氏二女作履施之者，乃葛玄字孝先，非葛洪也。玄爲洪祖，原不可溷，而今以祠洪，其宜改正者一。又山主爲劉綱，綱與夫人樊氏，皆得道越人也，不宜居楚；即姑仍舊説，而今乃以樊夫人作楚夫人，何大固陋也？其宜改正者二。予今春偶過友人徐從善山莊，言及此事。從善即忻然許爲更之。予曰：「紫蓋之有仙祠，如人頭上之有髻也。今髻欠修飾甚矣，居士能無意乎？」從善曰：「諾。當以九月伐山中木了之。」顧成始成終之貲，不可望之從善一人，法宜廣檀四方。予乃草數語，付之山中戒僧雲川江公，并住持維正，俱各主募事，而先僭爲之名曰孝先閣。

募修慈泰寺西方大士殿緣疏(一)

慈泰寺者，即舊王路菴也。記萬曆壬寅、癸卯年，予與先兄中郎，共坐柳浪，見堤畔柳下一僧，手持一帙至。訊之，則吴中王路僧也，時持吴中諸名士書，與中郎爲募木計者。中郎初難其事，後以書及辰、常諸公。不半年，而如雲之材，蔽江而下。至今寶殿巍然者，中郎之功也。已而龍藏至矣，御額頒矣。當時一袈裟地，遂稱名刹，豈不盛哉！

顧寶閣雖具，而兩廡西方大士之殿未成，猶然闕典。禪人行學，立此洪願，欲以當日中郎先生之事望之於予，不知予非其人也。中郎先生具非常之福慧，往者重修玉泉，亦賴其弘護，有祈輒遂，固其宜也。雖然，天下事亦賴時節因緣。時緣若至，其事立成。即施者亦若有以密啓之，而不自知。夫大吴蘭臺臣王璠之語，康僧建塔之事，張昱、闞澤等應答諧允，皆係天人入其身中。今人施者，必有天人入其身中，化慳執爲檀度者。予固敢竊取中郎之意，而爲之疏。

〔一〕本篇據集選補。

智者緣引〔一〕

天台智者傳，智者爲華容人，其實即公安人也。父於陳時封益陽侯，有二子，智者爲仲，居公安，今茅穗村油河其遺跡；而村中報本寺，即智者報母之刹。以六朝公安地隸華容郡，故稱爲華容人耳。智者修海内刹宇，號四絶，而天台尤著。予屢欲游而不果。今聞寺已凋敝，予友錢惺復偕諸公捐貲興復。予舟次金閶，公安僧持錢公疏來乞予數字。予亦公安人也，故不辭而爲之引。

〔一〕本篇據集選補。

應天武試程策一道 并問〔一〕

問：文武之道，至今日而分矣。乃夫子重俎豆而詘軍旅，他日又言我戰必克者，何歟？豈夫子以文明爲神武，如手掌之有開闔，而非有二歟？乃後世沾沾焉，分爲二途何也。夫文不足以勘定禍亂，是無用之學也。武不本於開拓心靈，是野戰之技也。三代而下，有以儒者氣象成漢業，有以寧静澹泊峙漢鼎者，深於文也，而武該之矣。有篤志文史，眼昏不釋聽誦；有學邃於易，發明六十四卦者，深於武也，而文該之矣。此諸人可指數歟？説者謂國家得百勇士，不若得一謀臣。而天下事以雄心當之，不若以細心入之。故孫仲謀勸學於吕蒙，范文正授春秋於狄青，所謂文可以該武，而武不可以該文者，是歟，非歟？即如曹瞞東下，指顧而檣櫓灰滅；苻堅北來，談笑而胡馬宵遁。其成功皆江南文弱書生也。豈大將在智而不在勇，文人之作用，遠勝於武夫之驅駕歟？今天下多事，悍虜跳梁，誠得真文人以智役勇，而虜可鞭弭使矣。諸生其明著之，以觀文經武緯之略。

文武之道，其分也久矣，而其始未常分也。古者冢宰制謀，司馬奉之，入則經邦，出則分閫。是相與將，未常分也。古者井田定制，陣法寓焉；蒐苗獮狩，兵法寓焉。是農與兵，亦未常分也。而謂文武可分乎哉？人之一身，心志効靈，即爲文；手哉効力，即爲武。而其實一身也。拱手而揖人則爲文，戟手而怒人即爲武。而其實一手也。故君有君之文武，其撫世即文，其厲世即武。相有相之文武，其論道即文，其運籌即武。將有將之文武，其謀畫即文，其制勝即武。分而未常分也。世之降也，以文士之詞章爲文，則安得不分文於武；以武士之擊刺爲武，則安得不分武於文。唐魏元忠曰：「理國之要，在文與武。」今之言文者，以詞華爲首，而不及經綸；言武者，以騎射爲先，而不知方略。故陸機著論辨亡，無救河梁之敗；養由基射穿七札，不濟鄢陵之師。則不知真文真武之道而分之，其弊久矣。昔夫子答衛靈，言俎豆而詘軍旅，非以俎豆之外有軍旅，而分言之也。政以俎豆之内有軍旅，而不欲分言之也。天下用，夫子出其俎豆之餘，可以坐制諸侯，而爲東周矣。不然夫子他日云：「我戰則克矣。」又云：「善人教民，可使即戎，不教而戰，是爲棄之矣。」夫子豈諱言兵哉！然則文武之道，合而收其全者，夫子也。是真以文明爲神武者也。下此則文能勘定禍亂，武能開拓心靈者，亦自有人。張良以儒者氣象成漢業，孔明以寧靜澹泊峙漢鼎。以能出世，故能入世；以能治心，故能治兵。皆從涵養裕爲經綸，是文武合而具聖人之體段者也。西魏韋孝寬之爲將也，清崤、澠，蹙高歡，計取斛律光，三駕而定山東，可謂武矣。而篤志文史，末年眼昏，猶令學士讀而聽之。彼其深謀秘計，何常不自文出。宋孟珙之爲將也，破金武仙，復襄陽，興屯田，而設江陵三海之險，可謂武矣。而學邃於易，六十四卦皆有發明。彼其規恢大略，又何常不自文出。皆從名理，抒爲籌畫，文武合而具儒臣之規摹者也。以文該武，以武該文，方諸聖門，抑亦其次也。下此雖有破的扛鼎之能，一力士而已，烏足道哉！

今天下有事，人曰此用武之時也。予則曰此以文用武之時也。夫勝本於謀，謀本於智；智藏於文，而可以役武者也。以天下全勝之時，而醜虜攻城陷堡，有如破竹，豈武力不足歟？猛虎之在深山，一夫以機取之，立食其肉，而寢處其皮。牛至魁然也，三尺童子能穿其鼻，而惟其所使。何則？智之所制也。天地生物之盛，雖曼衍於春夏，而所以長養其根荄，翕固其生機者，則在於秘密之冬。故冬於令爲水，以配五常爲智。然則造化猶以不見不聞成功，而況於人乎，況於用兵乎？夫兵，陰道也。

居平，則以仁義禮爲經，而智爲緯；處變，則以智爲經，而仁義禮爲緯。故孫子始計曰：「將者，智信仁勇嚴也。」彼其甲智有以也。今釋智而用力，過矣。力者，武之緒也。智者，文明發竅之處，而即武之樞也。曹孟德乘荆州之勝，舳艫千里，東下以取吴會，易若振蒿。烏林一戰，而檣櫓灰飛。苻堅以百萬之衆，空國而下，將士投鞭，足以斷大江之流。淝水一戰，而卷甲北走。此豈江左之力，足以當之；則周公瑾、謝安石之智，以多算勝之耳。所謂國家得萬勇士，不若得一謀臣；而天下事，以雄心當之，不若以細心入之者，正謂此。此文之所以能該武也。夫文之所以能該武者，曰智；而士之所由以智者，曰學。人之有智，雖由天牖，亦藉學開。世固未有不學而成者也。將如吕子明，而孫仲謀猶勸之以學，其曰：「子明少時，果敢有膽略耳；後乃學問開益，籌略奇至。」則子明拒操濡須，取羽荆州，皆從學以裕智來也。將如狄漢臣，而范文正猶勸之讀左氏春秋，其曰：「讀此可以斷大事，將不知古今，匹夫之勇耳。」漢臣遂精心左氏。其後破党項，取儂智高，皆從學以裕智來也。則學之益亦大矣。

乃世以學屬文，而云武無俟學者，其蔽有五：夫讀古人之書，豈欲雕蟲繡虎，同於硯北經生；要以開發心靈，破其迷雲，經權奇正，精以致用，而横謂陳言無功，束之高閣，此其蔽一也。書法小技耳，或以劍器江聲而悟；禪理外道耳，或以桃花竹聲而悟。況兵法乎？夫以出無入有，疑鬼疑神之技，心粗氣浮，豈能窮其要眇？惟精研之極，豁然有會，故能左右逢源，意出成法，而横謂權不預設，臨境索算，此其蔽二也。三家之市，童子見冠蓋啼而反走；居四通八達之衢，則望之而嬉。此言明生膽也。兵家安危，制於將之寸靈。有非灼然有定見者，安能不變色山崩，怵神雷震？而乃不從禹鼎以辨神姦，不曙天星以泛大海，此其蔽三也。賈者言奇嬴於市，農者言豐儉於野。置喙與本業會，故能深入而究其變。昔趙括之病，在於不善譚兵，而不在譚兵。使括譚兵而善，何以不可用之形，其父知之，母知之，趙之諸臣名將皆知之哉？乃今懲括之譚兵，而略不置口，雜務經心，講求無功，訊古證今，如坐雲霧，此其蔽四也。智有鋒鍔，以學瑩鍊，以無旁騖護持。設淬勵已加，寒芒已出，可以水斷蛟龍，陸斷象兕，更須不輕出匣，以俟宰割。而乃視之不啻鉛刀，日與塵務相攖。泥沙切而太阿損，葛藤刈而孟勞頓，此其蔽五也。夫此五蔽者，皆詘學之過也。祛此五蔽，而智可以學開矣。不觀庖丁之解牛乎？所見無非牛者，何其致之精也。大軱肯綮，怵焉官止，何其出之慎也。善刀而藏之，又何其韜之深也。用智之始卒備矣。以學開智，以智馭勇，從虛明中抒爲經綸，文武備於一身，是孔氏之脈絡也。可以爲天子大臣矣，而豈止一將之任，僅足以制么麽之虜乎？彼規規分言文武者，小也。

〔一〕本篇據集選補。

江南災異考〔一〕

天人之際，陰陽已耳。陽爲君子，爲中國；陰爲小人，爲夷狄。陽德升，而君子實朝，夷狄效順，則禎祥畢集。陰運否，而小人得志，夷狄鴟張，則妖孽四出。夫妖孽之來，明有徵驗，豈待至誠然後知。特人以爲或然或不然而忽之，而至誠以如神之知，信其必然，若影響之於形聲，而急用挽回之術，以復陽而抑陰。故變而不變。邇者，應天府江寧縣，九月二十六日夜，東南方有白氣一道，長數丈；四更出現，至天明形隱。晚一星斗大，明如月，天響震動，從西北轉至東北，向南一星下落，數小星隨之。又天響震霹，偶落青石一塊，重二十一斤，下土一尺五寸，掘視星也。又天響後，墜落一星，重一百三十斤。又安慶府懷寧縣酒家程來旺，有黑母犬於本日丑時生一小犬，長五寸，高四寸，灰色，一頭二身，八脚亂生，面鼻類人形。

愚謹按：白氣亘天者，即蚩尤旗也，見爲兵象。天文傳曰：「蚩尤旗類彗，而後曲象旗，其色白。或曰若雲，非雲而長。」孟康曰：「蚩尤旗，熒惑之精也。」巫咸曰：「旄頭星散爲蚩尤旗。」夏氏曰：「帝將酷暴，則蚩尤旗見，如旗旛，長五六丈，於是王者旗鼓大行，征伐不已。」考之漢武帝建元元年，長星出於東方，長竟天。占者曰：「是爲蚩尤旗，主有兵革。」自後師行，三十年無寧歲。巫蠱事起，京師流血，伏屍數萬。其後獻帝初平中，蚩尤旗復見。晉高貴鄉公正元中，則又見。唐文宗開成中，則又見。唐懿宗咸通中，則又見。屢代不可盡舉，然大要皆關兵革殺戮事也。又按星如月，而下墜有聲，諸星從之者，亦兵象也。漢永始元年，星隕如雨。谷永上封事云：「星辰附於天，猶庶民附於主也。王者失道，紀綱廢頓，下民將叛去，故星叛天而隕。」京房易傳云：「君不任賢，厥妖，天雨星。」漢哀、平之時，星隕不絕書，火德竟衰。晉惠帝時，星隕有聲，遂致胡亂。唐光啓中，星隕揚州延和閣前，遂有朱玫之變。宋咸平中，星墜地有光，聲如雷。占曰：「有賊兵殺將。」是年王繼忠與契丹戰，敗績。趙保吉陷西京。又按所下青石數十斤者，亦兵象也。洪範五行傳曰：「石自高隕者，君將危殆。」隋開皇中，石隕溢陽，帝晚年用法益峻，喜怒不恒，信任楊素，以釀禍亂。宋天禧中，沈丘隕石，入地七尺，自後契丹雖和，國勢不張。又星隕地爲石，亦兵象也。春秋，五石隕宋，其後襄公爲楚所辱。秦之亡也，有星隕東郡，化爲石。至於歷朝星隕爲石者甚多，皆主國衰主辱。又犬生子，人形多足，亦兵象也。京房占曰：「主兵興。」犬生子五足以上者主兵。後周保定三年，有犬子腰以後爲兩身，二尾六足。犬猛畜，而有牙爪，將士之象也。其後遂有宇文護、賀若敦等叛逆之變。夫天變於上，人變於下，稽之往代，歷歷不爽，此愚所爲懼也。察其所自招，總之皆陽德蘊鬱，陰軫肅殺之由。

夫正人君子，陽也。聖王御世，無畢世而怒人臣者，令播棄諸臣，大半老死丘壑，永無賜環之望，甚且幽滯囹圄。至考選台諫之疏，久近皆成廢閣，銓補大僚藩臬之臣，亦如拔石移山，中外蕭然，有空虛之象。陽之衰極矣。夷虜，陰也。今我之屬夷小醜，敢爲謾語以侮朝廷；攻城陷堡，有如破竹，殺將殲師，伏屍數萬。陰之盛極矣，此災異所由興也。然欲復陽以抑陰，直在廟堂一轉念耳。廟堂之念一轉，急補大僚，釋纍臣，任臺諫，自有勘定禍亂之人出。建夷小醜，又何足云。其或否鬲之根不化，則朝廷之元氣日削；即夷虜可以倖弭，而陽日衰，陰日盛，國家鋒鏑之禍，政自未艾。欲化妖孽爲禎祥，不可得也！

〔一〕本篇據集選補。

珂雪齋集卷之二十

聖人之喜怒不繫於心論 會試

善全其心體者，必無累其心者也。夫心體本自無累而能，所之情境，相偶而至，心始不能不受其柴棘。順之喜，衡之怒，頃刻而吸取震撼之者萬狀。而其中之虛明者，光魄已虧，則其累已甚。思釋其累者，欲遣之，而遣之即爲病，皆非真能事心者也。真能事心者，非逆之，非順之，非閉之，非縱之；悟其心之體，以守其心之常，使紛紛者皆有去來，我以心郵之，而不爲之囊橐。若游雲幻霞，偶一輪囷而立散。然後我之心體，脱然無累，而静虚靈惺者如故。一切作用，直肖心而出之。而性術之功業，始見于天下，則非聖心安歸？蓋人之心，原與聖人一也，皆泊乎無累者也。而所以累之者，有以繫焉故也。繫焉者，留而不去之謂也。澄潭之印月也，月有往來，而潭如故。明鏡之照影也，影有往來，而鏡如故。目有留色，不見泰山；耳有留聲，不聞迅雷。鼻若留香，不能傳香；口若留味，不能傳味。是數者，無不以有所繫焉，而失其常，而何疑于心？

心之不可着一物也久矣。情與境，無非物也。情與境之物，一入于心而不去，膠乎，擾擾乎，一塵飛而翳天，一芥墮而蔽地，而心始凝而爲有。乃所以凝而爲有者，亦不越喜與怒兩端。喜者，毗于陽者也；怒者，毗于陰者也。毗陽之在心，杪忽耳，繫之能爲愛爲注，爲癖爲狂。其在上者，以好行其權，能爲無端之健羨，没入之沉酣。大之能假涎涎之燕尾以寵，能借封豕長蛇以權，能予恒思之捍少年以神，能進金虎于膝，能倒授太阿于人，而不自覺，則皆自一念之好始。而毗陰之在心，亦杪忽耳，繫之能爲憎爲詆，爲劍戟戈矛。其在上者，以怒行其權，能爲無端之冰炭，無方之震疊。大之能使金版出而玉馬馳，夷羊牧而蜚鴻遁。能使貫索不耀千里，炊骨疆場，血膏草野，而天下脊脊不安，則皆自一念之怒始。此非一念之喜怒能至此極也，惟繫之焉故也。

夫常人之繫于喜怒也，生平無纖毫事心之功，而聽其磨戛不休。以未常有之喜怒，取之着之，如嬰兒見鏡中之相，而索之背也。如蠶作繭以自縛，蟲赴燈以自爛，是執有之累也。而外道者流，又欲一切取而空之，執一物不有之體，而窒其萬物不礙之用。必欲墮肢黜體，塞念杜機，處于心境不交之地，以祈安其心。芽爍種焚，亦終于累其心而已矣。惟聖人于此，有妙訣焉。非縱非執，而密調之。以不繫存其心，爲至夷至當之心。凡可喜可怒之事，付之以可喜可怒之理，而此中無盤結之根株，繫何從有。喜怒未至也，既未至矣，安得繫；喜怒已去也，既已去矣，安得繫；喜怒正相值也，相值者境也，非我也，安得繫。一無所繫之衷，泊然耳，泯然無寄耳。若上天之于百昌，潤之以雨露，而非有心喜；震之以雷霆，而非有心怒。若慈母之于愛子，有時撫摩之，而非有心喜；有時扑抶之，而非有心怒。舉凡一切喜怒之觸，入其中而能出。若火蠶之紈，入火而火不焚；若出水之花，入水而水不濡。若虛舟，若飄瓦。若風聲之起于蘋末，而自成宮商；若煙嵐之市于山端，而偶成朱紫也。可以即喜爲喜，即怒爲怒。可以變喜爲怒，變怒爲喜。可以喜歸無喜，怒歸無怒。即情而性，即動而靜。即已發而未發，即日用常行而先天未畫。其性術如是，而措之天下國家，喜而天下皆春，怒而天下皆秋。不賞而勸，不怒而威。其虛明之事業，何如而孰非此不繫者根之也哉！

昔者舜以天下授禹，而非喜之也；以崇山幽都待四凶，而非怒之也。彼其得之精一執中者，微矣。三代而下之賢主，如漢文寵鄧通，而授新垣之詐，爲喜之情所繫。光武誅指天畫地之臣，唐太宗有扑碑停婚之失，爲怒之情所繫。此豈數君質未足哉？不學之過也。學之如何？悟以開之，而見此心；敬以凝之，而護此心。心之本體出，而常自保任，然後情習無力，而天下之大可喜大可怒者，不待遣之，而自不繫矣。此入聖之真脈絡也，有志于聖人者勉之。

主術

帝王之行，與韋布異，不在小善也，惟能操天下之大權，而能擇人以爲輔，則天下治矣。然惟剛能操權，而惟明能知人。剛而明者上也，柔而明者次也。剛之分數什七，而明之分數什三，猶可以治天下；若柔之分數什七，而明之分數什三，則必至于大權去，而天下之勢不能張。故人主與其柔，寧剛也。何者？自古人主而柔，未有不授其柄于宦官、妃后、小人者也。即有恭儉美德，亦無與于天下之治亂安危，而安所用之？江南大室，内有豪奴悍僕，外有訌侮侵奪，其子孫若能剛毅自立者，猶可以保其家世。設厭厭慈祥，則四分五裂之禍立至。而況于操天下之大器，無所以震撼悚動之，而可以植基不摇者乎？

昔者，殷人先罰而後賞，故天下一家。周人先賞而後罰，故數傳不振。齊用剛而國勢常張，魯用柔而政出多門。自漢以降，開創之主，固多剛柔互用，而要之其興也多以剛，其敗也多以柔。漢之高帝，剛明之主也，雖號稱寬大，而賞罰必信。天下既定，誅三大臣，以一國權，則猶之乎用剛也。文帝較柔明矣，而遷淮南，誅薄昭，殺新垣平，又何斷也！故昌言謂文帝以嚴致平，則亦猶之乎用剛也。景帝近刻，而天下治；武帝近殘，雖起大兵大獄，而明能知人，剛能操柄，而天下亦不亂。宣帝總綜名實，用法令，而天下亦治。自此以後，概多柔主，而漢業衰矣。元帝柔焉，而權歸恭、顯；成帝柔焉，而權内歸趙氏，外歸王鳳。哀帝柔焉，而權歸丁、傅。平帝幼柔，王莽遂以移漢，而漢亡。由此觀之，前漢皆興于剛，而敗于柔者也。光武剛柔相濟，而政治精明，黜三公，用臺閣，亦用剛斷焉。明帝用剛，雖號爲苛察，而天下大治。自此後概多柔主，而漢業又衰矣。章帝柔焉，而權歸竇憲。和帝柔焉，雖誅竇憲，而權歸鄭衆等。安帝柔焉，而權歸鄧后。順帝柔焉，而權歸梁冀。桓帝柔焉，而權歸左回天等。靈帝柔焉，而權歸曹節、王甫。董卓用，而漢亡。由此觀之，後漢皆興于剛，而敗于柔者也。

唐太宗以剛明治天下，大權一，賢人用，而天下治。自高宗柔暗，而權歸武后；

玄宗柔暗，而權歸李林甫、楊國忠；肅宗柔暗，而權歸張后、李輔國、魚朝恩；代宗柔暗，而權歸魚朝恩、元載；德宗柔暗，而權歸盧杞；順宗柔暗，而權歸王叔文、八司馬。惟憲宗用剛，而任杜黄裳，以法制裁強鎮，而天下粗安；惟武宗用剛，而任李德裕，以兵威誅強鎮，而天下粗安；惟宣宗用剛，以威攝奄豎，復河湟，而天下粗安。若穆宗柔而志欲銷兵，再失河朔；文宗柔而受制家奴；懿、僖、昭之世，權歸北司，羣盜乘之，而唐亡。唐之亡，亡于柔也。

宋之開國，多從忠厚。太祖、太宗之時，雖太阿在握，明賢在朝，不失剛明之略，而其氣象，亦少柔矣。真宗柔焉，而留契丹之害。仁宗仁明，雖成四十二年之太平，而議論日多，國體漸輕。英宗柔而權幾歸母后，神宗柔而權竟歸安石，哲宗柔而權歸熙寧之小人。徽、欽柔暗，遂至北轅。高宗柔而權歸秦檜，寧宗柔而權歸史彌遠。光宗柔而受制悍婦，權歸韓侂胄。理、度二宗柔而權歸賈似道。夷狄乘之，而宋亡。宋之亡，亡于柔也。

然則自古今以來，剛柔相去之效，不昭然可睹哉！其用剛而不正者，雖以魏武之狙詐，猶能以誅殺驅虜一時；雖以武則天之淫虐，猶能以積威收其權，而成中外臂指之勢也。至于柔惴之主，豈必有大過哉？其禮下愛民，或英雄之主所不能爲，而率奄奄然抱神器以予人而已矣。故曰：柔非聖人不能用也。箕子陳三德之疇，而後專以臣無有作威作福，玉石爲言，明人主所重，尤在剛克，以操大權耳。子産之論治也右寬；諸葛、王猛之治國也用嚴。其深探治本者夫！予觀世傳譚主術，則重仁柔而詘剛，故悉論之。

名教鬼神

名者，所以教中人也，何也？人者，情慾之聚也。任其情慾，則悖理蔑義，靡所不爲。聖人知夫不待教而善者，上智也；待刑而懲者，下愚也。其在中人之性，情慾之念雖重，而好名之念尤重，故借名以教之。以爲如此，則犯清議；如彼，則得美名。使之有所懼焉而不敢爲，有所慕焉而不得不爲。今夫剃髮，嬰兒之所苦也，然而慈母誘之曰：「兒甚慧，肯剃髮，不似某兒癡，不剃髮。」嬰兒喜，乃忍痛而聽母剃也。餅餌，嬰兒之所欲也，然而慈母誘之曰：「兒甚慧，能節食，不似某兒不節食。」兒又喜，乃竟不食也。何也？好名者，人性也。聖人知好名之心，足以奪人所甚欲，而能勉其所大不欲，故嬰兒乎天下，而以名誘，此名教之所由設也。

悉達之生也，無不達也。彼深知死生之情狀，而因果之説興，謂今生無一事非前之果，今生無一事非後之因。爲善有利，以有善果也；爲惡無利，以有惡果也。使人歆善果而樂爲善，懼惡果而不爲惡。譬如農夫，孰知夫敗谷之不可爲嘉禾，而不復以之布種，此釋因果之説所以起也。兩者皆聖人所以教天下者也。

然予以爲遵名教者，其道屬外，屬人。惟其屬外，屬人，則或修之于共見共聞，而壞之于不見不聞；飾之于稠人廣衆，而違之于暗室屋漏。故吾常見夫遵名教者，往往其中多假人也。非樂假也，真未必得名，而假有名也。若信因果者不然，其道屬内，屬鬼神。一事之失也，人不見而鬼神見之；一念之差也，人不知而鬼神知之。憑信夫己之心地，而求慊于内之獨覺。自作自受，無與人爲；有種有收，皆緣己力。故信因果者，未有不真者也，以勢不得不真也。然則名教之弊，流而爲僞；因果之教，無往不真。是以因果教人之益，百倍于名教教人之益也。

宋之大儒，闢釋氏之遺棄可矣，至于因果，則斷斷乎其不爽也，而闢之何歟？原其所以闢因果者，皆始于不信鬼神；而其所以不信鬼神者，則以其渺茫不可必知。夫鬼神之爲德，孔子則嘗稱之矣，易曰：「仰以觀于天文，俯以察于地理。」故知幽明之故。夫人上而何以有高天覆之，下何以有厚地載之，皆大鬼神也。朝而走一大丸于東，暮而走一大丸于西，光明昭耀，豈頑然一物而無知者歟？皆大鬼神也。雷霆吼怒，時時下而擊人，皆大鬼神也。五嶽峙立，四海奔流，皆大鬼神也。吾乃不知世間之人，頭所戴者鬼神，足所履者鬼神，耳目所見聞者鬼神，竟無一刻離，而乃以爲荒唐幽渺之説，其愚亦極矣。有晝則有夜，有明則有幽，有人則有鬼神，有鬼神則有因果。故因果之報，前生後生之説，不獨西方之書，稗官小史之言，即今正史之中，昭昭不爽，與夫耳所聞，目所見，亦已多矣，而安得不信？故使人人信鬼神，則信因果矣。信因果，則天下多真君子矣。小人有所怖而不敢僞，君子有所樂而不僞。禮樂刑政皆爲虛器，而天下治矣，何必名教也？

今夫中庸一書，所以救名教之弊也。彼見世之爲君子者，皆虛僞而不誠，的然而日亡也，故教之戒慎。不睹恐懼，不聞教之慎獨，名教之潛，教之以置力于人所不見，教之不愧屋漏，教之篤恭，教之無聲無臭。而總而歸之至誠，蓋誠與僞對者也。然使人深信鬼神，則不敢僞矣。則欲人之誠也，慎無以鬼神爲妄誕，而斷天下之善根哉！

人心

昔常治，而今常亂者，何也？昔之時常有實心任事之人，凡有利于國家而無益于身名者，皆扞然爲之而不顧。下至州縣小吏，各有實政，以及于民，故天下治。後之人苟且草率，飄飄然，視其官如一宿郵亭，惟恐其去之不亟。職業曠廢，而天下亂。然則昔常治，而今常亂者，以昔人任事，而今人不任事也。夫昔人任事，而今人不任事者，又何也？昔人忠厚古朴，安分守職，盡公以及其私，無非分願外之想，故能真實任事。今人心漸慧，術漸多，急于表暴，而緩于職業，視古人之任事，皆覺其甚呆甚癡而不爲也。然則昔人任事而今人不任事者，以昔人拙，而今人巧也。

夫昔人拙，而今人巧者，又何也？昔時上之人未常察魚索瘢，而士大夫亦無修名避罪之意。不祖尚小節，則人可任其拙，而不必矯僞。不鈎摭小失，則人可任其拙而不必逃躱。其防之也不極，則其備之也不精；其索之也不嚴，則其藏之也不深。智竇有所鬱而未開，機械有所閉而未熟，故天下多拙。及至後世，上所以伺察尋求者愈工，而下所以表見藏匿者愈精。知世道之重小廉曲謹也，則借人品之局面，以蓋破綻。知世道之嚴微疵小過也，則極回互之俗情，以逃物議。不用實，而專用虛，妙于趨，尤妙于避。故古之時，明白洞達，非無貪者，而貪不疑廉。非無邪者，而邪不疑正。故可以行吾黜陟用舍之權。今之時，法雖密于牛毛，而人深于九淵。邪者貪者之用術愈精，止可以欺吾之耳目；而正者清者之行己或疎，反至于遭吾之訴議。如是而安得不巧？故昔人拙而今人巧者，以昔之法尚疎，而今之法太密也。法疎，則或闊略于近者小者，而修飭夫遠者大者。法密，則將闊略于遠者大者，而修飭夫近者小者。蓋至修飭夫近者小者，碎絮瑣屑，而衰世之象見矣。

至于近日，其巧極也，而猶欲密其法以治之。是猶失火者，惡其不燃，而以膏灌之也。然則救今日之弊，毋過于寬大渾厚矣。毋獎好名之士，毋摭細微之失，毋聽彼此搜尋之論，然後人心漸安其拙。人心漸安其拙，則實心任事之人亦漸以出。實心任事之人漸出，而天下可治矣。

論史

修史之要有二：一曰簡。今夫遷、固史略，未若唐、宋史之備也。然今之人熟唐、宋之史者百無一二，而熟遷、固之史者遍天下，則何也？漢、史要約易誦，而近代繁蕪不可讀也。彼其人之有關于法戒者書之可，若瑣瑣庸流，何用書？事之有關于理亂者書之可，若米鹽雜事，何用書？即有當書者，然一句可明，衍之爲一篇；一字可明，衍之爲數句，是所謂亂草荒茅也。且史之作也，亦欲使後人誦而法之，若繁蕪不可讀，則人相與厭而束之高閣，又何用史。故誠欲修之，非簡不可也。

二曰新。蓋吾嘗讀遷、固史矣，其尋常鋪敍猶人耳，至于重瞳創霸，漢祖過沛，荆、聶意氣，田、竇風波，游俠之慷慨，貨殖之感忿，以及燕啄皇孫，霍易昌邑，張、趙吏績，五王淫虐之屬，雖百世而下，其文詞猶如朝花之吐萼，而寶劍之乍出于冶，秀色精光，炯然照人。下迄王隱、李延壽，其風流韻致，猶有存者。人之面貌情性，清狂雅癖，猶能畫出。及至近代，千篇一律，無一活語。凡班、馬得意之處，後世且笑以爲偏僻。而敷衍纏冗，泯其風流瀟洒之跡，盡爲酸人俗士之模本。是西施寫作老嫗，無惑乎書成而已陳陳若太倉粟矣。

夫惟新則美，美則愛，愛則傳，則又安可不新。而至于作史之人，其所重如古所云三長者，固不可少，而尤重在識。夫識者，又所以運其才與學也。昔人謂胡風侵于内地，故歌曲皆胡。予以謂胡之所染者淺矣，宇宙之内，自一染于理障之後，然後人皆拘攣庸腐，了無格外之見。其論甚狹，而其眼甚隘，其所取之人全是小廉小謹之輩。不然則撏襲回互，毫無疵議之夫。而至于世之英雄豪傑，出于常調，超于形跡者，乃射影索瘢，極其苛刻。能于長中求人之短，而不于短中求人之長。能見人于皮毛，而不能洞人于骨髓。數百年内，習氣相沿，已入于人之膏肓。故今之時，非無一二穎脱者，而出口下筆，俱是庸人雷同和合之見。使此輩執筆，則有眼如盲，盡收平常緣飾之士，而汰去跡相可疑之真人。安能于衆是之中，而斷人非；于衆非之中，而得人是哉？則信乎非高識不可也。

而其史之所由成，則曰不專用官而用士。今夫史局之官，皆居清華，其陞遷無與于史之成否，故其志易怠。而又各有他司及一切應酬之累，不得專一。若處士布衣，習于勞瘁，史成冀望一官，其心切，而又無事擾之，故可以計歲而成。而猶有至要者，曰獨。今欲纂成一書，而廣集衆人，是非定于尊卑，善惡分于同異。甲可乙否，彼去此收，紛紛攘攘，何由而成？夫天下固自有有才、有學、有識之布衣，而世未有薦之者。誠有人薦起，而專以一代史付之，給秘府之奇書，收天下之文集志乘，予以廩餼筆札，使得自舉數十人，以備採録之用。不過三年，而史可成矣。即不能如馬遷，何至出班固下乎！雖然，世道日隘，人心日刻，雖有成書，必且得罪，其誰肯任之，而史又當何時成耶？即苟且成之，亦宋史耳。

明民

老子曰：「道非明民，將以愚之。」夫非以民之可欺而欺之也，正爲居上者毋急取所尚者明之，以開天下之巧竇也。何也？凡上之所明者，爲其美也。當其始，美者自美，人不知其美也；不美者自不美，人亦不知其不美也。彼之美不美者，無心而自呈，而我静而聽之，冥而觀之，故玄黄易辨，而我可行吾之彰癉，以鼓舞天下。若皆知其美，則美之竅開，而天下不美者，亦借美以投我。我本欲以明之，而即乘所明者以受其闇。故曰上重孝，則割股廬墓者出矣。上重儉，則敝車羸馬者出矣。上以中庸爲美，而模稜回互者偏天下矣。上以直節爲美，而瞋目而語難者偏天下矣。上以清廉爲美，而柴車垢面，挈壺餐以入官者偏天下矣。況天下之名常集于巧，其真者多無名，而巧者必有名。無名者置之，而有名者用之，則真人不爲我用，而假人散布天下。如是則賢者少，而不肖者多矣。夫上之所以爲美者，利害榮辱所從生焉。凡人之黠慧而善計算者，先已知之，彼特借我爲從入之門，以求遂其欲。而一得志，則故態畢露，其毒且四出焉而不覺矣。如之何可輕示其意向，以爲天下射也。

或曰：此論僞者耳，若真者奬之用之何害？曰：凡天下之德，有之皆能爲用；若偏執之，皆能爲害。故仁，美德也，然仁之中，義斷之，禮文之，智辨之，信成之。若偏重仁，一以慈祥爲主，則有慈祥之利，即有慈祥之害。五德皆然。是美之中，原有不美者存。故清之君子，流而爲刻；直之君子，流而爲訐。彼皆真君子也，謂之非美德不可，然其害已若此矣。當其不以爲美也，猶任其性之所出而已；及其以爲美也，則雜以有我之私，而入之也愈深，其所至也愈偏，而皆足以害天下。一人爲之而得名，則衆人效之。至于衆人效之，則不肖其美而先肖其病矣。衆人爲之而得名，則後世效之。至于後世效之，則寫烏成馬，而展轉差謬矣。斲元氣而移國脈，其移害人心世道，豈有極耶！

或曰：美之意向，不宜以之明民，則示以不美之意向，可乎？曰：不美者，人所競避焉，特汙下者爲之，原不足以移天下之風氣。惟夫美者，天下之所共慕，而高明者之所共趨。且世道所觀望者，上之人及一二人賢人君子耳。此處一移，天下之人心悉受其轉，而不知害，且移之國運，可不謹哉！夫漢之節義，宋之議論，此皆君相不能自秘其端，以成末流之勢者也。嗟乎，非真知道者，烏知老子所言爲切骨之譚也歟！

賞罰

治天下者，賞罰而已矣。有善焉，吾賞之。有惡焉，吾罰之。所以程行也，常道也。有功焉吾賞之，而生平之惡不盡論也。有罪焉吾罰之，而生平之善不盡論也。所以集事也。小人而有功，則賞之如其功，而駕馭之以濟吾用。君子而有罪，則罰之如其罪，而以禮行之。若盤水加劍之類，不至于詘之辱之，以存其廉恥而已矣。功可以權于賞，而必不可不賞也。罪可以權于罰，而必不可不罰也。惟賞罰無章，使天下借人品之非，以議其功；而竊人品之是，以薄其罰。如是則天下何苦而必有功，又何所憚而不爲罪？雖在太平不可，而況多事之時，一呼吸而成敗頓異者乎？凡飭無欲之形者，雖大庸人至于大有罪，弗非也。宋時重人品，凡有多欲之跡者，雖大豪傑至于有大功，弗是也。以故天下之學士大夫，其循一己之節也，甚于圖天下之功。操國是以遥制朝權，而遂因之以爲賞罰，小人從而乘之，以至于亡。是故重在人品，故雖以開國之趙普，却虜之寇準，濟時之吕夷簡，其反危爲安之功，朝家受其無窮之庇廕，而當時猶不直之也，曰人品未醇也。吕好問策金兵之來，護康王之難，其功大矣。賊退未寒，而侍御史王賓急論之以去，曰：「僞命之受，于人品有礙也。」葉適建嘉王之議，上堡塢之計，保淮民之策，其功大矣，事未及成，而中丞雷孝友急論之以去，曰：「附韓侂胄，于人品有礙也。」若夫王荆公執拗自是，輕變國法，遠君子，信小人，引用吕、蔡，遂禍社稷。張德遠始不聽曲端之計，喪國家四十萬人，終不聽史浩之謀，妄取山東，國家人馬兵甲爲之一空，而宋卒不振，以至于亡。若此二人者，其罪甚大，即誅之不爲失刑，而朝廷重之，當時稱之如故也，何也？以其人品是也。夫宋之時，何時也？國勢已衰，元氣已微，一呼吸則爲敗亡，爲左衽，此何時也，而猶論人品耶？吾以爲若王、張二人者，可誅也。即不誅，而其罰固不容已在。又況乎彼之所謂礙人品者，皆影響無根之譚，而并議其大功。彼之所謂全人品者，俱小信小諒之節，而并薄其大罪。有功不賞，有罪不誅，宜矣宋之亡也。昔楚誅子玉，惟其國憲森如，所以霸世。夫既無必至之賞以鼓舞之，又無必至之罰以振攝之，故有功者無以自立，而無功之小人，乘其戮辱不至之故，輕于任事，而僨天下。然則宋之所以亡者，賞罰無章也。賞罰無章者，在士大夫重清議，崇人品，以持朝廷之權也。嗟乎，可以戒矣！

用人

古今之法，無全利無全害者。夫大利大害之法，久之不見其利，而見其害，率不數傳而止。惟有一種常例之法，無論巧拙，皆能用之，持之也若無心，而究竟歸于無毀無譽，故久而可不變。今夫藏鈎之戲，以卜度相角，亦極易矣。童子之戲者，以爲巧而不能，于是三人者各認定數者三，而出以合之。合之，則爲勝。彈棊打馬之戲，其稍難者概不傳，惟骰子則至今行之。何也？取其無心爲賞罰，而可以平人之氣也。予以謂世之取人用人，亦若是而已矣。

蓋古用人取人之法，有鄉舉，有辟署等法，而今皆不能行，所存者止科目耳。有九品官人等法，而今皆不能行，所存者止資格耳。夫古之法皆格而不能行，而獨科舉資格存者，豈法久弊生，而此獨無弊歟？非也。科舉之法，乃宋學究科也，士爲帖括，糊名易字，任有司甲乙之。即有高才博古通今之儒，而不及格，終身不得沾升斗之禄，又時文爾雅，不投有司，好尚相歆，總歸沉滯。及其雋者，出官登朝，與文字分爲二途。

至于吏部資格敍遷，起于後魏崔亮，而復行于唐之裴光庭，所謂「一吏在前，勘簿呼名而授之，如數兵徒，如籍麻竹。」庸老之所樂，而豪俊之所甚苦，其法之不美至此，而今惟此爲獨存者，何也？取其出于無心，而人無所用其指摘也。國家議論甚多，檢舉甚苛，故取一人，不必在得士也，期免嫌疑而已矣。推一人，不必在得才也，期免嫌疑而已矣。柄文者避嫌不極，雖所得士文如班、馬，行如曾、閔，而人不以爲是也。能避嫌，則雖所得者盡是庸鄙瑣屑之流，而人稱之矣。銓選之避嫌也尤甚。人有大才而破格用之，人不以爲是也。人本無才，而循格用之，人不以爲非也。若曰必如是而後見我本無心，一惟遵例，則議論自不能生，而相安于無毀無譽耳，此法之所以久而不廢也。

然吾以謂天下之才，誠非科舉之所能收，士之有奇偉者，誠不宜以資格拘之。顧此皆非常之事，而世無非常之人，則相安于額例而已矣。今使離科舉而行聘薦，彼主聘薦之人，果具隻眼者耶？銓選者破格用人，又果能辨之于未事之先否耶？徒滋紛紜無益也。且天下無事，當時也；書生主衡，常人也。以常人處常時，而行常事，亦可矣。設有賢者于此稍融通之，而亦不必出于例之外也。如斯而已矣，如斯而已矣！

論性

性善之說，千古未明。以性善而習不善者，非也。今孺子生而怒啼則多嗔，見彩色而喜則多貪，等皆不善類也，何待習？以性之善不可見，而情之善可見，謂性本善者，亦非也。孺子雖知愛父母，亦能捽父母；長雖知敬兄長，亦能凌兄長；見食則爭，見色則妒。其善從第一念出，其惡亦從第一念出也。情亦何嘗善？有謂義理之性善，而氣質之性不善者，亦非也。天下無二性，苟性中有氣質之性，則性亦不得謂之善矣。然則性善之説，尚紛紛無定論也。乃予則斷之曰：論性者，必以夫子之言，合佛氏之言，而後其説始明。吾求其明而已，即天下萬世我罪亦不惜也。

蓋人性之初，未有不善者；而習則有善，有不善。吾所謂習，非一生之習也，乃多生之習也。多生習于善，則善。如多生習仁，故生而慈祥；多生習義，故生而正直等是也。多生習惡，則惡。如多生習不仁，故生而刻薄；多生習不義，故生而邪曲等是也。習之重者，不可移。善重而值惡習，惡重而值善習，亦不能遷也，上知下愚是也。習之輕者，可移。善輕而習于惡則惡，惡輕而習于善則善，無不可遷也，中人是也。是善與惡皆習也。即易善易惡，亦習也，于性何與？性如太虛，至善者也，善惡俱不得有。善如慶雲，惡如彤雲，皆生滅于天體之中耳。

然則，以何者爲性？曰性不可言也。姑言之，言其大，則山河世界，皆性中物也；而指爲一身之内者，非也。性如海也，形色如漚也。性之大海，既結爲形色之一漚，則一漚之中，而全海隱隱具焉。但去漚之所以凝結者，而海體可復矣。去其填塞此海者而虛，去其郛蔽此海者而靈。虛靈之性圓，而全潮在我矣。曰悟，所以覺之也；曰修，所以純之也。皆所以復此無善無惡之體者也。無善無惡者，千萬世不化之性；而有善有惡者，千萬世相沿之習。奈何以習之善，爲性之善哉？

論　學

天下無止息之學。吾所謂無止息者，非一生也，乃千生萬生，以至于無終窮也。

世儒聞此語，自宜河漢。不知學止于一生，則一轉盼之間，而已與草木同朽腐矣。孔之忘食忘憂，以至不知老之將至，不亦空勞也哉！若無宿生後生，則爲學者，反不如流連光景之人，飲酒好色，終日歡暢，爲得計也，又何苦而作此寂寥生活也？昔魯共王欲毁孔子之宫，聞金石絲竹之音而止。夫孔壁所藏，特其遺言耳，尚有鬼神呵護。況以夫子之精神，至虚至靈，合天地而並日月，乃竟窅窅泯泯，同于無知也耶！難者曰：聖人既存，即今在何處？予曰：不可以我輩不聞不見，而遂斷爲無也。汝試觀此几下之蟻子，其出入一穴，則見聞止于一穴，已不能周此一室矣。況一室之外，爲堂爲亭，爲園乎？園之外，更有一大聚落乎？聚落之外，更有州縣；州縣之外，更有中國及夷狄乎？人之在世，與一蟻子等耳。其所不見不聞者，蓋亦多矣。夫先聖後聖，有來處即有去處，雖不在天地之間，而亦未始不在天地之間。自有清浄國土，微細受用，出無入有，入流分身，視此下界，如溷如厠，如蜣如蛆。其次者，或在紫府丹臺，共翼玄化。或于名山洞府，贊理幽功。或處而爲正神，或復出而爲明君、良臣。其心體愈精微，則其境界最朗灼；其功行愈廣大，則其地位愈崇高。直至聖而不可知之爲神，猶非稅駕之所也，豈可以一生兩生盡哉！

死不死

士君子蹈仁履義，奮不顧身，當必死之時，固不暇有再生之慮也，而往往趨死而得不死。昔者晏子犯崔杼之怒，哭莊公屍，以爲必死矣不死。欒布犯高帝之怒，奏事彭越頭下，以爲必死矣不死。汝南郭亮犯梁冀之怒，往收李固之屍；南陽人董班亦往哭固，以爲必死矣不死。朱伯厚犯曹節諸宦官之怒，往收陳蕃之屍，匿其子；事覺合門桎梏，備受考掠，以爲必死矣不死。魏郃觸侯覽之怒，詐爲家僮，護史弼，以爲必死矣不死。孫嵩觸十常侍唐衡之怒，家藏趙歧，以爲必死矣不死。李篤不顧黨禍，藏張儉，以爲必死矣不死。趙戩不畏郭、李，棄官營王允之喪，以爲必死矣不死。脂元升犯曹公之怒，收孔融之屍；田子春犯公孫瓚之怒，哭劉虞于墓下，以爲必死矣不死。莫嗣祖爲袁粲所信任，後粲死，高帝責以不白粲逆事；嗣祖直申本懷，以爲必死矣不死。夫此趨死而得不死者，史册所載甚多，予不能悉也。

至于求不死，冀富貴，而卒送死者，如公子彭生，爲齊侯殺魯公，而卒爲齊侯所殺。王諫諂王莽，上書欲廢太后，而卒爲王莽所殺。王慶之諂武后，欲廢皇嗣，立武承嗣，而卒爲武后所殺。路粹爲曹操奏殺孔北海，而卒以賤買驢爲曹所殺。伯珍斬袁顗首，詣俞湛之降，而卒爲俞湛之所殺。漢段熲結宦官，圖免死矣，而卒爲宦官所殺。夫此趨不死而得死者，史册所載甚多，予亦不能悉記也。嗟乎！以死成仁，即死猶甘之，況不必死乎？殺人媚人，可以得富貴，且免死，猶不爲之；況冀不死，反得死乎？此古之英雄豪傑去彼取此，見危授命，而挺然無再計也。

殺禍

甚哉，殺機之不可發也！殺機一發，害不在其身，必在子孫。昔秦皇好殺，而諸子皆爲項羽誅死。漢之景、武好殺，而皆自殺其子。曹公好殺，過彭城殺十餘萬人，而其子自相誅夷。傳國僅二十餘年，曹爽之變，司馬懿大行殺戮，曹氏支黨皆夷三族，男女無少長，姑姊妹女子之適人者，皆爲誅死，竟移魏祚。司馬懿好殺，破公孫淵，殺男子以上七千餘人，殺其將佐二千餘人，又殺曹氏子孫殆盡。孫炎篡漢，一傳而以鴆死，立其二十五子，即爲劉聰誅死；而其餘子互相殺戮盡死，其孫即爲劉聰執戟持蓋，更衣行酒，後竟亦誅死。南宋劉寄奴弒晉昌明，殺恭帝，不數年，而子義符即爲傅亮所殺。子孫繼立，自相屠戮，至蒼梧竟爲蕭道成所殺。蕭道成殺順帝，宋室子孫無少長皆死，一傳而廢帝海陵爲蕭鸞所弒，殺其子孫無遺。蕭鸞二子東昏侯、和帝，竟爲蕭衍弑死。蕭衍弑二君，殺六貴，而身爲侯景迫脅死。子昭明夭死；子簡文爲侯景以土囊壓死；簡文子大器及王侯之在建康者二十餘人，皆誅死。北朝劉淵、劉聰入晉，害諸王公及百官以下三萬餘人；而數年後，靳準作亂，劉氏男女無少長皆斬，發掘陵墓，鬼哭聲聞百里。石勒征曹嶷，阬其衆八萬人，誅劉曜，殺其太子而下三千餘人，又殺兵民五萬餘人，枕尸金谷。從子石虎降城陷壘，盡殺不留一人。子欲弑父，父復殺子。虎十三子，五子爲冉閔所殺，八子自將殘害。石閔之變，石勒子孫并石虎孫三十八人，皆殪死；閔亦卒爲慕容誅死。高洋殺主，已而子卒爲常山王演所殺。演殺洋子，已而子卒爲長廣王湛所殺。隋文弑主，築仁壽宮，丁夫死者無數，盡阬爲平地。已而身被弑，諸子皆以凶死。唐太宗好殺骨肉，子孫亦殺骨肉。五代之時，朱温好殺，身爲子殺，年祚短促。

至于人臣好殺，如李斯好殺，父子五刑。李林甫好殺，爲楊國忠種誅。楊素好殺，子以凶終。李廣殺亭長，李陵降北。陸抗誅步闡百口皆盡，有識尤之；及機、雲見害，三族無遺。晉二荀兄弟號爲屠伯，血胤永絶。張和思斷獄，備極慘毒，號生羅刹；後孕男女四人，臨産，妻即悶死；所生男女身着肉鎖，手脚并有肉杻束縛，後身亦杖殺。好殺之禍如此，未可重數也。嗟乎！天道昭昭，疎而不失，彼有倖逃于生前者，夫豈無身後乎哉？慎勿以爲浮屠之説，而令人倖于不報，以敢于殺也！

擬上軫念山東饑荒，發帑金十六萬，倉米十二萬，特差御史一員前往賑濟，務令人人沾被德意，廷臣謝表

萬曆四十四年。

伏以帝軫蒼赤，廟堂廑東顧之心；天降輶軒，蔀屋蒙更生之慶。朝頒濊澤，宸衷俯切民艱；野無屯膏，祲年頓爲稔歲。歡騰郡國，喜溢臣隣。臣等誠惶誠恐，稽首頓首上言：竊惟養民爲政，聚人以財。虞廷咨十二牧之臣，首致命於惟食；周禮開八百年之業，屢加意於救荒。大司農之勸相有常，小行人之稠委待變。成湯躬剪鄺之痛，魯僖下鐘鼓之懸。公劉積倉岐西，黔黎宿飽；漢文重粟山東，父老觀成。夏暑雨而冬祁寒，農家最苦；春省耕而秋省斂，王道宜先。豈必吉而無凶，要在饑而不害。惟朝野異視，遂肥瘠無關。穆騁雄心，徒有泛舟之役；武勤遠略，空飭乾封之文。鄭皮之餼，國人必借命於子展；王望之贍，部下終待辯於鍾離。河東既災，汲黯猶煩矯詔；江南不易，鄭俠枉自繪圖。慨鄧攸以開倉免官，惜王蘊以請賑左降。天災代有，人事已疎。鹿臺鉅橋之藏，徒資敵國；瓊林大盈之庫，何救疲民。不思十二之政可

因，漫言百六之災無策。安得自天雨露，誰爲有脚陽春。事不虚行，道必有待。

茲蓋伏遇皇帝陛下，允文允武，止孝止慈。萬壽無疆，長爲太平天子；一人有慶，永保樂利黎民。明鑑當軒，合祖有功而宗有德；太阿在手，維辟作福而辟作威。當此金甌無闕之時，有是玉燭不調之沴。女魃肆虐，巫尪難焚。洛陽之銅雀不鳴，河上之土龍空設。十二諸侯之舊地，龜坼無遺；七十二泉之樂邦，雲稼蔑有。無夢魚之兆，有掘蒐之風。田祖之祈已虚，天孫之禱不效。恒饑稚子，絶杜甫黄獨之苗；枵腹儒生，削陽城白榆之粥。易子而食，併日而炊。渤海多虞，潢池之兵間起；鄭圃不治，萑蒲之盜相尋。戎首天竈，災飛地雁。徒傳蒲魚之利，不聞雞犬之聲。郡國疏聞，神聖軫念。不忍東海赤子，即於納隍；何惜尚方度支，資之待哺。朱提鉅萬，白粲千車。奚必御史飛霜，但爲蒸民澍澤。詔頒黄紙，不爲封禪而來；使用繡衣，豈以鋤奸之故。務令普沾實惠，未可徒尚空文。欲盜息民安，在家給人足。苟衣食之不繼，虞鋒鏑之潛興。雖鄒、魯之區，爲四海文學之藪；而芒碭之地，實千古嘯聚之場。漢、唐之往事當知，山海之險阻可慮。況糧運之血脈，以徐、邳爲咽喉。既關轉輸，深虞梗塞。故欲國無釁隙，必須民有蓋藏。此宸衷之極思，而布澤之微旨也。

臣等有志憂時，殊慚報國。恨爲肉食者鄙，莫救菜色之民。上恩實深，臣忠未效。敢不如楊震之潔，夜辭黄金；第五之廉，歲支赤米。益守素節，共濟時艱。伏願德周普天，惠均匝地。聽子典之諫，察孝婦之寃。入關罷征，充庭絶戲。清問疾苦，杼軸寧止二東；虚懷疇咨，弓旌宜加三至。不獨太公賜履之域，立見昭蘇；當令大禹乘載之方，共沾浩蕩矣。臣等無任瞻天仰聖，激切屏營之至。謹奉表稱謝以聞。

貞魂志

丁未，予以下第寓京師。時薊鎮督撫蹇太保公理菴在密雲，延予賓席。太保公樂易愷悌，待予若家人父子，閒則秉燭話言，娓娓不倦也。一日酒半酣，公語予曰：「我初不信有鬼神事，今始知其有，并悟世間一切事，皆有定數，不可逃也。」予曰：「何也？」公曰：「我昔視山東學政時，校濟南一府卷，閱完列案已定，俟晨發。予夜卧甫下睫，見一婦，年可二十餘許，跪寢室外。頭面并衣服下，血涔涔狼藉。手伸一紙，若哀籲狀。予忽驚醒，自云偶也，復眠如故。頃之，前帶血婦人復來，狀若前。予醒自念曰：『此古署也，豈老鈴下及宋無忌之妖耶，抑寃抑也？即有寃抑，我衡文使，不治獄，胡爲來？』呼侍史明燭，予復卧。頃之，則向婦人復伸紙室外，其貌不異也，而愁慘之狀有加矣。凡三至，以爲醒耶，差不類；以爲夢耶，又了了無昏沉相。

「予是時雖不知婦人所言寃者何事，而知其決爲諸生妻，以寃死無疑也。遂整衣起，坐中堂，呼吏王暹，問諸生案中有緣事者否。吏曰：『止禹城縣生郝琚，前以殺妻死，降青衣；今考二等，應復廩。』予徵其牘，曰在濟南道，止批詳簿在此。閱之不具顛末，止見前學使周鶴皐公有批詞，擬償而後寬之。緣此生素勤學，屬邑及諸生多方湔雪，止革其廩。予乃取案所註『復廩』塗之。吏曰：『謂條約何？』予曰吾自有説。吏默然。予是時雖不悉郝琚所以殺妻之故，而知其以無辜殺妻死，無疑也。

「晨起案出，楚人吴文學率諸生爲琚請甚力，且謂其貧而苦學，須此廩自給。予不之許，且微笑。諸生相視以目，若悔來者。予以夢中事涉怪，終弗言，遂罷去。後抵省，取原牘盡閲之，乃知郝琚娶妻孫氏爲婦，生二男，貧寒相依，無異故。琚與羣儒結社講業，是年將大比士，琚笑謂友人路宗商曰：『今年我必得附鄉書。』宗商曰：『果也，諺所云一中遮百醜矣。』琚出社，自思祖父俱薄宦，二弟年少，一尚未室，我家世清白，斯人何發此言？此必屬吾閨閤事。然我家中無他人，惟妹夫秦東軒居前院，得無與吾室人姦耶？步歸家，即取其父宦車上劍，入房捽其妻，用刀亂斫。妻口中猶喃喃問何事。頃之，頭面俱爲血污斃矣。後孫氏弟孫悌訟之，然亦以有二子故，難於檢視。并訊官及同邑諸生，以其勤學憐之，事得原。夫郝琚恥其妻淫污之故，拔刀殺之，亦似有男子氣，情誠可原；但以一戲謔無憑之語，毫不檢察，遂傷妻命，何其孟浪至此。至於嘲謔者，以一語致人殺妻，尤可恨也。事已久定矣，可奈何？待奪其歲廪，亦足以少洩寃魂之忿，予可藉手報女鬼矣。然竟以事涉幻怪，不欲言之。

「屬憲長李公次溪、憲副嚴公春門置酒相邀，予私語以夢；而左右多禹城人充臬司吏者，皆稍稍聞之。閱數日，嚴公告予曰：『異哉！日來所言郝生事，禹城人復與予道之甚悉。大略謂孫氏既死一年餘，忽至其家，常聞其聲，或并見其形。來甚忿，且哭且言，詈其夫曰：「我家世仕宦，爲士人女，粗知禮義。既至汝家，辛苦支持，供汝讀書，養育二男。汝作好秀才，向人頭上立，我豈不知體面，作不肖事。即有之，亦當審察的實。上有公姑，次有諸叔，下有奴隸，旁有四鄰，細細詢訪，豈無影響。既得實跡，殺我何遲。且我實不肖，縱令汝碎斫萬段，乃我自取，我亦不怨。如何聽狂且之言，不分黑白，將我膏血塗地。使我生遭失節之名，死爲含寃之鬼。割肉傷心，九泉不忘。今者天日在上，汝豈不知？我早晚訴之冥司，令汝金木纏身，乃復希望前程耶！汝勿謂蹇宗師考汝二等，當復廪。我當訴汝不令汝復也。」一家盡聞，据不勝怖，第不知所謂蹇宗師者何云。然聞不令復廪，殊憂之。諸友謂郝生謀曰：「曷哀告其父，令其父來分解，鬼必聽之。」遂如言懇其父。其父至，呼其女名，即應。因語之曰：「自兒亡後，念兒死得甚苦，我老眼痛哭欲枯。但汝夫一時錯疑，致汝含冤。事已往，人鬼路異，汝朝夕擾擾，他家不得安。又聞兒欲伸訴，不令復廩。渠家貧困，靠廩支持。且汝有兩兒，渠父復廩，若有寸進，家計稍裕，略治田宅，以貽兩兒。不然汝兒在世，衣不周身，食不充腸，縱汝在九泉之下，心中何忍？汝是賢女，當聽我老人之言。郝琚逆理傷情，誠不足憐，百凡念兩兒在世，我老年不忍見外孫零落，汝其詳之。」言罷嗚咽，鬼亦嗚咽，答曰：「阿公言豈不是，但兒素性貞良，被人無故殺隕，空抱不白之寃。兒名節亦重，如何顧得兩兒？我寃不報，人將謂實有淫跡，兩兒便是淫母所生，在世反不如死。兒已訴之冥司，憐我許我報怨。阿公勿復再言。」父知不可奪，遂還。後聞代督學者爲公，郝生已膽落矣。及後考居二等，應復廩，而督學不准復，人皆以爲冥報所致，而女鬼之言果驗。禹城人之言若此。然禹城人尚不知公因女鬼之訴，而詘之也。異矣。』

「予備聞嚴公之言而太息曰：方女鬼言時，予尚爲東州守也，不惟我之督學定，即生之考二等亦定矣。予是時不惟知幽明之玄通，而且知人士之一進一退，真斷斷乎有定數無疑也。明年，移官江南，道出禹城，有二新孝廉迎於郊。詢郝琚事，其言如嚴公而更詳。自發案後，琚復見婦來索命，一夕自縊死。予是時益信作無鬼論者之妄，而大寃之必報，爲可畏也。因歸舟中草一記，以爲世戒。書而篋藏於家。屬楊酋之變，縹囊零落，化爲灰燼。邇年以來，都不復省記。今姑語其事於公，未可以告人也。」予曰：「今聞之，猶令人病悸也。然惟公聰明正直，其精誠足以遠徹幽明，故鵠亭之枯骨，仰祈申雪，以抒其憤，非偶然也。」若夫朋友聚首，不可輕爲戲謔。至於人言不可輕信，忿不可輕發，鬼神不可不畏，定命不可不安，具見太保唾咳之中。予遂次其語以爲志，俾後之人觀覽焉。

天皇寺瑞像辨

楚中有瑞像三：其一爲武昌寒溪寺文殊像，乃陶侃爲廣州刺史得之海上者也；其款識爲阿育王所鑄文殊師利像，初送武昌寒溪寺。及侃遷荆州，欲以像行，窮人與牛車三十乘之力，皆不得動，復還之寺。其後遠法師迎往廬山，飄然無礙。會昌毁寺，藏像錦繡谷，及再求之，已無其跡矣。其一爲荆南萬壽寺彌勒瑞像。當高氏清泰中，有金陵商葉旺者，將往荆、楚，舟未發，忽一僧願附舟尾，旺許之。朝開帆，夜達荆，旺訝其神速。訊其所之，曰往城西之祈雨寺，因踣溺水。旺驚，亟救之，乃獲銅像，有五色毫光。旺以狀聞，高氏迎置萬壽寺，右手缺中指，屢補鑄不成。其後漁人得之于高沙湖，以補缺處，如生成。宋紹聖四年，蔣之翰迎至承天寺祈雨，甘霖即澍。政和間，建新華會，像放光明。張丞相商英爲讚。其像非金非銅，瑩潤非常。至于今徧求所謂彌陀瑞像者無有，當亦錦繡谷文殊之跡矣。又其一爲今天皇寺自來佛像。東晉永和五年，廣州商人輕舟忽重，及抵渚宫，忽有人自船登岸，舟遂輕。至六年二月八日，忽有像現于荆州城北。時鎮牧大司馬桓温，躬事頂拜。諸寺咸迎，不得動。有長沙太守江陵滕畯，捨宅爲寺，額表郡名，請道安法師弟子曇翼住持，有寺無像。翼聞像現，往請之，颯然輕舉，遂安本寺。至晉簡文咸安二年，始鑄華趺。武帝太元中，殷仲堪爲刺史，像出西門，爲邏者所擊鏗然，視之像也。後有罽賓僧難陀禪師瞻禮感泣，曰：「失之天竺，乃降此土！」訊之，則爲阿育王造，背上梵文宛如。歷代中恒以放光爲瑞，流汗爲沴。梁大通四年，迎像至金陵，居同泰寺。太清二年，像大流汗，其年十一月侯景作亂。大寶三年，賊平，長沙寺僧法等等迎像還江陵，後止本寺。天保十五年，蕭琮移像仁壽宫。至開皇七年，長沙寺僧法犕等迎還本寺。開皇十五年，黔州刺史田宗顯禮像放光，發心造殿，最爲整麗。至大業十二年，像汗，朱粲賊至，像踰城入至寶光寺。唐初，尚在江陵長沙寺；至于今仍在天皇寺。前二像俱廢，惟此像巋然獨存。第不知長沙寺以何年廢像，以何年移至天皇，見聞不博，未之能核。

萬曆癸卯，予往禮佛。破院三間，摇摇欲墮。一日屋塌梁墜，乃佛冠而止，欹立無倚，若有人擎。黄太史平倩過此，見而悲愍。太守徐公見可，太史門下士也，命木商林茂化鼎新之，屢月而成。雖不如大通中像在金陵之刹宇，及田刺史之十三寶帳，亦已無媿精藍矣。説者乃謂此即無盡所云慈氏瑞像。不知一爲慈氏，一爲迦文，形别也；一在東晉永和，一在高氏清泰，時别也。若果即永和所至之像，無盡出入梵筴，如瓶注水，豈不廣引法苑珠林之文，及放光流汗之事，而斷自高氏清泰始哉？其非一像也明矣。夫以文殊之像，顯于武昌而後失之；慈氏之像，顯於荆南而後失之。而惟我迦文金容，造於阿育王者，至今尚存。則此一像也，豈直此地之優曇已耶？或曰：今何以不放光，不流汗也？予曰：天下太平，雖不放光示祥，亦不流汗爲沴，所謂「不愛功德天，寧有黑暗女」。豈比前朝，治即九天之上，亂則九地之下者同哉！此正瑞相之所以神也。今年寓天皇寺最久，屢覲此像，因感而書之。

青溪雷〔一〕

遊青溪，立龍女廟前，有僧從其舍後門出。一客謂隨行僧曰：「此即前日雷擊僧弟子耶？」僧曰：「是也。」予問故。僧曰：「今歲六月初一日，大雨，溪水暴漲，浸僧後園。僧與弟子同出視水。師復入房，取鋤授弟子。雷即隨來，與弟子遇，釋不擊，火着衣服皆焦。直至房，擊其師，即死。已立牆畔，如一火餤蓑衣狀。久之，乃穴牆而出，牆邊有麥一大甕，甕破，麥植立不散。雷既去，欲收埋，復震動，醮祝後方得收。」予問僧，此僧生平多作何事。僧曰：「其人亦無他過失，蠢然耳，蓋前因也。」

嗚呼，鬼神之理，其灼然不可誤也久矣！古之聖賢，未嘗言無鬼神也，而斷然以爲無者，自宋儒始。若其果無也，彼立牆畔如火餤蓑衣者果何也？偶值之，又何以不擊其弟子，而必擊其師哉？或者曰：雷果有神，世之作惡者亦多矣，何以不擊？予曰：天道在隱顯之間，不可測，可測即人道也，非鬼神之道也。若隱若顯，而忽示以祥，忽示以威，所以爲鬼神歟！世之言無鬼神者，其惑不可解也，則請視青溪雷事。作青溪雷説。

〔一〕近集題下有説字。

金陵街石〔一〕

洛陽石經，蔡中郎所書，凡四十六碑。至范蔚宗所見，其存者僅十六耳。自唐天祐中，韓建築新城，而石本委棄于野。朱梁之變，劉鄩守長安，有幕吏尹玉羽者，白鄩請輦入城。鄩方備岐軍之侵軼，謂此非急務。玉羽紿之曰：「一旦虜兵臨城，碎爲矢石，亦足助賊爲虐。」鄩然之，乃移還于城内。此神物所以不爲瓦礫，而至今存者，尹玉羽之力也。宋天聖中，詔營浮圖。姜遵在永興，毁漢、唐碑之堅好者，以代甎甓。當時有一縣尉，投書具言不可，力懇不已，至于叩頭流血。遵以其沮格朝命，罷之。自是人無敢阻之者，遵因此得進用。此投書尉，必佳士也，寶愛舊跡，至于叩頭流血以請而不得，以至失官，亦甚可哀。至今逸其姓名，不得與玉羽並傳，則尤可哀矣。

予遊南都，見其街多以青石爲砌，瑩于鏡面。有故老云：「此皆先朝舊豐石也。」予謂不然。昔魏文取兩漢碑，爲九華殿樓基，識者已卜當塗之德不長。況在盛朝，寧有斯事！姑無論聖明在上，即翊運諸公，其識豈出玉羽、縣尉下哉？六朝舊地，物力原饒，自多佳石，且臨江水，采取不難。故老所傳，不足信也。

〔一〕近集題下有説字。

珂雪齋集卷之二十一

王開府相贊

德也而其機圓，其體方。温如趙璧荆玉，而不紊其辨；灼如禹鼎秦鏡，而不露其芒。功也而符分百社，乳迸千門，立青蒲而銀榜借回天之力，持丹書而圜土載解網之恩。行且恬波息馬，支撑乾坤。言也而葧從根拔，流以源注。不爲法縛，而極文人之變態；不爲才使，而稟先民之程度。乃旁溢而成趣，又皆不朽之所餘。躡屣必凌蒼翠，奮塵皆落璣珠。吹雲潑墨之畫，伸龍屈蠖之書。凡百家之奥妙，皆入髓而遺膚。望而即之，真山高海闊其規模，而蓄泄珍奇，包藏雲雨，無所不有，而亦卒歸於無。斯真孕靈秀於數百載，爲持世道之一流。而豈止如漢殿所圖，五代將相之赤泉侯也。

顧先覔贊爲題

夫夫也，身雖火宅，志在冷雲。蓋將息機於青泉白石之間，而未能即遂。故其意如有所往，而其目專有所凝，殆不止爲擔風握月之文士，而將來且作服霧餐霞之道民。此予密察之阿堵之間，自謂遺膚而得其神者也。

大士贊

大士如月，人心如水。潭水澄清，月現潭裏。不可思議，犀文象蘂。感應道交，生智慧子。

潘生覔贊爲題〔一〕

癯其貌，腴其神。昔也走馬擊劍，今也五車紛綸。漱曹、劉之潤，問班、馬之津。遊俠處士，慧業文人。噫！吾鄉貌其似也，吾今乃識其真。

〔一〕本篇據集選補。

吴正子像贊〔一〕

左有喬松，右有修竹。後倚懸巖，前臨飛瀑。置子於中，冷然不俗。文人之藻，道人之骨。得飽伊蒲，而誦貝葉。人生已足，又何必飛而食肉？子計甚縠，并爲子祝。

〔一〕本篇據集選補。

汪氏叟婦像贊〔一〕

君公避世，范叟成名。與時委蛇，跡燠神清。淵淵樹德，如耳忽鳴。數米不校，同上行生。優哉游哉，以樂天年。何以治生，尺宅寸田。交梨火棗，此中自全。惟兹淑配，孟、翟同賢。外德金玉，内行蘭荃。緑窗縫掖，戚里喧傳。苟隱德之相儷，亦何羨乎劉綱夫婦之俱仙！

〔一〕本篇據集選補。

香猪贊

萬曆庚戌十二月之十一日，予居沙市，閒同衲子寶方過十方菴，逢周居士念浄，云其比鄰鄧氏，偶得償債猪一口，數日不食，欲殺之。方礪刀次，而異香忽滿室，徧覓室中無有，則從猪身出也，耳目口三處尤香。予與寶方遂拉居士偕往觀之，至鄧氏，猪適在門，殊馴擾。予與寶方以手抹其耳，有異香，眼淚尤甚。手至次早，香尤鬱然。感而作香猪贊。

含靈雖同，報趣迴別。或處於山，或居於澤。即屬養物，亦多齵潔。不浄之尤，惟兹剛鬣。盤餐糞壤，園觀溝渠。喙與穢會，身惟虱都。專供鑾刀，業報靡逾。如何此畜，忽出妙香。香氣滿耳，香淚盈眶。香滿牙齒，氤氳非常。或云偶爾，欒虛菌蒸。是大不然，兹實有情。不同頑質，幻變無因。或云爲災，或云爲瑞。或云宿業，少福多罪。如比丘尼，宿誦法華。以破戒故，後墮淫家。以誦經故，口吐蓮花。茫茫業海，因果無差。多生罪累，感此艾豭。一念之善，香氣交加。是誠有之，猶屬常見。惟我大士，異類中現。五臺薄荷，冢中説法。晁氏所書，佛在齒頰。一月普攝，印滿千江。入流分身，處處放光。天見天身，龍見龍王。蠕族蛸種，蜍國蟻邦。擊大法鼓，建大法幢。維此異猪，莫作犺矚。亦非斗精，亦非仙牧。我方教體，純用聲音。彼衆香國，佛事香雲。是大士者，從衆香至。以香説法，汲引諸類。聞此香者，普發深信。是謂大士，説法已竟。猗與此香，旃檀難同。旃檀之香，但能逆風。不能使人，心地開通。猗與此香，遠勝牛頭。牛頭之貴，價值閻浮。不能使人，增長薰修。此香大士，不可思議。如阿欶國，遇不再遇。嗟爾衆生，日夜鼓刀。一餐不肉，預憂腹枵。豈知中有，大士之曹。何忍屠戮，是烹是熬。有戒則香，無戒則臭。身是行厕，心如糞豆。香海浣洗，亦莫能救。試觀大士，芬香酷烈。是何因緣，可不努力。我來隨喜，彌耳閉目。雙淚横流，如見舊識。以手撫摩，一宿猶熾。矢心精進，同歸香國。和南作讚，以代心勒。

行路難（一）

萬曆庚子，予應秋試後，從中郎使車南歸。方葺理書社，自謂瀕年奔走道途，可息肩矣。十一月廿六晚，忽得伯修訃音，一家昏黑，不知所爲。兩三日痛定後，稍訊信出黄太史書，大約言邸中無主，兄可急來；且爲覓得傳符，可星夜行也。大人含淚，命兒可速往。予哽咽不能答，是時王母亦于一二日不起，而予小兒子海亦逝，荼苦殆不忍言。予亦念邸中卒卒不能日夕淹也，遂以月初離邑，中辰渡江，於風帆中，回視大兒於江上，鵠望舟中不歸，爲之淒然。從江陵抵建陽，漏下矣。一僕熟驛路，語予曰：「今夜尚可走荆門，特是驛人悍甚，非威之不奉符也。」予曰：「不可生事，寧緩行也。」僕曰：「歲且暮，河一凍，則屯守河下。邸中以日爲歲，須乘月行，乃可計日而至。」予又囑之以善語其人，毋生事也。僕乃繩郵卒，杖之過。其人自破鼻流血，大呼其羣，各執梃及瓦石走旅舍來。急閉門，瓦石皆從屋上過，罵聲不絕。覓僕，已匿牀下。予乃呼逆旅主人，語之云：「實是吾僕獰，當笞之。」諭諸人且散，乃已。是夜竟不成行。明早取道，舍中兒曰：「謹備之，道上有人也。」予乃令旅主人傍予輿行，見道人持梃者紛紛至趨僕。僕馳馬走，背中瓦礫。遂枳輿不得行，予呼主人善諭之。其人皆曰：「郎君善人也。」釋之去。自此益緩行。然至中州，則奉符惟謹，不敢譁矣。予亦舍輿乘馬，馬上悲慘之甚，間口占數語破悶。時新戒葷血斷酒，至夜無聊，同侶強之飲，予終不忍破律。

行至黃河，河冰初泮，兩岸不得一舟。訊之，則困于郵使，匿焉。自辰至午，徬徨無以爲計。俄見道上有人持一竿，往尾之，得舟。乃滇中一孝廉，丐之長令者也。既得舟，人馬狼藉，舟中亦不暇顧，遂渡河。孝廉揖予曰：「天涯無侶，願隨驥足。」予曰：「可。」遂偕行。窮日夜，鬚鬢皆爲冰結，面拆手龜。至順德，夜行，孝廉馬不力，數詈其僕。至驛方旦，各至旅舍早食。俄門外大呼，有蠢僕入。予曰：「外何擾擾？」曰：「殺人。」予大駭。俄而孝廉自來邀予，予不知爲何，過視之。見孝廉僕與一郵卒爭一刀，僕持其柄，卒持其鋒，鋒入指内，血涔涔如注。訊之，則孝廉僕嗔馬不力，取滇刀割其馬障泥及鞍韉等物，所割殆盡。二卒方大飲，醉見之，曰：「若何不割我？」取刀自割，僕不與，故相持急。其類不平，遂持大木挟孝廉及予，亦誤以予爲同事人也。予與孝廉從後室避之，至予寓，方坐定，而卒塗血持刀來。予復避之，孝廉大呼欲起，予曰：「此野郵也，無官可籲。又豎子俱極醉，萬一相逼，而成他變，豈真珠抵鵲也。君其忍之。」予乃呼主人語之曰：「我楚人，孝廉滇人，非同事也。」主人始知之。予又曰：「若可諭其人，鞍韉係其主人家物，彼懼故爲此耳。我予以錢，孝廉家奴實横，決不罪若。」主人以是語二醉豎，豎乃止。予乃先送孝廉行，始往至前途。予疾行，不復並轡矣。

月終，乃抵都門。望見都門，予腸如割。至邸舍，隕絶。頃之，黄太史至，相向而哭失聲。住此凡三月，俱在痛哭聲中度日，昏昏惘惘，不似在人間也。遂以辛丑四月，扶櫬從潞河發焉。潞河多舟，馳驛者舟人以賄求之。是歲，水涸無舟，與差使爭，乃得二舟。方行十餘里，遂不能行。舟人下水推移，一日僅里許。予乃歎曰：「茫茫六千里程，何日至哉！」凡五六日，始抵天津，暮矣。予見岸上多草舍，心計曰：「儻回禄忽起，奈何？」三鼓，舟人皆倦卧，予尚坐，俄岸上大呼「火起」，予急窺之，火光已燭天。予大呼舟人及諸僕起，令急移舟。舟人起倉卒，拔鐵鹿不得動。火逾近，百計乃移至對岸，予不能聲矣。初以鎮江一舟置眷屬，而櫬舟尾焉。鎮江舟疾，其人皆悍喜事，與山東一運船相撞。運船破，糧漸漸墮水中，予舟在後，未知也。見岸上戍卒隨予舟而呼曰：「壞舟沉糧，願救性命！」予大駭，乃知爲前舟事也。予自思此係官糧，事不小，當奈何？乃令人持一字告之督運者，幸督運者寬之曰：「但往，吾自區處之。」乃得脱。然路多中貴人舟，予數數戒舟人令相讓，不過遲接纜一刻耳。舟人多不遜，數有爭鬬。予曰：「此凶事也，失手誰當之？」舟人曰：「漕河常也。」亦少戢。然每一舟至，則予膽落矣。

舟行至交河，舟人於驛遞乞夫，竟無有。曰地近荒旱，又無支費，驛丞吏俱遠遁。前一官，住此一月，始得行，蓋於市上居民稍温飽者，使顧募。後于公費内償之，十不得一，人甚苦之，以此居民亦多散亡耳。舟人去如額尋覓夫者，大爲市民所窘。一人傷。俄頃兩舟舟人係得一人至，即傷人者也。予屢戢之，舟人俱云：「若此慈悲，即窮年不得抵家。」予曰：「固也，然寧徐徐，恐激變耳。」皆鞅鞅以去，曰：「姑於此度夏。」予乃問此去縣治路若干，曰可五十里。又問長令何人，曰長令久闕，署印者校官也。取儒林閱之，乃王公，曾爲常熟令，與中郎舊同事者。遂作一字達之。王次日遣一役，以顧募金并書來，甚委曲，遂得夫，喜謂解纜有期矣。而舟人及諸從者謂：「市人傷吾人，即縱之去，下驛聞風，益不奉符矣。請笞之，少示威稜。」予曰：「不可。」諸人跪懇，曰：「某等非爲私憾，政爲程途耳。」衆人遂強笞之，予止不得。笞罷，人逸去。解纜半里許，舟人各持梃督牽纜者。頃之，舟尾鳴金大呼，可百餘人，持器械追來。至則擊舟人，能水者入水避之，惟一人不能入水，遂爲所傷，頭破昏死。以大石及瓦，中舟如雨下，窗檽皆破。眷屬盡號泣，駭欲絶。初執其人來時，予意釋之，令人予飲食。及笞時，獨衆人欲苦之，予甚哀憐見于色。其人亦知之。正搶攘鼎沸時，有一人大呼于後曰：「苦我者，舟人也。舟中貴人，仁人也，不得驚之。」衆人始不復登舟，而所擊之舟人竟斃。予曰：「彼見人死，其黨必益肆國狗之瘈。」予令提其人入舟，詭云：「人未亡，若輩欲何爲？」其人大呼而散。視其人尚存一息，但頭破傷重，血出不止，不能甦。遂置舟中，静俟之。時天暑，血腥滿一舟，予心傷之甚。次早，血稍止，云能飲食。予分盤餮飲食之，大喜，謂有生機矣。過數日，有舟人爲理髮，則蛆蟲滿頭，擊深處寸餘。予聞大愕，稍以解毒末藥傅之，幸而不死。舟人欲圖報復。予曰：「若輩亦自生禍，況茫茫道途，誰能羈此耶？已矣，莫若行也。」行一日，風逆甚，泊野市。予方晏坐，見舟尾有人呼曰：「前舟移去！」予出視之，見有十餘健兒，牽纜逼舟後。舟人怒曰：「此貴人舟也，客舟乃敢爾耶！」予見牽纜者一人私向舟語曰：「我輩浙中征東卒也，凡三千人，無帥又無糧，沿途擄掠。爾舟不宜犯之，可急移對岸。」予曰：「此神教之言也。」急移舟，則見後舟可數百艘，中多女妓及良人婦，皆所擄掠者。移稍遲，其中人皆戟手奮拳詈，我舟漸遠，尚聞叱咤聲。予囑舟人及僕輩曰：「此浙中亂卒也，既無統帥，即受其虐，誰控訴者？汝輩但静坐舟中，不得出一語，致争端也。」語未終，而市民哭聲震地，有奪婦女去者，有奪所市物去者，誤以予爲帥舟也，隔岸訴者，以頭搶地，哀籲不絶。予嘆曰：「古人云：『聚兵易，散兵難。』當事者置此三千人度外，不以一官統之，且不與糧，令其何策以歸，是教之盗也。惜此小費，令一路民受大毒苦，有司袖手無計，干戈亂離之象，今日見矣！」予固徐行，使之先去。然其舟沿途肆毒，不即行，每與我舟相值。予益緩，乃離後軍。舟至臨清，居民訴奪妻女者如雨，憲使鍾公乃用市上排門夫四五千人圍之，令曰：「若不縱婦人上岸，當立殲若輩！」諸卒懼，悉聽諸婦女走岸上，親識號泣持之去。鍾公又令人逮其爲魁者百人，皆與杖，仍以卒圍送出境。後始戢。

予舟既至臨清，又爲稅使所厄，大輸金錢，乃得行。方解纜，岸上人曰：「何往？前途水涸矣！」未行三十餘里，舟漸淺，不能行，遂止焉。至辰河，見底矣。天劇暑，河揚塵，纜夫數十人，欲縱之則難前途，止之皆無食。予乃日煮粥食之。眷屬舟住處，隔四五里不相聞。僕者來云：「夜來眷屬輩驚駭甚。」是夜予乃自至前舟，露坐船上，舟中稍定。已而念水不即至，人心洶洶，不若暫往東昌官舍，候水至始登舟。舟中皆喜。乃于次日從陸至東昌，閱數日後水至。蓋前爲中貴閘水，以運重舟，故驟涸耳。從東昌行至濟寧道中，糧舟鱗次，數相爭。會督漕劉靜川公遣使至，故得無梗。抵徐，其見厄于稅使，輸金錢以脱，亦如臨清事也。而縱爪牙登舟搜索甚之矣。出徐時，苦風逆，自三月至此，兩月餘矣。局促舟中，若籠鳥係駒，然亦以此盡閱宗鏡及傳燈諸書。至廣陵，憊極矣。得信，知仲兄已到此，爲之一快。是日聚首廣陵，悼傷逝者，不勝酸楚。然久困郵中，于天涯見骨肉，又不勝喜躍。

徘徊數日，三舟同發。天溽暑，又多惡風，常阻江上。偶行，有疾風黑雲起，舟人曰：「風至！」急收纜，風力勁，纜將斷，幸而艤岸，大風捲地至矣。江水方漲，一望浩白無涯，甚怖之。過安慶，偶得順風疾行，俄聞桅上作大聲，如倒狀。急觀之，則帆裂墮矣。馬當夜渡，江下岸皆亂石，險不可測，舟薄之立壞。時月夜當江而上，迫岸，風漸起，舟漸落。榜人曰：「若至下風，何以爲計？」予嘿禱於神，幸而濟，泊於彭澤。而眷屬舟又隔十餘里。風益急，夜半舟始至，則疾風吹浪人立，稍遲殆矣。至武昌，予乃覓一舟，先從漢口歸襄。江水大發，牽路盡没，一僕幾溺焉。抵家，見大人于佚老堂，悲泣哽咽，相視不能言。後十餘日，櫬舟始至。

〔一〕集選題上有書字。

書王伊輔事

王伊輔，字任仲，蘄州人也。少俊，喜讀書，内外典皆通曉。時人比之應世叔。爲人豪放輕財，面有奇骨，長髯，好譚兵。予少年雅負才氣，謂功名可唾取，易言天下事。自辛卯後，連擯斥，乃好任俠。危冠綺服，騎駿馬，出入酒家，視錢如糞土。數年，大爲鄉里毁駡，妻子怨嗟，羞不能歸。乃走鄂，病大作，卧一古廟中，寂寞無聊甚。而任仲忽來視我，相勞苦如舊識。是時任仲失意，隱於鄂中酒家。予故人兵長孺，爲里中人所窘，皆聚鄂中。是人皆才子，不得志於時，尚意氣，雄心不可調伏，逃而娛樂，意與予合。乃相攜，分題賦詩，醉則起舞，登徘場，演新曲。一醉三月。興盡，彼此各鳥散去。

予乃與長孺買一舸東下，過潯陽，登采石，憩金陵，醉桃葉渡，走西湖，醉卧湖上。月餘歸，至團峯，别長孺，至武昌度歲。未數里，風起，四面昏黑，雪大作，頃刻尺餘。波濤吼怒，舟不能前。方臨水浩嘆，俄一舟從天上來，見一人左手持書，右手持酒杯，雪花亂點衣裾上，四望江山浩白，意致遒逸。逼近，乃吾任仲也。相視而驚，躍於舟，各訴别後事。乃知任仲從鄂渡湘、漢，飄零荆、郢間。荆州多商賈兒，不能知任仲，復走鄂，歲盡思歸。予問歸作何計，曰：「試期迫矣，且歸去待之，或得一第，以救貧困。」予曰：「善。予亦歸矣。」相與嘯咏而别。

予既歸，讀書一寺中。三月内，夢與任仲會一橋上，蓬髮垢面，目光黯黯，語予曰：「怪事，怪事！然吾有一子。」予曰：「勉之！讀書取功名，愁能傷人，莫太苦也。」任仲如不聞，復作前語。遂覺。予寤以爲不祥，以語兄中郎。中郎曰：「天生一人，既賦以拔俗絶羣之才，必有用於世，豈詎奪之哉！」予亦以任仲相非夭者，不復疑慮。後人漸有傳其死者，予乃大懼。

七月，至武昌，問之人，則任仲果死矣！死之日，即予夢之日也。予既爲位哭之，憂思愁鬱，忽忽如有失，不飯而飽者彌日。方欲恤其妻子，收其遺文。而予復遭侘傺，病作困甚，倉卒歸去。六七年來，友朋皆凋落，任仲既已死，長孺近亦多病，餘多忍恥歸去，杜門不出。予又窮困倍昔，所算輒錯。奔走江湖間，其不没於洪濤，畢命於盜賊者無幾！今方依人千里外，一妻兩兒，終年不得一耗，饑寒生死不可知。上愧郈成之分宅，下痛西華之失所。中夜思之，披衣而嘆，傷哉，傷哉，吾其如天何也！

書人帖後

古人云：「親恩罔極。」果然。於何見之？夫功名富貴，講學者之所不譚也。人有沉溺於是者，則必笑之。及至於子之身，則不然。彼其以子得之而喜，失之而悲者，皆是也。狂者進取，狷者不爲，皆高明倜儻，脱略世故人也。古今之人品有類於是者，講學之人，亦深取之。及至於子之身，則不然。彼其以不羈之故，而見棄於父者，皆是也。吾以是知父子之情果重，而其恩果罔極也。何也？彼其愛功名富貴者，真也。人忍以不真待人，而決不忍以不真待子。取狂狷脱略之人者，假也。人忍以假待人，而決不忍以假待子。此其恩爲何如，相愛之情爲何如。而世高明之子，反以此歸咎於父之不知，則亦過矣。

子矣。蔡中郎之醉也，常狼籍而卧於街市，人呼爲醉龍；使其父過而見之，必以爲無賴子矣。陶潛一官不作，王弘送以錢，復送之酒家，至其瓶空，不恥乞丐於市；使其父見之，必以爲薄福子矣。阮籍之待人也，而好爲青白眼，當世宗其任達；使其父見之，必以爲傲惰子矣。夫此數人者，皆古今之鸞鳳，景星卿雲。其所與並生，同時居官成家立業之子，不知其數，真如瓦礫草木。人品不同，何待於言。然世之爲人父者，苟見其無益於子，雖才如中郎，高如陶潛、阮籍之流，不願其子有之。見其有益於子，雖爲草木，爲瓦礫，而亦甘心焉。此其所以爲真愛也與！故曰：「親恩罔極。」李生曰：「非欲其有益於子也，欲其有益於父也。非愛子也，父之自愛之道，當如是也。」

書雪照册

甲辰秋初，予避暑荷葉山房。未幾，中郎偕雪照、冷雲二禪師及雲心居士至。已而寒灰老禪亦至。山房僻在萬松中，清寂之甚。每夜月明，露坐秋埸上，相與激揚第一義。凡月餘，甚暢。因嘆吾輩偶集於此，結世外盟，非夙生人外之契，何以有此？隔生雖昧，而般若緣深，故東南西北，復萃而爲不請友。豈惟此生，即千劫可知也。

是夜，月明如晝，諸公譚鋒正發。予因假寐，俄至一處，見一龐眉老僧，語予曰：「公等欲知宿世之事乎？中郎前身即蘇公子瞻，公即子由也。雪照師即金山了元，冷雲即風篁嶺之辯才，寒灰即東林總，而雲心居士即參寥子也。今皆聚於此矣。」予曰：「諸人前後了然，獨兩蘇與予兄弟，尚覺有異同處。」老僧曰：「子瞻息機也遲，而中郎息機也早。遲則蹶，早則無咎，其有所懲而然。與公前生稍沉静，今生稍流動，而其所就亦稍廣大，大略同也。」予因問之：「師何人也？」老僧笑而不答。予遂寤，時諸公論難方熾，予以所夢質之，皆躍然，若有憶者。次早，雪照伸紙覓書，予因銓所夢付之。予謂雪照不獨參悟處似了元，即慧心滑稽處亦相似也。所不似者，不肯買燒猪肉食吾輩耳。若肯典袈裟成此一事，則全似矣。諸公皆絶倒。

書唐醫册〔一〕

予少時失意好遊，南走吴越，北走九邊，以少洩其雄心。而所之必挾一醫以俱，唐生其一也。唐生江右人，以醫遊楚公安。出則隨予遊，歸則隱里中，從兩叔飲。予罷遊，多里居，常語兩叔，唐生從遊，有大快事三：中郎與予入都，取道宛、洛。天日清和，皆舍輿而騎。先入傳舍，而令唐生代居輿中。未至城十餘里，郵史拜迎。唐生錯愕不知所爲。鼓吹大沸，呵殿聲甚厲，蜂擁而入傳。唐生下輿，殊有驕色。此其一快事也。梅客生開府雲中，予往客，置酒桑乾河，大合樂。是日，材官悉裝，甲光耀日。行酒者，皆萬户。而唐生與席，醉後走馬平原，偏裨圍繞一簇如紅雲。客生與予，馬上飛鳴鏑，箭如叫鴟。而唐生亦以一騎隨其後。此其二快事也。寓都門，有新安賈人，治酒教坊。予以他事不終席，而賈人已先予金，留唐生代飲，畫閣朱欄，緑窗繡榻，帳牀皆綈錦，香清一室。入暮，兩小鬟供事，爲除冠服。幘已敝，内着木緜大布襦，行縢如梯。小鬟皆匿笑，唐生亦自笑不止。夫此地非治俠不到，而唐生亦得闌入，若樵夫之遇毛女，漁郎之見仙媛。此其三快事也。諸叔聞予言，皆大笑。每酒間輒以謔唐生，唐生亦甚自得。予後遊，念生已老，不復俱。

丁未，予自漁陽歸。入村中，稠人中不見唐生，以問兩叔，曰：「唐生逝矣！」訊其鄉之族人，則曰：「來時已斷水漿累日，今逝去或數月矣。」予泣曰：「傷哉！唐生頻年從予奔走，冀予取一第，沾升斗之潤，而今竟已矣！後當爲撫其遺孤，不令凍餒。」又三年辛亥，再入村，舟泊輞湖岸，天微雨，晝色慘淡，釜鬵鱗鱗。見一人持蓋入予舟，視之，則唐生也！予大駭曰：「此必鬼也！豈故人之魂，聞予至而來，有所託耶？抑所謂三尸者，假人面貌來播弄予耶？」私念鬼畏唾，急唾其面。唐生曰：「公少好調弄人，今老大，尚爾耶？」予曰：「公殆非昔日同遊唐生也。予前年至此，問兩叔及公族人，皆曰逝久矣。此非鬼而何？」唐生曰：「信乎其逝矣，然予幾逝而復生者也。」正相持辨論，而兩叔來舟中，大笑，道其再生事，予之疑始釋。復以酒酒之，改故衣贈之。出囊中金，爲市棺。

時唐生將歸吴，帽中取伯修、中郎所書詩文一册，雨溜煙痕堆積，幾不可辨。且云：「與公相與最久，都不得一字。每乞則曰徐之，再徐之，唐生入土矣！」予曰：「徐之，公壽未也。公醫術按古方，雖未必活人，決不殺人，是宜壽。家雖貧，而胸中灑然無一事，神明酣適，是宜壽。凡物類如猿如鶴，皆數千百年。公瘦骨稜稜，圓目鋭啄，通身皆毛，大類猴也，是亦宜壽。予今且隱里中，築湖上草堂，公明歲必來，當爲公作生傳。」唐生曰：「老人風燈也，姑爲一言，使後世知有唐生足矣。」予遂援筆次其語以付之，而并訂來年聚首之約，其中多謔笑之語，大都車過三步，腸痛勿怪意也。

〔一〕近集題作唐醫序。

書雪照存中郎花源詩草册後

此先中郎兄甲辰、乙巳年間筆也。甲辰夏，中郎偕雪照、冷雲、寒灰諸衲，及予避暑山村，凡兩月餘。松林荷池，聚首話言，爲生平第一快事。入秋，中郎偕諸衲走德山、桃源，予走黄山。初冬復聚柳浪，發篋見其游程詩記，倩冶秀媚之極，不惟讀之有聲，覽之有色，而且嗅之有香，較前諸作更進一格。蓋花源以前詩，間傷俚質，此後神理粉澤，合併而出。文詞亦然。今底藁具存，數數改易，非信筆便成者。良工苦心，未易可測。追思當日舊侶，目前惟雪師與予在耳。展玩一過，不覺腸痛。若夫字類松枝，媚氣盡絶，亦甚可喜。置之金粟社中，永與貝葉共垂不朽，尤此册之幸也。

書顧讓侯册

清泉流水，性之所宜。宿世詞客，前身畫師。故不愛佩玉，而愛采芝。蓋於霹靂火中，潔如雪而冷如冰，即没世而猶不忘曳杖登臨之情者也。如不信，視其藏舟處鬱鬱之紫藤。

書青蓮庵册

嗟乎，予又何忍見此册也！追思飄杓之語，予每言及，吾兄未嘗不粲然一笑，而今已矣！柳浪湖中，六載匡牀，東南西北，形影相逐，皆如夢中事矣。予又何忍見此册也！册中所言，叮嚀若此，而顯公猶有飄然遠去之意。夫顯公果有飄然遠去之意，是以逝者待逝者也，不可也。即顯公留矣，止於碧酣，而不以遺命所捐之地，置一精藍，是亦以逝者待逝者也，不可也。即顯公置精藍矣，而吾輩不爲作緣，不爲護持，是亦以逝者待逝者也，不可也。夫顯公以逝者待逝者，不過於故交之誼有損耳；若吾輩以逝者待逝者，是爲不弟不孝。不仁如是，雖欲不留顯公，不共成其精藍與護持之也，又烏忍耶？且此地之來也，予與祈年姪受直者也，不得而有也。即彭年姪，亦爲先人已捐之土而已，奉其遺命者也，不得而有也。則已非袁氏物也，乃顯公及十方物也。雖然，袁氏雖不得而有之，而其祠於如來之旁者，乃袁氏之爲父兄也，伯叔也。袁氏雖不得而有之，又安得而不護持之也耶？必也顯公主此庵，袁氏世世護持此庵，始爲不以逝者待逝者耳。若夫深信因果之士，以此爲白社，因而助成之，護持之也，又何幸如之！

書隣漁子册

昔通人李温陵有詩云："漢濱有父老，試語藏身訣。"予因作詩寄之曰："漢濱父老多奇訣，數語雖存名不存。"温陵見而領之。蓋楚之隱君子雖多，而姓名俱隱者其隱最貴。自漢濱父老而外，屈大夫所遇之漁父，亦其一也。屈子不得不憂，漁父不得不樂。屈子不幸而留名，漁父幸而不著名。然隱若漁父，清貴已極，真令人懷想景行，而不能自已者也。今汪君有隱德，而匿跡於市廛，且自號曰"隣漁"，其有漁父之思乎？夫隱者，心隱也，何分烟波，何分市肆。大隱居市，汪君近之矣。

書怡山蓮社圖後

古德云："未有久住不行，未有久行不住者。"遠公結社廬山，不過虎溪數十年，住可爲久矣。然考其從安公南遊樊、沔時，安公爲秦將朱序留之襄陽，遂分遣徒衆，各隨所之。遠公乃始卓錫當陽，今當陽之龍泉精舍是也。從當陽之公安，今之二聖寺，舊爲安遠寺是也。其後悦廬山之勝，乃懷終焉之志，則亦久於行，而後住者。

今怡山遍參已久，年漸老大，色力亦不甚健，乃繪此圖自隨，亦有久行思住之意焉。豈其欲覓遠公之遺趾，遵遠公之遺事，修香光之業乎？效遠公者，既荷竿木前往，效劉遺民者，且繼踵來矣。謹書以訂。

書月公册

昔晤龍湖老人於通州，予問當如何作工夫。龍湖曰：「參話頭。」予曰：「某子甲半生參話頭，而了無消息者，何也？」龍湖曰：「不解起疑也。夫疑爲學道者之寶，疑大則悟亦大。予近來尚有餘疑，可惜不遇大作家，痛劄針劄一番耳。」予心佩其言。見世之學者，終日恬然；其稍敏捷者，隨口領略，自謂已得，始知老子所謂不解起疑者，真有見也。古人云：「薄福之人，不生於疑。」又云：「不疑言句，是謂大病。」今看古人因緣，其穿鑿者無論矣；稍有所見，淺者作逗塞情識會，深者作探竿影草會，作仙人手中扇會，遠之遠矣！疑者，參之寶也；理者，參之讎也。所悟在理，必不得力，從門入者，不是家珍耳。月湖心地甚浄，戒行甚穩，講經論極精細，而其中尤有不能自安者，蓋亦有大疑也。若盡擲去算沙諸事，而不受盲師，輕爲點破，則將來人天一隻眼矣。何幸親見之！

書瑞雲老衲册〔一〕

瑞雲祥公，肇跡本邑，南北偏參，已而住錫龍蓋山下。邑大司馬王公及諸賢士大夫，見而慕其宗風，相與挽留之。遂爲結菴以居，造像施經，粲然具備。即祥公亦捨百城之志，定交木上座矣。古人所謂未有久行而不住者也。往年予偕曾太史及王氏諸昆，過其菴中，見其居山水之湊，欣然留連，不忍捨去。及見祥公眉宇，乃知其爲修偏吉行者。

今年祥公過公安，視前老矣，太史已化去，而惟老衲屹然如故。感惜傷今，忽忽若夢。予謂祥公曰：「住山事體廢興，主人既創之，不必慮其後也。獨出家一番，原爲續佛慧燈，老衲向來偏參宗旨，畢竟如何？」祥公曰：「山僧口門窄，煩居士代一轉語。」予乃朗吟曰：「石牛面北走，木馬向南征。龍蓋天邊去，繡林水上行。」祥公曰：「居士又爲虛空安耳穴矣。」相與撫掌大笑，因喜而識之，并以爲贈。

〔一〕本篇據近集補。

書見微請經册〔一〕

雪照道人自江左來，晤予于篔簹谷。道人云：「江左諸公，發明格物，尚未見親切，不知居士作何意旨？」予曰：「我解格物，只用家常茶飯，實無新奇。孔子所云學問思辨篤行，即格物入手處也。質之佛學，可以水乳合者。不即文字，不離文字，非博學乎？南北遍參，三上九到，非審問乎？研究至理，以悟爲則，非慎思乎？大悟十八遍，小悟不計數，非明辨乎？如理而行，行解相應，非篤行乎？即大慧、中峯教人提話頭，亦止是慎思中一件事也。然下手亦須博學，古人千經萬論，諸佛心印在其中，可以起疑，可以入悟。故圭峯自圓覺入，玄沙自楞嚴入，此便是從文字入道榜樣也。」雪照頷之。雪照之徒見微聞之，若有當于心者，曰：「學既不博，問何由審？」遂附舟下江左請經。

〔一〕本篇據近集補。

書葛洪井上毘盧閣造像册

謂佛仙無二乎？楞嚴所云十種仙者，皆爲外道。謂佛仙有二乎？而劉向所記列仙傳中，其七十人已在佛經；則佛之示跡於仙者，又未可以兩家論也。葛先生之爲佛爲仙，未可知，然必欲岐之，是亦戰鴻乙者耳。毘盧如來爲佛中尊，等妙二覺不能窮其際，況天曹列仙乎？然平等視之，即蟻蝝之族，莫不具此毘盧本體，而況其上者。丹井之間，有毘盧閣，閣之上有佛，闔之即成一家，理固應然，無足怪者。成意以大願力欲於郢結造像因緣，予媿葛先生不能以丹砂與之，姑予之以唾霧。若逢大力長者，則字字皆丹砂也。

書名公便面册

便面一册，皆伯修先生宦中交遊諸公詩也。中多世外高人，若卓吾、石簣、平倩詩書，尤爲難得。自伯修居京師，凡伯修所與交遊者，予皆得而友之。庚子以後，伯修去世，友人相繼或逝或隱，去年復失中郎。寒雁一影，飄零天末；此中蕭颯，豈可言喻。小阮未央重拾取裝潢，示予於二聖寺智者堂，竹下閣筆，不忍細玩。嗚呼！予雖欲不入空門，其可得乎！夫楮墨之中，先太史神理所寄，未央當以淨水名香供養之，不可輕以示人，爲寒具污却也。

題米元章畫竹卷後

今日晨起，君超見訪篔簹谷中，坐浄緑軒前。時天雨，新筍滿林。籜破處，嫩緑欲滴。遂燒筍共飯，復出此卷相示。頓覺萬竿神情，盡落毫素間。信知竹于花卉中，爲世外之品。非世外之人，若仙之五指，顛之牙頰，不能肖也。展玩不忍釋者久之，因笑曰：「今日六根五臟，皆化爲竹矣。」

書澄公修天王寺册

昔予兄中郎令吴時，以勘災故，得遍游洞庭兩山，向予極言消夏灣之勝，予夢想之久矣。兩度至吴，屢欲遊而屢不果。今澄公所欲修之天王寺，正去消夏灣不遠。想青豆、赤華之舍，其峙於蒼壁澄波之中者，不知其秀媚當何如也。昔外道欲障如來，云：「瞿曇所愛者，清泉流水，當爲塞之。」則山水之趣，不獨韻人致士有之，即佛亦饒之矣。何者？凡成佛者，多慧業文士，有韻有致者也，豈板俗庸夫所可與哉？扶輿之氣，結爲佳山佳水，而盡以爲梵宇精廬，非人也，天也。今欲崇奉如來，乃置之朝市囂雜之地，即竭象馬七珍，何福之有！佛事門中，煙雲供養，當爲第一。而西洞庭之天王寺，近消夏灣，尤煙雲中之最秀冶者也。其修也，雖人間之福田，尤世外之韻事。故急書數紙，付澄公以勸緣。

書方平弟藏慎軒居士卷末

戊戌之冬，伯修、中郎皆官都門，予亦入太學。慎軒先生從蜀中來，邸中聚首甚密。時中郎作詩，力破時人蹊徑，多破膽險句。伯修詩穩而清，慎軒詩奇而藻，兩人皆爲中郎意見所轉，稍稍失其故步，讀此諸作自見。惟字法愈出愈奇，決當爲本朝第一。彼甲油膩祝允明者，無目者也。方平其善寶之。

書黄筌花鳥册

昔人謂徐熙寫生，黄筌嗤其無法，則筌疑宜爲法縛者。此殊不然。浣紗女入越宫後，舉止皆合法相，較在若耶溪上，不更妍耶？觀筌此畫，於矩繩内神情奕奕生動，何嘗不兼野逸之趣？世專以富貴目之，謬矣。彌遠詩不多見，亦自有致。歲杪過元洲社兄處，偶出此卷，卷中花鳥，堦下竹石，互相暎帶，真快人也。

書學人册

良知之學，開於陽明，當時止以爲善去惡教人，更不提着此向上事。使非王汝中發之，幾不欲顯明之矣。蓋陽明先生認得世間人資質虚浮者多，概以語之醍醐上味，翻成毒藥；不若令其爲善去惡，且作箇好人。如有靈根，發起真疑，亦自可引之以達於上。然此亦千中無一，萬中無一事也。後來王汝中於天泉橋上發之，陽明雖指四無爲向上一脈，而亦未嘗絶四有之説，以爲不須有。正如創業祖宗，兒孫事體百凡俱慮到，亦不偏有所祖，令後來易成竊春。而尤諄諄語汝中曰：「吾人凡心未了，雖已得悟，不妨隨時用漸修工夫。不如此，不足以超凡入聖。」所謂上乘兼修中下也，是何等穩密。近日論學者，專説本體，未逸逗漏，大非陽明本旨。予故違衆拈出，高明以爲何如？

書靈寶許金吾先園圖後

聞喜李文叔曰：「園圃之勝，不能兼者六：務宏大者，鮮幽邃；人力勝者，少蒼古；多泉水者，艱眺望。惟斐晉公湖園兼之。」予謂晉公不獨林園美也，自平蔡後，即弘止足之分，早奉身而退，優游東都，與白、劉諸公賦詩泛舟。則園之美不易得，而享此美者，尤不易得。其視贊皇平泉，垂情於一草一石，而竟飄零海上，投老不及一至者，相去遠矣。

靈寶許氏，自襄毅公歇歷中外，功在邊陲，其後相繼，皆爲國柱石，多與晉公同。其邑之郊坰，名神窩村者，許氏墓田在焉。太守西峪公卜築於此，占林泉之勝。李文叔所云六美者具矣，則園亦與晉公同。然皆少壯而仕，老而乞歸，醉墨淋漓，湖山優游卒歲，則能享亦與晉公同也。顧晉公於唐，以功名顯者，僅孑然一身耳，其後子孫亦不聞有顯者。則主湖園者，何寥落也。而許氏自襄毅而後，皆爲國大臣。今金吾崧居君，少爲名儒，以數奇就先蔭，行誼文采，卓爾不羣。吾固知許氏之興未艾，由此觀之，雖晉公湖園，不敢比肩，而況平泉乎？遂喜而識其後。

題崔受之册

受之少有千金之産，竟以結客廢。今蕭然貧矣，而懷抱益暢，每相遇，輒胡盧大笑。居予篔簹一年，無時不笑。舉人所不足笑，不必笑者，一入其耳，輒絶倒於地，不知其何以酣暢一至於此？無論饑寒迫之，而其笑如故。今春别予游沙頭，終日沉醉，遂失一目。予聞之，料其必愀然不自得；及相見，仍大笑不自禁。予以是知此翁雖六根盡廢，亦必不改其懷抱矣，可易得哉！予親見里中富人，鎮日焦勞，隱隱如哭；即偶有大笑之時，而其神未常不哭也。求如受之一刻之笑難矣，此豈非天所賚歟！昔向子平讀損益卦，始悟曰：「富不如貧。」向平雖悟，予猶迷也。今見受之，而富不如貧也，果不煩箋註矣。或曰受之數學甚精，固能泊然自得。然歟，否歟？而予則愛其常發歡喜心，作快活人也，遂題其册曰：富不如貧。

書黄平倩楷書心經後

王靈和草書第一，行書次之，真書又次之。予於平倩亦云。是書得小字如大字法，嚴而不局，老而帶媚，妙處不減靈和。達止上人其善寶之，毋令潦倒山東書生見也。

書僧玄指册

柴紫諸山，極秀冶。其中禪刹相望，僧人執畚田作，與農夫無異。訊以出家本旨，喑然也。葫蘆中忽出跡公，雖吴越少有其比，豈止此地優曇而已。跡公之徒孫玄指，不以庸俗自安，有志參求。夫爲善知識後人，亦自未易。若止看山聽水，與禿春畦何以異哉！努力行矣！

蘇叔子字説

廬山有康王谷，其水品爲天下第一，乃周康王行遊處也。康王名釗，今康王谷畔，尚有釗城。因蘇叔子氣味不減斜川居士，當知泉石之趣者，故書以贈。

書東坡洋州詩後

洋州三十園池，東坡一一賦之，煙雲姿態横生，而書法亦駸駸乎蘭上風氣，殉知之合，固其宜也。湖州後爲東坡畫黄樓障子，未及成而終。湖州女遂作粧奩中物。此畫功力，亦足以敵此之十詠矣。并書之，見古人交情云。萬曆乙卯八月十九日，書於弟無凡浣花樓下。

書雪箏册後

陳姬字雪箏，少墮紅緣，色藝皆絶。都中時態新粧，多出其手，合度中節，士女皆效之。所撫育多爲名姝，清令淹雅，别有一種風氣。姬善語言，隨機酬對極有韻。然外柔而内莊，不可狎也。後字夫，夫亡，遂誓守志不改。予聞而嘆曰：「甚矣！姬之賢也。」緑窗青閨之彦，守一不貳者，外迫于世之毁譽，而不敢易其操。今居濃膩之中，人直以桃李蹊中人目之耳。其守志，而人不予譽也；其失志，而人不予毁也。毁譽之所不及，而獨能伸其志于靡他，其誰知之，而誰信之？予故以爲真人。然則姬者，豈獨爲粉黛中男子哉！其可與言道矣。樊通德有言：「慧則通，通則流。」此正下沉之情識耳。彼擁髻而嘆盛衰之不常，淒然念疲清鶩神者之變爲荒田野草，此何消息耶？通德於此，宜有豁焉，而惜其不及此也。

夫世之貞女子，挾毁譽而不敢退墮者，不過强有力以扞之。故枝葉雖除，而根株自在。若姬于此中，厭離已極，一點情染，已化爲點雪消冰矣。大慧所云「從内打出」者，依稀若有會焉。予故曰姬可與言道。昔摩登伽貪愛阿難，如來指示以不浄，而使之厭離，故與耶輸、佗羅同證妙果。吾觀姬之守志，不從名根生，而從一念之厭離生，真慧人也，道種也。故喜而爲之述。

書唐宜之浄土册

予往抱重痾，浄土之念甚切。及體中康泰，世境相迫，此念又稍稍弛矣。蓋火牛之田單，非安坐而攻一城之田單也。今宜之偶有小恙，宜有救燃之志；不知玉體大痊，唾取時榮，肯常常作此觀否？古人云：「佛法無多子，久長當得人。」子昂書中峯浄土詩，應有此意。弟更拈而出之，俟宜之他年居館閣時，取出數數觀之，作臘月扇也。

書王伯文印章册

伯文天資最慧，能詩，他技分之，足了數人。其尊公少好遊，不肯督之就經生業，故不工本業；使降格爲之，必獲一種三昧。人亦大爲之惜，而予若爲之幸者，予于此道不淺入矣，今始一遇。顧視頭顱若何，日夜腐心所結撰者，直如敝屣敗扇，可得同伯文一片石否？伯文近且入道，視此册上姓字盛衰生住，不過彈指頃，能無豁然！伯文勉之。他日印壞文成，大有好消息也。

書天與公册

吾家系出帝姚，自漢至六朝，以忠義名者，項背相接。惟宋、元間，差爲寂寞。予屢欲取袁氏之立三不朽者，勒爲家乘，而苦宋、元文獻不足。今觀仲鱗所得天與公死難卷，與當年吾家妙德先生石頭城事，正相伯仲。然天與公不食其食，事其事，而死其難，尤奇之奇者也。趙、謝負約不至，竟成賣友，可堪喂袁家狗耶？夫天與公何如人品，而史亦不載，則宋、元之文獻果不足徵也。史既不載，邑乘亦寥寥數語，而仲鱗兄乃得此一傳於市，豈忠義之光未應晦蝕，而假此以輝耀之耶？予喜袁氏三不朽傳中，以道德著者，又有天與公也。故喜而書數語以識。

書遊玉泉記後

萬曆乙卯夏，同數僧遊玉泉，沮、漳水暴至，舍舟而陸，住紫蓋一宿。走山上，雷雨大作，溪水暴漲，不得過，宿一民家。猪狗牛驢，臭穢之氣莫當，一夜捉鼻而坐。明日走泥塗中，從行人皆跌地欲哭。午，始至度門。此地去郡兩日程耳，遊者艱辛萬狀，乃知遊山亦非易事。王逸少戀岷嶺而竟不得往，有以也。

書東倭志後

嘉靖中，倭之大訌也，戚將軍橫嶼之戰，生擒九十餘人，奪所擄三千七百餘人，斬首三千六百餘級，可以封矣。晚年流落，角巾野服，徘徊西湖，如一山人遊客，亦殊可憐。嗟乎！張經、王江涇之戰，斬首二千有奇，而就吏訊，身死西市，求爲戚將軍亦何可得！此古人所以誦龍蛇之章而太息也。

書戒殺文後

東坡學佛，而口饞不能戒肉。至惠州，尤終日殺雞，既甘其味，又虞致罪，故每月爲轉兩日經，救拔當月所殺雞命。其疏云：「世無不殺之雞，均爲一死。」尤爲可笑。世雖無不殺之雞，何必殺自我出乎？予戒殺十五六年矣，又不喜食肉，間或山妻念予無食，令兒子輩送來佐酒，予輒止之。今後可不爲予設矣。

書李習之文後

李習之文集，無一篇詩，觀「雲在青天水在瓶」一絶，非不工詩者。陸放翁云：

「張文昌集，無一篇文；李習之文，無一篇詩。皆是詩文各有集耳。」又皇甫持正文集外，亦別有詩。數千百年，存與不存，若滅若没，追思其昔之苦心，良可嘆也。

書梁諸王傳後

梁室子弟，俱工文藻，何其多才也。相繼盡于刀砧，哀哉！元帝雖才，而自肆毒于骨肉。方等、方諸俱幼罹鋒刃，此其自取，無足怪者。若簡文及子大器，仁心爲質，輔以明慧，被禍之慘，所不忍言。推以現因，無可求者，豈釋氏所云往生者耶？

書竇十郎傳後

范文正公竇諫議傳云：「先是，禹鈞之亡祖亡父，夢中告以無子及壽數不永。後十年，復夢其亡祖亡父告之曰：『汝三十年前，實無子分，又壽促，我實告汝。今汝自數年以來，名掛天曹陰府，以汝有陰德，延算三紀，賜五子，各榮顯。仍以福壽而終，死後當留洞天，充真人位。』言訖，復祝禹鈞曰：『陰陽之理，大抵不異。善惡之報，或發于現世，或報於來世，天網恢恢，疎而不漏，此無疑也。』禹鈞愈積陰功，年八十二，沐浴別親戚，談笑而卒。」

袁子曰：洞天真人，固有不由修鍊而得者也。人但修行，則真人之位，坐以待之矣。秦皇、漢武知此，但一心爲民造福，何患不仙？乃汲汲望三神山何哉？陰德仙高於諸仙，不可不知。文正公不作誑語，頭巾輩所深信，故拈出之。

書出師表後

葉縣有諸葛武侯廟，在平山下西南，前朝斷碣尚存。蓋諸葛先人從瑯琊遷於此地者也。武侯後居襄中，然不忘其所自始，故曰「躬耕南陽」。

書罵坐

新安山人吴虎臣好罵坐，汪伯玉薦之戚大將軍所。大將軍于飲時，令軍正立其傍，云有喧嘩者，以軍法從事。虎臣終席寂然。近有山人好罵坐，皆言其性甚惡。予曰：「其性雖惡，其眼甚慧。彼於席上擇人而罵之。其不可罵者，終亦不罵也。」

平倩歸去來詞跋

蘇子瞻曰：「世多藏予書，而子由獨無有。以求之者衆，而子由亦以予書爲可以必取，故每以與人不惜。」黄平倩待予之篤，在伯修、中郎之間。居都門時，每月率至其寓住十餘日，得其書最多。有乞者即予之，皆謂可以必取，如子由之視子瞻書也。二十餘年來，散施略盡矣。獨曾于京邸春雪中爲予書歸去來詞，遒古柔媚，妙有靈和筆意。譬如勇士，無不可擅，獨不肯輕施額上珠耳。率以數年粧潢一過，并識其後。

黄學士隆中詩跋

黄學士隆中詩一卷，五言排律，予極愛其「王略無偏正，天威有縱禽」語。萬曆壬寅冬，學士請告歸蜀，迂道公安，會葬伯修，哭之痛，志其墓而别。予送之往西陵，夜住松滋署中，自取榜紙爲予書此詩，且云：「作字當學運腕，不解運腕，字即無力。羲之愛鵝，政欲觀其項間曲折之妙，非果癖之也。兄字有筆才，止是欠學力耳。」予會其意，書法稍稍進。此字置之縑囊中，南北間關，形影不離，久遂失數紙。偶有好手，令裝潢成卷。或曰黄字急于取力，微傷險勁。予謂黄書大有篆籀氣，所以爲佳，不必過摘其病。周箬、王越，何曾有病乎？止是少韻耳。甲寅正月上元日。

題知幻卷

何爲知幻，即離乃見。若不即離，尚未知幻。病夫弓蛇，癡兒繡虎。知幻了却，真叢林主。

傳神説

傳神之道，在于阿堵。所云叔則頰上三毛，皆形似之外得之。今畫者求之形似，終不似也。予不善畫，而于傳神極有會。少時與王回常相聚，偶於壁上戲傳其神，數筆便就，不言而知爲回。回數過而見之，亦大笑曰：「我也！」時同社諸友見之，皆笑欲絶。其從兄王官谷持以歸家，示諸婢子曰：「若輩認此像爲何人？」諸婢大笑曰：「庚也！」回小字庚云。予乃戲贊之曰：眉與睫連，鬚與鬢纏。目懸雙井，鼻豎一拳。額頭之去下頷不及五寸，而左耳之視右耳則遼遠乎其在兩邊！大概亦可見矣。

時社中有粉壁，予舉可畫者列其上，不署名。人見即曰「此某，此某」，無不笑欲絶者。惟有謝齋公、何謇子，止用數筆便就，其肖更甚，諸像不及也。其後有一人者，不復畫耳目口鼻，惟畫其冠及面，以麻密點之，亦不言，而人知爲某。

伯修出使歸，時大人令畫師寫家慶圖。至予，畫師命予端坐注視，以次運筆。予亦持一筆貌畫師。予像未成，而畫師之形已偃然壁間矣。大人及兩兄皆大笑。大都予具其資，而未學，想此中亦自有入微處。若學之，顧長康、曹將軍而下不論也。噫，今老大矣！百事嬾慢，即筆硯且慵近之，況此狡獪伎倆乎？

書遊山豪爽語

游山次，有友人云：「先上山時，予向草中熟眠一覺，甚快。」予曰：「公欲以一覺點綴山景耳，非真睡也。予親見公目未合耳。」其人大笑。予曰：「凡古來醉後弄風作顛者，固有至性，其中亦有以爲豪爽而欲作如是態者。」若阮籍之醉，王無功之飲，天性也。米元章之顛，有欲避之而不能者。故世傳米老辨顛帖，而世乃以其顛爲美，欲效之，過矣！雲林之癖潔，正爲癖潔所苦，彼亦不樂有之。今以癖潔爲美而效之，可嘔也。昔有一友人，以豪爽自喜，同入西山。時初春，乃裸體跣足，入玉泉山裂帛湖中，人皆詫異之。彼亦沾沾自喜。過數載，予私問之曰：「卿往年跣足入裂帛湖，可稱豪爽。」其人欣然。予再問之曰：「北方初春，冰雪稜稜，入時得無小苦耶？幸無欺我。」其人曰：「甚苦，至今冷氣入骨，得一脚痛病，尚未痊也。當時自爲豪爽爲之，不知其害若此。」然則世上豪爽事，其不爲裂帛湖中濯足者寡矣！

菩薩二乘説〔一〕

住德山，龍君超偶問菩薩二乘之同異。予曰：二乘與菩薩，歷然兩途。四果至辟支皆二乘也，皆取有餘涅槃者也。從十信十住十行十回向，以至初地二地及十地等妙二覺，皆由菩薩成佛者也，皆取無餘涅槃者也。二乘怖畏生死，急于脱離，故佛譏此輩如麞獨跳，不顧後羣。惟菩薩悲智行願，歷生死而不疲厭，直至成佛。二乘惟住化城，菩薩終住寶所。二乘除糞，菩薩則明知己爲長者子。二乘住羊鹿等車，菩薩則取露地白牛，最上一乘。若皆如聲聞二乘，則佛種斷矣。如長沮、桀溺、荷蕢丈人之流，獨立高山之頂，甘與麋鹿爲羣，即是二乘根器。若夫子欲立欲達，天地萬物一體，即是行菩薩行。今儒者所訶虚無寂滅，正佛所訶。儒者未細心看釋典，宜其不知耳。二乘從戒定上起，菩薩從慧上起，十信首位，即生如來家，爲佛嫡子，故謂之圓頓。然圓中不礙行布，堦級歷然。蓋信位即得金，得金之後，漸爲四天王頭上金冠，漸爲帝釋天頭上金冠，漸爲大梵天及色界諸天頭上金冠。金體是一，故曰圓融；金冠漸貴，故曰行布。今參學之後，悟明佛性，即是得金。因中涅槃，與果上涅槃，豈得頓同也。

〔一〕本篇據近集補。

飲酒説〔一〕

己酉長夏，阻風東流，宴坐舟中。予思到舟中以來，已近一月矣，耳目清寂，毁譽是非不到，應酬減少。生平飲酒，不喜晝飲，一飲則終日昏倦。夜飲亦不喜多，多則夢寐不安，次早神思不爽，甚則助發淫嗔。明知其爲苦趣，然居人世，以此爲禮。見予素有酒名，一席不飲，則主人訝之。不得已強爲之飲，飲至漸多，則已先欲飲，又不待主人勸矣，俗所云下坡酒也。予不幸有此病，未能逃世。既不容戒，易流之性又復難節，其實敗德傷生，害我之學道者，萬萬必出于酒無疑也。

往事無論，丁未居漁陽督府署中，每夜取酒兩小瓶，付之小奚。讀書至二更，則飲，飲至一小瓶後，便有醉意。醉中粉壁上見自影，鬚髯鬱然，舉箸後則髯亦連動不止，顧而大笑，其寂寞如此。然半醉後，拍拍滿懷，酣適不可言喻。大都漁陽密邇薊鎮，薊酒與易酒皆佳，可飲也。惟與蹇大司馬飲，則常不支。蹇全不擇酒，酒或遇暑而敗者，都不擇，一吸而盡。每飲止一吸，即以杯向下曰乾，頗爲其速所困。一日對飲，予已大醉熟眠，而大司馬復出立松影下，呼予侍兒云：「傳語汝主人，我正醒，何醉卧耶？汝記我半夜猶來此，無半點酒意，明日切莫向我論量也。」次日，蹇公苦頭眩，不能起，延醫視之。然予知是病酒，私謂其令子曰：「尊大人病至午後即愈矣。」已而果愈。追思此老之興致，與其憐才，何可得也，今亦化去矣。嗣後予以老人不宜過飲，密令所親止之不復出。予每夜但小飲以爲常。故予居署中，讀書多，著述富，而學道時有透徹者，以應酬絶而飲酒少也。後入都門，爲酒席所困。出春明門，如釋重負，及歸家亦然。凡入郢至石首，及澧浦、花源間，皆無可奈何，不別諸友逃去。惟近來入舟，一月中不飲酒。夜飲數杯卧，脾胃調適。人見我好居舟中，不知舟中可以養生，飲食由己，應酬絶少，無冰炭攻心之事。予賦命奇窮，然晚歲清福，延年益算之道，或出于此。不然常居城市，終日醺醺，既醉之後，淫念隨作，水竭火炎，豈能久于世哉？故人知我之爲逍遥游，不知其爲養生主也。近日精神爽健，百病不生，甚以自幸。留此幻軀，尚有別事可作，因喜而書之。

〔一〕本篇據近集補。

書族兄事〔一〕

族兄繼洲，名秩宗，業儒，不得志於場屋。中年學道家言，飲食起居，極其謹慎。後又學禪，有盲禪語之曰：「禪惟悟性而已。一切情慾，當恣爲快樂，于此原無妨礙。」繼洲欣然從之，飲啖任情，且多不戒衽席。久之遂病，嘆曰：「使我常學養生言，病不至此！盲禪啓我以事事無礙之旨，未免恣意任習，本爲放下，却成放逸。知拘檢爲非，不知流遁尤錯。而今而後，知古人戰戰兢兢，臨深履薄，是吾人保命符。已矣，已矣，盲師誤我也！」遂卒。當病時，予親往問病，耳聞之，故紀于此。

繼洲爲人質直温良，一族有事，皆就而折衷焉。後無子，子其兄對山名惇宗子。天道不可知乃爾！惇宗爲農起貲財，幾至萬金，市膏腴田千頃。晚修净業，每聞中郎與予一言，則服膺終日。常語人云：「他二人大聰明人，言必可信。」故晚年勤修西方，去時甚分明。今日泊舟輞湖，見兩兄莊上松樹鬱然，偶念及之，故書。

〔一〕近集題作書繼洲及對山事。

書王尚夫事

王尚夫，名承煃，爲予表兄。少失父母，貧苦依予兄弟。中郎亦甚憐之。奔波終日，稍治一宅。中郎去世，其下斷腸之淚者，親戚中惟尚夫耳。予年來無伴侶，又僻處後園，惟尚夫時時往來，寒暑不輟。予有重病，尚夫聞之，或夜不下睫。爲人性燥，又不慎口，故多招尤毀。然高下在心，非憒憒者。亦知參禪，有解語。其臨終，口喃喃惟説佛乘，去時命妻子：「無哭泣，但爲我念佛。」自亦念佛不輟而逝。

初字質夫，黄平倩過公安，字之曰尚夫。都不解其意，久之乃知。質夫之兄貌似回回，故人以王回呼之。尚夫者，小回也。尚夫一日酒中語其兄以明曰：「人言弟貧，不知我之襟懷。富翁某子甲以千金見鬻，不與也。」以明笑而識之。歲餘，尚夫窘極，謀于以明曰：「衣衫俱已典盡，更無一物可典當，奈何？」以明曰：「弟有一物，減價鬻之，亦大可治生，何爲自窘？」尚夫徧覓家中所有不得，苦求説之。以明曰：「即弟向日不鬻與富翁之襟懷也。」聞者大笑。尚夫辯有口，予嘗謂之曰：「尚夫，使子生于戰國時，逐蘇、張之後，唾取富貴，何難哉！」中郎家居時，甚狎尚夫，相對日夜不厭。蓋亦久而緣熟，相見無主客之煩，任情語話，以破一時之岑寂耳。

尚夫十許歲時，與中郎及予同學。予問之：「若昨往妻家，曾竊見妻面否？」尚夫曰：「描也描不成，畫也畫不就。」凡人問之，即以此二語答。後三十餘年，中郎偶憶此語，大書于尚夫所居之粉壁上。其子已生鬚矣，問尚夫：「二伯何爲寫此二語？」尚夫笑而不能答。

禪門本草補

慧日禪師作禪門本草云：禪味甘，性涼。安心臟，祛邪氣，闢壅滯，通血脈。清神益志，駐顏色，除熱惱，如縛發解，其功若神，令人長壽。故佛祖以此藥療一切衆生病，號大藥王，若世明燈，破諸執暗。所慮迷亂，幽蔽不信，病在膏肓，妄染神鬼，流浪生死者，不可救焉。傷哉！余因効顰作諸味云：

講味甘，微辛，性温，陰中陽也。開心胸。明目，除積久翳障。益智。不假修煉炮製，但有精粗大小真贋之異，須細揀擇。類破故紙者，有毒，不堪入藥。此味遠出流沙外，漢時始入中國。中國種之，枝葉亦繁，不似出西域者良。宜量元氣盛衰服之。元氣盛者，服之即消。衰者多滯鬲上，舌乾口燥，咽喉少津液，常時痞悶，令人動氣發嗔，甚者發狂。尤令人脚軟，不能動履。中此毒者，用金剛子、棘栗毬，或吐或下，盡吐下出宿物，胸脾清虛，得汗而愈。一方用大棒擊患人頭，取汗亦愈。無汗者不治。

戒味辛，微苦，回甘。陳久者辛味亦盡，性涼，陽中陰也。須煅煉炮製極淨，置汗濁處，便常用澡浴。其樹五五葉，或八葉，或十葉，或一百二十葉，大小粗細，久近不同。四月八日及臘月八日，採之良，不可自取，須曾採者指示乃得。此味號爲藥中之王，能治百病，不論元氣盛衰，皆宜服之。元氣盛者，恃強不服，能致狂疾。衰者初服覺苦辣，頻頻服之，久自得味。其藥易破，宜謹收藏護惜。小破壞猶可用，若大壞者，不堪用也。亦有小毒，偏服者損目。

定味甘，微辛，性清涼，陰中陰也。安神定魄，除煩熱，生津液。産於深山者良，亦有微毒，量元氣盛衰服之。元氣盛者，不拘時服俱有効。衰者多服亦能損目，令人心戰怔忡，或四肢軟怯。喜睡眠，惡見人，惡聞人聲。或白日見鬼魅。亦有勉強服之，不爲害者。然此味内有暗毒，須鍛鍊毒盡，乃可入藥。有大小久近之異，有九種，似天棘者不佳。草澤醫人採之，不入官藥。其有一種土人呼爲羅漢果，入藥取効差小。若不揀擇，誤服如天棘類者，乍得清涼，直至八萬四千劫，毒亦發作。發則令人下墜，不可服也。用般若湯爲君，服之最驗。

淨土味甘平，性清涼中和，去穢惡，令人美顔色，長生。似蓮花有五色者，青者爲最，不用煅煉炮製。四方俱有生，西方者良。無毒，不論元氣盛衰人，俱宜服之。元氣盛者，久服之，白日飛昇。衰者服之，亦能輕身不死。係古來大醫王合成金丹，留此靈藥，普度世間。但其味沖澹，服者多無恒。又此藥屬信。信則少服亦効，不信者不効。若大限垂至，百藥不救，名醫袖手，但將此一味，至心服之，從一服至七服，無不効者。最忌世間腥穢等物，若夾雜服之，取効亦微。

書齊雲十方菴册〔一〕

齊雲，山也，而以巖名，志勝也。齊雲之有巖，如鍾鼎，如篆籀。故自天門一帶，至奇古，至秀媚，而今乃爲乞兒等所占，點污淨地，甚爲可憾。今欲盡驅逐之，則此輩又無可歸，不若建一十方道院，于天門之外，移此輩住之。庶巖得全其勝，而此輩亦有寧宇，韻事與悲田並垂不朽，亦大快也。予姑捐薄俸爲倡，而乞同社諸公與闔邑善人繼之。故疏。

〔一〕自此至本卷末各篇，皆據集選補。

書海陽社册

呂文穆常祝云：「不信三寶者，不得生我家。」夫不信三寶，則種子絶矣。海陽殷盛甲于天下，詰其所由來，豈不由檀度之力。隔因之迷，聖地不免，宜其茫然也。佛法衰于象法，而象法亦可以寄佛法。有爲功德論文殊，則宜遮；論普賢，則宜表。檀爲象法中粗行，然爲首度，故海陽易行檀，尤宜行檀。今于闤闠之中，檀一雲水棲息之地，與二時粥飯之資，如展合其掌，至易，至易！且吴越接待僧郵相望，何此地獨成闕典？諸公其勉力而成之，毋爲呂文穆所嗤笑也。

書禮巖册後

公安有二聖寺，其中雅俗混淆，稀有棄其家而游方之外者。近始有之，若禮巖通公其一也。禮巖杖烏藤而游閻浮，止于王舍，其中謏謏如有所求。以爲利，無有也；以爲名，亦無有也。其有意獨至，而口不能言者耶？以世法求之，謂之閑可；以世法之外求之，謂之忙亦可。昔大慧過僧家，拈五行幻起之説。大慧意在參地，不加答，但云：「且待打發此事了，方去看經，詮之未晚。」然則古人參究禮巖果有意獨至，而口不能言者在，始知予之不妄。遂爲書之，以勸進云。

書黄平倩緊婁那贊後

贊藏秦京家

乘急戒緩，爲八部神；入流普度，則大士身。憐兒者醜，嗔從愛生。雖霹靂火，實清冷雲。春坊作替，妙入理窟。書法老媚，龍爪之屬。蒼松怪石，自五指出。知己感恩，與京則併。山窗細閲，跡在神留。共收寒淚，毋染蠶頭。

書五台續白蓮社册後

從塵勞中修行，火中蓮也。深山結伴，遠離喧嚣，一心浄業，水中蓮也。火蓮非有力健兒不能，否則并根株焦枯矣，不如水蓮之易且穩也。予浩浩談禪，每持火蓮之説。今種種矣，熟處熟，生處生，未見有一毫得力之處。始悟遠公結社念佛，爲業海津梁。惜乎吾輩爲世缘縛著，不惟禪不能，即浄亦不能矣。且向來道侣如秋風振籜，孤掌難鳴，終歸墮落，深可哀歎。今吾楚泰公，乃有此宏願，先獲我心。謹書數語于册，俟他日入社，不作生客耳。

書玄澈卷

玉泉柴紫菴，乃予少年修業之地。今雖官秣陵，而夢魂未常不在堆藍也。異日解組歸來，決當於此老焉。近付度門徒孫法宣看守，山中樹木日以茂盛。但聞面山之樹，多遭斫伐。夫本寺之虎山，即爲菴之面山，原係本菴等踏與本菴者。今無端斫伐其樹，豈以不佞寄跡金陵太遠，而不相聞歟？抑守者以齒牙相角，而從此報復歟？是未可知也。夫山之樹木，乃人之鬚眉衣佩，伐去之已不成妍。即玉泉一山，皆力爲嚴禁，況於本菴，用價鬻者，可聽其殘毁也哉？謹白之山中老宿，望人代爲守護。若必縱行斤斧，則將白之當事者，恐非玉泉之福也。若以龍、虎二山俱屬常住，則龍山即宜退出，虎山自不待言矣。如何，如何？天啓二年七月二十五日。

書熊校官册後

張安道帥蜀時，喪亂之後，吏此者不能攜家，多置妾。安道亦買一妾。及去任之日，訪其父母還之，訊之，則處女也。熊公生平種種厚德事，不可盡述。而尤難者，拒奔女之來，即古人猶難之，況今人乎？夫安道處大任，故可以覘其大節。今一廣文耳，而亦能如是，然則人品之佳，惡有定，豈可以任大任小論。即捉兔捉象，皆用全力，予于是乎有感焉。

書管仲姬畫跋

坐元洲竹間，忽出此紙見示。見其繪事墨妙佳絶。元洲忽語予曰：「若得此婦，當絶桃葉、小蠻等嗜耶？」予曰：「仲姬既有此才，亦必饒純良之德，無妨蓄衆妍也。特趙王孫不好耳。」元洲笑，因書之。

書胡從朴遺事

萬曆戊午，予司新安郡校，有客來謁，蓋楚士而居歙者也，語予曰：「予楚人也，而中式于楚。然予先世實自歙，故予不能忘歙，則謂予歙人亦可。」予曰：「公真不能忘其本者也。」訊其姓，爲胡，其名從朴，别號完淳。完淳原歙人，而祖遷楚，世居九溪衞。少喜讀書，既以孝廉不第歸，而愛黄山、白岳之勝，欲家焉而未果。然常徘徊于問政、紫陽之間，日以挾策讀書爲事。其爲文，不伸才而屈法，故常以法勝，而亦未常不見才。嘗謂予曰：「歷下、新都諸君子，極其法矣，而才爲之揜。君家中郎，出而矯之，見才矣，而卒未嘗無法。故法也者，非才之所托也。予取其意，以爲時藝。以才爲主，而法輔之，予其可以得志。」予曰：「然。子必雋。」俄而北上公車，寂然也。予曰：「夫文之論才法者紛如，而卒不得其竅也，是猶有一物焉，以鼓動而主持之，不曰命乎！夫才法不具，則重才法；具矣，而不得志，則命也。其如命何！」

予既補國學博士，則完淳客燕未歸，與予晤，相與嘆曰：「何才何法，是固有使之者！」還，淳則與其屠狗擊筑者游，數月不見，及詢之，已逝矣。完淳卒不能如密，使之者何也？蓋完淳父母兄弟皆朴茂，而完淳獨著其穎。然完淳居家孝且友，其游而不歸，蓋亦欲盡謝其家政，一心下帷，深入之而窮其變化，以報二人，而竟客死也。豈非命哉，豈非命哉！聞完淳有子，能讀其父書，則還朴之志，猶有酬之者。嗟乎，身止孝廉，年不五十，蕭蕭易水之上，負廣柳而出修途，豈不可悲！天下事何才何法，惟命之從，吾于完淳焉三嘆息矣。

書雲澤先生遺事

雲澤先生，予叔祖松峯公仲子也。先生少穎慧，與先詹事伯修兄同硯席。雖叔侄，猶兄弟然。伯修成進士，與予兄中郎及予又相洽也。先生工文藻，不獲一第；然心情曠逸，愛松竹，嗜飲，風晨月夕，無不懽醉。自詹事兄譚禪，先生雖不言，而意深喜之。晚年，因村中義堂寺傾圮，先生首唱修飭。未卒之先，一病，夢人語之曰：「爾所粧如來項上有雨一滴，可整之。」次日遣人驗視，果然。其精誠如此。

先生年六十，且終，謂子宗柏、宗夔曰：「吾近來深信佛事，薄修功德，惜小修不在家，吾不得面託紀載。吾今已往，汝等勿忘。」遂逝。予謂先生有文有行，又修功德，生人之事備矣。蓮花臺上，以三品攝一切信，豈必乘戒皆急，然後往生乎哉？二弟述父意甚切，予謹如言，載之貞石。先生名錦，雲澤其別號云。

書試茶十首後

予居新安，寂然寡儔，惟頻與夏濮山往還。一日過從，予出黄太史書卷相示，因謂近日書，惟此公尚有龍爪遺法；雖偶爾戈法稍獰，無損大韻。先生亦以爲然。詢先生笥中無此公書，亦闕典也。因割試茶十首以遺，并識其後。

試墨法

端溪之硯，惟用其紫。浄水洗滌，拭以竹紙。拭之既乾，復貯浄水。殘墨洗盡，新墨可砥。兩墨分研，數百乃已。舊墨泡盡，新或泡起。暴之日中，令乾無滓。寘水盆内，置硯水裏。取照曦陽，以色校比。白者爲惡，黑者爲美。急則漆器，玄者可使。兩墨磨之，黑白分矣。試墨之法，莫妙于此。

梅花道人竹跋

往予過内市，見道旁紙一幅，係梅花道人竹，心酷愛之，而未及鬻，頗以爲憾。及月餘，友人張聚垣以佳卷見示。即予向所見梅道人竹也。畫竹既極靈活，而書法復灑然遒媚，與予往見郢城一朱邸所藏，纖毫不異。至寶在瓦礫中，而予覿面失之，可歎！古人云：「人失之，人得之。」老聃曰：「去其人而可。」予與聚垣交最久，揆皮皆真，原無人我之相。則聚垣得之，與予得之何以異？因喜而識其後。

周恭肅公畫跋

恭肅公少學畫于沈石田，已而奇進，出蹊逕之外。石田曰：「吾不如也。」其後功業文章，彪炳一時，而繪事始擠。今觀此十六幅，筆法靈活，如攜燈取影，巧侔造化。人工之極，復歸自然，慧業於此見一斑焉。季侯云公乘興所作，忽然揮灑，而未及竟者幾數百幅，藏于家。十日一水，五日一山，此自畫家不受拘迫之妙。但不知公何以經世之餘，營綜百變，而一段瀟灑之趣，勃勃十指中，若此秀媚精進，古之人何可及也！予于是乎有感。

次蘇子瞻先後事

子瞻本傳所載者，皆其立朝大節。然觀人者，其神情正在顰笑無心之際。如畫裴叔則，面部體格已定，而非頰上三毛，則不似。班、馬傳神，猶得此意。唐、宋而下，頗有酸氣。都中無事，乃取其散見者，都爲一本。使其老少行踪，一覽便盡云耳。片甲一毛，或猶見于他書者，今未必盡收。然其瀟灑之趣，大約亦可見矣。

蘇子瞻，亦字和仲。仁宗景祐丙子，母夢一僧入堂而生。智慧夙成，少年慕玄釋，不樂世染；欲辭婚宦，有志未遂。喜讀書，手抄經史皆一通。每一書成，輒變一體，書法遂工。髫年便有論著，父明允大以爲佳。年二十，侍明允，偕弟子由，至成都謁張安道。安道傾注甚，致書歐陽永叔。永叔見明允及子瞻、子由文，甚喜，極力推挽，聲名大起。子瞻疎眉秀目，美鬚髯，戴高桶帽。背有黑子，宛如星斗。少爲人雄快俊爽，内無隱情。聞人一善，讚嘆不遑，而剛腸疾惡。又善謔笑，鋒刃甚利。子由恂恂然，寡言慎重，狷介自守，不妄交游。其志于無生之學，世緣淺，道根深，則兩公皆再來人也。而其爲文，大略如其爲人。子瞻豪肆汪洋，子由沖和平衍。子瞻固謂：「子由之文，體氣高妙，吾所不及。」而其實子瞻之才遠甚。自其少時，明允令子由師子瞻，兄弟友愛，未常一日相舍。長且游宦四方，讀韋蘇州詩「那知風雨夜，復此對牀眠」，惻然感之，乃相約早退爲閑居之樂。第後爲福唐主簿一年，與子由同中制科，出佐岐下。時明允奉命修禮書，子由辭商州檄，留京奉養。岐下密通京中，凡觀風徵俗，感時即事，八觀之故區，五丈之遺蹟，慷慨徵歌，兄弟唱酬，詩筒往來不絶。明允卒後，子由出官濟南；而子瞻判官告院，與王介甫議論不合，出爲杭倅。于時兄弟散于宦途，離合之感，從此始矣。

初文與可同在館閣，與可能詩騷，妙墨竹，于子瞻爲中表兄弟，最相愛憐。見子瞻數上書言天下事，退而與賓客譏切時政，每加箴戒。于其行也，曰：「世途險惡，惟守口可以免禍，弟其慎之！」子瞻笑而不答。取道廣陵，與劉貢甫、孫巨源、孫莘老聚，自謂「逐人也」，遂以逐人字爲韻作詩。既至杭，湖山勝絶，寶刹雲興，巖谷之間，頗多異人。既通名理，曉了文字，官冗多暇，躭情水石。招來老宿，載攜聲伎，登山泛水，殆無虚日。孤山惠勤，見知永叔，到官三日，即往訪之。時有仲殊嗜蜜，思聰嗜琴，俱能詩歌，呼爲蜜殊、琴聰，數與唱和。有參寥道人者，與子瞻尤相知賞，嘗與同登壽聖方丈，顧謂之曰：「我生平都未至此，而眼界了了，若素所歷。自此上至懺堂，當有九十二級。」遣人數之，悉如其言，乃知前身皆此山中僧也。濟州晁無咎，隨父官杭，年始十七，著七述謁子瞻。子瞻奇之，與定交。

初官京師時，妻王生大兒邁，遂夭。後娶王女弟季章。官錢塘，納侍兒朝雲，雲亦氏王，甚慧。子瞻嘗呼爲「老雲」。後又有侍兒榴花，及善胡琴琵琶婢。仕杭三年不調，念弟子由在濟南，思與相近，求爲陳州守，得密，訪李公擇于湖。至松江，夜半月出，與張子野痛飲垂虹亭上。子野年八十五，以歌辭聞天下，作定風波令。至密築超然臺。改知彭城，約子由會于澶、濮之間，相攜至彭城，宿逍遥堂。時兄弟一別，遂已七年。子由念風雨聯牀之約，不勝離合之感。子瞻則謂：「子由天資近道，今已有得。而我亦竊聞其一二，是今者宦遊相别之日淺，而異時退休相從之日長，無容悽愴也，然而鄉思益深矣。」子由留百餘日而去。城東建黄樓，子由爲賦。時張安道女壻王定國鞏，并蜀人王子立、子敏，皆館客舍，共遊泗上，登石室，鼓雷氏琴，會王郎吹洞簫，飲酒杏花下。一日，定國輩偕數人，棹小舟，遊泗水，北上聖母山，南下百步洪，吹笛飲酒，乘月而來。子瞻夜着羽衣，佇立黄樓上，相視而笑曰：「李太白死，世間無此樂三百餘年矣！」未幾，高郵秦少游至。初子瞻未與少游相識。少游學子瞻筆語，題廣陵寺中壁。子瞻繼至，不能辨，大驚。及會孫莘老，出少游詩詞數百篇讀之，乃歎曰：「向書壁人，必此郎也！」莘老大笑。至是始相見，深相契合。

移知湖州，攜客登峴山亭，晚入飛英寺，用「月明星稀」字分韻作詩。時文與可已死，偶曝書見其書字，執字痛哭，遂至失聲。是年言事者以到任謝表爲謗，并摭生平詩辭，以爲怨望，遣中使追攝赴詔獄。妻子送之出門，皆痛哭。子瞻笑謂妻曰：「子獨不能如楊朴處士妻，作一詩送我乎？」夷然就道。親戚故人皆驚散，獨王子立兄弟，舊在邸舍，乃取家屬致之南都。行次宿州，御史符下，就家取書。州郡望風，遣吏發卒，圍船搜取。長子邁，稍長，已隨行；其餘幼稚婦女，幾怖死，去後，悉取書焚之。有司移各州取所留詩，杭州供數百首，名曰「詩帳」。既就逮臺獄，與兒子邁約：「獄中不知外事，送食惟菜肉；如我死，以魚。」邁謹守。踰月忽糧盡出謀，委一親戚代送，而忘語其約，乃送以鮓。子瞻知不免，因自歎曰：「命途舛薄，遭此荼苦。我死易耳，乃竟不得一見吾子由乎！」因賦二詩寄之。一曰：「聖主如天萬物春，小臣愚暗自亡身。百年未了須還債，十口無家更累人。是處青山堪付骨，他時夜雨獨傷神。與君今世爲兄弟，更結來生未了因。」二曰：「柏臺霜氣冷淒淒，風動琅璫月向低。夢繞雲山心似鹿，魂飛湯火命如雞。額中犀角真吾子，身後牛衣媿老妻。他日神遊定何所，桐江知在浙江西。」書罷，托獄卒遺子由。獄吏不敢隱，遂以上。上見而憐之，自此一意寬釋。會以曹太后泣，問故，上意益解。于是黄州之命下矣。

子由聞下獄，上書乞以見任官職贖罪，責筠州酒官。張安道亦遣其子上書力救。會出獄，未果上。子瞻甫出獄，即有「却拈詩筆已如神」之句。詣黄，道出陳州；子由自南郡來陳相見。是會也，不啻再生，悲喜交集。岐亭逢故人陳季常。季常喜賓客，畜聲伎，棄家隱于此地，自號龍丘居士。爲留五日。先是有神降于黄，曰：「二月望日，蘇公至矣，恨吾不及見也！」子瞻果以是日至黄，寓居定惠寺。定惠顒長老爲開嘯軒。眷屬自南都來，遷臨臯亭立南堂。廩入既絶，人口復多，意甚憂之，痛自節儉，日用不得過百五十。每月朔，便取四千五百錢，斷爲三十塊，掛屋梁上。平旦用畫叉挑取一塊，即自藏去。又年餘後，窘甚。有故人馬正卿者哀之，于郡請故營地，使躬耕，始營東坡。蓋取樂天在忠州時有東坡種花詩，又有步東坡詩，遂名之謂東坡，自號東坡居士焉。

東坡旁有廢圃，築堂曰雪堂。堂成大雪中，因繪雪四壁無容隙，自書「東坡雪堂」四字榜之。前有細柳，後有微泉。堂下種大冶長老桃花茶、巢元修菜、何氏叢菊，門外種棗、栗、蒼松、黄桑，鬱然茂盛。作陂塘，陂下種稻，爲田五十畝。自養一牛，牛偶病，醫不能治。妻季章多智，曰：「此牛發斑，法宜啖以青蒿粥。」試之立愈。子瞻大喜曰：「汝乃能作牛醫耶？吾真堪爲老農矣！」性不喜殺生，自下獄後，念己親經患難，不異鷄鴨之在庖廚，不欲使有生之類，受無量怖苦，遂斷殺。嘗往訪陳季常，恐季常爲己殺也，作汁字詩戒之。季常從此不復食肉。而岐亭之人化之，亦多有不食肉者。然未能忘味，或食自死物；飲酒僅能三蕉葉，而意甚嗜之。尤喜人飲，同其醉醒。鄰近四五郡，常有饋酒者，合置一器中，謂之「雪堂義樽」。每旦起，無客與語，則必出尋客。布衣芒履，出入阡陌。所與遊者，亦不盡擇，各隨其人高下，詼諧放浪，不復爲町畦。有不能譚者，則强之使説鬼。或辭無有，則曰：「姑妄言之。」人皆絶倒。一日無客，愀然若有疾。所居去江上不百步，無事挾彈擊江水，錚錚有聲，大以爲娱。數遊赤壁。生日置酒磯上，倚危峯，俯鶻巢，令進士李委吹笛，作穿雲裂石之聲。風起水湧，大魚皆出。游覽之暇，醉墨淋漓，出于營伎供侍，如馬娉娉、李琪之屬，畫帶書扇，隨乞即與。生平喜讀書，常以三鼓爲率。自出獄後，不復觀一字。

偶值寒夜，改衣欲睡，見月色入户，欣然起行。念無與樂者，遂步至承天寺，尋張懷民。懷民亦未睡，步於中庭，中如積水明空，荇藻交横，蓋竹柏影也。謂懷民曰：

「何處無月，何處無竹柏影，但少閒人如吾兩人耳！」郡人有潘邠老者，從子瞻學詩。參寥亦自杭來訪，歡甚。性喜泛舟，隨其所之，入旁郡縣，經旬不返。嘗與邠老輩飲江上，夜歸，見江面際天，風露浩然，乃作歌詞，有「夜闌風靜縠紋平，小舟從此逝，江海寄餘生」之句，與客大歌數過而散。明日喧傳子瞻掛冠服，拏舟長嘯去矣。郡守聞之驚且懼，以爲州失罪人，急命駕往謁；則鼻鼾如雷，徹于堂外。守驚始定。偶病赤眼，踰月不出。或疑有他疾，過客傳爲已死。有語范景仁於許昌者，景仁即舉袂大慟，召子弟具金帛遣人周其家。子弟徐言未必可信，且先書問之。乃遣僕以訊，子瞻得書大笑。此信傳之都下，上以問蒲宗孟，對曰：「風聞有之，恐未實也。」上將進食，因歎息再三曰：「才難，才難！」投筯而起，意甚不懌。上與近臣論人才，因曰：「軾方古人，孰比？」近臣曰：「唐李太白。」上曰：「不然。白有軾才，無軾學。」上屢有意復用，而近臣王禹玉輩以「世間惟有蟄龍知」之句，激怒上意。會章子厚力解始釋。俄出御札，量移臨汝。

子瞻自遭患難之後，覃思易、論語，大有所得。發爲文字，洋洋乎如川之方至，隨其意之所到，委轉曲折，無不如意。詞之能達，似開闢以來所僅有，而旁溢而爲書。少時正爾婉媚，自黄以後，筆愈有力，乃與顔平原伯仲。至尺牘醉筆，姿態横生，不矜而嚴，不軼而豪。蕭散容與，霏霏如甘雨之霖；森疎掩映，熠熠如從月之星；舒徐宛轉，纚纚如縈璽之絲。蓋由其胸中無一點俗氣，溢於毫楮，未常師人，亦非學所能及。所作枯木枝幹，虬屈無端倪，石皺亦奇怪，如其胸中蟠鬱。墨竹畫得文與可法，作寒林入神品。子瞻去黄，乃以雪堂付邠老。時長子邁，赴饒之德興尉，送之湖口。乘小舟，夜至絶壁下，聽酈道元所云石鍾處。遊廬山。子由在筠州，雲菴居洞山，聰禪師亦蜀人，一日三人偶聚。雲菴曰：「我昨夜夢迎五祖戒。」語未了，聰驚曰：「我夜亦夢迎五祖戒。」相與駭歎，謂世間乃有兩人同夢事。頃之，子瞻書到，曰已到奉新，旦夕相見。三人大驚，出郭迎之。子瞻至，語以故。子瞻曰：「吾七八歲時，常夢身是僧，往來陝右。」雲菴驚曰：「戒，陝右人也。暮年棄五祖遊高安，終於大愚，逆數蓋五十年。」而子瞻時年四十九矣。去筠，子由送之郭外，都無言，惟以手指口。深山間有小溪，車馬從此渡，於是里人呼此渡爲「來蘇」矣。至泗上表，乞於陽羨居住。過金陵，王介甫野服乘驢，謁於舟次。子瞻迎揖曰：「軾今日敢以野服見耶？」介甫笑曰：「禮非爲吾輩設也。」因招遊蔣山，坐方丈飲茶。介甫指案上大研曰：「可集古詩聯句賦此。」子瞻應聲曰：「巧匠斲山骨。」介甫沉思良久，起曰：「且趁晴色，窮攬蔣山之勝，此非所急。」有二客背語曰：「荆公困人伎倆，今日頓盡。」會張安道，安道授以楞伽。初安道守滁，入瑯琊山藏院呼梯梯梁，得木匣，發視之，楞伽經也。見經中字跡忽然汗下，了知前生是知藏僧，寫經未終而化。安道續書其後，筆跡宛然，無異前生。乃付子瞻，令書鏤行四方。子瞻與金山了元善，遂往金山書寫。子瞻嗜燒豬，了元常設以待，比之遠公設酒待陶潛矣。李憲仲子廌謁云：「家有四喪未舉。」子瞻時已絶禄屢年，適梁吉老聞其歸耕陽羨，乃遺十絹、百兩絲，即以與之襄大事。又有章黜三喪未葬，亦有所助。放歸陽羨之命下，遂往常州，自云當于此老矣。罄囊買一莊，歲可百石。

哲宗立，元豐黨人散去。五月，復官知登。到郡五日，以禮部郎召還，除中舍。自謂樂天從江州司馬除忠州，旋以主客爲中舍；己從黄州除登州，亦以儀曹爲中舍。出處老少大約相似，蓋庶幾此翁晚年閒適之樂焉。是時子由相繼爲侍從。子瞻乃薦黄魯直、秦少游，而張文潛舊與子由相知，以故得交子瞻，與晁無咎同在史館。此四人，皆負高才，修行誼，風流儒雅，照暎當時，事子瞻不啻如所畏。子瞻雖未常以師道自予，而道德文章，實爲諸儁人領袖，天下以此稱爲「蘇門四學士。」茶有「密雲龍」者，最甘馨。四人每來，必令侍兒朝雲取密雲龍，家人以此知之。又薦彭城陳履常爲博士。時王晉卿、王定國輩，皆起自幽滯；而劉貢父、張天覺俱在朝廷，又有李伯時之屬。弟兄聚首，友朋湊集，文酒賞適，雅道大振。常在學士院閒坐，忽命左右取紙筆，寫「平疇交遠風，良苗亦懷新」兩句，大書小楷行草，凡寫七八紙，擲筆太息曰：「好，好！」散其紙于左右。

數論事，爲趙挺、王覿所論，論其習于縱横捭闔之術，不宜久居朝廷。遂累章請郡，以學士帥杭。至金山，復訪了元，留戀浹月。既至杭，于是子瞻去此地十六年，山中道友，稍已凋落。辨才老退，居龍井之風篁嶺，地多蒼筤篠蕩，風韻淒清，流泉活活。子瞻杖履數至，留連竟日。辨才送去嶺上，左右驚曰：「遠公過虎溪矣！」辨才笑曰：「與子成二老，來往亦風流。」遂作亭嶺上，名曰過亭，亦曰二老。初子瞻在黄，參寥往訪之，夢與賦詩云：「寒食清明都過了，石泉槐火一時新。」凡七年，而子瞻守杭。參寥卜居智泉院，有泉出石縫間，甘冷宜茶。寒食之明日，子瞻與客泛舟，自孤山來訪，參寥瀹泉鑽火，烹黄柏茶，一如所夢。妓琴操，頗通佛書，解言辭。子瞻甚喜之，與語次，琴操大悟，立削髮爲尼。西湖將塞，乃以葑泥築堤，種芙蓉楊柳其上，望若圖畫。常於湖上石佛院治郡事，休暇必約客湖上早食，於山水佳處飯畢，每數客一舟，令隊長一人，各領數妓，任其所適。晡後，鳴鑼集之，復會于望湖樓，或竹閣，極歡而罷。至一二鼓，夜市猶未散。城中士女，夾道雲集觀之。杭民有陳訴負絹錢二萬不償者，子瞻呼負人詢之，其人曰：「家業製扇。適天雨，所製不酬，因循未得還，非敢負也。」子瞻熟視之，曰：「取所製扇來。」取至，遂于夾絹白團扇上，就判筆作草書，及枯木竹石，凡二十，付之。其人方持出府門，千錢一扇，立盡，頓酬所逋。毛澤民爲法曹，初以衆人遇之。澤民與妓瓊芳者善，作分飛詞別之。妓于席上歌此詞，問誰所作，以澤民對。子瞻曰：「郡僚有詞人，而我不及知，罪也！」即日折簡追還，流連竟日；每預文酒之會，聲名頓起。

自杭召還爲承旨，寓居子由東府。以兄弟同在禁林，請郡得潁。時陳履常爲州教授，趙德麟亦官潁，堂前梅花大開，月色鮮霽。妻季章曰：「春月色勝秋月色，秋月令人慘悽，春月令人和悦。何如招陳、趙諸公來飲此花下？」子瞻大喜曰：「吾不知子亦能詩耶，此真詩家語耳！」遂召諸客痛飲，以語意爲歌辭，極歡而散。移守維揚，獲二石：其一緑色，岡巒層疊，有穴達于顛。其一玉白可鑒。漬以盆水，以舊夢遊仇池，遂號爲仇池石，自謂希代之寶。後王晉卿欲因觀奪之，終弗得。尋召還，至封丘張友正。友正時爲令，具飯邀之。既至，對設長案，各以精筆佳紙墨列其上，每酒一行，即伸紙作字。以二小史磨墨，幾不能供。酒行既終，紙亦盡，乃相易攜去。既至，拜兵部尚書，出知定州。自起廢滯至于今，兄弟榮顯八年耳。而元豐諸臣章惇輩，皆會于朝。

章惇初與子瞻善，自子瞻陷臺獄，惇頗加救援。及遷臨汝，惇與有力，子瞻亦自謂：「子厚愛我！」而子由至是疏其奸惡，惇大怒，遂修隙。于是子瞻貶嶺外，子由貶筠，魯直貶涪，秦少游貶郴，張文潛貶黄。嚮所謂四學士者，相隨斥去。子瞻笑曰：「戒和尚又錯脱也！」妻王季章已死，歌舞妓皆散，惟朝雲依依不肯去。乃遣長子邁、次子迨歸陽羨，而獨與朝雲、幼子過至嶺，獨攜一軸彌陀曰：「此軾西方公據也。」行至臨城道中，天氣肅然，西山草木皆可數，歎曰：「吾南還其必返乎！此退之衡山之祥也。」既至惠，居合江樓，遊白水佛跡，浴于陽池，憩大雲寺。野飲設松黄湯。後得隙地數畝，父老曰：「此古白鶴觀基也。」乃營白鶴新居，葺思無邪齋。每月明之夜，常起登合江樓，或與客遊豐湖西禪寺，憩羅浮道院，逮曉乃歸。市肆寥落，日殺一羊，不敢與在官者争買，買其脊骨。骨間亦有微肉，煮之，摘剔牙綮間，自云如蟹螯逸味，但衆狗不悦耳。鄰有温都監女，甚清慧，聞子瞻至，曰：「此才子也！非是吾不夫矣。」每夜聞子瞻吟咏，徘徊墻外，依依不忍去。後物色之，温具道女意，子瞻笑曰：「吾當爲覓一快婿。」女後竟殂，子瞻悼焉。逾年，朝雲亦卒。朝雲麤通楷法，從泗上比丘尼學佛，通大義，甚慧。初子瞻爲學士時，常飯後捧腹行，問一妓曰：「此中何物？」曰：「滿腹書詩。」又問一妓，曰：「滿腹智巧。」次及朝雲。朝雲曰：「相公一肚不合時宜。」子瞻大笑。子瞻自竄嶺表，自謂去死地已近，心頗憂之，願學壽禪師放生，以證善果。日以錢買物放生。偶朝雲見過衣上有虱，遽殺之。子瞻訓之曰：「此亦生也！」朝雲曰：「奈囓我何？」曰：「是汝氣體感召而生，不得罪彼也。」朝雲大悟，遂斷葷腥。生子幹兒，早夭。雲病且死，頌金剛經四句而絕。子瞻好友朋，躭賞適，自遭竄逐，塊然獨處，賞心樂事，淒然行盡。僅有朝雲相依，又死。顛沛流離之中，遭此毒苦，雖死生之理，久已照破，而情慘意傷，不勝悽惻，乃葬之于栖禪寺，作六如亭以覆之。于是子瞻飄飄然一苦行頭陀矣。

未幾，長子邁挈家至。時當事者猶謂罪大罰輕，復謫儋耳。惠州太守自攜告身來吊曰：「此固前定。吾妻沈，事僧伽甚誠，一夕夢和尚來辭云：『行矣，當同蘇子瞻，期在七十二日。』今適七十二日矣。」子瞻乃留家惠州，獨與幼子過度海。時子由又從筠謫雷，了不相聞。至藤，途中見有逐客來，訊之，子由也。同至雷，踰月而別。而秦少游亦自郴陽移海康，海上偶遇，藉草而坐相語。少游曰：「恐下石者更啓後命，當奈何！吾已自作挽詞矣。」乃袖中出示子瞻，其詞悽楚。子瞻讀竟，拊其背曰：「我常憂逝，未盡此理，今復何言！此去海外，首作棺，次作墓，死即葬於此地耳。」相與嘯咏而别。之瓊，于肩輿中坐睡，遇清風急雨，灑然成句。初僦官屋，僅蔽風雨，有司猶謂不可。常偃息于桄榔樹下，摘葉書銘，以記其處。買地築室，爲屋三間，昌化士人畚土運甓成之。篋中止有陶、柳二詩，絶喜讀之，呼爲「南遷二友」，而其愛陶也尤甚。自言：「淵明性剛才拙，與物相忤，自量爲己，必貽俗患，黽勉辭世。此語蓋實録也。吾真有此病，而不早自知。半世出仕，以犯大患。此所以深媿淵明，欲以晚節師範其萬一。」故于淵明之詩，無首不和。常負大瓢，行歌田野間，所歌者皆哨遍也。饁婦年七十，云：「内翰昔日富貴，一場春夢！」子瞻然之，里人呼爲「春夢婆」矣。上巳日，海南人俱往上冢。攜一瓢酒尋人，人皆閉門出，獨老符秀才在，因與飲大醉。每行負一藥囊，遇有疾者，輒爲發藥，便疏方示之。好事者欲得子瞻墨妙，每伺其行遊之所，設佳紙筆硯，書姓氏填集案間，拱立以俟。子瞻見，即笑謂之曰：「日暮矣！小書不竟紙，或欲齋名、佛偈，幸見語也。」及歸，人人厭滿，忻躍而散。常謂兒子邁曰：「我常自料，决不爲海外人，近日頗覺有還中州氣象。」乃滌硯索紙筆，焚香曰：「果如所言，寫吾平生所作八賦，當不脱誤一字。」寫畢讀之，大喜曰：「吾歸必矣！」

元符三年，有詔徙廉州。渡海至廉，得秦少游凶問，哀之甚，曰：「哀哉！世豈復有斯人乎！」時迨亦至惠矣，乃令邁、迨移家至梧相會。俄拜玉局，北還中原。子由亦由雷還許。初子瞻已定居陽羨，子由有書來促歸許下甚急。念老境庶幾，不欲作兩處，遂决計從江泝汴，于陳留陸行至許。乃遣子邁至陽羨，變賣田畝。會程德儒及錢濟明過金山，往會之，共云北方近京，是非易起，耳中不清浄。會舟中兒女輩皆伏暑，念一年在道路矣，不堪復入汴出陸；又念子由近亦窮用，不忍以百指累之，遂决意渡江，歸老毘陵。子瞻時病暑，至毘陵，居顧塘孫氏宅。疾少間，至陽羨，以五百緡買一宅，傾囊僅能償之，將卜吉移家居矣。夜與人步月，偶至村落，聞哭聲甚哀。子瞻徙倚聽之，曰：「何悲也？豈有大難割之愛，觸于心歟？吾將問之。」遂與客推扉而入。一老嫗泣自若，問：「何以哀傷至此？」嫗曰：「吾有一居，相傳百年。吾子不肖，舉以售人。今日别舊居遷來，所以泣也。」子瞻愴然，問其居處，即所買宅，立招其子，取券焚之，不責一錢，復還舊寓。

時賓客往來，坐必移時，慨然説嶺海外事，及所作詩文示人，覺眉宇間秀爽之氣，照映坐人。未幾疾甚，歎曰：「吾年踰耳順，此事久相待，何所怖？獨念吾與子由少時讀書山中，如形與影。自奔馳宦海，不能頻會。念故山風雨聯牀，何可復得。猶欲早謝世緣，歡怡晚節。不意命與禍會，垂老投竄。幸今日北歸中原，而踪跡相左，至于老死，不及一見。瀕海相逢，遂成長别，此實割腸也！」徑山老惟琳來候，子瞻曰：

「嶺海不死，而歸宿田野，有不起之憂，非命也耶！然生死亦細故耳。」數日，聞根先離，琳叩耳大呼曰：「端明莫忘西方！」子瞻曰：「此處着力不得。」語畢而終。子由聞之，傷悼不欲生。

子瞻既死，有莫蒙正者，夜夢行湖上。見一人野服髽髻，頎然而長，參從甚都，軒軒然常在人前。路人或指之而言曰：「此蘇翰林也。」蒙正稍識之，亟趨前拜，且致恭曰：「蒙爲兒時，誦先生文，願執巾侍，不可復得。不知先生厭世仙去，今何所領，而參從若是？」子瞻熟視曰：「是太學生莫蒙否？」對曰：「是」。子瞻頷之曰：「我今爲紫府押衙。」語訖而覺。元祐初，劉貢父夢至一官府，案間文軸甚多，偶揭一帙，上曰：「于宋爲蘇軾。」逆數而上十三層，爲鄒陽。政和間，徽宗皇帝寶籙宮醮，嘗親臨之；道士拜章，忽如睡夢，久之乃起。上詰其故。答曰：「甫伏地，即恍惚至上帝所，見奎宿長奏事，訊之，乃本朝蘇軾也。」上大驚駭，始弛蘇文之禁。至高宗絶愛其文，訪求遺跡，歸之秘府，親爲序贊云。

珂雪齋集卷之二十二

導莊

莊生内篇，爲貝葉前茅，暇日取其與西方旨合者，以意箋之。覺此老牙頰自具禪髓，固知南華仙人的是大士分身入流者也。作導莊。

逍遥遊

人生三界之内，百苦交煎，號爲愁海。識愈小，則其縛愈甚。其見較大，則其執較謝。若夫拘儒小夫，不知天地之大，執其小節，遂自矜誇。此如以蜩鳩笑鵬，不知己之椒目蒜首，拳腹而膜翼也，小者也。至於卓然高視，超然遠覽，蟬脱塵坌之中，置身雲霞之表，如列子流，皆希有之鳥也，大者也。夫小大之不相及也久矣，而概云同趣，則是身嬰桁楊，可與盃酒宴坐者共歡；體沉闇壤，得與登高而望者較暢。豈其然乎？然吾所云逍遥者，自在也。自在者，自由也。大鵬大也，飛必待風，而不自由。列子大也，行必待風，而不自由。不自由斯不逍遥也。惟乘天地而御六龍者，縱心所欲，脱然自在，豈待假羽毛於羊角，借銜勒於飄風乎？故知有待而大，與大而無待者，又不同矣。堯、舜之于凡民，亦有間矣，而不免弊弊焉以天下爲事。豈若乘雲馭氣之神人，不生不死，爲自由哉！古初以後，代有文字，皆詳於世相，略于玄理。仲尼隱而不發，老氏發而未暢，兼之西方之貝葉未來，大雄之消息尚隱。人滯有海，家弊塵封，而大仙崛起，縱譚出世，視古今爲一息，目死生如夢幻。模寫物外之神人，糠粃域内之事業。沉沉界有，始獲出頭之路；營營世法，都涉有爲之跡。積迷爲之呼回，長夜從此而旦。而世間皮相之士，不了微言。似爰居之駭鐘鼓，如嬰兒之聞雷霆。此惠施諸人，所以河漢其言也。

蓋世人之信耳目久矣，耳目所及者則信之，耳目所不及者不信也。語之以鵬且不信，況鵬之上，如釋典所云金翅鳥，兩翼相去三百三十六萬里，昆摩質多，其形四倍大於須彌者乎？語之以僊且不信，況僊之上，又有無量無邊之神通變化者乎？昔會閩中一老儒，自言家在海上，有魚從其地過，一月始盡。曾有一蜈蚣，乘潮而至，遂不能去。居民割其一爪，重五百斤。以語北人，皆以爲妄。月支及西胡有牛，名日及，日割取其肉三四斤，日割日生。漢人入此國，以牛示之，以爲異。漢人曰：「吾國有蟲，如指大，名爲蠶，食桑葉，爲人吐絲，作衣服。」外國人亦不信也。夫豈惟海上，即此中國彈丸之地，尚有種種異事，非熟見不能信，又安能信界外之事？學者拘常，乃第一病。纔爲常所拘，出世之事，無小無大，皆不能信。此乃膏肓之疾，雖有扁鵲不能攻治。嗟乎！虛空之在性海，等於針芒；界有之在虛空，同于毫末；閻浮之在界有，擬諸微塵；四海之在閻浮，方之幾微；人身之在四海，渺于一粟。聚沫爲形，緣影爲心。目光止于百步，耳根限于一垣。所聞所見，所卜度者幾何，必欲取信覩記，則無常不奇。巨鱗駭于山氓，大木熒于海客。魏文火布，滕脩蝦鬚，千古一轍矣。倘離其執情，疏之格外，則十地所不聞不見不信者，而大心衆生，獨能信之也。謂之大心，不亦與莊之大鵬、大鵾、大木、大瓠之大同乎哉！

齊物論

仰天之噓，孔何言也；釋微笑曰，殆欲忘言矣。而乃有槁木死灰之疑，是猶欲求之語言内也。故以籟徵言，明言之虛妄，無定義耳。人之生也，都緣妄識，妄有分別，鼓動妄氣，展轉喉間，逼而成聲，乃有妄言。等一妄耳，是非何自而起。細味玄旨，妙合圓頓之教。誰謂無礙至理，獨出于西方聖人乎哉！何者？天地之間，無一非物。身之與心，皆物也。忻情而言，千差萬别，以智照之，自能冥會。故謂物有大小之不齊者，戲論也。如華嚴「毛孔藏刹海，芥子包須彌」，寧有小大？則小大齊矣。謂物有延促之不齊者，戲論也。如華嚴「以一念頃，三世畢現，過去未來諸佛悉詣道場」，以本無三世，前後密移，乃妄識所持故也。則延促齊矣。謂物有人我之不齊者，戲論也。如華嚴「佛轉法輪于一衆生身内，而衆生現有爲于諸佛身内」，則人我齊矣。謂物有有情無情之不齊者，戲論也。如華嚴「香水河微塵數衆，寶樹林出，妙音聲説，諸如來一切劫中所修大願，一一林中，皆名之曰慧」，以及「世間墻壁瓦礫，皆説法要成佛道」，則有情無情齊矣。謂物有浄穢之不齊者，戲論也。如華嚴「一一世界海中，諸佛出現，所有威力無差别，爲衆生劣見説有浄土，在于他方，乃權教故」，則浄穢齊矣。謂物有去來之不齊者，戲論也。如華嚴「隨緣赴感，常處菩提之坐，十方國土，悉在其中；説法佛身，無去無來，彼亦不來不去」，則去來齊矣。謂物有生死之不齊者，戲論也。如華嚴「莫耶夫人腹中，三世諸劫，悉于其中顯現，未出母胎，度人已畢，王宫示生，雙林示寂，乃衆生劣見，實無此事」，則生死齊矣。謂物有語默之不齊者，戲論也。如華嚴「語時默，默時説」，則語默齊矣。謂物有聖凡之不齊者，戲論也。如華嚴「善財童子，一念成佛，迷非無悟，非有畢竟無知之人，亦無所知之者」，則聖凡齊矣。謂物有一多之不齊者，戲論也。如華嚴「一成一切成，一壞一切壞，一多交徹」，則一多齊矣。此非獨實有是理，亦實有是事。故在莊則曰「齊物」，在華嚴則曰「事事無礙」，其實無礙，即齊也。如此則天下之物皆齊矣。而以爲不齊者，情使之也。

累劫之迷，結而爲情。世人不知，聽其播弄，認賊爲子，于無分別中，熾然分別。至有夢中詳夢，如儒墨之流，各是其是，各非其非。一入其中，老死不易。勞神明爲一，而不知其同。如此之流，政坐不明耳。故曰莫若以明。西方聖人，首言圓覺；達磨東來，單提悟門。種種行持卜度，都無交涉，惟求一醒。夢後千差萬别，醒後一道齊觀。是時宗旨未出，而大仙固已發明之矣。然則何謂明？曰知止其所不知，至矣。種種勝妙，自以謂知，都不出情量之外，除却意根毫無所倚。其實意亦根也，與塵同也。故曰根塵同源，纔有所知。四相熾然未離，能所必知，止其所不知，而後謂之天均。是天然無異同之處所，當休歇之場也。必知止其所不知，而後謂之天倪。倪者微而又微，超于耳目意想之外，所以調和是非者也。必知止其所不知，而後謂以非馬喻馬，非指喻指，不以泥洗泥，不以是非破是非，不以議論滅議論也。必知止其所不知，而後謂之覺，是真能知此大夢也。故知止其所不知，至矣。人人只能于知止以有一棲泊倚靠之處，乃能止。故知者，其棲泊倚靠處也。若除却之，則空中欲行，筆頭進步，其誰能止？故不知之止，非至人不能止也。何也？以非人所能強止故也。至此，則無物不齊，真爲無事人也，是非何自而起哉？

養生主

人之有生，都思養之。用盡聰明智巧，圖度營謀，至于爲名爲利，陷于大戮。如伯夷，如盜跖，皆不知養生者也。夫養生有主，乃是此身之督。種種禍福利害生死，下至一飲一喙，俱有一提督我者，暗中爲主，使我一毫取不得，捨不得，趨不得，避不得。善養生者，知督之權甚重，只得拱手聽命，緣之以爲常，即是養生盡年之妙訣也。蓋自其若詔令然，一定而不可移，則曰命；自其非人之所能爲，則曰天；自其處置已定，而物不能用力，則曰造物；自其極尊無二，無所逃于天地之間，則曰主；自其管我攝我，若士卒之于主帥，則曰督。其實一也。惟人愛此生也過濃，謀此生也過切，乃始騁其智力，以與督爭。欲有所必遂，而奔馳于勢不可得；意有所欲明，而冒犯夫人之必爭。內則精摇神憊，百苦交煎；外則害始禍先，大患將至。予觀古今利心熾然，名根深重之夫，未有不相率而趣斧鉞者。如飛蛾投火，以死爲期，大可笑也。本欲以名利養生，而返以害生，何益乎？善養生者，聽督之自然，而我無庸心焉。惟其無以生爲也，故能處名利之中，而超然名利之外，無往而不適耳。

試觀庖丁解牛，族庖之刀皆壞，而彼歷久而彌新者，此豈有聰明智巧乎哉？不過依乎天理，因其自然，隨彼牛身之有間，入我寶刀之無厚。居易也，不向大軱肯綮上用功，至于難爲，則又怵焉，不行險也。庖丁之所以養刀者，以聽牛之自然，而不以刀與牛争耳。今人養生，奔名騖利，將一具寶刀，使向大軱肯綮上，蒿目勞心，苦神憊志。善養生者，固如是乎？如右師之介非人也，天爲之也。既曰天，則無一事不屬天定。故寧聽天安命，效彼澤雉，其飲啄雖艱，而心上快適，决不自走樊籠之中，以取長戚戚也。陶徵士夏日抱饑，寒夜無被，夕思雞鳴，晨願烏遷，至于乞食，此其飲啄，亦極難矣。然其言曰：「田家豈不苦，庶無異患干。」又曰：「縱浪大化中，不喜亦不懼。」是其胸中，何浩浩然暢且適也。彭澤公田，可以坐而得食，彼且以爲樊中，急去之矣。夫處樊中，而神王者，不過借外物以充，其神愈壯而愈危，愈高而愈怖。其王也，何樂之有？譬如火焚，而燄始王；水壅，而波始王。酷烈洶湧，失其本體。神本静和而王之，非其初矣。巖居谷飲之士，借松石以怡情；挫廉毁方之夫，取沈飲以寄傲。雖未能圓通大道之旨，然離嗜慾之情，而以漱流枕石爲樂；絶飛揚之意，而以韜精理照爲快。所求于世者少，所取于己者嗇。其心閒放，其神安恬，猶有近于外身，身存清浄恬澹之理。故古今棲隱放達之夫，多通老、易、莊、列，其于養生緣督之旨，亦微有見。使不知督之當緣，則馳求競起，亦不能滅其名利之火，而享寂寞之樂也。督獨有一種譚長生者，托言老、莊，則甚矣其謬！督靳我以生，而我乃欲長生；督予我以死，而我欲不死。頑悍甚矣，是不緣督之尤者。此皆世間小夫，天上俗仙，躭着形骸，愛念光影，故有此拂命違順之事。若于死生之情狀，少有所知，則知本未嘗生也，生何戀？本未嘗死也，死何悲？幻薪雖有盡，而真火實無窮。火本自永，何必求永于薪？知此則悟人人長生，人人不死。尚不見有去來之相，而哀樂何從而生？古之達人，委運大化，符到奉行，豈不由此哉！故秦失曰帝之懸解，曰安時處順。皆緣督之意也。本言養生，而以死而哭者爲妄，莊生之養生，果在長生乎？其首云「吾生有涯」，則已露其微旨矣。嗟呼！人生在世間幾日耳，紛紛名利，競爲千年萬年之計。多幾年，不過一刻耳，而羨以爲壽；少幾年，不過一刻耳，而歎以爲夭。世人之妄也久矣夫！

人間世

處人間世不易，而事暴君尤難。世之學士大人，習仁義堯、舜之談，爭於暴主之前，以自賊其身，都由名根深重。積美於躬，以下拂上，徒自殺身，無益于事。故曰：「德蕩乎名，知出乎争。」夫子推諫争之病，在于好名。可謂洞見至隱。夫虚可矣，而端虚則猶未忘壯矜之容；一可矣，而勉一則猶未忘矯拂之意。有端以實其中，何有于虚？有勉以雜其中，何有于一？此皆外爲孔揚，以拂人主，能顯而不能潛，能執而不能化，好名之私未脱也。若夫内直外曲，而借古以教之，亦可矣，然而不化也。何也？意見未去，終有我在也，終不能虚也，表暴自顯之意未忘也。惟心齊，則無一物葷腥其内。無意，無必，無固，無我，無可無不可，空空洞洞，一無所有。聽之以心，心猶有意。聽之以氣，虚之極也，是未始有回也，是心齊也。

蓋心之所以不齊者，以有一回在。既有一回在，便有許多道理作主。積美于身，名根不破，與世多事，自不擺脱。若無回，則將平日強出頭硬作主者，一時抛却，更無係著，遊戲世間。入其宅不感其名，不爲名尸也。入則鳴，不入則止。未嘗必于鳴以自顯也。無門可出入，無毒可主張，一宅而寓于不得已中。有待而起，不得已而應也。何也？總之未始有回焉故也。回之爲回，以有耳目，而今聞見不用矣。回之爲回，以有心志，而今意識不用矣，是無復有回也，回從此隱矣。不獨山林可隱也，朝市亦可隱也；不獨朝市可隱也，暴主之前亦可隱也。行而無蹊，真而無僞，則掃踪絶跡，無翼而飛，無知而知。前此者，吾不知矣。若東方朔之隱于漢武帝，狄梁公之隱于武后朝，亦庶幾矣。是故才人騁口説而不計末流之禍，故傳言當慎，欲其退藏也。形就心和，順而不逆，不以才美犯之，亦欲其退藏也。不材之木，不材之人，全其天年。膏火山木，歌于楚狂，亦欲其退藏也。夫人間世之道，莫妙于退藏矣。退藏非不用也，有可用，則莫能用。故退藏不用，正所以用也。欲用之人，能顯不能隱，能進不能退，能方不能圓，以此害其身者多矣。烏能用？

或曰：老、莊之處人間世，重退藏矣，得無與鄉愿類乎？曰：正相反也。老、莊以退藏爲主者也，鄉愿以表暴爲主者也。老、莊雖處顯，亦隱也；鄉愿雖處隱，亦顯也。老、莊無名，鄉愿啖名。老、莊自適自得，鄉愿適人得人。老、莊處衆人之所惡，鄉愿處衆人之所好。老、莊齋其心，鄉愿葷其心。老、莊爲不材，鄉愿求爲材。老、莊爲雌，鄉愿爲雄。老、莊守黑，鄉愿守白。老、莊以不用爲用，鄉愿似有用而無用。老、莊至真，鄉愿至假。豈可用哉！處人間世之内，一生惟揜護遮飾，心勞日拙，已爲世間第一不便宜人，所謂天刑之，安可解也！若狂猖任真而行，無大意見實其中，與虚相近，暴露處少，潛藏處多，故聖人以爲近道。以近老、莊至人之道也。如鄉愿立皎皎之節，取沾沾之名，是膏火山木之尤者，亦何足言人間世之大道，正爲英雄豪傑不善藏身者發耳！

德充符

人自有生以後，有此形體，極其愛戀，惟恐少有虧欠。至於此身中身藏至寶，乃君形者，乃尊足者，乃犹子之母之使其形者，百般戕害，好惡滑之，喜怒擾之，日銷月鑠，敗壞已極。全不知此身乃是一宿郵亭，而就中有未嘗生，未嘗死者在。今特修飾其郵亭，少有破壞，則羣然笑之。而于未嘗生未嘗死之主人，反聽其困苦，相刃相靡。此皆忘所不忘，而不忘所忘。即如東陽之鬼，借茅人以治病。病非茅人之軀，茅非受針之所，而認取爲我，遂成血脈，病因以愈。夫今之形體，認取爲有，非茅人之屬乎？予以謂認取之病，真病也。認取極，故妄，而有天地界有生矣。認取極，故紛，而有人我同業聚矣。認取極，故雜，而有眼目鼻舌身意，眼露孤光，耳奔聲嚮，鼻司香臭，舌了甘苦，身能運動，意解巧思，妄情四出矣。皆認取爲之也。今夫身之至切者，無過于痛癢。微刺入膚，病入骨體，豈真痛哉！皆千百劫認取，爲我之根，純熟親切，結而成痛，故我爲痛因，痛即我果。凡百情想，悉同如是。

三界之内，原爲溷宅，人生其中，如糞中蛆，有何可戀，堅自愛惜？生老病死，日夜相纏。稍獲如意，即增苦業。大猪見殺，得爲津伯，反觀猪身，穢惡可憎，感其殺身，啣珠相報。今之人身，何異于猪，而過爲愛惜，知不如猪也。故學道者，若不厭離色身，生非我想，認取相緣，流浪苦海，終無出頭之日。惟不認，則不于身上起嗜好，而貪絶；惟不認，則不于身上起惱觸，而嗔絶；惟不認，則不于身上起無明，而癡絶。貪絶，則戒德充矣；嗔絶，則定德充矣；癡絶，則慧德充矣。全其形者德虧，則虧其形者德全。德全不可見，而形虧可見。故大仙借形虧以驗德全，而相形虧者爲德全之符驗也。故通篇皆因形虧之人，如兀者、支離之流是也。若便作兀者、支離會，是癡人前説夢矣，烏乎可！

大宗師

可以知知者，道之粗也；可以意得者，知之粗也。何則？知也者，列于根者也，而根有所不能通，則知窮；托于塵者也，而塵有所不及用，則知窮。且如梵天能知四天下雨點之數，而人于億萬之外心境，便不能攝。豈非根有所限，而知有所滅乎？人特以其介然有覺者，認以爲心，乃取其一知半解踞坐之，以爲必不可移之，則亦謬矣。以假界有，現假形色，存假意識，際地蟠天，有何事不假，而認以爲真乎？必欲求真知，則惟真人矣。真人者，超于一切諸假之外者也，大宗師也。不計假多寡，不問假成虧，不設假謀慮，不畏假水火，不作假夢，不狥假嗜欲，不逐假往來，不立假喜怒，不執假仁義，不成假名節，不道假語言。是故形以爲體用，殺機也。本體有纖毫殺不盡，滯有海矣。

禮以爲翼，非真有禮也。隨順世行，不得不爾。如鳥羽毛，藉以飛矣。知以爲時，非真有時也。時無定，知亦無定。若春夏秋冬，相禪相代，無定法矣。德以爲循，非真有行持也，如人人有足，人人可至於丘也。無好亦無無好，無一亦無不一。能超于一切諸假之外，故其人爲真人，而其知爲真知。今夫天下至變，莫過生死。所謂知于此必窮，是以悦生惡死之情生。夫其所以悦生而惡死者，皆由不能透徹生死之原也。彼將以爲真生也，真死也。闇行多怖，失徑懷憂，得炬得指，憂怖何有？是故真人之不忻生，不惡死者，豈以氣魄承當能任之而不懼哉？悟焉故也。悟夫未嘗生也。未嘗生者，生而不生也，本不生，何有于喜？悟夫未嘗死也。未嘗死者，死而不死也，本不死，何有于戚？如大幻師，幻作象兕虎豹，癡人不知，見而狂走。明者了知是幻，不復怖畏。又今者衆人，偶得一生，愛惜慳吝，將謂生不再得，一朝死去，劫失大寶，無由尋覓，横生悲嘆。全不知世間大物藏于大處，小物藏于小處，皆有所遯，易失也。若將天下藏于天下，概曰天下盡矣，更無二天下也。有二天下，則取此天下，藏于彼天下。而今也不然，則生生死死，千變萬化，常在一氣内，更無尋覓不得之處，是將天下藏于天下也，無所遯者也，更不得失却者也。一生尚可喜，況千生乎？去壞敝之軀殼，就新成之形質。如離破室，移至新宅，方當歌舞稱賀，豈宜涕淚横集哉？然則生不得遯，將無往不得生；無往不得生，將人人長生。斯固不必望三山而褰裳，鍊灌頂以度世矣。

雖然，生固不可逃，業亦不可遯。形有變易，業實常住。處處受生，則處處受業。衆人怖死，而不怖業。一世積愆，百生償負，大可畏懼。如懼之，莫若善吾生，以善吾死。故聖人不貪生也，惟善吾生而已；不惡死也，惟善吾生以善吾死而已。仲尼不詳言生死，而但諄諄焉教人爲善。若曰人能心善心，事善事，則不必求出生死，而生死之理在其中矣。世儒不達玄旨，遂以生死之説，歸之誕妄。且謂肇自調御丈夫之口。不知貝典未入，而莊已倒囷而發之。善生以善死，固譚因果之鼻祖也。吾謂世間學者，亦不必論生死之有無也，但當爲善耳。善生善死，善夭善終，亦是透脱之津梁矣。謂之宗師可也，特非大宗師耳。若夫大宗師者，無生無死，無縛無脱，能所雙遣，因果同時，爲萬有之主，一不齊之化。如上古稀韋，以及傅説，皆大宗師也。或爲大仙，逍遥紫府；或爲真伯，分治名山；或爲星宿，宅神天上。皆能不死不生，沙劫不壞。而世人不知，僉謂已死久矣。詎知得道聖賢，各有國土，常在宇宙間，理之必然，無足怪者。人業粗重，不知不見。具通之鬼能見人，而人不見，況仙佛之境界？是故學之亦無難易，須具聖人根器也。

人之根器不一。根有所不容移，如藤蘿蔓草，不發喬松。器有所不能受，譬蜻蜓小舟，不載重寶。或迷則千生，或悟則一刻。謂易，則菩薩置力於河沙；云難，則屠兒透汗于彈指。昔卜梁倚有聖人之才，女偊有聖人之道，兩相授受。三日而後，外天下無衆生相矣。俄而外物無人相矣，俄而外生無我相矣，俄而朝徹如夜方旦矣，俄而見獨知見滅矣，俄而無古今三世情盡矣。而後能入于不死不生。知死之未嘗死，故雖不生，而不見其死；知生之未嘗生，故雖生，而不以爲生。無將迎，無成毁，故名曰攖寧。譬如天下大亂，從干戈戰爭之中，乃見太平之績。學道之始，見鋩知刃，紛然四出。必一分掃除，則一分寧謐。龐居士云：「護生須是殺，殺盡始安居。」攖如克已，寧如復禮。故曰：攖而後寧也。始而角耳目，久乃遺聰明；始而逐筌蹄，久乃忘跡象。副墨洛誦，以至需役于謳；巧立名字，見索之于語言知見也，至于玄冥，玄不可見，冥然闇矣。參者似有非有，如云參差矣。寥者寥廓，亦曰寂寥，微而又微矣。疑者疑似恍惚，始爲未始有物先矣，如是而後爲真人之真知也，以知止其所不知也。子祀、子輿之流，能知不死不生，以無爲首，而以生死爲脊尻，是前無而後生死也，彼又奚以病爲哉，彼又奚以死爲哉！孟孫才惟達于不生死之理，故謂之善喪。許由、顔回、子桑，忘己達化，樂天知命，皆真人而真知者也。吁，其皆所謂大宗師者歟！

應帝王

無爲而治，非不爲之，爲之而能因天下也。有虞氏藏仁以要人，非人之本體當如是也，故未始出于非人；若泰氏則其德真因人而已，故未始入于非人。夫以人治人，道不遠；人而非人，則于人本體之外，更加智巧，天下乃始相欺相僞，紛紛多事，而不寧謐也。大庭赫胥之世遠矣，凡一代之興，其始莫不愚，而其後莫不明。古今英主，其創制立法，皆欲使民由焉而不知，故其民多拙。及至後世，汲汲乎日以所尚明天下也。老子曰：「不尚賢，使民不争。」又曰：「民之難治，以其知多。」今以一切可喜可尚之事，日昭揭于天下，以開天下可知之路，而至其巧極而爲奸爲惡，乃欲以密網治之。上雖巧于賞，而下更巧于趨。上雖巧于罰，而下更巧于避。上之法令密于牛毛，下之備上細于針芒。賞之而不足勸，罰之而不足畏，而天下亂矣。紀綱之整不整，法度之修不修。其事麤，其跡顯。惟人心之巧僞，隱而難知，其積漸成亂，如老少密移，都不復覺。

夫莊生者，灼觀乎千古治亂之源者也。知其亂之本于巧，巧之胎于明。而明之者，則聖人也。故曰「聖不死，盜不止」。今水之泛濫，漂城没邑，起于決一竇。夫民之巧而亂者，泛濫之極也，而實由于聖人決其明之之竇，則聖人烏得無罪？自仁人之竇開，而人始竊仁以欺我。自禮之竇開，而人始竊禮以欺我。聖盜相因，必然之理。此莊子入髓之論，非有我也。昔契丹入中國，未幾歎曰：「我不知中國之人難治如此！」金世宗聖主也，深厭華風，而教其子孫曰：「女真純朴舊風，所宜遵守。」蓋中國者，經歷聖人多矣，雖仁義禮教之邦，亦奸猾巧僞之藪。今僻奥之鄉，聞見稀少，猶愿朴易治；若通邑大都，江左、江南，其聲名文物，甲于天下，而其作僞猥巧，亦甲于天下。破法侮教，治之大有不易。斯豈非拙易治，而巧易亂之驗哉？古之治天下者，皆去知去巧，使民渾渾乎常愚常朴。無示天下以可好可惡之端，而教天下以必趨必避之術。使其聰明之竇，塞而不開。

是故智者與智者遇，智有窮；巧者與巧者遇，巧有窮。而惟一真，爲不可破。一念存真，鬼神不能覷破，而況于人乎？此壺子之所以走神巫也。昔有學道者，一鬼尋之，七日不見。有大乘菩薩在室，則天人送供不至。蓋修行之士，被鬼神覷破者淺，被鬼神覷不破者深。有意見，終有巧，故便非鬼神不測之機也。示以地文，地文窪下不能見，故曰死；示以天壤，天壤清明易見，故曰生；示以九淵，淵者深而又深，窅不可測，故去而走。其詞旨詼譎，然大要即山鬼之伎倆有限，老僧之不見不聞無窮意也。混沌之鑿，與孟子惡鑿之旨妙合。嗚呼！天下之亂，未有不由于鑿混沌者。宋張方平常言曰：「道非明民，將以愚之。國朝真宗以前，朝廷尊嚴，天下私説不行。好奇喜事之人，不敢以事摇撼朝廷。天下之士，知爲詩賦以取科第。諺曰：『水到魚行。』既以官之，不患其不知政也。昔之名宰相，以此術馭天下。自王沂公、吕申公之後，士之翹秀皆争論國之長短。其始范諷、孔道輔、范仲淹以才能稱首，其後晏公、鄭公乃用歐陽修、余靖、蔡襄、孫沔等，議論始繁。上以謙虚爲賢，下以傲誕爲高。於是私説行，而朝廷輕矣。君相之好，尚可不謹哉！」然則上之人，不惟惡不可好，即善亦不可好也。下之人，不惟惡不可爲，即善亦不可爲也。夫節義理學，天下之最善也，而漢、宋以亡。何也？大混沌鑿也，爲之之弊至此夫！

心律

予參求既久，于性體稍有所契。但吾輩初心，頓明此理，猶有無始曠劫習氣，未能浄盡。且理須頓悟，事以漸除。無論經有明文，即大慧杲所以教李漢老者，實是第一方便，不可謂一了百了，反出入塵勞，諸取熾然，同凡夫無明去也。雖此身現在儒門，不可濫彼僧儀；然取其所謂十善，酌而持之，反之即爲十不善道，是爲破戒。考之法苑珠林，云十善最是要戒。不知何以今不復持。即如沙彌戒中，花鬘瓔珞，香油塗身等，俱與此土不應，尤與吾輩不相應也。今惟準十善量力漸持。殺生一事，最爲慘毒，因果往還，斷乎不爽。但爲現居塵勞，不能頓捨，以次漸斷則可耳。如謂悟道之人，恣食物命，不至發業，此乃波旬之説，非佛語也。楞伽係達磨印心之書，諄諄言及戒肉。豈謂悟上乘者，無借此粗戒爲乎？今既不能盡斷肉味，則殺生首宜戒之。凡朝夕饔飧之類，賓客往來之需，不得已取備屠門耳。若于己庖廚，恣殺物命，以供口腹，此爲極惡，千生不解之寃，不可犯也。惟赴人召請，不能禁他人之不殺；又已死不可復生，則隨衆食啖。然亦少食葷腥，多食蔬菜，漸習澹泊，以爲將來都斷之機。

居家每日或一食肉，他如難致難死之物，爲鱔鼈牛犬及雀炙等，事屬可已，宜盡斷之。尋常往來僧寺，即同桑門之饌，久住亦不可改。其有讚嘆滋味，誇受用者，俱係惡友，相牽入火坑，但得遠離爲幸。以此漸除，一日減于一日；五十以後，便可盡遮矣。追思往時，亦曾斷肉，無所苦難；如今又不全斷，止持一不殺戒，又何難乎？若不能然，即同乞兒犬豕，惟知吞噬者也。

偷盜不止攘奪人財，取非其有皆是。吾輩居平泛濫借貸，不想酬還，及居間公事，以自膏潤之類，無非偷相也。推其根，直是多欲好奢。故違心以求遂之。若澹然無欲，何得至此？追思往時馳逐營謀，無求之本真盡喪，如狗如蠅，取來以供一切妄費，無慚無愧，真不成人也。自今惟田中所出，及俸禄餽遺，傳經買文之錢，皆爲己物，此外必當一介致辨。以借貸言，有無相通，雖人世之常；然一屬有求，已覺汗顔。至如挾貲之人，原非儕伍，止以阿堵與之作緣。此輩迫于面情，不得已而應，心實恚恨，爲彼所賤。當其得也，隨手費盡；一旦責負，囊中無有，困窘已極。若安心不還，便是無行之尤，甚至累及兒孫，討取紛紜。詰其冥報，重則啣鐵負鞍，輕則作彼眷屬，可不怖哉！吾前所貸亦多未酬，其數尚少，將來可完；自後寧可饑寒而死，決不可向人丐一文也。世有清吏，重于取，而輕于貸。以取損名，而貸不損名耳。然久之，捍而不還，貸者亦復何罪，全名得利，其取更巧，尤不宜爲矣。

下之囑託公門，所得幾何，窺闞奔走，諂曲無地。吾生平于此無幾，但筸牘不盡無也。設使聽者不同常交，一赫蹏往，人我俱利，尚當酌之；況兩持之事，利一害一，寃及善良，大壞陰隲，鬼神不佑，折損功名，短促壽算，有人心者忍爲之乎！自料萬萬無此。然恐利令智昏，墮此惡道也。若親戚朋友，淹滯可振，寃抑可達，又不得護己名節，不爲一理，何者？苛清苦廉，吾所不爲，求自慊于心耳。然因之得利，斷不可也。

中人之家，百凡節省，婚嫁喪祭，隨分支給。不造房屋，可居則已。數畝山園，栽花種藥。茆屋竹閣，但能净掃地，亮糊窗，便翛然有致，不在華美。吾前年得篔簹谷竹子萬竿，秘室明堂粗備；乃復東移西徙，厝意經營，違心而取之，盡費于此，今已成佳圃。寒士得此，亦過矣！若復修造不止，架高樓，築危牆，治廣廈，以求壯麗；不惟勞心，且家中不裕，若不取非其有，胡由給乎？以後聽木匠斧鑿聲，便是劫財家具，何也？必犯偷戒故也。不特此也，吾輩朝夕與妻子爲伍，料理家事，日久月深，有密制其命而不覺者。不若行游，日與友朋究竟此事，勝己之友相對，邪思妄念亦自不生。其他行檀然則名山勝水，清刹福地，俱吾園亭，又何必修飭一彈丸地，以自縛束也。

作功德事，與其以與爲功德，不若以不取爲功德也。佛言持戒即是行檀，正是此意。居士法不斷正淫，然邪淫則有嚴戒，比于沙門之淫。沙門一破淫戒，不通懺悔；居士一破邪淫戒，亦不通懺悔。吾生平固無援琴之挑，桑中之恥，然游冶之場，倡家桃李之蹊，或未得免緣。少年不得志于時，壯懷不堪牢落，故借以消遣，援樂天樊素、子瞻榴花之例以自解。又以遠游常離家室，情慾未斷，間一爲之。迄今漸斷，自後當全已矣。終年數夕，有樂不久；染指而食，不如不食。傾貲爲之，偷淫兩犯，爲損大矣。若夫分桃斷袖，極難排豁。自恨與沈約同癖，皆由遠游，偶染此習。吴越、江南，以爲配偶，恬不知恥。以今思之，真非復人理，尤當刻肉鏤肌者也。世間孀嫠，止以避人恥笑之故，終身索居，忍此難忍。況出世丈夫，前有清净勝妙之樂，持之則可得；後有鐵牀銅柱之苦，犯之則立至。何不猛將剛刀割此愛緣乎哉！又況未絶姬侍，猶存情慾，有何難也。吾因少年縱酒色，致有血疾。每一發動，咽喉壅塞，脾胃脹滿，胃中如有積石，夜不得眠，見痰中血，五内驚悸，自嘆必死。追悔前事，恨不抽腸滌浣。及至疾愈，漸漸遺忘，縱情肆意，輒復如故。然每至春來，防病有如防賊。設或不謹，前病復生。初起吐血，漸至潮熱咳嗽，則百藥不救，奄奄待盡。神識一去，淫火所燒，墮大地獄，可不怖哉！夫致病不在多淫取斃，或以偶值，醉飽寒暑，中之，皆可以喪身失命。一生學道，而以淫死，豈不痛心！古德云：「今生不度何生度？」身節嗇精神，以養幻軀，令其辨道。悟處如百鍊金，行處如火銷冰。微細流注，蕩然不存。更不受分段之身，行游三界，作自在人，神通備足，萬劫常存，此何等快活也。貪世間不净，受用無端，打失人身，轉頭換面。出一孔，入一孔。驢胎馬腹如游園，觀此又幾許苦痛也。莫以些小悟理，欲銷此不可思議業力，大難，大難！四十以後，婢妾亦不可置，皆足爲老年之累。王摩詰中年喪偶，蕭然獨處，終日掃地焚香而坐，竊有慕焉。檢生平邪淫，多屬大醉之後。以後大肆沉湎，即是破戒之因。不得已，微酣輒止，勿至上頓也。

妄語爲説謊，自檢生平不解作此。惟吾輩好勝，或欲伸其所言，故緣飾之以求勝耳。又或意在調笑，縮長增短，期于取樂，亦大病也。醉後多言，誇己所長，娓娓不休。稠人之中，惟聽己譚，鼓弄唇舌，此謂之躁。躁亦妄也。人有所不必知，知有所不必顯，汲汲明之，何其淺歟？兩舌銛于刀劍，毒于虺蛇，君子固所不爲。然稍涉面背，亦兩舌類也。或因人譏訕他人，因而附和，俱是惡態，切宜自覺。惡口一戒，尤爲難持。或以一言壞人生平，或意見不同，過肆譏評。乘其意興，字字剜髓。或笑語之中，描畫舉止，無不曲盡，令人難堪。吾輩腹中應無鱗甲，然舌中可自謂無劍戟耶？

忍俊不禁，興到之言，其鋒正未可觸也。作輕薄相，爲人所畏，人所不親。犂舌且不必論，大損德也。綺語之根，直是放逸，謂無義語也。吾輩聚首，開口即是浪謔調笑，借以銷日。亦謂世上難可莊語，不得不出是耳。然學道之人，揀擇良友，與之揚扢。所謂借他人戰場，演自己軍馬。何得逐淫朋之隊，邪言謔語，一切隨他去也。發揮性情，聊借詩文以遣興則可，豔詞淫曲，俱當置之。居人間世，不能即作木偶人。此戒酌持，如食肉戒，以漸而銷可也。

意中貪戒者，但有所愛，即謂之貪。凡貪勝妙境界，貪勝妙道理，皆貪也。此就悟理所攝，一悟即破矣。今約吾輩現行之事，易涉于貪者，毋如利與名。利根于吾輩，稍易脱去，然有所計算圖維，皆利類也。以吾一身論，所衣所食，能費幾何？家中粗有薄田，可以供給一家，決不至于饑寒，此外置之，胸中常可使坦然無一事也。離家行游，處處自有資糧，但不求贏餘耳，何至有溝壑之憂？萬一事勢窮極，寄食僧寺，伊蒲終身，翻是快活。否則雲水簞瓢，作自在人可也。我平生于利甚輕，但宿有豪奢之志，此機多年不息。命與願違，甚爲所苦。設使果如楊越公、郭汾陽輩，亦所值偶。然自道眼視之，等於劍鋩膏火，況必無此福緣，而望此不可知之樂乎？良田萬頃，樓閣淩雲，粉黛擁衛，食客盈門，朝歌暮樂，讌月吟花，縱以爲快，亦必生來有此，乃以遂耳。措大蹉跎一往，已四十年，設使得志，居詞林，株守清貧，借貸不皇。爲有司稍或膏潤，已挂彈章。宦海風波，未必即至三公九卿，至三公九卿，亦必以冰蘖垂聲，乃能保守，所積之禄，寧有幾何。即至三公九卿，又有張説之横錢可以行樂，已皤然一六七十翁矣，色力已疲，精神已衰，閻羅老子不時召請。即有歌兒舞女，亦何用也！古人云：「如今休去便休去，若覓了時無了時。」若能行樂，即今便好快活。身上無病，心上無事，春鳥是笙歌，春花爲粉黛，閒得一刻即爲一刻之樂，何必情欲乃爲樂耶！邵堯夫瀟瀟灑灑，便是第一等享福人，百富鄭公不能及也。

夫自爲行樂計，且不可，況汲汲爲子孫計哉！顔之推曰：「子孫自是天地間一蒼生耳。」又古人云：「一草一露。」今汲汲爲子孫計，是爲草木憂露水也。吾親見邑中爲子孫計者，焦心蒿目，貽以田宅，身死未寒，已屬他人。寒門素士，無藉而起。子孫之賢不肖，不在資財明矣。至于利之上爲科第，亦利也。少而學之，長而營之，此根盤據久矣。天地之間，如謂不中一制科，便不比于人。人之所以期己，與己之所以自期，未有勝此者也。吾少無超世之骨，既不能如阮宣、何點輩，纔能學語時，功利之語便到耳邊，流注意根，極其爛熟。今形局已定，豈能復作披髮入山事！然亦聽其自來，付之于命，聊以了事可耳。豈有饑寒迫身，借此以救貧耶？抑欲得之揚揚，以誇耀鄉里小兒耶？豈欲圖千倉萬廂之積耶？抑欲借以窮聲色之好耶？此心已久居火宅之外，豈復波波戀火宅中事。是數者無一焉，而營營何也？

世間窮通壽夭，皆有定數。察所以不能忘情于功名者，將曰此一事，何以遂不如人，故其氣不能伸。不知彼求之而得，命也；我求之而不得，亦命也。揆以三世之理，則我或享之于多生，而嗇之于一生；彼或嗇之于多生，而享之于一生。皆未可知也。計一世之事，則或先咷而後笑，或早屈而晚伸，或失貴而得年，或形安而神憂，或明苦而暗樂，或暴發而忽絶，或平平而悠長。倚伏展轉，皆未可知。不宜得之便揚揚，失之便怏怏也。今直見才不才異能，而不才者登庸，才者沉滯，輒曰：「造化者寃哉！」不知造化之寃，殆有甚焉者矣，古之以高才而遭困辱，性命不保者皆是。其造惡流毒，若林甫、秦檜之流，安坐而老牖下者皆是也。不論三世，而論一世，則寃不可勝言矣。區區失意于時，乃貧賤，非患難也，何寃之有？況人生一隙，譬如朝露，設使取科第，享富貴者，多可致數百年，猶謂虛幻光景，差久長耳。一轉盼間，一二三十年，已歸黄土。古人云：「得意濃時休進步，須防世事多反覆。」以甲科一榜論，其享富貴壽考者，亦復無幾。至于盛年失官，有官無年者，亦頗不少。故知人生須看結局。子瞻云：「譬如國手棊子，前面得失不論，只看後手，略多幾着，便是勝局。」吾親見甲第受享，有不如孝廉、歲貢者。眼前榮辱，那可便定？得之者何爲即揚眉吐氣，失之何爲即垂首喪氣也。

然此猶規規以得失論也，若心上之苦樂，又不以事之得失。人情多忘見在，好緣未來，未來之境，愈上而愈有。雖至卿貳，而未來之境自在，亦不能已于攀緣。皆視其現在所居者如嚼蠟，而不能居也；視未來者若饑渴之于飲食，而不能捨也。各隨其相鄰之位，而企得之。而相等之人，忽超而上焉，則有餘不足之形，皆足以焚其心而屑其目。自士庶人以及朝貴，一也。盈天地間，止不足，更無有餘也。若使高官厚祿，可以解人之憂，則今九棘三槐，皆宜瀟灑快活。而眉之不展，心之多事，憂讒畏譏，彌縫顧慮者，日以益甚；又況乎以卑望高，淹而望遷，毀譽是非，相傾相軋，紛沓在前，奔走在後，風塵牛馬，疲骨驚心者哉！士大夫聰明大者，算記大；算記大者，心中勞苦亦大。鎮日營營，如欠人千萬貫錢鈔，不得償，如肩荷千百斤重擔，不得休。得之也，謬意世眼之過爲驚詫；失之也，謬意世眼之過爲笑辱。所以求得防失，比常情不同。既圖其身，又憂子孫，反不如三家村裏癡人，三餐一宿以外，不曉圖度者，翻爲享福人。及至無常殺鬼一時卒至，落湯螃蟹，投火飛蛾，手忙脚亂，其苦不可言也。其所處愈尊，則戀人世也愈甚，其念人世也愈甚，則其抛四大也愈難。一權相死時，忽展轉以面向壁作乾笑曰：「一場扯淡！」又有一貴人，年九十而死，人皆謂此翁九十而死，決定安心；問之，則曰：「我并不見前之八十九歲在何處！」止與年二三十夭死者，等是一樣苦楚。故知但屬於死，決未有自念身已貴，年已高，而自安者。子瞻見一故人垂死，云：「死生陰陽之争，其苦有甚于刀鋸木索者，余知其不可救，嘿爲祈死而已。」予每讀此，未常不毛豎也。哀哉，世人如鷄鴨耳，豈復知鸞刀即在轉盼間乎！

受用過者，作業亦大；勉強爲善，不失人身。良賤總不可定。其爲惡者，三塗苦果，合眼即是。世人舉足動步，無非是業。五逆十惡，人所共有。銅柱鐵牀，是其家常飯。人命無常，或獄中未決之囚，尚遲數月，而我此事已先到者，在獄囚終日求免，而我方恬然，皆由不知故也。念此則垂涎貴顯之念，亦當少息矣。學道人視轉輪聖王，有若蟲蟻。即耳目聞見，古今之高人逸士，捐萬鍾而不顧，視千乘其若遺；或山居谷飲，徵書累至而不出，王侯求一見而不能者，此亦人耳，豈有三頭六臂與吾輩不同？只是筋骨硬，眼界大，榮辱内外之辨明，不肯以心爲形役。豈似吾輩軟弱，駑馬戀棧豆，饑蠅聚敗驢脊耶！又輒自謂大悟者，無垢無浄，隨處不礙；不知無垢無浄者，正謂取捨情盡，不爲一法之眩惑，不受一物之轉換。能出世者，故能入世。畢竟如蓮花不着水，木人見花鳥耳。豈是患得患失，同于鄙夫，一切聲色，遇之即粘如磁石吸鐵相似，而猶高稱悟道達人者耶！

追思我自嬰世網以來，止除睡着不作夢時，或忘却功名了也。求勝求伸，以必得爲主。作文字時，深思苦索，常至嘔血。每至科場將近，扃户下帷，拚棄身命。及入場一次，勞辱萬狀，如劇驛馬，了無停時。歲歲相逐，樂虚苦實。屈指算之，自戊子以至庚戌，凡九科矣。自十九入場，今年亦四十一歲矣。以作文過苦，兼之借酒色以自排遣，已得痼疾，逢時便發。頭髮已半白，鬢已漸白，鬚亦有幾莖白者。老醜漸出，衰相已見，其所得果何如也！設使以此精神求道，則道眼已明；以此精神學仙，則内丹已就；以此精神著書，則垂世不朽之業已成。而所苦丘山，所得尚未毫釐，今猶然未知税駕。嗟乎！人生大限之期，大約以六十歲爲率。四十年内，奔波勞役，已極人世之苦；餘二十年，略得閒静，少享無爲自在之樂，也不空至閻浮提一次。縱令四十以後，求而得之，所享亦復幾何。況生死無常，又有未必到六十者；又況求之而不得，益增其苦也。今縱不能入山，且以一科爲准。如得之，則出處任意；如不得，則向山水佳處，誅茆而隱焉。伊蒲水田，可以送日。或故鄉，或遠方，但有良朋勝友，可與論學者，便可久居。不然遊倦則坐，坐倦則遊。此一科内，文字亦不多作。一科既完，如柳下惠之小官，如不得，又不能隱，即以仕爲隱。姑借山資，以娱餘年，浮沉薄宦，邴曼容之百石，王無功之樂丞，亦無不可。吾此生行藏定矣，復何所事。説貪至于進取一塗，不覺冗長者，以此是我輩淪肌洽髓之處。其他貪後世名，貪有漏身，并以理照之，不容有也。

嗔念吾極重，真是胎性帶得，氣甚不平。雖轉盼即忘，然一時暴起，焚和已甚，盤結諸根，隨觸即發。姑不論大利大害，或意有所是，人與相違；或議論蜂起，爲人所抑；或與人言，其人癡愚，不領己意；或問者窮詰，不中理解；或見人以强凌弱，心大不平；或于眷屬，見其不馴，過爲忿疾；或于奴僕，偶有所失，遂致暴怒。種種皆是嗔性流行之處。予自伺察，最是一毫不相干事，將心受其逼惱。昔有夫婦，指雁作羹，商量不一，遂致反目。又有一人，聽堦上小説，聞楊將軍被陷，遂成重惱，發病而死。以吾人所計較觀之，有異于此者乎？河豚魚行遊，爲橋柱所撞，即嗔其柱，發惱腹脹，仰浮水面；烏過之，啄其腹，出其腸。吾輩之嗔，亦河豚類也。惟嗔能令人不樂之甚，心摇摇而若撼，口舌彊而不能吐。焦火凝冰，自苦自縛，地獄刑具，皆是嗔惱所成。嗔業最大，一嗔能引三萬八千諸煩惱門，能焚毁無邊功德行。嗔之人，心中畢竟不仁。若是仁者，愛一切人，和氣藹然，何至于嗔？行嗔之人，是爲婦人。又與人言，人有不是，我乃行嗔，則是斯人未常不是。我之行嗔，不是之尤。又與人論學，見其異己，輒自動嗔，不須更論是非。以行嗔者，我相熾然，根本已壞，一切知見道理，總是虛花，長養無明。身非人天導師，又不行棒行喝，何得求勝，自取煩惱。其人失路，亦非勝氣所能轉移。若能自信，豈以人之不信而動，又何必求信于人。莫云悟道之人，嗔亦無妨。往年見學道者，自以爲悟；至煩惱無明發起，如霹靂震，如虎狼嗥。其中本嗔，又添一嗔。即是道之見，所以益無忌憚。悟後之人，正好修行，在祖師亦妨失念。圓悟語大慧曰：「亦妨自己三業忽起。」吾輩無明，徹入骨髓，雖不同弄泥團者，勉強禁制；然悟力既深，愈久愈明，稍有走作，一照即破。文殊云「信力未充」是也。豈有傲然行嗔，同世俗哉！則是達磨直指一路，乃予人以一放心行惡之具也。自後專防此失，養得沖沖和和，渾是嬰兒，方爲道人本色行徑也。

癡者諸惡之根，一切皆由無明。慧者諸善法之根，諸善法之根現，則諸惡之根自破。若悟得一切處，本不可得；而觸境遇緣，依然行有，則是意見依通，正是癡也。吾往年亦曾悟得佛法，決定離言説相，離心緣相，不消動轉絲毫，亦無一毛頭道理可得，止是一切放下。當放下時，亦不作放下之解，以爲極則矣。然八風五欲，正爾熾然，與世上俗情，更無有異。但見其增，未見其減。逢色則愛，見利則取。六根門頭，鬧如市朝；繁華之想，日以益甚。静而馳求，動而取捨，猢猻攀緣，更無斷時。及不堪寂寞，却又以嘲風弄月，花樓酒肆消遣之。鎮日赴酒肉之席，説無義之話。流入行樂場中，將此事颺向他方世界，永不問着。以今思之，真張無盡所云「十二時中，不曾照管」，生大我慢業鬼借宅者也，其癡甚矣！何者？自曇磨西來，專提悟門，破執着戒定之見。良以顯此故遮彼，而非以戒定爲駢贅，遂一切置之也。若慧之中，不必戒定，即爲狂慧，豈西來之妙旨乎？而躭着知見，自劫家寶，此其癡一也。圓融行布，本不相離，十信滿心，即與佛同。一知見而位登等覺，猶不知如來舉足下足之處，横謂一超直入，即同極果；偏執圓融，盡廢行布，此其癡二也。古人云：「金屑雖貴，入眼成翳。」謂佛法知見與煩惱俗情，等爲眼中屑耳。善尚不可有，況惡乎？戒定慧尚不可有，況貪癡嗔乎？而乃不觀空以遣有，徒取惡而廢善，此其癡三也。道本無難，因根器而有難易。即使果如臨濟、德山之輩，一聞千悟，尚未必種現雙消，根隨俱盡；而今以一隙微明，遂居全覺，此其癡四也。古人爲此大事，忘食忘寢，徧參博訪，如三上洞山，九到投子；大悟一十八，小悟不計數者，榜樣歷然，何前輩之鈍，而今人之利乎？此其癡五也。參禪有從現量入者，有從比量入者。從現量入者，其力强，故一得而不失；從比量入者，其力弱，每逢緣而輒退。吾輩即有所見，多屬比量，須常加防護，如理而行。行解相應，始爲到家消息。所謂未悟則實，實有參究工夫；既悟則實，實有保任工夫。而一入之後，便思歇手；未得放下，先成放逸。此其癡六也。自本朝大儒，啓人以良知之説，後來數傳，偏重了悟。將爲善去惡之旨，撥斥太過。曾不知不爲善去惡，將爲惡去善乎？昔洪覺範稱永明壽之説法，如禹治水，如孫子用兵，如羿之射，王良之御，馬遷之文章。而晚年每日行一百八件善事，人詰之曰：「要善念純熟。」所悟如彼，所行如此，彼豈執着修行者也？不獨永明，凡從來祖師莫不皆然，或灰息養神，或禪觀相應，豈爲善有礙，而爲惡翻無礙乎？若以修行爲犯作病，則一切不修者，不犯止病乎，不犯任病乎？此其癡七也。樂者，心之體也；惕者，樂之衞也。以常惕則常樂，故夫戰戰兢兢，臨深履薄。正以舍人欲之險道，出天理之康莊，以自慊其神，而保守此恬適自得之境耳。稍不惕，則愧怍集，而神明疚，其不快莫大焉。奈何迷己逐物，以苦爲樂，此其癡八也。學道本爲生死，生死不在他日，即今目前相值境界是也。今聲色順逆，轉不去，打不徹。生平知見毫無得力之處，又安能去來自由，生死如門開相似，此其癡九也。即心即佛，豈非向上之解。偏認之，亦同魔説。夫都不知因中涅槃果上涅槃，歷歷分明，而自號法王，作波旬種，此其癡十也。追思此等癡見，蓋亦有盲師爲之導焉。

世有心外覓佛，舍凡求聖，不信悟門；偏執有爲工夫，而不見現成本體者，誠爲小根小器，無足與言。然誤認宗門一切皆遮之語，而作越分過頭之見者，其害亦非小也。近見有衲子，得一小解，到處爲人説法。遇士大夫，不論其生死切與不切，即教之參求；亦不論用功與不用功，急以一段現成之語，灌入其耳。如云：「此事本來現成，不消移動絲毫，即今便是，止要承當。」問如何是真心，則曰：「大似騎牛覓牛。」問妄心生滅時如何，則曰：「識得他源頭，一任生滅。」惟有公案不易理會，則又曰：「原是探水竿，只不受他轉便是。」士大夫好禪名，生死心浮泛不切者，定當數目，質之大德録中，語頗相似。忽開一隙，即云已悟。言參則已悟，何用更參？言修則已悟，何用更修？至于禪家公案，將古人所謂生人活人，奪食牽牛，移星换斗手段，一切以「無實法」三字了之。止知逐句穿鑿之非，不知不疑言句之病，反自稱無事。道人流入世間煩惱海中，熟處愈熟，生處愈生。及無常殺鬼卒至，落湯之蟹，投火之蛾，依然與世人等。説法如雲如雨，止落得一場口滑，可哀也哉！夫浮解淺修，既非不退轉地，無禪無浄，又不生安養國，一朝命終，隨業受報，三塗苦果，轉盼即至。南無佛陀，南無佛陀！是可爲傷心驚骨者也！此病予久蹈之，幸宿生猶有善緣，久而知非。今而後參須實參，悟須實悟，常居學地，兼修浄業，或可離此迷癡之雲霧耳。

嗚呼！千生百劫，妄習深重。呼惟習呼，吸惟習吸。古之有力健兒，即發心時，便是八風五欲籠蓋不得者，不比吾輩怯弱之人。又法門釋子，身有戒律，惡境不到面前，遮止猶易。吾輩朝夕與惡境作對，須打得出始有力；若打不出，仍在癡雲之中。所以古人云：「有一毫聖凡情不盡，決定入驢胎馬腹裏；從前復作螻蟻，依舊報爲蚊虻。」險哉，險哉！謹持此身，三口四意三十善道戒。凡至月終自讀一遍，其中皆是已昔所犯，一則宣露懺悔，又檢察持犯，以自警焉。

發顛狂。」不若棄去，解一閒散爲妙。身與官孰親？已與大人商之，大人亦以爲然。弟今年廿七歲矣，功名抑塞不酬，下帷徒勞，頗有一發不中則息機之意。聊借尊罍，以耗壯心，而遣盛年，豈能同古人之韜精沉飲者哉！弟嘗謂天下止有三等人：其一等爲聖賢，其二等爲豪傑，其三等則庸人也。聖賢者何？中行是也。當夫子之時，已難其人矣，不得已而思狂狷。狂狷者，豪傑之別名也。鄒、魯之間，不知庸人凡幾。夫子未嘗以傳道望之，而獨不能忘情于禽張、曾晳、木皮輩。夫子之眼目，豈同于世之碌碌者哉？居今之時，而直以聖賢之三尺律人，則天下豈有完人？反令一種鄉愿，竊中行之似，以欺世而盜名；而豪傑之卓然者，人不賞其高才奇氣，而反摘其微病小瑕，以擠之庸俗人之下，此古今所浩嘆也。即如古今相天下者，無毀無譽，小心謹慎，保持禄位，庇廕子孫，此皆庸人作用。若豪傑者，挺然任天下事，而一身之利害有所不問；即丰稜氣燄未能渾融，而要之不失爲豪傑。如張江陵猶是豪傑手段，未可輕也。若弟輩者，上之不敢自附于聖賢，而下之必不俯同於庸人。馬肆駭龍，鷄羣疑鳳，世眼自應爾，而豈所望於具隻眼者哉！此番如不得意，即南山之南，北山之北，儘可逍遥度日。不然，一瓢一笠，流浪江湖，不大落莫也。

龔外祖祭文已成，送奠軸去矣。追思同遊石洲，舞拳光景，豈可復得哉！五月內，大水幾決江隄，近日又復崩數十丈，不三五十年無公安矣。兄前議欲遷澧州，其實澧州城極狹，覓一可居之宅亦甚難。鼎州又太遠。以意度之，不若於長安村祖屋基上治宅，兄弟櫛比而居。此間樹如鄧林，田同好畤，塘中既富菱芡，湖上復饒魚蝦。族中尚有兩三忘機之老，可以晤言。他年功成歸來，即同摩詰輞川、淵明栗里矣，何必他求！説者止虞偷兒耳，然如兄一官清貧之甚，寧有積蓄。至如弟輩者，雖以十二幅長柬請之來，亦不來也。此議既定，便可令人種樹栽竹。度兄宦遊尚可十年，十年後竹樹已蓊鬱矣。此間車湖風景最佳，水中之洲若再加數丈，以石捍之，作一圓蕉其上，以此積雪千頃，供養心脾最快。今已作一疏，令一僧募石。兄有俸寄數金，以助成可也。人便，偶爾喃喃不一。

寄李龍湖

中道，楚腐儒也。長營箋疏，無復遠志；繭守一室，空懷汗漫。先生今之李耳，相去非遥，而自遠函丈，深爲可愧。秋初有丈夫紫髯如戟，鼓棹飛濤而訪先生湖上者，此即袁生也。不揣愚昧，敢以姓名通之先生。

答開府梅衡湘

龐居士有言：「護生須是殺，殺盡始安居。」古人種種方便，皆殺機也。或於經教上殺，或於無義語上殺，或於人情事變上殺。殺得不留遺種，方是安居消息。今安然豢賊於家，以賊爲子，何時寧謐也！只如向來明白處俱是賊，不可冒認。承下問，僭效一得，亦邸中臘月扇耶。

答陶石簣

伯修不意一旦至此！生死生人之常，但恨死得太蚤，資糧恐未全辦耳。伯修於參學信解已久，即不能如楊大年、張無盡之徹底乾浄，其於爲白樂天、李漢老之流有餘矣。兼之數年以來，用力修行，或不至隳落，然亦大可怖也。

自初喪以來，家中寂寞之景，殆不忍言。身後僅有一遺腹，七月而字，復不育，血胤從此遂絶。三孀號哭，腸爲之斷。作官十五年，尚有千金之債，歸去又無一宅可居。嗟乎！此千金之負，生時既不能還，豈終一筆勾銷耶？言及至此，人生果何利于官，而必爲之乎？其爲不幸中之幸，則以生時用佛法薫習家人，三孀皆學道；又兄弟中子息皆艱難，弟亦僅有一子，今年十一歲矣，從嫂氏之命，立以爲後，亦忠厚慈仁，或可恃以養老。彼逝者脱然而去矣，後死者之苦，殆未可言也。

念愚兄弟，數年以來，彼此慈愛，異常深重，如左右手，不能相離。自入都門，兩日不見，則忽忽若有所失；一時相聚，載歡載笑。中郎仕進之念漸已灰冷，弟亦惟以去年了場屋事還山。伯修作事，期于妥當，姑欲留此一年，斟酌情境，乃可言去；其算記南還，亦未嘗出今年之外。方欲共結白蓮之社，共享清浄之樂，不意命與願違，倏忽即去，哀哉！痛哉！自聞訃以後，忽忽如癡，惟覺腸中有如針劄。昔迦葉阿難，結集首唱，如是我聞，皆云昨日見佛，今日已云我聞，莫不隕淚痛哭。彼斷結聲聞，猶不能忘情于去來，況我輩乎！料理後事，悉黄慎軒居士，盡心盡力，可無遺憾。若非此公，則其苦亦有不忍言者矣。

生死之際，甚不易言。不知近日居士何作工夫？果於經論上參耶，抑于公案上參耶？果泛泛參耶，抑專提一句話頭耶？當提話頭之時，果能發起根本疑情，如一人與萬人敵否耶？果能不爲昏沉妄想之所奪耶？果能廢寢忘餐，兀兀如死人相似否耶？如大慧所云「啐的折，爆的斷」，已到耶，未到耶？古人有云「大死之後大活」者，果如何而謂之大死耶？如何而謂之大活耶？二六時中，既不參禪，此一種妄想業識如何打發耶？若縱之，則撥無因果；若制之，則又止動歸止，止更彌動。不縱不制，而能大休大歇，有念而無念，是何景象耶？願居士明以教我。

趙州云：「老漢行脚，除粥飯二時，是雜用心。」夫趙州之智慧不爲劣矣，其行脚參禪之期不爲不久矣，遇人不爲不多矣，用功又如此其專也。今之學道者，二十以前不知有學；二十以至四十，爲功名，爲詩文，爲應酬，爲好色，爲快活，其雜用心處何多也？偶于一機一境，見些光景，即强附于理須頓悟，舍理行而修事行，何古人之難而今人之易也？此弟之所大惑也。

答陳布政志寰

弟僥倖得附貢籍，原出望外；至仁兄云「家廷鬱拂之後，藉此上慰尊人」，此語非情均骨肉者不能言也。弟于世緣已矣，乃不忍見大人之鬱鬱也。而帥兩弟作文以娱之，家大人即色喜。故苦心一載，遂得藉手以報。弟自信弟之作舉業，即淨業也，即菩薩行也。仁兄亦信之否？

承問及日來行持，弟謂學道只以見性爲主，見性只以參求爲主，此外可不論也。至于專修淨業，必山中清閑無事之人爲之，作官時可不必耳。淨業必捨塵勞，塵勞又難卒捨。是以作官又欲棄官，歸家又欲棄家，而因緣已定，又欲棄而不能棄，即此身已無處站立矣。與其捨塵勞求浄業，不若即塵勞爲浄業。如仁兄作官清廉，不掊民財，此非浄業乎？一念不忍之念，常欲使之得所，此非浄業乎？隨事隨地，隨力隨心，逐處可行方便，此非浄業乎？塞上多虞，寬一分受賜一分，至於調停得法，深憂預防，無生事，無啓釁，使無血膏草野之苦，此非浄業乎？必以持珠念佛爲浄業，而以此非浄業，此等見識真井畦疑應作蛙也。願仁兄一心作官，作一日官，即是一日浄業。但問發心如何耳。若從身家上起念，即大成小；若從度人上起念，即小成大。此千古大乘大人之學，斷斷乎不能易也。

陽明先生，乘大願力之菩薩也。當時南征北剿，迄無寧時，以浄業視之，若不相蒙矣；然謂之非菩薩行，非浄業也，可乎？龍溪此等脈絡，見得極明，到今日幾成冷地矣。近日修浄業者，汲汲乎厭其官而欲去之；及至于家，則又有父母、妻子、兒女等事相絆，不能修矣，未幾而又出而爲官矣。皆是舍世緣求浄業之病也。其實父母、妻子、兒女、宗族、奴僕，處置得宜，令無失所，皆浄業也，到此纖毫不必移動矣。出也可，處也可；忙也可，閒也可。至簡至易，至妥至貼。此即弟近日見地，近日行持。

至于參求一事，亦隨處可以參求，只于人情事變内討探天機。知仁兄生死心切，弟敢悉心搜露。雲中無友，聊以當乙夜之清話耳。家兄襄事久畢，承盛奠家舅，俱舉行矣。老父如常。家兄居家，甚瀟灑快活，與數衲子激揚宗乘，亦不專修净業也。家夾山舅并壽亭舅，俱下世矣。人命可嘆，可嘆！承分俸過厚，謝謝！有便，尚容致書。

寄同學

近日于事變内，稍得些快活消息時，諸公有謂作官妨道者。弟謂既已見宰官身，不必更學沙門事。但此心與天下痛癢，實實相關，隨其所居之位，留心濟人利物，即是大功德，即是菩薩行也。若願行止于一身，即終日念佛持戒，止是人天有漏之因。若願行在天下，即終身做官，出入塵勞，亦是青蓮種子，此處斷斷乎不疑也。不絶欲亦不縱欲，不去利亦不貪利，不逃名亦不貪名，人情内做出天理來。此理近道學腐套，然實是我輩安身立命處也。

與梅衡湘

久不獲通候明公，然近嘗于西卿處知動定。數年來俗態紛紛，乃明公静而觀之，真所謂「長安雖鬧，我國晏然」者也。此乃不動聲色，而措天下於泰山之安手段，非真實學問何以有此。自秃翁去後，絶無可與言者。近日京師有志者，都向事相上理會，所謂入微取證一脈殆將絶矣。

念公嘗周旋否？雖無老成人，尚有典刑。中郎虎賁自可念耳。生僥倖一舉，可漸了書債。不知今年作何景象，自覺心疏膽薄，終亦無益于世。悔往者親遇至人，不能細心窺其機用之妙，用世出世，都成當面蹉過，良可歎也！

與丘長孺

久不聞長孺消息矣，孟白云在家頗理生事，長孺計算差勝我，想亦不堪拙耳。又聞前所生子復不育，姬侍日多，生計日艱，出門愈難，畢竟作何區處也。弟已中舉，較秀才時差快，今聊復隨順世緣，遁跡朝市，頗自覺省力。望長孺來如望歲，不知何時可起行也。弟甚懶書牘，屢欲作字寄無念，竟復中止，會時幸道意。衡湘先生寄聲，侯嬴之感，無日忘之。家六休作閻浮提第一快活人，頗聞其踪跡不？會期不遠，不多及。

答鄒南皋

先兄在日，家庭講求之暇，靡不私淑明公。每得明公一字，則灑然暢然者終日。意亦欲少完世緣，偏歷名勝，當即走匡廬五老之間，親炙至人耳。不意天奪其年，有志未就，痛矣何言！明公道誼深重，注念朽骨，大悲用心，豈尋常可測。先兄著作亦不甚富，裒其遺言，僅得十册，早晚且就木矣，刻成尚欲求玄晏之敍，以圖不朽。承命謹護遺篇，敢不銘佩。

中道不堪世緣，久擬灰心，而家門不幸，以此復圖世榮，少慰嚴親。明公獎借逾涯，非所敢當。復承清吏之賜，感激無地。舍親道字先生，不屑不潔，聖門之狷，已斐然成章矣。近日混跡漁樵，永斷世念，想明公所欲聞耳。草草不次，尚容續候不一。

與丘長孺

前梅長公來，得手教，知今春必入都，但恐西卿回，又當有一段聚首之趣，未能頓行耳。弟春試事，不知若何。若非貴客，即遊客矣。趁此色力強健，偏探名山勝水，亦是快事。前書説謙光最妙，然弟自覺，往日涉世，全是些客氣；近日氣稍平，故人謂之謙耳。蓋資質沖和，我遠不如長孺及酉卿，即已亦甚受累。今將許多出頭勝人意思，漸漸銷融，便覺偃旗息鼓，有許多太平氣象。此長孺十年前學問，我今方到之。我之不及長孺遠矣。天下多事，有鋒穎者先受其禍，吾輩惟嘿惟謙，可以有容。

繁華氣微，山林趣重，終當伴中郎於村落間耳。前往拜李長者墳，泫然欲涕。龍不潛鱗，鳳不戢羽，何言哉！兄家事不知近日若何？畜聲妓一事，甚能縛人。本爲行樂設，然却有許多苦，即防閒一念，費心已甚。真不如開後閤縱之耳，何如？

答蘇雲浦

别後兩日，王髯遂以一刹那赴閻君之召，酒席上遂少一賞鑒人矣，真爲可嘆！前月下江邊，習習作雄吞狀，人命脆薄如此，轉令吾輩益怕死耳。

小園東畔，折去草舍，以湖上瓦亭子立其上。梅枝結屈向隱於茆屋之上者，今皆舒出作蛇龍攫搏之勢。明歲已擬枯坐其下，遠遊又將漸止耳。

馬元龍有字來，云黄慎軒已擬司成，爲省中所彈，今改用人矣。其彈狀大約爲其結社譚禪也。中郎已決棲山之志，弟度之末始非計也。亡嫂又以此月之末，附葬先壠。臘月之約，將無虚耶？此時小園梅花盛開，騶從至公安聚譚數日，亦是快事。竹中忽得此一隻瘦鶴，嘹嚦數聲，令人神骨皆清。擬作一詩奉酬，匆匆未成，容嗣致也。

與黄慎軒

前吴僧來，得尊札并佳墨數紙，貧兒暴富矣。山中起居安否？世間得失，總屬幻泡，即法門行踪，亦成鳥蹟。此入微一路，不知已究竟否？柳浪閣上，間與中郎提唱，此外絶無可言。李君棄諸生從軍，亦恢奇。渠云入蜀不見慎翁，政如泗洲不見大聖也。希一接之。

與曾長石

前欲走繡林奉謁，奈今年風寒，殆不減長安，以故不能出。今歲因宿舂將絶，教授自給，依然作老蠹魚故事，殊自笑也。柳浪湖上三千張緒，石篁莊裏百萬龍孫，太史能鼓剡棹，草木生韻矣。湖上主人欽重明德，中春亦欲奉訪，但要約須豫，不然恐成望岫息心耳。何思已歸，有字通否？因中郎報禮邑令之便，草率寄候不一。

與王石洋

每動念，輒欲來漢上，而又以他事輒止者數矣。夏間半在沙市，半在小園，甚適。然不敢痛飲，幾如蘇公之三蕉葉也。小居不堪住，稍稍修理完，即有嫁女事，亦甚奔波。又不得把筆作文，每作文即發病。聞仁兄静坐習業，此是好消息，再得良朋，彼此劘切，高中何疑，可不須夢也。文字遜志，理會精密温粹，化其叫號粗疎之氣，則百發百中之技也。知仁兄需此切，故言之。

陶不退丁艱，南歸過此。其長子竟病死于此地，藁葬路旁，真爲可憫。久不晤學道之友，如此公者至誠真實，畢竟難得也。廬山僧迎如來歸，草此奉訊不一。

答長石

久欲過上邑奉晤，承尊旨候何思居士同來，故中止耳。日來爲嫁女忙，今幸已了，然窮欲槁矣。今且欲逐家兄，往玉泉看功，便窮覽青溪、紫蓋之勝，亦一快也。玉已去，留此二十餘日。年來學道，見此境界未能免有情癡，豈沙劫之治習未能頓盡乎？

佳作已有中郎之敍，弟或不須着糞佛頭。中郎明春從舟行欲于西湖蓮花國中過夏，弟亦附之以往。人生幾何，趁此盛壯時，了却吴越遊，亦一大債。居士能無妒我乎？日來爲痰火偶動，戒酒兩日矣。晤期何日，言之惘惘。

與雷何思

弟聞僊踪在君章宅畔，即欲飛渡長江，雖時方病脾，弗顧也。行至搖頭鋪，雨色黯黯，竟爾復返，一步一憾矣。不知寓此尚有幾日，言之惘惘。若同長石居士入繡林者，便道過柳浪，少話亦快。弟雖病，猶能奉陪作竟夜譚也。倘此會不可得，弟病愈後同中郎作西陵遊更佳。若此時會兄，弟且喜且恨。喜則以知己聚首，足快生平。恨則爲二豎相牽，諸公掀髯狂譚，而弟舉止羞澀，如三日新婦，殊令豪士短氣耳。弟已戒酒矣，稍飲地黄五加皮酒。至于慾將永戒之。聞仁兄又納新姬，真有力健兒，羨羨！長石居士想歸時必晤，不更及。

答吴本如

前得手教，知去北時曾有字及厚貺見寄，其人以不獲踪跡，不及投而去，然感念深矣。居家無所事事，惟時與寒灰、冷雲、雪照諸衲，稍有激揚。因飲酒致病，不復能飲，反覺茹素之時，身體清泰。此時欲返初服，勢却不能，奈之何哉！但勤求悟理，心地開通，使般若氣類日深，則習氣日以微薄。昔之楊大年，今之羅近溪，吾輩之師也，亦何必頓除事障礙密因耶！試以質之居士，以爲何如？此路與無忌憚撥因果者，僅隔一線也，可畏哉，可怖哉！

寄李夢白

往年連年失意，然身如健犢子。近來甫一登賢書，而少飲即病，微噉即病。年年看本草，歲歲覓醫人，書生命薄如此，可嘆，可笑！

居恒憶長孺，真是一鐵人；如衡湘先生，又是萬年精鏐鑄成，鐵人何足道哉！仁兄雖不是鐵人，然能節嗇調養，不是吾輩易流之性，所以雖無奇樂，亦無奇苦。總之，皆福人也。

長孺不知作何生涯，久不得其一耗。前郝仲隆兒子來，云長孺近來算計，密於繭絲牛毛，不久且當作大富人，不覺失笑。昔與長孺同遊，每曲中一日之宴，費金數十；及至舟中寓所，則吃稗飯刺魚，咀嚼盡日。大約長孺算計，皆稗飯刺魚類也。仁兄以爲然否？

沈何山

久不晤教言，想穆如清風，猶習習兩腋間也。家中郎向頗堅山居之志，得手教遂有來意。弟謂思光辭丞，後欲得丞；慈明辭院，後偶欲院。行藏鳥跡耳，何用刻畫耶！明春舟行，入都之期，當在清秋。倘有便郵，更附一字，促之就道，是所願也。潛夫兄常會譚否？

復李孟白

雲中老子，遂爾長逝耶！去年臘月，中郎會本邑令公始知之。不然生芻一束，何忍遲至今也。世豈復有廓達大度如斯人者乎！追思雲中聚首，忘年忘貴，如芥投針。一別十餘年，音不相問。弟以爲寒暄常調，無所用之，故亦不數通書。去年欲走麻城一晤，屢出屢阻。然聞其善飰，強有力，必且出而任人家國事，不意其遂西也。晚年學問，想益得力，念公之語定不誤耳。

家兄從舟東下，弟或偕來，至鄂渚當以相聞。參禪極是不易，弟孟浪如昨，時有省發，終非歸家罷問程光景也。世上人稍聰明者，名心太重，絶有虚見，使自云我于某處忽然大悟，凡作此語者，弟多不信之。昔妙喜參禪二十餘年，所遇如湛堂、無盡、覺範諸公，皆是明師勝友，及後參久，普説也説得，頌子也作得，轉語也轉得，諸方皆稱其已悟。而妙喜獨曰：「我若再遇師家説我已悟，我便着無佛無禪論去也。」及後遇圓悟數年，從東山水上得前後際斷，却於樹倒藤枯處，又十分膺礙。非圓悟苦口，且以爲移轉，人不放人過，而不信之矣。念公老作家也，以爲然否？梅長公處不及另啓，長孺此時不知在家否？念之。

寄陶石簣

手札至，方與中郎散髮湖上，展讀數過，爲之惕然。居士冥身在潔浄處，行履緜密如此，而猶常懷恐怖，吾輩當於何處生活？生死命根，真是難斷，然近日勘得此事於平常人情之内，亦自有真消息。若情之所常有者，不待其自爲消融；而把執太過，則未免走入縛執。一路將迎，意必淪入陰界鬼窟，且有如近溪所云「錦繡乾坤，翻作淒涼世界」者矣。龍溪、近溪，真學脈也。後之學者，又謂二老見地極明，特不修行。欲以修行救其弊，又何曾夢見二老。假令二老不留纖毫破縫，作模作樣，只圖外面好看，不圖心中自得，則亦狗外爲人之流而已矣。

鄧文潔，一狷介士也，然觀其集，殊無自得之處，徘徊忠孝之間。疑其求全大過，尚多局面，比之世人，則有間矣；其於近溪諸公真脈絡，全無有也。安排回互，是大過也，可輕言寡過乎？生根性下劣，習重障深，然意欲使無生知見之力日深，則漸自消融。如鼓琴然，絃大急，則絶矣。不知高明以爲何如也？

與蔡槐亭

居士出都門時，生已抱病南歸，不及一晤而别，悵甚！悵甚！居士今作一大樹王，庇廕萬姓，即此是普賢行矣。昔陸大夫治睦州，南泉問之：「此去以何爲治？」睦州曰：「以慈悲治之。」南泉曰：「睦州之人塗炭矣！」此語生不識其下落，豈有慈悲不可爲治者歟？抑亦世法自世法，佛法自佛法，而不必相侵奪歟？願居士爲我抉擇。

聞楞嚴寺已大莊嚴，此諸宰官所欲興而不能如願者，今復還故觀，此乘願力而來者歟？因平湖縣德藏寺禪堂僧一休之便，寄字不一。

答董思白太史

都門聚首之後，從此朋友兄弟，蕭然星散，無足追憶者，徒令人腸痛耳。獨明公臨荆州時，生亦欲從戟下一覲顔色，竟以野服，不敢溷清嚴而止。乃遠辱注存殷殷，何以堪之。明公盛德高才，不早膺夢風肖圖之遇，而置之于楚，誠爲函牛鑊雞。然以生言之，昔張燕公自岳陽以後詩文乃奇進，即東坡先生所稱「如川之逝，而不可及」者，多黄州以後事也。豈非磨鍊之後，其精光更自勃勃耶！明公之道德行誼，與風流藴藉，真無媿於古人。無論目前陶鑄天下，即異日之文采輝映，决不出蘇公下也。如生者得附門下一士，比于點密雲龍茶之數，則幸矣。拙詩一册，舊刻二種請教。本不宜通字，但寒家存殁兄弟，俱荷特達之恩，更復疏異，是木石也。

答左心源御史

遠承卷資之錫，荷荷。三年之内，兀兀如昨，惟此入微一路，稍見休歇。自謂於龍溪、近溪之脈，可以滴血相證。即不敢謂廓清滌蕩之功便同前輩，而覺此一路，至平至澹，至簡至易。外此而從念頭上作工夫，瞥起中認天機，形相上説修證，皆落陰界，非良知也。

明公實悟實修，此等境界，久已勘破。蓋學問之所苦者，疑情不盡耳。疑情既破，自解作活，可動可静，可喧可鬧，可仕可隱，安往而不平常。明公所見，與家兄中郎所見，近日大較同矣。良朋聚首，倥偬中一服清涼散也。都中朋友蕭然，深爲可嘆。遠承訊及，不敢作皮面語相向。具此申謝，并報私悰不一。

答張聚垣

沙津聚首，長夜清話，惟恐分袂。河橋一别，有懷如割。與崔兄歸至邸中，寂然四壁，不覺淚之涔涔下也。古人云：「願得素心人，樂與共晨夕。」仁兄真素心人也。託盟雞壇，永以爲好，金石可刊，此誼難忘矣。

炎暑遠征，已自不堪，歸未暖席，即有太老師母之慘，何天不憫之甚也。雞骨支牀，毋乃過痛乎！願毁不滅性，以重遺體，即九京政自欣然耳。入都即宜遣吊，奈同門不齊，徐生冽以病，未完場事而歸，故逗留至今，不勝抱歉。時方出場，得失柴其中央，三場亦覺得意，不知可副老師之屬望否也。嗣當遣人致唁，是以不敢通字于老師之前，仁兄幸詳道之。

遠承奇錦之賜，雲霞組綀，仁兄亦信矣哉！匆卒未由展一縷之敬，此中殊不自安，未忍言却也。

寄中郎

日在齋中，猢猻子奔騰之甚，一日忽然斬斷，快不可言。偶閱陽明、龍、近二溪諸説話，一一如從自己肺腑流出，方知一向見不親切，所以時起時倒。頓悟本體一切情念，自然如蓮花不着水，馳求不歇而自歇，真慶幸不可言也。自笑一二十年間，雖知有此道，畢竟于此見在一念，不能承當，所以全不受用。一切處全不省力，在計算安排、攀緣圖度中過了，平生忙似火燒。而今而後，不墮此坑矣。

近來也不思前，也不想後，便有使得十二時之意，不用纖毫氣力，自然如此。自喜已結聖胎，古人之言，不予欺也。兄想久到此田地，如何止隔得一絲毫，便弄人十年二十年也。一向弟亦具正解，但道着悟，便自不肯。今方是過關，真箇喚作徹悟無愧色。此處真如啞子喫蘖，更無説處。所以叨叨如此。

又

居署中，青槐緑榆，喬松古柏，屋敞地潔，蠅蚊絶跡，胸中瀟瀟然，都不得一事，真是快活不可言也。此後動静出處，有何處不樂，吾事不既濟矣乎！

寄黄慎軒

今年弟復不了此事，真是可嘆。然以静坐塞太保齋頭，于大事稍有所豁。方信古人説，信得自心，則動静一相，了然不生；無明妄想，不除自息。是實語如語，不誑語也。陽明先生曰：「但致良知，則私欲之來，如紅爐一點雪，不知世間更有何樂可代。」此老受用乃爾！今動而妄想，静而昏沉，爲起滅不停所苦；欲除之不得，縱之不得者，俱是信心不及。情識命根不斷，把見在瀟瀟灑灑一片閒田地當面蹉過，擔枷帶鎖，無有了日。其稍見本體者，又不直下坐斷，自以謂息機，而其實機未息。反一切置之，流入情欲名利場中，成一箇俗漢。蓋悟理之不必求，知念之不必息，而不能親證自然無求之境，不曾安享不息而息之妙。故解路雖窮，而俗骨凡胎，一毫未换，良可嘆也。即今自觀，凡情熾然欲盡不得者，或終日愁惱動静俱苦者，此其病根，全在信心不及。本地風光不得現前，作不得無爲閒道人。

居士參求已久，所不足者，非解路也。何時得一合併，痛爲逼拶，親享此休心忘緣之樂乎？所恨當時同學，皆在取捨窩臼中，不能指直捷路徑，令居士併心一處，不然當徹久矣。今世事日下，長安鬧甚，青山白水有何不適，而出而受人指摘，自取不快乎？居士宦情輕微，但鄉里親戚，俗情深重，如油入麪，未免以作高官相望，恐常在居士耳根喧騰，致不得快活。此處亦須自作主張。俗情自宜爾，吾輩不得聽其轉也。出處之間，原不宜有所意必，惟當相時而動。但得直見自心休歇得去，則糞草堆頭，拾得無價寶，作一瀟灑大自在閒人，豈不樂哉？

如邵堯夫見得先天之學，花下小車，終日優游，便是紅塵中極樂國也。若學道者，順逆好醜情態尚與衆人一樣，則何貴學道，弄得一團智解？即二六時中一箇身心，已自無法安頓矣，安望其使得十二時乎？又安望生死到來得自在乎？居士如未得徹去，未得休歇去，但將古人因緣覷來覷去，自然有相應時。千里寄書，止此一事要緊，區區寒暄，不足道也。

張雲影

兄日來如何參求？若心性道理上明白，到諸祖師金剛圈裏過不去，正是家親作祟也。弟近日見得，理則頓悟，事須漸除，是無方便中真方便。慚愧往時，一切行有，幾作魔王眷屬，以此暗暗持一箇十不善戒，惟酒肉姑俟漸除耳。放逸與放下不同，放逸正爲物轉，放下始能轉物。非骸髏裏情識盡乾，如何説得隨順世緣的語也。知兄相信，故偶及之。作得心律一篇，尚未清出，容清出請教。

報二兄

弟近來讀書静坐，依然是向時人也。偶拈筆作得心律一篇，緣吾輩資質軟弱，悟力輕微，欲借少戒力薰之。如吾兄本質帶得乾浄，悟處又無朕迹，入佛入魔，無所不可，真得大自在，然不可以概吾輩也。思向來貪淫嗔怒，與凡俗之人無異。在世上尚立不起，況世外法乎？因草此以自盟。偶張居士來討，付之。然亦不知能有恒否？尚不能不以羽翼護持之力，望之兄也。何也？以吾輩信兄，甚于自信也。長孺一字達之。

雲影

心律一通，乃弟自己發藥，于兄無與。乃兄苦欲之耶？只得寄來，兄好抄寫，恐弟後無本也，故付來看完即寄我。然欲兄看者，弟無恒之性，後來知愧，不好決裂也。古人悟後，亦防自己三業忽起，況吾輩露水禪也。

劉元定

仁兄終日分韻舉白，看花聽曲；而弟終日埋頭看經上陳言。人生苦樂，相去寧止九牛毛耶！但弟生三十八年，始識讀書之樂。稍覺吾家伯業有趣，大勝河朔公也。一笑。分俸過厚，謝謝。

報二兄

此事既得七穿八穴，自然不虞煩惱習氣爲祟。所苦者，悟理未圓耳。大夢既醒，豈復取捨夢中事哉？一切生滅，如鏡中象，如蓮花上露珠。至於逆順境界之來，自然轉得行，打得徹，乃無生知見之力自使之然，非有一毫壓伏禁制之力雜其間也。即兄所云「打成一片」者也，到此復何言哉？弟謂既已入此門中，必須到古人大休歇田地，實修實證，永斷後有，方爲大自在人。若半上不落，則可惜也。目中所見前輩悟道者，亦具正知正見，但陶汰鍛鍊之功絶少，步步行有，無明日長。古人所云「知不入微，道不勝習」者爲此等也。

昔王龍谿於天泉橋上已發明向上之旨，而陽明猶諄諄戒之曰：「吾人凡心未了，雖已得悟，不妨隨時用漸修工夫，不如此不足以超凡入聖。」所謂上乘兼修中下也。後來展轉失旨，纔得聖解，便將生滅妄想習氣撥向一邊，以爲不必理會之物，而聽其日滋日長，以至于死。則自淮南一派兒孫，少有不坐此病者也。不知兄以爲何如？此等語向悟後人説便好，若未悟者，只成弄泥團矣。

弟自有入以來，馳求寂然，或静坐，或讀書，頃刻便過了一日，不知日之有朝暮，而身之有動静也。生平所最重者嗔火，亦漸不生，隨發隨自覺之，當時冰消。其他邪思妄念，名利計算，淫慾種種，纔到心便過去矣。以此終日欣欣，亦無一事。不然此處兀兀，豈堪久坐者哉！中庸一書，參贊天地，止在喜怒哀樂上中節。孔子自不惑以後，方兢兢于改過遷善，現前一念，無將迎，無住着，便是了百千萬年樣子。弟之意如此而已矣。

心律，弟原不與一人看者，因張居士求之耳。兄以爲未悟者不宜看，弟謂世間可語此事者少，使得他爲善不作惡業亦好。至于吾輩以後一切事，止有日減一日耳，豈有增加者乎！兄乃復有去志耶？歸去亦佳。弟南遊或在今冬，妻子自能度日，衣食原自不愁，安飽淫慾久已覷破，已矣！更不向世間波波奔奔，熱如火，寒如冰也。體中無病，不斷餐，有書可讀，有山水可登眺，吾事辦矣。但得常常相聚，開眼見嚴師，自然妄想俗情無從得生，即吾輩大依歸，大利益，於兄何有也。

又

得家報，大人康泰，五弟無虞，不勝之喜也。日來熱甚，斗室中得無苦耶，宜其動歸念也。歸家必須遠遊始得，不然公安亦不堪久居也。彼此各老大矣，日斜歲暮，正是此時。奔波何所求？將來泉石相對，討些清淨無爲之樂，不亦快耶！但從南舟行不便，須商之。

又

酒評如畫近詩，令譚書辦一寫，齋頭清寂，細讀之亦一快也。弟此中久不飲酒，惟以讀書爲樂耳。作得梅、李二公傳呈覽。江進之傳尚未脱草，潘雪松諸老皆有傳，次第成矣。又作得禪門本草，戲語耳，聊當一笑。此中無稿，幸勿令人持去。近成虚閑齋剩語四卷，殊可觀。弟廿五六來，元質千萬留一别。此中凡百無耳。以長孺弓箭之故，大司馬親索之于諸將官處，竟無有也，虚費我一片心矣。瓜李亦不數見，致聲諸末將，亦上酒壇耶？

寄長石

弟以十三日至都，已暮；十四日即爲元定邀去喫早飯，遂飲至暮。十五日行矣，未得一會仁兄，殊悵然。中郎行矣，弟盼望都中遂無復親，今惟兄耳。月餘在酒肉場中，雖笑無歡，今復静坐，理會自己千萬劫大事，且看諸大儒意旨，大有灑然處。弟自覺不寂寞，但恨不得時時請益也。人生無幾，只此一段快活爲實受用。若不徹悟，心體妄想起滅，役盡人世光陰也。知兄道念甚切，故言及之。

時時會聚洲道人否？此不自欺者也，見時亦爲致聲。必于意識行不得處要理會，無可理會處更進一步，方是大自在消息也。弟日用亦如此做功夫而已矣。草草言近懷，有便附一字元定處寄我。署中得仁兄一札，讀之不勝快活。

復羅生

得手札，痛念令二嗣，不覺淚之涔涔也。年至半百，作青山緑水中主人，不爲五斗折腰，誠爲高見。世途無涯，以爲足無不足矣，以爲不足無足時矣。非翁丈達觀，生不作此語也。

寄都門友人

生出都門，從山東道歸，已四十餘日矣。途中懷想爲勞。歸來修理三徑，出入萬竹中，始知世間悦目之色，惟新篁籜初破時，净緑可餐，爲世間第一種尤物耳。但無奈貧苦何，甚至無飯喫，家事日累，謀生愈拙，氣骨愈高，只一味減將去，亦何愁不快活也。

寄李參政夢白

都門别後，未得一耗。弟於去歲三月，歸自漁陽。無念亦至公安，稍稍悉仁兄動定，知精進甚也。弟於漁陽署中，稍有所契。久之覺無生知見之力甚微，所謂陰境現前，瞥爾隨去者，真非虚語。又古人云「入佛不能入魔」，悟力不充故也。竹定是竹，笋却不堪作蔑。世染深重，如雪山陳冰，杲日雖出，未易銷融。言及至此，惟有撫心内愧而已。

居家苦應酬，出來尋朋友，却又無開口處。從去歲十月，自買一小樓船，載書畫其中，蕩漾江湖。冬春二季，始窮花源之勝。至四月盡，乃抵金陵，愛其風景佳麗，刹宇精潔，遂艤舟南門，憩於天界、報恩間。校試之年，多士雲集。雖無人論學，却有數友留看舉業文字，皆可造就者。弟此段障緣未了，亦欲借此了之。

仁兄部下亦近，但長夏安居，嬾於出遊。傳聞以入賀行，果爾，則舟過上河，可覓一良晤也。人便，草率不莊，惟原宥。

寄藴璞上人

久不到金陵，至則覓石頭庵主，云已入楚，惟見新竹千竿，嫩緑可餐。高足弟子，法門通家之情藹如，遂分半榻者累日。每倚竹長嘯，又未嘗不憶種竹人也。時且有吴越之遊，不知師何日東歸，甚念，甚念！

竹間作得口號數句博笑：「我有千竿竹，棄之遊白下。師有千竿竹，棄之遊江夏。我來白下看師竹，宛似家園千畝玉。師行若走江陵路，過我家園須少住。」

答無跡講師

南歸途中，即思從玉泉拉師同尋青溪、紫蓋之勝，此志必酬。但目下歸來，眷屬相聚未久，不能即杖烏藤來耳。劉恒沙來，云師爲我得異夢，果否？僕年已四十餘，張果老驢兒，不堪作推磨用。但那邊事有着落，臘月三十日，不慌不忙，即勝二十四考中書令也。有志未逮，何以策我？

答寶慶李二府

往接慈容，恨未深談，然從不退、聚洲口中，備知台臺信力甚深，真法器也。生十七八時，即知有此事，初求之貝葉文字，了無所得；其後始知達摩直指一路，真爲攝精奪髓之法，然亦無可措手。後又得大慧、中峯語録，始知此事，決要妙悟。妙悟全在參求，參求定須純一。悟後之修，乃爲真修，不然即係盲修。乃以無義語，時時提撕，于今二十餘年矣。中間爲功名婚嫁奔忙，意根他用處甚多；又胎骨帶得有繁濃習氣，未易破除。或于機境上，忽有省廢，皆是小休歇處。古人所云「暫時歧路」，非到家消息也，因此亦不敢過望世之學者。至若眼目已開之人，無生之力尚微，千生業習深重，如千年積冰，杲日雖出，未易銷釋，非其見地不是，力弱故也。蓋學之而後知其難耳。要之，大悟即真休，參求即是聞。思真休即是修，即所謂「返聞聞自性，何不自聞聞」也。六用不行，放光動地矣。

如生者，數年以來，參求絶不純一，嗜好亦恒他用。自恨骨力不健，爲法門罪人，而台臺乃問及盲聾，愧汗甚矣。但泥淤中能生蓮花，台臺勿問其淤泥可也。家仲曾號「六休」，因初入仕時，無意遊宦，乃取司空圖休休亭記中有「六宜休」語，故用六休爲號，志無忘山中冷雲耳，非楞嚴「六用不行」旨也。一休之旨，則謂得其一萬事畢而已矣。來教精詳要渺，非得此道之味者，安能深入如此。貴治山水，酷所想慕，况有道在彼，敢忘就正。但置一居於沙頭，與家仲爲伴侣，尚未就緒。令親曾丈悉見之，以此暫阻摳衣。桃花開時，有角巾野服而投刺者，未必非袁生也。風便，幸示好音。

寄蘇雲浦

傷哉，傷哉，中郎於九月初六日長逝矣！八月初，微有火疾，時起時滅。投補劑則發火，投清劑則傷胃，不藥則症日加，遂至大小便皆血。一夜忽痢五六次，而陽脱竟至不救。初意亦爲小小火病，及至後來漸盛，雖醫者竟不知其何疾也。老親七十，聞此一哭幾隕。弟走沙市收殮亡者，復走公安安慰生者。人生到此，生理盡矣！

中郎邇年以來，極其寡慾。夏三月，止坐樓下讀書。常常説静坐養生之旨，精神全從收歛翕聚。不意一病，遂爾化去，豈天不欲留法眼於世耶！天假以年，出世之學愈深，用世之才愈老，次可與陽明、近谿諸老方駕，而今年竟止此矣！

弟薄命與中郎年相若，少即同學。長雖宦遊，南北相依，曾無經年之别。一日不相見，則彼此懷想；纔得聚首，歡喜無窮；忽爾分袂，神色黯黯。至於今年尤甚，形影不離。暫别去，即令人呼喚，不到不休。弟所以處困窮而不戚戚者，止以知己之兄在耳。今復化去，弟復有何心在世中？腸誰與吐，疑義誰與析，風月誰與共歡，山川誰與共賞？錦繡乾坤，化作淒凉世界，已矣，已矣！恐弟亦不久于世矣！

仁兄書到之日，正一七也。發函多悼嘆生死之語，弟不勝驚嘆。夢中所云登樓，二仲扶之，二仲雨而跣行，此豈非凶兆耶？一室孀婦，弱子幼女，何以度日？逝者已矣，生者之苦未艾也。昨見札中切切思歸，甚是，甚是。富貴榮華，真是幻夢。日日波疑應作奔波熱忙，送却了好日子。四十以後，陽盛陰衰，日夜奔馳，俱是生火之資。弟意以爲决當静坐收攝，早晚念佛，嚴持十齋殺生之戒，以爲去日資糧。若得道駕歸來，互相策勵，究竟此事，尤可度日，但恐弟無此等福耳。中郎囊中，僅檢得三十金，其清如此，即弟亦不知其清至此也。哭泣中，草率作此，百不既一，統容嗣致。

寄丘長孺

兄中郎于九月初六日長逝矣！病起之日，弟即夢兄號哭至舍，口云：「予無所依矣！」相與絶倒在地。質明傳中郎有微病，人皆以爲無傷，而弟竊憂之，不料其竟不救也！已矣，已矣！弟雖生猶死也。一日不見，猶切懷想；況今長别，寧不斷腸！弟所以處貧賤而不戚戚者，賴有此耳。今若此奈何，奈何！兄情均骨肉，聞此痛傷可知。梅長公處俱不及啓，想亦不堪悲悼也。人便，哭泣中草率奉字，不次不恭。

答潘景升

今年乃有此大痛楚事，遂至于知己同心之慈兄倏爾見背。天昏地黑，令人無復生理。自棄捐以來，遂得嘔血重症，幾至不痊。公琰至，方起梳櫛，見兄一函，頓增感傷。嗟乎！弟從此如立雪無影人矣！衷腸誰與吐，疑義誰與析，風月誰與共歡，山川誰與共賞？已矣，已矣！惟有皈依如來，究竟乘理。沙劫有同生之願，蓮臺覓永晤之期耳。

去歲客真州，正抱重瘧，甫勞即發，想至秣陵會景升，如來仙都覲羣真。神往身滯，實出無奈。弟以病苦不得往，而景升以無病不一來。十二年交情，竟如此哉！諸刻甚有意致，天趣躍然。所徵實歸。弟淒涼中，定交木上座，欲焚筆硯，未能效一得，痛定當有所寄。居家意興索然，來春或買一舟，來攬黃山之勝，得覓良晤，未可知也。公琰回，草率奉答不一。

寄陶不退

今年乃有此大痛楚事，知己之兄，忽爾見背，苦莫可言。但喜逝者化去之時，從容不亂，寂無一語，起來便遺，即云：「我略假寐。」如入禪定，有同坐化。夫逝者道力深重，生死久暫，夫復何慮。獨生者之苦，未易言耳。弟因此益徵學道之氣分，與人不同，日加參究，決欲到古人大休大歇之地。往時未忘世樂，尚多雜嗜，今一切已矣，獨恨無友耳。安得一帆走白下，與兄商確也。

與劉計部

弟偶得黄太史一字，即趨至玉泉候之，不知其窅然也。然弟近來頗有棲隱之志，見玉泉山水秀邃，將遂結庵而老焉。比已買得一袈裟地，山可看，泉可聽，即於春初興工修造，庵名柴紫，閣名堆藍。與無跡老人，永結念佛因緣。行年四十餘矣，世界滋味，已盡嘗過，只是如此而已。況骨肉壽命，俱如槿華，恐生死到來，做手脚不迭。以此有志薰修，急于救頭。

又去此地二十里，即是青溪，巖洞之勝，東南所無。更不知眉睫之前，有此青蓮國也。弟無心復至城邑聚落，赴酒筵法席，即西陵之行姑止。惟以春初，次第收鸞嘯、鹿苑諸勝，望兄於春初來玉泉聚首數日。玉泉事體，日就衰頹，去火收田，不能無望于大護法之維持。弟初三四往遊紫蓋，七八還玉泉，兄若來，是其時也。方遊青溪歸，草率奉寄。

與雷太史

弟自中郎去後，懷抱鬱鬱，胸中如有積塊，不得消釋，觸目增悲。以此聞黄太史有入楚消息，即先至玉泉候之。太史之來不來不可知，然弟棲隱之志頗決。已于小退居之上，購得百笏之地，將建庵而老焉。與無跡老子看山聽泉，不覺便過一日，沉痾頓釋，自信於泉石有緣也。

近日往遊青溪，溪聲溪色，自是天地間一尤物。其上有桃花洞，雪雲飛舞，真是奇絶。汪茂才道依溪有田可市，若玉泉有庵，青溪有田，吾事濟矣。又聞鸞嘯、鹿苑，山川秀邃，將以春初次第收之。浪遊二十年，到處覓佳山水，而不知卧榻邊有如此秀媚境界，真所謂「睫在眼前人不見」也。

兄春來無事，不知有遊山之興否？如有興，弟當陪杖履同往，幸寄一消息來。又玉泉田地事體，極是龐雜，法門日就凋殘，幸有蘇雲浦在臺，可以料理。改火事，須大護法來一張主之。適遊青溪後，過馮濟華丈處，以有便人，作此字奉寄。無跡師并寶方皆在，統寄聲也。

與曾太史

自中郎去後，弟無日不病，飲食日減，或夜不交睫；且塊處竹林中，無可共晤言者。體中稍稍康泰，初意欲來繡林，效執紼之役；而風聞黄平倩早晚且至巫峽。此番會合，恐不能再，生死交情不得不往。弟已束裝作長逝計，會平倩之後，當止于玉泉，修葺智者洞，閱龍藏。所以止于此者，緣老親在堂，三百里内招呼易返耳。

生死事甚不容易，眼見譚禪諸公，大限到來，手忙脚亂，如落湯螃蟹，全不得力。皆由生平學問，俱是口頭三昧，世情實未放下，資糧實未辦足故也。弟此行有出頭路矣。田宅給付妻兒，新置一婢子，遣之出嫁。入深山中，單單理會此事，其期以此月之初十日成行。念吾兄甚，又不知晤期在何時也。

答雲浦

自中郎去後，弟一病幾死，今方有起色。然胸膈常如有物鎮壓，飲食減少。生平未慣經此愛別離苦也，奈何，奈何！生死事真不容易，眼見參禪學道者，臨命終時，手忙脚亂，如落湯螃蟹；直到此地，方知此事未易言也。

自京師回，與中郎朝夕聚首，細細商確處儘多。如弟者，根器與道甚不相應，近來稍發生死心，正在參地。即參處亦未見純一，前此瞥處俱是歧路，非到家消息。陰境現前，倏而隨去，無自由分。未得虚閒，先成放逸。世間粗重五欲，尚徘徊留連其間，未能一刀兩斷，況其他乎？自媿自恨，不可言喻。又弟兄壽命皆促，恐朝露溘至，做手脚不迭，以此于中郎百日已满之後，即離家獄，將家事付與妻兒；妾婢數人，悉遣出嫁。即于此月之初十日，同寶方至玉泉度歲。葺智者洞，爲禪棲之所；上建一閣，閲藏。桃花開後，即走青溪、紫蓋去也。所以止於玉泉者，以老親在堂，相去三百里内，便於招呼耳。將發之前二日，而兄之函適至，并得分俸，即可以爲建閣之助，不勝欣慰，知此事之必濟也。蓋中郎病中即云：「我愈後，敕斷家事，即往玉泉修智者洞。」今正成其志耳。易簀之夕，無際夢諸菩薩擁中郎至度門，自云與和尚暫别，往玉泉去。意者自由中陰或愛而棲此地耶？修理經閣之費，有委曲可以助成者，兄千萬用力。即落成後，道駕歸來，掃八笏之地以待，便是現成精藍。期于三月粗畢其功，不濡滯也。

弟有一園，在沙市觀音寺街，有瓦屋二重，後有百畝大塘，老桂干霄，雜花百種。雖在市廛，宛如山林。前爲中郎居此，市以相依，今已矣。其地深六十餘丈，闊五丈。弟既定居玉泉，置之空曠，兄所典鄧家園事，似不甚妥，不若棄之。此園之值，僅二百金，廉而可居。如兄要留，弟即當留之，不以與他人。弟以此值修智者洞，即于三兄歸時，攜值了之。弟與兄何如肯有纖毫之相欺也。如其不可，自當别市耳。不然留作一庵，爲吾輩聚首之所亦妙。但弟正食貧時，尚難作捨宅之事，兄爲之差易耳。有便附一字，以決去留也。

兩淮遊集，高朗雄率，仁兄見諦，乃至此耶！其深知中郎如此。中郎不死，而弟亦有依歸矣。但謂中郎便過陽明、近溪，此却不必。人不可以無年，仲尼四十不惑，豈即從心不踰之境界哉？陽明、近溪諸老悟處，如百鍊精金，未易窺測。鄧定宇之定也，陶周望之淡也，參求之真切也，皆真爲生死者也。在大根大器者，自宜鄙而笑之，如弟輩自當服膺以爲師法，決不敢開張大口，自謂過彼也。

殺、盜、淫，爲佛首戒，所以生死相續，都由愛慾。若云以漸除則可耳，豈可謂其無妨于道？又何以異於蓮花比丘尼也。年各四十餘矣，前途無多，轉盼死期即至。無恒之性，事事莽蕩，惟願兄痛加鞭策，使有所成，則幸矣，幸矣！

與夏道甫

别兄後，亡兄倏爾下世，滿目淒凉，遂抱重疴，至今尚未脱然。前過沙頭，就藏用處診視，復以家冗遄歸。家小阮云晤兄一次，始知道駕已歸，恨未得追隨也。湖上風景若何，夢想所欲到，恨無翼耳。新正即走德山，窮衡山之勝，泛家浮宅，不計歸期。晤期窅然，甚念，甚念！家兄諸刻已盡，未刻者無幾。草率裁答不一。

寄雲浦

中郎去後，弟一病幾不得見仁兄。至玉泉静攝，家冗漸離，寄情山水，方始平復。久住玉泉，頻夢中郎同諸仙真，翔集此中。無跡亦頻見夢，以故立一祠於玉泉之右，已有次第，特未落成耳。

去玉泉七十里内，有鹿苑山，秀邃無比。弟有詩云「七渡桃花水，十重翡翠城」，可以知其勝也。寺爲陸法和茶苑，已凋殘甚，弟意欲新之，不知因緣湊否？二月内老親抱病，遄歸故里，幸已漸安，亦不能遠離；惟在寶方粥飯堂中，作念佛因緣而已。人便，草率寄報不一。

與長孺

弟自中郎去後，一病幾隕。乃入青溪、紫蓋中，調理數月，方得平復。弟于世事已矣，近日止在古佛堂中，隨衆僧粥飯念佛。兄弟壽命短促，即致身青雲，亦復何用。不如趁此無病時，早辦資糧。弟近況如此，不知兄日來行徑，官京師乎？出分闖乎？念之，念之。

寄王章甫

君山歸來，懷想不置。老父體中已安。稍稍葺理舊業，八月初七之日，已移亡兄靈柩入村，斷腸之泣，久而愈新，奈何！承教訊掃身心，如老頭陀，甚善，甚善！戰兢惕厲，日慎一日，乃人之生路，道之命脈。比來誤認本體現成者，專言樂而不言惕，放逸自恣，任情縱慾，即在凡民不可，而況有志證聖成佛者乎？近與蘇潛夫聚首數日，商確一番，彼此灑然凜然，恨不令兄聞之耳。曾太史體中尚未平復，所云云當轉致之。

寄顧太史

別來許時，懷想無極。前者計偕，匆匆北去。下第後，即欲買舟東下，作聚首計。而家仲之變作矣！自伯修逝後，兄弟二人相倚爲命，一旦捐去，幾欲相從于地下。憂能傷人，血疾大作，不得已逃之青溪、紫蓋山中，看山聽泉，以適此生。而老親復抱奇恙，仍返初服。邇來側身里閭，出世無由，入山不遂，生人之趣幾盡。幸而稍知空幻之理，時取法水灌沃心胸，覺無明習氣漸以微薄耳。

先生靜居山中，有性命可究，有書可讀，有山水可遊適，亦安往而不樂？想近來著作益富。天地間之慧人高士，放得十餘年閒，便爲千古點出無限奇言妙義，開拓無限心胸。如生者，不知何時聆玉屑而讀瑶篇也。晤期窅然，言之惘惘。

珂雪齋集卷之二十四

寄周憲副海門

前承念及家仲，遺之盛奠，已有字報謝，不知徹台覽否？近來法門荒涼，道侶凋落，真無開口處。向時即欲入鄂，效順風之請，而台臺行矣。今之學者，儒禪並進，若較盛於往時。然其實陽明先生良知二字，未見有人透過者。蓋徒見宗門中麻三斤、青州布衫七斤，便作奇特想；而良知二字，平田裏荆棘，多視以爲尋常，不復究竟，所以未見真種子。即終日修持，皆歸生滅耳。不審台臺以爲何如？生于此道，粗有所入，而境強習重處，道力甚微；且無友朋薰習，終歸墮落。言之可爲泣下。有便，寄數語以相砥礪，萬萬！

寄錢太史受之

京華一別之後，得一奉手教，不啻晤言。復見尊稿序中，諄諄齒及于弟，知兄之不忘弟也。弟之薄命奇窮，所不忍言，身世淪落已矣；乃不意相愛相知之慈兄，一旦舍我而去，顧影淒涼，何以度日。憂能傷人，血病大作，遂逃之青溪、紫蓋之間，誅茆而老焉。聽泉看山，不覺沉痾頓起。而老親之病繼作，不得已復返初服。夫天下之可以自由者，莫如棲隱山林。退藏一路，正爾不能得，可奈何！邇來跼步鄉閭，上慰病親，下撫孤稚，豈復有生人之趣。幸而稍知空幻之理，時取法水灌溉心胸，覺無明習氣，漸以微薄。區區功名，無論不可必得；即得之，有纖毫益于生老病死者乎？受之于世間法，粗已了畢。上之究竟性命之理，以心學抒爲作用；其次讀古人之書，撥膚見骨，發爲詩文，另出機軸，垂清光于百代。至于名山勝水，優游徜徉其間，無非樂境，快矣，快矣！若夫繁華游冶，丈夫心力強盛，不得意時稍以文其寂寞。正如游雲變霞，豈有留礙。知受之覷破久矣，弟于此亦大有豁也。目前光景若此，即欲走數千里外，與吾受之一聚首劇談也，豈可得哉？因禪友怡山東歸之便，附字奉候，固是了元、天如一等人，一晤之，且可悉弟近況也。

寄黄春坊平倩

伯修去後，已自淒楚不忍言，所倚以爲命者，一中郎耳。今又舍我而去，傷心次骨，一病幾至不起。弟不難相從于地下，奈老親在堂，不得已削涕强笑，冀少慰之。今惟仁兄可依，而道途迢遞，亦未能來也。但榮發在邇，取道荆、郢時，可得一良晤，即餘生之大幸。

學道多年，已見真消息，但知見之力甚微；而居家無好友朋，塵染薰習，時傷苗犯稼，奈何？仁兄此一出，非獨社稷之福，實弟等聚首出世之良因也。入楚塞時，望先馳一字，以便趨侍。人行忙，草率不盡欲吐。

與雷何思

居玉泉兩月，候兄不至，遂偏游鳴鳳、鹿苑諸山泉。鹿苑之奇，拔地石峯，峯色如砂翠，而水濼七渡，流聲震天地。不獨楚中所無，即天下亦未見如此奇勝也。寺久凋敝，弟頗懷修葺之想。聞仁兄亦有此願，不知果否？法和居士，自是郡中第一箇神聖，恐亦當表章也。長石有字來，道及仁兄四月内有東下意，果爾，弟當掃三逕以待。中菴從北來，弟留之過夏，而渠欲一至西陵奉晤。弟所修玉泉柴紫菴，正少主人，得此君浄修其中，遠希白社故事，亦甚快。望仁兄爲贊成之，何如？

寄雲浦

仁兄歸來，弟即擬走小龍湖領教，但繡斧新歸，自有一番應酬，俟小定即當棹一舟來。此中積懷萬斛，恨不得即傾倒也。至于暑溽，實所不長，得聆知己之談，説甚龍皮扇乎！

弟十年中哭兩兄，淚盡矣，兩眼昏花，鬚鬢皓然，已無復進取之想。家門多夭折，簡田弟近復不禄，可憐，可嘆！弟近日東西遊覽，亦非躭情山水，借此永斷淫慾，庶幾少延天年耳。適從村中歸，特遣小价致數種山青水緑人事，萬惟叱存。作得詩二章，求教。總之，聚首有期，非一紙所能盡也。

答曾太史

弟住玉泉兩月，山水怡情，不覺舊病頓愈。不意老親體中違和，星夜遄歸，幸而漸安，一月間必可全愈，弟又可作玉泉主人矣。何思所云樓閣者，弟無力建造，惟于玉泉右側建一亭半山，望西南諸峯如堆藍；其下建一堂，以祠關聖賢及兩兄于中。于此月之初五日建竪，有無跡老人監視，玉泉長老督功，弟安享其成，不勞心力也。

青溪、鳴鳳、鹿苑諸山，俱秀媚之極。至于鹿苑，峯色水聲，實是東南所無，陸法和居士賞鑒，大是神眼。弟住止玉泉，去高安諸山水，不過一日程。中郎去後，世念已灰，願作一老居士，游行佳山水間足矣。不審仁兄體中近日若何？前所寄字，弟入山不得覽，歸覓之侄輩，已爲烏有。以此欲問仁兄動定甚急，使來甚慰。倘有游山之興，同往玉泉住數年，應酬既絶，百念不生，何愁體不復原。弟所作菴，即兄之菴，不必分彼此也。去與不去，幸寄一字，或秋以爲期亦佳。

弟往日學禪，都是口頭三昧，近日怖生死甚，專精參求。不即往玉泉，則止二聖禪林。酒色已戒多時，仁兄見念，感切感切。不見可欲，使心不動，畢竟深山之中爲得計耳。詩文二紙呈覽。

寄寶方

近日看師地論，聞所未聞，方徵慈氏之苦心，一字一滴血。諸論中，警策綿密未有過之者。若非在山中，安得遇此秘密法藏，令不肖道念日切，世情日隳矣。

山中雖乏伴侣，亦頗不覺岑寂。知方偕怡山諸戒衲修法華懺，又令我技癢甚。七八月内山中菴成，便可修舉也。生于二月末或一歸，方收拾來山作長住計。無跡老人情同骨肉，雁行之悲，爲之少釋。已于響水潭上作菴，爲卜鄰計，是又一快也。會中諸位衲子，統希申意。

又

堆藍亭已落成，在原基之上，十餘步見西峯層叠，乃荆浩、關仝得意筆也。塔灣田山僧窮極，欲質當他宅。生爲山門，只得勉强成之。家舅處幸一往道意，此時要三十金最緊，是必爲催來也。不知怡山師有來意否？前承銀杏之賜，謝謝。

寄八舅

山中已作久住計，堆藍亭已完，正在修理廳堂。大約山水中静坐，極清閒快樂。目下有泉田一區，四面山色包絡。山之下爲泉，泉之内有田，去甥所作菴不過百步，若得此即不減輞川也。老舅無事來一遊，必賞心之甚。散木來縣不？晦之作何狀？

寄四五弟

山中已有一亭，次第作屋，晨起閲藏經數卷，倦即坐亭上，看西山一帶，堆藍設色，天然一幅米家墨氣。午後閒走乳窟聽泉，精神日以爽健，百病不生。吾弟若有來遊意，極好。三月初間，花鳥更新奇，來住數日，煙雲供養，受用不盡也。

寄孔令君

久不奉慈誨，渴仰殊深。生自家仲逝後，遂抱痌病，咫尺未得瞻禮戟下，想台慈不至督過也。殘臘體中稍泰，偶黄太史有信東下，遂至玉泉遲之，不意來期尚窅。自到此處，仰見堆藍之山，俯聽濺珠之水，不覺骨體俱輕，神情爽豁。遂買一峯，搆精廬其下。將窮三藏之秘典，發五宗之玄微。捐粱肉而餐伊蒲，舍綈錦而服芰荷。石丈竹君，梅妻鶴子，將于斯焉老矣。所幸家嚴健飯，兩弟奉養，生雖不敢遠遊，亦庶幾可以近遊。至若慈臺，春風夏雨，一邑含膏，生雖在山中，受賜實多。百凡更祈大爲培植，使山中人免于内顧，即慈臺非常之大造也。河渚暫歸，柴車可駕，更得望見清光，臨楮惓惓。

寄怡山

匆匆入山，未得奉別，不審道體日來若何，想已平復矣。玉泉、清溪之勝，即吴越未見其比，幸一命駕來此，同住數月，此中有藏可閱。已市木作一小菴于別峯下，計日可成矣。亡兄既去，世念已灰，此即是我安身立命之處。師如不棄，便可卓錫。

寄八舅

自別老舅入山，無日不快。仰看堆藍之山色，俯聽跳珠之水聲，神骨俱清，百病清除。寺内有舊菴基，正據山水之勝，已傾囊鬻得，旦晚市木修造，有次第矣。此去十五六里，即爲青溪，峯巒洞壑，殆非人境。到此飯伊蒲，絶嗜慾，覺得容易遣日，自信于山水有緣。聯榻不寐，遂有此一番佳境界。非愚甥不能造此思路，非老舅不能賞鑒也。已矣，已矣，胸次舒泰，耳目清浄，豈非福耶！二三月内，此中山色泉聲，更當十倍。老舅如有山行之興，當掃乳窟以待。

寄六侄

存亡徂遷，倏忽易歲，惟夜夜入夢，有若平生耳。海内第一知己既去，復何心世緣。玉泉清溪，山水幽絶，將有終焉之志，歸期都未可定。想已入社矣，酌寬嚴之中以處家，酌豐儉之中以理財，寡慾養身，修名避譏，是所望也。

寄祈年

自到山中，閱藏習静，看山聽泉，不圖爲樂一至於斯！已傾囊市得一峯，將于其下建菴而老焉。誓畢此生，苦心參究，了佛祖一大事因緣，決不奔波紅塵，終日爲人忙也。

汝年正少，自當向學，支持門户，使我得心安，爲世外閒人，即汝至孝。吾往時所以不長往者，以汝二伯在，友于至篤，不能相捨耳。今何時也？匠人輟成風之巧，伯子息流波之音。立雪無影，惆悵何言。惟覺青山解語，緑水知心。伊蒲可以續命，貝葉可以忘年。暮春三月，河渚暫歸，柴車可駕，當一歸來。旋即入山，不停晦朔。

何者？吾賦性坦直，不便忍嘿，與世人久處，必招愆尤。不若寂居山中，友麋鹿而侶梅鶴，此其宜居山者一也。又復操心不定，朱紫隨染，近繁華即易入繁華，邇清淨即易歸清淨。今繁華之習漸消，清淨之樂方新，而青山在目，緣與心會，此其宜居山者二也。兄弟俱闡無生大法，而爲世緣迫逼，不得究竟。今居山中，一意理會一大事因緣，必令微細流注，蕩然不存，此其宜居山者三也。骨肉受命慳薄，惟盡捐嗜慾，可望延年。業緣在前，未能盡却，必居山中，乃能掃除，此其宜居山者四也。生平愛讀書，但讀書之趣，須成一片。俗客熟友，數來攪擾，則入之不深，得趣不固。深山閉門，可遂此樂，此其宜居山者五也。

蓋我之住山，乃從千思萬想中得來，誓捐軀命以守此志。且鳳皇不與凡鳥同羣，麒麟不代凡駟伏櫪。大丈夫既不能爲名世碩人，洗蕩乾坤，即當居高山之頂，目視雲漢，手捫星辰。必不隨羣逐隊，自取羞辱也。因汝可與言，故略及之。

寄五弟

山中百凡清快，紫蓋之奇峯，青溪之碧水，玉泉爲山水之大湊。愚兄行止其間，即是養生。何者？屏絶欲染羶薌，不求養生而養生在其中，幸以此意悉之老親。老親真壽者相，無可慮。所慮者，吾輩之壽耳。進山一步，即是活路；出山一步，即是死路。吾志已決，阮孝緒、何子皙，吾之師也。

寄李謫星〔一〕

殘歲偶得黄太史一札，云至西陵，即走玉泉候之，以故未得於老伯前效執拂之役，此中抱歉之甚。想奔走道途，仁兄或見亮也。自中郎去後，懷抱鬱鬱，見紫蓋、堆藍之山色，不覺心意爽豁。向時胸中積塊，俄爾冰釋，乃知山水是療病之妙藥。即于是中結庵買田，將有終焉老志。元定兄有字至，亦于燈節後見過，政恐吾兄方擁臯比，不得來共聽乳窟泉聲耳。小价歸，匆匆付一字。有便寄數語山中人，以破岑寂也。

〔一〕本篇據近集補。

寄王章甫

一聞兄將至，不勝喜慰。數日内風雨大作，長江之險不敢即渡，雨止即來。倘天色連綿，兄多留兩日。仲宣樓、章華臺、龍山落帽處，必當陪遊。且公安二聖寺，有李龍眠羅漢、趙子昂法華，皆不可不一觀者。先此奉懇。但微示霽色，弟即飛來，且將以小舟送仁兄於岳陽樓前作别耳。至懇，至懇！

答夏道甫

得兄札，正游鹿苑，雨色甚奇。甫霽即欲還堆藍，而遠安公專期于十二日，其情甚切，不得不赴。准于十三日雞鳴即歸，兄幸暫止玉泉，來此亦不易。乳窟流泉可聽，勿便作興盡之返也。至禱！

答黄駕部取吾

宋孝廉至，得手教甚慰。弟遭骨肉之變，兩兄相繼去世。至中郎相依爲命，一日不晤，便無以爲懷。今生死永隔，奈何！自長别後，弟遂抱重病幾死，今方有起色。已于玉泉，買山作終隱計，伊蒲送日。兄自學仙，弟自學佛。但能輕視世緣，精進不懈，各有所成，不愁墮落也。

中郎未有大病，偶以下血脱氣，遂至不支。然心無怖亂，有若坐化。渠自是天堂佛土中人，至于學問之綿密，應世之圓妙，弟與兄皆未必能測度之，但當合掌歸依而已。知己如兄，不作粉辭也。急欲圖一晤，弟不難千里行，而老父抱病，難于遠離。

晤期未知何日，言之惘惘。

寄尹夷庚

大別山頭一別，升沉生死，有如幻霞，置之不足道也。弟居家鬱鬱無歡，筆硯久廢。第思二毛種種矣，學道之外，佐以看山讀書，豈能長奔波世路耶！所恨藐焉孤儔，口如銅烏，安得沉酣風雅如吾兄者，常時聚首以慰饑渴也。寂子相與已久，近日至山齋少聚，便道過貴村，敢以一字奉詢。知兄于般若緣深，自盼睞之矣。

寄潘景升〔一〕

周子國至，得書。弟屏居村野，未到沙頭，尚未會子國也。弟已如失羣孤雁，到處飲啄，以消渴愁。柰老人體復多病，常時周旋一室，即當陽玉泉已卓一菴，棲隱尚不能往，則其他可知矣。東下之役，空付夢想。吾兩人合併，竟不知在何時，此生乎，他生乎，都未可卜。念此不覺淚涔涔也。近作中極多可驚異事，奈一時抄寫不及，當以付周子國來。

〔一〕本篇據近集補。

寄曾聲子

初聞尊大人之變，不忍遽信。及自澧州回，得寶公字，備知化去事，痛苦割腸，其悲與悲先兄等也。先兄去後，生兄尊大人，而尊大人亦弟畜我。老來相依，恃有此耳，乃竟若此耶！且交游中，求如尊大人之知我愛我者，有幾人耶？傷哉，傷哉！兩年之間，楚中失三詞人，使生若孤鴻斷雁，天乎，天乎，罹禍乃爾酷也！已矣！生已治入山之裝，不復作人間世事也。聞辭世時頗安閒，其景象作楚否，可得聞否？兄丈幸一一示我。老父新喪，不能出弔，先遣一介申唁。八月中從玉泉歸來，當走一哭，致少生芻也。草率不盡，統惟節哀自愛不一。

寄祈年

山中度日頗快，黄太史已下世矣，愈增我之道念也。從六月初一日即食素起，以山中無他物，正好食素也。我定居于此，如古陶弘景之茅山故事。七月終當一歸，即入山矣。汝努力作世間事，使我得安心辦道，即大孝也。餘不一。

寄寒灰禪師

中郎一旦至此，令人痛不欲生。師情均骨肉，雖修短之理，久已照破，而亦不能已于慈明之哭也。生屢番清徹，自謂已至，而習重境强，處無生之力甚微。古人云相續也太難，又苦口勸人盡却。今時乃知入理之後，便要討見成受用。十二時中，微細流注，全不照管，臨終不得力，都由此耳。宗風既墮，大廈非一木可支。後生輩無大福德，纔有所見，便作乞兒相，以一飽爲足，不堪種草，不若潛行密用爲妙。蘇潛夫已修一菴沙市，欲約師來作蓮社主人，亦一快也。怡山來，草率奉報，不盡欲吐。

寄林伯雨

弟賦命奇窮，老親倏爾見捐，無心世緣，將棲隱山水，永作苦行頭陀矣。山中清寂，真堪度日，兄又煙霞氣多，清秋能過我圓椒乎？黄慎軒居士亦下世矣，法門淒凉，真可嘆也。

花山爲吴中勝地，有大雲上人者，以造殿至楚，攜有錢受之太史書，欲弟稍爲經管，已略有次第。兄丈多事之日，豈可復以緣事相託，但得轉爲流通足矣。餘不盡。

寄八舅

入山未得詣别，甚念念。山中清寂，甚與嬾拙之人相宜。小菴已畢功，清秋當迎道駕，少玩數日也。黄慎軒遂已棄世間，使甥道念轉深。哲人既萎，流波空引，奈何，奈何！大雲事體，稍有次第，望老舅大力提挈一二。當此多事之時，豈可輒云捐財，但委曲推廣，稍加盼睞，則爲德大矣。

寄夏道甫

山中清寂，晝着夾衣，夜蓋綿被。木樹較前益深，泉更響。小菴收拾已完，明窗淨几，掃地焚香讀書，差有李禿翁當日風味。如此光景，豈可不使道甫見之？清秋策馬一來，同往鹿苑爲妙也。但恐有人阻遊屐耳，然亦是慧心人，決可與言山水之妙者。一笑，一笑！大雲緣事，承周旋，望爲留神也。山中極宜大爆竹，每放一爆，則響半日始息。千萬覓百十箇，附大雲或小价寄來，至禱，至禱！

答葛寧宇

久不奉教，渴仰殊深。賦命奇窮，父兄相繼不禄，世念已灰。捨喧入寂，得于堆藍之中，作一太平之民，親近兄丈，爲垂老素心之友，是所願也。衰經在身，未得躬晤。乃承盛貺遠頒，感愧兼之。至于茶菴之説，偶與次飛言之，即果有此意，亦必備原直奉上，乃蒙慨附原約，兄丈之誼高矣。其如獨爲君子何？今不敢孤負盛美，暫留此紙，俟次飛入山，即有以復也。草率奉謝，不盡欲言。

答錢受之

大雲來，得手教，備悉近況。前有同參衲子怡山入吴，有數字寄詢，不知已入目否？弟日來以親病未平，株守故里，稍稍葺理篔簹谷，種花讀書，以自遣日。自先兄亡後，生死之念轉切，困心衡慮中，於此道稍有所契。舉業亦不多作，自笑髮已種種矣，豈能常作此耗心血事。去六十歲止得十七年，忙忙打疊那邊事，尚恐不迭，何心逐逐世緣也。前年買得一侍兒，去歲復遣之江陵。

沙頭市得一園，粗有花木，親病稍安，即渡江往住。相依惟二三浄侶，久不飲酒，間飲地黄酒數杯，頗覺神明清爽。自念生平無一事不被酒誤，學道無成，讀書不多，名行不立，皆此物爲之祟也。甚者乘興大飲後，兼之縱慾，因而發病，幾不保軀命。又念人生居家，閒而無事，乃復爲酒席所苦。非赴人召，即己招客，爲杯勺盤餐忙了一生，故痛以招客赴席爲戒。落得此身閒静，便有無窮好處。讀書看山，尚是餘事，真大快也。山水可以代粉黛，兄疑世間人因傴爲恭耳。弟自謂從古來不得意於世緣，因而自甘清浄，以至于成仙得道者，不可勝數。即如陶弘景，初求縣令不遂，然後棄妻子，隱于茅山之積金澗，故自云：「吾永平中求禄輒不遂，使遂，吾安得享此？」古多以惡疾而致沖舉者，其初俱非忘情世樂者也。特世樂之路已窮，不得不尋寂寞之樂。蓋久之覺寂寞之樂，遠出于世樂之上，然後悔向者馳求之非計。此亦機緣湊合使然，乃學道者之幸也。

夫處繁華之中，而不忘清浄之樂；居寂寞之中，而永斷繁華之想者，此自是一種上根上器，不易得也。若夫世樂可得，即享世間之樂；世樂必不可得，因尋世外之樂。古之高人達士，多出于是。陳摶、邵堯夫，皆非忘情富貴功名者也；知其不可得，而走清浄閒適一路耳。惟世間一種俗人，處世樂而更作無涯之求。世樂不可得，而厭寂寞如牢獄，望世樂若天堂，終身戚戚而無已時，則真可憫也。昌黎作盤谷序，列三項人，最爲先獲我心。蓋繁華有繁華之樂，寂寞有寂寞之樂。惟兩處不成，馳求不息者爲下策耳。昔人謂白樂天于功名富貴，得之則欣欣，失之則戚戚，備見于詩篇之内。弟則謂白公原非忘情于功名富貴者，得之欣欣，失之戚戚，正是白真率處。而其實有一種解脱之趣，去人甚遠。如其初居江州，未嘗不苦，然却往來廬山，作草堂，躡飛雲履，鍊大丹，看山聽泉，讀佛書。苦之中，樂又生矣。蘇公亦然。蘇公初居黄州，亦未嘗不苦，然却優游臨臯、雪堂之間，泛舟赤壁，彈江水看山。苦之中，樂又生矣。謂兩人不求世樂，吾不信也；謂兩人世樂不遂，而竟爲寂寞所苦，吾亦知彼必不爲也。雖然，即得世樂而享之，亦豈如世人之享世樂者耶？于霹靂火中，常現冷雲相，故可貴也。

兄書中道及嘲胡仲修語，將謂世間人遊山水者，乃不得粉黛而逃之耳，非真本色道人也。此真覷破世人伎倆也。弟則謂不得繁華粉黛，而能逃于山水以自適者，亦是世間有力健兒。因偪爲恭，遂成真恭者，多有之。以此發揮數語，博三千里外一笑，不自覺其語話之長也。

弟近來無可共語人矣，海内如吾受之又不得頻頻聚首。令受之已離寂寞，得世樂矣，往日所云死得過者，親見之矣。曾記寫大字帖送卷價否？腕中有鬼，非偶然也，三筆之夢，已先定矣。定命如此，馳求何爲？弟所以處貧賤而不戚戚者，爲此也。細觀受之具有世外靈骨，決非汩没于富貴功名之人。然逆境易持，順境難持。順境之中所求易遂，往往徵逐世樂，斷送了一生。即如江陵相公，少時便有氣魄，曾讀華嚴經，悟得諸佛菩薩以身爲世間牀座，經河沙劫，救度一切有情，便有實心爲國爲民之志，刀刀見血，不作世間吐哺下士虚套子，可謂有大人相矣。却是脚跟下帶得一種無明習氣，及富貴聲色情慾甚重，所以事業不光大。緣生平不學大道，不得無生知見之力，重濁而不清脱，故縱習氣情慾，而不能超拔出也。乃知世之真正英雄，若不于本分事上七穿八穴之後，于夢幻泡影中，以曼殊智作徧吉事業，不過只是健狗豪猪，有何足貴！願吾兄打併精神，覷破向上一路，王文成是兄師也。

花山緣疏，花攢錦簇，讀之齒牙三日猶香。如此美才，發泄天地精靈太甚，更須十分退藏爲元吉也。弟家事粗遣，妻妾輩皆持戒作佛事。小兒爲伯修嗣名祈年者，甚知向學。中郎長子名彭年者，大有才氣，酷似其父。先兄不死矣。弟已拚作一老孝廉，騎欵段，作馬少游，佇看兄三台八座，訪我道山也。老兄既作貴人，應酬不簡，清貧作何支給？借債太多，後亦爲累，甚爲兄慮之。

大雲緣事，需之歲月，可望其成。今年不知何月起復，到長安。此一番聚首，于舉業文字外，當更有商量處也。游玉泉諸詩寄覽。有便即附一字。草率不恭，幸恕。

寄劉元定

久不奉教，懷想殊深。昔時長安聚首諸公，多半鬼録，惟弟與兄存耳。幻泡風燈，真是可嘆。弟入夏來玉泉，與無跡老人朝夕。堆藍社修葺已完，移居其中。響水潭亦建一圓蕉，仰看山色，俯聽水聲，如此受用數十年，便勝二十四考中書千倍萬倍也。聞東山景物甚佳，老來諸嗜灰冷，惟山水之趣，久而愈深。然我兩人，不可不一合併。跡公相念甚切，秋來能一至山中乎？二聖寺欲塑大士壁，聞貴州有塑工甚佳，名魏跛子，今不知尚在否？煩上价一尋訪之，至望。

答錢受之

華山僧寄手書來，備悉近況。弟今歲杪春，遭家嚴之變，父兄相繼而亡，痛不欲生，逃之玉泉山中，稍有起色。復以家務遄歸，故人書斷絶已久，惟受之不忘我，且作長語相反覆，此誼豈可易得！已造得一小舟，當以明正涉江，直走吴越，恐仁兄春間入都，不及一把臂也。弟此時欲盡收東南之勝，期不問年，既無繁華，且安寂寞耳。

一切大雲能口之。大雲古貌慧心，甚覺嫵媚，因其便，附字奉候，不盡欲吐。

寄曹大參尊生

自章臺寺别後，不旬日間，遂有家大人之變，不肖五内崩折。功名之失得不足論，身世之淒涼大可悼也。乃六月中，又聞黄平倩先生之訃。不肖與兩先兄及陶、黄二先生，爲兄弟中之朋友，爲朋友中之兄弟，今皆先我而去，如何爲懷！

不肖與先生，二十年前，長安燈市一交臂而失之。作者之晤，别後依依，不能相捨，豈非聲氣應求，有出尋常交情之外者耶！已拚一麻一米，作世外人，聞亦有卜築匡廬之興，果爾，他年相依而老，亦一快也。明年亦欲東遊，將盡收東南之勝，晤期尚未卜何日。少年勉作詞賦，至于作詩，頗厭世人套語，極力變化，然其病多傷率易，全無含蓄。蓋天下事，未有不貴蘊藉者，詞意一時俱盡，雖工不貴也。近日始細讀盛唐人詩，稍悟古人鹽味膠青之妙。然求一二語合者，終無有也。此亦氣運才力所限。今以近作數十首求教，幸細爲批斥如何？久不作應酬詩，惟山水之間，可以發人清遠之韻者，稍稍點綴數語。此後亦欲定交木上座，擲却管城公矣。先生詩清靈俊逸，實中心佩服。然此外亦别有事在，不欲先生役精神爲之也。部下士有可與論學者否？

寄長孺

弟之奇窮，世所未有。中郎既去，家嚴繼之。兩年來如醉如夢，強以山水之樂，苦自排愁破涕。生平桑梓親厚交游，僅得一曾一雷，此外皆異方之樂也，而二公復先我而去。黄平倩仁兄亦以今年夏初不禄，弟聞之，其慘戚不啻伯修、中郎。想兄聞之，更自淒惻耳。半年以來，竟不得兄一消息，久不陞遷，不知何故。豈都中榮轉，此外不知耶？日來興致若何，囊中得無羞澁否？弟今年不得會試，下年便是一老翁矣。進取路窮，却得些閒静光景。明春亦欲東游，不知如願否也。

又

半年不得兄一字，甚念，甚念。自中郎去後，心神淒涼，百感横集。姑集山水禪悦，以自排遣。苦則苦矣，心知功名之途遠，翻於此中得些閒淡光景。入郡時與夏道甫聚首，此外更無人往來也。兄官況畢竟如何，身上無債否？如無債，可陸沉度日。過數年，兄便是五十翁，弟亦近五旬矣。世局日熟，道念日生，又不知作何結煞也。

弟近製一舟，前後可安六槳，中列軒窗，可坐十人。將以明年正月，作東南之遊。

載米百石，書千卷，放浪江湖，且欲遍覽名山勝水。失馬得馬，安知非計也！

寄陶不退

弟自家嚴捐棄之後，已修一菴玉泉山中，將終老焉。以故不得常居家中，故往來詢問闕如。人情世態，堪爲痛哭。仁兄會計偕，舍親輩自當知其詳也。學道二十餘年，種種不見得力，熟處愈熟，生處愈生。明年當往東南求友，不獨明眼悟道人，可爲我輩宗師；即有志學道十分以生死爲念者，便是弟輩之舟航也。郎君旅櫬，已更修矣，黄腸完好如故，可無慮也。

寄梅長公

天下事不可知，先兄捐棄之後，家嚴繼之。四五年後，弟便是一白髮老翁，與棲隱有分，與進取似無緣矣。然以絶意世路之故，微得些淡泊閒静消息。彼造物者，能窮我矣，然不能使我不讀書，使我不看山水，使我不學道也。得其一已足消遣，況兼有之乎？居山，了不知都門消息，不知近況若何？古梅來，附一字，草率不既。

答無跡

入秋屢欲來，而家事相絆，又有武昌之行。邇來婚葬事迫，直至殘臘，始得息肩。然近來悟得世事即是佛事，一切處之得宜，可以庇廕人，即是行菩薩行。雖不能忍事，亦不敢厭也。家六侄事，分拆俱妥矣。

聞宋公在菴，恨不得插翅飛來一會，但此身脱不得。益見此公之大力量，勝我等怯弱漢萬倍也。吊儀概不敢受，謹此璧上，謝謝。

護法堂得令孫照管，暫且停功。以生明歲有吴越之游，至甲寅年遊興既倦，方入山中，此時當一切委棄也。臘月決意一來，雖不可定，然却有十分。且留宋公過冬，當得一晤也。

寄長孺

數年來，不得兄一字，甚念。亡兄已於去臘歸山矣，屈指便是三年，光景欻忽，可悲，可嘆！前夏道甫有字來，云已外轉，肖未得真消息。若有便羽，望寄數行，以慰岑寂也。慎軒先生遂亦下世，蒲桃象所聚首諸公，漸如辰星矣，言之可爲泣下。

今年欲打疊東下，而游裝大未易辦。又度未能俛仰時人，故牽一舟，往來鼎、澧間，以畢此生。又不知何日得晤兄也。敝門生九溪諸生陳君垣，名令寔，世萬户，其尊人歿于王事。此君羽林孤兒，以查功次入京。武弁而工翰墨，兄幸一青目之。若有字，附此君來爲便也。

寄楊制科文弱

不肖獲交于海内賢士大夫最早，今耆舊凋喪，不勝淒涼。幸近郡有兄丈，此天賚我也，老來不寂寞矣。别去與崔兄坐舟中，想念温顔致語，爲之腸痛屢日。歸來未浹旬，即遊太和，抉奇搜勝，頗多異巖飛瀑，人所未經見者。

近日避暑沙頭，聞有令嗣之變。世界闕陷，誠爲可嘆。一附如幻，三昧調治，不可過痛，增堂上華髮老人憂也。衡嶽之遊，在八月之杪，不知比時得同往否？偶有筆工之便，附字奉詢，忙中百不達一，即太和詩紀統嗣致也。

寄無跡

太和歸來，即以毒熱，未至玉泉。八月又感時瘧，今方痊可，入府送侄兒考校。

且雲浦新歸，必有數月聚首。屈指便是來春，匡廬之勝，形于夢寐，只是緣慳，奈何！柴紫菴已有次第，待師來同住。不肖明歲又有老父葬事，在七八月，只好近遊，舍玉泉無可往者。雲浦尚家居不出，天下好山水易得，好朋友難得。無論兩居士需師，即師亦需兩居士也。早早飛錫如何？令孫來匡山，草寄不一。

答王勁之

去歲至鄂，則兄已還黄泥，惆悵不可言喻。張丈來，得佳刻種種，兄真可以不朽矣。弟年來懷抱作楚，久疏筆研。惟嬉游山水間，期作一世間閒人。今秋偶遭時瘧，益習静嬾，雖愛山水，而憚遠游，又不知何日得與兄共燕笑也。檢生平詩文，止得二十餘卷。回閲少作，幾欲覆瓿。既無力刻，又無人寫，以此不得請教吾兄，非秘之也。張丈來，附字奉候，所云詩序，終不敢辭。然此時一搆思，則動火矣。後年都試，自得聚首，即弟集亦需兄序，統俟面晤商量耳。

寄龍君御

仁兄過襄中時，正弟登太和時也。返襄中，王孝廉道及蹤跡并近況，甚悔相失。

及入郢，則傅叔睿致盛貺并佳詩，歸家又見弔唁諸賜，情文藹如，故人用情，何其重疊也。弟自太和歸來，即感時瘧，調養至殘臘，始離藥餌，以此甚闕修候。聞近來持金剛經，且深悟禪理，此是千古英雄歸根一着子。不然，即功高天下，名震一世，終歸墮落。大慧云：「但熱惱逼時，朗誦金剛六如偈語，便是一貼清涼散也。」況深入之者乎！入悟之法，大略具大慧、中峯二語録中。若不于無義語中，逼拶一番，只成文字依通，非到家消息也。弟家居輟遠遊，不知何日相晤，言之惘惘。

復段公

承札云，尊兄精進若此，尚自怖生死，況弟輩業習深重者乎！所詢張半仙者，實無其人，止有一人姓謝號響泉，原爲夷陵諸生，曾于武當修行，後亦學禪，依先兄中郎。其人地理較諸庸術稍異。然弟于此道甚莽莽，亦不知其果精否也。渠正回夷陵，如尊兄欲會其人，幸再寄一消息來。此人日夜持咒念佛，絶不索利，長齋已久，乃弟之道侶也。即不可專用，亦極可商量。有信來，即指點之至鵠灣矣。蘇雲浦近不安烏柏，然懷抱甚佳。自笑袁小修苦心三十年，尚不博一第。今已黄蓋金章，復何所憾？此雲浦近日之情語也，尊兄能無一笑乎？

寄雲浦

小園于初八日已交割與怡山矣，來價即以市一堤居，已得安宅，闔家感戴過分。老兄清貧囊橐，此中又不能無隱痛耳。有怡山在此，弟亦頻來聚首。吾輩家居，或每歲以三月共聚，理會此中，亦一快事。弟今歲自春至夏，皆作山游，寂寞久，偶邇詩酒之緣，一迷月餘，始覺而逃之。乃知浄侶夾持之功最緊，最緊。王尚甫已下世矣，人命若此，可嘆，可嘆！怡山來，附字奉候不一。

答王伯雨

自太和歸來，徘徊村落間，八月中復染時瘧，日來始有起色，料理鶻鵜一枝。以故仙鵜之約，竟托空言。讀來札，模寫東山諸勝，泠泠在目。非胸中具有丘壑，安能于牙頰間馳使清泉白石也。漁父佳什，久已讀誦，匆匆欲作數語，而來使歸期甚迫，需之異日，必不食言。燈下草率，未能既所欲言。天寒，姑止遊興，桃花開時，當覓良晤也。

寄須水部日華

客歲龍山之遊甚暢，生以家冗即歸去，未得再奉麈譚爲歉。春來居家園，課兒曹，章華春色，付之夢想。暮春當一至沙頭，必得趨晤也。游龍山得詩二律，殊不成語，幾欲秘之，然是一段佳話，敬書求教，想有鴻篇，希見示也。草率不盡欲吐，統容面談不一。

答無跡師

人生七十，身體康泰，以此餘生，念佛薰修，得生安養，即是世間討便宜大有福人。前此行藏如空中鳥跡，置之不足論也。本欲至山中過夏，而火病間作，目下溽暑，又難遠涉。然今年必當一至，若非七月之杪，即重陽前後矣。本如布施，宜令住持及管事者派作何項支用，以便八九月間寄書回吴公也。令孫有志于護法堂，鬻田接衆，亦大有骨力。可喜，可喜！

答李宗文〔一〕

往歲承大教，僭草一序，愧不能揚扢萬一。嗣後游鄂渚，冀一聚首而仙跡歸矣。

神交已久，尚闕面覿，頗有深歉。兄丈自是海内慧人才子，觀來札并佳作，居然不朽之林矣。不肖年來事事以嬾廢，無意修詞，承尊命勉爲一敍，兄丈以爲可以災木也，方當梓之。遠承盛貺，實不敢登受，而使者語甚力，然以劣詞，過分筐筥，實不安也。柄頭二詩，具見丰神，生何以當之。相去不遠，莫惜玉音爲望。

〔一〕本篇據近集補。

答吴開府本如

法侣蕭條，有若晨星。追思長安聚首蒲桃林下光景，便是阿欻國矣，可悲，可嘆！不肖自中郎逝後，常抱苦病。前年葺一宇玉泉，將終老焉，不意老父見背，歸來料理家冗，煙霞緣淺，松石盟寒，言之於邑。學道數十年，非不具正知正見，奈觸境逢緣，多爲熟習所勝，奈何，奈何！

台兄旌旄入蜀，西夷底定。武鄉、南康而後，復睹豐功，真千古盛事。整頓乾坤，乃大士作用，勝于寂寥枯禪萬倍。遠辱瑶函，兼之盛貺，感謝！

答王太學維南〔一〕

往歲一别，竟未由把臂。暮春當走渚宫，或得趨領麈譚也。竹鶴因是奇事，聊作一首，以博笑粲。上价果在五舍弟處，聞盛使至，即自匿矣。其去與住，兩三日間必得真消息，弟當再以奉報。若見面，即促之令歸。有亡荒閲，楚制也。納亡人于章華之宫尚不可，况民家乎！舍弟輩亦必不留之。但此輩狼子野心，恐旦暮飄然，未易蹤跡耳。草率奉謝。

〔一〕本篇據近集補。

答李布政夢白

弟自中郎去後，即抱鬱病，連年舉發。前年卜居玉泉，將有終焉之志，不意老父見背，一門幼稚，不得不居家調停料理。即山游亦止在鼎、澧、太和間，不得遠出矣。追思昔年京華，與尊兄聚首光景，兄弟朋友論心譚道，水乳和合。當時視之如稻麻竹葦，自今思之，豈止優鉢曇華而已。年迫望五，所遇漸無故物。况愛屬同生，情均共命者，俱窅然不在目前。觸景悽愴，如何爲懷。每當四節之會，口如銅烏，不覺神傷之甚。以此近來世念日益灰冷惟有朝暮歸依浄土，作來生再會津梁而已。

尊兄世間法如此亨泰，又于出世間法已有所入，真天地間有福人，非多生薰修，安得有此。又聞郎君潁慧之甚，已能入理深譚，真是快事。弟有子嗣伯修處，名祈年，亦大可與語。惟此一事，差慰人懷。寂寥中忽得尊兄温語，并盛貺種種，故人之誼藹如，感莫可喻。

弟溽暑中，禁足未出。八九月有老父襄事，重陽以後亦有遠游之思。弟于匡廬，猶生客也，久入夢想，不知今冬果此願否？弟久無麻城之興，不知與念公猶得相見否？甚念之。長孺近在遼陽，亦久不得一耗。二十年戎馬功名之夢，期亦迫矣。使旋，草草不一。

答范吏部太蒙〔一〕

先兄存日，每私相推許，不肖亦自喜曾聆清誨。不意先兄奄忽，海内知與不知，皆爲悼傷。同調如仁兄，苦懷可知。先兄去世，老父亦以可慟告徂。不肖遭此苦變，五内崩摧，數載跧伏山中，惟與藥餌爲伍。今春又抱恙，至今未痊。不然一楫飛渡長江，耳邊何難聆廣陵濤，乃株守一席地也。遠承遣使弔唁，生死交情，于此見之。即以盛儀告之靈前，付之兩藐諸矣。漁陽集後有拙稿，未付殺青。佳作在潛夫處者，尚未得覩。役旋草謝，不盡欲言。

〔一〕本篇據近集補。

答錢太史受之〔一〕

吴中開士來，得手教，并柄頭佳詩，儼若面對。弟之懷想仁兄甚切，無奈年來多病，日親藥裹，今春至秋，鬱鬱抱恙，無展眉時。白樂天云：「婢能熟本草，犬不吠醫人。」真弟近况也。不知聚首何時，念之，念之。承佳茗竹合之賜，足仞不忘千里故人。自製墨尤佳，易水一派，又在海虞矣。來人行迫，弟又抱疾，口占令侍史代書，少致訊私，惟原宥。

〔一〕本篇據近集補。

答袁無涯

賤體已覺平復，尚需静養耳。天色沍寒，不若留菴中過冬，公安亦可少住也。閲先兄漱篋集中游二聖禪林檢藏詩中，有「稻畦裁就覺身輕」語，今改作「稻田裁就」便不成語矣。稻畦是袈裟，亦名水田衣，想是寫者之悮。兄丈歸須一改正。先兄諸集，止是後來少許未入梓矣。至于與人札子，草草附去，或不存稿者有之，未可據以爲尚有藏書未出也。近日書坊贋刻如狂言等，大是惡道，恨未能訂正之。李龍湖書，亦被人假托攙入，可恨，可恨！比當至吴中，與兄一料理也。

答須日華水部

久闊晤對，渴仰不可言喻。賤體已安，只是未復原耳。殘臘尚欲一至沙頭，當得領清話也。龍山亭想已有佳名，昨考水經注，江陵城西有棲霞樓，俯瞰通隍，吞吐江流，則遺趾去今龍山處不遠，名爲棲霞亭，以存故實，亦可。若已有新奇佳名，則不必也。還朝當在何時，從舟耶？明春亦有秣陵之行，得以小舫附仙舟東下，極快。統容面訂耳。

答王天根

兄一年中，盡搜東南諸勝，聞避暑廬山大林，幾至忘歸。不知遊石門否？比傳石門開精舍，欲效白社故事，云已有次第。果可棲隱，後當結香光之緣也。義仍先生健耶？承書問藹然軫念兩先兄，讀之幾欲墮淚。記乙未春，義仍與王子聲及不肖兄弟三人，聚首都門，無夜不共譃笑。未幾子聲逝矣，又未幾伯修、中郎逝矣。弟近復多病，存亡不可知。惟義仍年愈長，而飲啖愈健，豈惟有異才，實有異福。

來札云義仍推服楚才，以爲不可當。然耶？楚中後輩，復有數人，詩文清遠絶塵，義仍或未及聞也。讀玉茗堂集，沉著多于痛快，近調稍入元、白，亦其識高才大，直寫胸臆，不拘盛唐三尺，不覺其有類元、白，非學之也。今人見詩家流便易讀者，即以爲同于元、白。然則詩必詰曲聱牙，至于不可讀，然後已耶？且元、白又何可易及也！王敬美自云「生平閉目不欲看元、白詩」，今敬美之詩何如哉？盛唐詩品如荔枝，然荔枝之美，正以初摘時核上有少許新鮮肉耳。今學之者，殼似之矣，核似之矣，其殼内核上可口之肉却未常有也。不若新棗遠矣。不肖俗人也，願啖棗而已。管見如此，聊博一笑，如何？兄近作益咄咄逼人矣，甚矣山水之能發藻思也。

答李伏之〔一〕

襄中别兄後，至秋間微病瘧，今年春初即病，至今尚未平復，止在園中清坐，焚香看經，以爲工課，即玉泉亦未往也。王章甫亦久無耗，若果于君山結廬，亦大快事。家八舅静亭及王尚父皆去世矣，人命脆薄如此，可嘆！所云云者，幻語也。生已老大矣，作清净道人，邇復遭此惡緣。生計若何？念之，念之。

〔一〕本篇據近集補。

寄長孺

龔滄嶼來，得手書并出塞詩，真壯士也！地方風景如何？沙黄草淺，走馬平原中，箭如餓鴟叫，亦足快人，但恐落落友生耳。弟自中郎去後，鬱鬱無歡。去歲一病半載，幾作夜臺之游。殘臘始慶再生，終是怯弱，不復往日健犢子光景矣。酒慾已久斷，雖愛山水，出無濟勝之具，惟有喃喃六字，作往生津梁耳。

追思少年浪遊海内，所交者皆一時之英雄豪傑，而年皆長于我。最長者爲李龍湖、梅客生、潘雪松諸公，次之則爲黄慎軒、伯修諸公，又次之則爲中郎及曾、雷諸公，而今皆先我而去。彼時相憐相知，同稻麻竹葦，今舉目淒涼，然後知其爲千載之一時。舊時同好，惟兄與我在耳。弟已皓首皺面，皤然一老。兄長我六歲，豈能長作白描闗公耶？家計稍有次第，早歸來，作水邊林下一閒人可也。有奉懷詩一首奉寄。侄子已成長否？念之，念之。中郎久已歸窆，兩侄俱清泰，想所欲聞也。

答蔡觀察元履

中道啓：侄子輩荷蒙吹嘘，存殁均感。初以微賤姓名，不敢輕以簡牘致謝，必欲躬詣戟下。豈意去春二月，即抱重恙，入秋幾于不起，至殘冬始獲再生。今猶然未離藥裹，竟失瞻對之期，罪莫大焉。又不期先生注念寒士，使至得領來教，兼之盛貺，長鳴紵衣之感，幾欲泣下。先生行若朱繩，詞同白雪，比者彈壓南徼，所在夏雨秋霜，三不朽之事具矣。么麽袁生，了無一長足録，而猶然不鄙夷之，豈所謂集塵成嶽，彙露爲海者耶！偶有奉懷詩二首，今奉寄郢削。病中檢少時詩文，先後幾四十餘卷，多有遺亡，不得已壽之于梓。生少也賤，幸免爲世法應酬之文，惟模寫山情水態，以自賞適，終難以列于作者之林。直念遺簪敝履，不忍終棄也。

膚淺之見，謬謂本朝此道極盛，然近者，縛則爲三日新婦，脱則爲浪戰胡兒。不即不離之間，頗難其人。往讀嵾遊草，覺嵐霞生毫楮間，今游刃之餘，蠟屐所至，必有揮灑，不知何時得一寓目？嵾山自南崖至五龍一路，初不曉其奇，讀佳記方知竹笆、青羊、桃源，怪石多姿，流泉如語，爲嵾中奇觀，竟失之，良可笑也。

承欲裒集平倩先生遺稿，極爲苦心。平倩往時弟畜不肖，得其遺墨最多，然以晤對有期，不難致之，多爲人取去。今笥中蕭然，吉光片羽亦何可得。其令子亦知重父書者，不知已刻有遺集否？近閱陶周望祭酒集，選者以文家三尺繩之，皆其莊嚴整栗之撰，而盡去其有風韻者。不知率爾無意之作，更是神情所寄，往往可傳者托不必傳者以傳，以不必傳者易于取姿，炙人口而快人目。班、馬作史，妙得此法。今東坡之可愛者，多其小文小説；其高文大册，人固不深愛也。使盡去之，而獨存其高文大册，豈復有坡公哉！大賓水陸之席，有時以爲苦，而偶然酒核，有極成歡者，此之謂也。

偶檢平倩及中郎諸公小札戲墨，皆極其妙。石簣所作有遊山記及尺牘向時相寄者，今都不在集中，甚可惜。後有别集未可知也。此等慧人，從靈液中流出片語隻字，皆具三昧，但恨不多，豈可復加淘汰，使之不復存于世哉！平倩先生得先生徧採而傳之，快矣，快矣！使旋，率爾裁答，不覺冗長，大言不慚，恃知我也。

答道甫

弟體竟以不藥而愈，蓋世間庸醫最多，藥不按病，止益其疾耳。雲浦兄竟以弟爲過疑，不知弟之性命，正從疑中全也。已擬新正至渚宮聚首，故不及作字奉訊，而上价忽至，且蒙頒賜種種，何以當之。杜姬竟夭折乎？可憐，可憐！飛鳥依人，竟爾無命，所幸從一而終，渠亦自快也。木樨花下語，兄後來殊悔不從弟言，然今日之去，亦爲兄了却一重公案矣。

與兄行年各近五旬，頭顱已可見，不得作少年行徑。彼此節嗇，爲長年計。弟絶慾已近一年矣，酒則滴瀝不入口。暇則常居蘭若，稟曇戒。蓋今年一病，實是弟大導師也。此會當與兄共話無生，修蓮社香光之業。兄睹此刹那紅顔，刹那黄土，何必更作白骨流光觀乎！

答須水部日華

不肖體中，大已復原。造物者賚以此生，出户看山，閉門讀書，何所不樂。想仁慈亦爲欣暢也。本擬歲晏一覲清光，而寒氛尚重，初愈之軀未敢犯之。聞沉香亭已有次第，冀以元夕前後，來侍杖履，一笑爲樂。有羊叔子，自不可無鄒潤甫輩也。

病中檢近年詩文，多有遺失，不得已壽之于梓，已成二卷呈覽。餘者詘于力，一時未能卒業。不肖謬謂本朝修詞，歷下諸公力救後來凡近之習，故于詩字字取則盛唐。然愈嚴愈隘，迫脅情境，使不得暢。窮而必變，亦其勢然。先兄中郎矯之，多抒其意中之所欲言，而刊去套語，間入俚易。惟自秦中歸，始云：「我近來稍悟詩道。」今華嵩遊草是也，緊嚴深厚，較往作又一格矣。天假以年，進未可量。前此諸撰，原非税駕之所。昔李邕書法，謂「學我者拙，似我者死」，不肖于中郎之詩亦然。總之，本朝數百年來，出兩異人，識力膽力，迥超世外，龍湖、中郎非歟？然龍湖之後，不能復有龍湖，亦不可復有龍湖也。中郎之後，不能復有中郎，亦不可復有中郎也。至于詩之一道，未必有中郎之才之學之趣，而輕效其顰，似尤不可耳。何者？言之無文，行而不遠。情雖無所不寫，而亦有不必寫之情；景雖無所不收，而亦有不必收之景。色澤神理，貴乎相宣。三日新婦，與野戰驕兵等一病也。不知明公以爲何如？偶有臆見，信筆書之，不覺話長，統容面晤不一。

答夏道甫

「高情已逐曉雲空，不與梨花同夢」，此情何堪，但一附莊周諸公處治也。梅花帳中，柏子爐邊，別有一番光景。新春入渚宮，當喚醒吾兄三生夢耳。拙詩一册，并園柑二十五枚，家履絲帨，聊申一念。小刻初成，容續補真成百日兄詩及悼亡篇也。園柑大異市味，幸別視之。卓吾手跡跋語，幸抄附來价，以便入刻。至望！

答王章甫

前有漢上人至，不得兄蹤跡，或云廬阜，或云君山，得手書始悉近況。弟今年自春至秋，一病幾殆。九月中遭先君子襄事，委頓已極，奄奄待盡。至十月末，始漸平復。今仗大庇，已還故吾矣。承諭病根在于詩文，敢不佩服良箴。但弟之病，實由少年譚無忌憚學問，縱酒迷花所致。年來血氣漸衰，有觸即發。兼之屢遭失意，中外多忤心之境。知己骨肉，一朝永別。以此成一鬱病，不盡由詩文也。弟自己酉、庚戌以後，作詩不過數百首，亦不爲多。游歷之暇，時復借之以描寫烟雲，抒己胸臆，豈真爲千秋名哉！然此後亦欲想念清泰，令其相續不絕。雖不敢自謂焚棄筆硯，亦必不多作也。

弟此一病，實我導師。當困苦時，落湯螃蟹、投火飛蛾之境，親嘗之矣。無病時，奔逸前境，所謂虛閒凝定者何在。一旦眼光落地，手忙脚亂，自然之理。蓋十二時中，無論微細流注，即五欲塵勞，無明煩火，游戲諸根，步步不離。此爲業鬼借宅，捨身受身，寧有善趣。雖欲不恐怖，不可得也。弟此迴真惺覺矣！近日依寶方接衆叢林，隨衆喫飯，作少許有爲功德，調方上老病，盡心盡力以爲常。生平所愛者山水，今亦謝却，以費驅馳也。惟有一日光陰，即辦一日資糧。念念如救頭燃，窮通得失，一切聽之。混俗和光，潛修密證，亦何必獨立孤峯，目視雲漢，而後爲出世丈夫也哉？每夢與兄同在場屋，今年其必捷乎？若得一第，了却書債，來共修此等大事，真非常之幸也。聞婚嫁事漸了，亦快人。北行實在何時？

新刻詩二卷，附寄覽。此集共十餘卷，今尚在校刻。承兄見教，弟已不多把筆，然前此諸作，尚是敝履遺簪，不忍棄去。不得已典衣市宅，壽之于梓。雜著中，頗有發千古所未發者。六月中可畢功，當附便羽寄入京華也。此外又有素史二册，極可觀。家居無友，衲子則有寶方，修真實行；居士則有王以明，深譚名理，頻頻聚首。蘇雲浦住居稍遠，亦未得數見。家舅龔静亭亦下世矣，可憐，可憐！幸有遺孤，書香不墜。天寒，草率不成字，幸諒。

答雲浦

體中雖可，仍未復原。根株常在，非十分保護，不得康泰也。已借得二聖寺一僧舍安居，小根小器，只好修些淨業，求生西方。所謂把纜放船，抱橋洗澡，如斯而已矣。每日米一升，蔬銀三分，附與接待堂，常住念佛外，作張口神鴉，以此差無事。前云云，總之不足論也。

示祈年

凌森墨爲寶慶太守，過此詢汝甚切，云不惟文，而且有行，端謹渾厚。蓋劉恒沙諸公所稱揚也。美名難得，難得！孟子所云「不願文繡」者，汝有此便是以三辰龍章錫我矣。陶公二文附看，令人抄出，仍完來換他作。本朝古文詞，至石簣先生方入細，看他板題活弄，可以發機。

寄許裕州倫所

桃葉渡頭，龍舟飛舞，酒後耳熱，大駡粉骷髏。狂奴故態，仁兄猶記憶否？别後情事苦楚，父兄繼殞，所不忍言。久知五馬寄跡裕陽，雙魚不寄，則一竪爲祟故也。往來者俱云仁兄止飲裕州清泉，不肖私謂仁兄何所不足，但令痌瘝之地借以甦息，則生平志願亦少遂矣。時滿目風沙，視青溪七曲，朱欄畫閣光景，得無少不暢否？偶因小价入都之便，附一字奉候。拙稿二册伴緘。

寄周儀曹野王

壬子歲曾得瑶函，并柄頭詩甚佳。時弟方徧覽楚中山水，未常里居。後來家難大作，二竪相尋，以方書爲六籍，恃大散作和羹。想仁兄亦略知之，未及報答一字，非疎嬾也。仁兄哀然鳴躍，知己爲之彈冠。舍此困人帖括，理會經世出世事業，何幸如之！弟困頓如昨，然拂意中亦稍有所窺，政自翛然。八月中亦當入都，不知仁兄何日還朝也。

答朱奉常上愚

梅花署中，未盡所欲言。暮春入郢，當走叢篁館領玄著也。眼前朋友蕭瑟如此，豈可復交臂而失之，此後來必圖良晤。新刻一册求教，幸莫吝郢削。

寄楊文弱

不肖去歲抱疴者歷寒暑，至殘冬始痊，五岳之興已闌，幾欲作少文卧遊事矣。從鼎州來者詢近蹤，或云游，或云止。意者閉門讀書，人不及知也。前見周伯孔詩序，甚有逸趣。家居無事，窮延閣西室之藏，不惟有異才，且有異福。不肖老病且至，文思如斷綆枯井，殊無微瀾。病中檢舊作，大半遺失。時已欲效寒灰白練以去，而尤不能忘過雁之一唳，不得已付之梓人，已成三卷，便附尊覽。餘刻成當嗣致。身非繡虎，而望德祖之定其文，何可得也。望終有以教之。花源同遊詩見集中，不復贅寫。

寄王勁之

久不獲珠玉，念甚，念甚。弟去歲一病幾危，至今歲始大痊。病中檢舊日詩文，大半遺失。今不得已壽之于梓，雖不敢比于三不朽事，然亦不能忘情于過雁之一唳也。今將已刻者四卷寄覽，至秋場時當卒業矣。弟當來鄂渚，必得聚首，兄幸勿他往也。聞兄方刻本朝人詩，不知已有緒否？近日刻書者，多用面情濫入，便是惡道。存一代不刊之籍，須公須嚴，入鄂時更當商之。

寄寒灰

久不領大教，懷想殊深。吴中人還，知閉關習静。昔首山精嚴，不出山者二十年；汾陽足不踰閫者三十年。古人見理之後，其自守如此。想師近日行徑，正相似耳。生去歲一病，幾至不起。覺生死去來之際，了無得力處。總之生平縱放業習，踐履都不純熟，宜其手忙脚亂，作不得主也。近日方有幾分畏生死心，但求友甚難，安得如師者相朝夕哉！

洪覺範稱永明壽之説法，如禹之治水，孔之聞韶，羿之射，王良之御，孫子之用兵，左丘明太史之文章；而晚年每日行好事一百八件，晝夜念佛十萬聲。所悟如彼，所行如此，則前輩之榜樣，亦可見矣。師以爲何如？雲浦公迎師意甚切，不知肯西上否？便中幸寄一字。

答秦中羅解元

先兄逝後，弟無生人之樂，疾病相仍，幾于不起，至今春始平復。侄子彭年，頗能世其父業，箕裘自可不墜，惟此一事差慰人耳。癸丑之歲，弟以制中，不與計偕，惟延佇吾兄高第消息，以爲故人光寵。不意驚人之鳴，又遲歲月，目下以讀禮居山中。我輩蹭蹬，大約相似，真可嘆也。弟已如孤雁天末，哀雲唳雨。且老矣病矣，一生心血，半爲舉子業耗盡，已得痼疾，如百戰老將，滿身箭瘢刀痕，遇風雨輒益其痛。幸少而聞道，近日深加探討，覺此中冰泮籜隕處不少。詩文之道，時復把筆，如郭仲恕天外遠山，澹澹數峯，聊以自適而已。每欲作時義，輒目暗頭眩，毋乃與此道相去日遠，有鬼物尼之，使不得不丘壑耶？

讀佳詩力能扛鼎，弟何敢妄加評定。但願熟看六朝、初盛中唐詩，要令雲煙花鳥，燦爛牙頰，乃爲妙耳。承遠使具弔唁，情文兼至，悲嘆亡兄，不覺失聲。近刻詩文未成，先以數册奉覽，不一。

示學人〔一〕

二六時中，道念勝則俗念衰，俗念勝則道念衰，不兩立也。近日悟理未至，而日日應酬俗務，以爲無礙，所謂利刀切泥，畢竟有損。

天理非另有一理在心上也，過去不留滯，即是過去天理；未來不安排，即是未來天理；現在不取相生愛憎，即是現在天理。

宋儒多言工夫，陽明而後多直指本體。然必先見本體，而後有保任工夫。所謂頓悟漸修四字，千古真脈絡也。

食色利名，人人膏肓，檢諸念起處，畢竟逃此四字不得。以輕食色利名爲道者，非也。然未有達道之士而猶不能忘情于食色利名者也。

狂者，是資質洒脱，若嚴密得去，可以作聖。既至于聖，則狂之跡化矣。必謂狂即是聖，此無忌憚者之所深喜也。

人有胎骨帶來習氣，入于骨髓，貫于老少，而不可解者。釋家謂之俱生惑業，皆多生習熟，非一生兩生之力也。故有嗔習偏重者，有慳習偏重者，有淫習偏重者，雖大智慧人，且通學問，亦未能使之頓消融也，可畏也。所以使人能爲豪傑，不能爲聖賢者，有以也哉！又釋家俱生惑，是多生所習；分別惑，是一生所習。人生情習内，各有一種偏重之處，非明者不能見。然見之而卒不能改除者，蓋亦多矣。譬如乾薪朽木，加之以油，稍以火近，即致洞燃。非百計防閒，不能免也。惟知其易蹈而難爲除，則自己必當百倍其功，千倍其功，乃可收廓清之效。知在己之難如此，則在人者豈得容易哉，自不得不寬恕也已。

不耻習氣之不日減，而耻意見之不日增。吾知斯人也，無明日厚，煩惱日深矣。

性善之説，千古未明。以性善而習不善者，非也。今孺子生而怒啼，則多嗔；見彩色而喜，則多貪等，皆不善類也，何待習。以性之善不可見，而情之善可見，謂性本善者，亦非也。孺子雖知愛父母，亦能捽父母；長雖知敬兄長，亦能淩兄長。見食則争，見色則妬。其善從第一念出，其惡亦從第一念出也，情亦何嘗善。有謂義理之性善，而氣質之性不善者，亦非也。天吾矣二性，苟性中有氣質之性，則性亦不得謂之善矣。然則性善之説，尚紛紛無定論也。乃予則斷之曰：論性者，必以夫子之言，合佛氏之言，而後其説始明。吾求其明而已，即天下萬世我罪，亦不惜也。蓋人性之初，未有不善者，而習則有善有不善。吾所謂習，非一生之習也，乃多生之習也。多生習于善則善，如多生習仁，故生而慈祥。多生習義，故生而正直等是也。多生習惡則惡，如多生習不仁，故生而刻薄。多生習不義，故生而邪曲等是也。習之重者不可移，善重而值惡習，惡重而值善習，亦不能遷也，上智下愚是也。習之輕者可移，善輕而習于惡則惡，惡輕而習于善則善，無不可遷也，中人是也。是善與惡皆習也，即易善易惡，亦習也，于性何與？性如太虛，至善者也，善惡俱不得有。善如慶雲，惡如同雲，皆生滅于天體之中耳。然則以何者爲性？曰性不可言也，姑言之，言其大則山河世界，皆性中物也，而指爲一身之内者，非也。性如海也，形色如漚也。性之大海，既結爲形色之一漚，則一漚之中，而全海隱隱具焉。但去漚之所以凝結者，而海體可復矣。去其填塞此海者而虚，去其障蔽此海者而靈。虚靈之性圓，而全潮在我矣。曰悟所以覺之也，曰修所以純之也，皆所以復此無善無惡之體者也。無善無惡者，千萬世不化之性；而有善有惡者，千萬世相沿之習。奈何以習之善，爲性之善哉！

天下無止息之學，吾所謂無止息者，非一生也，乃千生萬生，以至生無終窮也。世儒聞此語，自宜河漢。不知學止于一生，則一轉盼之間而已，與草木同朽腐矣。孔之忘食忘憂，以至不知老之將至，不亦空勞也哉。若無宿生後生，則爲學者，反不如流連光景之人，飲酒好色，終日歡暢爲得計也，又何苦而作此寂寥生活也。昔魯共王欲毁孔子之宫，聞金石絲竹之音而止。夫孔壁所藏，特其遺言耳，尚有鬼神呵護，況以夫子之精神，至虚至靈，合天地而並日月，乃竟窅窅泯泯，同于無知也耶！難者曰：聖人既存，即今在何處？予曰：不可以我輩不聞不知，而遂斷爲無也。汝試觀此几下之蟻子，其出入一穴，則見聞止于一穴，已不能周此一室矣。況一室之外，爲堂爲亭爲園乎？園之外更有一大聚落乎？聚落之外，更有州縣，州縣之外，更有中國及夷狄乎？人之在世，與一蟻子等耳，其所不見不聞者，蓋亦多矣。夫先聖後聖，有來處，即有去處，雖不在天地之間，而亦未始不在天地之間。自有清浄國土，微細受用，出無入有，入流分身，視此下界，如溷如廁，如蜣如蛆。其次者，或在紫府丹臺，共巽玄化；或于名山洞府，贊理幽功。或處而爲正神，或復出而爲明君良臣。其心體愈精微，則其境界最朗灼；其功行愈廣大，則其地位愈嵩高。直至聖而不可知之爲神，猶非税駕之所也，豈可以一生兩生盡哉！

道不通于三教，非道也。學不通于三世，非學也。積習之弊，必遡之于多生之前，而後其旨明。盡性之功，必極之于多生之後，而後其量滿。

食色習也，非性也。非一生之習也，多生之習也。若屬于性，性即成惡。若一生習，誰其教之？故曰多生之習也。

學問各有根器，不容相強，非獨北秀不強同南能，即南能亦不強北秀同也。五祖豈不欲爲北秀者自轉而趨南能哉，根器别也。況先修後悟，先悟後修者，各各不等，總之皆歸一源。近日陽明天津證道，亦有此意，不昂龍溪，不低緒山，所以能爲人師。當以道之不容有者，化其情之偏。不當以情之所偏勝者，附與道之内。見得守不得，説得行不得，此吾輩根本病。

〔一〕本篇據近集補。近集繫于尺牘卷末。

珂雪齋集卷之二十五

答李夢白布政

衡湘先生傳曾有便羽抄寄，不知到否？弟刻近稿凡二十餘卷，今已近半，此傳亦在刻中矣。澹居過荆，傳尊兄一字。渠自尊兄處來，留連蘇雲浦處，即馳驛飛奔吴開府幕下矣，未到公安也。

弟近體中已安善，閉門讀書。眼見世上學道者專一説謊，殊不如田父野老之近情也。仁兄以爲然否？近刻四卷寄覽，後成者當嗣致之。

答須水部

仁兄此番關政，寬大簡易，所捐以予商民者多矣。行裝蕭然，弟所深知，故刻敝集，弟口不言及者，不欲以此累清郎也。乃今分遺過厚，令弟心大不安矣。作得送行一律，聊以紀別，當書扇頭，今先録呈。數日内，間有俚言，并求教，尚容詣別并謝。吴老公祖齒及，何袞如之。

寄李當陽

玉泉住菴僧來，得聞老父母齒芬見及，么麽袁生荷蒙世外賞識，何袞如之。舊愛玉泉之勝，治一蘭若，將效陶弘景華陽洞天故事，而抱疴一載，遂與堆藍睽隔。慈臺竹箭才名，煙雲氣骨，雖函牛之鼎，不當以烹雞鶩，而藏出世于治世，亦孰非修行徑路耶？時方送兒輩考校，稍閒即走山中，快譚十日，以罄積衷也。度門老僧，乘戒兼修，年已七十餘，與愚兄弟爲法門至契。今得在部下，萬望推不肖之愛大盼睞之，則感入骨矣。拙稿二册求教，尚有新刻未完，統容嗣致。臨楮無任惓惓。

寄雲浦

居公安，親戚輩争訟，數數來訴，故逃之天皇寺中，頗覺閒適。遊冶熟習，近來已大生，稍覺有幾分道力，爲可喜耳。若得至龍湖，聆大教，與死心老同聚首數月，得此大薰習，或更不同也。

答度門

即欲走玉泉，而雲浦相約一會。生且欲久住玉泉，作消夏計，大約五月二十間便得登拭鏡樓矣。雲浦意思甚好，生意欲以檀資治田，接十方人，俟相見再商之。

答夏道甫

來詩清新雄豁，甚爲兄喜。故知兄大有才情，特懶于拈筆耳。只如此作去不輟，且熟看唐詩以充之，便可名世矣。高常侍五十始學詩，卒爲詩人之冠，今兄方四十六也。況舊已學，特不專耳，肯不倦，則五十時便有集可流布矣。兄之才，豈下某子甲等哉！一事無成兩鬢斑，丈夫之所恥也。知兄相信，故言之切切。

答王天根

龍灣回，即走玉泉，值風雨大作，幾同叩頭搏頰之坂，苦莫可喻。方至度門，烘衣洗泥，而上价遠至此求孫太史壽文。弟兩年來，以苦思得血疾，誓不作應酬文。今集中俱遊記耳，更無一首應酬文也。孫太史壽文須用大手筆，弟亦不肯率爾呈醜。且既有此意，兄在郡中何不言之？十日一水，五日一山，始略有致也。遠使來，實不安，但算記搆思成章，須四五日之力，恐復發前病，是以壽人而成不壽也。一笑。

答沈水部

棨戟泛舟江上，時偶過僧舍飯伊蒲，來使相左。及至，則江干暮矣。少伯、玄真，生何敢效顰，但不着夷光、樵青，差有道人風味，似較勝之耳。近來入水不濡，入火不燒，即奉常公亦未能信之也。笑笑。屢分清俸，實所不安，即欲躬謝，知肘柳作祟，恐煩起居，故中止耳，然心鏤甚矣。口占二絶，書粗扇上求教。幸莞存之。

與段幻然

久不晤言，懷想殊切。伏惟道履日益康泰，忻慰，忻慰。弟輩學問無他病痛，不過是貪世樂之心放不下，受不得苦，總輸兄一耐字耳。若毛道所云「酒肉不礙菩提，淫嗔無妨波若」者，弟深憎之惡之，惟恐其與此等意見人相親近也。拙刻一部，知道人留雙眼爲貝葉資，何暇入目，然其中亦有激揚波若者，謹附來求教，幸存之不一。

答蔡觀察元履

中道自抱痾後，即走柴紫山中，借冷雲以消煩火，遂未得摳衣戟下，少謝恩紀。忽枉手翰，兼之盛貺，蒙國士之知，存素交之誼，感入五内，非言可宣。及取爨語讀之，如入五都之市，遊萬花之谷，彩溢光騰，目眩心悸。自非具雕龍繡虎之才，窮酉室、延閣之秘，安能筆底役萬卷書，行間生五色雲，若斯之巨麗也。年未五十，而三不朽事業已具。遠比公孫僑，近方杜征南，不啻超乘過之。而先生厚自挹損，欲附於粗有藻澤之高常侍，此自若谷之語，非定論矣。

不肖粗知慕古，而盛年蹉跎，大半爲舉子業耗却精神。近歲始發窮達有命，十年讀書之嘆，而年已迫望五。去秋奄奄伏枕，惟恐一旦溘先朝露，則過雁一唳，竟從湮滅。不得已取而付之於梓，大都輸寫之致有餘，鍛鍊之功不足。都無言外之意，而姑吐其意中之所欲言。庶幾千秋而後，知有袁生而已矣。不肖謬謂垂世之業，亦必置其身于世間毁譽稱譏之外，而後一段精光不可磨滅。而有意於不朽者，其勢且速之朽。故往往衝口信筆，不復删汰。以爲果出雅士之口，即俗亦雅也；果出俗士之口，即雅亦俗也。姑賅而存焉，聽後之人愛我者留，不愛我者去，以付諸虛心平氣之定論焉。而豈逐逐于今日之觀場逐塊者哉！每以語人，人未能喻。自非先生洪流之量，若大海之控八河，又安所縱不肖之狂言也。篇首數字之衮，直以鈐閣餘暇，一付之怒猊渴驥，足了吾事矣。舌理七重，引領望之。

不肖少而聞道，周旋于李温陵、陶會稽諸君子間，稍有所契。而慎軒先生，針芥投合，尤以第一理相期。二十餘年以來，屢豁屢疑，至今智不入微，道難勝習。將欲捐此餘生，合併精神，歸之一路，直到纖疑不留之地，庶冥冥中無負良友。即功業文章，等之夢幻泡影，俱有龍勝利刀切泥之戒矣，況其他乎！顧哲人既萎，霧露之益曾如，安得日侍先生函丈，得聆提誨，使卒有所就也。至于舉業文字，久已棄擲，更不知作何語。每拈一題，甫伸紙，頭已涔涔作楚，覺狂花病葉，紛紛從眼中出。又自抱恙以來，一人塵緣，則神思燔熾。惟看山聽泉，百骸皆健，宿纏若脱。恐此生與圭組無分，已於柴紫山中建一蘭若，後枕藍堆，門臨雪瀑，將有終焉之志。而先生猶以入宫西子爲期，不知夷光今已素服道裝，在范少伯舟中矣。慎軒先生往來尺牘極多，但每至輒爲好事者攘去。今遍覓之親識中，尚得十餘首，併詩數首抄呈。札中皆生死交情之語，讀之不覺淚數行下。檢笥中得書唐一絶，妙得龍爪遺法，今以奉往。表海先生遷去，羊叔子行矣，奈鄒湛何！外拙刻一部求教。良晤何期，言之惘惘。使旋，肅謝不一。

寄黄慎軒長公

令尊大人之于不肖，朋友也，而實兄弟也。其相知相信，相憐相愛，又豈世間兄弟之所敢望耶？自西陵分手，淚下如雨。十餘年間，圖一合併而不可得，乃今遂千秋耶！不肖薄命，頻遭家難，父兄相繼而亡。比聞尊大人訃音，正在衰絰之中。去年方襄家嚴大事，兼之憂鬱之極，疾病相仍，其不從尊大人于地下者幾希耳！至今年始大痊可，訊問之私，闕然已久，不肖實負心人也。時已于當陽玉泉寺治一室，祠兩兄并尊大人其中。高山流水，聊以慰仰止之私。不肖亦老矣，當畢此生安住泉石間，奉二三過去兄弟香火，夢寐神交，足吾願矣。聞訃之後，得詩十首以當哭，久無便羽，今書奉寄，幸讀而焚之。兄生計若何？有幾位令嗣？甚欲聞之。尊大人集已刻出否？如已刻，幸寄一本；如未刻，或以原稿付生，二三月内即可卒業矣。因禪人之便，附字奉候，言與淚俱，不一。

賀蘇憲副 代

恭惟臺下道兼修悟，學貫天人。至德旁悰，若玄元之備四氣；靈源普攝，似大海之控八河。從虛玄以抒經綸，自妙湛而恢作用。豈特吐珠霏玉，作慧業文人；實能植朽噓枯，號愷悌君子。有明有膽，至方至圓。自登車攬轡以來，見請劍埋輪之節。當王翁孺出使，全活者萬餘人；張文紀登朝，條陳者十五事。澤同河潤，操比恒高。樂在煙波，迹絶城市。鑿開魚鳥忘情之地，捲盡江湖極目之天。雪舫煙帆，筆牀茶竈。桃花激揚之政方新，而枕漱之興偶動。置鐵冠而暫曳蕙帶，舍鷺羽而特赴鷗盟。當王翁孺出使，全活者萬餘人；

恭惟臺下道兼修悟，學貫天人。至德旁悰，若玄元之備四氣；靈源普攝，似大海之控八河。從虛玄以抒經綸，自妙湛而恢作用。豈特吐珠霏玉，作慧業文人；實能植朽噓枯，號愷悌君子。有明有膽，至方至圓。自登車攬轡以來，見請劍埋輪之節。當王翁孺出使，全活者萬餘人；張文紀登朝，條陳者十五事。澤同河潤，操比恒高。當激揚之政方新，而枕漱之興偶動。置鐵冠而暫曳蕙帶，舍鷺羽而特赴鷗盟。樂在煙波，迹絶城市。鑿開魚鳥忘情之地，捲盡江湖極目之天。雪舫煙帆，筆牀茶竈。桃花竹葉之偈，銀鈎鐵畫之書。墨妙則驚鴻遊龍，禪鋒而吞牛陷虎。伊蒲送日，貝葉銷時。嗅三千灌頂之香，聽十二池心之漏。與世泊若，殆將終焉。而屬者朝思碩人，世急賢者。白波湖上，忽來鵠頭之章；流水聲中，乍傳虎爪之板。五長佐夏，十聯綏周。正人在朝廷則朝廷重，君子居郡國則郡國安。當此紛紜多議之時，正賴實心任事之匠。功名富貴，雖過眼之煙雲；而凋瘵阽危，實切身之膚髮。屈伸在世，龍蠖何心。漢室思賢，未許留侯祠黃石；晉庭需德，願留謝公荅蒼生。以入廛爲出廛，借功業佐道業。高翔遠舉，猶辟支枯寂之風；而興慈運悲，實大士弘通之度。必有偏吉之事行，乃圓曼殊之理知。以移星换斗機鋒，作旋乾轉坤事業，此非一人之榮，而實世道之幸也。

某辱在甄陶，備於藥物。無梅花之賦，可冀大人以吹嘘；而有葵藿之心，仰祈世運之亨泰。中懷雀舞，外切魚欣。徒以匏係轅中，未得衣摳戟下。特遣一介，少申賀私。某無任踴躍歡忻之至。

答韓求仲

夏長卿來，得手教，恍如面覿。弟五載再入都門，舊友無一在者。追思仁兄與受之、函伯同聚首極樂寺時光景，便如昨夢矣。弟體中已健，但文機甚槁，恐無得雋之理。明年必乞一廣文，若在吴越間，則會仁兄之期近矣。如此世界，陸沉下僚，以官爲隱，亦何不可。我輩只要有壽，不經世則垂世出世，儘有生活也。揭曉前二日，便中附候，心緒如麻，統容嗣致。

答陶孝若

相别久矣。前者過門不入，意兄之忘弟也。今讀來札，尚未忘弟也。弟伏枕一年有餘，近日始調暢。慾以半年計，酒以一勺計。弟自謂世念漸灰，可以入道也。而兄喃喃滿紙，豈猶以昔我相視耶？豈謬意其必如是，而勉爲戒敕耶？弟之事障未除，誠不足道，而學道者必欲盡除事障而後可，則兄何不直入深山，而猶然冠進賢圖升斗耶？猶然不捨周妻何肉耶？若猶然不捨周妻何肉，則皆未具戒也。皆未具戒，則但當苦參密究，而不必拘拘求之形跡間矣。千里相訊，兄作此語，可謂真切。想此時必棄官，絶妻子，入山林矣。必薙去鬚髮，作老頭陀矣。一佛去世，大可喜也。弟拭目俟之矣。

與愚菴

叨得一第，聊了世法，所恨慎軒先生及兩兄皆不及見耳。世外之契，上有吾師，得在京華，常領玄唱，何幸如之。珍品種種，不敢過却，稍暇當過蘭若，千萬不必至寓，吾輩豈以苛禮相煩耶？幸照。

答丘長孺

弟六年困苦，百念俱灰。今者幸得一第，雖卑卑無奇，足了書債矣。今年定然考館，若得濫竽詞林，差可藏拙。但世道急於避嫌，緩於得才，亦未可必耳。若不得此，或有中行之望，可免於縣，即與嬾拙之人相應也。

自到京華，聞仁兄久滯遼陽，心甚念之。與西卿相見即商確，兄雖不言及，然弟輩自當爲之計。昨會蕭大茹，云：「要推都司事，須少緩之，以前面有人也。」西卿亦云：「近日議論，密于牛毛，稍越次忽致人言，則彼此不便。不若京營參戎爲不爭之地，以爲後圖，不亦可乎？」此説亦甚是。

一詩一調妙甚，令人思吳越舟中枕藉光景也。度遼集極有奇趣，但其中稍有二三率易語，須少汰，乃可入梓。然亦無多也。弟意欲于兄數十年全集内，選其精緊奇古，稍示人以難，而不示人以易者，刻爲二册，以行于世。至妙，至妙！兄即不好名，然弟惟恐兄名之不美也。大嫂處，弟薄有所資。此復若官京師，當續致赤米之俸耳。承寄俸及參，寒官何如此！謝謝。

寄王以明居士

一别又半年矣！追思不肖抱病園中，與先生對牀共語，忽忽如夢中事也。卑卑一第，聊了書債，若不與館選之列，則八月中可抵家矣，又得領先生塵譚也。京師人可與論學者甚少，此事不拈弄着，恐日就墮落，奈何！

與四弟五弟

卑卑一第，聊了書債。若不與館選，七月中即可回矣。中秋之夜，可醉吕仙臺也。我望五之年，得此一第，已足結局。意在閒適，不樂仕進，便欲從此挂冠，遍遊天下山水，何往不樂？歌兒尚不可輟教，湖山之間，亦不可無此粧點也。我久住在外，甚得寡欲之效，精神日以强固。百凡仗惟修料理，頗有心力。人便，草草寄字，不一。作此字，正誇官之日也。

答陶不退

先儒云舉業是人生一厄，過了此關，正好理會性命。弟之卑卑一第，誠不足喜，喜過此關，可以專精此一事耳。但京師近日無開口處，止一李夢白，又往山東矣。弟若不得館，即南歸，當一晤尊兄而去。數十年奔波，且往紫蓋、堆藍少住許時，稍得安閒快活，俟明秋八月來候選耳。

舍妹夫龔生有書來，極感尊兄致書當事，爲之護持，從此外侮不生，可以高枕而卧矣。先舅即在九原，感且次骨。所云卓譚，楊修齡取去發刻，早晚刻成，當寄一帙。如不刻，俟少暇令人取原本抄來奉覽。蓋此書亦無佳處，總似嚼飯與人也。人旋，草率奉寄，不盡欲吐。

答王天根

宿好復得世講，真可忻慰。年來與天根泛舟看花，亦覺有少致。今名綱絆人，求如往者之快活，恐不可得矣。弟竟以一表見收，學古未必無益，天根勉之。老當益壯，況未老乎！若不與館選之列，弟一騎即還里中，又得縱譚也。晤袁中先生，幸爲致聲。

寄度門

不肖倖得一第矣，護法堂桂花先開，可謂靈異矣。字之曰靈桂，而堂曰靈桂可也。雖兩試皆不高，而書債已了，世局可結，想吾師亦爲之忻喜耳。若不與館選之列，則秋來必歸，與吾師看山聽泉之期近矣。令孫甚康泰，第後甚得其力，轉覺此番偕來之有益也。不肖無心用世，有意還山，此後欲于玉泉大作功德。山中樹木，囑長老善守爲望。方觀政，不及遍寄書。

答蘇雲浦

吴使來，得手教，并賜之寶帶，謝謝！弟應選推，知力不能任也，惟有改教最穩便相宜，已定計矣。目下閣中雖上館選之疏，尚未得旨。雖往應之，未可必得也。若不可得，則秋中且圖歸，三湖雪濤中又有袁生之跡矣。酷暑中想尊兄維舟柳下，清風徐來，荷香撲鼻，便是三禪天樂，羨之羨之！人便草草，尚容嗣致。

答周侍御

當今塞上事體，糾纏如不櫛之髮，蕭條若無米之炊。此事勢極難之時，正有需于實心任事之人也。惟台臺具用世之偉才，得應變之妙用，昔王翁孺出使，全活者萬餘人，張文紀登朝，條陳者十五事，方之台臺，千古一揆。鎖鑰無虞，烟氛永浄。紓朝廷北顧之憂，貽上谷安堵之福。台臺真社稷臣也。

不肖卑卑一第，聊了書負，尚未具一函奉候戟下，而温語盛貺，儼然下臨，何以當之。使旋草謝，不盡欲吐。

答錢受之

弟大對名次最後，當爲縣令。縣令于弟不宜，幸有館選一途可以藏拙。然秘書有限，非不競之地，恐亦未可必得也。打疊乞假南歸，徘徊山水間半年，至明歲秋初來選，乞兩京一教職。青氊我家舊物，尤與嬾拙之人相宜。大端我輩畢竟是一肚不合時宜，弟入廛數月，已悉知之矣。況世道日下，好以議論相磨戛，即不能效鳥飛魚沉，爲長往之計，而庶幾處非仕非隱間，聊以藏身而玩世。四五年間，得列郎署，山資稍足，便脱身歸矣。館職亦自好，只是借債太多，恐身子不得脱。然受之勸弟俯就之，就之而得固欣然，就之而失亦可喜也。

聞道體日益康泰，忻慰，忻慰。弟近頗知閟嗇之道，而弟婦憐弟邸中寂寥，特遣人送弟素所刮目之一婢來，差足慰懷。幸其人謹愿，可代收藏，但不敢令其收烏鬚藥耳。弟前歲一病幾殆，故取近作壽之于梓，名爲珂雪齋集。蓋弟有齋名珂雪，取觀經「觀如來白毫相如珂雪」意也。近轉覺其冗濫，不欲流通，正思取一生詩文之精警者，合爲一集。時方令人抄寫，完後當寄一帙受之，爲我序而傳之可也。日記係另一書，目下亦未可出耳。

詩文之道，昔之論氣格者近于套，今之論性情者近于俚，想受之悟此久矣。古人云：「舉業是人生一厄，過了此關，正好理會性命。」如弟二十年學道，只落得口滑，畢竟得力處尚少，以此深自悔恨。欲于此後打疊精神，歸併一路，期到古人大休大歇之地乃已。年迫望五，即世間受享，寧有幾時。趁此時了却，免至出没生死海中，真大快也。但此事須友朋夾持，安得與受之數數合併，互相策勵耶！漢卿兄來未半月即南還矣，行忙未能爲之地，奈何，奈何！因其還，草率寄報，不盡欲言。

答李開府夢白

棨戟一臨齊、魯，而甘霖立澍，翁兄真福人也。前生不知作多少如意業，乃能爾耶！考館尚無定期，久候邸中，苦甚，再一月槁矣。真不若由廣文而國學，浮沉郎署間，半仕半隱，十年間取黄蓋金章，即還故隱去也。若翁兄所云，乃祝也，非詛也。弟不得館，即乞假南歸，當以今冬了匡山之願。明年入京謁選，如濟南可得，真是快事。以開府上賓，來師魯諸生，日飲大明湖上，豈不暢哉，政恐不可得耳。長孺久無耗，眷屬寓此，苦甚。

答李百藥

尊大人一至齊、魯，而甘霖立澍，非前生大修行，安得有此福緣也。某刻甚莽莽，大率近代人作事，只圖外面好看，不顧中間誵訛，往往如此。入齊録平平寫去，便有無限烟波，楚中又添一不朽人矣，可畏也，可喜也。李園大會詩寄覽，聊見一時聚集之勝耳。唐抑之貧病如昨，何以振之？草草奉復，不盡欲言。

答馬遠之

別兄丈後，不多見快人聆快語，殊爲怏怏。珂雪集殊不惬意，而仁兄若有會者，豈亦痂好耶？近以生平著作，選成數十卷，都爲一集。時抄録已成帙，秋後可附梓人，又得請教也。居此半載，爲寫册書扇者嬲之不置，鎮日爲人忙。思還故山，有如饑渴。中秘之選，弟亦何敢逃之。但秘書之與朝請，有競不競之分，恐不必得耳。如不得，當取道平原，一晤兄丈，并會開府公，借其力一了泰山之緣未可知也。居衕舍，想著作日富，何時得盡讀耶？尊公救荒之政冠東俟，不久入金臺矣。忻慰！

寄吴觀我太史

癸丑歲，曾有一字附敝鄉周二尹人來，奉謝厚啥，不知已徹覽否？生雖與先生未及面晤，而神交已久。近讀諸刻，知先生乘理洞徹，直接龍溪、近溪之脈，不勝忻慰。先伯修、中郎，具正知見，而汰錬之功未到，無生之力尚柔。天假之壽，方駸駸其未有涯。如先生者，屏居山中，一意此事，知既入微，道能勝習。人不可以無年，信哉，信哉！

生已了却舉業之厄，正好留心性命，而孤掌難鳴，悼歎無朋。安得與先生合併一處，淨盡餘疑也。得附令壻年丈籍末，稍悉先生起居，寄一字奉候，有便幸垂法語，以鞭策鈍蒙。草率不一，惟原亮。

答段二室憲副

旌旄自去郢後，遂不得祇領話言。己酉之秋，先兄中郎自秦中歸里，備知台臺清況，令人懷想。不意庚戌秋，中郎竟以微恙，至于不起。踰年老父以哭子過痛，相繼去世。不肖當此苦境，外支門户，内撫孤孀，中間患難侮辱，所不忍言。憂傷之餘，疾病繼之，幾無生理。至去歲始獲痊可，逐隊入都，叨附賢書。正欲覓一便羽，奉候台端，而温語盛貺，儼然臨之。台臺用情，何其肫至也！讀來教，方知六載山中，頻遭患難，五濁世間，不如意事甚多，全仗無生知見之力，一一消之。于霹靂火中，現清冷雲。台臺悟理已深，真不堪洪爐一點雪耳。自入京華，無一故人，過蒲桃社幾欲雪涕，真不啻如華表鶴來也。欲不灰心，其可得耶！

寄吴表海觀察

台臺駐節荆、郢時，郡人沐恩最深。若不肖當家門凋落後，而台臺扶翼之者不遺餘力，且以薄技得蒙賞識。枯木朽株，一經品題，不覺蒸出芝菌，翻爲世瑞。台臺之功德于寒家父子兄弟者，恩若摩天，不可涯涘矣。計偕道出邯鄲，欲一見顔色，而以玄英見迫，匆匆入都。及得附賢書之末，亦不獲致一字報謝，歉如之何，此聞台臺已入秦中，問俗之暇，結撰已多，當與子美秦中諸作竝驅，何時一披覽也。

寄度門

世局初完，得還梓里，差足慰喜，想道顔亦忻然也。懷想之甚，即欲一見，但歸家尚有半月應酬，月杪即當入山，決不勞道駕遠出耳。令孫田事，亦有次第，總在面時了之。令孫忠實而靈慧，相伴一載，纖毫無過，且有大益。故知度門兒孫未落莫也。草率不次，惟台亮。

寄受之

考選事竟成不了之局，弟亦束裝歸矣。即旨下亦不能待也。我輩了却頭巾債，便爲至足，豈可得隴望蜀，如世間人哉！王無功之六合丞，邴曼容之六百石，弟之師也。明年秋，乞兩都一校官不可得，則新安、吴興有佳山水處，可得一也。弟已漸老矣病矣，攬鏡白鬚不可勝摘；又右臂常痛，夜睡不安。二十餘年，哀魂悸魄，思歸山中少息。恨吾受之相隔數千里外，不得共晤言，消永日耳。退藏是大便宜處，想亦見及此也。因起田歸，草寄字不盡欲吐。

寄君御

周山人來，得入晉佳什；及程大參來，又得手教，正慰饑渴。館選一事，竟成不了之局，候考者各星散去。弟已束裝南歸，在此月之廿一二間。總之官職自有定數，非人所能爲。庚辰諸公安在，而巍然爲魯靈光者，惟翁兄一人而已，固不以彼易此也。分藩無事，正好揮灑。灔編若成，自是天地間一種必不可無之書，弟何幸快睹之。弟已決意冷氊，所居既閒，亦欲有所撰述。明年將從水道入都，晤期未卜，不勝惘然！

寄仲暘

弟已束裝南歸，明年將由水道入京，一至西湖，光景覽眺數時，不知此時兄在何處，可得一晤否？弟一片冷氊定矣，非北即南，或可得京兆也。廬阜之居定否？若已定，則聚首之期只在二三月矣。舉業文字，間一拈弄，無妨學道。古廟香爐光景，勢未必能，何如畢力此番，天下事大未可知。望之，望之！因令叔祖之便，附字奉訊，不盡欲吐。

餞茅老師請啓

恭惟道配清寧，才兼文武。澡心比於白雪，遵道擬之朱繩。花滿河陽，雨潤南國。名既顯於威鳳，功尤見于睢鳩。野無滯才，邊有良將。恒屈情伸法，不毁方爲圓。世路一任風波，寸衷可質天日。永同顧弘瑋之達國體，非若江智深之厭下僚。偶思薜蘿，乍離鵷鷺。安石望重，豈宜久居山中；君實意恬，未免暫歸洛下。生等叨列函丈，深荷甄陶。方受朱藍之功，遽違霧露之潤。徒念法乳，莫附仙舟。梧雨楓霜，望行軒以惆悵；醴尊蔬實，借祖道以徘徊。伏惟俯念蟻忱，爲之少停鶴蓋，生等不勝瞻仰企望之至。

寄不退

弟歸矣。過晉州，晤舍親李素心，備道相念至意，且述尊札中無忘魏、晉故人之語，不勝感切。二十年間，法門兄弟，或逝或隱，惟老兄與弟在耳。明年又當作令，不知晤期何時，何惜數舍之勞，不一傾瀉乎？故遣小价前來奉聞，弟當從邯鄲入，得役騎接之半途，尤爲便也。相見在邇，不多及。

與梅長公

看來世間自有一種世外之骨，畢竟與世間應酬不來。弟纔入仕途，已覺不堪矣。榮途無涯，年壽有限，弟自謂了却頭巾債，足矣，足矣！升沉總不問也。年兄年僅四十，即具解組之疏，乃知王微、陶潛，去人不遠。弟若不與館選之列，則八月外可還里中。晴川、大别之間，與年兄期一良晤。至期當以字相聞也。王大可又以制歸，一進賢冠，未易上頭如此，豈非命哉！衡湘先生長公，想文字日益奇矣，念之，念之！

與黄取吾

每會田瑞陽年兄，即道尊兄近況，知山中清素之道業已成，爲可喜也。梁朝五侯七貴，如沙如塵，惟陶弘景生前受享松風，去後受職仙監，相去寧止九牛毛哉！

弟卑卑一第，望五乃得之，自謂了却頭巾債，足矣，足矣，升沉總不問也。若不與館選之列，則八月中可還里中，當游於晴川、大别之間，不知可得一良晤否？貴門生周野王往頻相晤，自言爲仁兄覓丹砂爲藥物資，不意一病遂逝矣。都門友朋，本自寥落，復失此人，可嘆，可嘆！

與無念

陳無異來，得手教，知道體安善爲慰。不肖得一第，差了書債，然舊時相知相愛之兄弟友朋，無一存者，觸目頗增淒涼。秋間若不與秘書之選，則乞差南歸。不知晴川、大别之間，可得一良晤否？王大可回，草率寄候，不盡欲吐。

答蹇素業門人

世間諍論，無非宿業，附之一忍，足以了之。以道眼諦觀，不直一笑。兄丈解此久矣，何足挂胸次乎！惟是努力取一第，以慰太保公在天之靈，是所望也。佳作趣致勃勃，太保公有子矣。即欲草一序以揚盛美，值上价行速，姑俟後寄。

承示有入都讀書之意，都門如海，是非不到，耳根清浄。視故鄉爲恩怨之藪，日與塵緣相磨戛者，相去遠矣。以兄丈之才，一日千里，住此數年，一第安足論乎！曾與令親喻年丈商之，渠亦以爲得策，想必有字勸駕也。

寄戴巴縣忠甫

不肖弟往歲蒙蹇太保理菴先生特達之知，百出常情，且以季子宗吕見託，欲生始終陶鑄，使有所成以繼箕裘。不意蹇公即世，生亦濩落。楚、蜀相遠，莫踐前諾。比聞宗吕頗能自立，克紹家聲，初爲之喜。但蘭芽初茁，尚借護持；鳳羽未成，猶慮侵侮。今得在尊兄宇下，是天贊也，萬惟推弟之愛，大加扶植怙冒，使得一心修業，以繼書芬。則不惟此子恩荷摩天，而生亦可藉手以報理菴於地下矣。恃愛瑣瑣，實出不得已之至情，伏惟原亮不一。

寄石洋

去歲聞仙蹤欲久住匡廬，前得書始知家居，且喜道履清泰，喜慰，喜慰！家中雖塵緣未易擺落，然種花習静，閉門即是深山，亦自快人。況有佳兒可教，尤是人生樂事。弟世局粗完，候考秘書，尚未得旨。若不得，九月即南歸矣。明春將取道漢上，游匡廬、九華，從山東入都，兄幸于桃花開時待我，或同一遊匡山亦妙。至期當相聞也。

弟還應作令，今當改教。年已望五，浮沉郎署間以老足矣，無顯貴人之想也。非仕非隱之間，可以閒却意根究性命事，便爲大樂。弟於杯勺粉黛已無緣矣，非心能了之，力不能也，自不敢作少年調度。仁兄知之者，爲我關心耳。前餉茶已領訖。硃卷二册奉覽，并呈令郎。草率不盡欲言，容嗣致。

又

屢有字奉候，俱已浮沉，不但楚役也。弟粗了世局，聊獲一枝之安，升沉總不必論。明春意欲由南而北，不知可得一晤否也？

吾輩名利五慾種子，原成俱生惑業，即己亦不自覺；但借法水時時灌溉，差爲減擔耳。弟比來體中甚康太，如色慾事，非人能斷，實天使之不得不斷也。何也？力不能也。百事減盡，惟不能忘情於聲歌，留此以娱餘生，或秀媚精進中所不礙耳。仁兄以爲何如？

寄修齡

公安二聖寺羅漢，的是宋人筆，但未定其爲龍眠也。惟所書金字經，實是俗筆，何必高眼然後辨其非子昂耶？羅漢曾攜至吴越，鑒賞者無異詞，恐仁兄匆匆中未細觀也，姑候再閲，應有定論耳。

苗部事體，相如諭蜀，裴公入蔡，自有妙用，非書生輩所能知也。弟十月假還，晤文弱於禹州，相邀作嵩、少之游，弟以歸思切未果，不知文弱竟游否？弟復以月初，束裝入都門矣。畢竟乞一片冷氈爲妥，想仁兄亦以爲然也。長孺久不得其消耗，不知作何狀。

答趙茂才

過丹陽，得會尊公甚奇，又得見兩兄，益更奇也。兩兄天才秀逸，兼之家學，故下筆自然不同。蓋文字有從古文中出者，有從時文中出者。從時文中出者，慧人才士自不屑爲；惟從古文出者，異才博學，無不妙綜。而旁溢爲時文，其中仍多古法，但恐于肉眼不甚合耳。去歲春埸，于時文中存古法者，不過數人而已，其餘率皆飣餖時文語也。作者難，知者更難，此在兩兄酌之耳。柄頭佳作，具見風雅。佳文潦草一序，總是匆匆束裝中語也。

答吴表海憲副

旌旄去郢時，曾于話間授以了一制科之訣，生奉行之果驗矣，則此之一第，俱從台臺語言中出也。自念了却頭巾債足矣，升沉都無足問。近且入都乞一片冷氈，浮沉郎署間，庶以其餘力竟文字緣，此素志也，不知台臺亦以爲然否？去冬往大名，過貴邑，署中霜月照人，不勝相憶，作得口號二首，近已入刻，今寄請教。鈎鍾諸作，較郢中又進一格矣，甚矣台臺之好學也。僭草一序，須改正乃可入梓。

與南陽宗侯伯和

過宛，承至愛種種，非筆楮所能盡。道出潁橋，晤徐使君，曾以令郎見托，不知稍加意否？政恐出口入耳，未免忘却也。此後有字，當再及之。弟已改青氊矣，宦遊之蹤，當在江南，不知何時得造曲臺之下，聽子夜之聲也。因真若之便，附字奉謝不一。

寄楊侍御

某遂蒙噓植，仁兄真有心人也。弟直以此人爲近日學道真種子，爲朋友者自當密爲之地，亦不必令其知耳。學問一事，弟輩所坐之病，只是不怕死。若怕死，則真參真悟真修，何愁不到懸崖撒手田地，惟不怕死，故半上不落，智不入微，道不勝習耳。

漆園吏自然外道也，彼胸臆猜度僥倖，死或勝生。其實生死根源，何曾夢見。即古之乘譃以當大怖者，强力慧人，非真透脱者也。古人云：「大事未明，如喪考妣。」既明如喪考妣，不知高明以爲何如？數晤文若，稍稍論及詩文，未到此也。墨戲二種，滑稽之雄，快哉！人旋，草率不既欲言。

寄蕭元恒侍御

居家中，承年丈至愛種種，非筆楮所能既。弟以一月五日始抵都門，六月初上一改教疏，二十餘日不下，苦得旨之難，將返初服，就吏事矣。嬾慢之性，疎拙之才，未知所税駕也。目下都門久旱忽雨，行取疏已久檢上，想亦在早晚下耳。兹因小价還，草此奉謝。

寄君御

弟歸至玉泉，一月即走長安。花源尋盟，徒託夢想，竟與仙船慳緣，悵甚！今歲燕中毒熱，不減壽麻國，弟遍體生痱，手足腫毒無數。每赴席拜客撲緣中，思向來以鳧舟係深樹下，任水風吹拂，何可得也。

改教之疏已下部，十月内便當跳入醋甕中矣，蹤跡多在新安，或借此了黄山、白岳之緣，亦快事也。仁兄望隆功著，開府計日可待。弟每向諸公稱説，當今以文士而閑將略者，惟君御先生，此實語，非諛詞。稍需之數年後，尚是黑頭公也。使旋，草率奉復，不盡欲言。

答杜總戎

台臺海内名將，北地名士也。么麽袁生，何足當台臺一盼，而折節下交若此，豈不擇墜露微塵，正所以成其高深耶！英雄豪傑，相期許自出格外，必拘拘于世套何爲者。豈己不能操契洽之權，而必待天作之合也哉！然古之人多有之，不意近見之公矣。細觀佳作，自當首作者之林，承命作餐霞雜纂一序，勉力成之。暑甚，肘柳作祟，秋風起後，當一一如命完上。遠承重貺，謝謝。偶病泄瀉，不及作套啓，惟原宥萬萬。外拙刻二種，求教。

寄君御

交情惟一真爲妙。仁兄與弟，有時而合若水乳，有時而略有違忤者，惟其真而已矣。兩不設機事於心，故任其喜怒之互陳，而未常少有緣飾。存赤子未散之樸，爲純白忘機之友，惟仁兄與弟，庶幾近之。昔先兄伯修、中郎，與弟至相和洽，然議論偶有不同，或盛氣相持不下，雖似有競心者，然頃之即蕭然冰釋矣。君超在時，與仁兄時復有此光景。蓋相愛之極，遂至相忘；相忘之極，不覺偶有相左。此不可望於尋常兄弟，而況求之世俗交態中耶！

弟已乞㕓，當在新安，此時略閒。惟一大事，尚未能洞然無疑於心，無生知見之力甚微，此中又無一人可互相策發者，恐無常到時，做手脚不迭，將奈之何！俟仁兄開府五六年後，弟得追隨花源、漁仙之間，閒適之餘，共究竟此事，真大快也。扇頭一詩，拙刻一册，求教。

寄李開府孟白

弟到京二月餘矣，初至聞仁兄有齒病，以爲尋常小恙耳；會陳典客，始知大爲所苦，弟恨不能分痛。然此病無大利害，但不可過服石膏苦寒之劑，恐于脾氣有損。仁兄素善調養者，早晚自平復也。

弟已改教，一㕓當在新安。十月内出都，取道東省，至徐州上船。此時候選，閉門兀坐，無人可晤言消日者。追思仁兄前年聚首之樂，又萬萬不可得矣。大兄已到任所否？方入西山，草率附一字候問，餘不一。

寄汪大司馬静峯

庚戌榻前讀文一别，屢易寒暑。榮旋艤舟敝邑，小兒嗣伯修兄者，過蒙優渥之愛及無禄。中郎即世，復勞遠賜弔唁。台臺之于愚兄弟，可謂用情極矣！緣中道居家，大半出游，僻處柴紫諸山中，并不得以一字寄謝，罪何可言！

台臺山中静久，今爲蒼生一出，實世道之福。學問功業，當與王文成公先後輝映。恨生等少時狂魔入心，不肯時時親近，稍沾法乳，當面蹉過，真可惜也。時自揣難膺民社，已改新安一授。生平慕黄山、白岳之勝，將藉此游焉。復有數年，自遠函丈，悵甚，悵甚！本當躬詣求教，恐煩起居，特遣小价來申賀私，臨楮無任企望之至。

又

某知向學之日久矣。以爲難乎，而當時兄弟三人，説法如雲如雨，何其易也。以爲易乎，而至今見境生情，觸途成滯，無生知見之力微而又微，何其難也。夫道豈有難易哉，根有利鈍耳。如生等知見之根若利，而戒定之根甚鈍，則真鈍根也，所以難也。先生解行相應，理事一如，真可作人天眼目矣，何以教我？

外中郎行狀一册，寄上台覽。追思中郎自秦中歸來，向生極口先生，則知先生者，毋如中郎。今中郎已矣，所以揚扢逝骨，使不泯滅者，非先生而誰？敢乞鼓角餘閒，爲草一誌。此時匆冗，尚未敢望，或半年後有便羽寄之新安，冠之中郎全集之前，庶爲逝者開發最後一段光明，亦大快也。望之！

又

不肖自揣，非本色道人也。慧業文人入道，或庶幾焉。以故不能忘情於過雁一聲，欲有所編纂，以垂後世。恐一行作吏，都成廢閣。不得已就此冷地，以成夙志。若中郎實是用世之才，豈惟不肖不如，即伯修亦不如也，安敢望躡其後塵也？誌銘久不成者，政以中郎知己無如先生。今不敢望之目前，當需之歲月耳，願先生勿辭也。

夢中一段因緣，蘇雲浦曾道之，實不敢作夢會。幸先生入之誌中，亦足見道情相見，不隔幽冥。邑中有周生蕃者，未卒之前一月，入冥見中郎以星君檢校人間文字，大約仍是陰仙類也。樂天、子瞻皆未能出此境界，豈乘急戒緩，固宜如是耶？

急選旨下，吏垣缺人，無憑可以到任，行期尚未定。懷想台臺教誨，真如小兒之於慈母。但命下後，尚有諸冗羈絆，不敢定隔宿之約耳。臨楮無任企慕。

柬王尚寶蘂淵

秋來抱疴，遂不及頻頻晤言。甫痊，而選期至矣。匆匆人事，無一刻暇，未及面別，悵然曷勝。前承□□大人序文，此係大手筆，當以途中細細□□之。新安去貴地尚近，可專使奉寄也。眉公先生欲作一文稱壽，猶未成篇，先書一詩絹上，以志仰止，幸置之笈中。草率不次，惟原宥。

寄李百藥 即夢白先生子。

過濟上，與尊公快譚數日，生平未有。且彼此盡出敗闕，互相商證，尤兩兄去後所未有也。初出都時，冀得與兄晤對數日，至德州，聞兄回矣，不勝悵然。場事已近，專望兄取一第以了世局。舉業文字，與其奇也寧細。心機稍有粗浮，開口即見破綻，不必高眠然後見也。兄聰明絶世，如良驥見鞭影而行耳。東國之勝，已見大略，嶧山尤奇絶。匆匆行矣，留一字奉訊。新安極有便羽，千萬莫惜八行，祝祝！

寄李開府

學道之友亦多矣！其盡翻巢穴，不避己醜，互相商證者，寧有幾人？弟此番差長進矣，生平所悟原屬正知正見，但既悟本體，亦自有不離本體之工夫。陽明所云「但致得良知，則隨邪思妄念之來，真如靈砂一粒，點鐵成金」者，非欺我也。仁兄悟理極親，習氣又微，但恐無人共相拈弄，未免曠廢耳。

仗庇，已登泰山、嶧山。泰山以骨勝，嶧山巧極幻極。自非借大力，安能窮其勝哉！

已作一字達汪静老，道丘長孺事，煩郵使附去。内有寄京師諸友人書數封，亦望發去也。弟所至之處，小民感開府恩澤，如人子之於慈母。快哉，快哉！

答畢直指東郊

大明湖上，得奉光儀，領提誨，真令人神開意暢。且么麽袁生，何緣荷明公之欽重，豈崇丘不釋塊壤，滄海不遺流芥故耶？中道少時有志著作，後聞華梵合一之學，始孜孜從中參求，欲擲却管城公矣。習氣不除，時有拈弄，興之所至，潁與之俱。故模寫山容水態者，十居其九。真支離枯槁，無當於世用者之言也。而明公過爲獎借，真愧汗不能已已。何者？發抒有餘，陶鍊不足。幸而進取之局粗完，心意稍閒，從此以往，或有當耳。

明公卓識異才，筆奪造化。前見湖上佳作，已浸浸逼青蓮而上之。及捧讀瓊瑶，極才人之變化，而不失先民之法律，快哉，快哉！

中道迂踈，非經世才，偷安青氊。幸承乏文學之邦，不模不範，實有餘恫。不鄙而教之，遠使重貺，恩施已過，謹九頓登受。使旋，草率鳴謝，不一。

又

中道捧讀西清佳稿，真如燕霞快雪。至兵略諸作，雖未寓目，已知其爲經世有用文字。乃明公不鄙固陋，欲生序之首簡。生即不文，而承長者之命，又何敢辭？但生所謂荒野小才也，卒然寄興則思瀾微動，至于高文大册，往往想若窒而筆若梏。故捧讀來教，終當有以奉命，而未敢即下筆也。

譬如生生平慕岱宗矣，未能以一言肖岱宗也。及至今登之，周覽秦、越之觀，細窮海日之變，然後能爲一言以肖岱宗。故明公之詩若文，亦必深入而細研之，乃敢厝數語以傳其神。總之不敢久稽，而亦未敢定時日也。繪事小技耳，十日一水，五日一山，乃有少致，而況於文乎？況於序明公之文乎？此孰非清廟明堂之章，而可以草野俚易之詞弁其首也。敬聞命矣，游蹤稍定，即當草成以寄。

寄李開府

此番晤對不覺有奇進處，在輿中慶快終日。自非仁兄極力考擊，不能得此境界也。長青主人劉丈，一見爽甚，乃知爲黄慎老舊執，皆彼此相慕二十餘年，而不得見者。送弟于峒山，所問皆親切，原來是屋裏人也。至其事事之精詳妥當，又緒餘矣。便中附謝不一。

答吕弱石司理

住濟上，冀得一聆教言，不意旌旄至而弟行矣。名山名賢在邇，一舍之勞而恝然不一往，與過名山而不一登涉者，其俗有甚焉。故弟睹台臺之約，而決于一至也。但歲已暮矣，長途倦翮，思于江南暫覔一枝之安，但得一見芝宇，少聆玄著足矣，恐不能作竟日之留也。方從岱宗歸，匆匆遊山來有所作，輿中閒時當有俚語耳，晤時攜就政也。盛貺何以當之，謝謝！使旋草復，統容面布。

寄王季木

都門獲奉教益，匆匆别去，不勝懷想。伏庇出都後，雖屬深冬，了無寒氣，遂得從容道上，看趵突之飛泉，玩靈巖之秀色。登東嶽以觀海日，拜孔林，攬嶧穴，匝月餘始至河干。客裝雖貧，烟雲甚富。新詩如決河放溜，雖不中宫商，亦一時雄快，恨不得一一繕寫求教也。承命作佳詩序，他人之詩序猶可輕作，序季木之詩豈是易事？每下筆輒中止，愈求佳愈不得佳，以此尚未脱草，當于新安了之也。人便寄候，不盡欲言。

寄汪静峯大司馬

住都門，過承明公注存。匆匆出都，未由晤對。稍沾法乳，甚歉於懷。過濟上，晤李開府夢白，聚譚數日，彼此盡納敗闕商量，甚覺友朋之益。夢白則深尤生，以不一見明公爲憾。以當今於此道乘戒俱急者，實不多人。如我輩解悟，雖正無生，氣力微薄，自宜親近勝己之友也。伏庇出都後雖屬深冬，了無寒氣，遂得從容道上，看趵突之飛泉，玩靈巖之秀色。登東嶽以觀海日，拜孔林，攬嶧穴，匝月餘始至河干。客裝雖貧，烟雲甚富，興致偶到，間有揮灑。如決河放溜，雖不中宮商，亦一時雄快。恨不得一一繕寫求教也。

丘長孺，今之辛稼軒也。今一官遼左，頗有生入玉門關之感，明公能無意乎？或調之麾下近地，不惟使此子得就鑪錘，而清言雅致，作諸葛武侯之劉惔，羊叔子之鄒湛，亦甚不惡。惟明公念之。日月稍遲，此子老將至矣。冒昧陳乞，總朋友情重不容已，惟原亮不一。

寄吴揚州

過維揚，承仁臺雅愛，當諸冗蝟集，特蒙枉顧，且辱大貺，感甚，感甚！以急走新安，未及詣别，此中殊歉然也。前話問養生之理，仁臺已得其奥妙，恨生粗率，未得請教。欲覓導師，又苦間隔，不知何時更一促膝，領玄旨也。

愚兄弟少與聞禪家悟性之旨，而不留心養生之術。至今睹瓶雀之難遮，始覺延年益壽，不爲無方。從兹當性命雙修，但明師難遇耳。仁臺既得玄門秘密，應世皆其餘事，鄴侯、留侯即其牓樣。使生得爲方外弟子，何幸如之！新安極有便羽，惟不惜指迷，臨楮無任馳遡。

寄陳解元

庚戌塲中一别後，各星散，不及晤言，至今爲歉。前年計偕，處處覓台兄蹤跡，絶不可得。甚矣會合之難也！

弟無心民社，自乞一氊，意欲寄跡吴越之間，庶幾沾霧露之潤，不意僻在新安。幸廣文之遷槐市，其期不遠，則弟之入都，正台兄走馬看花時也。文章原有定價，遇合雖有淹遠，必無不售之理。願台兄自信，一取大物，如波浪舡得風，一日千里，視蜢小舫，淹淹水涯者，相去甚遠。後發先至，所可必者，弟日拭目望之。

兹因友人金仲栗之便，附一字奉候，并致拙刻數種請教。仲栗于台兄爲舊知，故弟敢附數字，其意欲舍維揚，而卜居嘉禾，以此中有素心人也。草率不莊，風便幸示好音。

答夏濮山

草草相晤，甚快平生。舟中細玩佳作，不爲法度所縛，不爲才情所使，大轉在王、孟之間，真盛唐之音也。今之作者，不法唐人，而别求新奇，原屬野狐。每執筆輒有此意，不虞慈台先我著鞭也。若生則唐、宋調雜，聊以抒其意所欲言耳。幸得□歸慈台，沾霧露之潤，何幸如之。承遠使見迎，□□□□□儀、揚，許時已到蕪湖，小价賫憑者□久到矣。擇本月念一日之吉赴任。若無憑，雖詹丈已去猶不可至；有憑，即詹丈不往，生亦何敢久滯途次，以違簡書。恃愛敢求官署住一兩日，而入敝衙。使旋，草率附謝，不盡欲言。

答李夢白（二）

弟此行，或歸或抵任，計尚未定，俟發牌日，即可決耳。然心殊切濟上晤言之樂也。翁臺當此重任，長慮却顧，即是道，即是中節處，恐不必求嚴然也。若灑然不中節，亦非道。且通夜合眼，即見洪濤巨浪，便是普賢行海，成佛真種子，有何見可以湊合。願翁臺堅守此念，切莫移動。設乞骸可得，又有見在光景，正不可預期耳。

弟榆枋小鳥，原無垂天之祐，今幸借棲南中，買田鬻宅，當于兹焉老矣。文宗緩至，大兄自可遲歸。前見佳兆，決中無疑，使小兒得附驥尾，快甚！

〔一〕自此至本卷末各書，皆據集選補。

答蔡觀察

張某來，得手教并嘉貺，感謝不盡。邇者天啓御宇，積滯皆通，比見啓事，已首推矣。正人君子立朝，福國庇民，大攄宿藴，何幸如之！生一官落魄，心愛南中山水秀麗，意欲吏隱于此，偶有儀曹一部，求而得之。融可不知階級，階級可不知融，鬻宅買田，想于兹焉老矣。追思兩兄及慎軒先生在時，每以晤言消永日，清風朗月，不愛岑寂。今來此鬱鬱，有如斷雁。每過舊日酒罏，輒淫淫淚下。故一年居諸，以日爲歲。今幸借六朝佳麗舊地，以磨雄心而消磊塊，一付意根置之閒曠之地。所謂不必負不能負之擔，已永釋矣。生自信無誑語也。

老公祖方體圓用，得時則駕。朝廷倚仗，生民望澤，豈可與么麽小子，譚進退而校棲隱哉！慎軒先生集尚未出，海内闕典。今台臺攜之出山，了此公案，政不必借力于米仲詔也。生集已刻成，尚未印出，俟至秣陵，當以相寄。時束裝，匆匆裁答，至南中當以寄報也。佳卷清綺絶倫，會稽女子詩尤爲首唱。貧兒暴富，爲之一快。

答德州守謝容城

錢受之來，極稱仁臺相念至情，感不可言。自五馬到德城又一年餘矣，長才雖無所不宜，得無骨高氣峻，難僕僕塵土中乎！然總之一戲局耳。仁臺以法眼觀之，而以捷才運之，弄丸承蜩，何所不可。

弟入太學一年三個月矣，去年十月中，與胡漢涵先後同進。今漢涵已于十月初即轉户曹，而弟仍故轍，今聞可陞，又未知若何也。然弟聊處仕隱之間，本無大志，得一轉即飄然矣。歸耕一語，是弟輩事，恐仁臺猶未也。遠承盛貺，何以堪之，謹肅此上謝，惟炤原幸甚。

答張休寧

屢荷仁兄垂念，既承温語，兼之豐貺，感激莫可言喻。仁兄日來譽望俞隆，弟竊爲喜慰。今天下多事，朝署空虚，正借老成練達之品，以康濟時艱，仁兄豈可戀戀丘壑也？

弟一官鹿鹿，自甘守拙，日來多病，爲河魚之疾所苦，累月不休。還山株守，弟之素志耳。海陽清苦，非令此攝此者不知。弟所云真心愛民，不求赫赫等語，是實語如語。然不獨弟一人言之，即四郡司理，亦莫不同此言也。但願仁兄早秣燕中之駕，以便親炙。遠承重貺，何以當之。使旋，草率致謝，不既欲言。

寄沈益吾

恩縣途中一别，風景淒然。稔知年臺涉大江，走江右而還，不知廬阜曾一寓目否？弟已甘守拙，楚楚青氈之間，枋榆小鳥，控地自憐，不敢與翼若垂天之雲者道也。令叔壯年鋭志，實爲可喜，今已改南矣。因旋，草率寄報，不既欲吐。

答方駕部

弟居新安，鹿鹿無善狀，惟將從前綺語盡災之木。念敝履遺簪，何足爲重，但念吾輩以此爲業，收之成帙，自無散失，庶了却一段牽纏因緣耳。因其板付一舟來，次且未到，尚未得寄年兄，統容嗣致。

年兄經世事業如此，上界仙人，吐咳皆爲珠璣，但存之即爲大觀，年兄何過自損挹也。三年已滿，百事遊刃有餘，且恢恢致清華矣，何所不可？甚爲年兄喜慰。草草附候，惟原亮。

寄顧開雍

前至貴邑，荷蒙至愛種種，感謝，感謝。前丘長孺來，竟不以相聞，遂未得通一字奉候，闕然不可言也。今三韓既失，山海一丸難塞，台臺有救時方略，急以上聞。庶中流一壺，不致汎汎若河中木耳。

長孺一病幾危，幸而已痊。生近有一子不育，并亡其母，蕭然若苦行頭陀耳。明年當得遊吴越間，親領大教也。兹因舍舅龔翁往太倉，晤熊雨亭之便，附字奉候。龔翁即中郎集内所稱「散木先生」者也。渠頗以不見台臺爲憾，幸一接之，萬萬！

答謝青蓮

天涯仕途，與仁兄貴治密邇，實有天幸。乃以兩承盛貺濃厚，媿感莫勝。弟于去年八月還楚，今年正月廿一日到南中，以一子出繼先兄，本房尚無承祧。至今年三月初九日生一子不育，子母偕亡，今仍是頭陀光景矣。

學道一事，非不頓見本體，但無明習氣濃濁，無生之力微而又微。所謂慧業文人，我不敢讓；本色道人，我不敢任。更須仁兄爲我掃去聖凡二種情識，爲得自在也。造藏一事，已爲祠司胡玄老批行，弟無所用力，然始終之尚有待也。茲因役旋，草率奉謝，惟原宥。

與錢受之

貴門生瞿起田丈人旋，已有一字奉寄，未知到否？孫漢卿來，得尊札，娓娓讀之，惟恐其易盡也。備知道履清泰，不勝喜慰。第早早一第，書債已完，形雖甚忙，神則甚閒，所恨無開口處耳。比來應世，亦覺直腸健骨，大有幾分不合時宜，果有同受之所云者，則我兩人豈獨同心乎，且同病矣。退藏一着，的係我輩護身符也。弟名數應爲縣令。夫縣令之不宜于弟，豈獨受之知之，即弟亦自知之也。惟有改廣文一節，頗與弟相宜，已久定計矣，即受之亦必以爲當也。目下雖閣中已上考館本，而旨意未下。且近日世局，避嫌之意多，憐才之意少，正恐不可得耳。若其可得，則三年後便可退藏，何嘗不快乎？總之弟輩一中進士，了却頭巾，便是天地間大快活人，升沉内外，總可置之不問。單單只是個生死事未了，實不能自慊于懷，爲可歎也。眼前如陸開仲、周野王，皆化爲異物矣。同年中相繼而去者屢屢，如此歲月，豈堪把玩乎！

聞受之習静山寺，甚快，甚快！弟比來不喜飲酒，每飲至十餘杯，即半滴不入口，入口便覺不快，亦非有意要禁之也。惟見妖冶龍陽，猶不能無動。然以病軀，不能不爲性命自制。所幸入眼多鬼魅，又添我助道品耳。往病中恐不復活，故以近日詩文入梓，及梓成而病愈。至今日看之，覺出得稍早，意更欲秘藏。蓋此道亦未易，我輩亦駸駸乎如川之方至，非其税駕所耳。漢卿兄當如命青盼之，但近日遊道寂寥，爲可嘆也。有便即寄字，萬萬。

珂雪齋遊居柿録卷之一

1 萬曆戊申十月初一日，住篔簹谷。予以丁未下第，館于漁陽蹇大司馬所，至是年三月始歸。先是中郎官儀曹，丁未冬南歸途中，聞銓部之報。是年春復入都，予留家中。篔簹谷内，竹日茂，花日盛，中添亭臺數處，頗懷棲隱之志。

2 靜居數月，忽思出遊。蓋予篔簹谷中，甚有幽致，亦可以閉門讀書。而其勢有不能久居者，家累逼迫，外緣應酬，熟客嬲擾，了無一息之閒。以此欲遠遊。一者，名山勝水，可以滌浣俗腸。二者，吴越間多精舍，可以安坐讀書。三者，學問雖入信解，而悟力不深，見境生情，巉途成滯處尚多；或遇名師勝友，借其霧露之潤，胎骨所帶習氣，易于融化，比之降服禁制，其功百倍。此予之所以不敢懷安也。

3 偶晤龔靜亭八舅，語及遠遊事。予曰：「遠遊原不爲名利事所迫，不若從水爲便。然水道又不若自買一舟，載糗糧其上，不論遲速遠近，庶幾遇好山水，好友朋，可以久淹其間，極登涉盤桓之趣，不爲長年輩所促。又江湖間多風濤，惟屬己舟，可行則行，可止則止，便莫大焉。」舅云：「我有一舟，係我自作，極其堅固。又長年係我熟用者，今以付甥。」時舟正在郡城沙市也。

4 從邑中渡江，往郡城治裝。夜，風色甚惡，濃雲四布。至曉開霽，江水微波，風日清美。至黃灘少憩。按黃灘，王梅溪集内作黃壇，必有所據。

5 往江上看靜亭舅所與舟，甚堅完。坐舟中，用江水烹茶，甚佳。因散步市上，憶二十年前到此，游女如雲，今蕭條可嘆也。

6 榷關沈水部冰壺見招，飲于浄業堂，中有「妙嚴堂」三字，旁書「春樹彌陀佛，秋花觀世音」，昔黃平倩筆。因與冰壺論近來書，黃平倩、董玄宰，真可追配古人。玄宰窮其法，平倩出己意窮其趣。平倩以告病歸，迂道入楚，會葬先伯修。所至乞書者如林，平倩亦不爲厭，隨意揮灑。故郢中得平倩墨跡最多。爲予書歸去來詞、百泉試松蘿茶及和余西陵別詩，尤爲神品。

7 訪客承天寺，即古羅含宅也。君章爲從事居此，後以爲寺，有黃魯直碑在焉。

8 渚宮故事載：「君章厭喧嗜寂，徙居城南三里。」而盛洪之荊州記謂：「距城西百餘里，瞰川爲樓，因名羅公洲。」則此處實其廨舍，而城外江上，皆其移徙處也。「歸而蘭菊叢生」，指其從郊坰還廨舍耳，非其家也。君章家耒陽，而仕于荆，史稱「致仕還荆」，謬矣。宋紹定間，羅愚官此，始于此地建叢蘭精舍，而魏了翁爲之記。

9 黄魯直以史事謫黔戎，凡八年。起謫籍，出江陵，爲承天院作浮屠記。後當事摘其語，貶之宜陽。此文尚不敢編之豫章集中，況豐石乎？今碑亦屢刻者，非宋物也。

10 過江陵故宅，爲之淒然。此宅視李文饒平泉，差足相當。文饒戀戀平泉，不欲子孫以一草一木予人，而其後死于海上，僅托令狐之夢以歸，則其視江陵事又慘矣。文饒、江陵，才氣相當；快意恩讎，亦略相當；其遇禍亦相當也。

11 閒遊江上，赴南湖十方菴齋。十方菴一名衆香林，黄平倩題額。初以十方行脚者至此無所棲息，中郎與蘇中舍雲浦，共倡議爲之。行之數年，佛殿僧寮，差有次第。有吴僧坐關，以三年爲度。訊之，不知參求，惟持六字耳。予等終日奔波不停，躁若獼猴，彼難行難行，自可欽敬，其餘不必問也。

12 得中郎都中書云：「真知熱官之不可作，去之惟恐不急。」其懷抱可知也。得李本寧先生書云：「近讀漁陽集，不知雁字詩，便中幸寫寄我。」雁字詩，乃予丙午春間作。因僧無際作得二首，予與中郎于橘樂亭前相角，共得詩十首。後龍朱陵見之，歎以爲佳，亦和得十首；龍君超亦得十首，曾、雷二太史各得二首。余詩刻之篔簹集中。

13 朱吏部上愚別墅觀書畫，見東坡墨竹一軸，上題曰：「西堂對叢篁，感而作此。」字甚遒媚。後有宣和印，題曰：「筆精神妙者此也。」下有柯九思題贊。又見黄山谷字一軸，并錢舜舉羅漢卷，後有董太史跋字。

14 新安夏道甫處出卓吾未刻書詩及尺牘，丰骨凛然，令人起敬。予所作李温陵傳，道甫用行書書數紙，甚可觀。有旁觀者，問：「卓吾嗔性何重乃爾？」予曰：「此亦是習氣未除。譬如千年陳冰，即有杲日當空，未易消釋故也。然其見地甚真，入路甚正，一時之龍象也。」

15 道甫處又見龍湖書伯修海蠡篇一紙，爲千古已悟人發藥，因記于此云：「予讀袁石浦海蠡篇已奇矣，兹復會石浦於龍湖之上，所見又別，更當奇也。大學道之人，不患不放手，患放手太早耳。聰鋭者易放，魯鈍者難入。豈誠有聰鋭魯鈍之人哉？無真志耳，不怕死耳。好學而能入，既入而不放，則其放也，孰能禦之？因爲書其後，候再晤焉。」予讀此數過，參求之念愈切。

16 東裝已完，復回公安，發舟，舟中裹一年糧，載書畫數笥。晚抵石首，泊沙阜磯。

17 移行李石首城中玉田寺僧舍。雪霽，步至殿上，瞻禮金容，清慈不俗。曝日閒坐，見東峯猶帶殘雪，即欲往，以泥濘暫止。後有大士，僧云漁人從白泥湖網得者。其像甚佳，與荆州護國寺自來佛相似。按玉田寺，乃葛仙翁鍊丹遺跡，天下凡十有三，此其一也。

18 晤曾太史長石，登宅後山，有石楠一株甚茂，太史石楠館所由名也。繡林東峯半在城，人家倚山麓爲居，故宅後皆有山可眺望。

19 王中翰新居，亦枕山門，境有方塘，貯水可十畝。松桂數十株，森秀蓊鬱。壽藤一大壁，作殷紅色，雜以碧緑。旁有盤石一具可弈。中翰云：「此處有洞，可容數十人，今封閉未開，其徑路亦迷，恐有他藏，亦未敢開也。」由此登山，可數百步，巖石磊磊。至左極高阜，望見江及遠山，可亭。中翰乞名，予曰：「可名爲遠帆亭。」乞聯，書曰：「天際識歸舟，雲中辨江樹。」

20 中翰出米元章、趙子昂真蹟一卷，米書凡八紙，俱説造紙法，及生平所用紙，語甚有致，字尤遒勁，真顛筆也。子昂自書七言律十餘首，亦子昂之得意者。予因作數語其後。

21 張茂才翁伯草堂，見周昉樂春釣魚圖，上有宣和印，色鮮如腥血。後有「宣和製」數字，似是徽宗筆，然考跋語，非也，乃周昉耳，曾經宣和裝潢故也。其事乃唐玄宗同諸王至樂春理釣，冠服皆同：一人持釣竿，一人盤坐隔溪，一人坐樹上，一童子穿釣絲。止四人，神情生動，信非昉不能作也。劉松年畫盧仝煎茶圖，寫「松年」二字樹根上。後有李復及楊鐵笛維楨跋。宣廟畫蟾吸樹上蠅，御書「賜楊溥」。唐伯虎畫東坡小像，後有劉忠宣、黎文僖、李崆峒、左國璣、文徵仲親筆。玉堂清畫卷，乃文簡公出使，別詩有何大復、薛考功、孫我山、楊升菴、王廷陳諸公親筆。謝時臣畫陽峯圖，陽峯即相公所居後山名。樊川許宗魯詩一卷。郭清狂老人二童對弈圖。陸深梨花二絶便面。并練雀啄石榴欲破便面。盛子昭竹三軸。夏仲昭竹，李西涯四體南堂詩。陽峯公旅寓自賦七言律一首，後有張龍湖、廖鳴吾、童內方、孫世其親筆。

22 長石諸公，相約遊東山，王中翰攜歌兒一部以往。登山，見大江浩浩焉約其下，江光浩淼；了不知其極也。前對黃山，有若展旆。日暮，移尊至水邊亂石上，人各踞一奇石而飲。絲竹交作，水石戰聲瑟瑟，漁舠上下若飛。偕游者爲張翁伯、王伯雨。

23 王中翰出趙千里百鳥圖，幅不盈數尺，而百鳥呈態，亦臨筆之最佳者，非千里也。後有金幼孜、曾棨跋。馬仲穆馬，柯九思跋。文衡山長江萬里圖，精工甚。錢舜舉明皇講易圖，三楊相公跋。解大紳草書早朝詩，不落款，實是大紳得意筆，無怒張態，可寶也。

24 將東遊吴越，從石首發舟，已近巴陵，會寒甚返棹。抵繡林，以字聞長石。長石即入舟中，云：「歸來甚是。我正欲言之，前途荒甚，恐有他失。」王伯雨聞之，亦來舟夜話。

25 舟中晨起，坐東山磯頭亂石上，石雖不甚秀，頗有如大屏障忽中泐者。石罅繫漁舟數個，宛似圖畫。王茂才天根與伯雨、翁伯三人來，云今日可遊南山，遂相與步往。至山下般若菴，則長石及王孝廉龍嶼、王茂才雲翼，皆在菴中矣。諸公俱留，獨予與天根、伯雨、翁伯同登絶頂。此山名龍蓋，近帶江流，遠視華容東山千峯，如在几席。有李衞公祠，即衞公征蕭詵屯軍處。山左有徑路，可達于石頭菴。石頭菴者，即禪友冷雲所居處也。冷雲與予兄弟相聚最久，禪已有入處，不幸年未及五十而亡。今惟一塔蕭然，殊念之。菴後見南山亂石一壁，石浪滂湃，亦一佳處。從平路之般若菴飯，遂歸，別有記。

26 王孝廉因是處，閱解大紳親書楊文定公尊人傳。楊翁蓋公安人移至石首者也。并西涯相公四體書，後有行書舊作七言律十餘首，甚佳。

27 移居王龍嶼江亭，亭臨江開窗，烟波萬狀，應不減子瞻雪堂。

28 已發舟回公安，而長石忽至，云：「今日且爲我留一日，一友人王養盛家小園可眺也。」遂同至其園。長石取楊升菴親筆茶約來閱，語亦佳。

29 發舟歸公安，宿于郝穴。舟中無事，讀書改詩，焚香烹茶，書扇，便過一日。

30 與龔舅散木及静亭，方平弟登舟，移至江北沙上，席地坐，畫字爲樂，稍悟古人印泥畫沙之妙。風少勁，移近岸，聽其蕩漾。煮魚温酒，倚醉豪歌。見夕陽作殷紅色，點綴洲渚。

31 龔太學齋中，見沈石田所寫天鵝，及班彦恭行書二幅。彦恭，元人，別號恕齋，與貫酸齋、楊廉夫齊名，號爲詞曲當家，書法清健出塵，不在趙王孫下。

32 夜，雪大作，時欲登舟至沙市，竟爲雨雪阻。然萬竹中雪子敲戛，錚錚有聲。暗窗紅火，任意看數卷書，亦復有少趣。自歎每有欲往，輒復不遂，然流行坎止，任之而已。魯直所謂「無處不可寄一夢」也。

33 夜夢入一廟，自忖身上不潔，乃默持唵藍字真言，想一梵字于頂。俄見神爲關公，下座來相揖云：「公首上畫幡寶蓋，光耀非常，此何祥也？」予曰：「偶持浄法界真言耳。」

34 大人壽日，宴于息心堂。散木舅酒間善謔，作貓聲逼真，令人笑絶。

35 天霽，晨起登舟，入沙市。午間，黑雲滿江，斜風細雨大作。予推篷四顧，天然一幅煙江幛子。

36 早至沙市，江心皆沙渚，行舟泊舟甚難。然水淺可泛，此中人不知也。泊于觀音寺前。

37 吴范東生來訪，夜與閩友姚百雉同乘小舟江遊。夜半置酒，乘小舫自酌，嘯歌東下，風濤際天，四顧昏黑慘澹。

38 弟方平來市韓居。公安城日就圮，止斗湖堤差可居，而荒野寂寥。中郎有書來，以縣中所市園居市去，以易此宅。韓爲姻友，其居有樓可望江。官貧，不能全處價直，幸可續與，故忍痛成之也。若予者，則止用小樓船往來江上，隨風上下，追陶峴、張志和諸公後耳，不復問置宅事矣。

39 發舟歸公安，兩岸人家，皆在雪中。風順，飛帆甚駛。時園中臘梅盛開，古梅正吐蕚。

40 得龍君超、君御弟兄書，皆期予至花源。便過五弟天華館春草堂，時老衲月江來，同至其菴烹茶。此菴名法華，上有黄平倩所題「精進林」三字，筆勢飛舞。月江善栽柏，菴前後皆古柏。經年不出户，亦修行僧也。其地與五弟園鄰。

41 將取道澧陽，爲花源之遊。從篔簹谷乘輿，過竹林觀，即寇萊公祠也，地即枯竹生筍處。宋南渡後，孟忠襄經略荆土，蜀士來依者，多居此祠。淳祐中，眉山史慶長名繩祖，來此講學二次。繩祖，即著學齋佔畢者也，極博洽。萬曆壬寅，黄春坊平倩道出此地，有詩。

42 過孱陵，街有城遺址，係孫夫人築。抵三穴橋，登舟。水由大江至虎渡入河，注于邑之右臂，可通洞庭、長沙、桂林之水。予山村去此可六十里。時水落，而湖水出其上者，忽穿一穴下注，宛似瀑布矣。宿于潘氏河。

43 天清霽，微風初日，宛有春色。過車台湖，維舟于孟家溪，即長安里也。登岸，緩步過珊瑚林，穿荷葉山。山中喬木參天，松濤瑟瑟。息于先居，閱板扉上舊題字。晚飯于雲澤叔園，喬松虬曲，老桂婆娑。弟宗柏云：「前日有一冠蓋至此，云松樹止宜丘墓間，書室間安用此物？」予笑而不答。

44 戊申除夕日，由孟溪發舟，至四水口。此地多松，分天隔日，莫可紀極。湖水晶瑩。何處無棲隱之地，人不識耳。

以上戊申冬季

珂雪齋遊居杮録卷之二

1 萬曆三十七年，歲己酉，正月初一日，舟次邑長安村四水口。是日立春，天清明無纖翳，微風不波。予晨起即焚香静坐。北風漸勁，飽帆而行，方知「逶迤尋壑」造語之妙。

2 偶有鸕鷀舟數十亂于河，背上各染五色毛數莖爲識，真老杜所謂「家家養烏鬼」也。宿于白洋湖。登岸，見湖水極澹，澧州之山色在望矣。

3 舟中望澧州嘉山，山雖不竦秀，而多深松。自此兩岸多垂楊，漁家櫛比。近津市愈清澈，下了了見石子，石上多緑苔如鬅鬙，隨流蕩漾，又如長麈尾披拂，故水映而成緑。乃知有山處水多緑，以下多石苔故也。若沙泥爲底，水多渾，無緑色矣。對岸關山，其上爲彰觀山，道書四十四福地。宋明道中，黄道沖、范靈二仙飛昇處也。上有寧極觀，今敝。闕山阿有大同寺，依山臨流，喬松曲抱。殿後漸高，踄趿而上，見大松一株，圍之正得十尺，十餘年來見松無大于此者。俄寺僧出肅客，請予入方丈，茆屋泥牆，宛若農家。置酒，頗清冽，爲飲數杯。予舟中酒亦至。遂至松下，坐石上共飲。強僧來，僧已醉，惟張口欠伸而已。晚登絶頂，大約山不甚秀，獨松樹幾百萬，如城如陣，亦是諸山所無。小僮爆竹，山應谷答。日已暮，下河岸，遇一老叟，譚農桑事，出佳茗。

4　從山下易小舟，山前有洲如月，水流其中成曲。湖上楊柳森秀。山間偃蓋之松，枕藉岩阿。從此水益清，下見礫石，灘上流聲瑟瑟。午至澧州。

5　遊龍潭寺，寺即龍潭信道場，德山得法處也。前有焚經臺，即周金剛焚青龍疏抄處也。憩遇仙樓，洞賓醉岳陽後飛過洞庭，正是此地。樓跨城臨水，前有仙眠洲，洲上有小亭，即李羣玉詩人水竹居也。羣玉字文山，專以吟詩自娛，好吹笙，工急就章。親友強之赴舉，一上而止。後裴休觀察湖南，厚禮延致，遂薦于朝，授秘書郎。唐詩品彙又云：「宰相崔鉉薦」。意裴、崔二相交薦故也。後改天禄之任。歸涔陽，經二妃廟，題云：「黄陵廟前春已空，子規啼血滴松風。不知精爽落何處，疑是行雲秋色中。」羣玉疑春空遂至秋色，欲易之，恍若有物告以二年之兆，後二年果死于洪井。段成式哭之曰：「曾話黃陵事，今爲白日催。老無兒女累，誰哭到泉臺？」羣玉蓋無兒也。松石軒詩，評羣玉之作，如「孟賁扛鼎，裴旻舞劍，觀者屏營，雖有矜色，亦自可偉。」考羣玉進詩表尤爾雅，其略云：「臣居住沅、湘，宗師屈、宋。楓江蘭浦，蕩思摇情。蕪類之餘，過于喬野。爨桐不爆，俄成曲突之烟；埋劍無光，永作幽泉之鐵。」亦佳句也。進詩訖，延英口宣勅旨云：「卿所進歌詩，異常高雅，朕已覽遍。今有少錦彩器物賜卿，宜領取。夏熱，今比平安好。」夫以草莽之臣，一旦以制作仰塵睿覽，遂蒙温語叮嚀，具見先朝人主之憐才，羣玉亦不可爲不遇也。過其故居，感其遺事，不能無企羡焉。夫澧之山空而水碧，去予里僅一日程耳，予四十始來此，可發一笑。

6 游彭山。彭山者，唐高子彭王元則爲刺史，有善政，民祠于此，山因名。史載其奢，不知何以有永思也。

7 從蘭江驛擢小舟郊游，憩于聽江樓。樓後多木筆，皆合抱。遠望有美松如錦屏，步往視之，乃王孫園也。

8 正月初九日，爲武陵之遊，便過龔太學涔浦宅。邀小飲，席間出一妓，貌可三十許，初不相識，久視意態依稀如曾睹者。訊之，乃十三年前曾會于沙頭，李姓賽名者也。備言別後爲一浪子掠賣，轉徙九溪、永定間，垢辱苦楚，所不忍言，今髮亦髡去矣，言與淚俱。予憐而解遊裝贈之。遂別去，渡河十里許，漸入萬山中，青松拂面，明月在地。夜宿清化驛。

9 輿中見山色，波頭起伏，遠黛可餐，如撥筍解籜。經藥山，山尤竦秀。餘如藥山者甚多，都不暇訊其名。大略至此，偃蓋之松，總同稻麻矣。至大龍驛，輿夫以不及抵城爲辭。予曰：「村店中頗浄，得此半日閒，亦非細事。」乃取水洗面濯足，用熟火煮茶，與同行老友吉人任意閒遊。過驛得橋，流水汩汩。遠望山松如城，訊樵人，則曰此榮邸園也。喬松夾道十餘里，流水繞其前，長橋跨之。溪澗迴環，雁齒相次，中峯壁立，兩山環抱，袖褰帷合，層不可數。彌入彌深，爲松梵鳥聲所誘，澹然忘歸。頃十餘里，四壁徑絶，倚山傍林，時有田疇。牧唱樵聲互答應，爲嘉遯者之所留連也。日已西，尋舊路歸。松陰滿路，風至微濤，水聲不絶。與吉人拊掌曰：「此輿人之力也。」按大龍山古道場，今廢爲邸園，末法宜爾。

10 過梁山，舊名陽山。武陵舊經云：「陽氏之女，雲夢之神，祀于兹山。後以梁松廟食其上，因名梁山矣。」俗以陽山之神爲帝女，故以帝壻配之耳。松有何功德于此土，而廟祀之也哉？按水經注：「武陵郡嵩梁山，高峯孤竦，素壁千尋，望之苕亭有似香爐。其山洞開，玄朗如門，孫休以爲嘉祥，分武陵置天門郡。」是梁山名嵩梁，又不以梁松名也。

11 龍孝廉君超齋頭見紅梅一樹正開。屏上乃石刻鮮于伯機草書千文，字體弈弈神全，妙有二王法，乃知古人未可輕也。伯機，漁陽人，元大德、延祐間，與吳興趙孟頫、巴西鄧文原齊名。伯機見葉秋臺書，反覆諦視，至欲下拜。古人虚心如此，所以不可及。祝允明評伯機書，如「三河俠少，長袖善舞，豪鷙自擅，時落胡俗」。似亦未確。

12 龍大參君御置酒勝果園，園臨流水，有三層樓可眺。壁間畫有吳道子大士、閻左相草衣文殊。易元吉于杏花及牡丹花下畫一貓，仰雙眸正向日。上有董太史題語，以爲非元吉，乃李椿也。

13 移寓清平門外大士閣。閣臨江，開窗即見白水。

14 君御處讀補陀靈應傳，有感焉，今志其略：龍渠陽公，諱德孚，二龍君父也。丞四明，往補陀勘問破律僧，事已竣，謂衆僧曰：「爾曹祝髮爲沙門，居名山，乃破戒噉酒肉。已往姑勿論，自後敢有犯者，佛律與國法咸無赦！」查僧房約三十二，命取蓮華經三十六部來，燬之火，而令衆僧跨其上，誓無再犯。時參將吴姓者，從旁止君，乃命取一部火之，衆僧悉跨焉。處分畢，君乃輿至後殿，拜禮如來。甫拜下，即覺兩髀病軟，不可舉移，兩人掖之以拜，遍體陡發大熱如熾。即扶入禪房，疾遂委頓，胃間結一片大于盂，堅于石，楚不可忍，漸至昏憒。見沙門雲擁霧集，若有所按治者。有人若伽藍者，奏曰：「此雖得罪大法，顧其人實奉道愛民好官。」內傳佛旨曰：「奉道毀道，尤當重處。姑以愛民，故罰作三石牛嗇官。」「三石牛嗇官」者，不省其云何。君念此必冥官之號，如是某死矣，力求懺悔：「某不知燬經之罪乃爾，自今而後，願奉齋持戒，免官入道以自贖。」久之不解。即有人送「三石牛嗇官」劄子到，君固辭不受。有大智禪師者，亦力爲之祈哀，誦經念懺，願以身代。又久之，始得兆許懺悔焉。大智從定中見一鐵圍城，城中死人纍纍，並裸卧，君亦在卧中，獨不裸。大智至心營解，忽見空中下白毫光一道，若有人推出之而甦。君見沙門萬人，問悉從何來。咸曰：「我輩給孤園善智識也。」並讓君燬經。君曰：「燬經知罪矣，願以百償一。」而捐俸齋萬僧，稍稍散去。其夕，家童于昏黑中，見兩玉女雙髻，手執幢蓋，遶君牀而過，砉然有聲。幢脚拂僮面，僮驚起大呼。君病良已。是時不粒不瞬十日矣。予見其事，因果歷然，身毛爲豎，因存之以助人道心云。

15 同新安小友郝公琰過江，沙上閒行。尋古寺觀，皆荒落。道旁時見古樹叢竹。

小憩後，君御遣人來約，過九芝堂看書畫。門内太湖石一峯，可丈餘，玲瓏竦秀。訊之，乃金陵徐氏東園鳳凰山上主峯也。徐氏乞君御文，以此潤筆。堂上畫一軸，乃僧傳古畫龍，上有班恕齋題長歌。畫法甚古，歌亦姸妙，與予所藏大字二幅同一體勢，印章亦同。班諱惟志，字彦恭，詩文書法，皆臻其妙，而予等不熟其名，皆由讀書不多，且爲近日文士勸人莫讀宋、元書所誣耳。今觀其率然題畫詩，即國朝二李決不能勝之明矣。大率自宋以後，風流韻人，亦自不少，而篇章散佚，又無人以表章之，所以易至泯没，此本朝人之責也。案上百乳鑪一、豆一、古哥窑爐一。古瑟一，遍體牛毛斷，間以梅花圈，拊不留手，微作殷紅色，腹内隱隱有「貞觀二年蜀僧某」數字，字甚工。夜徹燈視之，光絶奪目。卷有周昉美人調鸚圖。子瞻竹一卷。魯直贈周彦長歌一首，後有子昂及管夫人道昇印章。徽宗荔枝圖。坡仙懿蹟圖，子昂筆。豐考功竹一卷。仇十洲擊梧圖。畫有北宋人山水一幅，無款，董玄宰題云：「北宋范華原中立畫，與李咸熙並稱神品，爲一代名手，此幅尤爲奇絶，與吾家所藏輞川招隱相似。武陵觀于龍禮部齋中，咄咄嘆賞，得未曾有，禮部所藏，以此爲甲。」梅花道人竹一幅，旁作石一片，自題云：「傍雲倚石太縱横，霜節渾無用世情。若有時人問誰筆，橡林一箇老書生。」觀此詩，其瀟洒可知也。又公望山水一幅、朱澤民仿郭熙山水一幅、燕山徐元題元人高克恭仿老米山水幅、錢舜舉蒲萄花鳥一幅、趙千里東作圖一幅、戴文進山水一幅、戴文進仿郭熙雪景一幅、杜檉居槿題紅葉一幅、元人俞漢遠仿郭熙山水一幅。日已暮，如沈、文諸公者，皆未暇觀。晚與君御同飯伊蒲，歸至大士閣，開軒窗看水上月。

16 同君超、公琰步至對湘樓，有三層可眺。梁山在其後，大江繞其前，德山隱隱在望。後園竹樹陰森，君超云：「予檀園去此不遠，可同步往。」園竹樹爲水所淤，稍凋殘，然堂宇華整，甚可住。以多檀樹故名。偶譚及舊跡，君超云：「往有劉禹錫碑一具，石不方不圓，隨石左右前後書之，内載玄都觀裏栽花事。聞爲世家移去里中，今不知所在。」

17 往遊德山，舟下灘甚急。水經注：「沅水又東歷小灣，謂之枉渚。渚東里許，便得枉人山。山西循溪，茂竹便娟，披溪蔭渚，長川逕引，遠注于沅。」即今山溪是也。楚詞惜誦(一)云：「乘舲船以上沅兮，齊吴榜以擊汰。船容與而不進兮，淹回水而凝滯。」蓋指是水也，以逆水故凝滯。又云：「朝發枉渚兮夕宿辰陽。」則枉渚之名，其來久矣。山路甚淨，有大樹五六株，盤結石岩中，根磊磊爲怪石。訊之，則株樹也，千年物矣。門徑倚山傍澗，松篁夾道。君超曰：「且登塔院，而後至寺。」院前有斷碑一，依稀見「無事于心，無心于事」數字。登塔，守僧喃喃「塔長三寸，吾當再來」之讖。以手量之，今果二寸餘矣。塔像孤硬甚，手持一棒，相傳即老宿手中物。塔後老樹一株，膚色如鐵，可百圍。出院，復行山路半里許，始抵寺。寺内古柏杉各一株，柏身如石一峯，上飾瓔珞。登殿，佛像甚弘麗，像之大，爲楚中諸刹第一。殿後有斷碑數具，聞有周公必大碑，不知所在。從殿左憩于青蓮社。登嶺，皆修篁老樹。日已暮，君超曰：「且留善卷台，宿青蓮社。」夜飲。夜分雨滴竹葉，戛戛有聲。卧甚甘。

〔一〕按惜誦當作涉江。

18 枕上聞滿山黄鸝聲，入耳圓滑，因憶老杜「丸藥流鶯轉」之句。晨起，濃雲已散，宿霧未收，初日耀如金鉦，掛松枝上。飯後，尋孤峯路，遍嶺皆修竹，間以古樹，人從竹中行。嶺上楠樹甚古，根可坐，週圍正得二十五尺餘。竹中得少平地，有老桂三樹，可菴也。取故路，復行竹中一里許至善卷台。堦下老梅一株，正吐蕚，滿地鹿胎。台可遠望，曉霧尚深，不甚了了。從台北登孤峯頂，望大江，積雪圍繞。至此頗厭松多，以礙看江也。歸青蓮菴晏坐，君超卧。予與公琰散步石嶺松竹中，兩山窪處，有田數畝。予謂公琰，高原有松處決可望江。步往，則嶂開江流，如帶環之。藉草而坐，恨無數椽于此，朝夕瞰山色，聽江聲也。午後，復至善卷台。蓋曉起，遠村平林，盡入烟霧中，時天晴，霧漸開，可遠望。及登台，霧稍散，亦不甚了了。君超諸公不知予等何往，乃遍覓之，至舟中不得而還。夜飲，煎鮮筍湯薦酒，風味甚佳。大都此山之勝，在臨水，在道途迂曲。老樹、壽藤、新篁極夥，微乏泉石耳。此與記互有同異，並存之。

19 出山入舟，烟霧微見峯巒，絶似老米墨氣。舟上灘，予等登岸行，道旁多古梅。

20 賴太學出元刻趙文敏全集，字精工甚。以爲文敏親筆，非也，學文敏之極肖者耳。考之，乃花溪沈璜字伯玉筆。前有一序，字法甚佳，語甚有致。仇十洲春宫游樂圖一卷，宫娥皆長三寸許，而眉目媚絶。

21 從下石櫃發舟，至清平門外，市薪米，往游桃源。偕者爲公琰、吉人、君超、君御皆不及以聞。過槐花堤，風颯颯上帆，舟人皆喜。兩岸時有老梅繁英，晃耀叢樹中。初欲游桃源，好事者謂桃花未開，景物不妍。予曰：「今梅花正開，以一梅抵十桃，不亦可乎！」時新柳嫣然作嫩色，長條漸垂。亭午，忽聞沸水聲如雷，則魚梁也。魚梁若方橋之半，又如棧道，故亦名梁棧。而上危下欹，四圍皆以細杉爲柱，密若魚網，兩旁若蝦鬚，縛柳爲之，近狹遠闊，導魚躍梁也。一里許凡二魚梁，每一梁則有怒濤疾雨聲，而其所以得魚狀甚慘，予惡聞之也。漸行至河洑山下，已暮，但聞流泉聲汩汩入夢。以下有記，稍與此有異同，故並存之。

22 早起，登河洑山。山雖不甚高，而峯巒曲抱，不識山巔所在。從密楓樹中屢折屢陟，始見觀左文昌閣軒窗。又折而南，乃見山門，前對大江。詣閣中少息。遂下山，坐山脚石根上。石色如初霞，右一石如人吐舌，左一石如郎當舞袖。兩石中間，有泉淙淙下注，石子小洲墳起，如舌者，旁爲千萬年水所嚙，横泐而成洞，可蛇行入。其下多餘竅如袖者，緣袖而下，石多爲水所穿，水痕中可坐掬江流，大魚時擲。中郎記此處但云：「兩霞石，映緑潭甚麗。」是時水漲，不見石根故也。然此石佳處正在根，非水落石出不見。予坐石上，以手探桅上五兩。入舟，見岩阿有緑樹蓊鬱，舟人曰：「此龍氏墓田也。」十里許，抵鄒溪。又十餘里，岸上山雲起，嫩緑滿山。此後多灘，舟頗難上。予拉遊侶步行，覓石子之有奇紋者不可數。復登舟，此後山不復斷。近桃源縣，山頭起伏如騰波，如千簇花瓣，刻露生動，予生平所未見。將抵縣，過古寺，見一人道上，素蓋騎馬，軒軒而來。細視之，則君超也，相顧大笑。蓋君超聞予來，急追之，一日行八十里，俱同時抵邑中，不差晷刻。君超下馬登舟，予云：「初過河洑，及近邑諸山，都無起伏，不滿人意。此數山曲折，真是尤物。」君超笑曰：「去此數十里，視茲山皆疥駱駝耳。」予遣人持字訊江伯通，移時至，云往靖州去久矣。伯通，江緑蘿先生子。先生有隱德異才，待予不啻兄弟，不幸早世，予至此欲哭之於墓，值其子伯通不在，不果。舟中與君超諸公夜飲。君超宿于岸上。時燃江燈資冥福者，千炬列水中，亦奇觀也。

23 將曉，微雨滴瀝，甚爲山行憂。曉起梳櫛後，天放晴，往學宮石墀上看山。其尖秀玲瓏，竦峭瘦削，若有鋩刃不可迫視者，即緑蘿山也。已舟過山下，見一山中泐，其半落水，僅存石壁，苔蘚蝕剥，不獨色之妍冶，骨尤遒勁。酈道元云：「沅水東帶緑蘿山，頹岩臨水，懸蘿釣渚，漁泳幽谷，浮響若鐘。」今去數千年，岩猶頹然也。又黄閔武陵記曰：「緑蘿山素岩若披雲，寒松摭翠流，風叩柯，則有宮商之音。」今山上亦多松。君超曰：「此山中良田美宅，如仲長統所言者甚多，無處不可避世。」自此以後，山勢一步一顧，五步一折，佻達儇巧，欹側冶媚。又十餘里，江漸狹，山坡間時有人家，竹樹駢羅。至白馬江，覓所謂雪濤者無有，但存亂石，水落故耳。白馬浪光之天，傷哉其慳緣也。由渡口攜酒核入桃花源，行亂山中，幾迷路。久之，得斜徑可陟而上，乃桃花觀後山，即瞿童瀹鼎池也。遂由徑路往，見梅花五六株，紅白間發，如一山積雪，照耀空谷，數年來看梅未有暢于此者。松一株，旁枝攖拏皆下垂，遒古甚。時渴極，飲清冷酒數盞，并以酹花。池上室宇甚敞，道士皆閉門不出。殘碑不可讀。遂由宫右小徑以達于宫，萬山圍繞，了無出路。日已斜，急從馳道上，行至一處，桃枝夾道。可半里許，間出紅梅。漸入兩山，中裂若永巷，門内有亭可憩。前有方池，流泉淙淙下注，作碧沉色。時山行方七八里，倦極煩熱。忽聞流泉瀉澄潭，心脾頓開，煩火遂降，乃知泉石之能療病也。共取泉水吸一盂，甚甘。循水脈行，漸陟漸高，凡八九級。其級去下遠者，則水若瀑布，忽落地有聲甚怒。石爲水所齧，駁蝕崚嶒，作深碧色，如靈壁。又上數百步，磴左壁，隔水石上有碑一方，俱苔蝕，皆古洞也。洞門爲亂草封閉，莫能入。守僧云曾以長竿探之，莫知其際。然此洞實見成，不必穿鑿者，但除去莎草，自可漸通人跡。此中無好事者，空令康樂笑人。或云此山腹皆空，度此穴，即仙都矣。恐有仙靈呵護之，終古不得開也。陟級又百步，兩山愈狹，上有石泉下注，有亭十笏許。坐石牀上小飲。欲再窮泉脈，而磴甚危，不可復升。公琰癯，鳥行而上，久之不見來，既至，則云：「以上泉鳴草中，從地向上沸，山深可畏，莫能窮也。」遂尋舊路下，至前夾道桃柳處。山僧曰：「過半月則數里紅酣，爍人目睛矣。」予恨不能待也。出山口時，有紅梅。至水溪，已暮。入舟中，與君超夜飲。投瓊，正得一二五四，真所謂「二士入桃源」也。相與大笑。

24 以舟人不熟山路，復買一小舟爲鄉導。風甚勁，一帆走鈔蘿村，過仙蛻石。遠山黛色，如縠紋波。至甕子，大石數千百丈，側立水中，皆作赬霞色，雜以緑蘚，若劈若裂，皺雲泐霧，鐘鼎几案，龍鳳象馬之形，種種具備。磊磊入潭，亭亭直上，顛或外垂，根時内却，旁壁千仞，有如削瓜。仰而視之，神魂驚悸。既已陡絶，不受一塵，猿猱莫攀，飛禽靡托。理絶穿鑿，而方洞纍纍，内有黄腸，俗云仙蛻。仙與非仙不可知，然要之必鬼工也。里許，至漁仙寺，登閣一望，萬山環抱，乃若有視瞻性情，甚可憐愛。有洞數處，云伏波避暑洞室。過洞，三峯錯峙，石理爛斑，隙地爲田，紉接處如永巷可室。返舟，天風大作，珠雨隨之。飛帆破浪，頃之已至穿石。未至石十餘里，如髻特出，已見一壁側峙水上如天闕，別峯乃似鐵城。闕中望前山，如大理石屏，山瀾疊疊。青衣爆竹，山應谷答。復登舟行，回視之，宛視香象截流渡河，闕處如以鼻柱吻，上泐者似雙目。中郎記云「尤物」，信矣。舟行，風雨漸作，亂石出水中，有類突星灘，亦有似硯山筆牀者。日已暮，雨大注，遂宿亂石邊。夜與君超、公琰聽雨閒話。

25 曉雨不止，予起披衣坐，雨淋淋滴蓬窗有聲。一舟人皆熟睡，甚清寂。飯後，雨稍霽，乃留舟穿石，與君超、公琰同上小舟，攜健夫數人以往。去穿石十餘里，漸近闕内。所見諸山，夾道如屏，浣瀚之餘，堆藍疊翠，雖入雲巖，壁總千峯萬峯攢簇而成。咫尺皆有波瀾，曲折瀠迴，翻成動物。蓋山遠易于取態，至近而態不失者絶少。惟此一帶山，近在几席，而駁雲皺霧，弄姿獻媚，故予有「近山存遠黛」之句。山曲中，俄見白紅梅千百枝，晃耀巖壑，至此山如城如陣，遂窮去路。數折爲清湘溪，又數里，爲仙掌巖，不及登。水心巖已在望，飛帆直趨其下，巖在水中央，若江上小姑，亭亭直上，大似博山爐，絶壁澄潭，令人病悸。日已暮，舟小不堪住。久之，乃得一漁家，住魚網溪深處。移舟以往，黑夜隱隱，見兩岸山石突兀，尤可畏。地濘，須扶掖乃得上。至則葦門、草舍、土窟，燔枯而坐，茶粗可啜。共取酒爲歡，是夜大醉。魚網亦名怡望。

26 宿漁家，早起，青衣披衣大叫曰：「雪深三寸矣！」予急起觀之，遠近諸山，皆在雪中。急登舟，繞水心巖一匝而歸。石膚不受雪處，如三代鼎彝，古色照人。上石級爲冰雪封，不得上。然大約此山匝而視之，乃窮其勝，不必登也。君超曰：「中郎有言，吾此生得住魚網溪，日棹小舟匝岩三匝，吾願畢矣。今諦觀之，誠哉是言也。」魚網溪在亂山中，修處若永巷，狹處如九曲珠，較之清湘溪更僻，真可居也。自水心崖以上，見遠山一帶，封天玲瓏。然灘水難上，薪米漸不支，遂唱返棹。時日色漸霽，照耀諸山，如爛銀海中飛波騰浪；又如羊脂玉以巧手雕刻硯山。返至穿石，復登故舟，疾于飛。夜宿桃源縣。大約自桃源縣起行，至緑蘿，得佳山一帶。至白馬，江兩岸皆山，自水溪止。水溪左掖，遠山一帶，秀媚又過緑蘿。至澄溪左掖，遠山一帶，又過水溪，然皆遠山也。鈔蘿村無兩岸山矣。村窮，從甕子至漁仙寺，又得佳山一帶。十餘里，至穿石，又得佳山一帶。行至水心崖，將近清湘溪，兩岸皆山，如列屏，舟在千葉青蓮下過，爲佳山水之會焉，至仙掌崖復止。不數里，近水心崖，又得佳山一帶。溪山之勝，自穿石以後，窮極其趣，無一峯不似名人古畫。前此緑蘿桃花觀諸山，皆爲殿矣。自水心崖以上遠望，又有佳山一帶，恨不能至焉。予謂近此者不必更置園亭，但于魚絅溪上作屋三間，而以一舟往來穿石、水心崖間，即爲天下第一名園矣。蘭亭、梓澤，又何足云也。

27 從桃源早發，候君超不至，至則云：「有故人具雞黍相邀，并欲邀兄。」其意不可却，予不得已偕往。自辰至暮，幾百許杯，不飲，至跪地脱帽以勸，竟至委頓。是日，逢覆額子。

28 從桃源早發，過河洑山，飯於君超山莊。莊面溪枕山，亦一勝地。

29 晤君御于勝果園，同至北莊，可十里許。莊在青溪、黄溪之中，湖水當其面。共一門入，左則功德母菴，有樓可望梁山；右爲灈園，高閣曲房，排當甚有方略。溪繞四維可十里，泛小樓船其中，兩岸喬松，古木蔽虧，空山無人，好鳥和鳴，應不減輞川。按灅水，即汝水之别名也。水經注有灅水。

30 君超處看書畫卷。有劉松年香山九老圖，樂天簪牡丹花醉舞，諸老有擊節者，亦有對笑者。後有吳匏庵、邵二泉二長歌。吳詩較勝。宋絹畫德星圖，無款，寫陳荀父子對座，及諸龍下食。收藏印章，有「歷城開國」，不知何氏。趙松雪臨曹霸馬，後有南唐王玉林一歌，書法詩語，各臻其妙。詩云：「驊騮骨鬣奇，神雋真龍姿。初疑獻渥洼，又聞貢月氏。寶鞍錦韉黄金羈，曉隨仙仗立丹墀。退朝蹴踏入内廄，天閑十二不敢嘶。奚奴況是休屠兒，此騮性情心獨知。解來牽去從自恣，草青正值新春時。恍若蛟龍初起蟄，翻身直欲登天池，滚塵散作黄雲飛。將軍曹霸老畫師，秃筆醉掃知爲誰。前朝承旨宋王孫，聲名不減曹將軍。玉堂春晝無一事，戲臨此圖殊逼真。放舟訪古東溪頻，展卷使我思入神。嗚呼將軍不復見，王孫之蹟亦已陳，洪君洪君當自珍。」玉林不知何人，詩字皆可傳也，乃知負藻彩而不著名者甚多，良可悼歎。松雪書韓昌黎李愿盤谷歌，用金粟山紙，末書云：「試玄隱墨，墨至此不易得矣。」張貞居小書得意詩五首，其馴鷺詩云：「孑然馴鷺雪霜明，下瀨求魚自在行。碧玉燈檠雙足瘦，白麻衣袂一身輕。海鷗見事應何晚，凡鳥題門也不情。輸我鴛行舊儔侶，舉頭寥廓總雲程。」題雪景三香圖二律云：「春雪無聲入畫堂，東風渾似北風涼。衹緣何遜題詩少，信是徐熙落墨強。青鳥下迎羅襪步，蒼髯來近玉臺妝。匡廬也入幽閨夢，睡裏山花各自香。」「雪羽飛來雪意濃，國香狼藉暝烟叢。倩誰與翦吳淞水，愛爾能吟柳絮風。翠袖佳人玉跳脱，平頭奴子錦熏籠。劍南畫手看前輩，着粉施朱或未工。」後又書云：「適寫近詩未滿紙，洙水孔肅夫過澗阿，因以書贈。僕老矣，倦於筆硯，肅夫毋責備也。」趙、張二書合作一卷，乃文待詔家物，後有待詔題跋云：「貞居書法，先學松雪，後入陶隱居，稍加峻厲，便自名家。」餘祝枝山、陳道復及王仲山三書皆真。畫有戴嵩鬬牛圖，絹久不裂，入徽宗內府，有宣和題字。後賜賈秋壑，有款。陶士行寒夜留客圖。徽宗白鷺。南宋人題唐子華樹石，上有趙松雪題字數行云：「子華畫樹石，筆意俱到，曲盡物理，更能學古人。假以歲月，亦可名世也。」子華，松雪外甥。管夫人竹，子華每爲作跋，俟考。倪雲林宿吳處士玄文館，作當窗青桐一株，瀟洒澄净。銅器有商金商銀子母鼎一、簠一。古瓦一，王履吉寫一詩於額，陸包山收藏，瓦上絹痕沕而微現，底上沾一古蘚，秀潤可餐。大理屏有碎點青山，極佳。

信然。

31 君御以戴文進臨郭熙袁安卧雪圖見貽，云：「是君家物也。」文進臨筆勝自作，

32 别君超、君御，從清平門發舟，歸至德山。友人楊西來已住此二日矣，登舟相遇于樹下。新雨溪漲，山中流泉噴薄入江，梨花數株正繁開，相攜入青蓮館小飲。夜宿僧舍。

33 斜風細雨不止，泊舟德山對岸。西來衝雨歸。予乃捲蓬窗看雨清坐。自至鼎州一月矣，終日醺醉，覺神思甚倦，今日始得閒寂，又一樂也。

34 過洞庭馬湖，芳草連天，窅無一人。風雨大作，見小舟逐予舟而來者甚多，頗懷驚怖。近視之，則湖中采芹船也。午，始至掘子窖，風色漸勁，前途不可住，就岸邊一民家宿。疾雷驅雨，徹夜不休。泊掘子窖，雨如注，雷電交作，年荒地僻，且在洞庭之曲，爲盜賊出没之所，尤不可住，不得已遣蒼頭牽維以往。辰飯後，艤舟白頭湖邊，風雨轉甚，進退維谷。所幸湖水尚淺，長年賈勇，逆風支篙。亭午過湖，至青茅窖。入小港中，疾風猛雨，竟未嘗一刻停也，至麻河泊焉。初至白頭湖口時，雷電砰訇，雨勢汹湧，風色甚逆。念若一日不止，忽有盜賊乘之，可奈何？不若棄風勢復過馬湖，走鼎州。而長年輩云，回棹過湖，亦甚不易，雨勢急，必當止。予聽之。至麻河，風息，雨亦止。假如返棹而去，覩此霽景，可將復來耶？乃知性宜佩韋者，凡事須静觀之，不宜輕變也。晚，食蔬粥甚甘。數月内入酒食地獄，今日舌本方知正味，始悟飢渴之後，食脱粟粥，飽蔬菜，無以異于八珍也。吾殆可以爲田夫野父矣。

35 由麻河發舟，兩岸漸有人家，新柳嫋嫋不絶。起登岸行半里餘，望見黄山如展旆。近岸一湖，周圍可百里許，水光射人，彌望皆黄花菜，照水封天，不知紀極。有老叟來，問之曰：「此湖何名？」叟曰：「此名三百湖，舊傳沉三百家于此，遂名三百湖也。」此鄉居皆散處，三百家相去甚遠，宜其爲巨浸耳。登舟，望兩岸緑草油油，草色與水相映，緑不勝其酣。憶樂天「草緑裙腰一道斜」之句。抵嘉山已暮，月色出山上，山影浸河之半，其下鬱鬱沉沉，頗可畏。

36 嘉山曉起，山高月明，漁唱互答。促長年解維，抵觀音港，即來時舊路。水已發，非復向之清流了了見礫石比也。住津市，遣人往州中移行李。舟中無事，補作未成詩數首。又取舊日漁陽所作古文雜藁，補作數篇。甚哉無事之益，而閒之爲利大也。坐倦，移舟對岸大同寺門首，楊柳新緑，步闗山曲洲上，樹木皆青。山間時露奇石，色頗類太湖，亦有玲瓏穿透者，但以屬華陽國，無人搜剔之耳。

37 入大士港，沿途多新楊柳，嫋嫋可愛。兩岸人家殷甚。予坐舟頭望嘉山。

38 早過村中雙田，記少時與諸叔踏青河邊，今席上人已去其半矣。艤舟孟家溪，呼莊丁爲牽夫，不及上岸會諸叔，以南下之興勃勃故也。王吉人歸家束裝，獨予在舟中。天色清和，去巾衣，脱足欹坐，任意閱案上書，甚快。湖口流水入河，時作瀑布聲。日暮，至三穴橋，偶有便騎，遂乘以歸篔簹谷。閒步谷中，海棠二樹盛開如絳雪。新移玉蘭一株，開二三十朵如大蓮花；垂絲海棠，亦濯濯開千百朵。竹色青翠可愛。午，步至柳浪，新柳三千餘株，嫋嫋下垂。守僧具茶。水亭蘭四盆，各開一花，香清一院。

39 蜀中僧真權至，得黄平倩消息，近日健無恙，甚喜。

40 入沙頭林伯雨清曠居中，見唐六如畫一軸，係周東村代筆。又黄兆彪畫王文成公像，瘦而長髯，露齒，後有徐文貞公跋，皆未從祀時語也。

41 市一小樓船，寬敞可貯書畫，勉力成之，仍以静亭舅所予舟歸焉，時二月之二十七日也。

42 修小樓船，往章臺寺，登章華臺，白水晶晶嚙臺足。岸上修林茂竹，便娟有致。臺倚舊城，即五代高季興所築城也。昔季興大興力役，築重城，執畚者數十萬人，將校賓客皆負土助焉。郭外五十里，墳塚皆殘破，掘取磚甃之。及工畢，陰慘之夜，常聞鬼哭，即此城也。按此臺，乃豫章臺也，西北有豫章岡，蓋因岡而得名矣。水經注：「沔水又上承江陵縣赤湖，湖周五十里，城下陂池皆來會同。湖東北有大罝臺，高六丈餘，縱廣八尺，亦名清暑臺。又近赤湖口爲離湖，湖側有章華臺，高十丈，基廣十五丈。」則此臺在今三湖之中，與漢水相近，所云蒿臺寺諸處，或其遺址耳。世代遼遠，即水陸遺跡，都不可問。水經注中「江水東逕燕尾洲，過馬牧口，又東逕江陵縣故城南，城西有棲霞樓，俯臨通隍，吐納江流，城南有馬牧城」，今皆無可識。又云「江水又東逕郢城」，則江陵之下，又有郢城濱江。城中有趙臺卿冢，岐平生所自營。今纍然而塚者甚多，而不知有所謂臺卿塚也。自此以下，乃爲豫章口、豫章臺，則郢城正在沙市之間。豫章臺之下即爲華容縣夏水中郎浦，而後爲南平郡孱陵縣之樂鄉城，北又合油口，始東逕公安縣北。則公安縣之上，乃爲孱陵；孱陵之上，乃爲華容；華容之上，乃爲江陵耳。陵谷變遷，州郡代改，亦復不可核也。

43 遊塔兒橋，乃郡人春遊之所，角放風鳶。予等藉草臨水而坐。

44 沈水部再招飲于庾樓。樓在入城大堤上，俗以爲庾亮明月樓，非也。庾樓在今武昌縣，當以庾信在此有宅故耳。志載羅含宅，即今承天寺址，庾信亦居之。故杜甫詩：「庾信羅含俱有宅，春去秋來屬誰家。」則是庾信即居羅含之宅矣。又志有庾信臺，豈宅外復有臺，即今樓址耶？元微之詩：「庾公樓悵望，巴子國生涯。」即此地也。又江陵流寓載：「新野庾易，徙居江陵，志性恬靜，不交外物，以文義自樂。齊臨川王表薦之，餉麥百斛，不受。長史袁彖欽其風，贈以鹿角書格、蚌盤牙筆。易以連理几、竹翹書格報之。建武中，辟不仕。」易生黔婁及肩吾，肩吾生信，自黔婁即入江陵人物，不在流寓矣。屢代名士，何其怪也？又黔婁乃江陵人，即爲孱陵令，前代固爾。樓可遠眺，緑樹圍之。晚開窗，見雲物堆藍，奇絶。

45 江陵過明府成山招飲于王粲樓。仲宣作賦之樓在當陽，非今地也。或云水經注載：「此地有棲霞樓，俯臨通隍，吐納江流。」二語極肖，此樓當是棲霞址耳。按此樓名望沙樓，高季興所建，故子瞻少從老泉往大梁，過荆州詩云「朱檻城東角，高王此望沙」是也。後陳堯佐始改今名。考南史，此處有枇杷門。枇杷門之名，都不載志，豈世遠失考耶？韓翃送人至江陵，有「枇杷門向楚天秋」，則舊已有用者。

46 夏道甫寓，見卓吾所批陶靖節集。又見戴文進一畫，學馬遠者。

47 出城中，過便河橋，偶見深柳中乳鶯新燕，語聲圓滑，不覺欣然。

48 舟中聞岸上流水滂湃入江，朦朦新月，有客移酒至。予笑曰：「宛似江州宴客，未見彈琵琶時人也。」

49 與金一甫同發舟歸公安，而胡仲修忽至，云同至篔簹谷看竹，遂偕往。一甫譚長生沖舉之學，予曰：「予有法差簡，悟宗門上乘之理，恬澹寡欲，以養其身，待盡而已，此外非所知也。」是日，風日甚清麗。

50 遊中郎新鬻劉氏竹園，守僧堂上懸一出山佛像，宋人筆，問其所從來，僧不知也。

51 三月十七日，始復作東南之遊，偕者爲金山人一甫。從郝穴發舟，水平江静，中流舒徐，乃取夏道甫所書「汎鳧」二字扁於舟中。定舟名曰「汎鳧」，用楚詞「汎汎若水中之鳧，與波上下，偷以全吾軀也。」汎汎偷生，屈生非不知其樂，但宗國受難忍之辱，旁觀抑鬱，自不容苟延。予幸生太平之世，少未立朝，不與人家國事，偷以全軀，正其事也。

52 新購沈石田畫一小軸，乃石田學趙松雪者，上有吴匏翁一詩云：「日煖烘窗辰巳時，猶關着睡鍊新詩。鳥聲聲似催人起，落葉滿堦通不知。」後又有徵仲題數語，因掛之舟壁間。前掛黄太史草書古詩：「春水滿四澤，夏雲多奇峯。秋月揚明輝，冬嶺秀孤松。」字勢飛揚，得龍翔鳳翥之勢。晚泊石首繡林山下。此後另有記，以有異同，並存之。

53 石首王太學，出文徵仲皮紙長幅畫四軸：一曰春山覓句，一曰松陰濯足，一曰雲壑流泉，一曰灞橋逸興。寫生氣韻沉雄，如豪放草書，結搆極密，真可寶也。

54 風大作，不成行。舟艤于沙皁磯，開窗看山色。倦，與一髯登岸，見估客校射大沙洲上。

55 子夜風静，江月如晝，水平于砥，遂發舟。予亦披衣起坐，開軒窗頃刻，回視龍蓋、繡林諸山，澹澹漠漠。予清坐少頃，復卧。醒時，初日已上紗窗矣。抵調弦驛，驛以伯牙調弦于此得名。

56 過墨山下，山巒亦娟秀。追憶萬曆癸巳，先兄伯修、仲兄中郎，與予同至西陵訪友過此。予行間著東遊記，極言此山之奇，蓋予時年少，未見諸名勝故也。後甲午、丁酉，兩度應省試，皆由漢不由江，重見此山，已隔十七年矣。光陰如駛，追思聚首之樂，何可得也。楚詞「馳余車于玄石」，似即此山。然志載「玄石又在墨山之北」，則玄石與墨山又非一山也。華容東十里爲東山，亘百餘里，接石門山。石門與墨山相接，其中頗多洞壑，何時維舟於此，躡屐裹糧，一一窮其奥乎？山窮處有一峯，多磊磊之石，畫家所云礬石是也。石田多用此皴法。其極高處有一石，如彈丸，置于山巔若累碁，可怖。按水經注：「檀浦竹畦之後，即至下雋。」而縈繞墨山左右皆不書，豈亦有遺漏耶？下雋，岳陽也。

57 舟次巴陵西江口，見洞庭水光接天，緑草油油，雲物怪奇。西江口，即水經注所謂夏浦者也。又有忌置山，山東爲城陵山，磯以山得名。越此即爲彭城口、彭城磯，玉潤水之所經流會江者也。玉潤水，出巴丘縣玉山北，流注於江，今殊不知玉潤名。又逕白馬口至白螺山南，即水經所謂「江水又東逕白螺山南」者也。白螺，一魁父丘耳，載于經，而墨山蜿蜒天際，江水瀠之，經與注皆略而不書，何也？豈古之水道微有不同耶？水經注「東鴨蘭口」，鴨蘭，乃吴建昌侯孫慮作鬬鴨欄于此，陸遜諫止之。今以「欄」作「蘭」，抑傳寫者之誤耶？道元喃喃往事，凡濱水道者多所不遺，而不及之，又何也？

58過烏林，即黄蓋詐敗魏武處。又經：「赤壁練洲」。江口多洲，不知即爲練洲否也。練洲之下，爲蒲磯口。蒲磯口，即今所云陸磯口也，磯以陸水得名。陸水出下雋，其水東逕陘城，入蒲圻縣石頭口吕蒙城西，此孫權征長沙、零、桂所鎮也。公安亦名吕蒙城，于此爲二矣。陸水又東逕蒲磯山，北入大江，謂之刀環口。

59晚泊嘉魚，望見魚嶽山，其下爲金梁洲。有水從内江出，乃景水也，出豫章，東入蒲圻，至沙陽西北魚嶽山入江，即今舟住處。陵谷變遷，如水經注所云：「魚嶽山在大江中，楊子洲南。」今去水已遠，山在平地，則其不可尋者，蓋亦多矣。獨江上之山，自華容諸山以後，君山、九馬、城陵、鹿角，奔騰天際。及過臨湘，千峯疊疊，意即魚梁、象骨、龍窖、雞籠、大雲、響山諸名勝乎？惜乎不得遊也。

60 泊嘉魚。日未下舂，步芳草洲上，遥見楊柳別業，往憩焉，乃方司馬荆湖奉佛處也。溪繞其門，有橋亭可坐。望城中有山，喬松十餘株蔽其上。

61 赤壁去烏林不遠，故單刀之會，關公但云烏林，而不云赤壁。夫烏林之役，權已詘操，而以荆州借玄德者，彼怵曹之再舉，姑以玄德爲之障也。及事定而復索之，何哉？子敬詰責數語，未見破的，而又遂無以應之，又何也？

62 過牌州，日暮，望見金口諸山，澹澹之峯，湛湛之水，落日沙渚，微風細浪，此中大有佳趣。

63 至武昌，步長街，息于黄鶴樓。予不登此樓十三年矣，舊樓已燬，今新創者，其壯麗稍不如舊。然樓外風濤萬狀，捲雪激石猶故也。往來江中者，小舟一葉，低昂盤渦，了無怖畏。下樓出城，過黄鶴樓，入水月亭，四面用垣牆封之，豈惡見波光浩淼耶？

64 早晤許子真。子真，吴人而客于楚，家近平康。十年前，予與新安友人潘之恒景升及丘長孺，皆客其舍。予作不問行題其壁間，其詞云：「丘生散朗人，家難苦相迫。潘郎興翕習，又遭朋友嫉。我與許子差無事，疾病困苦多愁思。茫茫名利天地間，就中僅得四人閒。其中閒者又如此，無事閒人難得矣。」今壁間草字尚如故，覺爾時真大醉也。

65 移舟漢陽，訪友人王石洋，已入都，獨其兒子在舍。三槐里中書舍，有樓枕山，望見大江風帆往來，及黄鶴樓、蛇山之勝，了了可數。上有黄太史「水明樓」三字，蓋取杜詩「殘夜水明樓」語也。

66 登漢陽東門，樓甚壯麗。詣大别寺，寺枕山對溪，内有藏經閣。僧寂照烹九峯新茶，不減松蘿。九峯在武昌，九峯峙立，故名。

以上己酉春季

珂雪齋遊居柹録卷之三

1 舟次漢陽，往晴川閣。閣已圮，憩大别山下。大别亦名翼際，又名魯山，以上曾有魯肅廟也。

2 陽邏岸邊，石根披露，頗具皴法。泊團風，見麻城諸山。過赤鼻磯，非赤壁也。赤壁在樊口上江之南岸，子瞻誤耳。

3 游赤壁。臨水有石亭，下有龜石可趺坐，命人取龍泉水烹茶，甚甘。訊子瞻雪堂諸蹟，皆云不可考矣。大都宋時城稍下，與武昌對岸，故赤壁不依城。山木蓊鬱有野趣；今城跨赤壁，其半在城内爲闤闠，故少幽意耳。

4 是日，城内丘公岳卒，得年九十有五。公舉前丁未進士，爲吴江令，入爲禮垣，以重修興都志，永陵甚眷之。不數月，爲少宗伯，幾相矣。會永陵上仙，遂罷歸。初不飲，則主人訝之。不得已強爲之飲，飲至漸多，則已先欲飲，又不待主人勸矣，俗所云「下坡酒」也。予不幸有此病。性既擇酒，而酒不堪飲者最多，然不容不飲，勉強吞噬，有如服藥。未能逃世，既不容戒；易流之性，又復難節；面柔趣深，又復難辭。其實敗我之德，傷我之生，害我之學道者，萬萬必出于酒無疑也。往事無論，丁未居漁陽府署中，每夜取酒兩小瓶，付之小奚，讀書至二更則飲。飲至一小瓶後，便有醉意，醉中粉壁上見自影，鬚髯鬱然。舉箸後，則髯亦連動不止，顧而大笑。其寂寞如此。然半醉後，拍拍滿懷，酣適不可言喻。大都漁陽密邇薊鎮，薊酒與易酒皆佳，可飲也。惟與蹇大司馬飲，則常不支。蹇全不擇酒，酒或遇暑而敗者都不擇，一吸而盡。每飲止一吸，即以杯向下曰：「乾！」頗爲其速所困。一日對飲，予已大醉熟眠，而大司馬復出立松影下，呼予侍兒云：「傳語汝主人，我正醒，何醉卧耶？汝記我半夜猶來此，無半點酒意，明日切莫向我論量也。」次日，蹇公苦頭眩不能起，延醫視之，然予知是病酒，私謂其令公子曰：「尊大人病，至午後即愈矣。」已而果愈。追思此老之興致，與其憐才，何可得也。今亦化去矣。嗣後，予以老人不宜過飲，密令所親止之，不復出。予每夜但小飲以爲常。故予居署中，讀書多，著述富，而學道時有透徹者，以應酬絶而飲酒少也。後入都門，爲酒席所困。出春明門，如釋重負。及歸家亦然。凡入城至石首及澧州、常德間，皆無可奈何，不別諸友逃去。惟近來入舟，一月中不飲酒。夜飲數杯卧，脾胃調適。人見我好居舟中，不知舟中可以養生，飲食由己，應酬絶少，無冰炭攻心之事。予賦命奇窮，然晚歲清福，延年益算之道，或出於此。不然，常居城市，終日醺醺，既醉之後，淫念隨作，水竭火炎，豈能久於世哉！故人知我之爲逍遥遊，不知其爲養生主也。近日精神爽健，百病不生，甚以自幸，留此幻軀，尚有別事可作。因喜而縷縷書之。

11 舟中無事，心尚無營，甚快。即此無營時，百不思，百不想，便是吾輩大休歇處。于此不知受享，是當面蹉過也。有事勞心勞形，既不快矣；及無勞心形之事，而復紛紛馳求，攀東緣西，豈非世間苦人？然攀緣境界已熟，一時走虛閒路上，真非容易也。

12 雨中頗清寂，焚香讀書。檢書中，有舊時自抄一册，題曰「苦海」。蓋由居漁陽時，妄想從静中數起，不得按納，乃取古詩中哀挽傷逝之語，編爲一册。每詠歌之，感人世之無常，悲繁華之易歇，則煩火爲之頓息，亦袁山松唱挽歌意也。近日舊病偶作，再取此編置之案上，治之甚驗。

13 東流發舟，過黃石磯。磯最高處有小蘭若，垂柳隱隱。至安慶，古龍舒地也。

城外有浮圖，頗壯麗。李陽驛有小渠者二，皆石峙其中，小舟左右出入，垂楊覆渠，人家對住，真棲隱佳處也。泊舟，散步至太子廟。太子，即韋馱太子也。

[14]欲發，復爲雨阻，仍住太子廟前，白水青林，亦足娛人。且謂金一甫曰：「我拚此生住舟中，舟中即是家。他不可必得，清閒二字更少我不得也。」遠遊訪友，俱非大不得已事，可止則止，不強爲之。我自去年十月登舟，即欲追步張玄真、趙子固、陶峴水仙諸公，永無塵沙之興矣。張志和作掏河夫，我不能爲。陶峴有三舟載妓，有糗糧，我亦不能爲。庶幾者其趙子固乎！今日雨滴江中，晶晶如撒珠，有鮮魚可市，且共醉陶一觴也。

[15]從烏紗夾發舟，過池州，住老洲。望九華，山色皆爲霧蝕不見。昔劉夢得常愛終南、太華，以爲此外無奇；女几、荊山，以爲此外無秀。及見九華，始悔前言之失也。予屢過此，愛玩之，不得一至。今日風雨如此，應難躡屐，緣又慳矣。

[16]過繁昌縣，穿三山磯，夾磯口有三峯妍秀，故名。宋陳堯佐嘗泊舟磯下，有老叟曰：「來日午有大風，宜避之。」堯佐信其言，至期，果大風暴至，行舟皆溺，堯佐獨免。又見前叟曰：「某，江之游奕將也，以公他日當位宰相，故相告耳。」自繁昌至磯口，可四十里，爲夾江，碧柳緑蒲，時有人家，甚可泛。日晡，過魯明江，即今所稱魯港

也，以魯仲明居此，故至今稱魯港矣。

17 舟次蕪湖，赴榷司王公招。王公名演疇，言及羅近溪先生事。渠云：「鄉人有曾爲洱海道者，常與我言，昔與羅同事滇中，有酋某跳梁，議撫不服，議剿未定。其酋長云：『得羅公來，吾屬生矣。』羅公欣然往，同寅皆止之曰：『夷狀叵測，不可輕也。』公曰：『保無他虞。』遂騎入，連住十餘日，極論服叛之利害，酋長皆泣。公歸，治其爲魁者數人，不動兵而安堵如故。至今此一方人家祀羅公，曰：『羅公生我，即我祖父也。』祭祀于今不絶矣。」匆匆不言言者之名，姑録于此，俟再問之王水部也。

18 梁山兩山，據兩岸若雙眉。至采石，艤舟其下，亂石磊砢。拜太白先生于祠，老檜蔭蔽堂前，千年物也。世俗多言李白于此醉，泛舟于江，見月影俯而取之，遂溺死，故此地有捉月臺。昔李陽冰作太白草堂集序云：「陽冰試弦歌于當塗，公疾革，函草藁萬卷，手集未修，枕上授簡，俾爲序。」又李華作太白墓誌，亦云：「賦臨終歌而卒。」乃知俗言不足信也。又元和中，范傳正廉訪宣池，遷李白墳青山之陽，銘詞有云：「謝家山兮李公墓，異代風流同此路。舊墳卑痺風雨侵，新宅爽塏松柏林。」蓋從其二女之請也。傳正爲觀察，頗事華侈，憲宗知之，代還拜光禄卿，官益達，用度亦奢，以名高不敗。有上巳泛舟詩，亦佳，蓋于太白臭味也。李陽冰，即李潮子，子美甥。

19 抵金陵，從上清河至江東門，繞城而往，兩岸時有人家。過長橋二，泊于南門，望見大報恩寺塔，金碧陸離。步往至長干里寺，殿閣俱燼之火，所存者浮圖耳。此浮圖爲諸塔之祖，乃孫權赤烏初，康僧會入中國，以精誠感舍利，遂建此塔。原名長干寺塔，至國朝，改爲大報恩寺塔。後塔頂欹斜，萬曆庚子、辛丑，僧雪浪正之，費頗不貲，今巋然儼立尊嚴矣。雪浪善詩，書法遒媚，通名理，有江左支郎風韻，掃地焚香，看帖烹茶，天下開士氣息爲之一變。晚年勤修功德，尤爲可欽。登塔可三級許，盡望金陵之勝。城内黄屋鱗次，鍾陵、牛首、棲霞可指數。喘息稍定，以踵疲而止，遂下。過濠上亭，亭下即舊放生池也，没于中貴，今祠部復之。剎雖以回禄廢，然其旁楹及庫房尚存。他境視之，俱可作殿堂者。

20 舟過文德橋，兩岸畫閣朱樓，流丹騰緑，姹草植于楹檻，文石羅于几席。翠袖凌波，雲鬟照水，青雀之舫，霞騰鳥逝。凡過橋三四，至珍珠橋登岸，步上雞鳴山。山門倚巖，朱垣整麗，夾道松柏。憇憑虚閣，窮一城之勝。

21 步遊天界寺，門内古柏老檜，沉寒逼人，殿閣擬于王居。其餘蘭若三十六所，文楠爲柱，白石爲牆，明窗潔案，浄不容唾。竹色騰緑，佳菓駢列。僧雛文弱，常親筆研。不及遍至，惟至一菴，中有玉蘭二株，可五六圍。有緑定觀世音一軀，乃嘉靖初年寺中鋤地所得，細腰梵像，清慈不俗。

22 宿于碧峯寺之石頭菴中，一園皆修竹，中有一澗，水汩汩竹中。過橋，依澗行可百步，復過橋，始入法堂。時新篁作嫩緑色，照耀几案。主僧舊知也。爲予收拾一室，以待閒來清坐。

23 從寺中步至南門，時沐國出殯，方相幾長五六丈，通國人出觀，婦女皆賃樓居，甚至坐屋上。自廿四至廿六日止，南門闐塞不成行。

24 商孟和、林子丘、予同年鍾伯敬等來訪。鍾游太學，予往時未得晤，彼此一見歡甚。同游天界，坐毗盧閣上，飯于石頭庵。

25 許孝廉倫所見招，晤吳翁晉稼登。翁晉入貲爲光禄典簿，殊不屑。予曰：「下惠小官，王無功樂丞，無所不可，政自有致也。」雨霽，同往秦淮泛舟。

26 往太學，自買一小舟，約程全之，汪孟舉及一甫，小具酒蔬。由南門入，舟已亂秦淮間，畫橋仕女，闐隘清波。至珍珠橋上，望鍾山烟嵐鬱鬱。

27 六合令米中詔至，往訪之，已他出。歸坐竹中，適全之、孟舉市舟，邀予泛秦淮城外。草上蝴蝶如楊花，予曰：「此六朝佳麗地，驚蛺蝶諸郎所變化也。」返舟，息賽公橋青石上，已有微月。

28 天微雨，步止雨花臺，覓安石墳，不得。

29 赴吳伯鱗席于水閣，歸至文德橋，見有游船蕩漾水上，則范五郎及何氏兄弟也，大呼予入舟，過一畫閣下，聽歌聲宛轉玲瓏。時燈火隱隱可見，視之，乃安遠侯柳君夜飲，聞予等笑聲，閣中人亦笑相應。柳安遠曰：「舟中有袁先生否？有興幸登閣一笑爲樂。」蓋有人語之故也。遂攀水檻而上。是夜極歡，雨，不能出城，宿于游舟中。

30 渡秦淮，聽唱北曲。

31 往北門橋，謁焦弱侯先生，訊及二郎死事，予不覺淚下漣如。二郎孝友，善詩文，書法尤妙。

32 發舟往遊燕子磯，過清涼臺、石頭城、獅子、石灰諸山，宿于草鞋夾。雨大注。

33 雨霽，過弘濟寺，舟泊燕子磯關壯繆廟前。兩山如雙袖，一奉佛，一奉壯繆，溪流間之。是日，相傳爲壯繆生辰，傾國仕女，皆來謁神。予趁游人未集，登燕子磯，累級而上，攀朱欄登亭。大江縈繞，一拳峙水端，可怖。下山過橋，兩山忽開一罅若門。踰門，寺依岩傍江，石壁間乳懸若蜂房蠟淚，想楊惠之塑壁，或能彷彿之耳。登閣，江流浩淼，壁欲落，閣欲浮去，不能久住也。午後游人俱集，兩山皆綺羅，無隙地，笙歌鼎沸。入暮，予亦移舟歸，宿于石頭城。

34 大會文士三十人于秦淮水閣，各分題懷去。

35 弱侯先生入舟中小話，見予舟曰：「此亦泛家浮宅何遠？」出一册，名録鬼簿，蓋元人詞曲諸名家也。

36 移入秦淮渡口河房，月下泛小舟。

37 詞客三十餘人，大會于秦淮水閣。女校書二人，爲朱無瑕、傅靈修，賦得月映清淮流五言律六韻。予詩于座上成之。

38 晤米仲詔于承恩寺。夜與友人共論學，予自悼染習深重，二六時中，未得乾浄，俱是生死業緣。因記大慧云：「此道得之易耳，保之難。多見士大夫見得之容易，全不修行，日久月深，臨終多被魔所攝去。」以此知學問有入，更宜防護保守。吾輩根性怯弱，常爲聲色流轉，撫心思之，惟有内愧而已。

39 因河房應酬繁甚，乃復出石頭菴，以小舟載行李，從水西門出。天溽暑，繫舟于賽公橋下，風入石圈内，陰陰肅肅，水作湛碧色。先時鹽汗交流，頃之想衣裘矣。抵石頭菴，穿修行徑，過危橋，息于僧舍。清寂之甚。

40 賴太學處，出馬遠畫四軸，人物清絶。下有「臣馬遠進」四字。復出四軸，無款，傳爲王晉卿筆，然衣褶不似前人，應是近代仇英諸公筆也。十八學士瀛洲卷，寫學士醉態，從人及馬，備極舒徐之狀，乃錢舜舉筆。

41 珍珠橋晤湖州凌初成，見壁間掛劉松年畫，兩人對弈，作沉思狀。相歎以爲人物之工如此，近世自文衡山以後，人物不可觀矣。

42 赴焦先生之招，因論學次，予問先生曰：「若李卓吾者，先生能信其了此大事否？」先生曰：「是非所知也。然其見地亦甚高，乃世之學者比之于魔焉，則過矣。卓吾初官南都，予友人謂予曰：『李某却有仙風道骨，若此人得入道，進未可量。』後見其人果然。久之，乃向學，每聚會之中，嘿無一言，沉思而已。如此數年，談鋒始發，然亦時時有疑。及至楚，有書來曰：『今之卓吾，非昔日之卓吾也。若如昔之卓吾，亦何貴卓吾哉！』其自任如此。」問達觀畢竟何如。先生曰：「先父有一菴，即在對門，達觀住此兩月。予一日偶問之曰：『和尚莫作誑語，只如此事，胸中畢竟坦然無少疑否？』達觀曰：『末後句實有可疑。』予乃大笑而去。」先生又問曰：「有一二學者，初入門極是苦心，而後乃都不理會，何也？」予曰：「此事初入手全無巴鼻，後研求久，忽然討一本來，現成見解，便往往于此住定。既不俟參求，又無可下手。日久月深，將此事閣向一邊，依舊打入世情巢窟中者，往往而是。」先生曰：「現成原不錯，但認着只是一個見正是病。」語次，予曰：「宋、元諸名家集，亦多有不存者。」先生曰：「宋、元之書，散見于世，不可以不見便謂不存。」余退語人曰：「末句有疑，是達公真實語，此處不可以分勝劣也。」

43 大會文士四十餘人于羅近溪先生祠。風雨大作。

44 同諸友泛舟桃葉。入暮，疾風猛雨，抵石頭菴，衣袂盡濕。

45 得李酉卿書，以入賀行，約相晤于金山。并得王百穀書。

46 晨起，肩輿往遊牛首。出城，陟層嶺，見大江積雪浩然。憩于鐵心橋。午，暑甚，息古寺中，松柏鬱然，門徑風勢襲人，解衣少坐，命童子至僧舍煮糜。僧固老農也，以野菜和粥，佐以少蔬。訊之，乃荆芥苗，頗帶藥氣，大有風味。飯後登山，不復輿矣。至寺門，足幾不能前。蓋山之背金陵而南向者，獨此剎。故行至山足，尚不識寺所在，屢攀躋乃見，樓閣枕藉。既入寺，陟一重堦，陰風凜凜。然倦甚，不能登山，徘徊白雲梯下。月漸升林，松影滿地，與劉沖倩快談，時沖倩讀書山中。

47 登白雲梯，過大銀杏樹下，樹亦千年物。記萬曆癸巳歲，與友人丘長孺、僧無念同遊此地，甚歎茲樹之奇。故予有「南唐今日樹長生」之句，今十七年矣。登殿禮如來。西行至禪堂右關公殿内，閉門看塔影倒垂，予殊不訝其奇，以佛法廣大，不足奇也。歷層級，至辟支洞，洞中陰森甚，殿已頹，然此實瞰江第一處，惜廢。折而行，過留雲閣，穿老松中，歷石磴半里許，至文殊洞。煩暑憊甚，甫入洞，涼沁骨。予夜夢一法師講法華經，至予少經一部，予出金請經。會文殊洞中久不燃燈，予以此夢施燈一月。因念此中溽暑中時時作秋色，便可居此度九夏，亦一快事也。過方丈，飯後，僧請看歷代祖師像，多恢奇肥碩。時暑極，予曰：「塔上可避也。」由方丈東行數百步，得塔，凡涉一層則漸涼。抵層顛，風勢襲人，等風穴矣。前望獻花巖如在几席，右則長江帶之。左望山口，人家田疇，林陰水色，令人作棲隱想。後則本山之松鬱然，時露怪石。坐久之乃下，至一僧舍，據山水之勝。烹茗少坐，尋白雲梯下。沖倩曰：「山門高嶺上，看大江落日，亦一雄快。」遂往坐松下。久之，月色冷冷。歸飲。

48 緣牛首山嶺走祖堂。牛首不見前山秀色者，以祖堂一嶺爲之障也。過嶺，從寺脇人，息于閣中。走獻花巖，入洞中，坐亭上少憩。息于方丈閣上，望牛首青豆之舍可數也。飯後登山，過伏虎巖，其上有三閣，云新安一王姓者繕治之，亦可坐。江雲漸近，歸飲閣上。月色出萬松中，清絶。

49 有學子至，商及學問事，曰近日惟鄭中丞諱如壁號崐岩者，參求最切，今不幸死矣。崐岩舊與龍溪、近溪相商確，曾言及與近溪同參笑巖事，云：「某初與近溪在京師，同參笑巖。時會中多人，笑巖云：『此會中諸人，皆可與論學，惟近溪不可與論學，以其載滿也。』近溪向前禮拜，稱謝教。笑巖又云：『諸人皆不可聞此語，惟近溪可聞此語。』因留近溪宿其寺。予出寺後，思此夜決有激揚，乃潛取襆被宿于寺中，令寺僧密之，夜往鄰房竊聽。凡兩夜，所語皆凡俗事，心甚疑之。惟與近溪分手曰：『近溪説不得的便是。』某于時若有省焉。」崐岩之言若此。一僧又言：「某初不知用功，卓師教以參話頭，提父母未生前，那個是本來面目。予問卓師曰：『未見和尚提話頭，何也？』師曰：『我提要汝知耶？』」又問予近日學問，予曰：「我生死心甚不切，學問全不得力，逐境遷流，惟有愧怖而已。」

50 固始許忠節公之孫，孝廉名麗，來晤。許公死寧濠之難，去制科纔六年耳。難起時，其尊人爲公作醮事，忽後園竹開花如碗大者二，數日而授命之音至。因言其先世烏兆前有破頭山，公死後山合矣。

51 鎮江社友笪我真，言及楊邃菴先生事云：武廟幸邃菴第時，邃菴侍酒。徘場内皆大璫，俱撫臺陪筵，御史監廚。武廟戲呼邃菴爲「楊麻子」云。蓋邃菴少時中痘已死，置之棺中，將釘，忽然作吟詩聲，復活。予曰：「邃菴昔與吾邑司徒鄒莊簡公諱文盛厚善，其家得其筆跡最多，予屢見之，書法遒勁。聞之莊簡孫云：先人與邃菴公爲密交，兩家夫人時或相見。先公念邃菴公無子，密令夫人勸之，爲置妾媵。楊夫人笑而不答。屢勸，夫人始言曰：『鄒夫人不知我猶童真身也。』始知邃菴公絶人道耳。」我真曰：「誠然，卒以無子。」予曰：「楊公文武異才，豈從上界來，久不染欲泥，故現不男相耶？決非妙法蓮華所云『五種不男』，明矣。」

52 赴參知李公夢白金山之約，移至舟中。時晝舫新修，中如積雪，竹樹陰翳，涼風乍起。久不宿舟中，不知其樂若是。

53 發舟，抵燕子磯，登燕子亭。罡風吹衣，幾欲飛去。度有寒色，欲下，而江中有舟欲覆，居民乘小艇往救，幸而免，殊可怖。下逾溪至弘濟寺，兩山夾處，風尤厲。息于天王殿前娑羅樹下，樹與燕京西城卧佛寺樹正同，其種皆從西域來者。閣上正朝西，晚日炎甚。歸至山門前，近一中貴墳，有石路可坐。俄見小舟來，則社友篔我真也，因取酒共話。

54 同我真往遊棲霞山。山去燕子磯三十里，途中黛色層疊，包絡田疇，因憶靖節「平疇交遠風，良苗亦懷新」之句。至山，寓老宿蒼麓禪室樓後開窗，見巉巖有落勢，亦一佳處。躡徑過石梁，尋中峯澗道，石皆爲中貴所鑿！如蜂房，令人欲嘔，遍尋山中佳石皆損。至乳泉，啜一盞而行。下至千佛岩，岩亦架以閣，重牆圍繞，舊時佳本皆伐去。品外泉溷濁，不復上沸。路如永巷，令人一步一恨。過方丈，由小門入大殿禮佛。樹色皆爲重牆所隔，時日如炙，急往覓天開岩，息于珠泉。過般若臺，坐叢桂下，行亂石澗邊，石多太湖者。喬松夾路，遠望岩壑，了不可測，甚有幽意。抵岩，岩石巉巉，數月前忽中裂一片塞路。岩下爲好事者刻禹碑，作一石牆置之，大損石趣。歸，納涼于白蓮池上。時白蓮盛開，香風滿一山。

55 舟次黄家渡，去山八里，復肩輿登舟。風色甚猛，不敢行。午後發舟，小僮盟鷺失脚落淺水中，方持衣而笑，一轉盼盤渦中不見矣，傷哉！舟人云：「是舟有物，數夜前于此嬲擾，予等二三人親見之，色正黑，逐之，落水有聲。」渡口兵船人云：「此地每年此月，即墮一人。」雖生死有定數，然悼念其不得正命而死，且孤其殷殷從我之意耳。是夜，不成寐。

56 過儀真，至黄天蕩，水勢汹湧，令人恐怖。午抵金山，息于水月樓，取中泠烹茶。按中泠原在江心中，此山上井中水也，正宜出慧泉下耳。「泠」或作「零」，或作「靈」。更有南北「泠」，所謂江水分三「泠」也。陸羽原以廬山康王谷簾泉爲第一，乃茶經言瀑瀉湍急者勿食，似不當第一。今雲液泉在簾泉旁，實遠出簾泉上，而不得第一何也？又按金山法席之勝，莫過于佛印。考佛印所生，蓋李定異父兄也。李定之母仇氏，初在民間生子爲浮屠，名了元，即佛印也。已爲廣陵人國子博士李問妾，生定。問死，出嫁郜氏，生蔡奴爲郜六。郜六爲名妓，李不持生母服，蓋亦有故。然了元與子瞻爲法門至契，而李定獨攻之，亦可笑。

57 金山鼓，其來久矣。子瞻詩：「但愛齋廚法鼓香。」其徵也。

58 步迴廊下，遍覽壁間詩，惟張祜、孫魴二詩真成獨步。予按：張祜詩，實遠過徐凝，而不見取于樂天。惟杜牧之守秋浦，酷愛其詩，贈之詩云：「睫在眼前人不見，道非身外更何求。」皆爲樂天發也。祜不應招辟，老於曲阿，性嗜水石，蓋詩人之有骨而有致者。而唐書不爲立傳。魴，江西南昌人，畫工子也。他詩亦不多見。羅隱詩云：「老僧齋罷關門睡，不管波濤四面生。」亦有致，然是五代人語。

59 病泄瀉不支，欹枕亦不成眠。自思天下事非吾力之所能及者，吾亦將奈之何，大限到來，自己亦未必能保，況眷屬乎？況奴僕乎？子瞻哭幹兒詩云：「生平忝聞道，夢幻講已詳。積藥如丘山，臨病更求方。」我之謂矣。然而死生常也，特憫其以不良死，不能無隱痛耳。

60 七月初一日，請本山僧爲亡童誦經，禮懺施食。覓骸者走兩日，舟亦幾覆，竟不得。所幸江南、北大姓施財擁死骸，無暴露者，當必得沙上一抔耳。

61 偶于李酉卿舟中晤劉延伯，出周昉楊妃出浴圖，妃起立，披薄縠，如微雪罩膚，甚銷人魂。獨足稍大，不知縛足已始于漢宮矣，雜事秘辛可考也。又有浴鶺鴒一小圖，黄荃筆。

62 得陶石簣先生訃音，感歎泣下者久之。此當今一顔子耳，心和骨勁，學道真切。我之發舟，大半爲先生來，庶幾以學問相參證；而詎意隕折，傷哉！傷哉！

63 我真諸公，治酒于甘露寺旁大竹園中。竹氣含雪霰，今人憶篔簹谷也。

64 舟過丹陽。按晉地理志謂：「山多赤柳」，故名丹陽。江南北志謂：「郡北有赬山，故名丹陽。楚鬻熊所封丹陽，今歸州秭歸縣是。」而西漢志以「曲阿、丹陽爲楚始封」，甚誤。

65 過蔣墅，賀氏諸昆住處。賀中秘虚谷及令子函伯，邀遊篁川，去市可里許。踰平疇，行柳巷，穿竹徑，半里許至園。園内彌望皆水，周遭可三里。中因島嶼爲樓閣，過小鑑湖，水色澹澹。數折入柏巷，始抵霞標閣，閣外皆植桃，故以「霞標」名。後軒臨水，水外長堤，多植梧桐、芙蓉，開窗則游魚漾泳，好鳥和鳴。閣下頗清涼。復循故路至鑑湖畔，泛小樓船，過月榭，遠望朱欄若魚網，曲折水上。登鑑閣，罡風襲衣。置酒樓船，夜泛。

66 天氣澄清，棹小舟從霞標閣右軒登舟，沿堤碧梧翠柳，紫薇花處處爛然。半里許，過第五橋，涉桃花渡。又里許，至篁川莊，門迎流水，中有秘室畫閣，可居眷屬。循莊右掖，行曲溪，復回棹過小橋入湖中，望浪光閣峙水心。過月榭及大石橋，復穿曲溪，至霞標閣後登岸。

67 將遺舟回楚，予初意欲以此舟浪泊吴越間，然予多友朋，每至一處，則鱗集，非月餘不能了應酬。時試期已近，入都漸迫，不若割吴越山水之愛，以俟後來。不然，草草一覽，既不得窮山水之趣，盡友朋之歡，非快遊也。以此一意，發舟西還。至此月杪，募夫肩輿入都。至都中，入西山閉關三月，爲入試資糧。

68 遣凫舟歸，飲于月榭。月始圓，須臾出樹杪，可鑑毛髮。二更泛舟，飲于宛轉橋上。

69 晨起，風和氣爽。開水軒，聽百舌弄聲，游魚穿窗下，甚適。月上，飲宛轉橋，摘露桃食之。

70 過秋水亭，息于石橋。往蓮花渠觀蓮，小僮下摘蓮房。回登舟中，水風冷冷，開軒笑談。因自笑曰：如此風景林園，只是胸中隱隱不快，不知何故。惡忙，却又閒不得；惡動，却要静不得。真是苦事。陶公曰：性愛閒静，渠皆出于天性，不如是必不快，所以祇得逃世網而取栗里耳。意者閒静非予之至性歟，又何以惡忙而厭動也？

71 中秘論畫次云：家曾有顧阿瑛自題畫像，今失之矣。相傳顧翁請楊鐵崖教阿瑛，每年束脩萬金。三年餘，偶因白羅單不至，曰：「醴酒不設，主人怠矣。」遂攜三萬餘金去，不知所往。後阿瑛散家財往覓，則鐵崖以三萬金于海島山治房屋，聚人耕耘，與偕隱焉。亦奇聞也。

72 函伯持畫數軸來看，其一乃馬文璧雪景，千崖積素，令人冷然。上有楊鐵崖題云：「東山西山失翠微，銀海玉海涵清輝。老僧覓句扶桑曉，化作春雲滿谷飛。」字尤秀潔。後題云：「至正戊子春二月二十日擬王右丞家法寫此，作竹雪齋清供，秦溪馬琬文璧識。」又唐伯虎西山春曉，雲氣秀絶，上題曰：「緋桃斜映水，茅屋側臨崖。白白炊稻米，青青爨葉柴。」又沈石田畫一軸，甚佳。錢舜舉宫娥甚秀媚。

73 賀秀才玄郎來晤，論及鍾減亭事。減亭名鳴陛，作令入爲比部郎。晤予于瓜州太學蕭成芝處。時黄太史慎軒、先伯修及中郎皆在，來時已醉，不揖就坐，但問：「誰爲小修，我當與角量。」因指爐畔一大盂，可容酒三斤，令取來，如拇陣敗者飲之。

予頗苦難，然業已定議，不可改，且或可倖勝也。一交拇，減亭大負，即指盂曰：「非兩口吸盡，非丈夫也。」一吸而乾，衆皆咋指。然此後遂沉醉，不能復飲矣。後予數往候之，甫梳櫛完，已陳酒肴，飲至三鼓而散。此後數數招予，予畏其留飲，不往也。一日，偶相遇于長安市，馬度可二十步，減亭酒氣逆予鼻。予揚鞭數之曰：「何處得此糟人？」一笑而别。後以同官謝庭讚上疏并坐，一司皆貶。減亭益縱酒。爲人脩幹魁梧，性豪爽，通脱自喜，陳孟公流也。歸來不自得，竟以縱酒亡，年未五十，甚可傷悼。

74 夜夢亡僮阿鷺來，貌頗不怡。予問之曰：「汝已死，今復來耶？」鷺曰：「我雖死，特來隨侍。」予因曰：「死而不死，亦快人。」覺而自歎夢中之癡也。嗟乎！我非婦人之仁也，徒以飛鳥依人三千里外，一旦失去，真可傷悼。前在丹徒念幽冥之苦，欲于竹林寺中爲施燈一年。寺中伽藍爲米元章，予欲作一疏告之，如亡魂可收，望老顛用爲侍史。後以行忙不及，行至南都，當竟此念耳。

75 晨起無事，命小僮棹一舟至浪光閣，坐石欄上。頃之，復移舟月榭深柳中，水色秋光，澄練蕭浄。以動火輟文，初不知其火也，誤以爲瘧。衛風過嚴，轉覺煩熱。夜夢不寧。

76 脾胃不佳，少食即飽，身常熱汗如注，憂思鬱鬱。午後，忽大吐帶血，予歎曰：「男子血如金，豈堪常吐耶！」頗有性命之憂，醫亦錯愕。吐後熱不可忍，口渴如炙。甫食少許湯，即吐；甫吐，又虞見血。就枕不能睡，則起坐；坐又不支。出帷繞牀行，行復倒卧病榻。卧東復移西，西復移東。微聞醫低聲語人云：「却不宜見血。」又有人云：「有子否？」予時熱無可奈，自思人生死是常事，但得便死即好。如此壯熱，此體不知經幾番燒炙，始就後世。生平種種，不知節量，今日身受此苦，何人可分，何法可解。復起，繞牀行，熱愈甚。鼻息出入不迭，上下氣不屬，渴極無法可救，僮僕皆袖手浩歎。久之，額間有微汗，漸安。渴終不止。自歎前日在京口人宅上，醉後大碗吃蜜和烏梅湯，此豈非仙。又往日血疾時，老父云：「不愁此一次不好，只愁下次再發救不得耳。」當時自念，我但百倍謹慎去，何愁再發。不知老人言之清切若此也。夜，帶汗卧。夢中昏昏，苦甚。

77 晨起，體中不快，有人云：「此瘧，易耳。」予曰：「瘧易，但我于嘔逆中多帶血。蓋我舊有火症，又因瘧而舉發，此二病疊至也。且瘧發至十場者亦多，日日吐血，豈能久耶？若從此不止，有性命之憂，當如之何？生平學道，俱屬知解，現行無明種種，合眼恐即受報。逐世上虛華，都不曾打疊此事，究竟果何所得？哀哉！墮地以來，爲功名事將心血耗盡，何如不讀書孱人，騎款段游行鄉里間，優游六七十歲而死耶？」日暮後，作乾嘔不出。久之，得少涎，亦不敢視，熱與渴較往日又甚矣。錯誤迷亂中，念若在家時，用大缸貯冷水置身其内，作一清涼快死，殊亦慊懷，今居此何可得也。方熱極，赤脚走地上，語僕云：「好收拾文集。」是夜，去地獄無幾也，若再不止，則視自經自沉爲得計也。

78 晨起攬鏡，眼角頗有黄色，獨心中軟弱欲眠。抵暮，微作寒。乾嘔數口，亦微熱。徹夜倦眠，漸有起色矣。

79 瘧不至。予謂客曰：「看來世間忠臣義士，殺身喪元，亦非難事。當病熱極時，一刻也難度，若有人來刎喉，真笑而受之耳。古人云：『斷頭斷腸等死』。看來斷頭差覺爽快，斷腸受磨特甚。況忠義者苦在一時，名垂後世，即冥中鬼服神欽，更有大受用在後。然則人生如遇此等時節，便是好際遇，不可錯過，勝似呻吟牀蓐，求生不得，求死不得百倍也。」

80 體漸復。晚獨坐，甚念有生之苦，且年紀漸大，血多耗散，須多静少動，以養血爲衛生上計也。

81 爲人書扇，偶憶長安讌集時一首書之。客問此何年作。予曰：「此丁酉年冬間詩也。」是年，予以下第游長安，館于伯修所。是冬日暮，則良朋勝友，招攜聚樂。十九首云：「洛中何鬱鬱，冠帶自相索。」是此景也。丁酉、戊戌、己亥皆然，凡燕中名刹名園，揀勝而游。獨予一人失意，未能忘懷。當時聚首，不知其爲千古之一時也。今已矣！友朋兄弟，零落星散，可歎也。

82 往京口，見禾穗穰穰，較一月前所見，稻花香撲鼻矣。久静，忽舟行，頗適。入暮，月色入舟，天氣漸凉。

83 抵鎮江，移行李甘露寺虚上人房。按甘露寺，乃唐寶曆中李衛公建，以資穆宗冥福。時甘露降兹山，故名。夜月窺窗，與僧幻休兀坐。數日内，勘破世間種種繁華快活事，畢竟是刀尖上蜂蜜，沾着便不好。又如甘露内毒藥，暫時雖可口，一日毒藥發作，便要裂腸破肚。我學道十七八年，止今纔有幾分怕生死，纔知生死海中，頭出頭没，出房入房，生老病死，一一要身受。奇痛極楚，轉盼即至，可畏可畏。古人云：「如經瘴毒之鄉，水也不得沾他一滴，要須十分防護。」我此時病新起，道心較急，看得極其親切，只恐後來忘却，因書之于此。但憶前日嘔見血時，熱極時，求生不得求死不得時，即無處不是快活日子也。

84 同山僧上北固，過天津泉，高帝駐此，云：「是中應有泉。」後遂涓涓矣。從右腋屨陟至山門，見大江浩浩，風帆往來，金、焦拳立水上。至大殿禮佛，前山疊疊，大江出其右。折而右至三山閣，實爲一山勝處，白水緑洲，平疇稻畦茸茸。左至石亭，得江最多。

85 予禪友埋照、南詢止于此寺看藏，與此中一善友錢大用善。錢亦諸生，父某，以進士任省中。此公偶信堪輿之説，以水陸寺作宅，移居其中。白日常放光怪，阿羅漢往來其中不絶，其事尤多。京口人雖知之，不詳。惟大用與埋照極言之，自見因果可畏，亦斷葷血。其父家居，竟爲一僕持刀剸刃其腹而死。後其子弟相毒，一家俱在囹圄。大用每言及，輒泣下，家中得罪神明，恐此後無遺類耳。大用年未五十，亦卒。初埋照再至柳浪相晤，與予極言大用之賢。今年來訪之，則曰：「大用今年逝矣。」問幻休，所言與埋照語同，益信因果可畏。世之佔佛刹爲住宅，爲烏兆者，不可不深戒也。不獨如來爲人天導師，侵其刹者，護法天龍自然降殃；即血食之神，亦有不容侮者。先王父葬地，出於本邑桑氏。桑氏之先富饒，蓋一邑遍謀風水，偶得一地號鳳形山，其地上有聶四廟，桑氏毁之。其家後爲鬼祟攪擾，甑中飯皆變爲糞，婦女從砧上切肉，即爲鬼攫去，煮酒皆爲血。如此十餘年，所生子皆如廟中鬼像。其後，有桑戌兒兄弟，竟爲僕誘去作盜犯論死，一家灰滅矣。後以地市于王父，則廟中原無穴，尚去數百步遠。聶四之神，不載祀典，猶能爲禍如此，可不戒哉。家大人及叔伯輩親見之，非臆説也。往在蹇督府衙齋，督府云：「前作順天撫臺時，駐遵化。一士大夫，原爲壬戌同年，一日，持一呈求批，云宅近關廟，乞其地益宅。即跪求之甚懇。予曰：『關公護國正神，我輩尚當莊嚴其宇，敢撤毁耶？年丈乞他事無不可，此事斷不可也。』其人甚慍，後竟奪其後半。此公尚無子，連生兩子，皆無後門而死，竟無嗣。」蹇公言已，因云：「我最不信鬼神，若此事真奇異也。」因錢氏事，並書之，以志戒焉。

86 月下因思某棄諸生爲出世間清閒高僧，暗中得許多便宜。如我輩名根未斷，連年奔走場屋，今已四十，頭髮大半白矣，得來受享，亦無幾時。況受享種種，俱是我所説鋒刀上蜜，甘露毒藥，何快之有。今人説前世爲高僧則喜，説後世爲高僧則喜，至今生爲僧，則曰：「如何作此偏枯事？」世人眼孔真不足信，信着便誤了無限利益，須是自作主張，臘月三十日無人替得。

87 甘露山門題榜，爲「天下第一江山」，晉陵吴琚筆。琚書學米老逼真，畫亦然。所著有雲壑集。殿上禮佛後，出坐淩雲亭，見稻田如掌，引大江水成渠，曲折塍間，垂柳覆之，甚可泛。風勁甚，出寺門，前若大堤，竹箭叢生其下。半里許，至前山，如象鼻迴繞。上有玄帝廟，一僧揖客。訊以海岳菴舊址，云今不復得矣。復尋舊路。飯後，散步鳳凰池畔。依山頗有泐石，雲襞霧裂，類假山，恨無亭可憩。後穿槿籬歸過禪堂，禪關内一僧坐禪，與之語，蓋真修行者。是夜，月不明。數月内天旱，無夜無月。至中秋，人人思賞清輝，而月色却爲雲掩，乃知如意事未易得也。

88 至鶴林寺。寺久廢，陸尚書五臺諸公復之，見岳珂及孫覿與山老書刻石，并東坡和刁景純柳子玉光字韻詩，皆嵌牆上。柳子玉，東坡妹婿；刁景純名約，丹陽人，家有藏春塢。又有子瞻草書，止七八字，甚類醉翁亭記筆法，蓋老坡沾薄醉後放筆能爲此體，惜不全耳。其中宋、元蹟頗多，高宗書七佛偈尚存其一，字頗類黄魯直。過古竹院，即戴顒棲隱處，唐李涉「竹院逢僧話」處也，竹色蒼翠。周濂溪書院亦新復者，蓋濂溪曾問道于壽涯，鶴林僧也。其中有小蓮池，亦可小憩。對門即黄鶴山，如僧頂，其伽藍爲米元章，云此公發願願作此寺伽藍故也。予謂衆香國裏來，衆香國裏去，此等去來，當是浄土中人，恐不止作伽藍也。意者，菩薩護法，無所揀擇歟？

89 有僧持黄慎軒手卷，皆與予别于西陵并三峽中道詩也。諸作杜陵、昌黎之間，極才人之變化，不意國朝至今，詩道大盛若此。

90 楊邃菴先生嗣孫楊九臯來，見楊公關中奏議。予訊楊公事，云：「當武廟幸宅時，先人病。凡上湯飯，俱一僕余鵬扶送。武廟問曰：『汝何名』？曰：『余鵬』。武廟曰：『改作萬里可也。』鵬後自刻印章曰『御賜萬里之章』。蓋此人亦非僕，乃先人門下客，不敢言客，故言僕耳。每上湯飯，俱具五十金爲儀。武廟曰：『暫收下。』不下數千金，曰：『盡與楊先生作茶果資。』駐蹕一揮使宅，晨則步至先人宅上，或園中釣魚作詩，亦令先人作。先人曰：『詩思遲鈍，請題，入密室搆思。』武廟笑曰：『我考秀才，正欲面試。』詩成後改一字。南園釣魚，得一大蝦蟆，龍顔大笑。」

91 往遊焦山，風勢大作，不能往，遂過瓜洲。舊有地主蕭紫芝，名成芝，時已捐館，一城遂覺冷落。予欲往哭之，值其令嗣他出，遂已。夜得一詩，中有云：「家貧因愛客，宦拙爲嫌錢。」蓋實録也。夜卧舟中，醒時已抵維揚。

92 至廣陵，同年李明衡招飲于城外閻氏別業。水閣臨流，有吳兒善歌。訊問詹淑正濂消息，則曰：「未半月前逝矣。」淑正，新安人，能篆隸，工印章。少時客京師，屠長卿爲人所訐，淑正亦與焉，蓋謂其共登俳場度新聲也。後歸楚，走儀、揚間。戊戌，予居真州，淑正來，因數聚首。時真州有老友侯師之，名維垣，亦好客，所居書室，前有流水聲，常往聽之。師之數留小飲，每飲必招淑正。真州城空，其西北多種桃，桃花盛開，與二老日日往遊。二老皆聾，予與人語，不作大聲。自與二老久處，予日日大呼與言，苦甚，凡半年而別。後蹤跡無定，書信闕然。前在金陵，聞其在維揚，所以來此欲一晤言，不意其已逝。老而窮困不振以死，可傷也。

93 黄州林子木來，言及邵武蕭勝祖事。勝祖初爲農父，但力行孝道。後遇仙，令其飲墨水，便通文義，且教以理學、數學。祖既能書通文，一鄉皆驚。後至羅近溪諸公處論學，頗得其奥。子木過邵武，親往訪之，問以心中所疑，一一不言而喻。年九十七而終。往聞近溪晚年奉一蕭老，想即此人也。

94 子木持一册來見遺，乃陸儼山深、顧東橋華玉二公書也。秀媚遒美，妙得晉人筆意。儼山有札云：「山居初就，日有遊人，每日一躋攀，東溟未常不在念也。邇日道體何似，静養爲樂。僕新置二畫船，只用四五人可行，約載數客。其一設繩牀偃卧，其一具歌吹先驅。風日妍美，即挾以出浦，隨潮上下，選勝而登。或尋小港，諮訪故舊，即牽挽而去，雖滑泥亦可動，此或古人所未有也。今秋稍健，顧念京師輩多入鬼録，不能不爲之嬰情耳。娱老之計以報知己，他人固未易言也。亮亮。」此書頗與鄙意相合，乃知此老興復不淺。

95 至儀真，遣人訊問十年前文酒故知，俱已逝去。侯師之老而好客，能詩，年近七十而卒。李季宣名柷，癸酉舉于鄉，能詩文，豪飲。出爲縣令。後歸，未數年而卒。有王康成名維寧者，書法甚佳，尤喜豪飲。晚年以其子負債，爲人逼迫，自不勝憤，走至塘子邊，以頭入水而死。此皆往時文酒賞適友也，或老或少，皆亡矣。

96 潘穉恭出倪雲林畫，瀟散簡浄，真雲林筆也。上自題云：「篝燈共聽蕭蕭雨，已是催花一月過。翠竹喬松渾漫興，研山忽覺蘚痕多。三月二日雨，宿無礙方丈，元璞長老命寫竹石寫已并賦，以發一笑云。是夕，基上人、誠藏主、賓講師同集，倪瓚記。」又有王叔明山水一軸，其他如沈石田、文待詔、陸包山，皆有佳者。丁南羽，名雲鵬，白描文會圖，極其工緻。

97 移居天寧寺西玄上人房，是日得方子公訃。子公名文僎，新安人。甲午，予應試武昌，友人潘景升客焉。子公困極，作景升客，從景升學詩，九月猶衣練衣。予憐之甚。下第後，念中郎令吴，衙中甚苦無人，子公差文雅，乃以八行附子公。子公遂東下，至吴見中郎，中郎留之衙舍。退食之暇，與弈，稍分俸給之。得金即以治衣裘、市冶童，招客飲，不數月又貧矣。然中郎終憐其人質直無他腸，自丁酉春解官，凡游歷皆與俱。新安人見其多縉紳長者游，稍稍禮敬之，乞貸亦有應者。然得即以市酒招客，不宿囊中也。丁酉，予又下第，依中郎于真州，與子公聚甚洽。後同入都，飲興益豪。己亥之夏，同丘長孺、中郎於崇國寺王章甫寓中，大雨三日，不能出户，日夜沈飲。子公夜擁歌兒入曲房。夜半，歌兒忽大叫曰：「救我，救我！」時門已倒扃，急開門，歌兒曰：「方先生化爲蛇矣！」燈光明滅中，見方首僅如蛇大，上卷復下覷，甚可怖畏。子公亦不爲訝。凡子公夢入冥司者，屢矣。中郎集中有之，不悉記也。數年後，病日甚，益不輟飲，故中郎酒評：「方子公如游魚呷浪，喁喁終日。」丁未，復從中郎南歸，至儀真僦居。中郎補銓曹，子公抱病往依之。至臨清，病不能前，遂卒。過天寧寺，至嘉樹林，戊戌夏客此，與吴興臧顧渚、湖州司李閩人謝在杭，日日納涼于此樹下，文酒賞適甚快，因題之爲嘉樹林矣。

98 閒步學宫前。儀真學舍，原爲資福寺，前長令移寺他處，以此爲學基，頗弘敞，泮池極闊。

99 與潘稚恭步至天寧寺，少憩出，沿天寧寺步大士殿，前有井泉，問之，即東坡井也。東坡由黄州改臨汝，自乞於陽羨居住。朝至俞允，故道出南都，逢張安道，出楞伽經授之。初，安道守滁，入琅琊山藏院呼梯，梯梁得木匣，乃楞伽經也。見經中字跡，忽然汗下，了知前生是知藏僧，寫經未終而化。安道手書其後，筆跡宛然，無異前生。乃付子瞻，令書鏤行四方。子瞻先於此書，後至金山了元處卒業耳。未幾月，而登州之命下。五日即以禮部郎召還除中舍矣，未得久住陽羨也。七年後謫惠州，乃留諸子居陽羨，而獨與朝雲、幼子過至貶所。後從儋耳北還，子由不欲少年兄弟作兩處，必欲子瞻共居許下。子瞻意亦決，乃遣人至陽羨，鬻田而行。次真州，舟中老幼多病，己亦病，難于衝暑出陸，乃定計往陽羨。子瞻病日益甚，竟卒于常州顧家宅上，亦竟未常居陽羨也。

100 天寧寺，與西玄閒坐。西玄云：「昔遊五台、天台，當山水勝處，都不知身心所在。」令予遊覽之興勃勃。

101 步至東坡井邊，西玄云：「此水較他水，每一石重五斤。」見大士閣邊所供伽藍，爲梁昭明太子，訊之，都不知其始末。然此地近建業，于時南朝刹宇最盛，青宮或有勝願，未可知也。

102 王百谷以八分書「篔簹谷」三字見寄。

103 移寓潘季友空宅，與張白榆鄰，即張舊宅也。戊戌年，中郎以病改吴令，入補官，寄家此地。予亦客焉。僦張氏之宅以居，自正月至七月始入都。當時讀書飲燕之處，宛然如故，而計其期已十二年矣。

104 至天寧寺大士殿東坡井邊，有汲水者曰：「此井夏漲冬稍涸，與江同也。」殿前廡下有蒙師，適他出，羣兒如蛙亂鳴。予步几案間，大書紙背云：「孔子爲迦葉，顏也作儒童。兩家原是一，具在龍藏中。」書畢而出。

105 四弟家報來云：「大人臂病已愈，篔簹谷中新竹復生千竿甚盛。」八舅亦有字至云：「不知何日更同作商羊舞也。」八舅治一宅，有方廣大墀，往年月明之夜，大醉後，相與翹一足而行，多至百步，以比角氣力罷健。當時笑欲絶，令人時時夢想此等快事也。

106 往侯師之宅。宅舊有流水繞亭，園有玉蘭花，上參天，今皆易主矣。家事日零落，惟二孫書種未斷，差可喜也。買舟復入維揚圖北，日已西，别送者，獨坐舟中。偶見岸上芙蓉爛然如雲錦，亦可觀。早至揚州。

107 舟中，與林子木諸客語次，因論人生要結局，富貴能享者，亦無幾人。予曰：「享富貴至七十八十，固爲難得，然生死到來，手忙脚亂者，等之乎無結局也。必如夫子植杖，曾子易簀，堯夫觀化，龐蘊空諸所有，楊大年藥也不曾煎，楊無爲將錯就錯，馮濟川龜哥眼赤，近日羅近溪留七日而去，此方是有結局耳。」子木曰：「坦然化去，雖少年亦多有之。吾邑王一鳴子聲之父孝廉王輝之，年三十八，臨終自説偈曰：『百千萬劫，三十八齡，從今而後，吾還吾真。』又作『去也，去也，真去也』詞十闋而化。」予曰：「此非道力，亦報緣耳。」

108 步至梅花嶺，有荷花亭可坐。後有阜可望遠，如一戚里園，無奇也。

109 李中丞郊園菊花盛開，五加皮酒甚清洌，恨未能飲也。中丞云：「瘧有魔，一醉即去。」予曰：「魔若好酒，當必復來。」

110 九月二十日，由漕入都。日暮，抵邵伯，蘆花生洲渚間如雪。按此地，予凡三度往來矣。乙未之歲，中郎令吳，予由都門，從水道往依之。戊戌，中郎改官，入補順天校官，時眷屬寓真州，予送眷屬入京，即入國學肄業。辛丑，伯修卒于都，送柩出。凡三度，白水青山，情緒萬端。今睹此路，感念舊事，意皇皇也。

111 過高郵，城外皆湖，一望無際。以城高，而四面低如盂，故亦名盂城也。

112 過寶應，垂柳夾道。

113 泊淮安，登大觀樓。

114 度黃河，見北來舟，風水皆順，一瞬而過，意甚樂之。

115 阻風宿遷，步河邊，至一破寺中，僧如鹿豕，不解肅客，共曝簷下。頃之歸舟，風捲河流，雪浪千丈，此地即古下邳，項羽生處也。

116 十月初一日，己酉，住宿遷。風猶勁，始知黃河竹箭之流，復當西北風生發時，萬萬乎不可舍陸從舟。二僕又病不支，青女漸至，前途寒苦，若何爲計乎？後決意束裝，陸走徐州。

117 曉行，黄沙枯草，一望無際。望下邳山色，亦自青翠。至新河火食，詢居民，即迦河口也。直達濟寧，減水程三百里。行此河已三四年，但河口多淤塞，中多淺，當事者肯專力濬治之，漕可免黄河之險。晚宿下邳。

118 有便道至吕梁、徐州，徑三十餘里。既就道，屢迷路。途中間有人家，流亡頗多，居室俱不存，惟餘石子牆，頗有緑林之懼。宿吕梁，即古懸水村也。

119 吕梁道中，路漸入山中。詢路人，云當從河邊行。後從山中穿出，遇一人，予謂曰：「若能導引入正路者，當予汝錢。」其人欣然導就大路，予之錢，赧曰：「此數步地，敢求錢耶？」謙讓不受而去。

120 登黄樓，子瞻謫黄州，與人書云：「欲换武作團練。」未至黄州，先作黄樓，豈非定數耶？

121 十月初八日，渡河。由東岸驛早發，宿於利國驛，山東滕縣界。過互鄉及張子房墓，中有地屬薛，孟嘗君養士處也。

122 過鄒縣，望見嶧縣，碧石堆砌。

123 過兗州府，城外石橋甚壯麗，魯邸所修也。隍中流水頗清湛。晚宿汶上。

124 過東平州，山路崎嶇。宿東阿縣。

125 東阿發，過三歸臺，宿茌平縣。

126 從平原發，飯苦水鋪，此地人素狡，故諺云：「苦水鋪，神仙過，留筒布。」晚過德州，水邊有陳給諫園，内有三層樓可眺。去歲，友人劉元定視倉儲于此，邀飲樓上，尚依然也。

127 行次景州，治一勺，與張孝廉閒話。孝廉，沂州人也，云沂之豘肉甚美，即子瞻所云「沂陽美猪肉」矣。

128 飯阜城，宿于單家橋。

129 過獻縣，午飯河間。此路楊柳甚繁，初冬尚未盡彫。宿新中。

130 曉月，踏楊柳影以行。過任丘，至鄚州，舊垣尚存，三户蕭然。鄚州，唐開元中以「鄚」類「鄭」，改爲莫州，即公孫瓚之易京也。初童謡曰：「燕南垂，趙北際，中央不合大如礪，惟有此中可避世。」瓚既殺劉虞，盡有幽州之地，自以易京當之，乃徙鎮焉。後爲袁本初所破，所云「袁氏之攻，狀若鬼神」，即此處也。初，瓚既殺虞，見有勝己者皆殺之。男子七歲者，不許入城。傳達皆用壯健婦人。其癡如此，安得不敗。

131 近雄縣，四望皆湖，蒹葭蘆葦，宛似江南，蓋此爲北路諸水下流也。宿縣中，有小魚野鴨，市之佐酒。

132 入城，居中郎寓。中郎主試秦中未歸。癸卯同年梅給諫長公、徐侍御京咸來話。入暮，蘇侍御雲浦共酌。

133 丘長孺來，拉予同過西寓，因同諸公讌集。戲有弄長干者，干可五六尺，一人猿騰而上，或即或離，游戲自在，爲之病悸。又以後彈打前彈成粉，亦絶技也。

134 中郎從秦中主試回，甫相見，話登華山事甚詳，語其險，令人毛立。又極言嵩少百泉之勝。

135 中郎出秦中古碑細閲。

136 移寓東舉場。

137 中郎約同學者，講于慈因寺。來者爲江右謝孝廉青蓮，名于教；滇中陶孝廉不退，名珽；徽友汪鼎甫，名本鈳；蘇雲浦、梅長公，并僧寶方、雲浮；丘長孺後至。齋罷，同飲于中郎宅。

138 天大風，聞丘長孺病甚，往視之，云不語數日矣，今稍可。不獲見而回。

139 移行李過中郎官舍，時中郎方理考功事，予亦不便會客故也。

140 小僕至，得酒友李澄之名清邦訃。澄之好酒，爲人篤實無機械，予居家無友，常拉之飲。相逐槿籬蔬畦間，無遠近，呼之輒至，非醉不肯歸。別時送我江干，依依然可念也。卒死于酒，得年四十餘，悲夫！四弟書來云：「兄常言李澄之雖好飲，然一生不作詩文，心血不耗，故能勝酒力，不生病。今果何如？」

141 中郎移襆被入署，予亦出至極樂寺，與錢受之、賀函伯修業。出西直門，過高梁橋，虬枝遮天，宛似郭河陽畫。河冰如琉璃。

142 夜月如晝，令小奚持氍毹着冰上坐。

143 極樂寺外禪堂甚清寂，後有松一樹，夭矯拗折。閒步一古寺，有坐關僧，隔關略與語。

144 至興德寺，般若菴僧如賢卓錫處，頗清寂。出石刻四十二章經，予亦書一段，已勒石矣。寺後看水，浩然一湖晴雪，宛似江南。

145 往視丘長孺，時長孺病四十餘日，不穀食，憊甚。予坐榻前與言，氣奄奄不能答，但取其看梅花三絶示予，有「開得梅花似杏花」之句。予與客言，長孺亦復破顔，然意楚甚：「久在牀簀，肉貼席處，痛不可忍，支左移右，日望烏遷，夜思鷄鳴，以日爲歲。若倖免于大病，且與兄往西山覓一僧寺度日，甚快不可言也。」予曰：「病中覺閒時甚適，及已愈，便思熱鬧，忙于星火，不能時刻停矣。我昔病于瘧，熱不可支，自誓云：『我病稍愈，即當刺一字臂上，一戒縱飲，一戒邪淫。』傍有一友曰：『何必刺，但節嗇便是耳。』予大怒曰：『公不知人情易忘，非刺着肉上，時時見之，久必不復省記。』未數日，瘧已愈，往鎮江就醫，調治舟中，月色甚明，因謂侍兒曰：『爲我取酒一盞來。』因對月呑一盞。次夜月愈朗，益之三。抵甘露寺，中秋，遂盡一壺。見寺中寂寞，走維揚。有熟識者治酒，召歌兒，一飲近百杯。未數日，瘧復大作矣，悔恨已極，因自歎曰：『此番必死無疑矣！自作之孽，當復尤誰？』後調理亦漸痊。予經此，始知病中之言未可信也。正恐兄痊後故態復作，豈能效老頭陀苦行事哉？」長孺亦笑。

146 錢受之話王逸季事。逸季名士駿，弇州公季子，有俊才。丁酉春，自治書室修業，夜夢至家園，凡一生所用玩器，并美妓冶童皆在焉。俄見園中有精舍，老僧數人行道其中。一僧謂季曰：「汝過三十日即死矣。」季悸甚。轉入一室，見母太夫人述前語。太夫人曰：「兒無憂，當以日爲歲耳。」兄澹生從旁曰：「不然。聖僧無誑語，汝殆必死，當奈何？」季復入前精舍禮拜，問何以祈免。老僧長跪佛前，與摩頂受戒，且云：「若破戒，則必不免。」季頂禮而出。俄見所熟狎游者，強令食肉行淫，恍惚間忘前戒，既而大悔。忽一金甲神人，手持鐵簡曰：「我持戒神也。汝破戒，吾示汝破戒報。」因以鐵簡自劈其面，流血遍地；復出袖中鐵丸啖之，肌肉焦爛，慘不可狀。語季曰：「破戒報若此，能懺悔否？」季惶悚，誓不敢犯，乃已。季既覺，遂誓斷酒色。

旬日後，友人強之破戒，如夢中所見，一病遂卒。

147 中郎以字來云：「今日出署度歲，天涯兄弟，久不同守歲，宜即來。」王先生眼欲穿矣。」乃王以明也。

148 會夷陵雷太史何思，時從闖中主試歸。

149 中郎云：「秦中太白山以雪得名，我於韋曲興教寺望太白，時九月也，雪已漫山矣。山中蓮花常帶雪，故摩詰雪裏寫芭蕉，亦是實境。輞川在藍田，相去不百里也。」予喜破此疑，急書之。

天啓甲子上元前三日，夏大鵬校于承恩禪寺。

珂雪齋遊居柿録卷之四

1 萬曆三十八年庚戌，正月初一日，寓石駙馬街中郎兄寓。中郎早入朝，午始歸。予過東寓，偶于姑蘇會館前逢韓求仲、賀函伯，曰：「此中有少宴集，幸同入。」是日多生客，不暇問姓名。聽吴優演八義。

2 夜夢蓮池上人示寂，予與中郎皆輿往弔，其後尚有十餘人，俱縗經。既至，知客曰：「公等與上人素相知耶？」予通名，其人愕然。不知何祥也。蓮池，杭人，以諸生出家，後住雲棲，專接引人念佛，行解甚穩。予素未見之，不知何以入夢。

3 至極樂寺王石洋寓中，見王辰玉二律書卷上，中有「雪中烏乳分齋鉢，月下僧歸及梵鐘」；「殘燈貝葉飜香蠹，春日簷花坐語禽」。皆佳境也。

4 閒步溪邊看冰，時風日甚佳，凍枝内時有着緋人，皆中貴往萬曆寺者。

5 受之云：「生平知交，有一顧朗仲，今已死矣。」予與朗仲，亦素相聞，恨未識面。朗仲名雲鴻，舉應天庚子鄉薦。受之偶取其藤溪雪菴記一首示予，予歎曰：「天假以年，所造未可量也。」

6 極樂寺左有國花堂，前堂以牡丹得名。記癸卯夏，一中貴造此堂既成，招石洋與予飲，伶人演白兔記。座中中貴五六人皆哭欲絕，遂不成歡而別。

7 錢受之言及崐山王明佐事。明佐初名治，後名逢年，字舜華。父王太史同祖，與袁元峯先生爲密友。明佐後孤，入都，元峯甚憐之，念故人子當厚之，且爲謀一官。一日，偶以書手遺明佐，令代作古文辭三首。明佐以一小赫蹏題數字答曰：「足下以時文取科，以青詞拜相，烏知所謂古文辭者哉？」元峯嗤其狂，後竟落魄而歸。家素溫，腴田數千畝，盡賣去。後有人持一古琴云：「此即蔡中郎焦尾琴也。」明佐信以爲然，以二百金購之，極其寶惜。後家貧，更思置田，乃以琴求售于王弇州云：「但得原直，取腴田以老足矣。」弇州視琴，僅可二十金，而難于辭之，語弟敬美曰：「王君持琴來，若辨其非漢焦尾，少與之，彼必不快，將奈何？」敬美曰：「但以付弟。」明日，明佐至，敬美語之曰：「昨月夜坐松下，取公焦尾彈一曲，雲中忽有二美人冉冉而至曰：『上帝勑取此琴。』予不敢留，二美人捧之而去，俄入雲中不見。」舜華大喜曰：「信神物不可久留世，奇矣！」後竟不問琴所在。敬美仍以三十金，作一賻儀，送之以歸。人後問焦尾安在，舜華曰：「此琴在我家中，久有去意，果然不肯留也。」明佐詩甚佳，書法尤工，晚年微示疾，自以所書金剛經置之懷，坐化而去。予謂此老真有米海嶽風氣，不易及也。客又云：當僞吳時，有金氏女十餘歲，能前知，張士誠奉爲神明，取之入室，依其母。既長，絶美，欲納爲后，不可，將盡殺其家。金氏許之曰：「太夫人實鞠養我，辭太夫人去。」至則拜士誠母于牀下，化去矣。士誠大驚，乃以籍没常熟富民曹百萬貲財爲治塚墓，今常熟猶有金姬塚云。先輩楊儀曹傳甚詳，予家有之。又言近日吳孺子事。吳孺子，不知何許人，酷好古藤，每入深山尋藤，或數月不出，未盡則取生蔬啖之。得藤以爲杯，爲如意，爲佛菩薩，爲龍鳳，曲盡其妙。或聽泉樂之，則窮日夜。人不與之食，不求食也。此皆異人，不可不識。

8 同受之、函伯至法華寺，看求仲。求仲曰：「予數夢至此寺看牡丹，似是好消息也。」

9 考功事竣，中郎以謝恩先出，以字招予夜飲。

10 上元日過燈市，覓長孺同往，則已先去久矣。至市，喧闐不可步，覓長孺於酒樓。有自密雲來者，予急訊蹇大司馬別後事。曰：「去後，蹇大司馬謂予曰：『小修不至矣，吾兒亦欲歸西川畢姻。』二月中，遂遣公子偕其母歸，旅次止一幼姬。至六月病作，自謂背上有小毒，不知其爲背發也。數日後，徵醫視之，不治矣。卒之夜，城中砲響者三，甲馬之聲轟然，大小營中皆錯愕，以爲有他變。頃之，寂無所有，遍訪砲響處不可得，即大司馬瞑目時也。」

11 中郎出手卷一，乃范寬雪景，後有跋云：「此宋畫苑范公筆，大長公主書府秘藏之。一日，命前集賢待制海粟馮子振等題跋，爲天下古今之名畫也。子孫宜寶之。東平兀顔思敬跋。」又有跋云：「范公畫法，爲當朝所推，老人精妙，此尤得意之筆，凡三見之。兒子稷近得，特藏之。東里楊士奇識。」按馮海粟亦學禪，中峯語録有與論禪書，尤爲詞曲當家。

12 中郎出二卷，其一爲蘇子瞻草書醉翁亭記，放筆淋漓，而結法甚密，俱是三蕉葉後從十指中出者。此書乃新鄭家藏，後傳之江陵，再傳之家舅龔侍御惟長，名仲慶。所惜後有趙文敏諸公跋，俱爲人取去。中玄曾勒石，今石刻與此本分毫不異。其一爲趙文敏公洛神賦，見此字，乃知趙公書法出于二王，奕奕有神，令後人所不能模擬者。

13 廿六日，得黄平倩書云：「兩得兄書，亦得三哥書，具省想念之意。弟體幸漸可支，恨左不如右耳。昨日聞陶周望即世，懷抱惡甚。道侶彫零乃爾，人世孰可把玩！憶壬寅別時，欷歔恐不復相見，今果然矣。兄書言前得陶兄書，似有所得，不審臨化得力與否。弟索居日久，嘗虞墮落，安得傅翼，以破七年之積結耶！閒居歲久，赤貧自憐，即欲買舟下峽，以赴兄約，亦未易，然且賤體亦未堪遠涉也。世事悠悠，四顧增嘆，惟當精勤大事，于明歲内乃可遠遊耳。倘緣數如意，得奉二兄教，有所省發，當結廬于無喧處，或禪或淨，必有所就，免得臘月三十日又載一肚獐狸去也。三兄高捷後，能圖一便差，就我荒落乎？」

14 赴順天癸卯同年大會于錢戚畹宅，予連坐爲都中王黍谷名嘉詔，與予同門。其兄名嘉謨，丙戌成進士，爲先兄伯修同年。舊傳此公知前因，予備問之。黍谷曰：「有之，世傳殆過甚。當家兄未生時，順城門内有一老人某，好善，臨命終時，瞑去忽蘇曰：『我當託生豹韜衞王指揮家作兒，此善人家也。生後三日，汝輩可來視我。』遂死。死之時，即家兄生時也。後三日，其子來視，且言故。家兄見之淚落。自後每見輒頭眩，半日不省人事，遂絶往來。」

15 春場畢後倦卧，楊修齡至，坐牀上少話即去。甫梳櫛，晉中左方伯、黄梅汪靜峯可受至，強欲讀文。予數辭，汪必不去，不得已，爲讀一過。汪甚許可。月夜，中郎同胡仲修、陶孝若來，袖文而去。孝若應入場，苦其勞不入，亦覺翛然。

16 陶孝若來，道及張玄真事。孝若曰：「張志和隱于祁門，今有張村，人相傳于祁門仙去。」志和踪跡，晚在吴興，不知何以復在祁門。

17 表弟龔蒼嶼來云：「偶與同號生談，云：『萬事前定，予頭場倦卧，忽見二十一號者爲一鬼所挟，予驚而往訊之，其人不覺，私識其名。昨日遂帖出。乃信場中有鬼神也。』」

18 新安太學吴嗣先處，見大李將軍棧道圖，上有宣和印。趙千里秋高牧馬圖。子昂馬，鮮于伯機、柯敬仲題跋。李成老柳繁藤，有米元章審定印，又有「太原珍玩」、「王良史」章。又有大李將軍宫殿雪景。

19 順城門外李戚畹園，寬可五百畝，種牡丹可三十畝。内有老槐，虬枝盤曲，因架二亭其上。五六日前，蒼嶼作一夢，云：「弟見兄至一園，甚繁華，内有大樹架屋，可坐。」今日偶見此，與夢境正合，亦一異事。

20 左心源侍御邀中郎、雲浦、謝青蓮、陶不退與予，聚于慈惠寺。僧真貴，號愚菴，蜀人，與黄慎軒爲法契。出慎軒札二册，有意無意之間，筆跡甚工。予謂愚菴當摹上石，以垂永遠耳。心源云：「人生隨其所居之位，皆當有成章處。若進退無據，與世俯仰，碌碌奔波，則爲庸人。」予深服其言。

21 吴嗣先寓見閻立本職貢圖，賈秋壑收藏。閻立德鎖諫圖，宣和賞鑒。趙子昂自書竹賦，并畫竹。李龍眠臨閻立本度人經變相圖。王叔明畫松風閣，前有無準和尚題「松風」二字，後有楊維禎、顧阿暎、劉伯温詩，宋景濂記，僧宗泐五言古詩，姚廣孝七言古詩，并跋語。

22 隨中郎南歸，辰出春明門，送人頗多，予皆未及晤。至盧溝橋，水涓涓流，即古桑乾水也。輿中望西山一帶，猶露雪痕。晚抵良鄉，風大作，有寒色。時友人李素心弟雪里亦同歸，夜同榻抵足，共嘆求名之苦。予欲葺山居爲終老計，而素心有志香光之業矣。從此有記，互有異同，故并存之。

23 雪大作，報人不至，遂行。至琉璃橋，白石砌成，可三里許，極爲壯麗。其下即古所云聖水也，水出上谷，東逕玉石山，過良鄉縣，逕羊頭阜，合于涿水、桃水，至河間入海。晚至涿州，得全録，相知得雋者頗多，而荆州一郡皆落，意頗不快，久之始定。輿中寒甚，懷抱甚惡，自念已四十餘矣，常奔走場屋，勞苦不堪，捨之又不能，真是前生業緣。

24 安肅道中，雪晴。出城數里，見流水一曲，西望遠山，甚秀冶。

25風大作，輿中見枝影滿地如月夜，拭淚讀書，亦甚快。過石橋，流水清碧。午抵保定府清苑縣。

26過涇陽驛，壁間有李大司馬霖寰四絕，中二首云：「短牆小屋柳垂垂，二十年前此咏詩。今日重來無覓處，空餘烏鵲繞寒枝。」「南去北來枉自嗟，閒愁贏得鬢生華。數行遺墨猶難保，何況玄都觀裏花。」壁間多有和者。因憶庚子中郎以祠部出使周藩，予以順天鄉舉不第，同過此驛，見壁間有臨漳令王子聲一詩，云：「初日照騎馬，悠悠旌旆摇。孤臣長糞土，萬事隔雲霄。朱楹抱風葉，寒蟬喧暮條。端居念天地，疎闊一題橋。」今亦不見矣。子聲初爲太湖令，後爲臨漳令，竟不振以死。中郎因以詩弔之云：「只合臨漳死，曹家鬼好文。楓根猶有繡，夜壑豈無春。硯乞銅台瓦，姻求洛浦甄。歌遺塗粉客，衣逐買香人。客鬼輕殘蜕，騷宫重楚魂。生死旦晝理，夜樂勝朝曌。」予亦作一詩，後遺失，亦不知何語也。晚宿慶都堯母墓，墓如崇阜，正方。登其顛，望一城如小盂。西北諸山秀妍，訊之，則唐縣、完縣諸山也。

27從慶都發，過清風店，涉唐河，至定州州學，觀子瞻雪浪石，盛以石蓮花盆。石黑質而白章，奔騰如浪，「雪浪」二字，非此石不能當，亦非子瞻不能名也。其盆邊周遭有字云：「晝水之變蜀兩孫，與不傳者歸九原。異哉駁石雪影飜，石中乃有此理存。玉井芙蓉丈八盆，伏流飛空漱其根。東坡作銘豈多言，四月辛酉紹聖元。」字畫未經摹搨，神理甚完。旁有一槐，中空外裂，似亦子瞻時植也。前廡下刻王摩詰墨竹，又有雪菴書六言詩。雪菴即書茶榜者。元至正、大德間，有僧雪菴，以大字楷書名于世，其臨蘭亭，爲牟大理、趙子昂所賞，即其人也。午後，過劉禹錫陋室、光武雞鳴城。

28 從新欒發，過伏羲生身處，憩伏城驛。日暮，抵真定府。城中空闊如郊野。

29 從真定府早發，過蘇味道故里、甯武子舊封、漢蒲棘侯柴武台。宿欒城。

30 憩于趙州院，看吴道子畫水一壁，覺洶洶有奔屋之勢。然壁已久頽，恐臨筆耳。過張兵部去華居仁宅，嘆息者久之。去華舊與黄太史平倩善，己亥以補官入都。一日，予與丘長孺偶會平倩，平倩曰：「今日有酒豪張去華見過，度不能獨當之，二兄可能陪飲？」後同飲，去華逃去，已不能上馬矣。去華左官，去爲蜀藩幕官，從征播，功成，而去華病死。其人有奇氣，且學禪。過王莽城，宿于柏鄉。是日有饋南和刁酒者，清洌如泉，當爲北酒第一。春已深，今日方見緑草及柳條，江南之興勃勃。

31 從柏鄉至内丘，一路多風沙。道中見民有菜色。中有臨城縣界立石，即子瞻所云「南遷必返，從臨城道中望西山，草木可數」者也。今日沙霧，不見太行。晚宿内丘。中郎云：「昨夜夢與人説禪云：『説現前即是的也非，説現前皆非的也非。』又夢與僧無念説禪云：『你道醬是鹽耶？』」

32 大風，沙石皆飛。欲遊太子巖，不果。

33 過宋璟墓。午過沙河，積沙如雪，可十里許。是日始見柳條，含蕚桃李。晚度洺水，宿于關。天氣漸煖，共坐大槐下飲洺酒。

34 臨洺道中，日清和，見游女攀楊柳採其苗者甚多，蓋儉歲爲蔬故也。至黄粱祠，晤肥鄉金吾張念堂名懋忠兄弟，劇飲而别。

35 從邯鄲過河，是爲中州交界處，頗有崗巒，楊柳垂絲，桃杏盛開。晚宿于磁州，吴本如偕蔣子厚從五台來，云五台寒色異常，月川、妙峯二老皆無恙。因與訂游百泉之約。記萬曆乙酉，舅龔侍御仲慶謫官此地。一年前，伯修夢侍御以州倅爲計偕餞，至是侍御果謫州倅，定數之不可逃如此。丙午，中郎入補官，予隨計偕，黄慎軒以憲長官此地，酒間出銅雀硯，重大無款識，蓋亦近時贋瓦也。

36 磁州道中多崇阜，相傳魏武疑塚也。過漳河，飯于豐樂鎮，風大作。晚宿彰德府。夜譚王無功、陶隱居事，頗有山棲之志。

37 從彰德發，過河，徘徊文王羑里處。飯于湯陰，過嵇侍中墓。宿于宜溝。

38 從宜溝發，見桃李盛開。過子貢故里，渡淇水，水清澈見石子。憩有斐亭。過殷墟，宿于淇縣。按水經注：「淇水亦名澳水。」詩云：「瞻彼淇澳，菉竹猗猗。」毛注云：「菉，王芻也；竹，扁竹也。」漢武帝塞決河斬淇園之竹木以爲楗。寇恂爲河内，伐竹淇川，治矢百餘萬，以爲軍資。今通望淇川，無復此物，水邊多瓦礫耳。王芻扁竹，亦無有也。舊説菉竹指「王芻扁竹」，非今之竹，不知淇園亦自饒竹。謝靈運山居賦自注云：「淇園，衛之竹園，在淇水之旁。」可證。

39 寒食，從淇縣發，見輿人採青葉而食之，乃榆葉也。昔陽城屑榆爲粥，即此。取嘗之，甚甘。過蔪脛河，飯於板野。過比干廟。夜宿衛輝府，紂都也。

40 清明，迂道往輝縣，游百泉，風大作。道旁有古槐一株，甚虬屈。近縣有白雲山，登之可望原隰，止于邑。

41 風止，天放晴，騎馬出縣西門。桃李芳菲，秀麥盈疇。五里許，至蘇門山百泉，息于書院。竹篠叢生，亭臺間大有幽意。已泛舟，水面可百餘畝，逐處皆泉，如珠串上濺，不可紀極，澄澈見底。萬年苔及菰蒲生其上，泉水盪漾，嫩緑深碧，秀冶可愛，時露石如緑霧。近水下，泉上沸愈多，爲湧金亭，其額子瞻書也。舟折而右，有清輝閣，聞水聲甚厲。已捨舟過瀆祠，登堯夫安樂窩，有樓可眺。晏坐久之。按康節慶曆間過洛，愛其山川風俗之美，有卜築之意。嘉祐七年，王宣徽尹洛，就天宮寺西天津橋南，以郭崇韜廢屋餘材爲居三十間，請康節遷居之。富鄭公爲其客孟約買對宅一園，有水竹花木之美。夫以共城之秀美而更卜居，豈以寥寥無友故耶？右爲嘯臺，下數百步爲公和土窟。午餐，中郎曰：「此共城稻也。」有山蔌甚可餐，訊之，則云鷄腸筍。飯已，過道院，復登舟，取水試茶，在中泠、惠山間。憩于某姓者墅，亦有樓可眺。天晚，宿霧大霽，始見蘇門山外太行諸峯，層疊可數。此地偏據湖山之勝，枕藉泉聲，真所謂「流水聲中過一生」也。

42 游九山，山去邑十里，上亦有斧劈石。偶于石上見一詩云：「一心貪與白雲期，解帶歸來任所之。每個名山住幾月，蘇門山上較多時。嘉靖癸卯王受甫題。」語亦有致，不知何人也。又有吴門袁安節公名洪愈，偕藩臬諸司同游題名字，時爲嘉靖庚戌，方爲中州少參。此山寂寞，少游人，不似蘇門，故題字少。予亦洗苔書數字。遇有石如砥處，布席小憩，共呼大白。見太行蜿蜒天際，若雕刻人馬虎豹花鳥種種形狀，甚可愛玩。而百泉之水，隱隱一縷，東不知其極也。又聞太行之中，如盤谷者甚多，恨未能游焉。間有洞可居。至顛，風大作。晚馳下，甚疲。此山石理亦佳，恨無樹耳。予一日前屢夢登山，一夜夢倚一石壁題字，則先已有字鐫刻其上，今日光景宛然。九峯以有九峯得名。

43 渡黄河，見廣武山，中郎曰：「此即連嵩少諸山者也。」

44 鄭州途次，有流水，云即賈魯河也。

45 從鄭州發，飯於郭店。近店有謝花城，不知何以名。今邑内大隗山畔，又有御花園，相傳爲黄帝種花處。晚過黄水，其水流至縣城東北七里入于洧。夜宿新鄭，白樂天生于此邑東郭。裴晉公、吕正獻公著、歐陽文正公修，皆葬于此地者也。

46 中郎以眷屬病，不成行。飯後，登高文襄公寶謨樓，盡一城之勝。因出城息于溱、洧水側，有碑云：「子產乘輿渡人處。」善乎高文襄言之也，云：「此當亦偶爲之耳。即如孟子言徒杠之成必十一月，輿梁之成必十二月，非四時皆可爲也。洧出西山之近郊，溱乃合流，平時深及馬腹而已。夏秋之間，雨則山水泛漲，高十餘仞，奔騰而下，不可以橋也。子產乘輿濟人時月無紀，豈十一月二月不成杠梁，止假乘輿哉？孟子恐人崇尚小惠，有乖大體，乃借此以立論，非真謂子產不知政也。曰：聖賢亦以乘輿濟人否？曰：不爲也。亦非必不爲也，偶然則無不可者，辟之救荒者然。彼其素有善政，使家給人足，大殺不恇，上也。野有餓殍，開倉以賑，次也。若道遇餓殍且死，而簞有餘，則亦飼之。豈謂吾自有賑恤之政，俟其自及，雖遇餓殍且死，必不以餘食救之歟？子産之事，有似于此。」語甚確，全文見本邑子産祠碑，不具録。過橋，登鳳凰台，上有壇，詢僧不知所自，復步歸。晚宿邑中。

47 過溱、洧，始見油菜黄花鬱然。此地路若深溪，兩岸壁立，皆千古人跡蹄輪所蝕而成，積雨注焉。二十里外爲瀵水，源發大隗山中。路畔有仙姑洞，從土穴達于巔，得平坦地，有數椽。塵鞅倦極，多暫停焉。訊所云仙姑者，魯姑也。飯于子産鋪，子産墓在此地，故名。當更名「遺愛」爲佳。至禹州城外，爲潁水，石梁整潔可愛。晚宿官署中，修竹翠柏，宛似江南人家別業。予歲甲午曾住此，月中飲青桐下，今十七年矣。

48 從襄城發，出城過汝水。汝水發源于高陵山東南，逕襄城城南。説苑曰：「襄城君始封之日，服翠衣帶玉，徙倚于流水之上。」即是水也。城始以周襄王居之，故名襄城矣。楚盛周衰，蠶食中原，此城即爲楚地，所謂「楚王城畔，汝水東流」者也。前爲首山。按天下名山有六，而三在中國，其一爲首山。首山亦無奇峯異嶂，不知何以雁行靈嶽，豈以鼎湖重耶？首山接紫雲山，中一竇如永巷，古置關于此，楚之險當在此。方城山與此正相近，故曰：「楚國方城以爲城。」又云：「楚争強中國，多築列城于北方，以逼華夏，故號爲万城。」唐勒曰：「我是楚也，世霸南土，自越以至葉垂，弘境萬里，故號万城。」然楚以方城篇金城，而其中又有万城。楊用修疑方城即爲万城，非也。方城在汝、潁之間，爲入楚第一關，實爲咽喉，方城爲城，無可疑者。記黄魯直集中云：「曾作葉縣尉，葉城南三百步，省禪師道坊也。」即傳燈録中葉縣省也。今三户蕭然，安睹浄然哉？

49 從葉縣發，路多磽确。過澧河，飲于舊葉，即葉令飛鳧處也。息于保安驛，光武昆陽大戰處也。此路兩山暎帶，西掖之山稍近，翠色撲人，峯巒起伏，不知何山。東掖山稍遠，嶽嶽有生氣。暮至裕州。

50 博望驛，即漢張騫故邑也，往來題咏甚多，惟李湘洲太史一詩云：「孤亭瞷虚空，危欄翼石壁。亭亭數株松，雲霞發深碧。起視羣巒層，溪光亂相射。盤梯花倒看，入閣烟相逼。雨過萬瓦鳴，燈殘四村夕。疎星楊柳來，河漢看不隔。不見問津人，空思泛槎客。」獨存韻致，無關故實，至「雨過萬瓦鳴，燈殘四村夕」，尤爲佳境。李大司馬一絶云：「清風亭下參天柳，歲歲看人觸熱行。」亦大有韻。子夜，烈風暴雨，畏牆塌，不成眠。

51 抵南陽府，壁間有予舊作鷓鴣天一闋，尚未磨去，云：「尋去尋來幾度秋，得來原在鼻尖頭。祖翁一片閑田地，昨日親將文契收。 身尚在，意先休，逢場作戲儘風流。自從識得根苗後，勸我愁時也不愁。」戊申春北還作也。時偶有所入，故口占云耳。

52 夜話間，坐客云：「嚴光，會稽人，光武未嘗游會稽，不知何以爲故人也。」予曰：「嚴光南陽人，以避亂客會稽。」考之任延傳曰：「天下新定，道路未通，避亂江南者，皆未還中土。如董子儀、嚴子陵，延皆待以師友之禮。」可知光之爲流寓也。然子陵娶梅福季女爲妻，豈避亂至會稽後始娶妻耶？今人因後漢之誣，遂以本地高賢爲産于他方，良可笑也。

53 林水驛，沿路枳殼編籬，已有襄中風景。

54 從林水發，過光武故里，飯于范蠡鄉，宛三户也。

55 從新野發，過白河，飯新店。此後多崇崗巨巒，便與中州異矣。

56 從吕堰發，沿路多木香花，開如錦幄。風色甚惡，不見襄中諸山，近樊城始了了。渡浮橋，息于城外館驛。晚步城西大堤，游龜山，上有礫礫石，石頗多佳者。

57 游謝公巖，巖以謝莊得名。去城三里，過大堤，依山下，遥見樓臺枕藉，甚覺清麗。堂後爲巖，若長廊，上有字，乃至元年間趙清老祭陣亡將士文也。上有泉，淙淙下注，由巖而右得小閣，閣畔得徑路登山。山上有樓，有洞，可瞰江。

58 游峴石寺，過朝陽洞，石壁甚秀，稍爲石廬所蔽。左有一石，即所云「疊翠石」也。又半里，得寺，寺之上有洞，石壁上有字可識，爲胡旦、謝泌、陳堯咨、竇學，下闕一字。字甚古健。右有石亭，亭獨立，摇摇欲落，即峴石也。石畔有石几石榻，榔梅蔭之。

59 游檀溪寺，見瓔珞柏。至萬山，杜預沈碑處。下即王粲宅也，有王粲井在焉。下山，息于慶德寺。入隆中，山水迴合，最爲勝處。按隆中，乃襄之隆中，非南陽隆中也。而世以「躬耕南陽」一語，遂謂隆中在南陽。不知秦始皇郡縣天下，始寘南陽郡，襄陽屬焉。蓋漢荆州刺史治在南陽，襄中俱南陽屬，則武侯所云「躬耕南陽」，正合荆州所轄統部言之耳。世人自不深考輿地，故作此疑也。

60 游谷隱寺，走麥畦中看古碑。飯于潼口。宜城道中，見漢上山色青翠甚。

61 從宜城發，行數十里，兩山出左右掖，生動甚。夜宿麗陽驛。

62 從麗陽驛發，山路崎嶇，雨色黯黯。晚至石橋驛，散步畦間，見農夫播種者，頗覺田間之樂。

63 從石橋發，絲雨若織。晚，至荆門州。游惠蒙泉，泉在西門外，過橋度山足，有雙泉出山下，匯于池，泉上沸若珠，大約同蘇門百泉云。泉上有黄魯直所書「惠泉」

「蒙泉」字，并黃平倩書。過象山書院，門外流水從石橋落于澗，聲甚震裂，雖旱潦如常。至唐安寺，佛頂上舊有珠，光耀爍人，今二者已去，惟一佛額上尚存。日已暮，不及細看。

64 早發虎牙關，楚之喉舌也。過卓刀泉，其土黑，名爲墨城，壯繆曾卓刀於此，故名。今荆州近玉泉，亦有麥城，正壯繆授命處。「墨」「麥」二字訛也。

65 由建陽發，晚過郡城外，至沙市。登于汎鳧舟，初甚倦，及月色照水，萬里捲雪，不覺身爲之輕。

66 南風大作，不成行。游于沙市。月下，傅叔睿聞予至，攜一壺來，同至舟中晤言。江月皓白，不忍歸去，至鷄鳴始散。

67 閏三月十五日，還公安，居篔簹谷。

68 入公安城中，城日濱江，故三户蕭然。往時石浦河垂楊流水，第宅喧闐，今皆寂然矣。

69 起，散步竹中看新笋，惟水竹笋漸出。水竹，即淡竹也。取瀝取茹，皆用此竹，餘皆苦竹不堪用。今人不知擇竹，取瀝多不效。

70 公安有盜賊之變，中郎與予自沙市歸。中郎因初到沙市，居室都未料理，即以是日歸。是時予眷屬皆居竹林，中郎以盜賊充斥，命予移至斗堤新居。中有小樓可坐，下有梔子二樹。梔子亦名林蘭，因名林蘭閣。

71 竹笋出土漸多，命園丁掃堦葉。蓋是月竹子，換黄葉生新葉也。檢往年钁鍤鋤畚之類，老圃之興勃勃。牆角下大笋兩三莖，長能礙牆，取去作湯，供午餐。衲子寶方，從沙頭來閒話。

72 蘭澤、雲澤叔，王吉人，從村中來，云村中許象山之姪豕生兒，至第七，忽産一人面者，頭全似人，身乃類猴，以舌外繳不停。産已復生數猪。其人體，置之雙田河中，村中見者數百人。兩叔及吉人皆親見者。

73 早同静亭舅、方平弟連轡至二聖寺禮佛。寶方邀入禪堂，堂後静室蕭寂甚。俄聞龍君御將至，遂先歸，遣人迎之。君御亦以詩來。午後，會君御于署中，始得君超中風消息，驚嘆久之。後得君超書，見其字跡端楷，乃覺受病不深，稍爲喜慰。晚治一酌，與君御對飲篔簹谷中。

74 至沙市送君御。晚飲中郎宅。宿于龍堂寺。

75 來江上看舟，修理尚未完。午至劉元定新市沈氏園，柏徑甚佳，池塘亦闊，惜書屋太暗耳。

76 冒雨往龍山書院送君御，共飲一日。午後，傅叔睿至。羣鼠號跳不休，不成眠，命小僕持一几至寺迴廊下，坐看月。天未明，出城。

77 伺中郎赴朱上愚召于不髑園，有池可泛舟，舟中相對劇譚。

78 泛𦨴舟新修完，已可住。

79 往觀音寺看吴氏園，園雖荒落，然有老桂一株，花卉粗具。後有塘可泛舟，多並頭蓮。予心悦之，其直廉，因許之成。

80 往觀音寺前，成吴氏園。

81 置酒招賀新舟諸客，鼓吹絲竹合作，遡舟而上，觀者如堵牆。水光皓淼，歌聲語笑落波濤間。入暮，黑雲四生，復回舟舊處。風雨大作，諸客使星散。是夜，江聲如撼。

82 同方平、晦之過静亭舅早飯。至中郎宅閒話。歸舟静坐，中郎遣人來云：「死心已至龍堂。」死心，即袁文煒中夫，棄青衿出家者也。俄死心至舟，出無念書，并刻予心律一册見寄。

83 中郎乞一官舟，共飲江上。是日，中郎病瀉，不能動匕箸，予等亦倦無興。然龍舟數隻，飛舞水心，亦可觀。予久處歌舞之筵，頗思清浄，遂動歸興。静亭舅亦思歸，共宿舟中。夜溽暑，不可支，二更始解。

84 同静亭舅發舟還公安，至中途，風雨大作，泊舟北岸。捲簾静坐。看風濤際天，神思甚爽。舅于雨中假寐，鼾聲與水聲相答。舟人云此去文村不遠，須就民家泊宿。予畏風濤，令諸僕移舟去，獨着屐持蓋走岸上。吉人隨之。舅初了不怖，見予登岸亦來，一魁梧丈夫自持蓋，着水鞋，走緑草中，相視而笑。

85 篔簹谷新竹已上林，翠色嬌姹甚。開净緑堂，芳草漫徑，急令童子鋤去。拂拭几案，静坐。入暮，王尚父來共酌。此中日少蠅，夜無蚊，蕭然似冷秋也。

86 午日居篔簹谷，諸親友攜榼來飲。飲罷，自步梅花廊，見一笋出廊簷，遂折而上，若有所避者。故知此君之慧也。枯而生笋，有以也夫！

87 檢書，得伯修白蘇齋集，不覺泣下。若存時，止得五十一歲耳。

88 天新晴，曬書及衣服。王尚甫忽至，入竹中閒話，覺含雪霰氣。午後，同尚甫步羊兒堤一民舍，有涼風，留啜茶。後往江上看水，水大漲，波濤如沸，頗有大木當江而下。憩柳蔭少時，便道過表弟龔遴甫，因留飲，坐叢篁間待月。俄雲氣樓起，如有雨至者，遂散。

89 飲于初月台上，夜深燃爆竹數十，宿鳥皆驚散。閒坐竹中不出。晚納涼谷門，偶見紫薇花一枝，嫣然已開。有老僕曰：「此花開，則新米入市矣。」

90 至艾家堰，沿江岸行。久之，登汎鳧舟小飲。江月浩白，波濤洶湧。望對岸，柳色沉黑。

91 開竹徑入深竹中，清涼沁骨。夜坐篔簹谷門上，油水映月，楊柳濯濯。油水，即古之油江口也。

92 飲于初月台，友人云：「風泠泠，月晶晶，竹蕭蕭，宛似夢中也。」予曰：「此語正可作詩料。」

93 入城，還拜舊吴川令咼幼谷。按咼姓，前史已有之，見南唐書。又元微之詩：「司南却是咼。」咼，苦乖切，今邑姓作「過」音。

94 至柳浪，泛柳巷，密柳遮樾，涼風穿柳中，陰氣肅肅。

95 久不見中郎，欲登舟，舟人云：「北風未轉，不若明日晨往爲佳。」且令人趣寶方同去。

96 早同寶方登汎鳧舟，南風大作，渡江張帆而上。四開軒窗，水聲風色涼甚。日午已至沙市，晤中郎，登樓。時樓尚未落成，已了了見大江，一泓浩白無際，風帆往來，如在几案前。中郎曰：「此名硯北樓，取段成式『飲燕之暇，常居硯北』也。」樓前仍作三層樓一間，不惟可望江，即松滋及安鄉諸山皆可見。予謂近居有江有山，即是天與圖畫。此中人作室，尚不欲見天，況山水乎？

97 晨過中郎硯北樓，風色甚厲，共對坐，看一日書。

98 至劉氏園，晤僧死心。忽悟春初往弔蓮池之夢，園林阡陌，宛如夢中所見。又夢中見粉壁上數大字，今果有數字，始知會合前定，非偶然也。蓋蓮池以諸生出家，死心亦以諸生出家，其事正同。園中有池亭可坐，有一中天竺僧，高鼻深目短髮，宛如今所繪曇摩狀，不能漢語，晏坐而已。取一黑褫，上有梵書，有雷音寺印及小西天諸國印。其人日夜持呪，病于龍堂寺，死心接至園中爲調治，已痊。日已西，步至菩提寺，景頗清寂。記萬曆癸巳予住此，無念亦來，今十七年矣。是時西川楊敦初名景淳，以己丑進士令吳，強項不事權貴，改荆州教授，來此地論學。予見其所論不中竅，大呵之，遂面柬而去。又與無念共坐殿上，擊鐘一聲作一絶，凡十聲作十絶，聲動舉筆，聲寂放筆。無念及客等大驚。任氣恃才如此，真可笑也。

99 寶方、顯宗二衲，往玉泉講席。時玉泉寺修成，請北藏已久至，度門法師如晦，集沙門譒經，衆請講楞嚴。寶方，度門高足也。中郎與予共具大衆伊蒲之具，四金附二衲往，并有字達度門。且欲以秋初，從玉泉至青溪、紫蓋，不知果此願否也。

100有故人賀醇儒者，以字來云：「身且死，無棺木，不能無望于君家兄弟。」予與中郎共以七金與之。醇儒家素豪華，少亦業儒，有名諸生間。父爲別駕，與江陵相公爲姻婭。籍没江陵時，將逮其父，醇儒挺身出，備受拷掠，其父獲免。家素豪盛，以賭漸貧。晚遂不振。予少時與有杯酒讌笑之歡，見其病中語，不覺涕之無從也。

101至南湖，偶有所見，乃青樓舊妓欲市人作鬟婢者也，忽忽如夢中事。過新市園居，主人尚未成行。至後園，塘水白于雪，圍繞緑柳中，真可作亭。還過觀音寺，塔下有老僧，邀入喫茶，云：「寺如舟，塔如帆，須得一丈六金身佛鎮之，不然載輕舟疾，難安衆僧矣。」乞作一緣疏，予笑而許之。

102看報，得西洋陪臣利瑪竇之訃。瑪竇從本國航海來，凡四五年始至。初住閩，住吴越，漸通華言及文字。後入都，進所攜天主像及自鳴鐘于朝，朝廷館穀之。蓋彼國事天，不知佛。行十善，重交道，童真身甚多。瑪竇善談論，工著述，所入甚薄，而常以金贈人。置居第僮僕甚都，人疑其有丹方若王陽也。然竇實多秘術，惜未究。其言天體若雞子，天爲青，地爲黄，四方上下皆有世界。如上界與下界人足正相鄰，蓋下界者，如蠅蟲倒行屋梁上也。語甚奇，正與雜華經所云「仰世界，俯世界，側世界」語相合。竇與縉紳往來中郎衙舍，數見之。壽僅六十，聞其人童真身也。

103 中郎捲雪樓已可登眺，大江浩淼，圜繞硯几，望見遠山如畫。下樓檢秦中石刻，有對一聯：「長天夜散千山月，遠水晴收萬里雲。」乃杜少陵筆，刈于秦中一山中石。「攀龍附鳳」，乃唐弘文館學士虞世南書，在秦中書院。「歸雲堂」字，乃黄魯直書，在密縣肇化寺内。

104 從徐寓移至觀音寺塔下吴氏新居，吴氏已移居。予移行李其中。入門，叢桂一株，爲瓦礫所侵，急披剔之。募工數人，盡去草萊，花石漸透露。後園有老柏三株，海冬青二株，臘梅二株，白梅二株，石榴二株，雜花尚有多種，皆爲草封。園後臺上白水一湖，澄人心脾，而臺狹不可亭，乃募工以土益之。大都置園以水爲主，得水始可修治。此地據水之勝，爲可喜也。臺四周皆楮樹，楮于樹爲下品，然葉極濃，其實殷紅可蜜，其皮又爲紙，而仙家服食中亦用楮實，不知何以賤之乃爾，豈謂其易生耶？子瞻有宥楮詩，即此木也。西日方熾時，此樹重重遮蔽，如含雲霰，雖以珊瑚林易之，吾不與也。

105 料理吴氏新園，去其遮天障風者，蓋沙律作宅，不欲見天與風故也。

106 中郎來園，坐臺上，謂大有幽意。飯後，至十方菴少坐，沿途深樹中，語鳥鳴蟬相次。街道如拭，凡入徑路之整潔，即南都不及也。

107 夜月，登捲雪樓，大江侵几席。時九市熱極，皆呼風，而此地特寒。散木與予噓不止，各飲數盃下樓。

108 與崔晦之登舟，散木繼至。艤舟橋，邀候中郎至，至則維舟深楊樹下。風色清冷，頃之黑雲怒雨大作。入暮開霽，隨舟蕩漾。乘月過新居，坐臺上。夜分，中郎乃歸。是日立一亭後園，亭係篔簹谷中物，在亡友王官谷時，名曰朋石館，取「朋于松石」意也。既屬予，伐去竹，置之睡香後，名曰紫蓬萊，取睡香舊名也。自亡友去後，江縣少韻人，絶無種竹澆花者，予遠游無人照管，紫蓬萊亦槁矣。篔簹谷屋宇既多，此亭亦漸欹側，乃以舟載來于此。東移西徙，措大舉止，自應爾也。

109 北風甚涼，水漸退，登舟繫垂楊深處。晴雨不常，如昨日。

110 立臺上茆亭，即名曰楮亭，以在楮樹中也，水氣環抱。

111 早至中郎樓下，抄半日書。

112 園修理已有次第，臺上茆亭可坐，蓮花甚繁。有客言此地決宜作一水閣，不然可惜此一泓清流也。是日市一五板舟。此園花樹雖繁，而叢桂爲君，遂名爲金粟園云。

113 得黄慎軒書，大約謂秋冬之間必來相晤，千萬勿他出也。

珂雪齋遊居柹録卷之五

1 往普仰寺，寺内居民雜處，婦女溷僧寮中，了不爲意。至後殿，皆捉鼻以往。大殿僧舍，皆措大占住，郡人真可謂不佞佛矣。

2 便河水已滿，白雲橋邊，楊柳半在水中。夜，飲于捲雪樓中。

3 邀夷陵羅伯生同遊金粟園，至徐寓，同步登小舟。過三義橋，時泛舃舟正在深柳下，乃以小舟往，共坐閒話。伯生出黄慎軒數帖，予手録之。其一云：「西陵江水，孝子泉邊，依依嘗若一日。别去以後，八年萍蹤，可嘆。孤衰病之餘，重以酷變，去年人日，耀弟先朝露。先大夫素健飯，坐爾神傷見背。耀止有一子昆胤，雅負才名，比忽不禄，尤痛人心。孤淚出泉如，目爲昏腫。兩年來形神憔悴，大非故吾。乙巳舊恙，前歲幸脱，坐爾稍復爲苦。大都起居如常，但左足少力耳。自奉諱來，一切謝絶文字，禮壞樂崩，于禮故然。承諭賀文，傾倒控辭，想不多訝也。久廢臨池，手生荆棘，勉強塗抹，若出他人，兄見之亦當相憫也。大字或猶可觀，偶有崇陽紙，謹書二幅，往見一念。茂椒是藥品所須，口一開一闔者大佳，茂州部落户，常以冬初至此傭工，惠寄非難也。時事日非，孤百念灰冷，惟當日儲西資，自覓便宜。此外無可言者，惟努力自愛。」其書中「西陵江水，孝子泉邊」，乃萬曆壬寅冬，予送慎軒西陵，西陵諸友同送之隔江孝子泉也。初，伯修官京師，以庚子九月，倉卒去世。中郎與予俱八月先歸。區處後事，一一皆慎軒爲之，盡心盡力，可無遺恨。壬寅八月中，將謀歸伯修之櫬于先隴，中郎忽夢見伯修歸見大人云：「兒非黄慎軒來送我，必不行。」覺而謂予曰：「予夜夢如此，但慎軒方侍東宫講讀，那得至此？」不數日，而得平倩請告消息。又不一月，而慎軒至玉泉，以字來，去葬期僅十餘日。中郎往迎之玉泉歸，其題主誌墓，皆屬慎軒，所謂素車白馬之事，千古再見矣。事後，予送之西陵，别於孝子泉邊，相視淚下。今光景儼然在目，見此紙不覺淚涔涔下也。予又問伯生，書中云「茂州部落户」，果何謂也？伯生曰：「近邊熟番，廩於縣官，每春之各府縣傭作，不獨一處。」又一書云：「專使見存，乃爾空返，極知方命爲罪，此中大自不安。但衰頽惡境，得借知己以辭他人，亦保全遺體之道。若此幸仗庇粗安，或當補贖耳。世醫皆知用鹿茸，而鮮知麋茸之功，蓋鹿屬陽，麋屬陰，人之虚皆陰虚也。麋角應陽而解，與鹿正相反，故能補血。角茸膠皆可用，本草自明。其他若熊油、麝香、貝母、甘松、黄連、蜘蛛香之類，昔日用藥品，而茂州常有，覓之或不難得。但不可因此惱亂有情，姑問之獸人及采藥户耳。二袁兄往一再書來，然契闊之思，非寸楮可了。聞小修有越中之行，不審已還家否？如有便羽，欲附一函而東，幸勿忘報我也。」又一書云：「茂州使還，寥寥至今。昨王巽卿人來，始聞伯生移署陵州，玉壘明月，影入蘭溪，何如汶水耶？前夏中得袁二哥書，已聞有西華之行，但恨不得偕遊耳。小修久無耗，不知何似？中郎約孤下峽，以守制未畢大事，俟禫後徐議也。峨眉咫尺，曾無黄生跡，乃妄言他山水耶！」三書恐信筆草成，未必存稿，予故録之，且其中諄諄念予兄弟，故不忍不録也。

4 金粟園門成，修理粗完，遣工匠去。小舟已練畢，泛至對岸。舟上小立片時，鳥語荷香，大有幽意。回棹至亭，見前園叢桂委藉瓦石間，乃以磚砌方臺護之。隣人陳生見而嘆曰：「此桂每開，則香滿三市。然主者不知寶惜，根株埋没糞土，如此者二三十年矣。今何幸也！」

5 回公安，篔簹谷已空，乃以後堂供旃檀佛像，前列方等經。

6 看人斫竹，去其龍鍾者五百餘根。

7 七夕天雨，大有秋色。火病偶發，無醫無藥，苦甚。

8 雨不止，病坐篔簹谷中。晚出，見紫薇花滿地如紅茵，侍兒欲掃去，予曰：「黄葉可掃，此花不可掃也。」

9 中郎從沙市來，居于篔簹谷，話問火病遂去其半。

10 同中郎渡江，江水漲甚。過馬家賽，至大堤，乃可泊舟。肩輿行堤上，見田中禾稼如雲。時有深潭，荷花盛開。竹林相望，莊院駢列，頗覺田家之樂。午後，憩于觀音寺，僧皆老農，相聚窺貴客，私相話語。

11 客來道余子默事，爲傷之。子默能詩，絶不受人金，與之，輒大駡，竟貧病以死。死之日無棺。予下縣，中郎助以一金，復爲予代出其半，遂免暴露。又言隣舍有一十四歲女子，忽自言前生爲某縣縣尹，杖殺五七十人，至午輒戟手如拶狀，痛楚不堪，抵暮復少停，凡半年矣。一客自往視之，卧板扉上。其父母曰：「前業深重，非醫藥所能救，聽之而已。」

12 金粟園木樨花盛開，金粟滿樹，一院生香。籬落俱成，頗似隱者之居。坐楮亭少時，命童子操小舟，過對岸看蓮花。其花爲西番蓮，皆重臺而不結實。

13 過菩提寺中大士殿上，有遼庶人所書「幻影」二字，筆法甚佳。庶人雖淫縱，然頗有小慧，知書畫。永陵好道，庶人願爲道士，得賜號「真人」，因出入無禁。冠道冠，披鶴氅，往來城野間。人家設醮，親來上章。尤喜妓樂。猶聞之故老云：「每上元燈節，皆以妓女數千導燈行，綺羅黛粉，繁華已極。自庶人得罪後，更蕭條矣。中年宣淫，遂亡其鼻。既居高牆，日畫貓易米。粗知樂府，亦俚俗，頗有當家語。」

14 中郎同散木至園，來看木樨，小飲徘徊而去。

15 坐楮亭看蓮花，中郎以字至云：「貸圃桂開如黃錦幄，有新到吳兒善歌，可急來。」予以事不得往，適鄧弈客至，因相與散步大堤。時大水已漫洲渚，垂楊柳僅見枝葉。因至周三宅飲，遍覓歌者不得。二更乃歸寓。貸圃者，夷陵劉元定園也。

16 看人蓋瓶隱齋，修理久不完，頗覺斧鑿聲可厭。是夜，思游吳越以散鬱懷，遂徹夜不得眠。

17 午過中郎宅，中郎微動火，予動遠遊意。中郎云：「吳越太遠，三千里水道，亦非容易。不若搜近處之勝。」是日，中郎聞公安近事不懌，意欲絕仕宦，于青溪、紫蓋之間結室以老，且云：「生死事大，四十年以前作今生事，四十年以後作來生事可也。」

18 至中郎宅，中郎以火病未痊，移榻龍堂寺前新市李居。是夜，予與散木遂榻于廳前。散木夜起，摸牀不得，忽以冷手觸予鼻。予愕然，散木亦大駭。已而相與大笑。

19 往中郎大市宅，登捲雪樓看水，水勢浩淼，萬户皆在波光中。風色甚惡，不可久坐。坐于硯北樓中。

20 天雨，柴五十文一大束。是年僅五月中七日南風，此後皆北風。水勢没岸，柴舟不能前，故涌貴。

21 天放晴，友人王尚甫至，且云：「吾入門見老桂若龍蛇夭矯，便已心醉。」同至楮亭，見清水一泓，荷葉田田，曰：「宛似村居。」過中郎宅閒話。中郎言及養生事，云：「四十以後，甘澹泊，屏聲色，便是長生消息。四十以後，謀置粉黛，求繁華，便是夭促消息。我親見前輩早夭人，個個以粉骷髏送死。此後工匠事畢，灑掃樓上，每日坐三炷香，略做胎息工夫。」予曰：「禪學悟後，保存護持，養生之理，即在其中。」中郎曰：「近日禪學悟得些些理路，多至放恣。現行無明，種種具在，道力不勝業力，只是口頭三昧，臨終寧有得力處？四十以後，決宜料理養生事，起居飲食，皆有節度，乃爲攝生之道。」予曰：「耳根常聽此言，亦自收斂。」

22 中秋坐中郎宅，中郎曰：「今日中秋，天公慳月，真孤負了也。」絲雨不住，予歸金粟園。時工匠已完，著屐前後行，覺幽邃可居。

23 送馬宅殯，從園中至天皇護國寺自來佛殿，少坐，待中郎至，同往馬氏阡。阡去寺不遠，與江陵相公墓隣。是日風色惡甚。

24 城中見張江陵寫唐詩字一軸，下有「太和」二字，蓋江陵少時號太和居士。和尚豁渠語録云：「過江陵，會張太和，如在清涼樹下打坐。」江陵少時留心禪學，見華嚴經「不惜頭目腦髓，爲世界衆生，乃是大菩薩行」，故立朝時，於稱譏毁譽，俱有所不避；一切利國福民之事，挺然爲之。

25 新安友人吴用卿處見王羲之親筆遲汝帖，竊意爲唐人雙鉤之佳者。有虞集、鄭清之跋。又有黄魯直頌孟子取之左右逢其源卷，詞云：「取之左右逢其源，香嚴臘月火燒山。對面謾人猶佇思，打得香嚴也是閑。」後有宋景濂跋云：「黄魯直書，蓋學禊帖者也，法體雖殊，而筆意髣髴似之，晚年真書尤勝。觀此真跡，可知米芾輕於持議，答劉無言書，斥其字爲描，殊可笑。魯直學佛，得于晦堂最深，人皆能言之，茲可略云。」又見李巨川畫長江萬里圖，從岷山起，止于洞庭，後有張魏公浚跋云。

26 用卿至瓶隱齋覓書畫，予無所藏，僅得楊妃上馬圖一軸。用卿曰：「此錢舜舉筆，滚塵圖則真韓幹筆。」畫春倦圖，用卿一見，即知爲趙松雪筆。餘沈石田數軸，皆非贗手。同登楮亭，用卿曰：「一泓清水，兩岸緑柳，宛似桃葉渡耳。」

27 八月二十二日，移襆至中郎宅上。中郎火病漸加，迎一老醫李姓者，年八十餘，切脈曰無病。意稍安。

28 二十三日，爲中郎料理藥餌，自云：「昨爲醫者着一分參，遂熱不可支，蓋我係陽臟，不堪服補藥，又不敢服涼藥。不若不藥爲妙。」予曰：「不藥得中醫，但調理飲食爲上。」是夜，夢丘長孺來，相視而哭曰：「予無所依矣！」醒時猶淚涔涔也。

29 二十四日，中郎火病不退，心甚皇皇。

30 二十五日，中郎火病愈甚，遣人迎邑中陳醫。

31 二十六日，陳醫至，切脈曰無病。獨予私憂之，而人頗有笑予張皇者。

32 二十七日，中郎服醫藥不效，予一刻不能離左右。夜半忽呼予入房，已驚曰：「弟何由入此？」蓋夢中呼予也。予復出，覺神明漸亂，私自涕泣云。

33 二十八日，中郎病未見痊，足不能行。日中差可，夜殊不安眠。大便下紫血塊，小便初如陳米泔水，後赤如血，如濃茶。予私憂之甚。

34 二十九日，中郎病不見痊，飲食漸少，且食時不欲見人。大小便皆血。予卧不交睫。

35 三十日，僧寶方等至，中郎頻以二聖寺三聖樓未修爲言。

36 九月初一日，中郎病稍可。予與寶方禱于大士塔下。

37 初四日，中郎第二男生。坐中郎榻前閒話，獨大小便血不止，甚憂之。

38 初五日，中郎病不見痊，大小便血不止。強起握筆作報，慰大人。

39 初六日，忽中郎室中老嫗呼予入内云：「夜中便三四次皆血，幾昏去，得不便則可望活。」予私自哭泣，安慰之，急呼李醫至，切脈曰：「脈脱矣！」予頓足仆地。醫曰：「勿驚，且試人參湯。」已進參，頃之氣喘，自云三分生，七分死矣。已復起便，自云：「我略睡睡。」此外絶無一語，遂坐脱去，予呼之不醒矣！痛哉，痛哉！一朝遂失仁兄，天地崩裂，以同死爲樂，不願在人世也。予亦自絶於地，久之始甦，強起料理棺木。囊中僅得五十金，稍乞貸當物市棺。吏部郎之清如此，即予亦不知也。哀痛中急還公安，安慰老父。

40 重九日，侍老父榻前，竊窺老父于無人處哭，見兒至即收淚，蓋恐重兒之哭，并有性命之憂也。旦促予至沙市料理逝者事。予自思中秋時，中郎云：「我至重九，體中大康矣，當於硯北樓上作一佳會。」今相去幾日，乃有如許事，人命如此，可爲駭嘆！

燥極，夜遂不交睫，狂亂甚。自嘆曰：「從中郎於地下得矣，老親豈再堪此痛耶！」

41 至沙頭哭中郎，遂得血疾，晨常吐血數日，脹滿不支。醫人誤投以乾姜、半夏，

42 病燥火甚，惡飲食，作嘔又見血。夜不寐。

43 以人事多，體不堪勞，登舟還公安。同胞姊來，不敢會，恐一哭斷腸，吐血不可救也。既至林蘭閣下，大人急來視，且聞夜不能睡，一夜凡數遣人來問睡否。予憂病愈甚，且恐溘朝露爲大人憂，生人之苦極矣。

44 居林蘭閣下，料理藥餌。

45 體稍平，步至篔簹谷，看張叟治藥，及斫竹爲篔畚等物。午後過林蘭閣，小女兒牽予裾曰：「我念詩與阿爺聽：『路逢蕭史不回身，風裊芙蓉繡領巾。雲裏自然標格少，但憑閨豔作仙人。』」予不覺淚下，此中郎遊仙詩也。

46 友人劉繩之典一僧舍于寺中作書室，欲轉典與予。予見其翠柏新篁，微有幽致，因許之，其直僅六金。自念年四十餘矣，進取之事，自有定數，不若置身淨地，隨僧粥飯，修香光之業爲最樂耳。晚歸篔簹谷，看橘子作黄金色，磊落枝頭，因憶「石渠流雪水，金子耀霜橘」之句。

47 念生死心不切，欲借法水灌溉，揀經論中極警策語，令傭書者録之。始于法華

經，以次及諸經論，庶可發參禪念佛之機，不令中斷也。

48 得同參僧如寄書，寄宗鏡攝録一部。宗鏡攝録迺中郎所選，袁無涯刻于吴中者也。書付僧怡山來，怡山病甚，卧柳浪，予往視之。

49 同王尚夫過篔簹谷，步羊兒堤，至法華菴，老柏森森，寂無一人，惟二僧雞午課。問月江老衲，云在後室坐禪。遂過五弟園，園有胡僧晏坐，深目高鼻，不曉漢語。沿王家堰，至大人處看製藥。午飯後，過龔名世宅，小樓委曲可坐。向名世乞唐詩紀事，本頗佳，歸篝燈細閲。

50 飲于表弟龔遴甫園。時水仙一畝盛開，紫蓬萊吐秀蕊滿架。紫蓬萊即瑞香也。

51 病體初痊，懷抱甚楚，聊于小園養魚種樹撥悶。

52 早過園，時梅花漸開，臘梅亦有開者。寶方來，共坐臘梅樹下曝日。

53 得潘景升所寄新安山水志等書，蓋未知中郎先生之去世也。

54 晤李四秀才名守穆，云數日來家中堂前地下，忽有白火起，中如波紋，光耀非常，一家俱見之。若是者凡三見，欲掘之，其兄光禄少卿李公道宇，名守約，止之云：「是祥，是災，是伏藏，皆不必問，但不發爲是。」別去。至園少坐，復步至柳浪看怡山。

怡山病漸愈，擁被相對。予問及寒灰近日行徑，怡山曰：「寒灰近日正結伴苦參，其中靈慧者俱能開一綫路。」予曰：「此事真能自信，不妨爲人作師家。但下刃要緊，無輕許可。否則狂慧漸生，不可救也。」怡山大以爲然。

55 晤盧孝廉非赦，訊及謝通明名景倩秀才事，云：「通明同王孝廉穉恭，名應翼，飲本邑多寶寺中，至十王殿，以肉置閻羅天子口中云：『汝亦解食肉否？』相與大笑。是夜通明回，即發病死。穉恭亦病，至一處，見一人尊嚴若王者，逮通明切責之曰：『汝生平亦解説禪，學静坐，自不持戒，乃以肉戲尊神，何倨慢不恭若是！論汝陽壽尚有十年，今盡減去，付所司治罪。』謂穉恭曰：『汝與此人爲友，不加諫止，罪亦當坐。』引至一處，有穴如環，中僅可容一手，四圍皆鐵釘，曰：『汝能以身從此中入去，即放汝歸。』穉恭私念云，置一手猶難，況此身乎？又自念生平奉白衣大士，冀大士循聲救苦，乃一心念觀音大士名號，如此數千萬聲，忽有大士自雲中冉冉而下，令穉恭引其裾，即入去。又從中引其裾，即復出。主者因赦之使歸，病良已。」景倩與姪祈年善，曾至公安，聞其病死甚速，殊訝之，不知因果可畏乃爾。

56 有客言歐陽公不信有三世事，予曰誠然。蘇子由云：「彭城曹焕爲予書，壺公觀有老道士劉道淵，年八十七，謁之，神氣甚清。服細布單衣，縫補殆遍。壁間題者，多以不易衣爲美。煥問其意，道淵悵然曰：『此故淮西守歐陽永叔贈也。世人稱永叔忠信篤學而已，君知是人竟何從來耶？昔將去吾州，留此以別，比嘗得其訊，吾亦去此不久也。』煥聞之，愕然莫測，徐問其故，皆不答。公嘗自言：昔日謝希深、尹師魯、梅聖俞數人，同遊嵩高，見蘚書四大字於蒼崖絶澗之上，曰『神清之洞』。問同遊者，惟師魯見之，以此亦頗自疑本世外人。今聞道淵之言益信。」然則身爲世外仙人而不信有因果者固多矣，隔因之迷，豈不然哉？

57 過二聖寺，憶元微之遠安寺水亭懷展公詩云：「碧澗去年會，與師三兩人。今年見題壁，師已是前身。」觀此，則展公今二聖寺僧也。遠安寺即今二聖寺，宜入志。按遠安寺，名安遠寺。安公，遠公之師，不應後之。

58 往沙市，王尚夫偕。風色甚大，不可以舟，乃肩輿從江南行。道逢一牛垂死，吐黑水石餘。予恍惚從輿中見之。及至逆旅，王尚夫云：「適見斃牛吐水奇黑，聞其人曰：『急磔之，往沙市賣！』予自思沙市所市牛肉，安知非此物，若誤食之，必無生理。從此將斷牛肉矣。」予謂尚夫：「何不早爲我言？當以數鐶易而埋之，免致食者中毒，豈非快事。」尚夫曰：「君行遠。不及聞也。」

59 與王尚父登硯北樓，心酸神慘，相視而嘆。

60 金粟園後籬落俱頹，命工修葺之。臘梅含胎未開，覺此中静甚。

61 歸篔簹谷，梅花大開。

62 中郎誕日，痛苦不可忍。時八舅已入郢，往其家宿。夜夢中郎相引至玉泉，與無跡拜于一大殿上。覺而謂八舅曰：「甥頻夢中郎在玉泉，豈自在中陰住彼處耶？甥欲作一祠玉泉，以祠中郎，而身老其中。老來不任奔波，似爲得計耳。」舅以爲然，甚有往玉泉之興，因遣人約寶公同往。

63 同寶方遊，行衆香林，偶晤周念浄居士，云觀音寺塔下有居民，姓鄧名星者，得還債猪一口，方礪刀欲殺之，而異香忽發。徧覓之無有，乃從猪身出也。予與寶公驚愕，因同往視之。猪適在門，以手摸之，耳目鼻口，香氣酷烈，若今零陵香然。亦大異事。與寶公共嘆五臺薄荷之事，真不虛耳。

64 同寶方從金粟園曉發，過大暉觀，俗名「賽太和」，頗有喬松茂樹。及角坡寺，皆未暇憩。見八嶺山蜿蜒，上多朱邸馬鬣。晚至合溶，宿于圖臺山彌陀閣。按合溶，乃沮、漳二水合流處也。沮水出襄陽房陵縣景山，即荆山首也。水經注：「沮水又連，北逕汶陽郡北高安縣界；又南逕臨沮縣西。青溪水注之，今遠安縣是也。」據注高安、臨沮爲二縣，今以遠安爲高安，即臨沮，似非。沮水又東逕當陽縣北，又東南逕驢城西、磨城東，又南逕麥城西，即雲長詐降處也。傳曰：「伍子胥造驢、磨二城，以攻麥邑。」沮水又南逕楚昭王墓，東對麥城，故王仲宣賦登樓曰：『西接昭丘』是也。沮水又南與漳水合流。漳水出南漳縣荆山。南漳，漢臨沮地，其山有卞和宅、抱玉巖。又南歷臨沮縣，又南逕當陽縣，又南逕麥城東。王仲宣樓在東南隅臨漳水，而賦之曰：「夾清漳之通浦，倚曲沮之長洲」是也。二水皆逕麥城，而合流于此。麥城又與昭丘相近，則仲宣樓舊跡，正在合溶十餘里内無疑。總之，荆、襄皆名荆州，而當陽，荆州隸也。仲宣客此賦之，正不必在荆、襄城郭間也。

65 曉從合溶渡河，走當陽，溪河清澈見底。近縣山色葱翠，憩于城外報恩寺。予謂僧曰：「堂前牆不宜高，高則障却山色了也。」飯後，行二十餘里，至度門寺，晤無跡禪師，相見喜悲交集。入暮，同步至打麥場上，山圍寂寂，一月孤寒，不似人世。已復同坐梅花樹下劇談。是夜，百念俱寂，穩眠至曉，半年内所無也。

66 曉起，同無跡詣秀禪師塔瞻禮，僅存遺址，瓦礫磊砢。傳燈録載師葬龍門，其實寂于龍門，葬于當陽。張丞相説所撰碑文具在，可考也。憶元微之宿度門詩「門臨溪一帶，橋映竹千重」；「諸巖分院宇，雙嶺抱垣墉」諸句，可想見度門之勝。此地久已荒蕪，無跡剪荆榛，立蘭若，自耕自食，宛似農家。且自云生死之際未易言，念佛尤未純熟，更欲閉關數年。」予聞之，惕然有深省。飯後，至大通寺遺址，沿溪而行。溪即玉泉下流，清澈見底。過三郎廟，關將軍平祠也。記雲溪友議載：「玉泉寺鬼助土木而成祠。三郎神，即關三郎也。誠敬者，神彷彿如晤。緇侶居者，外户不閉，財帛縱横，莫敢盜者。廚中有人先嘗食，頃出，大掌痕出其面，歷旬愈明。『侮慢者，長蛇毒獸隨其後』」，此唐人語也。當玉泉之盛，其神固如此也。

67 玉泉長老遣夫役來迎。飯後，同無跡、寶方往玉泉，循澗而行，見山勢如覆舟，又如寶冠。諸山拱抱，尊勝無比。近寺，泉聲汩汩，峯巒秀媚，草木淋漓。依山寶殿雄踞，上有「智者道場」四字，黄平倩太史書。旁聯爲：「襟江帶漢三千里，蓋紫堆藍十萬年。」家中郎作也。記萬曆壬寅，送黄太史于西陵，歸至此，殿已傾圮。不七八年，而刹宇一新，規未央而摹祈年，則無跡師願力，與平倩、伯修、中郎及諸護法贊助之力，不可誣也。坐方丈，飯後至慈航居士接待處，登藏經閣。已步至乳窟聽泉，溯泉行，聲逾厲。謁關將軍祠，因往智者洞。别開一嶂，沿途多怪石，洞中可容數十人，石色甚古，松箭叢生其上。一里爲朝曦閣，閣已廢，議與無跡復之。是日與無跡商榷，欲于此中擇一勝地建菴，朝曦止可遊玩，不可居，不若于智者洞下建一草菴爲便。遂共視其址，正在玉泉發源處。日已暮，循舊路歸。無跡回度門，予與寶方月下聽泉，至夜分乃寐。

68 晨起，至大殿禮佛，步門外泉田。予謂將田之半鑿爲渠，引泉水其中爲放生池，世間惟活水最難得，此地稍稍修葺，何減百泉，惜無好事者耳。無跡云：「智者洞前地狹不可以菴，適聞寺右别開一嶂，舊名松桂菴，今已廢，分屬寺僧種麥。若以數鐶與之，不寂不囂，實爲佳處，可作菴基。」遂同往看，果如無跡之言。晚，無跡别去，已復與寶方閒行。至關廟橋前碑亭，閱古今題詠詩，張、孟二詩，秀逸清絶；若樂天詩，乃東都玉泉，非此地也。東都去城三十里，有玉泉山玉泉寺，樂天嘗往遊焉。故其閒游詩有云：「閒遊來早晚，止得一周年。嵩洛供雲水，朝廷乞俸錢。長歌時復酌，飽食後安眠。聞道山榴發，明朝向玉泉。」觀「嵩洛供雲水」句，可知玉泉之在東都也。又有「玉泉紅躑躅」詩及「湛湛玉泉色」一律，若屬當陽，則此詩亦宜收矣。樂天不宦荆州，由九江移忠州守，從水道往，未遊玉泉也。惟元微之謫江陵士曹，數遊玉泉，故有玉泉道中詩云：「楚俗物候晚，孟冬纔有霜。早農半華實，夕水含風涼。遐想雲外寺，峯巒渺相望。松門接官路，泉脈過僧房。微露上弦月，暗焚初夜香。谷深煙蓋浄，山虚鐘磬長。念此清境遠，後憂塵事妨。行行即前路，勿滯分寸光。」「松門」、「泉脈」二語，至今宛然。玉泉之爲官路，唐已然矣，豈容改移哉？此詩宜入玉泉志，今志中失收。又元微之有思歸樂詩云：「江陵道途近，楚俗雲水清。遐想玉泉寺，久欲登斯亭。」即此玉泉也。

69 秤直付玉泉長老，易松桂菴基。予再步往看，有山有泉，蒼松老桂，真成隱者之居，決於明春興工。復與寶方、任居士同往乳窟，命童子掃窟前一方地趺坐，泉涓涓流，聽之不覺成寐。

70 晨起，忽作大風。至午，雪花飄飖，山半放雲氣如綿，松濤滂湃。無跡以登山小極微病，寶方往視之。歸來，雪滿幅巾矣。原約以二十日往青溪，恐無跡難山行，托寶方止之。寶方來云，度門必欲往。風止日出，即策杖來也。

71 風止，曦日出，予喜曰：「是可作青溪遊矣。」會覓輿夫，皆早出，且候度門不至，乃定以明日成行。飯後，與寶方、任居士作山後游，憩于關將軍廟。過橋撫掌，泉皆上沸。尋官道行至山後，多亂石，亦有透過者。各據一石而坐。已後歸，道逢長老同僧雛擔茶及餅餌至。啜罷，過壯繆廟，予曰：「可惜一泓清泉，無奈車塵馬足何！」長老曰：「廟之右有路，乃故趙太守汝泉所改郵騎道也，今廢矣。」攀蘿而上，穿峻嶺之背，望見九子諸山如畫。俯聽泉聲淙淙，甚宜亭。

72 至新市菴基上，翠微處見遠山堆藍。予謂僧曰：「此處可作一閣，名堆藍閣。」

復渡溪過前嶺，看遠山，穿松徑而下。至寺前，適無跡以遊青溪來寺同宿。夜坐，賀予得菴基，并問菴何名。予曰：「玉泉亦名柴紫，可名柴紫菴也。」無跡云：「予近有山中諸詩，名柴紫菴稿，今被居士奪去矣。」

73 天放晴，同無跡、寶方、任居士往遊青溪，不數里，别玉泉諸山，入一音寺界，亦智者所建。峯巒甚多，總名爲一音寺巖也。翔舞飛騰，幻變百出。昔遊桃花源上，酷愛其山勢生動，天外浪壁層層，以爲希有。今見此山，姿態横生，真堪伯仲。無跡馬上大叫奇絶，幾至墜笠。飯於一音寺巖下。頃之，天復晦，雪紛紛落，頗爲山行憂。俄復霽，别一音巖，入青溪諸山之界，相與下馬顧盼。予嘆曰：「予生平有山水癖，夢魂常在吴越間，豈知眉睫之前，有此青蓮花世界也。」僧以手指曰：「瘦壁稜稜，有若刻露，當其前者，即鳳山也。過此山多石，不復上矣。」近寺，忽見清流一泓，滂湃噴舞。與無跡下馬坐橋上，予曰：「吾見泉亦多矣，跳珠霏雪，何處無之，未見淺碧澹緑如此水色者。」按水經注：「青溪水出縣西青山，山之東有濫泉，即青溪源也。」以源出青山，故以青溪爲名。今但以青名溪，不知以山之青名也。盛弘之云：「稠木傍生，凌空交合，危樓傾岳，恒有落勢。風泉傳響于青林之下，巖猿流聲于白雲之上。遊者恒若目不周翫，情不給賞。是以林徒棲託，雲客宅心，泉側多結道人精廬。」即此地也。已入寺禮佛，出至龍女廟前，乃青溪發源處。昔晉法琳於此作論，龍女來聽，因祠於此。前有方廣地，最宜聽水。泉發源同江，故與江水同消長。然石中出泉，至冬猶滂湃，尤諸泉所無也。泉之上有峯一壁，甚巉鐲如蠟淚，注爲二洞。一爲卧雲洞，琳法師箸論處；元又有卧雲禪師居之，故亦名卧雲洞。大士洞斗絶，不及往。此路頗多佳石，若太湖者無數，恨無人剔出之耳。

74 往遊鬼谷洞，石色沉碧，空中而多竅，可作精藍處甚多。其文多如竹葉鳥跡。過嶺，溪中行，溪石爲千百年雨溜所洗，皆如雪色。至鬼谷洞前，三峯如砌。入洞中少憩，道人持炬火前導，見洞上皆旋螺作殘雪色。其下若龜文，所謂蓮花池也，水下注淙淙有聲。傍池行，入兩重石門，有無數大蝙蝠，若鷄鶩綴其上，見火皆起，或墜水中。至前一小門，道人蛇行而入。會炬烟薰人目須退，共唱佛陀，淵淵作金石響。道人云：「有桃源、三郎及石柱洞可遊。」里許，爲桃源洞。入洞，度門與予及從者皆大叫。其中若大廈，上如亂雲封砌，閃礫變幻。中隆起一案，若佛龕。從來洞中石色之奇，未有如兹洞者。其隣即爲三郎洞，較狹于桃源，而深過之。亦用炬，如重門，大類鬼谷。數百武有人家，至石柱洞，蘿棘封門，猿接而上。中有千年石乳若柱。此洞有水，不可住，然水極清冷。覓路下，沿溪復從故道以歸。從遊者皆倦。汪茂才云：

「溪上有田可市，去此可一里許。」予復循溪，步至田畔。歸已暮，飲數杯而卧。鬼谷，按拾遺記亦云「歸谷」。昔儀、秦問先生何國人，答曰：「吾生于歸谷。」古史云「鬼」者，「歸」也。

75 雨大作，至乾溪，遊佛耳巖。

76 有便人至西陵，作字與雷何思及劉元定。諸衲皆先歸，予亦行。夜宿玉泉。

77 閱佛祖通載，方知玉泉寺原名一音寺也。然一音寺巖上，又有一音寺，至弘治年間方毁，豈後又另建一寺名一音歟？晚雨甚，作雪。

78 步前嶺，望諸山猶帶雪，微日照耀，晶瑩可愛。

79 柴紫菴閒行，定草亭址。步至乳窟，遡流而上，至泉上枯坐。會雷何思以字至，約于燈節後至此相晤，寄有五臺香菌。

80 除夕，度門來玉泉同守歲，攜所作青溪詩五首來。夜間予得二絶，傷逝者之捐棄，腸痛不可喻。予謂度門曰：「今年受生人之苦，骨肉見背，受別離苦，一也。功名失意，求不得苦，二也。自歸家來，耳根正不清浄，怨憎會苦，三也。秋後一病，幾至不救，病苦，四也。生人之趣盡矣！」度門曰：「不如是，居士肯發此勇猛精進心耶？」

珂雪齋遊居杮録卷之六

1 萬曆辛亥，正月初一日壬寅，住玉泉講經臺。晨起，同度門上殿禮佛，復至講經臺遥拜家園。遂同往武安王廟，時初日照巖，泉水蒸而成霧。禮神畢，歸小樓閒話。午，步往後山，途中據石清坐。

2 同度門聽泉于泉響處，各據一蒲而坐，不覺成寐。

3 將遊紫蓋，同寶方往。度門夜閲楞伽。

4 别度門，同寶方往紫蓋，沿途多峻嶺，望玉泉甚尊特，其後爲青溪、茅平諸山，上帶殘雪，日光映射。寶公云：「大似晴雲照覆山巒。」予曰：「雲色稍陳，不若雪色之鮮霽照人也。」過聖水寺，相傳葛稚川鍊丹，于此取水。不數里，爲吴王墳，冢隆隆起。吴王不應葬至此，豈「吾王」之訛耶？楚都在沮、漳間，宜此地有王家陵墓。所云昭丘者，皆相去不甚遠也。此地望見沮、漳兩岸之樹，分行交樾，不可紀極。路從山後，以達於寺，蓋自太行、少室、伏牛、玄嶽諸山，蜿蜒而行，至此地忽止。其前則平原千里，江南諸山，皆可指數。若天日清明，可望見江上風帆。數月來，滿眼峯巒，忽見平曠如掌，亦覺爽豁。山頂有仙祠，即葛稚川煉丹處，前有井已涸。予記列仙傳，煉丹紫蓋乃葛稚川之祖葛玄，名孝先，非稚川也。孝先跣行，屈氏二女作履施之，後分餌丹，二女皆仙去。至云山主爲劉綱、樊夫人，劉綱爲上虞令，亦非是中人，不應作山主。俱誤甚，宜改正也。寺肇基於遠法師，後天皇悟從荆州天皇寺移至此寺住。時樹木甚茂，以湘藩造宫殿，盡伐去。近日栽松，嬌姹如緑雲，寺僧頗嚴守護，不過十餘年後，又成佳叢林矣。

5　送寶公歸公安，予復歸玉泉。行嶺上，望遠山晴雪，殊快。至聖水寺，從徑路趨玉泉。輿中于諸山外，見玉泉屹立，有若久客望故鄉，暢適不可言喻，豈非宿緣耶？過金家溪畔，兩水合流處一小菴。菴中僧供茶餅。過此，山峯多茂樹，無童者。踰光石嶺，石浄滑不受塵。下嶺即玉泉寺田，松謖謖，水涓涓，窅無出路。復踰嶺，以達于寺。山行稍倦，夜來焚香静坐，亦自快。

6　往定堆藍亭基，較前更上三四尺，見西峯一帶如潑墨，秀媚照人。

7 度門來視堆藍亭基，并成響水潭菴基。潭上乳窟五十步，爲聽泉第一處，兩山相夾可作菴。度門曰：「吾老愛聽泉聲，且與居士堆藍社相近，共作念佛因緣，以畢餘生足矣。」地屬僧性美，美爲導，從泉處至山背，皆在菴基內。山上前可聽泉，後可望九子諸山。是日，予作詩四首志喜。

8 至堆藍看立亭柱，度門來。是日，送寶方人回，得丘長孺書，詞甚痛切。蓋吾兄去世後，海内聞而痛哭者，不可指數。長孺尤甚。大都人生去世，士林中無有下斷腸之淚者，則其人亦可知矣。在他人及長孺猶爾，況己骨肉如予者乎？予又安得不入山，更汲汲人世事也！

9 入城，循玉泉行，水漸大。過石根穿泉岸處，復下輿閒步。是日，風日甚佳，諸山甚青翠。午抵報恩寺，閲空長老新置一禪室，甚浄。度門已先至矣，遂偕過汪從事處。夜歸報恩寺，閲空老衲過天王殿，大呼：「朱風子在否？」數唤始應，口中已喃喃作歌聲矣。予問故，閲空云：「此人姓朱，不知何處人，嬉游城市，夜宿于此。人予之食則食，亦不乞也。寒冬惟著單衣，亦不覺寒。人予之衣，輒與人。夜宿于地。雪夜呼之，或裸體舞雪上。出語或可解，或不可解。性好酒，亦無醉時。無嗔怒，詬辱之，撲抶之，亦不怒也。聖凡不可知，然亦大異人矣。」因呼之曰：「風子冷否？」答曰：

「我有坎，我有坎！」復大笑。

10汪從事請於城外園中食素，因呼朱風子來，予之酒，輒歌，且大笑。飲已，亦不辭而去，且歌且笑，摇曳而行。薄暮，出城外寺，右有山隆隆起，訊之，則荆王墳也，意即昭丘耳。

11步至城外真武洞，洞亦寬曠可坐，恨前無水耳。同上高阜處，俯臨沮水，其右爲九子諸山，左爲許由山。中開一罅，望見清漳，不百步即仲宣樓舊址。共藉草而坐，不覺已暮。夜月朗甚，閒步城内。歸至寺，朱風子醉舞月下，撫掌曰：「且混，且混！」人問燈好否，曰：「燈甚明，路不平；燈甚明，眼不靈。」道已，復大笑。跡公早憐其寒，以一衣予之，訊之，已施人矣。

12往遊龍泉寺，度沮水，水清澈見底。不數里入山口如户，遂行于日夕所望黛色中也。二十餘里，至龍泉寺，過胡康侯墓，宋時老松尚存。康侯，武夷人，父淵寓跡荆、湖間。至安國，爲蔡京所惡，退居當陽之漳濱。後子宏復徙居衡山矣。寺右掖爲遠公洞，洞高不可登，遂歸。至康侯墓前聽松。月上，松影滿地，遒勁甚。取酒少飲。夜宿於寺。按僞秦建元九年，遠隨安公南遊樊、沔。及秦將符予寇并襄陽，道安爲朱序所留，不得去，乃分遣徒衆各隨所至。遠于是與弟子數十人，南適荆州，則是寺開山，正茲時也。所住精舍無水，師云：「若此地可居，當使朽壤抽泉。」言已，清泉頓出，即本傳所云「始住龍泉精舍」是也。然潯陽亦有龍泉寺，未知孰是。

13 從龍泉早發，往遊九子。沿途山色，空翠撲人。左清漳而右曲沮，至九子山如高髻亭亭。予以兩輿人扶掖而上，坐石上。諸山絶似蓮花，此峯又蓮花出水之最高者。小童爆竹，山應如霹靂聲，遏抑不得出，久之乃止，相看大笑。龍泉僧以酒及松花膏至，膏純以松花爲之，和以蜜，入口作松香氣，山内清供第一品也。下山，從燕子沖至何仙姑洞。仙姑衡州人，不應在此。路甚險，洞皆碎石合成。出燕子沖，如户闥忽開，沮水當其前。渡水至關將軍墓，前有石楠樹最古。飢甚，命山僧炊飯。飯後，行五里至寺。

14 歸玉泉，過度門，流泉汩汩，村野間了無一人。入門寂寂，大呼，門乃得開，甚矣山中之静也。跡公正吟哦作詩。

15 看砌亭牆，閒步塔灣田上，見溪上新柳，遠望如緑烟罩樹，嬌姹動人。

16 往遊智者洞，憩于漢壽亭侯廟。半里許，有青石突出如蓋，乃樵人逃雨石也。近洞處，忽有人家，牆外青石如烟，磊砢其間。石隙杏樹兩三株，已開。不數步，青石如闕，内圜十餘笏地，可作一静室。蓋玉泉前山以泉勝，此處以石勝，色大類英石，微癡重耳。至洞，静坐許時，幽邃蕭静，微聞松濤。

17 至堆藍亭，時蓋茆者尚未完，步西南嶺間可百許武，怪石如林。望山上石巉巉，緑樹叢生。坐石上，看遠近山色，秀媚甚，卜一小練若最佳。予起步，忽有一麅及一兔突起去。已緣山腰至對嶺打麥場上，少憩。歸午食，飽後復遊。從乳窟渡水，過祖師廟，松風泉響相競。行近洞，則松風爲泉聲隱。從嶺背上行，則松風喧甚，泉聲亦少隱。至一荒田，望九子山如刻畫，諸山中惟此山獨有芒刃，大與鼎州緑蘿山相似。下嶺，至泉源處，循流而下，忽得一處青石堆積，石路爲亂泉所蝕、成深渠，大類蟲書鳥篆。泉從渠下注，聲響若鐘，因名之爲石鐘峽也。溪上莊户以茶及酒至，長老祇園亦攜酒來，云：「到處覓不得。」口中復喃喃，爲泉聲所遮，惟見口開閉也。飲數杯，復行澗中。可五十餘步，至繡石澗，澗兩岸皆奇石，緑苔附生，秀細可愛，若錦綺。其上突出，可蔽雨。復倚石坐，水爲兩岸石所束，故流疾而聲愈不平。石爲千萬年疾流所擊，奇形異態百出。過雙石關，不十餘步，爲獨石關，一童子以石丸從，不得渡，則置丸水上以行。至響水潭，若奔雷矣。復至堆藍亭，蓋茆已完，掃地少坐。日照遠山爛爛，意甚樂之。是日也，得佳勝三：怪石林、石鐘峽、繡石澗是也。

18 堆藍亭看編棘籬，俄而跡公至，坐亭上。已同至響水潭，尋溪而上，覓錦石澗、石鐘峽。跡公嘆云所未經見。

19 午至堆藍亭，亭外棘籬已成。見西峯晚嵐，如濃筆醮净水中，墨花鬱起，間有濃淡。又日色照之，其無樹者作淡金色，有樹者作藍汁色，真荆浩、關仝得意筆也。是夜夢見玉泉山上復出一山，若進賢冠狀；又見此山化爲一舟，飛行虚空，皆異境也。

20 至堆藍亭清坐，山中寂寂無一人，但聞風聲鳥聲及嶺上叱牛聲也。下亭，命童子持繩牀往乳窟，臨水坐。窟中石乳纍纍下垂，俱不知爲何人取去。坐倦，至塔邊看新柳。

21 居玉泉講經臺，步于山泉閣。堆藍亭窗欞畢功，從堆藍亭閒行步至怪石林，坐于石上看山久之，乃從前路歸。途中見兩兒相牽，大兒絶衣而去，小兒哭甚哀。訊之，大兒，小兒兄，得罪于主人，欲逃去。弟不忍捨，挽留之不得，故泣也。予見之亦泣，因思此兒以兄遠去，尚不忍捨，況吾兩兄倏爾長逝，永無相見之期，豈不哀哉！竊自含淚歸寺，半日不怡。寺僧謂予眼痛發赤，不知予之有所觸也。

22 從玉泉早發，遊遠安諸山，偕者爲李生伏之及僧祇園。山中野花盡發，沿途青李及棠梨花皆如雪。至一音寺，山皆如象王排立。午抵青溪，立橋上看水，碧乳泓渟。入寺禮佛後，至龍女廟前試茶，水味極佳。上卧雲洞，以遊山帳置洞邊共坐。從洞邊攀蘿捫石，可半里許，至海潮洞，大略如楊惠之所塑普陀壁也。一山皆青石，如太湖中空而多竅，扣之鏗然有聲；若剪去草萊，一一剔出，兹山勝乃不啻，惜無好事者。

23 從青溪發，至青溪舖，望亂山中忽如雲破霞裂者，即白巖寺也。昔郭河陽畫石如雲，此山真如雲矣。山路漸隘，如入峽然。漸從一竅，内如永巷，兩山壁立，時有泉聲。石上苔文繡蝕，略如排當彝鼎。至木瓜舖，微雨，石益奇古。旁出爲墨匣溪，秀邃殆非人境。雨漸大注，覓木瓜菴不得。復行二十餘里，皆穿峽中，峽盡，得沮水。山水相依，路盡左擔。晚渡水，宿慶壽寺。故人秦茂才定寓來晤，昔曾見于沙頭，今二十餘年矣。

24 往遊鳴鳳，渡河行三四里，近山中，兩山石壁峻絶，滑不受塵，水從中出，已心奇之。凡經四五渡，始至山下。兩山如牆，青緑照人，間有石洞。至觀音堂，水繞其前，聽水凭欄少坐，遂短衣上山。石級斗絶，幸有石欄可凭。天門有三，相去各里許，屢陟屢息。諸峯俱如商、周彝鼎，硃砂翡翠照人。望山巔仙宫，若在針鋒棗葉上住。既至巔，禮祖師畢，住聖父母祠。

25 坐祖師殿後，望後山如千葉青蓮。午後遊後山，石裏出喬松，矯健而浄。石級無欄，下視陡絶。導者挺身直下，了無怖畏。予飲數盃，兩道人扶掖，乃得下。歸住石臺上。雲色從杯前度，馴鷹掠食。雨大作，稍住，即往爲鹿苑遊。飯後下山，道侣攜酒天門，以次遞飲而下。山半雨大作，至觀音堂，暮矣，遂不成行。雨中持蓋溪間，西去得雙石峙立處如扉，内有澄潭，溪水所會。至一民舍前，前對石峯，形空色麗，水繞其前後，倚山而住，令人有卜居之想。是夜，道士伴松年七十餘，十餘年不下山矣，聞予晨往，復來送，至已二漏。小道人蕊珠勸酒，且乞詩，遂爲之醉。

26 從鳴鳳大士閣早飯，見日色麗甚，遂往游鹿苑。行十餘里，望鹿苑山色如破雲枕藉，意甚欣然。下層阜，聞水聲戛戛，流入沮河，即鹿溪也。兩山夾處如鐵牆，溪水瀠迴界之。右掖諸山，爲獅子巖，爲招仙巖，巖一壁如削，如墨汁灑成。左掖一山如翡翠屏，爲石柱峯，深緑殷碧，俱如屏障。水墨巖忽折，泐成一峯，前垂長袖，有若鷙頭，寺據焉。水墨巖翻出其左，鷙頭再折一峯出其右，即法華臺也。其前爲石柱峯，流水出其下，兩掖之峯多垂袖如重門。水屢折而復出，凡四渡水而入寺。寺已敝，惟斷碑在麥田中。考碑，寺即陸法和居士舊憩第也。

27 晚設游山帳於法華臺，見後山諸峯疊疊，尤佳。然此寺中十餘峯，或如灑墨，或如砂翠，政不必借妍于遠山也。招仙巖在水墨巖上，滑不受塵，有一僧鳥騰而上，予等皆股慄。晚坐水邊。

28 早，遊山後，乃以山蹇從，遇水則乘之以渡。從法華臺下渡水，行繡鐵峽，忽見三峯如博山爐，青翠照人。渡水見山後户，水隔之，望見石山中多土山。復歸至繡鐵峯，即繡鐵峽上山也。上有平地，望前三峯甚麗。從兩山夾處，冒險搜剔，石如鬆可鑑。遂至寺後嶺上定喘息，僧以酒茗至。數杯後，卧于石上者久之。歸寺，午餐沐浴，就枕熟睡。起，山游，命童子以游帳置法華臺上看山。風色稍惡，乃下臺，過水墨巖下。凡兩渡水，至山口龍王洞邊，據石而坐。忽有樵人，從如削峯頭捫蘿循石而下，衆僧皆爲之咋指。晚步至石柱峯下，從樵人處乞得茶數片以試水，亦佳。蓋鹿苑以茶名，所謂「青溪水，鹿苑茶」也。寺既凋敝，僧遂不復種茶。而絶壁上遺種猶存，惟樵人採薪，間得數兩耳。又有黄薑，形如山藥，食之微苦，村民以爲儉歲糧。時月色微明，山形黯黯，水聲哽咽，雨大作，乃覓牧童避雨巖下坐竟日。

29 從鹿苑歸，近渡沮水，回視萬山搖曳翔舞。因下輿緩行，細看之不能别也。復至慶壽寺。

30 玉泉歸，晤寶方、雪照，時二僧閉關修法華三昧，方出來晤，云：「静中光景，甚爲希有。」因與寶公商量，爲大人修梁皇懺事。

31 寶方來，以教乘法數示予。是夜，夢與中郎會于一樓，中郎看二人弈。予問曰：「兄住此樂乎？」中郎曰：「甚樂。」予曰：「予即來此樓中，共聚首可乎？」中郎曰：「未可。」予問：「修行有益否？」中郎曰：「大有益。」予詰問甚快，以手摩中郎身云：「甚煖，非逝者相也。」踴躍欲告人而醒。

32 夜，夢天上雲氣飛舞，有若烏絲，又若今之馬尾羅，摇曳滿世界。已作一陣入一大廟，予在廟左立，觸予身。予即騰起十餘丈。醒，自喜爲情少想多之徵，稍自快也。

33 自爲齋主，于三聖閣起華嚴會。時禪堂衲子寶方、怡山而下五六人，本寺戒僧本空而下數十人，皆聚于閣。三時念佛，二時誦華嚴經各一卷。從寺中歸園，時園中竹萬竿皆生花，漸欲枯槁。因命園丁以漸伐去，頗有爲予惜者，予曰：「大限既至，此身亦須將去，況此身外物哉？」戴凱之竹譜曰：「根幹將枯，花籦乃箹，箹必六十，復亦六年。」竹實曰「籦」，竹死曰「箹」，蓋竹六十年一易根，輒結實枯死，其實落土復生成竹。然近來新栽者，不數年亦籦，東南皆然，無一存者，獨水竹不爾。且予近定居玉泉，此亦寄也。是日，玉泉修菴人至，已斷水矣。

34 赴顯宗齋，早至柳浪，柳色參天，真所謂「漠漠水田飛白鷺，陰陰夏木囀黄鸝」也。小舟在溪邊，遂同泛少時。追思中郎往時同游光景，不覺凄然。每值荷花盛時，無日不泛，有衲子偏虛，能鼓棹，偶墮水中，大笑欲絶。今偏虛亦化去三四年矣。

35 有談及梅衡湘中丞事者，云女澹然學佛死，中丞祭之，有云：「有佛自然有魔，不信安得不謗。」予心服，以爲名言。

36 行亭成，亦名陸舫，可隨處安立，看山聽泉者也。

37 漢陽王章甫，從燕中來弔中郎，時走玉泉覓予，不知予之在公安也。是日，即欲往沙市，而風雨大作。

38 開霽，肩輿入沙市。

39 金粟園中芍藥及雜花盛開。

40 同章甫渡江，夜抵篔簹谷。

41 步至法華菴柏林中小坐，便過五弟天華館。飯後至柳浪湖，煮茗泛舟。同至二聖寺看李龍眠羅漢，并舊鑄二聖威猛象，長不盈尺，健骨怒筋，張口奮拳，稜稜可畏。

42 同章甫、寶公從公安發，往游君山。風日清和，麥浪滂湃，晚宿民安驛。

43 從民安驛早發，午見繡林山色，久不見山，爲之一快。

44 天暑，從舟行，風色甚惡。長石江上有亭，送予至亭中閒話。晚風静，予與章甫、寶公入舟。

45 風色甚恬，過墨山，晚宿車水灣。

46 舟至洞庭湖口，泊于岳武穆祠下。

47 泊教場前，雨霽，登教場山上。山砥平，十數里芳草油油，真堪調馬。右望諸山如展旆，而江湖出左右兩掖，亦奇觀也。

48 往游君山，至扁山，西風大作，不成行，泊于南津港。近山，雲奔馬逝，大有姿態，春水浸其足，徑路窅窈幽奇，大可泛。岸上有古廟，乃孝感夫人祠也。秦皇時，夫人之父以從役赭山溺水，夫人尋父，聞其溺，遂赴水死。至潯陽，扶父屍浮水上。後人祠之于此，草木蒙翳，守祠人養烏鬼塞路，不堪坐。問守祠者曰：「此去岳陽樓幾里？」曰：「可六七里。近此二里許有吕仙亭可登也。」遂陟重巒，緣江岸至亭。門對君山，湖光浩淼，繞亭喬松數十株，拗枝虬曲，皆數百年物。松上有白鶴巢，惡少年欲得其雛，以竿中之，危欲墮。予以金爲鶴雛乞命，少年不可，乃與章甫、寶公共以因果報應之理曲譬之，其人不懌，然亦從此興闌，無必得之想矣。久之，肩竿而去。予等少酌亭前，亭右即爲白鶴寺，寺泉極佳，以新茶試之，烹點不佳，不堪飲。日將落，霞氣射湖心，遂歸坐舟頭。偶有流星如一月下墮，忽分爲二月，光芒燭天，舟人皆怖叫。

49 黎明，東風細細，一帆直走君山。初日既出，波平如掌。方舟進發，已抵山足。繫舟寺門，見喬木蓊鬱，虧蔽天日，黯黯含雪霰氣。兩掖之山，如垂長袖，乳石磊砢，如飲水而下。遂坐石上早餐。入寺禮佛，天王殿前鴨脚四株，唐、宋以來物也，上巢白鶴數百，遠視之如玉蘭花。正殿亦壯偉，後爲藏經樓。左廡祠柳毅秀才，作健兒裝。西去穿喬木中，新篁緑色照人。蓋遠視此山，直似長眉一抹。入其中，求所謂十二螺者，亦不可得，都爲老樹壽藤所遮，彷彿見污隆耳。然曲徑中時有起伏，竹翠茶香，雜花芬馥，極紆迴有幽致，宛似江南佳麗名園。過軒轅臺，此處可覽湖山之勝，惜以文昌閣封之。復行，行竹石中，登酒香亭，其下乃走鼎、澧諸州道也。空水澄鮮，了不一其際。倦歸，坐方丈假寢。已至寺左掖髻上，得朗吟亭，望長沙、湘潭去帆如陣。上有古松數株，陡健清人肌骨。亭下古木蕭森，共坐其下小飲。午後，往湘妃廟，忽得曠野平田，極有野趣。入廟中，了無一人，閱古碑，頗喃喃皇英事，不知帝女者。乃天帝之二女，非堯二女也。自秦以來，譌訛久矣。晚，坐亂石中聽水。

50 晨起，擇一卜築地，雙髻曲抱，篁竹、橘柚、銀杏、木樨之屬，遮樾不見天日，可作一小樓。晨飯後，風甚猛，别君山，一帆走岳陽樓下。大都天水一色景象，乃此樓尋常受用，然亦不能于此外覓一奇語，能模寫其澄鮮也。按滕子京增城樓爲岳陽樓，范文正爲記，蘇子美書石，邵竦篆額，世謂「三絶」。章甫曰：「文正之文信佳矣，然忽作憂樂語，果何謂？」予曰：「滕子京負大才，爲衆忌嫉，自慶帥謫巴陵，憤鬱見于辭色。文正與同年友善，愛其才，恐貽禍。滕豪邁自負，罕受人言，正患無隙規之，值其以文求記，故文正記中曰：『不以物喜，不以己悲，先天下之憂而憂，後天下之樂而樂。』其意蓋有在焉。」初，樓成，賓友請合樂落之，子京曰：「直須凭欄大哭一番始快！」過庭録所載，非妄也。别章甫，從城陵磯買舟歸。

51 抵車水灣，月色甚朗。夜往塌石驛，漏深不至，泊墨山下一小港中。上岸，有長堤一帶，古樹昏黑，棘花帶露盛開，流水汩汩，四遶皆麥田，月下誤以爲江水，甚可畏。入舟，再移里許，得鄰舟始泊，去塌石驛數里程耳。

52 從塌石早發，墨山之石多有磊砢水上者，石色頗不佳，此路多崩岸可畏。抵調弦驛，舊有調弦亭，今亡，户蕭然也。

53 石首張翁伯治具江上酒樓，長石、季新、伯雨皆聚。翁伯出前所閲樂春釣魚圖，并盧仝煎茶圖再玩。又南堂之什、陽峯相公自賦、諸文人倡和，李崆峒、何大復、王穉欽、楊升菴、廖鳴吾諸公皆親筆，字多遒古可敬。

54 還公安，居二聖静室看經。

55 赴本寺華嚴會，夜坐甚爽。

56 登泛鳧舟往沙市，將至玉泉。

57 從公安發舟抵黄壇，與怡山相對清話，真如泛一日舟，不似行路也。

58 從黄壇移舟沙頭，雨大作。怡山留舟中，予往金粟園。

59 收拾瓶隱齋，看新荷出水。

60 體中病，念玉泉未能去，不若歸寺過夏。怡山亦至，遂同入舟。晚宿黄壇，閒
步柳下，水中望落日，恍若作西方懸鼓觀也。

61 南風大作，從黄壇與怡山各跨蹇陸行，遇楊柳濃陰，則藉草坐談。午渡江，抵
篔簹谷。

62 住二聖寺禪堂静室，時泛鳧舟已從虎渡轉三橋矣。

63 天雨，爲顯宗題青蓮册。青蓮菴基，中郎所施，見其册上字，不覺潸然。予題
畢，呼顯宗示之，兩人淚交睫也。

64 將游村中，從林蘭閣肩輿往三橋舟中，憩于茶菴。

65 過孱陵街至舟，移舟黄荆口看月，有聽水之樂，而無風濤之慮。
66 停舟黄荆口，遣人約崔晦之同行。晦之居去此不十餘里。將午，晦之至。風逆不成行，遇嘉樹林處，則暫憩。晚抵大陽橋，橋久撤，近橋有大陽寺，即子美作詩與大陽長老者也。沿途頗有土城，多國亂時草寇所都。夜與晦之開窗看月，不忍寐去。
67 早從大陽橋移舟至長安村輞湖邊。湖水晶瑩，周迴可二十餘里，可當西湖之半。雖無樓閣梵刹，而遠樹近林，亦極倩冶。
68 過先塋，拜松楸間，豐碑不具。今年當以舟往陽岐載石，不容緩也。
69 湖上水平如鏡，看水上晚霞，甚樂之。
70 雨大作，舟中對雨清坐。是日食新。
71 天晴，放舟輞湖心。初時熱如炙，已而水風拂面，涼透肌骨。
72 天新霽，念簡田弟病痢久不瘥，與唐仲文同往視之。至大德寺少憩，寺門垂垂欲墮，殿堂俱不支。毛氏二甥寓此讀書。天欲雨，急至簡田處，入卧内視之。病已九月餘，形容瘦槁，不覺爲之墮淚。自云：「昨日甚危篤，今日稍可矣。久不見兄，兄在何處？」予曰：「予亦病，往玉泉調治，二月餘遂瘥。」簡田曰：「我若有起色，亦隨兄往玉泉也。」

73 移舟于魯湖，湖與輞湖相連，去杜莊僅數步。是日，息于杜莊深松下，了無暑氣。

74 從輞湖發舟，往刀環。

75 舟至小河口，河曲不能入，以小舟行涉重湖，過横溪橋，至肉浦登岸。見長松參天蔽日，新禾如雲錦。予不到此二十年矣，家家種樹，居然有花源氣象。

76 泛鳧舟已至肉步河，與吉人、太初三甥步至河泛舟。居民素未見官舟，相與聚觀咤笑。

77 與太初、吉人早渡河，至法華寺，看中郎所市陰宅。詣法華寺小坐，訊寺所起，云隋朝。然豐碑已毁，都不可跡矣。

78 登舟，繫大樹下，令童子焚香滌硯烹茶。久不作此快事，差如逢故人也。

79 從肉步發舟，泊于之字湖，湖水新漲，不減瀟湘。

80 枝江諸山，如笠子亭亭天末。夜宿湖中，風水噴薄，頗有寒色。

81 從之字湖發舟，亂湖而渡十餘里，風順掛帆，抵赤雲山。山一小阜，水中央有小蘭若。出小河口，過孫黃驛，晚泊港口四望岡下。

82 早，聞簡田弟不禄消息，爲之痛哭者久之。蓋予初意欲留視其病，而弟自云：

「我必不死。」又累遣人覘之，云「漸平」，故予遂往刀環里中，不意去未數日，遂長逝矣。老母弱子，比中郎事更慘。即欲返舟還里，而風逆甚，乃姑往縣中。蓋久不侍大人，急欲往也。晚過黄金口，前爲悍民所塞，因水漲淹茅穗諸里。茅穗民白于官，率衆開之。悍民持梃來禦，殺開者一人。邑侯力主開，始定。

83 水大漲，泛鳧舟入斗湖，登舟納涼。

84 月色甚明，泛舟過吕仙濯足臺。

85 命僮輩收書畫入沙頭。

86 渡江至金粟園，園後池中，荷花盛開。

87 夏道甫處見李龍湖批評西廂、伯喈，極其細密，真讀書人。予等粗浮，只合斂衽下拜耳。案上一觚，花紋極密，元物也。歸過法輪寺，浙僧所供檀香普賢像，精工甚，送至峨嵋山者。

88 得黄太史慎軒書，時已聞中郎化去消息，讀之不忍再讀。其書，後一友人借看，並藏去。

89 取班恕齋大字一幅，并戴文進臨郭熙袁安卧雪圖，置之壁間。夏道甫、馬畫兆來，坐瓶隱齋看荷花。

90 檢畫卷之非山水者及近贋者，付入城售之。

91 金粟園後湖荷花盛開，作一竹亭臺上。

92 過江陵王維南太學，見卷有梅花道人竹十餘幅，其中倣與可者數幅，瀟散閒適。每幅綴小詩，極清遠，而作字亦甚有法。杜檉居韓熙載家宴圖，人物亦佳。畫有馬遠及黄鶴山樵山水，沈周鵝及山水，皆佳。

93 傅叔睿來，時微月濛濛，予卧，叔睿與客次飛歌。

94 坐前堂頗有凉風，奈無以居安，思移瓶隱齋于前，苦其煩，未決也。

95 拆後園瓶隱齋移之前，齋無牆垣，蔬圃中多穢氣，而前有老桂古梅，因置亭其間，東移西徙，措大舉止真可笑也。因思去年六月作亭時，中郎曰：「曷不置之老桂下？」予不可，意欲作一高齋，爲木樨吐氣。既而無力，復以此亭移去，終不出中郎之言。每事如此，不獨此一亭也。令人淚落漣如矣。

96 修治瓶隱齋成。後園溪中蓮花盛開，于溪北作一竹亭曰西蓮，以滿溪皆西番蓮也。花極繁，而不結實。

97 園中新糊一室，有如珂雪，坐而樂之。

98 渡荷花蕩，至西蓮亭少坐。步至一修花人舍，頗有佳卉。歸至舍午餐，僕者誤殺雞，予訶之。鄰客云：「雞豚魚肉，到口即吃；生老病死，時至則行。此裴晉公家法也，君何不效之？」予曰：「晉公臨薨時，進上所賜玉帶，使門人作表，皆不如意。公令子弟執筆，口占云：『内府之珍，先朝所賜，既不敢將歸地下，又不合留向人間，謹封進。』占完，令人書寫；看罷，安詳而逝。必如此，然後爲『生老病死，時至即行』耳，譚何容易！」

99 入城，憩王孫沅洲處。沅洲云：「新移居此，舊居有臺，即馬融絳帳臺也。上有百年老松，轉鬻之人斫其松，已爲平地矣。」同遊仲宣樓，風色甚涼，有溺隍中者，急呼人救之，得活。

100 瓶隱齋左右，各移合掌柏一株。本草側柏，乃合掌柏，他燥不堪入藥。又移慈竹二種。

101 生死之念甚切，將有棄家之志。念侍兒阿陳年幼，欲遣之出嫁，托相知爲媒妁，務令得所，庶將來入山，無羈絆也。

102 八月初一日戊辰，居金粟園，遣侍兒阿陳出閣。婢子二人亦遣去。自念四十餘矣，將有五岳之志，長戀戀閨閣何爲？浄室明窗，依然老頭陀光景也。

103 移中郎柩入鄉之期已迫，往六姪處料理，懇辭弔客，非大舉故也。

104 天雨如注，難于發引。午後始開霽，微有月色，移柩于舟。

105 移中郎柩入鄉，予舟先至虎渡，渡口流水甚急，非順風不得上。柩舟至，無風，覓牽纜小舟不得。予默禱于岸，頃之，風颯颯上帆，舟行轉勁。入口，風即止，似有默相者。夜過三穴橋，抵長安村，天明矣。友人馬元龍，以送葬同入村中。

106 雲浦居士從龍灣市至，雲浦將按西秦，請告未至，故以微服來。

107 同元龍、雲浦往先原，始至先母及先兄伯修墓前，已往先祖鳳凰山，憩于義堂寺。寺肇始于宋紹興，有一磬，上書「鄂國公神作證盟」。鄂國公，岳武穆也。意者作磬人乃征楊么時武穆部下士，武穆死而其人不忍忘，作此以祈冥福，未可知也。殿前銀杏可十圍。午後，至先曾祖塋，名冢嶺山，山自松滋諸山而來，高冢數十，至此忽止，亦一奇勝。

108 元龍、雲浦歸，予從行。辭靈去，腸如割。予陪雲浦往弔簡田弟，老母、幼妻、弱子哭欲絕，予亦痛甚。先約元龍艤舟四望岡以待，既至，舟尚未前。予與雲浦坐一草舍中細譚。頃之舟至，抵黃荆口，月上矣。入口隨流三十里，至縣已漏盡。天明始登舟。

109 同雲浦至柳浪湖食齋，至二聖寺智者堂，月色已上。共坐大墀上小酌。是夜論學，頗有入微處。夜同宿静坐。雲浦攜一友人，能招乩，至而不書以去，惟向金剛塔前作叩首狀，乃知鬼神逼塞虛空矣。

110 歸篔簹谷，桂花尚未盛開，堂前草深尺餘，獨橘樂亭前橘子纍纍壓枝。月下，過林蘭閣宿。

111 與方平弟治一勺于大人前，大人諄諄勉以作舉業。晚與方平弟、王吉人同飲林蘭閣下，數杯散去。步柳浪湖堤上，意味慘澹，不成歡也。

112 同吉人入沙市。至江邊，北風大作，憩于逆旅。月上，風少停，遂渡江，已漏下。至金粟園，木樨盛開如黄雪。牆宇垂成，塀净不容唾。與吉人露坐至子夜。

113 坐木樨樹下，候月出，清香滿院，至子夜不成寐。

114 九月初三日，聞雷何思之訃。何思，名思霈，號何思，夷陵人。與予同爲諸生。丁酉舉于鄉，辛丑成進士。讀中秘書，改檢討。博學異才，頗好言仙。己酉典閩試，試録奇麗甚。庚戌歸，數邀予游衡、廬，屢來屢以他事止。時忽聞其訃，真令人腸欲斷也。爲人心地净潔，不沾纖毫塵俗氣，真是仙品。母老無子且無弟，得年僅四十七，哀哉痛哉！終夜太息，傷文人無命，善人無福，欲問天而無從也。

115 九月初五日，中郎朞服闋，中懷抱痛，不忍即吉。

116 靜亭舅招飲劉園，園依便河，水可泛舟。門有枇杷樹五六株，濃陰交結，封天蔽日。荆之宜枇杷有自來矣，故城門有枇杷門也。獨四周皆墟墓，不容步。予謂此地止好修行，以近逝多林也。近登高，欲作會，緣何思之訃，不忍舉樂。

117 霜降，武弁迎秋于西郊，皆以錦綺架爲高亭。是日得閩中左方伯景陵陳志寰書，時方聞中郎之訃，遣人致弔，奠章悽惋甚。蓋志寰爲先兄伯修鄉試同年，癸未舉進士，官工曹。丙戌，伯修官詞林，與志寰朝夕聚首論學。後與中郎及予皆相契合。時爲閩左轄，告病歸，年老尚難嗣息，無復出意。來札與予，尤不可讀。記與志寰聚首京華，皆萬曆乙未年事，于今十六年矣。兄弟朋友，星落雨絶，此自不可堪，况僕乎！

118 一帆歸公安，大人體中如常，甚慰。

119 大人病體欠安，不能復入郡，食息常宜照管。乃借六姪堤上居，移宿其中，庶便往來定省。讀書梔子樓下。

120 作字别郡中諸社友，取金粟園中諸書回。

121 大人病勢較退，病中喃喃，命兒不輟進取。

122 大人體中雖健，而神明昏憒，飲食衣服皆藉人力，至于中外事，一切不省。嘗綜家政以來，累數千金，司筦鑰于奴僕，恐乘此一切侵漁，遂出示，令諸僕疾來算明。蓋兩兄去世，予忝居長，尚有異母兩弟及二兄之孤孀在，一切任其侵漁，是長者之責也。

123 丁酉，予痛哭于二兄之前。緣先母龔太安人生予兄弟三人，早喪。長伯修，次中郎，次即予。先母去世，大人未繼，庶母劉即掌家政，生二弟安道、寧道。母氏早喪，三孤備嘗荼苦，予不忍言之也。天不祚善人，伯修無子，子予子；予又尚未有子。中郎二子，中郎又早世。二兄宦貧，二家孀孤俱不免食貧。予既居長，不料理家政，檢點資蓄，則大人數十年辛苦爲兒孫者，皆紛紛莫可踪跡矣。諸親友云：「家事任長，今積藏盡去，若不急時分異，盡入他門，亦非前人治家本意。」予曰：「凡分異必由父命，今大人已不省家事，何所稟命。」諸親友又曰：「凡痰昏之病，安能使之精明如平日。家政既無所主，且將散而爲他人，繼志述事之孝，不如是也。畢竟分異是。」而庶母劉孺人及二弟，亦惓惓以分異請。予泣而從之，復叩稟大人，大人頷之。

124 大人知分異事，榻前語予曰：「天補汝，天補汝！」予曰：「此天言也，何敢違。」自是聽弟姪輩擇取，予默受命焉。

125 大人藏蓄及外責幾數千金，穀可六七千石，俱爲人竊其籍，化爲烏有。責之諸僕，復有他言。予嘆曰：「大人既病，扶持病人爲重，朦朧不問可也。」遂止以見在田宅分異。

126 分異成，予奉大人之命，嘿無一言，聽諸弟部署。外人以袁氏之分不均，必致有煩言，而彼此寂無一字，皆嘆異焉。

127 篔簹谷竹子既壞，亂草叢生，不勝荒落，乃稍去竹根，修理垣牆，外飾虎落。

128 種桃李樹于篔簹谷。

129 赴二聖寺智者堂齋。

130 臘月初六日爲亡兄生忌，悼念不能自已。蓋予于梔子樓上設亡兄靈位于其上，後每上樓，輒涕不怡者終日，遂不復上樓。

131 天氣稍暖，以清水洗硯。予有佳硯二：一得之胡仲修，一得之中郎。今日梅花漸發蕊，用淨硯置几案花下，磨方于魯墨，用吴箋作十餘行字，儘可觀。

132 閲黄魯直集。黄公文字之妙，見于諸題跋，其中别有勝韻，非近代板俗文人所能知也。

133 除夕，治一勺于大人牀前。

珂雪齋遊居柿録卷之七

1 壬子正月初三立春，往二聖寺禮佛。邑長令李公迎春於寺，通邑人來看春。是日以所分小居，加直與述之姪易中郎閒居。後即予園，油水中間之。年四十三矣，妻孥始有住處，貧士之苦如此。按油水，發源白石山，列水經，今塞。

2 五弟園中梅花盛開，設燕花下。

3 龔散木至，時中郎次兒阿撫已二歲，蘇雲浦欣然許以女姻，散木爲媒妁。定以此月之十五日舉問名之禮，予與散木將同入沙頭。夜與散木同宿。

4 與散木從陸，晚渡江，夜飲於述之姪宅。傅叔睿來。

5 早至金粟園。

6 馬茂才處見徵明畫及陸包山畫子瞻遊赤壁圖，皆精妙。

7 金粟園臘梅盛開，花香一院，招客痛飲。至夜半，聞雷聲而散。

8 天放晴，早從金粟園登舟，一帆下公安，抵家午食矣。見大人體中較前大清泰，快甚。夜坐園中聽雨齋。

9 閒步過石馬橋，時秀麥之色照人矣。橋近王尚書襄簡諱軾先塋，人以塋中石馬填溝中往來，因名石馬橋云。

10 赴靜亭舅席于浦河，飲稍縱，歸時大醉。初意本不欲多飲，主人意欲成歡，勉爲謔笑，飲復至醉。以此知防閑情慾，須于未飲之先，及未醉之時。若既醉，則狂樂入心，必無繩墨，徒來明日之悔耳。

11 坐櫻桃樹下，花山僧往湘潭回，得李湘洲宮諭書，近況頗趨禪寂。

12 欲往二聖寺，以風不成行。時書室門外櫻桃三樹，盛開如雪。

13 風雪大作，赴人召。夜覺咽喉作痛。每赴一席，輒作病數日，以苦爲樂，不知何日自解脱也。

14 雪霽日出，隱几聽屋下融雪聲，甚快。

15 晨起，爲僧寂子書金剛一段。作書寄王章甫、漢川尹夷庚，并作養母堂敍。寂子師三和，以母老，構養母堂，名士多以詩紀，予爲序而傳之。

16 割園之半雜華林爲佛堂，命一道人掌之，内挂丁南羽所畫文殊像于其中，永以此地爲雜華庵云。是日，深知一生來受酒之禍，敗德傷生，其害無窮，誓從此大加節制，不赴席，不召客；即欲飲時，自酌數杯，亦自暢適。一至沉酣，必動嗔淫，戒哉，戒哉！

17 龔生玄在過樓下，談及先夾山龔舅事。公由太原改嵐縣令，卒于嵐，年五十六歲。初病時，自診脈云：「陰得陽脈，殆不可治。」因危坐數日，語玄在曰：「吾事已矣，惟念佛以待盡，慎莫令婦人女子來溷擾我！」夜，忽夢如來相，頃之，二童子持一金牌，上書曰：「龔公中品中生。」又有一自縊婦人在前，項上帶今岳州白絹。舅問之曰：「若與我爲寃對乎？」曰：「非也，寃已解矣。」化爲黑風而去。醒即告之玄在曰：「急念佛，吾去矣！我爲作令，未持戒律，尚得往生。四弟及中郎、小修精勤若此，何憂淨土耶？取筆來，我自書一紙示之，使知念佛之靈驗也。」書畢，遂化。今臨終字跡尚存。

18 天放晴，往省大人，甚清安。時雲浦按晉中，渡江送之，命僮僕束裝。

19 往沙津送蘇雲浦按晉。久雨忽晴，柳麥潤秀，輿中看近溪諸老語録。是日思得老父體已漸安，玉泉之約，不可久負。况我每居家數月，即抱苦病，易流之性，往往濫觴。不獨爲學問慮，即軀命亦當向静處保養。以此決意山棲，送過雲浦後即行矣。午後，抵金粟園，園中桂樹忽結實如蓮子，生平未見，亦大可訝。

20 清坐金粟園中，閲四家語録有省。晚間百念俱清，頗享寂静無念之樂。

21 述之姪處乞得稗海一部，凡六套，吾友陶石簣選，會稽商氏刻也。

22 閉門閲稗海，命小童及一傭書者隨閲隨抄。可效法者爲一集，事關因果助發道心者爲一集，救妄者爲一集，可懲戒者爲一集。

23 蜀中大參曹能始見訪，坐話甚久，云：「今日兄亦不必見顧，此處有桃李盛開者，明日同遊作一日譚。」予曰：「此處有章臺寺，稍可步。」即約明日同往。

24 治酒章臺寺，江右喻叔虞名應益在舟，亦同往。近寺路徑甚佳，桃李大放。入寺後，息于僧房，憩于沉香亭，以舊有沉香井也。井陋甚，能始問：「此即爲昔人章華臺否？」予曰：「此是豫章臺，非章華臺也。」能始曰：「赤鼻本非赤壁，一經文人之口，假赤壁翻作真赤壁矣。則此地爲章華臺可也。」

25 夏道甫至，持李卓吾、焦弱侯書字卷，共看于大槐樹下。日暮散去。是日能始云：「沙市城隍，其鄉縉紳陳蒲石也。蒲石卒後，降乩其家。」言之甚詳，曰其廟不在城中。語多不悉記，俟後會再詢之，作一記以示人也。

26 同吉人步至菜花地上，席地坐，看野原桃花燒灼。

27 同散木步至舟中，清坐一日。夜卧不寧甚，夢中郎見呼曰：「已逝矣，已逝矣！胡不起，胡不起！」

28 自三月初八日爲始，先大人偶棄諸孤，直至月終料理受弔經懺諸事，昏昏忽忽，舊病復作，不暇書。

29 修二聖寺三聖閣後牆，爲大人及兩兄祈冥福也。

30 禮懺，得曾太史下世消息，痛哭久之。

31 束裝下長安謝孝，便往魯宅。

32 入村落間謝孝，肩輿往三穴橋，憩于茶菴，爲亡舅龔駕部及兄中郎共修，以三夏施茶者也。午至橋邊，登泛鳬舟，體憊極，煩火攘攘，舟眠差得清涼。

33 從三橋登舟，午抵村中，所過山莊駢列，茂林修竹，皆先人締創也，不覺淚下漣如矣。拜于松楸，飯于雲澤叔處。

34 泊舟雙田，往穀昇里謝孝，此先舅龔方伯里也。飯于散木宅，坐大松林下。別去登舟，王吉人亦至。宿于潔靈廟。

35 往魯宅謝孝，涔水一溪，纔可容舟，兩岸時有茂林，野花撲鼻。楚詞所云「望涔陽兮極浦」，即此水也。

36 午至涔河市，壻魯星卿來迎，坐于後園樓下，花草甚茂。宅後有三層樓，可望遠山。星卿以予戒殺，不宰牲，甚快之。

37 從涔河發舟，晚抵清流灣。

38 從清流灣發舟，夜抵長安村雙田廟。王吉人回。

39 從雙田早發舟回公安，同年安福令蕭元恒有使歸，便致鄒南皋、朱玉槎弔中郎書。予信筆答之，即成行。午後抵三穴橋，微雨，肩輿歸，憩於茶菴。抵家已暮矣。

40 寶方往臨湘，寄書來云：「已吊曾長石太史，臨終作偈而化，可謂無怛化矣。」二年之内，喪中郎，又喪我何思、長石，人世淒涼，何以度日也。

41 予新失父兄，懷抱作楚甚，沉疴不減。醫者云：「惟任意遊遨，散其鬱火，則尚可望生。」予是之。蓋是時以全生爲大孝，不宜拘守制之例也。然静養之地，非玉泉不可，遂束裝往。

42 從金粟園往玉泉，偕者爲吴僧大雲、吉人。途中，農鼓村歌鼎沸。宿於彌勒菴，即圓臺寺也。夜坐深柳下納凉。

43 從圓臺寺曉發，度沮、漳之水，清風拂人，水石瑟瑟。至當陽縣城外寺中閲空上人僧舍午餐。天微雨，遂行。不數里，雨大注，望玉泉山出生雲如綿，諸峯中惟此峯獨有奇氣，可愛玩。至巳公嶺下，雨益甚，暫避于樵舍。玉泉之溪大沸，頃絶橋。吉人、大雲不能前，乃下馬跣行水中，幾没腰。隔度門可三里，稍止，復以肩輿行。沿途泉聲吼怒，玉泉莊丁迎者亦至，始得前。長老冒雨持茶逆於路。抵寺，衣衫盡溼。候吉人、大雲不至，久之乃至，如兩農夫。予呼大雲、吉人曰：「雖『大雲』普雨，所幸『吉人』天相。」二人皆笑。夜宿方丈。僧云：「此山中每有異人至，則麀羣鳴。昨兩夜皆大鳴，故知先生之來也。」

44 看新菴，規制甚爽豁。登堆藍亭，見諸山如畫，不覺神怡。惟松樹稍長，能障山色耳。僧云：「近有野猪二來山，幸而無虎。」日暮，無跡師來相見，悲喜交集。

45 從山背取道至度門，晤無跡師。大雲、吉人亦至。無跡留予宿樓上，夜話甚適。以菴托無跡法孫法宣管理。

46 别度門回玉泉寺，夜至堆藍看月。

47 謁關廟。回至響水潭，燕坐聽泉。

48 無跡師來，與大雲、吉人往智者洞。往歲以冬月來，泉從關廟發源，智者洞前之泉已涸，故過廟則不見水。夏來洞泉大發，接于玉泉之水如一溪，可三里，皆從流水聲中過也。攀蘿至洞清坐，菴僧具蔬飯。跡公于藤石深處自鋤一趺坐地，甚清涼。入暮始歸，流泉已印月矣。

49 坐乳窟樹下，見水石清湛之甚，跣行其中。晚至塔下，席地而坐。

50 往祖師廟，看人發劉后梳妝臺伏磚。菴中尚無牆，去歲已付工直與僧，陶磚萬餘猶不足。長老云：「妝臺牆尚有古磚可用，以廢臺治新菴可也。」予乃留直作香供于佛，乃取磚，其堅潤如石，乃知先朝物力之富也。

51 鳩工修菴牆。

52 修菴牆畢功。

53 立菴門送大雲、吉人歸。大雲以花山緣事還荆，而吉人以收稻還里中。是日撤去堆藍亭軒窗，易以磚，穴以通風，外翼以短牆，前爲峻級。以山深松茂，恐有虎狼虺蛇來驚定人也。

54 堆藍亭牆成，長日宴坐其上。跡公來云：「風太猛，不可趁涼取適。」同話至日暮始下。

55 遊智者洞，洞中沁涼，不可久坐，遂歸。

56 金粟堂前門成。

57 坐乳窟石牆下，看一峯直上，如灑墨潑霞，水汩汩齧其足。蒲團坐水邊終日。

58 從長老方丈移居金粟堂。

59 跡公至，同往乳窟。凡三渡水，至一石壁下，予以小几坐泉中，跡公坐大樹根上，李生伏之據石閒話。日晡乃歸。

60 坐堆藍亭，祇園長老送齋，齋後同往響水潭看亭基。蓋泉水從關廟沸玉濺珠，可半里，出入亂石中，至大石下匯爲小潭，聲如旱地雷。以直付僧，令作一亭，顔以「雪籟。」雪取色，籟取聲也。

61 坐堆藍亭，始看一日經。午後，復來乳窟聽泉。

62 午暑，同伏之至乳窟聽泉。僧倚雲後至。予敷蒲坐，諸人各據石，甚清涼。

63 步至乳窟聽泉，泉經雨，聲愈壯。晚見近山吐雲，忽成兜羅世界。月出破雲裏，作冷青色，殆非人世。

64 登堆藍亭看山，雨中山淡冶甚，宛似倪迂筆意。坐堆藍亭閲經。午後聽泉。

65 雪籟亭已成，看豎立。跡公云：「宜得一佳聯書柱。」予曰：「有司空圖『流水聲中過一生』一語甚佳，惜無出聯耳。不得已，湊一句作一聯云『巉巖曲裏開三徑』，亦可。」跡公首肯者久之。

66 于金粟堂後鑿一洞，名幻霞。

67 步至雪籟亭，忽家中有大不得已事，須予歸了之。嗟嗟，拚百丈亂絲乃得入山，今又復走塵土中！可歎，可歎！

68 晨起束裝，跡公聞之來送。天雨如注，後始霽。别跡公及山中諸衲。午至當陽，寓閲空禪室，令人覓舟。月夜發，假寐中時聞灘水聲，殊可愕。雞始唱，抵合溶。

69 從合溶發舟，漸覺水漲流平。夜宿水村中，不知何地。

70 細雨濛濛，曉過万城，千家浮水上，水勢一望無極，青草赤沙，不足喻其大也。

71 閒坐金粟園，江水汎漲，沙市街水皆没脛，防禦晝夜不絶。初予自當陽登舟，泛舟中，望九子諸山極秀冶，無風濤之怖。若得一舟可以涉淺者遊其間，且抵高安、風更猛，殊可怖。去沙市三十里，予舍舟覓肩輿，午抵寓。

72 六月二十七日，灌洋堤破，江陵水消，江南岸盡没。松滋堤亦壞，公安受害，田陽平諸山中，如泛千葉蓮花中，可以畢此生矣。是日，遂遣人往津市，造一鸕鷀舟。

73 居沙市金粟園，分異中郎宅上田産，給兩姪、諸姬。中郎居宦十九年，加以老畝之稍污者，皆蕩然一壑矣。父蓄積數十年，合田宅種種，不滿三千金。兩姪僅可糊口。惟作一宅沙頭，規制稍異，人遂謂中郎非澹然者。予與中郎形影不離數十年，未曾見其置升斗之田，獨好架小小房屋，排當極有方略，亦其性然也。

74 遣人命眷屬空堤上居，復與六姪，仍居于園。蓋中郎存日，見予住于園，乃以堤上居付予居住。中郎與予原不分爾我，意謂可以忘言者也。不意中郎逝矣，既逝後，予念姪子幼孤，居沙市，其地繁華，尤與少年不宜，予空其居以待之。而姪子殊無歸意，予恐逼迫之致相離也，姑置之。經一年，此居上漏下濕，頹壞不堪。又予新所分居，差與園隔，乃以予所分先居與六姪换易，補以一百五十金居之。適姪子有游冶事，決意令其歸公安，而予退居于園。蓋姪子既歸公安，則吾願遂矣。僕僕遷徙，皆非所計也。

75 回公安，斗湖堤水漲，一望千頃。汎鳧舟在門，因往坐其上納涼。

76 汎鳧舟繫大柳下，水風撲面。夜微月，獨坐舟頭，意致蕭然，看數千家如在甑中。

77 復入沙市，舟至黄灘夜宿。曉從陸抵園。

78 復從沙市歸，肩輿至文村渡江。時水漲，千里浩白，對岸馬家市皆在水中。

79 汎鳧舟漏甚，令工修葺。

80 六姪闔家俱從沙市下公安。

81 乘小舟至柳浪，水大漲，抱甕亭皆在水中。

82 看人鋤竹根種蔬。

83 培橘樹，橘樂亭前有橘四樹，已合抱。人知橘實之美。不知其花氣味清絶，諸卉不及也。

84 獨坐園中，看紫荆二樹，參天紅酣，因坐花下。

85 泛鳧舟在輞湖，爲猛風打壞沉水。生平好舟居，今復不遂，良可惋惜。

86 閉門清坐，微月濛濛。坐紫荆花下，内悲父兄，外悼友朋，因病戒酒，寂寂無一人往來可以倡和者，不知餘生何以度日。

87 取玉泉所抄師地論，逐字玩味，不覺道心勃勃。午，坐紫荆花下。

88 閲宗鏡攝録。先兄中郎集宗鏡精語爲攝録，予又檢其中之最精者爲攝攝録，凡上下二册。

89 閲惟識論，無論其中入理深談，牛毛繭絲，即其文字之沉邃奥雅，千古所無也。予最粗疎，然閲此殊有深解，豈前生于般若稍有氣分耶？

90 中秋往智者堂食素，與述之姪棹小舟以往，遠林近樹俱在水中。時大士塑壁粗具。晚歸，以中秋節，同姪月下清話。

91 以鷁艦舟泛湖。初遊沮水，從舟中望九子山如畫，因思造一舟可涉淺者，盤桓於鹿苑、青溪之間。歸來即令人往澧州津市造舟，凡費十六金。爲期二十餘日，而舟成，中可設茶鑪酒鎗。時水漲直至斗湖，與諸弟同泛。

92 松滋山人蕭湘來，攜有龍子羽及楊西來書，二公皆謂常德今年大熟，如往遊衡、嶷，幸取道德山，共隨杖履，且可少作薪米主人。予聞之甚快，設布帳坐桂花下。

93 桂花盛開，約八舅及諸姪共坐，清談花下，濃香撲鼻。

94 僧顯宗以柳浪積水難居，於斗湖堤後近萊公祠建立新菴，其地高阜可種樹。初，賣地人一月前夢此地有寶蓋羽葆，衆貴人往來其上，已而作菴。菴成，而宰官居士鱗集，其夢徵矣，真前定也。

95 郊遊，憩于顯宗新菴，看新立樓居。

96 至郡，登中郎捲雪樓，潸然墮淚。

97 郝公琰至，得潘景升書，書中欲得中郎批點韓、柳、歐、蘇四大家文，不知是書已佚散矣。

98 重九登捲雪樓，午後忽發大風，揚沙拔木，雪子錚錚落。

99 將遊武昌，從草市登舟，偕者爲王吉人、蕭巨源，泊于長湖畔龍口。以日暮，未過湖。夜聽湖上小舟多歌笑聲，乃知凡人遇水多樂，不獨智者。

100 從龍口發舟過湖，湖面三十里，即孟忠襄引漢水入湖，以爲荆西、北險要者也。湖中有少許地，名八角墳，皆前楚貴人釜鬣。至湖岸邊，尤多古墳，纍纍起如陵。考之水經注所云章華臺者，皆去此湖中不遠。陵谷變遷，都不可考矣。過湖，兩岸多垂楊柳，頗有逸趣。

101 從趙鳳臺發舟，夜抵仙桃鎮。是日，風日甚清美，舟人舉棹若飛，乘日犯濤，時時見有人家，則知爲鎮市。至仙桃，已子夜矣。

102 從仙桃鎮發舟，曉風殘月，獨坐舟中，得詩二首。午後抵漢川，行二十餘里，舟人云：「自此江湖合爲一流，有便路從湖中抵蔡店，月夜可行也。」至湖中，日已暮，見萬里一壑，惟有煙林亂點水上。中流猛風乍起，倚月爲命，月復爲黑雲所遮，惟時時語舟人曰：「可稍近山。」以風再勁，即倚山泊，庶有生望也。又時有舴艋舟出沒葦林中，殊憂盜賊。波濤中忽見燈火，舟人曰：「此蔡店也。」乃大喜。抵蔡店，已子夜。

103 從蔡店五鼓發舟，予方穩卧，天明聞槳聲而醒。推篷望天水相接，一望無涯，殊可駭異。旭日漸升，見水上小山鱗次，武昌、漢陽之山，相逼而來。曉霞如異錦絢爛，蓋水上霞也，又灑然神怡矣。至漢陽門登岸，寓黃鶴樓下觀音閣僧舍。

104 寓武昌觀音閣僧舍，黎明發榜，閱小録，親友多被落。遣小僕，詢石洋長君宜卿名胤振于家。午步至長街，看迎新孝廉。是年試官命下極遲，至八月二十七日始到省。二十九日首場，九月初三日二場，初五日末場。至此日始揭曉，亦異事也。

105 步至水月亭，晚酌于江閣。入夜猶見江帆。

106 □畫山水鄒春陽來晤，并晤貞成王孫。社友孝廉葛更生亦來，一見曰：「兄何瘦甚也？」予笑而不答。更生曰：「令兄中郎與兄友于，百出常情，弟所知也。遭此能無瘦乎？」因反復勸慰數四，予心善其言。

107 往遊九峯，出城，黃葉如雨。息於洪山寺。入門有古松四株，霜皮虬枝，令人肅然。登殿禮如來後，飯左掖官房。望江山繡錯，時水未退，盡大地皆波濤也。繞塔，覓徑路，至東巖寺，已敝。夜篝燈閒譚，人境清絶。同遊爲李伏之、僧世高。

108 曉從洪山發，不數里，青青之山，澮澮之水，出左右腋，憩于卓刀泉。至此，山愈層疊，了不知九峯所在。忽從山口如永巷，始見朱碧委藉山間，九峯環抱一寺，如蓮花之裏蓮房，而松楓雜立若花鬚矣。寺甚整麗，正殿禪室凡伽藍所應有者，無不具備。尤宜雨，以處處皆有迴廊，不須屐蓋也。守僧出無念師衲衣并鉢履之屬，予曰：

「此非所急。」急從迴廊至獅子石，登山頂，始窮山水之勝。猶爲松樹所蔽，不甚暢。予曰：「此處得一高閣，則九峯之美備矣。」于樹中見一處粉牆隱隱，僧曰：「此陽邏也。」下山午餐，復走前山望水，武昌、漢陽江色，宛然在目。松中據蒲安坐，渾忘人世。歸來小飲，僧共説廬山之勝，令人色飛。大都此中諸峯環抱，極爲幽邃，而軒敞稍不足。記李習之常言：「虎丘池水不流；天竺石橋下無水，靈鷲擁前山不可遠視；峽山少平地，泉出山無所潭。」天地間之美，其缺陷大都如此，豈獨茲哉！

109 從九峯發，寺門有小廟，予問故。僧曰：「昔楚藩遺人爲無念擇地，至前山欲定爲基，有老人云：『無念道場尚須深入。』因以手指其處，忽不見。後以聞無念，念公曰：「此姓周，名某，死社于此者也，今仍以爲伽藍矣。」僧又云：「洪山山後頗有佳處，遊否？」予異其言，憩洪山，急登塔後至山頂，見道旁有怪石，鐫有前代人字，已泐不可讀。既至其顛，楚甸形勝，一覽無餘。蓋今年大水，經秋不減，千里皓白，所存者出水之山耳。枕石而卧，不知日之暮也。

110 登黃鶴樓，水漲止見諸山。

111 晨起，往尋葛更生，覓舊社友王孫蘭澤。壞垣古屋，僅見菊花十餘本。相與話舊，屈指十七年之別矣。

112 至漢陽，晨起，同王宜卿百步往朝宗樓，樓甚壯麗。過晴川閣，閣已圮，其下亂石中有水雲菴，波浪滂湃，震蕩窗櫺。登大别山，風日清美，卧于草上。逢宜卿送酒者至，飲文昌祠。復從山西下，有怪石獰立可坐。三和亦至，同飯于大别寺。入夜，歸水明樓下。鄒春陽以予近作登捲雪樓詩一聯，繪爲圖見貽。聯云：「細雨江南樹，濃煙渡口舟。」

113 寓漢陽，天微雨，遊王石洋葵園。園中有方塘可二十畝，臨水爲亭，中多曲室密房，真棲隱之所。

114 别宜卿諸丈于水明樓下，從大别山湖中至漢口。風雨大作不成行，憩于舟畔一民舍。主人大醉，語言蹇澀，甚爲樂之。

115 四鼓，雨尚淋淋，天明忽開霽，遂乘風發。湖波萬頃，幸六槳舟不怖風濤。午抵蔡店，尚無故路，復依山過湖，至漢川已暮。

116 從漢川發舟，聞鷄鳴即行，其實僅子夜耳。過麻布口，遇小舟甚多，舟人曰盜也，皆銜舟而去。至陳伯亭，尚未明。晚泊仙桃鎮。鄰舟云：「夜中宜慎！我等昨夜遇盜來共格鬬，力盡而去，今夜當謹防之。」予登岸至民舍，其人王姓者，肅客入。予遂取襆留宿。主人夜治酒，甚歡，且云：「水災無尺地居，民相率爲盜，行旅宜慎。」贈以金，不受。

117 從仙桃鎮别逆旅主人，過漁范洪，夜宿岳家口。中夜，聞後船鳴金逐盜，予驚起登岸。頃之，盜舟疾于飛而去。予復歸舟卧。

118 從岳家口發舟，步過黑牛渡，將近夜叉口，得順風一帆入口。夜泊蒿臺寺。

119 從蒿臺發舟，過長湖，輕風微月，一望浩白。初日抵龍口，時水尚未落，所之皆爲湖。至草市，午矣。步至護國寺自來佛殿左佛光上人房。

120 從沙市黎明渡江，江霞未開，登舟數里，惟見積水滿天地，了無邊岸。午抵家園，哭于大人柩前。時善堪輿夷陵謝居士響泉名三錫至，云法華寺前地吉，將以月之十九日，移兄中郎柩于彼處，至臘月初二日安葬。予悲更爲之喜，人死歸山丘耳，豈容久停華屋。况先兄在時，甚愛此地，吉凶未知，然其素志也。

121 看人築亭後牆，竹子已篛，將盡墾其地爲蔬圃。步至顯宗新菴，樓已成。晤大雲，啜茶歸園。

122 微雨，將入鄉移兄中郎及嫂李安人之柩于法華寺地。晨飯後，同謝居士響泉，以小舟至劉橋，登鸕鷀舟，風雨蕭瑟。日暮，出黄荆口，宿于大陽橋。

123 晨從大陽橋至村中，泊舟于輞湖。微霽，見煙林漠漠，亂點湖山。

124 住村居，聽後園紅鶴聲，記子瞻詩云：「白鶴聲可憐，紅鶴聲可惡。白鶴招不來，紅鶴揮不去。長松受穢死，乃以紅鶴故。」則紅鶴之穢松，其由來久矣。今後園松多爲所穢而枯，聲如哭訴説可惡，非愁人所能聽也。

125 飯後，同謝居士、雲澤叔、姪祈年，同至祖塋塚嶺山。前歲，近山數百武來龍爲何氏地，何氏欲穿以葬。予聞而持不可，議償其值。後得予同年表兄陝亢之力解。予補以禮，而何氏立禁約不葬，小宗中頗以予爲多事。謝居士見之，謂袁氏有福，此來龍華蓋穿破，當有大凶。予謂凶與不凶不可必，然先人厝骨之地，自宜保護，而不免譏訕，甚矣任事之難也。後至先祖鳳形山原而歸。

126 十月十八日，料理發引事。寶方諸衲于櫬前拜懺。晚行奠禮，傷無禄兄早世，肝腸爲碎。夜，小宗諸叔姪弟兄，各治榼酒伴靈。

127 十九日子夜，即收拾喪車，寅刻發引。櫬重大，鄉人不能勝。且今年澇多水田，頗費心力，予聲幾爲之啞。黎明登舟。午從小河口入之字湖，湖淺舟易膠。抵塋已暮。

128 二十日黎明，移櫬法華寺之原，用磚封固，以俟大舉。事竣，予歸公安。

129 同響泉步至顯宗新菴，時大雲將行，往晤之。午飯後，復與響泉步至大江畔，藉草而坐，看風帆飛度。入夜，玉泉守僧玄徹來，得無跡書。是日，摘得家園黄柑二千餘枚。

130 修梅花奥，晨飯後，與龔玄在、響泉同步至二聖寺，看大士塑壁，甚靈活不俗。飯于智者堂。

131 渡江，息於中郎硯北樓下。僧大雲以錢太史書并巢松書至。巢松在姑蘇花山寺，花山跡久湮，居士趙凡夫恢復。巢松，住山僧也。

132 玉泉堆藍社守僧回山，予以字寄無跡，囑令謹視之。予遊稍倦，即來作住山人。

133 松滋蔡茂才瑜，字豐玉，以幣至，執弟子禮。豐玉有志學詩，以生平所作詩示予，送予陸包山畫一軸，亦非贋筆。

134 步斗湖堤，鄒莊簡公坊上有「尚書」二字，極遒勁。小字「莆田周宣」，絶似米南宫。周宣爲常德推官，後行取御史，閩人也。

135 偕豐玉、未央步至二聖禪寺，飯于寶公正法樓下，往殿上看大士塑壁，泥坯已成，尚未設色，頗勃勃生動，亦佳手也。後取宋畫應真瞻禮，及舊鑄二聖小像，健甚。

136 同豐玉、巨源，以鷁鷟舟泛江。久不見水，登舟甚暢。抵沙頭已暮，共步至硯北樓。

137 住硯北樓，西陵僧瑞宇至，得南都諸公消息。自居樓上，懶閱書，每日午後，即走堤上。步至新出沙洲，看風帆往來，率以爲常。晚始歸。

138 彭山人長卿卒于南都。山人蜀長壽人，客于荆。妻子貧甚。遣人致數鐶其家。

139 還公安，念津市所治新舟下吴越者尚未完，恐造作不中程，自往視之。至三穴橋登舟，時已暮，風雨大作。舟中聽雨，殊快。

140 微雨，從三穴橋發舟，一帆東下若飛。予着重裘坐舟頭，尚有寒色。兩岸時有湖水下注於河，淵淵作金石聲。抵孟溪，步至葛家棚，逢綿鬍，覓酒飲，各盡數甌，寒乃稍定。

141 發舟，風帆甚駛，頃刻數十里。午後，風稍定，宿于觀音港。夜飲舟中，睡甚適。夢一人謂予曰：「增汝鬚二寸，當大貴。」予自捋鬚，視之皓然如醒，呼吉人語之。吉人云：「此晚亨之象也。」予笑曰：「得鬚如雪足矣，不必貴也。」是日所行程，從孟溪，歷雙田廟、黄湖口、鄭公渡、清流灣、蓮湖渡、仙刀嘴、收麻嘴、野雞尾、觀音港。

142 晨起，行十餘里至津市，水碧緑可愛。未攜佳茗來，不及試。市所造舟，尚未完，稍改止其制，即復移舟至關山大同寺。寺僧都不復相識，屈指到此四年矣。入門，即問：「後山老松無恙耶？」僧曰：「無恙。」予曰：「足矣。」遡岸而行，頗有怪石，爲草封蔽。至彰觀山足，見佳松，至松下晏坐，往返不覺六七里。歸舟中餐，復遡河行，見怪石鱗立，水涯可坐。急着短衣赴之，沙泥滑甚，數仆乃得至。見水上有數丈石，空中多竅，宛類太湖，予趺坐其上。呼吉人，畏道險不至。已而泥滑不可得上，乃以腰帶繫手，岸上人力持之，始得登。

143 天甚清朗，買一小舟往嘉山大德寺。寺有神僧所畫羅漢，載於志，遂往觀之。憩于造舟處，過儸神廟，訊舟人云：「神甚靈，每日刑雞求福者數百，土人有小事皆至。」俗信鬼，固其宜也。不數里，見放鸕鶿者滿河，皆以繩束其頸，得魚則收而吐之。或得一大魚，則二三爲曹，銜而出之。死則爲念經咒，以棺瘞之土，如失兒孫。楚之南洞庭爲大澤，其餘小水，不計其數。居民以漁爲業，所以取魚之法百端。魚遊于江湖甚適，乃不能逃此難，可愍也夫！此地蘆菔賤如土，可以佐食。人不食，必欲食魚，悲夫！不十餘里，抵新洲，山雖不竦秀，而多松。夫松柏者，山之粉黛綺羅也，山爲增色矣。上岸，爲澧陽舊城，土垣尚存。三山營抱，一水如帶，今之新城遠不及也。大德寺在土城中，入寺，訊僧寺中羅漢。云共十七軸，半爲住持扃之他去。餘六軸，神采焕發，宛有生氣，遠視益逼人。其絹素已裂，實元絹也。衣褶用筆極遒逸，上作水紋如髮。予展玩再四，真神物，不虛此一來矣。此地亦名螢城，即車武子囊螢讀書處也。

144 早從津市發舟，寒甚，夜宿于清流灣。

145 早從清流灣發舟，夜抵雙田廟。

146 南風大作，一帆走三橋，午抵園。

147 以先兄襄事將近，請題神主者，遂與姪同至通政司參議李公道宇宅上拜請，李公許諾。是日，檢嫁女妝奩，事已就緒。

148 築梅花廊牆。

149 以嫁女馬宅，渡江入郡。南風大作，從黄壇跨蹇至沙頭。

150 坐硯北樓下，食素。市中有牛乳及冬笋，皆伊蒲中佳具也。

151 口中吐血痰兩口，奔波如此，憂鬱如彼，固其宜也。

152 得祈年生長男消息。是夜對門火起，將延及廬舍，大呼人救，聲幾瘂。幸風轉，火勢亦止。

153 嫁女事竣，火病稍發動，移寓江上居，將避囂養静故也。訊昨日對門失火，乃火藥鋪，焚殺三人，皆寄居者，深爲可悼。是日血痰復作，心悔憾甚。念少時得此病，自甲辰始甚，近日復舉發。老年元氣日衰，那堪此症。今春發動即止，遂戒飲半年。近日間，故態復作，宜其病也。恨不抽刀割腸，吞灰浣胃耳。

154 静坐徐寓，叔睿至，相與論養生之學。

155 以鸕鶿舟回公安。

156 與六姪商确葬亡兄事，時響泉已入法華寺，瑩破土矣。念病體雖因酒慾，多因勞心耗神所致，一事未了，一事相絆，不知何日解脱耳。

157 王伯徽來，云本縣詩人陳七洲孫女，流落貧甚。予遂以一鐶付伯徽施之。過三穴橋，至馬腸港，水發源于松滋，汎濫爲湖，界以堤。開則水害歸公安，塞則松滋。萬曆癸卯，松滋之人率衆來決堤，公安民禦之，持弓矢刀劍以戰，殺松滋民數十人。當事者以盜堤論貸公安民，始議置橋，橋成争始息。橋畔崔晦之村居，遣人相邀，遂迂道至其宅。具酒食甚豐盛。兒子能誦予詩，遂草一絶紀之。午後，渡孫黄驛河，過雞鳴城。城不知肇于何時，大端天下擾擾，草寇竊據處也。抵郝鄔鋪，暮矣。行五里始至新阡，夜宿法華寺。

158 從法華寺渡肉步河，步高原，望臺山有若笠子。寓毛宅，諸甥覓草書，書罷閲龍舒浄土文，頗覺此途之捷。午後至新阡，阡出于居民熊姓者，族頗繁，多過望，與太初密爲調停。

159 通政司參議李公道宇自公安至。初請李公題主，李公以初二日爲孤姪娶婦，故先期來完題主事，從權也。弔後，行題主禮，設席于法華寺。晚別去。

160 十二月初二日卯時入壙，予與孤姪相向而哭，痛楚甚。黎明，諸親友皆散，予收淚步阡陌間，境況悽惻。姪子與謝道人同看築灰沙。午後，予步往看大姊。予同胞三男一女，今兩兄皆亡矣，止女兄一人在，身又抱大病，奈何！夜宿于毛宅。

161 予泣別于墓，以輿夫至柘龍潭，即予村也。東下舟已成，至村中，予登舟，泊于孟溪。舟中可坐十餘人，外用六槳，堅而迅速。予遊山訪友之資已具，婚喪事已完，准于明春東下矣。

162 從孟溪以新舟至三穴橋，遂留舟于此，修整窗櫺。晚歸于園。

163 同八舅往晤李謫星。時謫星自都中下第新歸，留午飯。予戒飲，一勺不入口。是日得友人王石洋書，將久居太和不歸。

164 晨起，痰中帶血一口，即止，脾氣不佳。

165 坐硯北樓下。早，請醫診脈，云：「憂能傷人故耳。」夜稍安寧。

166 至金粟園少坐，步大堤，望江沙而歸。

167 從硯北樓歸公安，時體中已漸平。

168 體中漸平。今年春早，園中斜月廊前梅花已大放，櫻桃亦含萼。是日，長孫貽謀就乳，養于祖母處。予年四十三得孫，漸有含飴弄孫之樂矣。

169 寶方、顯宗二衲至園，因譚世間人作預修者，皆寄錢冥司。此猶未入犴狴，而先結好于司獄也，不若易以西方爲妙。凡爲父母及己預修者，當歸依清泰國中三聖人，而以經懺布施濟之。暇當考大藏定爲一式，亦因勢利導意也。

170 得夏道甫書。道甫自麻城新歸，云：「策杖龍湖，蕭條可掬。」

171 晨與王尚甫同至三穴橋看新舟，整潔輕利，可以遂吾泛家浮宅之願矣。時晦之亦以看舟至，同午飯，別去晚歸。

172 崔晦之來，同至二聖寺，時室中塑壁磚砌已畢工。禪堂又修外牆，予所施茅亭已落成，真堪靜坐。留謝響泉于三聖閣，以其有幼子相依，不容遠遊也。歸于園，梅花滿地。是日本省藩參駐澧陽蔡公元履，遣人唁先兄，并以書訊予，徵予兄弟三人文集。蔡公爲予友黄慎軒先生乙未所拔本房首卷，予屢欲晤之，以身在衰絰未果。

178 清坐于園守歲，風色甚惡。

珂雪齋遊居杮録卷之八

1 萬曆癸丑正月初一日，梅花廊花事盛開，鹿胎滿砌。夜大雪，時梅花中有鵲巢，作二詩紀之，示祈年。祈年亦和二首。

2 九溪陳生君垣來，極言九溪山水之勝，至慈利則兩山壁立，中流一練，宛如三峽光景。春來花草芬香，有若錦綺，予將有澧陽之行，即欲乘便一遊。君垣曰：「俟生歸作主人也。」

3 初四日，晴明，融雪。予衡山之興勃勃，午間，肩輿至三穴橋，登舟。遊侣崔晦之時亦至。畫工畫水龍未畢功，漆工正施丹鉛窗櫺間。夜與晦之篝燈閒話，聽風水噴薄之聲。眠甚適。

4 天復微雨，静坐舟中。顯宗、寶方各遣其徒來，送豆豉醬菜。寶公書云：「知居士三十年後不少醬醯也。」予答云：「甚荷新年佛法。」

5 天飛雪，已雪止。舟人云：「春甲子雨，則一春雨綿綿。」幸而無雨。步三穴橋邊大士菴，菴基爲先舅龔夾山地，後施作菴施茶。功德主即八舅龔靜亭也，歲于三夏施茶不輟。菴僧出緣疏，下有先兄中郎數字，高僧如寄書之，草草數語，集中未存稿，然亦甚有致。橋爲七省通衢，其中僅存橋石一垛，有志欲修之，恐不能如願也。

6 天大霽，家中送米人皆至。午後舟畢工，一室如雪。

7 初九日，工匠皆去，料理圖書筆硯清坐，擬以今日發舟。而舟人曰：「舟忌七九。」遂從俗不行。

8 天復雨，橋水漫流。午發舟，風順，掛帆行。會已暮，泊于大陽橋。此屬大光里，有大陽寺，即子美過公安時作詩與大陽長老者也。

9 一帆走孟溪，舟中閲向來所抄諸書，清寂無事，神情甚爽。遣人於莊上取杉木數根，呼木匠作一小亭于舟前。蘭澤、雲澤叔聞予至，遣人見訊。舟泊孟溪，王吉人、萬獻夫至。萬獻夫者，予蒙師萬時徹先生子也。時徹貧而教授，讀書極博，亦能詩。旁通天文、地理、卜筮、五行之學，予父兄及弟姪皆從之學。没而有人夢爲社神于此鄉者，予作有傳。

10 蘭澤叔以二騎相迎，與晦之同往。至珊瑚林下馬，閒步入荷葉山，老樹漸盡。至先居，苔錢滿地。其左爲嚶鳴館，愚兄弟三人少年修業處，廢沼荒臺，日以零落。過鄰五叔雲澤舍，拜于先塋。今年覓數片碑石，封識其間。袁氏之興，兩制科相承，不滿二十年，移居城市，東徙西遷，日不暇給，何遑及先人烏兆也哉！已同至四叔居午餐，時久不霽，見午日烘原野間，快甚。飯後，攜一勺步至三官冢，高可憑望，亦前代貴人馬鬣處也。晚，別去入舟。

11 舟亭成，兩叔移一尊舟中，以舟泛至楊治灣，步岸上高阜處。長安、穀昇兩村之樹，封天蔽日。日晡，舟復還故處，同步車臺湖邊。追憶十年前，與兩叔縱飲水上，一吸百盞，如得霜鷹。而今少飲即休，豈非少壯異時，喧恬殊樂也哉！此間無山有水，至夏間，則滿目皆水矣。欲擇一高阜處，作一小亭避暑，未暇也。

12 晨起，步至水神廟閒坐。時河邊有麥地，屬七宅，以征租急，欲易數鐶。予意欲于水中築一别業，以爲終老計，欣然許之。且予性癖好舟居，此處多種楊柳，維舟其下，便是清涼國也。

13 正月十六日，舟往澧，得至四水口。岸上多崇岡，遠水近林，極爲幽邃。此處原爲弭盜設二哨，今反爲行旅害。法立弊生，勢固然也。過此始多垂楊，宿于觀音港。

14 晨起，夢中已聞槳聲。初日抵津市矣，息于關山下。與晦之同步山間，草木頗有怪石。水邊石突兀有若浮梁者，予跨之而坐。其上有飛泉淙淙下注，四時不絕。午飯後，以舟至澧州，過彰觀山畔，兩山夾立，萬松鱗次，中有山路，泉水出焉，乍洪乍細，可二里許。欲至寧極觀，日已暮，不果。宿于宋家渡。

15 晨起，視宋家渡人家，襟帶山水，家家種槐柳，茂甚，間有修竹喬松，頗似豪家別業。雨稍止，覓篙工上二聖灘。灘水急甚，復以米募三四人，乃得上。晚抵蘭江驛。

16 雨稍止，往謝謁大參蔡公賜弔，相見悲喜交集。言及慎軒先生，不覺淚下。蓋蔡公爲慎軒門下士，極相知愛。且云近日黄先生令郎有書來，云：「去時甚自在。」又爲之喜。別後，止于紫極宮。

17 移舟南門，往紫極宮候蔡公枉顧。赴蔡公招，縱譚三教異同之辨，及經世出世之術。予自念口如銅烏數年矣，今得傾瀉，亦一快也。

18 登蘭江驛上樓，樓名甚不佳。予曰此可名爲國香樓也。至龔涔浦書室，閱趙子昂書畫淵明遺跡，每一幅書數語，繪其事，極得嬾漫瀟灑之趣，字跡亦佳。

19 二十四日，將取道鼎州走衡岳。煙雨中，發舟下灘，甚迅疾。抵津市，望彰觀山如畫。

20 雨中次嘉山，江漸闊。

21 從嘉山發，風順掛帆若飛。午後雨復大作，止林家渡登岸，宿于林叟茅舍，以無伴舟故也。是日，舟中常見藥山。

22 行十餘里，抵麻河。漁家數十户櫛比。時將過湖，舟中不熟湖路，乃覓一舟，二人爲導。雨止成行，出七里窖，至帽湖，白水封天。可二十里，走常德岸，所謂侯家港也。入小河夜宿，不知何處。是日，舟中常見梁山。

23 雨復作，至流花口，出鼎州大江。天霽，泊于牛鼻灘。

24 天色晴明，新歲將一月矣，始見開霽。岸上菜花如黄雪。午抵德山，登山，流水涓涓，李花盛開。至寺中，有老宿聞予姓名，來相導，息于青蓮館。緣寺右掖穿竹中，至山後楚望閣。往年遊此，閣尚未建，今巋然矣，峙德山之足，梁山當其前，郡城萬家如在窗櫺下。時山下有小河名釣灣，可維舟。命舟人移舟來。夜宿舟中。

25 由祖師堂上孤峯頂，藉草而坐。下臺穿竹中，清泉泠然。至青蓮館，寺僧皆有齋事，復以棕團至竹中假寐。三桂子前，方修蘭若。中郎遊此，舊有此志，予睹之淒然。予在楚望門飯。尋小徑往，得山塔菴，復得一泉田間。步深松嶺上，至菴禮塔，從寺路歸舟。

26入城，問君超長君孝威病。登君超之堂，見其熟用諸僕，相視泫然。孝威病尚未痊。

27二月初三日，覓得一舟，導往衡山。午楊西來偕一道人來送，雨大作，遂宿于舟。

28凫舟至德山，時楊修齡按浙已行，予以衰絰未往晤。其長公制科文弱，遣人以字相邀，且云：「李長叔兄亦在此，急來一晤。」以水部有事于榮藩故也。時道途荒落，甚憂梗塞，西來勸之甚力，云衡山之行，必俟秋稔乃妥。予乃諾文弱江來，與西來別去。至文弱江樓下，文弱侍其祖可亭公已先至。頃之，長叔亦至。萬曆辛卯之秋，予與長叔同失意，阻風漢川一民舍，譚笑彌日，別去絶不相問，于今二十三年矣。長叔相見道故，相與歎時光迅速，會合之難如此。長叔曰：「當晚泊相聚時，正暮秋，風雨淒淒。兄時語同行諸公及予曰：『此處寒鴉數點，流水孤村，景物亦何嘗不佳，特吾輩懷抱自作苦耳。』兄猶記否？」予曰：「忘之矣。」是日飲江樓，隔岸桃花千萬樹盛開。晤言至子夜而散。予宿于舟。

29文弱邀看隔江桃花，同行者爲長叔及諸公。至梁王廟，即梁松也，香火甚盛。

予語文弱曰：「甚矣鼎人之恕也，于義帝則哭之，于梁松則祠之，于李陵則清而爲亭以表揚之。甚矣鼎人之恕也！」文弱莞然。是日，步桃柳中。昨日隔江所見之花，今得親以酒酹之矣。新月初出，飲于沙上。按鼎州以哭義帝甚哀，故名義陵。陽山上有梁松祠，又李陵作令于此，今有清陵館。

30 遊德山，時滎藩新阡在德山，長叔往定賜地界，夜來相邀同往。移舟清平門，則長叔已先往矣。至德山，憩于塔菴，飯于左掖深竹中。穿殿西，飲于三桂樹前老樹下，敷蒲根上。午登孤峯，晚從楚望閣下登舟。時長叔竟以公冗，不及一面也。同文弱至江樓野原閒步。晚，長叔官舟亦至，同作桃源遊。

31 晨發舟至河洑山，即武山也。登岸，上山顛小憩。下山過卓刀泉、崔婆井，坐江邊大石上，以水試茶，尤佳。登舟，風帆走延溪渡。夜治一勺，與長叔、文弱諸公劇譚。是日，于文弱處見岳蒙泉山水。蒙泉名正，字秀方，燕人，天順中大拜，爲西涯相公外甥。其畫筆法古勁，妙出筆墨蹊逕之外。西涯有七言長歌題其後。

32 晨抵桃源，泊舟學宫前，望見緑蘿山，長叔、文弱皆色飛。江伯通來邀飲，邑人士張阿蒙諸公皆集，遂同飲，至子夜而散。是日，閱文通所藏書畫，有錢舜舉黄葵圖；梅花道人竹十餘幅，每幅系以詩二句或數語，極得瀟灑之趣，後又有「橡林」款，蓋道人嘗自稱爲橡林老書生也。子昂行書渼陂行卷，皆精絕。

33 往游桃源，長叔官舟濡滯，予坐文弱舟中候之。見案上舊碑刻：其一爲漢曹完德政碑，靈帝中平二年造，無書人姓名。漢制多如此。其中有云：「縣以和平元年，遭白茆谷水災，害退，于戊亥之間，興造城郭。是後舊姓及修身之士，官位不登。君乃閔縉紳之徒不濟，開南寺門，承望華岳，嚮明而治，卒使學者李儒、欒規、程寅等，各獲人爵之報。」予謂文弱曰：「可驗堪輿之說，自漢時已大行矣。」此碑在郃陽縣。又有華岳碑，後云：「萬紐于瑾造此文，南陽趙文淵字德本奉勅書。」亦異制也，是宇文周時物。又有周匡穆墓碑，是北魏物，後依稀有吕顯、齊澄等人名，俟考。候長叔舟已至，乃同行。過緑蘿山下，諸峯纍纍，極爲秀媚。至白馬、雪濤處，上有怪石。登舟皆踞坐。泊舟水溪，與諸公步入花源，至桃花洞口，桃可千餘樹，夾道如錦幄，花蕊藉地寸餘。至山竇，有亭可坐，泉從上落，匯于小池，其上遂不可攀。其右爲大士閣，走桃花觀，有「桃川佳致」四字勒石上，書劉禹錫題，趙汝泉書。馳道亦整潔，間栽杉松。張阿蒙諸公攜榼宮中，帶得弋陽梨園一部佐酒。予曰：「今年天常雨，新歲尚未數見月，至今日始得此圓滿清光。乃舍月不看，而對此昏暗燈燭；舍數千樹桃花下不飲，而住此欹側破屋；舍清泉不聽，而聽此下里惡聲，亦甚非計！」酒間，予乃竊步馳道間，至桃花下，月色轉朗耀，花香熏人，藉地而坐。頃之，文弱亦至，相顧大笑曰：「已較遲八刻矣！」布地取茗，歡笑移時，諸客亦有至者。乃復登大士閣，月下千山皆如烟霧。夜已深，尋故路，出水溪，長叔已先至舟，意倦游不欲前，趣歸，遂悽然有別意，因云：「明日晨發，恐不及作別。」遂從岸頭分袂，各歸舟。張阿蒙諸公及伯通皆先後歸邑去。

34 從鈔邏村，與文弱、景明、仲韜、晦之進發。方舟過澄溪，至仙蜕石，共振衣而坐。登舟里許，爲漁仙寺，徘徊伏波避暑洞中。登山巔，見諸峯疊疊有迴波。日已晡，尋故路歸舟，萬山如蓮縈繞，水光浩白，月色皎潔，乃共坐舟頭小飲，沾醉而卧。

35 從漁仙寺早發，望見穿石亭立水上，登其中如坐鏡内。近新湘溪，山勢迴合。過仙人巖，不及上。至水西崖，已暮。其古色照人，正與予所見高安、鹿苑等。泊舟巖下，已登其顛，見山巒益飛舞。歸坐石板上，小飲。

36 與文弱放舟入怡望溪，溪口即有磊磊石壁，老樹茂竹，便娟媚人。可二里許，巖溪相依，若戀戀不捨者。至十餘曲後，水石間出，石爲水所蝕，若龜魚仰面昂首，出没水間。灘聲雷轟，霏珠濺雪。小舟復不可去，乃步崖石壁下往，溪水浸巖處，則跣而過。凡三四渡，有灘如灑雪，相與濯足。望前溪叢樹中，有小亭，漁人曰：「此龍角亭也，下有龍湫。」急往解衣少息。偶有鄉人陳姓者，以雞黍至，感其意，爲之飽。訊溪所止，則云兩山相合，中縈一帶，可一百里許。予曰：「此真避秦處也，恨無小舟，不能窮其源耳。」相與步歸。至舟，日向午，遂理歸棹，一瞬數十里，去花源一牛鳴宿焉。

37 早抵桃源縣，還諸公拜。至伯通園中看花，紫薇二株，紅酣池上。齋頭有倪雲林山水一幅，瀟然清遠，上系以親筆詩：「秋暑多病暍，征夫怨行路。瑟瑟幽磵松，清陰滿庭户。寒泉留崖石，白雲集朝暮。懷哉如金玉，周子美無度。息景以消摇，無言思與晤。遜學親丈，秋暑辭親，將事于役，因寫幽磵寒松，并題五言以贈，亦若招隱之意云耳。七月十八日，倪瓚。」詩字皆不俗，可寶也。又黄鶴山樵一幅，皆真跡。客有苦苦勸予飲者，不知予之非昔酒人也。本無量，人苦勸飲；本不善書，人苦索字。索字勉強塗抹，聊以塞責可耳；若多飲，則有性命之憂，可以性命徇人哉？苦勸苦辭，甚費分疏，今後遠遊，決不可入城邑聚落，戒之！入暮，別諸公登舟。乘微月，聞文弱舟在吕真渡，往覓之。舟人畏魚梁不敢前，隨一辰州舟行，謬意予舟爲盜，欲以弓弩射舟。予大笑，因泊于野，去吕真渡十里。中夜，風雨大作。

38 阻雨桃源郊外。雨稍止，予步至岸上，覓一村舍少住。見一老叟坐織笠子，因請客坐。少間，子婦供薑茶。予見叟意甚閒適，時作歌聲，因問之曰：「爾耕田爲業乎？抑漁人也？」叟曰：「有兒子三人，皆能耕田，暇則取魚。」予問曰：「爾憂貧否？」曰：「一日能了一日，不憂貧也。」舟中以酒來，命叟同飲，辭不能，強與之一杯，即持以入室，遺其嫗。復出，縛笠不顧。予私自念曰：「安得如此老人也！」因與市一笠歸舟。午後風止，覓文弱舟于鄒溪。時文弱舟爲風所飄幾壞，覓騎至鄒溪，至時，與予舟適同。飯于其族人樓上。予問文弱曰：「此地何緣名爲鄒溪，豈多鄒姓者乎？」文弱曰：「五代史雷滿爲陬溪人，字作『陬』非『鄒』也。」

39 舟中候文弱未至，予登岸，着笠子持杖走黃菜田間。侍兒以蒲團來，遂卧江上。忽得詩二首。緣溪皆枸杞苗，舟中人皆散去採掇，以供午餐。午後發舟，遊靈巖。此後雖無崇山峻嶺，而竹樹檀欒，溪巖迴合，概多隱者之居。夜宿白陽渡。

40 從白陽渡發舟，午過鎮龍觀。觀在山頂，喬松萬餘株，其下石巖頗巉蝕，時出泉。下有龍湫，皆上沸。文弱有故人在山上館，因登山少飲。後登舟，近花巖，見巖上石花爛斑，乃悉花巖所由名。時大舟不得上灘，乃覓小舟至花崖宿焉。

41 晨從花巖與文弱各以小舟行，午抵蘇溪，以山上有蘇子卿廟故名。文弱曰：「子卿何緣至此，乃有廟耶？」予曰：「應是李陵令臨沅時，子卿乃作遊客耳。」文弱大笑。舍舟陸行，文弱從人家乞馬，予亦不能待。一飯，即着笠子，拄杖，遡小溪行，溪即靈巖洞中所出水也。景明、仲韜、晦之偕來。行五里，息于老樹下。近巖數里，見山峯波騰，秀媚特甚。至寺，泉聲益厲。予不暇入寺，先之洞，見洞中冷然，石雲排當怒立，即欣然一笑曰：「不虚此來矣！」溪洞中有溪，深不可測，其上常有雨點下滴，若融雪響。僧云：「新洞亦去此不遠，蓋數年間偶崩出一石門。」往瞰之，更大于此，其石理亦相類，特昏黑，須火炬而入。炬既而還，洞口石摇摇欲墜，殊可怖。其右即爲桃花洞，一洞皆水，惟亂石錯立水上，可步往。其中有門，水從門中出。予曰：「桃花洞口，名不虚也。過此水竇，即避秦人矣。」晚，復步至前洞，見石竇中一小碑，上額篆「唐朝奉題靈巖」字，其詩云：「一水穿巖走白沙，巖頭樛木卧龍蛇。分明便是桃源洞，不見溪中流落花。」後書「政和八年某月，郡倅零陵唐績游靈巖」，後有字一行，不可讀。又壁上石刻：「元豐庚申五月，唐夿文叔、蔣某似至字微來遊。」又石上刻詩云：「一條流水出巖前，前洞沉沉後洞連。可惜秦人不能到，獨教名跡著桃川。」考志，有宋通判唐績，而無唐夿等姓名。然志將唐績詩作洛浦禪師，又不知何據也，統俟考。予謂靈巖外貌極樸茂，而其中包藏靈怪，正如一樸茂人，胸中含裹無窮麗藻耳。

42 晨候馬不至，即持杖步至蘇溪道中，語晦之曰：「吾已誓作山澤游人，以畢此生。有佳處，隔二三十里者，若必待輿馬以往，則有待之煩大矣。不若與同侶緩步，遇佳樹流泉，則欣然而坐。予昨日走十五里，全無倦意，予其與膏粱漸遠乎？」頃之，至蘇溪，復登大舟。文弱以小舟先歸。水漸乾，予舟數膠。夜宿白羊渡上，有烏桕樹數百圍。

43 過陬溪，天復雨，猛風怒雷大作。泊河洑，舟震蕩甚，持襆宿于關廟。逢衡山行脚僧，問衡山事。僧曰：「春來多霧，咫尺不見人。八九月遊爲妙。」

44 雨止，移舟十餘里，風逆甚。予從一溪閒步岸上，柳陌花畦，信步不覺十餘里，已抵青泥灣上。息于小廟中。日暮，舟亦至，泊槐花堤。

45 晨起，雨淋漓不可登岸，以字别楊封公，并與文弱訂游衡之期，遂泊舟老鸛堤，市薪米作歸計。午後，楊西來偕楊道人性寓，以酒榼來送。日暮，步深柳間。

46 雨，至文弱處閲所集舊碑，頗有目所未經見者。有萬年宫銘及李英公墓碑，是唐高宗書，無一筆不似聖教序。鄭州寺碑，隋大業二年，鄭州刺史李淵爲男世民造。蓋世民有恙，造以祈福者也。景龍鐘銘，上有飛白字，唐睿宗景雲二年造，即于鐘中搨出者。雲麾將軍碑，李北海書，中有「將軍名思訓」語，似即是大李將軍。僧夢英篆偏旁字源，後有郭忠恕札，跡頗奇譎。又庾開府步虛詞草書，上誤刻謝靈運，不知開府梁人也。鄭萬鈞心經，世謂逸少者非。唐秦王法門寺碑，世誤以爲太宗，不知是後唐李亞子也，其中有「文皇則天」語可知。又王嗣忠碑，元載撰文，王縉書，在渭南。王縉不以書名，而字跡極遒媚；元載文字亦不多見，匆匆未暇録出。其餘多經見者，故不著。

47 雨大作，泊釣灣。鷺鷥船已至。予去年八月，從玉泉回，沮、漳舟中望高安諸山如畫，因作一扁舟可涉灘者，欲不計歲月，窮覽諸山之勝。後以家冗見奪，此舟亦置之大江往來。然山船宜在山溪，又值虎渡水涸，不得入村落，乃從洞庭轉歸。自殘臘至今，了無消息。嗟乎，予于世有何所希？止以此一扁舟，作山水緣，圖一蘆花蓼岸，看夕陽朝霞之樂而已矣。幸而已至，爲之歡呼久之。稍霽發舟，至牛鼻灘，鷺鷥舟同過。

48 天微霽，過湖。湖中風雨大作。泊七里窖。

49 舟次洞庭湖，天霽，風雨不止，移舟掘子窖。起步立芳草中，偶有人持刺相晤，乃桃源李茂才名時通，李源埜方伯名徵孫也。出方伯玄光草示予，見其諸什清妥不俗，惜其名字不著。桃源凡六十年一人成進士，前壬辰爲某，次壬辰爲公，後壬辰即江淥蘿名盈科也。别去，舟人向予指曰：「此爲梁山，此爲藥山。」梁山有鋒刃，而藥山坦迤秀邃。二山皆經由未陟，頗增懷想。

50 夜，風息，星光照水，可辨原隰，遂鼓棹過白頭湖，湖中來去舟如織。行十餘里入口，日上，抵麻河。櫛後立舟頭，見緑草封天，因憶古人「芳草萋萋，王孫不歸」之句。已辭梁山，看藥山了了。從麻河至會口，一路頗多古樹，蓋來時柳線初垂，至是鬱然茂盛。時有人家，濃陰覆屋，白水照門。晦之曰：「夢溪新墅，得如此樹爲佳。」予笑曰：「吾鬚日以白，則吾莊之樹日以緑矣。」晦之撫掌。兩岸多如赤霞，黄花菜蔽原野，濃香撲鼻。與晦之坐蓬席間，不覺馳來都盡。近會口，已見彰觀及嘉山，舟人取捷路轉安鄉焦溪回。匆匆與山靈爲别，又不知何日坐崖石聽松濤也。近一箭河，水如竹箭流，然狹而曲，黄山忽左忽右如迷藏。泊于野渡，去焦溪十餘里。

51 早至孟溪。新市湖邊地築臺已成。不及會諸叔，風順，一帆走三橋，歸篔簹谷。

52 天大風雨，泥濘中以輿夫歸縣。是日，始聞中郎沙市居已市與人。世間無不易主之宅第，然或百年或數十年，未有如兹之迅速者也。感念不覺淚下。

53 歸園中，所移紅梅及絳桃俱已活，槐亦兔目矣。

54 三月初八日，從小河出虎渡，往遊太和。

55 發舟，午至官莊，此後頗多垂楊，至虎渡，即古所謂「兩岸緑楊遮虎渡」也。地多水，宜種楊柳，他樹不植也。渡江，逆風行，濤聲頗可怖。十里之内，關禁疊出，予久欲作憎大江文矣，今益信也。

56 坐金粟園。時將有玄岳之遊，晦之往草市覓舟，已得一便舟，可徑送至均州，約以十八日行。

57 往金粟園，黄守中、王天根，偕黄純如名存仁至。純如祖名大韶，號恪湖，爲袁榮襄公妻姪。榮襄爲興府長史，大韶爲引禮生，從龍陞序班，出爲富順、修武、仁化縣尹。黄有僕黄廣，妻菊花，世廟曾召入曰：「我在興都，虧汝二人伏侍。」因賞之。

58 十九日，舟中忽見死心至。時傳死心示寂久矣，見之大駭。死心亦云：「數年間傳兄已死，予于菴中立一牌位，夜入夢，大有驗。」復相與大笑。

59 同夏道甫、黄竹實往菩提寺看死心。寺左有小書舍，極清致，茂林陰翳。竹實出中郎詩一卷，乃庚戌七夕諸作，皆絶筆也。乞予書數字卷首，予爲書「中郎遺墨」四字。

60 二十一日，從草市發舟，遊太和。過太白湖，夜宿龍口，風大作，黑雲四起。岸上山有道人唱道曲，晚泊者皆來聽，亦微有致。

61 舟泊龍口，風不止，湖中雪浪掀舞，不得渡。清坐舟中。行忙不及攜書笈來，惟端居念清泰也。

62 鷄鳴後，風稍息，渡長湖，舟欹側甚。時張瑶嘴小河，新爲居民築斷。後取道三湖，湖中多茭葦，時時有數里荷葉。遇田婦持茭白歸者，以米易之，煮來作午餐，其香異常。有小兒持小兔嬉戲，乃以扇易之放生。晚過張瑶嘴，此後垂楊夾路，麥浪盈疇，居民門外，時繫小舟。

63 逆風復作。午出夜叉口，走襄河。予從此道順流走武昌，凡十餘次。甲辰下第，從襄陽至草市，竟以風逆，止于沙陽，陸行，此水皆生平所未經也。風逆甚，移舟十餘里，泊于野渡。鄰舟數十鱗集。天色晴明。午間，有二小舟載眷屬他徙，觸巨舟而覆。予舟中倉忙救得一男子、一婦人，餘二婦抱二穉，俱入洪流不見，深可哀愍。既已無可奈何，爲之掩泣而去。晚抵多寶灣，水勢甚疾。夜宿，聞風雨聲，覘之，乃水漲聲也。

64 早行二十餘里至沙陽，市薪米。甲辰從此陸行走江陵，今十餘年矣。此路麥豆頗豐饒。去年大水，兩岸決口多未修，襄水忽漲，復從舊路漫衍至春口鎮。水從泛，景陵諸處，蕩然一壑。夜宿馬良山下。此日始見承天諸山。十餘日內，滿目皆洪濤，今日始見山色，稍覺爽豁。

65 從馬良山下發舟，風雨不止。晚泊一小港中，兩岸垂楊，山色頗佳。會前舟有行者，復登舟，去鍾祥三十餘里野泊。

66 有便路通江，遂不取郡道。舟中惟見緑樹内黄屋隱隱，即陵寢也。晚泊金花灘。從廿一日發舟，今九日矣，日日逆風苦雨，且遭襄水大發，牽路皆絶。平生以烟波爲樂，到此殊覺行路之難。以後荆郡遊太和者，決宜陸行水歸爲便。

67 南風大作，舟以過灘壞舵，整舵後，遂成行。山色甚佳。午過豐樂河，夜宿龍王洲。此後灘水逾疾，牽纜者皆憊，乃以輕裝從陸，遂宿旅舍。

68 從龍王洲陸行，與晦之跨蹇行麥浪中，甚快。時有楊柳濃陰。過宋玉墓，飯于宜城。夜宿漳口。望襄中諸山疊疊，偶有山轎，遂募之行。

69 過襄陽觀音閣，登水邊亭，漢水怒吼，對岸即去鹿門道也。亭後有石潭，石理亦奇古，大類虎丘劍池。不數里，即爲習家池。憶與中郎同飲于此光景，不覺泫然。近郭爲羊叔子、王叔和祠，昔年塵土中瞥然一過，皆未之見也。憩于城北關廟。偶當陽李生伏之客此，聞予來，同其友人余玉淵、貴竹楊華寓至寓，二君亦將有太和之行，遂相約同往。

70 晨渡漢水，夾道木香花撲鼻。至柿子鋪，一村皆柿。山色自襄中起，一路蜿蜒層疊，漢水明于雪。晚宿柴店，遠山漸近。

71 自柴店渡江，過穀城縣，不復見江。穿萬山中，溪流汩汩。晚過萬佛巖，巖面清溪，鑿石爲屋三間，有老僧居焉。宿于昝家鋪。

72 過千佛巖，穿萬山中，十步一渡。過界山絶頂，彷佛見天柱峯，龍章鳳質，令人肅然起敬。午抵草店，訊漢陽友人王石洋消息，尚在楚府茶菴，急遣相聞。石洋聞予至，亦遣使見迎，遂往茶菴相晤，一見悲喜交集。夜談至子夜始寐。石洋攜二嗣并何抑之茂才，讀書此中，已半年矣。

73 欲登山，以倦甚暫止。會石洋以浴佛日有少齋事，約以初九日始登山。過周藩茶菴，危樓畫閣，綺錯棋布。

74 浴佛日，禮佛齋戒。步至迎恩官橋上，青石界道，欄杆整麗。下有洪流，即所云石板灘也。橋畔望天柱峯，如雕雲琢霧。

75 四月初九日，晨起登山。出楚府菴，過謝家橋，經草店，松杉夾路，菴觀櫛比，朱户隱見。至沖虚菴，上仙關，過玉真宫、玄岳門、元和觀、迴龍觀、老君、關公廟、太子坡，至平臺，下十八盤聽水，即龍泉觀，遡九渡澗，奔雷轉石，吼怒交擊。凡三十里，抵玉虛巖，過中瓊臺，息于上瓊臺。後爲瓊臺峯，若一髻前指，陳希夷修道處也。

76 初十日，從瓊臺登天柱峯，謁帝。下界獻兜羅綿雲，有若銀海。謁帝後，下天門，路旁道院鱗次，皆不及入。至南巖，巖石若駁雲。殿後依巖爲諸院宇若修廊。行至聖父母殿前，望天柱若几案前。息于棋亭，步至捨身巖，杉松滿路，皆數十圍。宿於張羽士樓上。有遊記，故略。

77 十一日，天霽，早復至南巖宮後石巖下看山。遂行過雷洞，至太子巖，石亦奇峭，有水淙淙下滴，杉松皆數十圍。下至紫霄宮，宮後即展旗峯，前有池，泓然沉碧。有水亭可憩。仍至九渡澗，抵平臺，下十八盤，雨大作。覓舊路，歸草店寓。

78 十四日，天霽，作玉虛、五龍之遊。從草店至元和觀，折而東，過大石橋，即九渡澗及諸澗下流也。至玉虛宮，不及入。乘霽走九龍，四十餘里，至行宮，過仁威觀，流水轟然。過磨針澗，抵五龍宮，至自然菴，長生巖也。

79 十五日，尋舊路歸。始入玉虛宮，息于望仙樓，宛同宸居，周遭類一大縣。出宮數里，章甫諸公擔酒榼來迎，飲數杯，歸茶菴熟寐。

80 開霽，同章甫至均州，石路甚整。遊于淨樂宮，憩紫雲亭。

81 渡沔，黃廣文邀遊滄浪亭，即「孺子歌處」也。頗有怪石，流水嚙其下。至觀音閣，望遠近山色如畫。别章甫，登舟，水如竹箭，流穿萬山中。宿于光化，逆風大作。近襄中，與晦之自柿子舖肩輿至樊城。渡江，住北城關廟。

82 登昭明文選樓，晤孝廉王繡林，便飯于其宅，始知龍君御已過此。

83 王孫雍南，邀遊會仙樓，樓即王孫父所建，以安純陽祖師者也。六七十年前，有老人久傴，遇一丈人于路，令扶杖強起，遂伸。其人拜謝之，訊其姓名，曰：「我回道人也。」忽不見，僅存其杖。今嚴事之。

84 天暑甚，從者皆病，城中疫疾大作，度不可久留，乃束裝去。繡林諸公餞于觀音閣，飯于潼口，晚宿宜城。

85 從宜城曉發，晚宿麗陽，步至橋邊聽泉。

86 宿建陽驛，偶步至古廟，有儒生爲驛官館師，寓焉，因留酌。

87 五月初四日早，抵沙市金粟園。

88 登汎鳧舟，避暑柳下。得雲浦晉中書。

89 避暑舟中，修園後籬落。

90 舟中得龍君御書，并弔儀，及哭中郎詩。自初日爲始。金粟菴前有流水，名三義河，垂楊交樾可十里，予以汎鳧舟繫柳下。水風拂面，陰陰肅肅。有載酒問奇者，予亦不爲峻拒。予年已近五旬，世間樂事盡讓人矣，獨閒適一種光景，聊以耗磨壯心，遺餘年。知我罪我，聽之而已。

91 六月初一日，居公安篔簹谷。江水大漲，舟至艾家堰，堤畔楊柳中可泛。

92 移居沙市，以舟載米至。得湘潭周伯孔書，以所作花雪賦乞序。

93 得楊文弱書，知其靜息江樓，輟遊山之興。寄有桃源山水記一册，乞予遊太和記。

94 從金粟園登舟入村。午渡江，過虎渡，宿于官莊。從官莊發舟，一帆細風，午抵長安村，泊于孟家溪。見所築臺，亭亭水上。

95 蘭溪、雲澤叔來舟中，泛于輞湖。步月至郭家棚前大堰，采芡實，飲于大堤。

96 再泛輞河，步月至郭家棚前大堰，採芡實，飲于大堤。

97 杜莊竹樹日益茂，陰濃無暑。舟往公安園中，拆一空亭置之。

98 續太和未成詩，編次其曆，尚覺此遊草草，姑留之待再至也。

99 杜莊園看立亭，亭在松櫟之中。

100 雲澤叔邀看桂花，是年桂開較遲，獨此二樹開早，而更茂盛。蓋予叔祖松峯公，少從予外祖方伯龔公春所學，其地爲家塾，此樹皆方伯公所手植也，亦七十餘年矣。

101 舟從黃金口次公安劉橋。

102 至沙市園，桂花盛開。入門微作寒熱，大類瘧狀，瘧作且吐。晚，明月如晝，桂香滿院，不能賞也。

103 中秋病瘧，發且吐，吐急出血，熱不可支。得無跡廬山書，極言廬山之勝，邀予去遊。

104 病瘧，嘔帶血，熱如故。蔡元禮大參以候按臺至荆，遣吏致書，并分俸，且以所遊太和記見示。病甚，不能晤。

105 火熾甚，午間瘧復至，熱不能堪，求死不得。入暮，乘月以舟歸公安。

106 表弟龔滄嶼新制科回，得丘長孺書，時已陞遼東遊擊將軍。書中極言地方之不善。得光禄卿李道宇書，約予南遊。是日瘧不至，快甚。

107 西園有橘子四樹，大皆合抱，開花香極清，結實甘美異常。乃架一室于其間。孟浩然所云「金子耀霜橘」，乃實境也。取橘中叟所云「樂不減商山」意，因名之曰橘樂堂云。

108 體中已平，晨出，見木樨花已落蕊，芭蕉漸折，紫薇花猶有一二枝開者。復入靜坐。

109 王遺狂表弟從南中歸，備問南中近日事體，因留之午餐。時新修橘樂堂垂成，閒步往視之。

110 風日清美，時步至橘樂堂，看橘子垂垂。取案頭本草遮目。鎮日無人至，殊清寂也。

111 怡山來，論學問不遇人，終不得自在。予曰：「所謂『客塵步步隨人轉，有大威光不能現』是也。」六姪自郢中來，得黄州王勁之書，并寄詩刻，乞予作序。

112 清坐于園，時聞王以明别駕已乞休，歸住沙市。晨飯後，過述之姪宅，與述之同視王尚甫瘧，時尚未愈，自言苦極，僅存一縷命耳。午至五弟宅，五弟瘧亦未愈，留午餐。歸倦眠，補山遊未成詩數首。

113 天晴霽，遣人至金粟園移行裝歸家，病後不堪勞頓，尚須調理，未能遠出故也。

114 怡山曰：「宗門中不言修行。」予曰：「宗門中説修行便是點染，況不修行乎？」

115 王以明居士從秦中歸，來園清話。

116 蔡元履先生由大參轉本省廉憲，取道至省。予以病遣人致書，并黄學士詩，及予豢遊日曆。

117 重九日，體中未康，輟登高之會。蔡元履先生以書來，末云：「出山後，乃聞瓊臺一道之勝，恨未極目，然南巖至五龍三十里，幽雅絶塵，蠟屐亦似未探也。」蓋予從南巖歸，山下復走五龍，故慳此三十里之緣耳。明年當再往，以了此願也。

118 始閲雜華，病後慵懶，隨意取一册，濡染法味耳。石首王近臣來晤，聞求如王孝廉不禄消息，甚爲感歎。求如名啓遵，中丁酉鄉試，得年僅四十，無兒。近臣云：「求如數年前，嘗與人言：若五行之理審有者，我四十必不得過。今果然。」

119 王以明過園，譚及中郎事，相視而泣。

120 早得貴州督學高淳韓璧哉書。韓公以户部榷關時，曾會于潯陽。近以督學任滿，移官他省，過此覓予于公安不得，覓予于沙頭亦不得，乃遣人以書至。大約悼念中郎，而嗟予之久不第也。得湯太史消息，春夏候予于家不至，不知予之以病不出也。然春夏間，有傳湯爲已逝者，今得此信甚喜。寄詩有云：「楚中才子蕭條甚，乞與人間留小修。」

121 得王章甫書，已從楚府茶菴，移至樊城仁皇寺矣。今冬尚不歸，明春當往廬皋，約予同往。又得雲浦書。初中郎移居沙市，予與之不能旦夕離，亦市一園於沙市之觀音寺畔，粗有花木池臺。中郎見亦樂之，意謂了當世緣，不數年間，兄弟聚首此地，決不効蘇家兄弟陽羨、許下事也。不幸中郎溘爾去世，予亦無心復居沙市，數年前已欲市與雲浦，蓋我正食貧，不能留之。雲浦欲以俸薪市去作一菴，請一二高僧住止其中，且可爲吾輩往來聚首計。會雲浦以按晉去，昨歸托竇公致此意，雲浦欣然諾之，末云：「惟券書一紙，異日刻之日記中，亦一種新話也。」王章甫書來，云：「襄寢有承恩寺，去郡九十里，清流曲曲，在堆藍疊翠之中，似是山水尤物，米元章直以爲過會稽山，遊興如火熾。且姑忍耐，待兄來同往。」又有書相勸節嗇，莫作詩文。予自思年來日瘦日老，不關詩文也。自亡兄中郎去後，寂寞寡驩，正坐此耳。又得京山王孝廉穉恭寄祈年書，大略云：「庚戌長安歸，一病幾殆。稍有起色，夢遊地府，見大士檢案頭生死册，于中郎先生名上，大著三圈。弟以爲其人：文，今日歐、蘇也；詩，今日元、白也；年，異日耄耋也；官，異日卿貳也。未數月，而溘然棄人間世，始知彭殤何足論，世之黄耇鮐背者，安知非地府塗抹者哉！」語多不悉記，大約古之韻士高人，已悟大道，而習染未盡者，往往多爲陰仙。如白、蘇輩居海山，及紫府押衙，皆陰仙類也。中郎其亦然歟？

122 偶于衆念紛擾中，忽得寧静清息，頗覺諸念不生，痛快之甚。

123 風雨不能出門，端居清坐，葺理書籍，頗有不全者，甚不快。後思老眼不能徧讀，隨手抽一册，聊以送目，即不全亦可。

124 市堤上雷宅空地一區，將營菟裘老焉。初，大人與兩兄皆居邑長安村中。伯修第後，大人始營一宅于城中石浦河西岸。石浦河者，穿城一泓，上通江，下至蒿港，出東河、西河兩派。久之江路淤，僅存河身。水漲時，止通東西河。萬曆戊寅、己卯年間，河中猶有舟楫。至丙戌、丁亥，尚可泛，兩岸垂楊裊裊。自丁亥江水破堤，城中漸殘壞，然猶可居住。故壬辰中郎成進士，與伯修同請告歸。伯修市一居，與予一小宅鄰，住河西；中郎住河東；予外王父龔春所公及諸舅，俱居河東西。朝夕聚首，譚禪賦詩爲樂。乙未，伯修、中郎偕予俱入都，江堤日潰，大人乃棄石浦居，移至斗湖堤上。此後骨肉親戚多凋落，伯修卒于京；中郎再請告，棄去浦河居，亦治一宅堤上；惟予尚居石浦。癸卯，予以入都赴鄉試，無資斧，乃鬻石浦河居，而移眷屬于鄉。甲辰，下第歸來，無居處，適中郎宅後油水之畔，有一園名爲小竹林，乃予姻友王官谷名承光讀書處也，有竹數萬竿，梅桂柑橘之屬具備，竹中列垣牆，置宅宇，極精整，官谷韻士，排當極有方略。官谷去世，此園轉鬻於王秀才世胤，世胤偶有家訟，一夜憤然欲鬻此園。中郎一聞，急令予成之。予亦愛其竹樹，乃傾囊并以腴田百畝鬻得，遂移眷屬其中。中郎易名爲篔簹谷，以一園皆竹故也。丁未，予入都，不第復歸。中郎起銓部，是時公安日覺殘破，又人情頗不善，中郎始有定居江陵沙頭之志，託四弟爲市一宅。庚戌，以驗封郎歸，遂修沙市宅，欲完後迎大人娱老其中。未及修成，而中郎逝矣。初，中郎未逝之前數月，大人居公安，偶有盜警，予時方居園，中郎以眷屬居園不宜，乃以堤上空居令予移住，中郎意欲以此居相遺。予亦與中郎原不分爾我，亦安然居其居矣。中郎既逝，予念沙市地繁華，非姪子少年輩所宜居，且不忍孑然使其獨居沙頭，予乃復退居于園。予既居園，于城市路稍迂，未免有賓客應酬，雖大賓亦必經泥塗糞竇之側，乃得至園。油河淤塞，春雨則泛漲没徑，雖寂寞爲道人分内事，然生人以聚爲樂，老年不能時時静坐，又不能終日讀書，或賴眼前一二友朋閒譚支日。且相聚之人，豈能一一擇其賢不肖，舍短取長，皆可供譚消日。以此于堤上復置此居。予之貧窘，豈能取之囊中？因中郎存日，予曾置一園于沙市，今以與雲浦，得其直以了此局。予多病不能遠遊，當少年時，意氣如得霜鷹，視東遊海上，北走大漠，如几席前；而今年漸老矣，深有味乎馬少游之言也。

125 王以明先生處出古爐一，商、周間物也。至法華菴，月江老衲静坐龕内，癯如老鶴，惟雙眸炯炯。閒行柏林中。

126 寶方、怡山，從龍灣市來，得雲浦書，并金粟園價，即以完雷氏地價。予至二聖寺禪堂看寶方。雲浦來書，大約以此地付怡山爲休棲之地，予輩至沙市，便住其中。怡山作主，我輩爲客。予園花木又有主人，不至落俗人手，亦一快也。

127 居沙市。王遣狂表弟遣人來，云尚甫疾已篤，謀棺于予。予乃遣人取冬衣質當，爲預市棺木。

128 武昌僧知幻來，訊衲子世高何在，則云已化去矣。世高即去年從予遊洪山九峯者也，年未滿三十。

129 廬山僧至，得石門集。石門者，廬山一勝概也。遠法師居廬山三十年，凡再至石門，有詩及序。謝靈運亦有遊石門詩，皆愛其靈境，徘徊不忍去。後來遊廬山者，不知有石門，近始有愛其勝而廬居之者，且欲于此結浄侶，效遠公故事。大略以康樂所鑿東林池，近日白蓮復開，當協遠公再來之懺，其志願甚弘。明年，當往廬山了此願，且決向往也。

130 問怡山：「近日有傳寒灰立化者，何也？」怡山曰：「乃含輝，非寒灰也。含輝，松江僧，亦事達觀，久居武林及吴興山中。其人孤硬，參禪有所悟入，後亦能詩。

晚歲乘舟至嘉興萬壽山中，中夜月明，登岸，讀寺中古碑。甫終，以身倚碑而化，此含輝事也。寒灰，今在嘉興陳氏莊。」

131 晤須水部日華，論龍山落帽臺寺，曰：「了無崇阜巨巒，而名重今古若此。」予曰：「地固以人重耳。」

132 日華見招于庾樓。因憶己酉冬，水部沈公冰壺見招于此，同飲酣醉，屈指五年矣。冰壺即以是年轉銓部。予問日華冰壺近日消息，則云：「已化去半年矣。」清心慧質，不得四十而卒，可歎也！

133 十月十五日，往龍灣市訪雲浦，至郝穴已暮，換一小舟。夜宿切口。按郝穴，舊議開，開則江漢合流，其利甚大。然穴内地舊捐以予水者，今悉成膏腴，一開必有泛濫之患，故居民憚開。予謂荆之江水，實爲民害，歲議捍蔽，年年奔決。夫古以九穴十三口洩水之勢，故江勢有所分，今諸穴口皆淤矣。諸穴口皆淤，而止以一郝穴洩之，恐三湖兩岸之田廬，所傷必甚，故不得不議止也。

134 月夜渡三湖，湖凡三十里，一望無際。月下迷路，至一阜，覓小舟爲導。中有蓼臺寺。楚王臺榭，多在此中也。

135 晤雲浦，息于後園書舍。以小舟渡龍湖，至湖菴。午登樓，見唐伯虎畫雪景一幅，上題云：「千山飛雪白漫漫，不獨藍關道路難。野衲歸來何所有，擔頭挑得萬峯寒。」

136 與雲浦論學，大約頓悟必須漸修，陽明所云：「吾人雖漸悟自心，若不隨時用漸修工夫，濁骨凡胎，無由脱化。」是真實語。卓吾諸公一筆抹殺，此等即是大病痛處。蓋此道有所入者，只愁歇了置之無事甲裏，日久月深，熟處愈熟，生處愈生。黄魯直云「不舍鼻繩，牢看水牯。」此即是易簡直捷工夫，相與努力而已。

137 登雲浦書樓，閲趙子昂泥金書道德經，爲刑部尚書不忽木公作，有子敬并虞伯生跋。陳居中文姬觀獵圖，柯九思跋。劉松年四皓圖，有薩天錫、看雲老人吴全節跋。趙文敏小篆千文，有元人汝南任子蓋臣及蔡和，并本朝商太師跋。其中四皓圖甚佳。

138 從湖中早發，晚抵郝穴，登六槳舟歸，順風大作，月色晶明。抵家已子夜。

139 祈年自郝穴高宅回，送其妻父高孝廉寧南名以勤葬也。孝廉少穎異，癸卯中鄉試，後有失心病，年僅四十四卒。孝廉之父名朗，舉京兆。孝廉家素豪奢，家教甚嚴肅，寧南事父極恭順。同父鄉試都中，父呼立牀前，與之語。父已熟眠，猶不敢退，或俟至終夜，以爲常。後遂得怔忡之病。寧南蓋死于孝也。

140 入郡，早登舟，逆風大作，復還。過祈年舍，同步至以明宅閒話。出古爐一，若釜，其下有縱橫漏文，元鑄也。是日，雲浦寄繡大士一軸，乃新安王山人長卿妻所繡也，上有蠅頭細書，皆繡成，針脚泯絶，工甚。

141 雷氏住地者已移去，至其處，看視小室，亦可居。令人汛掃，移榻及几案之類。住其中修理。

142 玉泉任居士乘舟來，乞十方堂碑文。

143 步至青蓮菴，遇大西天僧，能漢語。自本國至中國，途程凡八年。曾入京，以慈聖太后所賜千佛衣及金襴袈裟出觀。

144 坐雷氏居，王以明來，同步至五弟園中，臘梅盛開。夜，飲于竹籬茅舍。

145 須日華邀遊龍山落帽臺，臺舊有亭，已久敝。日華新創，尚未落成，張布幔小飲亭上。偕者爲本郡鄧石田，爲廣平二府，年五十即乞歸。譚至日暮始散。

146 早從沙市發舟，午抵公安，得陶不退書。時以侍其尊人還滇，從武林過洞庭，止于常德。其意終欲卜居武林故也。匆匆發書，定明年聚首之約。

147 僕阿倫病死，爲之悲歎者久之。此僕年五六歲即供役使，長能書，歲所抄書無算。從予南北遊最久，司出入絶不苟，有士君子之行。曾遣至夷陵，劉户部元定問之曰：「汝從主人遊山，最知山。夷陵諸山何如？」倫曰：「除却東山，餘義塚耳。」元定撫掌曰：「義塚二字，最善形容，不虛小修使也！」

148 飯後，同蕙畝歸園。時梅花爲寒所勒，未開。入書室，偶見廣東蕭少宰玄圃先生親書落花詩四十首于案，因持至雷氏宅展玩，并紉之成帙。記萬曆戊申，少宰邀予與蘇雲浦侍御飲，秦中大宗伯王則之名圖，亦來陪。玄圃先生出此相示，予與雲浦競取，爲予所得。詩字皆韶秀甚。

149 除夕日，歸園度歲，親友寥落，無可晤言者，惟時向梅花樹下徘徊耳。

天啓甲子元宵後一日，夏大鵬校于承恩禪寺。

珂雪齋遊居柿録卷之九

1 萬曆四十二年甲寅，正月初一日，居雷宅。以守制，不賀年。

2 至二聖寺禮佛，時三聖閣爲措大輩欲占作書房，諸僧來訴。予念此係先舅及先父、先兄捨爲誦經行道之所，若與諸儒作書房，豈先人本旨。予乃首捐貲，設數十人供于上，起華嚴會，且題數字于上。

3 風日清美，往遊石洲。偶逢五弟、汪生惟修，呼之同去。過以明舍，值以明在門，曰：「安往？」曰：「遊石洲。」以明亦懽然，各攜一壺數肴，登予汎凫舟，順流而下，頃刻抵洲，令童子炊飯。予等登舟覓石子，五弟眼根最利，偏多佳石，如纏絲瑪瑙者甚多。予趺坐水石間，童子拾得佳者以示予，摶弄少時，仍擲之。已席地聚飲，命童子歌一曲。日已暮，登舟回。

4 往斗湖，看五弟築呂仙臺。舊傳純陽過此濯足，故至今相傳有呂仙臺，一名濯足臺，其跡久湮。五弟于三湖岸上得少許地，因築臺以存仙跡。

5 初九日，至二聖寺，起華嚴會。寶方爲首，合智者禪堂及本寺諸僧，共三十餘人。予亦嘿誦。至晚而散。

6 步至江上，望江北白沙，千頃若雪。是夜頗不懌，蓋中郎逝後，往時同學號深相知者，皆作白眼按劍之語。中夜誦李龍湖語云：「匹夫無假，故不能揜其本心；譚道無真，故必欲剗其出類。」真禹鼎、秦鏡也。

7 早至五弟園看紅梅。月夜，步至新居，及五弟樓下，復踏月，遇王以明居士于市，留小飲。因同過李謫星舍。歸來雞唱，燈下作答遠人書。

8 上元日，靜亭舅至，同往五弟園看緑萼梅，緑雪照人，骨爲之冷。

9 一扶乩仙者至，但動念即知，不須説出。

10 連日爲諸客所嬲，心思不快，今日方得清閑一日。

11 居雷氏宅，寶方自龍灣市歸，攜蘇雲浦園價來，并得書。

12 赴三聖閣華嚴會，同以明食齋。

13 未央書室看玉蘭。

14 二聖寺赴華嚴會。

15 同蕙畝登三穴橋，舟宿于潘氏河，將往村中。以清明在邇，往村中祭掃先塋也。

16 早抵孟溪，登予舊所築臺。去年，予有志棲隱于此地，市麥田數畝，前臨河，後枕湖，因令人築臺，于中值竹屋數楹。前後種柳，後開一池，引湖水入其中，種蓮花。門外繫鳧舟。臺甫就，爲洪水流去其半，志爲之隳。

17 風雨大作，閉門兀坐。時舊日痰火微舉發。

18 春雨大作，舊病舉發。山莊破壞，不蔽風寒，急歸。

19 抵三穴橋，還雷氏宅。

20 春已半矣，天復雪，正所謂「桃花雪」也。

21 寄書須水部日華，兼寄游龍山詩，且訂再入沙市之約。

22 二十日清明，火病舉發，兀坐家園。

23 江陵王維南太學家有一鶴，一夜偶折去一足，已不活；乃截竹爲筒代之，遂能起舞，無恙至今。乞予作竹足鶴詩。予嘗聞鶴命在膝，今殊不然，可異也，爲草一詩付之。按世之養鶴者，見其折足，遂謂鶴命隕矣，不復救之，往往因而致死。若知竹可代足，則鶴憑之以步，不廢飲啄，而鶴可生也。此可爲相鶴經補一闕典，快哉！

24 桃花爲風吹，花片滿地若紅茵。以明居士來，因相與論學。予曰：「數日來，覺前此愧悔處極多，不是小失，庶幾追之將來。」以明曰：「畢竟如何作工夫？」予曰：「除參話頭無工夫。」以明領之去。

25 得須水部回字，望予來，以新修龍山顧影亭，欲共忻賞也。

26 歸園中，一色桃開，濃郁可愛。

27 劉家外甥來，伯修兄一脈，止此存耳。

28 雷宅起照面牆，安石門，治酒待劉大甥。甥有痰疾，時明時暗，或笑或哭，一家爲之感泣。天之報施善人如此，殆不可曉。

29 每晨起，痰中帶血。予嘆曰：「此家獄所致也。」遂以修理事付僕輩料理，而自登鳧舟，入沙市就醫調攝。汪惟修從。是日聽風水噴薄聲，便覺清涼。

30 午，南風作，一帆走沙市，月印波間矣。

31 晨起醫至，診脈曰：「脈無大病，但心思鬱結，不得發舒。悲哀過甚，有傷肝木，決宜歡娛以散之。」

32 登岸過怡山菴，散步花間，愛其閑靜，遂命移舟中行李及衣襆來。時吳山人周中石名恭先者，客水部署中，偶來園相晤。記癸卯會晤于都門，去歲又晤于襄陽，故人也。山人善醫，爲予切脈，曰無大病，肝脾微動火也。

33 須水部日華來園，極言天台山水之勝。

34 傅叔睿至，論仙佛同異，夜遂宿于此，道其尊人楚竹公事。公往時偶抱危病，瞑去，見自身騎一象至一處，主者禮之甚恭，問曰：「公生前作何行業？」公口占對曰：「浪迹人間五十春，詩書青紫列儒紳。明神若問生前事，衾影何曾愧五倫。」主者善之，曰：「公陽壽未艾也。」揖別而出，復騎象至途中，逢姻友喬梅皐名杞，儀仗甚盛，坐車中呼公曰：「親家好去！」忻然而別，詢之途人，曰：「是新任獄神也。」已而甦，急問家人曰：「喬公得無小病耶？」家人曰：「今早逝矣。」後二十餘年而楚竹始卒。卒之前數日，曰：「吾往必有所歸，但尚不知其處。」一日，密呼叔睿曰：「吾今知去處矣，乃織女皇宮相也。迎者已到門，我素不信鬼神，非幻語也。」言畢沐浴，遣婦女出室，自着衣入棺中，偃卧而化。公舉甲戌進士，歷官銓曹，至山東藩長，晉光禄卿以歸。當江陵薰灼之時，公正居要地，人亮之，知其非權黨也。公器度宏遠，終身無喜愠之色，疾言怒氣不及奴僕。所居官皆膏脂也，而晚節食貧，無異寒士。既歸，住居西城，門臨清流，與客弈棋終日，竟優遊以老。

35 須日華偕周中石移酒肴至園，取所攜惠泉點茶，予不飲此水者五六年矣。日華云：「泉水貯之已久，將壞時，以甕數注之，則復鮮，雖彌年亦如新，此泉所以貴也。」座間相與訂武當之約。予謂若遊武當，當取道玉泉，遊青溪、鹿苑諸山，乃出荊門爲妙。蓋遠安山水，如雲破霧裂，即武當未必勝也。日華然之。

36 以火未全平，移寓近醫。時龍堂寺有小房一間，爲先兄中郎所修，遂移住，頗靜寂。

37 僧舍養蘭一盆，香清一室。

38 步至劉元質普養寺園中，晤張伯含，伯含館其中。馬元龍、蘇休之覓予于寺不得，遂至園。元質置酒，元龍、休之皆沾醉。予以病戒飲。元質家善釀酒，不減魯直所誇「沙市田家酒」也。

39 同蘇休之至金粟園，與怡山、素一共食齋。晚別去歸寺。時寺中蚊蚋如雷，回視公安家園，真清涼國矣。是夜，即登舟回公安。

40 抵公安，至家園，木香藉地如茵。晚宿雷氏新宅。歸園中，花木陰森，芍藥盛開。時新筍已茁，每到此便有棲隱之志。

41 王以明居士來。晚過五弟湖上書屋。

42 初夏居園，血疾復動。得雲浦書，當入郡城，相期聚首。怡山至。

43 往二聖寺，作華嚴會。

44 四月初八日，至青蓮菴食齋。時青蓮菴新起華嚴經會故也。有人持遠書至，乃丁仲暘及王章甫書也。仲暘昔在都門同社，從漢上會章甫來。今客荆，字至相約一晤。已至柳浪，湖水浩白，高樹蓊鬱。坐抱甕亭内，笑言久之。歸園，得石首王天根書。天根遊吴、閩，晤臨川湯海若先生，先生便寄一書及玉茗堂集來，書中大略言：乙未雪夜，同時七人聚首，而三人俱以高才不禄，不勝嘆惋。三人者，伯修、中郎及王子聲一鳴也。記乙未之歲大計，伯修及王太史衷白、蕭太史玄圃遞置酒，招海若、子聲飲，予等偕。未幾子聲下世，又未幾伯修、中郎下世矣。天根書云：海若極服楚才，以爲不可當。夜讀所寄玉茗堂集，晚年稍入元、白，亦其才大識高，直寫胸臆，不拘盛唐三尺，自覺其有類元、白，非欲學之也。今人見詩家流便易讀者，即以爲同于「元輕白俗」，然則詩必詰曲聱牙，至于不可讀然後已耶？可發一笑也。

45 至沙頭晤仲暘。久不登舟矣，今日看遠浦近林，夕陽晚霞，真絶景也。

46 寓五弟所典胡氏居，居在三義橋畔，楊柳極茂。步至野原，見有人旋遶念佛者，乃近日一居士以火自化處也。居士姓萬名某，蜀人也，作皮匠，偶謂其同侣曰：「予將歸矣，可爲我覓柴。」積柴數日，遂坐火中化去。予思身命人所至愛，乃安然以火自化，具是有力健兒。是聖是凡，皆不必問。但吾輩視此身太重，觀此當自媿其怯弱耳。午覓丁仲暘于觀音寺，相率步至金粟園。時怡山他出，惟素一在，縱談許時分袂。仲暘同至予寓，夜話三更，踏楊柳影數里而別。

47 胡寓污濕，入夜蚊虻如雷，甚爲所苦。痰火復作。別仲暘歸，候鳬舟不至，覓一小舟度夜，甫運行李，而鳬舟到，即移住。見舟，體爲之輕。仲暘云：「去歲出都門，有新安吴太學某者，善星命，托予寄聲云：小修明年有大病，毋遠出。今果然。」

48 晨，發舟下公安，住于園。

49 謝居士以亡父葬期吉日來，爲九月初五日。

50 血痰復作，家事逼迫，難以度日。以新創雷宅鬻與人，取其費以贍家口，以供藥餌，庶安心居園調理。但得此身康泰，何憂無室。若其不然，方當戢之黄壤，豈容營室廬耶！會六姪欲鬻一居，乃以付之。設幸而得活，于後園中種葵蔬以畢此生，無不可也。

51 有八十一翁徐止水者，來診脈，頗能道羅盱江事。

52 同王吉人往二聖寺寶方禪堂午餐，時廬山大林寺僧以石首王天根書至，欲募木修寺，祈予作疏，以病未暇也。午後，同步至大殿月臺上閒坐。入暮，微雨，歸園。

53 五月初四日，覺静坐之益，欲閉門不出。

54 午日，以病兀坐于園。

55 姻友李君鴻名承烈下世，李生一歲而孤，母何方伯公女也，守志育之，得成立。補博士弟子。爲人美秀和易，與予同社最久。年四十八，偶得寒症而卒，母尚在堂也。幸有一子。君鴻少有血疾，痊後最善調攝，常獨宿。每勸予：「酒猶可飲，色不可邇也。」乃復以時疾終，悲夫！

56 得江西左轄李夢白書，末云：「兄北上何期，定從大江由南而北，能從湖口迂道爲廬山續遊乎？弟且日夕望之。念公連日正在署中，以弔劉員嶠而來，云尚有中郎未了之願耳。兄有麻城之興，若果，當還候于雞籠也。」夢白欲予續廬山舊遊，不知予于此山，尚爲生客也。

57 無跡孫玄徹至，得四川撫臺吴本如書。本如往在都門，爲蒲園舊社友，爾時同發心修玉泉，遣人至此了前緣耳。得無跡書，中有云：「南嶽思有言曰：四衆併士大夫，勸請講法者，皆惡知識，如怨詐親，久則不可，擇擇擇擇。天台家相傳謂朱陵四擇。」朱陵四擇，四字極新。

58 長夏坐篔簹谷，令人每晨誦法華經一卷，予憑几而聽之。

59 步至未央書屋間譚，晚同柳浪看水。時疾中帶血不止，勉步水邊林下，終不暢。

60 病中，夜不得睡，聽童子鼾聲，轉益其悶。

61 移襆至二聖寺禪堂静室，差得眠。

62 得錢受之書，大雲長老已去世，其師巢松來，將復料理華山殿宇事體。

63 川僧雲浮以請藏回，來視予，問其京華舊事。雲浮見知于雷太史，語其亡，各爲悽然。

64 七月二十三日，龔静亭舅下世，不勝感傷。舅名仲安，河南布政龔春所公季子。少而美如冠玉，習儒業成，以諸生入太學。家世豐厚，又自能經營，起家巨萬。然好創田産，務廣大，故雖富而常窘迫。飲啖兼人，喜行樂，與中郎及予年相若，交甚暱。萬曆壬辰、癸巳間，外祖方健飯，諸舅及予兄弟皆住石浦。八舅鮮衣怒馬，霍霍如得霜鷹。其後相繼遷化，向年文酒賞適之侶，惟舅與予在耳。年來住居稍遠，跡亦漸疏。偶聞其病，不知遽不起也，可嘆！舅亦信佛法，隨分作功德。能詩歌，以懶廢。

65 予體中不爽，甚有性命之憂。冒暑夜登舟，早抵沙市，暫住龍堂寺。

66 醫者云，非參不能取效。勉用少許。一夜不得眠。姑蘇袁無涯來，得麻城陳無異書。

67 寓金粟菴，會段岐陽居士。居士爲合州守，棄官後，即蔬食入道。

68 徧覓諸醫診視，皆云是火病，雖費調理，決無大故。乃復買舟歸。夜睡不寧。

69 捐貲蓋三聖閣。三聖閣者，先舅夾山龔公諱仲敏書樓也。初夾山創此樓成，即屢夢圓頂方袍之人往來其中不絕，大訝之。後夾山去世，以樓分與嗣子，不能守。爲侍御舅及亡父封公，共捐貲置于二聖寺，以貯三聖，寺舊有西方三聖故也。樓既建立，其後無牆。中郎去世，邑中諸友朋悼念甚，欲合貲爲拜懺。予曰：「先生亡時，諄諄念及此樓，不若共鳩金治磚瓦爲牆，免北風漂雨，以資冥福最宜。」諸公曰諾，如言而牆成。至是尚未緊蓋，春雨起，如露坐，棟梁皆壞。予乃捐貲十五金，付寶方董役成之。

70 先人襄事已近，病中持帖請蘇雲浦侍御題主。自念體中久憊，無所置念，一心念佛。十二時中專提佛號，覺心中閒靜。

71 一醫投以蒼朮、川芎之劑，反致火甚，夜睡不安。自此日爲始，頭眩足軟，心中怔忡，念與死期近矣。呼祈年來，付以後事，一心修香光之業，待盡而已。

72 袁無涯來，以新刻卓吾批點水滸傳見遺，予病中草草視之。記萬曆壬辰夏中，李龍湖方居武昌朱邸，予往訪之，正命僧常志抄寫此書，逐字批點。常志者，乃趙瀫陽門下一書史，後出家，禮無念爲師。龍湖悦其善書，以爲侍者，常稱其有志，數加讚嘆鼓舞之，使抄水滸傳。每見龍湖稱説水滸諸人爲豪傑，且以魯智深爲真修行，而笑不喫狗肉諸長老爲迂腐，一一作實法會。初尚恂恂不覺，久之，與其儕伍有小忿，遂欲放火燒屋。龍湖聞之大駭，微數之，即嘆曰：「李老子不如五台山智證長老遠矣。智證長老能容魯智深，老子獨不能容我乎？」時時欲學智深行徑。龍湖性褊多嗔，見其如此，恨甚，乃令人往麻城招楊鳳里，至右轄處，乞一郵符，押送之歸湖上。道中見郵卒牽馬少遲，怒目大罵曰：「汝有幾顆頭？」其可笑如此。後龍湖惡之甚，遂不能安于湖上，北走長安，竟流落不振以死。癡人前不得説夢，此其一徵也。今日偶見此書，諸處與昔無大異，稍有增加耳。大都此等書，是天地間一種閑花野草，即不可無，然過爲尊榮，可以不必。往晤董太史思白，共説諸小説之佳者，思白曰：「近有一小説，名金瓶梅，極佳。」予私識之。後從中郎真州，見此書之半，大約模寫兒女情態具備，乃從水滸傳潘金蓮演出一支。所云金者，即金蓮也；瓶者，李瓶兒也；梅者，春梅婢也。舊時京師，有一西門千户，延一紹興老儒于家，老儒無事，逐日記其家淫蕩風月之事。以門慶影其主人，以餘影其諸姬，瑣碎中有無限煙波，亦非慧人不能。追憶思白言及此書曰：「決當焚之。」以今思之，不必焚，不必崇，聽之而已。焚之亦自有存之者，非人之力所能消除。但水滸，崇之則誨盜，此書誨淫，有名教之思者，何必務爲新奇，以驚愚而蠱俗乎？

73 修三聖閣完，爲亡父資冥福。

74 蘇雲浦以弔亡父至，是日早開靈，往哭，血痰舉發，遂不敢執喪事。蓋十年内先哭伯修，次哭中郎，今又哭大人，雙眼欲枯矣，病之所由作也。

75 九月初一日，亡父發引，以病不能行，終夜悼嘆。久之，復自解曰：「若有此身，尚可酬大人未了之願，及教養後輩，使之成立，則袁氏猶非衰相。身若不救，後來零落，可勝言哉！不若排愁破涕，養此病身，爲得計也。」

76 九月初六日，爲亡父深葬之期，腸痛如割。初，中郎去後，予即抱病。已而大人即世，予病常舉發。每念有此身得送大人歸山，則子職盡，吾死亦瞑目矣。不意值窀穸之期，而沉疴日甚，痛何可言！

77 雲浦從長安村回，住青蓮菴，來別。先人墓畔，有義堂寺，雲浦許助修。

78 袁無涯作別，覓予詩文入梓。予曰：「方抱病，未能料理。」惟以中郎未刻諸書付之，且囑其訂正。如書坊中狂言等，俱係譌書，見之欲嘔，而今皆收入集中，殊可恨。總之，中郎所著書，始有敝篋集，乃作諸生、孝廉及初登第時作也。繼有錦帆集，令吴門作也。繼有解脱集，吴門解官，與陶石簣諸公遊吴越諸山作也。繼有廣陵集，棄吴令改教，暫攜妻子寓儀真作也。繼有瓶花集，則爲京兆授爲太學，補儀曹時作也。繼有瀟碧堂集，則六年高卧柳浪湖作也。繼有破硯齋集，則再補儀曹時作也。繼有華嵩遊草，則官吏部，典試秦中往返作也。蓋自秦中歸，爲明年庚戌，而先生逝矣。其存稿可一册，中有奏疏數首，因哀集付無涯。其他選校之書，若宗鏡録，若删定六祖壇經，若韓、歐、蘇三大家詩文，西方合論，或已刻，或尚留于家，此外無餘矣。先生詩文，如錦帆、解脱，意在破人之縛執，故時有遊戲語。蓋其才高膽大，無心于世之毁譽，聊以舒其意之所欲言耳，然其後亦漸趨謹嚴。其論政論學，雜出于山容水態之中，皆剔膚見骨。至華嵩諸作，布格造語，巧奪造化，真非人力也。若尚留在世一二十年，不知爲宇宙開拓多少心胸，闢多少乾坤，開多少眼目，點綴多少煙波。恐亦造化妬人，不肯發洩太盡耳。世之大人先生，好古而卑今，賤耳而貴目，不虚心盡讀其書，而毛舉一二謔笑之語，便以爲病。此輩見人一善，如箭攢心，又何足道！顧世間自有一種慧人，愛而傳之，猪揩金山，轉益其明，非虚語也。付無涯以中郎遺籍後，不覺娓娓若此，亦有所感矣。無涯曰：「聞中郎先生尚有譚性命之書五十餘卷，不知何在？」予曰：「未有見。中郎先生片紙隻字，皆有一段精光，惟恐不存，豈有書至五十餘卷，而聽其散佚者乎？我與中郎形影不離，設有之，豈不經予眼，及諸開士與其兒子眼耶？中間與人書牘，信筆寫去，一時不存稿者有之；或前後意見不存，自覺不相照應，而删去者有之。遂據以爲有遺書，未可也。」無涯曰：「然。先生若有此書，豈不以相授，而作帳中之秘耶？」遂别去。

79 龔散木同日者陳駝子至。散木曰：「八月末夜雨中，駝子忽扣門，來曰：『昨查小修先生星有水孛，至九月出宫，命最忌之。此九月内無病當有病，有病必甚。』散木曰：『將無有大故耶？』駝子曰：『亦甚危險。』近日方知公病，又知九月病獨甚，駝子之言亦少驗矣。」駝子曰：「今日二十九，孛已出宫矣，可喜，可喜！至十月，則一日愈于一日。」予笑而飯之。

80 持龍樹居士八戒齋。每月六日，蓋自沙彌戒外，居士不能終身持五戒，以是六日持八戒齋。按大智度論曰：「問白衣居士，惟此五戒，更無餘法耶？」答曰：「有一日戒，六齋日持，功德無量。」問曰：「何以故，六齋日受八戒，修福德？」曰：「是日惡鬼逐人，奪人命，疾病凶衰，令人不吉。諸鬼神中，摩醯首羅神最大，諸神皆有日分，摩醯首羅一月有四日分，初八、十四、二十三、二十九是也。餘神二日，初一、十六是也。諸鬼神一月于此六日，輒有威勢，故取以爲齋日。」問曰：「五戒，一日戒，何者最勝？」答曰：「二戒俱等。但五戒終身持，六戒一日持。又五戒常持，時多而戒少；一日戒，時少而戒多。若無大心，雖復終身持戒，不如有大心人一日持戒也。譬如懦夫爲將，雖復終身，智勇不足，卒無功名。若英雄持兵，一日之力，功蓋天下。與五戒同，曰居家優婆塞法。」記予曾持五戒三年矣，原非發心持戒，因中郎倡而和之耳。後中郎三年後開肉，予等亦隨之食肉。是年予病目，醫者禁食豆腐，齋人除此無可食，止喫白飯。飯食日減，體漸羸瘦。邑中戒肉人若壽亭舅及王官谷皆逝，醫者云：「香油生火，脾無肉食，不能將養，以至于病。」大人聞之懼甚，謂予兩人曰：「汝兄已亡，尚須汝等取功名以大吾門。若但趨寂寞，我老何所望？且眼見持齋者俱先後入鬼録，雖有定命，然以膏粱之人，一旦蔬食，脾與之不習，不能滋潤，因而致病，容或有之。俟老人百年後，任汝輩爲之。」中郎與予泣而復肉。然非獨大人諄諄言之也，出家人不與境作對，故堪食蔬；士大夫有不得不赴之酒席，與腥膻之境相耦，持此甚難。且考張無盡護法論中，亦姑開此一條，故靦顔食肉。予復泣禱之大士前，俟功名成就之日，復返初服。中間雖食肉，家中亦必不敢啓鸞刀，時時放生，以贖己愆，于今十三年矣。自食肉之後，頗多病，而口饞終不能戒。又恐終身持之，而開于垂死之日，若廬陵王大行事，反爲善因惡果。姑取龍樹大士六日齋戒持之，若于此六日齋戒，亦不能持，真地獄種子也，豈可，豈可！

81 聞石首高敬菴善醫，往就診視。登汎凫，至馬家寨，遇風而返。

82 玄徹從玉泉至，持無跡書來。無跡聞予病甚，戚曰：「袁氏三難，惟此一人在耳。若有他虞，我老年無朋，何以度日？」禱于關漢壽亭侯，得佳籤，并命其孫來也。

83 王以明從鄉中來見訪，自入夏來，惟以明時時過從論學，秋後遂分攜入鄉。是日來晤言。以明云：「鄉居萬箇竹中，治一小室，看華嚴經，便足了一生。」予曰：「何不久住？」曰：「久住寂寞，亦不易堪耳。」玄徹回，以護法堂諸居士神位與之，中爲漢壽亭侯雲長居士位，次爲西川黄慎軒居士位，次爲伯修兄位，次爲中郎兄位，次爲曾長石太史位，次爲雷何思太史位。

84 十月初，病漸痊，自念若不幸而死，則所著書籍紛紛無緒，且素所聞于父兄師友及其行事，一切湮没，甚可惜也，遂逐日修葺。

85 江右劉香城名伯瀚，以辰州三府上任，便道過此，敍通家之誼，以帖來，必欲一晤。以疾辭，不果。約以翼日。

86 劉三府來坐談，述塘南先生事。先生未終之先一日，至西原學舍，與諸生講學甚詳，講已即云：「我略歸去數日。」至家，次日即病。諸學子往其家問安，至中堂，呼人曰：「可取案上一紙來。」取至，即其墓誌銘也，以示諸生而化。周季清名廷旦，予年友也，今年下世。劉曰：「其人清澹而温粹，吾黨無緣，失此哲人，後輩何所效法？」劉久居金陵，與焦茂直遊，云：「焦三尊生極孝友。往在金陵，晤弱侯先生，云今日偶檢亡兒所閲左、史、漢書，細細批閲，大有意見。」謂尊生也。劉又云：「周季清所著書有七八種，大半是説易，婺源余大理許爲付梓。」

87 經始刻珂雪齋近集。

88 龔生來坐談，爲索夾山舅遺稿。舅舊令山東嘉祥，作嘉祥志，極可觀。

89 寓篔簹谷，往五弟宅。案上忽見伯修字牘數紙，其中皆生死學道語，惜未人刻。

90 天皇寺僧損有遣人來，云禪堂將已落成。予題之曰柏堂。蓋梁世此寺有柏堂，張僧繇所畫十哲像在焉。後來滅法，竟以十哲免難。如僧繇者，豈可以畫師視之，真菩薩之分身人流者也。又有解倩畫，倩亦六朝人，畫壁最工。

91 周念淨居士至，云大士塔下香猪昨已化，茶毘之，異香撲鼻云。已出中郎少年詩數首，又出達觀法語一則，閲罷，予笑曰：「我從來疑着此老。」

92 居篔簹谷，往二聖寺，每日與寶方廚中銀三分，隨衆食齋。

93 移村中嚶鳴館前海棠一株于園，即亡兄石浦手植者也。石浦年二十許時，已捷鄉書，即抱病，遂調攝于村園，澆花種竹。凡數載，乃出宦。予等相繼皆入城市，其所住嚶鳴館，中郎以與王官谷，王官谷立之竹林中。竹林既屬予，嚶鳴館遂改爲聽雨齋矣。前往村中，見海棠一株，零落蔓草内，遂與述之姪乞得，移植嚶鳴館前。此館與花相别十五年，今日復爲一處，亦奇遭也。第館中兄弟長别久矣，不知他生再得如此花之于此館否？意者惟青蓮池上，勉自薰修，尚有追隨日也。見此棠不覺淚下，既植而封之，而復名之曰「學士棠」。

94 移襆至二聖寺，欲借晨昏鐘磬，消此煩火。

95 李道宇少卿先生之喪至自南都。先生既卒，南大司空丁公，料理其後事，其櫬從陸，故其歸甚速。初，先生少時，夢其伯成都太守李公五溪曰：「爾將來與我同一結局。」五溪公卒於成都，道宇爲安慶守，即棄官歸。至壬子秋，朝士欽其高節，以南通議起家，年六十八矣。至是卒于官如夢。先是五溪公櫬從蜀中歸，幾有覆舟之變，是時，其兄心宇公偕在任，憶成都舊事，遂舍舟決意從陸。先生雖居宦數年，然清貧如故，囊中僅得俸二十餘金。諸子皆貧甚，僅能餬口，無媿清白吏也。

96 往哭李公道宇于宅。

97 静亭舅諸弟分析，往爲料理。予病初愈，登其堂不能哭，見孤孀幼稚，不勝泫然。

98 王石洋從漢上遣人來問予病，苦勸予不必作詩文，不知予之病不從詩文生也。自父兄繼逝，驚魂折骨，遂抱鬱病，正借詩文以疏瀹之，詩文何能爲病哉？

99 蔡觀察元履駐辰、沅，遣人來訊，問予何以久不遊桃花源，不知予之病也。花源去辰州尚有兩日程，予遊止于水心崖，其上山色甚佳，恨不得遊。

100 須日華以書至，約予上春來遊龍山及章華臺，蓋此二處舊荒落甚，日華稍加修葺，爲此郡重畫眉嫵矣。

101 二十八日，得李公道宇深葬事，因嘆方術之不可信，并志之此，以示戒焉。道宇公櫬歸，即入村深葬，其地在澧州、公安界上。初，李公致仕，二十年來，與一術者卜得此地，行時指示弟輩云：「脱有不幸，只此是藏舟之所，慎勿聽人移易也。」及穿地，白蟻粲粲而出，甚矣地師之言不可深信也！李公自言精堪輿，方葬中郎時，請公題主，予不知地之好惡，冀李公稍有所許，以安衆心。而李公寂無一言，予頗疑之。然中郎穴中土色甚佳，去李公今日壙中遠矣。以此知安厝亡骨，得無水無蟻即佳，庸術之言，俱無足聽。

珂雪齋遊居柿録卷之十

1 萬曆四十三年乙卯歲，正月初一日，居篔簹谷。天雨雪，對雪偶然成句曰：「聞山皆欲去，對雪只愁銷。」體中大康，浸浸有躡屐之想矣。

2 人日，居二聖寺禪室，蕭蕭竹樹，熒熒燈火，與寶方閒話，倦即就枕。自謂長長保此，便去清涼國不遠矣。

3 入鄉拜先人墓，宿三橋舟中。初，先人襄事，予以危病不得哭于壠，幸而冬中有起色，至是大痊，乃得入鄉哭于丘墓間。

4 至先塋，以兩叔他出，即復登舟。夜抵三橋，歸縣。大堤一帶，飲水者皆仰給于大江，往返五六里，予乃鑿一義井于園後，以待遠近之汲者，時已見泉。

5 上元日，赴静亭舅長君晦伯席，散木亦至。雪大作。此地係静亭舅與吾輩豪飲歡呼之所，今遂寂寞若此，可嘆！

6 送僧月湖行，肩輿從大堤，憩柳浪，傍油河，行至二聖寺，見野水丹楓，不覺欣然。

7 再遊石洲。凡游不能刻期，以江上多惡風也。是日，風日清和，遂同客往。過龔遴甫書舍，呼與同去。時吴生長統，從新安至，亦偕焉。登舟順流而下，頃之抵洲上。予立舟頭語曰：「此舟極有靈驗，往年初春遊此，得佳石者，一年百事皆如意。」于是舟人及稚子輩，皆踴躍而上，至洲覓石，各求奇者。凡得一枚，即以呈予。予大詫曰：「佳！汝今年必有好事。」其人喜，復往覓，以次呈予，爲殿最，仍還之，而取其尤者。已而復謂之曰：「此中小石，止堪澄水，無大用，須得可用者。」復命尋求得數石，皆可作筆格，或可作鎮紙，或可作硯山者。大抵凡僮僕之巧慧者，必得佳石；其餘稍癡，所得者多頑陋無足取。舟人輩不知妍媸，各負數大石堪作砧者登舟。予大笑。

8 以舟至沙市，病中幾不得再登吾汎鳬舟矣，今見之如見故人。

9 赴須水部日華席，時日華將遊太和。予謂草草一覽，亦必七日而後可既。王弇州未至玉虛巖，汪伯玉至玉虛巖矣，未至三瓊臺。近日蔡元履觀察亦未至此。予遊又遺青羊澗、竹笆橋三十餘里水石之勝。惟先兄中郎，其遊極概括無遺，而又不作記，是皆缺典。望日華盡遊，且作記，以完山中缺典也。

10 早發舟至公安，午時開窗觀花。是日，聞澧洲龔覺先訃音。覺先名之伊，有雋才，丁酉舉于鄉。庚戌成進士。爲錢塘令，以憂歸。一病遽卒。詩文奕奕見其穎，得年僅三十餘，又促于伯修、中郎矣，且無子。惜哉！

11 十八日，須日華將遊太和，詩以送之。

12 上巳，居篔簹谷，花事大開，三色桃皆放，寥寥無可與共賞者。

13 得無跡書，中有云：「不肖七十有一，百念灰冷，日唯誦華嚴二卷，課佛數千聲，將勤補拙，了此末後事也。」以柄頭二詩見遺。時玉泉寺官舍，于前月盡焚，幸存大殿。

14 入沙市，寄居龍堂寺僧舍。

15 移入承天寺倚雲僧舍。夜月甚朗，步大殿前墀上。

16 閱寺中元時碑，有張文定施田入寺事。文定即無盡居士。覓得慈湖先生遺書一部，近來無此板矣。記萬曆壬午，大人攜中郎與予至此考校，今光景都不異，而一往三十四年，可嘆也！

17 朱奉常上愚，邀宜都劉玄度飲村園，園中有修渠，達于塘，可泛。塘上有亭，夜話。是日移行李入護國寺，僧省有方丈，謁自來佛，門額爲「自來古佛堂」，王百谷隸書。百谷隸書遒古，大勝其真草。内有「自來古佛」二額，一爲董思白書，一爲黄慎軒書。董字得大字如小字法，而差局促；黄字舒放，而戈法稍獰。皆非二公得意筆也。碑石瑩磨尚未刻，磊珂殿中。

18 花朝踏青，過沙橋門。沙橋名甚古，見元微之集，即其乳母仙嬪葬處，垂柳清渠，藉草而坐。遇王天根諸公。王孫瀛洲云馬融絳帳臺，原在其宅後，臺基可丈餘，上有喬松十餘株。後市之人，伐其松。臺土最堅，與人作陶冶之用，今已夷。踏青完，以小舟至杜橋，登岸入城。月色甚明，閒步寺前月臺上，遇陝亢之。一二衲子聞予至，皆餉茶。

19 步至張文忠墳。文忠素不信有風水，此地係其祖塋。初意葬其封公于此，後朝使臺官至，不知何處人，自言精烏兆，云荆郡脈從八嶺山來，遂截龍以葬。其地去湘王墳不遠，亦非賜地也。文忠姑聽之。今之馬鬣，其近王墳者亦多矣，湘王燔身滅家，地有何好，而竊之哉？其言謀葬王地，皆謬也。

20 須日華自太和歸。值山中雨雪，對面不見人，草草一覽而還。

21 訪長沙寺故基，即在今草市泰山廟傍，一張姓者居之。尚有遺塔。

22 送須日華行，別于朱奉常園。別後閒步岡巒，見有堤一帶，訊土人，曰即金堤也。方知古人所云「緣以金堤」之語。又沮、漳之水，從龍陂橋流于海子，入三湖，孟忠襄以爲荆西、北水險者也。歸飲于仲宣樓畔徐園。燈下，徐出張江陵一牘，并黄平倩詩一卷，有意無意之筆，妙處不可言喻。其詩云：「黄楊丹柏冷霜斑，乳水香芽沁客顔。縱有孤臺非習氏，但堪雙屐是儂山。自投餅餌邀魚戲，不掩柴荆付虎關。舉似龐公應拊掌，至今天地幾人閑。」此和中郎習家池韻詩也。字字有韻，清絶奇絶。陳白陽花卉一卷。又劉玄度持仇十洲瀛洲圖及漢宫春曉來閲。夜與玄度等縱譚，一夜不得眠。

23 承天寺僧舍見張商英彌勒瑞像贊。此像顯于高氏，供于承天寺。今像已不存，與今護國寺所供自來佛爲二。自來佛顯于東晉，且非彌勒，乃接引像也。入湘城，城四周可八里，甚堅厚，如今都城。皇牆内惟荒草，微有污隆，皆舊池臺也。歲取野獸，以爲祭祀之用。老僧云：「風雨中時聞馳馬之聲。」

24 承天寺觀音殿内大士像，原在北門外七里臺觀音院，後廢。百年前有一牧童，見一塚上荆棘叢生，有白鸜鵒飛遶其間。逐之，輒入土不見。屢試之皆然。後以聞其主人。主人來視之，如牧童言，遂钁其塚，數尺下得觀音像一、善財童子一。今飾以金，失清古，又添一龍女，可不必也。

25 至護國寺左，禮天皇悟禪師塔。同時有一天王悟，有一天皇悟。天王悟所居名天王寺，在今西城，久廢，即龍潭信之派所出。天皇悟，即今護國寺開基者也，初隱當陽之柴紫山，後始居此。塔雜亂墳中，尚有老樹三株。塔前方廣地，草色鬱然。春來王孫士女踏青者，酣醉其間無虛日。寺後天皇山，一小阜周遭數畝，去地僅數尺，不知何以名山。

26 與數人閑步野外，頗多煙樹。一人曰可以入畫；一人曰畫上無畫墳者。蓋此處鬣釜如粟，自植足外無空地耳。護國寺自來佛殿後有千佛閣，中有丈六金身像，費精銅萬斤，峨山僧無着造也，鑄于萬曆十一年。其閣則張江陵園内物，移建于此者。

27 往沙市衆香林食齋。主僧乃蓮池孫也，苦行自守，有祖風。一閩人林姓者，捐貲作殿修牆，自同傭工操作。

28 護國寺一老僧，號仁菴，年九十四，同坐天王殿一木上，説遼藩及江陵公興廢事，甚可聽。十方堂内有一僧，專拾白骨，亦異人也。

29 赴王太學維南名坮席，出歌兒演金釵。因嘆李、杜詩，琵琶、金釵記，皆可泣鬼神。古人立言，不到泣鬼神處不休。今人水上棒，隔靴癢也。夜住承天寺大士殿中，見壙内所掘大士像，細腰梵容，惜以金帖之。

30 閑步至草市泰山廟，即古長沙寺基也。内有銀杏樹，周可二十尺，干霄入漢，即長沙寺遺樹。其右十餘家外，有塔尚存。廟廡有鐵冠道士，云亦舊長沙寺物。寺不知以何年廢，問之天皇寺九十四歲老僧，云渠少時已不見，元時即爲泰山廟。今廟仍華整，自來佛原在此寺，長沙寺廢，乃入天皇寺也。其年歲莫可考矣。景明觀後有玄帝閣，臺基可二丈，用磚砌甚工。臺上可眺望。

31 長沙寺即甄彬還金處也。彬即甄法崇子，有行業，常以一束苧就長沙寺庫質錢。後贖苧還，于苧束中得五兩金，以手巾裹之。彬得，送還寺庫。道人驚云：「近有人以此金質錢，後失去。檀越乃能見還！」以半酬，彬堅不受，曰：「五月披羊裘而負薪，豈拾遺金者耶？」法崇初爲江陵令，豈其子即家于此耶？予謂當立一石于此寺中，曰「甄彬還金處」。

32 南平繆士通爲江安令，卒官。甄法崇時爲江陵令，在廳事，忽見士通來見。法崇知其已亡，愕然未言。坐定，士通曰：「卿縣人宋雅，見負米千餘石不還，令小兒窮弊不自存，故自訴。」法崇因命口受爲辭，已忽不見。拘宋雅至，一問即承，因狼狽輸還。此事見南史。江安即公安也。袁生曰：「甄彬親見神識不死，因果歷然如此，安得不還金哉？」

33 同王孫瀛洲、沅洲、文華、劉恒沙、王天根諸公登城北雄楚樓，取子美詩中句也。樓上西窗可望八嶺山。孟忠襄引沮、漳二水遶城而東，接于三海，故荊西、北有水險，今故道尚隱隱可尋。郢城去此二十餘里，楚舊都也，故其樓臺多在今三湖。今皆爲巨浸，陵谷變遷，不可復識矣。

34 赴夏道甫招，小園有垂柳，婀娜極可愛。步至塔橋，飲一汪姓者墅，薔薇極繁。晚，歸寺。

35 浴佛于天皇之十方堂，共諸僧飯伊蒲，得孫貽謀中痘消息，甚安善。爲之禱于如來。

36 游便河，自天皇寺窑頭發舟，過沙橋門，兩岸垂柳覆渠。可十餘里，至塔橋，舍舟登遨遊塚，至劉園，門有枇杷樹數株，葉極茂，有濃陰。晚，復登舟還。月色濛濛，至寺已二漏。

37 赴西城王孫小泉席，地較東城爲僻。過湘城後湖，宛如村落，人家多茂林修竹。王孫家有歌兒，花徑藥圃具備，汎舟清渠，可數里。夜飲，出小伶演新劇。

38 鄧田仲招飲落帽臺，同王維南。臺形如舫，故作室亦如畫舫。記癸丑冬，須水部日華偕田仲與予至此，因其荒蕪，相與量度規制。時寒甚，張布幙飲，不禁朔風，今遂燦然矣。臺後爲龍山，上有廢寺，方修飾。其左爲龍山亭，日華新名曰「顧影」，取孟萬年傳中「獨遊龍山，顧影酣暢」意也。故老云八嶺山即龍山，不知孰是。

39 訪王孫萃軒，以其家多書畫也。見馬遠畫一軸，亭中一人箕坐，甚瀟灑。琴一張，内有天寶元年雷威字，牛毛斷，潤如青玉。黄荃花鳥六幅，設色工絶，生平所未見也，後俱史彌遠題。薔薇花上一蝶，題曰：「曉凝瑞露極清匀，不占園林最上春。忽發一枝山谷裏，似知茅屋有詩人。」竹枝上畫一蚱蜢，題曰：「一枝小竹渡湘沅，萬里行人感别魂。知是英皇廟前物，遠隨蚱蜢送啼痕。」木芙蓉上一蝶戲，題曰：「天然顔色在迴廊，逐水裙隨一帶長。疑是南朝紗帳在，黄爐猶自噴餘香。」又蠅頭小字詩云：「一朵濃姿獨看來，秋庭暮雨洗塵埃。天涯海角同榮謝，豈要移根上苑栽。」下有「雲石」字，乃貫酸齋筆也。石邊有小猧張口出舌，題云：「閑來静吠花間月，無事長眠草徑風。笑殺老厖無用處，太平應在畫圖中。」山丹花下一貓，題云：「鐵鉤時得小溪魚，飽卧花陰興有餘。自是鼠嫌貧不到，莫慚尸素在吾廬。」山丹花下一青蛙將入水，題云：「山丹相對本誰栽，細雨無人蛙自來。説似與人三不見，爛紅如火一時開。」又一牛一僮牽，手中持一雀，云是戴嵩，未必然也，然極有天趣。題咏甚多，姑存其佳者。楊鐵笛詩云：「野鳥不耕野稆肥，五茸春色連天齊。牧童翦草緑萋萋，河鼓夜望河之西。官家給牛令莫遲，牧童未必憂牛飢。田烏夜啼戴勝飛，渭上老農歸不歸。」字尤爽豁，見老鐵之風流也。皖水余珊詩云：「食牛干主秦人肥，唱歌叩角因相齊。而今墓木秋草萋，夕陽幾度西山西。景升不達事速遲，養犍日啜忘飽飢。眼前名利春花飛，不如此豎牽牛歸。」桑悦詩云：「牽牛兼秦肥，弄雛并晉癡。豈知牧童無所知，牽牛臂雛隨何之。芳草萋萋雲半畝，牛兮食飽騎歸去。不鳴黄鐘常塞口，柳州此賦真奇哉，周家王業自此開。桃林之野春寂寂，萬古明月生蒼苔。」狂措大詩不多見，姑存之。又子昂混沌子贊，巴西鄧文原跋。元人尺牘一卷、子昂尺牘一卷。江山小隱圖、溪山圖，劉松年筆，高許贊，有二跋，俱爲成化間人。予按「鐵鉤釣得小溪魚」，係林和靖詩。

40 萃軒王孫至寺，持蘇子瞻與正輔札，黄庭堅草書，秦少游、王安石并范文正公札子。又晦翁詩一卷，中二詩云：「梯雲石磴羊腸遶，轉壑飛流碧玉斜。一段風煙春澹薄，數聲鷄犬野人家。」「春雲薄薄水洋洋，鷄犬相聞又一鄉。道見仙翁不知姓，一瓢同飲水雲涼。」甚有致。惟山谷書梵志詩一卷，字法散緩，殊不類。其後有盂口大字云：「元符三年七月，涪翁自戎州泝流上青衣；廿四日宿廖致平牛口莊，置酒弄芳閣，荷衣未盡，蓮實可登，投壺弈棋，燒燈夜歸。」又云：「此字可令張法亨知之。」下有山谷老人印章，并王晉卿印。

41 得楊西來書云：「朱陵先生近日于漁仙寺開古洞，爲武陵勝境，不減靈巖。而亭榭樓臺，粧點如畫，恨不得先生一遊賞也。」又云：「近日姻友陳家侍兒，今月初死去，見龍孝威持一大杯，擕一妓詣一室，室聞落子聲，死而復蘇。」云云。

42 飲沅洲王孫修月堂。是日，見梅花道人竹，前題「梅花道人墨君」，其印章云「衣鐵踏銀」，乃雲間沈粲字仲望者也。梅花道人自序云：「昔文湖州授東坡訣云：『竹之始生，一寸之萌耳，而節葉具焉。自蜩肢蛇跗，至于劍枝十尋者，生而有之也。今畫者乃節節而爲之，葉葉而累之，豈復有竹乎？故畫竹必先得成竹于胸中，執筆熟視，乃見其所欲畫，急起從之。把筆直遂以追其所見，如兔起鶻落，稍縱即逝矣。與可之教予如此，予心識其所以然，而手不能然者，内外不一，心手不相應耳，不學之過也。』且坡公尚以爲不能然者，不學之過，況後人乎？人能知畫竹者，不在節節而爲，葉葉而累，却不思胸中成竹，何自而來。慕遠覓高，踰級躐等，放馳情性，東抹西塗，自爲脱去翰墨蹊徑，得乎自然。原非上智，何能有此。故當一節一葉，措意法度之中，時習不怠，真積力久，自信胸中真有成竹，而後可以振筆直遂以追其所見。不然，徒執筆熟視，將何所見而追之耶？若能就規矩，初尚苦于物，久之猶可至于不物物地。若遽放縱，吾恐不復可入，終歸無所成也。故學者必自法度中來始得。」予謂此意通于學問，不獨畫竹。其一幅後云：「世人寫竹者甚多，吾寫此且看如何。」其二幅後云：「輕陰護緑苔，清風翻紫籜。未參玉版師，先放揚州鶴。」其三幅後云：「仿與可筆意。」其四幅後云：「陳簡齋詩云：高足不求顔色似，前身相馬九方臯。可謂知道者耶？修篁含細香，微雨濕古樹，十年山中遊，得此幽真趣。」其七筍，不惟竹極瀟灑之趣，而字法老而帶媚，放而有法。是日，諸公預爲予稱觴，予謂得見此竹足矣。

43 移入汎鳧舟中。夜中甫一覺，即聞水聲汩汩然，爲之一快。

44 午日，沙市看競渡。

45 飲于朱奉常園，見蒯通説韓信文，大曆丁巳冬，十月五日，懷素臨于來雲館，有「懷素文房」之印、宣和印。李本寧跋云：「曾見于張助甫家，今爲許靈長物。」姚侍御大受號雲東逸史詠物詩十八首。豐道生書唐明皇春臺詩。陳道復畫一卷，甚放。石田海天樓閣。復有陽明先生詩、王鏊守溪字，亦有致。錢鶴灘序、徵明畫唐子西山中圖，極隱人之致。錢舜舉羅漢。黄山谷題元上人此君軒詩，似周彦，岳珂云：「山谷常用澄心堂紙，惟此卷用秘府粉箋，及李廷圭之墨，謂之三絶。」許衡藏周公瑾家，有悦生堂印。張可觀畫純陽道人像。

46 恒齋王孫園中，見徐秀夫畫蒲萄，極有虬龍矯矯之勢。詩云：「月上松棚露氣清，翠濤挾雨作秋聲。驪珠散亂無人拾，滿地霜華鬬月明。」姚江李迪筆也。「露洗涼州馬乳香，誰知沆瀣浥瓊漿。昭陽殿下思結髮，分錫君王不教嘗。」慈谿桂廷璋筆也，後有長歌，亦自成語，而小楷清媚，後寫「暄題」。其人皆不甚著名，然畫詩字皆可寶也。

47 再至汎凫舟中，看競渡。

48 往金粟菴食齋，僧了初云：「今城中龍山書院即舊日射圃也。江陵公盛時，築捧日樓、臺，俱取此中土填之。後以射圃爲書院，取捧日樓久拆去夷爲荒地，乃復取此土填其溝渠，築書院基。土仍還故地，亦異事也。」江陵有赤湖、離湖，載于水經注。今日僧云：「近三湖有離湖橋。」則離湖之迹未湮也。

49 五月十七日，雨大注，將由草市往龍灣市晤蘇雲浦。從舟中移至天皇寺清坐。損有云：「數日前，有一陳姓者拜懺，至廚中行浄，偶見殘碑一具，上隱隱有字，即天皇過悟祖師入道因緣也。訊之其人，云：『修江陵相公府第時，土中掘得，以米四升易來，作搗衣石。』其上大約言寺在城東郡第旁，似不在城外也。」其人許送來，俟閱後，誌其詳。

50　午天放晴，登草市舟。時夏道甫亦欲往，遣人相聞。頃之，道甫至。方舟發自太白湖畔，即千頃浩然矣。

51　從龍口登舟，過長湖，四十里水天一色，早霞鱗鱗射波間。至三湖，常有十餘里蓮花相接，真衆香國也。望水中遠林近樹，皆如墨汁點成，淋漓秀潤。考水經注所云清暑臺、章華臺，皆在此湖中。宗少文輟衡山之游，隱于三湖，亦此地也。今湖上猶有臺觀遺基。

52　閱雲浦書卷，有子昂馬上擊毬圖，一簇擁一戴翼善冠者，共以長杓取一毬，此元朝宮戲也，係贗筆。子昂小篆千文，失首一行，舊藏無錫華宅，文石左史大韶購得汝南，子蓋作跋，至正二十一年春二月八日蔡和題，成化四年南軺跋。又豔雪堂詩。雲浦園竹，兩度着花，大如瑞香，色紅生葉，而中吐黄穗，芳冶可愛。焦公爲書「豔雪堂」三字，并系以詩。再閱趙子昂金書道德經，刑部尚書不忽木公酷愛泥金書老子，故爲書一過。後有子敬跋，元潤印章，下有冠鐵繙銀印，書法甚佳。至正二年五月二十八日虞集跋云：「感所知而書，孫過庭謂之一合。子昂與不忽木公，想相知之深者也，書道德經，不覺泥金之滯。」又仇十洲飛燕圖，繪飛燕、合德外傳中事也。劉松年四皓圖，後有四代相印，人物奇古，當爲諸卷第一。有薩天錫書，并看雲老人吴全節跋。金粟山藏經紙，書大寶問陀羅尼一紙，係宋人書，原爲全藏，今都失去矣。李龍眠羅漢。畫有趙千里山水、范寬山水。趙子昂達摩。又倪雲林枯木竹石，題云：「誰劚雲根千尺，移將海樹三株。墨沼蕭條遺跡，輞川依舊清圖。」又題云：「修篁古木石巃嵸，墨沼雲香識妙蹤。彷彿仙壇春雨過，珊瑚碧樹鬱菁葱。」趙仲穆秋水晚渡、盛子昭倣郭熙山水、李龍眠羅漢。

53 游壽聖寺，寺去市三里許，雲浦修之，以接待往來行脚者也。

54 龍湖泛舟，間有荷花，聽湖田插秧人唱歌。晚別雲浦諸公，宿于舟，還江陵。予初欲從龍灣走郝穴還公安，念一還家中，必不得即出，不惟玉泉山靈之約不可久負，而無跡老人此一别，不知相晤何日。以此決意速往，蓋名山勝友，兩不可孤也。

55 過三湖，白浪黏天，荷香襲人。

56 過長湖，長年云：「舊有一石龜在岸邊，乃江陵相公載往墓前者，偶棄擲于此。歲久爲光怪，數年間，其龜忽亡。」午抵天皇寺。

57 遣人至公安，取汎舠舟，往玉泉。

58 上愚園中汎舟。上愚云：「太山廟西有長沙寺，塔院見存，住居者爲張校尉。太山廟東，乃馬伏波祠，西征過此，人祠之。因包孝肅斷疑獄其下，人並祠之。廟祝姓向，其廟祝牒乃東吴孫權印，子孫世守此廟。後爲廟祟，至伐銀杏，竊神袍及瓶爐，爲近廟諸生呈逐去。近復修之，已焕然矣。其牒予親見之。」又云：「老萊子，今郡中西城人，至今西城人多壽。」是日見雷何思題鄖工卷上「兔苑中書」四字，極佳。上愚園内叢竹別有一種，極疎秀而長，上干雲霄，名曰「釣竿竹」，與他竹迥異。上愚又云：「高季興五女俱出家，一爲莊嚴寺，一爲法輪寺，一爲石佛寺，一爲菩提寺，一爲佛華寺。今石佛見在，莊嚴寺供養，佛乃碎石合成，其住山皆女僧也。佛華寺有向夫人塔，寺爲無盡居士重修。按牒恐是國初，今邑中亦有告身一紙，上書皇帝聖旨、吴王令旨，或是此類也。」

59 六月初一日，居天皇寺，寺中草萊叢生，命僧人掃除。是夜，天雨紅豆，色甚光瑩。先是石首雨，後公安雨，至是江陵亦雨，不知是何祥也。按金世宗十六年，臨潢境内雨豆。

60 將往玉泉，時鳧舟已至沙頭，急從護國寺移出舟中。同遊僧寶方亦至。過佛華寺，覓張無盡向夫人塔，蕭然亂草中。初，向氏父夜夢迎相公，偶無盡至，遂欣然以再來者。

女締好。無盡初不信佛法，欲著無佛論。夫人曰：「無佛誰當作論？」已無盡于維摩詰經有入，始與夫人言佛法微妙如此。夫人曰：「從今始可作無佛論也。」向夫人信

61 凴舟偶漏，略修葺之。至金粟菴午飯，晤蜀僧達止。至觀音寺登塔，憩第五層。江水新漲，浩白萬頃。塔下有一小塔，其右爲國初湘藩國師無方塔也，肉身在其下。當是時，燕有廣孝、楚有無念、蜀有無際、湘有無方，皆國初選擇以輔諸王者也。守塔老僧云：「往時塔上常出白氣，後遼庶人貌其像，治小室供于塔右，白氣遂隱。今像尚存。」晚以一小舟與寶方、達止泛于三義河，點茶説法。

62 修理舟完，令舟從大江走箕灣。予至金粟菴早齋，同寶方、達止以一小舟從三義河走馬頭市。時水漲，蘆洲皆没，穿柳巷中，十五里至市關公廟。廟有一枯筍，其節文作爻字，可六七尺，節十九。以其半上之朝，以其半留廟中，蓋元至正年間物也。候舟不至，復登小舟逆之，至箕灣始遇。夜泊馬頭岸。

63 細雨淋淋，從馬頭發，岸邊多採魚苗者。過百里洲，即陸法和居士住處，有上百里、下百里之名。蓋巴江之水在外，沮、漳之水在内，而一洲間之，楊柳桑麻，極爲膏腴。午抵万城，即楚所云万城也。楚都在今歸州，徙居沮、漳之間，築万城，自此而

始，故云万城也。方城在葉，非此地也。楊用修以方城即万城，大謬。泊舟復登岸，見万城遺址尚存。有一僧臨水治一閣，來乞名。予曰：「可名爲荆山閣。」蓋閣前即百里洲，爲荆山居士陸法和生長地，宜名之以存故實可也。

64 沮、漳之水大發，艤舟閒步柳堤上。已登舟，隔舟數丈餘，堤忽崩，水如怒雷，湧起百丈，即向游地也。早一刻，則人皆没盤渦中矣，實天幸也。乃迴舟至草鋪，水如激矢，一瞬而至。遂從陸走紫蓋，可三十里，至紫蓋，登正法樓。大江隔百里，晃耀可掬。入暮，微月照平蕪。僧云：「舊有茂樹，國朝湘藩伐去爲宫殿，湘王曾至此。今湖中路猶有湘王橋也。」

65 遣人以字聞度門，并玉泉長老，乞人馬來接。暫住紫蓋一日。

66 天黯黯有雨意，由紫蓋發，過聖水寺，見玉泉後山及諸山，騰舞皆作濃嵐，而白雲如浄絮，横亘其間。時數騎走山上，黑雲怒雷臨之，隱隱馮馮，東没西出，雨大至，無可棲泊。又十餘里，至民舍少憩，頃之日復出。至前溪，水深不可渡，令輿人負之以渡。宿于王叟宅。

67 晨起，雨色黯黯，遣人覘水，云可渡。不辭主人徑行，令輿人負之以渡，雨復大作。抵度門寺，已晌午矣。度門新修一小樓，上有雪廬字，董思白筆。樓前梔子花盛開。

68 從度門楞伽峯取山徑往玉泉寺，近寺流泉聲如轟雷。予別寺中三年矣，山中老宿聞予來，意皆欣然。禮佛後，息於柴紫菴，松桂日茂。

69 菴中老桂，忽開一枝如金粟。山中老宿皆詫以爲異事，時六月中也。

70 度門以桂開詩來，予自題菴門額及堂額一，菴曰「柴紫菴」，堂額曰「浄名堂」。

71 玄徹所畫玉泉圖，修寺時曾經御覽者也。又出優鉢羅花，葉如蟬翼，輕細之甚，不知所出，俟再考之。

72 以肩輿謁關侯祠，山舊有碑亭，今撤去。見前壁危石橋已改修，殿亦新修者。歸令人鑿幻霞洞，三年前已鑿成，覺其稍隘，更加數笏，乃堪坐。是日，復登前山，望九子。

73 天微霽，跡公來，同登菴左嶺上，卜堆藍閣基。蓋山松甚多，須不障山色者乃堪作閣。已步至堆藍亭閒話。

74 天大霽，雨四十餘日矣，今日始見日光，如得寶，人盡欣然。晚至鐵塔灣，臨水敷蒲而坐。

75 僧達止別去還蜀。晨飯後，步至乳窟。窟有三，其一作沉緑色，骨理瘦起更佳。令人掃除苔蔓，泉水分爲二，中有小洲，遂敷蒲而坐。凡揭水二，過一石壁下，壁間斜出一樹，覆渠，有濃陰，望響水潭，如一方積雪。覓徑路，登爽籟亭，瞑坐許時。復覓徑路登玉泉左掖山，望九子諸峯冶甚。

76 鑿幻霞洞將成，從後廡開一門達洞中，由洞外達堆藍亭。

77 礐塔灣田以爲菴中香火之資，飯于玉泉舊住持處，見黄平倩玉泉疏，其首云：「石紐居士從袁伯修兄弟見無跡上人，語及玉泉因緣。居士曰：異哉！往家食時，夢空餘有唱法聲，仰不見聲者。南面則大圓鏡，光彌亘天地。予踴躍光中，中無他物。東側一關將軍祠耳，故予爲真如法藏疏，有『常感異夢，鏡光亘天』之語，直不解光中獨予與關將軍者何也？」予既立堆藍社于玉泉祠，護法諸公，平倩與焉。關廟正在東，而堂正在西，所云「大圓光中」者，即此地也。平倩之夢，不其神歟？平倩疏云：「寺正負山，山勢斐亹映陰，如屏風屈曲。未至數里，林氣石色，藹藹導客，客容爲洗。澗水摇漾，如風中布帹，瀵泉争射，乍如可數，已復激亂如散珠，東去潺潺汩汩，至橋忽止，若隨松風入鐘磬聲，望而知爲靈境也。」語近寫生，并録之。

78 遣人往草鋪，取汎舠舟至合溶。

79 日泄瀉不止，無可覓醫藥，且飲食粗糲甚，乃知山中枯槁，難以養生。宗少文老病復還江陵，有以也。

80 病中頗思歸，此去入伏熱甚，愈難遠行，不若即歸爲妙。

81 從玉泉發，諸僧送之泉邊。過度門，别跡公。跡公送至金谷菴，揮淚而别。晚抵合溶舟中。

82 從沮、漳合流處發，舟如激矢，兩岸垂楊鬱鬱，蟬聲相連數百里。夜泊万城。

83 過万城，即爲江流。從箕灣出，忽見大江晃耀千頃，爲之錯愕。頃抵沙市，小憩後，乘順風下縣。寶方施茶黄壇，因小停舟。萬部鳴蟬之聲，銛于鋒刃，叢沸江上。日午，抵公安。

84 居篔簹谷，同年景陵鍾伯敬典試貴州，以一字相聞，拘于例不見客，致其所刻新詩，并其師雷太史詩。太史詩，精選之僅得二册，姑毋論其爲唐爲宋，要以「筆下有萬卷書，胸中無一點塵」二語，太史真足以當之矣。在伯敬之見，必欲其精，而在予則謂此等慧人之語，一一從胸中流出，盡揭而垂之于天地間，亦無不可。昔白樂天，詩中宗匠也，其所愛劉禹錫詩，都非其佳者。豈自以爲工者，人或不以爲工；而自以爲拙者，反來世之激賞也。不若并存之爲是。是日，周公美名祚盛卒，得年僅四十八，憲副周公雲皐子也。少有雋才，苦心下帷，冀取一第，竟不得志而死。記萬曆甲申，先舅龔静亭、中郎與予及公美同赴府小試。郡伯郝公玄鶴，關中人也，謝考時特呼予等四人出而提誨之，稱中郎與予文太奇。其後，中郎與予各登賢書，惟舅及公美次且不售。五六年間，三人相繼而没，而孑然惟予一人存也，可爲驚惋。

85 七夕，静居園中。

86 天暑甚，火風薰灼，惟吹亂書帙，掀舞帷帳，更無涼意。

87 送祈年應試，作詩四首。

88 黄州官給事暘谷，以册封榮藩，便道過公安來晤。徘徊花下竹間，語及予進取事，暘谷云：「若論世法，似不可無。以道眼視之，此中闕少何物？」

89 龔晦伯以一小游舟，載酒從斗湖至劉橋湖。湖面甚闊，楊柳蘆葦，大有野意。是日立秋，湖水微波，風烟涵澹，令人淒然有洞庭木落之想。

90 赴青蓮菴齋，議請藏事。蓋公安原有藏，久而殘闕。先舅壽亭爲首，修一藏經閣以貯之。主僧圓公稍爲增補。而人之所竊，與蟲之所蠹，殆居其半。遂有志於南都請一新藏，予草疏爲之首。是日，約諸友共檀得五十金。

91 闢聽雨齋小門，通橋樂亭。此門閉于戊申，今八年矣，常與中郎出入于此，爲之慨嘆。

92 橘樂亭樹立，是日風日清美。蓋橘樹四株，不惟花香實美，而濃陰遮蔽驕陽，真可無暑。故治一亭，以避猛雨，非避日也。

93 赴萬和夫席于濯足臺，汎三湖，日炙稍苦。予曰：「行樂亦須少忍苦，天下無純樂之樂也。」

94 橘樂亭落成，得祈年武昌書，謂書坊假中郎名刻書甚多，告之以贋，亦不信。

95 長沙洪進士名雲蒸過訪，予癸卯同年也。洪孜孜向學，且云：「孔子不言過去未來，而專言現在，以吾人所當着力者，止現在耳。」

96 邀洪丈飲，以明陪，坐橘樹下納涼。時已清秋，而暑氣不減三伏。

97 約怡山、寶方齋，同以明諸公坐橘樹下，論學頗有會心處。是日，郡太守吴公立一石碑于中郎宅前，曰「袁中郎故里」；蘇雲浦書。是晚，鄒全玉丈以龔覺先所和桃花菴韻三十首見示，寓悼亡之意，筆下頗不俗，而微欠遒老。覺先已逝去年餘矣，使天假之年，未可量也。

98 八月十四日，秀才周蕃卒。初，蕃未死之前一月，忽入冥，見一處門廡甚壯麗，問人，曰：「此袁星君住處。」入門，見堂上主者即中郎也，衣冠若雲霞。亦有牙牌，作天篆。蕃見而拜，中郎曰：「汝來耶？」蕃自敘：「有志青雲，不幸夭折，惟先生救我。」中郎曰：「大凡作人要好。作人好者，即夭折亦自有佳處可往。汝却後一月始當命終，且還。」蕃曰：「先生何以往此處？」中郎曰：「我蒙上帝之命，檢校人間文學，極費心力，數月內可竣事，亦當遷往他處矣。」言已，即令人送之出。頃之甦，至是一月矣，果卒。

99 中秋月不明，至王伯徽飛雪堂小集，見張江陵字一紙，并得黃平倩庚子冬寄予一牘，皆娓娓伯修抱恙事也。寄書時，去伯修化期僅一兩日耳，而猶云病已旋愈，不知何故。

100 飲龔晦伯表弟宅，見黃慎軒書。夜泛舟至劉橋湖中而還。俄見林內烈焰大發，舟中叫曰：「村中失火！」已視之，月也，初生尚作赬色耳。

101 得中郎十集，內有狂言及續狂言等書，不知是何傖父刻畫無鹽，唐突西子，真可恨也！

102 祈年從武昌歸，試文甚奇。

103 束裝入郡，送太尊吳公行。吳公遷吳憲副去。公于中郎極相知賞，僻好其詩文。凡于予數有知己之言，故往送之。

104 晨起入郡，崔受之偕。晚渡江，將至岸，忽有一人大呼曰：「劉玄度逝矣！」予驚問故，其人曰：「玄度至沙市鬻妾，忽病，數日遂不起。」予大駭。會兩舟相遇，去急，亦不暇問其人誰也。予洒淚登岸，至寓即走唁之。旅舍荒涼，寂然一棺，予哭之不異兄弟也。玄度名芳節，别號恒沙，大有才藻，善譚論。與予爲髫年交，舉丁酉鄉試第二。癸丑試卷已入彀，將登榜矣，而策中稱譽江陵相公太過，其詞殊激，竟擲去。其人旁通百家言，楚中異才也。無子，晚娶雷何思太史妹，甚悍；家有數妾，皆不得御。以無子故，至沙頭買妾，欲以八月十八日納妾，而十七日逝矣。病之前數日，屢招其居停主人云：「袁三先生到否？幸爲我覓之。」其人遍覓不得，去予到期僅兩日耳，竟不及一言而别，惜哉！將至宜都，料理其嗣續及遺文，時方未遑也。

105 出郡城北五里，送吳公行。途中晤上愚朱太常，坐郵舍中共話，且爲詰朝聚首之約。晚，飲瀛洲王孫齋中。時楚闈消息已至，祈年被落。予私念曰：「有兒足矣，安敢望此等分外事也！」

106 沅洲王孫早以字來留行，同諸公至江頭共飲。是日大風雨，亦不能行。坐中有言新到吳伶，歌曲佳甚。諸公再訂明日聽歌之約。

107 諸公共至徐寓演明珠，久不聞吳歈矣，今日復入耳中，温潤恬和，能去人之躁競。誰謂聲音之道，無關性情耶？

108 雨大作，不成行。泛小舟至江干，看風濤際天，意蕭然也。

109 夏道甫邀泛舟，時江水大漲，鳧舟泛三義河。楊生治具。鳧舟回三義河，出蘆洲，至大江，日已西，不成行。

110 予將束裝入都門，晚有便舟，遂登舟往長安村，辭先人墓。

111 早至長安村孟家溪，息于先居，忽病泄瀉。至先塋義堂寺，諸僧來迎云：「寺已頽敗，欲鼎新之。」予時圖北，未能行檀也。飯于雲澤叔宅，時蘭澤叔往常德未歸，飯後即登舟回。五叔及諸兄弟、王吉人輩，送至車湖。

112 早，至縣料理北行裝，命修花人整治花木宜收藏者。

113 帥諸弟及親友，送寶方往秣陵請藏，予具十金作檀資。

114 入郡，新安人汪唯修從予北行，五弟及崔晦之以舟至，住胡寓。見有遺骸暴露者，命人以土瘞之。

115 赴新安汪鄰漁餞，有「未到重陽先落帽」之句，以予一笑偶墮幘耳。

116 至天皇寺看十方堂，時牆已漸葺。往晤朱上愚，遇寶方從蘇雲浦舍回，并得蘇書。晚赴瀛洲、沅洲、文華、謙元、泰元諸王孫之餞，諸王孫皆有志詩學者也。時優伶一部間作，一爲吳歈，一爲楚調。吳演幽閨，楚演金釵。予笑曰：「此天所以限吳、楚也。」

117 閏八月二十六日早，赴小泉王孫餞，即成行。夏道甫、金仲栗、龔晦伯、五弟、六姪，別于北城闉。瀛洲、沅洲、文華三王孫并祈年，別于十里外小蘭若。汪唯修、僧玄徹、吕書記并僕五人同發。天微雨，宿四方鋪。崔蕙畝送至鋪中，并乞鼎州諸友書。寫書完，倦極。

118 發建陽，晚止團林鋪。是日雨大至，「建」古作「湕」，即湕水也。

119 天霽，山色秀冶。午飯荆門，止小南橋閒步，看溪水清澈。

120 從小南橋騎馬走石橋驛，飯于麗陽。馬上與汪生浩歌，抵宜城已暮。凡爲程二百里。麗陽，子瞻作浰陽。

121 宜城爲許同年玉繩留一日。許爲予癸卯鄉試北畿同年，令宜城。

122 襄陽道中，覽習家池，登鳳凰亭，止襄陽，作一日留。

123 襄陽早發，宿吕堰。

124 吕堰早發，止新野。

125 過范蠡鄉、光武故里。渡白河，宿三十里屯。

126 南陽留一日，以中郎秦中門生王顯我作令故也。夜宿博望。

127 從博望涉趙河，止裕州，遣人問州守許公病。伏枕未起，至卧榻處話。許公，予金陵故人也。

128 飯保安驛，過光武祠、招撫岡、扳倒井。晚上舊葉縣。

129 葉縣道中，渡澧水，過子路問津處。午飯止襄城。

130 襄城道中，渡汝水，過吳季札掛劍處。午憩潁橋，潁封人隱處。過孝子蔡順祠。晚止許州城外，令人沽襄陵酒飲之。

131 許州道中，過八龍塚。午飯洧川。過鄭莊公見母黃泉處、宋呂蒙正養晦處。晚止尉氏。

132 尉氏道中，飯朱仙鎮，拜武穆祠，得詩四絶。晚抵汴城，止延慶觀。

133 開封太守孟公魯難來晤，昔與予賜于金陵，一别七年矣。

134 阮太沖名漢聞來晤。阮舊居燕京，以嗣宗墓在尉氏，因家焉。館于宗正竹居王孫所。竹居家有假山，頗具巖洞之美，藏書極多。

135 早涉黃河，風甚惡。午飯金龍口，止延津。

136 延津道中，日晡至衞輝，登南樓，望太行秀冶甚。雨中走淇門，過殷太師比干墓、蘧伯玉故里，并靳脛河。止于淇，雪大作。

137 淇縣道中，過殷墟、子貢故里。雪不止，止宜溝。

138 宜溝道中，過盧扁墓、嵇紹祠、周文王演易處、羑里城、鄴縣，止豐樂鎮。

139 彰河道中，過磁州趙王城、渚河，止邯鄲。

140 邯鄲，過學步橋、照眉池、黄粱祠、冉伯牛墓，止沙河。

141 沙河道中，過唐宋璟墓。午憩順德，止内丘。

142 内丘道中，午飯柏鄉。過臨城縣漢光武斬石人處、馮唐故里、大石仙橋、蘇季子佩印處，宿于趙州。

143 趙州道中，過三蘇故里、古冶河。午飯欒城，走獲鹿縣韓信講兵法處、漢蒲棘侯柴武碑、晉欒武子碑，止真定。

144 真定道中，過磁河。午飯伏城驛。過藁城縣沙河橋，至新樂縣界内木刀溝、趙小河、伏羲生身、孔子落筆處、劉禹錫陋室、韓魏公衆春園，止定州界内明月店，楊柳茂盛。

145 明月店曉發，過漢光武雞鳴臺，古鮮虞國、漢昭烈安喜城、慕容舊封、樂羊勝跡。過定州，出北門五里，爲靖王遺址、孟良橋、清水、新源、唐堯封侯故城、古博陵郡、蘇長公雪浪石。午飯清風店。入保定界，止慶都。

146 慶都道中，過帝堯祠、堯母鄉、古樂浪地。午飯陘陽，漢張蒼食邑。過滿城縣，張燕公讀書處。入清苑縣界三十里，止保定府。

147 保定道中，入安肅十里許，望西山一派如巧雲。渡易水，止定興。

148 定興道中，過范陽重地桃園，過督亢新城、漢桓侯張飛里，次涿州，止琉璃河畔。閒步橋上，看山聽水，山色冶甚。橋下有載舟，其水乃白溝河通天津者。

149 十月初三日至都，寓城外柳巷普濟菴，見雷何思字二幅，大有筆意，乃「南浦花臨水，東樓月伴風」；「菊花宜泛酒，蒲葉好裁書」語也。

150 入城，止滇中友人陶刑部不退寓，晤友人丁仲暘。仲暘以下第未歸，夜往仲暘寓共話。次日，移住三元菴。

151 吴江村出周文矩韓熙載家宴圖，并李伯時西方傳燈諸祖靈蹟，又見中郎所作讚，係絶筆。

152 丁仲暘處，見趙子昂親筆三絶：「陽林堂下百株梅，傲雪凌寒次第開。枝上山禽曉啁哳，定應喚我早回來。」「摇落山川草樹稀，白雲時逐雁南飛。苦無醁酒酬佳節，獨有黄花媚夕暉。」「蕭騷竹韻連朝雨，浩蕩松聲一夕風。枕簟北窗初睡起，交交黄鳥緑陰中。」

153 蔣子厚寓，見高房山畫。房山，元人，官至刑部尚書，字彦敬。

154 往石磴菴放生，作主者吕孝廉濬也。菴主自南，常往來涿鹿白帶山寺。寺有隋淨琬法師所藏石經，已三千餘卷，自南有志補葺。其寺中塔院，往爲居民所佔，黄慎軒居士等鳩金贖還，得其與房山令書，其護法一念，真可欽也。諸禪友以次至，皆不及細詢。惟閩謝耳伯、浙臨海王伯度爲舊識。是日，放小鳥數千，各禮佛食齋而散。昨夜，偶夢與李龍湖先生共話一堂。是日，有人持伯修、中郎與予共龍湖論學書一册，名爲柞林紀譚，乃予兄弟三人壬辰歲往晤龍湖，予潦草記之，已散帙不復存，不知是何人收得，率爾流布。夜來之夢，豈兆此耶？

155 陶不退云：「任丘徐開府三畏，以進士任渭南令，生平不信釋教。凡有僧來募緣者，不惟不施，且加扑責。時邑中三十里外，有塔欲頽，有異僧持緣簿至縣門求施。門者曰：『前有求者，已被責三十矣。和尚如不去，且將吃棒。』僧曰：『姑求之，即被責，所甘心焉。』門者不能阻，徑持簿見徐公。公欣然施二百金，僧大喜出望外，而左右亦竊疑之。邑屬及士夫聞風皆施，不日千金矣。僧乃鳩工拆塔，塔下忽有屋三間，光明如晝，惟門扃，百計不得開。牕外見有僧帽一，上書『徐三畏』三字；瓶一；麈一；及几案之類者，皆有三畏字。僧大駭異，來者皆見，乃報除公。公見亦愕然，恐事涉神怪，惑愚民觀聽，急令閉之。歸而語其子，且云：『吾不欲其倡揚，仍覆之矣。』

徐公後官至督府，臨終時語其子曰：『往塔下有名字事，不必入墓誌可也。』諸子從之，故至今人未知焉。」公之子名四隅，與友人陶不退同官至刑部山西司，密與之言，陶轉爲予述之。

156 于吳江村處，見元文宗臨唐太宗「永懷」二字，以賜巙巙子山者。

157 過李大京兆夢白處，因留宿，強半皆是論學語也。

158 蘄州户部郎袁蒼嶼來，同宗之誼藹如。此公學問，專究心於台教，云：「一切妄想，非台教方便，不能調伏。」予曰：「此事如上陣殺人，也有要刀殺者，也有要鎗殺者，也有用劍戟殺者，期于殺人而已。」袁曰：「多學不精，終不能殺人，不若從一門深入爲妙。」予曰：「士大夫學道，但肯上陣便好。今都無上陣之意，何有殺人之日。」蘄州之袁，本江西，即從天順北狩袁斌之後也。今其子孫，在京者已微。

159 出楊妃上馬圖，與友人張爾葆閲。張云：「此唐末宋初顧閎中筆也。紙係冷金箋，故知爲唐物。」蓋唐畫紙，多用側理、冷金二種。舊有韓幹馬，已略破碎，張曰：「此神物也。唐人絹素，到此尚是有精神者。」

160 張爾葆處，見李唐山水一幅、汝窑酒盞一。鼎一，如緑玉，三代物也。新購得值三百六十金。官窑爐一，其直亦二百金。予笑曰：「吾將買田而老焉。」

161 近日法古者，購得宣廟已壞銅器重鑄爐，下效沈度字，可以亂真。

162 憩慈因寺，即伯修、中郎、黄平倩舊日論學處也。過水關，乃高梁橋之水，從城下滙爲湖，入大内者。湖畔蘭若櫛比。浄業寺東有菴名龍泉，前瞰平湖十里，旁可望西山。有中貴道人，欲葺之以舍予，予故往視焉，果勝地也。

163 陶不退赴大名府任，與仲暘治一勺餞之。

164 過龍泉菴前，湖水皆結爲冰。

165 從三元菴寓移至後湖龍泉菴。夜月甚朗，與越中劉孝廉特倩步月冰上，若浄琉璃，時有裂聲。予甚懼，特倩曰：「冰下凍極凝結，故有聲耳。」仍徘徊其上。見有以几案置冰牀上飲者。

166 閒步雙寺，時道途新修甚浄，以皇太子妃將殯故也。雙寺舊爲伯修、中郎及黄太史共飯伊蒲之處，寺極整飭，齋具尤精潔。已至大佛寺，見黄太史所書「無邊虚空，覺所顯發」八字，及伯修、中郎遺墨。歸菴，飽後步冰上。

167 飲松江朱工部雲來處，見董玄宰書畫數十幅，又見其傚張僧繇畫一小幅，山樹皆作殷紅色。予謂：「僧繇梁人也，恐無真跡可傚。」雲來曰：「近一郡丞家有之，故董傚之也。」又高克恭山水一小幅，又王雅宜小楷便面秀絶。餘名公者不悉記。惟近日王辰玉書法老而帶媚，真可寶也。

168 米户部友石招飲看梅花，齋中頗有奇石，梅花雜石中尤清絶。出歌兒演雜劇侑觴。

169 赴李工部增華席。李向于花源相晤，别去已三年矣。

170 覓仲暘于華嚴菴，雪花飄瞥。

171 夜大雪，起視深三四尺。因晤客，見堦下積雪皆爲僕輩掃去，甚惜之。俄而飄瞥復浩然矣。是日，坐明窗下看經義。

172 李孝廉長蘅見召于顯靈宫寓，同登藏經閣。記乙未之夏，自塞上歸，次日，伯修攜至此處納涼。同遊者爲黄平倩、陶周望、顧開雍諸公，今數之已二十一年矣。往廊房尚未盡頹，今多圮。兩廡左祠薩真人，右祠王真官。俗云真官禮真人爲師，故右墀柏樹枝榦婆娑委地，示不敢與師對也，殊誕。然柏甚遒古，龍蛇下垂可愛。登閣，見西山雪尚未消，銀濤蜿蜒天際，恨風色逼人，遂下。以春來多火病，戒酒，略飲數勺而歸。

173 過東拜客，見前門以車絻會極門礎，高可丈餘，用騠駃四千蹄，一礎已費十萬金矣。

174 邀李素心、丁仲暘來寓守歲。天大雪。

珂雪齋遊居杮録卷之十一

1 萬曆丙辰，正月初一日，寓鐵匠衚衕三元菴。雪大作，京師是日，老幼俱以彩作蝴蝶，着頭上。

2 密雲門人劉秀才啓元來。丁未，予館密雲蹇大司馬所，啓元同蹇公幼子受業。

3 僧雅菴法孫果凝來晤。果凝，千户侯子，少喜空門，從雅菴落髮。後其家無嗣，復還襲職。訊之，則云官卑禄薄，聊念先世恩䘏，不欲墜之耳。予以宗祀亦重，如此權宜，佛所許可。又云世宗朝五鳳樓災，借文武官半俸度支，後事竣，文官得復，而武職僅止半俸。亦異聞也。

4 十一日，移居東城楊都尉空宅，都尉好文藻，遣人致酒米。

5 過燈市，見米元章天馬賦，即非親筆，亦臨筆之最佳者。傍有客曰：「字跡甚佳，而紙類元紙。」予曰：「使元有此人，則其名詎出趙王孫下乎？」實可寶也。有花觚一，實是漢物。

6 上元日寓舉場，月明，與汪生步燈市，復騎馬至棊盤街。是日，都門士女皆至西華門上，以手捫門上銅釘；後至前門走橋，徹夜不休。

7 天復雪，中郎秦中門生送石刻二，一爲聖教序，一爲顔魯公西京千福寺多寶佛塔感應碑文。建塔僧法號楚金，姓程，廣平人。天寶年間造多寶塔，行法華懺，前後道場，感舍利凡三千七十顆。後葬舍利，復建道場，又降一百八粒。畫普賢變，于筆鋒上連得一十九粒，莫不圓滿自動，浮光瑩然。其事甚奇。碑文岑勛撰，魯公書，徐浩題額。

8 往禮部投試卷，于書肆得伯修白蘇齋善本，細看之，亦自清新遒媚，可傳也。獨所作詩餘及雜戲數齣，無一字存于世者，可爲浩歎。

9 自二月初一日爲始，身中頗有煩火，自忖不知可入場否。端坐以俟之。

10 初七日，雪里弟同來寓所，俟入場。

11 初八日，雨大作。往年場中點名時，争門而入，多有推排倒地，踐踏死者。遂以是日午後，前至點所候之。坐一廡下，雜廝役中，頭稍前則雨滴其鼻。至二漏，點入。

12 初九日，場中。至初十日雞鳴時始出，門外接者擁塞，不得行。久之，推排衆中，或空行數步幾仆，始得出。復不見從者，徒步泥濘中，萬苦乃達寓。

13 十二日，天霽，二場。

14 十五日，三場畢，倦極。

15 從楊都尉宅中，移過西玄帝廟西廊，與友人李素心鄰。三場已畢，一身憊極，第與不第不可知，思了此一局，或仕或隱，當別有計也。自此日爲始，赴席匆匆，不暇書。

16 二月廿七日放榜，候報久不至。日已升，得中式捷音。予奔波場屋多年，今歲不堪其苦，至是始脱經生之債，亦甚快。但念老父及兩兄皆不及見，不覺爲之淚下。午至鴻臚寺報名習禮，始知出書四房兵部郎歸安茅先生之門。同年中舊相知者，皆來聚談。

17 廿八日黎明，謝恩，往本房座主處投帖。午，至禮部迎大座師赴宴。雨大至，歸寓。

18 廿九日早，投大座師帖，投本房師帖。坐宣城伯園樓上，見西山一帶，雪色照人。午，同年聚射所，往請大座師晤見之期。晚赴李開府約于魏戚畹園，封公在焉，招名劇演珊瑚記。

19 大京兆李夢白以字來云：「聞兄得第，家中兒女皆喜。兄其識之，此後來一段佳話也。」

20 澤州張户部聚垣，名光奎，兄石松先生，予鄉試本房師也。聚垣曰：「家兄見兄久不第，殊不快。得此信，喜可知矣。」留寓中夜話。

21 謝耳伯諸公大會于苗氏園，予以其爲名理也，撥冗赴之。及至寂然，遂行。

22 李夢白長公李百藥來。百藥有才氣，相與論宋、元人詩，百藥極賞方秋崖，檢新安所刻宋、元人詩，止存其名。稍暇當從百藥借讀也。

23 十二日投廷試卷，過東拜客，往謁李光禄景顥，到門云已下世矣。李名𢢼，嘉魚人，舉己丑進士。爲人清素自守，且通性命之學。臨去堅持正念，了無兒女子態。累官光禄寺卿，得年僅五十七。

24 張户部、盧中秘招飲于馮侍中實故第，危樓畫閣，美箭奇花，可想見當日之盛也。演劇者，皆顧、李太史及中郎兄舊伶，俱皤然有老態矣，爲之一慨。是日，得新安所刻宋、元人詩，尚未全。

25 自開榜後，議者謂榜首文字，全襲舊，且與第六名文雷同，謂有隱弊，宜覆試。及覆試，不能成文，臺諫交章論之，遂不得與廷試。而兩座師皆閉門不出。

26 十五日廷試，當事者以贋元之弊，防閑甚嚴。暴烈日中，飢渴并至，立窮則跪，跪久復立。墨既易燥，又防其滲，日西始竣。平日作書，多作行書、草書、大書，至于窗下作課，皆令人代筆謄録。是日作楷書，甚窘。

27 得丘長孺遼中書，寄詩云：「故人書來招我歸，正我五疏辭官時。七千里外同此意，相知貴在心相知。上言契闊久間隔，下言鬚鬢已斑白。我齒于君長六年，那能荒裔長爲客。當時兄弟何振振，十年之内餘一身。青草湖邊短長句，使我讀之心酸辛。異姓兄弟亦數輩，只今屈指幾人在。不堪落落若晨星，君在湖南我北塞。天山雪深八九尺，多年積冰色皆碧。近塞無時無虜來，枕戈擐甲無寧夕。不能行志自合休，不能餬口良可羞。丈夫半百尚碌碌，矮簷之下非良謀。武陵山，桃源洞，十宵九宵常入夢，不待楚狂歌衰鳳。」又寄長相思調一首云：「冰滿川，雪滿山，春風不度玉門關，三年苦戍邊。　書一船，酒一船，與君同棹下江南，于今二十年。」

28 廷試後，身體憊極而病。同年中病者甚多。

29 十八日，傳臚謝恩，名次在三甲後。予聞而笑曰：「得了頭巾債足矣。」從是日誇官起，同鄉大冢宰鄭公、少宗伯何公等，設席于全楚會館，從李文正祠迎往，旗幟鮮明，幾數百隊，通國之人出觀。是日，龍君御偕崔生受之至，予復出城相晤。

30 十九日，赴禮部恩榮宴，衣冠雜沓，殊不成禮也。同鄉諸公，迎于國公樓。

31 大京兆李公夢白，邀飲于魏戚畹園。魏極能造酒，有水芝丹、沆瀣、梧桐等名，皆輕清而冽。

32 楊修齡見召，同君御諸公。君御訝予不飲，不知予之久戒痛飲也。

33 三月二十三日，早至李京兆處別。時京兆以副都御史撫山東，行矣，且言若選館，定當讀書中秘；如不然，應作縣令。縣令亦可行己意，勉爲之可也。予曰：「予日來多病，不如改校官爲愈耳。」李曰：「豈欲追步中郎乎？」一笑而別。是日，赴太學謁先師，于階墀大柏樹下换冠帶。二十五日誇官止。

34 君御來，宿齋中分韻。

35 米友石見召，同君御、修齡諸公，命歌兒演新曲城西淨業寺前。湖水晶瑩，新荷已點綴水面。邀藩參侍御龍君御、楊修齡、太史馬康莊、民部馬仲良、水部李增華、國博蕭爾先同飲。其右爲龍泉菴，即予冬間與浙中同年劉德倩永基、四川王君萬任杰，嘔心修業處也。

36 西直門北十餘里，地名海淀，李戚畹園在焉。亭臺樓閣，直入雲霄；奇花異草，怪石美箭俱備。引玉泉流水入于清渠，可數里，泛大樓船其中，宛似江南。是日，修齡作主，詞客龍君御而下若干人，工弈碁書畫者若干人，亦一時之勝會也。各分韻，號爲「海淀大會詩」。

37 四月初七日午，風雨驟至，雷電異常。抽税内相張熚住房爲雷火所焚。三十餘間，頃刻立燼。

38 江陵閩藩理問李太和見召，徧覓名戲，得沈周班，演武松義俠記，中有扮武大郎者，舉止語言，曲盡其妙。

39 宣城伯園招客，有高樓可望西山。

40 同君御、修齡至西苑，度金鰲玉蝀橋，見西湖之水，澄湛晶熒，新蒲翠色，冷冷照人，宛似江南。其中多道院，皆永陵修真處也。樓觀櫛比，莫可悉記。望兔兒山、洗粧樓，皆未及登。至清暑殿，登閣，窮一城之勝。以偶有冗急歸。

41 修齡將按貴州，水部來馬湖斯行爲首，公餞之于泰寧侯園。園有山可遠眺，惜爲樹所遮。下有小池貯朱魚，皆械水也。

42 送同年襄陽王秀嶺還楚，以尊人憲副公卒于滇，往迎柩也。別于荆南館。午後坐同年吳二卜寓，晤汝陽李元鎮年兄，出二卷相示：一爲思陵寫李長吉詩。思陵，宋高宗也，筆法學大王，極有結構。前失其半，後有邢子愿跋。一爲黃平倩過諸葛武侯祠詩，極奇拔，微有晦語。要之語脈深遠，非世匠所能知也。予亦有此，皆擘窠大字，寫于松滋署中者，惜其中失數段。

43 聞董太史有回禄之變，緣與青衿及居民有小忿，因致結黨肆毒。所藏書畫，盡爲灰燼，亦奇禍也。

44 重午日，飲于同年吳二卜寓。去年同二卜泛于龍湖，道及舊事，歡甚。

45 送楊修齡按貴州，憩于報國寺松下。喬松五株，參天入雲，拗枝曲幹，鵠峙鸞翔，大都宋、元以前物也。送客皆蔭其下。

46 西寧侯宋膺符名光夏見召，同君御。君御與其尊人爲詩壇友也。

47 劉特倩、王君萬見召于龍泉菴，其地爲三人修業處也。追思三人相對苦思光景，堪爲墮淚。或文思不屬，相牽走冰上，望西山黛色。頃之，入黑山鬼窟中，見如不見矣。

48 同龍君御、米友石飯于長春寺，寺在順城門外斜街，看演曇華記。

49 得楊修齡書，略云：「良鄉道中，取道房山，遊上方小西天。上方山甚深幽，非復人境，徑路盤紆，石磴直穿雲表，道傍多磐石可坐。而樹木扶疏，枝枝葉葉，恰相隱映，可當行人笠蓋。如聖泉菴、一斗泉，皆週遭絶壁，中闢一洞天，真可避世。小西天在山半懸巖，爲静琬師藏經處，貯四大部石經。經凡七，洞閉不可開，而其外間碑刻如金剛等經，猶是貞觀以前物。雷音寺便是一大石室，中坐佛像，四面牆壁皆經，筆法遒古，殆過于聖教序。登高騁望，洞壑幽奇，峯巒峭蒨，無遠不見。下有東西二峪寺，西峪之泉，瀉注僧廚下，澄泓清澈，涓涓不已，流爲大河。有稻田水磨，氣像彷彿江南。此地去涿州四十餘里，即客路甚忙，何容過而不問？惜風塵行役，不能久留，猶是一恨。」予讀此，遊興勃勃。

50 宛上吴户部福生，名伯與，以燈市賦來。陳無異來，問：「如何可以死得？」予曰：「心死，則可以死矣。」

51 阜城門外錢公園，赴膳司葉明原諸公召。園有荷池蔬圃，布格分畦整甚。

52 從手帕第中發，入西山避暑。過極樂寺，小憩松樹下。至西湖，見十里荷花，香風撲鼻。止玉泉山下裂帛湖邊史金吾園。園有竹樹，有小亭瞰泉，即裂帛之源也。源出石根中，泠泠然作微籟。石一壁，骨理亦遒勁。緣竹徑登山，有亭可望原隰。有洞沁涼。晚步裂帛泉畔讀碑，即古昭化寺也，今荒蕪。園右爲華嚴寺，上有華嚴洞。

山之爲洞者五，皆似浮屋可住。予十六年前曾遊此，今地較葱菁。

53 早往西山，過鮑家寺，整麗甚，松覆一墀。過翠巖寺，息于中峯菴。菴中望都城若在几席。此中石牆、石徑、石樓，皆鮮浄如新浣者。

54 六月初一日，暑甚，息于中峯菴。菴下有帝王廟，正德間一中貴人造，感世人事浮屠而矯之者也。其志亦近正。然予謂帝王自有朝廷崇祀之典，私祠之適成其褻。不知西山自有闕典，即不祠浮屠，亦未始無可祠者，特人不讀書耳。按漢王氏有五侯，乃譚、商、立、根、逢時也。五子中，王譚實爲貞臣。譚雖封侯，而不肯事王鳳。水經注：「王譚不同王莽之政，子興，生五子，並避時亂，隱居涿郡西山。光武即位，封爲五侯：元才北平侯，益才安喜侯，顯才蒲陰侯，仲才新市侯，季才爲唐侯，所謂中山之五王也。」此五侯以貞節封，比前之五侯清濁不同矣。本傳：譚倨不肯事鳳，不輔政而薨。子仁嗣，仁素剛，王莽内憚之，令人奏就國，後遣使迫守令自殺。是不同王莽之政者，譚之後又有子仁。所云興者，豈即仁之弟耶？因兄死而相率避亂，正相因也。惟仁受王莽之誅，而後光武義而封其後，然則譚抗王鳳，仁抗王莽，興子五人，並能沉冥飄然遠去。是譚之一門，父子祖孫，忠貞大節，不亦卓然名臣也哉！夫五王俱以高隱居西山，則西山以五王重矣。此山正苦無古跡，有如此懿美之跡，而志不知採。又五王俱有忠義大節，法宜祠，舊禮官不以上聞，皆固陋甚矣。若以此廟爲西山五王祠，極妥。

55 遊香山寺，門徑博大，喬木遮天，流泉界道，依山污隆以爲殿堂。寺左來青軒，如廣袖忽開，盡見原隰。寺後爲一中貴墓，石路浄潔，菓松列植，所望比來青更遠。已還故道，出寺不數里，至洪光寺。寺有磴道十餘盤，每盤里餘，翠柏列植，日中踏影而上。入寺，小坐煮茗。不數里爲碧雲寺，入門聞流水聲。過僧室，齋廚與泉相接。其最後石根岞崿出泉，繞亭而出，匯于方池。池種白蓮，觀其素質清渠，便覺紅蓮未能免俗。池上有翠竹一方，以嬌穉倍益其妍。竹前銀杏一株，可數十圍。又數里爲卧佛寺，寺在深山中，有娑羅樹二株，其旁柯皆爲他山喬木，生平見樹，無大于此者。寺西有奇石一具，色如碧玉，下瞰泉也。遡泉行，源極遠，旁多美箭，宛似江南。泉最宜養花，故僧舍多爲中貴所據，千畦萬畛，奇花畢萃焉。山後有老僧，亦以養花自給，以其餘施往來行脚，留齋甚豐潔。已至娑羅樹下，候日落而歸。當金、遼之時，此寺號爲巨刹，中可客千萬軍卒。去今門頭村可十里，即此寺之門也，則其大可知。

56 住中峯菴，左有亭，可望都城，如在几席前。薰風大至，坐而忘暑。

57 須日華水部招至浄業看荷花，時荷已盛開。

58 于君御處見一老人姓王，號玉峯，云百餘歲，其貌若四十許人。見蘇子瞻所畫偃松及親筆贊，黄山谷贈了元長老詩，與周彦者後跋極多，有耶律楚材、姚少師諸人筆。楚材書極有法。

59 晚同君御至王大理斗溟處，見外國所畫白衣大士一軸，手中捧一嬰兒，渾如活者，直不解語耳。

60 再至浄業寺飯伊蒲，看荷花。

61 孝廉劉百世邀看荷花，以小舟泛湖穿花中，濃香襲人。都城中泛舟之樂，當自吾輩始。以小舟過東峯，憩苗孝廉園。月上後，還劉園清坐。

62 新製一布帳，置浄業寺看荷。月色晶明，聽童子按拍高歌，隔岸遊人亦以歌相答。夜遂宿焉。

63 俞容自邀至浄業看荷花。

64 將有考館之命，赴吏部過堂。閒步至右堂火房前，見紫藤二架，大可四圍，虬枝矯矯。乃吴文定公匏菴手植藤也。内有一記，係馮宗伯琢菴筆。偶見順天乙卯賢書，有酒應星姓名。酒姓始見于此，又京師有姓茶者。

65 宛陵吴師每招飲于徐公園，園後瞰平湖，有臺可登眺。望湖中千頃荷花，香風襲人。臺周遭皆喬木，蟬聲鼎沸。時秋漸深，微有寒色。予以他冗先歸，覺戀戀不能捨也。

66 七夕，與宛陵吳師每同赴米友石海淀園。京師爲園，所艱者水耳，此處獨饒水。樓閣皆淩水，一如畫舫。蓮花最盛，芳豔消魂，有樓可望西山秀色。

67 楊公都尉，名春元卒。楊公天性至孝，居喪一依古禮。三年唯食菜羹。至是，以請母祭葬不得，抑鬱而死，蓋死于孝也。得年三十六。予計偕時，住其別舍，且盡館穀之禮，恒語人曰：「袁公名士，不可不晤。」其相知如此。

68 送客至李戚畹園，頗多奇花美石，惜佈置太整，分行作隊，少自然之趣耳。有小池種白蓮，後有高槐，置亭其上。憶庚戌與中郎同遊此，今七年矣。

69 蕭庫郎大茹，邀至延壽寺禮佛。寺去都門三十里，極爲整麗，有閣可眺遠。大茹有子，年三四歲，即喜坐禪。自發願，願造丈六金身佛。從兒時逐處募緣，大内爲出金錢。至九歲而殤。佛像至今始成，像甚端嚴，將載入楚。同往者爲袁户部滄嶼。

70 同諸公送阮集之行于報國寺，再見寺松陡健，清人肌骨。是日微雨，飲于陳無異宅，偕者爲江陰尹中書澹如、漢陽蕭博士象林。無異庖事甚精，譚頗洽。是夜月甚朗，予得「移几就斜月」之句。午夜，同象林歸，輿中看月。

71 八月十三日晚，以習儀朝天宮，宿同年當塗曹元甫、信陽李元鎮寓。日已西，登顯靈宮閣，望西山微有嵐氣隱蔽。予曰「近山翻作遠山看」也。步古柏下許時，飲羽士室，有兩銀杏樹參天直上。予曰：「所以不能如松者，松有力，此却欠健耳。」

72 十四日黎明，同曹元甫、瞿起田，習儀朝天宮，始見冠裳珮玉之盛。是夜月色如畫，赴同年鍾伯敬席。回與崔、汪二子步月射所。追思伯修居史館時，每月明之夜，則同黃、陶諸人譏笑其中，予亦偕焉。今寂寂惟見風柯鳥語而已。

73 中秋，前府參軍張季公邀看月。數杯後，步至棋盤街，聽吴兒分曹徵歌。并逢同年黃、錢諸丈，至四漏始歸。

74 以送盧中秘令子之殯，同張季公出平則門，憩于雙林僧舍。寺有菓松并娑羅樹，皆蕭蕭有清致。已過高梁水，至極樂寺，宏深整潔，寂寂不見一人。坐國花堂，張與偕來汪生對弈。予登三層樓望西山，寺西樹色參天，從杪上看山色。再數年樹愈長，當不復見山色矣。齋後，步流水邊，放爆竹數枚而歸。

75 十七日，朝賀萬壽。上在位四十四年，春秋五十四矣。

76 晤黃慎軒先生弟黃縝軒，得慎軒文集，訊慎軒病中事。云初持齋戒，後以病，奉尊人命，微食酒肉。至于妾媵，則終身未置也。初，慎軒、中郎與予共修蓮社之業，遂欲棄去筆研。故予庚子以後，詩文俱不存稿。慎軒亦然。惟中郎曰：「慧業文人學道，豈可盡廢文字？即有之，亦係秀媚精進。」故常加哀集，稿獨全。今日見慎軒集，十無五六存者，乃知中郎所見甚老成也。

77 茅師以假歸，同門等送之潞河。友人鍾伯敬以考選候旨，歸舟亦次潞河。予登舟晤之，望清流白沙，不能無鳬舟之思也。

78 上久俞考選中秘之命，而催者緩其事，候考者皆散去。予以居諸之難，亦思南歸，于九月初三日往部中給假。

79 重九日晨至教場，看武試校射。歸飯龍泉菴，敗荷清水，蕭然有洞庭木脱之想。

80 故鄉人至，聞禪友寶方圓公示寂。萬曆庚子，中郎南歸，覓一道侶于無跡。跡公曰：「有門人圓象，雖無穎悟，却是本分修行僧。」中郎曰：「得此足矣。」遂偕之而南。會公安二聖寺有藏經樓，共議以此爲接待堂，而命寶方主之。十餘年來，諸方往衡山者，皆于此憩息，兩餐一宿，極有次第。中郎家居六載，高卧柳浪，恒與之俱。至山遊無論遠近，寶方皆從。中郎去世，寶方哭之甚痛。至是以公安藏經殘缺，補葺甚難，遂至秣陵請一南藏。凡半年，藏成遂歸，不數月而卒。嗟乎，予之友朋兄弟，凋落已甚，今方外又失此友，寂寞可歎！

81 九月廿一日，同同年曹元甫、李元鎮辭朝。明月在地，霜風甚勁。頃之，初日上觚稜矣。是日辭部，抄黄慎軒太史集完。慎軒詩文頗多散佚，存者止此，十失五六，再當搜尋，使爲完璧。大都此老醉心祖道，有所選述，例不存稿。然至今與人一札數語，皆有佳趣。天地至寶，豈可聽其湮滅。

82 九月二十六日，從都門發，歸興頗濃。

83 良鄉南二十里有豆店，訛爲舊店。按此地以有竇建德故城，因名。「豆」、「舊」皆非也。

84 黄帝與蚩尤戰于涿鹿，乃今保安州涿鹿山，非涿州也。

85 保定西山，即松山、槲山也，山極穎秀。

86 新樂縣北二十里，爲明月店，古柳夾道，緑暗郊坰。

87 定州北三十里爲清風店，李獻吉詩：「朝廷既失紫荊關，吾民豈保清風店。」又云：「清風店南逢父老，告我乙巳年間事。店北猶存古戰場，遺鏃尚帶勤王字。」即此地也。石亨于此敗虜，虜痛哭由紫荊關出。

88 由真定迂道走晉州，晤社友李素心。素心少時，與中郎及予三人共硯席，若兄弟然。三人幸皆列賢書，素心高才博學，以久不第，屈就此官。予走晤之，見其新政整飭，爲之喜。

89 晉州城外即滹沱河，夏來流水，震撼城郭。

90 邢臺有泉，亦名百泉，皆珠串上沸，其水可灌數縣之田，或曰濟水伏流而見于此者也。濟水出王屋，王屋去此不遠，其中出魚甚美。

91 沙河一望皆沙，北風大起，白日無光。江南遊人，每經此輒慘然有鄉關之想。

92 沙河有宋廣平碑，顔真卿筆。按蘇子瞻稱：「宋廣平鐵心石腸，而作梅花賦，清便得徐、庾體。」予考碑所載，廣平蓋詼諧之士，風流曠達者也，其爲梅花賦也固宜。

近洺關，一碑上大書「十丈蓮花」數字，皆用關尹子云「真人遊于十丈蓮花之上」事耳。

93 渡洺水，甚清徹，水上有近山，如笠子相接。其後則皆坦迤之山，澹澹漠漠，極有致。

94 從邯鄲至成安，渡漳水。

95 從成安止魏縣，渡洹水，沃野千里，想見當日魏博之雄。至大名，晤陶不退，置酒晚香亭。亭名用韓魏公詩中語也。

96 過濬縣。縣令焦涵一，中郎秦中主試門生也，邀遊浮丘山。山據城，其前爲大伾，若博山罏。後爲衞河，一縷晶熒，繞山後而出。山園主人爲同年朱舜年，新令滕縣。

97 登大伾山，即禹貢「北過大伾」處也。黄河徙而入淮，故道久湮，今河岸汚隆之象，尤可想見。山一峯最高，刻爲石佛，往有閣覆之，今廢。石壁上宋、元人題字鐫刻甚多，蓋名人艤舟登臨之所揮灑也。左有龍洞，能興雲雨。此山亦名黎陽，李密黎陽倉在焉。

98 端木賜，濬縣人，今墓在大伾山。一統志載之衞輝，宜改。

99 訪王威寧伯子孫，尚有存者。或云威寧不死，出遊人間，似有可信。

100 鄭州過京水。鄭舊有京地，即京城大叔之所居也。

101 裴相公墓，在鄭州林錦村，舊碣尚存。蓋卒于洛陽，而葬于此地者也。

102 近新鄭有土城，蜿蜒縣北，中斷如一門，意即鄭之長城也。當時列國皆有長城，不始于秦。

103 登魯姑土洞之顛，可望陘山及大隗山，前臨潩水，可亭。

104 去新鄭縣南三十里，爲陘山鋪。陘山上，即子産之墓也。西有大隗山，黄帝避暑處也。陘山如眠象，峯有巉巉之石。大隗峯巒霧接，其山深莫可測也，此處正可爲關。

105 禹州城西，自重崗下忽爲平疇，雲林霧樹，宛似江南。楊户部文弱，以入京至，共晤于曹純原憲副席上。文弱將遊嵩少，甫揖，即云嵩山有緣，得同往矣。後訊之曹公，曰嵩少去此尚三百里，興始阻。予時思歸甚，曰：「青女至矣，兄且急急渡河。」文弱始有止意。

106 出禹州，見西山坦迤。

107 宿襄城，時有酒況，飲襄陵酒，甚甘而辛，微有藥氣。

108 渡汝河，或云出天息，出高陵，出大盂，出燕泉，其實出堯山。堯山即今伏牛山也。記注云：「巖障深扃，山岫邃密，石徑崎嶇，人跡裁交。」分明畫出近日伏牛光景。

109 葉縣，唐屬北澧州，大曆間爲仙州，又置仙鳧縣。葉縣北十里卧羊山，山石若羣羊。又有荆山，俱魁父丘耳。

110 葉縣北滍水，名沙河渡，水源出汝陽大盂山，與汝水同源。世祖破王尋兵，滍水爲之不流處也。上有汝墳店，「墳」亦作「濆」，謂之大濦水。爾雅曰：「河有雍，汝有濆。」濆即汝之支流也。

111 渡湛水，春秋楚公子格與晉師戰于湛坂，即此地也，入于汝。

112 葉縣北十里有問津舖。按澧水東爲葉縣溺車灣，是先聖問津處，此非也。

113 葉縣南關外，即昆水，縣所由名也。源出西唐山，流逕昆陽城南，入于汝。西唐山亦名青山。

114 渡燒車河，水經注云：「醴水又逕其城東，與燒車水合。」水源出苦菜山，入汝，即漢兵燒王莽輜重處也。

115 渡葉縣澧水。按楚、秦皆有澧水，楚澧水不出衡山，而云澧出衡山者，以葉澧出雉衡之山故耳。至秦之澧，音「豐」，不音「里」，澧出南山豐谷，北人謂周都酆邑，以澧得名，通作豐。詩「維豐之垣。」書：「王來自出，至於豐。」澧從山壵，澧從曲。

116 葉黄城山，即方城山。按方城，即楚之長城也，亘數千里。黄城乃方城舊牆基也，水經注甚明。

117 葉縣有諸葛武侯廟，在平山下西南，前朝斷碣尚存。蓋諸葛先人從瑯琊遷于此地者也。武侯雖遷居襄陽，而不忘其所自始，故曰「躬耕南陽」。葉，南陽屬也。

118 次襄陽，吊同年王繡嶺尊人，爲留一日，憩于春酒亭。初予過此，繡嶺同步至漢上一别墅，語予曰：「老父宦滇，早晚歸來，當爲遊息之所，幸爲我取一亭名。」予曰：「春酒。」一用「春酒介眉壽」之意，一以此地近漢水，用李白「此江若變作春酒」句也。繡嶺然之。及繡嶺與予同成進士，其尊人卒于滇，繡嶺以艱先歸。至是再過春酒亭，已爲安厝黄腸之所矣。

119 謝公巖，巖色極奇古，蒼藤下覆，壁上有趙清老祭將士文，皆完好。

120 習家池水極佳，山稍童。鳳凰臺望漢上清水白沙，緑樹如城。

121 鹿門山重障包羅，極其宛邃，信隱者之居也。纔入寺禮佛，即聞泉聲，久之愈洪。至時已暮，急取火覓泉，泉即在殿後，噴珠跳玉。窮其源，凡七疊而下。是日，以小舟從鳳凰臺往遊，偕者爲蔡楖石、佘溶之。有小伶二人願從，詢之，乞字扇耳，笑而許之。時十一月初二日。登鹿門半山，看山色。山雖重阻，殊覺坦迤。登舟至蔡家嘴，即蔡洲也。飯潼口，止宜城。

122 初入宜城即愁雨，至是未至浰陽數里，雨即大至。予往返此中數十次矣，未見天霽日也。

123 過斑竹鋪。按江陵記曰：「州城五十里，有斑竹崗，楚平王墓在焉。」唐詩送人至江陵云：「斑竹崗前山雨暗。」此地去今江陵二百餘里，恐亦迷其跡矣。

124 住荆門，雨雪大至。赴人召後，日已晡。予終不能忘惠蒙泉，往視之，泉注爲池，四周作方渠，渠外圍以短牆。時盛寒，泉出氣如沸湯。此水出馬良河，入于漢。

晤雪里弟，弟時署明學，值有鼓盆之變，不共晤言。

125 十一月初九日，雨稍止。予匹馬從漉陽至龍陂橋，中外親友迎者皆至，止於城外郵亭。

126 十三日，渡江歸公安。

127 予念髫年，大人即屬望以登第。大人即世，予方抱病，頗有性命之憂，此事已付之流水矣。幸病漸痊，入場復得一第。今給假歸來，上丘墓爲首務。羊豕酒脯，備極豐腆。抵家四日，即入鄉。

128 二十日，祭先塋，歸于喬木堂，與里中諸叔伯兄弟及姪子輩，飲神福酒。五弟攜有歌兒一部，絲肉交奏，歡笑如雷。

129 亡兄中郎之塋在刀環里，去長安村五十里，二十一往祭。毛太初姊丈所居甚近，夜往宿焉。予同母四人，一女兄，今惟女兄與予在耳。予謂從人煩多，恐煩大姊。太初曰：「里中饒米肉，但患人少，不患人多也。」遂爲之留一日而去。

130 從肉浦發，天色寒甚。牛頭里門人田明之學謨邀飲，日已西，予騎馬走三穴橋，燔于野郵。抵邑中已二漏。往返共五日，此五日中幸而無雨。

131 里中親友稱賀，自此月二十三日始，幾同酒食地獄。

132 兩弟四姪等，皆以予歸，擊鮮過從爲歡，微傷華侈。予曰：「昔東京楊、袁，皆爲大族。袁氏微汰，爲史所譏。我輩當共守素業可也。」

133 予自病後，不喜夜飲，每赴召，必以午。餐後即戒七箸。非獨學作清淨道人，亦老年節嗇之道宜爾。

134 臘八日，以諸伶裝百戲，舞狻猊，導齋供，供佛及二聖如來，通國之人出觀。

135 十二日，以舟入江陵，泊于黄壇，復見舊日水宿烟棲光景。

136 住承天寺僧舍，上有「蘭茁其芽」四字，予舊所題也。此地爲羅君章舊署，額名叢蘭，予故爲題此字。按君章宦此時，凡三遷，初居城中，遷于城外，又遷于百里洲，此必其官署處也。

137 赴江陵李大令席于仲宣樓。舊傳此地名望沙樓，陳堯佐改今名。樓宜在襄陽，不宜在此處。仲宣樓在江陵，唐人詩多有之。此地又有襄陽樓，見元微之集。

138 沅洲王孫齋中，竹石蕭爽，出新得黄荃花鳥卷，即予去歲見于翠軒王孫處者。展玩一過，更覺清妍，并爲作跋。

139 有僧法幢，年二十餘，不知何許人，眉目娟好，亦知學詩。爲惡友所引，飲酒食肉。逾年，遂抱重恙。來見予，予爲處居諸之費，并約其下公安，至寶延壽堂將息。

140 山人張無美，鄂人，少爲僧，名秋水。後冠簪稱遊客，病卧承天寺，予爲處居諸之費。

141 祈年以補廩入省，爲作書寄鄂中故人。

142 二十七日，還公安度歲。

天啓甲子上元後四日，夏大鵬校于承恩禪室。

珂雪齋遊居杮録卷之十二

1 四十五年丁巳，正月初一日，居篔簹谷。吉服，家堂禮畢，拜先師，并拜邑大令。予年四十八，始離士而宦，自此日爲始，諸弟姪并戚屬，遞作春席，至元宵以後始止。不暇書。

2 將往玉泉晤無跡，取道江南，收宜都亡友劉玄度名芳節文集，料理其家事。晚宿涴市，爲舊鳩兹縣。風大作。

3 采穴爲九穴之一，舊所以殺江勢也，今塞。

4 松滋縣名最古，以山上多松得名。今山上果多松。

5 子美過松滋江亭詩，如「水流心不競，雲在意俱遲」。其閒適之趣，不可名言。後四語力竭矣。

6 一柱觀原在江上，以崩，移近處，皆江臨山。山多坦迤，蓋蠶叢之餘氣也，有小河可達洞庭。

7 過龐貢士玉渚舍，見子昂畫松及澄心堂紙寫圓覺經一册。又家種牡丹一本，可覆半畝，每歲開花五六枝，奇大。

8 見雷太史贈玉渚詩，雖信筆成者，亦大有致。

9 急欲至宜都，而市中鄧氏諸昆相留。天復陰陰作雪，遂留數日。

10 從松滋至枝江，路在山中如永巷。山上皆小松，如小兒髡後髮。至石撒舖，多美石，如瑪瑙者極多。宋杜綰石譜云：「荆南府松滋縣溪水出五色石，間有瑩徹，紋理温潤如刷絲，正與真州瑪瑙石不異，土人未知貴。」溪中有石，果如綰所言。今土人亦漸知貴矣。

11 枝江陽岐山出石，可作碑。至此，路依江轉，沙路極浄，時有巉巉之石。所云「如牛馬之飲于溪者」甚夥。

12 枝江名丹陽，乃楚子始封處。或云楚封丹陽，在今歸州七里。

13 登枝江着紫山，乃玄德入蜀着紫處也。大江如積雪，光照几席，後山皆蒨冶甚。

14 袁崧記曰：「郡西北陸行四十里有丹山，山間時有赤氣，籠蓋林嶺如丹色，因以名山。又有望州山，丹水出焉，故今枝江名丹陽也。」

15 弔亡友劉玄度于宅，嗣子僅三歲。黄腸置暗室中，悽惻可掬。

16 夷都以夷水得名，即今所指爲清江者也。水色清照數十丈，分沙漏石，在縣西北。酈道元云：「此水所經皆石山，略無土岸，其水虛映，俯視游魚如行空也。淺處多五色石，旁多茂木，遊者疲而忘歸。」昔恒沙每言此水之奇，約予來遊，且言有莊依山臨水，流泉出洞如簾。惜乎哲人萎矣，即欲往，有唱而無和耳。

17 登廣濟寺圓通閣，即恒沙居士捨宅建造者也。後見峽水奔騰而來，前望平山蜿蜒，其左爲明星嶺，以星隕此地得名。

18 縣西鯉山，四圍皆巉巉之石，上有平田。

19 馬鞍山，即昭烈伐吴連營處也。

20 宜都山之最高者，名大梁山。

21 宜都有猇亭，昭烈進軍處也，即今城内忠善坊是。

22 往遊宋山，可三十里，俱在山中，至山始可遠眺，傳爲宋女修真處，予意欲奪以與宋玉。是日，天日晴和，與徐李諸公步山間，甚適。

23 徐從善令人抄集劉玄度詩文凡十本，授予爲梓。將欲取道十二培，上夷陵，至玉泉。而從善云：「有便路過予山莊，可減三日程。」遂從之。

24 從宜都往當陽玉泉，渡江，徐從善與俱。過白洋驛，驛畔有唐公旺墓，即江陵張太岳相公祖也。張原姓唐，今其子孫世祀此地。江陵原欲更姓，後不果。

25 白洋驛畔有張商英墓。商英晚年謫居渚宫，故葬于此。其夫人向氏，則葬金沙市佛法寺中，内有泉，名無盡泉，水極甘。

26 過滄滸溪，水色沉碧，了了見錦石。昔陸遜拒蜀，屯軍宜都，見此溪，躍而喜曰：「此地露文章也。」遂築城于此。

27 晚宿安福寺，從善作主人。其山曾産靈芝，故亦名芝山，滄滸溪繞其前。

28 徐從善家在萬山中，種樹萬株，山莊極壯麗。中有樓可望遠，但爲樹蔽。從善釀最佳，且善庖事。天雨，爲二日留。

29 雨中走玉泉，行數十里，見玉泉峯色，尊特如玉，甚快之。至則肅衣冠，拜佛及關將軍。山中老宿皆來拜賀。無跡師從度門來，相對欣然。予冒雨上堆藍亭，并過幻霞洞。

30 祇園上人處，見黄太史一絶云：「天上花無種，應從講處生。如何巖下坐，不話解聞聲。」此題講經臺詩也。又登盤龍山絶頂云：「雪竇虛無啓，雲幢指顧生。花唯諳石竹，草乍認山精。鹿角峯岐過，鵁頭世外行。孤鴻知我意，從此共南征。」以壞筆寫，儼似飛白。

31 黄太史玉泉題「般舟堂」三字，甚佳。

32 中郎玉泉詩云：「龍伯徙時方闢地，鼉叢緣此遂登天。」跡公極賞後語，但不解前語，恐是用龍伯國長人故事，然曲解者，于玉泉無關。予偶思之曰：此寺，舊龍窟也，故傳中云「湫潭千丈，化爲平址」，語意甚明。但爲「伯」字溷去，改作「龍窟」，意明而語不佳；「伯」字語佳而晦，得其意，寧「伯」可也。

33 玉泉關廟乞門聯，予用李方叔祭蘇子瞻文内語，曰：「皇天后土，鑒一生忠義之心；名山大川，迴千古英雄之氣。」衆人以爲當。其實方叔此語，只肖關公，不肖子瞻。

34 居人云：楚荆王墓，在當陽黄泥崗；楚昭王墓，在當陽縣南八十里沮水西潭上；楚三王塚，在當陽湮沈湖側；楚平王墓，在當陽花林園側。

35 神秀國師碑，張丞相説撰，黄門侍郎盧藏用八分書。無跡法師于荆棘瓦礫間得之。

36 李太白謂當陽水生茗草，枝葉若碧玉，真公采而飲之，年八十，顏若挑花。今有草，果如所言，似不可食，豈采製自有法耶？

37 住靈桂堂，予去年六月到此，桂花忽開花二朵，共以爲瑞。

38 當陽汪從事樓下懸中郎一紙，偶爲人竊去，主人甚惜之，曰：「黄平倩字尚可得，此字不可得也。」蓋謂平倩書留于世者尚多耳。昔平倩與中郎共住玉泉，邑令乞黄書，又不敢不乞中郎書。兩案相對疾書大叫，頃刻書數十紙。平倩睨之而笑。予輩相謂，不貴其字，而貴其膽。孰知數十年後，中郎之書政不易耶？中郎書法極朴俚，要之無半點俗氣，亦可寶也。

39 當陽登仲宣樓，遺址在城西。予謂客曰：「仲宣所云『倚曲沮』者是矣。漳水去此四十里，中隔許由、九子諸山，所云『挾清漳』者安在？」樓下有洞名真武洞，往時臨沮水故佳，今沮水故道久徙，無復淋漓之趣矣。

40 江陵八嶺山上多古墓，皆隆隆起，如小山相接不斷，古人釜鬵處也。豈往時堪輿之説未盛，惟取高阜處即藏舟耶？觀其層累之物力，亦非富貴者不能。

41 當陽縣合溶有圓臺山，即玉真公主修道處也。五代梁胡伯女，年十四得道，宋大通中亦居圓臺山。是地偏産女真，亦異事。

42 万城，原名方城，唐郭子儀築。宋荆南制置使趙方子趙葵，守方城，避父諱，改爲万城。然亦非方城也。方城在裕州，實楚之關。按汾陽未嘗宦楚，何以築方城，恐亦無據。

43 當陽縣，國初置于万城，後徙今治。

44 周山人處，見李龍眠天馬圖，後有魯直跋云：「余嘗評伯時人物，似南朝諸謝中有邊幅者。然朝中士大夫，多歎息伯時久當在臺閣，僅爲喜畫所累。余告之曰：伯時丘壑中人，暫熱之聲名，儻來之拜冕，此公殊不汲汲也。此馬頗似吾友張文潛筆力，瞿曇所謂識鞭影者也。黄魯直書。」又一卷跋云：「余元祐庚午歲，以方正科應詔來京師，見魯直九丈于酺地寺。魯直方爲張仲溪箋題李伯時畫天馬圖。魯直謂余曰：『異哉，伯時貌天廐滿川花，放筆而馬殂矣。蓋神駿精魄，皆爲伯時筆端取之而去，此實古今異事，當作數語記之。』後十四年，當崇寧癸未，余以黨人貶零陵，魯直亦除籍徙宜州，過余瀟湘江上。因與徐靖國、朱彦明道舊時畫移滿川花事，云此卷所親見。余曰：『九丈當踐前言記之。』魯直笑云：『只少此一件罪過。』後二年，魯直死貶所。又廿七年，余將漕二淛，當紹興辛亥。至嘉禾，與梁仲謨、吴德素、張元覽汎舟訪劉延仲於真如寺。延仲遽出是圖，開卷錯愕，宛然疇昔，拊事念往，逾四十年。憂患餘生，巋然獨在，彷徨吊影，殆若異身也。因詳敘本末，不特使來者知舊時一段異事，亦魯直遺意。且以玉軸遺延仲，俾重加裝飾云。空青曾紆公卷書。」

45 光澤郡藩處，見玉蘭花二種，如一天積雪照人。王維南太學邀遊便河，別業在河上，前有流水，上有崇阜，隆隆起如山，即高季興築城址也。是日雨。

46 雨稍止，以舠舟回公安。

47 渡三湖，過五弟呂仙祠，予顔之曰「仙源」，絡以方堤，種柳已成。堤内種油菜花百畝，黄花爍人目睛。予與李謫星、汪惟修、張景星諸公置氍毹坐塍間。絲竹競起，歌聲間作。坐至夜始散。

48 入長安村，拜別先塋。

49 三月二十五日入郡，寓馬驛街劉起凡別舍。

50 四月初六日，荆南起行，親友送十里亭。晚止建陽驛官舍。

51 五月十二日抵京，未見朝，不拜客，清坐宅中。周太史名延儒、阮大行名大鋮，攜酒來談，至子夜始歸。

52 偶病吐，發寒熱，甚憂之，恐其爲瘧也。候之兩日不至，乃已。看來我輩火盛陰衰，血氣漸耗，決不宜作少年調度，百凡須大有節制乃可。近來情緣尚未見減省，甚愧道人本色，奈何，奈何！

53 錢太史抑之來，極言汎舟之快。予謂生于吴越，自當享汎舟之樂。若楚中江、漢，波濤時時掀舞，每出即有性命之憂，其樂安在？幸有沮、漳、湘、沅，水隘而文，但去予家稍遠耳，然亦不忍不遊也。

54 阮集之行人來，言及作宦事。予謂兄正少年，如演全戲文者，從開場作至團圓乃已。如予近五旬矣，譬如大席將散時，插一齣便下臺耳。

55 過龍泉菴，時荷葉已滿湖，花方吐蕚。去年荷尚未至菴畔，今漸遮門矣。約月生時，當來住也。

56 客云亳州牡丹，近日爲天下第一，奇巧日新，上常遣使鬻取。舊以此花盛于洛陽，今洛中殊寂寞，乃知盛衰各有時也。

57 薛考功有大寧齋日記一百卷，爲蜀中開府王南溟取去，其家俱無副本。聞此書尚存，後來宦蜀，當覓而梓之，毋令至寶沉埋也。又有六經雜説，亦在王所。

58 謝工部在杭來，因憶戊戌與在杭同客真州，長夏納涼天寧寺樹下，縱談大飲，屈指二十年矣。在杭長予四歲，鬚鬢已有數莖白者。以壬辰成進士，尚居郎署，意殊倏然。予歎曰：「壬辰諸公，有人與官俱不存者，有官去而人存者。今人與官皆在，亦何不快之有？」在杭莞然。

59 阮集之見召，云隆慶間，安慶有劇盜華札，有萬夫不當之勇，陰結黨與甚多。人皆知之，不敢發覺。札每夜乘小舟劫商船，取其貲，因掠其妻女之美者入舟中，至洲渚間痛飲縱淫。比天曉，即殺之投水中，如此無算。會蹇理菴謫安慶同知，廉得其狀，計一發覺捕之，不惟人不能當，彼且入山招致黨類，共拒官軍，便不易擒矣。乃佯爲不知而招之，署以捕賊之役，言必見聽，且招之痛飲爲樂。一郡大駭。久之，蹇謂札曰：「一府謂我過信汝，明日我以小事杖汝，暫收禁中，一夜出汝，姑以解人之疑可也。」札曰：「諾。」明晨，佯爲怒札者，予以杖，收之囹圄中。密招獄吏曰：「夜間可酒之使睡，令禁卒以大斧破其頭。」如言而札死矣。安慶人謂此賊遠勝近年謀逆之劉汝國，若無方略，則朝廷且費兵餉不貲矣。蹇公突薪之功，不可誣也。

60 沈石田六月以一小舟出齊門，偶暑甚，暫停人家蔭船屋下。主人逐之。舟人曰：「此沈石田相公也。」主人曰：「沈石田高人，豈有六月衝熱出道途之理？必無是理，速去，速去！」石田笑而移舟去，從此石田六月不復出矣。此語見于一畫上，石田自題。

61 韓比部古洲處，見晉人書絶交論，温潤如玉，以爲二王者非也，定是李北海耳。

後有損齋道人跋。損齋，宋高宗也。前十七行闕，係豐道生補，筆意菀枯歷然。

62 泰寧侯園前，有堂甚軒敞，後有臺可望西山，惜樹多不甚了了耳。樓下有池亭，須械水乃盈。周玉宸太史作主人于此。

63 予就教之疏下，此生得遂閒適之樂，爲之一快。楊文弱寓，有小竹極幽倩，穿竹徑至書室中，清涼可坐。是日同李長叔、崔晦之小飲，主客四人，皆三年前聚于桃花源上者也。

64 孫公園，在順城門外東琉璃廠前，内有古槐數十株，陰森甚。後累石爲臺，可望西山，石亦有佳者。

65 晨欲赴西寧宋小侯約，畏午暑，乃先往淨業寺看荷。坐大柳下，涼風襲肌。僧送花下藕，如腕玉。假寢數時而去。

66 定國公園，門前即後湖水入宫道也。中有大堂，後瞰湖，見湖中芙蓉萬朵。前列垂楊三株，婆娑嬝娜。有方塘五六畝，種蓮花。左有臺，望西山了了。是日，西寧小侯作主，晚以酒案可坐七八人游于湖中，穿蓮花中，頗極蕩舟之趣。酒案，乃酒家盛米作酒之案，如一長盆。御河不敢泛舟，故以案代之，闊五尺餘，長丈餘，深二尺餘，真可代舟者也。

67 立秋，疾風猛雨大作，下數雹如雞子大，宫城内外樹多折。次日七夕，往劉孝廉後湖鏡園看花，不惟無花，并荷葉僅存陳根如刈者。湖邊老樹皆折，蕭然如殘冬，可笑也。

68 見竹園壽集圖，乃許文毅壽日，吴匏菴諸老會集，圖爲繪事，形之詩歌。就中匏翁詩最有致。

69 鑑湖園，許金吾園也，在鑑湖上。靈寶亦有鑑湖，與會稽爲二。又見范寛畫一幅，山頭皆着細樹，與亡兄所藏册葉的是一人作。又見馬遠畫一幅，亭内一人静坐，水石幽絶。又宣廟時四大家畫各一小幅，爲謝庭循、戴文進、夏芷、石鋭。謝學范寛，戴學夏珪，夏學郭熙，石亦學夏珪。石鋭，老中官也。

70 偶拜客，見葉澄畫。葉澄字原静，其先吴人，畫山水倣董北苑，戴文進師也。

71 德勝門外十餘里有斷城，即元時舊都城也。此路萬山當馬首如芙蓉。

72 德勝門外玉光寺有蓮花池二，皆以械水注之，頗費工夫。然花事極盛。

73 玉光池碑，爲雷太史何思撰，博洽而少實。沙河天壽山受居庸關西山面背之水，有漕運二：一轉漕以供拱化城養軍之費；一運糧于昌平湯山下，以供昌平軍實。實拱化城乃皇邸，爲陵寢中路，湯山有湯泉可浴。登拱化城南樓，其左爲西山之背，即金章宗六院諸勝。今之法雲寺，即其香水院之一也。章宗酷愛此處，翠華日至，觀其遺跡，其勝可知。蓋山陰遠勝山陽，波頭起伏中，具披麻雨點之皴，惟桃花源上諸山堪與伯仲。西山窮處，與陵寢諸山相接，中開一罅，即居庸關道也。其右即薊州盤山，前爲平原曠野，直對神京。久不餐山色矣，今日登高樓，坐千葉青蓮中，不覺身輕。

74 法雲寺去沙河四十里，在山半。遠視之唯一山，逼近則山山相依如笋籜，皺雲駁霞，極其生動。其根爲千年雨溜洗出，石骨稜稜。每山窮處，即有小峯如筆格。法雲寺枕最高處，乃妙高峯也。近寺有雙泉鳴于左右，過石梁，屢級而上至寺。門内有方池，石橋間之，水泠然沉碧，依稀如清溪水色，此雙泉交會處也。其上有銀杏二株，大數十圍。至三層殿後，乃得泉源。西泉出石罅間，經茶堂兩廡繞霤而下；東泉出後山，經蔬圃入香積而下，會于前之方塘，是名香水也。山石雖倩，更得此水活之，其秀媚殊甚。有樓，可卧看諸山。右有偃蓋松，可覆數畝。

75 宣府有虎跑寺，寺有虎跑泉。泉夏結冰，冬則解去。香水院十餘里，有高峯如髻，亭亭孤秀。訊之，則上方寺也。寺依山，面在居庸關内，石骨水聲，崚嶒淋漓，亦絶景也。涿州西山，亦有上方寺。

76 去香水院數里，有山孤起，中有仙人蜕骨匣，理絶攀躋，不知何以得瘗。

77 故老云：金章宗遊覽之所，凡有八院，此其香水院也。金世宗、章宗俱好登眺，往往至大房山、盤山、玉泉山，而其中有云「春水秋山」者，章宗無歲不往，豈即此地耶？按此山即居庸關諸山之面，與天壽山相接，中開一罅，即居庸關也。

78 緣西山之背過金山口，是謂青龍橋，乃玉泉山水下流處也。人家依水而住，極背山臨流之美。西湖十里荷花雖已衰，然猶亂點波間，酣紅騰緑，多垂楊婀娜。

79 萬曆寺聽文皇時大鐘，聲如雷。

80 攸縣洪同年雲蒸，以昌平州博士入賀求晤。洪前謫許州倅歸里，過予篔簹谷，談及州守鄭公事云：「此公久已茹素矣。」予曰：「士大夫茹素自是功德事，但須看脾胃宜與不宜。且必盡戒色欲，減應酬，不然恐不能久。」洪頷之而去。至是問鄭守近蹤，則云：「化去久矣。當時甚有味于兄言，此公病亟時，家中人憐而私以肉汁食之，其戒亦竟未完也。」予曰：「持戒事，畢竟宜于山林枯槁之人，士大夫持之便覺不宜耳。若欲持不葷戒酒，全不淫戒乃可。」

81 官東鮮給諫來云：去歲病中，夢穆象玄以字招之。象玄在日，常入冥判事，號爲穆閻羅。予舊晤親問之，極真極詳。至是入夢，官私念曰：穆閻羅來召，吾必死矣。并未語一人也。次早降乩，乩云：「穆君之書夢也，幻也，不足爲慮也。至于爲閻羅，則真矣。」

82 同楚中諸公設席，請熊石門師于惠安伯宅。熊督學楚中，予輩皆其首録士也。

83 八月十三日，看演象。凡象二十四頭，皆甲冑列隊而行，前皆有象奴騎乘。至後最大者曳輦，金吾從官隨之。

84 趙庶子我白招飲，同浙中入賀大參李碧海、張尚寶澤癯，皆戊戌同館也。

85 趙大洲先生以宫詹爲講官時，一日進講，竟一字不能出口。上亦愕然。李公石鹿爲致詞，敍一時懾于天威，不能吐詞之意。趙從班上大言曰：「臣有幾歲年紀！」上微笑。數日，内閣之命下。此李大參聞于其祖閣學之言也。

86 河南入賀憲副孟魯難來話，深言歸山之樂。予曰：「歸山果是第一佳事，但終身不出，則可。若歸六七年後，宦情不斷，後思一出，則不如趁色力強健時，爲朝廷出力耳。」

87 朱二非云：昔與中郎同主試秦中，彼此匆迫，恨未扣之以性命之學。

88 韓刑部古洲席上，自云：「有乞兒數人，夜奪人衣物數事者，久問爲盜。予見其爲小偷類耳，立釋之。」予曰：「昔蘇子瞻之外祖程翁，攝某縣刑曹，人有守蘆菔被偷，而誤以鐮中人死者。問官以殺人論之死。程翁獨以誤持之，後成獄，程翁緣此失官。至三十餘年後，程翁忽見前死囚來，云：『小人以屈愬冥，并前訊者相繼入冥矣。小人以公宜享福壽，不宜以累公，故遲至此時，方敢屈公一往證明，事了即入天曹，子孫昌熾不絕矣。』程翁整衣冠而往，復還云：『因果不可誣矣，吾緣此事得佳處。』遂逝。人命之重如此，重人命之報如此。公此事與程翁事相類，故言及之。」

89 死心來，欲卜一終老之所，且欲與雲浦及予相近者。予曰：無如遠安之鹿苑山，倚山爲牆，倚水爲渠。陸法和之所賞鑑也。寺廢而僧少，且依爲修復。

90 錢抑之殿撰來，極言歸隱之樂。予曰：「隱爲快，仕而復隱尤快。況官居侍從，棄去入山，以清泉白石，娱我心目，逍遥自在，豈非一生大便宜人。但恐造物者不肯與吾輩此等福耳。終身奔波，享世間之光榮，造物者不忌何也？彼苦多而樂少也。若世外清浄之樂，真樂也，造物者多靳而不與，往往若有物嬲之，使不得寧。縱使造物能予我矣，而我亦豈能取耶？獨惡意根，變幻無常，陸處久而喜舟居，舟居久而忻陸處。當其徙時不徙，則萬不適也。吾輩度己之所能爲者而已矣。」

91 襄陽張鳳塗年兄來曰：「應酬良苦。」予曰：「應酬無可避處，只在人偷閒耳。閒非偷不能得也。」

92 客云：「終日道人之善，受譽者未必即知，然有時而獲譽人之利。終日稱人之惡，受訾者未必即知，然有時而獲訾人之害。百不失一也。」予曰：「善。」

93 李長叔邀至楊文若處聚譚。時文若家中有盜警，予謂遭盜之後，急宜從寬；急之，則恐濫及無辜。文若意深與予合。是夜所譚皆名理。

94 送熊石門師至報國寺，晤死心談禪。

95 出城拜客，時周貢士霽峯病饐不能食，自歎出貢已八年矣，鬻田入京，二次不得一官，今竟客死。予聞而傷之。三十年前，出貢者一二年即可得校官，入太學；七八年即可選有司。今人多闕少，明經已貢，皆老死不沾微禄。銓法之壞，至于如此，可歎！嗟乎，朝政議論日多，甲可乙否，朝行夕革，益以滋其蠹弊，果何益之有！

96 吴蹇叔齋中，見顔魯公奉敕書摩利支天經，硬黄紙，前有董玄宰引，後有王肯堂跋。米元章墨書盛製真藏帖，後有「天啓親」三大字。玉枕蘭亭，賈秋壑家刻，後有班推官彦功跋。黄山谷書李白詩卷。文衡山落花圖，後有徐昌穀、文徵明、沈石田唱和落花詩。畫有倪雲林松亭山色圖，上有一絶。高房山雲林春曉圖。寶晉齋第五卷，後有文水周幼海跋。絳刻殘帖，後有董玄宰跋。宋搨泉州十七帖。又哥窑乳爐，鐵足，上有二十四乳。宋搨麻姑壇，後有文肇祉跋。趙松雪臨蘭亭帖，大字。黄大癡山水，黃琳美之收藏印。官窑瓶一。銅方花觚，周器。獸面蕉葉，滿身花青緑，八道飛級。

97 重九日，故人艾仲美自秣陵來，相與作登高之會。無高可登，予又戒飲，相對清坐，令侍兒歌鄭虛舟翻馬東籬「百歲光陰」一曲，稍覺快人。

98 刑部郎曹平子來晤，兄中郎舊友也。中郎主試秦中，曹爲推官，同在場屋。

99 聞無錫吴求峯之訃，其病以食附子。乃知一切熱藥，大不可服。世有服之者，必其腸胃足以勝之耳。

100 江右丘大行毛伯，招飲于三百歲翁王玉峯園。晤同年常熟魏仲雪，名浣初。時仲雪應作令，亦改教。同予改教者，爲徐明衡年丈，衆因呼予等爲「三教先生」。

101 九月二十五日，公安貢士周霽峯名月旦，卒于邸。二十三日，自到部抽籤，得長沙府訓導，至邸而亡，得饐疾已月餘矣。衣衾棺槨，予與友人熊雨亭共治之。寒士一生伊吾，已出貢七八年，竟不得一戴進賢冠而死，可憐！

102 晤數百歲翁王玉峯，極言蒼朮膏之妙，所云「欲得長生，須服山精」者也。

103 二十九日晨起，遇龍旗于道。旗自承天門迎出，前隊鼓吹，旗幟導之往營中。所過之處，凡市肆所立之牌，皆仆之，以伺其去。回則寂然。俗謂之「明出暗歸」，朔望前一日皆如此。

104 吴户部師每招飲于魏戚畹園，歷嘗其家所造名酒，若鶴觴、水芝、桃源之類。是日偕者爲大行丘毛伯、太史錢抑之、進士徐明衡，并無窮老僧。

105 王季木謫爲上林簿，意欲作上林考，苦無書。劉孝廉百世云：順天府志亦草草。説者以京畿重地，不欲詳明，以示外國虚實。理或然也。

106 過張聚垣寓，同從東華門入閲内市。是日百貨雜陳，接玄武門。予以有席先歸。

107 飲于數百歲翁王玉峯園。翁尚如四十許人，語予曰：「士大夫説到清浄學問，便厭厭欲睡。説至男女鼎爐則欣然，故知此道之難也。」

108 同年張鳳塗云：「薏苡仁酷似珠，故馬新息有明珠之謗。」

109 閒步射所，看西山澹冶甚。

110 赴部投清供。赴包參將名良栻席，乞園名。予曰：「可名爲『百城園』也，取『大丈夫擁書萬卷，何啻南面百城』語。」園傍城下故也。

111 十八日，過吏部大堂點名。

112 得山東開府李夢白書云：「若得南方司校，幸取道濟上。近日趵突泉忽騰起數尺，大可觀也。」

113 曹刑部平子、韓古洲招飲，韓藏書畫極多，偶火焚其齋，盡爲灰燼。僅見晉人所書絶交論。

114 十月初十日，赴新安校。

115 十九日，駐德州。考之顔真卿守平原説云：「古之任人，無内外輕重之異。故雖漢宣之急賢，蕭望之之得君，猶更出治民，然後大用。非獨歷試人材，亦以維持四方，均内外勢也。」唐至中世，重内輕外，大臣非以罪不出守郡。雖藩鎮帥守，亦以不如寺監僚佐，故郡縣多不得人。禄山之亂，河北二十四郡，一朝降賊。獨有一顔真卿，而明皇初不識也。此重内輕外之弊，可不爲鑒哉！

116 東方朔，平原厭次人。厭次在陵縣東北二十里，今廢爲神店。

117 東方朔今廟像，尚有二細君侍。

118 齊河發，李開府又遣人來迎，止譚城歷山書院。其右爲趵突泉，泉有三，上沸可三尺。依泉有水草，冬夏青青。此泉蓋温泉也。是日李開府夢白、畢直指邀飲大明湖上。城中一片湖雪，極爲可觀。但塍界如織，有礙湖光耳。

119 趵突泉發源于泰山之北，自濕馬之崖而隱，至此復現。舊入城爲大明湖，今已塞，直從城外入小清河。

120 大明湖水，既不取給于濼，宜其涸也。而今盛乃爾，亦不可曉。

121 歷山一名千佛山，一名褾被山，離城可五六里。其上石理碧色如堆砌，華不注諸山繞其左右，皆鋭如錐。城内外諸泉，晶晶可掬。

122 去歷城三十里，有龍洞，欲往遊，以他冗不果。因憶元張文忠公養浩一記，模寫光景，雜以詼諧，至今讀之，精神奕奕生動，誰謂元人遂無好文字也。文忠謝政歸，至元間朝廷遣使至七聘不起，故其家有七聘堂。爲園名雲莊，有遂閒堂。此老是白香山一流人，故詩文亦清脱乃爾。

123 濼水自大明湖東北，流注華不注山下，滙爲湖，名曰鵲山湖。又東北流入大清河。僞齊劉豫，乃自城北導之東行，爲小清河，而水不及鵲山湖矣。讀李太白泛湖詩，居然巨浸，而今皆變爲荒田野草，可歎，可歎！

124 數日與夢白論學，盡出破綻相商。

125 從長清至崓山，山色極佳，有洞有石梁。去崓山十餘里，山峯尤巧，皆如貨郎所收種種玩弄之物，使繪山者貌之，必疑其不似山矣。溪水甚雄。

126 宿長清遲賢亭，地名靳莊，内有石刻像，筆意亦古，即靳八公象也。八公世居此地，以鬻酒爲業。後有道者至其家，飲以醇酒。再至云有疾，索麵湯。八公偶無所儲，道者于胡蘆内取麪付之，食畢留其餘。八公妻鄭擲之地，八公亟取吞之，遂隨道者東山去。妻追之不得，得草書十字于地，今刻石嵌壁間，殊不可讀，字如乩筆。凡仙人詩及字，無足觀者。乃知天上多俗仙也。

127 靈巖山，遠望之，峯如刻縷繡纈，作奇花異草之狀，入眼秀媚甚。其下梵宫禪宇，森羅不可殫述。有鐵袈裟從地湧出，信精謬也。上有甘露泉，淙淙下注。遶曲水亭而下，遂伏，至殿左爲雙鶴泉。唐、宋碑刻最多。寺傳爲佛圖澄卓錫之地，其弟子法達創之。然予聞玉泉、栖霞、國清及此寺，皆天台智者所建，號爲四絶。今志皆不載，而寺僧亦無有知者。俟再考。

128 將行，復往岳廟小憩，甚壯麗。殿前古松數十株，蟠結偃蓋。炳靈殿前則漢柏，延禧殿前則唐槐，皆銅幹鐵枝，望而知爲千餘年物。銀杏大者圍三仞，火空其中。岳廟中有九石峙立，玲瓏突兀。手植檜，按闕里志，夫子手植檜三株，兩株在贊德殿前，高六丈餘，圍一丈四尺。其文左者左紐，右者右紐。一株在杏壇東南隅，高五丈餘，圍一丈三尺，其枝盤屈如龍形，世謂之再生檜。晉永嘉三年枯死，隋義寧元年復活；唐乾封元年又枯死，至宋康定元年復生。金貞祐甲戌春正月，北寇犯闕里，焚祖廟，延及三檜，無復孑遺。好事者取其煨燼之餘，刻爲聖像及十哲像，或爲簪笏，而香氣襲人。是宋時復榮之檜，至是又不存矣。元至元三年，復生東廡頹阯甓隙間，時張顏爲三氏學教授，乃取復植之故所，漸矯如龍形，高一丈，圍三尺。國朝弘治十五年，復燬于火，尚有遺幹在大成門内。兗州知府童旭置石欄以護之，今所見者正是。

129 司寇像石刻，在大成殿内。凭几像石刻、行教小像石刻，俱吴道子筆，在奎文閣壁上。孔廟東漢元嘉鍾太尉碑，非元常也。漢邕孔君碑，孔宙，孔子十九世孫，即融父。曹子建頌，梁鵠書。唐武德碑，書詔及祝辭數條，不知誰手。開元碑，李邕撰文，張廷圭書，係隸。齊乾明元年，夫子之碑額尚存，已剥落，僅存十餘書。唐大曆新門碑，裴孝智撰文，裴手書，完好可讀，缺一角跌斷。廟中碑側多宋、元人題名，多有致。梁鵠碑陰書門生故吏，皆鵠一手，篆額俱妙。

130 孔林柏極茂，從縣北門起，墓前夾道亭亭，不知幾千株，皆唐、宋以來物也。林内小河亘其前，即洙水也。水西流入泗。前爲子思墓，又數步爲伯魚墓，稍西乃爲夫子墓。泗水隔重岡繞其後，林内不巢烏鵲，不生荆棘爲異。

131 魯王邸前有流水繞之，極清。淇，即泗水也。

132 兗州城中有崇阜，下題曰「杜甫臺」。先賢之名不可斥，改作子美臺也。

133 游嶧山，有記。

134 宿州，過符離，即李顯忠爲金人所敗處也，張浚實主此謀。是役也，宋之軍資器械殆盡，從此不復振矣。浚三爲將，而三敗，可歎！

135 香泉在全椒，有池二。晚浴其中。

136 蕪湖掛帆至西梁山，雨微作，晚泊采石磯。

137 晨起，買一小舟，遡姑熟溪，行五六里。回望采石，不忍釋也。兩岸沙上魚鷹甚多，喙類瑚珊。午抵郡城浮橋，往弔同年曹元甫。意欲弔後即行，而元甫相留。天尚早，同步郊園。

138 雨阻舟中，不成行。飲後覓一釣艇，過太白祠，登問月樓，上峨嵋亭。

珂雪齋遊居柿録卷之十三

1 戊午正月初一日，住采石，天大雪，深二尺。曉起，從舟中登岸，上太白樓，于樓上設拜，并拜太白先生。已登蛾眉亭看雪。生平每稱江雪，今視江身殊濁。天寒，以酒敵之。

2 舟中稍霽，午發舟，别采石，如别故人。風稍偏，舟中欹側甚，心殊不寧。晚泊和尚港，復步雪間。不數武，見怪石一横壁，骨理稜稜，如米家研山，甚愛之。山窮有磴，爲大士閣，開窗忽見大江亘其前，澄碧可畏。山僧餉茶，訊之，則曰：「此慈姥磯也。」昏黑，乃登舟。

3 順風大作，曉日出，千山晴雪晃耀。予坐舟頭，舟中指曰：「此三山也。」已又曰：「此牛首也。」已又曰：「金陵至矣。天半積雪照人者，鍾陵也；巋然而出雲表者，報恩寺塔也。」又曰：「燕子磯近矣。」頃之，過瓜步青山，收帆止儀真。

4 移住樓船，中郎舊居停主人張憶梅叔姪來。屈指相别此地，又九年矣。

5 弔同年姜興伯太夫人之喪，入城中還拜，憩天寧寺僧舍。舊有老僧名西玄，差可語，已去世矣。塔下樹益蒼老，即二十年前同謝在杭避暑之嘉樹林也。

6 舟入揚州，此二十年前與中郎泛舟道也。

7 十五日，雨甚，李開府名植召飲，燈火甚盛，出歌兒演新曲。

8 梅花嶺，酷似江南人間園囿。

9 從舟中上小舟，過橋傍城行，多人家别業，畫閣朱欄嫣然。穿雷塘，水甚浩白。至一高阜處，即平山堂也。堂前望江南諸山如畫。内即大明寺，右有水，即所謂「大明寺水，天下無比」者也。左有高嶺，即迷樓舊跡。

10 二月初一日，出江，午後掛帆。微雨，止二跳港。

11 西梁山如一拳石，玲瓏竦秀。予登其上，晏坐久之。

12 蕪湖早發，午飯桃沖鋪，晚出南陵縣。

13 南陵早發，午飯分界山，方見爍巒。

14 涇縣，穿山溪中，山甚突兀，溪流如噴雪，真所謂「一夫當關，萬夫莫敵」者。

15 過翬嶺，高峯直立雲端，俯則九地，高乃九天，心甚恐怖。下即績溪。

16 二月二十一日午，至徽州府。萬山攢簇，一水界練，真煙雲國也。

17 出新安城西，石欄最古，溪水依山。河西橋間之，登舟蕩漾。南岸上爲太平十寺，其最下爲魚梁壩，累石爲界，水噴雪如雷。與楚人李譎星、王稚吕及潘景升三人數數泛舟。

18 二月二十九日，赴學受事。

19 學齋亦可居，稍料理，致眷屬入住。

20 從大府劉公往紫陽山，祀紫陽先生父韋齋先生。出城以遊舟渡河，近魚梁，聲尤厲。山中多桃李，皆吐蕚。

21 新安城内有問政山，上多桃李竹樹。是日令君夏濮山招飲，共食問政山笋，譚詩甚洽。

22 新安人于三月三日爲競渡之戲。是日雨，有二舟泛水，觀者皆冒雨執蓋著屐往看，奔走如狂。予等飲舟中甚適。

23 潘景升招飲問政山寺，寺多種竹。僧云有宋梅二株，在山半。往視之，枝幹虬曲蒼古，信數百年物也。

24 門人趙生，治具泛舟，再遊河西，驟雨時至，疾雷繼之。諸山濛濛然，惟見白氣沸湧。

25 步學舍後園，正倚城，城在山上，山忽止其下，即學宮也。見近山波頭起伏，溪水滂湃有聲。若作一亭高阜處，可極登覽之勝也。

26 清明，從郡守諸公往祭厲。邑令夏公邀遊白雪樓，樓前有石池可泛，泉水淙淙下注。池上有峯一壁，甚突兀，松濤滂湃，是日，嘗新茶。

27 從郡公祭厲壇，見祖宗祀諸亡祀之鬼，軫念甚至，豈如腐儒直言無鬼也哉！

28 烏聊山在城中，見河西紫陽諸山、太平十寺，溪水界之如畫，真絶境也。繞山爲徑，至東岳廟前尤佳。古木陰森，爲消夏第一處。是日往遊，天色晴雨不常，雨時諸山朵朵如淡墨灑成，而晴復作濃藍。欲賦二語肖之，竟不能得，以山景太奇故也。山上爲汪王廟，汪名華，唐人，爲歙、宣等六邑刺史。貞觀年告敕俱存，字極秀媚。宋有敕，行草亦不俗。有玉帶一，其上刻爲碎珠狀，與今大異。

29 山名富山，予改爲幅山，別有記。

30 先兄伯修乙未入闈，取門生林公茂槐，至是爲藩參，居寧國，遣人以符相迎。予念至寧國見林公，須往池州見張公孝乃可，遂首往秋浦。

31 四月十一日，將往秋浦，取道休寧，過巖鎮，關閣甚盛。至崇睦，門人汪元羲元臣，邀入書社。門有流水，山峙其上，多古松，鬱鬱然潭水若增而碧。其比鄰有澹石園，倚潭水爲之，上枕山，山出洪泉，注于潭，爲亭梁跨之。下以石爲崇階，水從高墜下，聲甚壯。後有臺可望黃山。其墀下出泉，作碧乳色，不減惠泉。花樹叢生，皆閩、浙、洛陽種。夜雨稍霽，月來池上，坐譚。

32 休寧落石臺，有石墮水中，形如彈，色甚古。其泐處一壁，多古今名人書。水繞其下，聲甚古。拾級而上，得亭，望崧蘿諸山如屏障，而城内外萬家櫛比。西有石梁，即走齊雲道也。是日，雨大注，于雨中益見溪山之秀。遊後登舟，飲甚暢，爲主者丁貞白，名惟曜。餘人不悉記。

33 過登封橋，憩于小蘭若。以小輿登山，時雨後雪瀑如雷，石梁別館甚多，亦不暇究其名也。至展誥峯，具見山石之健與其文，旁有徑路可達一處，甚華整。輿人云：「此近日一仙之居也。」訊之，亦頑仙，年百歲耳。過柟巖，石路依山，甚秀冶。天門如石梁，望樓閣草樹，皆如鏡中。前有柟一株甚古。自天門以下，即爲巖，突出如迴廊，石骨愈健，石色愈文。巖上雨淙淙落下，注于池，所謂「珍珠簾」也。有羅漢洞，後户可通他處，雨濕不可往。此後都如陳敦列鼎，古色照人矣。巖可里餘始窮，折而上，峯爲拱日，爲石柱，下多靈宇，不可殫述。石柱峯西，爲碧霄峯，最高。其下爲榔梅菴，庵後爲碧霄庵。友人丁孺三讀書其中，因寓焉。庵有樓可望山，後有清泉，綠篁蔽之，亦佳處也。

34 晨起，從榔梅院禮真武，見前香爐峯亭亭峙立，旁無依倚，形古色麗，真爲稀有。過退思洞、洗藥池，石泉淙淙。至捨身巖少憩，復仰躡穿花林塢，見晴雪巖突兀甚。仰視紫玉屏，綜碧千丈，下有亭，遠望更寬敞。遠山簇簇當其前，河流縈之，前皆閎邃，此却舒曠。又西，爲紫霄屏，又西爲三姑峯，妖倩如好女子。又西爲獨聳峯，四周突出，其上忽作平疇，俗傳爲方臘屯兵處，其上尚有黑米。取道下至文昌閣，望五老峯，如好硯山，山上多亭亭之松。記萬曆乙未予遊此，太守陳公所學往秋浦，與予晤此。邑令爲魯公點，皆楚人，同飲于此。予登席即覓大觥，陳公不能飲，意不欲拂予意，強飲。別時各大醉。魯公饒酒量，別陳公，復同予醉于天門。入暮，道人酒竭而散。魯公幾仆地。是日也，予晨飲至暮，不知凡幾，竟不成醉，今屈指二十四年矣。取故道還榔梅庵。

35 雨大作，遂輟秋浦之行，冒雨下山，走休寧。滿山瀑布，雷轟雪耀。至山下，水侵路，幾不能輿。抵休寧，雨益急，徹夜不休。

36 從休寧還郡，雨色黯黯，山之依溪者爲水所嚙崩。日午抵郡。

37 秦京來。京名鎬，二十年前，曾會于米仲詔席上者也。

38 斗山亭在郡城内，正依城，可遠眺。西有櫟樹，陰甚濃。

39 秦京來，持一乩仙帖，寫黄庭，大有右軍筆意。聞又能畫山水，用筆類唐、宋間名人。往時乩能作書，未有工者，亦一異也。

40 門人汪生祖肩見召，飲如意寺，寺即太平寺中十寺之一也。寺多古樹，似槐而更陰森，名曰梛，且不生蟲，最宜納涼。前對飛布山，極穎秀。其下即溪流。步至五明寺，諸寺多酒肉僧，惟此山多戒衲。有泉極佳，名雪竇，出魚名鯢，能上樹。

41 午，至王將軍水軒閒坐，見榴花一朵，蕩漾水面，誤以爲朱魚。一甫及程、趙二生來共話，欲治杯勺。予曰：「我脾中近不飲酒，午後不宜食肉，只清坐啜茗便佳。」歸時，月色照門，流泉汩汩。

42 潘雪松先生令子有書來，雪松與予爲忘年交，萬曆乙未同蔣蘭若一至其家園。雪松時講仙學，後入都門聚首講易，亦知慕禪，自以謂終不通曉，亦根器然也。

43 湯霍林祭酒有書至云：「宣山以柏梘爲最，先與景升往，以待兄來。」不知予以官冗羈，尚未得走宛下也。

44 故人金一甫依予，初住王將軍園，至是移襆于學舍内小室。一甫譚長生之學，善印章，年七十六矣。

45 湯祭酒又以書來云：「宛中柏梘山最佳，候兄同遊。柏梘即文脊之陰，谿谷邃深，峯巖回曲，飛流界道，跨岫爲梁，極稱幽勝。」

46 往鄭村晤秦京，沿村山水清麗，人家第宅枕籍山中，危樓跨水，高閣依雲，松篁夾路。京館于汪氏，即宋汪若海之後也。當徽、欽時，若海託麟以諫，後父子俱值秘閣，故有秘閣書院。汪太學酌予其中。歸登大士閣，見黄山天都峯如刻鏤，秀絶。

47 前以字往，致不得來宛上信，今得林公回書，以其夫人并其子行狀來，欲予作墓誌云。

48 五月初七日，爲予生辰。是日，覓遊舟放生于河西。食素。偕金一甫、孔達惟修、吴龍田父子。

49 十六日，往寧國。午飯新館，晚宿績溪。

50 績溪三十里至岩前鋪，有一山如展旗相似。午至叢寧鋪，入鋪大雨傾盆。一路山水秀冶，宿胡樂司店樓上，面前有萬山相拱。飲蜜酒如砂糖色，無蚊蟲。

51 早發胡樂司，天色漸晴，步嶺上。飯于橋頭鋪。晚宿寧國縣官舍，後有大桂一株，甚茂。

52 敬亭山甚坦迤，宛水出其下，竹陰曦交加。至頂，結宇甚弘敞。予欲題曰「不厭」，以「相看兩不厭，唯有敬亭山」也。下爲黄蘗之宣教寺。是日，湯霍林、潘景升及同年詹沖南同遊。

53 六月二十三日，送諸生至句容考校。晚宿績溪。

54 二十八日，至句容，宿崇明寺。

55 七月初一日，赴學臺投册，移行李於玉帶樓上。昔李石麓相公少讀書于此，後官一品，留玉帶于此地，故有是名。

56 初五日，遊茅山，山有上宫。下宫在山下。徑路極浄，老樹夾道。至上宫，在茅山之隈，大茅當其前。上宫所藏，有玉印、玉圭、玉硯。趙子昂所書道經一卷，筆法老而帶媚，舊質之史金吾家，今復還山矣。有遼王遺住山老道士書數紙，皆乞道經者，上寫永樂年號。

57 華陽洞石理甚怪，有宋徽宗題字。又有五柱洞，内有石柱，可深入。

58 喜客泉匯爲小池，色甚碧，引爲曲水流觴，有人題曰「何必蘭亭」。

59 山中多竹，上大茅見重湖浩浩，頂極隘，皆以磚累之作道院。

60 陶隱居積金澗，舊基皆廢，惟積金峯名尚存。

61 初六日，茅山回。

62 十三日，句容早發，止金陵城外西天寺僧舍。

63 十六日，金陵早發，止江寧鎮。

64 過謝家青山，山平平耳，而太白愛之欲老焉者何居？意者老年無歸，而有陽冰者方作令可依，故不覺因人而愛及山歟？山轉忽見涔湖一頃，憩于黄池。渡河，夜宿焦村。此路陂塘甚多，荷花相接盛開，香風撲鼻。有長堤，宛似楚中。

65 焦村早發，溪水大漲，後徑路中斷，覓一蚱蜢舟度去，至宣城已午，覓湯霍林司成，入村中矣。潘景升尚客此，夜話。

66 哭林觀察于邸，不覺淚下如雨。午從宣城發，行五十里而暮，宿于杜遷。

67 從杜遷發，行三十里，天始明。近寧國縣二十里，山即束爲永巷。近縣，山忽止，而溪水横亘其下如帶。過嶺，晚宿胡樂司民舍。

68 胡樂司早發，以月朗甚，誤以爲天將曉，不知其甫三漏也。兩山夾立如峽，中有巨澗，流水噴薄，驛路依山傍澗，怪石喬松櫛比，時有人家。猛風乍起，谷嘯川騰。每至假寐，多爲水碓聲驚醒。行三十里始天明，憩于叢山關。關内山澗相依如故，稍弘敞耳。

69 自胡樂起，至績溪，凡一百餘里，山溪秀邃，殆非人境。山皆小山，極有姿態。水爲活水，激射如雪，所云「流水聲中過一生」，乃此中家常茶飯也。

70 近績溪十餘里，有一山，酷似鷲頭，純石，其色朱碧相宣，亦尤物也。下有清泉，見之可以療渴。

71 績溪城外，極有古樹。

72 秦京至，同攜酒肴，游烏寮山，坐亭上，望城西山色如攢蓮，一水縈繞，沉碧照人。遠村近林，樹色封天，而萬户櫛比，粉牆畫閣，枕籍山溪間。蓋野逸壯麗，無所不有。是日極清和，胸胄中無一事，笑譚至日暮始歸。

73 新安詩友郝公琰名之璽卒。萬曆癸巳，公琰尊人郝仲隆，晤予于麻城龍潭湖上，出禮佛詩一百首呈李龍潭，不甚稱之，意殊索然。然其人長者，與予友丘長孺善。後十餘年，子公琰以長孺書來謁中郎，頗有清骨，其詩亦步趨中郎。己酉，予遊鼎州，公琰客龍君超兄弟所，同予游德山、花源。庚戌，中郎下世，公琰來弔。又八年，而予捷賢書，得新安校，公琰來晤，與予同至汪伯玉、孫祖肩處看桃，共分韻，有「一聲黄鳥三春暮」之句，予頗激賞之。别後，予送校士于句曲，歸而公琰逝矣。公琰有羸病，家貧甚，爲新詩有致語，卒年三十餘歲，無子。

74 演祭文宣樂，八音無聲，器壞服敝。樂舞生數十人，如牧牛童，舞時止解躬身起手，如俗所云「單鞭勢」者，不覺匿笑。

75 二府來演樂刑牲，前見一鹿置藩中，以角抵其栅欲出，頃之捉向地上，直刺其喉，苦狀所不忍言。其餘羊豕兔物，皆于生時盡其命。夫使聖人有知，不食此醒穢之物；若其無知，何爲傷殘物命若此！且四海九州，此一時不知殘多少物命，尤聖人所不忍也。「見其生不忍見其死，聞其聲不忍食其肉」，儒者之言也，何以違之哉？夫祭宜蔬素，後代決有從此制者，今不敢言之矣。

76 陪太府祭先師，分獻事竣致胙，是日代祭斗山文昌。

77 陪祭山川社稷風雲雷雨之神，例不着祭服，而着素服，以便送迎上官也，可謂敬人而慢神矣。祭汪王之神，王名華，唐人，爲宣、歙等六州節度使，世亂能撫此六州者也。其廟在富山，隔城見河西山水秀媚。

78 畢侍御云：華陰縣去華山十五里，城内署中，正見華山之半，内刻中郎詩，有「壓眉」二字妙絶，全篇皆寫生手。

79 晤畢東郊，得辛稼軒所作南渡、幽憤二録。先舅龔侍御仲慶，爲汝寧司理，于陳晦伯家曾抄得此書，予屢見之，後不知所在。往年欲取靖康遺册，自徽宗即位起，至五國城止，中間苦樂變遷事體，作爲一書，以爲人君荒淫者之龜鑑。惜書少，今有此書，難得者先得之矣。將來此書或可成也。

80 畢侍御見召于園，偕者爲秦京，飲水亭上，荷葉尚茂。前有山爲白榆山，即汪司馬白榆社所由名也。雨大至，擊荷葉錚錚有聲，甚快。封公教有歌兒一部，演吴曲，頗倩越。晚看火樹。

81 程如晦邀遊霞山，至南門以舟往。登岸，步過紫陽山，聽魚梁水聲甚厲，望之如積雪，上沸可里許。至紫陽橋，甚整麗，左右不用欄，俱以石砌，精工堅密，非新安物力不能有也。又里許爲霞山，以山色似霞，故名。上有浮圖，名神柱塔。昔張開府三溢左遷爲此邑令，建塔于此，正闞塔心，偶流一木水涯，長可八九丈，横半之，木理甚似鴨脚，詢之通邑人，不知其爲誰氏木，久之亦無認者，乃知爲鬼輸也，遂以爲柱。予登塔絶頂，見萬山縈繞，溪練界其中，亦不知孰爲郡城，惟見一片積雪縈縈山阿而已。蓋此閒築室，外俱用粉黛故也。棹楔語頗不文，予謂用天台賦「霞起建標」四字爲妙。還飲舟中，至深夜乃散。

82 同年汪長孺見召于斗山書舍，左望河西諸山，右望黄山諸峯，而中爲練水一泓，光爍人目。是夜，月色甚朗，與長孺及其二弟劇譚。

83 秦京以黄太史所作緊婁那王贊來乞跋。黄書妙在老而帶媚，真可寶也。京又以米友石所畫松石竹梅水仙畫乞題。米即黄太史得意門生，能詩畫，與予善。

84 夏濮山見召于斗山閣，偕者爲王醇先民并秦京也。

85 六齋日，寶相寺僧請食齋，偕者爲王先民、程産之、汪惟修。飯後，同步往聶真人墓，途中多修竹喬松，時有丹楓，重崗迴合，村莊櫛比。可二里許，真人墓在焉。唐新安太守于□□，其兄爲于真人，結廬此山。太守恒來此山中問政，故山號問政山。聶真人即于真人弟子，尸解後葬于此。近年有葉姓者，迷其祖塋，誤以真人墳爲祖墓，正與聶氏後人相競。一日，天大雨，洗出聶氏碑銘及明器之類，葉氏始畏而不敢争。墓畔有古松數株，可入繪事。

86 重陽日，天昏昏作雨意，同僚公請于斗山文昌閣。席上見近日簇簇萬家，櫛比如聚雪。

87 縣令毛□□，爲癸卯同年，舊爲歙較，寄蕉乾一封如皂角，味甚甘，不知何物也。

88 珂雪齋近集已刻成，凡二十四卷，刻工頗精。自念過雁一唳，已畢吾事，此後任意揮灑可也，因取酒落之。

89 重陽風大作，是日始着木棉。蓋新安在萬山中，寒氣先至故也。

90 得楊南峯循吉金遼小史，其金小史序云：「檜和則罪，貫與侂胄戰則罪，惟拱手而談者無罪，則宋之不振宜矣。」大有理。

91 十月初一日，往遊黄山，有記。

92 初七日，遊蓮花峯，忽有人呼聲甚厲，訊之，則田侍御雙南取入武場分較。予乃歎閒之難得，而下吏之受縛甚也。

93 初八日，仍遊石筍峯諸處，從九龍潭而出。

94 初十日，午行績溪，途遇方思純，得米友石、徐青璧、蔡梓林書。

95 十四日，至太平，止南寺覺圓方丈。

96 十七日，同按台、兵憲及太尊、司理，赴鷹揚宴，遂入簾。

97 十八日，住武闈。

98 十九日，閲卷。

99 二十日，閲卷。

100 二十一日，四鼓起，梳櫛，同按臺拆號填榜出闈。

101 二十二日，住寺内作策。

102 二十三日，辭應酬，作鄉試録前後序文。

103 二十八日，辭按臺，晚走蕪湖，至官舍四漏。

104 水西寺，水繞其前，前山疊疊，寺踞山上。其右爲書院，有羅近溪題字，黄蘗時遺鐘尚存。

105 早别諸友走旌德。過山溪石壁，兩腋俱山中，溪水傍石，磊砌道路，直抵旌德。至縣，已三漏矣。

106 初九日，上府受休寧印。予欲辭，而府尊意甚不可，不得已受之。

107 十一月十六日，赴休寧視篆。

108 出勘山，過松蘿山，山山多松，森秀處大似黄大癡畫。其右爲溪，溪上有山，嶽嶽生動者即齊雲也。

109 迎春，從南門教場演諸伎樂，遍遊城中，四門觀者如堵。

110 二十八日，封印。

附録一　袁祈年詩

楚狂之歌

入村

入山屢被詩家牽，數日笥中已滿箋。不許作林有好境，從今都上袁家編。

二

女蘿壽葉好松煙，摇落風霜不計年。飛得旁枝他處去，别山猶作樹王傳。

三

荷服道裳行路疑，路邊猜我是王維。山中只曉稻粱數，噉彼含桃亦不知。

四

短笠俚語學御容，作奏猶忘去葛龔。問我村中百萬事，答他山裏五千松。

舟行

風逆打船頭，驅人上路游。牽舟江畔過，錦纜絆耕牛。

二

幾客沙汀遊，忽穿青草洲。草深身盡没，惟見行人頭。

三

正看棹邊漚，舟工發浩謳。前途破浪望，豹犬在船頭。

村居閒題

直倚松楸戲，當時第一儒。酒來邀杜甫，疾到請文殊。竹母學仙睡，花腰纏佛趺。此間佳麗甚，那識有三吳。

余王氏姐亡，聞之拊膺大叫，命筆聊書此歌以寄哀思，不暇文耳

郢中一聽靈照卒，口邊亡姊叫不出。曉得汝命如此薄，柳家佛婢同爲尼。憶昔吾妹年小時，袖中仙仙佩美璧。襶襶文葆走堂前，弄藥争花穿松栗。誰想倏忽數年後，上天無故賫他疾。姐時尚愁弟年促，巧言百對日者詰。未幾不見昔時人，使我寃痛枯向壁。花鏡拋却灰上架，神位千聲叫不咥。母氏生我三四人，無罪無辜便去一。微風細雨掃屋角，癡疑望有轉頭日。黑亭空堦不知懼，涕淚積來甕可溢。和泣勸母肝膽碎，頭顱幾破棺上漆。板橋一片青草地，是我離別斷腸驛。市上偶聽人家哭，此心不覺如懷礩。亭畔黄落果纍纍，今日不見來分橘。

秋日閒題

來往輕于葉，東西浪似沙。無名名道伯，有姓姓詩家。

懷友人

故人不到且高眠，風起竹開始見天。天上也生縫削狀，紅霞作裏黑雲遮。

步王天根韻有感

嵇氏笑山雲，多年聞所聞。隨人逐海臭，獨我喜山芬。寧裹廣陵襪，不穿濟北裙。一生僻到底，酷嗜小王君。

二

王衍與劉雲，千秋萬歲聞。俗人生亦臭，我輩死猶芬。囊内犢皮袴，敵花翠尾裙。每當風雨夜，投筆拜王君。

花樓曲

促絃敲枕暗吟哦，江上遊人不見過。憐我燈前惆悵甚，牀頭檢出舊吴歌。

二

叢梳輕鬢角金觴，斜插芙蓉淡淡妝。若把青樓彙一集，如君風調是初唐。

夢上天擬李長吉

身穿雨點行，腳踐石鷄鳴。月圃乞湯沐，銀灣釣錦鯨。

二

列班升紫樓，笑解右軍囚。偶便玉階上，淮南送廁籌。

三

蝸角帶名都，鶴啄吞海航。欲將數字行，寫向青天上。

四

八月提霜壺，怒他童子呼。既焚吴質履，又殺枝頭烏。

五

一寫九光銘，酬予十賚文。再書楊氏誥，酬我五峯雲。

六

黄河類纖煙，諸嶽大於拳。倚檻瞰中土，蒼蒼復似天。

哭謝通明

人間既有我，公殁復有妨。不記微之語，沉檀死更香。陶家乘謔去，米氏帶顛亡。早識君長逝，三杯贐鬼裝。

二

手拊落花泣，見詩不見人。淚同竹露滴，面似柳枝嗔。不忍見秋月，無心臨水濱。訃期問不出，開口即愴神。

讀雁山圖敍志

功名了後買蓬蒿，孕翠曳煙也自豪。欲到雁山山頂上，傍崖懸脚説離騷。

二

一番按帙一番新，彷彿如登夏炮門。莫説贋本人間少，名山亦有寫真人。

同謫星先生遊石洲

流我大江去，悠悠欸乃歌。蓬風吹曲斷，遠樹送舟過。偏採無紋石，忽尋敗葉荷。山西市語謂材姬爲敗葉荷。舫中真是好，從此厭行城。

戲李本濟先生樓外樓

欲將飄瓦打吴舷，狂客倚欄莫敢前。楊柳似山山似樹，推窗納盡滿江煙。

二

近日西湖落楚國，山頭片片杭州色。君家能建百支樓，山外青山建不得。

晚看梅花因寄黄慎軒太史

豈必枸枸栽兩道，東邊我睡配君倒。愛花何肯摘花枝，頭上不如樹上好。

二

瘦月尖風映紫車，寒鴉三四結花社。疎疎點點坐斜枝，想亦能詩不能寫。

戲金魚有作，寫一紙投水中贈之

自去野塘後，獨行自作戈。鼓鬛如拜雨，開口隨生波。投飯倒千尾，挂洋帶一簑。金腮水水動，不敢到江河。

貧　怨

萬端愁裏強闐闐，繞地百迴心火焚。世上俗人偏快樂，只將愁苦尋文人。

二

蜀音吴語響前齋，未作赧王逃債臺。請出蘇秦三寸舌，閨中百計説金釵。

同王稺玉、謝成侯夜坐

王謝兒郎好，法筵只管開。詩同飛鳥語，禪入酒杯來。作賦千竿竹，陪賓一樹梅。笑歌正好處，風響欲彫雷。

同王居士望萬人塚

前途馬鬣起濃雲，泉下不遺我與君。誰是人間驚怖事，夜深獨自上孤墳。

滇人楊生老病，予遇之道路，悽然不忍，作述答二篇以傷之

述

予貌先年老，予骨見衣襖。只愁目前難療饑，後來生死焉足道。君不見予瘦影自憐雙淚時，馬蹄沙裏走浩浩。高才疾足人人巧，憔悴獨我一人早。伶仃孤苦仗四肢，并予手足亦枯槁。更有一段愁，羞澀難爲告。初夏雨霽上北門，紅日烈烈白雨到。又抱漁家枯柳眠，淚不盡兮空哀號。

答

君無憂年老，富貴誰能傲。深院重門鎖青春，隔山越水白髮到。莫憂憔悴早及身，侯王乞丐等夜燐。掬溪水，問行人，百年螻蟻枯骨後，與君一樣貧。

苦旱

畢星長不好，殺之無強鏦。昔時湯湯水，白路點人蹤。日月含枯氣，馬蹄響如鐘。蔬莖結蔕小，老圃詈命凶。黑衫少濯處，黄麥如膏烽。南陵使者苦，天吴大王慵。微雨數點過，巫師有驕容。揚旗彫雷罷，東邊紅日衝。道士慚欲死，市兒拊掌攻。湖中有小艇，枯泥葬船胸。硯渠掃毫突，甕沼畏鼠封。誰賦愁霖者，宜去截筆鋒。

余園竹盡逝，不存一箇，四月六日晨起偶書二絶挽之

幾日未從曲檻過，敗藍死翠感傷多。西郊公子風情甚，來與篔簹作薤歌。

二

瑟瑟千竿響勁梢，園丁執斧割枯茅。當軒黄鳥枝頭泣，不見昔時舊乳巢。

壽王老師

選日做佳寅，雪風宜弄巵。添人復亂坐，未酒先陳棋。一户少年笑，千篇不老詩。館中無别法，慣得沈家脾。

二

不被腐書煎，自然儒者仙。披經邀道日，彈指度禪年。白氏何曾俗，米家又不顛。若談夫子品，回也安能前。

映高樓苦雨

風落樹頭水，摇摇代碧忙。竹癯枝卧雨，網破蛛迴廊。藍馬行楓葉，蝸牛死石牀。林深陣陣氣，新雨果然香。

山間瀑布

冷鬼凍龍不見沍，越綃吴繡莫能輸。瞥翁衣薄扳巖偷，噴噴飄飄剪不住。

夜宴友人宅值雨

竹香亭上倒金巵，絲雨濛濛繞屋雷。騎馬出門薪火滅，西城紅電照人歸。

同家大人宴

有父高千古，癡兒名自成。文章蘇氏較，風調阮家争。赢得紫羅去，敢將褐布呈。竹林兩夫子，詞裏立家聲。

答沈青門兼自悲

漸減沈家斷帶災，且修王氏焚香臭。閉門不肯捧詩出，斫竹爲君送韻來。百萬閒愁要哭洩，幾分奇筆同花開。荒荒冷館一人坐，繞砌百迴空自哀。

家舅氏居梁山之南三世矣，忽於辛亥秋杪逝去，僅賦詩一章哭之

弱子孀婦岫裏呻，襍衣紙帳濕山雲。空存霧髻霞鬟在，不見昔年使酒人。

有一節二没作一詩嘲之

一朝長往何年迴，又長青山土一抔。不得隕星驚廄馬，止存薪火隔林來。

青溪山水奇絶，王居士至其地悵然而返，居士係村落人

怒視花溪與柳堤，藍堆山上淚凄凄。可憐秋水夏雲地，不及人家種穀溪。

離却峯巒便灑然，青山與子兩無緣。正當抹月披風處，逢着山僧又説田。

與謝通明江邊敍別

君負辟支去，予詩笥裏哀。蘇黄同一品，李杜不分才。有酒淋花徑，無人上月臺。京山程路遠，對子空言來。

又

江南有小袁，奇語起鬼塑。天地怕吾毫，好境留不住。獨有謝家郎，敢與吾角賦。開口動談天，令人發狂呼。昔時北過江，風情飄南渡。下馬不説勞，握手譚著作。尋石打山禽，採紙摸白鷺。與我月下行，影也無惡步。如此素心人，不用訪友募。千歲閻羅前，復切定交酺。

壬子夏偶擬明宋諸名家詩，非予真面目也，即謂非未央之詩亦可

家大人有畫舫予借澧陽舟中偶成

自取青編自選詞，月光初下落簾帷。每當流水斷橋處，是我開窗大叫時。淡淡輕煙方櫛沐，深深巷柳便棲遲。胸中料得有何事，穢草崩崖亦入詩。

二

一甌流水貯方盤，披髮讀書不振冠。未攜酒杯辜夜月，誤投果李打漁竿。醉攀小艇拾萍藻，閑步湖頭採木蘭。再呼舟師三致囑，晚鐘纔起可開灘。

三

泛宅浮家興自狂，舟橫岸草掃朱廊。早知輕舸銜煙柳，久勸人家植水篁。止爲月明怕點燭，又因花氣不焚香。舉頭處處青天在，彈指已過沖里岡。

四

甓流成雨向山城，門背禾場掃酒鐺。烏坐客帆任去往，螢纏蛛網猶分明。一更蝦赤三升水，兩盞鵝黄十里程。榷吏水官如問載，半航煙雨坐書生。

五

不知漏下已三行，唤起阿奴買酒嘗。入手清流自洗盞，到頭煙景未離牀。枯枝濃霧鴉爲葉，夜月疎林水似牆。潭底如生王績輩，願投一爵點湖光。

自舟中登岸偶成

林風陣陣響前灣，泉氣樹聲又一般。權把黄冠挂緑柳，直尋白徑上青山。樵家傍嶺築蝸舍，路畔因松架蓽關。攜手披衣不慣步，馬頭還似在船間。

上硯北閣，天氣朦朧，禾色方青，時五月十有三日也

石巉木欖等山陂，極目南雲亦自奇。路似半含樗蒲界，田如千段浮萍池。漁煙銜艇裏楓樹，杏子分香上弈棋。細雨斜風横劍嘯，韻唇詩手幾人知。

哭張安世

虚齋把筆泣高蹤，覓得生芻那忍封。能酒能詩唐李勣，不言不笑晉陶公。未通白業有禪氣，戀着青樓亦道容。死友有知如不遠，瘦魂當繞大江東。

二

數語燈前字字真，呼童度曲猶精神。如何鬬樂争花地，失却疎雲淡月深。圖譜數針壓漢北，肝腸一片傲荆人。可憐文士付流水，沈謝鮑王亦夜燐。

三

悠悠世上無多情，白眼乍青爲子卿。曉得分杯成永别，再求握手話平生。亭前集石穿山色，閣裏鑿窗透樹聲。從此數車三步過，故人門外止黄鶯。

四

删竹修花典草堂，竹花正茂主人亡。看他庭畔幾方地，都費生前一段腸。賓客有情插寶劍，兒僮無主倚蘭牀。魄歸舊苑約新友，阿大中郎首入場。安世後先叔中郎一年歿。

李宗文有書寄予，兼求予所著竹話

江南有客忽相聞，遠牘開來字字雲。酒社詞場新小友，筆墳墨塚舊人文。登山遥指有知己，問竹何緣上練裙。渭北江東若細論，豈將輕比鮑參軍。

二

秋色滿山詩滿山，他年唱和定盈箋。休如長慶必書月，但願熙寧各記年。好句多從午夢出，清言半在水雲邊。飛身如可西莊去，雙着紅衫柳下眠。

映高樓即事

樓頭坐看幾人漁，玉尺銀刀飛後渠。溪滿浮萍不似水，亭圍亂竹合成籬。雨中若使能兼月，泥裹吾將自釣魚。初願不求治館榭，臺邊樹下起茅廬。

戲贈桃源周生

狂歌亂舞桃花飛，仙蜕石邊落玉璣。時出蠻音亦自好，任他妝束也無威。手常掬水灌紅杏，到即脱巾挂白扉。笑爾青衫蟲蠹甚，料爲父老送春衣。

張老師初度六月初五日也，老師買新姬未久

牀前獨拜水先生，白石白沙自有聲。折蕪凋願喚小小，濯枝雨後呼卿卿。移風變雅度年歲，裂月撐雷真老成。弟子焚香無可祝，易妻四九願如澎。

黄太史慎軒與先君爲生死交，辛丑冬先君歸葬於荷葉山之西，太史素車白馬，便道而來，恰如其期，此亦非偶然也。己酉予甫十七，偶拈筆作梅花詩，一蜀僧至，遂寫扇頭以貽先生，先生頗賞之，復予書曰：李賀小兒猶能倒韓侍郎之屐，況有才如君者乎？予不覺失笑。壬子夏，先生殁，爲位而哭之，如父執禮。夫自古才人崛起，天下寒士依以揚聲者多矣，至於以一身而爲父子兩世之知己者，蓋屈指不一二也，敢作數語以哭之

從此中原知己孤，晚年絶筆又成朱。西方不靖青峨死，南國無緣火井枯。薄命偏來尋道

長，高年定不到名儒。恨予猶少黄家字，覓客問僧得夜烏。時予新得先生「夜烏啼月」四字。

二

當時橘水坐潮濱，月起風生僅兩人。置我案頭分小韻，坐君膝上問生辰。黄衣剛入成都夢，白板又來阿彌身。若把葡萄還築社，詩魂猶帶竹皮巾。太史與先大夫築葡萄社。

三

昨夜夢入大峨巔，石砍巖滑草屐穿。南瀉會昌六年水，北鎖靖國元年煙。山僧袖出平倩字，展開三字淚潺潺。我是先生死友子，東華猶葛如何死。又哭先生又自悲，挽詩纔成醒來止。國朝邇來諸文人，大半不敢數年齒。如陶如江四年餘，何曾一人到六紀。肆市盡鬻少年書，老去著述無一紙。野草不枯蘭蕙枯，白楊有風應不起。

四

新茶來飲哭先人，猶在柞林風雨晨。今日巨卿身夜後，素車白馬又何人。太史祭先大夫文云：「嗚呼伯修，來飲新茶。」

舟中自澧陽歸

遠嶺斜埋沙水濱，遥遥千畝欲隨身。帆飛似箭震書帙，松響如風驚睡人。地獻清湖絶俗客，天生黄鳥作佳賓。斯須已過夫人渡，夾岸香禾透幅巾。

二

散步野蘿挂葛巾，有山有水斷非貧。沙頭席地跏趺坐，南岸犬猜北岸人。

三

午時猶有日侵身，妙在月初與露晨。舴艋也隨畫舫去，恰如遊客攜山人。

入村

貯水滿田臯，累麥尺餘高。秧針青翠甚，彷彿似松毛。

二

夢中白雨濺，醒後又青天。疑芋是荷葉，問他何日蓮。

三

田媪坐重榭，攀枝待雪夜。野夫健步來，擕豕梅花下。

四

雀啄便入田，赤日挂山巔。道士蒙頭卧，誤疑月在天。

寒食

遊客莫留連，何人此内眠。帆飛碧草塚，烏點黄花田。停盞待甕酒，仰天看紙鳶。功名了却後，水月若千年。

苦雨

環草亂鼓吹，平溪溺死芰。蝶翅淪瘦煙，蛛濕縊敗箸。瓦飛滴案編，堤斷隔友轡。線電照愁肝，覆鏡擁衲寐。深籬聞夜顛，茶牀報朝委。園丁障碎簑，郵使毁新簣。濕葦費温卮，虚甕浮砌次。泥没水屐身，風泌蘆花帔。架木作徒杠，嫗將碧公詈。

青樓曲

郎上隆隆馬，妾乘一葉舟。春帆風浪疾，先上散花樓。

二

詩社約郎去，三杯出畫臺。嚴霜刮面冷，猶自候郎回。

三

慷慨敲金鐺，居然文士腸。嬌羞猶似可，第一醉中狂。

四

聽説聲歌好，買綃請數詩。亦知飲五石，不忍勸多巵。

五

將鏡作郎身，時時得自憐。贈郎無別物，只此鏡中人。

六

分手不多許，胸懷千萬語。相逢無一言，盡在不言處。

七

素心離亦好，卓氏在悲愁。只說少年事，何須説白頭。

八

洗杯滌坐茵，小酌度花辰。郎有知心友，爲郎約幾人。

明月怨擬古

輕露滑香髮，隙光點舞襪。故人今在家，想亦看明月。

二

南山與北山，豈有兩明月。先去照郎身，後來照妾髮。

月

一點補青天，遥遥落水田。青天補不得，時漏雨和煙。

保母吴氏病甚，予方在澧陽，友人强留予飲，雖擲五白六赤，未免面笑而心泣矣，歸果歿。保母于我其職止一傅婢耳，其恩則猶母也，哀至時漫作數語以自悲

瘦骨枝立不勝珥，依稀如生唤不起。呼天無路淚雙垂，對予永别恨不語。癡兒短髮亦被褷，黄口無知不信死。自哀寒士時命窮，并一保母也没齒。質書典衣買山園，死有以理不必里。半夜漏下起涼風，此風遂不吹衣履。記昔摇頭梨棗時，恩深如海難屈指。雪夜啼號繞牀行，披衾衝寒燃膏紙。盛夏鼓扇葛幃中，自身多病亦不止。視我如子欲速成，一問日者亦歡喜。今宵素姚僅數籌，素姚數籌我心憂。千金未酬漂母死，伶仃孤苦誰報劉。嗟爾歲月饑寒度，受其恩者寧不羞。冉冉孤燈悲厭次，蕭蕭夜雨哭黄州。昔日高堂女嫗伴，今朝孤墳土一丘。曼倩，平原厭次人，有漢武保母救語。

夢與中郎先叔談，覺來只記秋亭二字

依稀相對敘寒温，十載何如一夢魂。已勝五年浮浴水，不須三度到夷門。榻前吊古真奇事，帳裏招魂亦妙論。風韻十分忘却五，而今彷彿類生存。

二

夜如白晝了無驚，寐裏何卿得遇卿。玉玦猶前佩道士，蒲團依舊坐先生。剛聽話裏秋亭字，又恨城中署鼓聲。預識夢魂容易覺，强攀巾履到天明。

映高樓即事

枇杷正拂窗，恰好一方葉。結子斜含枝，子黄坐而鑷。倏忽墨煙濛，萬點插衣袷。亂蚊穿雨行，飛舞將軍聶。稚子負竺歸，彙選拾秘笈。仆地斜倚門，啼淚滴丹頰。勸君莫笑他，少小同此劫。

潛江有一謝老先生，晚年子殺人，爲仇家所逼，投于淵。往聞淵中有青魚，近千年矣，鼓鬣噴波，雖童稚皆得見之，往來出没，漁人莫不能得。忽一日魚偶不見，不見

而先生生。先生自幼浴，委蛇盆中，有洋洋圉圉之狀。及得第，爲杭州倅，每浴必閉門焉，執巾跳躍，自濡自沫，其聲如石鐘鏜鎝，如輕雷激波，如乳蝦噴響，如漁子逆灘。妻氏隙而窺之，驚愕不敢言。未幾年任滿，致政南還，以兒子故溺于淵。溺于淵，而魚復出矣。小袁曰：天下事之難知如此。始信幽怪録、搜神記之類，蓋非虚語也。昔南宋有一學士，弱冠即負時名，下筆即膾炙人口，記其前爲白馬，吏乘之入驛，瓦礫傷其蹄，痛入心髓，遂死，故平生不忍騎，騎亦不鞭，遇敗崖碎石間，即下拾之，恐傷馬足，房舍重重去其門限，亦此類也。嗟乎，人羊往來，此安可與腐儒道哉！命筆作一絶

功名一霎幾年餘，可笑波臣升斗居。南宋才人係白馬，外州别駕亦青魚。

壽田順菴八十，余友雄甫祖也

君亦嘉隆小孺子，而今翻作白頭翁。舉杯猶是少年樣，飲酒居然壯歲風。

二

世上誰無鬚與髮，許多止爲嫁婚銀。早知阿祖販年歲，少將舍施短命人。

三

更深露下少年眠，猶自狂歌繞水畹。想是兒孫多沈王，一迴詩到一迴嫩。

四

鬚根色同漢周軸，初度酒杯可溺屋。膝下二三白髮人，大郎今已六旬六。

寄友人

大雅不從三百終，邇來新得一詩翁。迦文十二部中偈，天寶開元拜下風。

二

斷鬚入甕總堪憐，到此無人敢效顰。古調高風只百代，瞿曇真是老年人。

一山人貧甚，以生平未到館娃宫爲恨

一夜相思誰與聞，麻鞋空自戀紅裙。無錢難入生妓院，三上錢塘蘇小墳。

高牧仲遣僕送予辭之

醉人推罵我能堪，自取書擔上釣潭。君宅不須銀鹿去，微風吹我上江南。

露坐

三盞酒腸滑，披衣又散髮。莫居黑館中，出去當些月。

勸伯韜建舍

生柳逢春長屋梁，敗書無帙筆無牀。休言蝸舍權棲遲，蟻子猶營審雨堂。

有舊館閉半年矣，作此自嘲

開門收卷帙，塵埃繡千層。滿砌盡蜂窟，穿窗有壽藤。畫牀棲竹鼠，茶竈坐蒼鷹。去歲上元節，今猶懸一燈。

與友人夜入郢

蠻曲與村歌，馬頭信口哦。奇言休黑語，月起再談過。

二

不識是何事，漁翁哭水汀。放燈江上者，燦若滿天星。

三

只愁白鷺波，浸上楚靈襪。只恐壓城雲，不留王粲月。

右述袁石公代青溪道士見招 中秋後一日書

青溪月，和霜和冰發。萬仞沁寒潭，冷盡玻璃骨。青溪花，傍水帶煙斜。東曲謝蘭香，西曲蓴緑華。青溪水，雲根洗清泚。朝浸甪里芝，暮烹王烈髓。青溪雪，萬仞千峯徹。隔浦唤仙奴，夜舂雲母屑。君之來，猿鳥笑。雲爲舟，風爲棹。鬼谷罷染，孝先徙竈。驂風與駕鵠，知非君所爲。吾爲君招赤成之化骨，及絶逸之髯君。爲我歡然而孰道。君不來，雲山焕。

小袁幼稿

遊黄山

風景未容删，前峯翠一灣。松楸青過草，虎兕小於鷴。墮石逐禽去，歸雲同馬還。謝公丘墓在，鬼亦愛青山。山有謝公墓。

二

沅峯與澧嶺，山爲此山生。可恨天如舊，纔知水半明。問方頻送目，踏石可成聲。不盡山靈意，留之後世氓。

劉園即事

步出鳳皇隈，湖光上遠臺。窗因幽徑鑿，户爲蜀僧開。老竹穿牆過，輕鳶熨水來。密萍閣落葉，拳石小蒼苔。雨過樹還滴，城高風欲迴。詩成題畫壁，酒盡覆空杯。梅底胡黎静，鏡中堞影隤。林泉原自好，點綴不須才。

中秋病中偶成

乍冷秋風夜，伴眠獨此君。月惟呼僕看，歌止隔鄰聞。溪骨聊成帙，鏤香不忍焚。更深金磬静，疑我是揚雲。

二

風光如隔世，竹月轉堪貪。誓禮竺乾父，酬兹中國男。病微生大怖，疑至仗新參。七尺何爲苦，終當老一龕。

柳浪湖與述之話舊，適有一歌者至

何日不相見，締歡獨此辰。負心非俊士，證盟以佳人。驟雨驚檀板，微風送笑顰。譚鋒與舞態，無月景尤真。

舟中即事

驚濤撲面來，天暗失林麓。不曉水程事，前舟以爲目。

二

十里蘆花煙，浪光霞裏鮮。遠帆如未動，實是疾于鳶。

三

風逆打船頭，驅人上陸遊。牽舟江畔過，錦纜絆耕牛。

四

雖暗覺猶晝，燈來晝夜分。掛帆正好去，催晚是霞紋。

五

天氣明朝好，池蛙新有聲。黑雲一點破，破處雙明星。

六

每遇新山水，轉如歸故鄉。一眠三十里，非是夢魂長。

七

山水恨無目，誰憐褐布囊。詩成只自賞，有似嫠婦妝。

送張廣文歸桃源

松楸處士宅，鷄犬僊人廬。既已六年別，趁兹二月時。鶯聲穿石壁，桃雨滴荒祠。今日歸舟上，錦囊如有詩。

寄友

瑠璃十里漾紅蓮，都在先生几案邊。畫槳忽飄紈墨瀋，遠鷗識得酒罏煙。閒編新賦酬初月，偶效漁歌答晚天。蕉露梧風真用世，名臣何事不逃禪。

古樹

葉深不受雨，勢遠欲無天。只許暮鐘入，將無山鬼眠。參差召宿鳥，高古漏春煙。急欲呼培塿，峯頭少布泉。

送師至金陵請經

忍别梅花去，荒城釋部微。寒霜清五戒，漁火照三衣。骨俠禪心壯，身孤道侣稀。明年江浦望，貝葉滿航歸。

净檀即事

芳草油油未忍鋤，客來嘲我懶兼疎。俗情易合愧同跡，世細難逃且閉廬。禪榻側邊生筍竹，杏林破處露浮屠。家貧真箇如南阮，一枕風煙好著書。

與田子别六年矣，偶遇之途間，走筆賦贈

君正來學詩，值予栽竹時。五六七竿竹，和彼蜂巢移。今竹已聳翠，君詩亦滿笥。君詩戛戛如寒玉，不減淇園十萬枝。

芙蓉館即事

轉眼年華逝，鬬生草上臺。旱深還愛日，雪裏忽聞雷。漏刻聽山鳥，沉心佐酒杯。蒼官圍

繞外，牆短露紅梅。

謝通明寓中讀譚友夏詩偶成

非因破萬卷，下筆自然研。況是窮風雅，宜其吐水煙。普天供楮素，率土上花箋。一帙休云少，銷予幾夜眠。

二

愛女文章好，詢之乃少年。丰神都覺贅，錦繡已盈篇。不學慚元九，臆言敵鄭玄。誰知三户楚，偏有才如僊。

鵲巢梅上

何處無鳩居，清標第一奇。恰將南國意，添入水曹詩。避歲暗香裏，向風疏影時。秋冬如可易，七夕好相宜。

二

大類廣平腸，南飛亦自狂。驚風穿牖户，落蕋滿橋梁。三匝還能繞，一枝若爲忙。明年花再發，報道首東皇。

玉泉呈家君

余家累業愛逃禪，紫蓋峯頭空一巔。父子買嵐爲世業，妻兒鑿翠是家傳。文人結局惟風月，壯士收心在水煙。從此焚香了世累，石頭崖脚有高眠。

洪山寺同張景星賦

林遠自聞香，名心到此忘。晨曦如乳月，澗户似蜂房。樹杪僧雛出，殿深白蝙藏。回頭城堞近，胭脂接西廊。

送僧歸廬山，時予亦思南遊

頻作青山夢，今朝師叩關。隔林望面孔，步步是廬山。

二

杖屨曉雲寒，擔頭雪萬盤。幽巖今未見，擬作一僧看。

三

布泉稱小友，寶樹戀通家。得得山中去，焚香了晚霞。

四

不獨匡廬佳，山山具品地。安能五嶽遊，月旦山之類。

與友人論遊山

欲於羣峯頂，點綴諸名流。銀光三百帙，中書五千籌。殘煙與冷翠，一一抉其幽。詩裏課殿最，無令寸景留。佳則遷五嶽，否則降林丘。

二

游山宜尋水，嶺頭水尤奇。凡欲觀水者，宜到萬岩岐。有客游山返，惟譚山嶮巇。游山三十載，不曾見一池。無水峯亦俗，清翠祗覺癡。辟彼黔民往，空拜香火祠。辟彼幽閨妾，隨郎走天涯。非不譚山水，林壑那得知。

樓上偶成同述之賦

紅衫倚柱覺身輕，縱使無風月亦清。止見亭前千舸亂，忽聽窗下一鶯鳴。淡雲疊疊連春樹，瘦嶺蕭蕭掛斷城。此去僊人還不遠，至今飄瓦帶簫聲。

有感

素車數輛鬥悲呻，自恨空留未死身。乍入新居冷似水，重懸遺像涕沾巾。當年歌舞頻頻樂，今日窮愁着着新。秋夜孤燈不足計，饑寒困苦告何人。

二

鄉鄰亦復起悲酸，空使傍人憐故官。化石墜樓死尚易，破琴解髻生尤難。馬蹄車響從今斷，署鼓巷吹憶昔歡。聞道鬼裝都治畢，只將一室孤魂看。

仲春同友人夜宴看花臺，忽憶元微之吠聲沙市犬之句，謂友人曰：前巷中歌纂纂唱嗚嗚者，尚不如豹犬之清越也。因捧腹數回。爾時仰視銀灣，俯眺煙樹，天地如浄瑠璃，心脾爽然。乃與友人論月，各得月之三昧。此數首，則予所謬論者也

光景阿誰多，東堦月一坡。不如金屋裏，冷魄照青娥。

二

盡赭平原樹，勿留礙皓光。不如湖水漲，千里頻凝霜。

三

山吐與林落，沉沉淡鬱多。不如酒盞裏，蕩漾織金波。

四

公子聚澠淮，朱門肉竹諧。不如無事客，散步踏荒街。

招提同伯柔夜坐

寂寞荒齋裏，無聲似有聲。孤缸穿竹影，寒磬撼窗鳴。茂柏恨遮寺，風林難辨更。忽然言語斷，幽契此中明。

丁未六月水漲坐柳浪館作

濯足池邊好弄箏，釣翁歸去小舟横。落霞鋪水全湖繡，夜月下枝半樹明。

二

寒谷墳溪没石牛，白花十里賤濺流。稚子灘頭學把釣，老僧樹裏亦乘桴。

簡袁無涯

今山讓古山，今水讓古水。悠悠世上人，蒜目薤頭耳。縱欲傳斯人，直待斯人死。不見張伯松，頗亦讀書史。太玄不生周，金匱無楊子。吴門有袁郎，沉心研名理。貌如靖節詩，才比螭虎璽。酷嗜中郎文，夢魂通一紙。論衡肯出世人觀，陰符未注棺材裏。風流文采真一家，不似關山隔千里。我忽見袁郎，須臾兩悲喜。士固附青雲，青雲亦附士。阿大遇袁郎，百世不須竢。未審我後來，有人袁郎比。

無題

多情惟有二家知，閒取銀光草恨詩。端坐凝眸發一歎，回頭新月滿花枝。

二

蠅字行行密復疏，幽情閒怨似班妤。女兒到底深閨氣，只愛雕香與袖書。

三

自從分手幾經秋，静夜無人閒自謳。惟有瓶花肯伴我，澆之餘瀝當纏頭。

四

幽閨對語雜驕嗔，香茗煙中别有神。知己半生海内少，天涯不在在花茵。

五

楚宫未話别離日，先慮孤齋夜雨時。況是北堂人已遠，梨花入夢許誰知。

喜友人至

西南有客吹簫至，開扉定交便切脯。問客平生遺恨事，袁君未見與匡廬。

寄友人

夜合繞階水繞臺，道人飯罷間徘徊。買舟只合問山去，砍竹爲君送韻來。百萬閒愁要哭洩，幾分奇筆同花開。荒荒孤館一人坐，瘦影寒霜空自哀。

一道士好遊山不好住山，詩以箴之

道士閒中有不閒，遊山屐上换蒼顔。女媧未到西棚國，何苦朝朝只問山。

澧陽舟中偶成

遠嶺斜埋沙水濱，遥遥千畝欲隨身。帆飛似箭震書帙，松響如風驚睡人。地獻青湖絶俗客，天生黄鳥作佳賓。斯須便到夫人渡，夾岸香禾透幅巾。

柳浪湖即事，時江水正漲

如雪水漾漾，無風静亦浪。樹卑舟則升，雀巢可俯望。湖中有小樓，舟常游其上。民魚固可愁，與予不相當。月下拜天吴，不退亦何妨。

偶成

舌存還着敝貂裘，三折鐵撾願未酬。京口颶風連夜發，輞湖松雨滴窗愁。早知焠掌無長策，惟有編蒲上釣舟。寂寞渡江王景略，從今莫望吕婴樓。

山中寄王九天根

忘却渚宫路，深山别有程。陳遵雖好士，張竦亦知名。溪水和冰緑，寒禽帶月驚。何時圖合得，樽酒漫相傾。

净檀偶成

青豆是吾家，名園竹樹遮。風高先到燕，日烈甚憂花。涉世勿爲好，逢人唯説佳。水邊歌嘯罷，縞堞馬頭斜。

別蕭生

無計留君住，春光祇自憐。面含丹竈色，囊裹洞庭煙。欒大迎天至，徐生入海還。何年吾事畢，偕爾老匡巔。

八月蘇雲浦先生初度

天欲老高賢，秋容百倍妍。宛如弧矢旦，選此菊花天。蟋蟀千秋語，芙蓉四海煙。江南北磬煖，處處爲君年。

壽桃源張老師之母八十

案頭鳳律堆重茵，歷盡風霜到此辰。五色雲來生孟子，千株花底遇秦人。燈花暈盡猶聞磬，砌草霜寒尚課緍。北斗九星今已見，翠裝白髮好相倫。

送蕭生遊天門

大地似池君似萍，洞庭如海君如鱗。從今分手天涯去，我亦東西南北人。

月夜步入招提

平疇一片光，燈火射池塘。隻雁銜鐘去，帶聲落講堂。

王九將至金陵，便舟訪予公安

春水今方生，江流已不平。微之重拜塔，子美再題詧。有爾終先輩，得予始後生。天陰留客好，風雨不成行。

庚戌夏日懷友夏

未晤已稱是法侶，平生眼空僅汝許。聆音不自君口來，每於人口得君語。僻居江湝氣如蒸，思君清音解予暑。暑中披拂惟有風，風歷郡邑到予所。到予所時風已殘，猶勝四塞熱忙處。

近遊草

月夜過湖

濃煙不住處，是柳盡成楓。三日行人斷，一帆釣叟逢。鷺濤枕際白，龍火窗間紅。豈止吞江漢，肥波食宛虹。

二

奕奕星司夜，水天不用鷄。無風鱗未静，有路鶴能迷。驚浪崩鮑史，奇寒折敝綈。蓼花皆瑞草，何敢問香閨。

德山偶成

晨策期從緩，登臨不覺忙。斜通葱嶺後，小憩欹巖傍。碑字殘從晉，松枝折自唐。身隨樵路遠，有賦羞題篁。

二

探幽不避露，只慮寒煙遮。錦石小容月，桂根老帶霞。轉屐呈一壁，回首失千花。寺寺樓中翠，峋嶁恐未加。

三

如花數里樹，常似豔陽年。凋落含春色，清晨起暮煙。宫陰遊女坐，竹徑老僧穿。每到驚紅處，便思受一廛。

四

原説江南雌，登峯識秀巵。暗中微漏日，密處巧藏池。煙入施糜室，雲封束草師。人間花熳爛，不及帶瘿枝。

武陵道中，時予將有衡陽之役

青翰絃上箭，直射祝融陰。北風吹萬物，不肯吹歸心。神農咫尺間，豈畏洞庭深。

二

閉窗披髮坐，雀尾香滿舷。風來窗忽啓，書帙裹寒煙。波遠沙鷗去，草青童馬眠。

贈建中上人兄弟

茫茫楚塞長，同鄉作異鄉。予初匿姓字，别言是錢塘。雙情忽交映，笑裏識袁郎。引予橘奴下，坐予松釵旁。言言無僧氣，相對月出房。不必種荷葉，跏趺悟亦香。不須摇蕙扇，圍爐氣自涼。佛子具仙骨，世外别有腸。堪怪夷齊生今日，任他飽猶挾風霜。

辭德山走衡陽

水生風熟翠重重，隔岸猶聞枉渚鐘。别去已開三里霧，思來還上一層峯。棘籬枳落窗前願，兩虎雲獅夢裏逢。善卷有靈予有誓，他年足蠒定相從。

自嘲

不得父才得父遊，煙霞閥閱榜飛舟。無名無我湖天去，喜向沙邊怨石尤。

晚泊

日日水程中，踏浪似聚鴻。遠光能不夜，獨樹亦無窮。漁任凋花雨，商輕裂葉風。瓠瓜青黑甚，傳語魚鹽豐。

偶成

獨雁憐其冷，獨鷗憐其孤。獨塚鬼雨滴，棱棱石一株。獨舟漁翁往，寂寞婦與夫。予今二十五，旅艎泊江湖。九向九背去，飄苦水中蒲。十月北風發，宫亭幾躊躕。鴉洲䖍渚畔，瓜剖豆分途。獨身蕩其間，不可示妻奴。我憐雁鷗與漁鬼，雁鷗漁鬼亦憐吾。迫吾早到朱陵去，懶殘長源是爾徒。

二

農若嫻風雅，結宇倚丹楓。漁若識圖畫，釣絲暴晚風。山若爲予疊，置嶺綺窗中。霞若爲子鰪，虎眼萬跳紅。造化有慧性，文章巧且工。兩儀將剖際，恰與我心同。

龍陽舟中

利眼芒芒照敝裘，少年採藥自風流。幾迴欲效鄴侯去，今日方同宗炳遊。奇嶺千尋堆積雪，蘆花萬里蕩孤舟。人間奔走空銷夏，緑壑丹崖了盛秋。

沅江湖畔

四望愁無地，中流一雁鳴。舟凝緣藻密，萍動識魚行。野衲俗猶静，漁翁争亦清。一天城市語，不及桔槔鳴。

天心湖

百里千里迷酸霧，舟行但隨沸河步。茗樹之下李耳啼，客帆茫茫明一炷。此地若當豔陽時，乳燕含泥將誰附。不似東都大有人，帝廣顧盼當無怒。

二

雨中爲客倚欃愁，況復朝暮滴清瀏。半生今日獨聞雨，往年雖雨不知憂。旅泊更勝遼陽戍，鬼廷颼颼沅水流。倦來假寐虱無暴，村夢帶雨入青樓。

沅江遇盜返棹作

性僻愛丹丘，致貽堂上憂。未逢新嶽色，難遇故鄉舟。不泣非無淚，宜懲更勸遊。神驚怪牒裏，君子欲何求。

二

逃人直到此，無處可逃人。僮聚沙汀泣，客因濡沫親。難抛浮海興，悔作離家身。五姥緣何薄，要顊赤帝神。

三

訪道寧辭水，捐軀只爲山。自甘高隱没，肯作俗人閒。望嶽那能去，懷歸不忍還。驚魂未定夜，猶夢九疑鬟。

客有嘲予遇盜者，賦答

一自離塵寰，便覺心無垢。途遇往來舟，日日問岣嶁。晨起櫛沐餘，閒取流泉漱。或見古木陰，停篙時相扣。偶逢山衲言，閒隨漁者走。我心如漁清，漁心如鷺伏。每於垂綸旁，手把道書讀。夜來聚千帆，燈火映列宿。四顧煙濛濛，水月白成晝。人生行樂難，此樂無乃驟。萬事讓人先，山水不處後。

二

七日枉山去，山空杖履鳴。溪橋木葉滿，石路寒風生。松深獨鶚叫，竹盡一人行。只此培塿地，能令繁想清。何況祝融頂，千里暮雲平。我行去即返，遊山如攻城。幽燕百戰將，亦有小衄兵。龍韜閒未試，不足損軍聲。身爲五嶽死，靈爽定孤清。死忠死孝外，死山亦有名。

過常武别楊西來

客路如鴻飄不羣，枉帆幸讀子雲文。名高九牧偏憐我，才了十人久讓君。玄論真堪摧敵國，不言尚可挹清芬。他時洞口如相遇，願瀉花浪掃練裙。

予未辭君平、孝若諸子，行踰梁山六十里，復爲所追返，有賦

思歸與惜别，心在去留邊。走馬千山頂，危橋一笑還。巖端樵徑曲，松裏碧天妍。不盡登臨意，難忘洞口烟。

夜飲梁山下

嶺欹松亦欹，石路如空枰。颼颼不離耳，霽乃發雨聲。狐語亮于吠，幽深疑有靈。忽然松

枝啓，乍見天色青。松裏天猶美，何況月復生。欲月入松易，我入松中行。謦咳總歸寂，視久無定形。

梁山懷西來

郊原青嶂合，何處覓無峯。僅自憐孤影，不堪聽暮鐘。離家僧爲友，穿穴月難從。寂寞憶知己，交情同酒濃。公安無山，予時思歸，故首句云云。

懷花蕊

鹿走禽飛虎出圍，誰能令我不思歸。一聲吴肉香烟煖，自解蕭郎馬上衣。

澧陽别楊文弱

聞道枉山客投林，是予非予等追尋。圖書滿船神自契，即無通家亦賞音。愛君文字肯幽探，年少風流帝所歆。感君摸索能憐我，交情水乳足知心。知予淺，不知深，知僅姓字仗家世，不知獨鶚出高岑。文弱初不知予爲袁郎，再遇復别，方告以姓氏。

德山雜詠

金剛塔

座下久周旋，水漚今復還。與君有夙契，拜在拜之前。

善卷臺

枉山無遠岫，半是蒼官封。應想築臺客，爲山添一峯。

桂　園

古幹可無華，濃陰四節嘉。羞從殷七七，爲發非時花。

孤峯頂

瓜畦縈如帶，禾疇細似絃。鑑師曾過此，捧裹看青烟。

白龍井

井涸江則落，井深紅復洋。岷嶓非水脈，山頂有全江。

寶藏閣 係米南宫筆

筆氣邁周秦，顛鋒甚犀利。亦知米老書，不是宋人字。

竹 徑

竹雖列八音，此響另成籟。非翠亦非青，色居衆色外。

楚望亭

西眺桃源路，難分天外身。祝融催我去，又避避秦人。

附録二　柞林紀譚

雙髻峯雪頭陀，以三盲偈，爲雲棲所印可。余嘗以卓老叩之，曰：「此禪門之縱橫家，似之者拙，學之者死。」會家弟慧曉自武林歸，手柞林紀譚一篇示余。其所持論，雖散見卓吾諸書，而一時嬉笑怒駡，壁立萬仞之機鋒，如寫生照，更覺可喜。頭陀彈指讚歎，不啻饑十日而享大牢也。嗟嗟，法道之衰相現矣，睡菴先生云：「衲子禿似吾儕，舌似卓老，兩似而兩不似，顧影無儔，安得不以青蠅爲吊客邪！」小修眼空甚，而拾其牙慧，隱其姓名，蓋恐小根狹器，以耳食而不以氣聽，不足與莊語耳。則小修之嬉笑怒駡，毋乃更甚于卓老乎？初夏九日，禪月樓漫題。

柞林紀譚

公安袁中道編

柞林叟不知何許人，遍遊天下，至於郢中，常提一籃，醉游市上，語多顛狂。庚寅春，止于村落野廟。伯修時以予告寓家，入村共訪之，扣之，大奇人。再訪之，遂不知所在。予嫏鬟次其語，以傳于後。

伯修問聖凡同異之分。叟曰：「不必論聖凡同異，公且指何者爲聖，何者爲凡？」予問：「叟遍遊天下，目中有何人？」叟笑曰：「我從來不見有一人，果然真正豪傑難得。縱有，也不是徹骨的好漢。」予佇思少許，問曰：「古來如荆軻、田光之流如何？」叟張目曰：「是何等人，可容易説！古人真是愛身惜死，你看荆軻與魯勾踐博，少目攝之便去。本爲俠客，睚眦報讐，却乃如此怯懦，方知古人的心腸不同。我又且問諸公，只田光先生一死，爲着甚的？」中郎曰：「定不爲太子，疑或是圖一段好死耳。」叟曰：「這等説，却寃了田光先生。」予曰：「大段是激怒荆軻。」叟曰：「荆軻豈是不勇的人，何須激怒。古人這等去處，細不可當，只一死，燕太子之事定矣。光知荆軻之殺秦王，易於反掌，只愁他不爲人用，看得太子不在眼裏。光既已死，則荆軻安得不爲太子用，安得不爲太子死哉！若然，是獻圖揕胸，已豫定于田光斷氣之日了。其中柱天也，非人之所可逆睹也。然則光一死，而太子之願已遂，事已成。死有重于泰山者，非是之謂乎？予讀書到此，便爲墮淚。古人的頭好不容易擲，人知他極粗處，不知他極細處。」伯修問曰：「後來如臨濟、德山之流，亦是此等人否？」曰：「正是此等人。公看是何等力量，何等骨頭。不論甚麼人，便大棍打來，不是大豪傑無此舉動。」曰：「荆軻、田光之流，還須學道否？」曰：「荆軻、田光之流，我還要他學道，我却不要公學道。」伯修驚曰：「若是學道無用矣？」曰：「真無用。」曰：「如是則流入生死去。」曰：「諸佛亦並不曾出生死外。」曰：「何以別于衆生？」

曰：「有甚衆生！」

問六經。曰：「易經真是聖賢學脉，書經則史官文飾之書，春秋則一時褒貶之案。」

問管仲。曰：「他是太公一流人。」

問晏子。曰：「真好漢！伏莊公屍而哭，人自然不敢殺他。我説這等樣去處，真是孔子作不得的。」

問留侯。曰：「少年時椎秦皇帝博浪沙中，尋搜不見，一定是幻術，不然躲在何處？凡天下學術，決定破，若破，死必矣。都是險事。所以黄石公不准他。人人有箇活機括，取之無盡，用之不窮。」

問韓信。曰：「真可笑！蒯通説得極透徹，尚然不醒。渠解衣推食，爲着甚的，不過誘你作他奴才耳。這等豈可唤作恩。可稱呆狗！」

問杜甫。曰：「今人徒知杜甫詩之妙，不知甫是甚麼樣人。當甫從賊中奔行在，千辛萬苦，魂尚未定，甫得一官，救妻子之不暇，於時即薦岑參爲補闕，你看是何等心腸。如今人困窮投人，不知如何承人顔色。當時甫漂零嚴武幕下，一日乘醉，忽然張目大言曰：『嚴挺之乃有此兒！』你看是何等氣岸。」予曰：「武當時生殺在手，假令因此言被殺，也無用。」曰：「渠當時也不暇計他殺與不殺，直是胸中豪氣不可忍耳，即殺也顧不得。」

問太史公何如人。曰：「天下大俠。當時李陵降虜，隴西之士皆恥出其門下，馬遷獨救之。

非獨枯水寒灰，無勢位之可附，亦且負不忠不義之名，救之而無以自解于清議者也。無恩無名，而又有不可測之罪，而能挺然救之，此皆激于意氣，非後世矜重名義之流可比。」

問何心隱何如人。叟張目曰：「這樣人，甚麽人，好輕易！」予方吐痰，叟笑曰：「渠吐一口痰，也是自家的。」予問：「夏侯太初臨刑，神色不變，于此道有少分否？」曰：「不相干，只是一箇有力量人。我昔於法場，見有四人同斬，有兩人恬然不以爲意也，只是聰明伶俐人，見得決定是死，啼哭無益。凡聰明伶俐有力量人，遇事都能一眼見到底，也有趣。」

叟謂伯修曰：「公如何只在枝葉上求明白，縱枝葉上十分明白，也只是枝葉。」

伯修問：「學道必須要做豪傑否？」叟曰：「這等便是死路，不是活路。人人各有一段精彩，學既成章，自然是豪傑矣，豈定有豪傑可學邪！」

伯修退，予問曰：「學道還須要根器否？」曰：「如何不要？根器即骨頭也，有些骨頭者方可學道。當時王陽明不知多少人在他門下，彼一見，知其軟弱無用者，盡送與湛甘泉，且教之曰：『湛甘泉是大聖人，可去就學。』即甘泉亦自以爲推己，而不知陽明實撥去不堪種草之人，尋好漢也。于時王龍溪少年任俠，日日在酒肆博場。王陽明偶見而異之，知其爲大乘法器。然龍溪極厭薄講良知者，絶不肯一會。陽明便日與門弟子陸博、投壺、飲酒。龍溪笑曰：『你們講學，酸腐之儒也，如何作此事？』答者曰：『我這裏日日是如此，即王老師在家亦然，豈有此酸腐之話。』龍溪便驚異求見陽明。陽明一會，龍溪即納拜矣。陽明得此一人，便是見過于師，可以傳授，其餘皆土苴也，何用之有？」

伯修問：「學問的人，畢竟要功業否？」叟曰：「治世的事，可以講求得的，有甚麼難。惟大學問乃是自己受用，非言語所能辨析也。」

予問：「學問功業，是一是二？」曰：「豈可二。」曰：「世上亦有不學問而成功業者乎？」曰：「亦是天下事見得分數多。」曰：「亦有有學問而作不得功業者乎？」曰：「這箇却少。天下事只怕事理不通，既通矣，何難焉。」

叟問衆：「五祖戒是法眼嗣，有甚不得力，却出爲東坡。東坡到老也不得了，只講得幾句義理禪，向來面目已失却些子，況添了許多文字業，憂國憂民的業，後便不可知矣。予往抱病，思及此事，真好怕人。」且道：「五祖戒不了在甚麼處？」衆不能答。予問：「畢竟不了在甚麼處？」叟曰：「這裏我亦不知。」

伯修問：「學道遂不怕生死否？」曰：「別人怕不怕不可知，我却怕。」伯修曰：「怕亦有根器生定怕者，如我從少年便怕放銃。不知怕生死之怕，與怕放銃之怕，是一是二？」叟曰：「怕從小從自，難道不是一樣？」伯修曰：「可見這膽氣也是生定，由不得人的。」曰：「然。」中郎曰：「不然。譬如三家村裏童子，見人便恐駭；及到鬧市，住了二三年，見人都不怕了。可見這膽氣，又是充拓得的。」叟笑曰：「人只是一箇見識，見識大了，膽自然大。」

伯修問：「作大事業的人，須要殺身而不悔否？」曰：「古今大豪傑作事，都有箇着數，不是泛然的。」曰：「直如何心隱如何？」曰：「也死得脱輕易。安有大丈夫爲人所弄，如殺一鷄然，可恨！若王伯安則不然，你看是何等作用。」予問：「吾人作用，須是極細極周，乃可言作用否？」叟笑曰：「又有箇甚麽作用！只如何心隱，死也不容怪他作用不妙。就如王伯安，劉瑾時幾死，龍場古廟幾死，逃入漁舟幾死，功成羣姦誣以反幾死。假如不幸而死，亦將咎作用之不妙乎？」

伯修問：「自己根性軟弱，不得自了，恐終無學道分。」叟曰：「公來得穩，所謂悟遂實悟，參遂實參。」伯修移几近曰：「畢竟要師指示一條路徑。」叟作色曰：「這等便齷齪不可當！」叟問予曰：「你有幾分生死心？」予曰：「恰似全無。」叟大笑曰：「難道全無？閻羅王憑你這張嘴，也説得去。只恐要你再來，由你不得。」

十五夜月色明，伯修、以明、寄菴、中郎并予，坐於堂上飲酒。叟曰：「今日飲酒無以爲樂，請諸君各言生平像何人。」問伯修。伯修躊躇未定，已而曰：「余最愛蘇東坡，然也不似。庶幾白樂天乎？」問以明。以明曰：「莊周。」叟曰：「太高。公且説箇近似者，若莊周，則恐未知他落處。」問中郎。中郎曰：「我最愛竹林中人嵇康。」叟佇思曰：「也不甚像。」問予。予大笑曰：「我從來只愛齊人，家有一妻一妾，又終日覓得有酒肉。」叟曰：「你却有廉恥，不能爲此事。我看你最是謹慎周密，其風顛放浪，都是裝成，諸公莫要信他。」諸人皆拊掌大笑，予亦笑。問寄菴。寄菴曰：「我最愛李太白。」頃之，叟曰：「諸公將我閒評何如？」伯修曰：「李耳。」叟曰：

「何可當也。」問予。予笑曰：「公即盜跖。」叟笑曰：「盜跖也不容易。予記昔在黄安，與諸人論學次，亦是如此閒評。有友人笑指予曰：『公即林道乾。』林道乾，大盜也。予數之曰：『不容易。渠昔在海上，横行各郡縣，人不敢問。直到家中，官兵圍之，渠與衆人飲酒高會不顧。一夜遂失所在。彼其視朝廷大小官員，如一羣小兒，任其播弄，聽其出入，亦大膽矣。』」問中郎。中郎曰：「公似李膺。」問以明。以明曰：「公似叔孫通。」頃之，叟曰：「諸公試各相品題何如？」衆人曰：「善。」評伯修。中郎曰：「似黄叔度。」龔寄菴忽從坐間言曰：「似管寧。」叟曰：「也有些像處。」評中郎。予曰：「風度神情，頗似蔡中郎。」伯修曰：「似嵇叔夜。」評予。伯修曰：「似曹子建。」中郎曰：「似謝靈運。」叟總斷之曰：「伯修量差似黄叔度，識差如管幼安。中郎似魯國男子。小修之評都有些似，都不相似，其如劉禹錫乎，柳柳州乎？大段似柳柳州。柳州以柳易播，真好交情。然我只比得丰神略同，亦不甚相似。」佇思良久曰：「我真無奈此齊人何！」已而拊掌曰：「我得之矣，極似君家袁彦道，一擲百萬也似，倚馬萬言也似。」以明曰：「小修慷慨爲人，却有些俠氣。」叟曰：「是。只不是專爲俠的。凡我輩人，這一點情，古今高人，箇箇有之，若無此一點情，便是禽獸。我昔因白下某子之言，過某地。所以過某地者，以既有豪傑可以依歸，終日聽高人議論度日，樂孰大焉。既到語次，予曰：『山農無故爲人所陷，其情甚可憐也。』當時友人便不理會，便言他事以亂之。予退而頓足曰：『錯矣！予所因失之矣。』凡人若有一點爲人之情，到言及患難困苦處，畢竟動色。予一見此人，決其無半毫朋情，卒如我所料。小修這些俠氣，乃古今豪傑所同有的。」予曰：「善。」評以明。叟曰：「微似宋濂。」寄菴無評焉。叟又曰：「我骨氣也像李膺，然李膺事，我却有極不肯做的。」予曰：「古人所有者，我不必有；我所有者，古人未必有。大略風神氣骨，微有相肖處耳。」叟曰：「善。」倦久各退。時涼水映月，寒侵衣裳，漏可三鼓矣。

問：「叟於釋迦、仲尼、老子三人何居？」曰：「釋迦不論智愚賢否，只要他了生死。老子則有無爲之學問矣。釋迦不可及矣，吾庶幾者其老子乎！」

叟問諸人：「學問還須大家講求。」予曰：「非不欲言，這裏却開口不得。」叟笑曰：「不見古來大禪師，悟後却閉了口。」

叟曰：「學問須要有些真實受用，不然只在道理上纏縛，如何了得。」

叟曰：「伯修海蠡編説『天命之謂性』處儘好，如何却又這等纏縛？」予曰：「當時都有箇見解，如謂這一段道理通得去，則可靠之，以了生死。皆于人外求道，都無一毫受用。即有分解得明白處，皆從耳聞入，口傳入，文字語言入，與己有何相干？」叟曰：「然。正如一箇餅分開，兩邊一樣。」

叟謂諸人曰：「生死事大，諸公既來，何以教我？」諸公各有所發明，請正于叟。叟曰：「未是地獄要人在。」予曰：「非有地獄可入也，有地獄安得不入？只當下無地獄，將安入？」叟曰：「這不是道理聻。」

伯修問：「王心齋何如人？」叟曰：「也是一箇俠客，所以相傳一派，爲波石，爲山農，爲心隱，各有殺身不悔之氣。波石爲左轄時，事不相干，挺然而出，遂以死，肉骨糜爛。山農以行船事，爲人所恨，非羅近溪救之，幾至以死，不但謫戍而已。心隱以言忤人，遂死于殺人媚人之手。蓋以心齋從來氣骨高邁，亢不懼禍，奮不顧身，故其兒孫都如此。所謂龍生龍子，果然非虛。」

心齋極善啓發，逼波石過溝。波石不得已跳過之。曰：「即此便是波石大豁。」

耿楚倥少不識字，後有志學，遂從黄陂方湛一游。方倨甚，廝役皆門徒。每出則楚倥步隨之，四五十里，百餘里。楚倥素有性氣，兼膏粱子，但爲生死事大，不敢辭苦。如此二三年。每問方生死事，方漫應曰：「又通商量。」方實不知也。楚倥遂棄之，往游白下，路遇徐魯源，覺其語氣斬截，即從之。未幾，復至白下。予問其再來白下之故。楚倥曰：「不是一箇簡體。」

楚倥在外多年，會乃兄楚侗。詢之，一哭幾絶。自是之後，更不復商量學問。

楚倥極聰明，極力量，惜歇手太早。

往予在白下會楚倥，予發揮自己學問，縷縷不絶。楚倥偃卧床上不聽，直到後曰：「公讀書，也知有自以爲是，而不可與入堯、舜之道否？」予答之曰：「即不自以爲是，亦不可與入堯、舜之道。」

問：「叟曾會趙大洲先生否？」曰：「曾于京師城外一會，草草講數語。」予曰：「大洲語言當妙。」曰：「大洲極有力量。記徐魯源與吴悟齋同送大洲，悟齋極口論道學，大洲曰：『公真好色。』徐魯源續言：『人愛世上聲色貨利，都不愛道，曾不知有大捨，有大取。』大洲持杯大言曰：『我進公一着，我這裏無取無捨。』」

問鄧豁：「渠語録説道理，覺得不甚活？」叟曰：「渠一生被第一機即第二機混了，恐後人復朦朧道去，故爾分析，將以掃第二即第一之窠臼也。其學問是真實學問，從萬死中得來。」曰：「比大洲如何？」曰：「大洲不同。鄧老一生是箇擔板人，所以學問也有些擔板。大洲却圓。當時翰林中也大奇，便有張太岳、高中玄、趙大洲三人，俱以豪傑同時用事。」伯修曰：「當時都不相能。」曰：「自古英雄相忌，都是如此。大洲與太岳不相干，獨高耳。高險，有難爲太岳處，所以太岳不得不爲讐。然要之太岳當權，所用者正是中玄之流，其不惡中玄，固可諒也。」予曰：「當時相軋也無用。」曰：「黨同伐異，亦是常情。」曰：「世上也有見得同不必同，異任其異者乎？」叟曰：「如王龍溪、羅近溪二人是也，這樣益發大不可言。當時又有胡清虚，也是大有力漢。予初以爲任俠之流，及見龍溪公祭清虚文，方知其人已大了得，而托于羽衣者也。渠一宅在浮梁，一宅在杭州。浮梁則以曹給諫東川迎之講學，杭州亦以有人請講學故也。胡惟寧巡杭，廉得胡清虚狀，欲殺之，遂遣人收清虚。清虚發課曰：『日午當有救。』遂出城游，而曹東川適至杭，曰：『吾事濟矣。』東川見惟寧曰：『吾有老師在此，幸看顧。』曰：『何人？』曰：『胡清虚也。』曰：『吾方欲收之。』東川曰：『豈有此理，乃吾生平北面之師也。』胡頷之。東川出語清虚曰：『君事無恙矣。』清虚曰：『我不惟要他不殺我，我還要他拜我。』東川大異之，曰：『胡惟寧獰惡，他如何肯拜你？』清虛曰：『惟寧有一病極奇，惟我能活。』東川見惟寧，詢之，果得一病，不可療。東川道及清虛能治此病，惟寧大喜，邀清虛相會，且求治病。清虛出具藥，且作書，語其乞藥人曰：『可先喫藥，後看書。』惟寧服藥，少頃折其書看之，皆歷數惟寧姦惡幾百餘條。惟寧大怒曰：『此必毒藥也。』取冷水解之，一吐出蟲百餘條，病良已。惟寧大喜，始知清虛之妙，特請清虛坐受四拜，自是始爲相知矣。楚倥曾訪之於杭，言其宫室幾如帝王之居，姬妾數十人。每呼茶，則外擊雲板，内應之。凡雲板十餘聲始息。茶出，從内而外，雲板聲亦如之。處家嚴肅不可言。清虛蓋天下大俠云。」

問：「王龍溪、羅近溪爲宰相若何？」曰：「龍溪爲相不消説，近溪只可作首相，不可作次相。何也？近溪爲首相，不吝功名富貴，好高官者與之高官，彼操其權，自有可觀。若作次相，則動轉不得自由，便爾弄風作顛矣。近溪外面極熱，心却冷。我外面極冷，心却熱。近溪與物無忤，不論高低賢愚，皆與講老婆舌，此處極熱。然播弄世人，調笑羣儒，以一世爲戲場，以學問爲弄具，言不由衷，多可少怪，此處却冷。我性不喜流俗人，見流俗人，避之惟恐不早，此處却冷。然我遇可人，吐心傾膽，實實以豪傑待他，此處却熱。」

問：「羅近溪如此調笑世上人，何意？」叟曰：「渠是爲己的學問，不求一人知的。凡古人學問，無不爲己。」

中郎論人不宜太畏事，伯修曰：「不畏事，必僨事。」予曰：「畏事非不是。譬如行舟，風波宜畏。如風恬波静，却又四顧躊躕，恐有覆舟之厄，則終身無登舟之日矣。譬如走馬，疾坂危橋宜畏；如平地康莊，又愁馬蹶，則終身無走馬之日矣。」叟曰：「也是。只天下學問非一途，古今豪傑也有終身畏而不用的。」伯修笑曰：「這樣人也好。」叟曰：「此天下第一等有筋骨人，這樣人狠不可言，如李耳之流是也。」

叟坐謂予曰：「此去荆州，千有二百里，太遠矣。安得朝夕相與商確，樂忘死邪？」予曰：「也不甚遠。昔嘉魚李氏訪白沙于海上，凡三度，凡四五千里。假令如此之遠，又將奈何？」曰：「李氏亦是白沙得意門生。」曰：「學問何如？」曰：「好名的人。」曰：「好名也好。」曰：「學道可好名乎？」曰：「若學道真用他不着。」

伯修問：「水滸諸人，殺人取財事皆可爲，只不許好色，何也？」曰：「我説一件近事與公聽。昔胡惟寧備倭海上，倭寇汪五峯，跋扈非常，有義子二人，皆萬人敵。朝廷不得已招安之。五峯每與兩臺讌會，此二人不離左右。惟寧患之，命人選得絶色吴姬二人，豢養之。所欲無不給，飲食皆自獻，每出必拜。一日，五峯同義子來集。酒間，惟寧謂之曰：『公等甚樂，天下好女子皆可力得。如我輩拘守一官，遂無此事，可爲恨恨。』五峯曰：『老大人豈無姬妾邪？』惟寧曰：『即有，不能得好者。有兩人，稍可奉一觴。』即令呼二人出，皆姿容絶世，婉麗非常。五峯曰：『吾在海上，未曾見此絶色。』惟寧間出視事，二姬趨就之，婉轉伺奉，五峯并二人皆心動。無何，惟寧入，覺五峯有眷戀之意，大笑曰：『公有意此二姬邪？』即命左右舁送營中，五峯辭謝。惟寧笑曰：『大丈夫何所不可，公勿辭也。』五峯大喜，擁二姬以歸。一日，峯出飲酒，歸見二姬相視號泣，衣環斷裂。五峯驚問其故，二姬曰：『你好義子！纔得翁出門，即來相逼求姦。二人不從，至裂衣斷環而去。』五峯方醉，大怒，即時呼二人斬之。是夜，兩姬遂殺五峯。惟寧聞之，傳令舁二姬至軍門，勿驚恐。已至門，未即見。有總兵官某者，見即挾佩刀殺之。惟寧聞之大怒，令殺總兵。總兵曰：『願見老爺一言而死。』惟寧許之。謂惟寧曰：『老大人不見汪五峯子？且見二姬有絕世之姿容，又有如此之功業，大人將何以處之，恐禍大人不小矣。』惟寧大笑，立釋之。即此便是水滸傳諸人不許好色之意也。」

予問叟曰：「請老師指示，某爲何如人？」曰：「好。」曰：「也有病處？」曰：「病處即是你好處，人無病，即是死物。」

問俠。叟曰：「今人都不識俠。俠從人從夾，爲可以夾持人也。如千萬人在危急之中，得此一人即安，失此一人即危。人人可以憑藉之，方謂之俠。今人不識俠，轉以擊劍報讐爲俠，則可笑甚矣。」

問：「少年中有可語言者否？」曰：「近日耿克明，論其氣骨，是張太岳之流。然太岳之肆意縱橫，克明却不及。克明不喜會人，尤不喜會道學人。然羅近溪來，却喜會。近溪一見，便曰：『你如何教你做聖人，也不肯做？』克明曰：『做聖人有甚麽好處？』」

問：「程伯子何如人？」曰：「渠學問從周茂叔來，周茂叔從陳希夷來。」曰：「於生死何如？」曰：「此一流人，終不乾浄，止比儒門諸人説得通耳，其實與自己略無干涉。」

問：「莊子秋水、漁父，似非後人附入？」叟曰：「公謂秦、漢間便無好文字乎？内篇真莊子筆，外篇則有蹊徑矣。你看莊子説逍遥遊，便説大，大而後逍遥。所以不大者，以物論不齊也；物論之所以不齊者，以不識主故也。識養生主，則可以遊戲於人間世矣，以舍人間世，無學問也。自是學問有真實受用，而德充符矣。如是，固可以爲大宗師，爲應帝王矣。真非聖人不能爲此語。若外篇，則意見熾然，儘有擔板處矣。」

伯修問：「莊子『知止其所不知，至矣』，如何？」曰：「知是虛幻，虛幻自可止。譬如宿鳥，止于枝上，不止枝外。」

問：「『隨其成心而師之』義何如？」曰：「當由『成』字不明白，人只受了成的。」

叟曰：「國朝李獻吉真是高人，即臨死求救，也與人不同。時左右強迫，方肯書，書不過曰『德涵救我』四字而已。」

（録自李温陵外紀卷之二）

兩當軒集　　[清]黄景仁著　李國章校點

惲敬集　　[清]惲敬著　萬陸、謝珊珊、林振岳標校　林振岳集評

茗柯文編　　[清]張惠言著　黄立新校點

瓶水齋詩集　　[清]舒位著　曹光甫點校

龔自珍全集　　[清]龔自珍著　王佩諍校點

龔自珍詩集編年校注　　[清]龔自珍著　劉逸生、周錫輹校注

水雲樓詩詞箋注　　[清]蔣春霖著　劉勇剛箋注

人境廬詩草箋注　　[清]黄遵憲著　錢仲聯箋注

嶺雲海日樓詩鈔　　[清]丘逢甲著　丘鑄昌標點

李玉戲曲集	[清]李玉著 陳古虞、陳多、馬聖貴點校
吴梅村全集	[清]吴偉業著　李學穎集評標校
歸莊集	[清]歸莊著
顧亭林詩集彙注	[清]顧炎武著　王蘧常輯注 吴丕績標校
安雅堂全集	[清]宋琬著　馬祖熙標校
吴嘉紀詩箋校	[清]吴嘉紀著　楊積慶箋校
陳維崧集	[清]陳維崧著　陳振鵬標點 李學穎校補
屈大均詩詞編年校箋	[清]屈大均著　陳永正等校箋
秋笳集	[清]吴兆騫撰　麻守中校點
漁洋精華録集釋	[清]王士禛著 李毓芙、牟通、李茂肅整理
聊齋志異會校會注會評本	[清]蒲松齡著　張友鶴輯校
敬業堂詩集	[清]查慎行著　周劭標點
納蘭詞箋注	[清]納蘭性德著　張草紉箋注
方苞集	[清]方苞著　劉季高校點
樊榭山房集	[清]厲鶚著　[清]董兆熊注 陳九思標校
劉大櫆集	[清]劉大櫆著　吴孟復標點
儒林外史彙校彙評	[清]吴敬梓著　李漢秋輯校
小倉山房詩文集	[清]袁枚著　周本淳標校
忠雅堂集校箋	[清]蔣士銓著　邵海清校 李夢生箋
甌北集	[清]趙翼著　李學穎、曹光甫校點
惜抱軒詩文集	[清]姚鼐著　劉季高標校

唐寅集	[明]唐寅著　周道振、張月尊輯校
文徵明集(增訂本)	[明]文徵明著　周道振輯校
震川先生集	[明]歸有光著　周本淳校點
海浮山堂詞稿	[明]馮惟敏著 凌景埏、謝伯陽標校
滄溟先生集	[明]李攀龍著　包敬第標校
梁辰魚集	[明]梁辰魚著　吴書蔭編集校點
沈璟集	[明]沈璟著　徐朔方輯校
湯顯祖詩文集	[明]湯顯祖著　徐朔方箋校
湯顯祖戲曲集	[明]湯顯祖著　錢南揚校點
白蘇齋類集	[明]袁宗道著　錢伯城校點
袁宏道集箋校	[明]袁宏道著　錢伯城箋校
珂雪齋集	[明]袁中道著　錢伯城點校
隱秀軒集	[明]鍾惺著　李先耕、崔重慶標校
譚元春集	[明]譚元春著　陳杏珍標校
張岱詩文集(增訂本)	[明]張岱著　夏咸淳輯校
陳子龍詩集	[明]陳子龍著 施蟄存、馬祖熙標校
夏完淳集箋校(修訂本)	[明]夏完淳著　白堅箋校
牧齋初學集	[清]錢謙益著　[清]錢曾箋注 錢仲聯標校
牧齋有學集	[清]錢謙益著　[清]錢曾箋注 錢仲聯標校
牧齋雜著	[清]錢謙益著　[清]錢曾箋注 錢仲聯標校
牧齋初學集詩注彙校	[清]錢謙益著　[清]錢曾箋注 卿朝暉輯校

東坡詞傅幹注校證	[宋]蘇軾著　[宋]傅幹注 劉尚榮校證
欒城集	[宋]蘇轍著　曾棗莊、馬德富校點
山谷詩集注	[宋]黄庭堅著　[宋]任淵、史容、 史季温注　黄寶華點校
山谷詩注續補	[宋]黄庭堅著　陳永正、何澤棠注
山谷詞校注	[宋]黄庭堅著　馬興榮、祝振玉校注
淮海集箋注	[宋]秦觀撰　徐培均箋注
淮海居士長短句箋注	[宋]秦觀著　徐培均箋注
清真集箋注	[宋]周邦彦著　羅忼烈箋注
石林詞箋注	[宋]葉夢得著　蔣哲倫箋注
樵歌校注	[宋]朱敦儒著　鄧子勉校注
李清照集箋注(修訂本)	[宋]李清照著　徐培均箋注
陳與義集校箋	[宋]陳與義著　白敦仁校箋
蘆川詞箋注	[宋]張元幹著　曹濟平箋注
劍南詩稿校注	[宋]陸游著　錢仲聯校注
放翁詞編年箋注(增訂本)	[宋]陸游著　夏承燾、吴熊和箋注 陶然訂補
范石湖集	[宋]范成大撰　富壽蓀標校
于湖居士文集	[宋]張孝祥著　徐鵬校點
稼軒詞編年箋注(定本)	[宋]辛棄疾撰　鄧廣銘箋注
姜白石詞編年箋校	[宋]姜夔著　夏承燾箋校
後村詞箋注	[宋]劉克莊著　錢仲聯箋注
雁門集	[元]薩都拉著 殷孟倫、朱廣祁校點
揭傒斯全集	[元]揭傒斯著　李夢生標校
高青丘集	[明]高啓著　[清]金檀注 徐澄宇、沈北宗校點

三家評注李長吉歌詩	[唐]李賀著 [清]王琦等評注
樊川文集	[唐]杜牧著 陳允吉校點
樊川詩集注	[唐]杜牧著 [清]馮集梧注
温飛卿詩集箋注	[唐]温庭筠著 [清]曾益等箋注
玉谿生詩集箋注	[唐]李商隱著 [清]馮浩箋注 蔣凡校點
樊南文集	[唐]李商隱著 [清]馮浩詳注 錢振倫、錢振常箋注
皮子文藪	[唐]皮日休著 蕭滌非、鄭慶篤整理
鄭谷詩集箋注	[唐]鄭谷著 嚴壽澂、黄明、趙昌平箋注
韋莊集箋注	[五代]韋莊著 聶安福箋注
李璟李煜詞校注	[南唐]李璟、李煜著 詹安泰校注
張先集編年校注	[宋]張先著 吴熊和、沈松勤校注
二晏詞箋注	[宋]晏殊、晏幾道著 張草紉箋注
乐章集校箋	[宋]柳永著 陶然、姚逸超校箋
梅堯臣集編年校注	[宋]梅堯臣著 朱東潤編年校注
歐陽修詩文集校箋	[宋]歐陽修著 洪本健校箋
歐陽修詞校注	[宋]歐陽修著 胡可先、徐邁校注
蘇舜欽集	[宋]蘇舜欽著 沈文倬校點
嘉祐集箋注	[宋]蘇洵著 曾棗莊、金成禮箋注
王荆文公詩箋注	[宋]王安石著 [宋]李壁箋注 高克勤點校
王令集	[宋]王令著 沈文倬校點
蘇軾詩集合注	[宋]蘇軾著 [清]馮應榴注 黄任軻、朱懷春校點
東坡樂府箋	[宋]蘇軾著 [清]朱孝臧編年 龍榆生校箋

玉臺新咏彙校　吴冠文、談蓓芳、章培恒彙校

王梵志詩集校注(增訂本)　[唐]王梵志著　項楚校注

盧照鄰集箋注　[唐]盧照鄰著　祝尚書箋注

駱臨海集箋注　[唐]駱賓王著　[清]陳熙晉箋注

王子安集注　[唐]王勃著　[清]蔣清翊注

陳子昂集(修訂本)　[唐]陳子昂撰　徐鵬校點

孟浩然詩集箋注(增訂本)　[唐]孟浩然著　佟培基箋注

王右丞集箋注　[唐]王維著　[清]趙殿成箋注

李白集校注　[唐]李白著　瞿蜕園、朱金城校注

高適集校注(修訂本)　[唐]高適著　孫欽善校注

杜詩趙次公先後解輯校　[唐]杜甫著　[宋]趙次公注　林繼中輯校

杜詩鏡銓　[唐]杜甫著　[清]楊倫箋注

錢注杜詩　[唐]杜甫著　[清]錢謙益箋注

杜甫集校注　[唐]杜甫著　謝思煒校注

岑參集校注　[唐]岑參著　陳鐵民、侯忠義校注

戴叔倫詩集校注　[唐]戴叔倫著　蔣寅校注

韋應物集校注(增訂本)　[唐]韋應物著　陶敏、王友勝校注

權德輿詩文集　[唐]權德輿撰　郭廣偉校點

韓昌黎詩繫年集釋　[唐]韓愈著　錢仲聯集釋

韓昌黎文集校注　[唐]韓愈著　馬其昶校注　馬茂元整理

劉禹錫集箋證　[唐]劉禹錫著　瞿蜕園箋證

白居易集箋校　[唐]白居易著　朱金城箋校

柳宗元詩箋釋　[唐]柳宗元著　王國安箋釋

柳河東集　[唐]柳宗元著　[宋]廖瑩中輯注

元稹集校注　[唐]元稹著　周相録校注

長江集新校　[唐]賈島著　李嘉言新校

《中國古典文學叢書》已出書目

詩經今注	高亨注
楚辭今注	湯炳正、李大明、李誠、熊良智注
司馬相如集校注	[漢]司馬相如著　金國永校注
揚雄集校注	[漢]揚雄著　張震澤校注
張衡詩文集校注	[漢]張衡著　張震澤校注
阮籍集	[魏]阮籍著　李志鈞等校點
陸機集校箋	[晉]陸機著　楊明校箋
陶淵明集校箋(修訂本)	[晉]陶潛著　龔斌校箋
世説新語箋疏(修訂本)	[南朝宋]劉義慶撰　余嘉錫箋疏　周祖謨等整理
世説新語校釋	[南朝宋]劉義慶撰　[南朝梁]劉孝標注　龔斌校釋
鮑參軍集注	[南朝宋]鮑照著　錢仲聯增補集説校
謝宣城集校注	[南朝齊]謝朓著　曹融南校注集説
江文通集校注	[南朝梁]江淹著　丁福林、楊勝朋校注
文心雕龍義證	[南朝梁]劉勰著　詹鍈義證
詩品集注(增訂本)	[梁]鍾嶸著　曹旭集注
文選	[梁]蕭統編　[唐]李善注
蕭繹集校注	[南朝梁]蕭繹著　陳志平、熊清元校注